中國古典章回體文學

佛國傳——縱橫天下

正宗西遊記傳承續篇

【序文一】 文學大師—司馬中原（口述）

流傳於世、婦孺皆知的《西遊記》，終於在近乎五百年之後，得有傳承；讓西天取經的故事，獲得延續、有更具體的圓滿結果。因為《佛國傳—縱橫天下》乃繼承唐三藏師徒取經的無畏艱苦之精神，再次將取得的西天大乘真經，送往渴望獲得佛經的東瀛諸國。承先啟後、圭臬因循，凸顯為佛經取得、並且兼善天下；將其送達諸國，予以發揚光大。此舉豈止是功德無量得以形容。繼往開來、善莫大焉。

余認真詳閱《佛國傳—縱橫天下》之文稿，幾乎到了廢寢忘食地步。內容生動有趣、變化多元，看過幾篇章回之後；頓感沉迷其中矣。如果說兩者前後連貫、合併為一；《西遊記》是上集；那麼《佛國傳—縱橫天下》則堪稱為下集。兩者相得益彰，形成完美之文學太極也。

話說章回體小說的撰寫敘述，可謂文學作品的至高境界。向來都是崇尚文藝工作者所嚮

往，卻又難以著墨下筆、不知應該何去何從才是。因此；涉及這方面的作品一直是寥寥無幾、屈指可數，更遑論出現得以傳世之佳作。這種窘狀；同樣發生在傳承中華文化的兩岸三地。

無論如何；純粹古典章回體小說《佛國傳—縱橫天下》的付梓出版，確實值得大家讚賞與表揚。況且該著作，文筆揮灑流暢、內容精采生動，比起《西遊記》文中的極其魔幻、詩詞並茂，《佛國傳—縱橫天下》卻也毫不遜色、不遑多讓。撰寫之典雅筆法和故事情節；均可圈可點、情節高潮迭起、變化多端；非常值得推薦。

萬事起頭難，今有《佛國傳—縱橫天下》一書的豪氣推出，為中華文化精髓之章回體小說，起了良好的示範與承先啟後的作用。希望從此；兩岸三地的中國人；再度重視真正屬於我們的傳統文藝價值觀，並且加以發揚光大。期期是盼、惟惟祝禱！

『註文』：

臺灣文壇巨擘、司馬中原前輩，生前對筆者諸多鼓勵和勗勉；又於收到草稿之後；當面諄諄教誨，筆者方才得以鼓起勇氣、下定決心完成《佛國傳—縱橫天下》文稿。歎完稿之前；前輩已經身體不適，只能在電話中表述為本文寫序之內涵。特此；對司馬老師深深致上感懷之意。謹此 也祝願 司馬中原老師登仙之路—平坦順暢！

【序文二】 心睦法師

《佛國傳—縱橫天下》這本書記載著唐三藏、孫悟空、豬八戒、沙悟淨等人，到西天取經之後，又送經到全國各地，再由朝鮮三國；跨海渡洋去到東瀛（日本）。

在唐三藏師徒一行送經的途中，也遇到許多妖魔鬼怪；例如有木乃伊精、瘟魔、蝸牛精、一騙天、鬼大帝、紫塞魔軍、匈奴王……等。雖然歷經千辛萬苦，但是也不乏西天仙界、海龍王之鼎力相助。到了日本時；還有河童、天狗大神出面仗義行俠，克服雪鬼和龜谷神社妖怪、八鬼靈王、魔界太祖。師徒一行終於把西天大乘真經送到目的地，完成使命、修得正果、功德至為圓滿。

《佛國傳—縱橫天下》這部章回體小說，也說明了修行人要超越自己，歷經磨難；方得成佛。由於煩惱、妄想，須不斷地自我突破，清靜的佛性才會顯現。唐三藏師徒；一路上斬妖除魔，但也時時刻刻面對自己的貪、嗔、癡的心魔；於送經辛苦的歷程，也使他們不斷突破自我心魔，最後成就道業。

佛陀說法；皆是非空非有，過去發生的事情；已經是空不可得，只為了斷一切眾生的偏執而說有。現在「六根」明明可見，卻反說無，空不可得，也是要眾生認知一切皆不可偏執，一旦有偏執，就分別對立。在《華嚴經》之散財童子訪道過程，也最能說明；諸法過去、現在、未來，本來就無變異，皆如虛空不可得；正如《金剛經》所說；過去心不可得，現在心不可得、未來心不可得。如同人在夢中；認為夢中一切都是真實的，醒來一切都消失無蹤了。

《佛國傳—縱橫天下》文中，唐三藏師徒一行人，送經東瀛的路上；靖除妖魔，不斷的轉識成智；完成送經的歷程，也完成了自己的修行道業。

所謂：「佛即心兮心即佛、心佛歸一身即佛。」阿彌陀佛‧善哉！善哉！

【序文三】 弘善法師

《佛國傳—縱橫天下》與《西遊記》；雖說師承一脈、情節延續連貫。待深入研讀之餘；兩者撰文著作之表達方式，亦有所區別。不得不承認；《佛國傳—縱橫天下》不啻為《西遊記》正宗的升級版，無論文筆流暢程度，或是故事內容之奇幻變化，確實令人耳目一新。

由於《西遊記》裡所描述的孫悟空、豬八戒、沙和尚等師兄弟，本性難移、逞兇鬥狠、殺氣騰騰。一朝壓制妖魔，必然殺個精光、片甲不留。這回；從已經得道敕封天界；再度下凡，雖然在東瀛送經的過程中；依然是妖怪紛沓、魔鬼頻頻，但是明顯這三位主要人物；皆以佛性和成熟的歷練，逐一化解危機。對一些妖魔；能不殺則放過、能鬥智則棄武、抑殺伐之血氣來揚我佛之德善，除了那些冥頑不化、窮凶惡極的妖孽，多數還是受到佛心妙法的感召，改過向善。這就是我佛弘善；得理仍需饒人的真諦。

另外；《西遊記》的真正作者至今依然眾說紛紜。雖然胡適與魯迅推論《西遊記》為明朝吳承恩所撰寫，這種論述迄今一直存在爭議。按歷史學家的考究，追溯根源；其實早在五代十國末期的地方戲曲和雜記、北宋時期的一些話本，就陸續出現《西遊記》裡的傳說人物和民間故事。那麼；後來的吳承恩統籌蒐集，加以填詩作詞、全面編輯整理，逐成眼前的文學巨著《西遊記》。這種邏輯；可信度則比較高。

而今日所見的《佛國傳—縱橫天下》；則不需猶豫懷疑，全然為本書作者一人獨自包辦故事內容並予寫詩作詞。其文富含佛學哲理、故事人物與描述；無一不大膽創新、神奇魔幻，刻劃生動、細膩分明。書中情節高潮迭起、平易近人、樂趣活潑且又充滿文藝氣息，誠為近代稀有罕見之古典章回小說，不失為一部頗具傳世價值的文學佳作。值得大家細細品味、慢慢閱讀。

身為佛門緇衣，對《佛國傳—縱橫天下》一書；深懷敬意、至為推崇。謹此寄予厚望、深深祝福：祈盼本書得以推廣於世、長長久久！南無阿彌陀佛！

【自序】

中國的「古典章回體小說」一直被視為最具代表中國傳統文學之極致。其特質為悠久的歷史和高度文明的融合、均為呈現出獨樹一格的文學經典巨著。這類型小說的精深博大、領域遼闊：涵蓋詩詞古文、故事描述生動、意境引人遐思、嘲諷人物與影射時政，即使世界各國諸多著名文學作品；亦難出其右、無以倫比也。

這其中；且以《西遊記》、《三國演義》、《水滸傳》、《紅樓夢》四大奇書；可謂為章回體小說中的佼佼者，各有其歷史背景和獨特的敘述方式；難分軒輊。若以受歡迎的程度分高下；即老少咸宜、家喻戶曉、流傳最廣者，首推《西遊記》非其莫屬、勿庸置疑。該書雖然成書於明朝中葉的吳承恩，如果認真探究故事內容之淵源；可追溯到宋朝；甚至五代十國時期的民間話本與地方戲劇，各種段子已經陸續出現。由此可見；中國古代黎民百姓想像力何其豐富，對時局的不滿又何其無奈。只能以出神入化、天馬行空之種種；寄託唐三藏、孫悟空等師徒之西天取經、靖妖鎮魔、化解生態環境的壓力和宣洩不滿矣。

暫且不說《西遊記》的文學價值；但論它的娛樂價值、普世價值、創作價值、可不是一般文藝愛情、警匪推理、政治權謀等小說得以相提並論的。因此；《西遊記》推出至今將近五百年，難有得以延續類似其故事的撰作推出。僅有零星極少數的作品涉及；但是皆落得名不經傳、乏人問津。這麼廣受每個世代、社會大眾愛戴的題材，就如此落幕、於中華兩岸三地成為了絕響，豈不令人扼腕嗟嘆。

欲延續《西遊記》之故事，無異於難過登天。不但需要精通古風文采與超乎常規之想像力；且必須得投入彭湃的熱情和超人毅力。

藉此引用「幔亭過客」之評《西遊記》裡的名言：『文不幻不文、幻不極不幻。是知天下極幻之事；乃極真之事。極幻之理；乃極真之理。故言真不如言幻、言佛不如言魔。』一語道破數百年來，難有類《西遊記》的著作方式傳承，不啻為其文中：佛魔並濟、既幻又實、兼具德善邪惡於一書、並且發揮淋漓盡致，實屬不易。自有其不同凡響、難以並駕齊驅之風格。

《佛國傳—縱橫天下》文中之精髓脈絡，伊始即確定；繼承這種不同凡響的章回體文學風格；並下決心予以發揚光大之。大江濤濤、一路風華、錯綜曲宕、鴻耀天涯。

本文堪稱《西遊記》正宗二點〇的升級版；。眾所周知；《西遊記》的主題為西天取經的過程；除妖靖魔、修得正果的奇幻故事。本文則是以《西遊記》裡的原班人馬；組成送經綱，一行授命前往東瀛送經、弘揚佛法作為主旨，上求佛道、下渡眾生。

他們任務是接受長安太宗皇帝委任；將西天取回之大乘真經抄本，共計七百部、合一萬零九百六十卷抄本，一路經過黃河、萬里長城、順著河北道出關外。分贈遼北草原的契丹和突厥各個部族、朝鮮半島三國、跨海東渡日本；來完成送經的使命。過程中；剷除中國的魔、消滅朝鮮的妖、痛打日本的鬼。將種種不平凡的經歷和曲折離奇之際遇；串聯成一部高潮迭起、變幻無窮的文學著作。除了任務更為艱鉅、視野更為開闊；遭遇的妖魔更呈現多元化。

《佛國傳—縱橫天下》與《西遊記》二者最大的不同，在於《西遊記》裡的妖魔鬼怪；泰半皆來自天上神仙的寵物或仙童之類。例如文中；通天河妖是觀音菩薩蓮花池中的金魚、青牛獸為太上老君的座騎、竹節山九頭獅獸是太乙救苦天尊的座騎、平頂山蓮花洞的金角大王和銀角大王；為太上老君守護金爐與銀爐的童子、金鼻白毛鼠精是托塔天王李靖的奉牌位義女、黃眉大王為彌勒佛司磬之黃眉童兒、毛穎山玉兔精是太陰星君在廣寒宮；搗玄霜仙藥之玉兔……。該書中的神仙和妖怪關係；有許多是剪不斷、理還亂。諸多神魔之間混搭實例、不勝枚舉。

本書中的妖魔鬼怪，多為跨越時空背景；應蘊而生之「人物」。當然絕大部分妖魔是順應每個不同之地理、歷史、習俗去創造的。例如文中：有覬覦中原的埃及法老王、有霸佔萬里長城的紫塞魔軍、有虛擬各種靈異之幻象郎君、有魔音穿腦的天池妖姬、有日本鬼海破火山的火山大魔神、有操控龍捲風的捲龍王、有擺佈石翁仲的鬼大帝、有鋪天蓋地的蝙蝠黑天軍、有殘暴凶煞的阿提拉匈奴王、有變幻無窮的魔界太祖、有凍結時空、地理與物體的無相祖師、有吞噬眾生的變色龍妖精、有不可侵犯的貶謫邪神五行太歲……。又有日本、朝鮮的各種在地妖怪；更有懸疑詭譎的潘朵拉魔盒、價值連城的和氏璧風波。且有穿插妖魔鬼怪的運動大會、無法無天的無恥國意外遭遇。皆可讓讀者耳目一新、前所未見。

本文除了大膽獨創各種異象幻境，對旁門左道的妖魔人物設計、為降龍伏虎策略作各種的巧思布局。另外；為加強內容，還撰寫有超過兩百首詩、詞、元曲與佛經；特地用來加強描繪、敘述每則故事裡的情節和背景。並且佐以時下一些貼世俗之用語，發揮故事的生動性與情趣性；不啻為描繪寫實、錦上添花。絕對有其與眾不同之文學與娛樂價值。

撰寫「章回體小說」；本來就不是一件容易的事。就如同奧運會的比賽；短跑似的短篇小說、跨欄似的詩歌散文、接力賽似的綜合文藝，而最後壓軸的四十二公里馬拉松長跑；才是寫章回體。它需要投入更多的熱情和意志力，才得以跑完全程。為了完成作者朝思暮想之理念；余誠謂嘔心瀝血、全力以赴；實不為過。

一座引人入勝之花園；必然是植滿各種不同品種、各異其趣的花卉草木，形形色色、光彩奪目、方可吸引眾人觀賞、嘖嘖稱奇。這就是中國章回體小說的花園。

書中共計有八十一回；約有六十萬字。內容每一章節；無不耗盡心思，絕無瑣碎冷場。精誠所至；相信可讓閱讀者津津樂道、一讀再三。

作者致力推崇中華固有的古典章回體寫作方式，埋頭伏案、苦心耕耘。亦祈盼藉本作品，發揮拋磚引玉、推波助瀾之效果，鼓舞後輩們繼續經營；使之流傳千古，萬勿使這種祖傳的優秀文藝典範日漸式微、甚至消聲匿跡。讓中國「章回體文化」更勝諸方一籌為禱也。尚請讀者與文藝界的前輩不吝珠玉、賜教郢正之！

李家騏　謹呈

目次

第一回　佛國真經歸華夏　大唐盛世映丹霞

佛國福民福天下　萬般皆有佛照應　西方取得三藏經　唐僧師徒功德行
迤邐一路為蒼生　抑魔斬妖顯聖靈　殫精竭慮乾坤定　南贍部洲謁妙音

蓋曰；天玄地黃、宇宙洪荒，天界無可見、地處人世間。話說天下雖大惟我華夏敢稱中原。始以元陽初昇視為東，夕日下淪稱為西，北極之下皆是南！至於東外有東、西外有西、則因大漠高山所阻，汪洋大海所隔，絕非天下至中的君民欲深究之處，方位不忒可也！中原之外皆蠻疆僻土、夷狄五胡之起落興亡；不足為我華夏所掛齒焉。

天圓地方無遠弗屆、地遼天闊定位當先。仙境佛國稱謂下界分成四大部洲；一曰東勝神洲、二曰西牛賀洲、三曰南贍部洲、四曰北俱盧洲。全真道家更將方位細列為二十四山，每山十五度；合約三百六十度成為正圓周。再由巽、坤、乾、艮等四卦，與甲、乙、丙、丁、庚、辛、壬、癸等八天干，加上十二地支的子、丑、寅、卯、辰、巳、午、未、申、酉、戌、亥等所組成。區分成四隅八方；四隅乃指東南、西南、西北、東北（非東、南、西、北四正）。八方配合四隅，分別是乾、兌、離、震、巽、坎、艮、坤。巽、坤、乾、艮置在四隅，坎與子、離的方位為午，震位為卯，兌位為酉，太極八卦集成地界全方位矣。

天際寬宏無涯，空間方向則依星座分為二十八宿。按東西南北方四象，每個方向以禽獸形象融入七個星座組成。四象主位為：東乃青龍、南為朱雀、西稱白虎、北即龜蛇。至此天境世間定位鮮明不過。即所謂：陰陽合三體、三體始一炁。

話說中原乍現；鴻濛開元、浮生誰主，草木誰菅。且見上有洪宇星漢、下則山嶽海川。渾沌世濁、諸野蠻荒，皇天生死難判、大地滋養萬安。

中原華夏之始，首推一萬八千歲之盤古氏。吾等皆知開天闢地始於盤古，天地萬物之祖也。其死；頭為五岳、目為日月、脂膏為江湖、毛髮為草木、泣為江河、氣為風、聲為雷、目瞳為電、喜為晴、怒為陰。又吳楚間說：「盤古夫妻陰陽之始也，後乃有三皇，數起於一、立於三、成於五、盛於七、處於九、故天去地九萬里」。又見皇甫謐撰之帝王世紀：「昔者天地未分，謂之太易。元氣始萌，謂之太初。形變有質，謂之太素。質形已具，謂之太極」。

續接盤古、女媧之後；天皇氏、地皇氏、人皇氏即謂「三皇」。包羲、神農、黃帝、堯、舜則稱「五帝」。先後盤古開天、三皇治世、五帝定倫。三皇五帝等諸賢聖明為政昌廉、故而風調雨順、國泰民安，四恩之情生；感天地載德之恩、日月照臨之恩、國王水土之恩、父母養育之恩。華夏之國邦州府衣食飽暖無虞，逐富而生禮、禮而生教。春秋戰國百家爭鳴，猶以孔孟之後；始為儒、再而道、繼則釋，世代更迭、積年累月，三教自此深植上邦人心。下至黎民百姓上達皇族權貴，無不敬奉為至尊王道、處世圭臬！

天有天道、地有地理、人有命運、物有均匀。天生萬物相承一脈、大地萬流傾注一海、國分萬邦必將一統、世間萬教終歸一宗。此乃浩瀚乾坤運行恆久不二之規律也。

卻說華夏大地，得天獨厚居於天下之中、地表之最。西漢遣南越王特使陸賈曾說過：「中國之人以億計，地方萬里。居天下之膏腴；人眾車轝、萬物殷富、政由一家，自天地剖泮未始有也」。歎肥美之地、悲易主之殃；江山依舊、卻人事盡非。繼三皇五帝以降則人禍兵燹不斷，春秋戰國數百年互有撻伐；攻城掠地、弱肉強食。爾後以秦始皇一統諸國告終。漢高祖又掀戰火取代秦朝，幾百年光景就衰敗不振、江山遭曹操挾持。三國演義搬上天朝舞台之後；越演越慘烈，哀鴻遍野、鬼哭神號！司馬氏結束三國改朝換代為「晉」。江山來之不義如何持久哉；天崩地裂來至南北朝，局勢更形混亂。諸國之間動輒兵戎相向，天災人禍、生靈不保！誠所謂天下合久必分；分久必合，殘局由隋朝接收統治，可歎隋代子孫不肖；國祚僅有三十八載即覆亡。

大唐為高祖李淵平定隋末亂局而建立之，大勢底定建都長安。待太宗登基坐正皇位，年號貞觀；遂開展舉世聞名、千載僅見的中華鼎盛朝代！

後世編史記載；對於中原歷來起起伏伏，迄大唐貞觀盛世國泰，有詩為證：

三皇開疆定乾坤、五帝治世為萬民、堯舜執政勞苦勤、禹湯安邦真賢明
商周諸侯各為政、春秋戰國百家鳴、大秦始皇統群倫、暴政必亡國恒傾
劉邦建漢立祚胤、西東兩漢相輝映、卻逢漢末敗國運、朝中奸佞一群群
三國演義終歸晉、荒謬司馬貪慾淫、江山盡失南北分、中原塗炭玉石焚
社稷哀鴻皆呻吟、諸國殺伐不曾停、楊堅鎮亂安太平、建隋偏遇爛子孫
隋落李淵大唐興、再接貞觀展風雲、四面八方來朝覲、叱咤天下貫古今

太宗李世民帝祚唐皇；其早年歷經鏖戰亂世、征戰群雄，為穩固大唐江山立下汗馬大功。之後即位則深知民間疾苦困頓、顛沛流離，立誓願作天下表率實施勵精為理、敦樸圖治、恩威並濟、遠被遐荒。在賜薛延陀國書上說明之：「中國禮義、未始滅人國，以頡利殘暴；伐而取之，非貪其地與人也。」

貞觀之治用良如器；傾力招攬天下群英、賢德之士，因此創新科舉考試制度。有曰：『茂積殊勳、冠冕列群』之盛況。又曰：『材推棟樑、謀猶經遠、綢繆帷帳、經論霜圖』。更曰：『學綜經籍、德範光茂、隱犯同致、忠讜日聞』。

無怪乎；望著朝中棟樑英才滿堂羅列，太宗開懷曰：『天下英雄盡入吾彀中矣』。又經設置「文學館」為朝廷至尊謀略獻策，網羅四方名士文才皆一時之選；杜如晦、房玄齡、蘇世長、薛收、褚亮、姚思廉、陸德明、孔穎達、李玄道、李守素、于志寧、虞世南、蔡允恭、顏相時、許敬宗、薛元敬、蓋文達、蘇勗等著名之「十八學士」如是而生。諸學士給予珍膳，分為三番、更直宿於閣下。每軍國務靜、參謁歸休；即便引見討論墳籍，商略前載。預入館者時所傾慕，謂之登瀛洲。其重用昔仇囚虜魏徵為守祕書監、直言敢陳擢升侍中，他勸善規正、忠言直諫、朝夕不分、出入皇寢盡責。太宗亦不失英明讚曰：『隨時諫正、多中朕失也，有如明鏡鑑形、美惡必見，朕能棄怨用才無羞古人矣』。朝中重臣另有徐世勣、王珪、蕭瑀、傅奕、張士衡、張道源、袁天罡、李淳風等濟濟群倫輔佐著。朝廷三省六部各司其職，明君賢臣、相得益彰！

由於太宗初始武德九年八月坐正。登基皇位；實事求是，接納各類牋奏。隨即敕令地方百官勤「上封事」，並曰：『朕以天下為家，不能私於一物。惟有才行是任，豈以新舊為差。今所以擇賢才者；蓋為求安百姓也。用人但問堪否？豈以新舊異情，今不論其能不能；而直言其嗟怨，豈是至公之道耶？』此言不假；每當如同雪片般而至的臣民奏疏，太宗必恭親展視之。他曾經對司空裴寂道：『上書奏事條數甚多，朕總黏之屋壁，出入觀省。所以孜孜不倦者，欲盡臣下之情。每一思政理，或三更方寢』。忠臣良相齊心盡力，大唐逐根基穩固、國泰民安。

於隋朝終結、大唐初建之時；天朝邊陲之異國蠻邦早有趁火打劫、渾水摸魚、覬覦侵吞之舉。看官！話說朝廷出將入相；大唐豈止良相如雲也，武將之眾亦不遑多讓。諸如李世勣、馬三寶、殷開山、程咬金、劍洪紀、胡敬德、秦叔寶、尉遲恭、段志賢、徐茂功、薛仁貴等皆為衛國保民、威震八方之名將。

養精蓄銳；靜待時機來臨的唐太宗，積累強大武力之後；立即親率大軍出征討伐。兵分多路掃蕩平戡東突厥、吐谷渾、高昌，再征服龜茲與西突厥，西北方之叛亂逐一平息。在滅掉東突厥汗國之後，其餘藩邦諸國無不臣服；紛紛朝貢結盟示好。更有九姓鐵勒與吐火羅葉護等蔥嶺之西域友邦；尊稱太宗為「天可汗」！

有史為證；太宗親征凱旋歸來，擺酒宴慶功於兩儀殿，太宗一時開懷；即席賦七言詩曰：『絕域降附天下平、八表無事悅聖青、雲披霧歛天地明、登封日觀禪雲亭、太常兵禮方告成』。且有民間之童謠致頌道：『高昌兵馬如霜雪、漢家兵馬如日月、日月照霜雪、回首自消滅』。

盛唐貞觀之世；天朝疆域空前擴張，東始沿海、西至焉耆、南迄林邑、北達大漠。合東西九千五百一十里，南北計一萬九百一十八里。開拓國土設州縣，引領萬邦習中原。律法嚴明正人心、五倫三教示萬民。

值此；泱泱上國、引得四方雲湧前來朝貢。東夷朝貢國度合計：渤海國、高句麗、百濟、新羅、琉球、東瀛大和國、靺鞨。北狄族邦朝貢合計：西突厥、契丹、鐵勒。西戎朝貢諸藩合計：高昌、龜茲、疏勒、烏那曷、挹怛、吐谷渾、濟國、于國、史國、附國。南蠻朝貢之眾合計：婆利、赤土、丹丹、盤盤、林邑、占婆、扶南、闍婆、真儠、室利佛斯。合計大小約三十餘；諸國各邦來往交流無不和諧太平。史冊記載：『弱水、流沙並通輶軒之使，披髮左衽；皆為衣冠之域，正朔所班；無遠不屆』。更有曰：『外戶不閉者數月，馬牛被野。人行數千里不齎糧，民物蕃息』。

朝廷壯盛無可匹敵；這時候則天下太平、國泰民安、日月明晟、五穀豐登！

然易經有言：『亢龍有悔；盈不可久也』。誠所謂物極必反、過猶不及！太宗深明大義，諳悉這層道理。安定社稷仍需教化人心，將儒、釋、道三教發揚光大；使之深植萬眾、佈達黎民。雖然大唐開創初期；高祖李淵獨尊太乙玄門，乃因開創道教之太上老君姓李名耳也，既是本宗自有淵源關聯；餘他皆擺飾一邊。惟太宗繼位，為京城太極宮「玄武門事件」一直耿耿在意，芥蒂揮之不去。明白我佛以慈悲為懷；人世哲理豁然開朗，於是向佛之心逐日加鉅。有詩可證：

佛乃心也心亦佛、佛心本來清非濁、豈知世上無一物、何來苦惱把命磨
國務原來黑如墨、無是無非卻似火、爾虞我詐孰對錯、塵世盡頭皆因果
記善除惡勿偏頗、昔日往者如日落、汪洋峻嶺才是我、常懷佛心萬象羅
讚釋禮佛在今日、勿忘普世風波多、紛擾一生誰無過、步步為善好樂活

好樂活啊！好樂活！太宗日月長年聽經唸佛，自此；尊佛、敬佛、禮佛、迎佛成為大唐舉國臣民之風尚，甚而四鄰友邦亦深感德善；尤以東瀛大和國和北域之高句麗、百濟、新羅等最是積極。高僧特使們至長安求經習佛；前仆後繼、絡繹不絕！

太宗在宮中；時而齋戒膳素、時而淨身焚香，祈求皇天賜予風調雨順、天下平安、這般虔誠真心焉得不撼動西方佛界也！暫且不題。

這一天；位於西天居靈山大雷音寺，佛祖如來高坐品蓮台座。座前擺列幢幡寶蓋、仙花異果滿堂生香。內有八大金剛、四大揭諦、五百羅漢、三千諸佛、眾多菩薩和無數娑羅林立兩旁；聽佛祖傳經：

萬象光明絕塵埃、釋迦佛祖坐高臺、天境仙佛來聽道、妙音真經接著來。
教化眾生心靈開、聞經如釋寬四海、佛門禪修無掛礙、超渡普世最開懷。

傳經之間；如來佛祖黯然憂容生歎，旁側群仙眾佛嘩然不解，紛云問之。緣由何故？如來佛釋曰：『吾在天境；心卻常懷天下德善之事也。周知天上一天即合地界一年，這些天來；吾觀查地界四大部洲，是非善惡各有增減。首見東勝神洲者，尊天敬地、心平氣和、互動謀生不多作孽。再說北俱盧洲者；因為草原放牧，多肉食而殺生、性直無多虛假。又說西牛賀洲者；安居樂業、樸實不華、偶有偷騙、情有可原。惟那南贍部洲者，安享國泰民安日久，疏失禮教、好逸惡勞、貪慾淫樂之弊逐生。諸惡皆由貪婪邪慾而生、再而盜賊四起、繼而殺伐亂世、終究引起天災人禍、家破人亡。悲哉！』居峨嵋山的普賢菩薩追問：『敢問南贍部洲者；莫非是指當今大唐之域？』如來佛回道：『然也！然也！』諸仙佛又追問：『造孽啊！那該如何是好？』如來佛莞爾言道：『雖說其有偏差；然當今唐朝太宗真心向佛，既知其該遭劫數，吾等豈可視若無睹。若施教化為時依然不晚。我有法一藏；談天。論一藏；說地。經一藏；度鬼。三藏共計三十五部，每部有五千四十八卷，乃是修真之經、正善之門。正待欲送上東土。無奈那方眾生愚鈍，毀謗箴言，不識我法門之旨要，怠慢我大乘之正宗。須得有某者去東土尋一善信，教他艱苦千山、歷經萬水，來到我西天處取得真經，永留東土。此乃功德無量之善慶福緣。有誰肯傳言走此一遭？』適時；南海觀世音菩薩近身蓮臺，禮佛再三而言：『弟子不才，願盡全力去一趟東土；尋一取經之人來也』。

如來面露喜悅；坦坦而道：『緣啊！就算別個願意也無能為力。須是觀音尊者躬逢其盛，此事方才得以圓滿。』頓了一會；肅然而道：『善信踏西前來取經並非易事，難似登天。其不得倚法術一蹴可及，不可順沿大道霄漢而至。必須走盡千山萬水、歷經艱險、雲霧飄渺、妖魔其間，方可突顯取經者意志堅定，曲折萬般而不撓。為佛天助祐；吾有五件寶物相贈也。』說完即命隨扈阿儺、迦葉前往取出「九環錫杖」一支、「錦襴袈裟」一席、另有緊箍兒三件並附「金緊禁」咒語三篇相送。寶物暫由南海觀世音菩薩拜領；受命叩別如來佛祖而去！

再敘世間大唐；太宗既專注向佛之心，隨之土木大興建寺蓋廟、廣宣妙法。正逢司徒尉遲恭於京城裡督監之「敕建 相國寺」落成回稟聖上。太宗大喜；黃榜昭示天下，召告長安高僧修建『水陸大會』，超度冥界孤魂野鬼。京畿眾多高僧齊集，參與此次盛會。太宗又傳旨左光祿大夫魏徵、太僕卿張道源、中書令張士衡，於眾沙門之中推舉一名最具善德修行的高僧，期待爾德高望重、熟讀萬典千經、願度世間苦情，封其為道場法事壇主。三位朝廷重臣不負聖望；嚴挑精選，於群僧裡面覓得一位千載難逢的和尚。好一個玄奘法師，真乃天地皆矚意之才也。

有詩曰：『佛子還來歸本願，金蟬長老裹栴壇』。該長老法名玄奘，俗家姓陳。原籍海州弘農郡聚賢莊人氏。他亦系出名門；生父為朝廷狀元陳光蕊、生母更是當朝一路總管殷開山之女殷溫嬌。本應有著優渥身世享受美滿光景的，然玄奘甫出世即倍受坎坷。父陳光蕊高中狀元；官拜文淵閣大學士。後又奉旨攜家帶眷前往江州任職州主，孰不料路途遇劫被殺投棄河裡，懷其身孕的母親則遭賊人劫押而去。數月後生下他；唯恐嬰兒被害，為母只能痛哭不捨將他放置木板上隨波逐流而去。江水湍急滾滾直奔，適巧江水下端有一金山寺，寺裡長老法明大師正在江邊參禪坐莆。矍然驚聞江河傳來幼嬰哀嚎哭啼，瞬間趕往救起。暫且托付鄰近村民撫養收留，並取乳名為江流兒。數載流逝、待他稍長；法明和尚則為他削髮剃度，悟道修真。並取法名為玄奘。

話表三位受命重臣領著玄奘法師上朝謁見太宗。先進東華門；有黃門官轉呈奏牓，蒙旨召宣上至金鑾寶殿復旨。當下初見；太宗端視打量著玄奘，一見如故；龍心大悅、好不開懷。有詞為證：

長得俊俏且典雅、體態崢嶸，面相無瑕。佛經修行冠天下、因緣際會，無涯。錦繡飄迎玉羅綴、玄英明亮，元神不假。身出名門登菩薩、喫齋唸佛，無他。

太宗在大殿寶座上俐落爽朗；垂詢幾句、閒話家常。然後拿起狼毫御筆；賜文敕封玄奘為「大闡都僧綱」之職。又御賜五綵織金袈裟一件、毘盧帽一頂。排次闍黎班首；書辦旨意，擇定九月初三黃道吉日前往化生寺，領著一千兩百名僧人；分派上中下三堂；展開七七四十九日的「水陸法會」。

過了幾天；按一七繼七七當為「水陸正會」之日。唐王太宗率文武百官、皇親國戚親臨盛會，拈香上座聽經。多寶臺邊；但聞四面妙音佛經、八方鐘鼓齊鳴。玄奘法師會場上；宣幾遍受生度亡經、談數回安邦天寶篆、唸一會勸修功卷。其實觀音菩薩早就化身一般僧人，領著隨扈木叉步入會場中。靜待片刻；忽地大聲斥喝那臺上的玄奘法師：『和尚！你只知「小乘教法」卻不知「大乘教法」，如此法會不如不開好些！』玄奘長老一聽，倏地跳下講經臺，拱手問道：『弟子失瞻見怪！我等中原皆習「小乘」。「大乘」之差異有所不知，願聞其詳！』菩薩道：『爾等

「小乘教法」實則徒勞無功，無法度得孤魂亡者。惟有我之「大乘寶法」方可度得眾生、修得無量正果。』太宗遣司香巡堂邀兩位過去問個明白，因何故而耽誤法事？菩薩重複剛才所言，並且又說：『我確有「大乘佛法」三藏真經，在大西天之天竺國大雷音寺我佛祖如來處，願予上邦。尚請貴朝速遣特使前來攜取寶經。三藏真經不但能引度亡者七魂六魄，亦可化解眾生苦難、求得萬世無量壽德也。記甚！』話才說完；有木叉隨側，飛高臺踏祥雲；現出觀音菩薩真身。一手托著淨瓶柳枝直上九霄而去。留在下界法會一片忻然喧嘩；頌讚我佛不絕於耳！

太宗目睹情況；至為歡喜愉悅。率眾僧百官朝西天叩拜感恩。緊接回盼龍首對眾人道：『此回法會權且至此暫歇罷。待朕取得「大乘」三藏真經返朝，續秉丹誠；再隆重召開護國保民法會可也。』又垂問道：『剛才菩薩所言「大乘」聖經；遠在天邊之天竺國度，路途曲折艱險。不知眾卿有誰願為我大唐擔負該項重任呢？』

『為我大唐天朝取回真經；義不容辭、捨我其誰。臣願領旨前往！』果然不出所料；一馬當先者就是玄奘法師。太宗龍顏展露喜色；御手緊握玄奘道：『善哉！善哉！法師願承此重任，實乃天助我大唐也。朕自是不辜負天意；這事就勞駕矣。德惠之意謹記在心，朕今日願與你結為兄弟！』說罷；就在化生寺佛尊之前與玄奘長老一起信守承諾、拈香立誓，一拜再拜。

並且當眾；太宗以大唐賜姓。又以此回西去天竺雷音寺取回三藏真經，予御弟賜全稱為：大唐「唐三藏」法師。之後擺席設宴、互相奉餞與爵，則不在話下。

由朝廷欽天監擇定出發取經之良日吉時；太宗特於丹霄殿聚集百官設朝，並於正陽門宣唐三藏法師上殿。太宗除了百般叮嚀御弟任重道遠；並交付取經聖旨；又交予蓋上寶印之諸邦州府通關文牒。更御賜一只紫金缽盂與觀音菩薩之前留下之九環寶杖、錦襴袈裟。朝殿取經儀典結束；唐太宗躬親率領著朝中文武百官，為唐三藏玄奘法師送行祝福。穿路門、過宰門、直到京城關外方才止步。

貞觀十三年歲次己巳；九月甲戌望前三日，唐三藏告別唐都長安。從此詭譎險惡如影隨形、災禍陸陸續續。路程坎坷曲折、光怪陸離的妖魔鬼怪、邪門歪道不絕於途，一時說不盡也道不完！

幸好觀世音菩薩在西行之前早有安排，預告唐三藏途經五行山時揭去如來佛的壓山仙符，解救那壓在山下五百年的正是大鬧天宮「齊天大聖」孫悟空（行者）。接著在流沙河收沙悟淨（沙僧）。又在福陵山雲澗洞收了朱悟能（豬八戒）、深澗中收西海龍王之子（白馬）一起西方取經。四者皆願隨三藏法師西行取經；並以師徒、兄弟相稱。唐僧攀鞍上馬；八戒挑擔行李、沙僧牽拉馬頭、行者則執棒開路。如來佛祖更為旨令天界眾仙助陣；有護法諸天、六丁六甲、五方揭諦、四值功曹、護教伽藍等輪值，見有危難驚險之異狀；隨時下凡化解相助。

這一行西天取經團隊；真是如臨深淵、如履薄冰。經過十一國度與無數州縣，正如佛祖所示；走十萬八千里路盡是翻山越嶺、苦熬十四載皆為盛暑寒冬。共遭遇三十二個妖魔、八十一劫之折磨、各種刁橫艱險且不計其數。總算苦盡甘來、修得正果。將如來佛祖交付的西天三藏真經，合計大乘經文三十五部、五千四十八卷，全數帶返大唐上朝。終究不負任重道遠任務，完成使命。

當太宗獲得西方三藏真經，龍心大悅、如獲至寶。先下聖諭將攜回之經卷供置於京城慈恩寺的大雁佛塔。並且旨詔翰林院與中書省官員們，於京城東面的謄黃寺內謄抄真經。再傳聖諭旨宣取經之唐三藏一行上朝封官領賞，方才得知這些取經師徒們，早一步被天界引上靈山如來佛處論功受職矣。太宗悵甚！

華夏大唐自從引進西方大乘三藏真經寶典，君民皆供奉傳承。不久之後；朝廷為之神聖、社稷為之端正、四季為之暢順、五穀為之豐盛、朝政簡直有若天助，國力更是如虎添翼！

這般盛況空前的中原大國，週邊友邦善鄰無不想方設法；欲從上邦處求取大乘三藏真經。如此心儀華夏；自當不在話下。有詞為證：

江山壯麗、國力雄偉、名臣武將世相繼、鴻圖大展龍虎聚、世間無比。
三皇開疆、五帝禮儀、孔孟諸子皆一系、道學全真習周易、天下無敵。
我佛皈依、示唐善意、西方真經諸相許、取回傳世增實力、何須懷疑。
三藏大乘、是為真理、四時如春不換季、安邦強國保社稷、萬教歸一。

南贍部洲打從如來示意，給予大乘經卷救贖；唐三藏師徒即奉旨遠行。赴湯蹈火、排除萬難、煞盡苦心、功德圓滿！適此舉國歡慶之餘，欲知取經眾人登天經由天廷冊封，可真擁有修得正果的喜樂焉？切勿高興得太早！

天下之大；絕非一朝一夕、一生一世得以探究明白也。有所謂：

—『過去還有過去、未來自有未來、
一時且有一時、永遠沒有永遠』。—

世間的事變幻莫測，往往好事多磨。看官稍歇；敬請期待下回分解：

第二回　仙界飄渺難為佛　本性難移花果山

話說唐三藏師徒一行；西天取經歷盡世間行行色色、林林總總的艱辛，前後合計五千四十八天，終於不負使命；完成攜帶西天真經合計有三十五部、每部五千四十八卷，返回長安交付任務。大唐朝廷欣喜何似、眾望所歸、萬眾仰慕。太宗正欲於金鑾寶殿親迎御弟唐三藏等數人，除了命中書官擬旨諭封官升爵、論功行賞。並在未央宮柬札設宴擺席；熱烈歡迎！結果他們連人帶馬卻從人世間蒸發、隨仙官駕雲直奔天際消逝了。太宗英明；敕令中書官、儀制司、禮部侍郎等；仍然保留著唐三藏師徒的功勳地位、永載史冊。待哪天他們師徒下凡，再補辦慶功大典。朗朗乾坤、殷殷后土，暫且不提下界之事。

其實西天仙界早有安排；不論取經回華夏諸地為推廣大乘佛經妙法；是何等榮耀，僅就一路遭遇三十二妖魔、八十一劫難、大妖小怪不計其數、種種折磨更不勝枚舉！這等心靈骨肉之修行，即便是西天仙界也難得有幾個哩。這般玩命換來的功德，經如來釋迦摩尼佛向玉皇大帝行文推舉牋奏之後，玉帝知情欣然核准。元始天尊聖諭將一行五者文牘封入官冊、載入仙籙。並指示擇日朝謁於九重天金闕雲宮通明殿之時；再正式舉行正式冊封領誥、授笏曠典儀式。至此；似乎應是皆大歡喜收場的結局矣！看官；好戲還在後頭，慢慢看來。

據悉；被天上仙界玉皇大帝與世間大唐太宗皇帝，同時皆為之褒揚表功、稱頌推崇的，翻遍歷代史冊簡直就是絕無僅有。唐三藏師徒一行，榮獲天境地界之朝廷如此殊榮；可謂前無古人後無來者矣！

人生一世、草木一秋，得一寸勿喜、失一分勿憂。任何事終將隨風而逝，惟有名聲永垂不朽。人世間；苦難何其多也，世事無常；誠若古詩所言：

牛老力竭刀下死、銀杏枯朽不如竹、爭名奪利恣殘酷、出人頭地嚐盡苦。
江山易主堆屍骨、富貴榮華藏惡毒、樓塌牆倒猢猻散、成敗到頭皆虛無。

芸芸眾生、冷暖自知。有那句：「皇帝有皇帝的苦、百姓有百姓的難！」

世間惟有幸與不幸；何來真理公平。君不見凡事難予衡量是非標準，世俗心中評價皆有兩把尺，天下皆然也。一事二尺之度量：一度高來一度低、一度官來一度民、一度貴來一度賤、一度富來一度貧。王法就是：什麼身家就決定什麼價值。

暫且不說凡塵之間的喜怒哀樂與無常。至高無上的西天世界又如何？

噫！這些天來；西天三界、十方、四生、六道等三十三天界諸仙眾佛，喜氣洋洋、眉飛色舞來往其間。來者有駕青龍騎白虎的、有坐麒麟馭甪端[1]的、有搭狻猊乘搏象的……。西天靈霄金殿玉皇大帝；統領座下的三十三座仙宮、七十二座寶殿；無不張燈結綵、虹羽高懸，為榮登功德佛唐三藏、鬥戰勝佛孫悟空、淨壇使者朱悟能、金身羅漢沙悟淨、他們的授封儀典歡慶著。仙樂飄飄、鑼鼓齊鳴，香薰嬝繞、艷彩光明。好一幅雲天仙境：

漫天迴盪散天香、四方繽紛似朝陽、玉管天簫奏仙樂、七絃五音互飄揚。
仙佛喜樂齊來往、金闕銀宮新氣象、八寶紫杯慶功宴、雲瑞和藹共呈祥。

悟空一行在彌羅寶剎外被眾仙家團團圍住；西天取經的往昔，大夥津津樂道。那會三清、四帝、五方將、九曜星、四大天王、十二元辰、二十八宿、普天星相、河漢群神。又有那取經之時；為觀音菩薩指令差遣，暗中協助的六丁六甲、五方揭諦、四值功曹、十八護教迦藍等前來邀功討人情。行者預先準備妥的百罈好酒，瞬間被搬個精光。

行者悻悻然地喃喃自語：『靠夭哩！那一路過來；有難時刻求幫忙皆左躲右閃的，現在討起人情債倒是挺快的。什麼玩意！』

『臥草！不是我青毛獅兩次放你這猴子一馬，汝焉得今日這般光彩。』酸溜溜的話從文殊菩薩座騎的青獅嘴裡冒出。有點醋味；悟空封了佛自己卻還是頭座騎獸。他曾經兩次下凡，和悟空交手打過幾回。

『好傢伙；幾次沒打死你這皮癢的，算你八字生得好。』行者輕敲他的頭，然後笑道：『獅駝嶺已經饒過你一次，你又跑到烏雞國假扮國王。不是文殊菩薩求情，你早就成了一團紅燒獅子頭啦！不服氣是嗎；來呀——有種來呀！』

那青毛獅摸摸鼻子，識時務者為俊傑，頓時化成一陣雲煙。溜掉了！

斗牛宮二十八宿裡的奎木狼星，也走過來湊熱鬧。被眼尖的八戒認了出來。

『好傢伙！』剛被封為淨壇使者的豬八戒，揪住那曾經在黑松林波月洞裡扮虎妖的星宿嚷道：『化成灰我都認得你，我差點死在你刀下。打死你這龜兒子！』

『勿怪！勿怪！』慌張的奎木狼星；把嘴撇向悟空道：『要怪的話就怪他。』

『還真有一套，怪我師兄？關他個鳥事！』豬八戒冷笑一聲。

『當初就是你那師兄為了封「齊天大聖」而大鬧天宮，為了躲他才下凡到黑松林波月洞修行的。』奎木狼星解釋著。

『還真扯！』豬八戒硬是緊揪結住❷不放。又問：『你倒是說說；你把寶象國的公主夾持到妖洞裡成親十三年，還生了小孩。這算哪門子的修行？』

『這事有淵源；我和那個公主本來在天界就有往來。她是一個犯了天條被貶到凡間的宮女，誰曉得她投胎變成寶象國的公主了。我知道以後才去找上她再繼前緣的呀！』奎木狼星又接著道：『唉！為了這檔子事，我被玉帝處罰去兜率宮為太上老君燒爐煉丹！苦啊！』聽完；豬八戒才鬆開手放了他。

被封為金身羅漢的沙僧；也忍不住地將之前取經時候的怨氣全抖了出來。

他如數家珍般；把那些過去曾經從西方天界溜到凡塵作怪；差些搞死人的阿貓阿狗，逐一點名說道：『咱們在往西天取經的路途中；臥草！所有的妖魔鬼怪泰半都是天上掉下來的仙物！搞屁啊！』且聽沙僧娓娓道來：

黑松林裡波月洞、虎妖殺生搶公主、誰知道、他是天上仙宿奎木星。
平頂山上蓮花洞、金角銀角殺無慟、搞半天、卻是太上老君看爐童。

烏雞國王把命送、堂堂皇位假王弄、到盡頭、原是文殊菩薩青獅種。
通天河妖九瓣銅、殺人越貨不心痛、孰不知、乃是觀音菩薩金魚龍。
金兜山中金兜洞、牛獸聚妖罪孽重、弄清楚、則是太上老君青牛公。
假雷音寺小西天、黃眉大王聚妖眾、真不懂、他是彌勒佛祖黃眉童。
剝皮亭出獬豸洞、賽太歲色淫皇后、說到底、竟是觀音菩薩金毛孔。
黃花觀冒假道士、百眼魔君攬妖精、想不通、倒是毘藍菩薩收留中。
獅駝嶺上三魔統、獅王橡王和鵬王、不能碰、都是菩薩寵物背景紅。
陷空山之無底洞、金鼻白毛老鼠精、還真巧、她是托塔天王義女充。
竹節山九盤桓洞、九頭獅獸把孽縱、才搞定、說是太乙天尊座騎供。
毛穎山裡三窟洞、玉兔精把公主鬨、論來龍、可是太陰星君廣寒宮。

說也說不清、道也道不盡！仙佛妖魔之間；左阜右邑❸的。竟然帶親又帶故，叫人難置信啊！難置信！

『老弟；留著嘴巴說說自己吧！』行者對沙僧嘲諷：『原來你不也是天界的捲簾大將；只因為在蟠桃會席上打破王母娘娘的玻璃盞，被貶到下界的流沙河，吃人獸的骨肉飲人獸的血；還把頭骨掛在脖子留念，毛病尚且多過他們呢！』

『再說你這豬八戒』行者捻泛❹指著豬八戒道：『說到業障你也不遑多讓。一個好端端的天河水神、天蓬元帥，蟠桃會上醉酒調戲仙娥娘娘，貶謫至福陵山雲棧洞。卻不悔改貪色好淫之本性，在高家莊霸佔莊主千金。不是跟隨西方取經，又不知得糟蹋多少女性哩！』

豬八戒嘻皮笑臉沖著悟空道：『老哥；你半斤就不要笑八兩啦。你先大鬧天廷闖了大禍，被如來佛壓在五指山下。後來伴隨師傅西天取經，一路上遭你打成冤魂野鬼、打到粉身碎骨的也數不清有多少。幸好老哥屬石精猴胎；否則孽障肯定還多過我們』。提到西天雷音寺取經的過程，誰沒有一段故事。

突然傳來一陣悅耳的仙樂，兩名散花童子拋撒仙花飄然而至。

『放下屠刀、立地成佛！』慈眉善目的觀音菩薩駕著祥雲冉冉來到眾仙身邊。

眾仙家們向著觀世音打躬作揖。取經的幾個更是行禮如儀、親切和氣。

『南無阿彌陀佛！』觀音菩薩回過禮，緩緩而道：『我佛慈悲，爾等大功告成可喜可賀。如今榮登西方仙界；異於往昔，過去凡間的業念、懸念、雜念、掛念皆要去除方才得以繼續修行。萬念已矣、好好在西天這裡修身養性吧！』

『阿彌陀佛，謝觀音菩薩指點。』取經的師兄弟行禮三匝致意。

『之前阿儺、迦葉前來傳話曰：如來佛祖找我有事商議，我剛好路過這裡，這會就趕去西天居靈山拜訪佛祖。』觀音菩薩與眾仙家們互道聲珍重之後，踏著祥雲離去。

留在原地的；又開始互相抬槓、議論紛紛。下雨天打孩子；反正閒著也是閒著。

所謂之；天上之一天為地上的一年。這話對行者悟空而言絲毫不假，打從上了西天封「鬥戰勝佛」可真是每一天皆度日如年。他那猴急的個性一直是江山易改本性難移，在仙界的日子整天是粗口不斷、糾紛頻頻。國有國法家有家規；天仙佛界的條條框框、戒規條例多如牛毛，這不能碰那又不能講、整天唸經禮佛、雲端上忽忽悠悠、空空蕩蕩的，身經百戰的悟空開始感到茫然無措。

所謂：天上無四季、歲月如朝夕、天涯無邊際、活剩一口氣。

此話不假；行者醒著嘆氣、睡著也嘆氣、空腹嘆氣、吃撐著也嘆氣。每天十二個時辰裡；從子時至午時、再從午時到亥時，想著就嘆氣。

一天；悟空閒來沒事翻幾個觔斗、耳中取出好久沒耍弄的如意金箍棒，一連橫掃縱打好幾棍，一陣子沒使棒就氣喘如牛了。此時；豬八戒也無聊前來串門子。

『師兄；瞧你那熊樣，還是鬥戰勝佛哩，不如換支掃把玩玩吧！』八戒看著氣喘如牛的悟空，哼出一句。悟空瞪了八戒一眼道：『獃子，你皮癢欠揍？這會跑來這裡討打是嗎？』豬八戒嘆了口氣說：『跑來怨你啊！俺本來在高老莊當女婿好好的，吃吃喝喝、晚上還有閨女美人陪。卻被你這猴子攛掇❺搞啥西天取經，馱著一堆行李走十萬八千里路不說，還遭一群妖魔鬼怪驚嚇恐嚇；又綁又吊又要下油鍋的。好不容易苦盡甘來，熬到頭來上到西天仙界表功，卻只換來個淨壇使者。唉！每天盡在做些打掃清潔的活，就差沒去打掃茅廁啦，想想真他媽的嘔！這活還不知得幹到何年何月？你倒好；卻當起仙佛來了。豈有此理！』

豬八戒的一番嘮叨，勾起悟空滿腹苦水。忍不住開嗆道：『莫再言！莫再言也！俺原來在天界；經太白金星大仙舉薦也曾經是個齊天大聖。只因為鬧了天宮方才被如來佛祖罰去陪伴師父西天取經、將功贖罪也。這回再次耀登天界；以為是鯉躍龍門、揚名立萬、風采自是非凡。眼前的日子；竟是每天面對繁瑣的禮儀必須謹言慎行，時而坐蒲修行、時而聽經齋戒，好生彆扭。』

師兄弟倆人惺惺相惜、抱成一團互相慰藉著。再聊聊；悟空又提及沙僧不知近日可好？畢竟取經一夥子朝夕相處，風風雨雨渡過十多年矣。

才說曹操；曹操就到。三人又聚在一起好不快活，沙僧提了一罈百果酒先給兩個師兄斟上，大夥一飲而盡。將進酒；一杯接著一杯好不痛快。

『我在天界不過犯點小錯罷，粗心打破一隻玻璃盞；就被貶到凡塵的流沙河。其實在那些日子過得也挺好，吃香喝辣、無拘無束』。沙僧回味無窮，乾掉一杯酒接著道：『只是觀音菩薩勸俺要將功贖罪，才隨玄奘師父去西天取經做功德。過程中雖然歷經艱辛、困苦空前，倒也嚐盡人間酸甜苦辣、閱覽無數山水美景、吃遍八方佳餚美酒、戰勝各種妖精惡魔。這功勞總算讓咱們又修得正果回到了西天，在咱們骨子裡早就成了凡夫俗子，很不習慣清淡如水的日子了。學著仙風道骨、白紙一張的模樣，難！難！難！』談到往事笑聲不斷，說到近況皆不勝唏噓！曾經一塊患難與共、出生入死的師兄弟們，酒後道出肺腑之言，有詩曰：

西天取經志一道、齊天大聖為主角、天蓬元帥也來到、捲簾大將不能少。
千辛萬苦路迢迢、修得功德才重要、吃苦耐勞當補藥、同舟共濟心一條。
春風拂野風光好、夏炎流汗當洗澡、秋夜趕路明月照、冬雪狂風不辭勞。
荒山野嶺眾魔現、湖水河川出群妖、鬼靈精怪藏寺廟、假神假仙滿街跑。
金箍棒打魔王頭、釘耙痛擊惡鬼腳、彎月寶杖掃群妖、取經師徒逞英豪。
大功告成天地表、登上西天享榮耀、曉悟並非仙佛料、萬念皆灰好飄渺。

普羅大眾任誰不欽羨過那神仙的日子，真個當上神仙才體會西天好飄渺啊！好飄渺！怎可能像世間般多采多姿哩。

未來的日子如何過？三條好漢不敢想！

杯觥交錯、酒過三巡；猴子脾氣終究按耐不住了。他道出掏心掏肺的話來：『於天界整天坐立不安、無聊至極，難受！著實難受！打開天窗說亮話，於其讓我坐上金鑾寶殿玉皇大帝的聖座，倒不如讓我稅駕❻東勝神洲花果山，枯枝朽木坐起來還舒服自在些。化身仙佛這份洪福俺消受不起，沒這個命也！罪過！罪過！』

豬八戒問道：『師兄說說就算了，事到如今你還能乍辦哩？』

悟空跳起身子道：『你們乍辦不關我的事，我老孫今天是走定了。生怕俺又耐不住性子，再搞出之前大鬧天宮的笑話來。趁著我火氣未上；悖逆了西天如來佛和觀世音菩薩的美意，昔曩不知；今知也，俺還是回歸花果山修我自己的道行吧，寧為雞首；不當虎尾啦。夤緣攀附❼；俺且不適。不如歸去！不如歸去也！』話一出口；悟空立馬脫卻仙衣錦服、龍鱗戰甲、鳳尾金冠、綉花道鞋，換回那棉布直裰、虎皮裙、束虎筋條、步雲鞋。穿妥衣物舉杯而盡；向面前兩個師弟道聲多多保重。

留下愣呆的豬八戒和沙僧，悟空放眼四顧片刻；翻了一個觔斗隨即登雲而去。

『猴就是猴，拉到天上還是猴。』豬八戒嘆了口氣道：『至少跟師父招呼一聲，再走也不遲嘛！』丟下曾經同生死、共患難、的兩個師弟，急得他們跺腳嘆息著。

才眨眼的功夫；眼前但見山巒起伏平八地、海浪滔滔鎮四方。乃稱三島之來龍、十洲之祖脈。好山好水、地靈物傑、匯聚各方鄺鴻氣勢齊攬於此。這等如詩如畫之景緻，有詞實況描述：

萬紫千紅山明水秀、風調雨順慶神洲、寶地神護佑、別無所求。
紫嫣春色擁翠清瘦、雲白藍天似錦繡、吟詩詞歌賦、無憂無愁。
千山萬水景色依舊、雀啼鳥叫樹枝頭、飛禽與走獸、來往不休。
紅花綠叢茂盛不朽、赤蜂彩蝶忙個夠、野果撩紅榴、不分左右。
山高引路綠水成軸、清風輕拂迎客松、搖曳垂河柳、誰羨金鑾。
明豔桃花清風玉露、蟬聲輕起神悠悠、澗水不斷流、何來煩憂。
水潭映天江楓舞袖、青枝綠葉戀春秋、斑斕無塵垢、不問緣由。
秀色風光環繞四周、山猿野猴樂悠悠、祥藹勝仙界、美不勝收。

壯麗山水明淨無濁，令人遐思之餘；悟空按落雲頭一躍而下，飛奔老巢水簾洞去也。遠方飄揚著五彩幡幟，之前親自題上的十四個大字：『重修花果山、復整水簾洞、齊天大聖』歷歷顯眼、光鮮奪目。回到老窯口確實心曠神怡！

大聖憶及上回領軍；將數千個上山獵猴的獵戶、獵鷹、走狗殺得滿山遍野、片甲不留。再向東海龍王調些甘露仙水；化作一陣春雨把花果山清洗得一乾二淨，進而栽種鮮榆綠柳、松柏桃李，弄得整座山脈為之氣象一新。

樹上有猴子眼尖；一聲呼嘯剎時引來成千的大小猴子，紛沓朝著孫悟空一擁而上。猴群們圍住猴王熱情洋溢地說道：『大聖猴爺；你可回家啦！』、有的問：『您佬在外；一向可好？』、有的說：『打從上回您離開已經十幾年了，打算長住下嗎？』這般熱情洋溢；上至西天、下迄世間，何來有之。

『這回俺不走啦！』悟空被猴子猴孫們抬進水簾洞，開心地宣布道：『我這回真不走啦！取經的修行已經完成，對登上西天作仙佛也沒啥興趣。什麼弼馬溫、齊天大聖、鬥戰勝佛……只是過往雲煙，俱往矣！上天下地、越山渡海、都玩過多少遍，累！真累！終於想開啦；最好不過是當一個花果山的美猴王。』

一陣如雷掌聲響徹雲霄，「美猴王萬歲！」的嵩呼聲，繞樑三日不去。

接下來，眾猴獻上大聖最鍾意的椰子酒、呈上香瓜鮮果、還有一簍簍的草莓紅棗，再把剛採下的鮮花擺滿了一地。鑼鼓響亮且喧天、琴笛合奏在其間、手舞足蹈樂翩翩、歌謠戲曲接連篇。這才是悟空最朝思暮想的日子。想想西天仙界雖然好，要說比起東勝神洲的花果山，就是差上一大截。

其他七十二洞妖的結拜兄弟，聽聞大聖從天界回歸故里，爭先恐後趕來慶賀。

『安啦！俺不打算返回天廷幹神仙了。留在這方快活自在得多。』悟空說道。

『那還等啥？俺把私房釀造百年的桂花陳帶來了，大夥開心喝吧！』驅神大聖獨狨王提著一個大罈酒缸說道。混天大聖鵬魔王揮手說道：『急啥哩！酒等晚上再飲。現在先擺桌打個八圈麻將吧！咱們老友齊天大聖孫悟空，這些年顧著西方取經；好久沒上桌差幾把，這會兒；肯定手癢啦。是不！』樂得孫悟空開懷大笑，說道：『知我者；莫若鵬魔王也。打就打、誰怕誰！』說完；立馬擺桌打幾圈。

悟空在人世間看透了形形色色的人情世故與是非善惡。有道是：

爭名奪利圖自己、翻臉無情佈殺機、爾虞我詐餿主意、賣主求榮為六慾。
造孽業障心頭起、因果循環有報應、功德善念行仁義、人生盡頭有歸依。

回歸到花果山水簾洞；忘卻一切。重返美猴王懷念的往昔，行者好不愜意！

九霄雲外西天封佛的事，悟空很快就忘掉；全拋到九霄雲外去了。世事無常、變化多端。太上老君有曰：『禍兮福所倚，福兮禍所伏』。欲知未來事態之趨向延展，敬請期待下回分解：

『註解』：

❶用端：用字啥鹿。是一種長角的祥獸；類似麒麟。
❷結住：扭抓不放。
❸左阜右邑：阜指山域、邑指封疆或城鎮。整句則為靠山領地、左右逢源。
❹捻泛：故作姿態。
❺攛掇：勸誘拐騙。
❻稅駕：意為歸宿、棲息。「史記・李斯列傳」：物極則衰、吾未知所稅駕也。
❼夤緣攀附：泛指交際應酬、巴結拉關係。

第三回　華夏揚佛眾景仰　神相一語驚唐皇

話說西方天竺的三藏大乘佛經；被玄奘師徒攜返唐都長安之後，備受朝廷隆重尊崇。太宗親赴綸閣❶詔諭；交由翰林院與中書院，敕令眾官員們輪番謄抄真經於謄黃寺，並置專司謄經刻版之務，大量付梓印刷出版；將之推廣中土諸野。擺放真經的慈恩寺大雁塔；則有京城裡的大寧興唐寺、延興門新昌青龍寺、義寧大秦寺、靖安大興善寺等方丈早晚輪番派遣僧侶綸貫課業。崇業玄都觀、安業唐昌觀等道觀全真也往來其間抄習真經。有詩曰：

眾生三障皆煩惱、七情六慾業障道、因果報應人自找、快修功德把罪消。
今朝真經入大唐、智光慧明通九宵、功名利祿乃雲煙、唯有妙善真正好。
蓮花盛綻出淤泥、漫漫長夜將破曉、要知世事難預料、心安理得樂逍遙。
有緣結得佛緣果、經音佛語才重要、悟得禪意心似水、萬般皆空長歡笑。

真經入唐大事；豈止為我華夏天朝一國之大事，似蜂蝶兒見到盛開之花團錦簇一般，四方鄰國派遣前來長安求經的前仆後繼。期盼貞觀朝廷展現大國之風，將謄抄刻版的三藏真經；兼善天下，組成送經綱❷賜予天下仰佛之國度。

自從東漢明帝金佛入夢之後；遣特使前往西域迎兩位高僧，並且大量引進佛像和佛經，中國正式與佛釋結善緣，至大唐貞觀時期；儼然達到了最高峰。

『朕獨善釋氏；且有意東向弘宣佛法。然唯恐對大唐儒道二教有所不公，遭其非議。為君為王理應為諸教派深思慎酌，此事甚難定奪。苦矣！苦矣！』太宗某日在大明宮❸面對著諸多友邦求經奏摺輕嘆。左光祿大夫魏徵持笏進言道：『微臣以為諸邦遣使求佛之事，正是天應所求爾，何必掛慮。如南朝顧歡於「夷夏論」所言；『道即佛也、佛則道也』萬教一宗、何分何爭？釋道經法互有融合流通，道仙釋佛香火亦常共享於一爐。而孔孟儒家原非宗教，忠恕五倫之哲理亦早為東方諸國奉為人生治世之圭臬。況忽釋道之聖賢自幼皆受教於儒家思維，如此；儒、釋、道三門當屬一戶之內也。太清玄道向來為我固有之教派，然受限於中原傳統文化，眾神仙類來自民間流傳，國情不同難以推廣傳注外邦諸國。雖言佛教乃源自西域天竺，東漢引進、魏晉更於中土滋長繁衍，深植天朝、更形茁壯於西方矣。今時；且有玄奘三藏法師萬里取經歸來，確定釋教為我天朝首席聖教，周邊諸邦效仿得以適時扶正、並宣揚宏國之強威。臣以為；順勢承其所求，旨令遣人送經即可，無須苦思多慮也。』太宗聞言罷；展露笑顏回道：『汝乃朕之甘露良佐、調和鼎鼐，今所言甚是！朕且撥雲見日、明月開朗矣。如賢卿所奏；特遣送經綱團前往吧。』誠所謂：千夫諾諾；不如一士諤諤也。

翌日；太宗即於金鑾寶殿上，聖諭禮部尚書與兵部尚書；為諸邦求經興辦一場安天法會，又設一專職籌組派送經司負責處理。經分多路、刻不容緩。

事隔半載；南呂之月❹白露初秋，太宗眉飛色舞、氣宇軒昂特地於宮內之丹霞殿酒宴貞觀眾文武將相。受邀盛會者皆大唐朝中重臣；三清殿凌煙閣二十四功勳列席左右。有尚書左僕射房玄齡、尚書右僕射杜如晦、兵部尚書李靖、左光祿大夫魏徵、祕書監虞世南、中書令褚遂良、散騎常侍姚思廉、驍騎大將軍張恭謹、徐州都督秦叔寶、戶部尚書唐儉、陝東道大行台殷開山、荊州都督孫順德、洛州都督張亮、吏部尚書侯君集、左領軍大將軍程知節……官繁不及備載。太宗和諸位國祚棟樑在宴席上閒話家常、談論國是。君臣之間賓主盡歡、無所隱晦。

太宗李世民自十八歲舉義兵隨父高祖李淵逐鹿中原，二十四歲時平定天下建立大唐，二十九歲登上皇位開創「貞觀之治」盛世。憶及當初朝祚更易；諸王爭霸、天下大亂。太宗秦王領軍征戰掃蕩，每每路過城鄉郡縣諸地；見著「白骨露於野、兵燹斷人腸、市井百餘一、眾生似牛羊」，遂深知民間疾苦痛楚。

太宗登基坐正之後；嚴厲要求在朝為官秉持清廉；並隨即頒布食肉禁令。太宗曰：『朕禁御史食肉，恐州縣廣費，食雞尚何與？』官府上至士大夫下至僕役婢女，只能偶而吃肉，須以素食為主。爾今；衣食豐足、泰平盛世之宮宴自然不同往昔矣，無肉不成宴、無酒不成席。明君賢臣平日嚴守體制、謹言慎行，酒宴之際偶而放肆一下無傷大雅。這算是朝廷不成文的潛規則。

斗拱華麗、三楹殿宇之丹霞殿內，但見那金闕紅席擺滿著；糕點滿玉碟、美酒溢金盃、菜餚色香味、茗茶衍神回。好不引人入勝。

噫！看官何妨放眼一覽大唐宮廷名菜之美肴佳饌❺如何：

米粥會湯餅、紅燒鱠醴魚、草皮索驢騣、蜜汁沾棗嵎、糖糕碗豆餡。鏤金龍鳳蟹、象鼻炙鵝鴨、熱拌冷胡突、烤渾羊歿忽、鱸魚膾奶酥。丹霞寶殿內；宮廷樂府、一時笙簫夾鼓、琴瑟間鐘、酒香陣陣、仙樂飄飄。

席間、奇珍異饈、觥籌交錯；眾臣論及太宗為何三教獨崇佛釋為尊？

太宗回道：『昔日東漢明帝❻於夢中見一個六丈金人，項有日月光環。他即於朝政之時詢及眾臣。朝臣解夢曰：「西方有神；其名為佛陀。陛下所夢得無是乎？」於是永平七年；明帝譴使郎中蔡愔、秦景、王遵赴西方天竺❼，問其道；而圖其形象焉。求得經文迎回洛陽，明帝更為崇尚佛經而專程建白馬寺。此乃中原華夏輸入佛經之始也。朕尚佛釋；亦曾經遣唐三藏為特使，取回三十五部大乘真典，並置於京城慈恩寺大雁塔供奉與謄抄。為此與左光祿大夫魏徵公研議；如何推廣本朝尊佛之道。朕以為正天下人心者惟善也，而儒釋道三教則以佛稱至善。昔者南朝有四百八十餘寺，多少樓台消逝煙雨中。南北朝輕佛敗德導致中原劫難不止、禍害連連。朕記取教訓；登基之後先為高祖建龍田寺，為穆太后造弘福寺、為建國陣亡將士等建寺共十餘所，渡僧三千。迄今我大唐建寺合計約有千餘所矣！且邀天竺高僧波羅頗迦蘿蜜多主持西方佛經譯所。佛家之慈悲為懷，常駐我心。』

『善哉！善哉！』吏部尚書侯君集贊然道來：『陛下英明；禮佛揚善、廣植福田之舉誠乃前所未見也。今西方三藏真經且歸我貞觀大唐，佛釋大國誰不崇仰信服！本朝壯盛天下無以倫比，依佛尚善適此廣結善緣、德澤四方、大國泱泱屹立不搖、萬邦之尊永傳千秋萬世也。』

『陳國公所言甚是！』中書令褚遂良放下手中玉箸，緩緩而道：『長安自從獲得西方真經，四面八方之友邦皆深表有意領略佛經、歆享妙音。各地遣唐使節與僧侶們爭先恐後、絡繹不絕求經於途。僅就北方就有五國、東面三國、南端之真臘、婆利、赤土、扶南、林邑……等九國。其中又以東瀛❽高句麗、百濟、新羅和大和國❾最是積極。甚至大和國之皇太子特使昨日都還親自隨團而至哩。』

太宗若有所思，須臾跟著說：『東瀛那幾個仰佛之國，契丹、高句麗、百濟、新羅、渡海之大和國等，朕印象中；數個月前就諭旨兵部、禮部設專司遣人送謄繕之真經前往矣。這回怎麼又來討真經呢？』兵部尚書李靖渥然回應道：『然也！是臣親自囑咐左右翊衛從禁衛軍中選出；每個送經綱各十將千兵，隨扈護送真經也。』中書令褚遂良接著道：『為臣對此事至感懸疑詭譎！吾亦確知；靖公曾經派遣分別各方之送經團綱前往送經。然而怪哉！遠在南端之真臘、南詔甚至羅斛國[10]早有官牘回報安然、真經收悉矣。不知為何東瀛方面迄今諸國未獲真經，也不見送經綱隊伍有任何安危情況回報？搞不懂出了什麼狀況？』

『無傷！微臣願負羈絏[11]為君巡於天下，為送經綱親自出馬。』曾經遼東道行軍大總管的李勣將軍，搶先一句。他曾幾度率領大軍征服高句麗等北方之域。

『不勞！不勞！』兵部尚書李靖搖手說道：『這等雞毛蒜皮何須勞動大駕哩；這些天我再與禮部尚書商討東瀛送經一事。這回我得親自嚴選隨扈護衛，除非遭到無法抗拒的水火之災，逡巡卻步[12]。倘若路途有強盜宵小覬覦真經，當可一舉殲滅之。』散騎常侍姚思廉不解道：『弔詭！荒山野外之土匪強盜搶銀劫糧不足為奇，但是搶得三藏真經謄本又有何用？』戶部尚書唐儉把鎏金杯裡的百年陳窖舉起飲畢，揶揄笑稱：『莫非這般賊人想吃齋念佛、早晚綸貫真經以減低孽障。』席上又有人道：『倒也是好事一樁，願盜賊回頭是岸；放下屠刀立地成佛。南無阿彌陀佛！』『何需搶經！長安城內的廟寺沙門還缺和尚多著，光明正大前來剃度為比丘就是。』哄堂歡笑之間；酒宴瀰漫一陣愉悅祥和之氣。

宰相蔡國公杜如晦席間率領眾臣；舉杯向殿上的太宗敬酒，並祝 大唐佛國萬世興隆、恩澤浩瀚、皇祚神祐、國泰民安！暫且不提丹霞殿酒宴之事。

露涼中秋；東瀛大和國僧侶團至長安慈恩寺朝謁真經。從京城南面啟夏門右側的梁園[13]出發，到了進昌的慈恩寺大門安置馬車妥善，帶著福物供品隨身入寺。方丈指派的十方常住[14]高僧早在寺前山門迎接遠方賓客，噓寒問暖幾句收下大和國之度牒⑮，帶他們走向大雄寶殿後隅的迎客坊靜待廣慈住持長老。此時；慈恩寺內正在早課綸貫，頌讀著「讚佛偈」經文：

阿彌陀佛身金色　相好光明無等倫　白毫宛轉五須彌　紺目澄清四大海
光中化佛無數億　化菩薩眾亦無邊　四十八願度眾生　九品咸令登彼岸
南無西方極樂世界　大慈大悲阿彌陀佛　南無阿彌陀佛
南無觀世音菩薩　南無大勢至菩薩　南無清淨大海眾菩薩

不多時；一身著黃錦繡襴袈裟、手持紫金九環杖、頭戴金絲毘盧帽的住持方丈來到客房，六個緇流⑯隨侍左右。見面之後；相互起手⑰三匝禮拜，即按賓主之位就座。香積廚⑱的和尚送來御賜茶點香茗，雙方打開話匣、侃侃而談。

『吾乃東瀛大和國攝政王聖德太子之特使；專程來到天朝長安學佛求經的』天廷飽滿、地角方圓、山根筆直的東瀛長老，接著簡介一輪：『吾自幼即入沙門；法號為智通。現任八洲⑲難波京城生駒山斑鳩宮之法隆寺住持。此回隨行的；有飛鳥寺的智達法師、智風法師、中宮寺的智鸞法師與法輪寺的玄昉住持長老等高僧。我等為八洲眾生三災八病五勞七傷，千里迢迢、不辭辛勞；特地來到天朝的貴方拜謁寶剎西方三藏真經也。』

房內又一陣賓主相互躬腰起手。行禮之後；慈恩寺之耆宿廣慈住持說道：『辛苦！辛苦！接待東瀛八洲諸聖僧，榮幸何似。本寺承天恩洪福；奉太宗皇上諭旨得以供存真經。說到三藏真經確實得來不易，為貞觀皇帝之御弟玄奘法師；親赴西方天竺取回中土我朝。步行十萬八千里路跋山涉水、風餐露宿；途中遭遇的苦難折磨、曲折離奇簡直一言難盡、罄竹難書。取回之大乘聖經合計有三十五部、每部五千四十八卷。蓋約法一藏；談天、論一藏；說地、經一藏；度鬼，合稱三藏真經也。』來訪之大和國高僧們紛紛點頭稱是。飛鳥寺的智達法師啜飲一口香片提道：『我大和國上下一心向佛勿庸置疑，早在我國欽明大王時期；百濟聖明王送來一尊釋迦摩尼佛金銅像、若干經綸佛卷。繼而又有百濟東渡而來的僧侶；令威一聆照、惠眾、惠宿、道嚴、道欣、令斤、惠聰、惠彌等人。而從高句麗過來的僧侶則有雲聰、惠灌、僧隆、慧慈、法定、曇徵等人，他們在我大和國裡傳釋修佛奠基深固哉。在大和崇峻大王之時；我方首次派出僧尼善信前往百濟考查佛學，並籌建法興寺。其實我大和國清楚百濟之佛學、儒學、漢藥、所有文化皆傳習自中原華夏也。我朝至為熱衷崇尚漢學與佛學的攝政王聖德太子；在拜高句麗的高僧慧慈法師為佛學師傅，他也建言傾力推動大化革新、實行飛鳥文化，一切應該以中原文明為藍本、華夏佛學為典範，從中原華夏傳入我八洲的含括周易、天官書、天文誌、律曆誌、漢書；我國綜合天朝諸多方面學術，宮軒制成《天象記事》。效仿中國文明的過程夙夜匪懈、奉行惟謹。』

智通法師附和而道：『即如我現在住持的法隆寺；就是聖德太子遣派小野妹子來到長安留學，後來返回東瀛八洲大和國才建蓋而成的。法隆寺的釋迦佛祖金尊雕像和金堂的淨土人間壁畫也皆是仿自天朝長安佛寺的。』

『我朝聖德太子果然英明；在長安一直安排有包打聽的。』玄昉法師接道：『獲報得知大唐取回西方大乘三藏真經，火速派遣特使前來求討。據說；太宗皇帝已經應允；並組送經團傳送到八洲中。佛國之間不分彼此；有佛共享、感恩戴德。』

慈恩寺的廣慈住持長老說道：『甚好！禪月[20]之時；老衲亦曾接待一批來自大和國的高僧訪客，記得是智藏法師和道慈法師。爾等可認得呢？』中宮寺的智鸞法師擺手而道：『我等乃屬法相宗；您提到的幾位是習三論宗的。道不同不相為謀，互不來往。』慈恩寺廣慈住持喜悅笑道：『誠所謂：有緣千里來相會！本住持正是法相唯識宗正傳，好極！好極！』眾僧又立身起手；相互為禮。

慈恩寺住持長老關切問道：『據稱；值此仲秋之際，東洲海面狂風巨浪十分驚悚駭人。爾等來我大唐；航行渡海可曾順利？』飛鳥寺的智風法師回曰：『西向前來中原天朝，可分為南北兩綫行道。按季節之海象安危，歲秋之後即應選擇走北綫航道，又稱渤海道。路綫為八洲之壹歧島至對馬島、轉向朝鮮百濟國的彌鄒忽港[21]、再航向天朝所屬之登州，即可安然來到京城長安矣。』

『貴國玄奘法師為了西方取經，猶能不顧萬里之遙、路途之險。我等僅僅跨海而至，無礙！無礙！不足掛齒！』東瀛大和國的長老們同聲而道。

傾聊不久；隨著廣慈住持長老起身，邀東瀛幾個高僧參觀慈恩寺。經過庭園長廊；但見鱗次櫛比的樓閣翹簷金瓦、龍文鳳綺的佛寺，有詩素描陳述：

金壁輝煌慈恩寺、瑤臺映景碧水池、蜂蝶入叢舞花草、綠竹紅蓮兩相痴。
晴空輝陽撒金穗、朝暮雲遊不覺遲、松柏搖曳伴清澗、仙境人間莫過此。
寺宇齊天揚氣勢、大雄寶殿供佛祖、菩薩神仙皆來至、妙音迴繞頌經時。
雕樓畫棟顯巍峨、姹紫嫣紅棲白石、佛天真經皇朝賜、寶剎藏經妙如詩。

長安慈恩寺宏偉之壯闊大氣；無愧為佛國之首善！東瀛大和國高僧們此行可是嘆為觀止、眼界大開。巡寺觀賞一路上唯唯稱善、嘖嘖稱奇。

觀賞半响、又帶著僧客們往寺內的大雁塔謁見三藏真經完畢；慈恩寺長老好不容易送走東瀛八洲大和國的眾高僧。茶水喝多正要去淨房㉒出恭解手；又有寺僧趕來呈報：『廣慈法師！寺門外有百濟國泗沘城的特使和新羅國金城的高僧團持度牒求見！』老邁的住持方丈聽聞差些暈倒過去。今個要累趴啦！

天有不測風雲、地有起伏崎嶇、命有禍福旦夕、運有盈缺離奇！

卻說一個豔陽晴天；太宗懷著仁德愛民之心，備妥市井衣裝微服巡訪民間也。宮中脫卻錦繡龍袍、鑲珠串玉帶、紅綸履靴，換上白布補丁長袍、烏喇鞋的庶民裝扮。身邊只帶兩名大內翊衛隨扈，步行出宮沿著承天門朱雀大道走向東市。不多久；但見道路車水馬龍、店商生意興隆、形色來往群眾、販夫走卒其中。喧嘩熱鬧的長安京城，好一幅上國太平盛世、社稷豐足富饒的景象耶！太宗巡視市集；滿城萬民的通暢興旺，不禁龍心大悅、志得意滿。

噫！走著看著；有耍猴戲的、有當街賣藝的、有表演拳腳功夫的、西域波斯傳教的。路旁有賣烤羊肉串、冰糖葫蘆、齋字五色餅、湯中牢丸……看得太宗皇上垂涎欲滴。邁步過去買些來解嘴饞；卻不料腳下踩上一坨狗屎、差點滑跤，幸好隨扈眼尖及時過來扶住皇上。二人又彎下身；為太宗擦拭足下的黃褐色穢物。右方那蓄有濃密赤鬍的隨扈怒斥：『靠夭！待我抓到這隻野狗，肯定將牠凌遲處死。』另一個魁偉的隨扈也不悅而道：『陛下息怒；下屬一定嚴肅處理，捉到飼主先抽打屁股百板、罰款十貫。狗兒下油鍋；炸了當下酒菜。』太宗龍眉微皺斥道：『不得濫殺無辜，是朕自己不小心踩著的。勿怪！勿怪！』驟然遊興大減；一夥正打算回宮中換衣裝休憩。

揚身待轉；但見來處潮擁過來熙攘的群眾，居中者是一個頭戴九陽巾、腰掛塵拂、身穿青灰色衲袍的行腳全真。他左手搖鈴右手持一旗幡，上面寫著「相全天下」！慢慢走到太宗的面前來。『天靈靈！地靈靈！不準！不收錢！』

『來啊！來啊！一命、二運、三風水、四積陰德、五讀書。不準！不收錢。』全真道士長一幅仙風道骨模樣；冉冉白鬍垂胸、英玄炯炯有神。旁側群眾對他的神準算命讚不絕口：『昨晚咱家灶房打破一個碗都被他算出來哩！』、另一個說：『真厲害！前天早上他說我婆子偷人，昨天晚上就被我抓個正著』、又有一個搶著說：『他說俺右腿上長有兩顆痣，是真的耶！剛好兩顆。』穿清布長衫漢子更張揚道：『道長算俺走財運，咱跑去博弈接連贏了三天。神哪！』太宗頓生好奇之心，一路在後頭跟隨著。靜待道士漸行漸遠、群眾逐漸散去之後，走到一處無人的巷衖；太宗伺機上前搭訕一番。

『有勞這位道長，既然敢相遍全天下，那就試試我吧！』太宗想請眼前的道士算一算大唐國運如何？黎民百姓生活安定否？道士正色認真看太宗一眼，然後說：『先生氣宇不凡、相貌堂堂，既是詢問國事民生；則請你寫一個字，讓貧道測一測罷。』太宗隨手撿一樹枝；在地面隨手寫上個「一」字。剎時；道士匍地跪下地叩首而道：『貧道無狀；不知是皇帝駕臨，請陛下恕罪！』太宗一笑置之，將道士扶起問道：『不知者何來之罪。朕不解只是寫個一字，怎知我是皇上哩？』道士回話道：『在土地上加一劃則為王，皇帝身穿白布袍，王上端加白正是「皇」字耶！』太宗頓悟、微笑稱是。

『言歸正傳；道長何妨幫朕算一算我天朝國祚運勢如何？』太宗確定面前的全真老道真有兩把刷子，認真諮詢著。老道士回道：『陛下乃天下至尊、萬民所仰。測算國家運勢；恕貧道無此功德能耐，更不敢逾越之。』太宗聽言越是推諉；越是想追根到底。於是誠摯而道：『道長不須礙於體制，朕乃明理世故之君。但求鐵口直言、無須負口舌之責。』太宗之賢德睿智世人皆知，於是算命的老道士正色道之：『請陛下恕罪，恕貧道斗膽、直言不諱矣。周易講陰陽五行、老君講太極八卦。天有朝夕、年有四季、人有倫理、物有生息。天下萬物生死起伏均有運行之道、禍福共存之理、眾生之命由天定、接著運勢則流年交替。仙真經符祕籙有言：「月有盈虧、命有興衰」，天朝國祚興旺多年矣：貧道觀五行查卦象，發現震巽方位有烏雲暗象撲掩而至、遮蔽元陽之劫數無可避免。此劫數短即半載長則數十年。輕則天災人禍、重則國破家亡。慎之！慎之！』太宗連忙接著追問道：『請教道長；此劫數最快何時出現？可有化解之道？』算命道士聽完；沉穩閒靜曲指掐算。

測算片刻，儼然肅穆回道：『近矣！近矣！烏雲蔽日將發生於正陽之時。其實化解之道亦不難也。』太宗忖度思索，猛然驚道：『眼前距正陽之時不過兩個多月！簡直是迫在眉睫矣。道長快快指點迷津，有何破解之道？』道士搖擺拂塵，閉目緩緩而道：『不難！貞觀朝廷勤政愛民、仁厚載德、天下眾生皆知。今吉人自有天相；命好不怕運來磨。請陛下及時行一大善，當可阻擋厄運、撥雲見日，安然跨越危機。渡過此劫，國運昌隆則更勝往昔哉。』太宗聽得有若醍醐灌頂、甘露滋心、龍顏生喜、滿腹盈春。那道士說完；竊竊一笑挨近太宗微聲說道：『陛下正在走狗屎運，安啦！』算命的全真向太宗拱手行禮；放聲大笑轉頭快步離去。太宗一時傻眼；見著遠去的道士，大聲追問：『所謂大善是指何種大善？』只聽到行步如雲的道士丟下一句：『時候到來；自有答案也。』算命老道士拐個彎；瞬間消逝不見！

太宗茫然待在原地；啞口無言。兩側的隨扈靠過來，提醒太宗：『請陛下移駕回宮吧，江湖道士的話無須認真！當他放屁。管他什麼大善、大蒜的；先回去把腳下的狗屎清理乾淨再說吧。』太宗聽完；悻悻然與隨扈們原路走回宮去。

大唐皇帝果真如鐵口神算的道士所言；將面對國運之劫厄乎？又將如何行大善來化解危機？尚請期待，且聽下回分解：

『註解』：

❶綸閣：朝廷中書省擬詔旨的地方。
❷送經綱：送經書之團隊。古代團進團出運送東西稱為綱，例如：鹽綱、糧綱。
❸大明宮：本為唐高祖養老之處，往後成為唐朝皇帝生活起居的地方。
❹南呂之月：指農曆八月。
❺美肴佳饌：該菜譜皆為唐朝宮宴必備之美食。
❻東漢明帝：是為東漢第二位皇帝（西元五十七年至西元七十五年）。
❼天竺：即現今之印度。
❽東瀛：泛指中國東面地區；本文猶指朝鮮半島三國、日本（大和國）。

❾大和國：中國在唐朝中葉之前；稱日本為大和國。而早期日本自稱大八洲、八島、雅馬台…西元七〇七年以前，中國皆以大和國稱呼。元明天皇時代才改為倭為大倭。後來因為倭與和同音字，則改以大和國。西元七五七年的「橘奈良麻呂」之亂以後，方才正式使用大和國為國名。直到西元七世紀之後中、日史冊才逐漸出現有「日本」一辭。

❿羅斛國：即當今之泰國北部。

⓫羈絏：絏指馬韁，羈絏是指開路前鋒。

⓬逡巡卻步：因故裹足不前、徘迴後退。

⓭梁園：古代指旅館、賓館。

⓮度牒：朝廷發給僧侶、道士的證件。

⓯十方常住：各地前來供香火的寺廟。

⓰緇流：泛指僧侶。

⓱起手：意為僧侶之間的禮數。

⓲香積廚：古代稱寺廟裡的廚房。

⓳八洲：古代日本的自稱，如同中國自稱九州。

⓴禪月：指農曆七月。

㉑彌鄒忽港：即是當今的韓國仁川港。

㉒淨房：寺廟裡僧侶使用之廁所。

第四回　泰山封禪效秦王　送經猶賴取經綱

話說太宗微服尋訪長安東市市集，遇著一位算命的老道士。竟然鐵口直斷天朝將有劫難降臨！這件事讓太宗煢然鬱悶；一直耿耿於懷、寢食難安。

瑞月芳歲之際；正值一年之計在於春。東皇❶元歲、新春乍臨：

冬雪乍融喜逢春、東皇萬象新一輪、春暖花開艷四野、山明水秀迎眾生。

田園農稼播新種、牛羊五畜旺山村、仕農工商皆昌盛、風調雨順承天恩。

春節年關過後，長安的宮廷裡外最亢奮人心的；莫過於皇族「歲春狩獵」之活動。太宗打從登上皇位；每逢春獵必然蓄勢待發、忻忻參與。自然這年亦不例外，藉此；太宗遊山玩水、捕禽獵獸逍遙數天，忘卻心靈煩悶、一掃憂患陰霾。

太宗曾經對著一些諫臣；勸其勿逐歲上山圍獵諫疏，他特別作一番解釋道：『上封事者皆言朕遊獵太頻，今乃天下無事，武備不可忘，朕時與左右獵於後苑，無一事煩民，夫亦何傷。』不過三天；皇室春獵行伍與裝備井然就緒。太宗領軍在前；左右有諸宮太子、身後有三嬪六妃跟隨。外側有著畫獸文衫之獵手百騎❷與千名驍勇雄壯的將士側翼保皇護駕。太宗金鞍移上苑、玉勒騁平疇，浩浩蕩蕩邁向長安城郊區的龍潤山獵場。騎上御座寶馬「黃驄驃」；帶著備用之六匹駿驥：拳毛騧、什伐赤、白蹄烏、特勒驃、颯露紫、青騅、隨著狩獵團隊出發。說到皇帝隨行帶著的寶馬；可不一般，都是曾經跟著太宗南征北討、征戰四方的飆駃悍驃也。珍愛之餘，太宗李世民更以「詠飲馬」提筆為詩：

駿骨飲長涇、奔流灑絡纓、細紋連噴聚、亂荇繞蹄縈。
水光鞍上側、馬影溜中橫、翻似天池裡、騰波龍種生。

春獵之行；朝出城門、暮抵獵場，一夜休憩好眠不提。次日眾人起身出獵，但見那藍天晴空透曦、萬里無雲、風和日麗鋪陳、青草碧綠、峻嶺重疊環繞、叢林野梟。早春初獵豈能辜負天意、虛度光景也！皇室個個精神抖擻、人人躍躍欲試。後人為太宗出宮狩獵的陣容壯盛驚嘆不已；有詩描述其春獵實況：

楚天雲夢澤、漢帝長楊宮、豈若因農暇、閱武出轘嵩。
三驅陣銳卒、七萃列材雄、寒野霜氛白、平原燒火紅。
琱戈夏服箭，雨期綠沉弓、布獸潛幽塹、驚禽躲深崆。
駕馭黃驄驃、祥翎不落空、眾英玄集聚、全神貫注中。

已卯吉時；草原擂鼓號角响起、砲聲隆隆震撼四域八方。瞧！獵犬蓋地、雄鷹鋪天、鋼叉弩箭、天轉地旋。嚇得山林鳥禽野獸飛的飛、逃的逃、鑽的鑽、跑的跑。太宗身穿羊絨錦織獵裝、頭戴黃斑虎皮帽、馬轡韁鞍備好、手執獵狐鋼叉、腰際寶箭弓雕、勇往超前咆嘯、躍馬快似雷驍。有詩可證：

天鷹猛犬氣勢洶、無畏山中狼虎熊、長槊鋼叉揮濺血、深淵斷崖照樣衝。
珍禽異獸荒野竄、巨蟒花豹匿樹叢、眼明手快稱好漢、策馬入林舞春風。

噫！好樣的唐太宗；騎著身經百戰的千里馬、一馬當先，把春獵的隨扈百騎們頓時拋甩遠遠的。山林荒野惟見太宗馳騁穿梭、橫衝直撞，他張弓射出去的翎箭但無虛發，射殺遍地的獵物；忙得隨行僕役在其後面撿個沒完。

眉飛色舞的太宗；快馬射獵百輪之後，略顯疲憊。正想找個涼快的樹蔭下面歇會兒喝口水。瞬間眼前冒出一隻健碩的梅花鹿，雙眼圓碌碌地望著太宗毫無畏懼之色。太宗跳起身躍上馬追了過去，隨著鹿兒穿梭在濃密的叢林裡奔走，只知道追著鹿跑；一時之間迷了方向。太宗正在猶豫是否回頭？又見那梅花鹿停下轉身望著自己，似乎有股聲音挑釁著：『快過來啊！我等著你哪！』氣得太宗快馬加鞭追了上去，抓起雕弓箭滿弦正欲射出，沒料到卻撞正一橫生枝節的粗大樹枝，戛然摔下寶馬暈眩過去。

待太宗甦醒過來；發覺自己已經躺在京城大明宮宸居的龍床上，身旁的皇后、三個太子和十個太醫見狀欣喜噗地跪下，齊聲嵩呼道：『菩薩保佑！陛下平安了。陛下萬歲萬歲、萬萬歲！』太宗渾渾噩噩擺手問道：『皇后和眾卿們都平身吧！到底怎麼回事？』皇后坐在龍床的邊沿，輕聲道：『陛下昨天打獵的時候發生點異外，經過太醫們仔細檢查，問題不大；多喝水、休息幾天就可恢復。』太宗端坐飲著溫熱的紅蔘湯，微微點頭又問：『朕有傷著嗎？』皇后安慰著說：『沒事！只是腰部閃到，還有一撞掉了兩顆門牙。太醫已經開藥方，吩咐要多休息！』

打從隨父高祖李淵太原起兵開始；於虎牢關大戰竇建德、王世充、當塗大戰輔公拓、燕州大戰高開道、洺水大戰劉黑闥……身經百戰毫髮無傷、降龍伏虎體魄如常，料不到竟然會栽在一隻梅花鹿身上。摔得鼻青臉腫、閃腰掉牙躺在龍床上，太宗越想越嘔！小陰溝翻大船；搞屁啊！

幸好太宗體質硬朗，很快就復原正常。一個多月之後；太宗不敢怠慢國家大事，逐聖諭宣旨；朝中文武眾臣登上皋門，昭穆❸列位；進金鑾寶殿呈上奏摺議事。看著一堆急奏、馳騁文墨。而金殿階下之朝臣；面露哀戚，竟是彼此慘沮愁悵。

太宗驚覺事情大條了：首有『嶺南鬧乾旱，河川見底。所有農作物無法灌溉，事態嚴重』的急奏、再有『黃河洪澇逾五州成災，數十萬災民無家可歸』的快奏、又有『甘州、朔方地區蝗災遍地、農民損失慘重』的速奏！因為太宗皇帝之前養病在床，朝中沒人敢去騷擾驚動。

太宗閱畢；氣得破口大罵；並且令中書省綸閣官員火速擬旨，戶部的尚書大臣籌備救濟官銀百萬兩，並且立即開放各地倉廩賑災。京師之太倉與諸州縣之社倉置監官，隨時賑天下之災。蒲、洛、相、幽、徐、齊、并、秦、等諸州之常平倉屯積之稻米、粟糧儲備；適時應急開放救災。在地的地方官員必須親赴災區鎮守協助，隨時向朝廷匯報災情。

詎料那禍患，一波未平一波又起。事隔兩天；戶部侍郎又來上奏：『黔州發生大地震；恐怕衍生瘟疫』。禍不單行、災情紛沓、搞得太宗訏嗟不斷、嘆聲連連。猛然憶起那回微服出巡；遇見相命老術士和他的警告！曲指而算正陽之月眼前正是。但見烏雲密密鋪天、煙塵滾滾蓋地，須及時行「大善」。那道士的話太懸疑，丟下這句「大善」到底如何解釋之？

按中國歷代興亡的教訓；江山易主往往從天災開始、接著就是人禍。動輒亂世出皇祚、亡命走山澤。除了國內鬧農民起義、諸侯割地為王、戎狄四夷也會伺機蠢蠢欲動、趁火打劫，處理不當就被改朝換代。太宗想著頭皮都發麻。

於是太宗找來左僕射尚書房玄齡、右僕射尚書杜如晦與左光祿大夫魏徵，三位朝中重臣一起商議。有道是：三個臭皮匠；勝過一個諸葛亮。更何況他們均為朝廷廊廟之寶、荊楚之珍耶。

首先；皇帝把之前所遇見道士卦算的奇事，一字不漏地重複敘述一遍。結果道士的話一語成讖；先是踩到狗糞、接著打獵撞掉龍牙、然後又發生中原各地的災情。此情況；不啻為雪上加霜，讓人不得不信邪哩！

『陛下聖明；我大唐統轄領域遼闊，每年各種災情難免有些的。江湖術士所言只是巧合罷，不必當真。』皇位台階下；年紀較大的房玄齡聽完，搖頭先說道。年輕時當過道士的左光祿大夫魏徵則撫摸著白鬍認真言道：『不全然也，天底下不乏奇人異士；能算得出別人家裡打破碗、屁股長有兩顆痣，堪稱精準矣！不可低估。此事不得不慎。只是；微臣以為大唐自建朝以來，廣施善德、順應民心。且又尊佛禮佛、揚善四方、侍僧不怠、恭奉神祉、尚且迎回西天真經，理應國運隆昌、安享太平盛世才彰顯上天有好生之德耶。今卻橫遭此劫，前思後慮；莫非……』。

『莫非因為「玄武門事件」❹！』：大明宮內的君臣四人不覺異口同聲喊出。

『兄弟鬩牆、血濺玄武門這件不幸；實為朕心頭永遠的痛。』太宗不禁捶心長嘆。緊接著又道：『為平息這個遺憾，朕除了大肆建寺蓋廟、求天拜佛。又兼施德善、勤政愛民，千僧沙門超渡亡魂的法會更是接二連三。該做的都做了呀！』

『莫非陛下忘了「泰山封禪」❺的儀典！』大明宮內的左右僕射齊聲道出。

把話說白了；「玄武門事件」跟宮內君臣四人都擺脫不了關係。事實上；太宗在宮廷的玄武門發動軍事流血政變，奪得皇位之後，最想做的就是於泰山舉行封禪的儀典。昭告全天下；他才是名正言順的大唐皇位繼承者。後來；諫臣群吏的上諫奏疏反對，事情才拖延未辦。

唐太宗喃喃自語：『凡災異之本，皆生於朝廷之失。貞觀以來；治國洪範九疇；經堯舜傳下、承先帝畀予、朕謹奉行之。無論政用五行❻、敬用五事❼、農用八政❽、協用五紀❾，朕遵循殷殷；不敢怠惰。反倒是將當初泰山封禪的事全然忘記了，今則恍然大悟，幸好那道長所言提醒朕。希望為時不晚。』他又嘆口氣說：『唉！朕一直以為這些年來獨尊沙門佛釋，又遣唐三藏御弟至西方取回真經寶典，即可心安理得；安然無恙矣。孰不知……。』

左光祿魏徵大夫卻獨排眾議，上前作揖說道：『啟稟陛下；論功高、德厚、安國、服夷、穀豐、瑞至、陛下皆集於一身耶。然承隋末之大亂，戶口未復、倉儲尚虛、而車駕東巡，千乘萬騎，其任頓勞費，未易任也。且陛下封禪，則萬國咸集、遠夷君長皆當扈從。今自伊、洛以東至於海、岱、煙火尚稀，灌莽極目，此乃引戎狄入腹中，示之以虛弱也。況賞賚不貲，未厭遠人之望，給付連年，不償百姓之勞，崇虛名而受實害，陛下將焉用之？古昔秦始皇開啟泰山封禪之始，亦未見其皇祚長治，而漢文帝未施封禪，益顯其大漢神威。若封禪之舉；謂之大善而獨行，何以服天下哉。不妥！不妥！』

現場除了魏徵不以為然，餘君臣三人皆認為「封禪祭祀」就是大善。左傳有曰：『國之大事，莫過於祀』。為抑制災情，太宗果決；擱置左光祿大夫之意見，立即諭令房玄齡和杜如晦兩位左右射僕召集尚書省禮部籌備，盡快補辦『封禪大典』之「大善」。在局勢尚未惡化之前，儘快進行亡羊補牢。

左僕射兼左宰相的房玄齡乃朝廷百官之首，奉旨後如火如荼、全權處理泰山封禪祭祀重任。歷代君王於泰山上築土為壇祭天；立封祀壇，廣五丈、高九尺，號登封壇，報天之功曰：「封禮」。於泰山下之梁父山闢場祭地，建降禪壇，備玉牒、玉檢、石諴、石距、玉匱、石檢等物，報地之功曰：「禪典」。自從秦始皇開始泰山封禪儀典；前後已有三十四個帝王舉辦過。泰山又名岱宗；孟子曰：「登泰山而小天下」。顯見泰山不僅為五嶽之尊、更為百嶺之最。而天子祭祀天地泰山；可以「五穀豐登、雷雨時至、四夷貢物、社稷乃興」。更可名正言順詔告天下；皇祚帝胤乃是奉天承運、無可取代。祀與戎皆國之重也；豈可輕忽。

卻說太宗有精明幹練的賢臣籌辦泰山封禪一事；他在長安京城便高枕無憂，靜待良日吉時到來，出發去泰山完成那老道所言之「大善」，撥雲見日、天下太平逐指日可待。找到解困的方案，劫難當能迎刃而解。千憂萬慮俱往矣！

時隔三日；太宗閒著也是閒著，逐由一群內侍相伴駕輿去御花園散心。艷陽正午、金光鋪灑，見著庭院小橋流水、花圃萬紫千紅，好個紓壓的地方，且看：

綠葉盎然綻芙蓉、牡丹鬥艷金枝寵、仙鶴亭皋飲澗水、紫蓋茵閣石榴紅、
瑤台高聳伴青松、彩雀繽紛躍樹叢、柳擺柏搖行愜意、眾鳥齊鳴欲爭雄、
紅亭飛椽映湖中、長廊園徑曲似龍、清水流暢穿碧麗、宏宮綺殿似宇瓊、
銀波起伏盪微風、蝶戲池魚喜相逢、拱橋玄月飛金鳳、仙境幽雅沁心胸。

皇帝儼然陶醉在其中，雙目微閉、享受著芬芳清新的氣息。突然花園傳來陣陣嘻鬧聲。太宗猛然吃驚四處張望著，從哪傳來—呼喊「大善」的聲音？

『大扇！快給我大扇啊！』原來是嬪妃和宮女們在鳳冠牡丹花園嬉戲；搶著玩爭扇遊戲，跑來跑去好不熱鬧。太宗跳下御輿快步走過去瞧個究竟，不旋踵之間；迎面撞上嬪妃王氏，嚇得一群人跪下求饒。太宗要大家起來說話；然後追問道：『妳們剛剛提到大善！什麼大善？』王妃立刻笑靨盈人；雙手呈上一隻雕工精美的白玉綢錦摺扇。太宗非常仔細端看摺扇；再問道：『好一把大扇，從哪兒得來的？』王妃據實回話：『稟告陛下；是那回東瀛大和國求經的高僧們呈上的。還是皇上賜予臣妾的哩，皇上忘了嗎？』

廢話！太宗哪裡會去記這些呢！他再緩緩地打開寶玉摺扇，驟然一驚！雪白的扇面上繡有觀世音菩薩坐正蓮花寶座，一旁則繡有八個大字「佛光普照、廣施大善」！哇咧！太宗雙目閃紫靈、茅舍頓開朗。

『快！快傳左僕射、右僕射、左光祿大夫等三人上朝，朕有急事找他們！』太宗恍然澈悟；回首吩咐內宮太監。手緊握東瀛摺扇；轉身邁步匆匆趕回宮裡。

『啟稟陛下；宣我等三人上殿，可有急事乎？』左丞相房玄齡持玉笏上殿。身邊站著剛剛趕來；還在氣喘如牛的右丞相杜如晦與左光祿大夫魏徵。所謂：無事不登三寶殿。按長久以來之經驗，太宗臨時召見；必有重要的大事商議。

然後他又說道：『請陛下放心；泰山封禪的事，臣不敢怠慢。已經交代……。』話甫說一半，即被太宗打斷。太宗揮揮手說道：『暫且停下；勿再進行封禪的事。朕問你們，往東瀛諸國送經綱的事近況如何？可有回報？』房玄齡丞相料不到太宗突然追問起送經綱的事，他惶恐而道：『啟稟陛下，此事微臣不知該如何說才好。相當頭痛！』太宗坐在龍椅上；傾身向前問道：『茲事體大、房卿據實直說無妨。』

房玄齡丞相怯怯陳述道：『陛下聖明；微臣就照實上稟。東瀛送經綱前後已經遣派兩次矣，首次出團在去年孟夏⑩之時；結果該團綱至今猶如石沉大海、音訊全無。後來經過兵部尚書與禮部尚書籌備，又於數月之後的玄英坤月⑪派出第二輪的送經綱。這回陣容壯大、將士精良更勝初次的送經隊伍。孰不知；月前長安尚書省的兵部匯報，有兩個衣衫襤褸、灰頭土臉的兵士返抵行營求救。經過指認；他們確實是第二批送經綱的軍士，最詭異的是他二人皆稱……唉！臣不知該如何說才好。』太宗急忙追問：『繼續！繼續！』

丞相房玄齡接著道：『據稱；他們送經綱來到幽州的滹沱水附近；即遇著狂風暴雪、寸步難行。好不容易找到一座山崖洞窟避風雪，卻駭然冒出一群青面獠牙、面目猙獰，自稱紫塞魔軍的軍隊，逐一殘殺他們並掠奪真經抄本。經過激烈的打殺，最後還是不敵妖魔。他倆是送經綱全隊唯二逃出魔掌的受害者，一路乞討才幸運地回到長安。這般光怪陸離、街坊貓膩之說；微臣自然不予採信，以至於期期不敢上奏。一直擱置一旁沒有向陛下呈報此事。臣無狀！這般詭異的事讓臣難以啟口。尚請陛下怪罪。』

站在旁側的右丞相杜如晦不解地問道皇上：『敢問陛下；恕臣愚昧，您為何突然關心起東瀛送經綱的事？又為何要停止泰山封禪儀典？懇請皇上開釋也。』

太宗將之前在宮內逛庭園的遭遇細說一遍。並且把大和國的長扇交予三人傳閱，三位賢臣果然英明，剎時豁然開朗。左丞相問道：『陛下聖意；是否再籌組第三波的送經綱任務？』

太宗回道：『朕思前顧後；確定大善就是前往東瀛諸國送上佛國真經，此乃天意不可違也。問題是；這一路顛頗崎嶇、諸多靈異事件困阻，已經折損我朝中將士數千名矣，不好造次再三。朕決定閉宮淨身齋戒三天；然後邀長安城裡各寺院眾高僧法師舉辦大法會，請西天神佛保佑、指點迷津。』

站在後面只聽不說的魏徵大夫，向來德高望重、足智多謀，甚為太宗所倚重。此刻他打破沉默、語驚四座說道：『稟報陛下；我中原之東瀛坎艮方位，妖魔鬼怪出出沒沒早有所聞也。臣以為普羅之眾凡，即便是我朝之彪兵猛將出馬，也是「肉包子打狗；有去無回」，世間顯然已經無人可承擔如此大善也。有所謂：「解鈴仍須繫鈴人」，既知東瀛送經是為大善，何不辦一安國法會。拈香上禱；懇請觀音大士幫忙，讓那取經的玄奘師徒一行；再度下凡拔刀相助，廣施大善、化解危機。剷除妖孽也算是一門專業，更何況他們師徒打鬼經驗如此之豐富。』

這一番話；可把太宗點醒了！興高采烈的從龍椅站起，走向魏徵大夫身邊拍肩說道：『好主意！朕犯糊塗；倒是忘了有這麼一位剋妖降魔的唐三藏御弟。得從十萬八千里路遙的西方取回真經，尚且沿途過關斬將、除三十二妖魔、渡八十一劫難。請他們送經東瀛諸國當可勝任無疑，這回咱大唐將化險為夷矣。幸哉！幸哉！』真是一語點醒夢中人。房玄齡和杜如晦兩位重臣也點頭—按讚！

於是；太宗誠摯接受賢臣魏徵建言，接連齋戒淨身十天、國庫撥銀十萬兩布施眾僧、牢獄特赦萬名罪犯、於各地鋪路造橋不計其數。十天齋戒期過後；太宗即在朝宮內的兩儀殿舉行「安國八關法會」。各方義邑⑫與白蓮法社⑬齊聚一堂、千名長安寺宇高僧匯集殿內，眾人一起行香、頌經、頌偈、梵唄⑭、繞佛繞常。

但見兩儀殿的上上下下、裡裡外外、梵歌四起、經傳八方；香火煙雲頻裊繞、梵唄妙音响雲霄、法師請願去災難、佛光妙法苦厄消。

不久；太宗登上正殿，並宣中書侍郎二人於殿上謄抄，句句所言作為禱文，不得遺漏。然後對殿內眾人宣告道：『蓋自登基以來；天命垂重，敬業效力，顧以天下蒼生無負矣。自櫛風淋雨、遂成弭診、憂勞庶政、更起沉疴。況乃漢苦用勤，禹聘堯臘、以矜百姓之所致也。道存物往、人理同歸、掩乎玄眾。夫亦何恨矣。爾今；且於中華尊釋禮佛無微不至、皇天可鑑。我佛亦體恤朕之用心於安國育民、舉佛諸方，尚且保我貞觀朝廷穩定、佑我華夏萬民豐裕。誠心所至；更助我大唐御弟取回三藏寶經萬卷，安置長安。又心懸一念；與其獨善其身，何不兼善天下，將西方取回之大乘真經，傳播於近鄰遠邦，予取予求、不懈不怠。本以為精誠所至；得享萬世平安，然近期我中土天禍不斷、苦劫連連、朝廷憂慮、庶民苦不堪言。朕以為善德仍有不足之處，期待遣送西天真經至四洲鄰國舉世揚佛。獲者當稱讚不絕；惟東瀛諸國則期期不竟，送經途中卻橫生變數、妖魔肆虐、萬般阻礙、艱險難行，如此之怪力亂神；已經折損我朝將士前後兩回達數千人矣。不可諱言；東瀛送經之旅實非常人所能及，朕為送經之事憂心忡忡、候經之國亦困眼泛紅。傾全無功；惟有乞托西天絳霄⑮觀世音菩薩大慈大悲，將朕之御弟唐三藏與孫悟空、朱悟能、沙悟淨等師徒，再度降臨凡間，鼎力相助之。千期萬盼！莫此為禱。』

太宗兩儀殿上宣告甫畢；中書侍郎呈上禱文抄本，皇帝閱覽之後即拈香朝西天三拜，再將侍郎抄本焚燒默禱；文告祭天以示所求。大殿眾僧、義邑、法社隨即齊聲頌唸「讚觀音文」：

『南無過去正法明如來，現前觀世音菩薩，成妙功德，具大慈悲於一身心。現千手眼，照見法界、護持眾生。令發廣大道心、教持圓滿神咒，永離惡道，得生佛前。無間重愆纏身惡疾，莫能救濟，悉使消除。三昧辯才，現身求願，咸令果遂決定無疑。能使速獲三乘，早登佛地威神之力，歎莫能窮故我一心，歸命頂禮。』

太宗偕朝中諸臣與佛門長老，為大唐眼前災厄險況求助觀世音菩薩，虔誠可憫，此情可有獲得西天上界之正面垂顧乎？請看官們繼續捧場，並予下回分解：

『註解』：

❶東皇：古代指司春之神。

❷百騎：泛指專在山野狩獵的獵戶。

❸昭穆：古代指大小輩份。父為昭、子為穆。又有：左為昭、右為穆。

❹玄武門事件：唐朝武德九年；時為二太子的李世民；獲知儲君長兄聚眾欲殺他，迫於局勢；在朝內之太極宮玄武門搶先發動流血政變，率眾害儲君李建成和四弟李元吉，迫使唐高祖李淵禪讓，李世民登基。

❺泰山封禪：古代帝王在泰山築壇祭天稱「封」、在梁甫山闢荒祭地稱「禪」。最早為秦始皇所創，藉封禪之禮宣告天下；皇祚天命之意。

❻政用五行：即金、木、水、火、土。

❼敬用五事：即貌、言、視、聽、思。

❽農用八政：即食、貨、祀、司空、司徒、司寇、賓、師。

❾協用五紀：即歲、月、日、星辰、曆數。

❿孟夏：即中國農曆的四月。

⓫玄英坤月：每年的農曆十月。

⓬義邑：古代專指民間朝佛在家修行的宗教團體，北魏時代所創。

⓭法社：為古代士大夫階層的居士所組成。重視戒律和禪修，為隋朝慧遠法師所創。

⓮梵唄：將佛教經典配上節拍音符所進行的歌詠，乃佛們儀典特有的展示效果。

⓯絳霄：指天際的最頂端。

第五回　大善難為赴東瀛　玄奘熱血聚群英

大善既知不見怪　精誠所至金石開　西方取得真經至　東瀛諸國求經來
貞觀長安雖有意　任重道遠難安排　惟請三藏下塵世　兼善天下皆開懷

話說「安國法會」的當晚；太宗忙碌一整天，還未得知西天神佛回覆消息。晚膳胃口全無，草草喝幾口酸辣湯、啖幾口麻辣鍋裡的豆腐就離席，獨自坐於大明宮宸居❶龍椅上閉目養神。四下無人之際；恍惚聽到一聲輕咳逐愕然清醒過來。

只見眼前站著一個全真道士，白冉長鬍垂胸、手持塵拂、身穿青灰色長衲袍、頭戴九陽巾，和藹可親微笑、炯炯英玄盯著太宗而道：『陛下勿驚；還記得在東市曾與貧道相遇否？』太宗對他印象深刻，立刻請他就坐，然後說道：『自然記得。道長得以料事如神；且進出本宮如入無人之境。莫非道長真是神仙乎？』道長哈哈笑著回覆道：『然也！本尊實乃觀音菩薩普陀巖，潮音仙洞之使者；法號惠岸所化作。陛下今日法會上之禱文，觀音菩薩已全然知悉。經過協調之後；玄奘法師願放棄西天功德佛至尊之身，再度下凡為陛下送經東瀛諸方，完成天下佛國之大善功德。』太宗頓時龍心大悅，展開笑顏說道：『善哉！善哉！實不愧為朕之御弟也。如此；大約何時可以成行？』道長回答道：『功德佛執意找回當年西天取經之一行班底，再者他們必須呈報天上玉皇大帝，經過核准除掉仙籍；方可下凡擔負笈送經之責。尚請陛下靜候！』太宗甚是欣悅，觀音菩薩果然大慈大悲。

『仙家真是折煞朕也，早知這樣當時講清楚說明白；又何苦徒增朕的困擾。』太宗略為埋怨道。老道長輕微搖著拂塵笑道：『天機不可洩漏也！惟行德善者；方能自助天助啊。』老道長接下道：『其實陛下積累之功德；世人皆知。那天在東市市集；貧道即見證陛下果然不凡，仁德之君並非浪得虛名。』太宗不解而問道：『仙家何以見得？』老道長說道：『首先；陛下途中不慎踩得狗屎並無因此怨天尤人、怪罪他方。再則；陛下算命乃算國家與社稷黎民之命運，顯見陛下關心的是整個大局；而非一己之私、稗官野史❷之言，印證了陛下的賢明德善也。坦白說；前後經貧道卜卦算命過的君王不下百位，包括夏、商、周等諸王、另有秦始皇、漢高祖、曹操、司馬懿……。大多均要貧道測算他們的壽命多長、妻妾多寡、戰爭輸贏、皇祚多久、等等諸如此類。如陛下這般憂國憂民的，罕見！罕見！』

太宗聽完至感欣慰；正想說幾句應酬道謝的話，卻見老道士拱手辭別。打開戶牖窗簷；一飛登天、瞬間消逝無蹤。這晚；太宗好夢連連，很久沒那麼好睡矣。

其實上回；當孫悟空、豬八戒、沙僧等師兄弟在天界彌羅寶剎慶賀之時，如來佛祖即差遣阿儺、迦葉前來邀請觀音菩薩共商研議，約其趕赴西天的居靈山大雷音寺；為的正是下界中土送真經赴東瀛諸國之事。如來釋迦摩尼佛早有所知，大唐朝廷這般送經；中原南端猶可行，東瀛和北洲則肯定是『滾滾長江東逝水；絕對有去無回』！果然佛祖聖明，不出所料。

卻說當時；觀音菩薩到了西天雷音寺；四大金剛、八大菩薩、十一大曜、十八迦藍等眾仙家；早在山門外面恭候觀音菩薩駕臨。步入寺內正殿內，瞧見功德佛玄奘大師挨近如來佛端正在座。諸仙佛見面；少不得一陣相互施禮問候。

『敢問佛祖有何吩咐？』觀音菩薩坐下之後問道。如來佛逐將下界東瀛送經綱遭遇困厄災情，詳述一遍與觀音菩薩明瞭，在座一起研議解決之道。

如來佛祖輕歎曰：『確知東瀛大和國與朝鮮高句麗、百濟、新羅沿途諸國皆真心向佛，卻無苦佛行僧得以送至彼邦。而大唐朝廷調兵遣將送經兩次遇挫，世間信心全無，斷了送經之道豈止可惜。攸關未來；只要將西方三藏真經傳送過去，東洲東北部諸國必為大乘佛教感化成為妙法之國。初始頗類似花木幼苗，須有歲月之定數；不得有上天揠苗助長，違反自然天理。若有人能遠赴東洲諸國送經弘法，誠若親自前往播下佛種，讓大乘佛法根深蒂固、花開枝綻，則善莫大焉。這般功德乃無量無上。功德佛之前為中原大唐至西方取經；遭遇多重苦難完成取經使命，爾等已經修得正果、脫胎換骨成為仙佛，這回赴東夷諸國送經禮佛之機緣；本應另有安排，不該再將此重擔加負爾等之身矣。功德佛萬勿勉強！』

功德佛玄奘大師則在一旁回道：『佛祖勿須為此事操煩困擾，弟子自幼皈依佛門，一心一意只為我佛渡化眾生、獻身立志；無視任何艱難折磨。再者；之前之十餘載西方求經之行，積累方方面面的經驗實非他人所能取代，途中遭遇各種妖魔折煞、魍魎❸煎熬皆亦安然渡過，更勝交付下界初生之犢多矣。而今欣聞東瀛、朝鮮高句麗等諸國決心侍佛習法，這般送經大事捨我其誰、自當全力以赴。即使捨佛身就凡胎；造次而行也求之不得。萬望佛祖理解並予以成全。』

如來佛祖欣然握著功德佛之手道：『汝有此意；甚好！甚好！言歸正傳；這回東行送經弘法；實乃彪悍險惡更甚於過去西方取經，經吾認知可以形容為如履薄冰、如臨深淵也。誠所謂：「西天取經不易、東瀛送經更難」。途中中土的河東與陰山、幽州一帶惡魔成群；境外的東突厥、契丹、鮮卑、扶餘、高句麗、百濟、新羅等有眾妖出入。飄洋過海抵東瀛大和國諸邦；則鬼怪騷擾侵襲將更甚之。要知道；山水地理不同、衍生的妖魔鬼怪必然也不同，即所謂一方水養一方人，更何況是魔界妖孽矣。』如來佛祖又慎重而道：『爾等須知；彼邦還有些地方宗教信仰有異，文化與中原華夏大不相同，不可強求改變他們。在該處尚未入我佛門之前，爾等將自求多福。遠水難救近火，西天仙界並不全然可管到地下四面八方的每個角落。謹慎駛得萬年船；凡事三思當能逢凶化吉！』

『南無阿彌陀佛；我佛慈悲』功德佛玄奘十指合掌行禮，然後說：『有道是：「我不入地獄，誰入地獄」，吾當效法地藏王菩薩，為了普渡眾生、推廣妙法，雖赴湯蹈火、上刀山下油鍋吾亦義無反顧。東渡送經之行，弟子萬死不辭。』

坐在一旁的觀音菩薩趨前娓娓提示說道：『由於上回西方取經的教訓；佛祖已經請求玉帝下詔另；要西天仙界諸神佛管好自家仙童仙獸，不得再私闖凡塵人間，予東瀛送經的大德；增添無謂之麻煩。尚有一事相告也；此行東去送經乃隸屬人間地界之功德，按照西天仙界規法；只能偶而從旁協助無法全程行事，如果仙界的菩薩羅漢都下凡搶攬功德，下界必然會亂了譜；還有誰修行做功德哩？』

玄奘長老頓時悟出觀音菩薩話中之意，開竅說道：『自然！自然！先感謝如來佛和觀音菩薩之美意。行事之前我會先向靈霄寶殿玉皇大帝箋奏，自請辭掉功德佛身份。還我凡胎降世而去！』

如來佛祖點點頭笑一笑；會心而道：『然也！然也！功德佛此行可謂任重道遠，心中可有個數；準備邀攬哪些天上羅漢與地界英雄隨行送經？』

玄奘法師毫不思索回答道：『阿彌陀佛；不外乎西天取經之原班人馬，大夥拍檔十幾年；彼此早有默契。悟空反應機靈、行事果決明快、武功法術更屬一流！且不說打妖扁怪，只要經過的路不平，他都會主動過去踩上幾腳。八戒性淵懿敦厚、吃苦耐操、思維純樸！悟淨功夫俐落、恬淡寡慾、清虛沉穩！送經團隊則為取經團隊；取經團隊即是送經團隊，一氣呵成、不作他人選矣。』

觀音菩薩柳眉微皺，關切地問道：『功德佛尚請三思；悟空性格放蕩不羈、為所欲為難以駕馭。另外二者魯鈍有餘、伏妖降魔功力則略顯不足。何況他們已經修仙成佛，再要他們放棄仙籍下緇塵❹去賣命，除了強其所難；他們也未必首肯，陪伴爾去送經無異是再度闖蕩玩命，怕他們沒有功德佛如此義薄雲天也。』

如來佛祖順勢勸說：『根據我掌握的；此次往東瀛送經的路途中，盡是一些前所未見的妖孽鬼怪，前途困阨艱辛可以預見。功德佛應該慎重再三；這些天不妨於西天上方認真挑選適合此任務之棟樑。其實；我和觀音菩薩周遭足智多謀、武藝高超的天兵仙將、鋼鐵羅漢也比比皆是，或許陣容壯盛還強過鬥戰勝佛等一干人哩。』觀音菩薩坐在一旁心有靈犀、點頭同意。

玄奘功德佛舉手輕搖，微微笑道：『你們的箴言諶訓與厚意；弟子心領了。愚嘗以為：人生百態皆生態、四大皆空心不空。眼前除非他等一行取經故人拒絕參與，否則不再另作陣前換將、擅改羈絏之打算矣。俗懇請佛祖和觀音菩薩理解、不吝成全我等師徒再結善緣。』

古諺說得好：月忌圓、命忌怨、水忌滿、物忌全。太完美反倒難以成事。

玄奘這般真心真意焉能不感動佛心！經功德佛執意爭取故人參與送經團夥，西方天界二大仙佛終於首肯應允、大家達成一致共識。

古聖前賢有道是：「路雖遠；敢行即將至。事雖難；敢做則必成。」

掃三災救八難的觀世音大聖菩薩，拿起玉瓶楊枝；將葉柳沾上淨水灑向玄奘法師，唸著『淨水讚』祝福此行順利、修功德結善果。楊枝淨水讚文曰：

楊枝淨水、遍灑三千、性空巴德利人天、福壽廣增延、滅罪消愆、火焰化紅蓮、南無清涼地菩薩摩訶薩、南無大悲觀世音菩薩！

於是；功德佛玄奘法師說做就做、絲毫不馬虎不怠慢。據觀音菩薩指稱；徒弟淨壇使者豬八戒正在九重天的披香殿內負責打掃衛生工作。金身羅漢沙悟淨則在太白金星那裡打打工，跑跑腿、挑挑水、砍砍柴、諸類的雜活。至於鬥戰勝佛孫悟空；一時不見蹤影，可能藏在某個角落閉關修行去矣，晚點再聯繫他吧。

功德佛玄奘掌握情況之後；立馬乘雲先至披香殿去找八戒徒弟。到了仙宮見宮內正在傳道說法，一片祥和頌讀著「金剛般若波羅蜜經」、綸貫著「佛說阿彌陀經」等妙法。功德佛找遍了殿裡殿外、問遍了僕役宮女都沒人知道打掃衛生的跑哪兒去了！功德佛也不是省油的燈，直接找到宮殿中的香房膳廚，果然在膳廚的外面聽到陣陣巨响傳了過來。原來徒弟的老毛病絲毫未改，偷吃完廚房的菜餚就躲在一旁的儲物小房呼呼大睡去了。

『八戒！醒醒！快起來。』玄奘法師將抱著拖把沉睡中的徒弟搖醒。豬八戒猛然驚醒，舉起長長的拖把呵斥道：『妖孽勿近！小心俺的九齒釘耙打斷你的狗腿。』待看清楚眼前是師父玄奘長老，噗的跪倒在地說道：『唉喲！原來是師父，真是他鄉遇故知。失敬！失敬！』玄奘法師將他攙扶起來，師徒二人嘘寒問暖一番。豬八戒非常開心地問道：『今個什麼風把師父吹過來的？』於是玄奘法師把如來佛和觀音菩薩的交待對八戒重複告知一遍。孰不料；八戒毫不猶豫地應允了。

玄奘法師慎重地說道：『此回東瀛送經；其路途艱難險阻可比西天取經更甚數倍。汝須得三思，萬勿衝動於一時。』『何必三思哩！我一思即可。』豬八戒拍著胸脯說道。玄奘法師好意提醒徒弟道：『先不說送經的事。汝好不容易隨我西天取經十四載，千辛萬苦方才修得功德，如今在天界封仙享受榮福、何等光采。放棄這一切豈不可惜了。』豬八戒則不以為然，趁機大吐苦水道：『師父有所不知啊！所謂高處不勝寒哪，這裡沒有知心朋友、沒有大魚大肉、沒有可以談心的女人……啥都沒有，只有多如牛毛的戒律條規；還有忙不完的打掃清潔搞衛生的活。倒不如下凡；找各地之妖魔鬼怪玩玩、打個你死我活、排憂解悶卻還開心些。』

既然這般又干又脆、默契十足，於是玄奘法師不再囉嗦碎碎唸。拉著淨壇使者就直奔西天門太白金星的地方找沙悟淨。到長庚殿按下雲頭走了進去；準備如何來說服金身羅漢。西天門的十二元辰、五方五老、普天星象、河漢群神等獲報出來迎接功德佛師徒二人。眾仙佛一起步入長庚殿內，太白金星老者正巧出門去兜率宮找太上老君泡茶閒聊去了。殿內眾仙家互施禮數之後；按賓主之位就坐。

玄奘法師說明來意；五方五老得知詳情，即差人去找金身羅漢沙僧過來。大夥於大殿上等了半晌；回報竟然說遍地找他找不著。還是豬八戒內行；扯著功德佛的衣袖隨他走，十四載的朝夕相處早有了默契。果不其然；在大殿巽地❺方位，煉丹坊旁邊的大樹上面，見著沙僧正躺著樹叢裡歇歇打盹。

噫！沙僧聽到玄奘師父的呼喚，從樹頂一躍而下；甫即摟著面前的師父和八戒二人嚎啕大哭。玄奘法師還以為沙僧是為思念故人而痛哭流涕的，安慰幾句之餘；即將如來佛與觀音大士交待的情節和盤托出。沙僧不等師父講完，即時回道：『師父算我一份吧！除了十八層地獄，師父帶我去哪都行，越遠越好、越險越妙！』玄奘法師懷著坦蕩慈悲之心，要沙僧還是考慮再三。

『還考慮啥哩！這天廷有夠無聊，想找個人打麻將都沒門！』豬八戒又犯嘀咕了。師父玄奘法師搖搖頭指著豬八戒道：『慎言！慎言！毛病還真多。天廷怎會無聊；文殊菩薩在披香殿每周三早上都開辦書法班、普賢菩薩開花藝班親自教插花、二郎神開國術班教人如何療治筋骨痠痛、鐵打損傷，還有那個教民族舞蹈的、茶藝班的……。』沙僧哭笑不得，回道：『吃飽撐著去學點東西當然好啦！俺在這待下去；累得只剩下半條命啦。每天要砍五百斤的柴、挑五百擔的水、唸五百遍的經、餵五百條的魚。雖稱羅漢可也把俺給累趴了。』豬八戒站在一邊偷笑，居然沙僧比自己混得還糟。玄奘法師關心道：『吃苦也算是一種修行和磨練。近來塵世間修得功德的高僧與慈善人仕很多，圓寂涅槃之後皆升上西天為佛稱仙、佛滿為患。目前天界仙佛名額有限，夤緣❻無門，如果忍不了；我去托關係走後門吧，看看如來佛和觀音菩薩那裡有無缺咖？這會兒汝等自己仍須努力。』豬八戒與沙僧一肚子委屈、哀怨，同聲回道：『吃齋、唸經、作法事自然是功德，涅槃為佛也適得其所。我等西天取經拚死拚活、苦盡甘來卻只換來使者與羅漢。不值！不值！』玄奘法師拍著二人肩膀說道：『這回爾等確定跟隨師父下凡，為我佛國往東瀛各方送經，不啻為再度修得空前之善果大德，如來佛承諾將舉薦玉帝升爾等為仙佛。機會難得、錯過可惜也。』豬八戒和沙僧眉開眼笑，手舞足蹈齊聲喊：『歐葉！』

『對了！還有你們的師兄悟空呢？』玄奘法師突然想起這個西天取經時候的國際巨星。接下又說道：『觀音菩薩一時找不到他，你倆可知也？此行少了鬥戰勝佛孫悟空，還談啥出國送真經；不說渡海東瀛，恐怕連自家大門口都邁不出去。逞兇鬥狠、鎮邪辟禍還得仗仰他哩。』師兄弟二人相視對望、沉默不語。須臾；豬八戒嘆口氣回道：『不提大師兄；他受不了西天的日子早就落跑啦。這會兒肯定在花果山稱王逍遙著！此回請他出山，恐怕比登天還難囉。不如我和師弟打前鋒，抄出吃飯的傢伙；隨師父送經就是。哪個不長眼的妖魔膽敢擋路；保證打他個人仰馬翻、屁滾尿流。少了這隻猴精；反而做事俐落乾淨得多。』沙僧旁邊附和說道：『二師兄所言甚是。師父放心，西天取經之時；妖魔我倆也沒少打過呢。』

儘管大話說個沒完，這倆個有多少斤兩；玄奘法師比誰都清楚。還是堅持要找孫悟空隨行。豬八戒挺身而出說道：『既然師父您吃了秤鉈鐵了心，俺八戒就自告奮勇；願意為師父跑一趟下界，將送經的訊息傳達給師兄孫悟空知道，大夥一起再戰江湖！』

卻說淨壇使者豬八戒奉命之後；騰雲駕霧趕到了東洲敖來國的花果山。山裡的猴兒看見趕緊呈報給美猴王知道，念舊的孫悟空親自跑出來迎接昔日老戰友。故人相見泣不成聲，不久行者領著師弟豬八戒進入水濂洞內，倆人挨近而坐。

『猴子猴孫們聽著！這個豬頭豬八戒乃是我的鐵哥們。好生伺候著，不得怠慢。』美猴王孫悟空拍手當眾大聲斥喝。不多囉嗦；洞裡馬上一陣勞碌奔忙，群猴獻花的獻花、奉果的奉果、搥背的搥背、按摩的按摩、斟酒的斟酒、敲鑼的敲鑼。薰香嬝繞環四周、笙鼓齊鳴响山頭。仙境般的花果山有詩為證：

猴子奉上銀杏果、猴孫獻上金波蘿、櫻桃楊梅紅似火、酸甜百味共一鍋。
牡丹泛紅倚青松、花團錦簇堆成夥、丹崖垂瀑直飛落、風拂碧潭盪銀波。
奇花異草滿山坡、遊山玩水忘煩瑣、群巒碧綠如仙境、川湍山澗險嶇嶓。
彩蝶飛舞蜂穿梭、鳥雀互鳴真活潑、群獸往來不落魄、花果山中萬象羅。

赫！瞧豬八戒在花果山；果然快活似神仙。有師兄領著；摘果賞花、燒烤野餐、踏青玩耍、吃香喝辣、光鮮風華。幾天下來樂不思蜀；把師父玄奘法師交待的事皆忘得一乾二淨也。

『阿彌陀佛！這個淨壇使者恐怕在下界；遇到什麼好康的流連忘返矣，絕不能讓他誤了大事。』觀音菩薩聽聞功德佛玄奘法師說；豬八戒已經下凡邀請悟空，逾時未返，又無消無息的，明白事態嚴重性。『哎呀！這個淨壇使者徒弟著實成事不足、敗事有餘也。觀音菩薩且勿動怒，吾親自下凡跑一趟就是。』功德佛清楚這個徒弟又犯貪玩的老毛病，欲趕去了解情況。觀音菩薩成事心切；挽住功德福說道：『且慢！此事還須余親力親為去找他。因為此一時彼一時也；孫悟空上回願意陪汝西天取經實是不得已而為之，他大鬧天宮遭到如來神佛施法壓在五指山下，必須隨著汝去完成取經任務來將功贖罪、方才修得正果。何況一路上還有緊箍咒限制著他，方才當回事認真執行任務。這回再要邀請他再玩命去送經，難矣！一則悟空他已經了結前債；不再欠西天甚麼。再者；他壓根不在乎成仙成佛的事，既然如此；要他找一萬個理由拒絕亦非難事。』菩薩的一席話；玄奘法師仔細想想確實不假、完全同意。觀音菩薩接著又道：『功德佛且安心，倘若汝依然執意要孫悟空加入送經行列，這回且先讓余去勸他歸隊，萬一他不允，無傷！再不久；下方長安京城將發生一件大事，吾等不妨再藉機去改變悟空。』聽完；忐忑不安的玄奘法師稍定下心，只得點頭拜託菩薩了。不久觀音菩薩帶著木叉使者；一路乘雲而降來到花果山，直奔水濂洞的洞口。

話說才剛到；甫聽到洞裡一陣麻將聲又一陣喧嘩吵鬧聲。『哈哈！一條龍、湊一色、槓上自摸！』、『詐胡；你牌掉到地下了！』、『不管；我這是連三拉三。』聽到守大門的保安傳報，美猴王和豬八戒二人隨即離開牌桌，跑出來迎接觀音菩薩。

『弟子有失遠迎，罪過！罪過！』孫悟空與豬八戒趕到菩薩跟前起手賠罪。

『南無阿彌陀佛，打擾你們也。』觀音菩薩微微一笑。美猴王恭恭敬敬地在前引著菩薩進入洞裡的貴賓室上座，並且吩咐猴群奉上濃香醇的咖啡和水果點心。難得這裡有天界仙佛大駕光臨，更何況是觀音活佛菩薩也。西天取經之時；承蒙觀音大士明來暗往大力鼎助、獲益匪淺。擺明的講；若無這位菩薩活佛，只怕取經之功德勢必功虧一簣；甚至取經的一夥在半路早就鳥獸散矣。

『鬥戰勝佛無須客套，我來貴寶地無他，就是為了確認汝是否決定……淨壇使者之前有告知你此事乎？』觀音菩薩話說一半；轉頭望豬八戒一眼，惟見豬八戒支支吾吾、滿臉通紅，顯然他送經一事支字未提。唉！預料之中！

『這獃子！』孫悟空瞪了豬八戒一眼，接著面對菩薩問道：『觀音菩薩這回親自登門造訪，顯然事情並不一般。弟子在此洗耳恭聽也，請說！請說！』

觀音菩薩身負重任，自天廷移駕出訪花果山。果真可以如願；順利地邀請鬥戰勝佛孫悟空加入東瀛送經之行列乎？敬請期待；下回再予分解：

『註解』：

❶宸居：皇帝的居住所在。
❷稗官野史：稗官指朝廷中，專司稟報皇帝；攸關市井百姓流言傳說的小官。
❸魍魎：泛指妖魔之類的鬼物。
❹緇塵：為人世間的紛紛擾擾。
❺巽地：八卦中的東南方位。
❻夤緣：古代專指巴結討好、拉關係。

第六回　觀音菩薩顯聖靈　東瀛妖魔盜真經

話說觀音菩薩為了朝廷送經綱的事；專程跑一趟花果山找孫悟空面洽。既然豬八戒只顧著貪玩啥都沒說，於是菩薩不厭其煩；將整件事之來龍去脈照實對悟空重複一遍。玄奘法師抱持我佛即天的宏偉使命感，依然期盼整個西方取經團隊一塊東瀛諸國送佛經妙典，完成天下佛國的功德大善。

『我說鬥戰勝佛悟空啊；你兩個師弟八戒和沙僧都欣然同意參加了。』觀音菩薩慈祥地看著悟空說道：『汝是否也自詡有此雄心壯志修得這份功德哩？』

美猴王孫悟空不愧為老江湖，故作狀道：『阿彌陀佛！菩薩有所不知；弟子在西天封佛之後，發覺那裡水土不服、經常失眠、甲狀腺不穩。在西方取經十多年的折磨下來；無奈身心壓力早就不堪矣，可稱縛雞無力、弱不經風。故而返回花果山調養、修身養性，待吾每天做有氧運動、練練瑜珈，稍有起色隨即火速趕回去報到。』豬八戒坐一邊聽到師兄瞎掰，嘴裡的烏龍茶差點噴出來、不停竊笑。

『無須勉強！迫於時間；假若鬥戰勝佛體力不濟、無法勝任，此行恐怕得另外找人囉！』孫悟空的藉故婉拒，其實也在觀音菩薩的預料之中。他會應允加入才真叫太陽打西邊出來了。孫悟空又接著說道：『不耽誤！不耽誤！這回還是另請高明。弟子心有餘而力不足，命運多舛，恨哪！』話說到這裡、多言無益；觀音菩薩知進退地站了起來，微笑說道：『如此；鬥戰勝佛就暫且妥善休養吧！我相信汝再過幾天就可以恢復正常、加入送經綱的行列啦。南無阿彌陀佛！』觀音菩薩乘雲離去之後，孫悟空為最後菩薩丟下的那句話左思右想，到底是何意義？

『以後的事以後再說。剛才打到西風圈；我槓上自摸。繼續！繼續！』豬八戒早就按耐不住，等菩薩一離開；又把孫悟空拉上牌桌，他手氣正旺著哩。

卻說大唐長安京城；在歌舞昇平的盛世，到處展現大國之風範一覽無遺。平日就已經人潮來往、馬車縱橫。城區裡匯聚各行各業、來自四面八方的商賈；也有異邦友人沿著絲路過來做生意，各地旅客川流不息。每逢該年之桂月仲秋當天，城裡更是熱鬧非凡、舉國歡騰的慶祝著。尤其到了適申時刻❶；明月高懸照八方、黃輪盈滿呈吉祥。瞧那大街小巷、男女老少們，蜂湧而至市集燈會；逛夜市賞花燈。那夜市的花燈五花八門，另有不同的應節街景；這旁猜燈謎、那旁唱戲曲。再說到夜市的花燈，何妨走過去瞧瞧：

盈月乍昇耀錦榮、八街四巷蓋花燈、細細品、匆匆匆、敲鑼打鼓樂融融。
跑馬燈、翻山越嶺又重逢。神仙燈、仙佛降世定乾坤、天上人間兩不同。
蓮花燈、萬綠叢中展嫣紅。孔雀燈、七彩羽翼舞平昇、普天共慶世人稱。
琉璃燈、光鮮亮麗裡外通。彩虹燈、雨過天晴現彩虹、艷麗耀眼掛天空。
萬花燈、萬紫千紅春意濃、祥獸燈、珍禽異獸載青龍、藍天綠地更九重。
錦鯉燈、戲水池湖盪盈盈、山水燈、岳嶺川流好風景、如詩如畫如幻境。
庭園燈、梅蘭菊竹伴柏松、太平燈、國泰民安風雨順、萬象更新旺眾生。

還有四季燈、龍鳳燈、雙喜燈、桃園結義燈、西域波斯燈、天竺燈……。

五花八門的燈籠掛滿街道兩邊，讓人眼花撩亂、美不勝收！中秋露華秋分至、月滿西樓故人知。來到了仲商❷壓軸的時候，即是萬眾矚目的酉時三刻；皇宮裡承天門的工部侍郎，負責準時燃放沖天炮竹煙火！咻！咻！咻！之聲不絕於耳。但見那長安城遼闊的暗夜空域；在一輪明月之下頓時間形形色色煙花四綻、高高低低炮竹俱响、忽前忽後金光噴放、時左時右火花閃閃！

有曰：近水樓台先得月。京城裡觀賞煙火最佳地理位置，當然莫過於慈恩寺的大雁塔矣。塔樓逾百丈、一覽且無遺。寺裡的廣慈老方丈在眾僧沙彌攙扶之下，也來到塔樓頂端；一年一度賞月看煙火。慈恩寺裡的眾僧們群群坐著，一面品茗嗑瓜子、一面放眼炮竹滿天飛舞的天空，驚豔之聲彼起彼落。廣慈法師開懷至極；不禁大讚道：『南無阿彌陀佛！善哉！善哉！』

夜空中只見煙火紛紛沖天，正熱鬧著；戛然發現有一團紅火卻逆天而降，尚且明顯地直奔慈恩寺；沖著寺裡的大雁塔而來的。塔頂的方丈僧侶圍向欄杆看個究竟？但聞一聲巨響；大雁塔樓下的大鐵門遭到破壞、弄得支離破碎。塔樓微震；嚇得賞月的眾僧一陣騷動、不知所措。廣慈老方丈呼籲大家保持冷靜，他鎮定說道：『不慌！不慌！本塔內的西天三藏寶經深鎖於五道鐵門裡面；鐵門外有朝廷御林軍日夜層層護衛著，大家稍安勿躁。』大夥聽到廣慈老方丈的話不再驚慌，然後老方丈指派寺裡；一位法號慧穎的高僧下去看個究竟？

慧穎法師授命連忙趕下塔樓看個明白。只見大雁塔大門裡外靜悄悄、地面一片狼藉混亂，鐵門像紙一樣揉成了一團。宮中派來駐守的將士死的死、傷的傷，滿地哀號聲好不悽慘！慧穎法師手持棍棒躲在角落默默念著佛經，守株待兔棒打賊人。不多久；月色之下有一巨影從大雁塔裡大步邁出，仗著人高馬大的慧穎法師持長棍迎頭而上，並且怒聲喝斥道：『大膽小賊！快快束手就縛，否則勿怪貧僧心狠手辣。』話甫落定；只見那入侵者走到跟前，嚇得慧穎法師瞠目結舌、魂飛魄散、兩腿一軟趴倒地下。

那賊物身高十丈；長著三頭六臂、壯碩如牛。頭大如斗臂粗似騾、血盆大口又一嘴獠牙、身披金盔銀甲、腰繫太刀❸纏錦帶、足穿鹿皮翻毛靴。賊物身後揹著匿大的藍布袋，儼然西天取回的三藏寶經儘入其囊中矣。慧穎法師睥睨那妖賊走近身邊；嚇得喃喃自語：『菩薩慈悲，吾命休矣！』也許是八字好、命不該絕，一陣狗吠聲；由遠而近。原來是天界二郎神，領著吠天犬和一夥神將趕了過來。

『妖孽放肆！』一聲巨響；即見一英俊挺拔、儀表堂堂的舞象❹戰神從天而降，身旁列有天界之四太尉、勇猛二將、中軍羅漢等一行。手持三尖兩刃紅纓槍，指著妖賊罵道：『數到三；放下西天真經饒你一條狗命。一！二！三！』那妖賊毫無懼色，閃過一槍之後哈哈狂笑道：『你是哪根蔥？敢擋大爺辦事。快報上名來讓爺們聽聽。』雄偉俊俏的男神說道：『說來嚇死你這妖賊。聽好；吾乃天上玉皇大帝之外甥，奉旨專打妖物、敕封昭惠靈王二郎神是也。你這妖物膽敢到此橫行當強盜，俺倒想知道你是哪根蔥哩？』那妖賊哼笑著回道：『二郎神是嘛！算小兒科一類的罷。都給我聽好！我是來自東瀛八洲富記押馬❺魔界太極的鬼一刀。擋我者死；滾開！』眾仙家頓時傻了眼，走遍全天下沒聽過啥叫「富記押馬」的？

二郎神不多囉嗦，持長槍揮向鬼一刀道：『管你是富記押牛或押馬的，二大爺這回叫你死得痛快。』雙方赫然抄傢伙作殊死拚博、打得難解難分，這個鬼一刀敢來中原打劫西天寶經、挑釁眾仙佛，自然不是池中之物、省油的燈。其有三頭可眼觀四面、耳聽八方，而六臂更可攻可守、以一戰百不成問題。勇猛的二郎神雖然身經百戰，又有太尉羅漢一夥相助；卻也沒有佔到半點便宜！。二郎神的三叉戟與彈弓全用上；鬼一刀的鬼滅太刀揮舞砍劈，敵我打殺好一陣不分勝負。

『讓開！讓開！二郎神君等人，且讓開！』一個觔斗翻到熱戰兩方的中間，孫悟空火眼金睛瞪著鬼一刀罵道：『恁你這皮癢的！老子辛辛苦苦花了十四載；才把這西天真經給馱回中原。你這痞子倒好；片刻就想盜走，是否壽星上吊；活得不耐煩啦！觀音菩薩臨時差木叉使者通知我，我都還半信半疑咧！』甫說完；舉起定海神針金箍棒劈頭就打。鬼一刀的鬼滅太刀也迎面砍了過來。

怒氣衝天的鬥戰勝佛幾回合下來，打得鬼一刀招架不住了；馬上喊暫停。然後說道：『你就是那個取經的弼馬溫❻孫猴子是嗎？告訴你；我才不稀罕什麼真經假經的，只要你們發誓不把這些佛經帶到東瀛的大和國，我就便宜你們。有我在；絕不准八洲百姓信佛拜佛！聽懂沒！』聽到有人叫他弼馬溫就一肚子火；孫大聖火力全開，罵一聲：『天作孽；猶可違，自作孽；不可逭。跟你這般撒潑之妖孽；沒得商量！』跟著悟空又是一陣亂棒揮舞，二郎神等人自然也沒閒著，抄傢伙輪番上前廝殺。這下子來自東瀛的魔界太極鬼一刀；即使長有十頭十臂也罩不住了，迅速扔下裝有三藏真經的包袱掉頭就走。臨行收起鬼滅太刀，回頭警告道：『記得不准把西天佛經送到東瀛大和國。別以為你們西天取經；路上僥倖剷除一些破銅爛鐵、阿貓阿狗的小混混；就自鳴得意，早得很咧！東瀛魔界可不是你們惹得起的，你們好自為之！勿謂言之不預；送經東瀛惟有死路一條。不說其他；我還有一個比我厲害百倍的大師兄哩。知不！』撂下狠話；瞬間即雷奔電馳、消逝無蹤。

『河水不犯井水，犯我者必叫你後悔。偷我的經還不讓我送經，老孫這回就送到東瀛你家給你看！』孫悟空氣呼呼地坐在椅子上發火嘀咕著。二郎神等仙家走過來撫慰悟空。二郎神陪笑說道：『鬥戰勝佛且消消氣，話說氣由心頭起、惡由膽邊生。送經的事不需你操心，據觀音菩薩說；西天真經有淨壇使者豬悟能和金身羅漢沙悟淨他二人送就得啦。』

『由他倆去送經？簡直是廁所裡面打燈籠：找死（屎）吧。』悟空冷笑一下，接著說道：『顯聖二郎真君，這會兒你就不要費口舌了。不打死這痞子，我氣難消。東瀛送經的事恁誰勸我都沒用。倘若不讓我參加，我便獨自去送。我就不信羊上樹、烏龜能駕大牛車。』二郎神一夥人知道勸解無效，就施禮告別而離去。

慈恩寺的廣慈老方丈慢步走下大雁塔，慧穎法師將剛才發生的事匯報給他。老方丈吩咐寺裡的眾僧清點三藏真經寶典有無丟失，並且很快移近孫大聖的身邊拱手致謝。孫悟空也回禮道聲：『阿彌陀佛，虛驚！虛驚！』經過大家仔細盤點；確定那西天取回來的經完好無缺之後；悟空頻頻點頭道聲：『幸好！幸好！』即告別慈恩寺的老方丈與眾僧，踏上觔斗祥雲飛天而去。

不到一個時辰；朝廷的官兵們據報都趕了過來支援，把慈恩寺團團圍住、水洩不通。得知盜賊已經走遠，這才放下刀槍；把寺裡死傷的衛兵逐一處理妥當。待事故報告上呈尚書省兵部衛署司，要求明天開始加派兵馬駐守慈恩寺。

『臥草！末將南征北伐打過的仗不下百回，頭一次看到戰場如此混亂的。京城裡的精兵被打成這般，莫非賊人長有三頭六臂也？』率軍趕來的陳將軍身材魁梧雄壯，他對大雁塔的打鬥現場至為驚訝。慧穎法師是僅存的目擊者，他點頭說道：『是啊！那盜賊真是長得三個頭六條臂呢！光他的手臂都粗壯過陳將軍哩！』陳將軍瞄了慧穎法師一眼，悄悄跟身邊的廣慈老方丈問道：『貴寺這位法師平常都是這樣語無倫次的嗎？多關心一下；找時間去藥房幫他抓點藥吧。』

中秋佳節的煙火仍在月空中閃爍不停，長安城裡依然歡聲雷動。可惜慈恩寺裡的法師眾僧都無暇顧及，雜亂殘破的打鬥現場，恐怕得忙上幾天來清理矣。

卻說鬥戰勝佛孫悟空回到花果山；血壓飆漲、內分泌失調，越想就越怒。桌上的百果酒一杯接一杯。心想著：『這些東瀛過來的邪雜碎真是有眼不識泰山。五百年前牠祖爺爺、祖奶奶都還沒生下來，俺就大鬧天宮矣，橫豎交手過的天兵天將不下數百個；贏得齊天大聖稱號。接著又鬧事，被太上老君擊中天靈、勾刀穿透琵琶骨再擺進八卦爐煉丹，都熬過來了。再說後來的西天取經；行十萬八千里、使碎六葉連肝肺、用盡三毛七孔心、打遍各地的妖魔方才取回三藏真經。這個邪雜碎偷我經不成；還敢撂狠話警告俺！這真叫〝王八好當、氣難受〞！不行，明天一早俺決定回天廷找師父玄奘法師。送經事小，俺得去東瀛八洲討個公道。』孫悟空發著嘮叨；忽地拍桌子說道。這也難怪享譽諸方、號稱美猴王、齊天大聖、鬥戰勝佛的孫悟空怒氣難消。有詩提到：

誰言悟空不上道、萬年石精日月照、風吹雨打不礙事、天地精華一身挑。
花果山間風水妙、水濂洞裡育聖苗、三陽開泰將我造、地靈人傑出英豪。
天生異稟藏不住、闖蕩江湖命一條、四方拜師學武藝、天仙口訣記得牢。
聰穎勤習武功高、戰無不勝顯光耀、群妖眾魔結兄弟、五湖四海任逍遙。
身手不凡逐驕傲、天涯打完打海角、贏得龍王金箍棒、如虎添翼氣更囂。
世間玩透玩天界、南天門將都打跑、玉帝無奈籲養馬、混口飯吃太無聊。
大材小用無意義、欺人太甚衝啥曉、再跑天界把事鬧、眾仙奔忙真辛勞。
太白金星把旨昭、齊天大聖封九霄、靈霄殿內稍平靜、又闖王府偷仙桃。
惹怒仙佛無處逃、托塔天王又哪吒、五方揭諦四功曹、兵來將擋把命保。
二郎率眾抓到我、天雷劈下烈火燒、刀斬鐵橇都無效、煉丹爐裡伸懶腰。
天界仙家皆煩惱、孰知高興還太早、如來神掌翻不過、五指山壓受煎熬。
玄奘取經出天朝、將功贖罪走一遭、八戒沙僧也來到、同心協力把經要。

十萬里路雲和月、翻山越嶺又渡橋、窮鄉僻野崖陡峭、取經信念不動搖。
取經不易路迢迢、半途妖魔真不少、古靈精怪湊一腳、打殺玩命非胡鬧。
艱辛困苦當補藥、八十一劫當玩票、取回大唐真經交、以為從此開懷笑。
三藏真經剛擺好、慈恩寺又鬧強盜、東瀛妖孽來警告、悟空豈能善罷了。

豬八戒坐在旁邊搖著芭蕉扇嘲笑道：『嗨！何必跟牠一般見識，省省吧。』悟空舉杯把酒灌下肚，然後埋怨道：『俺辛苦用了十四年工夫才熬燉出來的湯，這傢伙片刻就想把整鍋給端走，簡直是：老虎不發威，把俺當病貓啦！』豬八戒回頂一句說道：『難不成師兄還想陪著師父去東瀛送經哩。要去你自個去，我辛苦點幫你看家、管管那些野猴就是。』孫悟空敲著豬八戒的腦袋說道：『你這腦滿腸肥的傢伙，第一個喊著去送經的就是你，這回想溜了；沒門！還是乖乖一起走。路上的妖怪俺來打，你就負責馱佛經和行李。夠便宜你啦！』。八戒聽得臉都綠了，都怪自己多嘴。那個長著三頭六臂；自稱鬼一刀的，深深烙印在悟空的腦海裡。沖著那一句話，悟空決定下山；遠征東瀛。

隔天一大早；東方剛剛露出魚肚白，八戒即被師兄孫悟空拉下床。梳洗刷牙、隨便喫點豆漿饅頭之後；邁出水濂洞跟滿山遍谷的猴子猴孫們道別。山林四野片刻之間傳來猴群陣陣的哀號聲、如喪考妣、久久不散。

美猴王孫悟空哽咽著安撫說道：『各位鄉親、諸位父老兄弟姊妹們，大夥聽著；俺也捨不得離開這裡離開你們，天下雖大；無論是北海道或大峽谷、阿爾卑斯山、再也沒有啥地方可媲美咱的花果山。這回；俺只是出門算一筆舊帳，大夥免驚！慢則一年、快則半載就趕回來。你們在這裡安居樂業、頤養天年，乖乖等著本大王打勝戰、凱旋歸來。你們說：好不好啊！』在一片掌聲如雷、響徹雲霄的歡呼聲中，美猴王孫悟空揪著豬八戒的耳朵，踏上雲頭；回首向著猴子猴孫與壯麗雄偉的花果山吻別道聲再見。一眨眼；只見那飛天的雲彩直奔西天而去；消逝在無垠的藍天白雲裡。

五行屬火、生肖屬老虎、星座屬獅子的齊天大聖，既有老虎的勇猛又有獅子的霸氣、更有猴子的靈活。向來就是我行我素、敢做敢當。何曾怕過誰哩！

頃刻之間；師兄弟倆就來到了西天仙界。兩人先去太白金星那兒找金身羅漢沙悟淨會合，再跟太白耆宿請個事假外出，一塊找師父功德佛去。三人途經南天門的時候，見著值班的四大天王、五方將、十二元辰等眾仙家。大夥按禮數；互相噓寒問暖一番。

『鬥戰勝佛和金身羅漢、淨壇使者，幾位準備上那兒去啊？』抱著大琵琶的多聞天王走向前問道。孫悟空回禮問道：『請教天王；俺那功德佛玄奘師父這會人在哪呢？俺有急事找他哩。』腰掛著寶劍的廣目天王，在一旁查閱天廷的日誌表，插嘴說道：『找功德佛是嗎？他人應該還在彌羅宮裡說經傳道著。你們要快點；他快下班啦！』道聲多謝；孫悟空和兩個師弟及時趕去天界的彌羅宮，看見玄奘法師還中規中矩在宮內說著妙法早課。於是三人在宮外等候，準備向師父玄奘法師正式提出申請，完成往東瀛送經的報到手續。

既然當年西天取經的師徒們；如今再度集合承負送經重任。這回他們是否得以順利成行？又有什麼邪惡艱險在前面等著他們呢？甚至如來佛祖都預言；這回東瀛送經橫禍危難更勝之前，果真是乎？敬請看官稍待；且聽下回分解：

『註解』：

❶適申時刻：在十二地支的算法，大約為黃昏的時刻。

❷仲商：指農曆八月。

❸太刀：為日本貴族、戰將所配戴之長刀，比一般武士刀略長也略彎。

❹舞象：古人稱年輕人為舞象之年。

❺富記押馬：此句為日語發音；即指日本現在的富士山。

❻弼馬溫：為天廷專門照顧馬匹的小官，孫悟空首次大鬧天廷的時候，玉皇大帝為安撫他所封的。

第七回　西天旭耀助出征　朝廷天監籲火生

話說孫悟空帶著豬八戒、沙悟淨趕到西天仙界；在彌羅宮外終於等到師父玄奘法師傳經授課結束。於天竺取經的師徒四人相見；相擁而泣、歡欣雀躍！久別重逢有千言萬語說不盡、也道不完。為了取經；在艱難困苦的地界一起煎熬了十四年，這種革命情感何其珍貴。有詞為證：

說玄奘道玄奘、幼入沙門妙法廣。大乘真經、天朝盼、西天取經得眾望。
說悟空道悟空、打遍仙魔武藝強。將功贖罪、伴玄奘、取經路險擋豺狼。
說八戒道八戒、天生懶散卻善良。九齒釘耙、鬥志旺、功名利祿擺一旁。
說沙僧道沙僧、原是天將遭下放。勤勞吃苦、體格壯、沉穩內斂不猖狂。
說取經道取經、西天一路多險狀。八十一劫、似狂浪、這裡殺完那邊搶。
說打鬥道打鬥、心狠手辣聽都涼。刀槍劍斧、狼牙棒、危機四伏無處藏。
說妖魔道妖魔、青牛獸持點鋼槍、通天河妖、賽天王、獅陀嶺上地搖晃。
說鬼怪道鬼怪、雲獅花豹黃鼠狼、獐狔斑犀、大搏象、山野叢林盤巨蟒。
說真經道真經、真經取得似幻想。精疲力盡、十四載、苦盡甘來現元陽。
說功德道功德、寶經至臻取回唐。天上人間、都按讚、國泰民安呈吉祥。

『師父！俺聽觀音菩薩說：您準備籌組一支團隊去參加錦標賽、進軍國際。哎訝！……瞧俺緊張得胡謅一通啦！』孫悟空自掌一下右頰；旁邊幾個聽得牙都歪了！引得如雷爆笑。功德佛玄奘法師笑著說道：『是組隊去東瀛送經的。鬥戰勝佛可有意願加入哩？事關重大，尚請悟空深思遠慮，不勉強！不勉強！』功德佛才說完，悟空隨即回道：『不必思！不用慮，俺孫悟空向來為善；不落人後，這會兒就是趕過來報到的。誰阻攪我，勿怪我翻臉了。』玄奘法師心頭暗喜；這觀音菩薩果然料事如神，早有預言等著悟空自己會找上門來的。

取經的玄奘師徒們正聊得開心，芬芳之氣陣陣撲鼻而至。觀音菩薩隨著兩位散花童子和木叉使者、捧珠龍女一起飄移過來，專程來到彌羅宮聚聚。眾佛仙家互相施禮致意，慈眉善目的觀音菩薩端視那幾位師兄弟，不免輕鬆幾句：『鬥戰勝佛的身體近來無恙吧？那嵌金花帽❶這回還想戴嗎？』嚇得悟空連忙搖頭謝絕。又對著豬八戒說道：『淨壇使者該出門多走動，這回好像又肥胖了些喔！』『還有金身羅漢；近來倒是體壯如牛呢！』觀音菩薩笑眯眯地對沙僧說道。沙僧苦笑回應道：『菩薩有所不知，這身子都是硬操出來的。每天得砍五百斤的柴、挑五百斤的水。焉能不壯也！』

『言歸正傳；我想諸位仙家應該都清楚，功德佛未來欲赴東瀛送經的事矣。這件功德肯定是空前絕後、絕無僅有的壯舉。為取得我西天佛法，汝等已經損耗十四載，爾今又為弘揚佛國妙善再度徵召諸位，豈止是修功德；誠可謂善莫大焉。』觀音菩薩停頓片刻，然後接著說道：『如來佛祖非常重視這回送經的事，送經東瀛亦必須經過中原北洲諸部。如果於東瀛沿途諸國送經順利成功，從此天下全然為佛國之地也。』玄奘法師待觀音菩薩說完，他對幾個徒弟補充道：『西天如來佛有云：此番送經路程其艱難險惡，比較西域取經更為甚之！倘若意志不堅、決心不足，恐怕無法勝任這般超級重負。爾等慎之；勿謂師父言之不預。』

豬八戒聽完正欲打退堂鼓，被悟空狠狠盯了一眼、在大腿上掐一下，只好摸摸豬鼻說聲沒意見。事實上；功德佛心裡有數，這次出國送經，謄抄經本寶典有數十套，包袱行李遠超過取經時的十倍以上，少了豬八戒還真不行，挑夫的角色不容忽視。觀音菩薩見到功德佛師徒送經隊伍儼然成形，至為欣慰，樂見其成。藉機邀請大家一起吃個便飯。眾仙家搭上雲端直奔南海落珈山的普陀巖而去。

於普陀巖紫竹林的羅春亭，那值班管家金甲諸天大仙領著一夥人就座，並且斟上千年普洱茶。莊嚴華麗的亭內擺有一桌色香味俱佳的美食。有詩為證：

經典桂花茯苓膏、涼麵菜包熱蒸餃、胡麻燉粥千層糕、芝麻燒餅夾油條、
麻辣豆腐慢火熬、八寶油飯豆芽炒、糖醋香酥小火燒、金針饃饃美佳餚、
丹盤堆滿鮮紅棗、木耳果飴泡仙草、綠豆薏仁拌香料、嫩筍磨菇胃口好、
四時瓜果水蜜桃、銀杏榛果不嫌少、蓮藕蜜餞真奇妙、大快朵頤吃到飽。

席間杯觥交錯、歡笑聲不絕於耳。吃吃喝喝之際，孫悟空驚覺座席少點什麼？詫異地問道：『大夥皆到齊；為何獨不見那白龍馬哩？』觀音菩薩一聲輕咳，解惑說道：『該白龍馬原是西海龍王敖閏的三太子，之前不慎玩火燒掉龍殿明珠，其父一狀告到玉帝那裡，是我代為求情饒他不死。他化作白龍馬願為功德佛取經效力，完成取回真經的使命。之後被天廷封了「八部天龍」爵位；已經回到西海龍王那裡去。為了東瀛送經的事我也曾經找過他，碰巧他新婚；娶了大白鯊王爺的女兒當媳婦。其父西海龍王則告知；希望他兒子留在老家傳宗接代。唉！送經綱的事就不勞駕他矣。』席上在座聽畢都深表遺憾婉惜，惟有豬八戒忿忿不平說道：『白龍馬這廝溜得真快，傳宗接代這般好康的事由他。臥靠！送經那大包小包的不下百斤由我一肩挑，豈不折煞俺哩！未到東瀛俺命都沒啦。』

站一旁的金甲諸天，訕訕笑說道：『淨壇使者免驚！全部家當交給你；任誰也不放心，萬一被你落跑了乍辦哩！此事觀音菩薩亦稟告給如來佛知情，問題不大。咱們天廷何其遼闊，要找個代罪羔羊也並非難事。』觀音菩薩的助理祕書木叉使者，也是托塔天王的二公子惠岸，他在天廷之間的仙脈很廣、佛緣不錯。在飯桌上他公布最新的情況曰：『西天快報；最新傳來的消息，先是九天應元府守將辛元帥的二少爺辛甘，不學無術、偷雞摸狗；仙塾課堂上且霸凌弱小、考試作弊、侮辱師長，屢勸不聽。還有那開山大仙巨靈神❷的嫡孫秦願，這個年輕小夥子調皮搗蛋，拿彈弓亂打；一個不小心把玉皇大帝寢居的通明殿窗子打破，玉帝飼養的寵物狗奔出吠他，也遭彈弓打傷右腿。現在辛甘和秦願都關押在天牢警閉室候審，至少流放到下界做牛做馬一陣子、以儆效尤。吾主觀音菩薩心懷慈悲；準備明天去靈霄寶殿代為求情，讓他們交保隨著功德佛送經，將功贖罪。』

功德佛玄奘法師合掌唸佛說道：『南無阿彌陀佛，菩薩保佑。辛甘與秦願跟著本法師東瀛送經也是功德一件也。善哉！善哉！』豬八戒聽完逐胃口大開，桌上的蒸餃、漢堡和紅棗糕被他吃得精光。

話說隔天；眾仙佛們事先約好在西天金闕雲宮的靈霄寶殿碰面。他們有騰雲的、駕獸的、上輦的、馭龍的、凌風的前後都到達大殿；再一起步入寶殿內。

嗚鞭二十二响❸之後；玉皇大天尊玄穹高上帝❹登殿上朝。率先上奏的是住在三十三天界離恨天上的太上老君，他說道：『上稟玉帝；道德經有言：「道乃自然界之規律、德則是人之修行也」。又言：「曲則全、枉則定、與善言、言尚信」。爾今；下界人間有大唐貞觀之治，周禮漢威、名存經典、赫赫而持、仁德昭顯。善賢廣施之下；國力昌盛、社稷安定、內則風調雨順、五穀豐登。外則四鄰嚮往、八方稱臣。然則經亦有曰：「命理有數、道行有譜、利弊並行、孰知禍福」！飽暖思淫慾、飢寒起盜心乃天經地義也。太平盛世的時間拖得越久，道德沉淪、世風日下必然更形加速。如不及時端正人心、揚善避惡，臣以為未來釀成禍害再予挽救，為時已晚矣。天廷上界恩威並濟；必須盡早防犯未然、有所作為才是。』

玉皇大帝點頭表示贊同，隨後問道：『仙界眾卿；爾等可有相應對策？』觀音菩薩趨前回道：『然也！吾西天佛組之三藏真經，上回托付功德佛玄奘法師攜返大唐，中原施行果然有成，德善深植人心也。推廣佛法妙經之舉，儼然獲得鄰近諸國崇尚景仰；紛紛派遣使節求取真經。可嘆；大唐朝廷送經過程波折不斷、力猶未逮。』玉皇大帝又問道：『觀音菩薩心中可有腹案，覓得適當人選可勝任此事、擔負此責？』觀音菩薩隨即領著功德佛奘法師、鬥戰勝佛悟空、淨壇使者豬八戒和金身羅漢沙僧，一夥走往台階前。玉皇大帝一見似曾相識；豁然開朗而道：『幾位賢卿不正是西天取經的那幾位英雄好漢乎！才忙完取經；這回又要去送經？眾卿真是樂此不疲也、精神可嘉。如此義薄雲天；朕祝願諸位仙佛旅途愉快、馬到成功。另外；有啥天界能助以一臂之力？直言無妨！』

豬八戒性急；不等觀音菩薩提議，立刻搶先說道：『玉帝剛才提到馬！吾等還真的急需馬哩！但求玉帝賜予一匹馬。』玉皇大帝笑著說道：『要馬？這倒容易；爾等去朕的馬廄任選即是。』觀音菩薩趁機提出意見說道：『此馬非彼馬也，牠既能載人負重；危急時刻且可變換為人之身軀，打擊妖魔。』玉皇大帝納悶問道：『理解！理解！可那西海龍王的三少爺冊封「八部天龍」之後；不久前才剛辦完新婚，這回恐怕難以徵召成行。』觀音菩薩立即表明心意，娓娓而道：『不勞他也。據知近日；有九天應元府守將辛元帥的二少爺辛甘、與巨靈神之嫡孫秦願犯了天條仙規，將被貶謫流放下界修行。他倆素來功夫俐落、法術不凡，是否懇請玉帝將之賜予；加入送經之列？』

玉皇大帝欣然同意，尚且不放心的說道：『帶走！帶走！這兩個小仙家年少輕狂、放蕩不羈，讓他倆吃點苦也罪有應得。只是他們刁蠻頑劣難以管教，爾等仍須加以留意。』觀音菩薩以教化眾生為念，孜孜不倦說道：『仗義多從屠狗輩，負心多為讀書人。所謂：「浪子回頭金不換」，藉此良機讓他們見見世面、改過向善不亦善哉。』孫悟空不當回事說道：『待我來！慢慢修理一下，讓他兩個脫胎換骨。一個辛甘、一個秦願。這回；俺就叫他倆心甘情願陪到底吧。只是我們才需要一匹馬，這二人如何分工是好？』

玉皇大帝早想攆走這二人，於是趁機大方做個順水人情，他分配下去說道：『就讓他們效犬馬之勞！辛甘體型較矮小—適犬；秦願人高馬大—適馬！就這樣定案吧。等會退朝之後；煩勞玄奘法師走一趟天牢，辦妥交保手續，快快帶走。』殿內的眾仙佛們感恩戴德；齊聲稱讚：『皇恩浩蕩、感恩戴德。臣等領旨！』眾仙家逐行恭送玉帝之後；退朝離殿而去，觀音菩薩也先行離去。

玄奘法師、孫悟空、豬八戒、沙僧等一起到天牢；見到辛甘和秦願二人。辦完交保；這兩個年輕小痞子恢復仙籍、才走出了天牢，一轉眼就消失無蹤了。孫悟空冷笑一聲說道：『你們跟爺爺玩這一套，還早的很咧！』變作蒼蠅的辛甘與變作螞蟻的秦願欲藉機逃溜，頓時被悟空揑在手心上；動彈不得。

話說辛甘和秦願；二人皆值菁英舞勺之年。前者曾拜師赤松子；習得一些武功與法術。秦願則是鎮元大仙的弟子門生；練得太乙玄門之真傳與精華。雖然他們年少不經江湖事故、更缺乏實戰經驗，若假以時日磨練一番，成就可期也。

『也不打聽打聽一下，當年大鬧天宮的齊天大聖是什麼角色。敢在俺面前撒野，爾等化成灰；都逃不過俺的火眼金睛。還是乖乖認了吧！』孫悟空又好氣、又好笑的說道。兩人只得變回原形，爬起來跪在地面上求饒。那個叫秦願者；乃是巨靈神的公子，他恭敬說道：『有幸！有幸！原來眼前這位前輩就是齊天大聖孫悟空。家嚴原是托塔天王的先鋒，那回天廷遣天兵仙將前往花果山捉拿大聖，家嚴輪著宣花斧與大聖您過招幾回合，結果斧柄遭大聖打成兩截、落敗而逃。您的大名早已如雷貫耳，今秦願心悅誠服、願隨諸位長老下凡、完成送經功德。尚請不吝指教！』

跪在一旁的辛甘也回道：『勿怪！勿怪！小的真是有眼不識泰山，之前大聖您大鬧天宮之時，家父為天廷一級上將；當年守在南天門時，曾經與您交手打過幾十回何，仍是大聖的手下敗將。這回諸位前輩東瀛送經、推廣佛法，辛甘何其榮幸，願追隨左右也。』二人跪地一拜再拜。

豬八戒持不同看法，瞧這二人那般公子哥模樣；哪能喫苦耐勞哩，萬一臨時有狀況豈不累死自己。於是不屑說道：『聽典獄官說；要徵召這兩個痞子去東瀛送經，大家以為逗趣開玩笑罷。偷雞摸狗的無名小輩能幹啥哩？天界仙佛高手如雲、羅漢神將之間肝膽相照。找他倆只會增加累贅麻煩，不如咱們另請高明，讓他倆再蹲回籠子去如何？』此話一出；嚇得辛甘、秦願直說：『吾等願效犬馬、即便上刀山下油鍋，萬死不辭！』孫悟空閱人無數；知道這兩個有幾分像往昔的自己；初生之犢、橫衝直撞，頓感惺惺相惜之意。於是走向前扶起二人，並且拍他們的胸肩說道：『你們被錄取了，往後好好表現讓八戒師兄刮目相看。加油！』

總算東瀛送經綱的團隊有了令人滿意之結果。皆大歡喜之餘；玄奘法師抓緊時間辦事。他率領著幾個取經的徒弟，一塊趕往通天殿找玉清元始天尊申辦天籙除籍、仙冊去名之事宜。拈蓋拇指印、宣誓自願放棄仙籍。自此師徒六人為了去東瀛送經則是破釜沉舟、塵埃落定。接下來；大夥下凡至人世間，準備轟轟烈烈幹他一番矣。

話說大唐長安朝廷；君臣正在金鑾寶殿上朝議事。這期間；國內各方災情逐漸緩和下來。卻見太史丞❺暨欽天監官李淳風持玉笏上奏道：『臣啟奏陛下；宇宙萬象本乃渾沌洪荒，經太易、太初、太始、太素、以至太極，由無形至有形、由氣始至質生，乃五運逐行。穹蒼運行生天、地、人則當太易之氣、太始之華、太極之道也。近日臣觀星象；日月五星七曜互有變化，按戊寅元曆；紫微垣、太微垣、天市垣等三垣並無異動。然二十八宿之間出現反常變化，理應六甲子一輪迴的轉換易位卻呈提前矣。例如：東方亢宿之大角一星與下方陽門二星易位，而左攝提星與右攝提星易位。北方斗宿之天淵十星落至鱉十四星下方。西方婁宿之天庚三星與天倉六星互易。南方鬼宿之天狗七星則移至天紀一星下端。西晉武帝的太史令陳卓；在其所撰述之「玄象詩」裡有云：「二曲八星直，門西五帝座，各各依本色，屏在帝前安，常陳坐後植，郎位常陳東，星繁遙似織，郎將獨易分，不與諸星逼。」另外；東漢之劉洪創作「乾象曆」中對這般天文異動有這樣之註解。他說⋯⋯。』

攏長的觀察天象奏摺；那元始祖炁的事，聽得霧煞煞的太宗；昏昏欲睡。講老半天的星象異動；寶殿裡面壓根沒幾個人聽得懂。

太宗著實受不了；坐在台階上的龍座，苦笑地搖擺右手說道：『淳風賢卿，拜託一下，請你講重點吧！講這種星星、月亮的事，朕真輸給你了。』太史丞李淳風點頭稱是，然後說道：『縱觀近日天象之迴異，濃縮精簡；就是坐坎方之水星突然殞落、金星則乍然升起，這意味著中原北端將面臨著兵燹鏖戰之禍也！依星向方位判斷，就是北域契丹族或是突厥族有屬金的新王登基，正虎視眈眈、覬覦中原。』金鑾寶殿內立即譁然騷動，這半個月來天災才稍緩，怎的人禍又接踵而至。

太宗鎮靜地回憶提道：『突厥國之頡利可汗曾經兩度來犯長安，皆為朕趁其境內鬧天災，派遣衛國公李靖率兵剿滅其叛軍；並捕獲頡利可汗，該地已經安穩臣服多年，應該不足為患。然而如果是契丹族；松漠都督府的都督大賀酷哥族長，朝廷對他認知不詳。果真其蠢蠢欲動、圖謀不軌，我朝廷上下又得大張旗鼓、揮兵北伐。朕實不欲興師征討、搞得勞民傷財的。』暫且問著向來天象監測靈驗的欽天監闞說道：『果真如此；除了大動干戈，可有其他化解之道？』

另一鼎鼎大名之堪輿大師袁天罡，則站出列；展出笑顏說道：『臣稟奏陛下；此事不難，有五行相生即必有五行相剋之道。金剋木、木剋土、土剋水、水剋火、火剋金。如此環環相剋；聽說契丹的新王屬金，本朝只要儘快找出一位五行屬火的官員，前往北方松漠都督府的契丹宣威安撫、修書示好，當可化解危機。』聽完老臣袁天罡所言；太宗二話不說，當場宣旨諭要朝中屬火的重臣達官出列。結果廷上文武百官大家互相端睨對視著；竟然沒有一個人五行是屬火的！太宗牙都歪掉了。莫非戰火倥傯、鳴鏑兵凶、誠乃天意，勢不可逆也。

唐三藏師徒一行；不惜西天仙界之功名利祿，為追求天下佛國崇高理念，完成東瀛送經綱任務，再度下凡塵世。如今且有星象顯示朝廷北方將有動亂發生，他們得以順道一塊擺平乎？敬請下回分解：

『註解』：

❶嵌金花帽：在西遊記裡；觀音菩薩吩咐唐僧，交予孫悟空戴在頭上，如有不安分則唸緊箍咒來束縛他。

❷巨靈神：俗名叫秦洪海，民間傳說；他與天高、力拔山河，乃開山之神。

❸鳴鞭：古代皇帝上朝之前；須用浸泡油料之皮鞭抽打地面，發出巨響。按規矩皇帝上朝須抽打二十二下。

❹玉皇大帝全稱：高天上聖大慈仁者，玉皇天尊玄穹高上帝。

❺太史丞：古代專門觀測天象的官員。

第八回　佛光璀璨朝日昇　國威壯盛出京城

『陛下！我們來也！』一陣洪亮的聲音從寶殿的大門外傳了進來。殿裡的皇上暨百官們仔細一瞧，惟見玄奘法師、孫悟空、豬八戒、沙悟淨等師徒一行邁著大步走了進來。太宗見著如獲至寶；一上間走過來迎接他們，互相施以君臣之禮。然後；玄奘師徒四人則與其他文官站於太宗前方右列，朝中眾文武百官對唐僧師徒西方取經的事早有所聞、讚譽有嘉。

太宗見著玄奘法師如釋重負，高興問道：『御弟唐僧這回打從天界下凡，莫非專程為朕之朝廷送經之事而來耶？』玄奘法師回道：『正是！陛下的禱文經由觀音菩薩轉告，臣僧全然知悉。此回；將西天取經之原班人馬再度聚集到齊，一起為我大朝效力，送三藏真經予東瀛友邦；以佛法寶典廣結善緣。』太宗接著說道：『御弟來得正是時候；這些天那些友邦們催索西天真經之羽檄❶快牋❷堆滿一桌子。有高句麗的淵蓋蘇文、百濟的義慈王、新羅的善德女王、大和國的聖德太子……。這回有御弟代勞送經，朕的大善總算有所交待矣！』太宗才說完；太史丞李淳風跨出小步提醒著說道：『陛下高興早了些；東瀛送經的問題有玄奘法師承奉重任，只是解決其一。可剛才提及坎方金星躍起的問題仍需擺平，當今北方夷狄惟有突厥與契丹。可能是新任的契丹王心懷不軌、野心勃勃，星火燎原不得不防啊！』

太宗轉而又為北方金星的躍起而憂慮，嘆了一口氣說道：『朕以為在突利可汗之故地，東起幽州西至靈州設立順、祐、化、長等四個州都督府。且在頡利可汗故地設置定襄、雲中兩個都督府管轄六州，如此攸關安穩突厥國理應妥適。同時也安置好契丹王的大賀酷哥；於遼東松漠都督府任職都督，現在又傳其中竟有侵犯我大唐之狼子野心。唉！金星躍昇掀兵燹之災，嘆朕朝中無火星得以壓制，鏖戰濺血無法避免，劍拔弩張實非朕所願見也。』

玄奘法師聽見李淳風的話正納悶著，又聽太宗幾聲輕嘆；逐問事情緣故？獲知由於星象變換易位，可能松漠都督府之契丹國將蠢蠢欲動，導致大局動盪混亂。而堪輿大師袁天罡建議之五行相剋、以火剋金為化解危機之道。卻逢朝廷缺火之憾。玄奘法師聽聞不禁也輕嘆著。星象的事；玄奘法師從未研究過，怎麼那樣湊巧；整個朝廷百官居然沒人屬火！真格天意欲與大唐過意不去乎？

『要火是嗎？俺老孫的火正旺著哩！』孫悟空一旁聽到朝廷急需五行屬火的官員來鎮壓金星，他呵呵笑說道。這隻火猴語驚四鄰，甫地引來四面八方的側目。豬八戒和沙悟淨也同時正中下懷說道：『就你這一把火有個鳥用，俺八戒和沙僧也屬火的。合成三昧真火❸才辦得成正事呀！』玄奘法師這才心知肚明；觀音菩薩長久以來神機妙算、棋高一著。惟有水方能壓制火，而法師自己就是屬水的，戴著三把火東奔西跑、安然無恙，換作他人可是會玩火自焚耶。

『陛下聖明；臣等願為朝廷送經，順道走一趟契丹造訪、敦親睦鄰、宣揚國威、雖肝腦塗地亦無怨無尤。』殿前四人異口同聲；跪於太宗階下宣誓。此時的太宗心情豁然開朗、龍心大悅。才一會工夫；寶殿裡就來了三個屬火的怪咖！所有問題剎時迎刃而解、化險為夷。朝廷文武百官皆非等閒之輩，看著這幾位曾經於西天取經時，打遍沿途的鬼鬼怪怪，就憑他們長得那幅猴頭豬腦、凶神惡煞的模樣、一副殺氣騰騰氣勢，即使不屬火，肯定也能鎮住北方契丹那幫可汗王爺矣。

『淳風賢卿；如果沒有別的問題，就不要再掃朕的興啦。回去再好好看著那些星星，要牠們少給朕添麻煩。』得意洋洋的唐太宗；站起身子說道：『眾卿家們；朕這些日子鬱卒很久矣，今朝見著御弟歸來，故人相逢如沐春風；並且一次解決朕兩個難題，朕之陰霾煩悶皆一掃而空矣。退朝之後；朕決定在未央宮之天祿閣設酒宴給御弟一行接風。爾等眾文武官員；一律不得請病假，需一塊前往當陪客，熱鬧熱鬧。』太宗說完；即行退朝。

話說唐太宗從金鑾寶殿退朝之後；挽著御弟唐三藏的手，二人閒聊攸關他們在天界對這回往東瀛送經的經過。他們沿著西宮的直城門，穿越少府、滄池和石渠閣。途中但見皇宮之宮、殿、樓、閣、屹立瓊樓玉宇、連綿華堂閎殿、雲端宮闕宏偉、紅樓翹簷金瓦。在那金瓦四方、宮闕沖天的斗拱翹簷上列有吉祥十獸：由騎鳳仙長率先、接著龍鳳、獅、天馬、海馬、狎魚、狻、猊、獬、豸、斗牛、行什、等等祥獸排列。飛甍凌空、金鋒入雲，殿前一對石獅滾鑿繡球、闢邪迎瑞。宮廊紅柱盤龍戲珠、巍峨呈祥。

長安皇宮城池的華麗雄偉更甚於玉帝之天廷。孫悟空等師兄弟三人漫步於匿大的宮中，左顧右盼、眼花撩亂、分不清東南西北；搞不懂今夕何夕矣。當然勿庸置疑；孫大聖心中的花果山，其地位依然是無可取代的。花果山的自然樸實、渾然天成、人世間的奢侈虛此景堪稱天上人間。酒酣耳熱之間；大宴貴賓重臣之際，太宗且親自演奏『七德舞』樂章❹。該譜曲是由李世民在任秦王之時，於太原隨高祖起義；揮兵攻討中原、前後大破劉、武、周之部隊。待戰火平息、朝廷建立，對他過往征戰生涯即有感而發；撰作一齣樂章，並配置一百二十八名舞者，身穿銀色甲盔、手執戟槍、隨樂翩翩起舞。由光祿寺❺安排之盛宴，以舞侑食；可謂之君臣同樂、賓主盡歡矣。只是如此場合；玄奘法師師徒幾人難以消受，藉口腸胃不適，行程勞累，先行告退矣。太宗通情達理；就讓他們先至府驛行館休憩去了。謹此暫且擱置宴席種種不提。

玄奘法師再司前「大闡都僧綱」之職，先於長安京城之洪福寺主持「西天三藏真經」傳經說道法會，闡述講解：法一藏談天、論一藏說地、經一藏渡鬼。兩千多個僧侶聽經誦佛，頌禱梁皇水懺、孔雀真經。接著又至義寧的大秦寺、新昌華只是凸顯其庸俗膚淺罷。他們走著走著；很快到達未央宮的天祿閣。進入閣樓；君臣按宮規禮儀各就各位坐定。

太宗皇帝難得這樣開心；當年唐三藏御弟長途跋涉打西天取回妙法寶經，正待酒宴款待、授官封爵的；孰未料到先一步被天境仙界迎接去西天，封佛為仙。這回朝廷國運顛沛險峻，御弟師徒原班人馬；無視西天之榮華富貴、從天而降；不捨不棄、挺身而出、再度拔刀相助。此乃大唐自高祖長安建朝以來，堪稱最感人肺腑、令人掏心掏肺的一群！

於是；太宗詔令按「貞觀禮」❻熱烈款待，施予賓禮第一篇第一節至尊之禮相待之。各形各類的頂級酒菜，有葷有素，逐一端上花梨木桌面，一時間周遭宮廷樂府六音響起；琴瑟齊鳴、箏鼓和音、笛簫伴鐘，以樂侑食。妙樂仙音在宮閣裡迴盪不去。國色仙姿美女婆紗起舞、婀娜搖擺曲線苗條撩人、美酒陳釀佐以山珍海味、盛情隆重堪稱無以倫比。

此後於青龍寺、靖安之大興善寺輪番召開傳經法會，大肆宣揚真經妙法。

幾天之間；朝廷裡的三省六部❼將唐三藏一行往東瀛送經；沿途需用的裝備、乾糧、物資皆準備就緒、蓄勢待發也。重中之重；當然為本回出遠門去敦親睦鄰、宣揚佛法的三藏珍經寶典。謄抄刻版的經卷裝了幾大箱；從負責謄抄的謄黃寺交至慈恩寺管理。於是玄奘法師一行隨後來到慈恩寺。

那匹由巨靈神公子秦願化作的白龍馬，瞅了一眼以為要馱幾大箱的活，嚇得牠裝死躺倒地下。被悟空嗔怒踹上一腳；再說道：『就你這裝死的功夫，還嫌嫩了點，快快起身，你只負責馱著師父。行李包裹全由豬八戒挑著，夠便宜你啦。』白龍馬這才精神抖擻站起身子。辛甘化作一隻黃狗圍繞一旁，有機會免費出國旅遊，豈不快哉！巴不得立刻就走，牠開心到尾巴都快搖斷了。

『勞駕三藏玄奘法師矣！』慈恩寺的住持廣慈法師，向前來謁訪的玄奘法師起手致意，並且說道：『翰林院已經在昨日送來謄黃寺謄抄刻版之真經，合計三藏寶經一百七十部、七萬一百零五卷，有請諸位送經使者清點查收。佛經合計：

佛國諸經十部……一萬九千五百卷、大孔雀經五部……一千一百卷、
具舍論經六部……一千二百卷、大智度經五部……九千卷、
大光明經五部……一千五百卷、禮真如經三部……二百七十卷、
首楞嚴經三部……三百三十卷、起信論經三部……三千卷、
正律文經五部……一千卷、三論別經七部……一千八百九十卷、
西天論經三部……三百九十卷、虛空藏經五部……二千卷、
菩薩經十部……一萬二千一百卷、菩薩戒經十部……一千一百六十卷、
佛本行經五部……四千卷、恩意經集三部……一百五十卷、
寶藏經五部……二百二十五卷、維摩真經五部……八百五十卷、
未曾有經一部……一千一百一十卷、摩竭經三部……一千零五十卷、
寶威經三部……三千八百四十卷、五龍經五部……一百六十卷、
維識論經五部……五百卷大般若經五部……四千五百八十卷、
華嚴經、法華經、大集經、金剛經、本閣經等皆十部……一萬六千八百卷。』

玄奘法師和八戒、沙僧師徒經過清點無誤，全部寫上編號；然後裝箱入袋。核計有十二個國家和八個異族友邦等，視其所需；一路逐個奉送佛國真經謄抄本。

孫悟空特地走到慈恩寺旁邊的大雁塔，那回與東瀛魔界的鬼一刀纏鬥廝殺，印象深刻、記憶猶新。暗唸著：『你這白眼狼不要走遠，乖乖等著爺爺來收拾你。』

慈恩寺內的大雄寶殿內；佛經祥和傳出大殿周遭。數百名高僧高誦著沙門梵音。為玄奘法師之送經綱旅途，頌讚：「般若波羅蜜多心經」祝福：

觀自在菩薩，行深般若波羅蜜多時，照見五蘊皆空，度一切苦厄。舍利子、色不異空，空不異色，色即是空，空即是色，受想行識，亦復如是。舍利子、是諸法空相；不生不滅，不垢不淨，不增不減。是故空中無色，無受想行識。無眼耳鼻舌身意，無色聲香味觸法。無眼界，乃至無意識界。無無明，亦無無明盡，乃至無老死，亦無老死盡。無苦集滅道。無智亦無得。以無所得故，菩提薩埵依般若波羅蜜多故，心無罣礙無罣礙故，無有恐怖；遠離顛倒夢想，究竟涅槃三世諸佛。依般若波羅蜜多故，得阿耨多羅三藐三菩提。故知般若波羅蜜多，是大神咒、是大明咒、是無上咒、是無等等咒，能除一切苦，真實不虛。故說般若波羅蜜多咒，即說咒曰。揭諦揭諦波羅揭諦波蘿僧揭諦，菩提薩婆訶 摩訶般若波羅蜜多

送經綱一切準備就緒，然後他們離開慈恩寺。逐進入宮中向太宗告別。

太宗實在依依不捨御弟唐三藏離去；兩人才面晤幾天，轉眼又到了說珍重再見的時候。皇帝率領著朝中三省六部之文武官員數百人，中書省、門下省、尚書省之僕射、侍中、令史、舍仁等官員，持笏捧圭、龍輿華蓋、翊衛前導、錦繡幡幟、御駕皇輦❽從太極宮走興安門經過西內苑，送行至長安的郊外涇河畔方才止步。並且親手交予唐三藏一夥人；簽押並蓋了御璽的通行關文與各種文牒。太宗為送經之事；更刻意率爾操觚❾寫了一篇勗勉與祝福御弟之「送經平安禱文」。由禮部侍郎持紅狀延生文疏❿唸著，其文如下：

朕自登基；躬親勤儉庸何其傷、憂國恚民夙夜匪懈。恐端拱無為、政業猶怠，幸有朝內賢卿相佐、國邦穩固日上蒸蒸、社稷漸顯豐盛、鴻勳茂業、粲然可觀。又賴諸公傾心鼎力；爾今鴻業永固、偶有征戰惟求寬宏；致使外患平息、戎狄四夷臣服，萬邦景仰中原華夏，巍巍是瞻、無不心儀。大唐勵精圖治、盛平可期；實非朕獨自所能，不敢竟功；亦不期逾越古之聖賢英明也。

朕自我矜伐，惟奉佛釋妙法；持善遠物，且推諸國邦；揚德善之功不遺餘力。天有所感；惠予大唐玄奘法師，迎取西天大乘真經回朝，功德蓋世無以取代。妙光猶似東昇朝旭、普照環宇分享四鄰，逐至邊陲諸國。盼求真經為治國之本，遣唐使臣不絕於途。長安天朝為送經友邦；宣張功業，無不負其所求。惟有東瀛列國，路途險惡多有鎩羽折損之虞。幸得朕之御弟大慈大悲，奮勇自告；再造宣揚天下佛國善德。其情操至為鴻偉、其勞苦至為艱鉅，朕何德以堪之？唐闕無以可擬，萬盼子子孫孫世代傳遞佛法基業，且無忘 唐三藏玄奘法師今朝之至善功德，普世乾坤皆有蘊益，風雨甘露同享共生。東瀛送經；需跋山涉水、飄洋過海、路途艱辛不言可喻。但見前方祥光和藹、瑞靄繽紛、萬里陽艷、錦繡前程。朕有愧；敘文不全於御弟、鄙拙無助於送行，惟懷三情六律之至誠祝禱送經一路平順，完成天下萬民所托付！

南無阿彌陀佛！尚請西天菩薩護佑之 貞觀甲申年 玄英望六日 禱文。

太宗與朝廷百官待唸完祝禱文疏；焚燒默禱。眾人揮手目送東瀛送經綱一行人離去，往震艮之方向漸行漸遠。直至消失於地平線上；太宗君臣方才移駕回宮。

適甲申年孟夏⓫朔望⓬；壬辰良日吉時，玄奘法師帶領一幫硬底子再度為大乘真經獻身，雖然一夥各自理念不盡雷同，既是同舟就必須共濟。至於將來送經功成名就、再修得功德之正果，天界仙籙冊封是為眾佛、菩薩、聖僧、羅漢、揭諦、比丘、優婆夷塞、仙家、大神、丁甲、功曹、伽藍……無人在乎也。

領隊的玄奘法師和孫悟空他們，依舊是當年西天取經時候的打扮；輕鬆自在，師兄弟三人挺身向前邁出大步，氣宇軒昂的勢頭；有詩描述之：

當年取經出長安、頭帶毗帽攜環杖、袈裟錦襴五綵織、玄奘統帥送經綱。
花果山出孫大聖、棉裰皮裙紫金冠、掃妖揮舞金箍棒、武藝不菲戰力強。
淨壇八戒挑重擔、不思神仙適人間、九齒釘耙隨身帶、送經順道賞風光。
金身羅漢不稀罕、沙僧習性愛闖蕩、黃錦直裰彎月杖、打魔送經幫大忙。

這組送經綱團隊；根本不用分工，取經之十四載，默契早已形就知已知彼矣。不正是唐僧攀鞍上馬、沙僧攬著馬轡、孫悟空執棒開路、豬八戒將行李一肩挑著。此番入列者；秦願自是為馬，然其曾拜太乙玄門之鎮元天仙為師，智勇雙全、變幻莫測，危急時刻當可助之一臂。另一辛甘；曾拜赤松子為師，賊頭賊腦、詭計多端、送經途中，悠哉時適任黃犬、警戒時則變作鷹雀鳥類於空中俯瞰情況，頗具監控示警作用。出發伊始；仰目見那萬里晴空、景物撩人。瞧著四周天地之間詩情畫意，好不開懷。此時此景；即便西天亦難得一見也。有詞可證：

碧空無際、曜靈普照陽關道。遠山含笑、青山綠水映小橋。
紛紅駭綠、丹紅青冠隨風搖。枝葉繁茂、柳鶯輕歌在樹梢。
翠柏壽松、錦似環峰伴陡峭。樓閣遠眺、朱鷺丹鶴掠雲霄。
五穀豐登、農稼不勞歡顏笑。鄉里莊院、雞鳴狗叫不覺曉。
白雲浮雕、層層羅錦光鮮耀。龍戲珠玉、風雲際會且逍遙。
水秀山青、萬里煙波拂水萍、荒野廣浩、紫府[13]林間無煩惱。

那一邊；牛羊成群嚐嫩草。這一頭；男女山歌唱民謠。盡情歡樂迴繞山野。

一花一世界、一草一如來。走馬看花、山水盡覽、清風玉露、好不愜意。離開長安已經一個時辰，不知不覺；眼前來到長安城郊之望月湖。

送經一行見湖畔有一金瓦紅亭，先進去亭內休憩片刻。長亭欄杆放眼那湖面上；湖波蕩蕩、忽現魚兒遮遮掩掩，綠葉片片、鑲綴紅蓮斑斑點點。一夥人坐的坐、躺的躺，伸個懶腰捶捶大腿。這當下；惟大黃狗眼尖；吠了一聲驚醒大家，在清風微吹的湖面上一陣仙樂檀香飄然而至。原來是觀世音菩薩由木叉使者、散財龍女隨側左右，飄移來到亭皋前。玄奘法師帶著送經的皆走到亭外，朝觀音菩薩尊前跪下俯伏施禮。

『功德佛與諸位送經大德，不須多禮；請平身說話。』慈悲的觀音菩薩扶起玄奘法師師徒，然後說道：『這回送經幾番曲折終得成行，然此路途並非平靜祥和的康莊大道。除了氣候四時分明、山高水深；自然環境艱困險阻之外，各種妖魔鬼怪更甚於取經之時。那時西天取經途中；出現的許多妖魔其實泰半皆為天界的阿貓阿狗降世所為，一是牠們妄自放肆、為非作歹。再者；亦為磨練諸位取經之決心毅力也。而這回全然不同，再無天界之物干擾、亦無需再予考驗意志恆心的問題。種種類類之妖魔、形形色色之鬼怪來自不同環境與時空，說白了；甚至為我天界也無法預料或控制得住。可謂；東瀛送經是西天取經的進階版！成功是否；除了諸位原有的高超武功，更有層出不窮之智力測驗等著考驗各位也。』

『如果；我是說如果萬一吾等通不過考驗，亦或打不過對方。將如何是好？』豬八戒嚇得連聲問著菩薩。觀音菩薩展以慈眉祥目；安撫軍心士氣說道：『最壞的情況當然就是陣亡成了烈士，魂歸西天再度冊封仙籍為仙作佛是也。這實非天界所願見，因此本菩薩將按往例；囑咐天界各仙家傾全力支援，除了六丁六甲、五方揭諦、四值功曹、十八護教迦藍全天候輪值保護。另外秦願尊翁巨靈神、托塔天王、金剛力士、哼哈二將也應允參與，還有諸山神土地、雷公電母、風伯霧神、四海龍王等等隨傳隨到。保證諸位；喊天天會應、呼地地會靈！送經旅途不會寂寞無聊。諸位東瀛送經，本菩薩將長相左右，不離不棄也。』有觀音菩薩的承諾與加持，眾人在其力挺之下；總算才鬆了一口氣。

觀音菩薩與玄奘法師苦心籌備之下，東瀛送經綱終於順利成行。遠方之路；果真如觀音菩薩所言之險惡難行？看官且待，等下回分解：

『註解』：

❶羽檄：古代急件會在文件上端插上羽毛示之。
❷快牋：古代上呈之奏本稱牋，快牋則是緊急奏件。
❸三昧真火：古代道家指人的元神、元氣、元精所引發的真火而謂之。
❹七德舞：原名為『秦王破陣樂』，至貞觀七年改名七德舞，用以紀念他征戰的生涯。
❺光祿寺：中國古代掌管廷衛與宮廷皇室膳食的官署
❻貞觀禮：太宗即位，詔令中書令、禮官學士擬訂吉禮六篇、賓禮四篇、軍禮二十篇、嘉禮四十二篇、凶禮六篇、國恤五篇。總計一百三十八篇。按規行事致禮。
❼三省六部：乃唐朝政權編制，三省為中書省、門下省、尚書省。六部則是吏部、戶部、禮部、兵部、刑部、工部。
❽皇輦：乃指朝廷皇親貴族的馬車。
❾率爾操觚：形容不加思索；隨即揮筆成文。
❿延生文疏：古代舉行法會儀式，將禱文寫於紙上；向仙佛表白文案。用紅紙所寫稱為延生文疏，表示吉祥消災。
⓫孟夏：指農曆四月份。
⓬朔望：指每個月的初一。
⓭紫府：古代泛稱神仙的宸居府邸。

荒山野嶺
無名寺
強佔山寺為匪寨
橫行霸道樂開懷
大禍臨頭猶不知
暴龍現身釀血災
無名寺

第九回　善惡難分無名寺　黌夜睖睜識泰山

話說觀音菩薩特地來到望月湖畔的紅亭，給玄奘法師師徒送經綱一行送別，並且語重心長、叮嚀再三。臨離開之際；更不忘以柳枝沾著淨瓶裡的甘露水，為每個送經者撒予三回聖水以示誠摯的祝福。

拜別觀音菩薩；休息片刻之後，邁著大步、繼續趕路。亭皋湖邊一些垂釣的都站起身來，揮揮手祝福他們旅途平安。翻幾座山、越幾次嶺，挑著幾大箱的真經和行李，八戒確實受不了；沙僧體貼地自動過來換班挑擔，省得一路聽八戒嘮叨沒完。倒是那大黃狗最是輕鬆、跑跑跳跳、沿途翹腳撒了好幾泡尿。

雖然天氣晴朗、萬里無雲，陽關道上卻人煙稀稀，店家也零零落落。送經一夥漸行漸遠，估計離開長安京畿約有數十哩路矣，他們按照行程必須經過洛陽府再行渡越黃河轉行至隴州。而往洛陽府的途中；幾經數個交叉路口，或是山窮水盡、徬徨猶豫的時刻；適巧總有一些路過的好心人熱情指點，真是溫馨感人！

『這位施主；請問前端三條叉路，哪一條可通往洛陽府？』來到一處半山腰見著不同方向的叉路，送經幾個正議論向左或往右，眼前來了兩個扛著鋤頭路過的農民，於是趨前問道。兩個樸實的農夫不約而同指向左邊說道：『你們去洛府？走左邊比較近；也比較好走。右邊那條既遠更得搭船渡河，瞧你們挑著那麼重的行李真辛苦，要不先到俺的屋子喝點水再上路？』謝絕之後，窩著心趕路。

不久；又面臨前方丁字路口，正巧有一輛馬車經過，於是八戒快步過去攔下問路。那趕著馬車的馬車伕留著一臉絡腮虬髯、濃眉大眼；熱情地指點答覆道：『往洛府是嗎？算你們運氣好遇到我了，肯定是朝左邊。往右走越走越遠、越走越險。猛虎惡狼可多著哩！你們是長安來的嗎？出家人出遠門要小心，要不你們搭我的空馬車，免費送你們一程吧。』謝絕之後，再懷感恩的心繼續趕路。

天色漸暗；前不著村後不著店的，得先找個地方停歇過夜才是。蜿蜒山徑；碰巧遇到幾個樵夫砍完柴木準備下山回家，八戒又急忙上前問道：『我們打長安路過這裡，你們知道那兒得有寺廟或者借宿的客棧？』揹著幾綑柴薪的樵夫們，善意地指向山頭說道：『不遠！不遠！翻過前面山嶺不到一哩路，就是方城山。山麓有一間古寺寶方❶。過去敲門就會有和尚出來招呼你們。趁天黑之前快點趕過去吧！』這一路上碰到的善心人士，讓行程順暢無阻，大夥至感欣慰。

趕在日薄西山、殘陽餘暉之前，他們終於來到方城山。一座林深不知處的寺廟。山門外但見菊黃竹青含翠艷、垂柳盈松搖嵐煙。又見：

林森密密塔樓漸顯，樹叢濃濃小道其間，樓台院外野花素顏。倦鳥歸巢棲息鶯燕，野鹿山豬回歸山巖。猩猴樹棲魚入潭澗，狐狼返洞漫步山前。飛禽走獸遁走草原，金陽低照月光乍現。萬物皆休無可留戀，蒼生碌碌何勞明天。

古剎大門懸掛藍底金字橫匾；寫著「無名寺」三個大字。沙僧走上寺前的台階，抓著椒圖輔首❷重敲大門數聲。果然不久；則有一短眉削瘦、大鼻小眼的和尚微開著寺門，探出頭來笑咪咪問道：『諸位長老；有何貴幹？』沙僧回話：『我等打長安慈恩寺來的，路過貴山寶方想造次奉謁，借住一宿；明朝便走。可否？』那和尚道聲歡迎，便開了大門讓玄奘法師一行進入。三門過了檻進到寺裡，大雄寶殿前的左右楹聯❸寫著，右聯：「雙峰竝山寺苦海邊慈航」、左聯：「三界劦佛性江山萬里長」。廊道燈火盞亮、幾個壯年僧侶進進出出。玄奘法師好奇便問著：『為何不見貴寶方住持法師哩？』那個領頭帶路的和尚說道：『真不巧！本寺住持方丈帶領幾位僧人出門化緣，大約五天才會回來。你們不需約束，本僧法號紫虛法師。有效勞之處直說無妨。』玄奘師徒四人則先飲幾口清茶，淨手之後；到大雄寶殿，叩齒三咂、拈香三回。唸著暮課綸貫、淨土為宗。逐唸道：

所有十方世界中、三世一切人師子、我以清淨身語意、一切偏禮盡無餘
普賢行願威武力、普現一切如來前、一身復現剎塵身、一一偏禮剎塵佛
於一塵中塵數佛、各處菩薩眾會中、無盡法界塵亦然、深信諸佛皆充滿
各以一切音聲海、普出無盡妙音辭、盡於未來一切劫、讚佛甚深功德海
以諸最勝妙華鬘、伎樂塗香及傘蓋、如是最勝莊嚴具、我以供養諸如來
最勝衣服最勝香、末香燒香與燈燭、一一皆如妙高聚、我悉供養諸如來
我以廣大勝解心、深信一切三世佛、悉以普賢行願力、普偏供養諸如來
我昔所造諸惡業、皆由無使貪嗔癡、從身語意之所生、一切我今皆懺悔
十方一切諸眾生、二乘有學及無學、一切如來與菩薩、所有功德皆隨喜
十方所有世間燈、最初成就菩提者、我今一切皆勸請、轉於無上妙法輪
諸佛若欲示涅槃、我悉至誠而勸請、惟願久住剎塵劫、利樂一切諸眾生
所有禮讚供養福、請佛住世轉法輪、隨意懺悔諸善根、迴向眾生及佛道
願將以此勝功德、迴向無上真法界、性向佛法及僧伽、二諦融通三昧印

如是無量功德海、我今皆悉盡迴向、所有眾生身口意、見惑彈謗我法等
如是一切諸業障、悉皆消滅盡無餘、念念智周於法界、廣渡眾生皆不退
乃至虛空世界盡、眾生及業煩惱盡、如是四法廣無邊、願金迴向亦如是
南無大行普賢菩薩！

誦經完畢；見到紫虛法師走入無名寺大殿，說齋飯都準備好了，領著玄奘師徒四人經過軒廊、蒲房來到大齋堂用膳。齋堂圓桌上已經擺上清粥小菜、素麵羹湯。師徒四人又累且餓，聊著聊著；上桌就顧不得許多喫了起來。不一會工夫；他們身子一歪躺倒齋堂的地面通通擺平矣。原來桌上的食物全下了蒙汗藥，喫幾口足夠一個大漢躺一整晚耶。此時；齋房外面早有埋伏，刀光劍影在等候著。

『碰』！一聲巨響；齋房的門被踹開、湧進一幫持著大鋼刀、巨斧、狼牙棒的土匪。一個拿著九環鋼刀、留著滿臉絡腮虬髯的頭頭；哈哈大笑說道：『把這幾個傻蛋手腳通通給綁緊，手腳快些。估計這些從京城來的肉包子還值幾兩銀。』土匪們開始動手將玄奘師徒全部五花大綁，然後推到齋房後邊。土匪們開始七嘴八舌搶功勞，這個說：『都是我裝成農民把它們騙過來的。』那個道：『放你娘的屁！是我們扮成樵夫給拐過來的。』更有人嚷嚷：『胡說！是我們在望月湖邊假裝釣魚跟監到的，這些凱子挑著幾箱沉重的東西，肯定是銀子或貴重的寶物。』

那個土匪頭頭大聲喝叱道：『吵什麼吵！再吵俺就一刀劈他成兩半。把那幾箱東西給抬過來，俺倒是瞧瞧是啥寶物來著？』一幫土匪樂得跑出去搬箱子。有人建議道：『大王！咱們也餓一天啦！何不先將外面院子那條黃老狗和那匹白馬給宰掉燉來喫哩！』土匪頭頭想想也是，於是轉頭下令道：『二狗子！你帶些弟兄去料理那匹白馬和黃狗。下手要快且俐落，裡外百來個弟兄都快餓死啦！』說完；他自己也沒閒著，準備筆和紙來寫一封勒索函件給長安慈恩寺，拿銀子來贖回幾個肉票。這群霸山佔寺為王的賊人，打家劫舍、殺人越貨，幹盡所有的壞事。

那個二狗子；就是自稱紫虛法師的傢伙，立馬率領幾十個土匪拿著刀棍快步走到寺裡的馬廄，牽拉那白馬趕到後院子去，沿途這些歹徒們商量如何殺掉馬、又如何烹煮比較好喫。匪徒阿牛說道：『燒烤馬肉好喫，小時候百喫不厭。就烤來喫吧！』另一個大麻臉反駁道：『你沒吃過紅燒馬肉，那才叫人間美味哪！』吵來吵去；負責屠殺的二狗子不耐煩說道：『笨蛋別鬧！那麼大匹馬；想怎樣喫就怎樣喫，怕啥？。倒是這條黃狗要留給俺處理，俺狗肉喫多啦，經驗豐富。』

來到了後院；提水的提水、燒柴火的燒柴火。使勁拉住黃狗和白馬的二狗子正準備操刀動手，聽到耳邊有人說道：『你這二狗子，連你爺爺都敢下毒手，小心我打斷你的狗腿！』二狗子狠狠盯著旁邊的嘍囉看，但是這聲音又不像是這些手下們講的，而且諒他們也沒這膽子。

他不當回事；正舉起鋼刀要劈下，旁邊又傳來一句：『狗仔兒；急什麼！俺的尿比你還急哩，待俺尿完了再動刀吧！』猛然驚覺褲腳一陣溼溼熱熱的，原來那隻黃狗正在他右腳跟上撒泡尿。氣得二狗子抄起大刀砍過去，孰不知那大刀不偏不倚就落在他自己的右小腿上。腿骨被自己用刀砍斷；痛得摔倒在地上打滾！幾十個大漢幫二狗子討個公道；持著刀棍、狼牙棒追殺黃狗在後院裡面團團轉。

突然間；這群追殺黃狗的歹徒，背後傳來恐怖的吼叫聲。還真應了那句：螳螂捕蟬，黃雀在後！大家回頭望去；一隻恐龍就跟在他們的後面，嚇得這些歹徒們跪爬在地、屁滾尿流。只見後頭：

十丈蠻軀火紅眼、血口獠牙噴烈燄、凶猛利爪撲向前、眾人難敵溜最先。
史前怪獸怎出現、不被吞食也踩扁、刀槍齊上沒路用、人變飼料誰可憐。

無名寺的大院子；頓時雞飛狗跳。惡人在前、暴龍在後，大夥比賽誰跑得快！

再說那土匪頭頭聚眾在齋房裡；正欲撬開幾個送經綱的木箱，一幫財迷心竅的惡徒驚聞悽厲哀號的聲音從外頭後院傳來！更見著一個臉色蒼白的嘍囉急奔而至，大嚷一聲：『大王！快逃命啊！鬧鬼啦！』向來不信邪的大鬍子賊頭抓起九環大刀，帶著幾十個傢伙前呼後擁去瞧個究竟？他們也不是省油燈，幾次州府派官兵來圍剿他們都沒成功。哪知才走沒幾步；遠遠就把到一頭張牙舞爪的暴龍迎面而來！說時遲那時快，有跑的！有爬的！摔跤的！裝死的！那烙腮鬍大頭目要大夥不要慌，先躲回齋房去。一幫子匪徒衝進齋房關起大門，氣喘如牛、驚甫未定，卻又聽到背後有聲音說道：『一個小畜牲就嚇成這樣，搞個屁哩！丟人現眼。』眾匪轉頭回顧；惟見孫悟空坐在椅子上朝他們作鬼臉。玄奘法師、八戒、沙僧也坐在桌邊吃自備的乾糧，嘲笑那些受到驚嚇土匪的模樣。

一個小嘍囉驚訝說道：『你們剛才不是都被迷暈了嗎？怎麼這麼快就醒過來咯？』豬八戒笑道：『我們在江湖打滾十多年啦，啥樣的人、啥樣的鬼沒見過。本來一路過來，真當你們是善人呢。進到這無名寺裡面才知道上賊船了。哪有和尚不唸經的？哪有法師法號稱子虛烏有的？還有此寺取號為無名寺……簡直胡鬧。破綻太多，傻瓜才會喫你們的東西。』孫悟空接著說道：『逗你們這群笨賊玩玩。你說我傻；我還笑你笨哩！笨到連老虎的屁股，你們也敢摸。真格找屎！』

惱羞成怒的土匪頭子，忿懟地破口大罵：『哼！你這歪嘴的猴宰子，砍掉你這猴頭菇消消俺的氣。』說完就揚起刀劈向孫行者，一刀、兩刀、三刀……連續又劈又砍，十幾刀下來；人都累了、鋼刀也砍到變成鋼鋸了。旁邊的跟班也沒閒著；一塊動刀猛砍。孫悟空依然淡定地坐著摳鼻屎、哼小調；若無其事。隨後悟空翹著二郎腿；笑著說道：『俺當年大鬧天宮，被眾仙兵神將押住，綑綁在降妖柱上刀砍斧剁、劍刺槍捅也沒傷到分毫，那南斗星君下令火神燒火、雷公劈雷也沒奈何到我。就你們這些個小刀片只算搔搔癢罷。繼續！繼續！』

不信邪的頭子又叫跟班嘍囉讓開，獨自持大花斧向行者當木柴砍劈，鋼斧砍成了鐵鎚也不見悟空哼叫一聲。後來著實把悟空弄煩了；歪一下屁股放一個響屁，像狂風掃落葉般；把兩百多斤重的土匪大佬橫掃在地，一堆土匪連續滾了好幾圈才停穩。

嚇得那些土匪們捂住鼻子；紛紛扔掉手裡的武器、下跪求饒。連那個大鬍子頭目都灰頭土臉，撲倒在地、頭像搗蒜般不停擺動說道：『神仙饒命！神仙饒命！我等知錯、再也不敢啦！』孫悟空走到他們面前說道：『真是人心隔肚皮，當你們是好人；一路被拐騙到這賊窩裡來。俺這雙太上老君八卦爐煉出來的火眼金睛，是妖怪肯定逃不過俺的眼，偏偏就是看人不準。唉！人的表裡不一最是可怕。無名寺竟然成了通盜匪的窩，這……像話嗎？』

向來慈悲為懷的玄奘法師，也忍不住走過來嘀咕幾句道：『阿彌陀佛，你們怎麼可以利用佛寺來做壞事？實在太不應該。罪過！罪過也！』那個土匪頭頭辯稱道：『我等原本是有自己的山寨，這陣子州府與地方上的官兵經常來捉捕我們，防不勝防；只好臨時起意，躲藏在方城山這寺廟裡面紮寨為營；暫避風頭。』玄奘法師追問道：『那些寺裡原來的住持和僧人呢？為何都不見到人？』

那個土匪頭頭用手指向右方說道：『他們暫時關押在藏經閣上面，一個都沒少。我們只是借用地方，從不為難出家人也。』豬八戒氣呼呼地說道：『還敢嘴硬；我們幾個不也是出家人嗎？膽敢利用朝拜仙佛神聖的地方來打劫，且又裝扮成沙彌和尚來借刀殺人。幸好碰著我們，要不還不曉得有多少人受害呢。』

接下悟空要他們帶路到藏經閣釋放人質。經過外面的大院時；目睹那二狗子和嘍囉們都已經被綑綁，趴在地上顫抖不止，惟有白馬和黃狗還在一旁偷笑。原來方才土匪嚇到腳都軟的「暴龍」，就是那白馬靈機一動、故意惡作劇所變成的。孫悟空和沙僧將那些關押的和尚們全部放了出來。再把那百來個歹徒的武器收繳完之後，全部關到藏經閣裡面。

被釋放的老方丈領著十來個寺裡的和尚，不停地向玄奘法師一行人的救命之恩、彎腰拱手、致謝再三。雙方在寶方裡的十方客坊坐定之後，彼此通報法號、飲茶閒聊。暫且不說經談佛；那老方丈難以置信地說道：『南無阿彌陀佛！這些山野來的凶神惡煞百來個，攜刀持斧衝進方城山本寺裡，作威作福、頤指氣使的。本住持與十來個寺僧怎敢得罪，只得束手就擒被關了好一陣。而你們也不過才四個人，竟然如此神勇；得讓這些匪徒如臨大敵、乖乖就縛、甚至看到有些還嚇到尿褲子。真是菩薩保佑！拜服！拜服！』玄奘法師謙遜地回道：『不敢！不敢！我等只是一般的出家僧侶罷，是這班匪類賊人夜路走多；見到鬼了！我佛保佑；何足掛齒。阿彌陀佛！』

悟空好意問道：『匪徒有傷著你們嗎？』群僧搖頭說道：『這倒是沒有。盜亦有道；偶而在外弄不到銀子，餓我們幾天罷。』玄奘法師點點頭說道：『那就好！那就好！我等仍需趕路，這幫壞人就煩勞你們交由州府官方辦理吧。』那老方丈好奇詢問道：『我明天一早即遣僧前往官府報案便是。只是玄奘法師打長安來；欲往何處？如果不耽誤，本住持代表大家；懇請諸位不妨多停歇幾天，好讓大家報答貴方救命之恩也。』

於是；玄奘法師將此行送經東瀛的事告知那老方丈。這麼一說；老方丈更是極力挽留矣。他欣喜異常說道：『西天取回三藏真經的事；我等早有所聞。今日有機緣見著取經的幾位功德法師，榮幸之至。本寺萬請大德們不嫌棄，停留數天接受款待無妨。本寺也好藉這機會謄抄該寶典經卷也。拜託了！』玄奘法師見該寺住持與和尚們這般誠心誠意，逐應允停留個兩三天。

該地州府之州判聽聞這裡的山賊；遭到寺廟裡的和尚剿獲，半信半疑地派司獄官和刑房吏帶著官兵前來查看，果不其然就是這幫匪徒。該州司獄官無比敬佩對老方丈說道：『即便嵩山少林寺的武功蓋世；也無法媲美貴寺的功夫也！才十來個僧彌竟然捕獲這百餘個綠林❹土匪。不說我們；就算長安宮裡的翊衛軍也辦不到啊！佩服！佩服！』寺裡的人陪笑說道：『僥倖！僥倖』。真格道出實情；就那孫悟空幾個師兄弟抓到的，恐怕會把這些官兵的大牙都笑掉。

州府的刑房吏高興說道：『無論如何；這是大功一件，年年勞師動眾前往緝拿這幫匪徒，不是被打敗就是被逃掉。州府相當頭痛；對本案早有公文列榜，懸賞白銀一萬兩緝捕他們，你們領賞當之無愧。明天官府會派人把銀子給送過來。等著吧！』待官府的官兵押走這群歹徒，打道回府之後，老方丈開心地告訴玄奘法師情況，他對唐三藏感恩之餘；說道：『官府頒下來的賞銀是你們應得的，何況送經之路如此遙遠，留著慢用。』

玄奘法師輕搖著手婉拒，並且說道：『出家在外一切從簡，風餐露宿、無牽無掛。何苦帶著錙重累贅；惹禍上身哩！』兩個長老推過來推過去，誰都不想要賞銀。一旁的豬八戒看得不耐煩，便插嘴說道：『依我看；不如各分一半！』孫悟空也順水推舟、出個主意，笑著說道：『對！各分一半。我們的一半交由寶方寺裡保管，逢年過節或是本地鬧水澇乾旱時，用來購糧布施、救災可也。』玄奘法師甚為同意，點頭稱是。那寺裡的老方丈立刻附議，跟著講道：『甚好！甚好！無名寺所得一半則用來扶貧濟弱吧。』一場橫禍災難反倒成了逢凶化吉、皆大歡喜的結局矣。

佛曰：「三界眾生本清淨；痴心妄想陷死生。執著名利善緣盡、雲煙來去皆隨風」。一切的一切；終究隨著淡如清風的歲月而逝去，強求得之又如何焉？

過了三天之後；唐三藏法師一夥送經的，拜別像一齣戲劇般情節的寺院，繼續趕路。那位老方丈則領著寺裡的眾僧們，跪在寺前依依不捨送走唐三藏一行人。除了救命之恩、尚且獲准抄得真經、更留下萬兩白銀作為寺裡的慈善基金。

寺裡方丈眾僧列隊送走唐三藏一行，二話不說；先把寺前山門，遭山賊竄改的「無名寺」橫匾拆下，依此間的方城山之名；將之改為「方城寺」。並且準備召開盛大水陸法會三天，為送經綱的東瀛送經；致上無比的祝頌福禱。

唐三藏領著大家，越過一山又一山、穿過一水又一水。有經讚曰：

歲月無礙有心人、萬里難行卻同天。心靈一致共福禍、彼此扶持恁無間。
送經佛國發心願、普渡眾生視為先。山光水色無他顧、寶相祥瑞照大千。

看那前程漫漫、命運茫茫；未來還有什麼樣的艱險，等著這些送經的團隊呢？考驗將一波接著一波而來。敬請期待下回分解：

『註解』：

❶寶方：古代指座落於荒山野外之寺廟。
❷椒圖輔首：古代的大門裝著嘴咬銅環的銅獅飾品，作為敲門使用。
❸楹聯：楹柱乃指宮殿寺廟正前方的大柱子。楹聯則是楹柱上書刻的對聯。
❹綠林：泛指聚集於山野、打家劫舍反官府者。

第十回　幻境迷離奪心竅　孰能跨越斷魂橋

仄日焱陽踉蹌路　嵯峨千仞不畏苦　煢煢無依沁霜露　天朝送經惟師徒
風花雪月似雲霧　雷雨交加趕路途　金銀財寶身外物　安貧樂道稱幸福

話說唐三藏玄奘法師東瀛送經之路；沿途有平坦之車馬大道、更有那曠野之蘆葦芒草蔽天、深壑藏幽湧泉之艱險。打從上回神龍寺被歹徒擺了一道，澄入渾水，幸得化險為夷平安無事，一行人後來找人問路；都顯得格外小心謹慎。

『是需要格外小心謹慎』坐在白馬上的唐三藏拿起水壺，喝了一大口說道：『運氣好當然就沒事，萬一有事可真麻煩。有人員傷亡或耽誤了送經行程，任務搞砸了，如何是好？』走在白馬前面的孫悟空，回頭哼出一句道：『安啦！別的不說；只要有我老孫在，保證讓師父歲歲平安、送經旅途愉快！免驚！』唐三藏回憶往事，西天取經那些年的種種；歷歷在目。想當年取經之路波折不斷、各類險情紛紛擾擾、起起伏伏、結果都被行者師兄弟見招拆招、逐一擺平矣。

回味之際；唐三藏想逗逗孫悟空，於是假裝問悟空道：『你方才說得也是。可你已經被天界冊封為仙佛，這回怎麼肯捨下身段；再度前來行俠仗義哩？聽觀音菩薩說；你全身都是病的，現在感覺你不像有病嘛！』悟空水仙不開花；裝蒜搔搔頭說道：『哎！師父這問題可問倒我囉，有病沒病；我自己都搞迷糊了。就算我上輩子欠你的人情！陪你送經走一遭吧。都走到這頭；即使我有病再後悔也遲啦、無濟於事啦！』這話令唐三藏如沐春風、無任銘感。唐三藏又問道：『聽八戒講；你那花果山非常美麗壯觀；青山碧水、綺麗旖旎。待完成這趟送經之行，好好上你老家拜訪，瀏覽一番。』一提到花果山又勾起行者的思鄉之情，走著走著不禁落淚。真有點後悔為何脾氣一直改不掉，偏偏世間買不到後悔的藥。

那黃狗變作一隻花雀，飛越山坡到前頭探路。迴轉之後；透露再走一哩路就有一處上千戶的大村莊。果不其然；一行人走過山頭之後即看見一個山莊，莊前牌坊寫著「司馬疃」三個大字。原來此村莊是司馬氏的族裔群聚處，約有千餘戶。且看那莊前阡陌田隴萬頃、河池鵝鴨戲水。莊內屋宇鱗次有序、居民勤樸有為。當村民見著路過的這幾位外地人，皆熱情地招呼著奉上熱茶與食物，進而邀請他們入室休憩再離開。

『請問；這村莊附近可有掛搭❶之緇門寺廟？』玄奘法師唐三藏下馬，拱手詢問莊裡的人。路邊有幾位耄耋❷宿佬回道：『得翻過前面幾座山才有寺廟耶，趕到那裡肯定都得亥時三更矣。不如往右沿路走過去；有一大戶人家。那兒是我們莊主的府邸，莊主豪邁爽朗、不居小節。並且屋大房多住得舒適些。你們去試試吧！』一個好心髫齔❸童子過來領著一行人過去，孰不知走到那大紅門口，卻見大門深鎖，門柱綁著大白布，並且寫有「忌中」兩個大黑字。唐三藏本想打退堂鼓，豬八戒顧不得禮數；趕前去大聲敲門。那管大門的才開門就大呼：『菩薩保佑！你們終於來啦！』才說完即拉扯著送經一行人進府裡，大夥都弄糊塗了。那莊主宅第確實不同凡響；宅前石獅成對、紅門獸牌❹高懸、三楹樓閣堂皇，廊庭斗拱光鮮。唐三藏等人被門僕開門引進，遞過文牒後隨之穿過迴廊庭院。看那大院林園茂盛，百哩路的範圍內童不出其右。有詞為證：

錦鯉戲池、奇石樹叢、新枝撩撥牡丹亭、園景繁茂勝三春、芙蓉不覺冷。
暖陽鋪灑、嬌桂橫陳、鶯鵲穿梭舞丹楓、海棠秋色映桃紅、粉蝶花意濃。
絢爛漫淩、碧波浮萍、團花艷蕊吐香氣、瑞竹幾枝入梅盅、荷墨顯赤彤。
雲白菊黃、林蘊柳風、藍天綠地喜相逢、千姿百媚頻較勁、光采展神通。

話說唐三藏等一行經過莊主庭院時；迎面趕來的莊主帶著家眷，見到玄奘法師甫地跪地就拜，原來門僮早先奔入傳報莊主訊息矣。莊主趕來拱手跪拜；並且說道：『阿彌陀佛！菩薩保佑！你們終於來也。』遇到這般突如而至的情況，搞得來者不知如何是好。唐三藏立即扶起杖鄉之年❺的老莊主，脫口說道：『莊主請起，有話好說。』老莊主站起來；緊攙著唐三藏法師的手，來到了府邸的大堂。賓主各自就座，香茗點心奉客之間；老莊主開口說道：『本莊已經座落此間逾五百年歷史，我等皆西漢武帝司馬遷的嫡系後代。南北朝時期；為逃避戰禍，家族暫且至此隱居，孰料這裡風調雨順、水土俱佳，於是安居落戶、和睦迄今。』唐三藏起身施禮致敬，也大略簡述路過此地原因。

唐三藏並且問道：『貴莊司馬曈實乃風水寶地、地靈人傑也，不明莊主方才何故跪拜我等？似有所求乎？』於是司馬莊主解釋道：『本莊主之家慈日前仙逝，喜壽❻而終。她生前吃齋唸佛、侍佛至誠。對鄉里且樂施好善、濟世助人。可嘆本莊附近皆無寺廟；無法請緇流❼僧人為她作超度法事。前天找人前往十哩外的佛寺尋求幫忙，碰巧該寺眾僧出遠門化緣，僅留一僧人看守、不克前來。昨晚；本莊主領著眷屬一起拈香拜佛，祈求菩薩垂憐保佑；賜予可為家慈超度亡魂之沙門長老。今朝正愁著此事；不料爾等適時而至也。實乃菩薩大慈大悲，靈驗！靈驗！』才說完；司馬莊主又朝唐三藏一拜再拜。『諸位請起；不論何種法事皆是我大梵三界應該加持協助的，無須多禮也！』唐三藏等一行；很快扶起老莊主一家上下老幼。於是；莊主領著玄奘法師唐三藏等人，一起走近莊主大宅的佛堂內。

唐三藏等師徒暫且用過午膳齋食。休息一陣之後脫掉斗篷，換上錦襴袈裟走入佛堂。淨手拈香、供香爐拜佛祖。佛堂立正、木魚敲聲、五花香盛、六素淨誠。先唸上一段『淨口業真言』、再唸一段『淨身心神咒』。開唸渡亡經一卷。誦畢則寫上薦亡文疏一道❸，又開始唸金剛經、觀音經等誦禱文。接著誦唸法華經、彌陀經、孔雀經等各別數卷。唐三藏玄奘法師接著唸「往生淨土神咒」：

「南無阿彌多婆夜、哆他伽多夜、哆地夜他、阿彌利都婆毘阿彌利哆、悉眈婆毘、阿彌利哆、毘迦蘭帝、阿彌利哆、毘迦蘭多、迦彌膩、伽伽那、枳哆迦利娑婆訶」

願生西方淨土中 九品蓮華為父母 花開見佛悟無生 不退菩薩為伴侶

唸完神咒之後；獻上香火、焚燒紙馬紙銀與薦亡文疏。施行超度往生法事至此結束。司馬莊主之母的超渡法事，唐三藏主持過程順暢；總算了結他的心中遺憾。晚上則於莊主亭園擺席設宴，熱誠款待長安來的長老們。

夜裡月色皎潔、明亮清澄，北風微吹、輕拂撩人！在紅亭內的八仙桌上珍饈豐列、樽俎橫陳、適時瓜果、糕餅羹葯。司馬莊主與玄奘法師天南地北；無所不聊。微醺之際；關心問道：『玄奘長老之東瀛送經，下一步打算如何走法？』唐三藏回答道：『朝洛陽府再渡黃河；越隴州經幽州，直上北遼。』司馬莊主舉起酒樽敬過長老，然後說道：『既是朝洛陽府方向，由本莊則有三條不同的路徑可走。一是巽辰方向；路程較遠約要二十五天至一個月，但是路況平穩事故較少。再者；走震乙方向，行程略近約要二十天，因為途經幾座險山峻嶺，時有猛狼餓虎出沒，較為危險！』說完親自為三藏長老斟酒，又扯開話題聊些長安京城的事。孫悟空坐一旁納悶地問道：『記得老莊主方才提到往洛陽府有三條途徑，為何只提到兩條，另外那第三條呢？』司馬莊主苦笑說道：『諸位就當我沒說吧，實在太殘酷啦……以前本莊居民走那條去洛陽府只要五天。現在寧可繞遠路也沒有人敢經過那裡，這些年來已經變成死路一條。』這一說；更令悟空好奇心飛揚起來。於是追問道：『請老莊主再說詳細，參考！參考！』站在莊主身後的僕役代老莊主解惑：『那是走震甲方位，只要通過一條大橋就能很快到達洛陽府。問題是那裡鬧鬼，沒有人路過還能活著回來。』又有一個家丁在旁繪聲繪影補充道：『那條橋不說是一般人；連鳥獸都無法通過。最詭異地；就是無論誰經過，不用妖怪出面抓人，眾生都是自願從橋上跳進那河裡送死的。方圓百里；沒人敢再經過那裡。附近的村民都稱那座橋為「斷魂橋」哩！』

司馬老莊主連忙揮手制止他們多嘴。並且誠摯建議說道：『出外自然是旅途平安最重要，前面那條橋橫跨之河稱鄗河，本是涇河主要支流，再下去即接渭河。本莊主還是覺得法師走巽辰的正確方向，雖然遠些卻最安全。』唐三藏一行跟著老莊主點頭稱道：『司馬莊主所言甚是。』其實大夥心裡都有數，當然走震甲那條路啦。管他什麼「斷魂橋」還是「魂斷橋」的，只要橋不斷就得了唄！

話說隔天一早；因為要繼續趕路，司馬莊主即使傾力挽留他們多住幾天也敬謝不敏。老莊主無奈；除了為一夥人送上充足的淨水與糧食，並且語重心長；再三叮嚀道：『阿彌陀佛；記得千千萬萬不要往震甲方向走！』互相揮手道別之後；唐三藏師徒又邁出大步向前走去，離司馬疃的莊園越走越遠。

途中無論遇見是分叉路、丁字路、十字路的；就是選擇走震甲的方向，也就是鄣河的方向，這是大夥一致的共識，趕路自然是趕近路囉。至於扯啥光怪陸離的鬼故事，嗨！這夥人又不是第一天才出遠門的菜鳥，就不提西天取經那十萬八千里路有多險，即便天堂和地獄都走透透啦！

偶而碰著稀疏來往的路人，皆過來苦勸他們道：『和尚出門要小心，這一路下去是通往鬼門關的。犯不著冒生命危險哪！』走著走著又見著趕著幾頭山羊的牧人，他又搖擺雙手說道：『外地來的和尚，你們犯傻哩！回頭是岸哪！』最後遇到打柴下山的樵夫；趕忙過來警告：『你們活得不耐煩啦？再走下去會死得很難看。回頭！快回頭！』

送經的僅僅回一句：『感恩戴德！』不猶豫、不考慮！勇往直前再繼續。

八戒走著順手摘下路旁一串野蕉，沙僧也摘了一堆藍莓果子；味道好吃極了。大家有說有笑；藍天白雲、萬里晴空，一夥巴不得早一點見識一下那條讓人「斷魂」的木橋。即使老實木訥的唐三藏法師也直說道：『有趣！有趣！』不知不覺已經越過幾個山頭。漸漸地；好像慢慢小路旁的景觀變了樣，不僅不見人畜野獸往來的痕跡，揚首瞧著天上飛的鳥禽也全然消逝無蹤矣。

怪怪隆地咚！待三百六十度迴旋轉身仔細瞧，整個生態環境全走了樣！頓時驚覺似乎時空錯亂矣。再看清楚：

草木茂盛花不盛、林蔭深處無雀聲、地上地下無蟻蟲、蜜蜂彩蝶俱失蹤。
烏雲蔽日刮寒風、千年銀杏壓梧桐、樹搖幽篁俱晃動、殘亭敗瓦古道中。

天上烏雲積濃密、河嶽煙嵐且迷濛、零落獸骨撒一地、陰森荒涼一叢叢。
枯木散落荒谷裡、鳥巢無鳥掛懸空、野草雜亂似惡夢、眾生至此難適從。

在這弔詭的節骨眼；那黃狗挺身而出、自告奮勇變成獵鷹；一躍飛上天際四處巡查情況，隨時反映周遭的環境動向。一夥保護著玄奘法師和西天真經；暫時停留在那殘亭旁邊等候消息。等了又等，等了好一陣子……。

『奇怪！怎麼這個辛甘寶貝去那麼久？』孫行者耐不住開始嘀咕。『是啊！這鳥地方，搞得俺右眼皮一直跳不停的。』豬八戒摸著右眼皮附和說道。『糟了！左眼跳財、右眼跳災。這會兒；化成老鷹的辛甘肯定出事了。俺得抓緊時間去救他。』孫悟空掏出耳中的金箍棒，正準備唸咒搭雲前往看個究竟？被玄奘師父和沙僧跑過去拉住。玄奘法師說道：『且慢！不如我等一夥人一塊過去，彼此有個照應。找他的同時順便快些過橋。』行者想想也對，就走在前面引路。

話說一夥人穿越那陰陽怪氣的森林，遠遠即可看到鄣河河流。河水奔馳急似箭、滾滾河潮掀浪花，那座令人毛骨悚然的「斷魂橋」就擺在河上。妙就妙在越是靠近那座木橋；則令人倍感溫馨舒暢、渾然不覺有厄運降臨，猶若置身夢幻之中。

此地所謂的斷魂橋；橋長而不寬、穩而不搖。只要踏上那座橋，奇妙的事隨之而來。此時此刻；放眼瞧著那橋下流動的，竟然變成是一條黃金河、金光閃閃、耀眼奪目，這般令人失神迷惑、勾起貪婪斂財的景象，足以吸引一般人縱身一躍而下。再不然；它會因人而異，讓每個人深藏在心坎裡的七情六慾、相思情懷；剎那間美夢成真！飄飄然地；不知不覺即失去理智飛奔上橋、投入河中。即使白癡、既瞎且聾之殘障者亦難倖免。

玄奘法師等一行卻為佛門仙僧一輩層次，早已六大皆空、四律皆無矣，更何況見多識廣，自然不應該受到影響。但是當他們登上橋面；還是躲不過這魔咒劫難，先是沙和尚、接著大白馬、甚至修行成佛的唐三藏法師也無法避免；先後登橋之後一躍而下。而且跳得又甘又脆！

那沙僧走在橋面的最前端；愕然聽到橋下有小女孩呼喊救命，放眼一瞧只見有一小村姑漂流在河水中，在沉浮不定水浪裡揮手求救，這場景焉能無動於衷，於是沙和尚不多思索就跳了下去。當時玄奘法師正在下馬過橋；那白馬聞到一股異味，放眼一瞧只見木橋前面烈火熊熊、已經燒到眼前焉能不躲，於是白馬也不囉唆跟著跳下河去。那玄奘法師見著前面二者連續跳河；正在橋上發楞不知所以然，立即聽到橋下有人呼喚他的俗名，放眼一瞧是他親娘殷氏正在橋下笑著向他招手。幼小即遭生母拋入河裡逃生的玄奘法師，觸景生情、嚎啕大哭叫一聲：『娘！我來也！等等！』撲通一聲也跳了下去。他們很快被湍急的河水沖得無影無蹤。孫悟空發現已經太遲；幸好豬八戒挑著沉重的真經和行李走在後面，在沒來得及跳河之前；及時被師兄孫悟空發現情況不妙。輕敲一棒給弄暈了。

半晌過後；八戒漸醒了過來，摸著天靈蓋說道：『這……這是怎麼回事？師兄！師父他們人呢？』孫悟空坐在旁側眼淚雙垂、哀聲嘆氣說道：『唉！師父他們全都跳入河中被沖走了。我本想跟著跳河救大家，又怕這幾箱真經擺這裡沒人看守，被妖賊趁機盜走！麻煩。』接著又追問豬八戒說道：『我正想問你；你們一夥到底中了什麼邪？為何一個個先後上橋就逐一跳水？真是十分蹊蹺。』豬八戒回想剛才發生的事說道：『我只記得靠近那座橋，感覺就像登上西天、煙波飄渺，愉悅逍遙。然後見到西天的眾仙佛在橋下揮手呼喚著我。來啊！快點下來。天哪！你都沒感覺嗎？』悟空搖搖頭；納悶著為何送經的眾人，惟有他是清醒的。

恚然發怒的孫大聖一躍而起，掐指捻訣唸咒：『唵嚧靜法界、乾元亨利貞』，一會兒功夫，將這裡的土地爺、山神、河神傳過來問話。一眨眼功夫；三個小神連忙趕了過來。『這是什麼鳥地方？是何方妖怪搞出這般靈異詭譎的騙局！將我師父一起三人都唬弄到河裡去。』三個當地小神連聲答道：『大聖息怒！這條橋即使是我們也不敢靠近哪！該河裡的妖魔；號稱「一騙天」，大凡經過、路過、飛過、游過皆逃不過。完全納入其手掌心。』行者心生懷疑問道：『這渾蛋「一騙天」是如何騙法的？唬弄得這般厲害？』河神向前一步回道：『這妖魔精曉通天幻術，任何經過這裡的，就開始勾起慾念、產生親情憧憬；各種人性與生物的弱點皆因此為他利用，無法自拔。心中的至愛；任誰也擺脫不掉那種誘惑。』站在後面的山神補充道：『並且隨時因人而異，變幻莫測；可讓所有生命因為嚮往某些東西，而失去理性朝河心投入。』土地跟著說道：『應該這麼說；那超級騙子「一騙天」能將河流變成幻境之所有景象，再加上那呼喚的音響效果，迄今無人能廻避此劫難也。即使神仙也會因為某種理念，跳河淌入渾水。』孫行者聽完依然不解；追問他們道：『奇哉！那又為何俺得以避過險厄，並沒隨波逐流哩？』山神等幾位笑著回道：『大聖自然是得天獨厚，只要屬於胎生或卵生的血肉之軀，即使羅漢金剛亦一視同仁、皆為受害對象。可你齊天大聖並非胎孕所生，乃是承繼萬載陰陽之氣、處於九宮八卦之境、受天真地秀、日精月華所蘊育的仙石，按政曆二十四節氣靈通而生。生下則有兩道金光、直沖天境斗府也。以大聖如此特殊之生辰背景，這詭譎的騙局自然奈何不了你啦。可也千萬小心謹慎才好。』

接下來；這河裡又會有怎樣的情況發生呢？敬請期待下回分解：

『註解』：

❶掛搭：即和尚出外，於途中臨時找借宿的寺廟。

❷耄耋：泛指年長的老人。

❸髫齔：泛指十歲左右的幼童。

❹獸牌：古代在大門上方掛著嘴含七星劍的銅獅飾品，用來鎮邪辟鬼的吉祥物。

❺杖鄉之年：泛指年齡六十歲以上之長者。

❻喜壽：古代指七十七歲之年紀。

❼緇流：泛指和尚僧人。

❽薦亡文疏：用白紙或黃紙書寫，向西天表述往生者之功德，為超渡亡魂法會所用。

第十一回　靈異河國難避險　顛倒乾坤一騙天

話說八戒在經箱行囊旁邊盤坐發呆，聽到三個地方小仙回師兄說的話；恍然大悟插嘴說道：『這就對了；看到西天的仙佛們皆站在橋下呼叫俺，俺連命都可以不要啦！』然後他抄起九齒釘耙，氣呼呼說道：『這狗娘養的！竟然拿西天眾仙家來要俺的命，真是兩眼長到屁眼去了。俺這天廷掌天河八萬水兵的天蓬元帥，豈是他這小水鬼能惹的，俺找這騙子算帳去！』行者立刻上前拉住說道：『你這夯貨急什麼！先救師父要緊。待我傳上觀音菩薩派來護衛的眾仙將，讓他們清楚情況！我們再一塊殺進河裡去。』遣土地、山神、河神三位先行離去之後，悟空唸起神咒把正在天上執勤的護法諸天叫過來。那護法諸天降下雲端；仙將們明白所有過程之餘，無可奈何說道：『坦白說；我們也不敢挨近這條河橋，那「一騙天」施的邪術；我等一時仍然無法破解，不如我們守在這裡保護真經，你們快下去解救玄奘法師他們吧！』

不多囉嗦！行者將幾箱真經寶典交與那些護法諸天委託看管。剎那間取出金箍棒；拉著豬八戒跑到橋邊，不等什麼神奇之幻影和親情的呼喚出現；悟空師兄弟兩個正準備跳下河裡找那「一騙天」算帳去。

大聖拉著八戒來到河岸邊；師兄弟二人正想一躍而下，忽然八戒有所頓悟。他對著悟空說道：『稍待！師父在他手上，咱們這般硬闖不是辦法。這廝顯然不玩硬的，專搞陰的！沒摸清楚他底細之前，咱們暫且還是不要打草驚蛇。俺總結取經時候的經驗，知己知彼方才得以掌握勝算。所以……』。這行者孫悟空一心只急著想去搶救唐三藏師父那些人，以為豬八戒膽怯。丟下一句：『獃子；別那麼囉嗦。救師父他們要緊，跟不跟隨便你了！』才說完就「噗通！」一聲跳了下去。八戒沒得選擇；隨後也跳進河裡。

才遁入河裡；倆人即被一股超強的漩渦直接捲至河底。在河底早有一張大網鋪陳著，那張大網疏而不漏；瞬間即將兩人緊緊網羅打包起來。行者及時反應變成一隻小泥鰍，在收網之前；留下豬八戒忽地鑽出網外。一群小妖拿刀拿劍蜂擁而至，將八戒綑綁之後押離現場，揚長而去。

行者逐一路遠遠跟隨著，不久來到一宏偉的宮殿樓閣，料是此河龍王之宮闕，裡面儼然為一小朝廷。幡幟高掛、君臣朝覲、文武排列有序。嵩呼❶嚷嚷；黃榜張揚，但見一頭戴沖天冠、黃龍飛舞之赭黃袍、腳下穿錦繡無憂履、腰繫鑲金翡翠帶之帝王裝扮者，緩步走向大殿龍座就位。瞧那神情儀態：

觀儀表；面容俊俏顏如玉。談神情；英姿煥發像周瑜。道人品；斌斌文質書卷氣。說內涵；談經論道通宇寰。論本事；六爻八卦不失序。玩花樣；陰陽幻術有條理。搞陰謀；掀風作浪聲勢厲。其目標；瞞天過海當皇帝。

那旁觀的行者，不動聲色在大殿角落觀察情況，伺機謀動。他確認那個坐在台階上大位的；應該就是「一騙天」矣！果然不出所料，那列位左右的文武官員持笏謁覲時，即稱他為「一片天大王」。好一個一騙天大王！想造反啦！

忽見一個長得像哈巴狗似的師爺趨向階前說道：『天大王陛下近來無恙！上朝見著陛下精神飽滿、氣色俱佳、顯然陛下養生有術也！幸甚！幸甚！』這馬屁拍得响亮；樂得一片天大王眉開眼笑說道：『養身之道；朕略懂一二。即曰：清流可飲、至道可餐。何為棲棲、自使疲單。今依崇巖幽谷、養以仙芝醴泉、食以百獸野味。遇乾道則剛簡、坤體則敦密。茫茫太素、是則是述。

末世流奔、以文代質、悠悠世目、孰知其實！逝將去此至虛；歸我自然之室矣。』大殿階下；須與之間掌聲如雷、讚聲不絕！狗頭軍師站一旁；立刻上前奉十補人蔘茶。

一片天大王露出虎狼雄心說道：『朕之清虛服氣、餐飲野食只為養精蓄銳、調氣固本。只待有朝一日；那長安朝廷頹廢敗落、局勢動盪、烽火四起，朕將取而代之。話說有才何需有德，僅需擁有治國用兵之術，即使不仁不義；亦可以幻術洗天下人之腦，自古以來；欲攬天下者焉能不詐不騙。本大王號稱一騙天，即此爾爾。』大殿階下又是響起一片歡呼聲：『天大王英明』！

台階下走出魁梧的巡河監吏拱手稱道：『啟稟天大王陛下；長久一直都是禽鳥野獸進到水域。今朝不然；連方才捕獲一個豬頭豬腦的漢子，算算今天業績差強人意，成人三個、好馬一匹、獵鷹一隻、各種鳥雀十四隻、山裡鼠輩十二隻、另外有王八烏龜若干。』那天大王喜孜孜地說道：『哦！難得今天還有人敢經過這裡，把那落網三個人給我押上來瞧瞧。』一聲令下；唐三藏、沙和尚、豬八戒很快被一群小妖押解到殿前。一片天大王不敢相信站在眼前的人，搓揉雙眼走到唐三藏面前說道：『眼前的；不正是那前往西天取經的唐三藏玄奘法師嗎？』豬八戒哼了一聲：『如假包換的唐三藏法師也！明知道惹不起；就快快將我等趁早給放了。』一片天大王哈哈大笑說道：『真是踏破鐵鞋無覓處，得來全不費工夫。送上門來的肥肉；焉能放走！不能糟蹋！豈可糟蹋！』兩側的妖官魔將聽到抓來的是唐三藏師徒，全體手舞足蹈、呼聲震天。江湖魔界、眾所周知，早有傳聞吃那唐僧的肉，一口得以延年益壽、多啖幾口則可長生不老。讚！

警覺性頗強的狗頭軍師；環顧四周說道：『不對！不對！大王暫且勿開心太早。這一夥應該有四個人，怎麼少了一隻野猴？據說那野猴很皮，相當難搞！得派人快快出去再找找。』找個鬼！悟空立馬現出原形，操舞著手中的金箍棒；指著一騙天怒罵道：『找你爺爺嘛！你爺爺正想找你哩！好個一騙天，今天將你打成一片肉醬！』說完；先把唐三藏等三人解開繩索鬆綁，然後執起金箍棒朝一騙天當頭棒喝，一騙天迅速閃過；亮出絕活武器金剛神鞭回抽向行者。這二人一鞭一棒，你來我往打得不分上下，一時天搖地動、日月無光。有詩可證：

金剛神鞭細又長、可軟可硬戰力強、忽前忽後似狂浪、左右開弓難抵擋。
齊天大聖金箍棒、掃妖打鬼用途廣、上天下海皆通暢、火力全開威武揚。
一騙天亦有模樣、鋼鞭抽起霹靂响、雷霆萬鈞貫三江、兇殘剛烈勝虎狼。
西天取經鎮孽障、行者豈容汝猖狂、大鬧天宮不遑讓、區區妖魔莫囂張。

那沙僧和八戒也沒閒著；搬出傢伙和殿內的妖魔打成了一片，殺聲震天。而大聖與該魔頭交手數十回合；也不分勝負。論及打鬥經驗當然悟空行者更勝一籌！一騙天慢慢感覺體力不濟、漸顯劣勢。他無意打持久戰，於是跳開到一旁，捻起右手指唸咒語；然後揮向正在拼鬥的豬八戒和沙和尚。剎那之間；師兄弟倆個立馬中邪似的，雙眼噴出火花、狠狠盯住悟空看。

八戒和沙和尚；隨即轉身拿著手中的武器，衝向悟空劈頭就打，像似遇到殺父仇人一般，絲毫不手軟。氣得悟空一面招架；一面大聲喊道：『瘋了！瘋了！是我孫悟空耶，你倆快快停下。』唐三藏猶在一邊制止說道：『你們倆人快停下來，他是你們的師兄孫悟空啊！』二者不睬；豬八戒揮舞著九齒釘耙對行者悟空罵道：『你這渾蛋；殺人如麻、作惡多端。我豬八戒要為天下蒼生討個公道。』沙和尚也站在旁邊吆喝道：『跟這惡魔多說無益，打死他為咱們師兄報仇！俺的彎月降妖杖絕不饒你。』才說完；二人又輪番朝行者窮追猛打。行者面對兩個中了邪術的師弟莫可奈何；四面八方圍過來的妖兵妖將也越聚越多，他只得識時務趕緊化作小水蝨蟲；遁入地下再逃出河面上。

話說那匆忙逃脫的孫悟空，氣極敗壞地走向離河岸不遠的地方，找到護法諸天幾個天將。他們看著行者狼狽的模樣，忍不住問道：『怎麼回事？沒找著玄奘法師他們嗎？跟你下水的悟能八戒呢？』孫悟空只能搖頭嘆氣；將方才發生的事重複講述一遍讓他們知道。那幾個諸天神將互相觀望，再說道：『那麼厲害！』大夥扼腕激憤卻又無計可施；認知「一騙天」這廝詭計多端、確實有一套。特別是他可以臨場視情況施法唸咒；瞬間洗腦改變人的傳統思維和原來的觀念，親人變仇人、朋友變敵人！這招比搞陰謀讓人兄弟鬩牆、翻臉無情更可怕。

孤掌難鳴的行者；只得暫時將送東瀛的幾箱經卷托付神將們保管，他必須去南海找觀世音菩薩求救，摸摸一騙天的底細與對應之策。說走就走；悟空唸咒之後翻縱筋斗雲，一會兒；即來到南海落伽山的普陀巖。那輪值的諸天門將拱手問道：『大聖不是正在東瀛送經途中乎？為何事如此急迫匆忙趕過來也？』悟空回道：『緊急！緊急！無事不登三寶殿，那觀音菩薩可在仙洞裡面？』守門的鬼子母諸天要悟空稍候片刻；碎步進去潮音仙洞通報觀音菩薩。須臾；回傳悟空進去面洽，悟空即斂衣整裝、梳理儀容、邁開快步進仙洞謁見觀音菩薩。

見到千葉蓮台上端坐著的觀音菩薩，悟空甫地就跪。『悟空起身吧！這回東瀛送經怎麼送到我這頭來啦？其他人呢？』觀音菩薩要悟空起身，並且好奇問著。悟空難過抹淚並且把「斷魂橋」遇險的經過；一五一十重複說給觀音菩薩知道。然後憤憤不平說道：『當年西天取經的時候，大凡路途遭遇的妖魔；十有八九都是來自西天仙佛的跟班或寵物。這回碰著這個妖孽「一騙天」其功夫尚可，但是歪道邪術卻不一般，竟然搞到我等一夥人自己拚殺起來。萬望觀音菩薩指點迷津，是否又是哪個仙家的阿貓阿狗偷溜到凡間作怪？害得我們好慘！』觀音菩薩靜思細想，然後說道：『不曾聽聞如你所講的。況且上回汝等西天取經；途中的妖魔確實有來自天廷之物，但是某種意義而言也是對你們取經之決心、毅力的一些考驗罷。可這回送經已經沒有必要再搞這一套矣。』悟空持懷疑的口氣說道：『這個「一騙天」法術高強，不說凡人；即便仙家見到皆也避之唯恐不及。這等功力；凡間山川幽壑之妖精，根本不可能有這樣的水平。』觀音菩薩從千葉連台走下；針對此事認真說道：『聽汝所言；這妖怪卻卻不容小覷。待我問一下惠岸；天廷的大小事，誰家少了雞、誰家丟了鴨，問他準沒錯。』那惠岸就是木叉使者，即托塔天王的二公子。不久即傳上木叉使者過來潮音仙洞諮詢問話。

『惠岸；最近是否有某個仙佛的寵物弄丟或是溜掉了？你仔細想想。』觀音菩薩問道。木叉使者想了又想，說道：『沒聽說耶！倒是前一陣子，那玄微殿鬼谷子仙師提到；曾經有一隻不知哪來的九頭鳥❷，頗通靈性。經常在他殿前飛來飛去，每當仙師傳授仙界法術時候即跑來觀察旁聽，鬼谷子仙師並不當回事。而且也有好一陣子不見了，難道是牠？』孫悟空一聽完；心有靈犀的就認定九頭鳥與案情有關聯，轉身跟觀音菩薩拱手道聲珍重再見。接著二話不說；拉著木叉使者直奔玄微殿找鬼谷子仙師去問個究竟，這一騙天或許就是九頭鳥變成的。

木叉使者領著行者搭上雲頭，飛馳趕赴天界之玄微殿。經過殿前仙童的通報之後；引進殿內拜謁鬼谷子仙師。

但見那鬼谷子仙師坐正八卦蒲壇，慈眉之下目光英炯、雪鬍白鬚冉冉垂胸。他吩咐仙童給來客奉茶，然後問道：『來者既是齊天大聖和木叉使者，不知有何貴幹？直說無妨。』悟空則將之前「斷魂橋」和「一騙天」所衍生的事端再次陳述一遍。『且慢！』仙師聽言似有察覺端倪，馬上問道：『你說那妖物所持金剛神鞭，尾端是否有金絲藜刺？』悟空回應道：『是也！是也！』仙師為了查證嚴謹，又追問道：『那妖物唸咒時，是否緊握拳只伸出食指。』悟空又回應道：『沒錯！沒錯！』鬼谷子聽完怒不可遏，呵斥道：『果然是這九頭鳥惹出來的禍，那金絲鋼鞭是本門專用之武器，唸咒手法更是本門獨有的傳統手勢。可惱！』

鬼谷子揮搖拂塵，接著說道：『吾等乃一脈相傳之上清道派，傳授之大洞真經、五老雌一寶經、素靈大有妙經、皆是至精至妙、萬經之首。此仙道至經，讀之萬遍成仙，復不需金丹之道也。又有黃庭內景玉經；更為學仙之奧妙、羽化之根本。那廝九頭鳥具有天仙靈性、資質聰穎、經常在本殿附近打轉遊玩。適巧本仙師道長每回傳經授課，該鳥皆飛至本殿前來觀聽潛學，冥心靜修、悉習真靈之餘竟有所道行，無論符籙咒訣、召神劾鬼、陰陽相推、正法邪術皆能達到變幻莫測之境界矣。曾經有幾次牠化作道清弟子，前來向吾請教經綸符咒，見其心誠意堅；即助牠解惑開釋。唉！孰不料這九頭鳥野心勃勃、居然溜到凡間，心術不正地利用本上清法術來胡作非為。可惱！可惱也！』

孫悟空趁機彎腰起手道：『事到如今；仙師悔恨也於事無補。事關佛國之推廣與華夏天朝之國威。懇請仙師助予一臂之力。』鬼谷子訕訕說道：『本仙師正在修行；惟接下來的時間將會閉關修煉一陣，無暇去插手凡間之事。要吾等下凡收拿此妖，實乃愛莫能助。』悟空馬上回應說道：『不勞大駕！不勞大駕！貴仙師生活起居一切照常。那凡間打打殺殺的雞毛蒜皮小事，有我即可。』鬼谷子不解問道：『方才提及助你一臂之力，這話如何解釋？』悟空只得厚著臉皮要求說道：『此事由我來擺平，只求仙師不吝賜教；如何去破解那騙子九頭鳥的法術。貴門派之法術精湛深奧，沒有上清仙師的鼎力相助，悟空恐怕徒勞無功也。』

『甚好！甚好！本仙師帳目不清、錯收妖徒、自該負部分責任。』鬼谷子仙師欣然同意。於是叫仙童關起大門，然後再詳細說明破解「一騙天」的幾個訣竅。尤其重要的是掐指唸出五字真訣：『唵、西、尼、耶、也！』將能破解那妖怪所有魔咒。獲得鬼谷子仙師的上清真傳，孫悟空和木叉使者起手拜謝並且辭別。

話說大聖謝過仙師；遂與木叉使者聯手一起踏雲趕回郇河斷魂橋現場。誰知他們才剛剛落下雲端，驚悚的一幕即擺在眼前。在斷魂橋的橋畔卻見玄奘法師、豬八戒、沙和尚三人的屍首排成一列，已經身亡多時。木叉使者看得心酸難受；卻見到身旁的悟空不當回事。他納悶地問道：『悟空！你怎麼如此無情，見著玄奘法師他們被害卻無動於衷，像話嗎？』行者悄悄走近，小聲對使者說道：『容敘！容敘！這些都是假冒的，一騙天這招騙不了我，我的火眼金睛告訴我；這是障眼法。只是三個被施了法的小妖屍體。用這招來騙我；讓我死了這條救人的心，我們將計就計；假裝發現之後離開這裡。』木叉使者及時會意過來。兩個人裝模作樣哭成一團、一把眼淚一把鼻涕；依依不捨故意搭雲遠離而去。

躲在樹林裡的小妖，很快把偷看到的情況回報給天大王知道。一騙天終於鬆了一口氣，心裡想著：『總算騙走這野猴矣，只要他少來煩我，按計劃走；天下很快就到手了。』原來這詭計是狗頭軍師策畫的，他對妖王說道：『依愚臣之見；晚上先把那唐僧給吃掉，省得夜長夢多、好事多磨。東西吃下肚；就算玉皇大帝來，他也沒轍了。』一騙天欣然接受狗頭軍師建議，他吩咐廚灶照辦。又令身邊幾個小嘍囉準備美酒佳餚，晚上開個盛大的慶功宴。一起黑皮、黑皮一下！

狗頭軍師逐擬好文牘❸宣各部門領導；晚上酉戌時刻，齊聚大殿參加酒宴。

其實大聖和木叉使者並未真的遠離，倆人略施小技化作癩蛤蟆跳進河裡。很快就被那強大的漩渦吸引進網裡去，果然不多久過來六個持著刀斧的小妖。一個大麻臉的妖怪說道：『啥小！這種癩蛤蟆誰敢吃？扔掉吧！』另一個歪鼻子的妖怪笑著說：『癩蛤蟆想吃天鵝肉啊！晚上分點唐僧肉給牠們嚐嚐。哈哈！』『哈你個頭！』悟空變回原形，一棒就幹掉那六個妖怪。然後倆人化作其中兩個小妖的模樣離開。知道晚上這一騙天決定下毒手殺害師父他們，忙著先救人再說。

九拐十八彎；彎過來繞過去，路上問小妖張三道：『喂！天大王差遣我倆去押解囚犯豬八戒問話，俺患了失憶症。快提醒俺一下！』小妖張三笑著說道：『大王準備先把那豬頭慢火清燉是嗎？俺覺得還是紅燒肉好吃。哪！向前再左拐，走不久再右轉三次就看到啦。』走著走著又迷了路。途中再問嘍囉趙四：『喂！我倆是灶房的伙伕頭，天大王叫我們去拘提豬八戒，拿他剁碎來包餃子。如何找到他？』嘍囉趙四聽了，口沫橫飛說道：『天大王真貼心！哇！已經好一陣子沒吃水餃，哈死我了！想到蒸餃、煎餃、我就口水直流』。木叉使者不耐煩地罵道：『少囉嗦！快點帶路，待會兒躭誤大夥開飯時間，就拿你來包水餃。』嚇得那小嘍囉馬上走前帶路。終於在河底某個角落的角落；找到送經的一夥人，森嚴陰暗的鐵牢裡面坐著玄奘法師、豬八戒、沙和尚、白馬、還有黃狗變作的獵鷹。瞧見他們都傻呼呼地端坐在地上，悟空一陣心酸。原來他們皆被那一騙天唸咒施法給鎮壓住矣。他們可以恢復如常乎？悟空能順利打敗一騙天乎？敬請下回分解：

『註解』：

❶嵩呼：古代朝廷上朝的時候，文武百官對皇帝高呼萬歲之禮。

❷九頭鳥：古代之戰國時期，楚國一帶百姓所崇拜之九頭神鳥。又尊稱為九鳳。

❸文牘：古代朝廷草擬旨令聖諭的官職。

第十二回　人面獸心忒傷天　掃蕩河國皆復元

話說孫悟空與木叉使者；好不容易找到被囚禁的同夥們。因為他倆化作小妖模樣，幾個河國獄卒哪裡認得。兩人假裝送食物過來；進到獄柵裡隨手亂棒打死那些獄卒，料理完幾個小妖屍首；變回原樣之後，拉著送經的同伴就想朝外走，孰不料那幾個同夥卻形同陌路；完全不認得悟空矣。玄奘法師更睥睨著悟空斥喝說道：『妖孽勿靠近，待會兒我徒弟孫悟空回來，絕對饒不了你。勿謂言之不預也。』，孫悟空急著說道：『師父！我就是悟空啊！』

木叉使者旁觀者清，逐提醒悟空：『行者；多說無益，他們已經被一騙天施法下咒鎮住本性，完全帳目不清了。速將鬼谷子仙師傳授之破解咒訣使出來。』孫悟空這才握拳伸出食指唸道：『唵、西、尼、耶、也！』仙師傳授的五字訣瞬間奏效，幾個遭到囚禁的激動跳起身；抱著行者熱淚盈眶、大家相互擁抱著。不由得問說怎麼回事？為何會被關押在這裡？他們唯一的印象就是：『我們不是要穿越斷魂橋嗎？結果呢？還沒通過嗎？』

行者正待解釋清楚；卻從遠處傳來一陣嘻笑聲。十幾個小妖奉命前來押解囚犯，準備送到灶房去開腸剖肚、搞他個營養又美味的大餐來犒賞三軍，振奮人心。情勢危急；悟空抓緊時間要大夥圍過來；如何運籌帷幄、佈局列陣、很快就把事情說清楚、講明白。一夥人曾經拍檔十四載，默契十足矣！

『喂！開門！開門！狗頭軍師讓我們來押那些人犯啦。』押囚的一群妖精來到獄柵前大呼小叫。悟空和木叉使者很快又變作獄卒，開鐵柵讓那些小妖進去。一個赤鬍妖將跨邁大步進到獄房，大聲嚷道：『快點！把這些肉球通通帶走，一個不留。』悟空裝蒜問道：『且待！你們有令牌嗎？是誰讓你們過來押人哩。』『嗐！真囉嗦，看仔細！』那赤鬍妖將不耐煩地亮出掛在腰際的令牌。『你這令牌是假的，拿山寨版的狗牌來唬弄人，你好大膽子！』悟空一面罵道；一面將那個令牌扔得老遠。當場把那妖將和身邊的嘍囉搞傻了，送經的幾個知道悟空又在演戲，忍不住轉過身竊笑著。

悟空繼續又罵道：『這幾個肉球可不一般，喫了得以長生不老耶，即便拿到黑市賣；最少一斤能賣到一萬兩銀。天大王特別吩咐過我們，沒有他本人的簽名蓋章；任何人都不准帶走。你們算哪顆葱？拿個假令牌來胡鬧，想獨吞這幾個肉球？告訴你—沒門！』赤鬍妖將頓時被唬住了，怯怯地說道：『奇怪！這令牌明明是天大王親自交到俺手裡的呢，這下該如何是好？』悟空接著說道：『問題不大，咱們押著這夥人一塊去大殿，當著天大王面前移交給你們。這樣銀貨兩訖，誰也不欠誰。』該赤鬍妖將四肢發達、頭腦簡單，想想好像也有幾分道理。他欣然同意悟空的提議，說聲：『誰怕誰、走就走。拉死狗！』，伊卻不知中了悟空的圈套。因為這魔域遼闊，一時找這一騙天魔頭確實不易、頗費周章，趁現在有這傻逼帶路，藉機會將他們一網打盡。

天色已黑。一群人前呼後擁；穿過門廊、走過庭院、越過宮門、終於來到了大殿。瞧著離大殿不遠；有一處陰暗的樹叢，悟空假裝說道：『哎呀！俺尿急得快尿到褲子上了，讓俺解手片刻再進大殿吧。』，赤鬍妖將嘮叨著：『真是懶人屎尿多。』他假裝到樹叢裡解手。停滯的當下，悟空對大家眨眨眼示意，甫地一陣窩裡反；兩三下打得赤鬍妖將和那些嘍囉們措手不及，命斷樹叢、魂歸陰間。

一騙天大王坐在大殿的龍椅上好不愜意威風，座前的長桌早已擺滿了山珍海味、珍饈佳餚，還有幾罈陳年老窖佳釀擺著，就等著灶房把唐僧肉弄好，一場豐盛之酒宴、喝他個通宵達旦。此時殿內燈火通明，歡笑聲不斷，他正與狗頭軍師、還有階台下的文臣武將；開心把酒言歡、暢談未來奪取大唐江山之謀略。

狗頭軍師隨口問左右道：『那唐僧下鍋了沒？去灶房問一下曾師傅和賈主廚，何時端菜上殿哩？』唯見左右扈衛拱著嘴巴一嘟、手一指，卻見到唐僧玄奘法師等一夥人正登堂入殿；拘肩搭背、還有說有笑。

一騙天簡直不敢相信眼前發生的一切，把兩眼揉了又揉、搓了又搓。照理那唐三藏應該擺在廚灶的大鍋裡面，或清蒸或油炸才對呀！這擺在面前活生生的唐僧又哪來的？狗頭軍師這才驚訝說道：『活見鬼了！真是好夢易醒啊！』

滿臉錯愕的一騙天，沮喪坐在椅上支支唔唔說道：『這……這是怎麼回事？你們如何會跑到這裡來的？』玄奘法師笑著回一句：『天大王真小氣，有長生不老的唐僧肉可喫，這種好康的事也不通知一聲。我們只好不請自來也。』大殿裡戛然喧嘩鼓譟、騷動不安。一騙天強作鎮定狀；狗頭軍師則站起身說道：『你們幾個廷上虎賁翊衛發什麼呆？還不快快將他們給我拿下！』

一直變裝成獄卒的孫悟空指著台階上的一騙天罵道：『要拿；就先拿你這隻人面獸心的九頭鳥！真格水仙不開花；少跟俺裝蒜。你就是披上龍袍也不像皇帝。還敢自稱一片天大王哩，我呸！』悟空一陣吐槽，弄的一騙天灰頭土臉、惱羞成怒。被揭開瘡疤、搔到痛處的一騙天最恨別人稱他為九頭鳥。恨到咬牙切齒、青筋頓爆的天大王，立馬揚起金剛神鞭，近乎瘋狂地叫嚷：『你們還愣在這裡幹啥？全部給本大王殺光，來個雞犬不留。』悟空和木叉使者立即變成原來的樣子，悟空不甘示弱回道：『你這九頭鳥有屁眼就別逃，爺們帶一根棒棒糖伺候你來啦。俺倒想瞧瞧你武功如何？擋得俺十棒算你有本事。』，二人輪起傢伙立馬上陣。八戒和沙和尚也同時操起武器、神勇無比。一時殿內殺聲四起、火爆沖天！那黃狗辛甘和白馬秦願也不甘示弱，變回原樣加入混戰、雙方撕打成一片。這場你來我往的正邪交戰，殺聲震天，有詞為證：

斷魂橋下渾水流、引君入甕變肉球。小朝廷、大陰謀、一騙天王掌千秋。
金宮銀闕建閣樓、文官武將齊聚頭。五元帥、六諸侯、有模有樣不簡陋。
萬事俱備本無憂、卻逢送經誤闖投。遇晦氣、找罪受、惹火上身添禍愁。
騙天騙地占水洲、欺壓大聖結冤仇。瞞仙師、當賊寇、不討公道誓不休。
金剛神鞭迎面抽、招招狠毒不軟手。先抽左、再劈右、鋼盔鐵甲全穿透。
金箍棒更勝一籌、打遍仙界打妖獸。前掃腿、後打頭、鎮不住妖沒理由。

殺紅眼的悟空，咄咄逼人與一騙天廝殺著，神鞭固然威力十足、鞭鞭致命、一旦碰到悟空這百戰沙場的老手，即遜色多矣。這節骨眼；一騙天猶作最後掙扎，試圖力挽狂瀾、使出殺手鐧。只見過來兩個妖將前來保駕護主，抵擋悟空的瞬間，他跳到一邊；握拳伸指唸起了魔咒；向那幾個送經者身上揮去，一次、兩次、第三次、次次落空。看著悟空嘴裡喃喃唸著訣咒：『唵、西、尼、耶、也。』，他明白大勢不妙；心中有數是怎麼回事，這場戲；壓根演不下去矣。

古諺有道是：「魔法千萬變、點破不值錢。江湖多險惡、頓悟一瞬間」。

瞧那幾個送經的殺遍群妖無敵手，宮裡殿外數千個兵將本來也都是烏合之眾，只堪嚇唬一般老百姓罷。有所謂：真金不怕火煉，偏偏這些蝦兵蟹將、破銅爛鐵一堆；遇著烈火怎堪耐操哩！

妖殿裡外打殺好一陣，放眼四面八方；群妖盡是斷手缺腳、哀鴻遍野。而送經一夥僅有木叉使者和黃狗辛甘受到些許皮肉之傷。最後剩餘的殘兵敗將看到大勢已去，只得紛紛扔下手裡的武器，跪地求饒道：『仙家們大發慈悲；我等都是無辜被逼上斷魂橋的，你們行行好，饒過我們吧。』玄奘法師稟持慈善的佛心也幫這群妖怪們求情著，不看僧面看佛面；悟空師兄弟不再究責怪罪。可是那主要的罪魁禍首「一騙天」肯定得繩之以法、押送天廷問罪才是。對了！說到那個一騙天！他人呢？玉階座位上；只看到狗頭軍師留一張紙條：「後會有期」。溜掉了！

『咦？咱們打了半天，那賊頭反倒溜掉；不見人影了。』悟空恍然發現一騙天早就消失無蹤、大家白忙了一個晚上。現場東找西找、問東問西；王二麻子說沒看到、陳暴牙說不清楚、小毛驢說他可能躲進廁所了……。總之就是找不到。估計這隻九頭鳥和他的狗頭軍師；這回踢到鐵板，應該遠走高飛，不敢再作怪也。

話表那一騙天的賊巢被殲滅之後；玄奘法師把殘餘的小妖全部集合，以箴言告誡他們說道：『往者已矣！過去就讓它過去，希望今後重新作善妖，不能再作惡害人。苦海無邊、回頭是岸。南無阿彌陀佛！菩薩保佑！』悟空接著補充說道：『俺師父說既往不咎；這回暫且饒過你們。再胡搞瞎搞；幹些偷雞摸狗的事，小心被俺逮到，保證讓他死得很難看！』說完；逐下令眾妖將這裡所有宮殿樓舍放火燒毀，免得又借雞生蛋、東山再起。大妖小妖齊齊跪地磕頭；感恩戴德、再造新生。並且乖乖聽話；各別持著火把去焚燒大殿小房。目睹整個魔域賊巢陷入一片火海中，送經一夥人才安下心離開該地方。

上了河岸；適逢朝陽初昇，整座山巒河岳煥然一新。有詞為證：

金光燦爛、鋪灑大地、鄞河舒緩清澈見底。雀鳥麤集、聚集嘻戲、諸野煥然詩情畫意。樹木挺直、花開並蒂、飛禽走獸迎新氣息。風和日麗、晴空萬里、丹紅碧綠綻放幾許。青竹搖曳、晨露欲滴、星月轉移、萬物滋潤嶄新契機。

聖賢有云：「天地有高低、人心分深淺。困擾三更夢、開朗見藍天。」送經的一夥浸淫於這美好的攬翠擁黛、瀲顏水色環境中。悟空深深運氣吐納、心胸通暢之餘則說道：『不經一番狂風暴雨；怎見得七彩虹光哩！』好說！好說！

木叉使者還得趕回南海普陀巖打卡上班。臨行前；依依不捨說道：『跟大家渡過一個刺激又難忘的夜晚，榮幸！榮幸！好一陣子沒玩刀玩槍了，往後再發生這種事，可別忘記通知我一聲喔！筋骨不活動很快就會老化的耶。珍重！』，跟送經一行人互道珍重之後；隨即搭雲離去。

常懷佛心、悲天憫人的唐三藏玄奘法師，在橋頭河畔拈香燃燭，為往昔在這條河橋上的眾生冤魂，行施簡易的超渡儀式。他莊嚴肅穆、穿著錦襴長袍、敲著木魚先唸一段：「往生淨土神咒」：

南吳阿彌多婆、夜哆他伽多夜、哆地夜他、阿彌利、都婆毘、阿彌利哆、悉耽、婆毘、阿彌利哆、毘迦蘭帝、阿彌利哆、毘迦蘭多、伽彌膩、伽伽那、枳多迦利、娑婆訶。

再唸一卷：「慈雲懺主淨土文」：

一心歸命、極樂世界、阿彌陀佛、願以淨光照我、慈誓攝我、我今正念、稱如來名、為菩薩道、求生淨土、佛昔本誓、若有眾生、欲生我國、志心信樂、乃至十念、若不生者，不取正覺、以此念佛因緣、得入如來、大誓海中、承佛慈力、眾罪消滅、善根增長、若臨命終、自知時至、身無病苦、心不貪戀、意不顛倒、如入禪定，佛及聖眾、手執金台、來迎接我、於一念頃、生極樂國、花開見佛、即聞佛乘、頓開佛慧、廣度眾生、滿菩提願、十方三世一切佛、一切菩薩摩訶薩、摩訶般若波羅蜜。

接下又唸著：「淨口業真言」、「淨身心神咒」、「渡亡經」。稍作歇息；再接著唸「法華經」、「彌陀經」、「孔雀經」。最後則焚燒之祝禱「薦亡文疏」結束儀式。

孫行者趁著師父在超渡冤魂的空檔時間，做了一塊木牌；上面寫著「光明橋」三個大字。他釘在橋頭上，說明陰暗恐怖俱往矣，請眾生正大光明過橋吧！

不久；天上輪值的六丁六甲、四值功曹從天降下，將那幾箱真經文卷和旅途行囊給送了過來，而且給那受點刀傷的黃狗塗抹紅藥水消毒。送經的一行道謝並且告別，大家坐在花草之間享用營養早餐。

大家匆匆喫了乾糧喝些泉水、吞幾顆紅棗、枸杞，屁股拍一拍、收拾行囊繼續趕路。臨行之前；唐三藏不忘吩咐著狗狗辛甘說道：『麻煩你再變為獵鷹，火速掉頭回去司馬疃告訴老莊主，和附近的村民百姓們，這條路已經通暢無阻；斷魂橋的妖魔皆被菩薩派人清光、整鍋端掉矣。去洛陽府今後無須再繞遠路。菩薩保佑，善哉！善哉！』交待完畢；黃狗變換成大鷹，噗地展翅高飛，揚長而去。

送經一行，安然越過鄗河上的木橋之後，美不勝收之山川美景；盡收眼裡：

一路邁步平坦順暢、花草繁茂吐露芬芳、翠松碧柏直挺相伴、天高氣更爽！
雙峽流水源遠流長、角亭古道飛澗其旁、雀鳴鳥叫高歌輕唱、地靈人開朗！

一時無憂無慮的送經綱，在山坡和草原之間；自邇徂遠❶、穿梭奔走、餐風露宿、經過幾天的勞累之後，終於來到了東都洛陽府。

且說那洛陽古都：其位於洛水之北、華夏九州之腹地、十省之通衢。九州本乃中原九大區域，為東南之北交通樞紐，北有太行山與黃河之險阻、西有函谷關、渭水之相隔。勿論南來北往、東奔西跑、皆須經過這座城池，其地理位置之重要不言而喻。不啻為古今之風水寶地也。

他們一行經華中門進入洛陽府；走玄武大道入正陽門❷至洛陽府宮廷前面。向皋門守將呈上長安京城之敕牒文牓，黃門官❸經過通報從大殿飛奔過來；有請送經綱一行人登上正殿。只見府丞都督率領眾官要員們已經在殿前恭候矣。

洛陽府都督、刺史等官員與唐僧一行人互為拱手致禮，一起就序進入殿內。

洛府都督邀攬唐三藏坐正其左手邊，他關心問道：『本都督早有聽聞；爾等欲送經東瀛，這可是一路艱辛、險象環生之途也。僅憑爾等數人恐怕凶多吉少，不若本都督派遣兩千名將士陪同伴隨，這樣行程則穩妥許多。爾等意下如何？』唐三藏當下婉拒辭謝好意，並且回答道：『不勞！不勞！當年我等師徒四人，行十萬八千里路往西方取經，雖然穿山越嶺嚐盡苦頭、遭遇眾多賊寇妖魔阻攔、倒也自行克服萬難、化險為夷矣。』洛府都督擇善固執又說道：『送經與取經截然不同也，其任重道遠更勝取經之時。眾所週知；東瀛路況險惡與鬼物囂張之程度，更甚於西域，波折橫生肯定影響行程時間。還請聖僧考慮再三。』階下的孫悟空隨即軋上一腳說道：『都督放心！俺可是一夫當關；萬夫莫敵。大軍護佑隨行；雖然聲勢浩大，反而目標容易曝露、招惹妖賊注目。我等人數雖少；卻行動靈活、來去自如，相較之下；我等原班人馬反而有所優勢也。』悟空說完；送經一行人全站起來向洛府都督謝絕好意。於是洛府都督不再堅持。

大家話話家常、聊聊軼事。接著都督吩咐太掌❹準備酒席；宴請長安京城送經的貴客們。他們一塊經過壼道❺宮闈，走到鴻雁閣由一名穿丹青錦絲綢服的商賈接待，他自稱姓潘。眾人依賓主倫理就坐，餐宴之間；奇珍盛讌不在話下、觥籌交錯、滿堂盡歡。洛府官員對於這些來訪的高僧一夥；讚譽有加、推崇備至。

府丞都督敬過唐三藏一巡酒，好奇問道：『當今聖上太宗皇帝；主動納聖僧做為御弟，此事遐邇皆知、傳為佳話。只是不知其何故也？願聞其詳。』豬八戒一旁插嘴說道：『俺師父精通佛法釋道、深諳梵音妙經，當今天下無人可及。特別是俺師父主持各種齋典法會，更能直達仙佛、貫通乾坤。因此太宗陛下先冊封他為長安「大闡都僧綱」，後又納他為唐三藏御弟。俺師父可是當之無愧也。』唐三藏不甚開心，瞪著八戒一眼解釋說道：『喫你的東西；勿瞎說！我只是因為應允陛下；為我大唐朝廷，遠赴西方取回三臟大乘真經，才被陛下恩賜、抬舉為御弟的。何其榮幸！何足掛齒耶。』

偏偏豬八戒方才插上的那句「主持各種齋典法會，可直達仙佛、貫通乾坤」，讓在場洛府的大臣小官們印象深刻、驚為世間活佛。說著；立馬一堆官員爭先恐後過去給唐僧挾菜敬酒，竭盡誇讚奉承、阿諛獻媚之能事。

府丞都督耳聰目明、隨即當仁不讓；夤緣❻對著唐三藏說道：『幸會！幸會！欣聞唐三藏聖僧法事高強。府中慈母今年耄年米壽❼三戊且逢初八，明日適值戊庚之黃道吉日。敬邀聖僧光臨府第為家母主持戊庚齋典、福祿壽生辰之法事，微盡人子之孝心也。今晚聖僧早些去府驛行館休憩，明日一早本府會派車前往下榻處迎接大駕。聖僧主持之餘；另有百位洛陽高僧徵召前來法會一起誦經祝禱。謹此千祈萬拜聖僧矣！』那唐三藏見他有如此孝心，也爽快承諾接下。

返抵洛府的府驛行館，孫悟空知道情況不妙。指著豬八戒痛罵道：『你這豬頭；成事不足、敗事有餘。把師父說得像在世活佛，不怕招惹麻煩乎？你以後少講幾句罷；沒人當你是啞巴。』，豬八戒辯稱：『無傷！無傷！實話實說罷；何需大驚小怪哩。』向來沉默寡言的沙和尚，也表達不滿說道：『悟能師兄所言差矣，有所謂：「言多必失、禮多必詐」！今日酒宴上；眾官員皆因你所言而潮湧向師父獻禮，其必有所求也。好戲在後頭，等著瞧吧！』沙僧料得準乎？接下來；還會發生什麼事哩？敬待下回分解：

『註解』：

❶自邇徂遠：指出遠門的時候，腳踏實地、穩妥後再逐步漸行。

❷正陽門：宮廷前面的大門。

❸黃門官：宮殿外之傳旨者。

❹太掌：古代宮廷掌管膳饈庖廚之官員。

❺壼道：宮裡的道路。

❻夤緣：乃指討好巴結之意。

❼米壽：指老年人八十八歲生日。

第十三回　洛陽府善緣走樣　路途風波俟未央

話說唐三藏應允洛陽府都督：為其母親自主持一場祝壽法會。次日一早；洛府都督的六輛大馬車，來到驛館接上唐三藏一行人直奔洛陽府官邸。這場都督府「祈求 福祿壽大法會」；於府邸大院舉辦。有詩為證：

設堂擺場先捻香、焚疏讚頌壽無疆、宣戒禹步誦經唱、法事齋儀妙音揚。
鳴奏梵曲獻奏章、弘教施法唸金剛、祝禱萬事皆無恙、求福消災最靈光。

該齋醮法會；奉酒品、供三牲、呈七齋、唐三藏法師絲毫不敢馬虎怠慢，按九章十二法逐一進行步罡踏斗❶。前後折騰了唐三藏等人一整天的時間。

在官邸用過晚膳；勞累不堪地回到住宿的洛府驛館，卻早有一幫當地官員在那裡候駕。他們輪番持文牒上前邀攬著唐三藏幫忙。這個想為新蓋的房子辦「祈求風水寶地 法會」、那個想為往生的父親辦「超渡亡魂 法會」、為三少爺赴京趕考；辦「金榜題名 法會」、「祝福新婚 法會」、…：名目繁瑣、不及備載。聽得唐三藏一行人；牙都歪掉了。

洛陽府是大唐的第二大城，又稱為「皇朝東都」；地位甚高。那些大小官員；說穿了；基本都是皇親國戚之類的大咖。自從府城都督一馬當先，請求玄奘法師主辦祈福法會，接二連三欲請唐三藏主持各種齋典法會的人，絡繹不絕。武官騎馬、文官搭轎；紛紛前來邀約各種祈福法會，名堂不勝枚舉。把送京之一行人都嚇傻了！如果全部承包下來，恐怕一年半載也忙不完哩！接受張三；又不好推辭李四、接受李四又不好拒絕王五。越扯越多、沒完沒了！

唐三藏玄奘法師一行人；在洛陽城原本只預計住下三天，孰不知洛府官員們的交際應酬一個接一個、拜託主持各種紅白的儀典法會一樁接著一樁。拖了半個多月；整個送經的行程表皆被洛府的大小官員們給搞亂了套。孫悟空火急了；他深知師父生性善良、忠厚樸實，很難拒絕他人的懇求托付，可這種情況繼續下去；肯定會耽誤了送經的時間。誠所謂：海有舟可渡、山有路可行、山海皆無礙、惟礙在人心。

於是在一個夜晚；孫悟空施法化作十殿閻羅秦廣王，直接跑去都督府找那洛府都督。正準備就寢的都督；一眼瞧見滿臉彪悍、手持生死簿的閻王爺站在床前，嚇得他馬上跪地問道：『神仙何人？有何指示？』十殿閻王斥責說道：『吾乃陰曹地府的十殿閻羅秦廣王，來給你這個不上道的都督；提出嚴重警告。』都督顫抖說道：『閻王至此；莫非吾陽壽已盡也？』十殿閻王說道：『少囉嗦；汝聽清楚！那唐三藏受太宗之命去東瀛送經，為佛國推廣佛法、解救天下萬眾蒼生。途經你們洛陽城卻遭到萬般滯礙阻擾，延誤真經的佈達推行，這般罪孽自然由汝等上層階級承當。爾今限汝於明日文牘下令；不准再有任何稗官小吏，藉口法事延誤送經綱的行程。否則生死簿上會記上一筆，折汝十年陽壽。汝信不！』嚇得那府丞都督立刻回道：『然也！然也！謝閻王指點；照辦就是。尚請閻王爺高抬貴手！』悟空丟下一句：『汝等好自為之！玄奘法師在洛陽多停留一天，汝即少活一年。沒得折扣打！』他變作的十殿閻羅；不等都督把話說完，轉身就消失。

噫！這招果然奏效；隔日都督府即上榜下令，不得再有洛陽城之任何人，阻擾唐三藏等一行人送經。並且路途所需之乾糧淨水，皆有那個潘姓之商賈專作料理打點。據說；該姓潘的老闆是經營餐飲食品業的大富商，與官方關係十分密切。他非常熱心地準備將送經綱一行人的衣物洗得乾乾淨淨，為每個人都換上新鞋子、新帽子，讓大家容光煥發、神采飛揚。照顧得無微不至之後，玄奘法師為趕行程；逐向洛府都督辭行，攀鞍上馬、整裝上路。送經者順利擺脫洛城官員人情糾纏，如釋重負地朝送經之路前進。離開洛陽城門；大夥這才鬆下一口氣。

古有聖賢謂之：「天雨不澆無根草，神佛不渡無緣人。」一切隨緣！隨緣！

卻說離開了洛陽府；沿途風光明媚、景色撩人。預料不到；他們離開才行走大約十哩路，後方即有一隊人馬趕了過來。為首的就是那個穿丹青錦絲綢服的潘姓商賈，他挨近玄奘法師拱手致意，然後說道：『莫急！莫急！聖僧一行為送經的事，無法多停留，自能理解。惟我等適巧有一些東西；想委托你們順道帶上一程。不多！只有這些。』才講完；即招手叫下面的僕役送了過來。想到這些天在洛陽的款待，這名潘老闆皆陪伺相伴、盡心竭意、送往勞來。只是瞧見送來四件綑綁紮實的大布袋，玄奘法師納悶問道：『為何要如此麻煩？而且要送往何處呢？』那個潘商賈若無其事說道：『托你們送到汴州的滎陽府便可。待諸位到了該府的驛館落腳，自然就有人前來接應取走。不需操煩。』

悟空感覺怪怪地，便問道：『實在不解；你們有車有人，為何還來麻煩我們？』商賈解釋說道：『這一路會有許多關關卡卡搞臨檢的，而你們是出家僧侶；更是持有皇上敕諭的御牒關文，此路程當能通行無阻，所以才圖個方便托帶一下。千萬拜託！』玄奘法師問道：『唉！助人無妨，只是不知你所托是何物也？』那商賈輕描淡寫說道：『放心！放心！絕非毒品或軍火等違禁品，只是一些服飾、化妝品。不想臨檢被翻來翻去、又得塞紅包，所以才拜託你們。』

八戒衝出來反對說道：『不行！不行！我馱著這些經卷和行李已經夠嗆了，哪管得你這四袋東西。我才不幹！』

那潘老闆笑著說：『不用勞駕，我已經交待六個僕役、兩匹好馬跟隨著諸位。不但自理這四袋物件，連你們的都一起負責馱帶。這兩百兩銀子就意思！意思！路上買些飲料零嘴吧！拜託各位啦！』，說完；立刻將銀子塞進八戒的行囊裡。八戒燦然綻開笑顏、拉著玄奘法師的衣袖勸道：『算啦！算啦！出家人在外；彼此照應，何況助人為快樂之本嘛。我看就這樣吧！』

洛府那姓潘的商賈鞠躬致謝，留下一些人馬；帶隊折返洛陽。悟空雖然不甚情願，倒也想不出有什麼反對的理由。即使孫行者生有一對火眼金睛，可一眼看穿妖魔鬼怪，對這些凡間雜物反而看不透。

六個跟隨的潘府僕役，對於往汴州的路途非常熟悉老練，哪裡可抄捷徑、哪裡可找到餐館夜宿的地方皆駕輕就熟。途中大夥也聊得挺愉快，只是問及那四件大布袋裝些什麼？六個人不是三緘其口、輕描淡寫、要不就是顧左右而言他，半天也問不出所以然來。

一個自稱王老五；為都督遠房表親的及冠男子，性格開朗。有一回他被悟空問道：『嘿！你們幾個二百五，幫人家送什麼都不知道？難道都不怕出事？』問急了，他回道：『其實我們也真搞不清楚大布袋裡，裝的是啥？以前代他們運送；遇見州縣城門之關閘檢查，要不送錢、要不送禮、或者等數天；直到搭上官府內應，才順利過關。因為從未出過差錯，所以也懶得管他娘是嫁給誰啦。』，悟空善意提醒他道：『還是小心點好，夜路走多會見鬼的。』

茲因鄰近北方突厥、契丹等夷狄經常動盪不安之地，檢查來往過客比較嚴厲。沿途經過的地方；果然出現許多有官兵在路邊臨檢的關卡攔閘。由於送經綱一行持有長安朝廷的通關文牒，所以暢通無阻、輕鬆過關。

雲淡風清逍遙遊、江山留給後人愁。無緣功名和利祿、何來罪受與煩憂。

直到目標滎陽府之前的諸羅縣；縣城前設置的關卡，對進出城門商販路客逐一查核。一路順利的玄奘法師團隊；出示通關文牒無誤之後，正準備進入縣城裡面。『前面那幾個給我站住！不許亂動。』一個身穿紅纓銀盔、兜鍪戰甲的軍官，騎馬率領一隊士兵趕了過來，大聲制止唐三藏他們進城。唐三藏對這突然莫名其妙地阻擋，不解問道：『我等文件齊全，為何攔阻我等進城？』那軍官兇巴巴說道：『剛剛接獲密報；有人檢舉你們挾帶違禁品闖關。』

孫悟空不耐煩說道：『我們是出家人；奉陛下之命往東瀛送經去的。文牒都給你們檢查過了，你還想怎樣哩？』那軍官命令士兵持刀槍圍住一夥人，然後說道：『暫且不管啥天王老爺的證件，一切公事公辦。快快將所有的攜帶物品，卸下來受檢！』

玄奘法師要大家配合官方臨檢。他心想；一生行事循規蹈矩、光明磊落、何懼之有也！事情卻出乎預料、峰迴路轉鬧大了。送經綱隨行之真經抄本和日用品當然合法不過，但是另外那四大包裡面裝的東西卻讓四周的人嘆為觀止、目瞪口呆。強行打開層層包裝的布袋，發現一共裝有四百餘個曬乾的山珍熊蹯❷，在黑市至為搶手、價值連城。把唐三藏一行人都驚得瞠目結舌、情何以堪。

『瞧你們這群假和尚幹的好事，拿著雞毛當令箭，公然走私違禁品。』該軍官指著那一堆熊蹯責罵道：『黑熊乃稀有動物；隸屬國家一級保育類動物保護著，官方早就列入禁獵名單。你們卻掛著羊頭賣狗肉，大肆屠殺、販售圖利。好大膽子！』孫悟空理直氣壯；頓時回嗆一句：『那四包布袋根本不是我們的東西，是他們六個傢伙幫別人帶的。你搞錯對象；應該找他們才對。』此時此刻；在洛陽隨行的六個人卻推得一乾二淨，辯稱他們只是臨時搬運工；啥都不知道。

送經一夥人真格含冤莫白，氣得行者欲衝過去亂棒打死這些邪砸碎。只是唐三藏自認為有理走遍天下，硬是拉住悟空；要他暫且忍忍。豬八戒掏出那二百兩銀子證明清白，對著軍官說道：『他們的主子姓潘，是洛陽府的大老闆。這些銀子就是他塞給我；委託我們一起帶到滎陽府的。』可那六個跟班依然推卸職責、昧著良心；拒不承認。那四百二十個熊蹯的刑責；輕則無期、重則抵命哩！

諸羅縣城的軍官自稱徐寶生。他認真打量玄奘法師；確認法師是一幅純樸仁善的出家僧人模樣，更何況所持的通關文牒是來自朝廷聖諭所頒發。思慮一番；然後徐寶生對著一夥人說道：『由於本案情況非常嚴重；適巧目前本縣縣令又返鄉探親去矣，不如我帶著這些違法的贓物，還有你們一起趕赴滎陽府的府衙司理論。待府中刺史親自審理，等真相大白則清者自清、落實勿枉勿縱。這樣可好？』玄奘法師立刻點頭同意，並且說道：『把案情釐清當然最好不過，只要不耽誤我等送經之行程，去哪都行。』官兵們隨後押解一夥人出發去州府衙門解決問題。

『這件事；擺明就是官商勾結的勾當。』悟空走著，搔搔頭疑惑地對玄奘師父說道：『俺只是搞不懂；為何在這最後的節骨眼，忽然有人跑出來匿名投訴？於官於商、雙方皆沒好處。何況這種事並無獎金打賞的啊？怪哉！怪哉！』雖然案情顯得貓膩懸疑，背上黑鍋；淌這灘渾水實在不值得。

本來滎陽府也是送經必經之路；府縣相距不遠，約五十哩路程。途中必須跨過幾座山岳，其中更以陰陽嶺最是險惡。時有猛虎惡狼、花豹巨蟒、出出入入，傷人的事經常發生。只是這回是百餘個精壯威武的官兵經過；料那荒山野嶺裡的飛禽走獸也不敢過於靠近。

一群官兵與那些「熊蹯事件」的嫌疑犯；翻山脈、越野巒、終於來到惡名昭彰的「陰陽嶺」。其峰嶺奇絕、虎豹隱約，有詞可證：

斷崖峻峭、飛瀑懸空飄。霧嵐遮天、渾噩盡山渺。亂雲覆地、穹蒼不覺曉。
殘塹谿坳、絕域藏深奧。奇嶺崢嶸、峪岫巒峰高。巍峨險要、北朔狂風掃。
惡熊花豹、潛伏半山腰。狻猊咆嘯、斑犀盡招搖。蟒隱樹梢、山鷹盤空眺。
野狼狂嚎、猛虎更叫囂。狐群奔跳、獐麅水鹿跑。安危難料、荒徑路迢迢。

話說這座陰陽嶺；惡名遠播其來有自。非但野獸橫行、氣象變幻起伏莫測，另有傳聞道：即使土匪強盜也不敢藏身此間為非作歹、打劫路人。由於此山黑白分明，左側陽光充足明亮、右邊則樹叢密集陰暗，故而稱之為「陰陽嶺」。俗話常說：荒山易鬧鬼、野嶺豈無妖。容易招引鬼物的地方，除非成群結隊而過，否則行人路客；寧願多花幾天時間，明哲保身、繞道兗州那條官道行走。

大聖悟空走在隊伍最前端，沙和尚與豬八戒走在坐於白馬上的唐三藏左右兩側。接著是洛府的六個人，後面則是全副武裝的百餘名州縣官兵殿後緊隨著。隨時叢林裡颳起的山風，枝葉狂搖曳、枯草亂飛舞，不禁令人如臨幻境、毛骨悚然。悟空從右耳掏出金箍棒來，防患未然。他回頭對著豬八戒和沙僧說道：『這鳥不生蛋的地方；陰陽怪氣的，感覺不大對勁。你們打起精神留意一下，視情況保護好師父。』繞隨悟空打轉的黃狗也提高警覺、不敢怠慢。

才說要留意；拐角處就見一坐著毛驢的老者，緩緩挨近過來。戴著芒織草帽、身穿葛布灰長袍的白髫老公公，外貌只是一般般；卻見到悟空迎面執棒就打。耋佬❸當場被那金箍棒打得頭破血流、皮開肉綻、橫屍路中間，嚇得毛驢腳都軟了。這血腥場面；把官兵們都看傻了眼。

連師父唐三藏都看不下去，譴責悟空過於暴力，悟空則說道：『勿怪！勿怪！我只是除掉一個小妖罷。』唐三藏卻指責說道：『師父當然知道你打的肯定是妖怪，可是他又沒惹我們，讓牠經過又何妨？』悟空不以為然，回言道：『此妖是個驪盤❹探子，後面還有一大堆。咱們已經被盯上啦。』

聽到前面有騷動；後頭騎著馬的軍官直沖過來；看前面這突發事件到底因何而起？他跳下馬抓著悟空問道：『怎麼回事？這老頭跟你有仇嗎？你把人給打死啦！』悟空不當回事地說道：『他哪裡是人，根本是個妖怪！你們看不出來，卻瞞不倒俺哩！』

現場除了玄奘法師、沙和尚、豬八戒之一行人堅信孫悟空絕對不會打錯。其他百餘人卻親眼目睹悟空，在光天化日之下莫名其妙；把人活活打死的。徐寶生緊緊揪住悟空不放，並且大聲叫嚷：『你自已再看清楚，躺在馬路上的，是人還是妖怪？還敢狡辯。』任誰來看；躺在路上的就是個可憐的老人，說悟空有火眼金睛能看穿是妖是魔，簡直是天方夜譚、鬼聽了都不會信。

兩人正在拉拉扯扯、各說各話之際，又見一個挽著菜籃的少女邊走邊叫著：『爺爺；你人在哪兒？你等等我啊！』那鄉村女孩走近過來，看見陳屍路上的老人家，放聲哭道：『天吶！俺可憐的爺爺怎麼變成這樣？他與人向來無冤無仇，達觀開明卻遭人打死，天理何在？』話才剛說完；說時遲那時快，悟空又是一陣亂棒；將她打得腦漿四溢、魂飛魄散。悟空得意洋洋說道：『俺的金箍棒就是天理，妳這狐狸精跑到俺面前演戲扮萌。活該找死！』

站在一旁的徐寶生；馬上拔出劍來頂著悟空的脖子，歇斯底里地嚷嚷道：『反啦！反啦！你竟敢當著我的面；將人家爺孫倆人活活打死。你這瘋子；不把你送到官府治罪，我絕不罷休！』百來個士兵握著大刀長槍；團團包圍送經的一行人。

這下換成悟空急了，他解釋道：『他們確確實實是山裡的妖怪，不需多長時間就會變回原形的。俺一人做事一人當。你們趕緊將俺師父他們給放了吧。』唐三藏也信誓旦旦對著軍官說道：『我敢擔保；他絕對不會無緣無故亂打人的。我們都是出家人，怎麼可能平白地惹事生非、製造事端。請你們不要誤會。阿彌陀佛！善哉！善哉！』這百來個官兵懶得聽這些有的沒的。敢在官兵眼前；連續打死老邁體弱的爺孫倆人，實乃目無法紀矣。二話不說；先把悟空與唐三藏一夥人給五花大綁起來。

諸羅縣押解的軍官徐寶生，氣呼呼地說道：『說白了；你們幾個除了那玄奘長老之外，其他幾個的樣子；長得比妖怪還像妖怪。猴頭豬腦的，竟敢誣賴那對可憐的爺孫是妖怪。我真是瞎了眼，差點相信你們是清白無辜的哩！快走，有什麼要說的，去到滎陽府官衙再說。』按常理而言：這百來個官兵哪是悟空的對手，只消片刻即可全部擺平乾淨。問題是；玄奘師父被他們牢牢押住，幾十套要送出的大乘真經抄本也遭到他們查扣封存。不敢反抗而誤了大局，行者好生無奈！

話說：福無雙至、禍不單行。州縣關卡被捲入「熊磻事件」、赴州府的半途又太莽撞打死妖怪含冤莫白。悟空正搖頭嘆氣；看著隨行的士兵打包那爺孫二妖的屍首，遠方傳來一片吵鬧謾罵聲。數百個村民模樣的人潮湧而來；有持鐮刀的、鋤頭的、菜刀的……他們靠近之後；見到那老人和女孩被打死，開始哭天喊地、如喪考妣❺一般。

一個自稱是該處山腳下農村的樵夫率先沖前；長相濃眉大眼、虎背熊腰的壯漢。他持大斧喝叱所有人通通不准動，然後說道：『你們這群外地人好大的狗膽，大白天公然當街打死人。今天不給個交待，誰都別想離開這裡。』押解的徐寶生騎在馬背上說道：『我們是諸羅縣的官兵，正要押這些人去滎陽府衙門處理案件。你們村民遭人打死，我可以協助作人證，你們就帶著這兩個死者一起跟隨我們走吧。』

得理不饒人的樵夫破口罵道：『事情在這裡發生；就應該在這裡解決才是。再說；去到府衙之後，你們人多勢眾；馬上就能翻臉不認帳。當我們農民是傻子嗎？沒門！』徐寶生不悅地說道：『那麼；你們到底想怎樣呢？』

枝節橫生、風波接連不斷的送經綱一行，是否能風平浪靜；安然度過這些無妄之災的難關呢？敬請看官稍待，咱們下回分解：

『註解』：

❶步罡踏斗：在拜斗的儀典中，由法力高深的法師主持。
❷熊膰：即是熊掌，為古代權貴富豪的八珍之一。
❸耋佬：泛指七十歲左右的老人。
❹驪盤：指幹壞事之前；先行探路摸底。
❺考妣：指已經去世的父母親。

第十四回　禍不單行遭誣陷　借刀殺人紅景天

話說陽剛嶺發生悟空殺害村民的事，樵夫和村民堅持說道：『全部帶到我們村莊去理論，除了交出殺人的兇手，還得賠上一筆錢財。否則；誰也別想下這座山。』，幾百個妖怪裝作的村民；站在後面舉手聲援、搖旗吶喊，硬是要強押他們回村莊裡解決事情。嘻笑的悟空出列；對著樵夫和那些村民譏諷著說道：『你們村莊在哪裡？在山洞裡還是地穴裡！在樹巢上還是草叢下！你們這群山妖鬼物真能唬弄人，你們想怎麼玩都行，俺絕對奉陪到底。走啊！』這話一出口，可把那些官兵和所謂的樵夫與村民都嚇住了。徐寶生生怕事情鬧大，得罪山裡的農民；不好擺脫困境。而被識破起底的樵夫與村民們；對悟空得以一眼看穿其妖怪之底細，惶恐不安。正在僵持不下之際；悟空不再忍了，直接撕破臉，擺明願意隨這群妖怪去他們的巢穴去。眾妖帶頭的假樵夫；打量一下孫大聖模樣，實在沒有把握能占到多少便宜，加上當場還有百來個有武器的官兵，真格打殺起來勝負難料。馬背上的軍官更是想儘快息事寧人、繼續趕路去滎陽府交差。

俗話有曰：「強龍不壓地頭蛇」。於是諸羅縣該名武官躍下馬找假樵夫商量商量，大家一起把案情大事化小、小事化無。假樵夫也開始姿態擺低，和緩地說道：『這對可憐的爺孫正巧住在我家隔壁，他家裡還有一個老奶奶。我可以代他們做主；只要你們肯拿出二百兩銀子賠給那老奶奶做生活費。這事就饒過你們，我說話算數！如何？』『嗐！早說嘛！』聽完；軍官鬆一口氣，轉頭對豬八戒說道：『人是你們打死的，對不！快快將你收到的贓款兩百兩銀子拿出來賠吧。然後；動手打人的猴頭菇，快去向村民認錯道歉。算你們走運遇到我，到了府衙就不提啦。』悟空理都懶得理。唐三藏師父正考慮是否要配合這項和解的決議。

『且慢！且慢！』遠方又撲過來一批人馬。為首騎在馬上的；是一個赤眉虎眼、亂髯獠牙的巨漢。只見那樵夫領著村民聚上前彎腰拱手致意，假樵夫高聲呼喊著：『咱們村長親自前來處理，再好不過。』巨漢下馬推開樵夫；邁開大步走向軍官說道：『俺來這裡；才懶得管誰打死誰。俺只問一句：你們為啥事而經過這裡？據實說來聽聽。』縣裡的官兵們看著那巨漢聲如洪鐘、體如山丘、氣勢頓時矮了半截。徐寶生清楚地把抄到數百個「熊蹯」；欲將人贓一塊送往滎陽府衙處裡說出來。村長不等說完就逕自翻開那四個大布袋查證，當他看到那些曬乾、油膩膩的熊掌，大吼一聲道：『聽到密報告知；俺真不敢相信哩！現在眼見為實；叫俺怎饒得了你們。』徐寶生也應聲反駁說道：『國有國法、家有家規。請莊主不要干涉我們執行公務。再說；這些熊磻關你個屁事，根本輪不到你來管。』

悟空聽到又是有人打小報告檢舉那批貨的事，氣急敗壞；明知後面趕過來的村長其實也是妖怪，顧不得這妖是誰，連忙跑過去問道：『你再說一次，到底是誰在使壞心眼來害俺的？俺要打死這個渾蛋。』假村長睚眥❶跑過來的悟空，迅速火冒三丈罵道：『才有人告訴俺；是一個猴臉猴腮，上山專門屠殺黑熊，取其前掌賣到黑市謀取暴利的壞人，他說得果然絲毫不假，就是你這潑猴幹的好事。今天你死定了！納命來』。才講完就取出蒼龍寶劍朝向悟空劈砍過來，旁邊數百個妖怪所化作的假村民；頓時拿起武器也衝殺起來。縣府的官兵豈能袖手旁觀，持刀槍迎面而戰，整個陰陽嶺殺成一片、血肉橫飛。孫悟空、豬八戒、沙和尚掙脫被綑綁的手，各自取出傢伙打向這群妖孽。瞧瞧那場廝殺，有詞為證：

妖魔齊聚陽剛嶺、施號發令坐擁山林；鋼刀厲劍比凶比狠。外客至此聽天由命、片甲不留；何須追問原因。狂風橫掃黃沙滾滾、陽氣不足、陰霾頻頻。虎狼妖精遇行者、

不講道理卻來硬；大聖豈容汝霸凌。如意棒一朝在手、打遍群妖靖太平。八戒沙僧亦天將、除妖伏魔來降臨。西天取經不靠運、全靠功夫一路拚。刀刀見骨、鮮血淋淋；荒山野嶺斷腸徑、刀光閃去迅來劍影。妖打官兵、不畏法令。拚至沖天又穿雲；打到昏天又暗地、殺到非要見輸贏！

且說在陽剛嶺上；敵我血拚好一陣子，互有死傷。惟見到山妖前仆後繼、越聚越多，悟空正要拔扯身上毫毛；唸咒變幾百個孫猴子出來應戰，猶豫之間；暫且作罷。雲端值班的護衛為六盯六甲見狀，即時從天而降；一面保護著玄奘法師一面迎頭參戰。白馬和黃狗同樣也沒閒著，這兩個及冠❷少年輪起武器，白馬秦願使的是斬馬戟、而黃狗辛甘則慣用劈天刀。一上戰場；二人英勇殺敵毫無懼色。

扮演假村長的妖魔乃是陽剛嶺的魔頭，他確實也有兩把刷子。悟空和他二人廝殺；從山頭打到山腳、從地上打到天上、雲端打不過癮；再跳回地面。魔頭所持之蒼龍寶劍乃鎢鋼鍛造、千錘百煉、無堅不摧。大聖之金箍棒更不在話下；其來自天河定底之神珍鐵鑄成，重達一萬三千五百斤，若非神官仙將、獸魔鬼王那般層次，哪堪挨上悟空那一棒哩。魔頭和大聖交戰數百回合；雖然還沒喫到半點虧，見悟空越戰越勇；打從心底佩服。身經百戰的悟空沒在怕拼鬥，只是覺得整件事太多貓膩。忖度一想；還是先釐清問題真相比較重要。

『稍等！大夥暫且停下，先聽俺說兩句公道話。』孫悟空中場揮手叫停；等雙方暫停羼雜❸，他接著說道：『俺與你們素昧平生、無冤無仇的。好漢做事好漢當，沒必要牽連其他無辜。當著大夥面前；咱們把話說清楚，真是俺得罪你，俺任你處置就是。你倒是說個道理來聽聽！』

那山嶺魔頭冷笑一聲；忿忿說道：『也罷！莫叫你死得不明不白的。要說道理；有人告密講你專門獵殺黑熊，取其熊掌販售。現在事實擺在眼前；人贓俱獲，血債血還；你尚想抵賴乎？』

孫大聖瞬間全盤徹悟通曉；太上老君那八卦爐煉出來的火眼金睛，確認這個魔頭是一隻千年黑熊精變作的。原來他之所以特別憎恨獵殺黑熊的人，其來有自；殘殺他的同類子孫，焉能罷休。搞清楚狀況；問題就好解決矣。悟空接著說道：『瞧你也是個明是非、講道理的漢子！若是俺下的毒手，任殺任剮絕無半點怨言。話說回來；這些贓物若與我無關呢？你又將如何？』這話可把魔頭問倒了，只得硬聲回道：『假若真的與你無關，咱們就前嫌盡釋；各走各的路。可你又怎樣證明自己的清白、事情與你無關呢？』『不難！不難！』悟空過去把那躲在一旁；洛府托送贓貨的六個僕役叫了過來，然後說道：『事到如今；你們還是老老實實把話說清楚。這四隻大布袋裝的東西，到底是誰的？』六個僕役你看我、我看你，吞吞吐吐、噤若寒蟬，半晌打不出一個屁來。悟空著實火大了。

『王老五過來！橫豎有俺頂著，你就照實說了吧。』悟空一把揪出那個叫王老五的年輕人。事到臨頭，他知道紙包不住火；只好一五一十將洛府那潘老闆；如何利用送經一行人的朝廷文牒方便夾帶贓物闖關、再把東西送至滎陽府又交給何人等等，交待得一清二楚。縣府的軍官徐寶生也同時出面證明他們的通關文牒是真的。況且按往昔官府捕獲的盜獵者，兩者情況完全不一樣。

熊魔王依然半信半疑；他仔細打量悟空說道：『俺在此山嶺為王已逾千年，做事秉持光明磊落、不傷及無辜，俺雖為山魔卻不作怪。方才與你交手，較量之下感覺自己略遜一籌，想必閣下相當有來頭。敢問尊諱如何稱呼也？』孫悟空仰天大笑說道：『算你開竅了！俺就是打遍天界、赴西天取經的齊天大聖；孫悟空是也。』熊魔王聽罷；倒退三步。贄然彎腰鞠躬；拱手向大聖說道：『失敬！失敬！有道是：「百聞不如一見，一見更勝百聞」。是俺有眼不識泰山。獵殺熊的事；當然與你大聖無關。鼎鼎大名的齊天大聖大駕光臨，相迎都唯恐不及也。早說你是孫悟空；俺怎敢惹你哩。夢乍乍❹行事，怪俺！怪俺！』他說完即自掌臉腮三下，旁邊的小妖們也都連忙道歉；說是一場誤會。

『錯怪！錯怪！』州縣的徐寶生也紛紛為抓錯人；向玄奘法師一行人致歉。該名軍官將扣留的證件、真經抄本、所有行李都歸還給送經綱的人。並且說道：『既然真相大白；他們六人隨我去滎陽府衙當人證、寫筆錄即可，你們繼續趕你們送經的路吧！得罪了！』『且慢！你們先別急著走！』悟空拉住他們；不查個水落石出、豈不成了任人擺佈的豬頭。一定得問個明白；到底是誰在背後作怪？

『你們二人前後都接獲密報，就是檢舉我們師徒犯案的傢伙，他到底是何方神聖？故意惡搞這樣烏龍的事，俺絕對不能姑息養奸；就此草草了事。』『不說；我差點忘了。在你們剛到縣城關閘同時；有一個杏眼桃腮、粉臉娥眉、金釵年華的小姑娘，她淚濟濟地跟我告狀：說親眼窺覷❺你們獵殺野熊、醃製熊蹯販售。她實在於心不忍，一路跟著你們走。並且留言；叫我一定要嚴辦！真沒想到這丫頭人模人樣，卻在擺爛攪局。下回見到；肯定嚴懲不怠。』縣城的軍官瞋恚回道。熊魔王想到自己被擺了一道，更是豎眉怒目回憶道：『臥靠！想到這廝；俺火就來！可是跟俺告狀的人與你官方說的；截然不同。是一個江湖道士打扮的花甲老者，才不久前；他騰雲駕霧直接來到我窯口，說得活靈活現；讓俺趕過來看個究竟。當時這廝還道貌岸然說是：路見不平、才專程趕來相告的。害俺當時還感激他萬分，沒想到這廝根本就是移花接木、借刀殺人！』

『好個借刀殺人！』悟空因為這句話；心中有數是哪個痞子在借刀殺人了。言無數句、話未一席，內行人很快找到了端倪。雖然這兩者所見的嫌犯完全不是一個樣；可心態就是欲置送經一行人於死地。這般詬誶弄諠❻除了他；還會有誰。惡人所施的連環計差點就得逞；估計他應該還躲在這山嶺附近監視偷窺著哩！他既然設下圈套，豈能不見結局；釋懷而去。那麼；這場戲碼還得繼續演下去才行，割地不得；悟空讓天端值班的六丁六甲仙將；暫時先行離去。

適值關鍵；任由風吹雨打；寧可溼衣、不可亂步也！

大聖靠近魔頭和縣城的軍官徐寶生；輕聲嘀咕幾句。須臾之間；一夥人齟齬不和、爆發口角、雙方衝突互不退讓；立馬各自又抄出刀械打殺起來；一時殺聲震天、響徹雲霄，場面失控、打得天翻地覆！

這回；如有天助的熊魔王展現無比神勇，一直主動出擊追殺悟空。明顯悟空開始招架不住、躲躲閃閃、顯然處於劣勢。一會躲到樹邊、一會避到草叢，咄咄逼人的熊魔王並不手軟，在悟空一個不慎摔倒在地的時刻，趁機喀擦地砍掉悟空的腦袋。不多久；沙和尚、豬八戒和那些縣城的官兵即棄械投降；全都被綁了起來，齊聲高呼饒命。唐三藏奔至悟空的屍首旁；嚎啕大哭、聲淚俱下、好不悽慘。

熊魔王的手下更將孫悟空的猴頭；插在紅纓槍的槍尖頂端，高高舉起來歡呼道：『老天有眼！殺掉潑猴囉！殺掉潑猴囉！』歡呼之聲；迴盪於整座山嶺之間。

倏地從山嶺脊頂飄降一塊雲霧；然後跳下一個道士模樣的不速之客，挨近現場看個究竟？『你這活該挨千刀的潑猴，走得了一時；卻逃不過一世。膽敢壞了我的大局、毀了我的好事。殺得好！殺得好！』，那道士對著躺倒在地的悟空；猛踹幾腳泄憤，一肚子怨氣全然發作出來。熊魔王走近他身邊說道：『這潑猴是該死，殺掉俺一堆子子孫孫的。可他與道長有深仇大恨乎？你倒是說來聽聽。』趕過來看戲的道長；指著陳屍地上的悟空，娓娓道來：『就是他！將我多年來含辛茹苦、歷經艱困、在鄗河一帶建立的江山全部毀在他手裡。這潑猴還到處肆虐、殘殺你的族類，此仇不報更待何時。大王殺得好，為蒼生除害、且替天行道。』熊魔王冷笑一聲；再問道：『原來你們早就結下樑子矣。你可是真的看到他殺俺的族群哩？』道士不經思索就回道：『何須懷疑；當然是真的，比那珍珠還真。我親眼目睹那場屠殺、看得我心痛如絞、淚水直流哪！』，緊接著熊魔王又追問道：『既然道長是親眼目睹的，那他們到底是在哪個地方下的毒手？』道士愣了一下；轉身指著唐三藏師徒責罵道：『直接問他們吧！他們幾個都是共犯，皆有參與屠殺那些可憐的黑熊，大王直接問他們還快些。是不！』道士推卸不說；乾脆就甩鍋給玄奘法師一行。

熊魔王冷笑說道：『既然人證物證都有，俺也已經殺了猴精！其他人交給官府處理。你意下如何？』那道長理直氣壯取出金剛神鞭，跨著大步朝唐三藏走去。大聲說道：『其他的與我無關，但是這和尚是整個案件的主謀，我一定要把這個關鍵人物帶走。』忽然道士的耳邊傳來一句：『拜託；順便也帶我一塊走吧！』這聲音聽起來挺熟的哩？疑神疑鬼的道士左顧右盼；明明身邊沒有人啊！才轉身又傳來一句：『九頭鳥！俺的肉比唐僧好喫又營養。喫他長生不老；喫俺可與天同壽。要不來一口試試。』，急得他東找西找；到底是誰在跟他講話？『瞎了狗眼，就在你屁股後面呢！』，旁邊的人看著暈頭轉向的道士；嘲笑聲不斷。他強作鎮定一瞧；嚇得跌坐地上，原來是沒了頭的悟空正坐直地面；向他招招手。

『你！你？你不是死了嗎？活見鬼！』驚恐的道士滿臉錯愕。孫悟空挺直站立，晃動一下把頭伸了出來。哈哈大笑說道：『你這隻九頭鳥，裝扮成潑牛蹄子❼真像回事。俺裝死也像回事，對不！要俺的命不難，去問閻羅王他敢收嗎！』那假道士被悟空拆穿；只得乖乖變回一騙天的原樣。他惱羞成怒、睜瞪雙眼怒罵道：『哼！搞半天是你們串通起來騙我出面露臉。你這頭狗熊過河拆橋、恩將仇報，老天有眼；你等著報應。』，這話可把熊魔王惹火，馬上回嗆道：『你該擔心的是你自己，竟敢把本王騙到這裡；與大聖、官兵等自相殘殺，你卻隔山觀虎鬥、坐收漁人之利。幸好齊天大聖睿智英明，適時煞車制止這場愚蠢的內鬥。不設法把你這齷齪的騙子「引蛇出洞」釐清真相，豈能消我心頭之恨！少廢話，準備納命來。』甘脆俐落的魔頭；抽起劍走向一騙天。悟空領著豬八戒、沙和尚也一起圍了過來，一騙天閃到一邊，伸出食指開始偷偷唸妖咒，準備來個乾坤大轉移。動手打鬥並不是他的特長，更何況悟空師兄弟、熊魔王領著那一大票山妖與縣府官兵，幾百人團團圍住他孤單一個，不消半响「一騙天」會被打成「一片肉醬」。他心裡暗想著要如何脫身？上回自己是在大河宮殿裡的一場混戰中溜掉的，這回在眾目睽睽之下；如何在山野荒郊脫身？

『大慈大悲的觀世音菩薩；您終於來啦！救命啊！』突然一騙天合著掌仰起頭；大聲喊叫著。在場的所有人自然跟隨抬頭仰望，果然都見到觀音菩薩；在天空的皚皚白雲裡向大家揮手，和藹可親的菩薩現身、讓火爆凶殘化成溫馨祥和。看著看著；孫悟空一聲驚叫：『大家醒醒！那是騙人的幻影。』悟空立即唸破咒訣道：『唵、西、尼、耶、也。』驟然之間；觀音菩薩美妙身影逐漸消失於空中。大夥才發覺那只是一個幻象，再轉身尋覓；那一騙天早已無影無蹤、銷聲匿跡矣。這招聲東擊西、扭轉目標的手法騙過了在場所有的人。

『好傢伙！竟敢搬出觀音菩薩來唬弄我們，俺要將他碎屍萬段。』熊魔王氣的嚷道：『這廝肯定還在附近，大家快點分頭找一找！』『難矣！難矣！』悟空蹙眉長嘆說道：『不說你們，就算俺有八卦爐煉出來的火眼金睛，都難找到他矣。這片遼闊的山嶺，鬼曉得這屁子變成啥玩意？土石草木？蟲兒螞蟻？枯枝落葉？還是遁地的蚯蚓蜈蚣？他藏在叢林草堆裡面玩躲貓貓遊戲，我們要如何翻遍整座山哩？難囉！』環顧這野嶺之四野八方找這一騙天；無異於大海撈針。

『問題不大；咱們放火燒山，看他能躲到幾時？』豬八戒出面獻計說著。熊魔王馬上猝嗟❽說道：『開什麼玩笑！在俺的地盤上縱火燒山，以後俺和眾兄弟們怎麼混。不成！不成！』沙和尚也擸鼓兒說道：『有辦法；噴灑農藥把他給逼出來。對不！』諸羅縣府的軍官徐寶生笑著說道：『離譜！離譜！要將整座山嶺都噴遍，幾百車的農藥都不夠哪。』在大夥集思廣益、絞盡腦汁之下，還是得不到一個結論。就這樣被這狡猾的一騙天溜掉，能奈他何！

大聖悟空赫然大聲斥道：『一騙天！俺知道你還在附近躲著。你給俺聽好；這次算你命大逃過死劫，下回再被俺逮到，會讓你死得很難看。信不！』

『噯呀！師兄何必鳥他，至少；咱們化解一場誤會就得啦』豬八戒笑得燦爛、如沐春風般說道：『找個地方喝些酒來解氣。有這二百兩銀子來補貼，各位不用客氣。走吧！』熊魔王也俐落開朗附和說道：『是啊！大家不打不相識，不如到俺的總部賽天窟那裡；痛痛快快喝幾盅。有請！有請！』於是；大家暫時忘卻鬱悶，整理一下現場。隨後一塊跟著熊魔王走，接受地主之誼的盛情款待去也。

逃脫的一騙天還有什麼花樣呢？他未來又如何報復？敬請期待 下回分解：

『註解』：

❶睚眥：瞪著兩眼。

❷及冠：泛指二十歲之青年。

❸羼雜：指形勢混亂。

❹夢乍乍：做事情草率、莽撞。

❺窺覷：在旁邊偷看。

❻詬誶弄誼：暗地裡耍心機搞陰謀。

❼潑牛蹄子：孫悟空習慣稱呼不肖的道士。

❽猝嗟：指氣憤責罵。

第十五回　陽剛嶺拜得真經　刑房吏背道而行

叢林雜草遍蠻荒　濃濃彧彧且蒼蒼　鳥獸蟲蟻繁衍長　飛飛爬爬更鑽鑽
瞞天欺地甚猖狂　鬼鬼祟祟且誆誆　陰謀詭計遭識破　逃逃竄竄更藏藏

話說方才於陽剛嶺廝殺的一夥人；真相曝光之後，大家且化干戈為玉帛。糾紛之始作俑者「一騙天」；心懷鬼胎、憑虛空幻、來之如風、去之如影。既然他所施詭計遭到戳破，狼狽而逃，踉蹌遁走山澗野林裡。

這廝快閃藏身荒野芊芊；一時間難以翻找，只得暫且作罷矣。此間的角頭扛霸子❶熊魔王豪氣萬丈，稱霸此山嶺逾千載；難得遇到值得惺惺相惜之對手孫大聖，逐誠摯邀請大夥賞光；一塊去他的大本營「賽天窟」擺個酒宴，消消霉氣！

諸羅縣的官兵由於公務較忙，徐寶生婉拒魔頭的好意，跟大家道聲：『咱們後會有期，我們公務在身；必須押著六個洛陽府的僕役去滎陽府釐清「熊蹯事件」案情。歉甚！歉甚！』孫大聖譏諷說道：『這種明擺著的官商勾結，你一個小軍官能有啥作為？只怕你壞了他們這筆買賣，摘掉你的小官、丟了你的飯碗哩！』縣府徐寶生聳聳肩，尷尬回道：『做一天和尚敲一天鐘，何況他們屠殺那麼多的黑熊，只好盡自己的本分去揭發案情囉。』熊魔王拍著徐寶生說道：『好樣的，得有機會幫我等族類討回個公道，俺佩服你。真格丟官；俺保證也會幫你討個公道，到時；你儘管吩咐就是。』說完；互道珍重之後，官兵們即行趕路而去。

陽剛嶺的坎艮方位有一挨著萬仞絕壁、盤陀山間的洞窟，方圓百哩內的妖魔鬼物皆隸屬這裡管轄，熊魔王就在「賽天窟」裡坐鎮稱王。走進洞窟裡；其空間寬廣壯闊、條理分明、儼若小朝廷一般井然有序。岩窟裡面的大妖小怪；見著大王領著玄奘法師一行貴賓進來，前呼後擁、熱誠邀和招呼著。須臾少刻；洞窟裡的嘍囉們隨即備妥美食佳餚、斟滿觥籌。但見長桌上擺滿調和案酒❷閻浮❸罕見。此時；琴瑟響起、鑼鼓齊鳴。賓主酒宴之歡愉；有詩為證：

觴而浩樂一波波、珍燴湯羹天婦羅、踞而談笑盃交錯、載歌起舞掞鼓鑼。
黃梨青棗人蔘果、草莓仙桃紅似火、銀杏石榴皆囊括、山間野菓全備妥。
素麵炒飯先入喉、湯圓水餃再下鍋、茯苓桂花香饃饃、供奉貴客不繁鎖。
老窖陳釀細品酌、香茗清茶盈滿桌、適時採集新鮮貨、賓主盡歡湊一夥。

宴席之中；悟空最是快活；他彷彿又返回花果山的水濂洞老窯口，熟悉的環境和勾起的回憶。尤其每逢酒宴見著青梅酒；禁不住會多喝了幾盃。八戒嗜愛的是桂花千層糕；恁地喫了八塊。沙和尚偏好韭菜盒沾蒜蓉辣椒醬；才叫夠勁！倒是玄奘法師特別鍾意葡萄酒，一杯接著一杯。席間端上來的湯圓；讓法師更是驚艷萬分，但見湯圓飽滿餡多、入口香甜彈牙。據掌廚的大師傅說道：『您見笑矣！伍陽山那位茫婆婆做的湯圓才叫絕，比較之下俺相形見絀、自嘆弗如也！您有經過伍陽山，千萬不能錯過茫婆婆的湯圓。讚到不行！』聽此一說；玄奘法師牢記在心頭。因為他從小於「洪福寺」出家為沙彌，住持方丈每每見他背誦佛經熟練之餘，即打賞他一碗湯圓。這般刻骨銘心的印象；讓玄奘法師永誌不忘。

隔天清晨；曜靈初昇，送經綱一行人正待辭別賽天窟之主人熊魔王，孰不料那熊魔王領著洞窟內的手下；驟然撲地長跪不起。唐三藏一時睖睜愣住，迅即將他扶起說道：『阿彌陀佛；大王不必見外，有話好說。』熊魔王拱手折腰說道：『我等雖說是妖物魑類❹，混世打趄❺卻有向善禮佛之心。佔山稱王；千載以來，陰陽嶺亦從未肆虐迫害路過之外鄉人。有所謂：騏驥不與罷驢為駟、鳳凰不與燕雀為群。爾今；三牲榮幸結識諸位得道之高僧，無異天賜吾等尊佛之良機也。懇請玄奘法師廣施佛緣；賜予我等大乘真經寶典抄本一份，讓我賽天窟廣習深讀綸音佛經、妙法梵音、朝夕瞻謁膜拜，也好勸世積善；修得些許功德。』

玄奘法師等送經綱一行；聽到熊魔王這一番話，皆深受感動，難得荒山野嶺有這等佛緣禪心。玄奘法師忻欣然囑咐八戒取出一卷謄抄之真經、一串菩提佛珠、當眾授予熊魔王。法師並且諶訓而言道：『佛國天下豈止於簪纓❻權貴、政商名流。應是蒼生顒然❼、普世升斗所共同參與。錙塵仰佛向善；不分高低貧富、無論異域族類也，佛釋之道、德澤廣被。大王有尊佛之志；本法師誠摯拜服！』熊魔王開心接受過西天真經，然後說道：『謝過法師！逢早春須耕及時、望碧空而祭殷天。且待本王率領本窟群眾開山墾荒、披荊斬棘、植菓種菜去市面販售。積累資金再籌備興建一寶方山寺；廣結善緣、引領諸方習效。尚請法師多予指教！』玄奘法師聽聞簡直難以置信，他握著熊魔王的手誦經祝福；又說道：『大王之宸睿❽高瞻，世間至為罕見。僅此祝禱爾等之心志一切平安祥瑞、順心如意。南無阿彌陀佛！菩薩保佑！』玄奘法師逐為賽天窟唸一段：金剛般若波羅蜜經之「大乘正宗」與佛說「三皈依」：

「佛告須菩提、諸菩薩摩訶薩、應如世降伏其心、所有一切眾生之類、若卵生、若胎生、若溼生、若化生、若有色、若無色、若有想、若無想、若非有想、非無想、我皆令入無餘涅槃而滅度之、如是滅度無量無數無邊眾生、實無眾生得滅度者、何以故、須菩提、若菩薩有我相、人相眾生相壽者相、即非菩薩」。

「自皈依佛、當願眾生、體解大道、發無上心。自皈依法、當願眾生、深入經藏、智慧如海。自皈依僧、當願眾生、統理大眾、一切無礙。和南聖眾」。

玄奘法師唸完祝禱；雙方依依不捨，熊魔王領著山裡的屬下嘍囉們，護送玄奘法師等一行人下山。互道珍重、揮手而別。

霸氣十足的熊魔王；竟然這般恪守待人處世之道，其求佛行善的心智更令人訝異佩服。處身江湖、形形色色、真格無其不有。官有善惡、人有是非、事有對錯、命有因果。世事難料！奸雄曹操—猶有知心友、仁義關公—更有殺頭敵。

話說辭別陽剛嶺；送經綱眾人連忙趕路。沿途雖然路況顛顛簸簸、起起伏伏，一行人說說笑笑、哼哼唱唱、倒也將流逝時光給打發過去。只是悟空居安思危；常懷警惕之心。打從發生「熊磻事件」連續兩次被擺道，證明那一騙天絕對「不到黃河心不死」，肯定欲置送經綱一行於死地方才罷休。這回差些又宰掉他；且被他幸運逃脫，他仇恨必然更甚過往，隨時隨地會藉著疏忽大意、恃機報復。這種潛伏的暗流、不容小覷。黃狗辛甘聽從悟空指示；改由黃狗變成黑鷹，從地面直飛上空，在附近盤旋打轉、俯瞰四周的動靜。

步道小徑；往來穿梭於山陵原野之間，隨著季節更迭變換，秋末霜冷寒露以致大地；繁盛蘆葦漸枯、原野樹叢披黃、放眼四方、盡是濃郁之秋景之詩意：

山楓染金黃、秋菊肆意展、野柳古道旁、鴻雁飛南端、牧歸趕牛羊。
夢梨結新果、幽壑藏冷陽、天圓地一方、何處凝氣象、元神聚苑閬。

凜凜冷朔掃、梧桐枝葉霜、灰雲頻飛揚、蘆草隨風盪、輕啟恣意狂。
松柏倚桂芳、綠意漸消悵、勸君莫愁腸、眾生多異樣、不分天地皇。
衲衣不經寒、形影卻孤單、渾厚秋色涼、田疇滾麥浪、稼穡且農忙。
送經心志堅、景物無心賞、壯懷走遠鄉、且將煩憂放、路客恁心朗。

在健步如飛、馬不停蹄地行走中；送經綱一夥途經數座野嶺山丘、來到廣闊的平原。此間開始人煙濟濟；馬路越走越寬、商店越來越多。來往之路旅車馬也漸漸擁擠，終於安然抵達滎陽府。不遠處即為城樓正陽門，城前大門關閘排隊旅客攏長。玄奘法師逐下馬走走；伸個懶腰說道：『阿彌陀佛，平安來到就好。於此地備妥未來的食物淨水之外，我還需拜訪城裡的圓福寺。該寺的住持慧德法師與我熟識，順道行個短齋、做個祈福法會。』悟空聞言；跟著說道：『既是如此；我等就在該寺掛搭❾也罷，切勿再像洛陽府那般寄居於官方之府城館驛。孰能預料；是否又冒出一堆達官權貴，上門尋找麻煩。』

豬八戒搶過來插嘴：『沒錯！沒錯！這些腐朽官商之流，為他們祝禱祈福；各種法會接二連三，累死不說；竟連一分襯銀❿也沒收到。簡直欺人太甚！』玄奘法師苦笑著說道：『善哉！善哉！助人不應求回報也。且由他！且由他！』

沙和尚突然想到一件事，他說道：『那個縣府的軍官徐寶生，他早我們押解人贓出發至此，不知辦案過程是否順暢？』悟空樂觀地回道：『人贓俱在；自然順暢也。明日且去府衙探視這耿直的漢子一番，或許為這徐寶生做個人證亦無妨。趁機將這些濫殺野生動物的官僚雜碎；繩之以法。』他們說著聊著；來到關卡即遞出關牘文牒，順利過關邁入城門。

咦！見到城門的地方；有大堆群眾圍觀路旁告示榜木牌。適巧官府貼上新的官諭文榜。八戒抱持湊熱鬧的心態也擠入人群裡瞧個究竟？片刻卻見他踉蹌跌摔折回，臉色泛白；半晌說不出一句。悟空疑竇不解；也擠進去端看榜文：

「滎陽府 公告：

查 本府轄區之諸羅縣關防巡官徐寶生，素行不良、目無法紀。其釁衙府縣上級，施壓社稷庶民；嘗為群眾詬病。日前；接獲密函檢舉；徐犯聚眾屠殺一級保育類動物，販售黑市謀取暴利。經本司嚴格查證追緝屬實。罪證確鑿、身為朝廷軍官公然違法亂紀，應判處罪囚極刑，以敬效尤。訂明日午時一刻，於府城東市口執行—斬決示眾！

滎陽府 獄政司刑房吏行文」

悟空心亂如麻；他鑽出人群向玄奘法師呈報公告榜文內容。玄奘法師得知噩耗即睖睜雙目、顰眉促額。不禁大嘆一聲說道：『亂矣！亂矣！古諺有云：「山高皇帝遠」此言不假。親自攜贓來此查案；竟遭誣陷犯案。在朝當官；說什麼都是真理，普羅百姓只曉得看熱鬧罷。阿彌陀佛、菩薩保佑。』悟空打抱不平說道：『俺曾經提醒過他，太過執著追查這案件，擋人財路；小心會被拔官丟掉飯碗，哪曉得他卻為此丟掉腦袋！不行；這口氣俺真嚥不下，爺兒發心插手管定了。』玄奘法師也頷首同意。保護野生動物、仗義直陳卻落此下場；怎不叫人義憤填膺。

於是一行人先找到府城裡的圓福寺。寺裡的沙彌通報住持慧德老方丈；他得知長安玄奘法師遠道而來，快步趕至山門迎接。賓主見面起手為禮；老方丈領著玄奘法師經過正殿經堂、軒廊庭院、來到十方客坊就座。慧德法師早有聽聞送經綱將路過滎陽府，他早就吩咐寺裡的和尚打理清潔掛搭之客房。兩位高僧難得碰面相逢，彼此談緇門妙法、論大乘經典、言無不盡、自不在話下。

暮色蒼茫雲低垂、輪月躍升星伴隨。悟空早已耐不住性子矣，他捻訣招雲；然後騰空駕雲低飛，直奔滎陽府宮廷之樓閣處，躍下雲頭化作一宮中僕役。探路問清楚宮內牢獄所在之後，大步走向獄柵。那大聖將胸前毫毛拔出一把；置口裡嚼碎再吹出，並且暗唸著咒訣。瞬間毫毛變化成一群瞌睡蟲，飛往眾獄卒身上叮去。不消說；須臾之間，大小獄卒倒的倒、躺的躺、成堆臥地呼睡不醒。

『咦！大聖是如何進來的？快救救我。』本來靠臥牢房牆角的徐寶生；陰暗裡見到悟空走進牢裡，似夢幻般驚訝地跳起來。他深諳明白悟空的法術絕頂高強，立刻撲倒於地；請求協助。悟空說道：『安啦！安啦！俺來這鳥地方；還有啥事擺不平的哩。區區蕞爾⓫之小府罷，擺不上俺的檯面。俺大聖眼底只有是非善惡，才不管他是蔥是蒜的！倒是讓俺先搞清楚；你怎會落到這般田地？』徐寶生猝爭說道：『我等一行離開陰陽嶺；不敢誤了公案，當晚即趕抵滎陽府，直接至獄政司把人證物證；還有撰訴案情的函件等一塊呈上。那刑房吏當場臉色大變。他找來滎陽府的高官，二人勸我全部撤案；裝做啥事都沒發生過。我堅決要澈查到水落石出，府衙不接案就送到州衙、州衙不接案就送到京城大理寺⓬三司使處理。那二人當場惱羞成怒，找來那洛陽六個僕役；威脅他們來誣告指證，稱我才是案件的主謀。公然以朝廷的司法，陷我於不義！冤枉啊！』

悟空安慰著說道：『勿憂！勿憂！你的事俺管定了。你且淡定隨我走就是。』徐寶生愁眉苦臉說道：『我如果就這樣隨你離去，不正是畏罪逃亡；罪加一等。我只求大聖把事實向州府反應即可。』悟空聽罷哭笑不得，接著說道：『你這腦袋瓜裡裝的是小米粥嗎？俺就在今天見到城門榜示，明日午時拿你開刀斬決。你再不走更待何時？』這句話可把徐寶生給當場嚇傻了。他氣得說道：『欲加之罪也！他們真格陰狠毒辣；像快刀斬亂麻一樣來滅我的口！而我還傻呼呼地被蒙在鼓裡。我命危矣，如何是好？慟哉！慟哉！』悟空回他一句道：『留著青山在；哪怕沒柴燒。俺自有安排，你快快隨俺離開這鳥地方。』

悟空才說完；往後腦勺拔下一根毫毛，唸咒訣隨口一吹，那毫毛即化作徐寶生的模樣；默然端坐在牢房裡的牆角邊。二話不囉嗦；悟空隨手揪著徐寶生快步離開了那裡。

且說隔日之正午時刻；滎陽府的刑房吏親自帶隊押著假徐寶生，來到城中的東市市集廣場；當著群群圍觀的百姓面前，宣讀罪囚徐寶生之罪狀。時辰一到、驗明正身、抽掉犯由木牌之後；大刀起落、速斬速決！以為問題就此解決矣。是也？非也！芳草不孤林猶在、趕盡殺絕惹禍災。

再說那悟空可沒閒著，他將徐寶生交給豬八戒妥善安置在圓福寺裡面；暫且勿出入。送經綱諸人兵分三路、開始布局；滎陽府之刺史[13]不知是否得知此事？所謂之：「擒賊先擒王」，悟空負責盯著那批熊羆贓貨來抓出主謀是何人？沙和尚和辛甘則鎖定洛陽府那六名僕役動向。凡事須褰帷按部[14]而為之；一夥人決定將這些朝廷之敗類、地方之腐朽、傾全力拔之而後快。

該批四大袋、為數四百餘個熊羆；在以為除掉諸羅縣那個不上道的軍官之後，很快從府衙的庫房移出。全部偷偷搬遷至滎陽府主簿[15]的宅邸；放置在隱密的地下室裡，神不知鬼不覺。當天夜晚；主簿的官邸大門迎來三輛大馬車、三個滎陽府的官員左顧右盼、鬼鬼祟祟、快步走進大紅門內。大紅門用勁關上；門外另有幾個大漢嚴密把守著。按這些馬車的規格結構；顯然這些官員頗具身分地位。

行者悟空正化作一隻小飛蛾，緊緊跟隨這三名官員的後方，進至大宅院裡面。主人出來殷勤接待；引領走入燈火通明、裝飾華麗的大廳堂，主客分別就座。此時宅府的僕役已經把那些熊蹯另外裝入木箱，先後抬放在廳堂中間位置。那主簿開口說道：『唷！差點就讓縣裡來的小仔給壞了大事，幸好刑房吏大人做事明快果決；敗在這種咖小的手裡真會嘔死。』

一個滿臉橫肉的大官，打開木箱；取出一個熊蹯仔細觀察凝視著，然後說道：『這批熊蹯無論質量和色澤，比往昔的都好得多。價格可以再拉高些，馬上就到年底；市面肯定會很搶手。』另一個高官接著說道：『這回洛陽的潘老闆；聽說找了一批獵熊的高手，而且是打江南那些高山峻嶺狩獵而來。南方的熊；一般體型較大、前掌豐厚油潤，估計抬高五成售價沒問題的。』

滎陽府主簿坐在一旁開心說道：『人無橫財不富、馬無野草不肥。這些年來與洛陽府那邊；拍檔經營盜獵來的山珍野味，也該咱們發財啦！』幾個官員聽著皆哄堂大笑、樂不可支。一個官員接著說道：『咱們透過主簿你這仲介，可也花了不少銀子才買到這官爵的。不趁機撈些銀子回來，哪夠本哩！』這番話又引來一陣訕笑。主簿好不得意回道：『急啥！多跟我密切合作，以後還有賺不完的銀子。滎陽府府丞經常生病，本府官方印鑑均由我代管，幹啥都堪稱方便。』那肥胖的官員悻悻然說道：『不是還有個刺史，一直搞不定乎？』

提到府中的刺史；主簿就一肚子火。他詬誶說道：『不提這夯貨也罷；道不同不相為謀，幾次送厚禮都遭到退回。總之；咱們往後有生意，行事稍加謹慎，勿讓那刺史開啟疑竇即可。無憑無據；他也奈何不了我們。』有一個大官提議說道：『主簿大人；千萬記得將這批貨給藏妥，最好趕在下個月初之前；把貨通通處理掉。擺太久；夜長夢多、容易見鬼！』他哪知道，鬼早就在他們身後盯著。

這幾個貪官污賊，顯然已經勾結多時；結黨營私、獲取暴利。悟空聽著很刺耳，恨不得賞他們一陣亂棒。為了順藤摸瓜、一網打盡這些傢伙才強忍下這口氣。他能在滎陽府順利破案，幫那縣城軍官平反嗎？且待下回分解：

『註解』：

❶扛霸子：指幫會中的老大。
❷調和案酒：各種混搭的下酒美食。
❸閻浮：泛指人間凡世。
❹魈類：山林裡的妖怪。
❺打踅：泛指跑江湖。
❻簪纓：指皇親國戚、達觀貴族。
❼蒼生顒然：天下尊仰崇拜。
❽宸睿：指有智慧遠見。
❾掛搭：僧侶臨時寄宿的寺廟。
❿襯銀：指辦法事應付的費用。
⓫蕞爾：指彈丸一般的小地方。
⓬大理寺：古代在朝廷掌管刑法最高審理機構。
⓭刺史：古代負責各地州府監察舉報的官員。
⓮褰帷按部：即做事按部就班。
⓯主簿：古代地方首長之助理祕書。

第十六回　滎陽府沆瀣一氣　福兮禍兮冥冥中

話說那大聖化作小飛蛾；緊緊跟隨著一堆熊蹯，順藤摸瓜、追查案情之來龍去脈。一整晚於滎陽府主簿的府邸潛伏著，耳聞目睹幾個狼狽為奸、沆瀣一氣的狗官；如何從買賣官爵到如何結黨做非法勾當，前後鉅細靡遺、一清二楚。

自太宗李世民坐正皇祚，為垂憐天下蒼生、端正社會濫殺進補之惡劣風氣；列出禁止狩獵之動物法令，其一則為熊類。這一來；黑熊前蹯隨之變得奇貨可居，黑市價格驚人飆升，簡直就是寸肉寸金。物以稀為貴！於是達官富豪的酒桌宴席擺上這一味奢侈品，更形凸顯其尊榮華貴。

古諺有云：「清酒紅人臉、財富動人心」！人之有患；乃因人之貪念。及無貪念；何有患之。又有云：「賠錢生意沒人做：玩命致富搶破頭。」萬般財富險中求，人之貪欲豈有止境也；就怕沒機會罷。為庶民則想發財、有財即想當官、為官又想做皇帝、做皇帝更想長生不老。惡性循環、周而復始；皆由貪念而起也。

孫悟空隔天清晨折返圓福寺，立即將所見所聞、官僚們的齷齪事蹟、向唐三藏師父詳細匯報。而沙僧與辛甘也回復道：『洛陽之六個僕役，已經被刑房吏軟禁起來。在後院的閣樓裡；遭到嚴格看管，無法進出。恐怕有生命危險。』唐三藏不解問道：『那六個洛陽潘老闆差遣搬運的僕役，眾所周知；他們與本案並無直接關係。何來生命危險之說？』沙和尚和辛甘異口同聲說道：『事實不然；我等化作小蟲兒躲在那刑房吏的烏紗帽上端，只見他不停於府邸內度方步；坐立不安。後來；他把副官叫過來，認為僅僅除掉縣府之巡官依然存在危機，既然身分曝光、避免人多口雜；務必斬草除根、斷絕後患。那副官問說咋辦？刑房吏說已經派人快馬問過洛陽府的潘老闆，這六個搬運工可有可無，任由除理。他又說道；這六人知道的內情太多，遲早是個禍患。近日將藉故滅口杜絕火苗蔓延。我們隨後；趕去小閣樓通知六個僕役，要他們自己小心。』

唐三藏玄奘法師掌握兩地情況之後；氣極敗壞、怒不可遏。只是迫於情勢緊急，暫且戒急用忍、沉穩應付；不得意氣用事。

『當時從天界下凡；至長安金鑾寶殿謁見太宗，後來於未央宮之天祿閣賜宴。酒宴中；陛下曾經語重心長囑咐我，於送經途中；如果察覺地方上有某些濫用特權、貪瀆受賄、欺壓百姓之高官首長，可直接向他陛奏舉發。陛下必然會嚴懲不怠、絕不寬容。』唐三藏講述宮中太宗所作的承諾。他繼續說道：『眼前該府官員之靡爛腐朽至為嚴重，作為太宗之御弟特使；豈能視而不見、見而不管。』悟空搶著說道：『容敘！容敘！待師父據實呈文投訴；朝廷派人前來調查，拉拉喳喳地瑣碎一堆、曠日廢時可以預料，如此勢必延誤我等送經之行程。昨晚；主簿與幾個心腹閒聊時；欣聞滎陽府尚有一正直不阿的官員，即是該府之刺史。由於這些狗官陳倉暗渡，上下其手、這刺史無憑無據，莫可奈何也。我等皆身負送經重任、更不好插手搶功。不如先找著那刺史；提供他案情緣由與證據，一起研議如何將這堆羼雜❶狗官一網打盡、整鍋端掉。』悟空一語點醒唐三藏；他點頭認同並且說道：『所言甚是！打鐵得趁熱；我們這會兒就前往拜訪滎陽府的刺史。』於是一行人離開圓福寺；持文牒趕赴滎陽府刺史的宅邸；登門造訪。

刺史姓符大名捷中；乃燕州昌平縣人氏。體型尫羸❷的刺史；當他接獲文牒；知道訪客為太宗的御弟唐三藏駕臨，親自來到大門相迎。又領著賓客登堂入室；此時茶水奉上、雙方就座茶敘一番。刺史符捷中先是客套幾句：『久仰！久仰！玄奘法師師徒遠赴西天取回真經，這般壯舉聲名遠播、遐邇皆知也。只是這回貴客來到滎陽府，整座府城竟然無人知之，有失遠迎；如此魯鈍誠為罪過！罪過！』唐三藏無意聊這些客套話；他開門見山直接說道：『不需客氣！我們乃刻意低調來到貴地查案也。不想驚動大家，影響辦案之過程。』刺史聽完驚愣一下，接著問道：『本府近來並無揭挑不妥之處啊！既然爾等遠來此間，但盼直言本府出何差錯？本刺史自當竭力認真、不敢怠惰。』大聖插嘴說道：『刺史可知昨日於城裡東市，斬決諸羅縣一名軍官之事？』符捷中刺史點頭說道：『知情！該名軍官知法犯法，據刑房吏稱；他是聚眾殺掉百餘隻黑熊，取其前蹯來獲取暴利。罪有應得，該斬！該斬！』唐三藏法師揮擺著手說道：『非也！非也！該軍官是冤枉的，罪犯另有其人；並且是一個官商勾結的團夥。刺史且細聽由來……。』唐三藏逐將於諸羅縣城闖閘檢查開始說起、如何被人栽贓、如何渡過陰陽嶺波折、如何堅持赴滎陽府揭發案情、一五一十說清楚、講明白。符捷中刺史聽罷，大眼瞪睜說道：『果真如此？』唐三藏玄奘法師回道：『我等皆佛門子弟，怎可亂打誑語❸。況且這般重大案情；又豈能兒戲哩。』符捷中刺史釋然開懷說道：『受教！受教矣！我也稍許懷疑，這件案子破得真快，對該人犯也速審速決，頗不尋常；經法師說明才茅舍頓開。方才聽法師說；犯案者是一個團夥，願聞其詳。尚請明示指點之！』悟空隨即把昨夜在官府主簿；其官邸內的幾位高官聚會言談之內容與經過，涉嫌買官、貪贓枉法、濫殺無辜、全盤抖了出來。

『甚好！甚好！其實我一直就對滎陽府裡，這幾個貪官汙吏抱持疑慮與不齒，惟嘆迄今都抓不到他們的破綻。』刺史展露笑顏，他對在座的這幾位嘉賓感激萬分，他又說道：『有諸位的鼎力支助，這回藉著獵殺黑熊謀取黑金的罪行，當可順利將他們揭發、依法定罪。只可惜那諸羅縣的軍官徐寶生，竟然成了這案子的代罪羔羊；死得真冤枉。悲乎！』悟空笑著說道：『無須悲乎！這麼勇敢且又重要的證人，焉能隨意任人宰割哩。那徐寶生還活得好好的，有何可悲！』這話又讓符捷中刺史聽得一頭霧水，自然又得勞駕孫大聖解釋一番矣。談著說著；幾個臭皮匠譜出間一網打盡才行。

諸葛亮，策劃著如何將府裡這些殘渣敗類繩之以法。對付這些狡猾的人；還需迅雷不急掩耳、瞬

向來忌惡如仇的滎陽府刺史符捷中；對多年來府裡官僚之結黨營私早有所聞，經唐三藏領著之送經綱「瞎貓碰到死耗子」，一舉捅破大簍子；豈止興高彩烈得以言譽。他迅即將巡城總兵與兵馬司官員；召見至府邸面議此案佈局事宜。

且說滎陽府的主簿；打從在府邸暗槓那批贓貨，亦喜亦憂。雖說擁有一筆匿大橫財，終究牠也是個能燒毀高樓的火種。向來足智多謀、膽大心細的主簿焉能不謹慎。古人云：「小心駛得萬年船。」這幾年來；見不得人的買賣做出經驗，因此；這一團夥開始分頭找買家，從張掖至幽州、從滎陽府至遼陽府的廣大範圍；盼著早日賣掉一起分贓。黑熊本來於中原為數就不算多，更何況太宗下令禁止獵殺。再說；這批貨比之前的品質都好，理應更容易脫手。

『碰！碰！』主簿的府邸鴻門，大清早撲首被敲響。門衛開啟之後；見那刑房吏帶著三個商賈模樣的人走進門來。一行人經過大門保安通報，逕自走入府邸大堂內就座。刑房吏對著府城主簿說道：『主簿大人；我帶來這幾位，皆為方圓百里內最大宗的山珍海產大盤商。自左這位是陳老闆、依次為林老闆和王老闆。』客堂賓主相互施禮之後，胖得像隻豬的陳老闆先開口說道：『非俺自誇；俺一年的營業額達百萬兩大銀。聽刑房吏大人說；您府上有一批山珍熊蹯，特來估量！估量！』頭大如斗的王老闆，不甘示弱說道：『說到山林野味，俺稱第二誰人敢說第一。俺經營的買賣；不但是珍品；而且一定是極品。寧可掛一漏萬，不失口碑。』一旁林老闆的鷹勾鼻裡，哼出一聲說道：『論及口碑；俺的招牌堪稱業界之首，百年老字號；商界陶朱❹之名豈是浪得也！』聽得那主簿至為開心，頻頻撫摸白花長鬍而竊笑。

從隱密窨藏❺的地下室裡；府邸僕役移挪出一箱箱的熊蹯。搬至客堂之後，幾個南北貨❻的商賈立即挨近，躬身圍觀鑑賞、讚嘆不絕。

話說熊蹯：自古乃宴席八珍之一，猶為帝王權貴所嗜食。除了美味；且健脾補腎、通氣活血、治溼去寒，功效卓越。楚成王曾說道：『俟其熟而食之，雖死不恨。』曹植之《名都篇》：「膾鯉臇胎鰕、寒鱉炙熊蹯。」孟子更有曰：『魚我所欲也；熊掌亦我所欲也。二者不可得兼；舍魚而取熊掌者也！』顯其珍貴。

論肉質、聞味道、捏彈性、果然是上品。毫不猶豫；王老闆霸氣喊道：『主簿大人；這批貨俺要定了。您開個價吧，多少都不是問題，俺付得起。』陳老闆更是當仁不讓，拍案叫嚷道：『王老闆；話不要說得太滿。我可不是來看熱鬧的，在我面前；誰敢講要定了。讓議價來決定才是！』半天不表態的林老闆站起來說道：『主簿大人；我看這樣吧，不管他們二人出多少價，我都願意加倍買下來。』

主簿把府邸的帳房叫進屋子，抄出鐵算盤開始計價。底價開出十萬兩白銀。這邊喊十五萬、那裡出二十萬、左側開三十萬、右方叫四十萬……。

主簿的客堂裡面；賓主正在議價砍殺之際；大門又被敲響。大門保安又跑來通報；有某個官員帶人來看貨矣。進來之後；立馬又是一陣搶貨喧嘩聲。再不久；另有官員敲門帶人來看貨……。一炷香時間；前後已經有五批不同的人趕過來搶購那些熊蹯。整個主簿官邸的廳堂儼然像一個菜市場，喊價聲彼起彼落、互不相讓。此時此刻；州府主簿的嘴幾乎笑到合不攏，由於一屋子的商販在搶貨；熊蹯的價碼已經抬高到他底價之十倍矣！主簿心中暗爽；今個大發利市，待年終的春節年假，好好帶上妻妾眷屬；出國旅遊一番，舒坦舒坦。

孰不料大門的保安又跑來通報說道：『主簿大人；獄政司之刑房吏帶著朋友前來看貨。是否可以讓他們進來？』主簿尚以為大門口的保安眼睛花了，回他一句道：『唉！去洗把臉，清醒！清醒！』他走出迎接時猛然看見來者正是刑房吏！那麼：早先帶著三個商賈進來的刑房吏又是何人？這回搞到主簿頭暈暈、霧煞煞、一起進入大客堂裡面。兩個刑房吏站在一塊形同孿生，孰真孰假、無從辨識？這說這是真的；那說那是真的。生性猜忌且心懷鬼胎的主簿，一時也抓不定主意。深想理應是先入為主的才是真身，加上他帶來的三個凱子出價一直高於其他人，不宜得罪耶。於是呼喚官邸衛士將那後來的刑房吏與其身邊朋友，全部捆綁起來拉至柴房；施以打狗棒、上夾指、灌水牢、嚴刑銬打逼問著，為何要假冒府衙刑房吏過來攪局？那些人被毒打好一陣也問不出所以然。渾亂之間；大門又傳來咚咚敲門聲，主簿暈頭昏腦、不知如何是好矣。正猶豫著；大門硬被撞開，幾百個官兵持刀槍潮湧近來，包圍著主簿的府邸。

『你們好大膽子！滎府主簿的府邸，你們竟敢闖進來！』主簿恚然大聲斥喝那些官兵們。主簿接著怒嗆道：『除了滎陽府丞張大人，本府數我官位最大。你們膽敢帶著武器闖進官邸來，你們不想活了；是不！』他一屋子的生意經，價碼節節攀升。此刻這群小兵闖進來；窳敗❼他的好事，怎可原諒。

語音甫定；右肩遭到拍打，主簿轉身一瞧；唯見他的死對頭符捷中刺史就站在他後頭。『你：你是怎麼進來的？』嚇得那主簿雙腿一軟跪倒在地。聽見大笑幾聲；悟空走了過來對他說道：『俺就是最先進來的刑房吏，剛才被你抓去柴房修理的才是他本人，只怕那真的刑房吏已經被你刑掉半條命了。而商賈陳老闆是豬八戒，王老闆是沙和尚。林老闆就是刺史本尊啦！這般不起眼的小魔術。見笑！見笑！』趴在地上的主簿，這時哪還笑得出來哩。符捷中刺史指責罵道：『大膽貪官，還有你們這些狼狽為奸的商販；統統不許動！你們一夥居然官商勾結、殘殺受保護的動物，帶頭倒賣朝廷違禁品黑熊熊蹯。我以朝廷刺史身份；現在將你們逮捕。人贓俱獲、夫復何言！』那主簿雖然事情敗露，卻不願束手就縛，猶作困獸之鬥強辯說道：『且慢！那熊蹯是府衙沒收來的贓物，與我無關。我只是計畫將這些贓物代勞賣掉，換來現金；全部上繳府庫做為年底扶貧脫困基金使用。不知何罪之有也？』『主簿不認罪是否？那就傳刑房吏過來對質吧！』於是刺史叫人把那被打得鼻青臉腫、奄奄一息的刑房吏攙扶過來。兩個壞蛋怒目相向、在堂上推來推去、死不認帳。最後還是推拖卸責給那以為斬決的軍官徐寶生，反正人走茶涼；人都死了如何對證？是不！

諸羅縣的軍官徐寶生，緩緩從外面走了進來。當場那一屋子的貪官被驚嚇得屁滾尿流、啞口無言，都以為活見鬼了。尤其那刑房吏更是看得牙都歪了，他怯怯說道：『你是人是鬼？明明見著你人頭落地的……怎麼可能還活著？』徐寶生卻冷冷說道：『俺把這顆頭又裝回去啦！不要以為你們掌生死大權，事事都能稱心如意，俺的陽壽還比你們長得多哩。這回俺就是活生生的人證，想滅俺的口；門都沒有！』頑冥不化的主簿仍然作最後的垂死掙扎，他狗急跳牆；吞吞吐吐說道：『怎麼說……徐寶生還是個罪嫌……他的話：怎能當真？不濟！不濟！』

這句話才說完；門外又走進六個從洛陽府一路過來的僕役。他們遭到刑房吏的禁閉；陷於被滅口的危機中。被辛甘救出來之後；決心把整個案情始末交代清楚。府城主簿、行房吏和涉案的一干人，到了這節骨眼；他們大約都料到整個案情，有何等結局矣。行房吏哀聲嘆氣說道：『自作孽啊！刑及無辜；今被主簿抓去毒打，且又見那些鬼從陰曹地府還魂作證。命運多舛；罪無可宥，我這腦袋怕是難保矣！嗚呼痛哉！』

話說這件獵殺私售熊蹯的案件；一路依法認真追溯之下，牽連涉案的貪官奸商達到兩百多人。上至滎陽府私自賣官圖利的府丞、下達逾越職權、殺人滅口、盜賣熊蹯的滎陽府主簿和刑房吏等一幫官員、另有洛陽府的潘姓富商，甚至包括上山獵殺黑熊的獵戶們，全數押送朝廷尚書省之刑部，立案嚴肅處理。

該案件成了大唐貞觀建政以來；最大的官商勾結、貪瀆受賄、獵殺保護動物等弊案。因為此案；不久滎陽府的刺史符捷中；由於勇於揭發滎陽官府嚴重的弊端，朝廷諭命指派他升職為洛陽府法制司首長。諸羅縣巡官徐寶生忠於職守；朝廷諭命升職為玄州府刺史。玄奘法師師徒等一行人終於揚眉吐氣、一掃陰霾。

事隔三日；玄奘法師唐三藏等師徒們，於滎陽府圓福寺；打理完路途所需妥善之後，逐拜別寺裡慧德方丈與眾僧而去。這些天在府城發生的大事，唐三藏師徒行事非常之低調；並未驚動圓福寺裡的長老眾僧，若無其事地來去自如。當他們徐徐步往送經之路途，前腳才踏出滎陽府城門；就聽到背後呼喊暫停！

回頭張望；則見到刺史符捷中和縣官徐寶生騎馬追趕而至。兩人跳下馬；拉著悟空他們說道：『且慢！且慢！請諸位暫且多停留幾天。我倆已經在府城五月花大酒樓訂了一桌酒席，報答法師你們的洪恩浩典，請諸位大德務必賞光。』唐三藏微笑回道：『阿彌陀佛！我們只是做了該做的事，何足掛齒！我等身負朝廷重任，前往東瀛送經，在這裡已經多停留幾天；勢必影響行程矣。爾等好意，心領！心領！』雙方拉扯、難捨難分。雖是盛情、卻之不恭，然而在公私分明情況之下，送經綱一行人還是堅持婉拒之。二人好話說盡；惟見唐三藏師徒們去意甚堅，也只好作罷。符捷中與徐寶生紛紛跪拜再三；並且說道：『但盼早日完成送經任務，回程之時；萬望得以相見，再報諸位大恩大德矣。』大家互相祝福道別，二人揮手目送漸行遠去的送經綱一行，直到消失於地平線才不捨離開。

這一路經過洛陽府和滎陽府；讓送經綱一夥人感觸深刻。有詩為證：

朝出暮息一路路、奔波往來洛陽府、官威法事皆世故、臨別交托禍根伏。
州城縣府一幕幕、關柵嚴法查進出、沙門載經本無辜、卻遭檢舉帶贓物。
翻山越嶺一步步、孰知險境化為福、熊魔忠義治妖孽、尊佛賜經歸正途。
滎陽奸佞一戶戶、沆瀣功利惡似虎、違法濫權施殘酷、順勢巧智盡去除。

嗟呼！貧窮則父母不子，富貴則天下奉伺。人生在世；上位豐厚、蓋可以仗勢恣意乎？想起來不覺莞薾玩味；天下本無事、惡人自擾之。倘若不是因為那「一騙天」半途的栽贓，又怎會牽扯出這一堆意外的案外案來。此案至少釀成百個貪官奸商的人頭落地。誠如老子所言：「禍兮福所倚、福兮禍所伏」，福禍無門；惟人自召。冥冥之中；注定滎陽府這些貪官奸商活該倒楣。山高皇帝遠；一些地方上的官僚，總是「人前諸葛亮、人後豬一樣」。多年暗地裡經營的壞勾當，竟然毀之一旦。天乎！地乎！尤竟己乎！他們萬萬想不到發生這一切；實際情況只不過是「歪打正著」！要怪就去怪那九頭鳥吧！

送經綱一行人；又興沖沖地繼續趕路，出中原之前；仍需經過燕州、玄州、瀛州再至幽州。其中穿越薊縣、良鄉、安次、范陽、固安、雍奴、昌平、潞縣、漁陽、歸義、無終等十一個縣府城市。這漫長之路；他們可以安然無恙、一路平安地走下去乎？看官且待，稍候於下回分解：

『註解』：

❶羼雜：混亂、人品不端正。

❷體型尪羸：指身材瘦弱之意。

❸誑語：泛指說謊欺騙。

❹商界陶朱：陶朱公本名范蠡，曾輔佐越王句踐復國滅吳，後來離宮經商致富。後代商界尊崇他為經營之神、商聖。

❺窖藏：窨為地下室、此意指東西隱藏極為穩妥。

❻南北貨：泛指大江南北各地之特產。

❼窳敗：指事情被破壞暴露。

第十七回　伍陽山挹注善心　訓誡貪念助茫婆

話說玄奘法師一行離開滎陽府；一刻不得閑的向前奔走，如雲似水朝邊關的幽州方向湧進。沿途景物淡然、彧色稀疏、有詩為證：

沙沖雲薄西風疾、北塞鴻雁南遷移、溪洲白鷺柳雨戲、韶華綠意日漸稀。
啖曜飲月近寒季、牡丹含苞伴秋菊、荷柳隨波頻搖曳、草木盡枯莫嘆息。
凜冽橫掃展瑞厲、青竹蘭花兩相依、松姿柏韻不改色、丹楓浪蘆並稱奇。
行旅路客歸鄉去、荒徑古道車馬離、狂風席捲蓋天地、時空逆轉冷悽悽。

越是朝北而上；越是佈滿逼人的寒氣，幾個西天仙界下凡的送經綱好漢；可也倍感旅途氣候變遷的壓力。抬頭仰望灰暗之天空，群群北雁白鶴、團團天鵝野鴨、紛紛往南方飛去。值此季節；於荒野道路逆風而上的，惟見唐三藏師徒幾人矣。想想他們自西天取經十四載；加上這回東瀛送經，途中遭遇諸多險阻；肯定也需要十餘個春秋方能如願以償，人生幾乎半輩子皆在為著大乘佛經，深陷於趕路的路途上也。這種超乎想像的豪情壯志、艱難困苦，已經不是「鋤禾日當午、汗滴禾下土、誰知盤中飧、粒粒皆辛苦。」可以相提並論的。

走著走著；眼前來到山腳下一處丁字路口。路口掛著木牌上寫著：「右往雍奴縣、左往伍陽山」。『師父；要不要問一下經過的路人，去范陽府如何走法？』豬八戒拉著馬問唐三藏說道。坐在馬鞍上的唐三藏，毫不猶豫回答道：『不需問；我們就走左邊吧。』豬八戒搞不清楚狀況；

想追問為何要走左？悟空輕敲他的後腦勺說道：『你這夯貨；師父說左邊就左邊了唄，問那麼多幹嘛！不上道。』其實悟空清楚不過，唐三藏想趁機路過嚐嚐茫婆婆的湯糰吧。

著實如那陰陽嶺的小妖所言；在伍陽山的山間大馬路旁邊，很容易即看見門前掛著大紅望杆❶，那幡幟寫著「茫婆 湯糰」大字的小店。但見那湯糰小館裡外已經人滿為患、座無虛席，客人進進出出好不熱鬧。店門前先繫好白馬；一行人很快找到座位就坐，甜酒釀、香酥油、桂花陳、百花草等各種湯品的濃郁香味飄溢於四周，令人垂涎！

以紅豆、芝麻、桂花、長生果為內餡之湯糰，個個飽滿圓實、晶瑩剔透。他們逐一去到灶廚取湯糰，這才發現整個店只有一位老婆婆在忙著。在寒風刺骨的氛圍下喫著芳甜可口的湯糰，好不愜意樂活。倒也難怪生意這般火紅矣。他們一行人一碗接著一晚，直到撐飽肚子。

『茫婆婆，您的湯糰；簡直就是從皇上御廚裡面端出來的哩！』豬八戒走近灶廚誇讚一番。茫婆婆苦笑一聲說道：『過獎！過獎！是老祖宗傳下來的手藝。』豬八戒和老婆婆聊上幾句，這才發現老婆婆是一個雙眼失明的盲人。豬八戒見她正忙著不好多說；於是問道：『茫婆婆；我們一夥人喫了二十八碗湯糰，該付多少銀子？』坐旁邊的幾個食客插上一句說道：『客官是外地人吧？這茫婆整天忙著搓料煲湯糰，她眼睛又不好使。一碗十文；客人喫完只需將碎銀自行投入門旁的大湯碗即可。大家行個方便，是不！』八戒謝過之後；丟下該付的銀子，一行人吃飽喝足則離開而去，就近很快找到一個古老的山寺寶方。

『這位長老；我等乃打自長安慈恩寺過來的。往北路過此地，欲於貴寺打尖掛搭。可乎？』唐三藏待山門走出一位老方丈，遂上前問道。寺裡的老方丈欣然邀請他們進入，並且說明寺裡只有兩個和尚，一切均須自行處理。唐三藏等一行則說道：『無妨！無妨！我等喫喝拉撒自己來便是。』說罷，進到掛搭客坊擺放所有經文行囊，他們都累了；暫且休憩歇息。黃昏晚課；隨即淨手；赴大雄寶殿拈香、敲響木魚、行起暮課綸貫。先唸一段浴佛讚：

九龍吐水、沐浴金身、天上天下獨為尊、七步寶蓮生。威德光明、法界永沾恩。菩薩下雲中、降生淨梵王宮。摩耶右脇娩金童、天樂奏常空。目故四方周七步、指天指地稱雄。九龍吐水沐慈容，萬法得正宗。

再唸一段大慈菩薩發願偈：

十方三世佛、阿彌陀第一、九品度眾生、威德無窮極、我今大皈依、懺悔三業罪、凡有諸福善、至心用迴向、願同唸佛人、感應隨時現、臨終西方境、分明在目前、見聞皆精進、同生極樂國、見佛了生死、如佛度一切、無邊煩惱斷、無量法門修、誓願度眾生、總願成佛道、虛空有盡、我願無窮、情與無情、同圓種智、十方三世一切佛、一切菩薩摩訶薩、摩訶般若波羅蜜。

才剛唸完寶經讚偈，大雄寶殿走來一個黃口❷稚女；攙扶著一位老婆婆進殿燒香拜佛。看個清楚原來是茫婆婆與其孫女到寺裡燒香祈福來著。

『巧啊！茫婆婆；妳們也過來拜佛嗎？』豬八戒友善地走過去招呼兩句。老婆婆聽見耳熟的聲音，也開心回道：『是啊！是啊！求求大慈大悲的觀音菩薩，能讓我身體無恙就阿彌陀佛了。』唐三藏法師笑著說道：『會的！會的！看著婆婆店裡生意興隆、賓客來往如流，顯然菩薩有特別加持保佑妳們呢！』

孰不知那一旁的稚女少刻❸臉臭了起來，顰眉埋怨說道：『客人多又有何用？都是欺負俺婆婆眼瞎；啥都看不見。每天前來混喫混喝；喫完拍拍屁股就走人。忙了一天；門口的碗幾乎每天都是空蕩蕩的。今天下午；來幾個外地經過的客人，總算收到一些罷。』豬八戒恍然大悟，他去投碎銀付帳時；確實見著那隻碗是空的。茫婆婆扯一下稚女說道：『小孩話多！不干妳的事，少說幾句！』

悟空原來不在意這些閑事，稍略耳聞；立即撩起猴急的脾氣來了。他就是那種只要見到哪裡路不平，就會忍不住過去用腳踩平它的那種人。

悟空走近茫婆婆身邊說道：『這樣遭到惡搞；婆婆還來寺裡燒香。真是虔誠好樣！俺這回決定幫妳這位施主討回公道。俺辦事；妳且放心！保證這些傢伙以後會乖乖付錢。』茫婆婆雖然眼睛看不見；仍然心存感激說道：『感恩！感恩！小哥的好意心領了。可是千萬不要動手打人，付諸暴力總是不妥，方便則規勸他們幾句就得。』悟空哈哈笑著說道：『安啦！安啦！婆婆放心；俺既不動手打人也不動口罵人。三天以後；他們這些白喫族，就會乖乖付錢。信不！』茫婆婆半信半疑，頻頻點頭苦笑。

站在一旁的小姑娘；瞧著悟空那猴頭猴腦的樣子，身軀鄙猬、面容羸瘦、拐子腿、癆病臉、一副尪羸的模樣。唉！只當他是好意在哄老婆婆開心罷。甚至豬八戒和沙和尚都認為師兄的話太誇張了些，既不動手打又不動口罵；能改變啥哩？悟空打腰袋裡取出幾枚碎銀，對著小女孩認真囑咐說道：『小女孩；這些銀子妳留著伺候妳婆婆，請她在家休息個三天。店的事就放心交給我處理，三天過後；妳們再等著瞧變化可也。』那茫婆婆表面答謝一番。心想：聽聽就算了，風馬不及、水米無交❹何需認真。

且說大聖既然應允；就得揹負一言九鼎之重責矣。插手管那些白喫族的事，他必須就地驪盤查勘、溜撒伎倆。提及栽人起奪❺的事，卻是悟空的看家本領。扮演什麼就像什麼的悟空；這回他且變成了茫婆婆賣湯糰啦。

其實大聖悟空哪裡懂這些經營湯糰的事，既然支票都開出去；只好硬著頭皮撐過三天再說。孤掌難鳴之情況；他只得唸咒踏著觔斗雲頭沖上天，見著天上值班的十二位護法諸天；懇請他們出手相助。

『幫忙搓湯糰？這……』值班的護法諸天彼此相望著。梵天王笑著站出來說道：『若大聖求息災則以帝釋王為首、若求增益則以梵天王為主、若求調伏當以大自在為首、若求敬愛即找毘沙門；餘迴順供。又若水難則用火天、火難則用水天、降魔當用伊舍那、鎮惡即用地天……。可是大聖這回找我等幫忙去搓湯糰，好像在辦家家酒一樣哩！有趣！有趣！』於是天上眾仙家隨著大聖下凡人間。大夥且由悟空調度，分工合作演一齣戲。

隔天；茫婆婆的老字號湯糰店照常營業、照常喫完自行投幣、照常生意火紅、照常食客喫完就溜走、照常收店歇業時；碗裡一分錢也沒有。

再說第二天；茫婆婆照常營業，而且還增加服務項目；就是在店裡喫飽；還可以打包外帶回家喫、或者送親友分享。實惠大方；而且依舊是老規矩，自己把銀子擺進大碗裡。這會兒；生意更加火爆，排隊買湯糰的人龍；隊伍長到見不到尾端矣。可是等到收工回家，大碗裡頭依然空空如昔也。悟空偷偷笑著，他還真怕有良心的客人老老實實付錢哩。

來到悟空化作店家的第三天；茫婆婆門前已經排滿了人龍，食客呼朋引伴、爭先恐後、擠來擠去好不熱鬧，既然能混喫混喝、不喫白不喫。廚灶裡面；早就擺滿了一碗碗熱騰騰的湯糰，有人坐著喫、有人站著喫、也有人蹲著喫。預訂要打包外帶的更是踴躍客滿。生意做成這樣；擺錢的大碗按理應該裝滿溢出來了，結果還是空空的。這時；茫婆婆從廚灶走了出來，她拿起那隻空碗；面對著所有的客人們哈哈大笑。大家才發現茫婆婆的雙眼已經不瞎了。並且變得如此炯炯有神、閃閃明亮。她注視著現場的每一個人。

『諸位鄉親朋友；老婆婆活到這把歲數，還能看見你們來這裡捧場，真是高興。』茫婆婆站在餐桌上、搖擺著大空碗說道。面對著那隻空碗；群眾低頭羞愧不語。她接著說道：『放心；昨晚大慈大悲的觀世音菩薩託夢給我。告訴我；之前見諸位大德天天白吃白喝；實在不忍心看我老太婆白忙一場，所有之前的帳都由菩薩扛下，菩薩早就幫諸位大德的帳都付清了。』茫婆婆說完；店裡的群眾們頓時皆感窩心，想那觀音菩薩的普渡濟世、溫馨情意、著實受之有愧。

悟空化作的茫婆婆又說道：『但是菩薩要我傳話，打從明天開始，把醜話說在前頭；有人再不悔改、那麼在這裡白喫一顆湯糰即折壽一年。從此不來喫的；之前欠的錢，菩薩強調將增加十倍價錢；以後會到陰間去追討你們的債務，沒得商量。阿彌陀佛！善哉！善哉！』現場的群眾紛紛表示接受與認同。

幾個地痞刁民卻攛鼓兒❻；嘻皮笑臉說道：『觀音菩薩給茫婆婆託夢？下回叫出來讓咱們一起瞧瞧！』還有的嘲弄說道：『俺在外頭還有一堆賭債，也請觀音菩薩大發慈悲，幫忙結掉吧。』小店裡引來一陣笑聲。

那些小癟三們的笑聲方才落下，轟然一聲巨響從天而降，嚇得大家目瞪口呆。

『大膽！觀世音菩薩豈容刁民濫開玩笑！』半空中有六個天仙神將站在雲端怒斥著，似雷鳴般的話聲迴盪四周，驚得那些渾球趴倒地下；不斷磕頭懇求饒命。

『觀音菩薩交代；以後這裡伍陽山有我們西天神仙護佑，再有欺壓茫婆婆的絕不輕饒。只要心持仁善者皆有福報。阿彌陀佛！』諸天護法說罷，乘著吉祥彩雲飛逝而去。下面的群眾都紛紛合掌讚誦唸道：『南無觀世音菩薩！南無觀世音菩薩！』

又有幾個食客站出來，怯怯問道：『茫婆婆，那麼……今天的湯糰呢？還是由觀世音菩薩幫忙付帳嗎？』茫婆婆落落大方回道：『至於今天；諸位鄉親好友們就儘管喫吧！通通算我的，茫婆婆請客！希望大家以後能夠常來喔！』整個店瞬間歡欣鼓舞、掌聲如雷。大夥皆歡呼道：『讚！一定常來！一定常來！』悟空的一番話，讓大家盡釋前嫌。往者已矣！接下來呢？

話說那真身的茫婆婆休息了三天，上崗回去開業。小吃店像往常一樣地門庭若市，茫婆婆早就忘記悟空的承諾矣；輕嘆幾聲開始幹活。孰不料才一柱香的時間；就有客人過來好意提醒她，裝銀子的大碗已經滿出來了，快換一隻更大的碗來裝銀子吧！茫婆婆以為是客人調侃揶揄她哩；當她去捧著滿滿銀子的大碗時，恍如夢中、老淚縱橫說道：『天吶！遇著活菩薩了。果然菩薩保佑！菩薩保佑！』茫婆婆在廚灶幹活更起勁，客人們也喫得更開心。

在寶方山寺住了四天之後；唐三藏法師一行人向掛搭寺廟的方丈辭別，裝備妥行囊；即繼續往送經的路途出發。唐三藏微笑對著大聖說道：『我說悟空；幾天之前你答應要幫那茫婆婆討回公道，結果到底如何哩？』大聖含臉弄諠❼而言道：『難嘍！冰凍三尺非一日之寒。那忙俺倒是幫了，至於效果怎樣？不好說！不好說！』豬八戒想看師兄的笑話，趁機挖苦他幾句。即順口說道：『反正茫婆婆的店並不遠，咱們不妨轉過去瞧瞧吧！』唐三藏心癢癢地；想著可口的大湯糰馬上回答同意。

話說一行人來到茫婆婆的店，見到絡繹不絕、熙熙攘攘的食客，似乎客人跟以往一般皆是欺負盲人、來混喫混喝的。豬八戒刻意跑去端看那隻大碗，卻見碎銀裝得滿滿地，再看店裡的食客個個皆自覺地喫完投錢，無一例外。豬八戒隨即啞口無言，他拍著師兄悟空的肩說道：『這回，俺真的服了你也。』

送經的一行飽餐並付完帳之後；正準備牽著白馬離去。眼尖的小女孩拉著婆婆快步追了過來。茫婆婆一再彎腰致謝；她說道：『諸位菩薩莫非是神仙下凡來的，一個早上的銀子；就已經裝滿了兩個大碗，真是菩薩保佑。你們的大恩大德；難以報答，請接受老婦一拜。』茫婆婆才說完；旋即拉著小孫女跪地就拜。那小稚女倒是上了寶貴的一課；人不可貌相、海水豈可斗量也！

『萬萬不可！萬萬不可！』送經眾人很快將婆孫二人扶起，悟空謙虛回一句：『僅僅是雕蟲小技，婆婆萬勿擺在心上。』玄奘法師也開導說道：『這些都是婆婆辛苦應得的。佛曰：「人在做；天在看」，妳逆來順受；感動了老天爺，從此好運跟著來矣。菩薩保佑！南無阿彌陀佛！』茫婆婆痛哭流涕，吩咐孫女回去端一鍋湯糰送給大家路途上喫。這番好意卻之不恭，收下之餘；八戒還是偷偷塞些銀子給老婆婆。大家互相祝福一番，就此珍重告別而去。

天氣豁然開朗；晴空萬里之下，一行人邊走邊聊這兩天發生的趣事：

未食湯糰先聞名、有緣千里把路經、啖嚐美食小確幸、諸多口味皆適宜。
桂花口感香噴噴、芝麻爽口樂頻頻、花生口味甜膩膩、紅豆入口飽盈盈。
茫婆忙裡又忙外、未能兼顧來收銀、賓客雖多卻耍賴、小本生意難經營。
白吃白喝且三天、大聖藉故顯聖靈、觀音菩薩話說盡、從此來客現真情。

『師兄啊！你真有一套。順便也教一教大家，你是怎麼擺平這些人的？』豬八戒和沙僧對悟空竟然能改變整個形勢；佩服得五體投地。悟空於是將事情大略敘說一遍。沙僧不解問道：『不對啊？從未聽說師兄會煲湯糰？還有那麼多人吃的食材原料從哪弄來呢？』悟空一陣大笑說道：『俺確實不會搓湯糰，只好請天界值班的護法諸天下來配合演戲。至於湯糰的材料，你們仔細瞧山窪陷凹的地方！』大家站在馬路邊；朝悟空右手指著的荒山野嶺端看，原來有山嶺中有一大片黃澄澄土地；顯然伍陽山這一塊，是這些日子才被挖掘開的。

唐三藏知道怎麼回事，搖搖頭指責說道：『缺德！缺德！搞到讓人家喫泥巴土塊，你也不怕吃壞人家的肚子哩。』悟空頗覺得意、笑的更開心，慢慢說道：『暫且不說他們白喫白喝罪有應得。俺原來有七十二變的本事，現在練得七十三變矣，那就是讓人家喫泥巴土塊卻不會拉肚子，而且還能以假亂真，食客喫得津津有味。只是吃完；會搞得一肚子的臭屁，哈哈！』這麼一說；大夥笑到肚子都痛。豬八戒連忙稱說道：『以後就算打死俺，俺也不敢喫湯糰了，想到喫泥塊就噁心！』沙和尚總結言道：『「非仙非佛人自在、惡衣惡食猶開懷」。凡塵諸事不需強求也！』

趁著天氣晴朗；一行人加快腳步。幽州之前必須先通過河南道的兗州，而往兗州都督府則有金鄉和方與兩個轄縣；方向都不一樣，乃典型的交叉路。前者朝震艮方位；後者則是坎乾方位。唐三藏考慮片刻；決定走金鄉縣那條路線，因為路途比較直接省時間、沿途可以掛搭的寶方也比較多些。並且路途的地形皆為平原丘陵、位置適中、行程不需翻山越嶺，最理想不過。以送經綱趕時間去東瀛送經而言；能縮短時間就好，其他都不是問題。

送經綱的一行；走在叉路上；選擇往金鄉的方向，平坦易行且直接，既無高山峻嶺、亦無大河險川，按常理應無妖魔鬼怪可容身之處矣。事實果真如此？接著又會遇到怎樣的情況呢？敬請下回分解：

『註解』：

❶望杆：路旁店家前的旗杆。
❷黃口：泛指十歲左右的小孩。
❸少刻：指突然、須臾之間。
❹水米無交：指互相不認識、素昧平生。
❺栽人起奪：指惡作劇來作弄他人。
❻攛鼓兒：敲邊鼓、湊熱鬧。
❼含臉弄諠：故弄玄虛來搞花樣。

第十八回　瘟魔疫妖打先鋒　過關斬將一條龍

話表玄奘法師師徒一行；選擇走金鄉縣通往兗州都督府。接連趕了八天的路；方才臨近汾水地區，逐漸感覺不太對勁！但見馬路上；越來越多攜家帶眷、馱背包袱、滿載家當的人群，匆匆忙忙在奔波勞頓著。瞧著他們驚慌惶恐的面容，肯定是在逃避什麼？難道這麼單純的鄉鎮農村地方，也會出現妖怪不成？

『這位鄉親；你們這是啥一回事？為何像逃難一般奔走哩。』豬八戒好奇走近詢問一個趕著幾頭羊的老頭子。那老頭瞪了八戒一眼，好意說道：『你們幾個外地來的雲遊僧人，快點回頭吧！你們不知道，這裡正在鬧瘟疫❶呐！方圓幾百里都人煙殆絕，疫情擴散極快。你們快點回頭吧！』八戒把情況告訴唐三藏，是否要另外改道？悟空聽完；插嘴說道：『路都走到這兒了，還改啥改的！反正咱們只是經過並不停留。而且咱們一夥本來都是天仙之軀，任瘟疫再凶又與我等何干，何懼之有。罷！罷！』唐三藏師父也以為繞道改行，又將延誤十多天的時間。他對大家說道：『汾水一帶；古乃沮洳之地❷，疫疾瘟病時有所聞，實屬當然也。我們盡速通過即可。阿彌陀佛！』於是大家決定按原來路線繼續走下去。

『出家人！勿再往前走，疫癘正凶啊！』、『你們快調頭回去，前面金鄉縣的疫情擴散很快。危險！』、『傻和尚，前面鬧瘟疫哪！勿再往前啦！』沿途有許多流亡百姓善意諍諍訴求、苦苦相勸。送經綱的師徒逐一答謝；依然不為所動。

又走了三天的路；沿途唯見處處白骨殘屍、戶戶人去樓空，好不悽涼。有若走到了一片遠古之洪荒野地。終於在一個夕陽尚未西沉、太陰隱隱、暮色晚秋的時候，於一處松林之湖畔遠遠見著一座佛塔。佛塔的右下方則有一間寺廟。唐三藏等一行人即時朝著山門走去，走入寺廟的山門到了正門口；上台階輕敲幾次搛首都沒有回應。見大門沒關；悟空逕自推開大門走了進去，這才發現寺廟裡面空無一人，嘶喊幾聲亦無人應答。既來者則安之；他們一行人顧不得許多，四合三進之後，找著後院的十方客坊先安頓下來再說。

唐三藏稍作休憩；即引領眾人往大庭院前的大雄寶殿走去，想作暮課綸貫、施禮佛法事之儀。走在廊道卻見那庭園雜草叢生、樹倒池乾、閣斜亭歪的景象。又見那大雄寶殿瓦落柱缺、斷壁殘垣的模樣，更有一個「慘」字寫在九龍壁的上面！感覺甚為淒涼。顯然此寺廟荒廢已有些時日矣，有詩為證：

樓簷群燕巢棲息、閣廊蝠雀競高低、蛇蠍野龜爬一地、庭蕪水枯悲悽悽。
楓紅松青無人理、菊黃竹綠兩相依、白蘆芒草叢阡陌、敗院荒涼慘兮兮。
古寺無僧徒四壁、寶殿空置稱可惜、野獸進出盡嬉戲、此情此景心戚戚。
伽藍緇流皆逃避、何故妙土變爛泥、無緣無故遭遺棄、孤寒浮屠風徐徐。

大雄寶殿的佛尊菩薩神像；依舊端坐於寶位上，神龕香爐、木魚火燭等等皆完整無缺，信香❸經書也都沒少半樣，叫人納悶的卻是寺院裡沒有半個和尚沙彌？唐三藏只能簡單佛偈❹誦經一番罷。他對著悟空等眾徒弟說道：『南無阿彌陀佛；見到緇門❺這般荒廢空蕩好生悲悽難過。無僧之寺；我們也不便久留，明天一早就離開吧。』悟空回言道：『師父所言甚是！依俺的觀察；這裡精舍❻牆上還吊掛著緇衣僧服，可見他們並非逃離疫疾。只是為何突然離去？真懸！真懸！』說罷；他們即離開大殿返回後院的十方客坊。閒聊幾句就各自歇息。

半夜三更的時候；戛然一陣鑼鼓喧天、熙攘熱鬧的聲音從寺院前殿傳了過來，甫地吵醒後院客坊的一行人。八戒氣得拿起九齒釘耙要衝過去扁人，硬是被師兄悟空給拉住。悟空頓感事有蹊蹺，明明一間空置無人的寺廟；怎可能搞到像是辦喜事般熱鬧，更何況是夜深人靜之午夜。悟空說道：『沙悟淨和辛甘在這裡看著師父，俺跟八戒閃過去前面瞧個究竟？稍待即回。』隨即拉著豬八戒一起往前殿走去。兩人為了方便摸清楚狀況，於是化作兩隻小飛蟲飛了過去，師兄弟二人停在寶殿的綺井❼上端。但見寶殿內外眾多紅男綠女、進出賓客談笑風生。看官且瞧瞧：

此時的大雄寶殿，已經煥然一新、寺院宸宇❽完全變了樣：
張燈結綵遍廊院、宮燈丹籠高高懸、烹殤❾果品擺酒宴、紅燭明浩亮通天。
笙瑟齊鳴鑼鼓響、檀木沉香飄人間、節慶喜事滿堂讌、繽紛喧嘩絮萬千。

這般景象與白晝簡直是兩個極端、兩個世界哩！看得悟空和八戒都傻了眼。沖啥小！這荒寺何故如此熱鬧？正在猜不透之際；詭譎的事又冒出來，在一陣號角吹響、群眾歡呼聲中、山門外抬進來三個大紅轎。在大雄寶殿前逐一停下。三個大紅轎裡面；各自大步走出穿著官袍之人。三個大漢直邁寶殿內就坐。

大聖仔細端睨詳視；立刻認出這三者是何妖物。走在最前；身穿大紅官袍紅巾帽、頭大如斗、紅臉綠髯者為大頭瘟魔。走在中間；身穿黑色官袍黃巾帽、方臉赤鬍、面容全是坑坑洞洞者是疙瘩瘟魔。走在後頭；身穿黃色官袍黑巾帽、濃眉鷹眼、一嘴獠牙外翻者即為吐血瘟魔。往昔這三瘟魔王相聚；該地區必鬧瘟疫無疑，不到人畜死光絕不罷休。可是話說回來；昊天大帝呂岳⑩早早就以五方力士掌管眾瘟神疫鬼，他們因何又置之度外，來至此間？實情詭異至極。

『袁主事；我等正忙著，兗州近況如何？快快呈報。』大頭瘟魔大聲說道。人群裡跑出一個頭戴烏綾巾、身穿葱白蜀布衣的老者。他得意地回報著：『上稟大頭王；這兗州、冀州、并州一帶，經過吾等全體四處佈疫施瘟，可謂一切順暢猶如預期也。爾今百里之間；家家有陳屍之痛、戶戶有悲泣之哀。道路積骸無數，存者無食、亡者無棺、城郭邑居為之一空。鄉間農稼相偕逃難、一路擁塞奔命。估計再不久；兗州將可一掃淨空、遺留之處無人窒礙矣。』三個瘟魔聽完匯報，極為滿意笑著。黑衣的疙瘩瘟魔又問道：『方前鋒，汝等領軍更需積極，本月底之前，必須將瘟疫衍伸擴大至幽州地區。成事之後必有重賞。』那個姓方的前鋒示意回道：『稟報疙瘩王；拿下兗州、冀州、并州指日可待。至於幽州則地域遼闊，恐怕月底……難囉！』疙瘩瘟魔恚然拍案怒罵：『本王哪有閒功夫聽汝囉嗦。辦不到；就拖出去打個稀爛，餵食野狗。』嚇得那前鋒官唯唯諾諾說道：『屬下不敢違抗大王之令。明日一早；立即帶人趕赴幽州那邊，不分晝夜去傳播瘟癘疫疾是也。』

吐血瘟魔站起身子，嚴肅且認真說道：『殿前的諸位聽好；本回疫情跟從前完全不同。從前散播瘟疫達到數萬人死掉就算過去，不再侵擾。本回無限上綱；無論疫情如何，就是不准有任何人存活在這裡。目前西方已經有一位更厲害、更恐怖的大魔王率眾與我們締結聯盟，等拿下兗州、冀州、并州和幽州作為根據地；進而奪取中原華夏成立新的帝國。至時汝等論功行賞、必然有所好處。好不！』才說完立即引來陣陣哄堂譁然。歡呼之聲、響徹雲霄。

大聖聽得好生刺耳；忍住脾氣卻忍不住本性。耳中抄出金箍棒；一躍跳下梁柱，劈頭就往吐血瘟魔的頭上打了下去。那吐血瘟魔沒料到死神從天而降，閃避不及；當場打到那吐血魔頭吐一地的血，含恨而終。八戒揮舞著九齒釘耙跟上，頓時大殿內亂成一片，眾妖拿刀的拿刀、持劍的持劍、朝著師兄弟二人殺了過來。

『哼！臭大頭和小疙瘩、你們這些瘟魔疫鬼化成灰，都逃不過俺的眼。想造反得先通過俺這關。俺送你們去陰曹地府作瘟鬼去吧。』悟空指著兩個瘟魔猛然罵道：『他奶奶的；鬼鬼祟祟躲在佛門聖地當成瘟疫指揮部，你們這些邪耗子太沒分寸了。無論兗州或幽州你們別想打歪主意，這有俺齊天大聖看守著。再胡搞瞎搞；看俺怎麼修理你們這些王八烏龜！』豬八戒也追問道：『寺裡面原來的方丈和和尚呢？通通給放出來。俺就是除妖抑魔的達人，你們罩子要放亮點。』罵歸罵；大頭瘟魔和疙瘩瘟魔悶不作聲，只見他倆嘴裡唸唸有辭，然後從懷中取出一隻狼毫筆對悟空和八戒說道：『俺才懶得理你二人，膽敢壞我們的大事，等著瞧！是你們自己上門找死，怨不得人。先別得意；明天再過來收你們的死屍。走人！』他倆才說完；即在大群小妖熙擁護衛之下，轉身撤離而去。

師兄弟兩人回到大院後面的客坊。須臾之間；把前院大殿所發生的一切向唐三藏重複講述一遍。唐三藏法師搖頭嘆息，然後哽咽著說道：『阿彌陀佛！真想不到整個兗州發生疫疾，是被這些瘟魔刻意搞出來的。弄得天下眾生家破人亡、妻離子散、好不悽慘。還有這間好端端的佛寺，竟然變成了這些業障為惡的大本營。嗚呼痛哉！』沙僧也傷感難過說道：『希望這寺廟裡的和尚；並未被這些妖孽殺害，但願他們只是暫時逃避瘟疫；平安無事。菩薩保佑！』

豬八戒跟著說道：『聽他們講；另有其他的參與者隨後就到兗州、幽州這一帶。目的就是清乾淨此地，挨近長安京城陰謀篡奪天下。整件事情；並非僅僅是地方上鬧瘟疫如此簡單哩。』唐三藏師父正色說道：『當今大唐太宗皇帝；為君體恤百姓、憂國利民。做人正直誠懇、仁德兼備，確為歷代帝王所不及、史冊文載所罕見。其皇祚豈是這般妖魔得以取代之。南無阿彌陀佛！』悟空哼笑著說道：『無論是做皇帝或者當神仙，都比不上俺樂活自在也。這回與這群瘟魔槓上，俺的筋骨又可以舒展暢快矣。甚好！甚好！』說著聊著；逐地歇息入眠。

隔日清晨；大事不妙！大聖正準備起床；感覺全身沒勁、活力盡失。睡在旁邊的豬八戒更是昏天暈地、幾乎無法坐直站立！右側睡的沙和尚一覺醒來；這才發現師兄悟空的頭部腫脹如斗；豬八戒則變得滿臉是疙瘩，顯然二者皆遭到疫癘侵襲矣。一時之間；大夥亂了方寸。因為之前從未與瘟妖疫鬼交戰過招的經驗。

『糟了！糟了！咱們兩人昨晚中了瘟魔他們施的咒訣，得趕快消除，否則後果必然不堪應付。』悟空沒料到自己會染上瘟癘。百毒不侵的他；確知是被瘟魔下的毒咒所害，又惱又怒又無可奈何！八戒照著銅鏡；差點暈了過去。哭喪著說道：『本來豬頭臉已經夠慘了，現在滿臉的疙瘩、麻花臉，教我怎麼見人哪！』

『聽著！在寺廟裡面的，全部滾出來受死！』突然前面的大門外有人挑釁叫陣；圍聚一群手持武器的傢伙。他們繼續狂吼道：『再不出來；我們就要衝進去殺個雞犬不留。』玄奘法師正在經堂裡早課綸貫唸經；無暇他顧。悟空知道麻煩找上門，自己和八戒染上瘟疾根本無法上陣拚鬥。惟有寄託那沙和尚、辛甘說道：『俺與八戒皆不濟矣，必須找南海觀音排解才可。你們且保護著師父寸步不離。待俺拔一把毫毛唸咒；變出百來個化身暫且阻擋他們衝進來，俺再去天上找輪值的護法仙將們趕過來幫忙。切記！切記！』話才說完；大聖迅速拔下一把毫毛，捻咒變出一群假孫悟空去大門外應戰。又拉著豬八戒搭上雲頭騰空而上，很快在上空找著輪值護法的六丁六甲、十八位護教伽藍。

眾仙將們得知情況之後，爽快說道：『了解！了解！這群瘟妖只會施瘟害人罷，根本不是敢拚敢殺、逞兇鬥狠的料。大聖且放心，我等肯定可以搞定。你既是染到瘟疫，且忙你的去吧！』眾仙分手告別；遂趕去寺廟打瘟魔小妖。悟空和八戒則一起駕雲奔向天際，往南海落伽山普陀巖潮音仙洞；找觀音菩薩排憂解難、求教如何卻除一身的瘟癘。

大慈大悲的觀音菩薩，接到通報從仙洞走出。見著眼前的孫悟空與豬八戒；搖首輕嘆一聲說道：『阿彌陀佛！幾個輪值護法，下班之前有跟我作簡報，但是我沒想到會如此嚴重也。汝等莫驚！我遣木叉使者速去西天玄陽殿；邀請昊天大帝和瘟部眾神一起過來，大家設法化解這場危機。稍待！稍待！』果然一盅茶的時間，昊天大帝呂岳領著五方力士；隨著木叉使者甫地少刻踏雲而至。大家互相施禮之後，一塊走入潮音仙洞就坐、商討應對之策。

主掌瘟癀疫疾的昊天大帝；聽說下界爆出疫情，又瞧見大聖和八戒的模樣就明白發生啥回事矣。不等觀音菩薩詢問；即刻解釋說道：『天地氤氳、萬物化醇，獨陽不生、孤陰不長。大凡人世間之疫疾瘟癘爆發，必然是朝廷為君失德、社稷百姓無良、流年犯沖、時運不濟、所以導致也。這回兗州、冀州一帶嚴重的瘟癘並非如此緣由，故吾判斷極可能是某個瘟神違反律規，擅自作主廣施瘟癘疫情。罪過！罪過！』他說罷；轉身諮詢那青袍力士顯聖將軍、紅袍力士顯應將軍、白袍力士感應將軍、黑袍力士感成將軍、黃袍力士感威將軍，等五瘟部將。他們同時也兼職四季瘟癘的控管。凡間鬧瘟癘，他們當然責無旁貸。

此時節正值深秋；主管秋瘟之感應將軍趙公明說道：『縱觀面前二位仙家所染的瘟癘，顯然是中了大頭瘟和疙瘩瘟的邪咒。提及這大頭瘟、疙瘩瘟兩個痞子，俺就一肚子氣。一直以來就問題不止、麻煩不斷、惹出的禍害一堆。天廷下令施瘟一州五縣，他們非搞到二州十縣，禍及無辜、屢勸不改。這回據聞乃是勾結外邦妖魔，一起為虎作倀、助紂為虐，該是時候將這些敗類給端掉了。大聖與悟能二位仙家；如果有任何吩咐與差遣，尚請直言無妨。』昊天大帝又取出兩粒紅色藥丸，交給悟空說道：『這裡有兩顆解瘟排疫的仙丹藥丸，兩位服下即可化解瘟癘疫病。請慢用！』二人服下丹藥才一柱香的時間；悟空和師弟八戒頓時顯得神采奕奕、氣宇軒昂。大頭與疙瘩的症狀也完全消失無蹤，果然是仙丹。

大聖伸展手腳；感覺體健如昔，喜悅地說道：『正點！正點！俺可找回自己了也。撒家這就趕回去；找那幫邪雜碎算帳去，打死這些龜兒子消消俺的火氣。告別！』才說完即拉著八戒轉身離開。秋瘟力士趙公明卻趕上一把揪住大聖；慎重警告說道：『且慢！且慢！大聖太低估這些瘟魔矣。論玩硬的；他們絕對不是你大聖的對手，可要是玩陰的；大聖肯定就不是他們的對手啦。諺語有云：「知己知彼、百戰百勝」，大聖的金箍棒對付瘟魔之訣咒只是徒勞爾。待吾傳授給二位幾招破解瘟咒方法，保證得以逆轉大勢、除瘟去疫也。』大聖搔搔耳腮；頻頻點頭稱是。於是秋瘟力士對著悟空和八戒道出破瘟秘訣。

演練幾遍之後，趙公明力士又說道：『大頭瘟與疙瘩瘟；除了會唸咒施瘟，尚有他們隨身帶領一群為非作歹之疫妖不可忽視[11]之。約束失當、造成凡塵疾苦；吾自有責任去擺平該禍害，這回吾隨著二位過去除魔吧！趁疫情猶未全面擴散之前，需儘速制止，一舉消除後患。』昊天大帝為了徹底殲滅瘟魔一幫，遂下令其他四位瘟部力士跟隨後面支援。對決兗州瘟疫之戰，仙家們蓄勢待發。

觀音菩薩跟著掐指一算，柳眉微皺說道：『南無阿彌陀佛，怪哉！怪哉！與這些瘟魔結夥作惡的一方，不知是何方神聖？本座僅僅得知是來自遙遠的大食國⓬之兌坤方位，較西牛賀洲更為西南沙漠的地帶。而且曾經是雄霸哈里發帝國那一方的暴君。諸位於折衝之間；仍須謹慎小心。』眾人拱手拜謝菩薩提醒，然後辭別下凡。那感應將軍趙公明手持九節銀鞭、呼來神虎座騎，駕馭穩妥；跟隨大聖一路趕至下界那間松林荒野之寺。

且說大聖之一行，打從南海觀音的天界趕回到掛搭的荒寺，正準備大打出手，竟然發覺玄奘法師他們都不見蹤影了。從十方客坊、抄經房、蒲房、齋堂、尋真台、合藥堂：幾個力士幫忙尋找，翻遍整個寺院皆空無一人！寺內依然殘垣敗瓦、庭園荒蕪如故。只見送經綱大夥的行囊與真經寶卷謄本，尚且於客坊原地擺著，獨不見人影。瞧著殿前九龍壁題上那個「慘」字！心都涼了半截。大聖悟空和豬八戒二人急得哀聲嘆氣、團團轉個不停。想不透；不過是跑去南海普陀巖觀音菩薩那兒一趟，咋地一會兒工夫就搞到人去樓空矣？

『阿彌陀佛！你們總算回來啦！』倏忽一隻黃鸝鳥疾飛而至，原來是辛甘化作的。他停在悟空身旁變回原樣；撲地跪下哭喪著臉說道：『這裡出大事了！你們二位一早才離開，昨晚那幫瘟妖不久就衝進寺裡面尋仇。我和沙僧大叔阻擋一陣，天上的輪值仙將們也趕來幫忙，我等互相才廝殺片刻時間，即趕來兩個穿著紅、黑官袍的魔頭。他倆拿起狼毫筆；對我們指著劃著唸起符咒，我知道大事不妙就化成黃鸝飛到大樹上，其他人則瞬間像似中了瘟邪，紛紛倒地打擺子⓭無法再作對抗。』豬八戒急著追問道：『糟矣！糟矣！然後呢？然後呢？』辛甘又接著說道：『唉！然後玄奘師父和沙僧師叔等一夥都被綑綁押走了。我就立刻尾隨那群瘟妖去……。』豬八戒又急著問道：『結果呢？結果呢？』

結果呢？玄奘法師、沙和尚和輪值護法的六丁六甲、十八伽藍等仙家；他們被帶往何處去？與瘟魔勾結作怪又是何人？敬請期待下回分解！

『註解』：

❶瘟疫：按中國古代記載，瘟和疫是不同的情況，一般皆獨稱為瘟或疫。
❷沮洳之地：指低窪潮溼的地方。
❸信香：燒香拜佛的器物。
❹佛偈：頌禱佛經。
❺緇門：指佛門寺廟。
❻精舍：講經傳道的佛堂。
❼綺井：古代在大殿正宮內部的上方，一處高聳、雕花龍紋的頂端。
❽宸宇：指又大又寬的房子。
❾烹殤：泛指拜神之三牲供品。
❿昊天大帝：在封神榜記述；指呂岳為主掌瘟癀的昊天大帝。民間也有稱匡阜真人收五方瘟神為部將之傳說。
⓫恝視：指輕敵或是低估對方。
⓬大食國：中國古代對阿拉伯帝國稱呼。
⓭打擺子：渾身顫抖、舉止失控。

法老王
覲觀華夏
古夫暴君
窺神州
法老盤鳩
建王朝
木乃伊
騰空飛躍
金字塔
聚眾群妖

第十九回　法老王覬覦華夏　大聖忠義保中原

話說唐三藏師徒與天上輪值的護法們，已經遭到瘟魔一幫人的俘虜。大聖悟空從逃脫的辛甘嘴裡聽到之後，氣極敗壞；急忙要他立刻帶路趕過去救人。

『該幫瘟鬼的據點倒也不算遠，再過幾座隱密的小山頭就能看到。』化作黃鸝鳥跟蹤的辛甘，停頓了一下又說道：『說真格；那裡真是一個頗詭異又讓人驚訝的據點！我從未見過那種建築物，好龐大的宮殿。後面的三角形尖頂巨塔；更是嚇人，由數萬個像馬車一般的大石塊堆積而成。毫不誇張地說；石塔之高度與寬度均有數千丈。並且裡面進出的是夷邦蕃族的人種。真是弔詭！』

大家根本不把眼前這個年輕人說的話當回事。悟空懶得聽這些廢話，簡單回他一句道：『你這小子剛到人世間，需要見識的東西還多著哩。有啥大驚小怪的？那蟠龍拉屎；你都還沒見識過哩。快帶路吧！』於是辛甘又變成黃鸝鳥；低飛領引孫悟空、豬八戒、五方力士一行人過去救那些遭擄走的夥伴。

才經過兩三個荒山野嶺，進到一處稱霹靂山的地方。眼簾裡的景物；可把一夥仙家都驚嚇呆了。但見霹靂山之群山野地血紅一片。在山區坳窪處有一塊遼闊的地方，竟然是寸草不生的紅土高原。再仔細瞧那高聳入雲的大石塔、還有巨大石柱堆砌而成的宮殿、兩旁有人面獅身的石像。這……這究竟是哪來的異族怪胎？甚至見多識廣的大聖都看得目瞪口呆！現場有詞為證：

摩天矗塔巨石砌、入雲撩天、渾宇初啟。縱橫四方通乾坤、崗石累積、數百萬計。雄偉壯碩忒霸氣、長城伯仲、相對稱奇。千里江山解愁緒、仙家臨鴻、垂垂休矣。巨塔無情鎮大地、元陽攀升、黃沙掀起、萬般置此、怎堪相比。非城匪塔、前所未及、怵目驚心、問君其何也？無人悉！

悟空顧不得許多；抄起了掃魔的金箍棒就要往那裡衝殺過去。秋瘟力士趙公明擺出大字身形將他攔下，好言相勸說道：『大聖且慢！縱觀局勢；對方確有相當硬實力，我等仍嫌單薄些。真沒料到瘟部這些個瘟逆謀叛，進而引狼入室、狼狽為奸，已經是天地不容、罪該萬誅耶！他們只是無關緊要的馬前卒，其背後的靠山甚有份量；甚至連觀音菩薩都摸不透底子。掌握情況之前；不如暫緩行動、戒急用忍！』悟空忖度不解問道：『緩到何年？忍到何月？只怕到時俺玄奘師父、師弟他們的命都不保矣。』豬八戒出面折衷；打個圓場說道：『這樣吧！俺和師兄先設法混進裡面摸摸底、順藤摸瓜去找師父他們。由辛甘陪著眾仙家在此輪流監視著。這般可否？』大夥聽了皆點頭認同無異議。

且說悟空與八戒摸近的時候；窩伏於一石縫裡，不久見著一對男女瘟妖打從外地回來。大聖從他們身後用棒打死，然後與八戒化作那兩個瘟妖模樣；大搖大擺走向巨塔下方。二者驪盤地形環境，觀察半天；不知怎地就是找不到那巨塔的進口大門？難不成這些外地來的妖魔是從高空飛進塔內的？走著瞧著；適巧遇著迎面走過來幾個巡邏的妖兵，八戒上去問道：『小哥；這石塔如何進得去哩？』那巡邏的隊長兇巴巴說道：『你們是何人？左右拿下！』旁邊有個妖兵插嘴說道：『隊長；這兩人是疙瘩大王的手下啦！不是外人。那個男的叫黑狗、女的叫花貓。』悟空和八戒頻頻點頭稱是！巡邏的小隊長不悅說道：『既然是自家人，理應知道這座金字塔不是咱們可以隨便進去的，只有那埃及來的古夫法老王才進得去。連這檔事你們都不知道，到底是怎麼混的。走開！走開！』才說完就繼續巡邏去。

現在；至少搞清楚這三角型巨塔稱為「金字塔」。而與本地瘟魔勾搭的則是「埃及的古夫法老王」。並且確認悟空扮的是「黑狗」，八戒扮的叫「花貓」，二人相視而笑；打妖的好漢成了阿貓阿狗也。悟空回憶南海觀音菩薩說的話，說是來自一個比哈里發帝國❶、大食國更遙遠的地方，應該指的就是埃及帝國。而古夫法老王當然就是那個帝國的暴君，如今卻跑來華夏中原撒野；真是「茅廁裡面打燈籠」——找屎！

『師兄；咱們直接去坎位那個主殿瞧瞧吧！或許師父他們就關在那裡面？』八戒說道。二人遂登上陡峭的階梯步入寬闊的「泰基殿」大殿正門。

大門口的衛士持長纓槍過來阻擋；恚聲吼著：『站住！你們是誰？哪個單位的？』悟空嘻皮笑臉回道：『小哥是新來的菜鳥嗎？俺是黑狗、她是花貓啦。乃疙瘩大王的幹部，特來呈報并州、冀州瘟癘發展的近況。你當俺是來這裡逛花園的爺們嗎？』那衛士立即客氣說道：『失瞻！失瞻！原來是自己人。可是疙瘩大王正在朝上開議中，你們先進去等一下吧！』說罷；領著大聖二人進入殿堂裡面。

「泰基殿」殿朝列左右兩旁，大頭瘟魔和疙瘩瘟魔坐正玉階朱欄上，儼然像是朝廷的陣仗。悟空與八戒則站在後端角落看戲；到底這群瘟妖在搞什麼名堂？

穿著一席紅錦官袍的大頭瘟魔說道：『當前形勢一片大好；華北一帶幾乎盡入囊中矣。那埃及的古夫法老王；對咱們做事的效率至為讚賞，就等咱們再把幽州拿下，古夫法老王將會聚集他的大軍；以這裡作為武裝起義的基地，向長安揮師進軍。』階下眾妖歡欣鼓舞、雀躍不已。接著坐在右邊的疙瘩瘟魔笑著說道：『本來咱們跟各地跑外勤的；都約在附近那間寺廟聽取匯報。自從跑出兩個冒失鬼，料不到歪打正著；今天早上在那荒寺抓到的一夥人，裡面竟然有一個大名鼎鼎的唐三藏法師，他是當今太宗皇帝的御弟。這條天掉下來的大魚，據說吃他的肉得以長生不老，這兩天將他宰了給大家分享。好不！』

階下眾妖又是一陣歡呼叫好。氣得悟空只想衝過去開打，八戒連忙拉住悄悄說道：『師兄勿急！按他說法；至少師父他們還活著。多了解一些再動手不遲。』這話剛剛說完；即見殿前的黃門官匆忙跑進來，大聲喊道：『歡迎古夫法老王大駕光臨，眾人快快起迎！』那大頭瘟魔和疙瘩瘟魔立馬下階率領朝上眾妖；快步走向殿前大門相迎。

但見「泰基殿」殿門走進一個身高十呎、體壯如牛的大漢。坦胸露肘、虎眼豹眉、國字臉的下方打結長條狀的鬍子。那模樣：上戴黃、藍橫紋四角頭巾、頸部掛著五彩金大項鍊、下穿麻黃短摺裙、腳穿長條皮飾涼鞋。一臉凶神惡煞、一代暴君的熊樣展露無遺！瞧那詩中如何描述他的：

稱霸西奈尼羅河、橫掃千軍萬馬車。威武蓋世名顯赫、所向披靡奈其何。
暴君成魔野心熱、另闢江山奏凱歌。逞凶鬥狠殺無赦、大唐江山志必得。

大殿內前呼後擁地；他肆無忌憚走向階台逕自坐正大位，而大頭瘟魔和疙瘩瘟魔乖乖站在他身後像似隨扈侍從。瘟魔相繼跟他匯報幾個州縣因為瘟疾；人口清零的近況。

『諸位幹得甚好！』古夫法老王拍著手，聲若洪鐘般說道：『在三千多年前；本王在埃及建立的帝國，打遍西奈半島、努比亞、利比亞整個地區，簡直就是秋風掃落葉、拉枯摧朽、所向無敵。當年提到荷努姆．古夫大帝；孰人不知、無人不曉。死神奧西里斯都得讓俺三分、戰爭之神更是我的保護神。只因為本王喜歡燒殺擄掠、屠城滅族、惹怒了太陽神，他聯合眾神將我驅趕出埃及，永不召回。本王這才跑到霹靂山這裡另起灶爐、再造江山也。』殿堂上高呼歡迎法老王來到。得意洋洋的埃及法老王繼續說道：『中原無主；歷來誰夠強、夠狠、就可以主宰這裡當家作主。如今；本王把吉薩塔群中的古夫金字塔❷搬遷到這兒，可謂：「喫了秤砣、鐵了心」。本王下定決心在這裡紮根、招兵買馬，征服中原大地。與本王結盟；打下江山大家一起分贓，這項投資肯定值得。你們的歷史與文明將因我而改寫……。』

眼看那洋鬼子大發厥辭、越說越離譜。大聖怒不可遏，哼出一句：『哪來的阿修羅❸真是欠揍！俺打死你這王八龜孫子！』說著又要掏出金箍棒衝過去打，還是被豬八戒給拉住了。豬八戒瞭解師兄急躁的脾氣，趕忙拉他到一旁說道：『趁著這些瘟妖沉迷陶醉在法老王說的屁話，咱們把握當下；快去找師父他們。此刻救他們比啥都重要。』悟空只得悻悻地說道：『狗日的！有屁眼的就不要離開，待俺救出師父再回頭修理你。』

兩人走回頭，到大門那裡問守衛說道：『喂！今天早上從那荒寺押回來的人，關在哪？』殿前的守衛用懷疑的眼光盯著說道：『你不是疙瘩大王的手下嗎？怎會不知道哩！』豬八戒扮作的花貓姑娘，故意撒嬌說道：『唉呀！人家有任務；出門幾天才剛回來的，哪曉得這些人關在哪？快帶領我們過去，疙瘩大王正有急事找他們問話哩。怠慢不得！』那個衛士還在猶豫著，悟空嗆聲說道：『我們另外找別人問吧。回頭俺會向大王投訴，說是你故意在拖延時間，看大王如何處理你？』這話可嚇倒那個守衛，他即說道：『不敢！不敢！我帶路便是。』並且交代另一個衛士把門看緊點，就領著大聖二人前往牢獄。

在殿後側的一個廊道，走到底右轉就是牢獄。等獄卒認出帶路的大殿守衛，鐵柵才剛打開，悟空的金箍棒立即跟上；殿前衛士與所有裡面的獄卒，甫地全部遭到不測、腦袋剎時都開了花。逐一打開牢房解救出唐三藏、沙和尚、秦願還有輪值的仙將們。雖然得救；然而他們全部染上瘟魔的施瘟咒訣，除了早已成佛身的玄奘法師安然無恙，其餘皆四肢無力、癱瘓難行；有的頭變大、有的長著一臉疙瘩。悟空對八戒說道：『他們已經遭到瘟魔的毒咒侵犯、染上邪瘟。快把從秋瘟力士那裡學來的破解方法使出來。』趙公明秋瘟力士的法術果然奏效，須臾之間；瘟病卻除、逐漸痊癒、健朗無虞。恢復正常之後；他們快步離開牢獄。

卻說送經綱與輪值的六丁六甲、十八伽藍等一行，逃出牢獄；正待唸咒召下觔斗雲頭離去。竟然料不到因為倉促行事、百密一疏。有一獄卒只是被豬八戒打暈過去罷，等他甦醒過來；見到牢裡被囚禁的人逃得一個不剩了。嚇得連滾帶爬；跑到外面竭聲狂喊道：『救命！救命！囚犯逃掉了！快來抓人哪！』氣得大聖轉身補他一棒，雖然打到腦袋開花；那廝的狂叫聲已經驚動附近的瘟妖矣。

大頭瘟魔和疙瘩瘟魔飛快奔出「泰基殿」瞧看咋回事？瞪大雙眼瞧見到嘴的鴨子飛走，二魔急忙吼道：『莫走！等大爺來收拾你們。』倏地兩者也招來雲朵；率領十來個妖將迅速追趕在後。目睹風馳電掣、如雷迅閃般追兵即將掩殺而至，大聖吩咐說道：『沙僧和八戒；你們保護著玄奘法師先行離去，俺與輪值護法等仙將留下來迎戰這些邪雜碎。快走！快走』。

敵我雙方於霹靂山之雲層中短兵相接；劍拔弩張、沸反盈天、瞬間展開你死我活的殊死戰。幾十個瘟妖仙將打成一團；在天空中翻轉、在雲霧裡火拚。廝殺好一陣；大頭瘟魔與疙瘩瘟魔；看著三個妖將連續遭到悟空擊斃，即時懷中取出狼毫筆，開始揮符唸咒起來。他倆卻不知；悟空早有破解之道矣，用筆揮左揮右、用嘴唸來唸去，徒增圍觀者在看笑話。大頭瘟魔使出最後的殺手鐧；拿出一只麻布袋來，用右手取出一把瘟蟲，準備拋撒向大聖、西天仙將他們。這些瘟蟲一旦沾上；即便仙丹神藥也毫無對策、必死無疑。

『亂臣賊子！放肆！』天廷專掌瘟部的五方力士，適時駕馭各種座騎猛獸趕到現場。五方瘟神總管兼中瘟力士史文業大聲斥喝道：『五方力士來也，你們這些瘟逆還不快快扔下手中器物、束手就擒。』在雲端上的力士們，身穿不同色澤之戰甲將袍；手裡拿著各種不同之武器。唯見青袍力士的顯聖將軍；右手持金勺、左手拿藥罐。紅袍力士的顯應將軍；右手拿著寶劍、左手持皮袋。白袍力士的感應將軍；左手持扇、右手拿著九節銀鞭。黑袍力士的感成將軍；手中拿著大銀錘。黃袍力士為感威將軍；手裡拿的是神火金壺。他們一出現；大頭瘟魔和疙瘩瘟魔頓時臉色發白、手腳發麻、牙都歪了！畢竟邪不勝正，他倆像似老鼠遇見了貓。事到如今；瘟魔只有藉故拖延、別無其他生路矣！

『我倆並無得罪五位力士，何故勞駕諸位前來？』疙瘩瘟魔裝瘋賣傻問道。秋瘟白袍力士趙公明含臉❹不屑說道：『真是水仙不開花：裝什麼蒜！秋季正是農忙秋收季節。我秋瘟力士早就三令五申，不准在秋收之際驚擾天下蒼生。到底是誰讓你們於此時此地施瘟佈疫的？搞到兗州、冀州、并州整個地區民不聊生、屍骨遍野。還擄走天朝送經的唐三藏法師，一錯再錯、仍不思悔改。』大頭瘟魔辯解推託說道：『說來；都是吐血瘟的錯，都是他騙我們；說是領旨到世間施瘟的。我倆後來發現有誤，才狠下心將吐血瘟活活打死。至於那唐三藏法師；更是誤會一場，我們還正想向他們道歉；詎料他們已經先走一步了。』

瘟魔說得冠冕堂皇的謊言，聽得悟空差點吐血。馬上恚言怒道：『睜眼說瞎話；你們還真有一套！明明就是勾結外邦霸主、裡應外合、圖謀不軌。再者；你們的夥伴吐血瘟是被俺一棒擊斃的，你們還在場對俺施瘟咒訣呢。幸好俺找觀音菩薩幫忙，邀請到五位瘟部將軍過來協助除妖。你們如此狡辯、顛倒黑白，俺乾脆好人做到底，讓你們陪吐血瘟一起去陰曹地府作伴吧。』不再理會兩個瘟魔在胡說八道啥的，大聖抄起金箍棒立即打向大頭瘟魔。活該那瘟魔倒楣，冷不防悟空的眼明手快，剎那間；大頭瘟魔的頭被劈成兩半，瞬間變成破頭瘟魔矣。

這一幕；嚇得疙瘩瘟魔大喊一聲：『快撤！快撤！』倏地轉身就逃，眾妖見狀也立作鳥獸散、各自奔命、逃之夭夭。大聖、五方力士和輪值護法的仙將們；駕雲的駕雲、馭獅的馭獅，在他們的背後追趕著。一連又打死七八個瘟妖，眼前就快逼近那疙瘩瘟魔。卻見他嘶聲力竭呼喊道：『法老王！法老王！快來救我啊！』

『滾開！誰敢在本王的地盤撒野！』轟然巨響；遠方一個羈絏著八匹戰馬的「戰神之車」驟忽而至，那個駕馭戰車的就是古夫法老王。他擺出一副一夫當關、萬夫莫敵的神態；指著眾仙家們說道：『你們好大膽子，竟然敢跑到霹靂山我這裡抓我的人！中國人有句諺語：「打狗看主人」，本王就是這裡的主人。還不快點給我滾遠一點。』大聖冷笑說道：『你這埃及來的法老頭；你算哪顆蔥？天界由西天仙佛們看著，地界有大唐朝廷管著。想咋呼❺也輪不到你這龜兒子！再說；這方還有俺在這把持，哪由得你來中國撒橫。早的咧！』

堂堂埃及的法老王鄙視地斜瞄了悟空一眼，瞧著悟空猴頭猴腮、身材尫羸的小樣，根本不屑一顧。法老王不耐煩；揮揮手說道：『這隻野猴仔是誰家飼養的寵物？還不趕快拉走。留在這裡礙眼！真礙眼！』這話一出；可把五方力士、輪值護法等仙家們驚呆了，曾經大鬧天界、打遍西天取經沿途的妖魔；這樣的齊天大聖怎堪如此睥睨嘲諷。一旁的疙瘩瘟魔也為法老王的出言不遜，捏把冷汗。

『沃靠！法老頭；不認得你祖宗啦！』說時遲那時快；大聖怒髮豎起、不多囉嗦、持起金箍棒朝法老王身上揮了過去。法老王閃過身子跳出戰車；掣出隨身的彎月大刀和大聖拚殺起來。一個是專治妖魔鬼怪的齊天大聖，一個是征戰八方的埃及暴君。刀來棒擋、棒來刀迎，兩個殺到天昏地暗、日月無光。有詩為證：

古夫暴君竊九州、法老盤鳩建王朝、蠻橫凶猛且殘暴、施瘟佔地來築巢。
裡應外合似狼狽、無法無天擺爛招、先勿得意先別笑、大聖絕不輕易饒。
定海神針金箍棒、雄霸埃及彎月刀、棒打刀砍追跑跳、殺到眼紅見英豪。
管你是虎還是豹、大聖豈容汝亂搞、膽大包天瞎胡鬧、付出代價等著瞧。

你來我往、刀劈棒掃、兩人渾身解數；打個難分軒輊。時間越拖越長；古夫法老王逐漸感不支矣，後悔以貌取人犯了大忌。猴子的外貌；卻是鐵打的金剛，這下終於領教揮棒飛舞雲霧中的大聖，可不是等閒之輩。他們從天上打到地下，又從地下打到天上，法老王藉機跳閃一旁；大聲呼叫說道：『哼！眼前這隻野猴還真不一般哩！本王可沒那份閒工夫陪你這隻野猴玩。你等著瞧！』說完立馬唸起咒語。一眨眼的工夫；手持刀劍的埃及木乃伊鬼卒，從雲層的四面八方潮湧前來、紛沓而至。五方力士、六丁六甲、輪值護法等諸仙將們也抄起武器迎面而戰。

悟空嘲笑說道：『法老頭！你在下水餃嗎？搞出一堆全身包著白繃帶的傷兵上陣，能幹啥？就憑你這點本事，還是趁早滾回埃及好些！』法老王頂回一句道：『好戲在後頭，俺叫來助陣的，在埃及稱為「木乃伊」❻，神勇非凡；你等著納命來吧。』

哇！那些稱「木乃伊」的鬼卒；全身被白麻布緊緊紮實包裹著，僅露出兩隻炯炯噴火的紅眼。在戰鬥中；無論被對方砍掉手腳，打死依然不退、勇猛衝鋒。急得大聖應接不暇，忙成一團。索性也拔出一把毫毛，唸咒變出一群猴兵過來幫忙除妖。雙方大打出手，殺聲隆隆、短兵相接的刀劍互擊聲響徹整片霹靂山天空。

天界瘟部的五方力士、輪值六丁六甲、十八位護教伽藍已經殺到精疲力竭、手忙腳亂、卻見「木乃伊」精越殺越多、沒完沒了！五個瘟神本來想著唸咒施瘟給對方，孰知「木乃伊」精根本是僵屍一類的；瘟疫對他們根本發揮不了作用。繼續打下去；肯定是死纏爛打、勝算不大。強龍難壓地頭蛇，想想恁地磨蹭也不是辦法，大夥一致的共識：「先撤再說」！

法老王和他率領的「木乃伊」精，果真得以染指九州大地？大聖又有什麼妙招來應對這種外來的惡霸？敬請期待下回分解：

『註解』：

❶哈里發帝國：古代於阿拉伯半島一帶出現的帝國。

❷吉薩古夫金字塔：建於埃及第四王朝的三座陵墓群。當中最大的就是古夫金字塔。該座金字塔動用二百三十萬塊巨石；每塊巨石約五噸重，堆砌二十年才完成。為世界公認古代遺傳的七大奇蹟之一。

❸阿修羅：是欲界的大力神，是神似鬼、易怒好鬥。

❹含臉：擺著臭面孔。

❺咋呼：指虛張聲勢。

❻木乃伊：泛指古埃及人；將死者生前服蜜，亡故之後塗抹香料，再以白布包裹全身擺入棺郭。讓他們得以永保長存、順利復活。

第二十回　悟空計除木乃伊　送經綱化險為夷

瘟魔勾結外賊寇　法老王橫空出手　霹靂山臥虎藏龍　沆瀣一氣圖九州
金字塔當頭壓下　木乃伊凶狠亂流　古夫暴君似狼虎　不除大患誓不休

話說大聖與西天眾仙將們，在埃及暴君法老王鳩佔霹靂山的地頭上空；和法老王與他的幾座人像獅身巨石，和一群「木乃伊」鬼卒苦戰。一波波的「木乃伊」精；前仆後繼、蜂擁而至，殺掉一個來一雙、殺掉一雙來一打，源源不絕。五方力士的總管史文業，邊戰邊琢磨著如此打下去；精疲力盡、怎堪無窮盡的消耗、不如先撤離再做打算。

『大聖和輪值的仙家們，咱們不能這樣打下去。趕緊撤吧！』中瘟力士史文業大聲嚷著。孫大聖點頭叫他們先撤離；他留在後面掩護大家。

『開什麼宇宙玩笑！在本王的地盤可由不得你們放肆！你們想來就來；想走就走，門都沒有！睜大眼睛看本王如何修理你們。』法老王露出邪惡的笑顏。他停頓一下；又開始掐指唸咒。須臾之間；高空整片黑鴉鴉籠罩而下，見多識廣的悟空立刻知道情況不妙。他曾經被如來佛施法壓在金、木、水、火、土、之五行山下五百年。西天取經時，在平頂山的蓮花洞；又被銀角大王施咒壓在須彌山、峨嵋山、泰山等山下。總結往昔痛苦之經驗；他大聲喊道：『眾仙家們！不要遲疑，快快找地方閃躲。』迅速再將自己變作一片小鳥羽毛，借風飄盪而去。

只見法老王唸起「移山倒海」的魔咒，將古夫金字塔、人像獅身巨石座、從霹靂山區拔地而起、從天而降。反應不及、逃避太遲的五方力士與輪值護法仙家們，全部被鎮壓在摩天巨塔與人像獅身石座之下，動彈不得。大聖化作的小羽毛則被洶湧風浪沖刷到一邊，安然無恙。變回原身的悟空；於滾滾煙塵裡見著西天的戰友們都遭到滅頂鎮壓，心頭不由忐忑難安、淚水雙垂。

大聖縱身翻個觔斗，再次返抵霹靂山。心有不甘；他揮舞著如意金箍棒，定海神針一棒擊下金字塔；瞬即巨塔劇烈搖晃震動，把法老王硬給逼了出來。

法老王呲牙裂嘴罵道：『猴膽還真不小，剛剛被你逃脫掉，倒敢回頭找上門。皮癢是嗎？』大聖回應說道：『識時務者；就快快放掉俺帶來的仙家們，否則打爛你的賊窩，擺平你的金字塔。信不！』法老王哼一句：『反了！反了！』說罷即抄起彎月大刀朝大聖砍了過來，大聖的如意棒也隨之迎上，二人卯足血氣、火力全開，刀棒交戰；打了上百回合！法老王憑藉自己地盤的優勢，無意硬拚下去。他收起大刀唸起魔咒；又再次搬移人像獅身石座，用來鎮壓制服孫大聖。

『靠夭！又來這套了！』大聖瞠眼見著人像獅身石座又輾壓而至，快速跳到旁邊「泰基殿」的拱斗金瓦頂端。對著法老王大聲嚷道：『哼！你有屁眼就讓人像獅身石座給壓下來。俺笑你沒這屁眼！』氣得法老王不知如何是好，只能將人像獅身石座迅間移走，找旁邊一塊空地暫時擺下。四周圍頓時掀起滾滾風沙、塵土飛揚瀰漫峽谷。

沙塵濛濛如霧；大聖無意地瞄到那疙瘩瘟魔，在遠處拍手叫好道：『讚啦！大王英明；把侵入者通通一網打盡。』大聖悟空迅雷不及掩耳；飛著雲奔過去將他拿下綑綁起來。憤怒地說道：『沃靠！你這敗家子還敢在旁邊看熱鬧。都是因為你們幾個瘟蟲引狼入室，招惹來的禍害。如果這些仙家們有什麼三長兩短的，俺就惟你是問。』嚇得疙瘩瘟噤若寒蟬、不敢再出聲。

大聖心想；捉到法老王的同夥為人質，至少暫時還可以保住仙家們的性命。即押著疙瘩瘟魔；搭上雲頭離開霹靂山，趕回到那座松林野寺。看見玄奘法師、沙和尚、豬八戒、辛甘、秦願都平安無事；這才鬆下了一口氣。當豬八戒聽說仙家們的遭遇，氣得抓起九齒釘耙朝那瘟魔頭上打去。悟空匆匆跳上去阻擋，並且說道：『不濟！不濟！必須留他一條狗命，還有用到之處。』豬八戒不解地問道：『這種咖小；早打死早好，省得惹麻煩。』大聖搖頭解釋說道：『這痞子乃是埃及法老頭在此地勾結的重要盟友，那法老為了覬覦中原；他們充當走狗立下不少汗馬功勞。俺準備明天過去找法老頭談條件，拿這廝來互相交換俘虜；讓對方放掉遭抓走的仙家們。』玄奘法師聽了立即表示贊同。大家先把問題解決再說。

隔天一早；大聖帶著辛甘把疙瘩瘟魔押著，帶到霹靂山的金字塔前叫陣。很快就有衛士去通報法老王。十六個古埃及壯漢，抬著大轎輿從大殿裡走了出來，法老王下轎；態度蠻橫對悟空說道：『昨天被你幸運逃脫，想不到今天你自己又送上門來。你的膽子未免太大了吧。』大聖無意多浪費口舌；直接攤牌說道：『要打架；俺隨時奉陪。但是今天不想和你動手，把話說白；俺是來找你談事情的。你把俺那些天界的朋友放掉，俺就放走你的心腹疙瘩瘟魔。如何？』被五花大綁的疙瘩瘟魔在一旁大聲呼叫道：『法老王！快點救我！』

料不到那法老王輕蔑回大聖一句：『你倒是說說看，本王為什麼要跟你換俘虜？』大聖聽了當場傻眼，林樗樗❶地說道：『他是你的忠實盟友，比起狗更忠實。更何況他一夥之前冒犯天條，在兗州、并州、冀州一帶為了你而大量施瘟害死不少人。作為你的馬前卒；你豈可棄之而不顧？』這話引得法老王一陣狂笑。

法老王慢條斯理、冷冷地說道：『他才一個人；我手裡掌握著一堆人，跟你換俘；怎麼說都不划算哩。何況；他的任務基本已經完成，再沒有其他的利用價值，留他下來分贓成果、徒增我的困擾而已。他是你的俎上肉；你愛怎麼處理就怎麼處理。之前；另外兩個瘟王已經被你所殺，這個就順便一起做掉吧，與本大王無關。換俘的事；免談！免談！』嚇得疙瘩瘟魔跪地不斷磕頭喊救命，卻見法老王冷酷無情；轉身調頭就搭上轎輿，乘轎離去。

『對法老頭來說；你已經沒利用價值。自作孽不可活，俺留你也沒用；索性一棒送你去地獄，跟你的狐朋狗黨做伴算了。』悟空說完即舉起金箍棒正要落下，疙瘩瘟魔跪向悟空；搗蒜般磕頭說道：『大聖且慢！他既不仁；勿怪我不義。他這般過河拆橋，令俺萬念俱灰、真死心了。你且先帶俺回去，對這傢伙俺或許沒價值，對你大聖；俺絕對物超所值。讓俺活著將功贖罪吧！千祈萬盼大聖給俺一絲機會，彌補之前犯的大錯。』大聖考慮的同時；辛甘挨近悄悄附耳說道：『人之將死；其言也善。依我看；這瘟魔曾經和法老王拍檔過一段時間，可以幫我們清楚摸透對方、打敗法老王。加上他仍然有許多部屬留在這裡，未來可以策反；來個裡應外合的。』大聖想想也對，於是拔下一根毫毛；變作疙瘩瘟魔的外貌，光天化日之下揮棒打死，棄屍在金字塔前。再偷偷解開瘟魔，帶他搭雲離開。大聖故意擺下迷陣，對疙瘩瘟魔說道：『這樣一來；打死你的事，傳到法老王的耳朵，更加讓他肆無忌憚、無後顧之憂矣。記得；你果真幫得上忙，戴罪立功，也算功德一件也。』

且說唐三藏與徒弟沙僧、豬八戒，久久不見悟空一行回來，在荒寺裡坐立難安。他們於是去到大雄寶殿淨手捻香，敲起木魚金缽、唸起佛經祝禱著：

佛在西天法東流、光明普照四大洲、有佛出世龍天喜、無僧說法鬼神愁。
釋迦文佛坐寶台、阿難迦葉兩邊排、文殊普賢騎獅象、諸天護法降臨來。
我以普賢行願力、修設花香燈塗食、微塵剎吐諸賢聖、一一偏禮皆供養。
佛在靈山莫遠求、靈山只在汝心頭、人人有個靈山塔、好向靈山塔下修。
願懺三障諸煩惱、願得智慧真明了、普願罪障盡消除、世世常行菩薩道。
佛面猶如淨滿月、亦如千日放光明、圓光普照於十方、喜捨慈悲皆具足。
我昔所造諸惡業、皆由無始貪瞋痴、從身語意之所生、一切我今皆懺悔。
大慈大悲愍眾生、大喜大捨濟含識、相好光明無等倫、眾等至心皈命禮。

接著再唸一段：

得道西方去、蓮花朵朵開、幻身歸淨土、合掌禮如來。一念心清淨、
全身坐寶蓮、莫謂西方遠、西方在眼前。願晝吉祥夜吉祥、南無阿彌陀佛。

不多久；大聖一行折返回到寺廟裡。『既然這賊頭沒人要，俺來收拾他便是。上回就是這痞子施的瘟咒，弄得俺一臉的疙瘩爛瘡。這回讓俺打死他解氣！』八戒聽說交易不成；便順手拿起武器要殺疙瘩瘟魔。大聖跳上去阻攔，並且說道：『與那埃及的法老頭交易不成，倒也讓這廝徹底死了心。現在他承諾改過向善、願意助我們一臂之力，大家齊心除掉那法老暴君，何嘗不是好事一樁。且饒他！且饒他！』豬八戒氣猶未盡說道：『鬼信他哩！你最好給俺放老實點，否則俺分分鐘要你的狗命。』忐忑心驚的疙瘩瘟魔，向八戒頻頻允諾、唯唯稱是。

『假若你們下決心要剷除法老王，即必須儘速動手。否則恐怕將來不及矣。』疙瘩瘟魔慎重警告說道：『我近日聽說；法老王多次派遣特使前往西突厥、大食國以西的地方，另外邀惑幾個霸主，例如著名的「匈奴王・阿提拉」一同前來征服華夏中原。據說；最遲在黃鍾霜月❷月初就會開始展開侵襲。大家一定要在那些霸主們尚未前來匯合之際動手。等這群惡狼猛虎們聯手結盟，事情勢必變得更複雜、更麻煩。』玄奘法師嘆一口大氣說道：『霜月就是下個月，簡直迫在眉睫也。到時；百姓們又要陷於顛沛流離、國破家亡的苦難中矣。阿彌陀佛！菩薩保佑！』悟空急著說道：『我們正趕去東瀛送經，也不方便為這件事一直耽擱時間。可認真插手；幾個西天的仙家們全被俘去，成了法老王的押寨人質。咱們萬一動手又怕連累到他們。唉！管也不是、不管也不是。難也！難也！』

改邪歸正的疙瘩瘟魔說道：『雖說你們往東瀛送經是為修行作功德。俺則以為；國家社稷正處於暴雨欲來、大難當前時刻，如果諸位大德仙佛能及時制止他們，豈不是更添加豐功偉德。余曾經是此惡劫的始作俑者之一，痛定思痛、悔恨交加、願傾全力相助諸位；即使粉身碎骨亦萬死不辭。尚請接納！』唐三藏過去拍拍瘟魔的肩說道：『自古漢中勾結外邦圖謀中原九州者；層出不窮、歷代皆然。有曰：「狡兔死、走狗烹」、當漢奸走狗的下場皆如出一轍；棄之若敝履、屠之如豬羊。而今汝頓悟；可謂浪子回頭金不換也。苦海無邊、回頭是岸。南無阿彌陀佛。』送經綱一行見疙瘩瘟魔確實有心向善，也欣然接受他了。悟空跟著直情說道：『往者已矣！廢話就不多說；咱們首先得將那些西天的仙家們營救出來。對此瘟兄有啥建議？』疙瘩瘟魔思慮片刻；然後仔細說道：『俺估計；那回你救仙家們不成，法老王肯定換個地方，將他們從「泰基殿」移到金字塔裡面監禁矣。說到該塔非常詭異；由數百萬塊巨石堆砌而成，佔地萬米、高聳入雲；卻僅有一個神祕的小門可供進出。況且；法老王更在金字塔下了詛咒，凡是未經允許的外人進入；皆不得好死。甚至有些飛禽走獸不慎誤入，均枉死那巨塔之內，毫無倖免。』

豬八戒心慌意亂問道：『這般詭譎險惡的金字塔，如何救人哩？麻煩！麻煩！』疙瘩瘟魔頓一下說道：『俺倒是進去過數回；陪那法老王喝幾盅瀘州老窖。因此該塔裡面還算熟悉。請諸位大德信得過俺，由俺當前鋒帶領諸位進去救人也。』沙和尚在一旁問道：『可你剛才說過；法老王曾經下過毒咒，外人擅自闖進將不得好死！我們如何敢冒然闖入哩？』疙瘩瘟魔笑著說道：『不難！不難！只要身上帶著一些大蒜即可安然無恙。這是法老王私下偷偷告訴我的。有效！有效！』聽到這裡；大聖隨即跳起來說道：『誠乃天助我也；俺巴不得立刻趕去那裡，賞那法老一頓毒打。還等什麼，快快拿著大蒜走人！』大夥取過幾把大蒜，匆匆趕著出門。救出西天的仙家，再好好跟那法老王較量一番。由他們出征；留下辛甘和秦願，在廟寺裡保護玄奘法師和真經。

七竅生煙的悟空；匆忙率著豬八戒、沙和尚、疙瘩魔王搭著雲頭，悄悄摸到金字塔上端，經那疙瘩瘟魔的指點；果然在巨塔中央的一處角落，發現一個隱密的小門。大聖吩咐兩個師弟在塔頂上面把守著；他和疙瘩瘟魔則溜進塔裡面摸底。進去之前；兩人化作古埃及帝國的士兵。塔門內的守衛攔下問道：『你們是哪個單位的？好像以前沒見過哩？』大聖裝成生氣模樣大聲罵道：『你沒見過俺；俺還沒見過你呢！你這是什麼態度。俺是法老王的妹婿，也是他的貼身助理，再說不恭敬的屁話，小心你的腦袋被裝進屁眼裡。信不！』旁邊的疙瘩瘟魔裝腔作勢說道：『算啦！算啦！以您尊貴的皇親貴族身份，何必跟一隻看門狗逗氣。稍安勿躁！走吧！』兩個年輕的警衛聽了連忙哈腰道歉，並且問道：『可是法老王不是才剛剛下去前面的「泰基殿」，撫慰招安那些中國的瘟妖們嗎？你倆咋沒跟去呢？』大聖回他一句說道：『你懂個鳥！是法老王吩咐我們過來拿一些重要文件。趕得緊；俺可沒空閒陪你囉嗦。你們要嚴加戒備，把門看好！』警衛搔頭連連稱是；倆人瞞過警衛走進金字塔裡。只見巨塔裡面的走道密密麻麻，房間零零落落、活像是一個螞蟻窩。雖然每個走道掛有火炬，藉著微弱的光線；二人只得慢慢摸索深入。拐來拐去、繞來繞去、在原地轉個不停。

話說二人在龐大的金字塔裡面摸索；像是走進迷魂宮摸不著頭緒。這金字塔著實大得驚人，疙瘩瘟魔也只進來過兩三次，而且都是由埃及的士兵帶路的；方向一時還搞不清楚。只好先找到那法老王的宸居之處❸，也就是疙瘩瘟魔幾次過來與法老王密謀交耳、匯報戰情的地方。不入虎穴；焉得虎子！方才聽聞法老王已經去「泰基殿」招安，大聖靈機一動；「既來者則安之」！乾脆直接搖身變成古夫法老王，大搖大擺邁開大步走進那宸居大房內摸底。站在房門外的門衛看到大王回來；哪敢阻攔，只是恭敬地說道：『恭迎大王回駕！有請！』大聖化作的法老王沒理睬他，逕自走入臥室。二人在裡面翻箱倒櫃；把一些重要的物件裝進囊袋中，大聖臨走還取走法老王的彎月大刀繫在腰間，然後把那些守法老宸居的門衛叫了進來，趁他們不備之際；每人各賞一刀結束他們的華夏之旅。接著偷偷在法老王華麗的臥室內，四處潑灑燈油、投放一把火再離開。

他倆沿著走道；找到另一處駐有士兵的房間內。那些埃及士兵突然見到法老大王駕臨，嚇得喘不過氣來。大聖裝成的法老王問道：『你們幾個過來，帶我去牢獄一趟。本王有事找昨天那些中原的侵入者問話。快點！快點！』幾個士兵哪敢怠慢，馬上拿著火把走在前端開路。

在金字塔的底層；終於來到監禁五方力士、六丁六甲、十八護教伽藍等仙家的牢獄。只見他們全部遭到鐵鍊緊緊圈綁，動彈不得。裡面的春瘟力士張元伯一見到大聖化作的法老王就破口大罵道：『你這個暴君，有種快殺了我！否則讓俺出去，非宰掉你不可。不殺你誓不為人！』假冒法老王的悟空；嘻皮笑臉地說道：『你們都聽見啦！不殺我就誓不為人？俺今天就賭這口氣，讓你無法做人！』說完遂下令獄卒打開牢房的鐵柵，然後再命令獄卒打開所有人的鐵鍊和鋼鎖。幾個獄卒都傻眼；不知該如何是好？其中一個怯怯說道：『大王！你真的要放他們走嗎？』『你是聾子還是傻子？竟敢違背法老王的命令！再囉嗦乾脆拖你出去大卸八塊。』疙瘩瘟魔站在一旁大聲斥責，幾個獄卒嚇得趕忙打開所有的鎖鍊。疙瘩瘟魔暗中悄悄地唸起魔咒；且用手指倏忽向那些埃及的獄卒們。須臾之間；守護牢獄的埃及士兵倒臥在地，滿臉疙瘩、痛苦滾在地面哀號，無法站立。

『吶！現在放你出來了，快來殺我呀！』大聖化作的法老王用力拍著張元伯力士的胸膛嘲笑說道：『我說嘛！你果然不是人。是五方力士！』搞得那張元伯不知該如何是好。一時間；幾個恍然如夢的仙家都愣住了，總管中瘟力士史文業持懷疑態度問假法老王說道：『你到底是何人？因何故釋放我們？在耍詐乎？』『快出去吧！莫非要找轎子來抬你們才肯出去！』大聖化作的法老王急著催趕他們走。他和疙瘩瘟魔正忙著，還要處理一些事。至此暫且不提二人。

眾仙家們不再徬徨猶豫；各自取回武器法寶，瞬間似迅雷般衝出金字塔。塔頂等候的豬八戒和沙僧見狀；及時趕過去迎接逃出來的眾人，順便描述大致情況。然後大夥一塊搭上雲端；停留在金字塔上空，適時與法老暴君決一死戰。仙家們豈可負那敗軍之將、臨陣逃脫之臭名於後世也。只見那白袍力士趙公明；手持九節銀鞭沖著下界破口大罵道：『法老妖賊！汝好大膽；竟敢窺視華夏、圖謀篡奪我中原。我等西天仙將在此，由不得汝放肆。快快滾出來受死！』紅袍力士的顯應將軍，也揮舞手裡寶劍跟著叫陣說道：『再不滾出來，就燒掉你的賊窩金字塔。』才說完；金字塔還真格冒起陣陣濃煙，原來大聖和疙瘩瘟魔忙著在塔內潑油縱火哩。無數巨石堆砌而成的金字塔，從石縫裡頻頻冒出白色煙霧，越燒越旺。嚇得裡面數千個士兵奪門而出。

法老王在「泰基殿」裡；口沫橫飛、曉以大利、對著眾多的瘟妖餘孽，招攬他們納入埃及帝國的行列。但見他眉飛色舞、氣宇軒昂對大家呼喚道：『諸位中原的弟兄們，往日締結的中埃聯盟關係；因你們三個瘟魔領導已經陣亡前線，而取消作廢矣。爾等請放心；本大王逐鹿中原、乃有備而來。不多時還有大批西方的大軍前來加盟，前景一片大好。俺邀請大家一起共襄盛舉，俺將視你們為子弟兵，這一路；俺保證會善待大家，好康的讓大家一起分享。你們說；好不！』正等著這些中原的瘟妖們宣示效忠之際；突然聽到大殿外面有人大聲呼救：『大王！不好了！那群被監禁的俘虜，全部逃出來了！』此話剛落；又聽到有人瘋狂叫道：『大王！糟糕啦！金字塔裡面失火啦！』聽得霧煞煞的法老王，三步拼成一步；衝出殿外把個究竟？靠夭！不看也罷；看得法老王牙都歪了！

抬頭；見到雲端上盡是那些脫逃之眾仙家在叫陣挑釁，血壓立即飆升。低頭；又見金字塔的內部明顯在鬧火、濃煙滾滾、不快點救就晚了。他再仔細瞧眼前；冒出一個與自己一模一樣的法老王，指向自己斥責說道：『你是打哪來的妖孽？竟然敢仿冒俺法老王！左右士兵快過來抓住他。』才從金字塔裡邊逃出來的埃及士兵，灰頭土臉看著兩個法老王；孰真孰假、無從分辨？狼狽到了極點。

不可一世的埃及暴君，如何應對迫在眉睫的種種危機？而大聖一行仙家們可否趁勢殲滅剷除掉霹靂山法老王和他的木乃伊？敬請期待；下回分解。

『註解』：

❶林楞楞：指傻呼呼、不知該如何是好。
❷黃鍾霜月：指農曆年的十一月。
❸宸居之處：為古代帝王的皇居寢室。

第二十一回　帝國暴君終有報　西天眾仙逞英豪

話說那法老王屋漏偏逢連夜雨；在「泰基殿」聽到殿外的喧嘩吵鬧聲，連忙跑出來；方才發現整個世界瞬間顛覆變了樣！上有叫陣復仇的仙家們、下則金字塔大本營遭到縱火、火勢凶猛。更糟的是迎面而來的；不知打從哪冒出山寨版的假法老王，混水摸魚、前來抓自己。這一切豈是莫名其妙得以形容。

無愧是驍勇善戰、見多識廣的法老王。他甫地沉澱雜亂的思緒，穩定片刻即開始決定應敵之策略。首先唸魔咒搬出「木乃伊」鬼卒；來阻擋天上叫戰的仙家們、拖延時間。再命令那些招募投誠的中原瘟妖，與埃及士兵一起去金字塔救大火。自己則留下來對付以假亂真的假法老王，剝他個幾層皮洩洩憤再說。

法老王決定對策之後；不疾不徐地掐指唸咒召喚「木乃伊」精前來解圍。怎知一而再、再而三的施法唸咒卻是不見效？半個鬼影都沒有！『這……這……這是怎麼一回事？』急得法老王咬牙切齒、捶胸跺腳的。但見大聖扮作的法老王嘻哈大笑說道：『你這假扮的法老王，用屁股想也知道；當然請不動咱家的「木乃伊」啦！要看「木乃伊」精就張大眼睛瞧俺的本事！看著！』大聖說完；隨即從八萬四千隻毫毛中抓出一把，入口嚼碎、咒訣一唸、直口一噴、大呼一聲：『變！』，即見群群「木乃伊」攢簇❶四周。頓時；把埃及法老王氣得臉色變紅、紅得發紫、紫到發黑！正想取出彎月大刀，這才發現那把愛刀已經緊緊握在對方的手裡了。

一籌莫展的法老王；使出最後的壓軸絕活，施咒來他個金字塔「泰山壓頂」！雖然金字塔煙霧迷漫卻也開始搖擺晃動。法老王用盡心思；終於將巨大的金字塔拔地騰空，孰不知；那金字塔方才躍昇到半空中，隨即崩裂潰散，巨型落石如雨水般紛紛傾洩，砸死無數的埃及士兵，巍巍壯闊的金字塔竟然變成廢墟。

無計可施的埃及暴君古夫法老王；仍然欲作困獸之鬥、垂死一搏。他搶過隨扈的大刀；登高疾呼道：『我埃及的勇士們、還有中原的戰友們，現在都聽我指揮。大家排成戰鬥隊形準備衝鋒殺敵！』此話又成了笑話！因為疙瘩瘟魔早已經變回原身。回頭站在瘟妖群眾身邊；他用手指著法老王說道：『這裡我比誰都清楚，他是假冒的法老王！假到沒個譜矣。快快拿下他；本王重重有賞。』當法老王目睹疙瘩瘟魔還活得好好的，疑神疑鬼說道：『疙瘩瘟王不是已經被殺害了，怎可能又活過來？你們不要被騙了，我親眼看見他被孫悟空打死的。這個壓根也是冒牌的，他們都是一夥的。』不作聲的疙瘩瘟魔，從懷中拿出狼毫筆向大家揮搖展露、法寶在握、證據確鑿。法老王顧前思後；打從內心知道大勢已去、煢獨無依❷矣。整座霹靂山儼然已無立足之地。嗚呼慟哉！

埃及法老王很快陷入重圍，「木乃伊」精和中原的瘟妖，其中更包括埃及法老王自己的子弟兵們，持刀弄槍將他包圍著。這時的法老王有理也說不清，他訶斥咄罵說道：『反了！反了！誰是你們的主子都不認得。本王曾經率領你們征戰四方、所向披靡、屠城滅族、殺人不計其數。現在你們卻倒戈叛逆，殺本王來領賞。罷矣！罷矣！』不可一世的法老王，原本雄心萬丈欲染指中原，竟然落到四面楚歌、眾矢之的！傷痛欲絕的法老王；唯有呼下雲頭，趕緊走為上策也。

搭雲落跑的法老王，朝著兌坤方向；欲逃奔至大食國附近討救兵，仍然打算東山再起。大聖縱身躍上觔斗雲；西天的眾仙們也乘雲追趕其後，此時的大聖已經變回真身，耳中取出金箍棒的孫悟空大聖；倏地追上了法老王。他對著群仙說道：『眾上仙們且勿動手，以多欺少不算好漢。況乎；驅儺❸抓妖向來是俺的專業，請務必一旁觀賞，不須插手。俺與這廝單挑；你們一邊等著看好戲吧！』大聖指著法老王說道：『你這不長眼的法老魔王，不打聽清楚就莽莽撞撞闖進俺的地盤。今天讓你吃不完兜著走；瞧你這隻到處亂竄㗎屎的狗，會有什麼下場？』

見著大聖；法老王的眼裡噴出火花，氣呼呼說道：『俺就猜到是你這隻猴精搞的鬼！算你有點本事，只是料不到你竟可破了俺的魔咒。失算！失算！』悵然的法老王顯然輸得非常不服氣。大聖笑著說道：『不過是微不足道的雕蟲小技罷。你那些「木乃伊」精，其實都是從尼羅河帶來的魔豆，被你施咒之後「撒豆成兵」所玩的伎倆而已，那些豆子被俺從你房間盜走扔進火裡；現在變成烤豆子，挺好㗎的。』法老王氣得火冒三丈，又問道：『為何俺獨門的飛天金字塔神術，又被你破解了呢？』

大聖聽了更好笑，回說道：『你真是乍呼也！沒聽說過；久病成良醫嗎？俺西天取經時；曾經先後被五行山、須彌山、峨嵋山、泰山輾壓過幾次。說白了；你不過是玩那「卯酉星法」❹罷。汝所劃的那些符咒全被俺找出來燒掉啦！尚且；那金字塔內部燒得嚴重，結構已經鬆動，怎堪拔地騰空使用之！你就認了吧。還跩什麼跩哩！』大聖接著說道：『勿說俺欺負你這外地人，俺將彎月大刀還給你；再與你一對一決鬥，省得汝侷促。行不！』法老王接過大刀，二話不說就動手劈砍過來。於是東西兩強在高空雲端上相互對峙、刀光棒影之間、拚個你死我活。現場火爆，有詞為證：

雲層浪滾掀戰火、艷陽高懸響鼓鑼、好大聖、顯身手、法老亦非池中貨。
彎刀縱劈棒橫掃、如意棒下快閃脫、法老王、太猖狂、惱羞成怒錯中錯。
暴君本是嗜血魔、燒殺擄掠遭驅逐、到華夏、闖大禍、結夥施瘟謀篡國。
移山倒海金字塔、巨峰壓頂命難活、木乃伊、沒遇過、妖兵鬼卒難捉摸。
大聖果斷不囉嗦、能變擅打多計謀、天無涯、地遼闊、追逐乾坤辨清濁。
搏鬥千回鬼見愁、鎮妖除鬼無退縮、敢囂張、棒頭落、天南地北何處躲。

站在一旁觀戰的仙家們，就像瞎子吃湯圓；二人勝負大夥心裡有數。這法老王雖說戰功彪炳、火力十足，偏偏碰到的對手是打遍天界、殺遍妖魔的孫悟空！能擋住他一百回合就算有本事哩。果然這二人單挑到了九十九回合；法老王疲態盡顯、招架乏力矣。他自知無法繼續打持久戰；快閃到局外；唸咒要招喚八匹千里馬運載的「戰神之車」快速離開這裡。只要駕馭這聞名天下的戰車；任誰也無法追上他。訣咒唸了再唸，唸個沒完！大聖看著偷笑；嘲諷說道：『你只會叫馬兒跑；卻不讓馬兒吃草。別再浪費時間；繼續再來打個一百回合吧！你那八匹馬今天罷工抗議，休息去啦！』法老王臉都綠了一半，咋舌瞪眼對大聖說道：『你又在搞什麼鬼？對俺的八匹戰馬動過手腳啦？』

大聖哈哈大笑回道：『冤枉！冤枉！這事與俺完全無關。此刻那八匹戰馬全身長滿了疙瘩，躺倒馬廄起不來矣。俺可沒這份能耐。勿怪！勿怪！』聽完；法老王差點心臟麻痺。仰天長嘯一聲說道：『唉！原來是疙瘩瘟魔幹的好事。罷了！罷了！搞到最後想翹脫落跑都辦不到。非戰之罪，乃天要亡我也。』走投無路、欲哭無淚、在這般窘境之下；法老王萬念俱灰。只得扔下手裡的彎月大刀，乖乖束手就縛。

遭到五花大綁的法老王，被大聖與西天的仙家們帶回霹靂山。埃及殘餘的士兵們看見法老王回天乏術，只得紛紛棄械舉手投降。疙瘩瘟魔則領著眾瘟妖們；跪伏於「泰基殿」的大殿前，悔恨交加地說道：『我等不識輕重、勾結外邦；並且犯下天條四處施瘟佈疫、導致兗州、冀州一帶，生靈塗炭、屍骨遍野。爾今對犯下之罪惡、造成社稷不安、甚為歉疚痛悔也。吾等願為過去所犯的過錯，接受應得的制裁懲罰。尚請諸位仙家們寬大處理。』大聖走過去，扶起疙瘩瘟魔說道：『知過能改；善莫大焉。之前不提；今天得以順利殲滅入侵者、逮捕法老王，你居功厥偉、功德無量。以後送審的時候；俺自當為你解套、美言幾句。且放心！且放心！』聽得那瘟魔淚崩涕流、至感窩心。搗蒜般伏地不停磕首著。

長跪拜謝的疙瘩瘟魔感恩戴德之餘；倏忽想起一件至關重要的事，忙於激戰殺伐差點忘記。他跳起身子；揪著大聖的衣角說道：『大聖且慢！有一事；不知是否該讓你知道？』大聖摸摸耳腮說道：『直說無妨！』疙瘩瘟魔若有所思；認真說道：『其實本案還有一條漏網之魚。事情是這樣，當初；埃及的古夫法老王因為暴虐無道、殺人如麻、遭到埃及太陽神塞赫麥特驅逐出境。當他出逃來到華夏大地的時候，最先是勾結的；是另一個中原的妖魔，經過該魔頭的仲介；最後才找上我們瘟幫一起結盟的。』

大聖繼續問道：『後來呢？結果呢？』疙瘩瘟魔說道：『後來；那魔頭與法老王根本八字不合；經常發生內訌爭執、齟齬磨擦。實在是一山難容二虎也。結果他憤而離開，據說跑到淄州淄川郡那裡；劃地為王、自立山頭矣。可是；該魔頭偶而還是會過來霹靂山走動。他的龍捲殘雲非常厲害，必須……。』悟空聽了倒也不當回事，僅只揮手回聲說道：『了解！了解！可俺沒那鬼時間找他出來，暫且饒他一回吧。那魔頭真格內行懂事；最好就避開俺遠一點，否則會讓他死得很難看！』

聊完；大聖轉身對著西天的仙家們說道：『法老王和疙瘩瘟魔等一幫人，就交由你們押解送去西天依法審理。如今大功告成、平息危機，俺還得跟隨唐三藏師父；繼續趕路去東瀛送經。勞駕！勞駕！』

那五方力士、六丁六甲、十八護教伽藍一下都傻了眼。其中師子音伽藍與廣妙伽藍追著問道：『押解這些罪囚問題不大，可是大聖要我們押解到西天哪裡呢？搞老半天；我們大夥都沒人知道耶。還請大聖給予指教！』大聖即簡明扼要說道：『簡單！簡單！是天魔就押送給西天玉皇大帝、若是土魔即解予地界土府。北方捕獲押解至真武、南方的押解與火德、蛟精則押解予海龍王；謹此類推。那法老王自當歸屬天魔、疙瘩瘟魔乃屬土魔……。』眾仙家們這才明白；安下心分類個別押送人犯。霹靂山之亂擺平，大家拱手作揖、互道一聲後會有期。不久各自分頭辦事；暫且不提。

大聖領著沙和尚和豬八戒；足踏祥雲飛縱去、萬丈瑞光來護身。一路乘雲趕回松林野寺。唐三藏法師和辛甘、秦願在寺前大雄寶殿作佛偈祈安法會，方才結束法會；即見到悟空、沙僧、八戒等人皆毫髮無損、平安返回身邊。三人上前向唐三藏師父下跪，唐三藏逐一將三人扶起，並且開心說道：『阿彌陀佛！菩薩保佑！平安回來就好。謝天謝地！』眾人分別在殿前就座，大聖即把前往霹靂山發生的啦啦喳喳、林林總總，對著師父詳細作了一番匯報。尤其提到活逮那法老王一幕；更是眉飛色舞、不亦快哉！

唐三藏師父聽完之後；微微一笑說道：『南無阿彌陀佛！天道有輪迴、蒼天饒過誰！為惡者必然步向惡道；盡頭終得惡果厄報。反之為善者；至終自然獲得善果福報。類似疙瘩瘟魔的頓悟轉念，助我等逆轉大局、反敗為勝，善莫大焉。幸甚！幸甚！』

休憩一陣之後；不耽誤送經行程，一行人去到佛寺後院的十方客坊收拾行囊、擺妥真經等等，預計二十天時間；途經彭城趕著去幽州。該變回白馬的秦願和變回黃狗的辛甘；亦是各就各位回復原狀。全部打理完；正準備上路。卻見黃狗對著大院狂吠不止，大家移身前往探視；把個究竟？那些外來的魔王和本地瘟妖們不都清理乾淨了嗎？看清楚；原來是該寺早前在地的桑門❺方丈、和尚沙彌等百餘人，全部又重新返抵寺廟矣。唐三藏過去打聲招呼，即把送經路過此寺掛搭；且與妖孽周旋之事，大略向他們簡述著。

但見那老方丈熱淚盈眶；握住唐三藏的手說道：『阿彌陀佛！菩薩保佑！早在今年昌辰蒲節❻之時，這群妖孽即不斷前來騷擾驅趕我等。最後來了三個魔頭；擺明欲徵收本寺，意圖侵占本寺作為掩護，用以避人耳目、方便他們施瘟作惡，如有不從、即殺無赦。吾等自知無力抗衡，只得忍痛暫時離開，分別流亡各地、賓鴻❼他寺。』才說一半；又見他老淚縱橫、哽咽難言。旁邊的和尚們接著說道：『真是菩薩保佑！這些天夜裡大夥都夢到；觀音菩薩在夢裡前來報喜，指明所有的妖魔均遭到殲滅、業障全然消除矣。要大家動身回到原寺修行偈佛，不得有誤。誠然為菩薩顯靈；讓我等皆能平安歸到寺裡，南無阿彌陀佛，善哉！善哉！』唐三藏法師聽罷；誠摯好言撫慰，而且取出一份真經謄本贈予該寺住持方丈。

老方丈感念之餘，極力挽留送經綱一行人；希望他們在寺裡多停留幾天，藉機相互交流妙經、切磋佛法。唐三藏法師則婉言說道：『阿彌陀佛！你們平安歸來；適巧我們正要離開。由於這間吉祥的佛寺；吾等得結善緣、至此足矣。因為在此間遭遇厄劫，打打殺殺幾天下來，東瀛送經行程不免耽擱。如今這裡除妖之事已經告一段落，我等必須繼續完成推廣佛經重責大任也。失敬！失敬！』言已至此；老方丈深明大義、不再為難唐三藏師徒的去留。遂約定送完真經；回頭再專程過來拜訪，就此一一祝福拜別。

話說送經的一行人；離開那松林佛寺，再度步上往東瀛之路。穿過叢山綠林、越過河川溪湖，走過田園阡陌、路過荒郊野外。幾天之後；沿途又見那之前外逃的本地鄉民們；熙熙攘攘、扶老攜幼、群群返回故里、漸漸恢復往昔的日常生活。此情此景；讓唐三藏法師他們見了感觸良多，人之一生波折起伏，得以平平順順，夫復何求。豬八戒心有戚戚地說道：『看著他人倦鳥歸巢；真叫俺欽羨啊！只是咱們越飛越遠，不知何時才能回到自己的窩？唉！』大聖瞪了他一眼；頂他一句說道：『說到你這侷促的夯貨，怎麼突然想回豬窩哩？咱們是雲遊四海、闖蕩八方的苦行僧。正所謂：「處處無家、處處家」，你累了說一聲，俺隨時拿棒子將你打回豬窩去。要不！』豬八戒摸摸鼻子悶不作聲；卻放了一記響屁來回應，惹得大家哈哈大笑。

『快來看！快來看！他們染瘟了！』沿途一群幼童小娃在路旁嬉戲，見著路過的大聖師兄弟的怪模怪樣，訐弄訕笑著。有的說道：『走前面那個路客；一定是染到猴瘟，變成猴頭猴臉了！』又有的說道：『左邊那個；肯定是染到豬瘟，比豬還像豬哩！』打遍神仙妖魔、惡鬼見到都得怕三分的孫悟空；儘管他天不怕、地不怕，打心裡最怕的卻是娃兒孩童。任他們頑皮戲弄、爬到自己頭上撒尿，對著天真稚氣的孩童，也只得陪張笑臉打哈哈。直到走遠；這才吁嗟鬆下一口氣。

太陽老兒；行將西歸憩息。雖說沿途之湖澤浩浩、山岳訏訏、風光迤邐照人，畢竟送經一行人長途跋涉、日曬雨淋的；亦堪稱勞累矣。到了一處小鎮附近，找著街坊一間梁園❽即入住用膳夜宿。忙碌一天；好眠一夜。

次日微曦；他們趁日出之前即行打包行李趕著路程。聽那梁園的椿主❾詮釋往彭城的路徑，他說道：『沿著客棧前的馬路；走約十哩路則可見到一座石橋。再直行越過……。』偏偏這節骨眼，店裡有旅客進進出出的。那椿主連忙過去招呼，草草丟下一句：『然後在……再右轉三哩路即可到達彭城。』搞得大家似懂非懂的。想著；即便走錯路再問旁人無妨，不礙事！

送經綱等一行走著走著，見著石橋隨即通過。再接下去走著走著；走到了高聳連綿的山嶺之間。眼前人煙絕跡的叢林裡，唯有野物相伴。有詞可證：

翰墨蔽陰、猛獸喧哮、狻猊穿梭野兔跑、更見寒意、狼群伏窩盼天曉。
翠微分明、林深鳥叫、長空盤旋舞金鵰、不比江南、落花時節俟北遼。
柏柳無孤、鴻松且搖、嵐煙漫漫千山繞、殘嶺猶綠、未識秋盡冬將到。
蒼崖攀猴、幽峪藏梟、山棲鸝鶯欲輕歌、風清拂草、冷澗含笑望溪橋。

因為一路走來皆稱順利，眾人不疑有他；繼續向前走下去。只是感覺越走越不對勁！深山裡面的景物一再出現，換言之；就是一夥人繞著原地打轉矣。於是大夥暫且停滯原地，放下行囊；開始議論紛紛、推諉爭執。

豬八戒言之鑿鑿說道：『俺明明聽到；過了石橋即須右轉。現在走到這荒山野嶺來，該如何是好。』沙和尚理直氣壯說道：『不對！你聽錯了。那掌櫃是說直行越過山嶺耶，再右轉三十哩路可到彭城。』而孫悟空聽到的版本；卻是過橋直走三哩，再右轉去到彭城。一句話出現三套不同的理解，搞到各說各話、進退兩難。適巧一時又無路人過客可以諮詢請教，憑空打鳥；終究不是辦法。

唐三藏師父下了馬；即時制止他們的誶責爭論。他呼籲大家冷靜下來，並且說道：『阿彌陀佛！稍安勿躁。古諺有云：「好事多磨」不如悟空和悟能二人先前去探探路，是否得以沿此路走出山嶺。咱們就暫停此處休憩等候可也。』

於是；大聖帶著豬八戒離開；在叢林小徑中開路打前鋒。師兄弟二人踏上雲頭；在群山峻嶺上空來回打轉。約有一柱香的時間；摸索確定應行的方向之後、隨即折返唐三藏師父方才等候的地方。怎知二者回到該處；空空如也、人影不見半個？這下可急煞二人！破喉嘶吼的聲音迴盪山林之間，卻了無音訊。那些人似乎從人間蒸發掉了！大聖和八戒詄蕩蕩地蹲坐地面，不知咋辦是好！

懸疑！懸疑！為何大聖方才離開不久，師父他們即消失無蹤也。莫非此山黯藏妖魔？悟空、八戒得順利找到他們；離開這詭譎的山嶺嗎？有待下回分解：

『註解』：

❶ 攢簇：指匯聚成堆的意思。
❷ 煢獨無依：指無依無靠、孤單一人。
❸ 驅儺：古代驅鬼除妖的儀式。
❹ 卯酉星法：為移山倒海、扭轉乾坤的法術。
❺ 桑門：指出家修行的佛門眾僧。
❻ 菖辰蒲節：古代指農曆的五月。
❼ 賓鴻：指移動的候鳥；臨時停歇的地方。
❽ 梁園：古代為客棧旅店的通稱。
❾ 椿主：指店舖裡的老闆或掌櫃。

第二十二回　狗頭嶺出生死岫　蝸牛精禍害無窮

話說大聖和八戒二人；才離開團隊去前方叢林中探路片刻，回頭就找不著玄奘師父一行人矣，喊破嗓子也是枉然。對突如其來的變化，茫然恍惚、毫無頭緒。

『唉！真是好事多磨啊！』大聖悟空蹲坐著潸潸淚流，垂頭喪氣說道：『無論路上怎麼努力對抗妖魔鬼怪，到頭來還是一場空。自己的師父；近在咫尺都保護不了，遑論去遠方送經呢！窩囊！窩囊！』八戒生性則較為樂觀，他慰藉著師兄說道：『阿彌陀佛！師兄且勿洩氣。喫著燒餅、掉芝麻；也是常有的事。咱倆才離開不久，相信他們被帶開也走不遠，人肯定還在附近，應該不難尋找。』悟空猝曉❶頓悟；欣然一躍而起說道：『瞧你這豬頭；偶而也有靈光開竅的時候。你這話可把俺點醒矣。快快上去找今日輪值的護法仙家們問問！』

師兄弟二人駕雲來到上空，卻見到值班的四值功曹只有值時功曹劉洪守著；而且還在打瞌睡。其他的值年功曹李丙、值月功曹黃承乙、值日功曹周登皆不見人？悟空遂叫醒那值時功曹劉洪問道：『睡啥？你昨晚打通宵麻將乎？其他的仙家呢？』那功曹揉著雙眼、伸展懶腰、然後說道：『抱歉！抱歉！昨天一群護法的仙家去到紅岩山金字塔那裡押解妖魔，罪嫌人數太多、迄今未歸。另外幾個功曹；日前搬火山❷搞到不醒人事、已經請了病假。俺是早上拉肚子；不舒坦而小憩片刻。大聖找我們有事嗎？』瞧著他無精打采的模樣；知道問也是白問。悟空無意多浪費時間，丟下一句說道：『沒事！沒事！和尚趕道士。爺們只是上來透透氣！你繼續打盹吧！不打擾！』說完；調轉身子就走。

師兄弟二人又趕回下界的山嶺。落定之後；大聖捻著訣、口唸「唵」字咒，召喚這方土地和山神速速趕過來；將事情說清楚講明白！兩者很快到達現場，立刻問道：『來囉！來囉！大聖叫得這般急，到底有何吩咐？』大聖沒好氣地說道：『你們這鳥不生蛋、狗不拉屎的荒郊野嶺，是否鬧鬼哩？為何俺二人才出去兜兜風，一回來；就發現俺師父唐三藏不見人了？你們倒是給俺一個交代。』耆耄垂宿的山神說道：『大聖這會兒可找對人啦。這山嶺稱叫作狗頭嶺，乃因為打狗溪的源頭在此而命名之。向來皆草木茂盛、鳥語花香、眾生來往、愉悅安祥。卻不料；這些年來開始不平靜，經常有飛禽走獸、旅客路人莫名其妙的失蹤？連一根骨頭都不曾留下來。詭異！詭異！』地方上的土地爺；忖度之餘說道：『我等也非常納悶。說鬧鬼；卻一直不見其蹤影？從不現身的魑魅❸真令人不寒而慄。爾今；唐三藏法師的突地消失，想必與此鬼物攸關也。希望大聖明察秋毫，揪出這鬼傢伙來，好讓狗頭嶺早日恢復清靜。』說個老半天；卻沒半點頭緒，悟空悻悻自語：『唉！問了也是白問，沒提供半點蛛絲馬跡、隔澇澇❹的；叫俺怎麼明察秋毫哩？』

大聖嘮叨到這兒；山神驟然想起某處疑點，他說道：『嗨！老朽差點忘記一件事；在狗頭嶺之陽❺的桑林峪附近；出現一個深奧幽邃、詭譎神祕的窟岫❻，經常傳出各種奇怪的聲音；並且時有陣陣濃濃的雲霧從窟岫裡面浪湧飄溢而出。只是從未見過有可疑之妖物進出，因此不敢斷言；法師他們的去處，是否與該神秘的窟岫攸關也？』大聖聽完；只能死馬當活馬醫，立即要求他們帶路盤陀❼前往。

經過兩個山頭，果然在叢林邑翠的峪地之間；見到一個佈滿亂草藤蔓的岩窟洞岫。大聖用火眼金睛眙眐❽掃瞄周遭環境，打量再三；持有八成把握該窟岫裡面確實窩弩❾有邪魔妖物。為了方便爭鬥廝殺；他讓這方土地和山神先行離去，再琢磨如何抑鬼捉妖救出師父他們。

孫悟空和豬八戒各自操出隨身武器，靜悄悄慢步靠近那個山岩洞穴。岩壁上深深刻有「生死岫」三個大字。待二人走近之後；瞧見岩洞的左右兩邊寫有兩行大字。右邊寫著：「歡迎活生生進來」。左邊寫著：「不送死翹翹出去」。橫批寫著：「有進無出」幾個大字。大聖看著刺眼；詬誶說道：『好狂妄的口氣！俺今天就來送你去閻羅王那裡樂活去。』大聖二話不說；過去想亂棒敲掉那些嚇人的字。

刹那之間、陣陣哀嚎聲從洞穴裡面傳了出來！『悟空！快來救我！』、『悟能！快來救我！』清楚不過；分明就是師父唐三藏的聲音。大聖和八戒顧不得其他；火速衝進幽暗深邃的窟洞裡面找人。這洞穴確實有夠陰森恐怖，洞裡的白骨堆積成丘，深不見底的黑洞暗岫；真叫人看了魂飛魄散、忐忑難安。有詩為證：

崖洞陰霾隱穢氣、邪門歪道盡懸疑、三魂七魄皆出竅、迷霧飄飄風徐徐。
蝙蝠飄舞岩洞裡、巨蟒毒蛇爬一地、蠍子蜈蚣伴蜥蜴、活著走進命難離。
天鷹神鵰飛魔域、斷翅折翼不稀奇、猛虎花豹闖進去、屍骨猶存少塊皮。
萬物蒼生勿存疑、探幽攬勝似無虞、精旺氣盛逞快意、只怕下場慘兮兮。

話說悟空師兄弟二人；闖進入岩洞裡之後，麻煩才剛開始。因為進去裡面；發現洞中有洞。一洞分八洞、而八洞又分六十四洞……。只聽到師父唐三藏不斷呼喊著；越深入則越複雜，搞不清楚聲音來自何處？由於洞洞幾乎一個模樣，他二人諳知已經身陷迷宮矣。即使想轉身回頭；都找不到哪個洞才是出口？更糟糕的是洞穴裡面貼滿了符咒，搞得悟空的火眼金睛也模模糊糊、捻訣唸咒找出口；也無濟於事。豬八戒忽然想到是否又是那九頭鳥在作怪？大聖想想非常可能。遂疾疾唸起破解的訣咒：『唵、西、尼、耶、也』！

唸著幾遍鬼谷子仙師傳授的破解訣咒沒轍；顯然這洞妖與「一騙天」毫無關連。偏偏這節骨眼；洞穴裡不知打哪冒出滾滾伸手不見五指的煙霧？嗚呼慘哉！簡直就是雪上加霜，這一來要找其出口更難也。孰不知這股濃霧裡頭含有巨毒，八戒已經按捺不住，傾身跌倒在地打擺子❿。大聖自身難保；暫且唸咒憋氣止息、又化作一隻飛蟲，順著毒霧朝洞口流動的方向飛著。在洞裡彎過來拐過去；終於見到洞穴外面的陽光，逃出那「生死岫」。

噫！前後如此折騰下來；整個送經綱僅僅剩下孫悟空孤零零一個矣。氣喘似牛的大聖；也是被搞得狼狽不堪、銳氣頓挫。眼前的他；除了孤軍奮鬥，別無其他選擇。氣極敗壞的孫悟空，待他蓄精養息、回魂定神過來以後；操起如意金箍棒就跑回岩洞門口叫陣，指著洞岫破口大罵：『裡面的妖怪給俺聽好；俺是齊天大聖孫悟空，快快將俺的師父和師弟他們放出來。把俺惹火；一定會打爛你這狗洞，殺你個雞犬不留。信不！』

喊到嗓子嘶啞卻不見絲毫動靜，大聖忍無可忍；舉起棒子朝著洞崖就是一陣亂打。那如意金箍棒可不一般；乃大禹治水時用來定江海。後為天河定底之鐵柱、且作為鎮海之神針。重達一萬三千五百斤、唸訣可達一丈二尺長。經過大聖舉棒敲打，整座狗頭山於剎那間；東倒西歪、搖晃動盪不止。

雖說大聖持棒打得山崩地裂、天旋地轉，那岩崖的「生死岫」依然一片死寂、沒見動靜。妖怪堅持不出洞；大聖拿牠沒轍，遂改變方式用火燒來逼洞妖出來。他掐指使出三昧真火；朝那洞穴噴去，燒了片刻也不見效果。想想；畢竟師父他們尚捏在洞妖手中，確實不敢下手太重，投鼠忌器怕傷到自家人。動輒得咎、侷促難安的情況下；大聖一時沒了主張，不停在洞外度方步、繞圈子。

有個問題；大聖就是一直想不透，為何這洞妖可以長期沉潛蟄伏於洞內；從不外出。甚至這方土地和山神皆未曾見過？明知有妖；卻不露臉。並且此妖不外出打獵捕食，卻是食物自己送上門，難道是……？既然來硬的沒用，大聖只好玩陰的。他又跑到岩洞洞口喊著：『大爺不陪你們玩啦！俺要回家陪老婆，師父你們自己多加保重。走人！走人！』說罷；即調頭離開。岩岫山間甫地又恢復了平靜。好像啥事都沒發生過！

過了不久；叢山野嶺有一頭疣豬遊蕩蕩地搖擺而來，那肥得出油的大山豬；逛著逛著逛到「生死岫」洞穴附近，一股股瓜果嫩草的香氣；適時從岫洞裡面飄逸而出。果然那頭疣豬立刻被吸引住，拱嘟著豬鼻；晃蕩地步入迷宮一般的岩洞內。聞香而至的肥豬深入尋覓美食，找著找著。洞穴裡的芳草香果味道；卻變成陣陣劇毒煙霧！大疣豬來不及逃跑，走沒幾步就暈死過去。須臾時間；待煙消霧散，沉寂靜默的岩洞裡傳出腳步聲，過來一把抓著肥疣大豬的腳蹄拖著就走。

『哈！哈！今個收穫匪淺；又逮著一條肥滋滋的野山豬。這些生糧夠俺喫上半年啦！人、豬、犬、馬都盡入囊中矣。』疣豬被扔進柵欄內，即聽到開心的妖精笑著說道：『唯獨那隻漏網的野猴被跑掉了。到嘴的鴨子要飛就飛；卻還回頭鬧事、耍嘴皮！反正野猴的肉有夠難喫，趁早滾遠點。煩死人！』待那妖精拍拍手離開走遠；疣豬的雙眼微微張開，假裝成昏迷狀的疣豬躍身而起。大聖化作的疣豬少刻變回原身，藉機進洞裡找尋唐三藏師父他們。方才聽妖精提到人、豬、犬、馬：當指師父他們無疑。

運氣挺好地；翻身走沒幾步，就見著唐三藏師父、沙和尚、豬八戒、白馬、黃狗一夥人。他們都呈昏迷狀躺臥在同一鐵牢裡面，顯然全都中了妖精的毒。大聖逐一去搖著輕聲說道：『起來！起來！俺是孫悟空，救你們來啦！』無論怎麼搖晃也喚不醒他們。大聖恚然發怒，他持著金箍棒；偷偷走去打死幾個打盹的獄卒。邁出牢柵找妖魔算帳去。既來者、則安之！

『你這不上道的妖精，快快給俺滾出來受死！』咬牙切齒的大聖，拿起如意棒一面揮舞、一面叫罵。吵得岩洞裡的妖精帶領幾個小妖，趕過來看個究竟？

『你真是陰魂不散，到底什麼風將你吹進來的？』一個長得俊俏典雅、文質彬彬、披著拖地長袍的公子走了過來。大聖使上火眼金睛打量眼前妖物，然後瞋眼怒目、訶斥說道：『好傢伙；俺猜得沒錯，果然是隻蝸牛精。難怪躲躲藏藏；離開不了這岩岫的外殼。想死就早點說；俺的金箍棒讓你走得痛快。』被識破的蝸牛精，惱羞成怒說道：『哼！天堂有路你不走，地獄無門偏來投。見你離開；咋地又跑了回來？俺的「生死岫」豈容你來去自如哩。今天真受夠你這種不文明的野蠻粗暴！我得好好教訓你這沒教養的野猴。』大聖怎可能忍下這般羞辱，立馬抄起手中的大棒朝蝸牛精劈頭就打。

不管大聖橫打直劈、左右開弓，那蝸牛精居然不閃不躲、逆來順受。大聖心中訝異驚奇；打自西天取經一路披荊斬棘、打鬼殺魔，從未遇過挨其三棒而不死的妖物！這……這是咋回事？搞不懂！

『喂！俺說你這妖精，快亮出你的絕活來。有刀就拿刀、有槍快拿槍！長戟鋼叉、花斧鐵錘、啥都行。勿讓人笑話；說俺欺負一個手無寸鐵的白面書生。』瞧著兩手空空的妖精，軟綿綿的姿貌；悟空有點下不了狠手。

『哼！暴力！俺最瞧不起你們這種喊打喊殺的暴力！』長相溫文儒雅的蝸牛精，蹙眉含臉說道：『俺不屑跟你玩刀弄槍，今個俺要以柔克剛。行不！』懶得囉嗦的大聖；衝上前又是一陣亂棒。打老半天；好像在打棉被，不痛不癢的。

『打啊！繼續打啊！』蝸牛精冷笑說道：『俺已經接得千年山嶽地氣，吸得千年日月精華。就你這點本事，還敢跑來這裡挑釁鬧事。嫌嫩點！』如此火上添油、囂張跋扈，大聖氣得又打他幾棒。不對！想著這蛞蝓⑪精全身沒血沒肉、沒皮沒骨的，打了也是白打。於是大聖準備唸咒；用三昧真火來燒烤此妖才行。才要唸咒施火；又生怕火勢一發不可收拾，這妖洞果真燒起大火；肯定會波及關在裡面；處於癱瘓不醒的同夥們。難矣！難矣！

狡猾的蝸牛精；趁著大聖左右為難、不知該如何下手之際，立即展開了攻勢。他對著大聖喃喃唸咒，雙手用力一揮；其袖口噴灑出一股濃稠的藍色液體，不偏不倚、正正淋在大聖身上。全身沾滿粘液的大聖，猶若遭到狗血淋頭、周身頓時溼透透。此時的蝸牛精臉上綻露詭譎的笑顏，站在一旁準備以鐵鍊來綑綁大聖。

那藍色的粘液像溶化的岩漿般變得熱滾火燙，進而漸漸凝固起來。好厲害的妖術；嚇得悟空不敢再停留，迅速向岩洞外面逃竄。雖然洞穴裡面百般複雜、曲折無章，大聖經過上回的經歷；早有警覺。當他化作成疣豬被拖進洞裡的時候；即沿路撒下麥穗，預置痕跡以便逃脫。他依著佈下的蛛絲馬跡很快飛出岩洞之外。料那蝸牛精無法走出岩洞的蝸牛外殼，逃出洞岫就安啦！

情況十萬火急；大聖唸咒躍上雲頭，直沖上天找輪值的值時功曹劉洪。『怎的？怎的？大聖怎的變成這模樣？』瞧著大聖臉色蒼白、神色異常，值時功曹遂上前幫忙扶持著。全身慢慢變得僵硬的大聖；吞吞吐吐說道：『快……快……幫俺帶去找觀音菩薩求救……俺染到那蝸牛精的毒液，快要：動彈不得矣。』值時功曹視情況不妙；對著大聖建議說道：『這樣吧！學有專業、術有專攻。中毒的事；還得先去西天找藥王神農大帝求助化解才是。他嚐盡世間百草、日遇七十二種毒！解毒方面找他準沒錯。』大聖染毒已經急速加劇、漸感不支、只微微說道：『罷！罷！依你的。盡快！盡快！』

值時功曹劉洪攙扶著大聖；他倆搭著靄靄白雲飛奔到西天。在北天門的炎武殿；由無上元大仙領著，一起拜謁藥王神農大帝。那藥王即是華夏開元的三皇之一；炎帝是也，俗稱「神農氏」。因為他為萬民療疾治病；嚐遍百草來調製藥物，卻毒養身，百姓遂恭敬尊他為「藥王」。又因為他發明犁田鋤具、傳授世間種植務農之道，更被推崇稱謂：「五穀先帝」。

且說藥王神農大帝，經由無上元大仙通報；見到已經動彈不得、奄奄一息的齊天大聖，先是為他用符水淨身、擦拭凝固的毒液。再細心為大聖把握脈象。望、聞、問、切、檢查再三；然後徐徐說道：『好險！好險！再遲來片刻；待他毒入膏肓、必然回天乏術也。』藥王拿起一個藥罐；取出幾粒仙丹神丸放入大聖嘴裡，配上幾口淨水吞服，再用銀針扎幾條筋脈穴道。果然不多時；大聖立即回復那精氣飽滿、元神暢旺的模樣！大聖感激地撲跪叩謝神農大帝救命之恩，藥王神農將悟空扶起；並且關心問道：『這毒可厲害得很，遠遠勝過一般五毒⑫砒霜之類，為世間罕見之毒也。不知大聖從哪兒沾到如此劇毒之物？』大聖隨即把發生染毒的過程，對藥王重複述說一遍。

藥王神農聽了嘖嘖稱奇，他說道：『幸好大聖體質好、元神佳！換做他人恐怕早就性命不保矣。大凡蝸牛蛞蝓、蜒蚰螞蝗等類生物不會產生毒液也。天底下只有一種肉食性的蝸牛，專喫蜈蚣、蟾蜍、毒蜘蛛……其吞下肚所衍伸的毒素，幾乎是無藥可救、必死無疑。更何況大聖遇見的乃是千年蝸牛精，與牠搏命纏鬥；簡直是九死一生哩！慎之！慎之！』大聖無奈說道：『對藥王的好意；俺心領了。可東瀛送經的事如今受阻，俺的師父唐三藏一行人全部遭到妖精扣押；隨時都可能受害，被那蝸牛精吞食掉。俺不能袖手旁觀、丟下他們不管。即使赴湯蹈火、萬丈深淵也得冒險一搏，而且還得越快越好！』

無上元大仙說道：『這蝸牛精傷天害理、壞事做絕。真個人人得而誅之』。

『情況既是這樣險惡，本王不便耽擱。』藥王說完，把剛才醫治悟空之仙丹神丸，整罐塞到大聖手中。又說道：『你且拿去以防萬一。待救得唐三藏法師他們，一人一粒自可療癒復原。放心去吧！』大聖取得解藥，謝過藥王之後；拉著值時功曹走出炎武殿。正想騰雲駕霧趕去下界的狗頭山「生死岫」救人。

『且慢！本仙閒著也是閒著，不如陪你下去走一遭，舒坦筋骨。』無上元大仙從殿內出來。另外；藥王神農大帝也跟著走過來，他唯恐戰局橫生變數，拿出兩件寶物交到大聖手裡，熱心叮嚀說道：『此乃本帝專門用來鎮邪剋毒的神器，謂之：「赭鞭」。一鞭去皮、再鞭去骨、三鞭去命。萬一還殺不得妖孽，這包「靖妖散」直接向牠潑撒，當可擺平也。預祝諸位順利除妖。』大聖拜謝再三，告別而去。

三個仙家搭雲來到狗頭嶺「生死岫」的岩洞前；為了不打草驚蛇，他們化作三隻小蜜蜂飛進窟穴裡面。大聖仍然循著先前留下來探路的麥穗；順利地摸進蝸牛精的牢獄。大聖找到被關押的師父唐三藏等一夥，他取出神農大帝給的仙丹；讓所有昏迷的服下丹藥。藥王確實是名不虛傳；須臾就讓癱瘓一地的都甦醒過來了。開懷興奮之餘，還需抓緊時間離開這蝸牛窩；大聖囑咐著所有人悄悄跟隨他走出去。繞著繞著；已經把到洞口的陽光，大家正為了近在眼前的洞口鬆一口氣。

孰不料那洞口；轟然被一扇大鐵門給封關上了，堵得密不透風。大聖急得拿出金箍棒要把鐵門打破，這時卻見滾滾的劇毒煙霧正從裡面一湧而至。

大夥臉都綠了！原來這一切都是蝸牛精所設計安排好的，一行人又重陷危機矣。古人云：「寶劍鋒從勤磨出、梅花香自苦寒來」，古來賢哲皆曰好事多磨。而他們未來的命運如何？能安然度過厄運乎？敬請期待 下回分解：

『註解』：

❶猝曉：指忽然之間醒悟過來。
❷搬火山：指參加酒宴飲酒。
❸魑魅：泛指山林中的惡鬼。
❹隔澇澇：指事情不清不楚。
❺之陽：古代所謂某地之陽；即指該處的南方。
❻窟岫：泛指山洞岩穴。
❼盤陀：指彎彎曲曲的山路。
❽眙眐：用眼睛仔細打量著。
❾窩弩：指臥伏深藏。
❿打擺子：全身顫抖不止。
⓫蛞蝓：即蝸牛同類的軟體生物。
⓬五毒：古代稱蜈蚣、毒蛇、蠍子、壁虎、蟾蜍為五毒。

第二十三回　靖嶺鎮岫除妖禍　彭城又逢美麗魔

話說大聖領著師父唐三藏一行人；逃離詭譎險惡的「生死岫」。已經來到近在咫尺的岩洞出口；突然遭到洞口的大鐵門封鎖緊閉，無法逃出。料不到禍不單行；同時從洞穴內湧來滾滾有毒的濃霧！頓時大家又亂成一團。

『淡定！淡定！大家切勿慌張，先定神下來、用龜息大法止氣。』大聖悟空嚷著提醒眾人，可惜為時已晚。僅片刻時間；一行人就東倒西歪、躺臥一地。只剩下大聖獨自一人望眼興嘆。就差這麼幾步；所有努力、功虧一簣！

暫停氣息的大聖，絲毫不敢大意。他先拔下一根毫毛；暗唸訣咒化作大聖的替身倒臥在地，自己再變作小飛蟲；停靠岩壁上縱觀情況。

『這回可是一網打盡啦！』那蝸牛精帶著幾個小妖，漫步走過來驗收成果，瞧見裡面多了值時功曹和無上元大仙，志得意滿笑說道：『連本帶利；廚灶又多了兩個加菜的肉球。甚好！甚好！』一會兒；洞裡叫來百來個蝸牛小妖，逐一把昏迷的一夥綁緊，搬到牢獄去。蝸牛精一眼瞄到化作的悟空也在其中，隨之猝嗟❶憤怒說道：『今個讓這廝奈上祝下❷、滋生事端多次。煩死了！乾脆直接將這猥衰❸的潑猴送進廚灶，殺了做菜給大家分享也罷。』假悟空恨快被小妖拖進廚房後面殺掉。

才剛將洞口鋪陳完事；適巧鄰近山嶺間的至親蛞蝓精、蜒蚰精❹路過來訪。神氣十足的蝸牛精親自到洞口迎接，且邀請他們入內就座奉茶。蝸牛精一心想著炫耀其眼前「豐功偉業」，開懷說道：『你們來得正是時候，今日俺遇到百年一遇之收穫。大家見證一下俺的厲害吧。跟隨過來！』，遂領著兩個妖魔走進牢獄，秀一下這一天內捕獲的獵物。

『哇噻！老哥！你……你發了！』蛞蝓精銳利的眼睛見到唐三藏，雙眼噴出火花說道：『你中了大樂透啦！』蝸牛精不解問道：『不就是幾個和尚、道士？有啥值得汝如此大驚小怪的？』一旁的蜒蚰精插嘴說道：『老哥長年窩伏在這岩洞蝸殼裡面，自然不比我們四處遊蕩、見多識廣。你眼前這個法師叫做唐三藏，他乃金蟬長老下凡、具十世之修行。走遍江湖盡知：喫唐僧的肉可長生不老，你真是天降洪福、鴻運齊天哪。可喜！可賀！』蝸牛精聽到這等空前的好消息，差點腦中風。他當場應允說道：『俺晚上即拿唐三藏去灶廚做下酒菜，咱哥兒們痛快飲酒吃肉，一起有福同享、一塊延年益壽。』蝸牛精興奮地走去大堂；馬上差遣洞裡的嘍囉們；拿出美酒佳餚、搬出瓜果麵湯……辦一場盛大的酒宴來慶祝一下。筵席很快擺妥。敲鑼打鼓、笙瑟齊鳴，但見那場合裡：

紅簾高掛、綵繡繞樑、酒肉齊上、馥郁珍饈擺滿堂。葡萄晶瑩、蜜桃芬芳。
龍鼎烹肉、鳳鍋蒸魚、玉桂清湯、琥珀杯中盡陳釀。新芽嫩筍、四溢飄香。
金鐘敲響、銀笛宮商、進酒歡唱、箏蕭挾鼓且張揚。琴弦時尚、樂飄廂房。
松柏猶翠、蘭白菊黃、燈火通亮、琉璃剔透穿燭光。萬般且忘、不勞憂傷。
真格萬般且忘；不勞憂傷！岩洞的大堂上杯酒高歌、賓主盡歡，好不歡暢。

窟洞裡面眾妖忙著杯觥交錯、把酒言歡之時，咱大聖可也沒閒著哩！惟見他由一隻小飛蟲；變化成一般般的小妖，逕自走進地下的牢獄敲門。有幾個牢裡的獄卒探頭問道：『幹啥？沒事走遠點。』大聖回道：『開門！開門！俺是大王的貼身助理，大王吩咐俺送幾罈好酒過來慰勞你們，順道取唐三藏那個肉球去廚房，晚上弄幾道菜大夥分享。好不！』七八個妖卒不疑有他；開心樂活開了牢獄的鐵柵。才開柵門；獄卒急著問那兩手空空的大聖說道：『咦？酒呢？不是說……』。大聖扮個鬼臉；嬉笑說道：『酒？俺只有棒子也！偶而換換口味；免費送你們喫棒子吧。省得背後說俺小器。』大聖一點都不小器！幾個獄卒被他持棒打得皮開肉綻、腦袋開花，瞬間遭到擺平。

『醒醒、大家快些醒醒。』大聖進到牢房；變回原身。他取出神農藥王的仙丹神丸；讓昏睡的同夥們逐一服下。林樗樗❺的同夥仙家一上間❻皆覺醒了過來，一夥懵查查的猶不知發生何事？唐三藏法師回憶說道：『阿彌陀佛！我只記得叫你和悟能前去探路。不多時；卻清楚聽聞有誦經念佛的妙音、從山林裡傳送而來，我還以為這荒山裡有廟寺寶方。隨著梵音佛經；不知不覺就走進這岩洞裡頭。迎面飄來一陣迷霧；再來就迷迷糊糊了。』大聖明快將情況大略解釋清楚，然後說道：『聽好！這妖精佈下的八卦洞陣非常複雜，幸好俺先前沿途撒下麥穗，當可依循找著出路脫險。待會兒；悟能、悟淨；值時功曹、無上元大仙跟隨俺前去大堂殲妖殺敵。趁著混亂之際；辛甘和秦願則保護師父殺出洞外。咱們在洞口見！』說完之後；即分頭作業行動。

大聖邁開大步朝大堂走去。這一刻；妖洞裡的大堂，大小眾妖正處於酒酣耳熱、盛筵空前，歡樂到渾然忘我的境界。那蜒蚰精念念不忘喫長生不老的唐僧肉，他提醒洞主蝸牛精說道：『我說老哥哥；你何時才要煮唐僧的肉；好讓咱哥兒們分一杯羹哩？俺的口水都流到屁股去啦！』豪情萬丈的蝸牛精大聲喊道：『嗨！不說；俺差點忘了。來人！將那牢裡的和尚唐三藏，給拖到膳廚宰掉；弄成下酒菜端上來。要快！』才說完；他耳裡傳來挺熟悉的聲音：『你這地上爬的妖精，憑你那張櫻桃小嘴；也想喫天鵝肉哩！是要蒸的？要炒的？還是要紅燒的？給你個建議；拌上狗屎、淋些貓尿更好喫。要不！』

好大膽子！坐在首席大位的蝸牛精聽著，皺眉怒目仰頭注視；到底是誰這般大膽放肆？呵！簡直是活見鬼了！眼前正是陰魂久久不散的孫悟空。他還嘻皮笑臉說道：『你太客氣啦！其實你的肉比唐僧肉更美味可口。米其林三星級的燒烤蝸牛，頂級的耶！』氣到爆的蝸牛精；嗔眼喝斥罵到：『你這冤家！俺上輩子欠你啥哩？不將你粉身碎骨、碎屍萬段、俺誓不為人！』大聖逗趣回道：『人？你也配！乖乖當隻可愛的小蝸牛不更好。』蝸牛精化作的白臉書生從座位上彈跳起來，瘋狂對嘍囉們咎責罵道：『你們發什麼愣！還不快點給我抓這野猴！』

眾妖群聚過來圍捕悟空；無上元大仙、值時功曹從左側殺出來，豬八戒、沙和尚打右邊攻上去。倏地；整個岩洞內打成一片、殺作一堆。洞裡的小妖；平日幾乎都躲藏在洞穴內守株待兔、以逸待勞的，面對真刀實劍；簡直就是不堪一擊，哀鴻遍野、死傷慘重。不忍卒睹的蝸牛精，連忙大聲說道：『沒路用的廢物；通通閃到一邊涼快去。讓本大王來修理他們！』說著即唸咒準備對大聖一行人；從其袖口噴出藍色的漿液。

『這裡由我來對付，你們暫且讓開。』無上元大仙取出彌羅仙傘來遮擋。像水柱般噴過來的藍色劇毒粘液；穿不透從西天帶來的彌羅仙傘，弄得液水四濺、毫無功效。蛞蝓精和蜒蚰精拿出刀劍；英勇跳到陣前幫助蝸牛精砍殺。大聖見狀；收起金箍棒，取出藥王神農大帝交予之赭鞭，朝那三個妖精一鞭抽了過去。神鞭抽打得三個妖精皮肉掀翻，嚇得蛞蝓精與蜒蚰精立刻跪地求饒。蝸牛精卻還想作困獸之鬥，他又唸咒使出滾滾硝煙毒霧；用來鎮壓一行人。

『這痞子死到臨頭還執迷不悟，饒你不得也。勿怪！勿怪！』大聖見蝸牛精仍然死不悔改，即時拿出藥王神農大帝的第二件神物來箝制；毫不猶豫向著蝸牛精潑撒過去。原來那「靖妖散」乃是東海精鹽；經過三百天所煉製而成，當藥神的靖妖散沾滿蝸牛精的全身；他驟然痛不欲生、悽慄倒臥地上打滾哀號，短短時間蝸牛精即溶解成一灘黏瘩瘩的漿糊。應了那句：「多行不義必自斃！」的名言。結束岩洞蝸牛精的性命，蛞蝓精與蜒蚰精也無條件投降。大聖委託值時功曹和無上元大仙二人；代為處理剩餘的大妖小怪、殘兵敗將。將他們帶走之後，再一把火燒掉這個「生死岫」妖洞，杜絕後患，免得死灰復燃。

唐三藏法師一行人；已經在洞穴門口等候多時，送經綱一夥人再度躲過厄劫，彼此慶幸只是虛驚一場、毫髮無傷。高興地相互擁抱、唐三藏法師為過去在洞內枉死的眾生超度亡魂。然後清查一下隨行之大藏真經與行囊，沒少啥的；抛開那鬱堙❼枝節，大家繼續往東瀛的路前進。

果然穿過了狗頭山嶺之後；右轉有一條大路可直行通往彭城。這回可走對了！

眾人腳步輕盈，放眼天地；又值落日昏黃；他們來到一處河渚水洲之堧道；不禁輕呼驚嘆，此間景色壯闊、遠方嵯峨群山、近處水泊蕩漾：

岸堰洲磯映落霞、歸人幾許、北雁紛飛南下。渠流輕盪經角榭、垂柳相伴戲蘆花。西村炊煙縷縷起、殘捲秋風無牽掛、他鄉笙曲、紅塵思遐、水瀅瀅忒俟憶仲夏、山隱隱又何掩碧華。雲染金花一朵朵、天抹丹黃也無涯。一念千秋示萬象、乾坤日月度一法。天色擾旅人、景物無差、春詩夏詞、怎堪秋雅。

月相盈盈欲照人；趕路的一行來到一小鎮，燈火熒熒、來往路人絡繹繽紛。鎮上大路衢肆❽找著旅棧梁園，奔波勞碌一天；入住休憩一夜。

話說一夜好眠；精神飽滿則繼續趕往彭城去。一連三天的馬不停蹄；終於來到彭城之郊。望遠瞧著宏偉宸壯的城樓，一行人好不開心。

那彭城❾亦稱為涿鹿。乃一州、兩漢、三楚、四巡、五道通衢、歷代之聞名古城，亦有帝王之鄉讚譽。其地理位置實為中土之交通樞紐；東襟淮海、南屏江淮、西臨中原、北扼齊魯，自古則為兵家必爭、車馬必經的重要城池疆域。

彭城巍巍壯闊；四方城池有大門十餘座。城方範圍百餘里，百姓數十萬眾也。

送經綱一夥人；持官誥關文經過城樓關柵，順利進入彭城城區內。城樓裡面的道路兩旁，百業商家雲集、店鋪幡幟高懸、市曹黎庶來往其間；熱鬧非凡。一夥人走著看著，渾然忘我之際。戛然地；馬路遠方傳過來一陣混亂，攤販躲、行人讓的情況。卻見有一車隊快速由遠而近馳騁過來，領頭的隨直頭踏❿在前吆喝市井民眾讓道！幾個開道官兵；騎在馬上喊道：『閃開！閃開！城府官衙的蹕巡⓫馬車經過，被撞到自己活該。』那股盛氣凌人、囂張跋扈的模樣，可把悟空惹惱了。當車隊挨近；撞翻一個農民賣果子的擔子，幾乎也差些撞到悟空等一行人。

悟空臉一抹唸起咒語；七、八個騎在駿馬上的官兵，瞬間從馬背滾落下來、摔在地上頭破血流、腳扭手折、無法站立。那蹭蹬狼狽的窘迫狀況；引起圍觀民眾的譁然嘲笑。整個車隊停頓在馬路中間；一時動彈不得。這時候；有幾個婢女攙扶一個雍容華貴、綾羅翠玉的簪纓美女步下馬車。她們走了過來問個究竟？知道情況；那美艷絕倫的少婦，輕撩華鬘⑫傲慢不悅地說道：『如此粗心大意、當街丟人現眼；除掉他們頭踏隨扈的身份，讓他們滾到一邊去，勿耽誤我們打道回府時間。走！』光天化日之下；馬路四周圍的圍觀者眾目睽睽；皆為那花容月貌、艷麗燦兮的貴夫人所吸引嘆服。唯有站在一旁冷笑的；就是大聖悟空；因為他早已看穿該貴夫人，其實只是個不折不扣、如假包換的妖精罷！

為趕著送經；悟空可沒那閒時間去管教那妖精。誠如俗諺：「多管閒事多吃屁，少管閒事少拉稀⑬！」暫且放她一馬，由她潑撒去。

原本只是打算經過彭城，僅止暫住一宿；於當地補充些日用品類的即行離去。哪知當送經綱一行人才踏入此間的府城館驛，卻早有彭城府丞派遣特使前來迎駕。由於駐守城門關柵的官兵，赫然驚見唐三藏一行的通關文誥；竟是朝廷當今皇上親自頒予的。立馬向彭城府丞刺史馳稟通報，這般貴賓豈能怠慢哩！

城府馬車接他們去到大殿的榮華宮，府丞刺史親自在宮前專候迎接。見面先是互相拱手施禮、寒暄問暖一番。然後有府丞刺史等官員們領著，走入早已擺滿瓜果糕點、香茗熱茶的桌案就座。席間；大家熱情洋溢、暢談愉快。

突然一下；榮華宮內變得靜默沉寂。原來是府丞刺史的嫡子與媳婦；聽聞朝廷太宗御弟來到，特地一起前來拜會唐三藏等一行。悟空雙眼銳利；立刻認出少主的夫人正是於鬧市馬路上，擺譜耍威風的妖婦。礙於場合；悟空未予點破拆穿，依然隨著拱手彎腰、彬彬回禮。

此時此刻；宮裡座席上的人，開始個個沉默寡言、拘謹嚴肅起來，說起話來；吞吞吐吐地。悟空察言觀色；明顯看出在場的官員們；均對那少主夫人惶恐畏懼、防她八分。甚至包括府丞刺史和少主在內儼然如是。這妖精果然厲害，能讓大家服服貼貼，肯定有她的一套。

現場唯有少主夫人神色自若，她落落大方說道：『欣逢唐三藏法師和諸位大德，誠乃三生有幸！據聞爾等高僧比丘曾往西天取經，成功把大藏真經攜回大唐長安，可謂勞苦功高、光耀古今也！拜服！拜服！』唐三藏法師雙手合掌回道：『南無阿彌陀佛；菩薩保佑！菩薩保佑！』妖魔扮作的少主夫人；得意忘形說道：『說起緇門佛法，俺也算是忠實信徒也，常去廟裡燒香拜佛呢。』悟空趁機酸一下少主夫人，故意問道：『恭人⑭也是虔誠的信善乎？敢問每天唸幾回綸音佛偈；是梁皇水懺還是金剛經、孔雀真經？』那妖魔根本聽不懂悟空說的，佛經妙法她哪懂耶，即隨便回應一句：『金剛精？孔雀精？俺什麼精都不是。俺是彭城少主的夫人。』這句話惹得哄堂大笑。直到她瞪著大眼看；大家方才安靜下來。悟空繼續酸她，且問道：『恭人每個月值幾回齋哩；是長齋？還是雷齋？』少主夫人更是聽不懂，湊夥回道：『常災？雷災？俺啥災都沒遇著，不論水災、火災都與俺無關。俺每個月都平平安安，無災無難。』這話一說；又是招來一陣爆笑。她只得把頭歪一邊假裝沒聽見。然後她又顧左右而言他，問唐三藏說道：『長老這回是路過嗎？欲往何處去也？』唐三藏法師回說道：『善哉！善哉！上回是去西天取經，這回則是往東瀛送經。將真經送往北遼、高句麗、百濟、新羅、最終到達東瀛的大和國等淨土。願修這般功德來推廣佛之莊嚴國度，上報四重恩、下濟三塗苦。阿彌陀佛！』送經綱的佛國推擴修行，讓榮華宮裡的官員們頻頻點頭稱善。

女妖扮作的少主夫人刻意問道：『爾等一行高僧；於本城可有地方寄居夜宿？』唐三藏法師回道：『阿彌陀佛，我等只在貴城裡暫住一宿。已經在府城的館驛辦好進住也。』少主夫人揮搖玉手說道：『不妥！不妥！府驛那地方骯骯髒髒、破破爛爛，皇上的御弟怎堪住那種破旅窯哩！太委屈！太委屈！』

她轉身對府丞刺史和少主肆無忌憚；大聲說道：『你們這彭城的城主是怎麼當的，如此不懂待客之道？不如搬到俺的行宮來住，那裡的房間寬闊舒服。僕役伺候也方便許多。』那府丞刺史只能唯唯諾諾迎合，跟著請求送經綱一行人遷移過來行宮住。唐三藏心想；反正說好的只住一宿，其實住在哪不都是一樣；於是他就點頭同意了。悟空明知這妖魔壓根不懷好意，但是又不好當眾戳破，只得摸摸鼻子不表示意見，暗地則謹慎構思、防患未然；保護好師父。府丞刺史很快遣人將府驛裡的所有真經謄本、旅途行囊打包帶了過來。

城府少主的行宮確實寬敞華麗、月橋流水、閣樓廊道、庭園假山、松柏環繞。裡面客房眾多，悟空特地吩咐大家提高警覺，他即挑一緊鄰師父一牆之隔的客房住下。另一端住著豬八戒；兩者夾中來保護唐三藏師父。沙和尚、辛甘和秦願三者則是輪番負責守夜巡視。

彭城府刺史安頓好送經綱等住宿的事，並且在宮裡擺設晚宴款待長安京城來的貴賓。且看菜餚豐盛盈桌、琴箏鑼鼓齊響、金觥斟滿陳釀、載歌載舞滿堂。一行人吃飽喝足，方才開懷離席返回行宮就寢。悟空倒是保持著清醒而滴酒未沾，他只是納悶，不知何故；整晚酒宴皆不見那府丞少主和女妖出現？

『今晚你們一定要保持清醒。俺早就識破那少主的夫人；其實是個妖精化作的。並且她已經知道師父的身分，不可能會放過這次機會。你們值夜班；一旦發現有任何風吹草動，記得趕緊叫俺過來。千萬留神！千萬留神！』大聖一再叮嚀之下，三個人允諾會保護好師父的安全。沙和尚安排首輪值夜；即子時的班、辛甘則是丑時的班、秦願是負責寅時之後的班。

豈不料；到了辛甘值班就出現狀況。『師兄！不好了，師父不見人了！』那辛甘一面敲打悟空的房門；一面大聲呼喊著。大聖從床上猛然跳起來，直奔隔壁唐三藏的房間。大夥在房裡東翻西找，驚慌之餘；為何師父無故消失不見蹤影了！

師父唐三藏到底是被誰挾持帶走的？要如何找到他哩？這彭城的女妖又是怎麼混進城裡當少主夫人的？敬請期待下回分解：

『註解』：

❶猝嗟：因為生氣而怒斥。
❷奈上祝下：指作對而槓上、令人礙手礙腳的。
❸猥衰：指狼狽、倒楣的樣子。
❹蛞蝓、蜒蚰：與蝸牛同類生物，卻無外殼；可以來往自如。
❺林樗樗：指人處於痴呆犯傻的狀態。
❻一上間：即一會兒功夫。
❼鬱堙：煩悶不快。
❽衢肆：馬路旁邊的商店。
❾彭城：即現今的徐州，位於江蘇的西北方向。
❿頭踏：為古代官府車隊前方的開導。
⓫蹕巡：古代官府出巡，平民百姓必須自行迴避讓道。
⓬華鬘：指一頭秀麗的美髮。
⓭拉稀：北方人說的腹瀉、拉肚子。
⓮恭人：古時候對高官夫人的尊稱。

第二十四回　亡命天尊戰群英　彭城魔女掀風雲

且說送經綱一行人受邀，晚宴之後；入住彭城府刺史少主的行宮裡。孰不料在半夜丑時；大聖被值夜守門的辛甘喚醒，趕往查看才驚覺師父唐三藏已經從屋內蒸發、消失的無影無蹤矣。這還了得！

『這到底咋回事？怎麼會搞成這樣？』悟空揪著值班的辛甘急迫問道。辛甘神色慌張回道：『俺方才接沙僧師兄的班；站在師父房門口守著、寸步不離。不多時即見著一個宮中女婢，提著一壺水進師父的房間，說是奉府丞刺史之命，送來剛煮好的酒水；供師父夜裡飲用。我不疑有他；讓她進去了，卻久久不見她人出來。待我衝進去查視；遂不見師父和那女婢的身影。這下糟了！這下糟了！』悟空大叫一聲說道：『這房間裡面鬧鬼不成。怎地二人會憑空消失？』他沉下心再於師父的房內仔細檢視，終於發現屋樑的頂端；已經被人開了天窗，有幾片屋瓦遭到移開。他馬上跳上屋頂追查著，可惜為時已晚；賊人挾持唐三藏早就逃之夭夭、失去蹤影。麻煩！麻煩！真麻煩！

彭城府裡的巡城總兵，很快也領著一群官兵趕赴現場視察。隨後府丞刺史；甚至那妖婦也趕了過來。當那府丞刺史接報唐三藏被歹徒綁架，急得他團團轉；妖精扮作的少主夫人；卻逕自發號施令說道：『此事非常嚴重！當今聖上的御弟、朝廷東瀛送經的特使；在咱宮裡鬧失蹤，豈止荒謬可惡！現場的人都有嫌疑，通通抓起來關進牢獄，嚴刑拷打；找出事故原因。希望早日尋獲唐三藏法師，對太宗陛下有所交代。』語音甫定；一群宮裡的官兵圍了過來，不由分說；把在場的悟空師兄弟們全部五花大綁，送進宮中牢獄給關押了。府丞刺史像是木頭人；從頭到尾一語不發，只是愣愣站在一旁看戲似的。

『你們不用緊張，好好睡個大覺吧。俺保證一早天亮就會放咱們的。』被關進牢獄，大聖反而不當回事地；安慰忐忑難安的眾人。他拔下一根毫毛，唸咒化作自己躺在牆角。再把自己變做一隻飛蛾飛出那監獄裡，飛去哪呢？故意又飛回府丞刺史的行宮去。

次日；天際方才露出白臉，大聖即時變作唐三藏法師的模樣，前去刺史的宸居處敲門。宮裡的守衛嚇呆了；通報後的刺史，匆忙披著貂皮披肩趕出來說道：『是法師嗎？真是唐三藏法師嗎？太好了！聽說你遭到歹徒挾持，害得我一夜都睡不好哩。』悟空化作的唐三藏哈哈大笑；故意裝瘋賣傻、低聲對那刺史說道：『聽說你們這兒鬧鬼，俺不敢在這裡睡。出去附近走走。天亮才敢回來！咋的？咋晚這行宮又出啥事哩？』聽得那刺史臉都綠了，怯怯說道：『方丈法師平安就好！平安就好！沒事！沒事！和尚趕道士。』假唐三藏又貼著刺史的右耳說道：『阿彌陀佛！俺可不管世俗的閒事。刺史大人果真被身邊的妖魔困擾，找俺的大徒孫悟空就能搞定，他的專業就是鎮妖打鬼。切記！切記！』再補充一句：『乾坤老字號：擒魔專家、殺妖達人！』府丞刺史謹記在心；連忙點頭稱是。二人隨即入宮裡就坐，品茗餟早點且聊著。城府裡的官員也隨後趕過來請安。

『怎麼可能？怎麼可能？』妖精扮作的少主夫人；剛聽宮中的僕人說唐三藏一早回到行宮，半信半疑直奔宮裡瞧個仔細。到了宮裡的客堂，馬上瞠目結舌；圍繞假唐三藏打轉。悟空扮作的唐三藏訕笑說道：『咋的？少主夫人見到鬼了，是嗎？』這話直接嗆到妖精的心窩，踩到她的尾巴。因為咋天夜裡；就是她變作宮裡的婢女，裝作送茶水；進房迷昏唐三藏再綁架而去的，難道是綁錯人啦？真烏龍！她只好強顏歡笑、故作鎮定說道：『挺好！挺好！菩薩保佑。府裡大夥都以為大師失蹤不見，亂作一團呢！』

『虛驚！虛驚！俺就是聽說妳的行宮裡鬧鬼，索性出宮夜遊哩。總算躲過一劫也。』假唐三藏的話；引得妖婦追問道：『可……可是昨晚；法師房間裡被綁走的，又是何人哩？』悟空扮作的唐三藏逗趣說道：『這一路長途跋涉、翻山越嶺，想喫俺唐僧肉的妖精可多著，排隊都得排三天三夜。俺早就知道你們這些妖孽喜歡玩這套，老早就找好替身啦！都是找一些老狗變成的。不就是：掛羊頭賣狗肉囉！妖精想長命百歲？門兒都沒有！』聽著那假少主夫人牙都歪了，白忙一場且又打草驚蛇。想著要如何把抓錯唐僧的事，向送到山上的大哥解釋清楚？

『話說回來；俺可是當今朝廷太宗皇上的鐵哥們；又奉旨專程赴東瀛去送經。你們彭城府無緣無故破壞俺的團隊、胡濫捕捉俺的同志，到底是何居心？不怕俺到京城大理寺那裡告狀乎？放肆！』假唐三藏故作生氣地拍桌子罵道。此話可真嚇得彭城殿堂上的官員們；紛紛下跪道歉，並且斥令那宮中牢獄；火速快快放人。

才出獄之假悟空、豬八戒、沙和尚等一行人；碰到假唐三藏也假裝親切熱呼著，這種戲碼已經演了再演，熟能生巧矣。

當下沒有啥事比救師父更重要的。大聖扮作的唐三藏；開始丟機會來勾引妖精上鉤。他故意說道：『剛才聽到一個縉紳❶提到；少主夫人的令堂，這兩天即喬松耋壽❷，可喜可賀也！是否需要本法師；為其作一祈福祝壽法會？少主夫人可有意願哩！』聽得那妖精一時懵懵懂懂地，突然她眼睛一亮；開竅且歡欣的說道：『喔！法師不說；我還差點給忘了。是啊！是啊！這法會肯定要辦。父母養育之恩如山似海，難得她花甲壽誕，為人子女；是應該盛大為家母慶生之。有勞！有勞！』假唐僧即順水推舟說道：『因為東瀛送經，行程安排非常急迫。方便的話；可否打鐵趁熱，現在就過去貴府舉辦祝壽法會？』這話正是那妖精內心想說的，正中下懷；她立刻拍板同意。心想暗爽；這唐三藏可真上道，焉有自己送上門的肥肉；有人會推辭的，這種好事可真是千載難逢！

於是在彭城府丞少主的行宮前；備妥兩輛馬車。少主夫人刻意吩咐；不勞動任何人，甚至隨扈頭踏的衛士都不用。僅有唐三藏法師和豬八戒陪著她去即可；光是帶走這兩塊肥滋滋的肉球，就很養身補氣了。當然；大聖也希望快些搶救師父，人多反而礙手礙腳的。敵我之間；各自打著各自的如意算盤。臨出發之前；大聖扮的假唐僧悄悄對著辛甘說道：『你等會兒變作小鳥，跟著馬車走。確定俺下車之地點，再找大家過來幫忙，見機行事。』

話說這兩輛馬車；彎過來轉過去，越過三個叢林、又穿過五個山嶺、一條江河，來到一處山谷隱密的宮殿前。放眼那宮殿的四周；盡是奇岩怪石、斷崖殘壁、人煙絕跡、鳥獸幾稀、江河曲折圍繞、僅止點綴幾株蒼松散落其間。其地隸屬「擎天崗」山區。馬車方停；甫地湧上一堆妖兵妖將，團團圍住了馬車。

『天尊！天尊！令妹美麗魔公主回朝囉！』經過門衛的吆喝；大殿裡走出一個虎頭豹眼、熊臉鷹鼻、豎直的赭紅虬髯、霸氣十足的彪悍壯漢。他頭上戴著緟色❸沖天冠、穿著赤焰綴金絲錦袍、腰繫寶玉帶、足下穿著虎皮長靴。他邁開八字大步走向馬車，兩側一旁的眾妖們齊聲歡呼著：『功蓋天地、當承鴻運。亡命天尊萬歲！萬歲！萬萬歲！』大殿的正門上端，書有「風雲寶殿」四個大紅字。

『老妹回來正是時候；妳昨晚遣人送過來的唐僧，我待會準備把他給宰了，咱兄妹倆一塊喫掉，一同長生不老。』亡命天尊眉飛色舞；對著剛下馬車的妖女妹妹美麗魔說道。『唉！我就是為這唐三藏才趕回來的耶。昨晚抓錯人了！那傢伙是冒牌貨，根本就不是唐僧。』美麗魔嘛著小嘴說道。亡命天尊簡直不敢相信所聽到的，懷疑說道：『啥？抓錯啦！唐三藏也有冒牌貨？這年頭啥都有盜版的。還第一回聽到有山寨版的唐僧哩。』美麗魔又眉開眼笑說道：『老哥且放心，妹子這回專程將真的唐僧給送過來啦！還附贈一個肥豬頭。』

『咦！不是說好去妳娘家給令堂辦法會？妳來這裡幹啥？半途尿急上廁所嗎？俺也順便排放一下吧！』大聖變作的唐僧；故意裝蒜問道。亡命天尊走過去，拎著假唐僧說道：『俺是這裡的頭頭：江湖號稱「亡命天尊」。俺馬上就拿你清燉中藥、八角配花椒給喫下肚。廢話少說；到了俺的地盤，你就乖乖認命吧！』悟空扮的假唐僧嘻皮笑臉說道：『不是俺說你們這些二百五，還稱「亡命天尊」；乾脆改稱「亡命天真」算了。張眼看清楚點！要喫就喫旁邊美白的彭城少主夫人；或是馬車上另外那耷子❹豬八戒。想喫俺？不是不讓你喫，是俺染瘟搞得一身的爛瘡，怕你看了喫不下哩。』說完；悟空扮的假唐僧掀起錦襴綵織袈裟，果然全身長滿了斑斑點點、流著膿水的爛瘡、更夾有一股撲鼻的惡臭味。把亡命天尊嚇得倒退三步，美麗魔也舉起衣裙長袖遮掩、不敢直視。

『我說老妹妳確定這痞子真是唐僧？好像從垃圾堆撿回來的破爛耶！』亡命天尊頓時倒足了胃口。美麗魔也意興闌珊、垂頭喪氣說道：『假是不會假！在殿堂上；我親眼見到他那些跟班，都很熱情擁抱他，應該假不了。既然都抓來了將就喫吧。頂多剝他幾層皮，用高溫鍋油炸吃掉便是。』亡命天尊嘆氣揮揮手說道：『只好這樣罷；生怕還沒有沾到長壽隨即跟著染上病瘟；弄得像他一般全身爛瘡，想到就作嘔。快將他們帶下去！帶下去！』他且嗤之以鼻說道：『俺雖然玩命；遇到這種體無完膚、贅疣爛瘡的食物，玩不起！玩不起！』孫悟空裝扮的假唐僧和豬八戒很快被嘍囉押到風雲寶殿內牢籠裡關起來。

麼情況。

昨晚被關押的唐三藏正身，盤腿禪坐；正唸著「彌勒三經」、「梁皇水懺」經文。見獄柵鐵門打開；推進倆個人，其中一個竟然跟自己長得一模一樣。『阿彌陀佛！師父受驚了！』大聖扮作的假唐三藏與豬八戒頓首伏跪說道。唐三藏馬上明白咋回事，扶起二人一起坐下，並且詢問什麼情況。

『那少主夫人稱為「美麗魔」；根本是個崗穴裡的石英精。她大哥為此山域的首領；渾名「亡命天尊」，則是個花崗岩精。』孫悟空的火眼金睛可不含糊，啥妖魔都逃不過他的雙眼。他皤然說道：『這兩個算起來還是俺的親戚哩！俺當初乃東勝傲來國；花果山山頂的一塊仙石，經過千年天地日月精華孕育而出的。只是俺一直走正道，他倆走歪路罷。可惜！可惜！』豬八戒急著問道：『師兄！暫且不管他倆是什麼玩意兒，咱們先想辦法逃出去要緊。身處刀俎上的魚肉；真叫人坐立難安。』『也罷！你照顧好師父。俺現在出去探路摸底。』大聖交待完；拔下一根毫毛唸訣，變成另一個假唐僧取代自己。他再變成飛蟲飛出了牢獄。

飛出牢獄的大聖，沿著風雲寶殿之殿左側廊道來勘查地形。瞧見那廚灶的伙夫們正忙著；磨刀的磨刀、砍柴的砍柴、生火的生火、洗鍋的洗鍋……。再飛到大殿之上，瞧見玩命天尊正與美麗魔併肩坐著；閒聊議論著。

美麗魔春風得意說道：『老哥且放心；那彭城府丞刺史是個夯貨❺，他嫡子少主更是個白癡兼驢蛋，我分分鐘可搞定他們。至於宮中官員皆亦畏首畏尾之平庸之輩。唯有一個；就是彭城翊衛總兵杜天雄，比較固執難控！慢些時日；我再來設法拔除他這釘子。』亡命天尊笑著說道：『老妹的功力一流，法力更是無庸置疑。順利發展下去；彭城遲早變成咱們的囊中之物也。不過；說到唐三藏，江湖傳聞他有個大徒兒；渾稱孫悟空，很難對付。妳這回有遇著他嗎？』美麗魔噗哧一笑，鄙視說道：『老哥說的；莫非就是那猴腮潑皮、蕞陋❻作秏❼的傢伙嗎？那廝尪羸不勘，何足掛齒也。這會兒；他人還留在彭城的行宮喫香喝辣，遊手好閒呢。小把戲！小把戲！』聽得大聖氣呼呼；差點想衝過去賞她幾個耳光。

『窩在裡面的妖魔鬼怪，通通滾出來！乖乖束手就擒，省得爺們動手傷了你們。』忽然大殿外頭，傳來幾聲怒吼。原來那辛甘確認賊窩之後；領著沙和尚、秦願、假悟空，還有天上輪值的十八位護教伽藍一起趕來擎天崗救唐三藏。

『就憑你們這些三教九流的，俺奉勸你們先去訂好棺材；再過來鬧事吧！』走出殿門的亡命天尊，用手指著台階下的仙家們說道。美麗魔跟隨其右；也恚然瞪著沐瞳❽大眼；睥睨叫嚷道：『風雲寶殿前豈容汝等放肆，膽敢來此番犬狺狺❾，莫非喫了熊心豹子膽啦！我呸！』

沙和尚舉起彎月降妖寶杖；指向美麗魔說道：『妳這女妖魔竟敢裝扮彭城少主夫人，拐走我們的師父。勿說言之不預；再不交還唐三藏師父，俺就拆掉這座違章建築、殺妳個雞犬不留！信不！』雙方互相叫罵著。正處於劍拔弩張、熱血亢奮之際；不知是哪個痞子放了一記響屁？瞬間點火引爆醞釀了一陣的戰局。亡命天尊手持錳鋼鎢鐵打造的斬馬大刀；一馬當先殺向沙和尚。辛甘則舞著劈天刀；對著美麗魔殺過去。眾位護教伽藍也各執武器和妖兵們廝打起來，風雲寶殿裡的妖兵妖將倏地傾巢而出，場面一時刀光劍影、殺聲震天。大戰一發不可收拾。

趁著局勢混亂；大聖化作的飛蟲返回那牢獄，變回了真身；手持金箍棒打趴幾個獄卒。和豬八戒攙扶著師父唐三藏預備逃出去時，他突然靈光乍現；說道：『且慢！這些惡魔想喫俺師父，俺必須讓他們付出貪嘴的代價。除了喫下一堆猴毛，還附贈毒咒；免費送他們去閻羅殿那兒的門票。』他故意把那毫毛變作的假唐僧留在獄裡，並且還唸毒咒劃厄符在假唐僧的身上。再拔下兩根毫毛變作豬八戒與另一假唐僧，讓現場保持著原狀。然後他們才從容奔向後殿；三人搭著雲頭快快溜出擎天崗，平安折回彭城的行宮矣。

話說武力全開、打得不可開交的風雲寶殿戰況。送經綱的師兄弟；加上十八位輪值的仙家們，英勇善戰、還越戰越勇。但看他們摧枯拉朽、勢如破竹、打得本來即為烏合之眾的妖兵們東倒西歪、潰不成軍。亡命天尊可也不忍卒睹；實在丟人現眼、看不下去矣！他嗒然大吼一聲說道：『滾！滾！都給本王滾到一邊去。讓俺來好好修理他們！』

一聲令下；四周圍的妖兵們全都閃到一邊涼快。大夥心中有數；好戲正式上演，這些外來的「不速之客」準備遭殃了。亡命天尊玩的絕活「飛沙走石」、另外之拿手招牌「石破天驚」，孰能抵擋得住哩！妖兵們屏氣凝神、拭目以待。

且看亡命天尊將斬馬大刀擺置腳下，他英玄⑩微閉、嘴裡喃喃有辭。原來萬里晴空、風和日麗的天氣；卻逐漸變得烏雲滾滾而至、暴風洶湧襲來。短短之一刻間；風雲際會，整個天地乾坤全都變了樣。請看官留神：

日照曉光風徐徐、松花輕飄迎柳絮、白雲輕柔、山清水綠、岫溪野澗盡歡愉。
世間變化似山雨、烏雲蔽日、極目劇變難適宜。萬象更迭、石魔邪術實堪慮、
地動山搖、沙石飛起。沙塵鋒利穿透皮、狂風沙襲眼瞳閉、封口掩鼻止氣息。
亂石紛飛、猛如暴雨無從拒。四面八方、鋪天蓋地。骨肉身軀、怎堪抵禦。
石若巨斗、沙似蔴粒、滾滾沖刷覆全域。翻轉盪旋沙石間、吁嗟神仙何覷。

萬般神勇的仙家們；料不到這亡命天尊玩的「飛沙走石」法術，如此之犀利！沙似風浪、石若雨飆；兩者滾滾夾雜而至，叫人無處可躲、防不勝防。飛沙走石漫天飛舞，不到一時半刻；沙和尚、秦願和護教的伽藍皆傷痕累累、流血骨折。明顯的劣勢難以抵擋，唯有撤離該處，走為上策。他們只好各自駕雲逃離那擎天崗的風雲寶殿。

『哼！想溜走！太晚啦！全部給我留下來！』美麗魔柳眉一豎；唸著「縛仙索」魔咒拋出一把魔繩，像閃電似的魔繩飛向天際。大夥還來不及逃走；即逐一遭到魔繩緊緊綑綁摔倒在地，動彈不得。沙和尚、秦願和十八位護教伽藍無一倖免。倒是辛甘機智靈敏、反應睿捷的他；即時變作「我是一隻小小鳥」，飛快逃離而去。目睹一夥戰友皆淪為階下囚，萬分難過與不捨。

玩到大獲全勝的亡命天尊；眉飛色舞地攜手美麗魔驗收成果。除了捕獲一班仙家，又發現那假悟空已經遭到亂石擊斃；倒臥地面。不覺開懷大笑說道：『江湖盡是誇耀這孫悟空有通天本領、武藝高強。結果還是不敵俺的飛沙滾石，簡直是不堪一擊。差得遠！差得遠！』美麗魔也藉機哄抬讒媚說道：『老哥乃名符其實的亡命天尊，就憑哥玩的這手絕活；掌握天下亦是指日可待也。』在場所有的小妖歡聲雷動，高聲嵩呼著：『亡命天尊萬歲！萬歲！萬萬歲！』亡命天尊此刻飄飄然；有如翱翔青天，笑到他嘴巴都痛矣。

再說漏網逃脫的辛甘小將，化作小雀鳥之後；直飛奔回彭城的行宮。他變回原身跪向唐三藏、孫大聖和豬八戒，含淚敘述在「風雲寶殿」征戰中失利的經過。『失算！失算！那亡命魔頭的「飛沙走石」妖術，還有美麗魔妖女的「縛仙索」妖物，不可低估、不容小覷也！大夥全栽在那裡。慘兮兮！』辛甘垂頭喪氣說道。唐三藏不停的安慰小辛甘，大聖卻一旁若無其事說道：『無傷！無傷！所謂：「知己知彼、戰無不勝」，問題不大！倒是那美麗魔，算時間；應該也快要回到彭城的宮裡也。讓俺好生來侍候她一番。哈！哈！』

亡命天尊這回果然一戰成名；大聖會是他的對手乎？美麗魔即將回彭城陰謀奪權；將會遇到大聖如何設圈套來破局？敬請期待下回分解：

『註解』：

❶縉紳：古代泛指達官貴人。
❷喬松耋壽：指六十歲以上長者的生日。
❸緀色：即深黃色。
❹奆子：指大胖子。
❺夯貨：意為愚蠢笨人。
❻蕞陋：外表醜陋難看。
❼作耗：指作怪搗蛋的人。
❽沐瞳：清澈明亮的眼睛。
❾番犬狺狺：正在狂吠亂叫的野狗。
❿英玄：古代中醫對眼睛的稱謂。

第二十五回　擎天崗魔女惹禍　行者計取亡命魔

亡命天尊佔山域　妖術高超孰堪抵　飛沙走石八方聚　迎面襲來穿肉皮
滾滾沙土伴巨石　變化萬千難適宜　漫漫沙石掩天地　石破天驚怎匹敵

且說在擎天崗的「風雲寶殿」，大聖雖然順利救得師父唐三藏、師弟豬八戒，卻也導致師弟沙和尚、秦願與十八個輪值的護教伽藍；遭到亡命天尊以「飛沙走石」妖術打敗、進而一網成擒。漏網逃回彭城的辛甘；憂心忡忡地陳述敗戰的經過，大聖出乎預料不予操煩，反而凸顯信心十足的樣子。他葫蘆裡到底賣的什麼藥！真令人費解？原來咱齊天大聖早就在腹中運籌帷幄、折衝千里也！

『俺說小辛甘；汝且辛苦點，這一兩天再變作雀鳥；去那風雲寶殿盯緊把關，看到一有風吹草動，記得馬上回頭通知俺。』大聖認真叮嚀囑咐著辛甘。

大聖行者又抓緊時間；同時邀約彭城府丞刺史與翊衛總兵一起，在宮殿某個廂房密談協商。那府丞刺史李謙；本是太宗皇帝的親侄兒，為人忠厚樸實。而翊衛總兵杜天雄則為幽州固安人氏，早期參軍；曾經與太宗李世民並肩作戰。討伐燕州叛軍高開運之時；為太宗衝鋒陷陣，立過汗馬大功。兩年之前；才由昌平縣之驛丞升遷至彭城現職。密室裡的三人施禮就座之後，彭城的兩位官員一談及少主夫人的蠻橫霸道，無不怨聲連連。

『初始；本府之嫡子陪他娘去郊區的羅山佛寺上香，歸途突然遇到暴風雨襲擊，適巧經過一戶大宅院；即受邀進去暫避風雨。而該戶主的千金知書達禮、殷勤接待、儀態俱佳且又花容月貌、風韻若仙，與我那嫡子相談甚歡。暴雨接連三天；無法離開的情況下，他二人朝夕相處、即私訂終身矣。』府丞刺史無奈說道：『孰不料；辦完喜事進了門，她即完全判若兩人。無論家事和公事皆插手干預，殿堂之上；由她作主說了算，如此日復一日，已經數年矣。無狀❶！無狀！』

大聖追問道：『這般刁蠻無禮之媳婦，怎能容忍、姑息養奸。刺史為何不直接休了她哩？』府丞刺史顰眉蹙額❷地說道：『上仙有所不知；我那兒媳說來挺邪門的，大凡殿堂上或私底下；與她齟齬頂撞者，下場均枝節橫生、非病即傷、災禍頻頻！在種種痛苦的教訓之虞，大家遂明哲保身、自顧不暇矣。本官惹火上身實在是家門不幸、遇人不淑、家醜不堪啟齒也。慟哉！慟哉！』一旁的翊衛總兵憤憤說道：『我向來對她不理不睬。不知何故？我的愛駒竟然莫名其妙摔斷了腿！怪事！』大聖笑著說道：『莫怪！莫怪！昔日俺被那西天太上老君的八卦爐封住；煉就了一雙火眼金睛，世間任何妖魔鬼怪皆逃不過俺這雙眼。你那兒媳、少主的夫人；根本就是個妖精，渾號：「美麗魔」。說穿了；搞什麼狂風暴雨、弄什麼大戶人家皆為她所佈下的騙局罷。其目的；則是拿下彭城來作主稱王！』

此話一說；兩個官員聽了頓時醍醐灌頂、恍然澈悟。府丞刺史李謙驚嘆呼道：『難怪彭城上上下下任她縱橫擺佈、為所欲為、原來她卻是個妖精。貓膩！貓膩！』翊衛總兵杜天雄問大聖說道：『請教大聖；這妖女「美麗魔」頗具有妖術魔法和毒辣手段，威脅危害本城甚鉅。我等必須除之而後快，你可有對應之策？』『然也！然也！你兩附耳過來，如此如此、這般這般……。』大聖拉近二人；悄言細語交代一番，大家同心協力來剷除此間的妖孽。

再來；他又特地趕赴東海找東海龍王敖廣商議協助。行者縱乘祥雲去到東海，巡海神叉遇著；即速通報東海龍王。老龍王領著海裡的蝦蟹兵將齊來相迎，一起到龍宮施禮而坐。那龍王早聞大聖這回又為東瀛送經而效力，敬仰之餘；豈有不配合的道理也，龍王欣然說道：『大聖既為佛國推廣；放棄西天佛仙之名再次下凡效力，俺自嘆弗如！既然大聖來訪，必有險阻相求，但請大聖直言無妨。』既來者則安之；大聖即將此回於擎天崗；和亡命天尊拼鬥之遭遇全程告知，並且請龍王適時降雨相助。東海龍王聽罷；他回言說道：『俺雖主司風吹雨澤，卻仍需經過玉皇大帝批示。於某時某地、雨勢大小、尚有三官擬筆、太乙文誥、旨令雷公、電母、風伯、雲童等仙家共襄盛舉才行。』大聖笑著提醒海龍王說道：『龍王老矣！難道你忘記俺於西天取經之時；在那號山枯松澗之火雲洞，你領著西海龍王敖順、南海龍王敖欽、北海龍王敖閏等；一起力挺降雨相助之事也！又何來繁瑣哩。』東海龍王聽完，憶及往事猶若在目歷歷。他羞愧回道：『老矣！老矣！大聖所言甚是。如果場合不需閃雷電、降風霜；俺自可隨時號召舍弟等三個龍王施雨相助，隨時待命無誤。』大聖眉開眼笑；將往後幾天所設定的計、佈下的局逐一與東海龍王詳細相告。

大聖聽辛甘提及；亡命天尊的「飛沙走石」難與匹敵。記得西天取經之時；於朱紫國擒拿賽太歲，曾經聽仙家提過；廣羅大仙有一大可羅山，小可羅石的「羅星法網」。連忙駕著觔斗雲再跑一趟西天，去北天門寶生殿拜訪廣羅大仙，向他陳述來意；欲借一寶物。廣羅大仙倒也爽快乾脆，除了交予鎮殿之寶「羅星法網」，並且教大聖如何唸咒使用之。

且說擎天崗風雲寶殿那裡；美麗魔順利地哄騙唐三藏到殿裡交差、尚且又捕獲一堆西天的伽藍仙將；大功告成。第二天；她遂備馬車欲先離去。亡命天尊苦勸說道：『急啥？汝久久難得回山上一趟，沒事多待會兒唄！』美麗魔委婉說道：『這兒反正沒事；我還是趕回宮裡去，省得招惹閑話、啟人疑竇。』亡命天尊又好意說道：『唉！俺準備今晚就宰掉那唐三藏，省得夜長夢多。汝不如與俺喫他一碗唐僧肉；明天再回彭城也不遲？』美麗魔毫不考慮說道：『到了嘴的鴨子；還怕牠飛掉乎！老哥就幫我留一碗吧！如果宮裡沒事；我這一兩天再回來。』勸留無效；亡命天尊只得目送美麗魔的馬車離開擎天崗而去。

一個箭步；亡命天尊回到風雲寶殿的殿堂。端坐大位；吩咐殿前侍衛將牢獄裡，把今日捕獲的沙和尚和西天的仙家們帶至大殿問話。亡命天尊仰首問著台階下俘虜們說道：『你們打哪來的？為何知道唐三藏在本王這裡？』護教伽藍各自報上伽藍的仙號；沙和尚則說道：『俺是師父唐三藏的三徒沙悟淨，他是俺師弟秦願。這些西天的仙家們均是我等在危難時；出手相助的朋友。至於；俺找你討師父唐三藏，是因為你那妖妹美麗魔；親口說過把他帶到這裡。』亡命天尊起疑問道：『重點是；俺這擎天崗風雲寶殿的位置十分隱密、人煙絕跡、你們如何找到這裡的哩？』秦願搶著回話說道：『不就是那美麗魔帶路，我們跟著她後頭唄。』他方才在牢獄時，無意中；從窗口見到美麗魔搭馬車離開，索性就把問題丟包給她。亡命天尊越聽越迷糊。疑雲重重、繼續追問道：『有這回事？俺自己老妹把唐三藏帶過來這裡；背後又派人跟蹤討回唐三藏？這是搞啥子名堂？你老老實實給俺一個交代。』正想問個清楚、弄個明白！偏偏這節骨眼；灶廚跑過來說要事稟報天王。於是亡命天尊揮手叫侍衛暫且帶走階下的俘虜們。

『上稟天尊；灶廚大鍋備妥、大火也已經生好、刀都磨得霍霍銳利矣。獄中幾個；先拿誰下鍋？』灶廚的大師傅來到階前；擦淨雙手問道。

『廢屁！這何需問；自然是那唐三藏啦！』亡命天尊不耐煩回道。灶廚師傅接著問道：『可……那牢獄裡有兩個唐三藏哩？還有一個豬八戒。』亡命天尊毫不思索就回道：『那三個通通宰了，一個不留。今個黃道吉日；抓獲一堆仙家，給殿裡上下加加菜開心。快去！快去！』灶廚師傳轉身正要走掉，那亡命天尊猛然想到什麼；他特別要求說道：『稍待！稍待！那後來的唐三藏；就是全身長滿爛瘡的那一個，一定得清洗個十遍以上、皮刮乾淨為止。聽美麗魔公主說；他才是真的唐僧。用慢火燉好煮爛；先端上來給本王嚐嚐、補補身。知不！』

話說那灶廚師傅接獲天王御令，怎敢怠慢。找到十來個小妖當幫手，獄中抓出假唐僧，剝光身子洗了又刷、刷了又洗；來回幾十次。宰了下鍋；配上人蔘當歸、銀耳燕窩、杜仲龍葵……十全大補藥材、無一缺漏。從下午的寅時；一直燉到晚上的巳時，由紅棗木慢熬細燉的肉湯；從殿側灶廚傳出濃郁之香味，十里外都能聞得到。不消說；肯定先端上一大碗去殿裡宸居；呈上給天尊好好享用。

爽口彈牙、入口即化的假唐僧肉湯，喫得那天尊不亦樂乎！細品慢嚐、回味無窮。正想著遣人再打一碗上來，剎時；亡命天尊全身上吐下瀉、腹痛如絞、威武雄壯搞得全走了樣！殿裡的侍從衛士們；立即將天尊扶上龍床灌藥憩息。幾個妖兵隨著總管趕去灶廚捉拿主廚師傅問罪。孰不知；那師傅已經倒臥灶廚地上，暴斃而亡，原來他自己也偷偷喫上了幾口。另外；殿堂裡更是陳屍遍地，只要吃到喝到無一倖免。他們哪裡知道；大聖臨走前，獄中的假唐僧、豬八戒都被他劃符下過毒咒，吃下肚；不死也得去掉半條命呢。

亡命天尊臭著臉，仰天長歎說道：『俺自封為亡命天尊，結果自己的命；卻差些被別人亡掉。沃靠！臉都丟盡了！』暫且不提風雲寶殿之事。

且說那妖女美麗魔；眉飛色舞、志得意滿地坐上馬車離開魔域，一路趕回彭城的官府府邸。若無其事的逕自回房休息。不一會；婢女敲門傳報說道：『夫人！您的尊翁、府丞刺史過來看您，正在客堂上候著。』於是美麗魔略施脂粉、喬喬畫畫❸走了出去。府丞刺史和少主夫婿已經在堂座聊著，彼此施禮之後就坐。

『我說親家母壽誕法會辦得可順利否？怎麼不見朝廷的唐三藏法師回來呢？』府丞刺史故意裝蒜問道。美麗魔扮作的少主夫人一時會意不過來；爭些兒❹露餡。她吞吞吐吐回道：『啥？壽誕法會？誰家辦壽誕法會？……喔！是的，差點忘了是家母的生辰法會。順利！都很順利！法師很熱心，可能還得忙上幾天。感謝老爺關心！』府丞刺史清楚面前這妖精根本在胡謅亂扯，他按大聖指示；轉變話題說道：『看到汝為令堂辦祝壽法會，我也想辦一個法會耶，為大唐的江山、也為咱們彭城黎民百姓、更為咱李氏未來官運亨通一起祈福。偏偏這時唐三藏法師又不在。我只好找到附近大坪嶺的弘福寺；說好明天請他們幫忙。妳就跟著少主一起，咱一家人都過去。』美麗魔正想找藉口推辭，只見府丞刺史站起身離開、回駕起轎。臨走丟下一句：『就這麼說定了！拜拜！』妖婦美麗魔一日馳騁來回擎天崗風雲寶殿，身心俱疲、全身無精打采。一心只想快回寢宮休憩，隨即同意不再囉嗦。

次日破曉；彭城府丞刺史府第老幼，包括少主夫人美麗魔；不疑有他也跟隨著進香團。一行人有隨扈的文武官員、府衛士兵、浩浩蕩蕩、鑼鼓喧天地、去到二十哩外的大坪嶺弘福寺；舉辦祈福護國法會。府丞本來說好預計兩天時間來回，誰人知曉；四方海龍王悉聽大聖的吩咐，一連在大坪嶺降下暴雨三天。美麗魔只得伴隨彭城的進香團隊，乖乖住在弘福寺裡；喫住拉撒矣。

風雲寶殿的亡命天尊，睡在宸居的龍床上；越想越嘔！正所謂：「疑心生暗鬼。」這半路結拜為盟的石英妖精妹子，到底存的什麼心？先是前後送兩個下劇毒的唐僧過來，自己不喫；還找藉口溜掉。又找西天的仙家跟著她來找碴！就算毒不死他；也讓他得罪了西天的仙佛，從此結下樑子；互相制肘、永無寧日矣。大殿總管不斷傳報惡耗；擎天崗中的妖兵，死傷逾半；均被那唐僧肉湯所害。大殿總管氣呼呼說道：『天尊咋辦？都說那唐僧肉喫了長生不老；我呸！結果他的肉比砒霜更毒。拿去餵狗；狗都不敢喫哩。』亡命天尊忍無可忍、躺在龍床上滾來滾去的。等到第二天身體稍微恢復；即帶著兩個隨扈踏雲飛到彭城的行宮，準備找美麗魔問個清楚、弄個明白。

其實；扮少主夫人的美麗魔妖精無預防地，被大聖藉故打發去弘福寺幾天。然後大聖即變作假美麗魔，他算準亡命天尊肯定會趕過來興師問罪的。果不其然；負責盯梢的辛甘提早一步趕回來拉警報。大聖喜不自勝；他設下的圈套；就等著亡命天尊前來入甕。一切按步就班；大聖領著師父唐三藏、師弟豬八戒一塊到寬廣的宮前庭院假裝散步，走著走著。瞧見一朵白雲飄盪而至，雲上跳下來三個大漢；為首的就是亡命天尊。

『什麼風把老哥給吹過來的？老哥身體無恙嗎？』假美麗魔笑咪咪問道。不說也罷；說到身體就搔到亡命天尊的痛。亡命天尊瞪著大眼呵斥說道：『無恙！只差沒掛點❺而已！俺差些成了真的亡命天尊。整個風雲寶殿都被妳害慘了，妳倒是溜得挺快，還怡然自得哩。』才說完；他又看見站在假美麗魔後方的唐三藏，差點吐血！立馬破口大罵道：『妳在玩什麼花樣？這……這又是……打哪冒出來的唐三藏？妳到底有幾個唐三藏？』唐三藏直言不諱說道：『阿彌陀佛！善哉！善哉！施主言之差矣。世間只有一個唐三藏，就是在下也！』假美麗魔若無其事說道：『老哥急啥？還想喫長生不老的唐僧肉嗎？問題不大；改天再送幾個過去，給你解解饞；補補身！』亡命天尊聽了差點腦中風；翻臉大罵道：『誰是妳老哥！妳的拖延❻把俺給害慘，咱們從此一刀兩斷、互不來往！』大聖扮的美麗魔冷笑一聲；說道：『想拆夥是嗎？一山不容二虎，不是你死就是我活！今天叫你來得；卻去不得！』她才說完；右手舉起紅帕兒揮舞著。四處屋頂上；由翊衛總兵杜天雄率領的弓箭手，瞬間爬起、萬箭齊發。薑還是老的辣！亡命天尊見苗頭不對；抽身拔腿就跑。可憐那兩個貼身隨扈則被箭射得不成人樣。

一句：「一山不容二虎」可把亡命天尊點醒了。他騰雲趕回擎天崗之後；鄭重宣布：從此見到美麗魔這妖女，人人得而誅之。並且重重有賞，不需問理由。大聖把妖魔團夥一分為二；下回討伐風雲寶殿；解救沙和尚、秦願和十八護教伽藍等人，就變得方便多矣。

幾天之後；彭城府丞刺史領著進香團回城，眾人各自打道回府休息。美麗魔一如往昔回至行宮，府邸的上下在大門口列隊相迎；卻見那唐三藏也置身其中，美麗魔當場嚇呆了。這人世間到底有幾個唐三藏？她衝過去說道：『你到底是誰？記得唐三藏他人應該待在風雲寶殿的呀！你為何敢假冒唐三藏？』唐三藏愜意微笑說道：『阿彌陀佛！我就是唐三藏，唐三藏就是我。這裡有我的度牒❼和御印。太宗皇上所賜，可假不得也！』他從懷中拿出度牒出示，美麗魔一看；心中涼了大半截。換言之；之前送去擎天崗老哥殿上的兩個全都是仿冒品。她心一橫；也顧不了許多，揪著唐三藏的手半推半拉地；硬拖著上那剛才下車的馬車，下令迅速往擎天崗去。不與那天尊老哥說個明白；跳到黃河也洗不清矣。

她又犯了同樣的錯誤；這回拉上車的也是大聖悟空變的假唐僧。之前；大聖要豬八戒保護好師父，又叫那辛甘隨後領著翊衛總兵；帶著數千官兵去包圍風雲寶殿。而四海龍王也在雲天上待命；隨機行降雨之事、希望能一舉剷除風雲寶殿。

『稟報天王；美麗魔公主趕過來了，還帶著唐三藏哩。』一個門衛匆匆跑到大殿說道。亡命天尊冷冷一笑；下毒不成、又埋伏官兵想萬箭穿俺的心，現在還敢找上門，未免膽大包天了！邁出殿外；美麗魔若無其事押著假唐僧下車，一面大聲說道：『這回抓來的；可是真正的唐三藏啦！有官方牌照的唐三藏，比珍珠還真！』亡命天尊不屑一顧；憤怒罵道：『管妳是蒸的還是煮的！炒的還是炸的！誰知妳下了多少毒？一而再、再而三上門推銷假唐僧肉，到底安的什麼心？當俺是凱子嗎？俺若非體質佳、元氣棒，早就被妳毒死了。還敢設圈套；叫官兵射死俺！叵耐❽至極；快將她拿下立刻斬決，梟首示眾！』美麗魔雖然摸不著頭緒，聽他胡謅啥來的？不得已；卻也拔出隨身寶劍自衛。她舉劍指著天尊說道：『你瘋了！竟然為一個唐三藏來誣賴我、更要殺我。我美麗魔可也沒那麼好欺負！哼！好個翻臉無情的天王！我豁出去啦！管你是亡命天尊還是王八天真哩。』亡命天尊怒吼一聲、用手一揮；大批妖兵妖將持刀用槍群起圍攻、一擁而上。

『漏臉！真漏臉！那麼多大男人欺負一個弱女子，俺都看不下去了。有種沖著我、放馬過來！』大聖悟空在旁路見不平、義憤填膺。除卸唐三藏的外貌變回本尊，從耳中取出金箍棒衝上就打。亡命天尊料不到；半路會殺出個程咬金。咬牙切齒指著大聖和美麗魔說道：『瞧妳！沒事又帶一個假唐僧過來，明明就是要毒死俺才肯罷休。好個吃裡扒外、裡通外賊的美麗魔！』美麗魔莫名其妙、看得牙都歪了，這回真叫百口莫辯了。悟空卻說道：『不關她的事，俺聽說這兒的人心地很善良、忠厚老實、特別過來瞧一瞧。我呸！壓根一窩子都是土匪強盜。』

亡命天尊聽了簡直五孔生煙、七竅噴血，指著大聖說道：『你這尪羸❾潑皮的猴頭菇，瞧著面容挺熟的；你……你到底是誰？』大聖哈哈大笑說道：『說來嚇死你，聽好！俺就是打遍西天仙界諸神羅漢、殺遍取經途中之妖魔鬼怪、人稱齊天大聖的孫悟空是也！』這話一出；現場一片震撼與騷動。亡命天尊依然持著懷疑說道：『不對！上回跟那些仙家打鬥，孫悟空不是已經被俺揮出去的大石砸死。怎地又冒出來？』大聖竊笑回道：『你那小把戲；砸死的只是俺的一根毫毛。差得遠！差得遠！』

『好個潑猴！這回可饒不了你！納命來！』亡命天尊拿著斬馬大刀朝大聖砍殺過來。大聖揮著金箍棒喊道：『誰怕誰！烏龜怕鐵鎚、蟑螂怕打雷！來呀！』

悟空現出本尊；直接殺到擎天崗與亡命天尊對決。他和美麗魔；對抗風雲寶殿的眾多敵人，能逆轉形勢乎？對亡命天尊的絕活「飛沙走石」與「石破天驚」，悟空是否可以破解？敬請期待下回分解：

『註解』：

❶無狀：不像話、丟臉沒面子。
❷顰眉蹙額：指憂慮心煩之意。
❸喬喬畫畫：指人裝模作樣。
❹爭些兒：差一點點。
❺掛點：即所謂的死翹翹。而掛彩是指受傷。
❻拖延：指人詭計多端、暗搞陰謀。
❼度牒：古代和尚、道士出遠門時，所持的文件證明。
❽叵耐：可惡又可恨。
❾尪羸：指外表又瘦又弱的模樣。

第二十六回　飛沙走石破天驚　狂風暴雨過天晴

話表那石英精美麗魔；第三度挾持唐僧趕去擎天崗風雲寶殿獻寶邀功，她哪知冥冥之中早已經得罪亡命天尊矣。尚且這回帶去的卻是齊天大聖孫悟空，不啻於直接將火種帶去燒魔窟也。這麼一來；亡命天尊饒不了她、而大聖更饒不了亡命天尊。一場驚天動地的殊死戰自然無法避免。

但見手持斬馬大刀的亡命天尊，從大殿一躍而下。大聖毫無畏懼拿著金箍棒迎面而上，刀棒交錯、二人殺得不可開交。魔殿裡泉湧出來的妖兵也沒閒著；包圍著持雙劍的美麗魔就殺。才開戰片刻；又見遠方沙塵滾滾，有大軍揚戈舉戟掩殺而至。原來是彭城翊衛總兵杜天雄；冠甲典兵、親討妖孽而至。他騎馬帶著一群官兵，隨著送經綱的辛甘；趕到風雲寶殿來殲滅妖魔。看官且觀那現場戰況：

高崖深峪不平靜、風雲際會颯風腥、窮山僻壤禍隱隱、虎豹肅殺血淋淋。
擎天崗聚眾妖精、多端為惡禍凜凜、翊衛率兵夷魔境、劍穗槍纓安凡塵。
大聖禦敵不手軟、棒稱如意穿透雲、天尊蓋世不遑讓、猖狂玩命更超群。
神魔槓上無冷清、汝死我活不留情、翻天追殺再覆地、變幻無窮莫正經。
天地玄黃我坐大、石精巫法孰不驚、向天借膽來較勁、氣壯五嶽拚一拚。
狂風簌簌山河動、殺氣騰騰靖煞君、電閃雷轟真玩命、陰曹地府且相迎。
大聖行者武功強、亡命天尊氣勢高、廝殺百回硬碰硬、再戰千回定輸贏。

這二人交手逾百回合；一時之間尚難分個高下。雖說實力相當，惟大聖乃有備而來，加上亡命天尊這些天中過毒；傷及元氣，論持久戰則較為吃虧。情急之下；他暫且將斬馬刀擺置腰帶其間，肆無忌憚即唸起魔咒；玩起「飛沙走石」大法。大聖見狀；呼叫官兵們快快趴下、貼緊地面避險。現場有詞描述：

飛沙電掣、石滾雷鳴；風捲迴盪勝龍捲。沙飛礫揚、四方八面、沙塵風暴沖滿天。剎那間；天搖地動、暴風狂掀、波濤浪掩難避險、玄奇魔法鎮神仙。

「飛沙走石」魔法可真名符其實，狂風疾疾、亂流交錯、沙石倏倏、夾雜而至，大聖雙眼緊閉、口鼻停氣、雙手不停揮舞著如意棒防身，絲毫不敢大意。

在擎天崗上空；應大聖邀請過來監守力挺的四海龍王，察覺下方氣象有異，馬上施法降下洪澇般的滂沱大雨；雨勢洶湧像潑水，又急又湍。恁那飛沙走石多麼驚悚嚇人，一旦處於狂風暴雨沖刷的情況之下，變得毫無作用。何況豪雨成河，地面沙土盡成泥濘的爛泥巴、無法飛揚、功能盡失。亡命天尊見狀臉都綠了！強作鎮定說道：『算你厲害！有本事再接俺這招「石破天驚」大法。區區雨水能耐我何！看招！』又見那亡命天尊掐指唸訣。看官且留意：

一閃眼；地牛大翻身、天崩地裂、石岩絕壁碎諸野。山河搖晃、窟塹斷崖傾斜。岩層撕裂似刀切、巨石紛飛如秋葉。憑空飄蕩、橫行直沖若水洩、怎堪攔截。

電光石火掽出的岩塊，飛快噴射過來。那妖精美麗魔身手不凡；騰躍而上，逐一踩跳著飛來的岩石，左躲右閃；勇往衝向亡命天尊。她怒斥說道：『殺掉你這翻臉無情的傢伙，俺跟你來個玉石俱焚。』雙劍揮向天尊，貼身而戰；讓天尊絲毫佔不到便宜。氣得天尊大罵：『妳這妖精還敢惡人先告狀，毒俺不成又勾結府裡的官兵來殺我。俺瞎了眼認妳為妹子，今天絕不饒妳。哼！』情急之下；亡命天尊揮出右手；撒出一把沙子去矇蔽美麗魔的雙眼。她一下防避不及，閉眼之時；不慎遭到亂流巨石擦撞、嘴裡吐出一口鮮血、逐應聲倒地不起。

大聖迅速取出廣羅大仙借來的「羅星法網」，唸咒抛向天際。那羅星法網一張揚；即包羅萬岩、網盡群山！誠若那句：「法網恢恢；疏而不漏」！亡命天尊見著石破天驚法術又遭到窒礙破功，他的拿手絕活屢屢施展不開，上有四海龍王把關相助，下有彭城的官兵層層包圍過來，眼見大事不妙；氣焰俱失、元神盡喪。他仰天長歎一聲：『活見鬼！這猴頭菇打哪找來如此多的仙家怪物幫忙？害得招招失靈、折煞俺也！不玩了！不玩了！』轉身欲藉著地遁逃離現場。

甫地；一條繩索飛近他魁梧的身上；牢牢將他綑綁摔倒在地。原來受重傷；奄奄一息的美麗魔祭出縛仙索來報仇，她氣若游絲、自言自語說道：『唉！千錯萬錯，錯在不該去招惹唐三藏。捉來捉去都是山寨版的仿冒品。臨死都搞不清楚；誰才是真的唐三藏？冤枉！冤枉啊！』

大聖過去想搶救美麗魔，無奈她嚥下最後一口氣就掛掉了。大聖面對被仙索緊緊綁住的亡命天尊說道：『活該！不就因為你的疑神疑鬼，害了自己、也害了美麗魔。哼！做了帝王想登仙；可惜你沒這個命。講白了；對假唐僧下毒咒、彭城扮假美麗魔，其實皆為俺一手佈下的圈套罷。

她啥都不知道。犯傻！犯傻！犯傻！』聽得那亡命石魔一臉恍然；悔恨交加；犯了糊塗而誤殺忠心的左右手，斷送好不容易在擎天崗創建起來的江山。真是踩了狗屎；轉身又栽進糞坑，倒楣到家。

他對著大聖；不服氣地說道：『你這猴精好狠；有屁眼就放開我，咱倆再真刀實槍打一場決勝負。敢不！』這話引得大聖一陣爆笑，他認真回道：『好好聽著；俺打過的仙家妖魔，比你這輩子看過的人還多。再說俺也不是猴精，說來咱們還算是親戚哩！俺原是東勝神洲敖來國；在那花果山上的一塊仙石變化而成。只是山間都是猴群來往，方才藉猿猴的模樣成形。俺乃歷經萬載的日月精華照耀、吸取乾坤山河之氣息、頂天履地、服露餐霞。又從菩提祖師那裡潛修精練；習得七十二變方得成仙。你這痞子；來自花崗岩的一塊奇石、孕育天地日月之氣；也不過是數千年的造化罷，怎堪與俺相比擬。即使俺當你的祖宗亦不為過呢！況且俺走正道、汝走歪路、自古邪不勝正，汝有今日下場，咎由自取、剛好而已！汝空有一身好本領；卻引火自焚。可惜！可惜！』亡命天尊聽罷；盤腿坐在地上，兩眼堙鬱❶無神；此時的他已經元神耗枯、筋骨殆盡，垂頭沉默無語。

就在此時；風雲寶殿的妖兵妖將，心中有數；大局敗相盡顯、難以回天。他們全部扔下手中的武器，一起投降、跪地求饒。大聖將他們全部交給彭城翊衛總兵杜天雄、押解回城往刑房司送審。那小將辛甘也趁機往風雲寶殿中；釋放沙和尚、秦願與十八位護教伽藍出來，送經綱一行與仙家們歡欣鼓舞擁抱成一團。

形勢穩定、雨過天晴。天上的東海龍王敖廣、南海龍王敖欽、西海龍王敖閏、北海龍王敖順，一夥人逐駕雲降下擎天崗，向大聖他們道賀說道：『大聖果然英明神勇，惟可惜我們能幫的地方有限。倒是很久沒有見過這般精彩的武打好戲；看得我等熱血沸騰、磨拳擦掌呢！』大聖拱手回禮致謝說道：『謝過！謝過！倘若沒有諸位鼎力相助，俺早就被那王八烏龜之魔法打成蜂窩矣。論功勞；你們潑撒的滂沱豪雨肯定居首位也。感恩！感恩！』互相歌功頌德一番，幾個海龍王兄弟隨即辭別，打道回府。十八位護教伽藍也隨著登上祥雲；回去西天匯報平安。

『殺了俺！快殺了俺！』亡命天尊突然跳起身狂叫。見四周無人鳥他；他衝向大殿旁的崗岩巨石；狠狠把頭撞過去自戕了斷。活該他命不該絕；雖然頭破血流，皮開肉綻、卻也有哭有笑，過不久；慢慢站起身子之後；開始胡言亂語、又唱又跳、無憂無慮、讓人難以捉摸。

沙和尚搶過一把大刀想過去殺了他，惟恐死灰復燃。大聖出面阻止；並且幫亡命天尊解開繩索，接著對他說道：『你這個頑命天真！能滾多遠、就滾多遠！最好就是自己一個去亡命天涯吧。』沙和尚不解問道：『師兄是何用意？為何放過這個魔頭？』大聖苦笑惺惺相惜說道：『俺的火眼金睛告訴俺，他方才卯足全勁去撞牆，已經撞掉他的七魂六魄、完全瘋掉了！古諺有云：「自出洞來無敵手，得饒人處且饒人」。哎！看這兩個千年石崗精，女的落得一個卒然遭到飛岩擊中而喪命、另一個撞石自戕不成；瘋瘋癲癲，好不悽慘。讓這完命天真滾到熙攘人群、滾到天涯海角、忘卻人世間的一切喜怒哀樂和煩惱，快樂逍遙去玩個夠吧！』在眾目睽睽之下；唯見那語無倫次、足蹈手舞的傢伙越走越遠，直到消失在地平線上。

平定擎天崗風雲寶殿那股妖魔惡勢力，彭城的官方與百姓；豈止歡欣鼓舞得以言喻！家家張燈又結綵、戶戶鞭炮響連天。彭城府丞刺史李謙；率領城裡百官、社稷鬻子❷親赴城門口；迎接送經綱等一行人。另外還有翊衛總兵杜天雄與押著妖兵的官兵們。城裡人山人海、大街小巷、熙熙攘攘、夾道歡迎。

尤其是府丞刺史和嫡子少主父子倆；除掉妖精變作的媳婦，化解幾年來的噩夢及悶氣，所有生活作息又恢復正常。因此傾心熱情力邀唐僧師徒一行，挽留於彭城中多住幾天；盡力報答他們挺身而出，妖魔盡除之廣博宏恩、浩瀚大德。

雖說盛情難卻；東瀛送經之重責大任在身，施佛法於天下；期無可延也。於是那彭城府丞刺史代表全城官民眾生，懇求唐三藏說道：『三藏法師英明！爾領導的東瀛送經綱一行仙家，這回為本府靖妖殲魔、勞苦功高，余身為彭城刺史；百姓的父母官，僅代表彭城上下，誠摯感恩、答謝再三。老子有曰：「萬物芸芸，各歸其根」也，爾等受朝廷託付送經；抄白❸自當不便展延誤事。惟爾乃千載難逢之妙法高僧，倘若得以在本城適逢雨過天晴、轉危為安之際，再予勞煩法師為彭城承辦一場安民祈福法會，則不勝幸哉！不勝幸哉！』

唐三藏法師本性樂施好善、淳厚質樸、更為宏揚佛法不餘遺力，遂欣然接受府丞刺史所托。在彭城安國寺中，監寺和寺裡方丈長老聚集此間千餘名的和尚。唐三藏法師即任法會之祈福壇主，科差❹和眾僧們一起主辦盛會曠典❺，超度蒼生遊魂孤鬼、祈求百姓平安盈福也。

次日清晨之卯辰時刻；唐三藏法師於彭城之「敕建護國 安國寺」隆重登壇啟法，唐僧開始拈香拜佛，叩齒三咂、奉香三回。且看那寺裡；佛經梵音齊聲誦、香燻繞樑三界間、判斛❻盈桌茶酒奉、笙蕭鑼鼓伴金鐘。在法會上眾僧伴隨木魚、唸著佛經飄世間：

「慈雲淨土文」經文：

一心歸命、極樂世界、阿彌陀佛、原以淨光照我、慈誓攝我、我今正念、稱如來名，

為菩薩道、求生淨土、佛昔本誓、若有眾生、欲生我國、志心信樂、乃至十念、若不生者、不取正覺、以此念佛因緣、得入如來、大誓海中、承佛慈力、眾罪消滅、善根增長、若臨命終、自知時至、身無病苦、心不貪戀、意不顛倒、如入禪定、佛及聖眾、手執金台、來迎接我、於一念頃、生極樂國、花開見佛、即聞佛乘、頓開佛慧、廣度眾生、滿菩提願、十方三世一切佛、一切菩薩摩訶薩、摩訶般若波羅蜜。

接著一段「供養讚」經文：

虔呈獻香花、智慧燈紅焰交加。淨瓶楊柳灑堪誇，橄欖共枇杷。蒙山雀舌茶奉獻，酥酡普供養釋迦。百寶明珠；奉獻佛菩薩，衣獻法王家。百寶明珠；奉獻佛菩薩，衣獻法王家。

香花燈塗菓、茶食寶珠衣。今將獻能仁，慈悲哀納受。香功養；花內有紅蓮，燈照三途除黑暗，塗能離垢獲清涼，丹菓獻壇場，茶力大；能退睡魔王。

食能充飢，寶獻佛；明珠一顆世無雙。衣奉獻；衣奉法中王。南無香供養。

又來一段「祝延讚」經文：（前段梵文）

唵嘛呢叭咪吽。麻曷倪牙納、積都特巴達、基特些納、微達哩葛薩而斡而塔、朴哩悉塔葛、納補羅納納普哩、丟忒班納、傺麻嚧吉說囉耶、沙婆訶承此

無上勝功德 爇名香諷經咒 祝讚大唐壽無疆。彭城如日中天，保風調祈雨順永太平。
四眾弟子等 福祿壽延長 觀音靈感赴壇場 除三災、免八難 護國仁王降吉祥。
觀音靈感赴壇場 除三災、免八難、護國仁王降吉祥。
佛功德；不可量，隨機應感十方。四方三有盡酬償，冤親俱超往。現前眾等增福慧，
虔誠正願昭彰。佛垂金手放毫光，惟願降吉祥。

法會中途歇息片刻；府丞刺史李謙有感而發，他坦然說道：『彭城天年不齊❼，才會招惹妖魔上身。經過這次教訓、驚嚇❽嚇曆；本府將忖度定期佛偈齋戒，誠心向佛也。』唐三藏法師說道：『南無阿彌陀佛！善哉！善哉！我佛普渡蒼生、教化萬眾。有心禮佛；當有福報。然；佛亦有四樣不可渡也！莫可強求。』刺史李謙即問道：『是乎？敬請法師明示開導，本府願聞其詳？』

唐三藏緩緩說道：『佛之四者不渡：一為因果不能改、再者智慧不可賜、三則真相不可說、四乃無緣不能渡。萬物皆有定數，不須強求！』府丞刺史欣然稱是；他說道：『受教！受教也！』大聖笑著插上一句，他說道：『府丞且寬心；所謂「有緣躲不開、無緣遇不到、命裡有因果、禍福難預料」！誠若我等當初來到貴寶地，沿途經過；算計僅只住一宿罷。哪知陰錯陽差；與那妖女美麗魔結下厄緣。數日之間；端掉擎天崗賊窩、除掉那些妖魔。解救彭城劫難於無意中，水到渠成，一切隨緣吧！阿彌陀佛！阿彌陀佛！』

彭城「安民祈福法會」舉辦一整日，過程順利圓滿，唐三藏法師只接受官方招待喫住一宿。且打理裝備行囊之後；把過往置之腦外，安神睡個好覺。

翌日拂曉；曜靈❾初上，彭城府丞刺史李謙；府翊衛總兵杜天雄率文武百官等，在祝福聲中；送別了送經綱一行人離開彭城，一夥沿著泗水繼續朝北，走冀州隴右道趕路去矣。

黃狗辛甘跑在行伍前端，大聖緊隨其後，眺望四面、耳聞八方。沙僧牽著白馬；馬上端坐著唐三藏師父。豬八戒則肩挑西方真經和行囊，輕哼著冀州地方歌謠。一行人頂著北朔寒風之凜冽、對著三餘師馳❿的季節、忍著路途孤寂與險阻、修著空前絕後的功德。且以「霜葉飛」詞牌；作詞來顯示嚴冬之萬象：

黃葉沾霜、菊沾露。瀟瑟已矣、逾冬初。回首行來似相似、前途茫茫孰未孰。
朔風無情、雪稀疏、遙望楊柳依荻蘆。心思悽悽、意忽忽、日隱月稀風塵樸。
洲畔紅榭、伴孤渚、彩雲飄逝草木枯、怎奈歲暮。無客訪、何人尋徑探幽谷。
葉落枝樹、群紛飛、風夾千葉掃萬物。青山易顏色將除、邀天舉地吟冬書。
水盡山窮、鳥棲獸伏。野雁破空姍姍離、白鶴結伴遙遙路，夢人西樓獨孤。
蘭舟輕盪瘦溪湖、愁腸怎度。遇酒莊、斟幾壺、醉看花凋葉落、縱情世俗。
忘憂釋苦、魂兮迷霧。君莫笑；且當歌、且漫舞。古往皆逝、江山可有可無。
榛莽淒楚、扶光⓫微微盼望舒⓬。颯沓雲飛西山處、泛野已寒、風雪輕拂。

送經之路漸遇風霜颼颼、白雪徐徐、大道小徑、人煙俱稀。又經過城鄉幾許，越過無數山丘翠微；渡過泗水河域，彭城已遠離了數百哩。櫛風沐雨、舉步維艱；一行人走了十餘晝夜之後、距離沂州之琅琊郡越來越近矣。

在離瑯琊郡城⑬只剩二十餘哩路程，逐見人來人往、車若潮水馬如龍，村鎮相連一幢幢。送經綱一夥心境開朗、神情愉悅，孤寂冷漠儼然消除也。

唐三藏師父高高坐在馬背上；見著不遠處有一寺廟山門，隨之吩咐大家前往焚香拜佛去。經過山門；望著「龍岩寺」牌匾高懸大門上端，他們繫著馬兒步上台階。接獲通報；寺裡的僧侶伴著住持老方丈一起過來迎接。賓主各自報上法號僧名，並且互相起手施禮一番。

『阿彌陀佛！唐三藏法師；有請！有請！』法號慧淨法師的住持；手拿雙環銅杖，於前方引領著送經綱等人；先至十方客坊就座，奉茶聊著。當知唐僧的來歷；原來轟動一時之西天取經綱即在眼前，寺裡眾僧又是奉承仰慕，紛紛合掌施禮。大聖悟空於一旁靜默不語，他總感覺這些比丘沙彌帶著那鬱鬱不快之色。

『阿彌陀佛！方便的話；請慧淨法師引領，我等前往大雄寶殿獻香、誦經拜佛致意。』唐三藏法師站起身子說道。慧淨老住持愣了片刻；卻岔開話題，問一些長安慈恩寺的近況，又扯西天取經的往事……。坐著又聊了好一陣。

『阿彌陀佛！我等仍需趕路，希望晚間可抵郡城的廣弘寺掛搭休憩。』唐三藏法師再次站起身說道：『懇請慧淨住持引領，到貴寺大雄寶殿敬香禮佛。』大聖馬上過去攙扶那老方丈就走。寺裡的眾僧見無法推辭；只得跟著一起去大雄寶殿，卻不時地搖頭嘆息；隱隱慢步、不欲前往。

不一會；一群主客法師和尚們走入大雄寶殿；送經綱等人正淨手拈香，走向佛台香案；準備叩齒上香，眾人抬頭仰望即目瞪口呆、大驚失色。因為神龕上明顯擺著五尊頭戴烏紗帽、穿著官服神像，卻無一是西天神佛。奇哉！奇哉！

『你……你們佛龕神座，擺的是何人？怎麼不是佛祖釋迦摩尼佛和觀世音菩薩哩？這……太離譜了！』唐僧法師詫異問道。慧淨法師沉默低頭不語，旁側的一個和尚怯怯說道：『唉！他們是五行太歲，沒辦法！我等惹不起啊！』

五行太歲是何方神聖？竟然能使寺廟不得不供奉他們！唐三藏法師、齊天大聖和眾師弟們豈能視而不見。事出必有因也！敬請稍待 下回分解：

『註解』：

❶堙鬱：意為煩悶頹喪。
❷鬻子：指商家店面。
❸抄白：官方指定執行的事。
❹科差：官方指定差役協辦。
❺曠典：百年一遇的盛大慶典。
❻判斛：祭拜時使用的供品。
❼天年不齊：指流年不利、運勢不佳。
❽驚噏：驚心動魄。
❾曜靈：太陽的另外雅稱。
❿三餘師馳：指農曆的十二月份。
⓫扶光：古人對太陽的雅稱。
⓬望舒：古人對月亮的雅稱。
⓭瑯琊郡：即當今山東臨沂地區。

第二十七回　五行太歲難冒犯　大聖琅琊掀波瀾

話說路程將近琅琊郡城；唐三藏師徒見到馬路不遠處，有一寺廟稱「龍巖寺」。一行人順道過去敬佛誦經、燃香注爐。孰不料該寺桌案神龕供奉的無一是佛，竟然是五尊名不經傳的「五行太歲❶」雕像！怪哉！怪哉！

『佛寺不供佛！供這些怪力亂神的東西，俺看著礙眼。不管他們五行還是五百行，不管他們是太歲還是雜碎。俺一個不留；全給打爛！』大聖說完，抄起金箍棒上前就打。豬八戒持釘耙、沙僧持彎月杖也隨之而上。

正欲動手，嚇得幾個寺裡的和尚衝上來勸阻，並且跪下說道：『阿彌陀佛！行不得！行不得！你們嫌礙眼；我們也一樣看不慣啊。奈何！奈何！』另一個和尚苦苦哀求說道：『這五尊神像乃是五個惡魔，各屬金、木、水、火、土等五行，號稱五行太歲。他們法力高強，手段殘暴，我們沂州、冀州一帶寺廟只准供奉他們。如有不從者；寺毀僧亡、必殺無赦！我們惹不起，惟有偷偷另外開設佛堂；默默唸經拜佛矣。』一旁大聖悟空瞋恚❷不悅說道：『瞧這五個雜碎；壓根不屬道真太乙之列、更非我佛釋三界之物。膽敢冠冕堂皇端坐佛寺殿堂之上，是可忍孰不可忍！』慧淨住持方丈老搖著頭、老淚縱橫說道：『所謂：惡人自有惡鬼磨、惡馬自有惡人騎！本寺上下只能暫且忍辱偷生也。諸位行者頭陀打爛他們，即隨時拍拍屁股走人。留下我們這些和尚要不逃命；要不就是等死。叫我們如何是好？阿彌陀佛！』

唐三藏聽他們說罷，遂起了惻隱之心。體諒此間佛門會有這般離譜的行徑，原來有亂象干擾之隱情，於是出面阻止悟空他們再去搞破壞。並且關心問道：『菩薩保佑！那五行太歲；當前人在哪？我自前往勸阻，萬勿干擾我等緇門供佛之心。罪過！罪過！罪過也！』慧淨老方丈的隨侍回道：『據聞那五行太歲正居於琅琊府城的府宮裡。他們勢力龐大，連郡府都督與沂州的州判、同知、左衙門、右衙門都受到他們控制，難以撼搖拔除。奉勸諸位高僧長老；路過且過、就裝作不知吧！何苦自尋煩惱哩。』豬八戒聽完，哈哈大笑、得意說道：『你這沙彌、言之差矣！有我們這樣的除魔達人經過，是他們的煩惱！他們罩子❸得放亮點。哈！哈！』

『南無阿彌陀佛！佛寺大雄寶殿之蓮台寶座，豈能任他人隨便亂坐。荒繆！荒繆！』唐三藏法師義正嚴詞說道：『釋迦摩尼佛乃具三十二相、八十種金身；以慈悲喜捨對待世人、以六度萬行自我修行、以八證道普及佛法、以四聖諦廣為弘法也。佛陀又曰：「吾如善導、導人善道。如若不修、過不在導。吾以良醫、知病醫藥。如若不服、咎不在醫。」佛前多劫興供養、所積廣大佛法緣。一念瞋心才興起，盡焚彼福成灰燼。罷矣！罷矣！』說得寺裡那些和尚羞愧不已。

『既然如此；我等即行離去、繼續趕路，今晚應該可以抵達郡城。』唐三藏覺得於此寺拜佛不成，失望悵然。說完遂轉身離去。慧淨老方丈隨之身後祝禱說道：『阿彌陀佛！若能轉物即如來、春至山花處處開。自有一雙慈悲手、撫得平安樂開懷。菩薩保佑諸位一路平安！』賓主互道珍重；即行告辭。

唐三藏領著送經一行離開，隨後趕過來一個小沙彌。他氣喘如牛說道：『且慢！且慢！老方丈特別遣我趕來警告諸位行者高僧，那五行太歲非常猜忌善疑，下屬兩個專門為其探聽摸底的妖精。一個稱「大邪子」、另一個是「無影子」。前者可變化成萬物去滲透各階層、四處佈瘟、施澇、鬧旱、蝗害皆出自其邪術。而後者則是聞其聲而不見其人、見其人卻不見其影，行走無影、來去無蹤的透明妖怪。二者甚為邪門詭譎，特此告知諸位。慎之！慎之！』說完即轉身回寺廟。送經綱等人心無畏懼；因此並沒特別在意那小沙彌的警告。

往瑯琊郡城的途中；又接著遇見三間寺廟、兩間道觀。他們逐一探訪；果真如那慧淨老方丈所言：這一方皆為供奉祭拜五行太歲，無一例外哩！這還了得！鳩佔鵲巢、五個王八竟然堂堂坐上首席，太扯！太扯！

『哇噻！打哪冒出來的五個妖魔。真是山高皇帝遠，跑到這兒作威作福。莫非笑我佛國無人乎？盡是一些白眼狼❹。』豬八戒氣得牙都歪了。即便西天取經；步行十萬八千里路，沿途時有妖魔鬼怪出現干擾，卻也不曾見過有哪個妖精；膽敢坐在我佛的殿堂之上。悟空冷笑說道：『待俺來修理他們一下。俺的金箍棒打爛他們屁股；讓這些屁子知道錯在哪？臥草！就不信這五行太歲有那麼硬的屁股；可由他們任性亂搶仙佛的位置坐？沒門！』

陽老兒下西山歇息。前一刻；送經的一行順利遞交關文，通過城樓；進到瑯琊郡城城裡。他們趕赴朱雀大道十街的廣弘寺掛搭休憩，寺裡的住持智仁方丈引領寺裡眾僧出來相迎。報上法號；互相施禮之後，一起走過長廊到禪房經堂就座。

『阿彌陀佛！早在一個月前，就接獲長安慈恩寺廣慈方丈的牓子❺，得知唐三藏法師與諸位高僧會過來。今得相見；幸甚！幸甚！』寺裡的智仁住持愉悅說道。唐三藏也開懷地說道：『阿彌陀佛！我等前往東瀛送經；途經貴寶地，打擾！打擾！』住持智仁方丈順口問道：『歡迎之至！不知爾等預計在本寺停留幾天？我吩咐寺裡沙彌好生侍候，不得怠慢。』唐三藏正要回話；

卻被悟空插嘴打斷，他搶著說道：『只是經過；不多騷擾，一天或兩天就走。趕著送經、越快越好！』智仁老住持客氣說道：『難得經過；何不多停留些時日。我等盼望西方真經久矣，得藉此機會與唐三藏法師切磋琢磨大藏真經，何其榮幸！』隨侍在旁的一個著黑袈裟的小沙彌卻說道：『老方丈犯糊塗，長安法師身負送經重任！怎好耽擱他們行程。再說；咱們寺裡的大雄寶殿正在裝修土木，他們也不方便停留拜佛。不若早走早好！』說得那老方丈不敢再挽留，惟低頭說道：『也罷！也罷！確實不方便。唉！』在現場的；有如「瞎子喫湯圓」大夥心裡有數，只是心照不宣而已。唐三藏法師藉故路途勞累欲休息；彼此互道晚安。於是有寺僧領著，通過燈火明亮的廊道，先於齋房裡簡餐齋食；再去十方客坊掛搭就寢。

到了客坊；大聖悟空確定門外無人監視竊聽之後，即悄聲對著大家說道：『方才在經堂裡，那個穿黑袈裟的小沙彌就是無影子。燈火下；大家都有影子，俺瞧他進出皆無身影。他說話的時候；寺裡的長老和眾和尚皆低頭不語。詭異！詭異！』沙和尚忖度說道：『俺估計；顯然咱們進關柵呈遞關文之時，即被他們盯梢上了。這些傢伙作賊心虛；知道咱們是打京城來的法師；他們肯定不會輕易放過的。』

『誰怕誰！俺現在就過去琅琊城府大殿探路摸底，盯死他們。你們門窗關好，看好師父；燈火熄掉、早點休息。』說罷；悟空打開客坊戶牖跳了出去。念咒踏上觔斗雲頭；乘著雲找到府城的宮殿。在眾宮群殿上空來回打轉。終於在白虎門附近發現其中有一宮殿；燈火通明；人影幢幢。該殿稱為「錦陽殿」；悟空即躍下雲端，化作一隻飛蛾；飛進那大殿裡面，停靠在榫卯❻的藻井❼上，看個究竟？

錦陽殿那漢白玉的台階上擺著五張金絲楠木太師椅；正襟危坐著五個十呎大漢，皆乃世故天命之年❽。瞧著氣宇軒昂、霸氣十足的模樣。不消說，顯然那五個就是所謂的「五行太歲」！

坐中間者；該是金行太歲：一臉黃髯金鬍、全身著綵金色繡龍鳳紋官服、頭戴烏綾巾帽、腳著雲彩雙龍無憂履。其右該是木行太歲：長臉蓄有八字黑鬍、身穿緅青綞錦龍鳳官服、頭戴綦青烏綾巾帽、腳下一雙緅青錦長靴。再右者該是水行太歲；臉淨似無瑕白玉、身穿霜白錦繡龍鳳官服、頭戴白范陽綾巾帽、踏著白凝絲履。而左一該是火行太歲：臉似紅火抹黑髯、丹鳳眼卻炯炯有神、身穿赤紅緂繡龍鳳官服、頭戴丹紅綾巾帽、腳穿紫紅雙鷹革履。最左側該是土行太歲矣：臉方濃眉、鷹勾鼻下蓄短鬍、頭上戴著綦黑色綾巾帽、身穿緇墨繡龍鳳官服、腳下穿著綻黑爪皮靴。五個太歲爺正在殿堂；互相敬酒、嘻笑聊著天。

大聖仔細瞧著；經過火眼掃描，確定這幾個太歲不屬於妖魔鬼怪一類，亦非一般常人。那又是來自何方之「神聖」哩？傷腦筋！傷腦筋！

『報！無影子回殿，在殿門外候傳。』黃門官進入殿內上稟。無影子傳進去；伏跪階前說道：『稟報諸太歲爺；那城樓守衛提到從長安來的幾個四方長老❾，俺緊跟隨著去到廣弘寺的掛搭處。為首的是唐三藏法師，另外幾個長相粗俗平庸、不足掛齒也。更何況他們在此地才停留一兩天，隨時走人。安啦！安啦！』反應靈敏的火行太歲站起身子大聲說道：『啥？是唐三藏那一掛！那還得了！』木行太歲也驚訝說道：『如果真是西天取經的唐三藏，這事情可就大條了！』水行太歲冷靜地問道：『無影子；你可看見孫悟空？豬八戒、沙和尚他們幾個？』無影子不當回事地回道：『唉！不起眼；不就是幾個病瘮鄙猥的傢伙。一個是長得面容羸瘦、毛臉猴腮，一個是像豬頭的夯貨、還有一個紅髮青臉的怪物。小咖！小咖！』火行太歲不屑一顧說道：『沒錯！說的正是他們。無論是誰；敢在咱們太歲頭上動土，絕對會讓他死得很難看。』

金行太歲沉思片刻，坐正身子說道：『不可輕敵；唐三藏一夥去西天取經時，確實打過不少妖魔；轟動江湖、震驚武林。尤其那孫猴子；還曾經大鬧天廷、打遍仙界。這幫子不容小覷也。』土行太歲納悶說到：『不對啊！這幫人後來不都去到西天冊入仙籍、敕封官錄矣。這回下凡跑到琅琊郡幹啥哩？』他才說完；金行太歲即用手指著台階下的說道：『無影子！快將大邪子一起找來，汝等給俺盯緊點。弄清楚他們為何來這裡？出問題、鬧差錯；俺唯你是問！』無影子回話說道：『報告金行太歲爺；那大邪子不是被你派遣到齊州，先搞地方上的天災和施瘟任務。再去都督府臥底打聽去了，這回他人還沒回來耶！』土行太歲跟著說道：『是啊！那齊州叫李祐的刺史頗不上道；向來頑冥不化、不肯配合。搞到現在咱們的勢力都無法延伸下去，再這樣搞拖延；必然會影響到沂州、密州、青州、淄州、我們河南道的地盤。這般威信掃地、未來何以服眾！且讓俺去教訓教訓一下。』殿裡的幾個均點頭同意。

『殺雞儆猴！不能再姑息養奸也。』金行太歲拍著太師椅扶手，站起來呵斥說道：『土行太歲老弟，你明天中午午時；去一趟齊州。好生警告那姓李的刺史，齊州轄區即日起；必須聽從咱五個太歲。誰敢冒犯太歲；惟有死路一條！』土行太歲即向前彎腰拱手領命。然後；金行太歲對著無影子下令說道：『汝依然緊盯著唐三藏一夥，直到他們離開琅琊府城，有任何風吹草動則隨時趕來匯報！知否！』交代完事之後；五個太歲則繼續喝酒閒聊。悟空大致掌握情況；轉身離去、趕回到廣弘寺。聚集一行人，將琅琊府大殿所見所聞；跟大家詳述一遍。

『師兄，這五個太歲是打哪來的妖精？你眼力好，且說說！』豬八戒好奇問著。大聖搔搔頭說道：『莫宰羊！俺看半天；既非人、亦非妖類。搞不清楚是哪一掛的？但是，咱們先保持低調，勿驚動他們。另外；那個無影子會化作寺裡的小沙彌，緊緊盯著咱們。這樣倒好，咱們隨時放些假訊息讓他帶回去。』大聖頓時有了主意；要大家把耳貼近；明天如此如此！這般這般！

孫悟空早在翌日之清晨卯時，即囑咐幾個師弟保護好師父唐三藏，勿輕舉妄動。他出門呼踏斛斗雲頭；直奔天上找輪值的仙家尋求幫忙。

近幾天來；為四值功曹輪值天上接班。那值年神李丙問道：『大聖親臨上界，不知有何貴幹？且說！且說！』大聖即把沂州琊琊郡府所遭遇的，大致敘說一遍。一旁的值日神周登詫異說道：『沒譜！沒譜！竟有這般狂妄之徒，霸佔我佛祖菩提蓮座。真是欠扁！』值時神劉洪也義憤填膺痛斥著：『豈止欠扁！該抓起來毒打一頓。請大聖一馬當先，我等全力配合便是！』值月功曹黃承乙更是磨拳擦掌說道：『大聖儘管指示，對付這種爛咖；不須手軟！』大家就這樣說定了。

稍後辰時；大聖即進一步趕到了齊州刺史府邸，並且謁瞻⑩刺史李祐。見面即說明情況；悟空不提也罷，才說幾句就勾起刺史的痛。二人一見如故、立刻拍板談起密切合作之事宜。大聖一邊聊；卻一邊用火眼金睛觀察四周，五行太歲提到的大邪子；到底藏在官府哪個角落？化作什麼角色？

那李祐刺史乃太宗第五子，個性耿直豪邁、不畏妖魔蠻橫威脅。不久之前；他斷然拒絕五行太歲的最後通牒，不讓旁門左道的邪教歪道滲入齊魯一帶。更不准管轄內的官民寺廟祭拜這些太歲。從此得罪那五行太歲，地方上；時而乾旱、時而洪澇、時而祝融、時而鬧瘟……。身為齊州刺史；他硬是不願低頭臣服，決心槓到底。雙方正式對決乃遲早的問題。

『大聖有所不知；我們齊州對抗那五行太歲，這些年來；可謂受盡折磨矣。籲請長安朝廷派軍隊前來鎮壓，又怕遠水救不了近火。』齊州都督刺史面對著悟空，痛陳苦逑說道：『爾今；西天取經、剿妖靖魔、響譽天下的齊天大聖，不吝前來本州府鼎力相助、一起討伐那幾個魔王。實乃天助我也！殲滅賊寇；指日可待。幸甚！幸甚！』悟空則小心翼翼對刺史說道：『李大人！

這五個太歲可不是一般妖魔堪比，俺還摸不清他們的底子。倒是你這兒；聽說已經被他們派奸細混進來潛伏臥底，不得不防。』聽得李刺史一身冷汗，連忙問道：『是誰？是誰？茲事體大！請大聖明示！』悟空附著刺史的左耳輕聲細語道著：『俺的火眼已經認出來了，這廝就在你旁邊不遠處。喚為大邪子。咱們暫且稍安勿躁，讓我們來演一齣戲。』悟空接著又繼續放大音量說道：『刺史且放心；俺已經在琅琊城府裡面，安插有可靠的奸細。那五行太歲作夢也想不到也！哈！哈！』李祐刺史唱黑白臉；故意問道：『喔！能告訴我是哪一個嗎？』悟空故作神秘狀，東瞧西看再說道：『這裡沒外人吧？就是那個無影子。俺可是花十萬兩白花花的銀子收買的。他親口告訴俺；他恨死其中的火行太歲。會全力配合俺，來個裡應外合。刺史可不能隨便告訴別人喲！』齊州刺史又裝蒜問道：『好是好；可這個無影子靠得住嗎？』孫悟空站起身子，走到後側一個貼身婢女身旁，一把抓住她說道：『他為了向俺交心，明明白白指出這個婢女；就是五行太歲派遣來齊州府臥底的。』那婢女大聲嚷嚷：『刺史大人，冤枉啊！冤枉啊！』悟空冷冷笑一笑，說道：『俺相信無影子的舉報。至於大邪子是不是妳？等會兒；那土行太歲即將到來，咱們試試便知。暫且把這婢女縛押起來！』刺史很快叫府裡的官兵把婢女押解下去。悟空布置好；遂對齊州刺史說道：『午時將至；俺先避開這裡一下。』

話說當日午時；土行太歲獨自駕著雲頭，從沂州瑯琊府趕到齊州都督府。到達目的地，遂一躍而下。

突然一陣晴空霹靂；幾聲響雷，驚動宮府裡的人。但見土行太歲大搖大擺；自行邁進玄武門的殿堂。齊州刺史笑咪咪說道：『瞧！今個刮什麼風，把土行太歲給吹過來哩？』土行太歲來到台階前；即指著齊州刺史罵道：『你還真格水仙不開花，好大膽子！一再給你警告；還不乖乖聽太歲爺們的話，今個就讓汝喫不完兜著走。信不！』盛氣凌人的架勢，一副如入無人之境的模樣。

在殿堂裡的右側方，出現一頭戴綦青氈笠、身穿葛布綟袍、褐色草鞋的老翁在打掃衛生，老者漫不經心回道：『唉！好兔不喫窩邊草。你們五個太歲；真有本事就去北疆契丹、去東突厥那兒鬧啊！啥小！俺笑你們沒那個屁眼哩。』聽得那土行太歲臉都綠了。他瞪了老頭子一眼，繼續指著刺史怒吼罵道：『今天做個了斷，你敬酒不喝、要喝罰酒，俺就不客氣，勿怨我言之不預。信不！』沒料到那掃地的老翁走到身邊插嘴說道：『讓！讓！俺要打掃。廢話這麼多；真無聊！再囉嗦下去，小心俺把你當垃圾掃出去。套你一句；信不！』氣得那土行太歲七竅冒煙，真想狠狠踹那糟老頭兩腳。可堂堂一個太歲爺；又怎好與一個打掃清潔的老頭吵嘴鬥氣，傳出去豈不貽笑大方、落人口實。罷矣！罷矣！

『死老頭；滾一邊！滾一邊！』土行太歲對老翁不耐煩地揮揮手叫他走開。再沖著齊州刺史說道：『快給俺交代，否則俺要動手了！犯太歲者，一切後果自負！』話甫落定；掃地的老翁哼著說道：『省省吧！你在嚇唬誰哩。憑你想打咱家刺史老爺？俺笑你沒那個本事。恐怕你連俺都打不過呢！狗掀門簾；就憑一張嘴！』土行太歲怎堪那搞衛生的老頭站一旁雞雞歪歪、冷嘲熱諷。他立馬揮拳打了過去，孰不知；老翁往右一閃，躲過拳腳之後；手持竹掃把一揮，打得土行太歲差點摔跤、綦黑綾巾帽掉落地面，好不狼狽！引得大殿裡的官員訕笑不止。

悟空又溜回到大殿裡面，邊跑邊喊道：『小夥子！加油！』

潛伏齊州都督府的大邪子被悟空識破並且擒獲，土行太歲來到齊州做最後通牒，他用什麼絕活來對付齊州刺史？另外；大聖與仙家們能否順利制止五行太歲；阻擋他們在地方上的橫行無阻乎？敬請期待下回分解：

『註解』：

❶太歲：其意原為極尊貴，百姓因而避開；不得冒犯。據「三命通會」描述：太歲又稱轉趾煞。大運日主與太歲相合順，其年則吉。若值刑沖與太歲相戰剋，其年則凶。古代民間另有說法：太歲乃十二辰之神，木星一歲行一次，歷十二辰而一週天。六十甲子也各有其太歲輪值。

❷瞋恚：生氣憤怒狀。

❸罩子：意為眼睛。

❹白眼狼：泛指無情無義、寡廉鮮恥的人。

❺牓子：托人傳遞拜訪之摺帖。

❻榫卯：古代建築；於屋內頂端承重的樑柱。即榫頭和卯眼。

❼藻井：在宮殿內部的上方，有一隆起之斗拱；精雕細琢的天花板。

❽世故天命之年：古代指五十歲的人。

❾四方長老：指遊走江湖的苦行僧。

❿謁瞻：為拜訪長官或長輩之意。

第二十八回　歲君五行沖神威　悟空隱隱戰幾回

話說大聖孫悟空在齊州都督府；化作一個打掃清潔的老翁，在宮殿裡頻頻揶揄戲弄那土行太歲。幾番惡搞；讓太歲醜態百出、顏面盡失。

『反了！反了！俺就先宰掉你這條老狗。將你碎屍萬段、以儆效尤！』說罷；惱羞成怒的土行太歲；已經顧不得顏面，立刻取出虎首環刀，朝著那老翁追殺過去。老翁跑在前；太歲追在後，二人在大殿裡繞著跑。齊州刺史心中有數；由齊天大聖變作的清掃老翁；坐鎮殿內，萬事無憂。

『哼！孔子怕你、孟子怕你、老子可不怕你呢！』悟空化作的老朽，迴轉持竹掃把與土行太歲廝打起來。別瞧外表是竹掃把；卻是如意金箍棒變作而成的，與虎首大刀對殺綽綽有餘。這兩人從殿內打到殿外；從塔樓的額枋打到檐椽，又從地下打到天上，再從天上殺回地面。身經百戰的大聖；明顯越戰越勇，土行太歲逐漸精疲力盡、招架不住。悟空得意說道：『說你這土包子太歲真沒用，來啊！再來啊！老子在這等你呢。』

『煩死人！俺時間寶貴，才沒那閒功夫陪你這條老狗玩！』土行太歲說完，從懷裡托出獨門法寶「五方嶽石」，乃是來自中原五嶽❶的五顆不同石頭。然後對著大殿裡面叫囂說道：『裡面聽著！俺這五方嶽石，經過施法唸咒，即將移山倒海；把五嶽逐一搬過來，壓扁你們整個齊州。俺先搬動五嶽離這兒最近的泰山，隨即而至；來個泰山壓頂。這是你們自找的；怨不得！怨不得！』

『且慢！急啥哩？』但見那老翁和齊州刺史；押縛一個人，從大殿裡走了出來。老翁說道：『可認得他？他叫大邪子，要不連他一起泰山壓頂！』

『土行太歲！快救救我！』那個化身婢女的大邪子，他已經變回原來小帥哥的模樣。被悟空捉來當人質，推到大殿前向土行太歲展示，他跪地苦苦哀求太歲主子救命。認出確實是大邪子；這下讓那土行太歲頓時不知所措、左右為難矣。

『哼！算你們狗運好！』五行太歲衡量再三，只得收起五塊各方之嶽石，豎起濃眉、撂下狠話說道：『看著大邪子份上，本太歲這回且放過你們。跑得了和尚；卻跑不了廟。你們齊州都督府敢犯太歲，準備等死吧！』才說完；他就呼來雲頭，掉頭離開了齊州府城而去。

大聖從一個老翁變回原身；他吩咐天上輪值的四時功曹看管保護那齊州都督府。他隨即押解著大邪子，也趕回沂州的瑯琊城府。

且說沂州琅琊城裡的廣弘寺；掛搭寺裡的送經綱一行可也在忙著。除了黃狗辛甘一早按指示；化作黃鸝鳥飛到府城錦陽殿，監視幾個太歲的動靜。豬八戒在十方客坊門前打掃、潑水澆淋花草、沙僧則陪伴唐三藏師父屋內自設佛堂、唸經綸貫。果然不久；豬八戒就斜著眼神，瞄到了方才地上撒過的水讓地板上有溼腳印走動的痕跡，證明那無影子已經在屋子裡外、開始走動、過來順藤摸瓜矣。

豬八戒遂依照師兄所說的；偷偷在地上擺著一兩官銀，測試那無影子會不會臨時起貪念。就怕他沒看見；亦或這廝正直不阿、視若無睹。反之；無影子藉機拾走地上的銀子，無異於引火自焚也。拜託！拜託！拿走吧。

『悟空師兄太懶啦！大家都在忙，他卻獨自在床呼呼大睡。』豬八戒故意大聲說道。大聖外出活動之前；早已拔下一根毫毛化作自己，倒臥床上睡大覺、避人耳目。沙僧也有默契，這話即代表無影子已經混進屋來，包打聽情況了。他回一句說道：『咱們的師兄路上患風寒、人不舒服。讓他好好休息，別吵他！』

『俺曾經聽師兄提到；據說那齊州刺史花了不少銀子，買通了一個叫大邪子的妖精。你有聽他說過嗎？』豬八戒一面掃地一面小聲問道。沙僧醒目地回說道：『噓！小聲一點，知道就好！知道就好！他們裡面已經有人想自立門戶、獨攬大權呢。』房間內師兄弟二人鬼鬼祟祟聊著。隱身潛伏一旁的無影子；聽得可是清清楚楚哩。大邪子被收買？有人想獨自稱王？這等大事；得儘快回去警告金行太歲。想著；寺裡這些長安來的和尚，暫時沒有別的動作。他立刻奔離十方客坊趕回郡府打報告，留下一地的溼腳印。地上的一兩官銀也不翼而飛，顯然被那無影子順手牽羊取走！他怎可能「路不拾遺」哩。好戲準備上演！

再說土行太歲自齊州回到瑯琊郡府，馬上將齊州都督府發生的事，一字不漏地對著幾個太歲們敘述著。『啥！大邪子被齊州刺史捉到？不可能啊？他們怎麼可能會察覺到哩？』火行太歲驚訝說道：『這還得了！俺得抓緊時間，趕快去救俺的小舅子。』搞半天；火行太歲是大邪子的姐夫，說他不急才怪。土行太歲接著說道：『俺真納悶；那齊州都督府，不知從哪冒出一個糟老頭？就是他從中攪局，搞得俺白跑一趟。貓膩！貓膩！』木行太歲笑著說道：『真遜！一個老頭子都擺不平。下回讓我去修理他。』

五個太歲正在郡府錦陽殿裡；商討著針對齊州都督府施壓的策略，卻見那大邪子跌跌撞撞、直奔階下而跪。幾個太歲又驚又喜，尤其他姊夫火行太歲；趕忙過去扶他起來，並且說道：『才聽土行太歲說你被齊州刺史抓走了！嚇死俺啦。你得平安歸來，幸好！幸好！』土行太歲也高興說道：『俺可是親眼看見你被他們綑綁的呀，否則俺施的五嶽壓頂法術，怎會饒過他們哩！總之；你平安脫險就好。』大邪子頓時氣得炸鍋，說道：『諸位太歲爺們；我拚死趕回瑯琊郡府，就是要揭開一件陰謀！咱們府裡有細作❷，是他去密告；又勾結孫悟空，才害我被他們當場捕獲的。』此話一出；整個大殿引起軒然大波、議論紛紛。金行太歲要大家安靜下來；他傾身向前問道：『大邪子快把話說清楚、講明白！誰是奸細？齊州又怎麼冒出個孫悟空的？娓娓道來！』大邪子大聲說道：『那無影子就是奸細！他早就被齊州府的刺史收買了！可惱！可惱！』『且慢！且慢！』這時候；又見一個人氣喘如牛、直衝殿裡而來。

『好傢伙！簡直是惡人先告狀！其實出賣大家的人；正是你這大邪子！』打從廣弘寺趕回來的無影子，咬牙切齒怒指大邪子臭罵著。身為五行太歲之首的金行太歲；也是無影子的表哥，為主持公道、要求雙方冷靜下來；二人當面對質。只是不對質也罷；兩人對質齟齬之下，互不相讓、矛盾百出。

『哼！你說孫悟空在齊州勾結刺史，據報來抓你；更與土行太歲交手打一場。笑死人！孫悟空在我嚴密監控下；眼前還躺在廣弘寺的床上養病呢！並且與土行太歲對打的，明明就是個老頭子。聽你胡扯！瞎扯！』無影子痛斥著大邪子。

大邪子也不甘示弱說道：『你壓根在含血噴人！不是你擺的道，我怎會被識破。為了十萬兩銀子；你出賣我、出賣大家，還想跟孫悟空搞裡應外合。不要臉！』無影子馬上頂回一句道：『聽你在放屁！十萬兩銀子？我才不像你隨便就被收買。再說；你既然被孫悟空抓走了，你現在又如何回來的？是否又有新任務啦？』大邪子絲毫不留情面；來個回馬槍說道：『是孫悟空親自送我回來的。他說適可而止；不想與我們五行太歲敵對鬧事。至於你；出賣大家的事，你自己心中有數。孫悟空對我說；你身上還留有他們的一兩銀子為合作的標記，你敢否認嗎？』這話正中無影子的要害。經過下令搜查；在無影子身上確實搜出一錠白銀，上面還刻有朝廷官方的印記。無影子這回面紅耳赤、百口莫辯；他直說是在寺裡的十方客坊撿來的，鬼才相信。甚至表哥金行太歲也搖頭嘆氣、不知如何處理才好。

他二人撕破臉，說出來的話；已經讓五個太歲目瞪口呆、直呼離譜。現在又查出贓物在身，在座的太歲們不免心中互相猜忌、疑竇頓生。無影子惱羞成怒、又仗著表哥是金行太歲，他衝向大邪子拳打腳踢，兩個人扭成一團在地上打滾。

那無影子身上被搜出一兩官銀；人贓俱獲、足實令金行太歲作表哥的顏面無光、難予遮掩。權宜之計唯有擺個拖延，拖下去；讓大事化小、小事化無。

薑還是老的辣；金行太歲斷然果決，他拍案站直身軀說道：『鬧夠了！統統給俺停止爭吵。聽清楚；這件事俺會認真調查的，你們兩個各自回去檢討。為避免嫌疑；這期間你等二人必須停止任何活動，乖乖留在房裡。』大邪子和無影子只好摸摸鼻子；接受命令回到自己的住所自我禁閉起來。

金行太歲接著諶訓說道：『依我看來；暫且不理會孫悟空那一行人。他們根本沒啥作為，威脅不了咱們，大家最好河水不犯井水。明天一早；你們隨我去一趟齊州都督府，情況作一次了斷。那齊州刺史再不乖乖聽話，咱們就毀掉齊州都督府，絕不手軟！』另外四個太歲站起身來，皆無異議、拱手領命而去。殿裡吵吵鬧鬧，總算告一段落，各自散訖❸。所謂的家和萬事興嘛！

檯面上似乎危機大致化解了，檯面下呢？既是爆出內奸、諸多疑雲待解、彼此暗地心生芥蒂肯定難免矣。火行太歲是大邪子的姊夫；土行太歲則是親眼見著大邪子在齊州都督府被俘虜，所以採取相信大邪子的話。金行太歲是無影子的老表；木行太歲又一直喜歡和無影子喝白酒、聊八卦，自然而然比較偏向無影子。唯有水行太歲孤僻內向，抓不准他會支持哪一個？

這殿堂裡的一舉一動、一言一行都被負責盯梢的辛甘盡收眼底、記在心裡。不由得不佩服師兄悟空的挑撥離間、攪亂一池春水的計謀夠毒夠辣。完成潛伏觀察的工作，他即回去廣弘寺；交代那方大殿曾發生的大小事。正好幾個送經綱的師兄都在客坊裡商討對策，黃狗辛甘所提供的情報意義至為重大。

『奏效！奏效！俺就是要讓他們窩裡自己狗咬狗、一嘴毛！』大聖悟空聽到辛甘的匯報，心花怒放說道：『他們少了大邪子和無影子，不啻於少掉雙眼和兩耳也。加上他們為了專心解決齊州的問題，暫時將咱們擱置一邊。對往後咱們的進出行動方便許多。』豬八戒擔心問道：『師兄曾經在齊州都督府和土行太歲交手打過，感覺對方實力如何？』大聖嚐一口烏龍；然後說道：『不容小覷！不容小覷！他打鬥不如我，但是五方嶽石大法；得以搬動中原五嶽過來鎮壓，這個……不好對付。』沙僧跟著說道：『另外四個太歲；必然也有拿手絕活。師兄可有破解之道？』孫悟空悻悻回道：『尚未與他們對壘交手過。真要硬拚；那五個雜碎聯合一起的功力驚人，坦白說；咱們的勝算不大。需要謹慎、逐一分化他們才行。離間大邪子和無影子，造成他們內部的猜疑，只算走出成功的一小步。』

說著說著；見師父唐三藏攙扶著智仁方丈，走進十方客坊裡面。他們剛才一起在禪房另設佛堂香爐，率著寺裡的眾僧供佛唸經。大聖遂將情況；告知唐三藏師父與智仁方丈，並且說明近期一場大戰無法避免矣。

大聖納悶問著智仁住持說道：『俺迄今未見那瑯琊郡的邑宰和郡城裡的其他文武大頭巾❹現身。其中有何緣由也？』智仁老方丈耐心解釋說道：『話說沂州一帶；自大唐建朝以後，社稷安定、黎庶樸實、風調雨順，五穀豐登也。可是打從六年前；沂州卻開始鬧乾旱、繼而地震、蝗禍、疫災接踵而至，搞得人心惶惶、民不聊生也。後來有五個自稱來自西天仙界的神仙，逐一施法平息這些惱人的天災。沂州州府的瑯琊郡邑宰感恩戴德，恭迎該五位仙長任職郡城太師爺❺。孰不知；這般禮遇卻成了引狼入室、惹火上身的尷尬處境。他們五個自稱五行太歲，憑藉高強的法術；翻臉比翻書還快。進到瑯琊郡府隨即反客為主、鳩佔鵲巢。大凡不聽從、不歸順的官員，一律找藉口處斬，迫害忠良的殘暴手段；令人髮指。他們囂張之餘；更得寸進尺，下令州郡所有道觀佛寺，必須供奉他們五行太歲。遣派那走狗大邪子和無影子；四處滲透打聽，為他們找碴驪盤。有違令的均無一倖免；燒毀寺廟、殺害緇僧。唉！不堪！不堪啊！』

大聖含臉❻說道：『用屁股想也知道；其實那些地方上的災禍，不都是這些惡棍故意搞出來的。他們先後在河南道的沂州、密州、青州、淄州嚐到了甜頭，現在又把這套模式用在齊州，其野心昭然若揭。造孽！造孽！』站在方丈後面的長老也附和說道：『那原來的州府邑宰，迫於大勢；也落得表面上唯唯諾諾、與其他的官員一樣忍辱偷生。據悉；城裡一些不願臣服的官員，像左、右武衛將軍；早已蠢蠢欲動、等待時機反撲。目前他們另外在朱雀門的錦華殿處理朝務，你們可以在那裡找到他們。』大聖如獲至寶說道：『如果能說服本地官員，願意積極配合；趁機扭轉形勢，讓這五個太歲趄趄不得❼、則可能一舉剿滅這些賊寇也。』

唐三藏一旁說道：『阿彌陀佛！和官方洽商這件差事；就由師父我來吧！太宗的御弟親自出面搓合，邑宰與這些官員應該信得過才是。悟空既然和五行太歲的纏鬥，沒勝算之把握，何不去南海落伽山的普陀巖，找觀音菩薩請教請教？』大聖豁然開朗說道：『多謝師父或或明示，是時候該去請教觀音菩薩啦！咱們抓緊時間；分頭努力吧。』決定之後；由智仁住持帶路，沙和尚與辛甘陪伴唐三藏騎上馬，去錦華殿拜訪琅琊府邑宰。大聖則領著豬八戒，駕雲飛奔南海而去。

且說趕往南海落伽山的二人；到了普陀巖的潮音仙洞，有木叉使者和散財龍女通報引進，謁見了蓮花座台上的觀世音菩薩。

孫悟空隨即把沂州瑯琊郡府種種遭遇；向菩薩詳細呈稟一番。豬八戒跟著說道：『這五個太歲的司馬昭之心，儼然逐步順利進行著。勢力範圍由沂州一直衍伸至密州、淄州、青州，眼看著齊州又即將失陷矣。再不設法阻止；讓淪陷區繼續擴大下去，後果的悽慘悲哀不難預料！』一旁聽聞的木叉使者；忿忿不平地說道：『擾亂國家社稷、糟蹋老百姓、已經罪大惡極。甚至還霸佔寺廟；強迫緇門庶民供奉他們，是可忍孰不可忍！過份！真過份！』大慈大悲的觀音菩薩；慈眉善目問道：『南無阿彌陀佛！依悟空的火眼；可曾認出他們是何方妖孽？』大聖搔搔臉腮回道：『問題就是；俺怎麼看、怎麼瞧，就是看不出他們的來歷？惟確定他們既非人亦非妖也！恐怕又像西天取經時；所遇到的妖魔一樣，大多來自天界某個仙佛養的寵物。傷腦筋！傷腦筋！』

觀音菩薩苦笑說道：『應該不是；此一時也、彼一時也。自從你們西天取經，路途諸多妖物來自天界，九重天的靈霄寶殿由於前車之鑑；天廷玉皇大帝早已經下達聖諭旨令；仙界凡是放縱身邊之物下凡作怪，其主須負全責承擔。這種牽連；甚至撤銷仙籍都有可能哩！誰敢？』木叉使者有所頓悟，他提醒說道：『既然那五人敢口口聲聲自稱太歲，且有高超的法術，必然與六十甲子的太歲們攸關，或許就是其中的幾個？』一語驚醒在座的幾位，觀音菩薩思考片刻；甫地遣派木叉使者；速去邀請六十甲子的太歲們過來澄清。是否如他所推測；果真是來自西天太歲府的？此事非同小可，務必得查個明白。

一上間的功夫；木叉使者就引領西天六十位輪值的太歲，成群駕臨潮音仙洞。他們走去向著觀音菩薩、齊天大聖拱手請安、問候致意，然後逐一就座。大聖面對這些天界的六十個太歲們，重複將沂州瑯琊郡所發生的事細說著。

甲子太歲金辨將軍問道：『請教大聖；那五個自稱太歲者，他們各別之儀表與服飾，是何模樣？可否再進一步說明？』於是大聖大致描述這幾個太歲的長相；他如此說道：『這麼說吧！那金行太歲長得黃髯金鬍、身穿金黃錦繡官服。那木行太歲長得馬臉蓄八字鬍、身穿緱青錦繡官服。那水行太歲長得面白似玉、一身雪白錦繡官服。那火行太歲長得紅臉墨黑濃鬍、穿著火紅錦繡官服。那土行太歲長方臉鷹勾鼻、濃眉短鬍、身穿緇黑官服。這幾個大約是半百世故之年矣！』

丁亥太歲的封濟將軍和丙午太歲的文哲將軍，率先搶著回道：『對了！對了！就是他們五個沒錯！』一堆太歲們開始議論紛紛。豬八戒明上❽一亮；搶著問道：『這麼說來；果真是你們六十甲子太歲一夥的？』大聖不悅地瞪八戒一眼，這話說得太蠢。大聖指責說道：『別亂說；且聽太歲們細細道來！』

甲子太歲要大家安靜下來，他把情況釐清說道：『那五個確實曾經是六十甲子中的太歲，不過已經是從前的往事。他們分別是甲寅太歲、甲午太歲、乙丑太歲、丁子太歲、庚辰太歲。這五個太歲素行不良、事端不斷，某次因為酒後滋事、毆打路過的仙家，遭到天廷懲罰；均謫貶至下界閉關修行、將功贖罪。哪知這五個去到人世間，反而變本加厲、為惡更甚矣！爾今；按大聖據實以報的情況，這五個索性橫行天下、自立為王、圖謀竊取華夏江山也。事態嚴重！事態嚴重！』

甲戌太歲施廣將軍一旁說道：『我之前與其中幾個走得比較近，不得不說一句公道話，這幾個非常危險。因為武力出眾、法術超群，導致後來變得恃才傲物、目空一切也。他們倘若團結一致；想要剋制阻擋他們，幾乎是不可能。』

辛未太歲李素將軍補充說道：『就我所知；如今的金行太歲即是從前的甲辰太歲，他的招牌是五金剛環；只要被其一套住必死無疑。而木行太歲則是之前的庚午太歲，他的絕活是五木開天；可以施法支配草木殺人。水行太歲應該就是以前的丙寅太歲；他的五湖四海法術，得以盤水淹滅整座城市。還有火行太歲則是壬辰太歲無疑；他的獨家專長五雷轟頂，就是以雷火劈頭著稱。最後那土行太歲該是從前的戊戌太歲；他的五方嶽石功力，足以遷移中原之五嶽來壓制對方。這五個太歲於西天的位置已經更換他人。這幾個雖然已非天界之神仙，其功力法術依然驚人。大聖與之抗衡，萬萬不可大意哩！』

這般犀利的法術；大聖豈可大意。眼前雖然摸清這五行太歲的底細，反而更需謹慎小心、謀而後定。面對強敵；大聖得以致勝乎？敬請期待下回分解：

『註解』：

❶中原五嶽：即是指東嶽泰山、西嶽華山、南嶽衡山、北嶽恆山、中嶽嵩山。

❷細作：古代稱間諜或內奸之意。

❸散訖：休息離去。

❹大頭巾：古代大官員的通稱。

❺太師爺：古代官員的謀士，即當今的高級顧問。

❻含臉：嚴肅認真的樣子。

❼趄趄不得：指進退兩難之意。

❽明上：古代中醫指日月在臉的上端，即將雙眼稱之為明上。

第二十九回　太歲跋扈終召禍　惡行業障諸天羅

且說孫悟空領著豬八戒；在南海普陀巖潮音仙洞，經觀音菩薩引薦；見到六十甲子的諸位太歲。結果證實那五行太歲的真實身份，他們曾經也是輪值太歲的成員，乃因為酒後肇事；被天廷謫貶至人世間的。哪知他們來到中原河南道❶一帶；開始肆虐荼毒。行徑更形猖狂跋扈、處心積慮圖謀江山。有詩為證：

本是仙將護天界、甲子輪值太歲爺、太歲當頭孰不怯、供奉元辰心安也。
諸多是非逐天闕、謫貶閻浮❷不自覺、降世為惡頻造孽、妄為放肆做更絕。
太歲五行霸天下、罔顧正道偏向邪、侵擾佛寺商紂域、惡名彰顯山河劫。
巧取橫奪諸府郡、鯨吞州道一節節、大聖豈容汝賤竊、誓予反制定琅琊。

由來經過甲戌太歲施廣、辛未太歲李素兩位將軍的大略敘述；並且提出示警。得知那五個邪雜碎頗具實力、各自擁有毀滅性的絕活，千萬不可低估。大聖心知肚明；若依送經綱與輪值的四時功曹戰力，著實難以匹敵抗衡那五行太歲。

他頓時心生一計，遂拉著豬八戒；向觀音菩薩與在座的六十甲子諸太歲道別：『放心！放心！俺才不會笨到跟他們硬幹哩。感謝觀音菩薩和諸位太歲們的關心，迫於時間緊急；俺仍須安排妥當佈局的事，等俺的好消息吧。告辭！告辭！』在觀音菩薩與六十甲子太歲的祝福聲中，二人即拜別而去。

離開了潮音仙洞；他倆縱著雲頭直奔至西天門口。守候的護國天王與直符使者；走過來問道：『大聖來這裡，有何貴幹？』孫悟空直言說道：『無事不登三寶殿，俺這回東瀛送經途中；在沂州琅琊郡府遭遇困厄阻撓。欲求玉帝開恩；借幾個仙家幫忙也。』護國天王接著問道：『好說！好說！難得大聖需要幫手哩。需哪方面的仙家？』大聖直接說道：『不多；只須風部、雨部還有閃電娘娘出手相助即可。』直符使者一旁問道：『事情急否？』悟空回道：『急也！急也！』直符使者則對著護國天王說道：『問題不大！我正巧有一些文牒須送至通明殿，上呈玉皇大帝。不如我代大聖轉呈文牓❸給玉帝，而二位由護國天王領著去九天應元府；找元始天尊直接商議即可。』大聖謝過之後；踏上祥雲跟隨護國天王去到天門裡的九天應元府。

看守應元府的廉訪典者、糾錄典者、雷門使者上前迎接。問明來意；趕去九鳳丹霞的宸居處，向元始天尊通報大聖來訪。見面互相施禮；元始天尊微笑問道：『猶記得上回爾等西天取經，於鳳仙郡曾經來找本尊求助風調雨順、施降甘霖，吾差遣閃電娘子與鄧、張、辛、陶等四將軍予以幫忙雷雨之事。不知這回；大聖又有何求？直說無妨！』悟空將沂州琅琊郡府遭遇五行太歲的事；一字不漏說個清楚。元始天尊不解地問道：『即使所屬之風部、雨部、閃電娘子齊力相挺，幫助也是有限。本尊深諳；他們根本武功膚淺，加入戰鬥行列，實非他們所擅長。再者；論法術恐怕也不是那五行太歲的對手。請大聖慎思！慎思！』大聖哈哈大笑說道：『所謂之：寸有所長、尺有所短。堪用者；螞蟻也勝過大象。懇請天尊號令相助，謹此感恩再三！』元始天尊聽罷；不再多慮，即傳令召集閃電娘子、風部、雨部等仙家，即刻隨著大聖悟空下凡世間，鼎力予以相助。

且說琅琊郡城府；五行太歲之首的金行太歲，於團夥裡面被爆出有內奸細作醜聞之後，搞得整日坐立不安、心神不定。錦陽殿下朝回府，心底仍然是耿耿於懷、殷殷不忘。用過晚膳；索性離府前去找表弟無影子。把整件事情的來龍去脈搞個清楚、弄個明白。

無影子當然知道表哥的來意，迎入金行太歲；兩人挨得緊緊、比鄰而坐。在燈燭之下；無影子吩咐府裡男僕婢女全都退下。見四下無人；金行太歲不再客套，劈頭直接問道：『老表；你與那大邪子私下可曾有過結仇怨憎之事？』無影子則回道：『不曾！不曾！』金行太歲不解又問道：『那為何他那麼狠毒？特別從齊州趕回來誣陷你？竟然還能指出你被十萬兩白銀收買的。另外……』。無影子一肚子怨氣全然發作說道：『這廝不僅僅莫名其妙！簡直就是陰險毒辣！居然趁著我不在場；背後暗箭傷人告我一狀。明明那孫悟空一直躺在廣弘寺十方客坊，我一晌午都緊密監控著。他卻瞎掰遭到孫悟空捕捉，還帶他回到瑯琊府放走。反倒是；我聽得那幫長安來的僧人，無意中透露已經收買大邪子，準備聯合火行、土行一起來個窩裡反！那幾個居心叵測、虎豹狼心。表哥千萬小心；不要被他們設局矇騙了。冰凍三尺；非一日之寒，我估計這幫子圖謀不軌；絕非一朝一夕之事也。』無影子為了尋求自保，加油添醋說得頭頭是道。

金行太歲陷入沉思、低頭閉目不語。然後緩緩說道：『夠了！夠了！俺心裡有數。明天；俺領著他們去齊州府出征討伐，只須看著這些人的臨場表現；情況很快即可明朗無遺。俺就不信；他們敢造我的反！量他們沒這個膽！哼！』說完；他站起身打道回府。到大門；金行太歲轉頭對無影子交代說道：『公平起見；明天你和大邪子依舊留在府邸這裡；暫且窩伏不許外出，嚴密盯緊大邪子這傢伙。知不！』

第二天清晨；五行太歲全員出動，每個太歲皆頂盔貫甲、全副武裝。隨行部將也抄著刀槍；頭踏幡幟❹鮮紅醒目、迎風飄揚。

臨行之前；金行太歲猶不放心，特別派一貼身隨扈去廣弘寺看個仔細。孫悟空還躺在床上呼呼睡懶覺、豬八戒正在彈琵琶哼唱著民謠小調、沙僧幾個陪著師父唐三藏在誦經唸佛。聽到回報；金行太歲方才撫摸著赤黃髯鬍、舒坦無慮地搭乘朵朵雲頭，率先帶隊往齊州出發。浩浩蕩蕩出征、作陸空兩路包抄。

五行太歲信心十足、自當穩操勝算。表面看似這般，其中可是錯綜複雜呢！

適值辰巳時刻；齊州都督府上空烏雲密布、雷鳴乍起。暴風狂雨隨之將至、鏖戰兵燹勢不可擋。齊州刺史李祐邁向城樓；他在樓頂見敵軍掩殺而至，遂擂鼓鳴砲，指揮若定、毫無懼色、城裡的官兵也劍拔弩張、決一生死守江山。

虬髯盤目、劍眉縱揚的金行太歲，降下雲頭大聲斥喝說道：『聽清楚！俺是金行太歲；也是本次五行太歲率軍的大統領。現在命令汝等快快打開城門、棄械投降，得免一死。不從者；格殺勿論！絕不寬怠！』此話才落；城方上空響起巨聲回嗆。但見天界的四值功曹；領著邀來的九天應元府的鄧、張、辛、陶四大將軍坐陣應對。值年遊神恚然怒斥說道：『大膽逆賊；汝等本為六十甲子輪值太歲，因為非作歹被天廷謫貶至下界，尚不思悔改、不欲行善修德；反而倒行逆施、惡貫滿盈。今且仗著些許旁門左道前來騷擾地方安寧，至為可恥！我等聽令天廷仙界；過來肅清汝等賊寇。邪不勝正，奉勸你們放下武器、棄暗投明。否則勿怪我等公事公辦，押回天界速斬決之。信不！』語音甫落；兩座活火山；同時爆發！

金行太歲大聲嚷道：『廢屁！俺哪有鬼時間陪你囉嗦沒完哩！火行太歲先攻！土行太歲助攻！木行和水行二太歲左右側攻！大夥給俺好好打。』說罷；先揚起一面紅旗揮舞，再而揮動黑旗和綠旗，來犯者像山洪奔洩般；洶湧沖向城裡。一時殺聲震天、互相對砍廝殺、惟見人仰馬翻、血飛肉濺。這裡有曲可證：

太歲侵、煞神臨、金行太歲率群英。攻城掠地盡泯人性、風雲翻轉盡看五行。
金行太歲圖霸業、五金剛環、索魂奪命。本屬甲寅太歲、驍戰浮世且稱雄。
論木行屬甲午、莽草叢木皆從太歲令。慮心境、憂心情、縱雲天際著綟青。
水行太歲豹野狼横、亦如何？驚幾分！翻江倒海亂方寸、魂歸山野無處生。
火行太歲雷轟頂、出手冷、閃電迅光映。歲丁子貌通紅、火爆剛烈忒殺性。
談土行、五方嶽石搬五嶽、頻頻！壓頂。法術玄乎夢境、法力高強難靖平。
陰霾暴風狂浪興、眾仙齊上陣、蕩寇統三軍。抗敵何懼那方敵硬、決死一拚。
大聖神隱、步步為營。太歲路已盡、禍從天降迎面臨。命運也、如幻似影。

齊州城牆內外；一片刀光劍影、死傷狼藉。金行太歲拿著宣花狼斧與九天的張將軍砍殺，二人過招逾百回合；難分上下。佔不著便宜的金行太歲，使出絕活；他取出五金剛環，五個由金、銀、銅、鐵、錫研製的圓斗環，先施法拋出金環。卻見金環變大又變小；圍著魁偉壯碩的張將軍打轉，驟然斗環罩頂直落；牢牢套住那張將軍，毫無反抗餘地的就遭到俘虜矣。金行太歲將剩餘四只金剛環全拋出，片刻之間；又活捉到值時遊神和鄧、辛、陶等仙將一行。弄的金行太歲好不爽愜、眉飛色舞、洋洋得意！

土行太歲更揮出一塊飛石，將齊州城樓的城門砸開，那些從琅琊郡城殺過來的，歡呼之聲響徹雲霄。眼看快殺進城裡了，一股烏雲悄然掩至也沒人注意。

為首的金行太歲正在高興開懷，收回五金剛環之際；一陣電光石火直劈向他。雖然他及時閃躲，雷電倒也打得他昏天暗地、金髯黃鬍全都燒焦不說；臉都黑了半截。他左顧右盼；是乍回事？一下想不到哪回事？才剛定下心想繼續戰鬥，天際又是接連兩三個閃電沖著他直劈而來。這回連續的雷擊；說是巧合鬼才信！可來不及迴避、打掉他半條老命，躺臥地面、動彈不得。好個樂極生悲；搞到幾個太歲皆跑過來瞧個究竟？金行太歲是否無恙？

木行太歲安慰說道：『我看還是算了，改天再過來打吧！跑得了和尚，跑不了廟。您遭雷傷得不輕呢！先回去琅琊郡府歇歇吧。』火行太歲卻揶揄說道：『嗨！堂堂金行太歲；這點區區小雷怎能傷到您哩！這場仗快打完啦！起來！起來！』金行太歲猛然頓悟；狠狠瞪了火行太歲一眼，忿忿說道：『哼！等仗打完；俺的命也完了。你以為俺不知汝玩啥花樣嗎？敢玩陰的；從背後施雷偷襲俺，你好大狗膽！』說完；金行太歲一鼓作氣跳起身，持宣花狼斧朝火行太歲就砍。火行太歲萬萬料不到金行太歲會翻臉無情，伸出左手去擋；當場手臂被斧劈斷！土行太歲趕過來；一腳踢開金行太歲的巨斧，木行太歲又推開土行太歲……！巧的哩！木行太歲趕著攙扶金行太歲，忽地飛來一顆手掌大的硬石；正中他的後腦勺；打得木行太歲頭破血流、直冒金星。

這還用懷疑是誰幹的好事！不消說；木行太歲抓起青蛇長矛便刺向土行太歲，把他的右腹捅出一個大洞。片刻之間；倏地一夥人自己先打了起來。金行、木行屬一派，而火行、土行歸一幫。下面的隨從自然各為其主，彼此也大動干戈、自相廝殺起來。藉著敵營殺成一團；被俘的五個仙家，渾水摸魚、迅速逃脫而去。

站在城牆上的齊州官兵們；一剎間都看傻了。怎地到了破城而入的節骨眼；敵軍卻自相殘殺起來，並且絲毫不手軟哩！誠所謂：古往今來、絕無僅見。原本見局勢挫厄；想號令撤退的李祐刺史，目睹城外敵人內部的濺血殺戮；也不知該如何是好？只能匆促下令；趁敵軍暫時的錯亂，速將城門的缺口重新圍堵起來。

惟一沒有加入內鬨行列的水行太歲，對突發而來的戰況；在一旁錯愕發愣、不知所措。稍清醒過來之後；即刻飛跑到兩幫人馬的中間，揮舞雙手、大聲高喊道：『住手！全部住手！』兩幫火拚的；即暫時收起刀槍，聽他說道：『瘋啦！瘋啦！咱們來這裡是殺敵人，怎地跑到人家的門口，殺自己人給他人看啦！真是丟人現眼。』金行太歲環顧周遭狼籍一片，不禁搖頭長嘆。五個太歲卻有四個傷重掛彩、無一完好，剩下一個水行太歲也難以成事、無法獨自攻下城池。金行太歲惱羞成怒、知道自己傷得不輕，不欲那火行太歲獨攬戰果。指著火行太歲罵道：『都是你！都是你！等俺回到沂州琅琊郡府，再好好跟你算這筆帳。先撤！先撤！』雖說大家莫名其妙；對剛才為何發生內鬥一頭霧水，現況狼狽不堪；也只得聽金行太歲的命令；先撤回琅琊大本營再說囉。

話說這五個各懷鬼胎的太歲，各自搭乘雲頭趕回琅琊郡府療傷。出乎意料；他們快返抵琅琊郡府城；遠遠就看見滾滾黑色濃煙直沖上天空。逼近仔細一瞧；竟然是他們大本營的錦陽殿失火。飛甍傾倒；那熊熊大火，看得眾人牙都歪了！

五行太歲面對這般窘狀差點瘋掉；簡直就是「太歲犯太歲、不知該當何罪！」百感交集、萬般無奈、不知從何說起。正在唏噓之際；即見著那無影子搭雲奔忙而至。無影子見到表兄金行太歲；即一把眼淚、一把鼻涕、立刻伏跪泣不成聲說道：『表哥怎搞到現在才回來？是他！果然是他！串通琅琊府的官兵，帶頭跑到咱們大殿四處縱火。我攔他不住！唉！』金行太歲臉色蒼白問道：『且慢！且慢！你到底是在說誰？莫非是……。』無影子哭訴說道：『沒錯！就是那大邪子。』這話可惹惱旁邊的火行太歲，他斥責說道：『哼！從頭到尾就是你在做怪，挑撥離間、造謠生事。先陷害俺的小舅子於齊州都督府被抓，又害我等自相撻伐、損兵折將。汝揪眾放火焚殿還敢含血噴人、推給俺的小舅子。齊州十萬兩銀收買你這狼心狗肺的東西！』無影子仗著老表狐假虎威，也不甘示弱回聲嗆著說道：『你懂個屁！你那小舅子才叫狼心狗肺，你這老狗早就被他出賣了。真個帳目不清！』兩個口沫橫飛，打起口水戰。

金行太歲強強忍住一口氣，拿出大當家的氣勢說道：『都給俺住嘴；這筆帳再慢慢算，先下去找那琅琊郡的邑宰官員；問清楚乍回事？難道他們想造反？』五行太歲才降下雲頭；靠近那些宮殿。埋伏的官兵舉起箭弩，像疾雨般萬箭齊發；向他們射了過來，顯然郡城裡的官兵已經起義倒戈。水行太歲走在前端、防患未及；前胸和右大腿都被銳箭貫穿，躺坐著喘息。土行太歲拿起五方嶽石；想施法來個泰山壓頂，卻遭到火行太歲的阻止，投鼠忌器；他小舅子還在下面郡城裡啊！

這時的五行太歲儼然成了強弩之末。金行太歲張眼四顧；不禁灰頭土臉、輕聲嘀咕說道：『造孽！造孽啊！俺遭到雷擊的暗算；元神大傷、只剩一口氣矣。木行太歲後腦勺也被土行太歲的飛石打到腦震盪。火行太歲被俺剁掉左手臂；弄得神智不清、滿口胡說八道。土行太歲的腹腔被木行太歲捅出一個大洞；血流不止。最後甚至水行太歲也身中兩箭；生命垂危！現在且又搞到一票人無家可歸。倒的倒、趴的趴！這？這？這不正是虎落平陽遭犬欺，連琅琊府的貓貓狗狗都不把咱們放眼裡了。唉！』這片雲頭上；真格成了愁雲慘霧。

脾氣向來暴躁如雷的火行太歲；搖搖擺擺，把剩餘的一口氣，全出在無影子身上。他紅著臉孔衝向前，並且罵道：『俺打死你這小畜生！俺小舅子說的沒錯，你不但是內奸；你更是一個掃把星❺！大家被汝害慘了。俺替大夥打死你這掃把星。』少刻❻你來我往；兩個冤家拳打腳踢、滾來滾去、扭打成一團。

『哈！哈！他不是掃把星。俺才是道道地地、國際認證的掃把星。冤枉！冤枉啊！』遠方傳過來一陣笑聲喊道。一彈指；但見孫悟空捆押著大邪子搭雲而來。旁邊跟隨豬八戒、沙和尚、四值功曹和鄧、張、辛、陶四大仙將等眾人。

五行太歲頓時傻眼；丈二金剛摸不著頭腦。金行太歲即恍恍惚惚問道：『你這孫猴子；不是一直在廟裡睡你的大頭覺嗎？這會跑來攪局幹啥？咱們河水不犯井水。快放掉大邪子，滾到一邊涼快去！』

孫大聖嘻笑說道：『瞧你扯啥子河水、井水的。說你們這群邪雜碎；犯著的人可多哩！坦白從寬；俺老老實實告訴你們吧，在廟裡睡覺的只是俺的一根毫毛。其實大邪子和無影子都是一清二白的，火行太歲倒也忠貞不阿；他並沒用雷劈你。木行太歲頭部挨飛石擊中，也與土行太歲無關，是俺！都是俺！說穿了，全都是俺。俺邀請九天應元府的仙家；雷電娘子、風部、雲部一塊施的法、惹的禍！琅琊郡府的邑宰和官兵們，是俺師父唐三藏昂專程去勸導，說服他們放火燒掉你們的賊窩，不讓你們鳩佔鵲巢。這前前後後都交代了，你們也該清醒清醒；停止那佔地稱王、作那無聊的大頭夢。乖乖隨著四值功曹回天廷受審去吧！』

五行太歲聽完；悔恨交加、差點吐血。雖然他們還想作困獸之鬥；可惜已經力不從心、回身乏術。只得面對殘酷的現實，乖乖繳出身上的法器，束手就擒。

無影子見大勢已去；馬上隱身逃遁而走。由於方才被火行太歲打落一地的牙齒，血跡斑斑；很快就被豬八戒循跡追蹤捕獲。想逃？門兒都沒有！

金行太歲仰天長嘆說道：『非戰之罪！非戰之罪！是俺太低估孫悟空了。疑心生暗鬼，暗鬼生誤會；如今才會落到這般地步。天乎！地乎！尤竟己乎？』就這樣；曾經不可一世的五行太歲成了歷史名詞。幾乎盤據整個河南道的五個霸主；至此草草收場。無一漏網地；全員被押解到天界玉帝那裡送審去也。

五行太歲遭到殲滅平靖；消息很快就流傳到鄰近諸州縣。該地方上的寺廟供堂；遂紛紛下架他們的神座雕像，棄之若敝屣、毀之如爛泥。再也無人記得他們五個太歲。從此佛寺歸佛寺、道觀歸道觀，再清楚不過矣。

順道一提；那齊州都督府刺史李祐，經朝廷中書侍郎戕奏呈報太宗。因為奮勇殺敵、護城祐民、厥功甚偉，三個月之後；奉朝廷諭旨昇遷為幽州刺史也。

路見不平一聲雷。好不容易；大聖率領眾人，終於擺平了曾經囂張一時的五行太歲。接下來；送經綱又將遇到何種之曲折離奇呢？敬請期待下回分解：

『註解』：

❶河南道：為唐朝時期的華北行政區域，管轄有一府、二十九州、一百二十六個縣城。涵蓋今日的蘇北、徽東與山東全境。

❷閻浮：指人間塵世。

❸文牓：意為托付他人傳遞之摺帖或公文。

❹頭踏幡幟：指那行在隊伍前端所持的大旗軍幟。

❺掃把星：為慧星在夜間劃過天際，拖出像掃帚一樣的光線。古代中國；被認為是災禍不祥之徵兆。

❻少刻：指極為短暫的時間。

第三十回　寸草不留黃泉道　龍捲殘雲一瞬間

天上暴風橫掃蕩　伴隨雷轟電光閃　縱走颷颳魂魄散　橫行飆襲況悽慘
龍捲壓境無處匿　颯颯直奔沖天嵐　烏雲滾滾凝昏暗　四野茫茫盡斷腸

話說上回齊天大聖聯手四值功曹與幾位九天應元府的仙家，成功的靖平驅除那五行太歲，押他們回天界待罪候審。聽聞這驚天動地的佳音喜訊，整個沂州琅琊郡府的官員和百姓們歡欣何似。家家張燈結綵、戶戶焚香祭拜、街頭來往車水馬龍、巷尾進出人潮洶湧。撥雲見日；河南道地區又迎來了太平盛世也。

郡府裡的邑宰偕同大小文武官員，少不得於宮中擺設豐盛酒菜齋筵，宴請送經綱一行人。看官且見那筵席中之盛況；歷歷在目、有詞可證：

宮中鑼鼓乍響亮、繞樑宮商角徵羽、紅檜雕桌金漆器。官窯碗盤銀觥玉盂。
座席兮；載舞藝、婀娜揮袖黛紅衣。琵琶揚、琴瑟低、笙歌起舞金鐘伴戲。
紅棗糕、核桃果、羹湯米麵、蜜瓜鮮梨。茯苓膏、春菇胡痲瀝、無一不齊。
八仙湯燉六神劑、桂花清蒸五色飴。酸甜辛辣盡如君意！敞脾開胃兩相宜。
紅蔘金針溢芬芳；養元且補氣。百年陳釀五加皮、酒香沁微醉一滴、茫不易。
今朝起；歲月安逸，綻藍幕下垂紅錦、適時甘霖眾生賀、普天黎庶慶欣怡。

一場賓主盡歡的酒宴；琅琊郡邑宰與城裡的百官，為送經綱等竟敢濟弱扶傾、挺身拔刀相助、一舉剷除此間的惡魔大患，深深感恩戴德之意。於是席間頻頻敬酒、不停挾菜、誠讓那一行人舉箸珍饈放不下、觥籌美酒喝不停。直到深夜；眾人不勝酒力，酒足飯飽；方才離席回府各自休歇憩息。

唐三藏雖言時間緊迫；須盡快完成負笈真經、分送東瀛之事。卻也拗不過琅琊郡城挽留之盛情，遂應允多停留三天，適該州郡脫離險厄、贏來祥和、專程舉辦「功德圓滿法會」為其祈福祝禱。

隔天那邑宰隨即命下屬；邀城裡百名高僧一起參與盛會，選吉時擇良辰、法事擺設圓滿；於郡府開啟道壇。午時起；三藏法師頭戴毘盧方帽、身穿錦襴五綵織金袈裟步上玄壇，擺供焚香、宣戒上章、鳴奏唸經、奉佛法事。現場有詞為證：

八域幡旗隨風揚、巍巍法道場。誦經妙梵音流暢。擂鼓鐘、笙管齊奏音洪亮。
燭火通紅、爐薰香；佛經綸貫福滿堂。銅鑼清、玉笛響、三界妙法好個樣。
這一方；幸得諸仙佛庇佑、時來運轉風水旺、社稷安康、歲歲光燦且吉祥。

唐三藏輕敲紫金缽盂、合著手掌；逐一祈禱唸著佛經妙綸。孔雀真經、金剛經、藥師經及阿彌陀經之「大慈菩薩發願偈」：

十方三世佛、阿彌陀第一。九品渡眾生、威德無窮極。我今大歸依、懺悔三業罪。
凡有諸福善、至心用回向。願同唸佛人、感應隨時現。臨終西方境、分明在目前。

見聞皆精進、同生極樂國。見佛了生死、如佛渡一切。無邊煩惱斷、無量法門修。
誓願渡眾生、總願成佛道。虛空有盡、我願無窮、情與無情、同圓種智。
十方三世一切佛、一切菩薩摩訶薩，摩訶般若波羅蜜。

接著來一段「回向偈」：

願生西方淨土中、九品蓮華為父母、華開見佛悟無生、不退菩薩為伴侶。

接連兩天的法會圓滿福善，功德終告完成。琅琊郡邑宰與官員雖有不捨，唐三藏遂勸言說道：『阿彌陀佛！世人皆有渡口、渡人各有歸舟、有緣躲不掉、無緣遇不著。緣起則聚、緣盡即散。此生幸得緣聚之；已不枉此生矣。善哉！善哉！』邑宰點頭稱是；不再勉強勸留之事。他率領文武官員、琅琊府的百姓們一起，與唐三藏的師徒們送行，直到二十哩路外的郡城疆界方才罷休。

沿途所見之佛寺廟宇，原先不得不供奉祭拜的五行太歲；皆已消聲匿跡、無影無蹤。送經綱一行好不痛快！乍看之下；這五個太歲強似金剛、壯闊如山、難以冒犯匹敵。孰不知；內部彼此的猜忌疑慮，經過外力一番周旋較量，凸顯不過是一群外強中乾的「烏合之眾」！師父唐三藏總結於一詩：

世間名利如閃電、富貴榮華似雲飛、強權橫行皆自誤、善德當道方正規。
得理饒人消災厄、海闊天空讓一回、天地尚有四季時、人生豈能無是非。

種種過往經歷；多行不義必自斃之例證，已經不勝枚舉矣。猶其處在人生巔峰之際，多是惡魔上門纏身之時。唐三藏等師徒西走東奔為真經，長途跋涉、遭遇的形形色色、是非善惡，一言難盡。他們所見所聞，誠屬世間空前絕後哩！

歲月如斯；再說他們趕路送經，不知不覺離開琅琊郡城已經一個多月。途中粗衣糲食、風餐簡宿、不說旅途順暢，倒也平安無事好一陣。北上之途，披星載月、風雲蒼蒼、越嶺過江、河山泱泱。朝那坎艮方位走去；卻是越走越是天寒地凍。雖未見白茫茫之霜雪飄下，但是風沙狂嘯撲人、雙眼難張、蔽衣逆行亦堪稱舉步維艱、寸步難行。出家人雲遊四海、托缽在外，星星當月亮、下雨當沖涼❶、飢寒是磨練、困境當自強。區區朔風；不怕！不怕！

不知不覺來到一處黃土高坡，放眼諸野高高低低、起起伏伏；皆為黃澄澄的原野山丘。既無蘆草樹木阻擋遮攔，也不見有農牧莊稼人煙可避藏。惟有那朔風黃沙飄盪其間，更顯猖狂。

行進之間；打從前方迎來滾滾黃塵、一隊數百個騎著悍馬的官兵甫地趕至。前端為首帶隊的軍官，躍下馬大聲說道：『莫再前行！莫再前行！你們這些外地來的比丘和尚，到此危地險境幹啥哩？快快回頭。』唐三藏下馬過去；拱手施禮問道：『阿彌陀佛！這位將軍打哪來的？敢問何出此言？』那軍官說道：『吾乃淄州淄川縣郡府巡境總兵；名叫李義棠。在此道前方不遠幾哩之地；即是神鬼避之唯恐不及，眾人聞之色變的「黃泉道」。每年歲末值此季節；來往路客寧可改道青州繞遠路、只為避此絕境也！』孫悟空聽了頓感好奇，笑著問道：『有意思！有意思！你所謂絕境？到底有何不一般的絕哩？願聞其詳！』淄州巡境總兵說道：『聽好！說來嚇死你。該處謂之黃泉道；就是直接將路過此山坡的飛禽走獸、男女老幼、全部送往陰曹之黃泉路❷去，沒得選擇。這些年；命喪此坡道者迄今已不計其數。據傳言說；一旦颳起朔風，妖魔即附身其中吃人。這路再走下去；屍骨無存，絕無活口可言。怕不！』才剛徹底擺平那沂州五行太歲的送經綱一行；過五關斬六將、何懼之有。

悟空不當回事，揮手訕笑說道：『怕啥！不過是颳幾陣大風罷，能奈我何？』豬八戒也插上一句說道：『只希望到了該坡道，真是颳風倒也無所謂，千萬不要下雨就好。怕到時連躲雨的地方都沒有，那才叫慘！』引來大夥一陣爆笑，甚至黃狗也搖著尾巴汪汪叫不怕。那巡境總兵李義棠見勸阻無效，悻悻說道：『繞道青州雖然多走十天的遠路，確可保得一路平安無礙。你們何苦拿生命去賭運氣呢？還是回頭吧！』

唐三藏打西天取經至今東瀛送經；閱妖無數、見多識廣矣。何況一個多月前；他們才消滅五個超級魔頭，一夥正值氣勢蓬勃時刻。於是他代表大家謝絕善意，並且說道：『阿彌陀佛！爾好意相勸；謹此謝過。我等乃奉朝廷旨意，趕時間去東瀛送西方真經。精誠所至；妖魔自當迴避。無礙！無礙！』淄州巡境總兵歎著氣說道：『千言萬語至此；你們好自為之矣。不送！不送！』雙方拜別之後；遂各行其道。

雖然心中無所畏懼，大聖也不敢太大意；所謂：「小心駛得萬年船」。他從耳中掏出如意金箍棒；走在一行的最前端。詭異的是；寬闊的黃土高原，此刻靜悄悄地鴉雀無聲，更絕的是連風也全都停頓下來了。一時間；似乎到了另一個截然不同的時空環境。

悟空搔頭弄耳說道：『這鳥不生蛋的地方，陰陽怪氣的。俺倒想瞧瞧，這會兒；又冒出啥新鮮玩意哩？』豬八戒哼著說道：『這一路過來；妖魔鬼怪見太多啦！再怎麼新鮮也鮮不出啥名堂來，都是一個鳥樣。』悟空瞪他一眼說道：『你這夯貨，換作是一個女妖精，你才叫新鮮是嗎？往後有如此新鮮妖怪，就先交給你前去處理。』這話搞到一行人笑翻天，緊張氣氛也緩和些。

一夥繼續走了約一炷香；來到一嶺峽幽峪之處。路旁果然有一歪歪倒倒的告示木牌，上面寫有「黃泉道」的大字。說那土石坡道也並不險峻陡峭；只是一段幾哩長的斜坡路，坦坦蕩蕩；似乎也沒有什麼令人望而卻步、心驚膽跳之處。

輕輕鬆鬆走著黃泉坡道，就在上不上、下不下的半路途中。一剎那：狂風浪沙平地起、天搖地動捲乾坤！那山坡之頂端烏雲密佈；但見三股強大的龍捲風、貫穿天地、當頭迎面飛奔而來。現況之慘烈；有詩為證：

天上暴風橫掃蕩、伴隨雷轟電光閃、縱走颷颾魂魄散、橫行飆襲況悽慘。
龍捲壓境無處匿、颯颯直奔沖天嵐、烏雲滾滾凝昏暗、四野茫茫盡斷腸。

這般前所未見的龍捲風，其之狂暴；即使任何西天仙家招喚雲頭急予逃離，都無濟於事，難以擺脫被其吸捲的命運。你瞧該陣風暴所經過之處；草木連根拔起、席捲似地清理掃蕩、大地光禿禿一片、變得一無所有矣。無怪乎；方圓百哩幾乎看不到一草一木，更遑論會有住家房舍與亭樓矣。

大聖反應敏銳，看見龍捲風直殺過來；狀況不妙，一個觔斗翻出數百哩之外。呼口氣；再持棒翻回原地，往返也不過是須臾之間；此時風暴已經平息，卻找不到唐三藏師父和豬八戒幾個人的蹤影。送經綱的一行，難道就這般隨風而去？荒謬！荒謬！再於附近的地面找了又找、翻了又翻、一點蛛絲馬跡都沒留下。顯然除了大聖自己；一行人全部遭到龍捲風給帶走了。急得大聖連忙招下斛斗雲頭騰空而上，在幾座山頭峽谷之間來來回回、尋尋覓覓。兜了好幾圈；搭著手蓬掃瞄；整個區域靜寂無聲；就像啥事都沒發生過一樣。

『慘哉！慘哉！』大聖心裡怛突❸不安，開始責怪自己過於疏忽大意。無遮無掩、空白的黃巖土丘，任你大聖空有一雙火眼金睛，就是啥也找不到！好個妖魔；急得大聖只能捻著訣、口唸「唵」字咒，把此地的土地爺和山神全給吆喝過來。二人一到；大聖劈頭就問道：『這是什麼鬼地方？從哪冒出這般妖怪？』

『唉！』那土地爺得知情況，嘆口氣說道：『你們為何不走青州道哩？這季節走黃泉道根本就是死路一條。我等在坡道前；已經立下無數次警告的木牌，為啥……！』大聖不耐煩說道：『真囉嗦！你們快點說清楚吧，到底是啥妖怪來著？還有他的巢穴在哪兒？俺得抓緊時間救人。』那兩個本地的小神明也一頭霧水，只回話說道：『這可難倒我們了。這龍捲風每回皆是打從北方橫掃過來，一出現即天昏地暗、風沙漫天。都還沒來得及看明白就消失矣，況且經過暴風襲擊；屍骨不見、寸草不留！根本摸不著頭緒。但可以肯定一點；這絕對不是我們本地的妖魔。失禮！失禮！』既然這樣；問不出所以然，大聖惟有打發他倆離去。不得已；只得再度搭上雲頭，找到天上輪值的仙家們打聽個究竟？

『這……這陣龍捲風來無影、去無蹤，我們幾個……都差些被強風吸捲過去哩。結果還未看清楚，就啥都結束了！』輪值的十八伽藍也搞不清狀況；頻頻致歉。悟空垂頭喪氣；怎地天仙地神都弄得懵懵懂懂、林檮檮地，這可如何才好？

『且慢！且慢！俺突然想起一件事。在霹靂山決鬥魔頭法老王的時候；俺記得當時已經改邪歸正的疙瘩瘟魔，曾經向俺提出警告；在淄州有一魔王盟友，會使「龍捲殘雲」魔法，非常厲害。指的應該就是眼前之妖魔！』十八伽藍聽了悟空之言；若有所悟。廣妙伽藍猝曉❹說道：『沒錯！沒錯！當時我也在場。所以……？』悟空至為高興說道：『所以；咱們快去找出那疙瘩瘟魔，再問他個仔細。現在只有他得以破解這謎團啦！』師子音伽藍聽完；立刻挺身而出說道：『這事好辦！當初就是我親自押解疙瘩瘟魔，送去地界土府監禁的哩。』大聖悟空興高采烈；又拖又拉的說道：『那還等啥；說走就走。你快快帶路了唄！』

主地界土府，於幽都陰府的后土帝君，聽黃門官傳報、來訪的是齊天大聖，即親自來到地界的府門迎接。見面相互施禮之後，后土帝君問道：『不知大聖光臨地界，有何指教？』大聖遂將事情始末陳述一遍，並且說道：『俺只希望找出那疙瘩瘟魔問他幾句；一起排憂解難、突破困境。尚請周濟❺！周濟！』后土帝君說道：『無礙！無礙！吾吩咐下去，很快即領他前來這裡。大聖且坐！稍待片刻。』果然不多時；疙瘩瘟魔被土府的衛士帶了過來。

『大聖久闊！久闊矣！一向可好！』那瘟魔見來者是大聖孫悟空，撲地下跪不斷磕頭。悟空過去將他扶起，微笑說道：『你好！我好！大家都好。』疙瘩瘟魔心有靈犀；這孫大聖過來地界探訪，自非無緣無故、必然有所求也。於是問道：『大聖前來；勢必有因。但請大聖直說無妨，俺不者嚚❻當傾力配合，知無不答！』見他這般上道，悟空不再浪費時間，簡明扼要把淄州黃泉道的遭遇說了出來。

『就是他！沒錯！就是他！』疙瘩瘟魔頓時兩眼發亮，非常肯定地說道：『當初就是他帶著法老王介紹我們認識的。因為他每次進出並非騰雲或駕獸，都是乘著龍捲風飄忽行蹤，所以對他印象特別深刻。』大聖悟空有若撥雲見日般；追著問道：『甚好！甚好！這妖魔打哪冒出來的？又如何稱呼？另外；他的賊窩穴巢怎都找不著，你知道地方嗎？』『豈止知道；我動輒去過好幾回哩！就在靠近黃河一處峽谷的崖洞裡面。他仗著施那「龍捲殘雲」魔法，自稱為「捲龍王」！無論對方有著千軍萬馬的部隊、或者是固若金湯的城池，捲龍王所佈施的龍捲風暴；不消多時即可將之颳得蕩然無存、夷為平地。確實有兩把刷子！幸好；他與法老王二者皆乃盛氣凌人、恃才傲物之輩。水火不容的情況、整天吵吵鬧鬧、下梢❼是草草分手，各自作鳥獸散矣。他倆若能以大局為重、合而為一，一個是使「金字塔」滅絕壓頂，一個施「龍捲風」橫掃千軍，不啻是大唐江山的空前禍患浩劫哩。幸得拆夥，誠迺天意！天意啊！』

『勿閔❽！勿閔！不過是蛇鼠一窩、何足掛齒，俺逐一料理便是。』大聖不屑一顧，繼續追問道：『你方才提到；那捲龍王的老巢在黃河附近的峽谷崖洞裡面，該地方可有個名稱？』疙瘩瘟魔回話說道：『牠位於河南道的青州和淄州之間。該處稱之：「寶斗嶺」。大聖去到那裡，會出現三個峽嶺，中間最大者便是。』

大聖進一步追問道：『玩風能玩到俺迷迷糊糊，俺瞧他是有些能耐。他的背景你了解多少？是何類妖魔？師從何者？有勞！有勞！』疙瘩瘟魔想了又想，吞吞吐吐回答說道：『這捲龍王；個性陰陽怪氣地，獨來獨往、話且不多。僅僅知道他的法術高強，施出的龍捲風無人可擋。可惜道不同；不相與謀。對他的背景掌握不多、了解有限！歉甚！歉甚！』

大聖無意責難；拍拍瘟魔的肩膀，謝過正準備離去。才轉身走到門口，後面的疙瘩瘟魔追了上來，喘著氣說道：『等等！俺忽然想起一件事，某一回；俺跟捲龍王喝酒聊天，他當時已經喝得半醉半醒，口齒不清了。恍恍惚惚之間提到；天地之間他只怕一個傢伙，記得好像是……我想想，好像是一個叫方天君的人！大聖無妨找找看吧！他可能幫得上忙。』大聖倒不把捲龍王認真當回事，一路征服的妖魔可多著哩，心想捲龍王算哪顆蔥。來此目的主要是搞清楚他窩在哪就好辦矣。大聖依然稱謝說道：『得！得！事成之後；俺會向后土帝君提呈，汝提供的情資；視同大功一件，會予你將功折罪！感恩！感恩！』說完對地界諸仙再謝過一回。知道去哪兒找捲龍王討債，這趟總算沒有白跑矣！

得到答案；悟空為爭取時間不多逗留，互道保重之後，即彼此拜別離去。他拉著師子音伽藍離開地界土府。匆忙搭乘觔斗雲頭，領著十八位護教伽藍；直奔到那黃河沿岸一帶巡視。在雲端上；用手搭篷遙望地面，連綿冗長的山區，山勢嵯峨、峻嶺艱險。俄頃❾把到遠遠出現三座峽谷，深藏其中的便是「寶斗嶺」也。恰如疙瘩瘟魔之描述。找到該目標；大家立馬降下雲頭，邁開大步走過去。

大聖掏出金箍棒，跑到寶斗嶺的崖洞洞口，雙手插腰、猝嗟❿吼道：『窩在鬼洞裡面的；通通給俺聽清楚了！限你們一上間；將俺師父唐三藏和一夥人全交出來。否則勿怪俺下手無情，敲爛賊窩、打到你們皮開肉綻、殺到雞犬不留。』

甫地；從崖洞裡面沖出一陣強烈的風，洞口的仙家們被那刺辣的烈風吹得雙眼無法直視。這陽剛烈風比起徐徐陰風；煞氣更甚。

風才稍停；眾人睜眼看見一個瘦高、面無血色的蒼白男子，外表是為書生的模樣。頭戴玄色萬字頂頭冠、身穿月白舞龍長絲袍、腰繫扭束白玉帶、腳穿霜色無憂履。他悠哉悠哉地從洞裡走了出來，以非常輕佻無禮的口氣說道：『你們這群流浪狗，是誰丟到俺家門口狂吠來的。還不快點滾！』大聖才不吃這一套，走到他面前說道：『小白臉；俺看你也是經不起打的廢物。且饒你；快叫你家主子爬過來，俺指的就是捲龍王。快去！別癡呆站在這裡耍嘴皮、礙眼討打！』

『不長眼的猴頭菇，站在你面前的；正是捲龍王。你這傻猴子！』那個全身素白的男子，歪著雙眼斜視著大聖說道。這下可把大聖給惹毛了，抄起金箍棒就打。捲龍王身手矯健，翻身跳道一旁；然後拍拍手。瞬間；從四面八方埋伏的數千名小妖，拿著刀槍衝殺過來。十八位護教仙家也各持武器迎戰，殺聲響徹雲霄。

這捲龍王果然厲害啊！施出的龍捲殘雲法術，竟然於淄州的黃泉道上捲走了送經綱的一行人。難怪疙瘩瘟魔一再提出警告，焉可不慎。爾今，唐三藏和豬八戒、沙僧他們尚無著落，大聖終於問出確定的地方，率領輪值幫忙的十八位伽藍，殺到寶斗嶺。大聖將面對捲龍王決一死戰，結果如何呢？大聖有辦法克服龍捲殘雲魔法乎？敬請期待下回分解：

『註解』：

❶沖涼：沖水洗澡之意。
❷黃泉路：古人以為人死後，將深居於地底九泉之下，或是黃泉之下。黃泉路則是指直通往九泉地府的路。
❸怛突：指心裡忐忑不安。
❹猝曉：突然醒悟。
❺周濟：指幫幫忙。
❻者囂：指隱瞞事情。
❼下梢：事情的結果。
❽勿閔：不必擔憂之意。
❾俄頃：指突然之間。
❿猝嗟：大聲怒斥之意。

第三十一回　捲龍旋風貫天地　神機妙算除大敵

話說孫大聖領著輪值的十八護教伽藍，逕自趕赴黃河沿岸；在河南道的青州與淄州交界，找著暗藏於叢山野谷之間的寶斗嶺。悟空與那捲龍王；雙方一見；話不投機、語多衝突。不久；捲龍王喚出一群妖兵，砍殺而至、遂爆發了衝突。

一場廝殺、火花四濺；敵我兩方拚殺一陣，很快即勝負分明。小妖們自然不是西天仙家的對手，弄得死傷一地、屁滾尿流的。捲龍王默不作聲；站在群峰頂端觀戰。見勢頭不妙，慢慢從腰間取出一把方箑蒲❶，赫然吼叫道：『沒啥小路用的傢伙，通通給俺退下！龍捲殘雲來也！』

才說完；持箑蒲的手左右揮舞著，開始嘴裡唸咒捻訣；大地剎那間變得陰沉暈暗。但見烏雲遮天蔽日、天際間閃電不止、一條捲龍形狀的旋風倏地從天降下。山峯野嶺之間；超強的龍捲風盤旋迴盪、呼呼乍響。那山谷裡；整片百年巨樹連根拔起、岩石亂草；隨之飛舞於空中打轉、經過的鳥獸也無一倖免地捲入風雲裡。這時候；十八護教伽藍想搭雲避開，可惜都嫌太遲了。他們先後被「龍捲殘雲」大法觸及，逐個遭到暴風吸捲帶走。惟有大聖；臨場實戰經驗豐富，見苗頭不對；唸咒遁進深土層裡，並且快速於地下鑽離現場，幸運地逃過了一劫。

待那超級強烈的龍捲風消失，峰峪崖嶺儼然又恢復了平靜。大聖獨自悄悄返回寶斗嶺，地面盡是殘枝敗葉、狼藉凌亂，觸景生情；不禁哀嘆垂淚。念著送經綱的一夥同伴們遭到不幸，一時毫無半點頭緒。眼前；出手力挺的眾仙家也落得無影無蹤，令悟空不勝唏噓。

他來到黃河河畔；獨自蹲坐在一個大岩石上，擦拭著臉上的熱淚，痛定思痛、總結教訓。想著；若與那妖魔捲龍王玩硬的；似乎佔不到一絲便宜，更何況一幫人都被他擄去當人質，萬一不慎；反而誤了大事。

再回想；方才站在那捲龍王身旁時，火眼金睛努力掃瞄；居然無法辨識這傢伙、到底是妖精抑或是人？莫非又是西天下凡的謫仙？如果不弄清楚捲龍王的底細，終究難以破解他的法術。

遇著這種艱困的時刻；他腦海裡及時浮現出一個人物；就是疙瘩瘟魔所提到的「方天君」也！其實大聖當時也只是隨便聽聽，根本搞不清楚，這方天君到底是何方神聖？但是有一個人肯定知道；那就是觀世音菩薩身邊的木叉使者。坐著想；不如起而行！大聖毫不猶豫；捻訣喚觔斗雲過來，搭上就走。

好不容易；趕到南海落伽山的普陀巖。守護潮音仙洞的金甲諸天卻說道：『嗨！大聖要找觀世音菩薩嗎？她才出門去峨嵋山拜訪普賢菩薩。恐怕你得等一陣子囉。』大聖追著問道：『那木叉使者呢？俺主要是過來找他；想請他幫忙打聽一個西天仙家來著。』金甲諸天回話說道：『不巧！不巧！木叉使者一塊跟隨觀音菩薩過去的。你倒是說說；想打聽哪一個仙家哩？』大聖隨即說道：『一個稱方天君的仙家。』

輪值守護仙洞，站在一旁；手持琵琶神器的多聞天王聽到，插話說道：『方天君？這名字挺熟。莫非是那「大風神君」方天君不成？』大聖聽到有個「風」字，八九不離十；應該就是他。接下追問著：『然也！然也！請教天王；何處去找這大風神君哩？』多聞天王回言說道：『俺正巧輪值守衛才剛下班，不如俺親自帶你去一趟罷。』說完逐乘搭雲頭，兩人往天界的北天門直奔而去。

趕到北天門找著巽方位的封聖宮，即有門僮引領進入宮內拜謁大風神君。但見那神君；不愧為仙風道骨之尊。雪白長鬍垂胸、善眉慈目、左手持定風輪、右手執元羽箑、端正盤坐於道壇中央。聽到有齊天大聖與多聞天王前來謁瞻，則下壇施禮；主客於宮內各自就座。大聖簡約說明來訪緣由，請求神君助之一臂。

大風神君聆聽幾句，然後娓娓說道：『凡塵的風有所區別，例如：岸柳輕拂似逍遙、庭園花葉隨枝飄，此乃微風也。峯嶺且聞林咆哮、進山卻見萬樹搖，即謂之大風也。荒山野地飛沙狂、江海洶湧掀浪濤，則稱為狂風也。不知大聖所指那肇禍者；其施的風是屬於哪一種呢？』

大聖苦笑一聲；搖搖頭說道：『那廝動用的「龍捲殘雲」大法，豈止是狂風吹吹而已。比起那暴風更勁爆百倍！這麼說吧：龍捲風煞驚鬼神、雷電交加旋風生、風起雲湧捲萬物、天昏地暗蕩乾坤。』

聽完大聖的陳述；大風神君頓時火冒三丈。含臉❷怒斥說道：『果真是這孽畜肇的禍！莫再言！莫再言！就是他沒錯了。』大聖打鐵趁熱；緊接著問道：『這麼說；神君已經心中有數，知道那人是誰囉？』

大風神君從座位站起來，雙手擺置於背後；來回度著方步沉默不語。然後仰頭長嘆說道：『他是本座門下的大徒子，習法學術的時候；見他待人接物溫文儒雅、做事中規中矩，甚討人喜。本來有意讓他傳承接班。孰不知；日久見人心；我漸漸認清其表裡不一的真面目，見他是個心狠手辣、冷酷無情之流，故而將其逐出門戶、斷絕師徒關係。卻不料這廝竟然暗中偷走本門法寶—方箑蒲！即為大聖遇見的龍捲殘雲；必須持用的法器也。本座聽說；這廝溜到凡間，勾結一個西方的暴君法老王，圖謀不軌、染指大唐江山。後來又失去其行蹤，遍尋不著。爾今；由大聖的口中，知道這孽徒且不安份；在世間恣意惹是生非。皆怪本座管教不當，罪過！罪過也！』

『勿怪！勿怪！古諺有曰：「知人知面不知心！」。何況人心隔肚皮；焉知其所以然。』悟空稍化解一下氣氛，繼續說道：『目前情況；急需神君予以指點迷津，找出有效辦法，來遏止這狠毒之龍捲殘雲魔法。俺師父師弟與一群仙家還深陷其囹圄之中，必須抓緊時間搶救。尚請神君不吝賜教！』大風神君欣然回話說道：『當然！當然！但願藉此亡羊補牢，得讓本座略感心安些。請隨本座來吧；本座將傾囊傳授那破解龍捲殘雲之道。』話甫說完；大風神君領著大聖與多聞天王來到宮前的習武廣場。神君把左手持的定風輪交予大聖，除了傳授相應對的咒訣；還有風輪法器之使用。有了那絕世之定風輪；可有效壓制捲龍王，令其無計可施矣。

大聖謝過神君；臨行之前，大風神君再三懇請大聖手下留情。他說道：『儘可能將這孽徒活捉，押送到封聖宮交給本座處置。唉！本門不幸；誰叫他曾經是我的愛徒。就讓我好好教訓他！』大聖回道：『儘量！儘量！如果俺的師父師弟和十八護教伽藍完好如初、毫髮無傷。俺就饒他一命；送給神君處置可也。』離開封聖宮之後，多聞天王也向大聖致上祝福，遂分道揚鑣、各自朝不同方向離去。

不入虎穴、焉得虎子！大聖騰雲直奔下界，找著淄州黃河河畔的寶斗嶺，山河依舊；卻人事全非矣。觸景徒增傷感。

他得再去摸摸底，順道視情況；搶救被擄去的同伴和仙家們。於是；大聖靈感一來，唸咒變成疙瘩瘟魔的形狀，假裝路過；專程拜訪捲龍王這位「老哥兒們」。

經崖洞洞口的小妖傳報，捲龍王整理妥善衣冠；親自走出洞口迎接，完全不疑有他；引領著假冒的疙瘩瘟魔進入洞府裡面。那崖洞裡面倒也遼闊寬敞，豪華的殿堂美輪美奐。倆人到了主殿的台階上比鄰就座，不免先互相客套寒暄一番。

『瘟兄怎麼今日有空閒來此哩？那個霹靂山的洋耗子❸近況如何？』捲龍王一面幫忙倒酒，一邊關心問道。

『剛好路過淄州，特別前來問候的。』假疙瘩瘟魔啜飲一口酒，然後說道：『兄台說的洋耗子？指的是那法老王嗎？他出了大事，因為招惹那曾經去西天取經的孫悟空，結果略遜一籌、技不如人。被那齊天大聖徹底打敗，已經押去西天受審矣。』捲龍王不屑地冷笑一聲，接著說道：『不是俺放馬後砲，那法老王好大喜功卻自不量力。當初聽從俺的話；大唐江山早已易主，為吾等所取代之。他也不至於落到這般狼狽下場，自作孽不可活。哼！活該！』

這二人酒一杯接著一杯喝，捲龍王則越說越得意。他說道：『真是不中用的法老頭；連一個孫悟空都打不過。搞屁啊！瘟兄有所不知，提到那隻姓孫的野猴，遇著俺；片刻不敢留，只有逃命的份。前後被他溜掉過兩次，算他眼明腳快，頗有自知之明！不然……哼！』這些話；聽得大聖刺耳刺心、真想當場一棒箍下去。為了大局；他強強忍了下來，卻裝蒜問道：『不然將如何？』捲龍王神氣活現說道：『不然；他就會死得很難看。告訴你無妨；他們那幫西天取經的，外加後來捕獲的十八個仙家，全被俺的龍捲風吸走，現在都關在俺的籠子裡面。那孫悟空現在正躲得遠遠地，屁都不敢放一個。還敢稱什麼齊天大聖？我呸！不過是浪得虛名罷。小咖！小咖！』

氣得大聖真想掐死他，卻只能擠出一絲笑容，使出激將法說道：『你有那麼厲害？抓到西天取經的那些人？他們可是跨越十二國、經歷八十一劫、曾經制服三十二妖魔的哩。俺不信！俺不信！』捲龍王果然中招；跳起來說道：『不怪！不怪！俺就知道說出來會沒人信！咱們乾了這杯，你隨我來瞧個真假。俺這捲龍王比起法老王強太多啦！』為了趁機炫耀一番、顯顯威風。捲龍王握住假瘟魔的手，逕直往洞穴的地下通道走去。

走到地下通道的盡頭，則見到關押於地牢裡面的唐三藏一行人，另有關在隔壁的十八護教伽藍們。當他們見到疙瘩瘟魔伴隨捲龍王而至；都瞠目結舌、啞口無言。豬八戒納悶著，走到牢柵前看個仔細說道：『不對啊？你這瘟魔不是在霹靂山，遭到我師兄逮捕；抓去送審了嗎？你是打哪冒出來的？』急得大聖扮作的疙瘩瘟魔，一把揪住豬八戒的大耳，破口大罵：『瞎掰！瞎掰！憑你們幾個要抓俺；早的咧！』

師子音伽藍也走到前面懷疑說道：『奇怪？你這疙瘩瘟魔不是被關在地界后土帝君那裡嗎？怎地會在這裡出現？難道是……。』假疙瘩瘟魔又指著他說道：『胡說！胡說！見你的大頭鬼，你們認錯人啦。』然後假疙瘩瘟魔掉頭轉個身，恚然拉著捲龍王就離開牢獄。來到大堂坐著，猶氣憤說道：『這些人都被老兄的龍捲風吹昏了頭，滿口跑馬、胡說八道。不想看了！咱們繼續喝酒吧』。

『難免！難免！喝酒痛快些。』捲龍王接著給身邊的假瘟魔倒滿一杯酒喝盡。假瘟魔問道：『老哥準備如何處置這些人哩？』捲龍王瞪著假瘟魔說道：『你說呢？給個意見參考一下吧！』假瘟魔小啜一口；跟著說道：『俺的兩個兄弟；大頭瘟魔和吐血瘟魔皆死在他們手裡。俺想親自報一箭之仇，殺掉他們來祭拜好兄弟。你看如何？』捲龍王自非省油的燈，他方才聽見牢獄的對答，再察顏觀色一番。冷冷說道：『殺他們非常容易。只是瘟兒想如何個殺法？用刀？或是用你施瘟的神器？俺還記得是一隻狼毫筆。你有帶在身邊嗎？拿出來瞧瞧吧！』這話一出；大聖明白已經遭到識破矣。問題不大；好戲才剛要開鑼上場而已！

『大王！不好了！那些關在地底牢獄的傢伙，一下全都跑光了！』幾個小妖踉蹌慌張跑到捲龍王跟前稟報。氣得捲龍王轉頭指向假瘟魔說道：『是你！一定是你搞的鬼！』假瘟魔笑著說道：『要不然哩！俺剛才趁著揪豬八戒的耳朵、偷偷塞給他一支萬能鑰匙。好玩！好玩！』捲龍王氣到發抖問道：『好大膽！竟敢水沖龍王廟，跑到俺這兒來挑釁。你！你究竟是誰？』

假疙瘩瘟魔馬上搖身；變回孫悟空的原貌。捲龍王不看還好；一看差點吐血！他從牆上抽出懸掛的七星寶劍，指向大聖悟空說道：『天堂有路你不走；地獄無門你偏來投。之前已經被你幸運曉脫兩次，這回你可是死定了。』大聖扮個鬼臉說道：『方才被你嘲笑俺躲得遠遠的；屁都不敢放一個。俺現在就靠得近近的，再多放幾個屁；讓你瞧瞧！』說罷；在大堂內一連放了幾聲響屁。搞得捲龍王臉都綠了，即揮劍砍劈過來。大堂裡面的小妖也拿武器包抄圍了過來，悟空見狀；遂假裝寡不敵眾，很快逃出洞外。設計套招；引大蛇出洞！

捲龍王心中暗喜；這龍捲殘雲大法於崖洞內無法施展開來。現在悟空自動逃出洞外，還真是求之不得。藉機念咒施龍捲風暴大法；再把這一幫子一網打盡。想著；就急忙追出洞外，取出懷裡的方箑蒲開始唸咒。

一轉眼；整個寶斗嶺峰峪之間，狂風大作、電光閃閃。一道猛烈的龍捲風拔地而起，迅速直穿天際。形成的龍捲風逐漸移動，朝著大聖所站的位置襲捲而來。大聖對著唐三藏師徒一行人，和十八伽藍仙家們說道：『你們暫時後退百步，等著看好戲吧。』大夥均嚐過那龍捲風的苦頭，一旦被捲進風暴圈裡的漩渦，連逃命的機會都沒有，直接就墜入預設好的大網；活生生地套牢被俘，成為階下囚。對大聖這般自信滿滿，不由得為他捏把冷汗。瞧那現場淒厲，有詩可證：

煞氣龍騰怒展翅、雷鳴電光閃不停、盤龍旋風狂且厲、飛沙走石乾坤移。
風掃叢山峽谷域、古柏老松拔地起、桃花飛舞迴天際、寸草不留孰可期。
雲霧飄渺漫大地、震兌旋轉歎分離、魂飛魄散失元氣、何時方得有歸依。
神鬼膽顫誠詭異、龍捲魔法堪稱奇、大聖勇闖唯一技、定風輪定龍捲兮。

話說大聖鑽進龍捲風的漩渦裡面，不畏狂風呼嘯、捲在半空中的時候；悟空就掏出神君之定風輪，唸著「除風神咒」。說來奇怪；席捲大地的龍捲風，突然由強轉弱；進而風消雲散，成了撩人的徐徐微風也。

這：；怎麼可能？捲龍王不信邪；拍一拍方筐蒲，重新唸咒。唸了一遍又一遍；一而再、再而三……卻只引來一陣陣微風，最後甚至連微風都稱不上了。

孫悟空和逃出去的一行人；包括那十八個伽藍，都站在崖洞外嘲笑說道：『風太小啦！加把勁！加把勁！』最後；大聖悟空甚至跑到捲龍王面前問道：『需要俺幫忙嗎？』捲龍王從未遇過如此尷尬的情況，憤憤不平地說道：『難怪那法老王和三個瘟魔皆敗在你孫悟空手中，你真是太邪門了。俺的風捲殘雲大法竟然會一敗塗地、一蹶不振。你到底在玩什麼花樣？』

悟空舉起大風神君的定風輪晃了一晃。捲龍王見著；恍然澈悟、遂失魂落魄說道：『唉！料不到！料不到！有這姓方的老傢伙幫著你，萬事休矣！我還玩個屁哩。』他扔下方笸蒲，然後抽出七星寶劍作困獸之鬥。他的七星劍法雖然出神入化；畢竟還不是金箍棒的對手。和大聖拼鬥九十九回合之後，終於被打倒在地。曾經不可一世、獨霸一方的捲龍王，垂頭喪氣、元神俱失地被十八護教伽藍綑綁押走。方笸蒲與定風輪也順道一起交還予封聖宮的大風神君。

臨走之前；大聖說他一句：『雖然你仗著魔法、為非作歹，幸好並無傷到俺的師父和同夥弟兄們。今且有你師父求情；俺饒你一命，自己好自為之，洗心革面、痛改前非、專一向善為德，脫胎換骨去吧！』龍捲王羞愧萬分；不停點頭稱是。

送經綱一行人又開懷地聚合在一塊，被龍捲風刮走的真經謄抄本和雲遊之行囊，有洞裡的小妖協助，從崖洞內找了出來。經過仔細盤點；幸好完整無缺。寶斗嶺殘餘的眾小妖們，紛紛跪地求饒，慈悲善良的唐三藏，為他們開示祝禱，希望他們皈依六道輪迴❹，重新做人。菩薩保佑！菩薩保佑。

歷盡千辛；總算擺平那龍捲殘雲的始作俑者—捲龍王。黃泉道與寶斗嶺恢復以往的平靜，送經綱又再次逃過一劫，平安邁向東瀛送經之路也。

一行人才翻越兩座山嶺，途中突然降下傾盆大雨，霪雨霏霏。算了！寧可溼衣；不可亂步也，大夥依然操著穩健的步伐走向前方。唐三藏坐在馬背上，微微唸著：『阿彌陀佛！善哉！善哉！讓大雨好生下著吧，但願能洗淨塵世間的種種罪惡、人世間貧困弱小的痛苦。阿彌陀佛！』

於淄川郡前的一個縣城，居然半途中；遇著之前勸導改路的淄州巡境李義棠總兵。他驚訝地帶隊過來打招呼，瞪大雙眼說道：『有緣！有緣！想不到還能遇到諸位緇衲比丘❺，能平安無事地經過黃泉道，前所未見哩。真是功德無量。佩服！佩服！』互相施禮寒暄；他哪會知道其中過程的驚悚困厄。李義棠總兵開懷之餘，逐自願為送經綱一行前導開路，一直護送他們進到緇川郡府城。

未來的旅途；艱辛險惡不在話下。看官們走著瞧吧！敬待下回分解：

『註解』：

❶方箑蒲：箑發音「煞」或是「節」。古代稱蒲草編織的正方形扇子為方箑蒲。

❷含臉：板著面孔。

❸耗子：即北方人所謂的老鼠。

❹六道輪迴：佛教根據業報；過世之後分六個不同去處，即天道、人間道、修羅道、畜生道、餓鬼道、地獄道。

❺緇衲比丘：佛教專指德高望重的高僧、和尚。

第三十二回　歲寒滯留緇州郡　佛法結緣府少君

話說那緇州巡境總兵李義棠；在往緇州的州府緇川郡的途中，竟然遇到還能活著離開黃泉道的送經綱一行，著實令他驚訝萬分。得知這些高僧欲往淄川郡府，他很樂意順道同行引領著，伴隨一直繼續北上。趕去州郡府城的路；越走越冷。

殘臘之際；雪花開始隨著朔瘋狂舞。冷颼颼！風蕩蕩！有詞這般敘述：

霜雪繽飛、寒風流竄、一剪紅梅戲五環。青松丹亭倚湖畔、皚皚山河映孤鸞。
鳥獸棲息、偎依相伴、曲澗冰冷訴委婉。雲飄霧嵐呈瀰漫、黃菊紅楓遍峪盤。
花草盡枯、葉落俱散、莽原荒澤絕壁慘。朝旭茫茫天泛泛、暮靄蒼蒼地寒寒。
萬徑無影、千壑不瀚、九天碧羅沁苦殘。青燈夜冷世昏暗、眾生歸去不入山。

逾五日後之申時；他們來到淄川郡城。遞交關文手續入城；總兵這才發現幾個長安來的送經綱並非泛泛之輩。等進到樓池城郭裡面，隨即為唐三藏他們開路送至府城大殿。唐三藏猶客氣說道：『不勞驚動！我等僅僅路過此地一兩天罷，還得趕著上路去送經。入住府城館驛則可以，勿需驚動府城上下也。』李總兵回道：『不然！不然！不說爾等乃朝廷前來之上賓，本州郡王刺史尚且一向樂善好客；結交四面八方之豪仕俊傑與妙法高僧，待之以誠、熱烈相迎。無妨！無妨！』唐三藏見推辭不過，只好由他領頭在前，進大殿拜會淄川郡刺史也。

府城王刺史；得知到訪者為太宗御弟，更是西天取經的高僧大法師，遂與府城主簿、散騎常侍、衛尉少卿等官員們，親切走到殿門前來施禮，並且展現熱情；拉著唐三藏並肩上台階就座。孫悟空與豬八戒、沙和尚也與一些郡府官員站在左右兩旁聽候。

身穿綻藍絲繡官服的王刺史，其容闐然、其色渥然。他眉開眼笑說道：『久仰！久仰！自從東漢明帝永平七年；洛陽遣使蔡愔、秦景、王遵等前往天竺取經之後，得遠至西方攜回大乘真經者，華夏古往今來、可謂屈指可數也。本州郡幸甚！馳名遐邇的大唐西方取經壯舉；唐三藏大法師等高僧一行，如今光臨來到淄州這裡，豈止榮幸哉。』站於右側的州判跟著問道：『據聞諸位高僧這趟路過淄州，是負責專程為朝廷送經的。目的是去哪些地方呢？』唐三藏啜一口香茗，回答道：『主要目的為東瀛諸國友邦，東突厥、北遼、高句麗、百濟、新羅、大和國等幾個地方。將朝廷謄抄的西天真經，逐一送予那些仰佛尚佛的國度。我等路過貴寶地，行程匆忙；恐怕需打攪個兩三天。』階台左列郡城兵馬司長官說道：『來者是客；既然來到淄州城府，何不多停留些時日？』

那送經綱一行人因為趕著時間，即時婉拒好意。巡境的李總兵提醒說道：『唉！人情留客雖難；天意欲留客則由不得諸位啊！爾等何妨留下兩三個月時間再看看吧。』唐三藏不解其意說道：『李總兵何出此言哩？』李總兵則緩緩說明原因：『諸位有所不知；時值栗寒嚴月❶；每年到了這個季節，不說北方坎位開始大雪紛飛、舉步維艱。就是黃河一帶；隴東縣、濟城……很多地方都已經結冰，來往船隻根本無法渡河也。不妨暫且留下；等到桃華❷或是穀雨❸之時，春暖花開、風和日麗、再接著趕路也不遲啊！』大殿裡面；一片惠然慰留的聲音，誠摯洋溢、熱情感人。唐三藏因為氣候不佳、又為人情難拒、只好應允暫且安頓下來矣。待天氣放晴、河川解凍、再繼續趕路。

經過妥善安排；唐三藏與其送經綱一行人，皆寄宿於刺史府邸南廂之客房，並且在隔鄰；特地擺置誦經佛堂、香爐火燭、桌案神龕、一應俱全。

翌日清晨；大夥精神奕奕、神采飛揚。由師父唐三藏淨手整衣、叩齒焚香、爐火檀香燃起，率眾開始早課誦經唸佛—「南無楞嚴會上佛菩薩」—

妙湛總持不動尊、首楞嚴王世稀有、銷我億劫顛倒想、不歷僧祇獲法身、
願今得果成寶王、還度如世恆沙眾、將此深心奉塵剎、是則名未報福恩、
伏請世尊為證明、五濁惡世誓先入、如一眾生未成佛、終不於此取泥洹、
大雄大力大慈悲、希更審除微細惑、令我早登無上覺、於十方界坐道場、
舜若多性可銷亡、爍伽羅心無動轉、南無常住十方佛、南無常住十方法、
南無常住十方僧、南無釋迦牟尼佛、南無佛頂首楞嚴、南無觀世音菩薩、
南無金剛藏菩薩……。

—（第一會）—（接下梵文）—

南無薩怛他酥伽多耶阿囉訶帝三藐三菩陁寫、薩怛他佛陁俱胝瑟尼釤、南無薩婆勃陁勃地薩多鞞弊、南無薩多南三藐三菩陁俱知喃、娑舍囉婆迦僧伽喃、南無盧雞阿羅漢多喃、南無蘇盧多波那喃、南無娑羯唎陁伽彌喃、南無盧雞三藐伽哆喃、三藐伽婆囉底波多那喃、南無提婆離瑟喃、南無悉陁耶毗地耶陁囉離瑟喃、舍波奴揭囉訶娑訶娑囉摩他喃、……。

早課綸貫、誦經唸咒數篇。結束之後；唐三藏遂領著一行人給府丞刺史請安。沿著檐廊、經過內儀門、垂門、看著寬闊的天井亭榭❹降下皚皚白雪，地面已經堆積盈尺矣。最後他們來到府邸的正堂。賓主相互施禮請安；然後堂上各自就座。

聊著聊著；大堂走進一黃口❺髫齔之金童。觀其相貌堂堂，穿著錦袍紅綢短襖、腰繫青帶龍頭結、腳踏黃綾履。原來他是郡府少主、王刺史之嫡長子是也。其英姿煥發、氣宇非凡，稚齡卻有風骨脫俗之氣勢；那可不！有詩為憑：

黰髮玉顏淨、眉目揚炫英、丹唇沁齒白、珠玉相輝映、優雅兼聰穎。
其形若騰龍、其質似華松、仙胎降凡塵、巍峨超群眾、輝耀顯崢嶸。

真是不俗！不俗！黠慧盈盈的稚童，儀禮得體、舉止大方。他逕自走到唐三藏面前施禮問安，說道：『在座上賓可是來自長安京城；曾經西天取經的唐三藏法師！久仰！久仰矣！』唐三藏隨即站起身回道：『阿彌陀佛！貧僧正是唐三藏。承小哥的抬舉，敢問這位小哥是……？』王刺史微笑走過來，為大家介紹說道：『冒犯！冒犯！此乃老夫之犬子；姓王名敕，字世浩。稚子自幼頗有佛緣，通曉精舍妙法、各種梵音佛經且能過目不忘。尚請堂上高座們多指教！多指教！』唐三藏開心地握著少主的手，說道：『阿彌陀佛！莫非少主乃是菩薩轉世也，善哉！善哉！』二者自此；賓主之間相談甚歡，尤其論述探討三界佛法、六全真經、少主王敕頻頻造訪唐三藏法師請教佛法，彼此互動更是密切。

那一天；少主由倆位僕役陪同，來到南廂之佛堂拜訪唐三藏法師。雙方施禮就座，不多時；少主王敕立即開門見山、為佛法之論證展開討教與解惑。少主好奇問道：『據悉活佛法師自幼即入空門為淄彌。這一路而來；行走天下遍覽塵世諸界，所涉層次差距無疑至深至廣。活佛又如何面對、且處之泰然也？』唐三藏法師微微一笑說道：『阿彌陀佛！隨緣！隨緣！山重重又水重重、釋出重重重見功、重重妙義重重意、不論東南西北風。君不見；塵世名利兩茫茫、淡然為善乃妙方、凡事隨緣竟歲月、一生安穩度時光。謹此！謹此！』

少主又問道：『如此爾爾？往昔從無煩憂困惑法師乎？』唐三藏法師說道：『東晉的慧遠大師有曰：「天下叢林飯似山、缽盂到處任君餐、黃金白玉非為貴、唯有袈裟披肩難。」既是沙門比丘，早已四大皆空、八欲不沾也！澈悟山空為佛事、故栽芳樹在僧家、細看便是華嚴偈、方便風開智慧花。人間世俗如行雲流水、功名利祿乃過眼煙霧、稍縱即逝矣。事佛需持之以恆、久而成習性，煩憂困惑又何來有之？』少主追問道：『活佛這般境界，非我等一般可及。請教大師該從何入門起步呢？』唐三藏笑著說道：『阿彌陀佛！不難！不難！悟法漸修；無非是「三摩地」、與那「六和敬」常駐於心也！』少主頓顯不解；逐問道：『活佛所言「三摩地」與「六和敬」，恕晚生愚鈍，尚請法師開示解說？』

唐三藏則歡愉解釋說道：『所謂「三摩地」簡言即是一種自我的修行與處世的心態。以平等隨緣、淡定入心而為。依正持、正定、正心等三昧一心觀世，並入世修行之無我境界。』接著又說道：『而「六和敬」則為六和六慰之精神。大凡與世人眾生相處；在思維上求見和同解、在法制上求戒和同修、在行為上求身和同住、在言語上求口和無諍、在精神上求意和同悅、在生活上求利和同均。於菩薩道之修行，遵循「三摩地」與「六和敬」方式來進行，必將成佛是也。人間偶而一舉一動；卻影響未來深遠。六根六塵六識；汝當量力而為、好自為之！』

少主王敕安靜片刻；又提出芸芸眾生之憂苦，懇求法師啟迪禪釋迷思。他問道：『凡間塵世皆謂：「人生苦短」，敢問活佛；世間究竟有哪些痛苦，來困擾著我們呢？』唐三藏些許沉默，回答說道：『南無阿彌陀佛！良機和厄運誠若孿生昆仲；隨著時也、運也、命也圍繞著我們不去。有人一生歡愉好運不斷、有人一世坎坷災難連連。蒼生哪來的公平，惟有幸與不幸爾！兩者運勢結局呈現天壤差別。佛曰「人生八苦」：即生、老、病、死、愛別離、怨憎恚、求不得、五蘊熾盛之苦。然而；世間無論任何人，皆無法逃避的三種痛苦；將伴隨人的一生一世揮之不去。這三樣痛苦；人人必定遭遇，此方面是絕對公平的！』少主張大雙眸，急急問道：『伴隨眾人一生之三種痛苦？願聞其詳；請說！請說！』

唐三藏逐一為之啟蒙開示說道：『首先則是「自我的痛苦」：人生過程不免會有生、老、病、死！有時不幸饑寒交迫、有時遭到皮肉傷痛、更有生來殘障愚笨、這是自己身體遭到的折磨與變化，無法避免。再者；即為「命運的痛苦」：來自天有不測風雲的天災人禍，例如干旱洪澇、地震瘟疫、火災颶風，瞬間造成家破人亡、所有財物毀之一旦。當然這種痛苦，任誰也難以逃避的。但是這二者的痛苦；若與第三種相比較，則算是小巫見大巫也！第三種痛苦會讓人失去理性，發瘋抓狂、消極自殺或遁世出家、更有的獸性大發、鋌而走險。』少主聽聞至此；躍身追問：『是嗎？第三種痛苦為何？活佛請繼續！請繼續！』

稍歇之餘；唐三藏繼續說道：『人生第三種痛苦；也是最痛苦的，就是「人與人之間的痛苦」。乍聽之下；人跟人會產生什麼痛苦？仔細推敲：人與人會互相產生價值觀的比較、朋友會有欺騙出賣的行為、男女會有感情的失落挫折、兄弟會有財產的糾紛、社會中更充滿忌妒眼紅、各種競爭、貧富貴賤、跟著爾虞我詐、無所不用其極矣。導致君子變成小人、忠臣變成叛逆、好友變成仇敵、邪門歪道變成主流意識。之前的兩種痛苦；如果意志堅定、逆來順受、尚且忍過一時之苦；換來風平浪靜的日子。但是往往那些自殺、發瘋、罪惡、悲劇都是人被人所逼而釀成的。人與人之間的痛苦，不僅最痛苦；且是最難避免的痛苦，因為人根本離不開人啊！阿彌陀佛！菩薩保佑！』熟讀四庫書❻通曉七部經❼的淄川郡少主聽完；若有所悟、打恭作揖說道：『受教！受教！人之初性本善。晚生將刻骨銘心、永誌肝腦。卒生不忘活佛的啟蒙教誨耶。』

唐三藏謙卑言道：『古諺有云：「高僧不沾香火氣、宿將返鄉不論兵」。貧僧座前賣弄。見笑！見笑矣！』

經過這一番哲理論述，淄川郡府少主更為仰慕崇拜唐三藏。除了經常登門求教，也藉機懇求讀閱西方大乘真經的各部經文謄本。天生資質聰穎、慧根出眾的少主王敕，對佛釋之道；可謂朗朗似朝陽、纚纚如貫珠。在唐三藏協助下；絳帳授法❽、對佛經妙法已經學習到了出神入化、滿腹佛學的境界。

話說歲月如斯；時值峭寒❾春中望三日。該日適淄州府王刺史；世故天命生辰壽誕之日。當天陽光普照，萬象宜人。郡府殿堂一早即賓客如潮、賀禮堆積如山、祥瑞喜氣籠罩府邸周遭。祝壽儀禮之盛況，且看現場墨客題詩描述：

鞭炮連天賀聲響、赤燭似柱映紅光、鑼鼓齊鳴五音亮、壽誕喜氣綻八方。
親友貴賓齊登堂、賦壽獻詩妙文章、珍品厚禮皆高尚、慶典殷殷匯吉祥。
朝中官祿有幾何、黎庶眾生亦如常、送往勞來不覺累、人情世故颯昂揚。
壽比南山呈如意、福如東海喜洋洋、玄天賜歲求無量、子孫繁衍且賢良。

這天大聖悟空可也沒閒著哩！寅時天色尚未破曉；他即拉著八戒和沙僧，搭上雲頭飛至東海蓬萊仙島的山間，採集滿籮框仙桃美果，攜回淄州郡府；作為送經綱一行為刺史祝壽賀歲之禮物。王刺史接獲飽滿色艷的仙桃果子，笑顏燦爛、歡愉何似。並敬邀唐三藏眾人，於殿堂壽宴之上座一起觀禮。

午時一刻；嘉賓滿堂齊聚、正是壽星王刺史志得意滿之際，並且欲言邀請賓客入席酒宴。惟見少主正正經經、不疾不徐走向座上的刺史父親面前；甫地就跪、並磕頭再三說道：『恭祝爹爹生辰無疆！年年如意！歲歲平安！』笑臉迎人的王刺史說道：『接受吾兒一片孝心。有話起來說！起來說！』少主跪著不起，接著說道：『恕兒不孝！請父親應允。兒已下定決心脫離塵世，遁入桑門⑩常伴青燈。懇請爹爹理解，並予應允之！』少主的話如雷轟頂；殿堂上頓時一片譁然、議論紛紛。壽堂之上；王刺史當場傻眼驚愣，啞口不知如何回覆才是！

稍逾片刻；淄州刺史回過神來，站直身軀、沖著靜跪座前的少主怒斥說道：『荒唐！荒唐！還不快快退下。今日乃為父喜慶之大日子，汝竟然出言無狀、胡言亂語、不知所云！待明日為父再來訓示責問汝，何以致此？還不趕快給我退下！』刺史左右隨扈立即上前攙扶長跪的少主，並將他架離現場。一時氣氛變得冷卻沉寂、黯然失色。當然；現場最是尷尬者，莫非唐三藏等一行人矣！

打從少主那天脫口道出；意欲離家投入佛們為僧，再也無人知曉他的行蹤。不說少主自此不再登入佛堂謁訪唐三藏，即便郡府刺史也甚少與唐三藏面晤問安，前後判若二人。

某回；巡城總兵李義棠過來南廂佛堂造訪，方才透露訊息而言道：『少主仰佛至深；法師為其啟蒙開示自是善意無虞。可咱們刺史卻想到另一邊啦！三代單傳的嫡子提說欲遁世出家、削髮為僧，豈得不驚嚇他這府丞哩。唉！法師蒙冤不白、一言難盡。坦蕩無心！嗚呼傷哉！』唐三藏正色說道：『阿彌陀佛！少主年少不經世事。其實任何環境皆能崇佛習法，佛曰：「修行在身，事佛在心也。」一心中存佛善，是否皈依並不重要。待吾前往開導勸說，當可化解其父子關係，轉危為安。』巡城李總兵則說道：『清官尚且難斷家務事，法師不需急於近日化解危機。待過些時日之後，他們父子情緒冷靜和緩，再前往解釋不遲。據悉；刺史已經嚴令管控少主的住所，不准任何人接近其旁側。吾當伺機為法師尋求機會。稍待！稍待！』唐三藏接受建議，回話說道：『南無阿彌陀佛！善哉！善哉！佛緣無涯；四面八方皆可結，靜候時機再化解其迷惘不遲也。』

孰不料；世事變幻無常。且說這年酣春⓫上旬，北朔之冰雪風霜提前結束，黃河沿岸的結冰也隨之解凍；船隻渡河暢通無阻也。唐三藏等大夥抓緊時機，提前忙著打理備妥行程所需之物，急急趕著完成東瀛送經任務。只在臨行之前；唐三藏草草留下對淄州刺史的感謝函件，又留下一封勸善行孝之文予少主開示，皆託付李義棠總兵代為轉交。一行人即刻離開州郡城郭；繼續踏往北上之路。

趕了七、八天的路之後；來至高苑縣靠近黃河口的南岸；有一處渡口小港，洲渚小港鎮稱為八卦鎮。鎮上不都是打漁的，更有為南來北往的行旅路客渡河的船家。唐三藏送經一行人；找到臨港一間茅屋采椽的館穀⓬小客棧暫宿憩息。

『啥小！得排上幾天才有渡河的船位。爺們哪有空閒傻等哩。搞屁啊！』豬八戒聽船家說渡客人滿為患，仍需稍待個一兩天，不悅地噴口水臭罵著。唐三藏一邊慰藉說道：『阿彌陀佛！既是天意安排；就順從天意，靜待幾天又何妨。』孫悟空抓抓猴頭；接著說道：『師父說得好；反正無事一身輕，就順天意多休息兩天也罷。不急！不急！』豬八戒卻溜嘴說道：『無事當然最好，萬一天意真有事找上門，就麻煩啦！不快點過河，總是怪怪地。』才說完；氣得悟空掩住他的豬嘴。一旁的沙僧也罵道：『師兄少說幾句吧！儘是胡言亂語；折煞人矣！』

說著說著；他們沿路走進鎮裡一掛著酒望子⑬的酒館用膳。酒生兒⑭剛才擺上茶酒齋食，一夥正在酒水用膳之際；旁桌鄰座卻傳來陣陣唏噓長嘆！一翹腿而坐；貌似科差⑮的赤鬍耷子⑯說道：『慘哪！慘哪！那稚兒不過舞勺之年，又是無比尊佛向善之人，遭此不幸厄劫；老天真無眼呢！』對坐的漢子舉杯一飲而盡，悽悽歎然言道：『唉！那王刺史為人端正耿直、敦厚樸實，偏偏他就這麼一個嫡子。這回王府遇到橫禍災難，天意難測！天意難測啊！』性急的大聖才聽幾句，隨之縱身躍起，過去揪住鄰桌那赤鬍耷子問道：『說清楚！說清楚！俺聽到的；可是那淄州府王刺史的少主王敕，出了差錯？是不？』

那桌的五人倏地齊聲回答道：『正是他！正是他！據說；淄川郡府的王刺史為了防止那少主出家當和尚，即在幾天前；由州府常侍將軍領軍陪同，帶著州府少主去長安國子學，並請京城尚書省左僕射房玄齡，輔助習修尚書省六部⑰之事。哪知他們經過河北道相州的鄴城⑱山區一帶，卻橫生枝節、遭遇不幸……。』豬八戒又跟上追問道：『講明白！講明白！究竟他們在鄴城出了何種不幸哩？』那個大鬍子科差哀聲說道：『具體情況不甚清楚，只聽說他們半路遭到妖魔阻擾劫持。有幾個劫後餘生的官兵逃回淄州府求救，陳述情況十分危急、目前淄川郡府上下正亂成一片。突發這般禍害，真令人悲慟啊！』八卦鎮上的小酒館裡；哀嘆惋惜聲音此起彼落。

靜待渡河的送經綱，卻由於豬八戒的口誤失言，弄到禍從天降、應了那句「一語成讖」不祥之兆！爾今淄州少主到底遭到何種不幸？他們是否且要耽誤行程、伸出援手搶救淄州少主？又得以逢凶化吉、轉危為安乎？敬請稍待下回分解：

『註解』：

❶栗寒嚴月：指農曆十二月。
❷桃華：指每年二月仲春時分。
❸穀雨：指每年的三月晚春季節。
❹亭榭：指庭院裡的樓閣台榭。
❺黃口：指十歲左右孩童。
❻四庫書：指「經、史、子、集」等稱為四庫全書。
❼七部經：指後漢書張純傳注之：「詩、書、禮、易、樂、春秋、論語」。
❽絳帳授法：絳帳為古人尊崇老師的稱呼。
❾峭寒：即年初二月份。
❿桑門：為出家佛寺去修行。
⓫酣春：為農曆二月初期。
⓬館穀：指包吃住的旅店。
⓭酒望子：掛著販賣酒食旗幟的酒家。
⓮酒生兒：酒店裡的伙計。
⓯科差：指官府裡的衙役人員。
⓰奓子：古代指大胖子。
⓱尚書省六部：尚書省是朝廷直屬三省之一，編制內的執行部門，包括吏、戶、禮、兵、刑、工等六部。
⓲鄴城：著名古都。為三國之曹操所建，並於南北朝的時代，成為東魏、北齊之都城首府。位於今日的河北省邯鄲市臨彰縣境內。

鬼大帝
圖謀江山
帝陵墓塚
橫峽谷
地宮巍殿
建皇廬
森幽野林
伴神道
巨石翁仲
逞威武
大齊
文宣帝

第三十三回　鬼大帝倚石翁仲　二魔蟄伏帝陵宮

話說唐三藏領著送經綱一行，提前離開淄川郡府，來到齊州高苑縣黃河南岸的八卦鎮，等候渡船過河。卻在小酒館裡，他們不經意地聽聞淄川郡府傳出噩耗，原來淄州的少主前往長安國子學準備就學的途中，在相州鄴城郊區遭到不明襲擊而失蹤矣。該傳言有如晴天霹靂、傷人肺腑！

回到住宿的客棧大夥的心情鬱卒感傷，才離開淄州沒幾天就出了狀況！

『阿彌陀佛！罪過！罪過！一切因果皆由我而起啊！』唐三藏憶及停留淄州往昔，曾經多次與王敕少主開示佛法，得知事情淪為這番後果，不斷地自責怪己。他捶胸頓首說道：『可憐的淄川郡府少主，赤子之心欲結佛緣，竟受到這般折磨。這叫我如何是好哩！』悟空見狀，快快趨前撫慰說道：『唉！當前州郡王少主還生死未卜，師父先勿傷感過甚。這事俺老孫怎可能見死不救！在八卦鎮且按耐個三五天，讓俺前去淄州摸摸底，瞧瞧是咋一回事？師父暫且定下心唸經禱告。有俺大聖在；安啦！安啦！』悟空說完，即吩咐辛甘和秦願保護妥唐三藏師父，安頓完畢。甫地，拉著豬八戒和沙和尚告別師父，然後轉身唸咒招觔斗雲過來。搭上雲頭，三者徑直朝著淄州郡府飛奔而去。

且說那淄川郡府城，州府都督的王刺史，打從那回壽宴上聽到嫡子少主擺明欲出家為僧，遁入婆羅門，普渡眾生。嚇得他整日愁眉苦臉、寢食難安。除了不准少主再接近唐三藏法師，與閱讀妙釋佛經，更嚴加看管將他禁錮於室，不得外出半步。得知唐三藏等一行離開淄川城郡之後，猶不放心。刺史聽從郡府數位幕僚的獻計，由州府散騎常侍將軍率兩百名軍士護駕，帶著少主前往長安京城謁見尚書省左僕射房玄齡，去那國子學❶研習尚書省六部之道。卻不料這行人經過相州的鄴城壙埌山野，就莫名其妙遭到攻擊。除了損兵折將、傷亡慘重，淄川郡府少主也因此不幸失蹤，至今仍然下落不明！嗚呼傷哉！

剎時頓失獨子，灰頭土臉的淄州王刺史，毫無頭緒的情況下，急得他焦頭爛額、憔悴沮喪。傷心之餘，遂臥病倒在床，遭到晴天霹靂，好生萬念俱灰矣。

正當刺史大人臥床昏昏沉沉、閻浮絕望的一刻，卻聽到寢宮的門外傳來陣陣跑步與喜悅歡聲。經李義棠總兵的進宮傳報，刺史欣然起床更衣，他抱持著一絲希望，匆匆換上朝中官服接見。聞訊前來插手管事，曾經於西天取經、掃蕩妖魔之齊天大聖一行人。

『菩薩顯靈也！幸得諸位仙佛前來。吾兒有救矣！』刺史向悟空一行彎腰起禮致意。李總兵跟著解釋說道：『大聖有所不知，肇事對方犯下罪行，事後曾捎來通牒警告。近日必須把唐三藏法師押解過去，否則一切後果自負。本州府上下正愁著如何去找到諸位？何況即使找到，也沒道理押解唐三藏法師交予惡魔手中。你們今個來得適巧，可否聽聽諸位有何高見？萬望！萬望！』

大聖孫悟空回答說道：『放心！俺這回就是專程過來擺平事情的。請哪位且將事情始末說個明白，俺才好決定該怎麼排憂解難，一舉殲滅闖禍的對方！』殿前的咨議參軍，即上前對該事件的整個來龍去脈做詳細陳述。又傳上出事當天，僅存逃出魔境的幾個士兵描述著。

『詭異！真是詭異！』三個心有餘悸的士兵提到那段厄劫淒厲，猶顫抖不止地怯怯說道：『當天，劉常侍將軍率領護駕少主的部隊，大家到了鄴城郊區的北齊帝陵山。那些壙陵荒塚年久失修、雜草叢生，就算陵塚前的碑亭與望柱也是東倒西歪，成了一片廢墟。部隊才經過陵墓前的神道荒徑。一瞬間，天搖地動、鬼哭神號，煙霧從四方的山野滾滾而至。劉將軍見形勢驟變，要大家鎮定，保護好少主。任誰也料不到，神道路旁兩側守陵的文武將相、神獸翁仲❷，突然向我們移動過來，展開襲擊。那群青岩翁仲高有五丈，重達千石，皆為剛硬的山岩所開鑿的，簡直就是刀槍不入、火雷不傷。我們雖然奮勇抵抗、頑強殺敵，卻徒勞無功。奈何血肉之軀怎堪與那巨石翁仲匹敵。防守到最後，劉將軍不幸戰歿殉職，部隊很快也潰不成軍。咱州府少主片刻也失去蹤影……。唉！罪過！罪過！』這時的大殿裡面低泣嘆息之聲不絕，愁雲慘霧籠罩著淄州郡府上下。

在掌握情況之後，大聖徐徐勸說道：『刺史且勿隔澇❸煩憂堙鬱，依俺這一路遇妖靖魔的經驗，愚意以為本次發生不幸，主要並非針對刺史和少主而來。首先，你們與淄州之外界毫無瓜葛過節。再者，對方目前只是挾持少主為人質，倘有仇恨或別的用意，當場就已經完結事情矣。何須牽扯俺的師父哩？』淄州王刺史急著問道：『這麼說來，少主應該還存活著，是嗎？』大聖點點頭說道：『當然！當然！項莊舞劍，意在沛公也。此事毫無疑問是沖著俺師父而來。此事問題不大，只是因為時間緊迫，為避免傷及無辜之少主，俺必須火速趕去相州的鄴城處理該業障厄劫。不多囉嗦！抓緊時間，咱們就此辦正事去。暫且拜別。』淄州郡府上下皆開懷拱手謝道：『勞駕仙佛！勞駕仙佛！』舐犢情深的王刺史更是千拜託、萬拜託的央求著，能夠平安帶少主回來。豬八戒臨上雲頭，丟下一句：『有我等出馬，你們等著好消息吧！無慮！無慮！』

三個除妖達人搭乘著祥雲飛馳天際，那時正是夕陽西下，落日餘暉潑灑長空，金光壟四面、清風盪八方。他們順著風向很快來到相州之鄴城上空，轉了再轉，繞了又繞，終於找到一處吻合脫逃殘兵所描繪的曠野荒山。他們落下雲端，抄出隨身武器，快步走了過去。

該時候天色已夜幕低垂，諸野漆黑一片，這荒嶺悽悽涼涼，望之悚然。先不說風水之撲朔迷離，身歷其境。方知何謂險惡詭譎，有詞如此寫真：

戊夜直闖蠻荒野，嵐霧烏雲掩弦月。野蝠橫飛，夜鷹低掠，狐奔鼠竄真猖獗。時空隱隱魈境界，不見鬼魅卻見邪。枯枝似爪，狂風掃葉，陰陽怪氣堪稱絕。

『俺說：師兄是否搞錯了地方哩？這狗不拉屎、鳥不生蛋的地方，即使沒妖怪肯定也鬧惡鬼。』豬八戒放眼當下，冷清清靜寂寂。再細細看清楚，分明於群山坳境的峽谷裡，橫陳一個寬闊的帝王陵墓荒塚。在山風颼颼的暗夜，星月無光、草木亂舞，境界令人不寒而慄。接著他又嘀咕說道：『咱們還是馬回吧！這鬼地方分明啥都沒有。何不明天再來找？趁著大白天，找個狗屎、鳥蛋都方便。』孫悟空回頭瞪八戒一眼，揶揄說道：『你這夯貨，以為咱們到這裡烤肉、野餐來的哩？既來者，則安之。更何況受人之託，得忠人之事。咱們是來救人的。認真點！豬大爺！』

把話說完，悟空即用手指著附近環境說道：『你們瞧！山坡左端有碑亭，右有墓誌。陵墓華表和望柱俱在，墓前神道之兩旁分別擺置巨石翁仲數十座也。灰岩雕刻的文官武將，還有石像生的狴犴❹、狻猊❺、獬豸❻、象獅無一漏失！這不都符合幾個殘兵說的那座廢棄帝陵嗎？無須懷疑，咱們走近把個究竟。走！』大聖揮舞著如意金箍棒走向前，八戒扛著九齒釘耙隨著，沙和尚持降妖彎月寶杖殿後。他們在殘雲掩月、閃爍的星光下走，在兩旁擺著十八對巨大翁仲和石像生❼的神道，逐步摸索。

『這幾個跑回淄川郡的兵士，未免騙得太誇張了！』豬八戒挨近一個狻猊石像的旁邊，隨意踢了石像一腳說道：『說謊都不用打草稿，講這些石頭翁仲會攻擊人，不如說牠們還會唱歌跳舞算了。瞧俺踹牠們幾腳，動啊！快點動起來啊！笑死人！』越說越得意的豬八戒，索性跑過去，往一座獬豸石獸身上撒了一泡尿。

『這豬頭有夠無聊！』孫悟空睥睨地瞄了八戒一眼，獨自跳到山坡上的碑亭，想研究一下墓誌碑文，到底這座陵墓裡面下葬的為哪個朝代？又是哪個皇帝？找出點蛛絲馬跡來營救少主。沙和尚則端坐在神道旁的一座武將翁仲腳上，拿起繫在腰間的酒葫蘆，一邊飲酒一邊笑看八戒朝路兩側排列的石翁仲耍寶逗趣。

且說孫悟空獨自走進碑亭，在黯淡的星光月色之下，細看殘破的墓誌石碑，隱約糢糊的壙碑，撰刻書寫著：「哀冊墓誌：天保十年寒冱❽上旬……顯祖駕崩，謚號文宣帝，廟號顯祖。生晉陽。……稱帝，逐契丹、破柔然、平鮮卑五族，功于大齊、安于社稷。……夫禮，始于冠，本于昏，重于喪祭。帝儀葬于鄴城乾坎之武寧陵……。于大齊皇建元年立碑。」專心一意在碑亭探索情況的大聖，完全沒有留意此刻的帝陵神道有何異狀。

『奇怪！我是不是眼花了？』沙和尚揉著雙眼，對豬八戒說道：『師兄！你身邊那頭青石獬豸，好像在動耶？』豬八戒哈哈大笑說道：『你少來這套！怕就怕這畜牲不敢動。他敢動，俺就打斷牠的狗腿。你信不？』才說完，八戒轉身看那石雕巨獸一眼，卻發現眼前的獬豸正低頭狠狠盯著他看。

當場嚇得豬八戒和沙僧二人，一連倒退好幾步。甫地，陵墓神道旁邊兩側守陵園的巨石翁仲，無論文官武將、天仙神獸，全部同時轉身移動，朝向豬八戒和沙和尚師兄弟慢慢包圍過來。頓時謐靜的山峪裡，地動山搖、震盪四野。

『大師兄！快來救命！快來救命啊！』正在坡頂碑亭勘查墓誌碑文的大聖，聽到坡下的神道傳來急促喊救聲，趕忙奔過去搶救兩個師弟。

『渥草！好個大膽石怪。有俺大聖在此！哪容得你們猖狂？』大聖舉起專打妖物的金箍棒，上劈下敲、橫掃縱打。雖然悟空那重達一萬三千五百斤的金箍棒打翻幾座石獸，卻絲毫傷害不了這些堅硬的石像生。牠們被打倒，依然又立起身向悟空圍攻過來。甚且好不容易打斷一些石翁仲的手腳，可牠們畢竟就是岩石，不痛不癢，毫不退縮，又撲殺過來。這場惡鬥詩裡有明白記載：

帝陵墓塚壙峽谷，棄之陰森任荒蕪。幽篁野林伴神道，青石翁仲鎮路途。
文官翁仲持長笏，武將翁仲拿刀斧。獬豸狻猊展惡煞，狴犴象獅逞威武。
夜黑風高闖陵墓，翁仲列陣迎面撲。巨岩神獸齊圍住，棒打石魔真艱苦。
幻境石怪猛如虎，無血無肉怎應付。大聖難解將妖除，魔魘纏身無退路。

大聖這才發現跟這群剛石硬岩對打，打老半天也是白打。這些邪門歪道的守陵翁仲看外表只是岩石做成的各種雕像，但是明顯有著奇特的攻略戰術。你瞧！一邊是石神獸像生死死包抄，困住豬八戒和沙和尚，另一邊的文官武將翁仲，則圍著大聖死纏爛打。擺明就是孫子兵法裡的「聲東擊西」、「阻點打援」策略！讓大聖一直無法接近兩個被重重圍困的師弟。

雙方廝打一陣，漸漸地見著所有的翁仲，慢慢移動退回原位。各個穩如泰山固定後不再騷動矣。一切都恢復到原狀，若無其事般地，翁仲靜悄悄屹立在路旁。只是豬八戒和沙和尚二人無聲無息，須臾已經從人世間蒸發不見了。急得孫悟空跑過來跑過去，嘶吼的聲音迴盪整片山區，一丁點回應都沒有。不說白打一場，到底這件事的元凶是誰都搞不清楚？這……這怎麼回去交代呢？慘！慘！慘！

大聖氣得想砸爛這些路邊的翁仲和石像生。可石頭只是石頭、翁仲只是翁仲，睜大火眼金睛去掃瞄，牠們壓根沒有生命，更遑論是妖魔鬼怪，僅僅只是一堆岩石做的翁仲罷。必須找出背後施咒捻訣的罪魁禍首，才能解決問題。大聖淚流滿面站在神道上楞著發呆。想一想，然後他大聲喊道：『聽著！不管你們是誰！千萬不要傷到淄州府的少主和俺的兩個師弟，否則俺絕不會輕易罷休。現在俺就趕回去，把唐三藏帶過來交給你們。稍待！稍待！』丟下一句話，大聖遂離開帝陵魔塚的現場，摸黑駕觔斗雲、疾疾隨風而去。

翌晨破曉，祥雲輕飄伴孤鷺，旭日東昇照前途。其實大聖通宵均在荒陵廢塚附近徘徊監視著，並且觀察整個荒山野嶺的地形，一直都沒有遠離峽谷。天際才微微綻放金光，大聖悟空即隨身拔出一根毫毛，將之變成自己的模樣。然後再把自己變化作師父唐三藏的像貌，看不出有任何瑕疵異樣之後，即開始演戲。

他們假裝扮成孫悟空押解唐三藏，二人緩緩走近那墓塚的神道，道路兩旁排列的翁仲石像，紋風不動、屹立不搖。假冒的唐三藏與孫悟空，狠狠瞧著神道左右兩側，這些曾經惡鬥過的巨石人獸，沿著神道很快來到荒涼廢棄的帝陵墓塚前面，卻見那墓塚因為長久棄置不顧，眼前盡是碑倒墓裂，墓園雜草叢生。占地廣闊的墳塚，兩邊的祠堂、宗廟東倒西塌，望柱傾斜、華表孤立，呈現悽涼殘敗景象。

大聖正在納悶咋地見不著半個人影，是否跑錯地方了？俄頃之間，一陣亂箭從四周竄出射了過來，倏地箭雨把假的孫悟空射得像刺蝟般倒臥在地。大聖假冒的唐三藏故意嚇得全身顫抖，跪倒在地呼天喊地叫道：『菩薩救命！菩薩快來救救我！我命休矣。』頓時，隨著呼嘯的狂笑聲，從草叢野林裡走出百餘個匪徒賊寇。大聖的火眼金睛確認他們這些個，都是蠻荒山野的妖怪，有伏狸精、香獐精、赤疣精、白狼精……。

『各位大爺！俺只是個出家僧尼，沒田沒地、無財無產，抓我又有何用？且饒過俺這條小命吧！』假唐三藏裝成縮頭烏龜說道。一個粗曠壯碩的大漢頭頭走向前，他長得綻髯盤牙、劍眉虎目、聲若洪鐘問道：『少廢話！你可是那曾經前往西天取經的唐三藏？』假唐三藏回話說道：『正是！正是！如假包換的唐三藏。』大漢大聲喝斥說道：『換你個屁！俺的皇帝老爺指名要的就是要你。快快將他抓起來，帶走！』一群山妖不囉嗦，立馬將大聖變作的唐三藏五花大綁捆起來。大聖暗自偷笑，忙老半天，這回終於釣到大魚了。

那個綻髯壯漢挨近中箭；伏臥在地的假孫悟空屍體，使勁踹了一腳嘲諷說道：『才聽說這弼馬溫❾智勇雙全，萬夫莫敵，結果眨眼之間就遭到擺平。哼！江湖上的傳言倘若能聽，狗屎也能吃了。什麼玩意！這種貨色還敢來這裡鬧事。』他說完即斬下猴首，然後吩咐把假悟空拖下去一旁餵食野狗。看得聽得悟空扮作的唐三藏氣炸了！暗中記下這筆帳，待會再來慢慢修理他。

話說一群小妖在那緟髯大漢的帶領下，捆押著假唐三藏來到帝陵前。惟見壯漢面對著帝陵墓碑唸上數句魔咒字訣：『叭哈嘛！哈啥客！』右手一揮巨大的墓石碑座轟然一聲倒退，曝露出一個寬敞明亮的地宮甬道。他們很快蜂擁而入，把假唐三藏一起押送進到陵墓的地宮。少刻，墓石碑座又回復至原狀，四周環境又再度冷清荒涼。扮作唐三藏的大聖，把整個過程默默記在心頭。

墓陵裡外判若兩個完全不同的世界，地宮道裡面金飾玉器，將相陶俑並列兩旁。甬道的壁龕堆滿金銀珠寶、珊瑚瑪瑙……，方形的卷頂配置金絲楠木的穹窿藻井，代表著天圓地方的天地乾坤意義。

最不可思議的，該帝陵下方之墓穴，並不見龍紋滴水砌石與棺槨墓床。與其說它是陵墓地宮，反倒像是一座活生生的帝王宮殿。地宮裡面燈火通明、金玉滿堂、綠釉琉璃、金碧輝煌。白玉帝座取代那須彌棺座，蟠龍紅柱取代那哀冊碑石。裡面穿梭著文武百官模樣的眾妖，熙熙攘攘好不熱鬧。看得假唐三藏牙都歪了！

剎那間，殿前鐘鼓齊鳴，持笏捧圭圍擁，執旌揫扇聚集。大殿內嵩呼：「鬼大帝萬歲！」之聲，響徹全殿裡外。

一個頭戴沖天冠，身穿九龍納錦黃袍，腳踏彩雲龍頭履。相貌長得豹眉狼眼，馬臉長鬍、煞氣騰騰、猙獰恐怖，雖然沉默不語，全場皆能感受其殘顯威武。大聖扮作的唐三藏，火眼端睨著這個鬼大帝，顯然不屬妖精鬼怪之類，當是那種極為罕見的鬼帝靈魔。再次仔細一瞧，經其肆虐殘害之生靈，至少逾越百萬之眾，豈為一般煞星妖魔可比擬也。

『朕所交付，活捉那唐三藏，可是眼前這個和尚？』玉階朱欄上的鬼大帝垂視台階下的假唐三藏問道。緥髯壯漢趨前回覆說道：『稟報陛下！他正是那西天取經的唐三藏。那個石猴精孫悟空今朝親自押送過來的。假不了！假不了！』鬼大帝冷冷說道：『那孫猴子人呢？』緥髯壯漢從腰袋取出一顆猴首遞上，並且說道：『陛下英明！這孫悟空只是虛張聲勢、浪得虛名。外界傳言只是隨便說說罷。真正較量之下，根本不堪一擊！』鬼大帝撫摸長鬍，欣然說道：『此事讓朕龍心大悅，朕正式拔擢汝為殿前右僕射兼翊衛大將軍。並賜予丹書鐵契⑩一則，以茲輔佐功勳。』樂得那緥髯壯漢眉開眼笑，立馬跪地謝主隆恩。

『這幾十年來朕一直蟄伏於此陵墓中，無法重見天日。更為不肖子孫失去大齊江山，撕心裂肺、懊惱澈痛不已。』鬼大帝從龍座站起身說道：『之前據聞，吃那大唐高僧唐三藏，凡界可以長生不老，帝王魂魄得以再次回到世間稱帝為王，重掌皇州江山。朕即百般設法，今日終於得以捕獲唐三藏真身，果然朕的帝緣未盡，從大唐奪回天下，大齊皇祚指日可待也。得藉此大幸，稱王稱帝，夫復何求？』台階下齊齊作揖，歡呼道：『恭祝吾皇重新登基萬歲！萬歲！萬萬歲！』殿堂上下洋溢一片歡笑愉悅。大聖心中竊笑，你們這群妖魔踐個二五八萬，高興早了點。還得看俺讓不讓你這鬼帝過關得逞哩！癩蛤蟆想吃俺師父的肉，真是欠揍！

大聖假扮師父唐三藏；成功混入魔塚鬼大帝的地盤。神秘詭異的荒廢陵墓；卻是一群妖魔的地下宮殿，正蠢蠢欲動圖謀推翻大唐貞觀，蠹國嚼民，奪取中原稱帝。大聖悟空如何制伏鬼帝群妖，還有帝陵守墓那些棘手之青石翁仲？並且順利拯救出淄州少主、豬八戒和沙僧他們呢？

敬請期待 下回分解：

『註解』：

❶國子學：古代最高的教育機關學府，也稱為國子學。唐代隸屬禮部；管轄有國子、太學、四門。入學者均為州郡縣府官員的子弟，稱太學生。

❷翁仲：古代帝王陵墓前神道，於道路兩旁守護帝陵的石雕像，有文官、武將。

❸隔澇：指事情仍然模糊不明朗。

❹狴犴：中國古代傳說中；一種形狀像老虎的神獸，代表權勢。

❺狻猊：中國古代傳說中；一種類似獅子的神獸，代表祥瑞。

❻獬豸：中國古代傳說中；一種明辨是非的獨角獸，代表正義的一方。

❼石像生：乃石翁仲的統稱，涵蓋各種吉祥神獸等守陵墓的巨石雕像。

❽寒沍：古代指農曆十月份。

❾弼馬溫：最初孫悟空大鬧天宮，被玉帝詔令照顧馬匹的小吏稱之。在外界成了貶低孫悟空身份的慣用詞。同時也是孫悟空最憎恨的稱呼。

❿丹書鐵契：中國古代帝王頒贈予立大功的重臣名將，類似現代的勳章。習俗上也稱之為「免死金牌」。

第三十四回　叱咤石麗陷溼濊　雙煞結盟計離間

話說大聖變裝成師父唐三藏模樣，故意來到北齊帝陵前遭到逮捕。隨一群妖怪進入墓園的帝宮，才驚覺那北齊鬼大帝竟然匿藏於地下皇宮裡面，枕戈待旦，伺機陰謀造反作亂。摸清楚真相，實令人驚心動魄、不寒而慄。

『陛下萬福！爾今如願逮到唐三藏師徒三人，下鍋之前，諒他們插翅難飛。那心頭大患孫悟空更輕易的宰殺掉矣。這一切皆為天意，奉天承運，肯定勢不可擋，復國成功在望也。』那個綟髯壯漢拍馬屁拍得正是時候，他繼續說道：『微臣前兩天適巧弄得幾缸陳年佳釀在手，捨不得獨享。今日乃黃道吉日，願呈上作為殿上慶功助興。陛下以為如何？』樂得台階上的鬼大帝連連點頭同意。於是殿前的小妖很快將幾缸好酒給抬了過來。

『且慢！且慢！』悟空假扮的唐三藏，在台階下抗議說道：『既然你們要的人是我，而我也自己送上門來了。請你們高抬貴手，放了我那兩個徒弟，豬八戒和沙和尚吧！要吃我沒意見，他們倆個的肉又臭又硬，小心吃壞肚子哩。』鬼大帝冷笑一聲，不經意說道：『斬草除根。你們西天取經的幾個，一個都別想活著離開。好吃的，先拿來打邊爐，不好吃的，拿去醃起來當乾糧。這方面不用你操心。朕從前的寵妃薛氏，朕照樣吃下肚，還拆下她的骸骨製成枇杷琴來奏樂自愉哩！』北齊那個「禽獸王朝」❶，在五十年前的南北朝可是出了名的殘暴荒淫。

『至少放過淄川郡府的少主吧？難道稚童的肉，你們也不放過乎？』假唐三藏忿忿不平說道。北齊鬼大帝又是一陣讓人不安的冷笑，他說道：『這屁孩不夠朕用來塞牙縫。但是他可以用來當搖錢樹、聚寶盆。未來朕號召起義、招兵買馬，需要動用大量的黃金白銀。淄州的王刺史只有他一個獨子，被朕捏在手掌心，哪怕他敢不送銀子過來？哈！哈！要朕放掉這小子，免談！免談！』假唐三藏明白跟這種冷血無情的鬼大帝，根本沒正經話好說。只得靜默另外作打算。

『哈！哈！聞到大殿瀰漫著一股濃濃酒香味，是何等大喜值得這般慶賀哩？』好熟悉的聲音從正殿後方傳了過來。一個白臉、身材削瘦的男子，身穿黃龍飛舞的赭黃袍、腰繫鑲金翡翠帶、腳穿錦繡無憂履。踏著沉穩健步走上殿前台階。這時候的殿堂、肅然靜默、鴉雀無聲。

悟空扮的假唐三藏站在台階前，歪頭瞄了一眼，不信！再認真地瞄上一眼。頓時臉都綠了！這廝不正是失蹤多時的九頭鳥「一騙天」嗎？後面跟隨的正是他的狗頭軍師。他們怎麼會出現在這裡？大聖馬上就頓悟清醒了過來。原來昨天晚上和那群被詛咒的石翁仲廝殺一夜，都是這一騙天施的計、狗頭軍師佈的局。這節骨眼，一個毒辣殘酷無比的北齊鬼大帝，再加上陰狠詭譎的九頭鳥一騙天，兩個惡貫滿盈的大咖聯手合作，加上那狗頭軍師，可謂來自阿鼻地獄❷的絕配哩！大聖心中不禁忐忑不安，心中掛慮著：「靠夭！這兩個賊頭業障果真結盟，搞到蛇鼠一窩，世間麻煩可就大了！」

『賢弟來得正是時候，請上坐！請上坐！』鬼大帝很客氣地讓一騙天坐在自己右邊，狗頭軍師則站在後面。然後他說道：『賢弟確實是諸葛再世、神機妙算、這回依你的妙計，終於如願以償，捕獲唐三藏啦！恢復大齊的皇祚，朕稱帝指日可待矣。朕因此與眾卿們開懷小酌一番。來！給朕的王爺御弟也斟上一杯！』

『謝恩！之前我的狗頭軍師，派人去淄州官府潛伏臥底，摸清楚唐三藏曾在那裡停留過冬。』趾高氣昂的一騙天，萬分得意地說道：『稚幼無知的淄州少主，才說想入佛們為僧，讓我逮到機會，藉機遊說刺史送他去京城讀書。沒料到全程如此順利，盡在算計中。哈！哈！這回唐三藏如願抓到手啦。』狗頭軍師不以為然，他提醒說道：『好，當然好。但是他身邊的孫悟空才真是隱憂大患。他人呢？』該狗頭軍師沒見到孫悟空在現場，憂心忡忡問道。

階下那綟髯壯漢搶著功勞答話道：『師爺多慮矣，那孫猴子壓根不成氣候，三兩下就被俺喀嚓幹掉啦！他那猴頭還在這呢！』說著就將假悟空的首級扔向前去。一騙天猶心存懷疑，接著問道：『不濟！不濟！我曾經跟他交過手，打過幾回。他功夫確實名不虛傳。何況昨夜那幾個神道上的巨石翁仲，被我施魔咒，打半天皆未傷到他半點皮毛。我認為他還活著，其屍體現在擺在哪？我要看個清楚才能放心。』旁邊幾個小妖搶著說道：『王爺過慮也。他人已經死翹翹，被我們拖去餵野狗了。想看他？恐怕早就屍骨無存，成了一堆狗屎囉！』

『罷矣！罷矣！』鬼大帝不勝其煩，搖搖手出面打圓場說道：『區區一介猴頭菇何足憂慮？何須爭吵？即便他還活著，朕的疆界固若金湯、將士如雲。宮殿外且有三十六尊巨岩翁仲和石獸護衛著，他不過是隻石猴精，安啦！安啦！』雖然一騙天和狗頭軍師依舊不放心，然而聽鬼大帝這般勸說，只得暫且作罷，不再多言煞大家的風景。

鬼大帝灌下一大杯黃湯，然後說道：『朕生前在位時，曾經籌建大莊嚴寺，力邀得高僧兩千之眾。且不說金虎台與銅雀台等經常舉辦法會，鄴城的朱明門內側廟宇與洺州曲梁縣等數十座寺廟，皆乃朕詔令撥朝廷財庫所興建。今日唐僧送上門來，無異於上天有感所賜予也。適時周濟！周濟！』好一個自圓其說的暴君，聽得那假扮唐三藏的孫悟空，雞皮疙瘩都冒出來了。噁心！

殿上的君臣們繼續開懷飲酒作樂。假唐三藏很快被押去後宮的地牢，與淄州的少主關在一起。豬八戒和沙和尚則分開關押在前宮牢房裡。

『阿彌陀佛！活佛你不是離開淄州了嗎？怎麼也被他們抓進來了？』淄州的少主見著假唐三藏被扔進牢獄，神情顯得十分驚訝。

『噓！小聲點！你還好嗎？』假扮唐三藏的孫悟空，拍拍身上的灰塵，打量著少主說道：『俺估計他們也不敢對你怎麼樣！就俺所知這北齊鬼大帝生前，可是出了名的酒鬼。今朝如此春風得意，他肯定會喝得爛醉如泥，咱們正好藉此趁機攪和一下！得先下手為強才行。』假唐三藏看左右沒有旁人，遂拉近王敕少主，附耳悄悄說上兩句，如此這般這般。再忍一忍，很快可以化解危機。

然後大聖隨即唸咒化作瞌睡蟲飛出獄柵。經過七、八個正在聊天的獄卒，不一會，大聖變作的蟲兒飛到大殿內，仔細觀察情況。那鬼大帝和一騙天酒喝得酩酊大醉，左摟右抱幾個個狐狸精妖妃放蕩無忌。在台階下眾妖則借酒裝瘋、群魔亂舞、肆無忌憚。惟有狗頭軍師卻視若無睹、滴酒不沾，獨自泡杯龍井，保持清醒冷靜端坐著。大聖知道這個一騙天並非池中之物，必須先擺平他才好辦事。毫不猶豫飛了過去，趁他一個不留意，在其後腦勺的脖子盯上一口。過不多久，一騙天踉蹌地站起身，搖搖晃晃、徑自走回他的寢宮暫且休息去了。

話說這北齊文宣帝陵的地宮裡面，幾乎所有的牛鬼蛇神不是已經喝得東倒西歪、就是酩酊酗酗❸。這裡本來是神不知鬼不覺的地方，自然大可放肆胡鬧。卻不知來者不善，把大聖引進來，不啻於「一顆老鼠屎、搞臭一鍋粥」也。大聖變成的瞌睡蟲，在偌大的地宮裡不斷來回飛著，待完全摸透了每個角落和通道，再折返後宮的地窖牢獄，把那些獄卒都逐一叮過。守衛的獄卒，須臾即躺臥一地，呼呼大睡。此時此刻，地宮內大多數沉入醉生夢死，再不動手更待何時。

大聖眼看時機成熟，即按著計畫唸咒把自己變成一騙天的模樣。又從腋下拔出一根毫毛，變作師父唐三藏。現在大聖扮成假一騙天押著假唐三藏和淄州府少主，沿著旁側甬道找到前宮的牢獄。救出師弟豬八戒與沙和尚。大聖變作的假一騙天手持鬼頭刀，假裝押著四個人往地宮的出口走去。沿途偶而會遇到一些小妖，他們見是鬼帝的盟友王爺親自押人，也不疑有他、點頭擦肩而過。

終於來到地宮的墓口，大聖把心底記下的口訣念一遍：『叭哈嘛！哈啥客！』右手一揮，墓碑的大石座剎時掀開。一道強烈的陽光瞬間照射進來，大家用手掩著刺眼的光線，慢慢走出了墓塚的地宮。

待墓碑石座自動掩蓋之後，一夥人興高采烈地伸伸腰、深呼吸。一定神，這時候竟然在面前，閃出一堆拿著武器的傢伙，為首的正是那個綻髯壯漢。他大聲責問道：『王爺！你這是幹啥？你怎麼可以隨意放他們出來？』大聖扮成的假一騙天回嗆說道：『什麼王爺？俺是你爺爺！打死你這個不肖龜孫子。』說罷，舉起鬼頭刀就劈，把那帳目不清、守護陵墓的綻髯壯漢砍掉一隻手臂。旁邊的眾妖立刻圍殺過來，大漢藉機帶傷逃回地宮裡面通報求救。大聖即變回原形，扔下鬼頭刀，拿著如意金箍棒狠狠掃向守門的群妖，豬八戒和沙僧也加入打妖的戰鬥行列。兩下子就將妖精們打得七零八落，全都葬身帝陵了。

『沃靠！那綻髯漢子溜回地宮通風報信去了，他們很快就會殺上來。』大聖孫悟空抓抓頭，馬上反應說道：『這樣吧！沙僧且護著淄州府少主和假師父，駕雲頭火速送他回去淄川郡府，讓刺史安下心吧！然後再回八卦鎮陪伴師父去。俺跟八戒殿後阻擋他們追殺。要快！要快！』沙和尚和淄州少主才剛搭雲離去，地宮裡急急忙忙湧出一大堆妖兵。帶頭的卻是真一騙天。那狗頭軍師他一直保持警覺，沒有沾酒。他聽到外頭有情況，立刻跑去通知主子一騙天，親率子弟兵沖殺出來。

『果然是你孫悟空。我就知道是你幹的好事！天下只有你孫悟空才敢來這裡撒野鬧事！』那一騙天搖搖頭憤憤說道。大聖笑嘻嘻回道：『這世界還真小，走著走著又遇到老朋友了。你這九頭鳥可真能混，居然跟北齊的鬼大帝狼狽為奸起來。這回俺看你往哪逃！』一騙天瘋狂大笑說道：『我逃？應該是你逃才對。死到臨頭看你還有多少本事耍嘴皮？』不多囉嗦！跟出來的小妖先蜂擁而上，大聖抓一把猴毛在嘴裡嚼碎，唸咒吐出一堆孫悟空迎戰妖群。雙方廝殺好一會兒，那一騙天眼看情況凶多吉少，便使出致命絕活來改變戰場形勢。

『你們全部退回墓穴地宮裡面，這裡由我來處理。待會兒出來收屍便是。』他說完即刻合掌擺訣唸咒，右手連續揮動兩下。甫地，在神道兩旁守護的巨石翁仲，無論文臣武將、還有石像生的神獸，同一時間開始搖擺動了起來。

『這廝莫非又在搞顛倒乾坤那一套？』孫大聖見狀，懷疑他重施故技，把之前斷魂橋的夢幻奇境再次施展在翁仲身上。於是大聖唸出破解的口訣：『唵、西、尼、耶、也。』沒法度！沒法度！這個傢伙名堂真多，妖術又明顯進階升級，操控人獸翁仲的魔咒無法破解，活生生的青石怪物依然群群撲殺而來。

手持刀斧的武將翁仲、高舉圭笏的臣相翁仲和張牙舞爪的神獸翁仲，來勢洶洶、排山倒海、銳不可擋。嚇得豬八戒拉著孫悟空的直裰布衣袖角說道：『這種情況，再多十個師兄前來幫忙也擋不住啊！反正該救的都救啦，咱們快點落跑吧！』大聖回說道：『不然！不然！這回不一舉殲滅，將來必然會後患無窮。俺有辦法搞定這些妖魔。你且跟緊俺，往震巽的方向跑去。要快！』豬八戒這時已經六神無主，只得乖乖聽大聖的話跟著逃跑。

一騙天瞧見悟空師兄弟轉身逃離，哼笑說道：『想逃？太晚啦！快給我追上。』凶猛的一群青石翁仲，契而不捨、緊緊追隨在大聖的背後不遠處。翻越過兩座山嶺之後，前面山坳出現一處千畝漥澱❹區域，豎有一碑石寫著「不歸澤」。大聖此時故意放慢腳步，擺出挑釁迎戰的姿態，師兄弟二人唸咒飄浮在淺灘上招搖著雙手。趕來的翁仲怎知有詐哩！毫不猶豫，陸續衝進千畝的沼澤地裡面去。每個重達千石的翁仲和石像生，搖著晃著，少時片刻就全數沉入無底深淵，消失在泥沼裡。應了那句「石沉大海」的話矣。跟在後面的一騙天親眼目睹，那些堪稱戰無不勝、攻無不克的一群石像生翁仲，瞬間化為烏有，長埋於「不歸澤」，永世歸不得。只留下一堆爛泥巴上的氣泡，當場傻眼、欲哭無淚。

『勿怪！勿怪！』孫悟空做個鬼臉說道：『天無絕人之路。昨天晚上，俺可是澈夜未眠哩！在山上轉來轉去才發現這塊風水寶地，其地理卦相屬坎巽❺。讓這堆又臭又硬的石頭，好生陪著沼澤裡的烏龜、泥鰍玩個夠吧！』這時的一騙天惟有三十六計走為上策，快步轉頭直奔北齊文宣帝陵墓塚的地宮裡，找那鬼大帝尋求庇護安身。

大聖見著眼前逃去的一騙天，顯得老神在在，倒也無所謂。豬八戒急著想追上去，被大聖一把抓住說道：『讓他去！咱們等著看場即將上演的好戲吧。』說罷即拉著八戒，回到看似寧靜祥和的帝陵墓塚，兩人變作小螻蟻鑽進碑座的縫隙。進到墓穴裡面，再化作飛蛾，順著甬道一起飛去殿堂頂端的綺井榫卯上停歇。

且說逃回帝陵宮殿的一騙天，氣喘未歇直奔大殿。此時的鬼大帝酒意全消，正襟危坐在階上的龍椅上。他對著一騙天冷冰冰問道：『聽說你外出，逕自調動朕陵墓前的石像生翁仲去抓人，結果如何？』一騙天蹙眉哀嘆一聲，只能把方才發生的不幸，重複敘說一遍。才說到青石翁仲沉入「不歸澤」……。

鬼大帝重重拍著桌案，站起身罵道：『知人知面不知心！你這叛逆，還真當朕是三歲小孩好拐哩？殿前武士，快將他拿下！不殺掉你，怎能消朕心頭之恨？』一聲令下，一騙天遂遭到殿前十多個妖兵牢牢綑綁起來。一騙天始料未及、驚惶失措問道：『容敘！容敘！雖然我力有未逮被他們逃脫掉，但也是盡力而為也。再者，我從未做出背叛陛下的事，為何加罪與我，說我是叛徒？所謂：冒夷為跖❻欲加之罪如此草率，豈不是令人蒙冤不白、不齒為伍。』

不說不氣，鬼大帝怒指階下囚說道：『簡直是水仙不開花——裝蒜。要朕把話說明白，是不！你好生聽著！最先的時候，你就硬說孫悟空沒死，留下一個脫罪的伏筆。再來，朕為抓獲唐三藏而召開慶功酒宴，全殿只有你和那狗頭軍師，保持清醒好見機行事。後來，……竟然趁著大家酒意正濃、羼雜羸亂❼，膽敢私通唐三藏一夥人，幫忙逃離朕的牢獄。這不是叛逆，什麼才叫叛逆？』這話使一騙天百口莫辯，九頭鳥又不是酒頭鳥，根本一沾酒就醉。況且他也是在臥室休息，聽到狗頭軍師叫喊唐三藏逃走，才追出去的。咋地扯上他私縱犯人呢？

『就是他！就是他！俺剛才在陵墓前值勤巡邏，親眼見到這叛逆帶領唐三藏等人逃出去的。』那緞鬍壯漢挺身而出，指證歷歷說道：『俺阻止他的時候，他卻惱羞成怒，狠心砍掉俺一隻手臂哩！』鬼大帝聽完，近乎瘋狂痛罵著：『朕一向待汝不薄，汝卻暗中謀反，放走好不容易到手的唐三藏、且弄丟為朕守陵墓的三十六尊青石翁仲，甚至對朕忠貞不渝的殿前翊衛侍郎官，汝也敢下毒手，砍掉他的左手臂。其實，朕老早就懷疑汝和那狗頭軍師二人心懷不軌、別有意圖矣！果不其然，狼子野心如今昭然若揭、曝露無遺。汝等連畜牲都不如。朕下令將汝碎屍萬段、拿去餵豬、也只是剛好而已。把他拖下去！』左右劊子手衝上前將睖睜甓地❽的一騙天抓了起來，在他背後插上大「斬」字的犯由木牌❾拖著就走。

『陛下，我們一片天王是冤枉的，他酒量差，一喝就醉。進房休息並沒有私通唐三藏一夥，俺可為證。你聽信奸佞讒言，殘害忠良。你得給他個公道，還他清白。』狗頭軍師為他以前的主子申冤。鬼大帝毫不猶豫回道：『哼！欲蓋彌彰，把這個共犯一起抓去殺掉餵豬。朕看還有誰敢胡說八道？』

『這擺明就是欺誑的演樣術⑩，蹊蹺百出、疑點甚多。你黑白不分、是非不明，分明是拿我來祭旗⑪也。老糊塗，小心我做鬼也不會放過你這賊頭！』驚嚇困頓的「一騙天」猶在奮力抗衡、作臨死前的掙扎。此刻，大殿裡面開始騷亂蠢動、議論紛紛、猜忌頻頻。因為地宮裡面也有部份妖兵妖卒是跟隨「一騙天」過來投靠的。老主子正被拿去斬決餵豬，叫這些老部屬情何以堪哩！

說時遲那時快，群眾中猝然躍出一個穿兜鍪甲、頭帶綦角巾、手持鬼頭刀的士兵，一刀劃開綑綁兩人的繩索，救了一騙天和那個狗頭軍師。倏地兩旁的將士們開始拔刀使槍互相砍殺，亂成一團。一騙天鬆開手開始不甘示弱，指著階上的鬼大帝痛罵道：『你這昏君，跟你歃血為盟有啥屁用！你無情在先，今後休怪我無義。哼！過了河就拆橋，看我打死你這老逼養的。』語音甫落，即見他跳到台階上，取出蒺刺金剛神鞭，照鬼帝的身上抽了過去。那鬼大帝亦非省油的燈，閃過金剛神鞭，立馬搬出龍頭大關刀，喝斥說道：『叛徒放肆！瞧你終於露出真面目了。朕要親自斬掉你的頭、吃汝的肉、飲汝的血，來解心頭之恨！』說完劈刺砍殺而至。這場內鬨的血戰，全場卯足了勁。有詩為證：

黃鸝輕吟松姿懿，紅花翠草兩相依。春風金陽回大地，墓園平靜好氣息。
陵墓之下住鬼帝，嗜血暴君建北齊。殘酷荒淫勝商紂，駕崩轉魔更傳奇。
一騙天乃天廷鳥，鬼谷仙師之門弟。習得通天虛幻術，為非作歹性難移。

原本稱兄又道弟，牛鬼蛇神兩猜疑。何須三思先動氣，龍虎相鬥爭一席。
金剛神鞭抽上身，龍頭大刀剝汝皮。神鞭關刀相對抗，你死我活拚到底。
鄴城雙煞啟牆鬩，翻臉無情鬧分歧。血肉橫飛一齣戲，水火不容終分離。

兩個惡煞自非泛泛之輩，纏鬥血拚逾百回合，你來我往廝殺好一陣，竟然不分高下伯仲。沒打出個死活結果，這二者如何肯罷休？

而殿堂裡的眾妖，也彼此殺得難解難分、打死不退。退？哪有地方可退！處在地底深宮，想退都沒地方可退。一個密封的空間就像一隻空瓶罐，兩隻老鼠在裡面互咬，怎可能會有贏家。無休止的惡鬥，不死也剩半條命矣。

看官用屁股想都知道，方才那手持鬼頭刀的士兵，自然就是大聖變作的。燃油炸藥隱然四伏，就等著火種引爆也。劃出如同火苗的一刀，一石兩鳥，何樂而不為哩。完成任務，再跳開一旁變回飛蛾，和師弟豬八戒躲在樑柱的榫頭上觀看著大戲。向來皆是旁觀者清，此景令人有所頓悟，這情況不正是中原九州歷史的寫照，為了爭權奪利、獨霸天下，經常改朝換代。如古詞所云：

盤龍金殿上，無故生枝節。疑神更疑鬼、六親無分別。除不盡、必殺絕！
不聞忠言勸、更不思團結。內鬥狠、多含冤。為防帝祚遭賊竊、招招毒又邪。
打江山你先流血、平天下後將你滅。良臣名將都是假、一人獨享全世界！

噫！古往今來爭天下者，得有幾人有好下場的？心中無缺人自在，慾海無邊引禍來，偏偏世間信者幾稀。幾個人的野心，最後承受痛楚的總是黎民百姓。

帝陵魔宮裡兵分兩派、各為其主、大動干戈。一山二虎鬧到最後，贏家會是誰？結局將如何？大聖會插手管他們「閒事」乎？

敬請期待 下回分解：

『註解』：

❶禽獸王朝：史書記載的南北朝充滿「荒淫暴虐」，其中又以北齊的六個皇帝為最。北齊統治的時期，簡直無法無天、殺人如麻，朝廷淫亂放蕩。

❷阿鼻地獄：讓人永遠受苦難、永無止境的地獄。又稱為無間地獄。

❸酕酕醄醄：指酒醉失態。

❹窪澱：窪為凹陷之處。澱是爛泥溼地。

❺坎巽：古代地理八卦屬相，坎代表水或深陷窪地。巽則代表沼澤、爛泥。

❻詈夷為跖：指顛倒是非，黑白不分。

❼羼雜羸亂：因為勞累，雜亂無章。

❽睖睜躄地：因為驚嚇而摔倒在地。

❾犯由木牌：古代插在罪犯背後的罪名木牌。

❿演樣術：指令人迷惑的障眼法。

⓫祭旗：古代軍隊出征之前，多會找出待罪羔羊者斬首祭旗，乃威嚇士兵不得退縮，並且取得見紅即勝的吉利。

第三十五回　一石二鳥施詭計　狼虎惡鬥俱往矣

天下烏鴉一般黑　明爭暗鬥篡王位　爾虞我詐鬼都會　兵戎相見誰怕誰
拜完蒼天拜太歲　挺而走險不後悔　謀事何懼殺頭罪　此次不成等下回

話說鄴城郊區的北齊文宣帝陵，墓園下不為人知的宮殿，正在進行血腥的鏖戰兵燹。「鬼大帝」原本與那斷魂橋的「一騙天」結盟稱兄道弟，由於疑心生暗鬼，導致二人兵戎相向，率領部屬彼此殺得不可開交。

那二魔之間的對決血拚，論經驗、論實力，顯然鬼大帝技高一籌。畢竟生前，他曾經帶北齊大軍東征西討，殲滅了東魏。又率兵討伐柔然、契丹、高句麗等均獲得大捷全勝。憑藉征戰沙場的歷練，不消說，殺到頭來，薑還是老的辣囉！

相對地，一騙天實戰的資歷較差，打得精疲力盡，後繼乏力，無意耗盡體力，打個沒完沒了。來硬的不行，於是他縱身閃避，跳開一邊，開始拿出看家本領，掐指唸咒施法壓制對方。

頓時，一片火海把鬼大帝完全封鎖包圍起來，讓他上天無路，逃生無門。千鈞一髮之際，鬼大帝可是處變不驚，置之泰然，僅報以冷冷一笑。

一騙天似乎高興早了些。眼見鬼大帝陷入熊熊烈火，瞧他快被大火吞食，卻突然現場降起皚皚大雪，少刻即把大殿裡的火勢覆蓋掩滅掉了，白忙一場。這才知道，鬼大帝法力不容小覷，他的旁門歪道也深具造詣，頗有來頭哩。

一騙天不信邪，再度掐指唸咒。忽地不知打哪冒出一群惡狼，往鬼大帝的台階上撲了上去。鬼大帝口中也唸唸有詞，身邊隨即出現幾頭猛虎，不多時猛虎就把那群野狼咬得四處逃竄，無蹤無影矣。

這也太扯，堂堂的幻術達人❶，竟然搞到一再敗北，顏面盡失。身旁的狗頭軍師提醒一騙天說道：『大王且沉下心，快使出招牌絕活，來治這惡鬼。』於是一騙天握掌唸訣施法，接著右手食指揮向宮殿內外，正打得火熱的妖兵妖將們。甫地，在場所有的兵士停止了彼此互鬥，轉過身子，他們都將目標鎖定在鬼大帝的身上。全部中邪，集體造反的眾人，從四面八方朝著主子衝殺過去。

該招夠毒夠辣，儼然出乎鬼大帝的意料之外，急得他閃過來、躲過去，搞不清楚到底出了啥子狀況。甚至貼身的殿前翊衛，左、右車騎將軍也都不聽他使喚，帶頭一起撲天蓋地殺向他來。一時真不知如何是好矣！不說以寡敵眾，況且裡面有很多是跟隨多年、征戰八方的老部屬，該如何面對是好？

鬼大帝狠下心，抹著黑臉長鬍罵道：『造反啦！造反啦！你們都被那討野❷的尪羸雛兒❸收買去了嗎？盡是一些不忠不義的垃圾，留你們這群窩囊廢有何用？勿怪老子心狠手辣，找死的，通通放馬過來吧！』

他一腳踢翻鳳桌龍椅，揮舞著龍頭大關刀應對著群眾。而視死如歸的妖將鬼卒，赤紅著雙眼更把鬼大帝當成不共戴天的殺父仇人一般，前仆後繼，熱血沸騰。霎時，大刀利劍，長槍鐵斧，殺得不可開交。

人有失手，馬有失蹄。慷慨激昂，操著龍頭大關刀的鬼大帝，威猛神勇，斬殺數百人之後，略顯疲態，一個不小心滑倒在地。很快被四周擠得水洩不通的槍兵刀將圍上來砍殺。為首的竟是那忠貞不渝的綑髯壯漢，用僅剩下的右手持大刀砍斷他主子的手臂。鬼大帝臨終斷氣前，老淚縱橫說道：『報應！報應！本想吃了唐僧肉，魂魄找個人附身，再造大齊江山，皇祚延綿億萬年。結果卻落得眾叛親離，不得善終。唉！朕壞事做絕，十八層地獄離朕不遠矣。罷！罷！』

見著鬼大帝身首異處，血肉模糊，樂得一騙天狂笑幾聲。現在不但除掉了勁敵鬼大帝，尚且佔地為王，繼承鬼大帝這裡的一切。這裡所有的金銀財寶，雄兵武將，朝宮金殿，全部盡入自己的囊袋中也。真所謂之：『否極泰來，時來運轉。』想不到，因禍得福，莫名其妙就當上皇帝哩。

他邁著大步，責無旁貸，一屁股就坐在台階上的龍椅寶座上，等著這群殿堂內的所有將士嵩呼萬歲，擁戴他為新登基的皇上。「一騙天」正開懷地端坐龍座大位，微閉雙目，幻想著帝國的藍圖遠景。他哪裡知道，那魔咒已經被大聖暗中解除矣。剎那間，有幾個正站在「一騙天」身邊，隸屬鬼大帝的殿前的武士，頓時醒悟，見著主子已經橫屍殿堂，而罪該萬死的叛徒竟竊據皇位，得意洋洋，等著稱帝。遂咬牙切齒，殺氣騰騰，手持大刀銳劍往他身上就砍。

原來早在殿堂天井榫卯上，化作飛蛾的孫悟空觀戰已久。等候時機成熟，鬼大帝遭其那些已經被魔咒控制住的部屬所圍殺。大聖趁機立即唸上一段，西天玄微殿鬼谷子仙師，所傳授的咒訣：「唵、西、尼、耶、也！」來破解魔咒。一場腥風血雨的鬥爭又再次掀起。

『你這挨千刀的叛逆，送你去給咱們的陛下賠罪。想竊佔皇位，告訴你，沒門！』不由分說，一幫人就拿著大刀，將正在渾然忘我，沉迷陶醉的一騙天腦袋給砍了下來，當成蹵鞠❹丟到台階下，為主子鬼大帝報仇雪恨。

一向謹慎的一騙天，好不容易才又拿下一片疆土領域，只可惜人算不如天算。只因為一時興奮過度，樂極生悲，懵乍乍地結束虎豹雄心的一生。

而現場一騙天的狗頭軍師和之前的手下，看得牙都歪掉。見主子屁股尚未坐熱，頭就沒了。狗頭軍師一聲怒吼：『河國的弟兄們，咱們得為天王報仇。拚啦！』地宮殿堂之戰火又開始燃燒，兩掛人馬各為其主，粉身碎骨也要拚出個輸贏。

大聖和豬八戒躲在天井樑柱上面，親眼目睹兩幫惡魔自相殘殺的整個過程，不勝唏噓！悟空再也看不下去，便拉著豬八戒匆匆離開那暴力血腥的地方。

愚忠所付出的代價何其巨大！讓這些妖魔們自己去「鞠躬盡瘁，死而後已」吧！兩邊殺到最後的一兵一卒，不都只是北齊文宣帝的陪葬品。

原來一處神不知鬼不覺的荒郊帝陵，地下聚集著虎視眈眈、野心勃勃的曠世梟雄，聯手狼狽為奸。結果雙方皆落得悲悽的下場，有詞道出悲慘之內情：

陵墓林深不知處，隱藏龍，臥伏虎。地宮歃血，互為樑柱，義結金蘭闖江湖。
虎誓豹盟本不易，一朝相伴天下苦。二者均稱霸一方，一山二虎孰做主！

萬眾一心撐表象，你玩陰來我玩毒。權力無解，難分利祿，兄弟情懷日漸疏。
猜忌生，疑心注，大聖火眼早看出。一石二鳥詭計巧佈，讓你笑來讓他哭！
唐僧入甕，群妖共舞。陷矛盾，鬧糊塗，樂極生悲生變故，互相敵視無前途。
玉石焚，無所謂，翻臉無情像翻書。不講忠義難為伍，各立門戶，松柏皆枯。
兵戎對峙不留情，血成河，刀見骨。深仇已結不覺悟，萬念俱灰，人心不古。
爛泥沼澤吞翁仲，邪魔雙煞葬地府。殘兵敗將困獸鬥，毀掉一切命皆無！

孫悟空唸著：「叭哈嘛！哈啥客！」遁出帝陵墓塚，與豬八戒施訣呼下觔斗雲頭，接著頭也不回，越過相州的鄴城，朝著淄州黃河南岸的長山線，高苑縣直飛而去。大家平安無事，且又澈底消滅「鬼大帝」和「一騙天」，豈止是有若天助得以形容也。須臾，他二人輕鬆愉快趕回到八卦鎮。

開開心心進到黃河岸邊的小客棧。師父唐三藏適巧正在入定事佛，敲響木魚誦經唸著《梁皇水懺》、《孔雀真經》、《楞嚴經》……。守在一旁的辛甘和秦願，見到他們就追問道：『兩位師兄，事情化解了嗎？那淄州的少主找著了嗎？』豬八戒得意說道：『小事一椿，完美落幕。天下事，沒有俺和悟空師兄出面，會擺平不了的。這回活活打死一堆不長眼的妖怪，安全救回淄州少主矣。』二人也樂得說道：『那就好！那就好！』

孫悟空歇憩喝著熱茶，左顧右盼懷疑問道：『咦？為何不見沙悟淨哩？莫非他出恭解手[5]去了？』辛甘與秦願回話說道：『悟淨師兄不是跟著大師兄一塊出門的嗎？他一直都沒回來過。我們還以為他跟在你們的後面呢？』此話驚得大聖搔頭弄耳說道：『不對！不對！俺在帝陵那邊，清清楚楚交待他，把淄州的少主送回淄川郡府邸去交差，然後再調頭趕回這裡碰面。怎的？人不見了？』豬八戒躺在床上，悠哉悠哉打屁說道：『安啦！安啦！十之八九是那淄州的王刺史，見著嫡子安全搶救回府，硬是好意挽留悟淨師弟多住幾天。說不準，他正在官府裡吃香喝辣，樂不思蜀也。擔心啥哩？』孫悟空總覺得不對勁，沙僧並非那種貪圖享樂的人。此事疑點重重，其中必有蹊蹺！

二話不說，悟空把豬八戒從床上拖下來，接著說道：『先不驚動師父。你馬上跟俺走一趟。不弄個水落石出，俺就是放心不下！』豬八戒急呼呼，不耐煩地說道：『走就走唄！問題是走到哪去啊？』孫悟空說道：『走哪？當然是走去淄川郡府找人。怕就怕悟淨和那淄州少主壓根就沒有回到府邸。半路出了狀況，咋辦才好？』這話一出，嚇得豬八戒匆忙穿上皂錦直綴衣、麻布黑靴，緊握九齒釘耙跟著大聖一塊走去淄川郡府瞧瞧。

果然是屋漏偏逢連夜雨，這師兄弟兩人乘雲飛奔至淄川城府，宮殿的裡裡外外，大大小小，見著大聖和豬八戒一來到，紛紛追問道：『咦！為何不見我們的少主跟你們回來呢？他還好嗎？』『我們少主平安嗎？何時回來？』……。大聖與豬八戒聽得心驚膽跳，直冒冷汗。搞半天，沙悟淨和淄州少主半途都消失無蹤，不知去向。這……事情鬧大條了！白忙一場，搞屁啊！

淄州刺史接獲傳報，急急忙忙領著一群官員，從後殿跑出來迎接二人。一見面，那刺史就詢問道：『仙家！可曾見著我家少主？他人現在呢？』大聖唯有據實將這些天所發生的事，逐一和盤托出。

李義棠總兵聽完，轉身安慰著刺史說道：『如此說來，至少咱們可以確定，淄州的少主已經脫離魔境，只是目前還在趕回來的路上。』淄州刺史終於卸下心頭的大石，眉開眼笑對二人打躬作揖，並且下跪連連稱謝道：『感謝仙家鼎力相助！感謝仙家鼎力相助！』一群大小官員也全部下跪磕頭致謝。大聖牙都歪了！說什麼還在回來的路上，師弟他們搭雲從相州的鄴城返回淄州這裡，頂多一柱香的時間就可以搞定，怎麼可能拖到眼前還見不到人哩？分明出了大問題。

大聖、八戒二人逐一將刺史等都扶了起來，虛與委蛇，敷衍說道：『無妨！無妨！他們應該很快就到了吧。』豬八戒頗有默契地說道：『不如俺再跟師兄回頭走一趟，既然大家那麼期待，催他們走快一點。』拜別淄州刺史等官員，二人召雲離開了淄川郡府。事情弄得模模糊糊，村村勢勢❻的，叫人尷尬何似。

『大海茫茫，打哪去摸針哩？』雲端上的八戒忍不住嘀咕埋怨說道：『這個沙和尚，捅出這麼大的簍子，要如何幫他擦屁股？天涯海角，無邊無際，要上哪找他們？難囉！』悟空睥睨著豬八戒，不耐煩說道：『你少說幾句，沒人當你是啞巴的。乖乖跟著我走，再回去鄴城西北荒郊的『鬼地方』那裡去找找看。』

且說黃河南岸八卦鎮的小客棧裡，唐三藏頌佛綸貫之後，喝了一口香麥查問辛甘說道：『阿彌陀佛！甫一我在裡面誦經的時候，似乎聽到悟空和悟能講話的聲音，是否他們已經找到淄州的少主，安全地回來了？』辛甘則回說道：『聽大師兄說，他們已經剷除鄴城的厄障妖孽，順利找回淄州刺史的少爺。只是說好一起回這裡碰面，卻獨不見悟淨師兄沙僧他的人？故而悟空和悟能兩位師兄再出去找找，應該很快就會回來的。』唐三藏聽罷，定下心愉悅說道：『菩薩保佑，那就好！那就好！』

『有船要渡河囉！有誰等船的？快點上船來。逾時不候！逾時不候！』忽然外面想起一陣敲鑼的聲音，有船家在嘶吼著。不多時，有一不惑之年❼的壯漢走進來問說：『俺聽客棧打躉❽

的提到，你們幾個客官要搭船渡河是嗎？』唐三藏搖搖手回話說道：『不急！不急！我們還在等人，之後再一起走。』那壯漢指著不遠處停泊埠港❾的船隻說道：『等人是嗎？你們瞧瞧是船上的那幾個人嗎？』辛甘和秦願打開窗牖，探頭望一眼。卻清楚見到師兄孫悟空、豬八戒、沙僧他們三人正在船上朝這兒招手哩！壯漢接著催促說道：『你們還等啥？快拿著行囊打包上船吧！他們可是在船上等你們好久囉！』於是留在客棧的唐三藏等三個人不疑有他，促趲❿提著幾箱真經抄本，拿著背笈行囊，跟隨那壯漢走上船去。在岸邊的碼頭上，小販叫賣，人群擁擠。有一個賣字畫，穿綦色布衣的窮書生，從背笈取出數張字畫卷軸，積極地向唐三藏展售一幅「黃河萬里圖」。唐僧他們看了兩眼，見那畫「色彩絢麗，逼真如實。」忍不住說一句道：『阿彌陀佛！畫得真好。可惜該畫裡的黃河，驚濤駭浪，波濤洶湧，至為不祥。貧僧正趕著搭船渡河，無緣顧及，惋歎！惋歎！』三人轉眼隨即走開，隨後卻吹起一陣風。

一上間，他們搭上了船。那船上的主、副桅桿，帆蓬同時全部放下，順著風勢將船推離河港的碼頭，快速朝向黃河的北岸行進而去。沒有風的情況，這艘桅帆客船速度快得驚人，逕自駛向黃河的河中央。

唐三藏帶著兩個小夥子，發覺這艘船十分離奇詭異。辛甘悻然說道：『上了船，俺找遍整條船，包括船艙、甲板，咋地看不到孫悟空、豬八戒、沙和尚這三位師兄哩？』秦願也附和說道：『這艘客船甚至沒有半個船員水手，更沒有其他的乘客？好生異端詭譎。』整艘帆船僅有他們三個人，這比坐上賊船還要恐怖呢！

更恐怖的還在後頭，天空瞬間烏雲蔽日，電光閃閃，雷聲隆隆，閃電直劈而下，桅桿被狂風橫掃，船上的帆蓬也撕成碎片，船體顯得搖搖欲墜。這節骨眼，船身分明有一股無形的力量在推動著，正在打轉迴盪。辛甘跑到船頭才驚悚地見到，搭乘的船正駛向河中間一個大黑洞，一個位於大漩渦中央的大黑洞！驚魂攝魄的現場，當時有詩是這麼描述的：

豔陽當頭照，金輝抹今朝，黃河映白雲，綠湄徐風飄，柳嫣桃姿搖。
四面安祥兆，八方且逍遙，輕舟一帆順，孔雀奔九霄，盈水渡迢迢。
風雨怎預料，乾坤亦顛倒，變化一瞬間，任君去哭笑，束手等著瞧。
晴天變霹靂，浪平起波濤，烏雲當頭罩，颶風神鬼號，狂流勁滔滔。
渡船似落葉，更像失翼鳥，迴轉十八圈，巨浪捲著繞，漩渦難脫逃。
斷腸孰人知，驚魂枉呼叫，黑洞置眼前，厄運詒亂飆，垂垂命一條。

再說那孫悟空和豬八戒，駕著飛雲來到相州的鄴城，回到荒郊野外那座帝陵，又是近黃昏日落的時刻。兩人步下雲頭，走往陵墓神道陡坡上的碑亭前，大聖二話不說，立馬捻訣唸著：『唵藍靜法界，乾元亨利貞！』咒語喚出此地的土地爺和山神出來問話：『有失遠迎，罪過！罪過！不知大聖有何吩咐？請直說！請直說！』這方的土地和山神趕忙來到帝陵的碑亭，拱手致意之後遂問道。

大聖回顧經歷，敘說著事情整個的過程。那土地老兒回話說道：『北齊文宣帝的陵墓一帶，向來被視為人神之禁地。由於經常有妖魔鬼怪進進出出，為了避嫌及招惹麻煩，我們都是躲得遠遠的看著。不說裡面的鬼大帝有多麼邪惡，再加上一個神鬼都能呼弄迷惑的「一騙天」大王，避之唯恐不及。只是大約知道他們帝宮裡面今個發生內鬨，互相殘殺。其他就……霧煞煞囉。』大聖追問道：『俺只想知道，咱們在午時逃出來的時候，有一紅髮青臉，蓄著虬髯大鬍的漢子，帶著一個總角稚童搭雲離去。你們可曾見到他們？』

旁邊站著一個滿面紅光，穿著緋綾⓫褐色官服的山神，若有所思說道：『大聖提到之大漢，是否手中持有彎月降妖寶杖的那位？』孫悟空高興說道：『正是他！正是他！』

山神用手指向天際，並且說道：『我無意中倒是瞄到一眼，他們當時搭雲正要離去。』豬八戒興奮地插嘴問道：『是朝哪個方向離開的？後頭有人跟蹤嗎？』山神回憶說道：『他們乘雲在天上徘迴一陣，就朝兌離的方位飛去了。卻是沒有見到有人跟蹤也。』

大聖抓抓後腦勺說道：『不對啊！淄川郡府是在震坎的方位。他們怎地朝相反的方向飛去哩？』山神忽然又想到什麼，補充一句說道：『喔！對了。他好像說……陪那稚童直接去一趟長安就學。省得以後又再次遇到麻煩，勞師動眾的。』

唉喲！急個老半天，原來那沙和尚送佛送上天，把淄州的少主按刺史原來的安排，逕自送去長安京城，至國子學之塾堂，習那尚書六部之道矣。

辭謝那土地和山神，悟空叮嚀師弟豬八戒連夜去一趟淄川郡，託他將情況轉告予刺史知道，那淄州少主平安去了京城國子學。撥雲見日，雨過天晴，早點說清楚，免得大家多餘操心，更無須茫然等待。

而悟空則趕赴長安去會合沙僧。約好隔天再回到高苑縣八卦鎮的小客棧碰面，再繼續趕路送經。大聖遂與豬八戒分手，各奔東西。臨離開之前，大聖再回首看一眼那荒蕪的北齊文宣帝陵，竟然成了一座妖孽們的亂葬崗。真是天意難違啊！

帝陵風波至此且告一段落。可他們哪裡曉得，災禍事端會接二連三發生。師父唐三藏和兩個小師弟，已經遭到誘騙，誤上賊船，不知下落？一波未平，一波又起，真是好事多磨。大聖與豬八戒、沙和尚，他們得順利逐一擺平乎？

敬請期待　下回分解：

『註解』：

❶達人：指某行業中，非常頂尖專業的人。
❷討野：指低聲下氣，討人憐惜。
❸尪羸雛兒：體型瘦弱不堪，又不懂事的笨小孩。
❹蹩鞠：古代一種踢球遊戲，類似今日的足球。
❺出恭解手：古人指上廁所大小便。
❻村村勢勢：指事情搞得沒頭沒腦，不清不楚的。
❼不惑之年：古代指四十歲的年紀。
❽打踅：指在店裡面跑堂的伙計。
❾埠港：在江河岸邊的小碼頭。
❿促遭：指匆匆忙忙的樣子。
⓫綷綵：色彩鮮艷，有紋采的絲織衣物。

第三十六回　黃河滔滔伏隱憂　虛擬天地解君愁

話表大聖與豬八戒，兩人在鄴城西北郊的北齊帝陵分手之後。八戒去淄川郡府通風報信，大聖則獨自趕往長安京城朝廷。次日清晨，於皇宮安上門大門前的禮部國子學，在務本宮殿果然見到沙僧和王敕少主二人。

淄州少主經過尚書省左僕射房玄齡的舉狀函件，正式成了國子學的太學生。他除了向大聖的救命之恩表達感謝，也修撰一份家書，委託呈交予淄州的刺史父親，表示一切皆平順圓滿。大聖持著少主的書信，與沙和尚去到淄州郡府見刺使，呈遞轉交完遂辭別了刺史，領著豬八戒、沙僧等一起三人，再折返黃河畔的八卦鎮。

大聖與兩個師弟在回程的雲端上，三人有說有笑，好不輕鬆愉快。回味這趟殲魔靖妖的過程：「禽獸王朝」的始作俑者北齊鬼大帝，料不到他會栽在一個江湖打踅的「一騙天」手中。而「一騙天」則倒楣遇到辣手剋星孫悟空，禍到臨頭，他自己怎麼死的都不知道。這一掛子，本來就不是好對付的，尤其是與帝陵神道前的一群翁仲對決，比起之前的打妖殺鬼更為艱辛困難，堪稱一個「絕」字！

『咋地？怎麼師父他們不見人？』走進八卦鎮小客棧的房間內，人影不見一個。豬八戒大呼說道：『豈止不見人，連所有帶來的經書和行囊也搬得精光哩？』他們跑去問店小二咋回事？店小二回道：『昨天就結帳搭船渡河啦！聽他們說，你們幾個已經在船上等他們了！不是嗎？』大聖直覺出狀況矣，顰眉睖睜❶說道：『糟糕！糟糕！咱們幾個不在，師父他們極有可能遇到壞人，身陷危難險境。大家必須盡快找到他們才行。』

噫！三個送經綱的師兄弟，匆匆又趕到八卦鎮船渡的港埠找人。問來問去，眾船家一致回話道：『昨天？不可能啊！這三天雖然黃河風平浪靜，但是每艘客船早都客滿。即便預訂，最快也得等明天才有船位渡河哩。』三人聽了都傻眼！這麼說，師父他們究竟上哪兒去啦？這麼個鳥地方，能跑到哪兒去？大聖忐忑惶恐，茫茫大河，浩浩人海，上哪找師父？孫大聖急著找人，遂分配好找人的任務。他說道：『咱三個人分三個不同方向尋找吧。俺去碼頭那裡巡視瞧瞧，豬八戒則往市集方向走去看看，沙和尚負責黃河岸邊查查。大家謹慎，切勿大意！』說罷即兵分三路，分頭去找師父。

且說那豬八戒，扛著九齒釘耙，按師兄悟空的指示，獨自往八卦鎮上的市集去探訪。路旁的商家，巷衖裡的小舖，流動小攤販，來往升斗百姓，甚至馬路邊乞討的叫花子❷都問遍了，就是問不出個所以然來。八戒意興闌珊地欲轉身回頭，折返來處。卻見後頭倒是跟上一個年輕人，面容慘白，溫文儒雅，身穿綦色補釘的長衫布袍，頭繫茶褐色角巾的弱冠❸書生。

『聽說這位大爺在找人是嗎？』窮書生顒顒然❹問道。豬八戒瞪了他一眼，不耐煩地問道：『你是本地人嗎？有見過一個法師模樣，身穿……。』年輕的窮書生笑著回答道：『您說的活佛高僧，是否身邊帶著兩個小夥子？他們馱著一堆經書和行李？』豬八戒聽完，剎時興奮起來，揪著那書生追問道：『然也！然也！快告訴俺，他們現在人呢？在哪？在哪？』『不急！不急！待我取出輿圖❺指給大爺您看吧！』該書生斯條慢理，從背笈中取出一堆字畫卷軸，接著說道：『大爺可得看個仔細，是否該去那裡找找看？』畫卷打開，是一幅意境高雅的山水畫，畫名乃「一江春水 桃花源。」畫中春柳舞鳳，澗流溪谷，丹艷臨江，藍天碧湖，簡直就是天上人間。八戒才看了一眼，不覺一陣清風襲來，他才發現自己身體往前飛，靈魂在後追。一會兒，人已經置身於天堂般的畫卷裡。有詩為證：

葳蕤芳香直撲鼻，簇簇紅粉艷桃花。蟲鳴鳥叫不絕耳，柏翠松青迎彧華。
春江柳岸虹橋搭，萬山連綿綠無涯。樓閣仙女看不盡，明媚春光伴秋霞。

豬八戒處於這般天堂仙境裡，無憂無慮，好不開心，哪裡還記得尋找師父的事。師兄交代的話，此時此地早就忘得一乾二淨矣。

噫！再說那沙和尚，身穿黃錦直裰，手持彎月降魔杖，一人在黃河堤畔來回走著。岸邊河風輕拂青柳樹，皚皚柳絮紛飛舞，來往行人懶懶散散、稀稀疏疏。沙和尚逛了片刻也沒看出個端倪。沒轍地，暫且坐在一塊大石上面歇歇腿。這時候，路徑走過來一個穿綦色布衣的典雅書生，背後負笈馱著數十卷字畫，沿途兜售。

『這位外地來的高僧，瞧你是來此地賞柳觀河景的嗎？』那書生邊說邊取出笈囊裡的字畫。沙和尚搖搖頭，揮揮手說道：『沒興趣！沒興趣！俺是來這裡找人的。對字畫向來一竅不通。汝去一旁找別人推銷吧！』書生莞爾一笑說道：『明白！明白！高僧找的是否一位帶著兩個徒兒的活佛？』此話驚得沙僧精神抖擻，跳了起來。他抓著年輕書生的長袖追問道：『沒錯！沒錯！汝知道他們在哪嗎？』年輕的書生得意說道：『當然！當然！他們都在這幅畫卷裡呢！』才說完，取出一幅六尺字畫卷軸，攤開來是一片寬闊無際的草原大地。字畫題上「大疆北國 山河戀」一圖。沙和尚端看一眼，就沉迷陶醉其中。此時微風輕吹，再多看一眼，竟然整個周遭環境豁然開朗起來。他驚訝不知不覺，已經徜徉於河套北疆的大草原裡。如幻似真的情境，有詩可證：

金陽揮灑青草坡，藍天白雲戀北國。一覽無遺域遼闊，任君翱翔逞樂活。
萬馬奔騰陰山過，河畔牛羊一波波。金旭丹霞紅似火，佳餚美酒席滿桌。

沙和尚躺倒在綠草如茵的大地，接連打滾好幾回。飲一口美酒，啖一口肉，好不自在。卻把那師兄託付尋找師父的事，像雲煙般從腦海裡忘得無影無蹤矣。

且說大聖心急如焚，孤身在河埠的港灣，轉了三回，繞了三圈。唉！奈何找不到丁點蛛絲馬跡，只得悻悻然回到原先三人分手之處，期盼兩個師弟比自己幸運些。結果等了又等，半响都不見人。經驗老到的大聖，用屁股想也知道。他自言自語說道：『送經綱的幾個，肯定全都撞邪遇妖了。現在要不就上天找輪值仙家查詢，要不就是下河找河龍王問個道理。務必得找出個方向來，才好解決問題。』

他正跑向一旁準備唸訣召喚觔斗雲，竟然有一冒失的年輕書生走過來，問大聖是否要買字畫？大聖看都懶得看，一把將他給推開說道：『閃開！閃開！別在這兒礙手礙腳，擋爺們去路。你眼瞎沒看到俺正忙著哩！』說罷，即搭上雲頭直奔上天去，找輪值的仙家們。丟下那陰陽怪氣，一直不停冷笑著的書生。

這回輪值的仙家，乃是西天的六丁六甲，四值功曹。他們聽到大聖敘述，渡河之前所發生的事，不免驚訝萬分，同時表示對整件事毫不知情。值年之李丙功曹說道：『肯定是你們彼此的出入，已經被妖賊看穿摸透，逮到機會趁虛而入。估計功德佛他們應該還在八卦鎮附近，不如我們一起化身下去找找看吧。』悟空頗感欣慰說道：『也好！也好！這樣找到師父的機會大些。大凡江、河、淮、濟、池、井皆有龍王管轄。我待會先去找黃河的河龍王，問清楚黃河近來是否有妖魔進出？麻煩爾等可自去鎮上盤查一番。咱們稍晚在港埠碼頭再碰面。』然後，大聖辭別諸仙家，即轉身向黃河飛了過去。

來到黃河上空，孫大聖遂唸著「避水咒」將黃河浪水排開兩旁，再捻訣施出「逼水法」逕自入河闖到河龍王的宮殿。河龍王據報，嚇得趕緊出宮迎接孫悟空，並且親自引領著貴客直入大殿就座。聽聞經過之後，知道大聖大駕光臨的來意，立刻垂首諮詢左右的蝦兵蟹將，鱖官、鯾臣等朝廷眾卿家。然後恭敬地回大聖說道：『這些年來，黃河堪稱風平浪靜，往來平安，確實沒有鬧妖魃❻或有魍魎❼作怪的案例發生。唐三藏法師的不幸遭遇，本王深表遺憾。但卻認為此事應該與黃河水域無關也，理應是那八卦鎮有問題。黃河水若有誤失差錯，本王願負全責。尚請大聖詳查！』悟空得知情況，潸然淚流說道：『靠夭！這可叫俺咋辦才好？問這，這也不知，問那，那也不解。唉！真難倒俺也。既然河龍王敢拍板掛保證，夫復何言。罷了！罷了！』說完，就此拱手拜別離去。

卻說西天的輪值仙家們，早大聖一步來到到八卦鎮。為便捷尋人逐分成三路，六丁為一組，六甲稱一班，四值功曹湊一伍。結果這三路的仙家，分別在八卦鎮不同的角落裡，說巧不巧，他們前後時間，都遇上了一個賣字畫的窮書生。

六丁那一組看的卷軸國畫是「萬家喜慶 流水宴」圖。且看畫中描述的情景：

紅燭燈火慶酒宴，鑼鼓齊鳴響連天，賓客滿堂皆歡笑，盛宴任享不花錢。
百年陳釀飲幾罐，山珍海味忘人間，佳餚似水供不盡，年復一年天又天。

六甲那一班觀賞的字畫是「恭賀新春 喜年年」圖。再看畫中描述的情景：

萬花迎春回大地，眾人歡顏賀新禧，鞭炮聲響展瑞氣，門戶春聯張貼起。
招財進寶事如意，穿金戴銀試新衣，萬象更新呈吉利，朗朗乾坤福萬里。

四值功曹那一伍閱覽的是「盛世帝王 遊春苑」圖。更看畫中描述的情景：

帝王至尊偕妃后，春色彧華出宮遊，龍車御輿寶華蓋，金鑾幡幟列前頭。
河山浩瀚似錦繡，青山綠水盪輕舟，五嶽三江且壯麗，八方美景不勝收。

自然而然，他們先後都沉迷融合，進到那書生虛擬的字畫境界中，從此就消失在現實的人世間矣。等到大聖在河龍王的宮殿問不出所以然，唯有轉回八卦鎮與約定好的輪值仙家碰頭。徘迴在港埠碼頭等了好一陣，猛然頓悟，等個屁哩！十六個西天仙家加上師父師弟，總共二十一個人，全部於八卦鎮蒸發掉了。這妖魔豈止厲害，就差俺老孫一個，就一網打盡，一路吃到飽也。

大聖自忖度道：『不對啊！六丁六甲乃真武大帝部將，攝鬼伏魔，雷厲風行。而四值功曹，乃世間與天廷玉帝文書符命的通聯神仙，亦是觀世音菩薩指派相助自不同一般。他們怎地如此輕易被妖魔收拾了哩。難道該妖魔也摸清楚，知道俺孫行者不好惹，刻意避開俺的。太扯！太扯啦！』

玄乎就玄乎在此鎮，幾次搭雲往來，並無發現有絲毫妖氣啊？又為何眾仙家搞到玩躲貓貓，不見人影半個哩！此地真夠八卦的。近在咫尺的黃河也無異狀，更何況河龍王也拍板保證與黃河毫無關係。那問題到底出在哪呢？

蹲坐河堤岸邊石塊，正在垂頭喪氣，哀聲連連的孫悟空，絞盡腦汁去尋求問題的癥結出在哪了？一個悄然走過來，穿的是正綦色布衣的弱冠書生，書生問道：『這位大哥，買幅字畫回家掛吧？都是名家真跡，絕世精品喔！』悟空頭也不抬，僅揮揮手打發說道：『走開！走開！你煩不煩。真是白目❽的傢伙，沒看見俺在忙著想東西。你欠揍是嗎？』『不勞！不勞！我走開便是。』年輕的書生笑著挪移腳步，轉身離開之後，沿路大聲叫喊道：『字畫！字畫！名家字畫。有王羲之的蘭亭序帖拓本，有東勝神洲敖來國的花果山畫卷……。大家快來看！快來買！』那一句「東勝花果山」喊得特別大聲，傳到大聖悟空的耳裡，有若如雷貫耳一般震撼。他連忙跳起身緊緊盯著看。

大聖可不是省油的燈。他稍細思，按西天取經途中遇妖撞鬼的經驗，這個賣字畫的書生必有邪門蹊蹺，即可能和那些前後鬧失蹤的人攸關，恁地不可大意。

須臾，他追了上去，拍拍年輕書生的後背說道：『這位小哥，你方才叫喊提到「東勝神洲花果山」，俺老家就住那裡。你拿出來讓俺瞧瞧，果真畫的是花菓山，俺買便是！』賣字畫的書生神秘微笑說道：『哈！哈！大哥突然思鄉想家了是嗎？遊子四海飄盪，為佛經東奔西跑，實乃不易耶。這樣吧！大家有緣千里，這幅「東勝神洲花果山」的字畫，哥們滿意就拿去。送你！送你！』悟空回他一句：『小哥真是上道，也罷！看了再說！看了再說！』穿綦色布衣的書生，緩緩打開負笈的布囊。在眾多的字畫中，取出一幅卷軸字畫來。攤開之後說道：『請大哥仔細鑒賞一番。畫的可是您老家？』悟空逐走近，認真注視著那幅展開的山水畫。

剎那之間，一陣風輕刮而至，甫地孫悟空不見了。只見那書生將字畫慢慢捲起，收攏進負笈的布囊，馱在後背就邁著大步離開。他猶哼笑嘲弄說道：『不論你是孫悟空還是齊天大聖，在我眼哩，不過如此！不過如此！』

這廝未免太小覷低估大聖矣。這時貼在書生他背笈上的蟲兒，不正是孫悟空本尊變作的。被吸進山水字畫裡的，只是悟空的一根毫毛罷。神氣個鳥哩！

不過，悟空細細打量這個賣字畫的書生，倒也犯迷糊了！心中嘀咕自語道：『納悶！納悶！這痞子非人非妖更非仙，完全顛覆俺的火眼金睛。把俺的三觀六識都搞亂了譜。他到底是啥玩意哩？詭異的法術，又屬哪門子的？邪門！邪門！』跟著跟著，不覺已經是夕陽西下，日落黃昏。離開八卦鎮，不久卻來到荒郊野外，一處九拐十八彎的隱密叢林裡。卻見著山坳幽黯的地方，有兩株千載銀杏的樹下，遮掩著一古老的道觀宮宇，若隱若現。

道觀的大門楹柱，右邊寫著：「飄渺回歸兜率院，逍遙直上九重天。」左邊寫著：「千條瑞靄照瑤闕，萬道祥雲天地間。」山門開啟，走出兩個髫年❾童子前來相迎。右邊的男童問道：『師父今天可圓滿？』布衣書生說道：『我這虛擬乾坤的幻象郎君，威名豈是浪得也。今個在八卦鎮，搞定聞名天下的西天取經那一班子。好玩！真好玩！』左邊的女童接著問道：『瞧師父眉開眼笑，想必是稱心如意，手到擒來囉。』布衣書生器宇軒昂回道：『知我者，莫若兩位仙童也。南海觀世音菩薩，隨侍的散財童子，捧珠龍女也不過如此吧！我幻象郎君鎖定的目標，何來漏網之魚哩。不但唐三藏那班取經師徒，盡入我虛擬的世界中。另外又錦上添花，更網羅了十六個西天的仙家。可謂，天下雖大，無所逃遁。除了盲眼瞎子，誰人逃得過我虛擬的世界，活活吞噬，不留絲毫痕跡。哈！哈！』俺不就逃過了！大聖心想，你這幻象郎君把話說得也太滿啦！晚點俺再來修理你。

有曰：「試金需燒三日滿，識人須觀三年期。」眼前摸底，摸到這廝的老窯口來了，應該很快就可以真相大白。這人模人樣，專搞虛擬方術的幻象郎君，難道是個道士？跟他進到軒廊後方的蒲房。蒲房兩旁的對聯寫著「一羅天際邀諸神，三光星輝照一身。」他將背笈與擺字畫的囊袋等放置尋真桌案上。隨即脫卻綦色布衣，那副窮書生的裝扮，換上緇黃玄清道袍，頭戴一字角巾，腳穿烏喇鞋，儼然成了一個太乙全真❿。之後偕同兩個童子離開蒲房，一起邁入道觀大殿。

大聖看著他離去，頃刻變回原身，解開桌案上的囊袋，取出裡面十幾幅的字畫，逐一攤開來畫軸查閱。在「一江春水 桃花源」的山水畫中，見著那豬八戒置身於青山碧苑，花團錦簇的桃花叢，正躺在幾個仙女的身邊大啖粉桃。氣得大聖罵道：『你這夯貨！卻賴在桃花源不走，還不快點給俺滾回來！』嚇得八戒跳起來說道：『師兄在哪？師兄在哪？快來救我！』原來豬八戒在虛擬的幻境中，他只能聽聞到大聖的聲音卻見不到人。接著八戒又說道：『我已經在這裡好多年啦！曾經有幾次試著離開，走了幾天幾夜就是出不了這個世界。師兄一定要設法救救俺哪！』才說完，八戒又被旁邊的仙女們拉了過去。

大聖再試著打開一幅名為「萬家喜慶 流水宴」字畫。連綿不絕的酒席盛宴展現眼前。見著那六丁仙家正在享用佳餚珍饈，玉液觥籌，杯盤交錯。丁酉神臧文公，丁丑神趙子玉還在酒席上喊拳罰酒呢！又取出一幅題名「恭賀新春 喜年年」卷軸攤開來，那六甲仙家渾然忘我地過新年，放鞭炮的，貼春聯的：更見甲子神王文卿，甲申神扈文長，甲辰神孟非卿，甲寅神明文章，等四個仙家湊上一桌打著麻將。看得大聖手癢癢的，真想跟進去打他個幾圈。大聖不想再看下去，生怕自己一時疏忽大意也捲進畫裡了。現在確定師父唐三藏，幾個師弟和眾輪值仙家們都深陷於字畫虛擬的意境裡，不可自拔。爾今，唯有靠他孫悟空一人來搶救，他們方能回到真真實實的世間。

大聖吃了秤鉈鐵了心，繼續變做小飛蟲，飛去正殿找那幻象郎君。停在角科樑上，看那傢伙正行使著朝真[11]齋醮道儀：一禮三拜，叩齒三匝，設壇擺供，焚香注爐，上章誦經，作法禹步……。他且擺起那「鎖鼻息內修正精術」施法作醮。

停留在大殿的角科井亭上端之大聖，張大雙眼瞧著。神案供桌上面供奉的神祉，顯然並非太上老君或靈寶派的葛巢甫。亦非三山符籙派諸祖師與茅山宗之陶弘景。更非三清天尊的玉清元始天尊清微天，上清靈寶天尊禹餘天，太清道德天尊大赤天！那殿上供的到底是何方玄清神聖哩？不看也罷，看了卻把大聖孫悟空給驚呆了！神龕案桌供奉，烹鬺而祭[12]的竟然是靈台方寸山，斜月三星洞的菩提祖師！孫悟空七十二變的開山啟蒙師父！這……這！大聖這可真是看著懵懂，傻了眼！

為何幻象郎君會供奉菩提祖師？他與大聖的恩師到底有何淵源？又為何使得靈異詭譎的虛擬字畫，將萬物收納到其字畫中。那一掛陷身於虛擬世界的送經綱和輪值仙家們，得順利脫身回來乎？

敬請期待 下回分解：

『註解』：

❶顰眉睖睜：指憂慮而產生的驚慌。
❷叫花子：古時候乞丐的俗稱。
❸弱冠：指二十歲左右的年輕人。
❹顒顒然：溫順和氣的樣子。
❺輿圖：古代對地圖的稱呼。
❻妖魊：指水裡的妖魔。
❼魍魎：河川中的鬼怪。
❽白目：有眼無珠，搞不清楚情況。
❾髫年：指八歲左右的孩童。
❿太乙全真：太乙玄門指道教，全真則為道長。
⓫朝真：指道家的道士進行的祭儀。
⓬烹鬺而祭：蒸煮牲畜，用來祭祀的供品。

第三十七回　幻象郎君元乾坤　菩提祖師來解困

話說送經綱的一行人，連同天上輪值的六丁六甲，四值功曹眾仙家們，全部遭到幻象郎君預設的虛幻世界給困住，無法脫離，唯有孫悟空機警逃過一劫。眼前，大聖跟隨幻象郎君來到深幽秘林中的一處道觀，潛伏臥藏摸他的底細。不查不知道，細查之下，大吃一驚，這個虛擬乾坤的幻象郎君其道觀正殿上，竟然祭祀供奉的，竟是大聖的啟蒙恩師——「菩提祖師」！

說到菩提祖師，他佬人家深居西牛賀洲的靈台方寸山。行事一向虛無縹緲，可謂：大門不出，二門不邁，世事與我何有哉。雖言祖師爺教化廣泛，門下弟子無數，貫通仙佛之道。可上界和世間，知道他的人卻少之又少，絕無僅有。而這廝幻象郎君擺明就是邪惡之徒，又怎麼扯上菩提祖師？且會供奉起他哩？

『大膽妖孽！還不乖乖束手就擒。省得俺動手打你這個肉包子，再拿去餵狗！』忍無可忍的大聖，不管三七二十一，從殿樑藻井上面一躍而下。正在做法事的幻象郎君急閃避開，定下神一瞧，表情驚訝。難以置信眼前站的居然是孫悟空。他滿腹疑竇說道：『不可能！不可能！不是將你收進了花果山的卷軸，滾回到你老家去了嗎？』孫行者勃然怒斥道：『你不去照照鏡子，就憑你？你算哪顆蔥？俺高興去哪就去哪，誰管得著。』幻象郎君哼笑說道：『本郎君管不著你的生，卻可以管到你的死。好好的花果山你不去，偏偏跑到我這裡來找死。哼！犯賤！』

大聖孫行者取出金箍棒，指著幻象郎君的鼻子罵道：『放你娘的屁！死到臨頭，還不趕快低頭認錯，跪下磕頭。待會等俺打死你，也是你咎由自取，罪不可赦！』

幻象郎君詼而不惱❶說道：『罪？啥罪？我幻象郎君送眾人去他們心目中，各自認知最理想，最美好的世界，何罪之有！何況我虛擬的世界，比現實的世界更完美無缺。進入卷軸字畫中，無憂無慮，應有盡有。有當盛世帝王的，也有吃喝不盡之美酒佳餚，有的天天過年，更有的快樂似神仙。比自己做夢更樂活哩！我打著「一元乾坤，如登仙境」的諢號❷，打趋❸江湖，設計獨創的「元乾坤」，那虛擬的世界，就是真正的人間天堂。說我有罪？你才有罪呢！這麼說吧：

斗列有序非八卦，六爻天理孰欺壓。世間庸碌跨仙境，穿越海角度天涯。
郎君虛擬新天地，夢想成真眾人誇。醉生夢死並非夢，如幻似真最舒壓。
坐擁帝祚且入畫，翺翔雲天沁風華。隨心所欲莫驚訝，變化萬千真亦假。
虛擬乾坤具驚訝，送走夕陽迎朝霞。凡塵憂愁勿牽掛，進此一遊樂無暇。

我說了半天，你倒是開竅了沒？

『你玩的那套邪術，孔子不懂，孟子也不懂，老子更不懂！好個潑牛蹄子❹！專走旁門左道，顛倒乾坤，吞噬生靈，儼然是走火入魔，是非不分矣！老子幾次不把你當回事，你卻自以為是，還洋洋自得。』大聖操起如意金箍棒指著說道：『俺懶得跟你廢話連篇！俺可警告你這痞子，快快將俺師父，師弟和眾仙家們都給放出來，我等一行仍得繼續趕路去東瀛送經。膽敢抗拒，一切後果自負。勿謂言之不預！』幻象郎君聽了放肆狂笑，輕佻地說道：『別再口沫橫飛，就直接放馬過來吧！玩文的，來武的，隨便你挑便是。不論你有多大本事，我用一把摺扇就能搞定你。信不！』說完，即從衣袖裡取出一隻紫檀錦織摺扇來抗衡大聖。

一言不合，二人遂開打起來。從道觀大殿裡打鬥到庭院外，再從庭院外打殺回大殿裡。金箍棒一棒直落，紫檀錦扇即擺橫擋下，而大扇揮掃，金箍棒即縱打應付。看官可不能小看這幻象郎君喲！好戲即將上場。

這兩個拚殺百回合，倒也分不出個勝負輸贏。但是打到二百回合之後，幻象郎君開始不耐煩矣。只見那郎君閃到一旁，嘴裡唸唸有辭，那紫檀摺扇在空中劃符唸咒。接下即揮向大殿牆上懸掛的一幅卷軸，一幅題名「十八羅漢靖妖圖」的人物畫。一時之間，那十八羅漢則打從該圖畫中一躍而出，手執各種武器，迅速向大聖包圍了過來。那掛在牆上的卷軸竟變成了一幅白紙卷軸。

『這是哪門子的邪術？好厲害！』大聖不由得驚嘆一聲。幻象郎君神氣活現說道：『本郎君既然能使人進到畫裡面，自然也能讓人從畫裡面出來。讓你好好見識見識一下，所謂的獨門虛擬「元乾坤」之術！準備接招吧。哼！』

噫！沖在最前頭的是持九環禪杖的目蓮羅漢，還有騎著白額虎的伏虎羅漢。眾羅漢們把悟空行者當成妖魔追打，槍劈劍砍，刀棍齊上，這樣玩下去，孫大聖哪消受得了。瞧那大殿兩旁還掛滿形形色色的卷軸，圖畫中的金剛力士，將軍元帥，天王天尊。悟空喃喃怨道：『想當年俺大鬧天宮，也沒同時遇到那麼多對手。這回倘若全部跑出來，俺就是打他個八輩子，也打不完哩！更何況他們並非妖孽，都是上界的天仙元神，叫俺如何下狠手玩真格的。罷！罷！這廝的「元乾坤」不好對付。三十六計走為上策！』坐著思，不如起而行。孫悟空以身外身法，從八萬四千根毫毛中拔下一把，口裡嚼碎，咒訣唸起。呼一聲「變」！立馬數百隻猴仔一擁而出，攢簇周遭，暫時阻擋那十八羅漢的圍剿。他又飛奔來到殿前的大院，捻訣呼下觔斗雲，急欲逃離幻象郎君的角頭❺道觀。

『且慢！且慢！』幻象郎君從殿內追了出來，大聲問道：『哼！瞧你使的拔毛分身術，呼喚觔斗雲的訣法，你究竟跟菩提祖師是何關係？從實招來。』孫悟空本想直情回道乃師徒之淵源關係。猛然一想，不對！當年辭別菩提祖師的時候，祖師爺生怕悟空那放蕩不羈，頑劣闖禍的本性，會毀壞他的聲譽。曾經特別告誡悟空說道：『你這去，定生不良。憑你怎麼惹禍行兇，卻不許說是我的徒弟。你說出半個字來，我就知之，把你這個猢猻剝皮剉骨，將神魂貶在九幽之處，教你萬劫不得翻身。知不！』於是，孫悟空只得抓抓猴腮回答道：『俺天賦異稟，無師自通。你說的菩提祖師素來與俺水米無交，他是什麼東東？俺不認識！』不多囉嗦，隨即轉頭駕雲而去，摸黑連夜趕去西牛賀洲。見孫悟空堅決否認與菩提祖師相識，幻象郎君方才鬆了一口氣，收起摺扇。由他去！諒他也奈何不了我這虛擬乾坤的幻象郎君。

一生之中，悟空僅跪拜過四者。出道習法拜靈台菩提祖師，西天拜佛祖，南海拜觀音，兩界山拜唐三藏。當前，為搶救唐僧師父等一行人，走投無路，求助無門。最後的一絲機會，唯有寄託在菩提祖師那方矣。這潑牛蹄子耍的虛擬「元乾坤」魔法確實難予破解，而他會祭祀恩師，肯定與祖師爺脫不了關係。此回得去一趟方寸山斜月三星洞，再次跪拜啟蒙恩師，請求出面力挺才行。

『祖師爺！那猴頭猴臉的傢伙，在咱們洞口已經跪了三天三夜。是否……。』三星洞的綰髻仙童❻進去洞天深處內的珠宮貝闕，向菩提祖師稟報。老者微閉雙眼，入定蒲壇❼緩緩說道：『知道了！就讓他跪吧。我知道來者是何人，無事不登三寶殿。他打老遠找上門來，準沒好事。』『雖然不是好事，但也不算壞事！』這熟悉的聲音令菩提祖師沐瞳張眼❽，只見孫悟空，不知何時已經跪在了自己的面前矣。啼笑皆非的祖師，故意轉身，背對著悟空說道：『放肆！恁地放肆！你不去東瀛送經，跑來這裡幹嘛？』悟空嘻皮笑臉，拐彎抹角說道：『俺這輩子，虧欠最多，對俺恩重如山的兩個師父，一個就是您這位菩提祖師，另一個則是唐三藏法師。現在唐三藏法師在日前突然遭遇劫難，已經從人世間消逝矣。感傷之餘，弟子遂從北俱盧洲趕來西牛賀洲的靈台方寸山，特地來謁瞻恩師，關心祖師爺平安是否？問候請安！問候請安來的！』菩提祖師不屑一顧，不領情的說道：『少噁！少噁！聽多反胃，早上吃的清粥小菜都快吐出來了。專程前來探訪師父，算你有心！現在既然見到本尊無病無痛，吃的好睡得飽。你可以離去也。走吧！勿煩！勿煩！』

於斜月三星洞，教誨相處十餘載，悟空豈會不了解祖師爺的脾氣。個性古怪的師父，越是當眾責罵，悍然拒絕，即越是愛護有加，關懷備至，師徒的默契早已形成。於是悟空半推半就說道：『欣然謁見恩師康泰如昔，神采依舊。弟子於願足矣，萬請祖師爺多保重。只是弟子今後不知何去何從才是？唉！不打擾！不打擾！』說完，悟空站起假裝拱手辭別，轉身就走。

『悟空！可是真走乎？你那唐三藏師父又將如何？』才轉身，果然身後傳來祖師爺的聲音，悟空不禁莞薾竊笑。馬上又奔向菩提祖師，跪倒在地哭訴說道：『弟子此刻已經六神無主，心亂如麻。然此事又怎好驚動勞駕俺的祖師爺哩！』菩提祖師不耐煩回道：『有何意圖？直說！直說吧！』悟空破涕為笑說道：『誠所謂：一日為師，終身為父！弟子就直言不諱也。』悟空遂把送經綱，還有輪值仙家等一行人，在八卦鎮遇到靈異難料的幻象郎君的厄劫遭遇，如此如此，這般這般，經過之情況全程述說一遍。

『依你這麼說來，那惡質的幻象郎君，還真有可能扯上本尊。你倒是說說，他長相是何模樣？』菩提祖師揮一揮手中拂塵，輕輕撫摸著垂胸白鬍說道。悟空認真回想，然後說道：『削瘦淨白，溫文儒雅，……。』菩提祖師又問道：『這般模樣的本門弟子何止千人。再想想，有何特黴？』悟空想了又想，突然說道：『對了！他的下唇有一顆黑痣。』菩提祖師若有所悟，不覺說道：『果然是他！果然是他！』說罷，即從蒲壇站起來，雙手擺放後面，度著方步，嘆氣連連。

話說悟空見著菩提祖師沮喪的樣子，大概十之八九知道是何人矣。悟空追問道：『莫非俺師父認識其人焉？』祖師爺頭仰著天，婉婉解釋說道：『斜月三星洞本著廣渡眾生，有緣上門求法習藝，皆以來者不拒而收納之，自然難免涵蓋一些玩世不恭，心術不正之徒。本尊向來有教無類，以德善教化之，除了極少數之外，卻也頗有成效。本門依傳統慣例，排資論輩可分為：「廣、大、智、慧、真、如、性、海、穎、悟、圓、覺等十二字來論輩份。」那些特別難予教化的叛逆頑劣，則在每個字輩下列名「空」字。例如你就是「悟」字輩的「悟空」。當然，你悟空經過一番風風雨雨，有如來佛於五行山的磨練，觀世音菩薩的教誨，且有玄奘法師的淺移默化，脫胎換骨，改過向善，去西天取經立下大功。已經不可同日而語也。』孫悟空這下才恍然大悟，祖師爺當年賜法名為「悟空」的原由，竟是這般。難怪恩師禁止他在外提到兩人師徒的關係。

孫悟空問說道：『如此說來，那「幻象郎君」亦非正人君子。他的法名，祖師爺賜他啥「空」哩？』菩提祖師慢慢說道：『他晚你悟空許多，排「海」字輩，稱為「海空」！』孫悟空接著問道：『認真看這海空，非人非妖更非仙。請教祖師爺，這廝到底是何物也？』菩提祖師說道：『說來話長，濃縮言之，他是崑崙山一方山神的三少爺，因為他不是元配正宮所生的，因此不算真仙之流，應屬太乙散數之輩。因為其本家姓陸，因此稱作「陸海空」三君是也。』

悟空繼續問道：『還有，俺和這個同門師弟陸海空交手逾百回合，他身手不凡，武功不遑多讓。倒是他施的那些「元乾坤」大法，虛擬的卷軸字畫竟能成為另一個世界，讓人情不自禁，身陷其中卻又無法脫離，使出這般怪招，俺自嘆弗如。玄乎！真玄乎！』

菩提祖師啜飲一口千年普洱，淡然說道：『不出奇！不出奇！你二人乃同門不同派！皆有所長，各有專攻。你當時學的是地煞數七十二般變化，而他習的是天罡數三十六般變化，差別有若天壤風，馬，牛也。況且，你可記得，本尊曾用戒尺敲過你的猴頭，告訴你這「道」字門中有三百六十傍門，又可分為「術」、「流」、「靜」、「動」等四字門中之道。你這潑猴當年腦袋瓜不開竅，嫌東嫌西的不肯學。這回眼前吃了大虧，懵懵懂懂，勿怪！勿怪！』孫悟空這才明白，他和師弟陸海空三君，雖然同門，法術之變化竟全然不同。

『既是如此，師父豈可縱容這逆徒胡作非為，不僅壞了師父您和本門的名聲，且套牢框住弟子的送經綱一夥人，罪大惡極。尚請祖師爺明鑑！』孫悟空打鐵趁熱，藉機懇求菩提祖師下山收拾靈異郎君。菩提祖師不以為然說道：『那陸海空雖然惡性重大，卻還將本尊當回事，朝暮供奉祭拜，顯然他良心未泯，本性不惡。再者，他只是想殺殺你的威風，暫時困住你們送經綱等一幫人，並未加害於大家。本尊既知此事，自有分寸，暫且按兵不動。』菩提祖師靜思片刻又說道：『這樣吧！你們奉如來佛與觀音菩薩之聖意，往東瀛送經，普渡眾生，發揚妙佛之光大，意義自是非凡。幻象郎君確屬本門「海」字輩弟子，膽敢半途阻擾送經，闖下大禍，本尊脫不掉關係，自然該給天下一個公道才是。你隨我來吧。』於是祖師領著孫悟空，深入內宮的習經坊。

卻說二人來到習經坊之後，菩提祖師關起門，認真叮嚀說道：『這陸海空離開這裡時日已久，在外法術經過不斷驗證改善，法力更精進自不待言，當可理解。可那基本功夫應該不會改變，說穿則不外乎「觀神色」，「迷心竅」，「幻覺生」，「登境界」，等扭轉乾坤大法之術。你且學著本尊的擺手捏指，捻訣唸咒，當可迎頭痛擊，破解其法。且用心！且用心！』從習經坊的金絲楠木祕櫃裡，祖師取出幾樣私藏之經文方術之物，親自傾囊傳授予孫悟空。

這齊天大聖見多識廣，無論何等繁瑣雜陳的咒語字訣，他毫不費力，一點就通。僅僅一炷香時間即貫徹通曉，喜不自勝之餘，急欲辭別師父而去。

『稍待！稍待！你這猴急習性絲毫沒變哩。』菩提祖師揮一揮拂塵，再說道：『為師尚有一物交付予你。如果前面習得之術仍然不盡其功，不能完全破解幻象郎君的法術，你就當他面前，拿出來攤開。一切皆迎刃而解，恢復平靜無虞矣。』說著即取出一幅卷軸，面帶微笑遞交給悟空。待孫悟空謹慎收入直裰布衣之後，隨即跪地叩拜菩提祖師數回，道聲珍重，辭別靈台三星洞，逐搭觔斗雲騰空離去。

孫悟空一路惦掛著，那些誤入歧途，被誘入幻境的師父與同伴們。好不容易趕回到高苑縣黃河畔的八卦鎮。駕雲又在附近的荒郊野外上轉了兩圈，終於看見神隱在萬林之中的兩棵千年銀杏，樹的旁邊就是幻象郎君的窩身道觀。

『開門！快開門！討債的上門來啦！』大聖悟空踹踢道觀的大門，使勁吼著。頃刻，一個男童出來應門說道：『這位信善大叔！上門有何貴幹？』悟空說道：『貴幹？俺啥都不幹！就是上門找你師父要債來的。』門童納悶問道：『我們這裡向來自給自足，不借不討的。哪來的債哩？』悟空說道：『你師父造了一屁股的孽債，俺這回連本帶利一塊討。小孩子懂啥？快叫你師父出來面對吧。』

『吵死了！原來是你這鄙猥的猢猻！』幻象郎君聽到外面不平靜，走出來見著悟空。嘲諷挖苦說道：『你想通了，想回花果山是吧？還是想找家棺材店量身訂口棺材？本郎君不收費，送你！』悟空氣沖沖走向前說道：『少廢話！棺材你自己留著用。俺最後再警告你，快快放了俺師父師弟他們。俺這回來，是跟你玩真的啦！』幻象郎君哈哈大笑說道：『提醒你，上回你這猢猻是夾著尾巴溜掉的。真是好了瘡疤就忘了痛！今個又找上門。也罷！把你這猢猻打成龜孫，讓你一輩子都忘不了。放馬過來吧！』悟空手腳靈光，持棒緊追幻象郎君就打。那郎君也不甘示弱，紫檀錦繡摺扇接招反撲，這場同門同宗之龍虎較勁可不一般：

大聖揮棒直打，郎君使扇毒辣。左右開弓，前後交加，同門武功難分上下。
悟海之輩皆稱空，叛逆頑劣豈無涯。悟空正道，汝搞詐。天理昭昭復有加。
虛擬夢幻元乾坤，送經綱竟受羈困。世界花花，幻境華華，世間如真似假。
靈台三星洞，同門異法。不識天罡打地煞，焉知孰弱孰強，拚殺不分你我他。

這兩個冤家路窄，狹路相逢，再次猛火碰撞，殺紅了眼。不消說，這回又廝殺了兩百回合。幻象郎君稍有倦怠，想說反正遲早都得施法來收拾對手，乾脆提早解決了事。於是避開一邊，從懷裡取出一長幅卷軸來，攤開字畫卻是橫幅山水圖，照例面對著悟空唸咒，倏地，一陣強風硬是要把大聖拉扯，吸到山水畫中。

烈風雖強，強到悟空搖搖欲墜，雙眼難張。但是一眨眼就風消氣散，靜寂如昔。幻象郎君不信邪，一連施著「元乾坤」大法多次，竟一一遭到封殺出局。

『加把勁！加把勁！俺等著去你虛擬的地方遊山玩水哩！』悟空扮個鬼臉笑著說。急得幻象郎君說道：『你這爛猴孫悟空，到底在玩什麼花樣？』悟空故意逗趣說道：『你犯糊塗啦！俺不叫孫悟空，俺叫陸海空。差得遠！差得遠！』幻象郎君乍聽之下，頓時愣住了。這陸海空的法號是菩提祖師給的，而孫悟空從何得知耶？他驚慌叫喊道：『算你狠！居然能摸到我的底子。這下更不可能讓你活著出去矣。準備領死去吧！』才說完，惱羞成怒的幻象郎君使出絕活，從懷裡又抽出一巨幅卷軸，展開來是題名「西天一百零八個天煞星」畫像。哇！叫喚百餘個天界的天煞星❾兇漢，一起過來圍殺悟空，這招夠毒辣的！

不得已，大聖惟有慢慢拿出菩提祖師交付的卷軸出來，試著應對。幻象郎君哪顧得著悟空在玩什麼？他只顧著朝自己的畫卷唸咒，希望快點喚出這群惡煞過來擺平孫悟空。剝他的皮，抽他的筋，剉他的骨解解嘔氣。

一百零八個天煞星並沒有隨著魔咒出現，反倒是從孫悟空的卷軸中，走出一位仙風道骨，白髯飄逸的老者，手持拂塵揮搖著。在場的幻象郎君一眼看見，嚇得腿都軟了，連忙跪倒在地，頻頻磕頭。

到底從孫悟空手中卷軸走出何人？得以讓囂張跋扈的幻象郎君這般驚嚇。還有送經綱一行與輪值的眾仙家們，可否能平安回歸？

敬請期待 下回分解：

『註解』：

❶詼而不惱：幽默詼諧，談笑自如。

❷諢號：即跑江湖者的別名綽號。

❸打趖：指闖蕩江湖的人。

❹潑牛蹄子：乃為孫悟空嘲諷某些不法道士的慣用語。

❺角頭：指地盤。

❻綰髻仙童：束髮盤繫於頭上的仙童。

❼入定蒲壇：指全真高僧的閉目打坐。

❽沐瞳張眼：指張大雙眼，清楚地看著。

❾天煞星：原為西天張天師屬下管轄的兇神惡煞。結合天罡的三十六星與地煞的七十二星合稱一百零八個天煞星。

第三十八回　八卦虛擬隨人意　世間萬象道歸一

話說那兩空之間相殺對幹，靈台方寸山的同門師兄弟，此空打彼空。兩百回合空對空的搏殺纏鬥，諢名幻象郎君的「陸海空」槓上齊天大聖的「孫悟空」，逐漸處於下風。當下祭出「元乾坤」大法，呼喚天上一百零八個天煞星，一塊下凡圍剿殺掉孫悟空。這還了得！

哈！孰不料，施法招不到西天的天煞星也罷，呼朋引伴不成，反倒是歪打正著，戛然從悟空帶來的卷軸裡，見著菩提祖師飄然而至。

見到祖師爺，嚇得幻象郎君馬上跪倒在地磕頭，唯唯怯怯說道：『弟子拜見師父，不知恩師為何而來？失迎！失迎！』菩提祖師不悅地斥責道：『本尊為何而來？為那不肖弟子擦屁股而來。汝到處招搖晃騙，惹事生非，只好前來給汝善後擦屁股，幫汝撿狗屎。一切都怪本尊管教不當，代汝向天下蒼生賠個不是！』幻象郎君摸摸鼻子，面紅耳赤說道：『謝師父教誨，弟子確實有錯。可那孫悟空亦非善類，幾次上門挑釁滋事。師父怎可一味偏袒他哩？他不過是一個瘋瘋癲癲，花果山的猴精罷。』

『哼！孫悟空可是汝招惹得起！不說他大鬧天宮，迎戰西天眾仙。何況他還鼎力幫助唐三藏，靖剿沿途諸多妖魔鬼怪，同心協力取回西天大乘寶經。眼前又奉佛祖之命，去那東瀛送經。這種種豈是汝得以相提並論的。』幻象郎君跪在地上，仍然忿忿不平說道：『怎麼說，弟子還是不服！他又不是斜月三星洞的門生，怎可技不如人，屈居下風，反而跑去告狀詬誶❶，煽動師父勞您大駕出面。不上道！不上道！』

菩提祖師揮動拂塵，嚴肅糾正說道：『是你不上道！有眼不識泰山。孫悟空可是汝的老前輩，排悟字輩的大師兄。悟對海，空對空！你們皆是本尊門下弟子，二人針鋒相對，簡直就是右手打左手，同室互相操戈。現在就事論事，本尊可不偏袒誰，更不縱容誰。』幻象郎君這才恍然大悟，頓時清醒過來！

他甫地轉身，向大聖低頭拱手認錯，心悅誠服說道：『抱歉！抱歉！原來面前這位是我的大師兄，我真是有眼無珠，得罪大師兄矣！尚請大師兄寬宏大量，不計前嫌，宥吾罪責也。大師兄如果早說是同門師兄弟，又何來這些狗屁嘮叨，鬧得滿城風雨之事。誤會！誤會！』悟空回禮說道：『唉！勿怪俺不早說！乃不得已也！當年習法有成，畢業典禮，辭別祖師爺的時候，遭到師父特別的囑咐，絕對不准透露我們師徒的關係。不得不從！不敢不從！』

『現在誤會化解，雨過天晴，海闊天空。汝等二空自行協商後續的事吧。海空往後施「元乾坤」大法，須謹慎小心，不得傷及無辜。師父且回靈台斜月三星洞去也。勿送！勿送！』菩提祖師交代之後，調轉身呼雲而去。孫悟空和陸海空逐拱手起禮送別。臨上雲頭，菩提祖師丟下一句：『儘快放掉唐三藏一行人，萬勿耽誤他們送經的事。另外，你們該牢記，在外不准提及與本尊的師徒關係。知不！』無論輩份，凡對賜字「空」者，祖師爺始終就是不放心。

那二空既然知道彼此是同師同門，還有啥誤會疙瘩可言哩。一笑置之泯千愁，一切恩怨盡釋之，幻象郎君挽著齊天大聖的手，同步進到道觀的大殿。立馬將一堆卷軸字畫擺放大桌上，由他對著字畫施咒捻訣。俄頃一瞬，師父唐三藏，眾師弟，六丁六甲，四值功曹，贅然從諸多字畫中逐一跳了出來。

眾人一眼見到幻象郎君，即氣由心頭起，二話不說，揪著他就拳打腳踢。八戒甚至拿出九齒釘耙，高高舉起卻遭師兄悟空搶下。悟空一面跨開雙腳，並且把左右手伸直呈大字型，極力保護著幻象郎君。一面且大聲喊道：『夠了！夠了！他可是俺靈台斜月三星洞的同門師弟。一場烏龍！一場烏龍！』

在齊天大聖竭力安撫苦勸之下，現場火爆的氣氛才稍稍平息下來。

師父唐三藏也出面說句公道話：『南無阿彌陀佛！善哉！善哉！心境不一，則造化不同。我急著找悟空等幾個一起渡河，結果和兩個小徒弟漂流在驚濤駭浪，狂風暴雨中的船上度過無數天。哪像你們幾個：有的在桃花源尋歡作樂，有的在藍天碧茵的草原渡假，也有的天天過新年，有吃喝不盡的流水宴席，更有當皇帝的嬉春出遊……。你們開心暢懷，流連忘返，得身歷其境，如願以償，還有什麼委屈好怨嘆的！』大家聽完，遂假裝摸鼻的摸鼻，抓耳的抓耳，悄悄靜默，心虛理虧，不再作聲抗議。說白了這種經歷，一生難得有幾回哩。

『千錯萬錯，說來都是我的錯！』幻象郎君深深起手折腰致歉，然後說道：『請諸位賞臉，耽誤大家的事，希望讓我有機會補償過失。來！來！桌椅擺上，給大家奉上山珍海味，美酒佳餚，來表達我由衷的歉意。』旁邊的仙童，立即於大殿上擺妥桌椅，金觥玉箸等等，送經綱一桌，六丁六甲一桌，四值功曹一桌。眾人正在納悶，這空白的桌面，不見香積廚❷，不見酒肉福物❸。這算哪門子的酒宴？

接著好戲上場，只見那幻象郎君拿出幾幅卷軸，攤開來盡是各種名牌好酒陳釀，宮廷御廚燴製的珍饈鼎食，全國各地風味錦食，齋飯玉湯，應有盡有！卷軸上面的菜色即是菜單，任君挑酒點菜。一經點到的酒菜，幻象郎君遂一施咒端出上桌，熱呼呼！香噴噴！道道均是剛出爐的。他義正嚴詞保證說道：『諸位前輩，你們儘管放心吃喝，端出來的比珍珠還真，比石頭更實。只怕你們吃不完，不怕你們吃不夠。通通由我請客招待！盡量！盡量！』

噫！這話才剛說完，還意猶未盡，幻象郎君再取出兩幅卷軸過來獻寶。打開一幅「宮廷喜慶六音齊鳴」的宮樂圖。他唸咒揮手，一群宮廷樂師帶著各種樂器，於大殿開始現場演奏。另一幅更妙！稱「翔鳳戲凰 迎春飛舞」的卷軸，施咒引出眾多桃艷柳姿的舞孃，在宮樂伴奏之下翩翩起舞。這般酒宴，可不亞於長安皇宮裡，太宗宴請群臣的未央宮，丹霞殿之豐盛哩！如此氛圍之下，豈可不大快朵頤，大快人心！且讓咱們放眼瞧一瞧那場面：

鑼鼓喧天慶酒宴，琴瑟和鳴樂其間。宮商妙音徵羽炫，角鐘敲起響連天。
輕歌妙舞呈熟練，鳳飛燕舞穿雲煙。脂粉搖曳顯嬌艷，撩衣揮袖賽天仙。
牛排羊饃不夠看，麤糲麩筋放一邊。奇珍異果好風尚，啜飲陳釀再垂涎。
丹盤玉瓷珍饈擺，觥杯鼎食似詩篇。麩粥桂糕吃不厭，美酒佳餚千萬千。
萬里有幸終相見，相見不語亦無緣。虛擬世界浮華現，歡天喜地年復年。
真真假假難分辨，虛虛實實玄又玄。萬象不一歸何處？常懷善德心志堅。

天下無不散之宴席，酒足飯飽，耳目一新之後，各自休憩歇息，自不在話下。第二天的清晨，幻象郎君送走輪值的六丁六甲，四值功曹回天上。逐恭親陪著唐三藏師徒一行，帶著幾箱真經抄本，背笈行李等，去到八卦鎮河畔的渡船碼頭。一行人順順利利，搭上往黃河北岸的渡船。臨別前，幻象郎君依依不捨，並且再三發心❹保證說道：『往者已矣！今後打踅行走江湖，倘若再施

「元乾坤」大法，必將是施德行善，接濟八方也。褰帷按部❺效仿悟空師兄的艱苦修行，德澤廣被，這方面得好好向他認真學習。好樣！真格好樣！』悟空則拍著陸海空師弟的肩，給他鼓勵打氣。唐三藏也諄諄相勸說道：『阿彌陀佛！佛在靈山莫苦求，靈山卻在汝心頭，四處皆有靈山在，勿忘靈山功德修。』雙方互道珍重與祝福。幻象郎君目送他們上船，站在岸邊拱手拜別再三。

黃河之水天上來，奔流到海不復回。擺渡來到河面上，放眼那黃河：

浩浩河水東流逝，蕩蕩波濤起風時。滾滾浪花沖河畔，滔滔勁流穿河石。
遼遼兩岸無邊際，闊闊藍天望無遺。飄飄河柳迎旭日，揚揚風帆船渡馳。

且說那送經綱一行人，搭船渡河一帆風順，平平安安。跨渡黃河之際，唐三藏師父猶發慈悲之心，當船來到河中央，遂為那些曾經在渡河時不幸遇難，或遭黃河洪澇氾濫淹沒的災民，做超渡安祥法事，消災祈福。他站在船頭，整理法衣，三牲五畜，素果鮮花供桌。木魚敲響，彈灑淨水，起手燃香，唸起綸語佛經：

惟願承三寶力，仗祕密言，此刻此時，來施黃河超渡法會，普度眾生。
南柯一夢屬黃粱，堪嘆人生不久長。有生有死皆有命，無貧無富亦無常。
魂飛魄散歸何處，性朗心空望故鄉。漸對虛空伸召請，領沾經咒往西方。

又接著唸一段「往生咒」：

我佛三界師，四生大慈父，說法在靈山，度人無數億，菩薩把幡招。
金童來接引，嘆亡靈，早唸阿彌陀佛，往生淨土中，蓮池海會。
南無西方接引阿彌陀佛！南無清淨法身毘盧遮那佛！

再接下，唸著梵語的「拔一切業障 根本得生淨土陀羅尼」：

南無阿彌哆婆夜，哆他伽多夜，哆地夜他，阿彌利都婆毗，阿彌利哆，
毗迦蘭帝，阿彌利哆，毗迦蘭哆，迦彌膩，伽伽那，枳哆迦利娑婆訶。

最後唸一段「讚偈」：

彌陀佛，大願王，慈悲喜，捨難量。眉間常放白毫光，度眾生，極樂邦。
八德池中蓮九品，七寶妙樹且成行。如來聖號若宣揚，眾生接引往西方。
彌陀聖號若稱揚，同願齊心往西方！南無阿彌陀佛！南無阿彌陀佛！

不久，渡船抵達黃河彼岸。靠岸停泊之後，送經綱大夥不作片刻耽擱，再度開始長途跋涉，繼續往東瀛之路送經去也。在八卦鎮當時，為搶救那淄州少主，折返相州鄴城大戰鬼大帝和一騙天。後來，且擺個烏龍遇到幻象郎君，陰錯陽差又鬧了一陣子。前後不免延誤一些時間矣。

一行人依照慣例各司其職，秦願當為馬，師父坐馬鞍，沙僧則牽引，八戒忙挑擔，狗狗是辛甘，悟空打前戰！朝路的前方邁步走著。

這方黃河北岸，為大唐河南道之棣州，州治管轄則屬樂安郡的厭次縣。時值酣春桃華季節，往縣城的路上，風光明媚，鳥語花香。沿途且走且看著：

四面風水山川異，八方域土養眾生。四季變化花月恁，五嶽元華喜逢春。
冰消雪溶春乍現，祥瑞喜氣降凡塵。天涯無處不錦繡，海角綺麗更傳神。
清風拂柳映河畔，鶯燕穿林鳥雀聲。青山碧水擬名勝，雲霧飄渺吟詩文。
桃李盛綻花嬌媚，蜂飛蝶舞伴依存。朱亭拱橋溪流順，風情萬種且銷魂。
翠微東昇曜靈鏡，蒼松瑤草展岳崙。險峰峻嶺垂清澗，野林森幽草木深。
藤邀芙蓉賞春意，綾幔似錦逸繽紛。粉艷爭黛爭新歲，美景醉誰醉路人。

送經綱師徒路過花叢小溪，綠嶺小徑，蛙鳴蟲叫，柳絮輕飄，走走看看諸野各方的春光盛景，不亦樂乎！且見那，八戒哼唱小曲調，沙僧品酒葫蘆倒，辛甘踏青勤跑跳，悟空翻滾樂逍遙。盡管未來，困厄險阻難免，前途渺渺茫茫，又有何懼之！這一路，不都如此拼鬥走過來的。

峰迴路轉，柳暗花明，遠足步行直到了傍晚，金陽西山落，星月耀天羅。他們來到林邊的山坳處，幸巧見著路旁有一山門，寫著「淨門寺」。八戒逐鬆了一口氣，說道：『進門！進門！再走下去，俺的腿非斷不可！』

古寺很快就有兩個年輕的沙彌出來迎接。看見來者的度牒，知道是打長安來的高僧法師，更是笑顏絢爛說道：『歡迎佛天三寶❻路過鄙寺掛搭。我寺住持元覺方丈正在禪房入定蒲團❼，有我們來接待，請進！請進！』

怪不怪！送經綱一行正步入寶殿的大院。剎時夜空，一陣黑幕掩天而至，整個上空忽然星月頓失，黑糊糊一片，尚且傳來鋪天蓋地喧嘩的聲音。前所未見的來客皆抬頭仰望，瞪目結舌，驚訝萬分。大聖皺著眉頭問道：『看來不像烏雲騰幔，也不像眾鳥歸巢。這……到底是什麼玩意？』寺裡的和尚瞧一眼說道：『莫怪！莫怪！乃是不計其數的綦黑蝙蝠經過罷。說來奇怪，這陣子經常都會在這酉戌之時出現，像風浪一樣朝著坎艮的方向飛撲而去。誠然不知何故也？』

大家都覺得，這詭譎的異常現象挺邪門的。不信！您瞧瞧：

月夜無光群掩至，烏黑大軍蔽星空。玄天無際潑墨色，飛蝠洶湧似浪沖。
波波掠過驚天地，潮潮鋪蓋震乾坤。碧落四方聲隆隆，轟然迴盪方儀中。

只是此刻，一夥人都累矣，哪管他天上發生啥事哩？只要天不塌下來就可以了。悟空雖說意興闌珊，卻亦忿忿嘀咕道：『待會如果太過份，吵得大家不好睡，俺肯定上去剝這些小混混的黑皮。等著瞧！』豬八戒嘻笑著說道：『算了吧！吵歸吵，待會只怕天打雷都叫不醒師兄你也。』一行人隨著寺裡的和尚很快經過西門廊道，來到後院的十方客坊休憩。無憂無慮，一夜真是好眠。

第二天清晨，淨門寺的住持元覺方丈，前來邀請玄奘法師等一行人，來到大殿綸貫早課，接著一起到齋堂用早膳。席間彼此聊著說著，都是提到佛門真經，妙法三界之事。至於昨夜黑蝠蔽天的異象，大家早都忘得一乾二淨。

玄奘法師唐三藏，臨行辭別元覺方丈，猶贈予一卷謄抄真經回饋之。送經綱離開那淨門寺，即打包行囊，匆匆趕著送經之路。由於昨晚實在太好睡，因此一路上精神飽滿，中途都沒有休息。終於晌午的申時，來到棣州的州郡首府厭次縣，城樓遞交關文即進入縣城裡面。怎知，一場風波已經隱隱蓄勢待發耶！

令人不解的，眼前城裡面樓閣密布，街道寬闊，具備一座州郡府的規模。卻見來往路人稀疏零落，並且都是愁眉苦臉的。馬路兩旁的餐肆酒館也多閉門不營業，偶而開門，看見外地來的行旅，也立刻關上門塘塞拒絕。整座城池有若鬼域，頗不正常。唐三藏不禁細聲說道：『阿彌陀佛！這裡是否又鬧瘟疫？沿途路人罕見，怎地來到棣州的府城厭次縣城，猶然冷冷清清，人煙俱稀哩！怪哉！怪哉！』大聖走在一行前端，也看不出有什麼端倪異樣。他說道：『俺看來，此地並無瘟疫的跡象。管他爹的，反正咱們只住個一兩天而已。勿慮！勿慮！』

他們來到府城裡的館驛，交出公函官牘辦理住宿。才進房入住，擺妥隨身幾箱經卷和行囊，一瞬間，即有門房前來傳報，說棣州申屠刺史邀請高僧們前去府邸茶敘。這麼有誠意，大夥心情愉悅歡欣，興高采烈地乘坐官府的馬車前往赴邀。申屠刺史帶領幾個郡府官員，站在官府前迎接著。

熱情洋溢的申屠刺史，手挽著玄奘法師，賓主一見如故閒聊著，再一起進到殿堂之上，按主客尊貴席次就座。方才坐穩，香茗點心隨之奉上桌案，對朝廷來的貴賓絲毫不怠慢。

席間申屠刺史說道：『久仰諸位大名，西天取經肯定是大唐朝廷一大功勳，博得功成名就，忻然再接再厲，為我大唐朝廷送經東瀛，實在是難能可貴啊！佩服！佩服！』唐三藏法師謙恭回道：『阿彌陀佛！談不上功勳。身為桑門長老，自當結緣天下，遊走四方。取經與送經，只是盡一個朝廷緇僧的職責罷矣。您過獎！』申屠刺史接著微笑說道：『聽聞玄奘法師，乃是當今皇上的欽賜御弟，路過此地乃本州榮幸。懇請法師多停留些時日，一方面為本州府做些祈福法事，另外也好讓本官盡那地主之誼。』在場眾官員，皆亦頻頻點頭稱是。

唯獨一旁坐著的夏志強州判，卻不以為然，他唱反調說道：『既然諸位此回奉朝廷之詔諭，送經東瀛，路途艱險，任重道遠，本州府不該耽誤諸位行程。你們還是按既有的規劃去做吧。』唐三藏順勢說道：『善哉！善哉！所言甚是，感謝您的理解也。』氣得那申屠刺史狠狠瞪了夏志強州判一眼。真不上道！

禮貌性質茶敘一會兒，唐三藏領著一行人即告別棣州官府，返回館驛休息。回去路上，在馬車裡的孫悟空提醒大家說道：『俺剛才在殿上不發一語，仔細觀察之下，那申屠刺史雖然是一介凡夫俗子，不知為何，身上卻沾滿很重的妖氣？反倒是夏州判為人爽快剛直，正氣凜然，這二人資質差異甚大。』不久他們回到了城裡玄武門旁側的館驛。

走進館驛的房舍，駭然驚見房門上的屈戌❽已經被撬開。房間裡翻天覆地，亂成一片。眾人檢查之餘，發現衣物與日用品完好無缺，唯有幾箱真經抄本竟然不知去向？消逝無蹤！而整個館驛上下找遍，卻見不到半個人影。真玄乎！

沒了那幾箱大乘謄抄真經，還談什麼東瀛送經呢。尤其那豬八戒，可是挑著幾箱佛經，翻山越嶺，行走了萬里路過來的。這一路的勞碌困頓，過關斬妖，竟然枉費白搭，任務全部付諸東流矣。這下該怎麼辦？

敬請期待　下回分解：

『註解』：

❶詬誶：在人的背後說壞話。
❷香積廚：指寺廟裡的廚子。
❸酒肉福物：祭祀使用的酒肉供品。
❹發心：即下定決心。
❺褰帷按部：為人處世，規規矩矩，按部就班。
❻佛天三寶：即為佛性，佛經，高僧。
❼入定蒲團：指僧道打坐，閉目禪定。
❽屈戌：古時候稱房門上面的鎖扣。

天霸王
震天撼地
天霸囂張
赤飛焰
地剎銳劍
挺走險
黑天軍
助紂為虐
潘朵拉
金鎮神仙

第三十九回　天霸王率黑天軍　地刹君領眾妖群

卻說送經綱來到河南道的棣州，州府為樂安郡的厭次縣城管轄。該州申屠刺史掌握到一行人的行蹤，當他們進住館驛，即特別安排玄奘法師師徒一行人，至府邸殿堂奉茶。待茶會結束回到府城館驛休憩，赫然發現擺在館驛裡的幾箱真經抄本都不翼而飛！把大家都驚呆了。這一來，東瀛去不成矣！

唐三藏堙鬱❶痛心說道：『阿彌陀佛！賓鴻于此，這幾箱擺的皆為桑門佛經抄本，非金非銀，更非珠寶貫伯❷，這綹竊宵小盜走又有何用？損人不利己，卻將我等給害慘了！』大夥也在房舍裡哀聲嘆氣，捶胸頓足，痛罵不已。悟空觀察片刻，即胸有成竹安慰說道：『師父、師弟，大家暫且勿需懷憂喪志。本案貓膩甚多，這邪雜碎是有備而來的。偷走真經，目的就是想把我們困在這裡，動彈不得。俺的看法，這事與那州府的申屠刺史絕對攸關，瞧他外表樗櫟之材❸，無所作為的模樣，事實不然。古諺有云：言多必失，禮多必詐。放心！有俺老孫在，豈容這些猥衰雛兒囂張哩！安啦！安啦！』有大師兄這番話，送經綱一行人的心境，方才沉穩安定些。

天色略暗，大聖悟空即偷偷摸摸來到刺史的府邸。他變作一隻飛蛾，在樑柱卯眼上盯著那刺史看，一舉一動都不放過。果然不多久，申屠刺史鬼鬼祟祟帶著兩個隨扈，搭上一輛馬車離開官府。經過城門，向著山域野林裡面馳騁而去。整片荒山此刻靜悄悄。山腳下豎著一塊石碑，上面刻著「棣州 闞山嶺」。

星月初亮，正值酉時，天際隨即湧來烏壓壓一片，逐漸從天邊掩蔽而至。此時的大聖若有所悟，認真使那火眼金睛朝天空掃瞄著，究竟天上這片黑潮是啥玩意？不看也罷，一看之下：那可是又黑又大，像海潮江流般數不清的蝙蝠族群。孰不知這些黑漫漫的蝙蝠何去何從？來此幹啥？詭異！真是詭異！

微弱的月光照著荒山野嶺，大聖繼續密切注視周遭，驚覺黑潮般的蝙蝠大軍其實是有組織性的。當牠們來到這座廣闊叢林區域，即群群低掠飛降，逐一吊掛在樹叢裡的枝幹上頭，張大著炯炯有神的墨綠雙眼，使得整片幽黑濃密的森林中，閃爍著數不盡的綠色鬼火，極其恐怖驚悚。

且說那棣州的申屠刺史，搭乘的馬車往前直奔，越過山巒穿越徑道，來到關山嶺群峰頂端一個巨岩洞口才拉緊馬轡停下來。那山岩巖洞上端，寫著三個大字「黑白洞」。終於是時候，悟空想見見是哪個妖魔在此地作怪的？岩洞顯然就是蝙蝠大軍的大本營，附近四週窩伏著密密麻麻的吸血黑蝙蝠。一旦有生人旅客不慎經過或者誤闖，下場肯定是屍骨無存。

申屠刺史的馬車進到馬櫪停妥。黑白洞裡面，恨快走出幾個妖將殿衛過來迎接。大聖變作的蟲兒，即搭在棣州申屠刺史的右肩上，趁機混進岩洞的內部，查查裡頭的帳目。這魔洞的規模可嚇人哩！宮中有宮，殿中有殿，朱欄玉階，金盃銀器……。文武滿朝，儼然像一個小帝國在運作著。

正殿的漢白玉台階上，坐著一個身長八呎，壯碩如山的彪形大漢。方臉紅髮鬍，血口盤雙目，凶煞逞氣勢，神鬼亦弗如。詩中有所記載：

鋒眼銳利光掣電，鬚髯張揚赤飛煙。聲若洪鐘氣似劍，金剛威武賽神仙。
身穿墨袍披鎖甲，頭戴金冠踏戰靴。天軍揮出山河變，孰敵震天九節鞭。

中屠刺史恭恭敬敬上前拱手彎腰，並且說道：『天霸王陛下，棣州刺史過來給您請安！這些天可好？』階上坐著的天霸王開懷說道：『俺乃環宇天霸王，俺若混得不好，恐怕會有一堆人跟著倒楣。信不！』才說完，大聖用火眼仔細看一下，明明是一個千年黑蝙蝠精罷，竟然猖狂跋扈自稱是「環宇天霸王」。大聖忍不住趴在刺史肩膀上哈哈大笑，引得大殿裡面都傻了眼，盯著中屠刺史看，搞得那刺史也莫名其妙。天霸王不悅地瞪他一眼，禮貌上還是請棣州刺史上座。

『中屠刺史晌午派人密報的那幾箱佛經抄本，本大王已經遣人通通搞到手矣。俺搞不懂，刺史要那些緇門佛經究竟有啥用哩？』天霸王不解問道。中屠刺史瞇著小眼，得意說道：『這麼說吧！那些佛經大有來頭，是唐三藏那幫人，從西天居靈山雷音寺如來佛處取得。東瀛的日本和高句麗，百濟，新羅等國家，天天派出特使，吵著要長安上國給他們送此經過去。其價值自是非凡！本刺史有意藉此機會，向長安朝廷勒索鉅額贖金取回，或者是高價賣給那些崇釋尊佛的國度。另外，順便困住唐三藏那幾個徒子徒孫，不要輕舉妄動。尤其裡面最是刁蠻放肆的孫悟空，重挫他的銳氣，消磨他的威風。沒了這些真經，他們啥都不是。可謂是一舉數得！』聽得大聖一卵子火，為了貫徹摸底之工作，才強強忍了下來。

此話樂得座上的天霸王笑呵呵，連聲稱讚說道：『妙！妙！還是你們這些東方的貪官厲害。難怪本大王率領的黑天軍，一路打從西方掠奪收刮來的東西，很快就被你們銷贓賣掉了。鬼名堂還真多，佩服！佩服！佩服！』天霸王這席話，大聖可一下子即弄清楚，這些邪雜碎合作在幹什麼勾當？圖謀什麼利益？原來是黑白兩道掛勾，偷竊強盜與銷贓管道一條龍作業，透過各自專業各取所需。

『哈！哈！是什麼風把棣州的申屠刺史給吹來啦！』隨著一句嬌滴滴的聲音，金殿內走進一個杏眼桃腮，儀態婀娜的美娘子。現場有詞描述寫真之：

瞧一瞧，姿艷其貌，色潤其嬌。看一看，頭戴八寶垂珠更俊俏。髮髻插著金鬧娥❹，身穿月白長紗飄。觀一觀，腰繫紅花緬絲帶，足下錦緞鞋，仙娥漫步穿雲霄。品一品，月花容傾城笑，耀耀光采萬靈召。粉顏玉黛，春華盈月照瓊瑤。

「申屠刺史，這是本王之拙荊地剎君。」天霸王牽著美娘子到身旁坐下。

大聖待她走近，火眼金睛看個明白。臥靠！原來是個千年白鷺精。岩洞裡的這對妖魔夫妻：一黑一白，一蝠一鷺，好一對「福祿獸」！堪稱絕配！絕配！

『拜見夫人！地剎君娘娘近來無恙？』申屠刺史起身拱手作揖。諢名地剎君的美女施禮萬福❺之後就座於二人之間。聊著聊著，申屠刺史看見地剎君手中，緊握著一個精美絕倫的雕花寶盒。忍不住好奇問道：『娘娘所持的這個寶盒可真精巧細緻，匠心獨具。可否借本官開開眼界，鑑賞一番？』此話一出，那地剎君娘娘頓時神氣活現說道：『這寶盒並非凡間之物。奉勸一句：看就好，碰不得。』

坐一旁的天霸王立即過來打圓場，警告說道：『真格碰不得！千萬碰不得！這寶盒稱為「潘朵拉魔盒」❻。是本大王從潘朵拉女神夫婿厄庇米修斯那裡盜來的。他經常拿出來當眾炫耀，俺略施小技請他喝酒，將他灌醉之後偷到手的。後來才聽說這寶盒曾被眾神下過魔咒，非常詭譎神秘，只能看卻不好用。除非萬不得已，等俺遇到強敵才會打開它，到時所有的災難厄運，例如：惡魔，瘟疫，飢荒，戰爭，將隨之而至！任誰打開這潘朵拉盒子，都將是一場災難！不碰也罷！不碰也罷！』大聖聽到，也禁不住多看那神奇的潘朵拉盒子兩眼。

棣州刺史馬上識趣地叉開話題，說道：『咱們言歸正傳吧！關於那幾箱朝廷的大乘真經，本官想……。』天霸王展現霸氣，打斷申屠刺史的話，搶著說道：『此事俺已有兩全其美的方案。這樣吧！我盜來的這些個佛經寶典全部歸你，本天王一分錢都不沾。可否？』刺史自然眉開眼笑，笑到嘴都合不攏回道：『天霸王陛下果然夠慷慨！夠豪邁！那麼，本官就先謝過啦。』天霸王則搖搖手說道：『申屠刺史先別謝得太早，俺是有條件跟你交換的。』申屠刺史不解問道：『何謂交換條件？天霸王既不要經，又不要銀。到底要啥？請直說！請直說！』

天霸王即打開天窗說亮話：『那幾箱真經都歸你，可你也得幫俺一個忙，把那唐三藏給本天王送過來。得不？』申屠刺史面有難色，娓娓說道：『容敘！容敘！唐三藏的問題不大。倒是他跟班的幾個徒弟，比較棘手難搞。特別是那孫悟空，經常打打殺殺，莽莽撞撞。聽說他武功挺強，法力甚高。唉！此事甚難！甚難！』天霸王聽了不悅，霸氣地說道：『本天王想要的東西，任誰也擋不住。你不給俺送過來，俺就帶著黑天軍過去州郡府搶人。哼！孫悟空算什麼咖小？俺一路從天涯西邊殺到東方海角，還未遇到過真正的對手哩！』好生狂妄，大聖都快忍不住想跳出來打人了。

『說白了！俺這些年率領黑天軍，從西方一路偷搶收刮，橫掃到這裡，就是因為中原地大物博，肥沃富饒。俺有意在這裡紮根顧盤，覬覦大唐江山是也。』天霸王大言不慚說道。棣州刺史不明究理問道：『雄心壯志固然重要，但是這跟唐三藏風馬牛不相及啊？要這唐僧只會增添麻煩，不划算！不划算！』天霸王接著解釋說道：『凡人懂個鳥，俺的天軍蝙蝠探子老早就跟監他們矣。不就是江湖傳言，吃唐僧肉一口可延年益壽，再多吃幾口則與天地共存不朽。懂不？』中屠刺史這才理解原因。他沒把握說道：『好雖好！陛下真的殺到棣州府搶人，恐怕……！』

坐在旁邊的地剎君靚女，明眸皓齒，微笑獻計說道：『事情也不須鬧到這般地步。說到那潑皮孫猴子，當然不是我夫君的對手，只是大夥搞到郡府血流成河，橫屍遍地，我們也不好讓刺史背黑鍋，難做人。不如這樣，我這裡有一瓶迷魂香，常人一里之內聞到，保證三天三夜都醒不過來。這一來，神不知鬼不覺，不會驚動任何人，穩穩當當就將唐三藏手到擒來。中屠刺史覺得如何？』經過她的慫恿，棣州刺史忻然接受，高興說道：『還是地剎君娘娘想的周到，本官照辦就是。』天霸王更是喜不自勝說道：『事情辦得圓滿，本天王記你大功一件，將來拿下大唐，改朝換代，換本尊祚胤，俺授你丹書鐵契，封你為開國公。哈！哈！』大家對互相交換「禮物」，馬上一致達成共識，拿唐僧來換真經。黑白洞中的金殿，遂滿堂歡慶，一狼一狽，攜手坐上酒宴，為未來豐功偉業先乾一杯。中屠刺史半推半就說道：『等本官抓來唐三藏再喝酒慶功不遲。本官先打道回府吧！』他因為近日宮中官醫捉筋把脈，警告他有肝敗腎衰的問題，不能多喝酒。那天霸王才不管你這些，硬是拉著他不放。不喝上一整晚，怎算是鐵哥們哩！

古人有云：人算不如天算。這詭計一字不漏聽在大聖的空閑幽田❼中。大聖掌握局勢，除了設法取回幾箱大乘佛經，保護好師父，更得徹底剷除這一黑白兩道的罪惡集團。於是，趁著他們飲酒作樂，火速飛離黑白洞。洞口外另有數不清的黑蝠天軍盤據整片山域，大聖還得施隱身法，翻個觔斗趕回棣州府城館驛去。

大聖悟空見到送經綱一行人，逐將跟監申屠刺史的所見所聞，一五一十全盤托出。搞得大夥恨不得把那刺史大卸八塊，拿去餵豬。豬八戒和沙和尚更是氣得抓狂，拿起手中武器，準備殺去山上的黑白洞，搶回幾箱如來大乘真經。大聖阻攔說道：『稍安勿躁！稍安勿躁！俺自有安排。他們想玩陰的，咱們奉陪就是。』辛甘巡視再三，確定附近沒有動靜，回房鎖好門牖窗櫺❽。一塊聚集商討對策。

話說翌日清晨，申屠刺史喝得飄飄然，半醉半醒趕下關山嶺。回州郡府邸的途中，他計劃著，午時吩咐隨扈去府城館驛，邀請那幾個送經綱的過來宮中參加酒宴。等宴席一半，大夥渾然忘我之際，再施放迷魂香，到時一個都別想溜掉，通通五花大綁送給天霸王當補品。想到這裡，刺史他渥然心花朵朵，飄飄欲仙矣。

喝了一整晚的酒，回到州郡府邸的申屠刺史直奔宸居處，以為沒人察覺他的行蹤。找個窨室暗櫃，收藏好那重要的迷魂香。倏地再轉身快步走進茅廁淨手出恭，他腎衰又一肚子的酒水，就快憋不住了。那刺史蹲坐如廁之時，昏昏欲睡，少刻即歪倒一邊呼呼大睡，根本不是睡，而是被那悟空施放迷魂香給撂倒了。

打從他返回棣州府官邸，就被潛伏在斗拱柱科❾上的孫悟空緊緊盯梢住矣。暗藏的迷魂香，很快就落入大聖的手裡。大聖偷偷跟上茅房，等申屠刺史他脫褲蹲下，迷魂香即順著門縫飄進。然後笑著說道：『現在乖乖聽話，在茅廁安安靜靜睡個三天，作你的春秋大夢吧！汝竟敢背叛朝廷，為虎作倀，助紂為虐。讓你在茅廁睡三天，夠便宜你啦。』臨走還將申屠刺史反鎖在茅房內。

大聖悟空放膽變作棣州申屠刺史，把官邸上上下下的隨扈和僕役，全都叫了過來，屬咐說道：『本刺史人不舒服，得好好休養三天。三天之內，任何人都不准到官邸宸居處騷擾。有什麼重要的事，三天以後再說，否則賞五十大板打爛他的屁股。聽懂沒？』嚇得眾人只得唯唯諾諾稱是。這三天就足夠大聖做許多事也。

棣州郡府的事安排完畢，大聖隨即帶著豬八戒、沙和尚，加上拔出毫毛變作的假唐三藏，搭乘馬車殺回奇怪山上的黑白洞。真正的唐僧師父，則由辛甘和秦願兩個小師弟換個地方照顧著。唐三藏萬萬沒想到，棣州的刺史竟然會吃裡扒外，與外來的妖魔狼狽為奸，他恚然說道：『南無阿彌陀佛，我得立刻修書上呈長安大理寺舉報，這棣州申屠刺史教唆外賊偷盜大乘真經，並且裡通外寇圖謀不軌。請朝廷追究查辦，嚴懲不貸。』

臨走前，大聖師兄嚴辭交代說道：『這回面對的敵人非常棘手，你們可要特別小心。我們萬一超過一個時辰沒回來，記得趕快到天上找輪值的仙家們來幫手。俺在馬車上，沿途會留下痕跡，讓他們方便找上來。切記！切記！』

綠林山間，卻見一馬車快馬加鞭，於叢林小徑馳騁著。幽山叢林裡頭佈滿吊掛的黑蝙蝠，牠們輕瞄一眼見來者是那棣州申屠刺史，遂視若無睹，相安無事。

『勞駕！勞駕！刺史果然一言九鼎，乾脆俐落。』天霸王料不到那申屠刺史，如此快速能將唐僧給送了過來，樂得不可開支。他親自邁出黑白洞迎接，並且說道：『沒想到你辦事這麼勤快，尚且還附贈兩個大肉球加菜！真周到！真周到！』站在一旁的地剎君懷疑問道：『不對！好像少了那孫悟空呢？』假刺史笑著說道：『另外那孫悟空也同時擺平矣。畢竟他是隻猴精，猴子肉不好吃，生怕你們倒胃口。所以拿去餵狗餵貓了。勿怪！勿怪！』天霸王不當回事，叫洞裡的妖兵妖將把假裝昏睡的一行人，全部抬進殿堂去。

『本官說一不二，一早就把唐三藏師徒都給您押送過來。天霸王陛下承諾的事，是否也痛快些，將所有的真經一起交給本官帶回去？』假扮的申屠刺史隨著進洞內，坐在殿堂打鐵趁熱追問道。

『不急！不急！本天王說的話自然算數。』寰宇天霸王幫假申屠刺史斟上一杯酒，然後說道：『咱倆先喝幾杯開心開心，晚點俺派人給刺史送過去便是。』大聖扮作的假申屠刺史右手擋住酒杯，說道：『此事焉能不急！本官早已放出風聲，今兒個會有幾個人過來看貨估價。我得抓緊時間拿回去交差哩！』

『也罷！也罷！君子不擋人財路。本天王現在就跟你做個了結。』他不加忖度，很快傳令下去，派遣殿前一群侍衛門將，從窯洞窨窖中搬那幾箱寶典真經出來。天霸王殿堂上當面點交清楚。銀貨兩訖之後，天霸王指著地上裝睡的幾個說道：『俺的娘子地刹君，等會親自下廚做菜，把唐僧這幾個師徒宰了再紅燒或清燉。她的廚藝可不輸給皇室的御膳廚師也。事情辦妥，記得過來嚐嚐，保證讓申屠刺史你回味無窮。』說得他得意洋洋，口沫橫飛。

『不然！不然！他們的肉，還輪不到畜牲來吃。』大聖扮作的假刺史嘻皮笑臉說道：『俺偷偷告訴你們吧！要吃就吃紅燒蝙蝠肉拌上清燉白鷺肉，那才叫好吃。傻瓜！』聽得天霸王和地刹君二人，當場傻了眼，牙都歪掉了！

『敢跟俺鬥！你們兩個妖精嫌嫩了點。早的咧！』大聖捻訣變回真身。又將幾箱真經扛上肩膀，拿出金箍棒喊道：『別裝睡了！快點起來。』豬八戒和沙和尚恨快從地上跳起來，抄起傢伙衝向天霸王和地剎君那對「魔範夫妻」。

『哼！原來你就是孫悟空，猴膽還真不小，竟敢跑到黑白洞裡來鬧事，甚至冒充棣州刺史，排撻⑩到俺的面前撒野。簡直是茅廁裡面打燈籠：找屎！今天，你們一個都別想離開黑白洞，俺可是吃定你們啦！』天霸王抽出震天九節鞭，迎戰送經綱幾個。地剎君也拔出天下無敵劍，向著孫悟空直刺殺過來。

黑白洞裡，蝙蝠妖兵群湧而出，把大聖師兄弟團團圍住，須臾刀光閃閃，殺聲隆隆。看官何妨於一旁觀看這場激戰：

黑蝠白鷺，邪勾搭，東來作怪更稱霸。鋪天蓋地黑壓壓，陰謀儘施圖耍詐。
串官府竊真經，取經豪傑豈容嚇。小計略施，難分真假，直搗崖洞將魔壓。
堂堂天霸王犯傻，一時眼瞎，惱怒揚起九節鞭威嚇天下。左右交加，一鞭
抽筋，二鞭去骨，三鞭把命來抓。白鷺地剎美如花，手段卻毒辣，玩命敢
拚又敢殺。大聖持棒稱如意，斬妖殺鬼從不誇，神仙妖魔全打過，孰不長
眼惹到他，拚到最終鬼都怕。這一來，那一往，好戲上場，恰似火山要爆發。

寰宇天霸王果然不是省油的燈，與大聖交手三百回合，平分秋色，不分上下。而地剎君亦非池中之物，一把無敵劍迎戰豬八戒和沙和尚，不遑多讓，毫無怯色，尚且愈戰愈勇。黑白洞內的大殿惟見他們打成一片，顯然短時間裡，雙方無法分出個勝負來。外圍的眾多妖兵妖將，站在一旁都看呆了。

『好！很好！你們這灘臭溝水竟敢來犯我龍王廟。俺之前太低估你們，算你們有種！』天霸王說完，含臉一聲怒吼嚷道：『汝還真當吾等為贏師⓫乎？旁邊的通通退下，該我的黑天軍上陣矣！』妖兵妖將知道情況，很快躲得遠遠地。

天霸王左手從腰際抽出一面小黑旗，一邊揮舞一邊唸咒。俄頃之間，則見到一波黑漫漫的吸血蝙蝠大軍，像洶湧的黑墨洪流衝殺進洞。那股黑潮亂流很快環繞在悟空師兄弟的身邊迴轉，虎視眈眈著，準備來個餓虎撲羊，展開攻擊。

這般場面前所未見，孫悟空他們能夠應付這波黑蝠天軍，順利取回幾箱西天真經抄本，逢凶化吉，逃離魔洞乎？還有那神秘的潘朵拉魔盒，牠會打開，給送經綱一行人帶來困擾乎？

敬請期待 下回分解：

『註解』：

❶堙鬱：指憂慮煩悶。

❷貫伯：古代貫為千錢，伯是百錢。乃指錢財富裕。

❸㯳櫟之材：指資質平庸低俗，無所作為。

❹鬧娥：古代婦女插在髮髻上的飾物。

❺萬福：古時候，婦女施禮問候的禮儀。

❻潘朵拉盒子：乃古代希臘神話故事。眾神之王宙斯賜給新婚的婦女潘朵拉一個精緻的盒子，裡面裝的卻是諸神的詛咒，打開就會導致各種災禍。

❼空閑幽田：中國漢醫對雙耳的稱呼。

❽窗櫺：古代指窗牖上面的框架。

❾斗拱柱科：指房內的屋樑榫卯。

❿排撻：指分化切割，挑撥離間。

⓫羸師：不堪作戰的軟弱軍隊。

第四十回　西天仙戰黑天軍　潘朵拉盒亂鬼神

黑皮綠眼性飆悍　鈎爪鋒利獠牙翻　嗜血啖肉成習慣　漫天撲殺心膽寒
霸王祖宗遭困難　黑旗搖起軍令喚　黑軍潮湧來參戰　展翅封天往哪鑽

話說那黑白洞裡，大聖悟空師兄弟三人，大戰天霸王和地剎君夫妻。雙方交手，打得難捨難分，勝負難決。血拚三百回合之後，不耐煩的天霸王使出絕活，祭出黑旗呼喚巖洞外面山野，窩弩❶的千萬隻吸血黑蝙蝠大軍。頓時如浪潮般飛奔而至，像黑漩渦般把孫悟空、豬八戒、沙和尚等人圍困中間。

被黑天軍團團包圍，層層困住的一行人，看得臉都綠了。八戒眼看不妙，驚呼道：『這些黑糊糊的伏翼❷不正是前天晚上，漫天飛舞的黑幕嗎？怎麼一股腦全部都跑到這頭來啦？這麼多，哪裡打得完哩？慘哉！慘哉！』沙和尚也覺得不對勁，跟著說道：『悟空師兄，我看就甭打了，帶著那些真經快走人。俺來掩護你們，快走人吧！』源源不絕的黑天軍，已經打落一地，依然前撲後繼直沖過來。萬一不慎失手，被他們趁隙纏住，緊咬不放，三兩下，人就會變成白骨一堆矣。大聖回道：『他奶奶的！俺的手都打腫了，還打不到萬分之一。搞屁啊！』大聖也被這群黑蝠天軍搞怕了，只好邊打邊設法逃離。

突然黑白洞口傳來一陣喧嘩聲，原來悟空臨走曾經有所交代，天上輪值的仙家們在據報之後，循跡趕過來助陣幫忙。這回輪值的是二十四位護法諸天，衝在前面的是四大天王和大梵天，帝釋天、韋陀天幾個，沒料到才從天上降到關山嶺黑白洞的洞口，另一波黑蝠浪潮迅速湍急而至，黑浪沖刷形成大軍壓境，圍攻過來。仙家們旋即陷入重圍，搞到他們都自身難保矣！

『八戒、沙僧！快隨我殺出去！』眼看輪值仙家們被攔阻在洞外，大聖他們唯有自求多福，殺出黑白洞。大聖悟空唸著「卯酉星法」使出三昧真火，一路噴出大火讓黑蝠大軍閃避，騰出一絲空間衝殺出去。雖然這招頗奏效，待大聖逃出黑白洞，卻不見兩個師弟跟上來，顯然還被困住在洞裡面。

唉！大聖含著苦水自己肩背馱著幾箱真經，再折返洞內救人勝算不大。遂對著二十四個護法諸天仙家們說道：『麻煩諸位仙家撐住局面，八戒和沙僧還困在洞裡頭。等俺先把這些真經給送回去，儘快再趕回來，擺平這群邪雜碎。撐著！撐著！』說完，快速隱遁再行翻個筋斗脫離關山嶺那裡。

且說那趕來伸援的西天神仙們，正想往黑白洞裡衝，竟遭到山域中嘩然群湧來襲的黑天軍包抄，周圍黑糊糊一片。帝釋天護法說道：『糟糕！跟這波伏翼黑軍廝殺，防不勝防，殺不勝殺。咱們散開單打獨鬥根本不是辦法，大家趕緊聚在一塊，圍成一個圈，刀口一致對外。要快！』圍成一個圓圈的護法諸天，暫時支撐下來。不久，天霸王從洞內走出來，揮一揮小黑旗，讓黑天軍先行退到附近待命。他猖狂說道：『有俺的天軍守在這裡，再多的神仙過來幫忙也無濟於事。你們只是把自己送過來這裡蹲苦窯，進籠子罷。』功德天大仙痛斥罵道：『玩這種小把戲，就想讓我們投降。沒門！』語音甫落，大家眼睜睜看見豬八戒、沙和尚，被一群妖兵持大刀架在脖子押了出來。天霸王冷笑說道：『哼！快將你們手中的武器丟在地上。否則，就讓他二人的腦袋掉在地上。二選一！』護法諸天搖搖頭，無奈地，只得扔掉手裡的武器束手就俘。

行者回到棣州郡府館驛，與師父說明情況，要辛甘和秦願放妥那幾箱真經。匆匆忙忙又趕回到關山嶺的黑白洞。前後也不過燒一壺水的時間，卻不見任何打鬥的痕跡。前來支援的護法諸天也不見人，黑白洞變得風平浪靜，海闊天空矣。

這時的大聖拿出如意金箍棒，在黑白洞的洞口來回踱著方步。究竟發生什麼事哩？為何仙家們都不見人影？他正在忖度著是否要殺進洞穴內。索性就在洞口叫陣罵道：『藏在洞裡的縮頭烏龜，通通給俺滾出來！省得大爺費事進去抓人。』

『哈！哈！天堂有路你不走，地獄無門，你偏來投。歡迎！歡迎！熱烈歡迎！』隨著一陣嚎笑，天霸王率領著眾妖群魔走出洞外。他指著大聖悟空說道：『你的夥伴無一倖免，全部蹲進了籠子裡啦！才剛說你溜得真快，嘿！誰知你是不見棺材不流淚，自個跑來這裡送死！』旁邊的地剎君娘娘不耐煩說道：『唉呀！跟這潑猴講一堆廢話幹啥？先將他宰了，省得麻煩！』寰宇天霸王不再囉嗦，取出震天九節鞭朝悟空揮打過去。地剎君也沒閒著，她拔出天下無敵劍加入拼鬥的行列。夫妻倆，你抽他一鞭，我刺他一劍，彼此打成一片。那場面豈止火爆：

震天神鞭，神靈活現。天霸王揚鞭善攻堅，勢若雷劈氣似燄，目中無法更無天。地剎君持無敵劍，衝鋒陷陣沖最先。揮砍直落，橫豎如閃電，避無空間。齊天大聖嫌礙眼，立馬使出殺手鐧。遍打妖魔逾萬千，怎容汝囂張在眼前。定海神針金箍棒，讓汝見識知汗顏。不管你神鞭或寶劍，嚐到苦頭莫喊冤。

大聖、天霸王和地剎君三者打成一團，左打右閃，前劈後砍，又打了兩百多個回合。天霸王說道：『夠了！俺玩夠了！就讓俺的小寵物們過來陪你玩吧！』說罷即抽出小黑旗念咒揮舞著。不消說，那關山嶺幽峪峰嶽再次轟然捲起一片黑蝠波濤，密密麻麻，逐漸掩撲而至。悟空心想：『靠夭！又來這套了。俺拔再多毫毛也不夠應付。眼前俺孤軍奮戰，肯定勝算不大。罷！罷！』情非得已，大聖只得收起金箍棒說道：『你這魔頭，算你狠！記得俺會再回頭找你算帳。你敢動俺弟兄一根寒毛，俺會掀翻你的黑白洞。等著瞧！』說罷，悟空化作一陣煙霧消失掉了。事實他乃藉著障眼法遁地逃離恐怖的現場。

諒你蝙蝠大軍有多兇，有多猛，有那本事鑽到地下阻攔大聖乎？門兒都沒有！大聖雖然安全逃脫，但是想到送經綱的八戒和沙僧，還有輪值的護法諸天，全部陷身囹圄任人宰割，他忍不住坐在路旁淚流滿面，仰天嘆息。唯一值得慶幸的，就是真經抄本得以完璧歸趙，還有師父唐三藏保持毫髮無傷，真是菩薩保佑！

菩薩保佑？呆坐路邊的悟空馬上站起身來，此時此刻，除了尋求南海觀世音菩薩幫忙之外，還能咋辦哩。時間極為有限，不容許徬徨遲疑。大聖甫地呼下觔斗雲，抓緊時間趕往南海落伽山，普陀巖之潮音仙洞，找觀音菩薩排憂解難去。

經過散財童子的通報，大聖受邀進到仙洞裡面。對著端坐於蓮花座台上的觀音菩薩，上稟此回遇到的困境與災情。觀音菩薩微微點頭嘆氣，接著詢問那旁側侍候的木叉使者，是否掌握到一些相關的訊息？

木叉使者回答道：『回菩薩的話，對大聖提到的天霸王與地剎君夫妻，其底細本使者略知一二。他們是來自西牛賀洲更西方的希臘古國。二者分別是千年的蝙蝠精和白鷺精，率領著數以千萬隻的吸血蝙蝠，到處為非作歹，趕盡殺絕。所到之處無不災情慘重，比起蝗災肆虐更甚！據說，他倆是偷走古希臘眾神之王宙斯一件寶物，因而躲藏到中原神州來的。現在又開始不安於室，蠢蠢欲動，圖謀大唐江山。邪惡至極！是時候，該出手壓制遏止這群蔽天黑軍的氣焰矣。』

大聖突然想起一件事，好奇問說道：『對了！我最初混進黑白洞的時候，曾經目睹那地剎君手中持有一個頗精美的小珠寶盒。叫什麼……潘朵拉盒子？那是啥玩意？』木叉使者臉色變得沉重起來，他解釋說道：『潘朵拉的那只魔盒，就是希臘眾神之王宙斯送給她的，也就是遭到那天霸王盜走的神物。該魔盒我略有聽聞，盒子曾被希臘眾神忌妒，而惡意下詛咒。盒裡裝滿對人間的各種詛咒，包括瘟疫，飢餓，戰爭，天災種種痛苦。所以不能任意開啟。一經盒開，其苦難將無法收拾。除非……。』大聖追問道：『除非怎樣？』木叉使者說道：『除非德善修行高深之神佛，方可盡釋化解這般災難也。』大聖頓時開竅，立刻伏跪觀音菩薩跟前說道：『弟子面對如此惡敵，能力有所未逮。爾今東瀛送經，險阻受困，懇請菩薩鼎力予以相助也。萬望！萬望！』

慈悲的南海觀音菩薩，聽完木叉使者的匯報，遂顯出關懷之意。見她從甘露淨瓶中取出一柳枝，說道：『鬥戰勝佛悟空聽著，且將此柳枝放在汝身上。遇有難解不敵之時，這淨瓶柳枝當可化解一切危難。切記！切記！』觀世音菩薩說完，隨即遞交柳枝給大聖收妥。

接著又說道：『攸關那妖魔率領的黑蝠天軍，確實十分棘手。甚至連我遣往輪值的眾仙家都不堪匹敵，淪為囚虜。這樣吧！汝不妨再去北天門尋訪廣羅大仙，使他那「羅星法網」網羅那股黑潮妖軍，應該是綽綽有餘。』觀音菩薩一語驚醒孫大聖，馬上回說道：『然也！然也！謝觀音菩薩指點迷津。事不宜遲，這就去！這就去！』觀音菩薩猶不放心，吩咐木叉使者跟隨悟空一起去應戰強敵。悟空即叩謝觀音菩薩，帶著木叉使者拱手辭別普陀巖潮音仙洞。二人立即搭乘飛雲直奔北天門。

在北天門的寶生殿紫府中，廣羅大仙正與太上老君，一來一往對弈圍棋。聽聞大聖和木叉使者謁瞻來訪，即請二人入殿就座。廣羅大仙撫摸著白皚皚的長鬍，笑著說道：『怎麼大聖這回東瀛送經，送到我這裡來啦？』大聖搔搔臉說道：『打擾！打擾！誠所謂：無事不登三寶殿。乃有所求也！』於是他將地界奇怪山黑白洞遭遇的困劫，重複述說一遍。太上老君聽得義憤填膺說道：『簡直是目中無人，欺人太甚！』廣羅大仙也正氣凜然說道：『本尊知道大聖所求何物矣。他們敢從西邊來犯我中原，豈不是狗眼看人低。本尊義不容辭，上次你用來網羅飛沙走石，這回用羅星法網抓這些小雜碎，恰到好處。拿去用！放心用！』他遣僕役去藏經閣取出羅星法網，然後再次提醒悟空如何唸訣施法。

太上老君在一旁建議說道：『大聖且慢，你還是穩紮穩打好些，除了你二人，最好再多找幾個除妖的幫手。像牛斗宮的四木禽星，這陣子，他們閒著發慌，整天打麻將渡日子。找他們準沒錯。』正點，悟空他二人毅然接受太上老君的好意。取過羅星法網，鞠躬拜謝，辭別了寶生殿兩位仙尊。再速速趕去牛斗宮找四木禽星仙家們。他們乃是九重天靈霄寶殿，受命於玉帝專門捉拿禽獸妖魔的職業隊達人。這回對症下藥，自然事半功倍。

到了牛斗宮，角宿星角木蛟正在劈柴火，斗宿星斗木獬正在煮水餃，奎宿星奎木狼正在切下酒菜，井宿星井木犴正在打蚊子。他們一聽說到下界靖魔抓妖，精神為之一振，欣然同意陪著大聖走一趟。好久都沒展露身手，錯過機會，更待何時哩。

大聖拉著木叉使者，四木禽星等眾仙家搭雲乘霧。一會兒，來到棣州關山嶺黑白洞的上空中。大家商議好對策之後，先由悟空化作小飛蟲，獨自潛飛到巖洞裡的藻井樑上停歇，摸摸底。不知洞內的現況如何？

『那個不要臉的孫猴子，幾次都被他溜掉。』不可一世的天霸王神氣說道：『哼！下回他還敢再來，本天王先打斷他的猴腿，俺看他還能溜到哪去！』地刹君娘娘也不屑地說道：『夫君提那猴頭菇幹嘛？無聊！我最瞧不起這種只會打打跑跑的咖小。狗掀門簾就靠一張嘴罷，根本不耐打。來！來！不提那小孬孬。咱們喝酒，先乾一杯再說。』黑白二魔坐在殿堂上飲酒作樂，不停拿大聖來消遣。

他們說的話，像針一樣刺扎著大聖的心坎。暫時強忍下來，不聽那對狗男女講的一堆絮咶❸屁話，繼續四處飛著尋找豬八戒，沙僧和輪值仙家的下落。皇天不負苦心人！終於在一處陰暗窨窖裡找到被囚禁的一夥人。

『哇！又見到師兄，光明在望！光明在望！』豬八戒見著變回真身的孫悟空，開心的不得了。關在囚獄裡的諸位，見大聖就像見到救星，眉開眼笑起來。大聖說道：『噓！小聲一點。俺已經找到幾個西天的幫手前來，不多時，就會將這黑白洞搞到天翻地覆，人仰馬翻。』於是大聖把情況大致跟大家說明一下。

沙僧聽完，警告說道：『師兄得把握時間才行。你那毫毛變作的假唐僧師父，方才被拖去灶廚給殺了。不須多久，他們肯定會發現真相，必然要折回這裡找我們出氣的。』大聖點點頭，先逐一解開大家的桎梏鐐銬，他用地刹君的迷魂香把幾個獄卒擺平，再偷偷打開獄柵的鎖鏈。吩咐大夥伺機隨時衝殺出去，來個裡應外合，一舉掀翻這個魔洞鬼窩。悟空特地叮嚀說道：『萬一情況對我們不利，俺會施用迷魂香的賤招。你們到時可得小心，必須用龜息大法止氣，避過險情。』

大聖悟空再度化作小飛蟲，趁著那天霸王和地剎君夫妻鬆散警覺，在殿堂上旋酒樂乎。他抓緊時間在魔洞裡面來回佈局。然後飛出洞外等候，見機行事。

『陛下！不好了！不好了！』不久，負責宰殺烹煮唐三藏的八個妖廚，急急忙忙跑到殿堂喊道：『那個唐僧是假的仿冒品！』天霸王喝下一杯白酒，不解問道：『咋一回事？人還有假的？慢慢說來聽聽！』灶房的妖廚回話說道：『殺他的時候不見血，煮他的時候不見肉。現在僅有一堆皮毛廢水，大鍋裡啥都不剩！』天霸王和地剎君二人聽到，同時跳腳發飆起來。氣得天霸王火冒三丈，嚷嚷罵道：『搞屁啊！辛辛苦苦才捉到手的唐僧，居然是山寨版的假貨。去！去！把牢籠裡剩下的通通殺掉，一個不留。俺就不信邪，這一堆子都是仿冒品。』說完又乾了一大杯酒消解悶氣。

黑白洞又開始繁忙起來。一大群妖兵拿刀持槍擁進窨窖牢獄，欲押解獄中俘虜宰殺，一個不剩。孰不料！卻被豬八戒、沙和尚、二十四個護法諸天，一塊從獄中倒殺回去，跌跌撞撞退回到大殿。天霸王和地剎君見狀，連聲怒罵：『反了！反了！吃不到狗肉，卻踩到一腳的狗屎。大家把洞口封住，把這些傢伙通通給我圍起來！俺再一個一個解決。』聽到魔王的話，洞中局勢才稍稍穩住。

才說完，守護洞口的門衛，喘著氣跑進來說道：『天霸王陛下！孫悟空那猴精又帶著幾個天界仙將，正在洞口叫陣罵著哩！我們該如何是好？』真是屋漏偏逢連夜雨，一波未平一波又起。一時之間，天霸王腹背受敵，左右為難，真不知該如何是好？

地剎君娘娘臨危不亂，反倒冷靜些。她說道：『有何懼之！知是不辱，知止不殆。這群人旦夕即將入土為安，臨死猶喧嘩不斷。何況洞外那猢猻只算小角色，暫時不管他們。傳你的黑蝠大軍全權處理便是。』天霸王悻悻說道：『難得娘子膽氣過人，言之有理，俺的黑蝠大軍著實多到數不清，可一部份阻擋他們在洞外，另一部份趕著進洞來幫忙。妙！甚妙！』說著即搖著那面黑旗唸訣。

果然整片關山嶺叢林曠域，端地天搖地晃，轟隆通天。洪流般的黑蝠大軍，打幽暗森林中騰空而起，甫地烏雲掩天，渾沌蔽日，朝著黑白洞這兒蜂擁而至。即便見多識廣，殲妖無數的四木禽星，看見漫天飛舞的黑蝠，都不覺嘆為觀止。

斗宿星斗木獬仙家忍不住說道：『怪怪隆嘀咚！真是說出去都沒人會相信，好像一下子，全天下的蝙蝠都跑到這裡來了！』他們擺開架勢，嚴陣以待。

說時遲，那時快，悟空迅即取出廣羅大仙之羅星法網，咒訣跟著唸上。一張包羅萬象的網，不斷向四面八方迅速伸展開來。法網恢恢，疏而不漏的羅星網，將沖過來的黑蝠洪澇穩穩的罩打包，丁點不漏。看官瞧個仔細：

萬鈞雷霆黑天軍，翻山越嶺一群群。由西萬里向東進，沿途殺戮沾血腥。
倚眾欺寡乃天性，所向無敵更橫行。今遇法網真不幸，天軍悔恨陷羅星。

噫！在黑白洞裡，與豬八戒、沙僧、護法諸天他們，已經打殺好一陣子的天霸王，感覺越來越不對勁。無論怎麼揮搖那面黑色令旗，就是見不到有半隻蝙蝠過來幫忙。按常理，這群黑蝠大軍早該到了啊？不妙！不妙！大事不妙！

『婆子！這裡有妳先頂住。俺出去瞧瞧，咋地俺的黑蝠大軍半天還不見影子？』等不及的天霸王，吆喝著夫人地剎君，暫時撐著大殿內的陣勢。他三步併成兩步，趕去洞門口把個究竟？率領這波黑天軍數百載，從西邊希臘打到東方神州，從未出過紕漏差錯。不說不到，甚至連遲到都不曾發生過。

奔走到了洞口，天霸王放眼一瞧，牙都歪了！但見四面八方湧過來的群群黑蝠，直接自投羅網，被羅星法網一網打盡。天下無敵的黑天軍，遇著天上來的怪咖，少時皆成了廢物。他一聲哀嘆，淚水簌簌說道：『慘哉！一直以來，俺指揮的黑天軍，只知道勇往直前，橫衝直撞。根本沒思考過改變多元戰術：像似迂迴繞道或者倒退改為兩側襲擊。少了這群黑天軍，這回俺麻煩大啦！』

眼前沒了黑天軍，天霸王啥也不是。無論他多麼神勇，鬥志高昂，可面對一大群西天仙將，必死無疑。蓋於古希臘那方成軍迄今，走過數十國，橫越數萬里路，他從未像當前這般落魄絕望，鬱卒❹之情油然而生。他不禁長嘆一聲：『從西方一路而來，我率領的黑天軍吃遍四面八方。料不到竟然栽倒在中國的關山嶺這裡，中原華夏的神仙真是神奇！厲害！厲害！惹不得啊！』

他確定黑蝠天軍已經全軍覆沒，即轉身跑回黑白洞內，大聖與四木禽星隨後追了進去。天霸王和地剎君依然領著眾妖，猶在岩洞中作困獸之鬥。他抱著寧為玉碎，不為瓦全的心態，頑抗到底。眼看著大勢已去，橫豎是死定了，乾脆拖著殿內的所有人一起跳樓！

哀莫大於心死。天霸王對著地剎君說道：『婆子！妳快快取出潘朵拉魔盒，他們再不收手滾開，咱們就賭一把，打開那魔盒，大夥一塊同歸於盡吧。』

曾經風光一時的關山嶺黑白洞，竟然被一個孫悟空搞得一敗塗地，毀之一旦。後悔太輕敵！太輕敵！地剎君別無選擇，逐奔回閨房拿潘朵拉魔盒，準備挺而走險打開盒子，破釜沉舟，拚死一搏矣。

送經綱一行與西天眾仙家們，於黑白洞內外纏鬥了許久，儼然勝利在望矣。卻不料那天霸王使出最後絕招，欲以開啟潘朵拉魔盒為要脅。打開盒子會有什麼後果？他們能躲過這一劫難乎？

敬請期待下回分解：

『註解』：

❶窩弩：在荒郊野外暗藏埋伏。

❷伏翼：古時候，對蝙蝠的雅稱，也有稱：凡使，夜燕。

❸絮咶：話多且雜亂無章。

❹鬱卒：指心情煩悶或遭到挫折，不得志。

第四十一回　黑白洞中起內鬨　大聖巧思擺烏龍

話說不是猛龍不過江。仙魔之間，在斸山嶺黑白洞內打打殺殺，雙方血戰好一陣，正所謂之：驚天地而泣鬼神。之前魔頭寰宇天霸王在拼鬥同時，揮動黑色小令旗呼喚黑天軍前來救援，遲遲未有動靜。他跑出洞外，含著淚親眼目睹，他的超級王牌「黑蝠天軍」遭到大聖佈下的羅星法網獵殺，全軍覆沒，無一倖免。兵敗如山倒的情況下，左支右絀，內外夾擊，已經無力回天。他逐挺而走險，祭出潘朵拉魔盒，準備抱著仙家們一起跳樓，同歸於盡。

地剎君不得不接受天霸王夫君的決定，急匆匆奔回閨房去攜取潘朵拉盒子。

待她進到房間，才開門，目瞪口呆傻眼了。整個屋子都是潘朵拉魔盒，床上、桌案、化妝台、五斗櫃，甚至地面全擺滿了盒子。幾百個盒子，看起來均一模一樣，不知哪一個才是真的？她又不敢隨便打開看。

地剎君愣了半晌，知道一定是孫悟空擺的譜，搞的鬼。氣得她咬牙切齒，恨不得將他剝皮剉骨，碎屍萬段。夫君天霸王在門外殿堂上，已經一連催了好幾聲道：『婆娘躲在臥房幹嘛？叫妳拿個盒子，怎地半天不出來哩？』地剎君在閨房裡挑三揀四，翻來翻去，這個也像那個也像？唉！搞到她心急如焚又六神無主。門外相公催急了！她只好隨手抓它四，五個盒子，回應說道：『催什麼催？這不就來啦！煩不煩？』說完趕出去暫時應付一下。

『哼！你們好大膽子，惹到俺的黑白洞裡來。俺讓你們進得來，卻出不去！』天霸王看都不看一眼，從夫人手中抓過一個盒子說道：『這是希臘眾神下過毒咒的潘朵拉魔盒，一經打開就會冒出極度邪惡的災難禍害來。這裡所有人皆必死無疑！嚴重警告你們，再不給本天王快點滾出去，大家就死在一塊。滾！快滾！』在場的眾仙家們聽罷，猶豫不決，你看我來，我看你！都聽說過有這麼一回事。全宮殿內一片沉默茫然之際，惟有大聖悟空哈哈大笑，並且推波助瀾說道：『既來者則安之。快開！快開！講那麼多的廢話，囉囉嗦嗦，你到底有完沒完。你若不敢開，就讓俺來幫你開！』

此話嚴重傷害了天霸王的自尊心，心一橫，即立馬掀開那盒子。嚇得豬八戒扔下手中九齒釘耙就想溜。卻被師兄悟空一把抓回來，且說道：『你這夯貨急啥？好戲才剛開始哩。』大夥仔細瞧著，魔盒遭到打開矣，會出現什麼惡魔妖物？

果然有所反應，卻聽見被打開的盒子，瞬間傳出幾聲「噗」，「噗」響屁！隨後空氣中瀰漫著臭屁的氣味。臭是臭！倒也不見有什麼災難禍害。『不可能！不可能？』狼狽又難堪的天霸王，羞到無地置容。再從夫人手中搶來另一個盒子，迅速將盒子打開，竟傳出幾聲貓叫狗吠聲，殿堂裡依然啥事也沒發生。隨手扔掉，再從夫人懷裡抽出一個盒子，打開竟然跑出男女山歌對唱，卿卿我我，甜甜蜜蜜……。馳名遐邇的潘朵拉魔盒，怎地搞出這般烏龍，著實令人啼笑皆非。

孫悟空扮個鬼臉說道：『再開！再開！俺好想聽聽烏鴉唱歌！』

天霸王面紅耳赤，揪著地剎君喝斥說道：『到這節骨眼，妳這婆娘還給俺開什麼玩笑。叫妳拿個潘朵拉魔盒，搞半天妳拿出一堆廢物來耍寶。俺的臉都被妳丟光了！竟敢促狹❶俺，看俺不修理妳才怪。』好個地剎君，尷尬萬分，面對窘狀真是百口莫辯，含冤莫白。天霸王此刻猝然惱羞成怒，七竅生煙，倏地出手賞那婆娘一記耳光。冷不防，打得她踉踉蹌蹌，差些摔趴地上。

這巴掌可徹底把地剎君惹毛了。她摸著泛紅的臉腮，指著天霸王一頓臭罵道：『哼！你這老蝙蝠，白眼狼，打敵人沒那個本事，打自己老婆卻彪悍無比，算什麼咖小？老娘又不是頂紅❷犯賤跟著你活該受罪。這回，你可把老娘給打醒了，看我饒你不！』夫妻二人當著一群圍觀者面前，誰怕誰！彼此撕破臉，絲毫不留情面。不多齟齬說廢話，二人拿出武器打殺了起來，九節鞭槓上無敵劍，互相殺紅了眼。潘朵拉魔盒開不成，二人卻如預言般先著魔了。

局勢相當混亂，大聖趁渾水開始摸魚。他暗示在場的師弟和輪值護法諸天，四木禽星，木差使者眾人，暫且行使龜息大法先止息。他抓風向，開始施放迷魂香。頓時之間，黑白洞里倒的倒，躺的躺，東倒西歪，弄得殿堂裡十分狼藉。

且說那蹲在茅廁，昏迷三天三夜的棣州申屠刺史，微微甦醒過來。伸個懶腰才發現怎麼會睡在茅屎坑裡，屎屎尿尿薰得他一身惡臭。門又開不得，暈頭轉向大聲朝著窗外喊救命！很快就有一群人聞聲跑了過來。

『好傢伙！原來他人躲在茅坑裡，將自己反鎖起來。難怪一直找不到他人。』那群人居然是穿著盔甲，持刀舞槍的官兵。不由分說就把申屠刺史套上木枷腳鍊抓了起來，押送至郡府大殿上。殿堂台階上，坐著兩個臉色沉重的朝廷官員，旁邊坐著則是送經綱師徒一行。

棣州申屠刺史見著唐三藏，活生生坐在台階上，嚇得不停顫抖。心知肚明，他和天霸王勾搭的奸情，恐怕已經敗露矣。他裝腔作勢，轉頭對著兩個朝廷官員連聲問道：『我乃棣州申屠刺史也，你們是何人？無緣無故挾持朝廷的州府首長，莫非你們想造反嗎？』一個身穿緋色納錦官服，戴著御史官帽的人，站起身，出示諭令金牌，正色說道：『我乃掌管大理寺三司使的御史中丞，直接由大理寺卿委派過來棣州辦案的。你身為朝廷地方州府刺史，不為朝廷恪盡職守，更不為社稷百姓謀求生計福利。竟然勾結外邦邪惡勢力，中飽私囊，貪贓枉法。爾今我等接獲案情舉報，經核查屬實，證據確鑿。按朝規王法當押回京城大理寺，靜待尚書省之刑部審理判決。汝復何言？』棣州刺史應聲反駁說道：『冤枉！真格冤枉！此事明明就是有人刻意抹黑，栽贓於我。你們所謂證據是什麼？可有人證與物證哩？』

語音甫落，卻聽見有人說道：『要人證是嗎？我是棣州府州判，我就是人證。』台階旁走出一個人，就是棣州州判夏志強，他義正嚴詞說道：『這些年，我明查暗訪之下，申屠大人經手盜賣賑災官糧與物資，案子已經不下百件。這幾本帳冊就是從你窨窨暗櫃裡翻出來的，裡面還有鬻衙❸的收據。帳冊記載，更有許多來路不明的贓貨，分銷全國各地。數年之間，申屠大人之所作所為，實乃罄竹難書，一言難盡也。』棣州刺史氣得猝嗟❹說道：『本官素來與你夏州判無冤無仇，你如此誑語惹口業❺小心會遭報應。』

唐三藏忍不住說句公道話：『南無阿彌陀佛！苦海無邊，回頭是岸哪。我等東瀛送經綱的幾箱真經抄本，均被申屠刺史你密謀設局盜走。尚且出賣本法師，私下交易送我給那天霸王妖魔進補。難道申屠刺史的這般所作所為，皆無畏有所報應乎？』這話說得棣州刺史臉色發白，啞口無言！

『俺老孫一行人和西天的仙家們，為你這貪官汙吏可吃了不少苦。而你卻藏身茅廁獨享其樂，薰染其香。你還不覺羞愧，皮厚心黑的，好意思嗎？』孫悟空指責說道。申屠刺史猶作垂死掙扎，強辯硬拗說道：『這些天，我獨個遭奸人關鎖在茅廁裡，啥事也做不得。怎地把壞事都推到本官頭上？不服！本官不服！』

孫悟空懶得再回應，從懷中取出那瓶迷魂香亮一亮，緩緩說道：『張刺史，這玩意兒，你可認得？』慘！慘！慘！地剎君交付的寶物迷魂香，咋地落在孫悟空的手裡？難怪自己白白躺了三天的廁所。棣州刺史恨不得找個地洞鑽進去。

棣州刺史清楚大事不妙矣！竄敗❻至此，這回押去長安大理寺刑部送審，肯定是九死一生，難逃死劫也。他逐放聲大喊道：『環宇天霸王，地剎君娘娘！你們快點來救我啊！我為你們捨身取義，你們不能見死不救！快來救救我啊。』

孫悟空聽了好笑，走過去拍一拍申屠刺史的後腦勺，說道：『別鬧了！他們已經自身難保，無暇救你啦，你自求多福吧。』棣州申屠刺史懷疑說道：『不可能！不可能！你勿呼弄我。打死我都不信，他們會敗在你的手上。』悟空回他話說道：『信不信由你。關山嶺黑白洞的妖魔，昨天全部遭到俺和仙家們的肅清殲滅。這回，天霸王和地剎君，已經被木叉使者與四木禽星押送回希臘國。那兒奧林帕斯的眾神：宙斯、阿波羅、馬爾斯、雅典娜，任誰也饒不了他倆個。你還指望他們？省省吧！』

棣州申屠刺史知情，仰天長嘆說道：『嗚呼哀哉！孽債是時候該清償矣，這一切乃吾自取其辱。自上任棣州刺史以來，投機取巧，作惡多端。現在人贓俱獲，活該有所報應。無怨！無怨矣。』誠如古諺所云：人之將死，其言也善。

即日起，棣州申屠刺史將隨著朝廷派來的御史中丞，押解赴長安京師的牢獄待審。作惡多端的天霸王，地剎君則押送至希臘國，交由奧林帕斯那裡的諸神處理。於河北道棣州遭遇的厄劫困頓，總算平安落幕耶。

唐三藏師徒一行的送經綱，整理佛經抄本和旅程所有行囊妥當。準備就緒之後，離開棣州樂安郡的厭次縣州府。暫時代理棣州政務的夏志強新任刺史，率領百官送行至城郭外。並且焚香祝禱，祝東瀛送經綱旅途逢凶化吉，一路平安。

再次順利跨越棣州險阻的門檻，大夥愉悅開朗不言而喻。談笑風生，有說不盡的快活樂趣。尤其是那潘朵拉盒子的笑柄，更讓一行人津津樂道。豬八戒笑著說道：『哈！哈！剛開始掀開盒子，當下確實讓俺心驚肉跳，魂飛魄散。後來聽到連環放屁聲，接下貓叫狗吠，還有男女山歌對唱，笑到俺的肚子都痛。我懷疑再多開幾個盒子，搞不好會跑出蟑螂，老鼠，來！』這話引得大家笑成一團。

辛甘在一旁打屁說道：『上百個潘朵拉盒子，誰知道？搞不好都會跑出癩蛤蟆哩？』嚇得豬八戒說道：『莫提那癩蛤蟆，俺這輩子最怕癩蛤蟆！俺寧願魔盒跑出妖魔鬼怪來。』這話又讓大家笑了好一會兒。

沙和尚則稱讚說道：『大師兄精心擺佈的幾百個假盒，鬧出一連串的超級笑話來。而且搞到黑蝠精與白鷺精，夫妻倆反目成仇，自相撻伐。師兄佈局之巧思堪稱精采絕倫也。』說著說著，沙和尚來一段打油詩作趣說道：

潘朵拉啊潘朵拉，隨身寶盒把人嚇。惡名昭彰傳遐邇，為何不去管好它。
眾神魔咒夠毒辣，隨意擺放遭賊拿。魔盒丟失無所謂，厄運卻浪跡天涯。
一朝盒歸天霸王，斗膽放肆亂欺壓。施展魔威到華夏，一意孤行統萬家。
霉運當頭遇大聖，黑天軍倒難再發。威脅掀盒鬧笑話，醜態盡出怪眼瞎。
臭屁不斷該下架，貓聲狗叫唱山峽。開盒不成夫妻罵，翻臉無情互打殺。

『這詩夠油，油到可以炸油條哩！』大聖悟空聽到沙和尚的即興打油詩，笑得合不攏嘴，順口幽他一默。

師父唐三藏笑一笑，忍不住好奇問一句說道：『阿彌陀佛！最後那只真正的潘朵拉魔盒呢？悟空你藏到哪去哩？』孫悟空苦笑著說道：『實話實說，俺也不知道真的盒子在哪？俺僅憑著看過一眼的印象，變出一堆添油加醋的假盒子。反正俺拜託木叉使者他們，把所有盒子通通帶走，讓奧林帕斯那些希臘神仙去頭痛吧！咱們忙著東瀛送經的正事。哪有閒工夫，逐一篩選那一堆盒子孰真孰假。再說，潘朵拉盒子也是他們搞出來的名堂！對不？』燙手的山芋，只能丟給希臘神仙他們去處理解決，一行人繼續趕著送經之路。

走到一處郊野的一座小寺廟，與住持講妥掛搭一宿。在客坊房間，這才驚覺行囊包袱曾經被動過手腳，一些銀兩均不翼而飛矣。有可能那天霸王遣手下，至館驛盜取幾箱真經的時候，順手牽羊，把一行人的盤纏路費一塊偷光矣。氣煞一夥人，又無可奈何！唐三藏安慰大家說道：『阿彌陀佛！怪我不該疏忽的。往後，只得於送經途中，有機會即代辦法事或請求官府支助經援。這些天，大家稍忍忍，省吃儉用吧。』沿途他們只好邊走邊化緣，風餐露宿，含辛茹苦。步行走了八天七夜之後，越過棣州，很快見到滄州的界碑。

進到滄州州界不久，經過一個城邑，菩薩保佑遇到一家大戶員外，適逢喬松喜壽❼生辰，在大門外布施濟世做功德。唐三藏遂登門造訪，表明是長安慈恩寺的方丈，願為老爺辦一場祝壽法會。這場法會完成，好歹也收得些許襯錢❽應急。

隔天清晨，他們來到一處千來戶的小鎮上。才踏入小鎮，每個人即感覺怪怪的，馬路來往的行人和路旁的店家，皆用奇特且不友善的眼光盯著一行人不放。走著走著，越走引起的目光越多，渾身越不舒暢。甚至路邊一群玩耍嘻戲的小童們也紛紛朝他們指指點點，或者跑回家藏匿起來。

『沃靠！這鎮上的百姓當咱們是啥？好像見鬼了！』豬八戒放下擔子背笈，一邊擦汗一邊說道。孫悟空對著師父唐三藏說道：『師父，這地方本來應該是挺純樸老實的，可俺看出來，這裡漸漸沾上各種妖氣，一時也說不準是哪一種妖精。不如咱們在這鎮上找間客棧歇憩吃飯，俺想瞧瞧到底咋回事？』唐三藏點點頭同意，說道：『阿彌陀佛！依你吧！如果這些妖精對人無害，且不做傷天害理的勾當。你就不要插手管閒事，誤了我們送經的時間。』大聖回道：『當然！當然！』

一行人就近找到一間懸掛酒望子的酒店館穀❾，先找個位置坐下歇歇腳。酒生兒給他們擺上酒壺酒角❿即快步離開，躲得遠遠的。瞧見隔壁幾桌酒客也趕緊結帳離去，豬八戒大聲嚷嚷道：『這是啥子店？鬼鬼祟祟地幹啥？掌櫃過來一下。』店裡的椿主怯怯而至，細聲說道：『諸位大爺，你們太招搖啦！這樣會影響我們生意，沒人敢上門的。』唐三藏訝地⓫不解問道：『阿彌陀佛！我是打長安慈恩寺來的長老唐三藏法師，他們也都是隨我雲遊四海的沙彌罷。施主為何說我們會影響你們生意呢？』客棧椿主仔細打量之後，見多識廣的他說道：『原來如此，誤會！誤會！』於是吩咐幾個店小二馬上送酒菜過來。孫悟空搭腔問道：『我們只是適巧路過貴寶地。記得你方才說過，我們太招搖！此話似乎藏有貓膩玄機？請掌櫃明說，吾等願聞其詳也。』

酒店的椿主掌櫃解說道：『抱歉！抱歉！剛才誤會諸位真是抱歉！諸位高僧打外地來的，當然有所不知。咱滄州、冀州、幽州等河北道這一帶，合二十四州一府，有一流傳數百年的傳統習俗，就是每隔三年，皆會舉辦一次運動大會，一連三天。不過，這種運動會與一般神仙凡人完全無關，是另一個世界的運動會。』聽得一行人一頭霧水，懵查查的。當它是笑話，非人非仙，如何辦運動會？

孫悟空猴急，不耐煩問道：『唉呀！快點說清楚，講明白。到底是啥子運動會？與神仙凡人無關，難道是妖魔鬼怪的運動會嗎？』掌櫃神秘兮兮，弄誼[12]回道：『你還真猜對了！就是妖魔鬼怪的狂歡山運動會。所以方才，乍看你們幾個的儀表，有的像猴，有的像豬。且碰巧那運動會就在這幾天舉行，湊到一堆鬧出誤會。實在抱歉！』送經綱師徒們聽了莞爾一笑，唐三藏並且說道：『南無阿彌陀佛，妖魔之間互相交流，憑本事公平競爭，如此運動會堪稱好事一樁。祈求菩薩保佑他們平安！此事與我等毫無關係，知情即可，不便參與。不管誰走獨木橋，我們還是繼續走我們的陽關道。』

才說著，酒店走進來四個路過的彪形大漢，濃眉劍眼，虎背熊腰。二話不說，坐下便吆喝一桌酒肉喫喝起來。逃不過悟空的一雙火眼金睛，一把就知道他們是幾頭深山裡的狻猊精。原來這些人模人樣的妖精，陸陸續續把妖氣都帶過來了。

穿著綦緪布袍，蓄有一臉赤鬢虬髯的漢子說道：『今年的華節載陽[13]運動大會，咱兄弟幾個可得爭氣點。揚眉吐氣爭個好成績，顯顯威風一下。』坐在右邊，穿皓白布納的漢子強調說道：『爭名是其次，聽山上的狐狸精說，這回的獎金又提高了。各項比賽的第一名，最少可領白銀五十兩耶！這比啥都來得重要。是不！』他們志在必得的樣子，又豪邁地各乾了一大杯白酒。孰不料，他們酒桌上的閒聊，聽進大聖的耳中卻如雷貫耳。每項冠軍至少可領五十兩白銀！對缺乏盤纏，手頭吃緊的窘迫，他突然開始肉搔皮癢，躍躍欲試。

『諸位好漢，俺也想參加這回運動比賽也。該如何報名？』大聖走過去請教那旁桌幾個，立刻引得哄堂大笑。那赤鬚虬髯大漢不屑說道：『瞧你身軀鄙猥，羸瘦如柴，何苦自討沒趣。不如給咱們兄弟攛鼓兒⓮當啦啦隊，有好處也少不了你一份。』另一個則比較古道熱腸，他說道：『別嘲笑人家，瘦弱也有瘦弱的比賽項目。你不妨跟隨我們身邊。大約在前方十里路，有一處青山湖畔及大草原，稱為劍陽山峪麓。於現場報名即可！』大聖謝過他之後，回座告訴大夥他決定要參加妖精運動比賽。送經綱一行頓時一片嘩然。

唐三藏深怕耽誤送經時間，但是又拗不過悟空想爭取路費盤纏的心意。折衷的辦法就是，沙僧領著辛甘與秦願，保護唐三藏先前往預定的滄州首府景城郡。孫悟空則和豬八戒參與運動大會，有機會搞個銀兩備用且不影響路程時間，一箭雙鵰，一舉兩得。事情有了共識，事情就這麼拍板定案。

這場前所未見的劍陽山妖魔鬼怪運動會，孫悟空能取得好成績嗎？比賽的過程會發生另類的波折嗎？

敬請期待 下回分解：

『註解』：

❶促狹：捉弄或戲弄惡搞。
❷頂紅：指為他人作代罪羔羊。
❸鬻衙：賄賂官府的行逕。
❹猝嗟：生氣指責。
❺惹口業：造謠生事，說別人的是非。
❻寙敗：指事情到了無可挽回的地步。
❼喜壽：古代指七十七歲的壽誕生辰。
❽襯錢：辦法事收取的費用。
❾館穀：古時候稱包吃包住的酒肆客棧。
❿酒角：意為酒杯。
⓫剳地：搞不清楚情況。
⓬弄諠：故弄玄虛狀。
⓭華節載陽：華節與載陽，皆為農曆三月之雅稱。
⓮攛鼓兒：意指在一旁湊熱鬧，敲邊鼓助興。

第四十二回　劍陽嶽麓運動會　諸野妖魔賽一回

話說大聖在路過的滄州一個小鎮上，聽聞當地有一魔界的運動會即將召開。一則充滿好奇，再則，在棣州郡府館驛遇到官府與妖魔的掛勾，搞得真經被盜，財物被偷。眼前一行人身上盤纏即將用罄，據說該運動會的獎金頗高。於是悟空躍躍欲試，逐與唐三藏師父約定在滄州的景城郡州府館驛碰面，他帶著豬八戒前去參加那妖魔鬼怪的運動會。自信滿滿的大聖說道：『舜何人也？禹何人也？俺大聖向來大大有為，參加這些小妖小魔的運動會，拿獎賞不啻易如反掌。』

翌日卯時，大聖與豬八戒，隨著那四個參賽的狻猊精，一夥人前往滄州劍陽山峪麓。這天乃風和日麗，萬里晴空，在路途中，車馬絡繹不絕，人潮洶湧而至。當然，這一切都瞞不過孫悟空，這哪裡是什麼人潮？分明皆是來自三江五嶽，名山大川的大小妖魔罷！外表打扮成社會上的販夫走卒、公子少爺狀，其實大家都心中有數，沖著那令人垂涎的獎金，聞風而至。自古英雄不論出身低哪。

悟空雙眼大略喬喬畫畫，這路徑衢道上見有猱獅精，搏象精，伏狸精，牛頭精，斑犀精，胡冒犀，疣豬精，葉花豹，白澤妖，黑熊精，川鱷怪，蚺蟒妖，淵龍精……。其中，又夾雜一些魍魎❶在內。妖魔五花八門，精靈千奇百怪，無論庶人黎民或什麼鬼怪族群，在重賞之下，必有勇夫哉。

『醜話說在前頭，俺為悟空師兄擂鼓兒沒問題。若說比賽啥的，師兄可別拖俺老豬下水。不濟！不濟！』豬八戒有自知之明，這般肥胖笨拙，跟人家比啥呢。悟空輕拍著豬八戒的大肚囝，笑著說道：『天下知汝者，莫若俺這個師兄矣。沒巴鼻❷的找你幹啥？瞧你倥侗顢蒙❸的模樣，找你撞籌❹都難。有好吃好喝的地方，再找你擄嘴❺吧。行不！』八戒笑道：『當你的師弟至感榮幸』

地處窮山僻野，絕無人煙的劍陽山峪麓。在此間的溪谷湖畔前，這時卻見到人山人海的參賽者，熙熙攘攘，場面熱鬧非凡。大聖走在眾妖群中，挨近大會中心，算他眼尖，馬上拉著豬八戒到一邊說道：『不妙！不妙！你瞧瞧，座落於湖畔柳林裡的大會閣樓，那會場上的大會裁判都是熟面孔，全都是西天的仙家們。有三清，四大天王，五方將，九曜星，十二元辰，二十八宿，普天星相，河漢群神等等，俺認得他們，他們肯定也認得俺。俺就算拔得頭籌，搶到第一，仙家們只會當笑話卻不會認帳。搞屁啊！這回玩不成啦！』

豬八戒靈機一動，想出個餿主意，慫恿說道：『既來者則安之！不如咱倆改頭換面，一塊扮成乞丐狀。這樣就不會引人注意，仙家們並無師兄那對火眼金睛。你大可放心，為所欲為也！』悟空豁然說道：『你這豬頭，難得開竅一回。聽你的！聽你的！』說罷，大聖悟空逐變作一髒兮兮，滿臉麻花疙瘩，體型削瘦的叫花子。豬八戒則變作缺牙歪嘴，瘸著腿柱枴杖的叫花子。二人托著破碗相對嘻哈嘲笑，反正來到這地方，有誰會秀出真面目哩？才怪！

按習俗慣例，飛禽走獸，云云眾生，修行千年以上著稱魔，屬重量級。百年以上則稱妖，屬一般普通級。百年之下皆稱鬼，屬羽量級的。而稱魔者，不屑為這種小事拋頭露面，輸了丟臉，贏了也不光彩。因此，參賽者千篇一律均是妖怪鬼魅為主。這種鬼鬼怪怪出沒的地方，自然更不會有凡夫俗子前來湊熱鬧矣。

辰時一刻，穹頂雲天瞬間響雷三聲，峪麓之間頓時安靜沉寂。來自西天靈雷殿的佑聖真君主持典禮開幕儀式，接下來由主辦的東皇大帝❻走上樓閣說道：『朗朗乾坤，四時更替。當前適值花朝季春，萬物滋長，生氣盎然之際，歡迎來自五湖四海的普羅眾生，前來參加每三年一屆的華節載陽運動大會。希望諸位都能展現出體能技巧，取得最佳成績贏得獎賞。雖然參賽者，族群形形色色，林林總總，無論是誰都要服從大會規定，聽從裁判裁決。最後再提醒一句，比賽之間乃是互相觀摩與交流，公平競賽。如果被發現，有使用法術，巫咒，投機取巧的作弊行為，立刻取消參賽資格，這一世永不得再參加比賽。預祝諸位成功！』在一片歡聲雷動，躍躍欲試的熱烈盛況下，佑聖真君再遣隸下的雷將，於天上敲雷鼓三響，宣布此回運動比賽正式開始。這般非人非仙的競爭場合，詩中有云：

華節載陽威明曜，劍陽山峪聚群梟。雄妖魁怪皆報到，伏魔蛟精亦不少。
競賽結局難預料，不負葳蕤爭最好。嵯峨方儀誰稱霸，崢嶸頭角出英豪。
佑聖真君施令號，東皇大帝掌功勞。西天眾仙來相助，裁判主審盯得牢。
關山橫出狼虎豹，爭冠盡顯本領高。鉅賞白銀且莫笑，拔得頭籌萬中挑。

首先上場比賽的項目，是自由跳高競賽。唯見萬里藍天，飛來一隻神鷹，在天際盤旋迴盪著。會場主審，感生大帝許真君說明道：『本賽事，必須跳得夠高，看得精準才行。該神鷹的右翅第二根羽毛，畫有紅色的記號，誰能騰空拔下那隻羽毛，獎金白銀一百兩。而所有跳高拔羽過程中跌破摔傷，後果須自負。』話雖如此，在場參賽孰還顧得那麼多哩。但見現場萬頭攢動，一聲令下即爭先恐後，紛紛騰跳上天去拔神鷹翅羽。該項比賽難度頗高，非但跳得要夠高，眼光也得非常銳利才行。比賽才不久，已經造成殘手斷腳，摔傷數百人矣。神鷹依舊悠閒飛揚，甚至故意低空掠過劍陽山峪谷，嘲笑地上一群傻蛋。

顯然一百兩白銀，還真格取之不易。慢慢地，跳上天拔鷹羽的參賽者逐漸遞減變少。這時，走來一個削瘦、滿臉麻花的叫花子說道：『這個好玩！俺且試試！』旁邊眾人嗤之以鼻，輕蔑鄙視說道：『就憑你！還是走遠遠看著吧。待會摔斷腿，看誰會幫你？』悟空化作的窮酸乞丐笑著回道：『來都來了，拔根鳥毛試試無妨！摔死一個少一個。』一個觔斗能翻出十萬八千里的孫大聖，拔你一根鳥毛算啥哩！二話不說，大聖就一躍而上。他對著神鷹說道：『乖乖讓俺拔那隻羽毛，否則俺拔光汝身上所有的羽毛。勿怪！勿怪！』嚇得神鷹頭一歪，讓大聖方便抽掉右翅第二根羽毛。乾脆俐落的過程，弄得在場觀看的都傻眼了。

第二場運動比賽，是大湖中的游泳潛水比賽。感生大帝宣佈說道：『這回潛水摸魚的賽事，由佑聖真君手中握著一條八寸長的紅色錦鯉，扔進大湖之後。誰能在這大湖裡捕獲該錦鯉，獎金白銀五十兩。』噗通一聲，紅色錦鯉才扔下水，湖面就像下水餃一般，引來一大群潛水抓魚的。寬廣幽深的湖水想捉一條特定的小魚，談何容易！前前後後，噗通噗通地跳下水，結果都是功敗垂成，空手而返。湖畔柳下，枉坐著一堆堆搖頭嘆氣的參賽者。

這一回，大聖也是乾瞪眼，趄趄❼訕步，舉棋不定。下水幹活，向來就不是大聖的專長。這光天化日之下施避水咒捉魚，也未免太過招遙，不行！不行！想起當年西天取經，途經流沙河，還是靠那豬八戒持九齒釘耙，下河大戰數百回合，方才收得師弟沙悟淨。

『哈！哈！師兄這下沒轍了吧！瞧俺的。』當年被貶謫下凡之前，在天廷卻是掌天河八萬水兵的天蓬元帥豬八戒，對各種水域瞭若指掌。他責無旁貸走到大湖岸邊準備下水。又是引來一陣訕笑嘲弄，說三道四：『沃靠！多少年輕壯漢都空手拿回兩串蕉。你一個歪嘴瘸子能捉到啥？小心淹水，沒人救你這跛腳叫花子呢？』豬八戒扮個鬼臉說道：『這小魚兒是俺一手養大的。躲你們容易，想躲俺，門兒都沒有！』噗通即躍下綠波蕩漾的湖裡去。果然不多時，那紅色小錦鯉就被豬八戒裝在肚兜帶上了湖岸。像話嗎？

前後兩個競賽項目獎賞，居然被兩個不起眼的叫花子奪走。四面八方的妖魔鬼怪看得瞠目結舌，啞口無言，說不出半句話來。

第三場運動賽事，是千仞蒼崖的攀岩比賽。感生大帝解說道：『這是一座高聳筆直的千丈懸崖峭壁，比賽誰最先攀爬到山頂的迎客松老樹，拔下樹頭的紅絲帶，即打賞獎金五十兩白銀。摔死摔傷，後果自負。』比賽一開始，就群起蜂擁，招引成群結隊的雄壯鐵漢，一個搭上一個，逐步向上爬去。剛開始大家都很快，攀爬不到一半的高度即疲態盡顯矣。大聖從小在東勝神洲的花果山成長，幾百年來的爬山攀崖如履平地。他出恭解手休息好一陣，看著一堆人停歇，吊在半山崖進退兩難，大聖說道：『這種獎金，俺拿了都覺得怪不好意思。太簡單！太容易了！』語音甫落，就看他跳上岩壁往上爬，好一個爬山虎，攀壁猿。頃刻時間，他就來到崖頂的迎客松大樹下，輕易領取那白銀五十兩的獎賞。

休息一天之後，各路的妖魔鬼怪又開始摩拳擦掌，躍躍欲試。大夥人竟然輸給兩個又弱又殘的叫花子，這口氣，是可忍孰不可忍。

第四場運動比賽，則是一對一的角抵❽擂台賽。感生大帝召示說道：『本賽事由數十個主場外的比賽開始，只要把對手按倒在地就算勝方。獎金同樣是白銀五十兩。』悟空可是打遍西天神仙，地界妖魔的狠角色，任你是虎背熊腰，高頭大馬的壯漢，在他眼裡只算泡菜一碟。齊天大聖之神勇威名，可不是隨隨便便騙到手的。這場競技，大聖自當穩操勝算。

兩個時辰過去，到最後料不到的，卻是悟空和那小鎮上嘲笑他的狻猊精對決。瞧那身穿綦緗布袍，滿臉赤鬢虬髯的狻猊精，大聖逗趣地問道：『俺給你當個攛鼓兒，只要你分五十兩白銀給俺。行不？』狻猊精瞪一眼，懷疑說道：『莫非你是那鎮上的瘦猴子變成的哩？』大聖笑著說道：『然也！然也！』狻猊精撲向大聖，嘴裡說道：『算你倒楣遇上俺，五十兩白銀俺要定了。莫怪！莫怪！』擂台上，明顯地一大一小，一強一弱，台下圍觀的群眾均為大聖捏把冷汗。要知道，重達一萬三千五百斤的如意金箍棒，拿在大聖手裡是那麼輕而易舉，你這頭外表粗壯的狻猊精算啥哩？暫且陪著玩玩吧，大聖幾次故意假裝吃癟，差點被摔倒。然後繞著擂台跑給那狻猊妖精追。追到他氣喘如牛，再笑著說道：『來追啊！來追啊！五十兩就差幾步了。』說完又讓妖精追近些，搞到狻猊精已經精疲力盡，後繼無力。被大聖三推兩拐就翻倒在地，擺平了。大聖安慰他兩句說道：『老哥承讓！承讓矣！』五十兩白銀不消說，再度輕鬆裝進袋中。

第五場的運動比賽，是投擲巨石競賽。感生大帝開誠佈公說道：『本賽規則非常簡易，只需將一個約大水缸一般大小，重達千斤的岩石扔向前方，拋得最遠者就奪冠取得獎賞，白銀五十兩。記得至少需扔出一里❾外才夠資格參賽。』大聖和豬八戒看都懶得看，且找一顆大樺樹蔭下納涼休憩。過了好一陣子，聽到那主審裁判大聲吼叫：『現在巨石扔得最遠的是兩里八十八丈。還有誰敢挑戰？如果沒有的話，大會宣布冠軍就是……。』『且慢！且慢！』說時遲，那時快。扮作缺牙歪嘴，拄杖跛腳叫花子的豬八戒，在擁擠人群中奮力拱向前，大聲說道：『不急！不急！讓俺也來試一試。』在一片嘲笑聲中，卻見那跛腳叫花子，抖抖怯怯，歪歪倒倒地慢慢舉起了巨石。群眾生怕他舉不穩，遭到巨石波及壓扁，大夥躲得遠遠，等著看那即將發生的悲劇。一個仙家裁判好言相勸說道：『算了吧！算了吧！勸你甭比啦。犯不著為些銀兩砸壞腦子，壓傷身體。你腳都殘了，更何況人家投擲遠到兩里以外，你何必自討苦吃哩。』豬八戒開玩笑說道：『來都來啦！就勉強試一回。大夥閃開點，小心石塊砸到你們，沒得錢賠哩！』八戒當手上的千斤巨石是一路送經，身上背負的行囊重擔。將之盡情拋往九霄雲外去。

他那一扔，當場數萬隻眼睛都看傻了。糗不著的叫花子，沒人看好他。須臾之間，恁地他將那巨石倏然拋出，石塊飛越眼前的劍陽山峰頂，剎時完全消失不見了。看官想想：東瀛送經的路途，每天背負數千斤的真經和行囊。這一點小玩意，根本難不倒豬八戒。

『俺這回會輸嗎？算算應該有一里喔。』一里？一百里都不止！旁邊幾個裁判仙家都呆若木雞，半晌說不出一句話來。這到底是哪裡來的妖怪？西天神仙都還不如他呢！五十兩白花花的銀子，自然乖乖交付到豬八戒的手中。

到了第三天早上，也就是本次運動大會最後的壓軸競賽。主審感生大帝鄭重宣佈說道：『今天比的是綜合體力與耐力。所有參賽者，必須環繞那劍陽山的群山峻嶺競跑，跑上整整十圈。這項比賽的獎金是本次競賽最高，最吸引所有參賽者的，高達二百兩白銀也。』哇！形形色色，耐跑善跳的高手，一時蜂擁而至。

『師兄！這回換你去陪他們玩玩吧！俺老豬回帳篷裡再去睡個懶覺。』師兄弟二人相視哈哈大笑。孫大聖說道：『沒事！沒事！你先別睡。等這群小妖小怪們跑完了九圈，俺老孫再慢慢跟上還未遲。』豬八戒懶洋洋說道：『師兄可別輸在這節骨眼。丟臉事小，這二百兩銀子可不是小數目，夠咱們送經路上用一陣子耶！』師兄悟空回道：『你這豬八戒也太瞧不起俺孫悟空啦！聽說劍陽山一帶跑個十圈，少說也有百里路。更何況上坡下坡，沿途路況陡峭，夠一夥子妖精們跑一整天哩。這樣吧！反正俺現在也無聊，你就陪著俺去湖邊釣魚。等酉時天近黃昏，俺再跟過去溜溜，你就等著數銀子吧。』師兄弟兩人即弄兩隻釣魚竿，散步逛到大湖畔垂釣。來此間參加運動會的妖魔，垂涎這筆賽跑獎金，把握最後機會衝刺，爭取賞銀，所以通通加入賽跑，整個山峪大湖之間空無一人。二人倘佯在垂柳拂面，綠草如茵的湖畔，享受難得的悠閒愜意。

『師兄！陽老兒要下山回家了！該你去活動活動啦！』八戒眼看著落陽金粉，揮撒在湖波上飄忽蕩漾，遂提醒正在打盹昏睡的孫悟空。他意興闌珊站起身子，伸個懶腰，然後說道：『俺老孫來也！要跑十圈是不？俺跑個二十圈，照樣拿第一給你看。』就像一股颼風般，倏地即不見大聖人影。

按大會規定，每跑劍陽山巒一圈，終點裁判即必須在手臂上，蓋一個大會專用章來佐證。由於參賽者身分複雜，皆是妖魔鬼怪之類。為防止弊端，沿路更有仙家們嚴格把關緊盯著，稍有嫌疑就淘汰除名。

大聖憑的可是真本事，不需停歇喘息，一股氣繞山跑了十來圈。卻見山腳下的終點站，有一群妖精正在喧嘩吵鬧，都爭說自己才是第一名。一個劍眉環眼的雲獅精凶巴巴說道：『當然是俺第一個跑完十圈到位的，誰敢爭？』另一個花豹精氣呼呼說道：『聽你瞎扯，你一直落在我後面追著。你如果是第一，那我我算第幾？』左邊的野狼精不服說道：『都在亂掰，這位仙家明明看到，十圈跑下來，是俺最先跨越終點線的。』一群妖精為了鉅額獎金推推拉拉，撕破臉打了起來。

『安靜！安靜！說清楚是怎麼一回事？』主持大會賽跑的鎮元大仙，聞聲趕過來了解情況。公說公有理，婆說婆有理，仙家們一時難斷勝負輸贏。

就在此時，走過來一個瘦癟又麻花臉的叫花子，他緩緩說道：『爭個屌哩！你們到底是跑了幾圈，就想爭搶第一的？』大家齊聲一致回道：『講廢話！當然都是繞著山跑完十圈啦！』滿臉疙瘩的叫花子大聲笑道：『十圈！才跑個十圈就在搶第一？別丟人現眼啦！俺在兩個時辰之前就跑完十圈矣。俺現在已經跑完了十八圈，你們說該是誰第一？』在場仙魔們都不相信，認為未免太誇張，吹牛吹過了頭。大聖變作的叫花子，慢慢捲起衣袖，舉起左右兩隻手臂，再說道：『信不信由你，大家睜大眼看清楚了。這些印鑑可假不得！』果不其然，在其兩隻手臂上蓋有十八個大會的印章。明擺著有憑有據的十八圈，勝負立判。

整個會場這時變得鴉雀無聲，鳥獸俱寂。悟空雙手插腰，神氣吆喝說道：『如果這裡有誰不怯氣⑩？來吧！俺陪他再跑劍陽山山域十圈，立馬分出高下！』光是繞狂歡山跑十圈就用上一整天，再跑十圈豈不得跑到明天早上去了。除了齊天大聖，大夥腰酸背痛，逡巡卻步，累都累趴了。誰還有那種本事？現實比人強，二百兩白銀無須異議。感生大帝宣佈，獎金全部歸予那礙眼窮酸的叫花子囉！

上萬個震、兌、離、坎、四面八方遠道而來的妖魔鬼怪，這回三天的比賽，都是白忙一場。趁興而來，敗興而歸，落得兩手空空回去。只好再多等個三年，養精蓄銳，再雪前恥。大家心中均默禱著：但盼以後不要再遇著那兩個叫花子！實在太犀利矣。天龍地虎，魔王神獸，都得甘拜下風，退避三舍。

大聖與豬八戒師兄弟，開心地將五百兩白銀裝入包袱，打包穩妥之後，遂準備離開劍陽山峪麓，趕去滄州景城郡與師父他們相聚。豬八戒回顧四周說道：『銀子太好賺了，真捨不得離開呢。』孫悟空笑著說道：『不管三年後咱們在哪裡，記得提醒俺，再來這地方撈一筆，玩一回！』這二人嘻嘻哈哈，說說笑笑，漫步走在湖畔與樓閣之間。正想著變回原來真身，呼觔斗雲接應離開此地。

一上間，甫地前頭迎面走來一票西天仙家們。為首的穿著赤紅長錦袍，頭戴三枝六葉烏紗帽，腳穿黑皂靴，腰繫青鋒斬妖劍，手執太極扇，他不正是大會主辦司儀佑聖真君乎！

『原來是行者悟空、八戒、悟能兩位兄長。失迎！失迎！兩位不是跟從唐三藏法師往東瀛送經？這回是路過，特地前來這裡遊山玩水，觀風賞景的，是嗎？』佑聖真君顯然已經看穿兩個叫花子的真實身份，故意冷嘲熱諷一番。說得大聖與豬八戒二人面紅耳赤，搔頭抓耳，磕磕巴巴不知如何回答才是。

『沒事！沒事！和尚趕道士。』孫悟空和豬八戒既然被識破，只得轉身變回本尊原樣，再隨便找藉口搪塞一下矣。豬八戒隨口說道：『我倆聽說狂歡山這裡有趕集和運動會，好奇過來看熱鬧！看熱鬧的。』拿著鐵傘的西雨增長天王酸溜溜地說道：『有這等好事？過來看個熱鬧，澆手[11]卻有五百兩白銀。早知，俺不幹裁判，看熱鬧還好些哩。』旁邊仙家們，聽見都捧腹大笑。

佑聖真君和這些西天的眾神仙，並沒有大聖那火眼金睛的本事啊？怎會識破他二人喬裝成的叫花子呢？師兄弟納悶著，倆人混在萬人群中，竟然會敗缺[12]而漏臉[13]。尚且曾經玉皇大帝冊封仙佛羅漢，卻扮作乞丐跑來這裡和妖怪競賽。他們該如何化解這場尷尬的局面呢？

敬請期待 下回分解：

『註解』：

❶魍魎：泛指山川裡面的妖精。
❷沒巴鼻：無緣無故的舉動。
❸倥侗顓蒙：愚昧無知，傻呼呼的樣子。
❹撞籌：加入夥伴，湊多人數。
❺擄嘴：指吃吃喝喝。
❻東皇大帝：古代為四時之司春大神。
❼趄趄：欲進卻退，陷入進退兩難。
❽角抵：即現在的摔角，相撲。唐代「角力記」一文曰：「角抵之徒，以備卒召」。
❾一里：古時候的一哩，相當現在的五百公尺。
❿不怯氣：指不服氣。
⓫澆手：領取獎賞。
⓬敗缺：露出破綻，遭人把柄。
⓭漏臉：泛指丟臉，沒面子。

第四十三回　幽燕夏王施德善　玄奘景仰獻法壇

話說孫悟空與豬八戒，變身叫花子混進滄州劍陽山峪麓。三天的時間裡，輕鬆愉快從妖怪之運動會比賽中，擄獲大筆獎賞。

高高興興正準備收拾打包離去，卻迎頭遭到舉辦大會的仙家們團團圍堵。佑聖真君且直接點破他二人身份，用言語修理一番，好不尷尬！

『就直說了吧！我們辦比賽活動，當然非常歡迎各類族群前來共襄盛舉、交流競技。』佑聖真君說道：『可是大聖你們的身份並不一般哪，跟這些來自深山河嶽的節次❶妖魔比賽，無異於黃金比狗屎、千里馬比小毛驢也。層次壓根不同、等級相差甚遠。不公平！不公平！』旁邊的仙家們也議論紛紛、指指點點。

『唉！情非得已！情非得已！』孫悟空不得已的情況下，唯有一五一十將棣州府館驛被盜的糗事，據實說了出來。他說道：『菩薩保佑！最後擺平黑白洞天霸王那夥人，幾箱真經抄本雖然找回；然而雲遊送經的盤纏則追討無門矣。一時手中頭寸吃緊、窘狀難解；方才厚顏斗膽前來參加這回運動比賽。見笑！見笑！』旁邊的二十八宿、十二元辰、五方五老、九曜星、普天星相……等諸仙家們，相識一場，也好意在一旁圍事、幫忙說情。

『既然如此，問題不大！』佑聖真君撫摸著雪白長鬍，悄聲說道：『按規定兩位澆手取得之不當獎賞，應該全數沒收歸還本大會。本尊依人情世故、公私兼顧之情況下出豁❷，請二位繳回白銀二百五，留下白銀二百五。倆位意下如何？』站在右側的鎮元大仙也勸說道：『倆位認了吧！二一填作五；彼此各讓一步，張隻眼、閉隻眼、混過去就算啦。是不？』大聖悟空不想耗時間討價還價，便回道：『感恩！感恩！手下留情了。』於是取出那二百五十兩銀子，不多廢話，摸摸鼻子交還給佑聖真君。

豬八戒有點心不甘、情不願。點銀子的時候；他問道：『俺就是不解；佑聖真君與眾天尊❸從何得知，我和師兄化身參加這回比賽的？那麼利害！』

佑聖真君手持太極扇，神祕笑著，轉身指著身後的兩個人，頓時解開謎底說道：『劍陽山第一天的比賽；大聖行者騰空拔神鷹羽毛，還有你下湖徒手撈錦鯉。該二項目；幾乎每屆運動會均以掛零收場。本回卻爆出冷門，雙雙順利被得手，大會才發現這倆位叫花子並非泛泛之輩、內中必有蹊蹺。逐邀請西天的千里眼和順風耳二位仙家，負責在雲端監視摸底。果不其然！原來竟是大名鼎鼎的孫悟空與豬八戒光臨指教。難怪！難怪！』搞得千里眼和順風耳兩個；馬上閃身走過來賠罪，拱手折腰說道：『兩位勿怪！公務在身，實非所願，大家都有苦衷。得罪了！得罪了！』原來二人一舉一動，早就被盯哨上了。靠夭！

繳回白銀二百五當罰金；雙方互道平安吉祥。謹此分手、各自離去不提。

豬八戒猶在忿忿不平，不停地嘀咕埋怨。他說道：『扮那黑白臉給誰看！大家心知肚明。這繳回的二百五十兩肯定為他們分贓，或集體吃吃喝喝用掉。真要抓，早就抓了，怎會等到最後一天拿到全額獎金再來秋後算帳哩。當俺傻瓜乎？』孫悟空苦笑說道：『他們是主辦單位，說啥就是啥，哪有道理講。咱們是鋤頭，人家是鐮刀，差別就在這兒。知不？』豬八戒摸摸頭問道：

『俺不懂這鋤頭和鐮刀差別在哪？師兄給個說法？』悟空哼笑說道：『燈不點不亮，一點你便知。拿鋤頭的；忙著開山墾荒、種菜植糧。而拿鐮刀的；則是開心看著田園成長豐盛、前來收割成果。燈亮了沒？』說完；拍一下豬八戒的腦袋。豬八戒眉開眼笑說道：『一點就亮了！說的是！說的是！反正大家都是二百五。』

聊勝於無，師兄弟揣好剩下的二百五十兩銀子，呼來觔斗雲離開劍陽山。飛往滄州的景城郡；於州府所在的清池縣。祥雲直奔滄州府縣城的館驛，送經綱一行人三天後再度相聚，開懷之情不言可喻。

八戒敘述那比賽的過程顯得眉飛色舞、氣宇軒昂。再說到結束之後，被大會的仙家們敲竹槓，白白汙走到手一半的白銀。他又不禁破口大罵道：『師兄都將盤纏被盜；行程陷入困境，迫不得已才來那裡競賽湊路費的。這些傢伙竟然得理不饒人、硬是黑吃黑，拗走了二百五十兩銀。不上道！太不上道了！』唐三藏安慰說道：『阿彌陀佛！不說這些是非，能徒手掙到兩百五十兩銀也挺好，我們往後省點用就行。辛苦了！辛苦了！』

就在這時，館驛門房跑來傳報，說滄州府清池縣的邑宰過來造訪。於是唐三藏帶著一行人到大門口迎接。

那邑宰姓孫；乃貝州漳南縣❹人氏。他隨唐三藏一行進入州府館驛客坊裡，未上座即先行對著唐三藏下跪頻頻磕頭。驚得大家手足失措、應對無方。唐三藏快步過來將他扶起，說道：『阿彌陀佛！貧僧何德何能受此大禮也？邑宰孫大人請起身。有話好說！有話好說！』邊說邊扶著邑宰坐在其身旁。

孫邑宰開門見山說道：『久仰！久仰！大名鼎鼎、功德無量的唐三藏法師，當今皇上的御弟、西天取經的至善盛舉，天下孰人不知、孰人不曉。滄州何其榮幸接待尊駕，下官在此久候矣。如今得以面聖敘事。幸甚！幸甚！』唐三藏江湖走遍、見多識廣，上從當今朝廷的太宗皇帝；下至社稷的販夫走卒，世間歷練豈止爾爾。察言觀色；即知該邑宰心事重重、必有所求。他回說道：『善哉！善哉！請邑宰大人指教，貧僧凡事量力，自當傾鼎相助之。請直說無妨！』

孫邑宰面色沉重遂說道：『聖僧賢智慧心、慈善厚德，恕下官斗膽直言矣。此事不免說來話長：前朝末年，煬帝貪殘專恣、朝綱廢弛、府庫殫盡、黎庶匱竭。天下遂出亂象、群雄紛紛率領義軍抗暴起義。在河北道這兒，當屬深州樂壽縣的夏王竇建德最具實力。當時；可謂是三國鼎立，即夏王竇建德、鄭帝王世充、唐王李淵等三者。後來唐王李淵遣世子李建成、次子秦王李世民討伐洛陽的鄭帝王世充，夏王竇建德卻聽佞臣建言前往援救，不幸於虎牢關之戰大敗而逃。更若民間童謠流傳所言：「豆入牛口，勢不得久。」遂於逃至牛口渚的地方，竇建德為秦王李世民捕獲，押送到長安被唐王李淵殺害。他的不幸，河朔幽燕❺一帶之升斗黎庶❻知情，無不嚎啕大哭、自動為他披麻戴孝。上至王公下至搗子❼撕心裂肺、如喪考妣也。嗚呼痛哉！』

孫悟空在旁聽罷，嘖嘖稱奇問道：『這夏王竇建德到底何德何能？竟然令得河朔河北道這方百姓這般愛戴推崇哩？』滄州府邑宰回覆說道：『如果溯及夏王竇建德的德善威望，當然其來有自、不勝枚舉。他的出身平庸低賤，少時，頗已然諾為事，嘗有鄉人喪親，家貧無以葬。時建德耕於田中，聞而嘆息，遽輟耕牛販售，送給喪事，由是大為鄉黨所稱。建德的行俠仗義、扶貧濟弱、甚得民心，實非三言兩語可以盡述之。後來，他舉兵起義，屢屢破敵大勝，卻從不濫殺無辜。例如征服宇文化、李密與攻陷隋都聊城；凡擄獲宮中數千華麗貌美嬪妃宮女，一個不留、通通遣送回家。投降的隋朝文武百官，願者留用，不服者也不為難，各自送銀離去。且將破城所得封賞將士，自己不留分文。雖然大權在握，日常食之粗茶淡飯、甘之如飴。其夫人曹氏也僅穿布衣布鞋、不戴珠寶金銀在身。他於建元稱王之時，施政仁善、賞罰分明，誠乃眾望所歸、民心所向耶。』

唐三藏聽罷，心悅誠服說道：『南無阿彌陀佛！處於隋末亂世，亂象四起。僅北朔幽燕地區即有三十六路反王、七十二路煙塵之喻。而夏王竇建德竟可煥然不俗、禮賢下士、又潔身自好、親民如子。在那鳴鏑兵燹❽、賊子狼心的年代，實屬難得也。本法師願為他祈求上蒼護佑，早登西天成佛。』滄州邑宰頓時站起身，朝唐僧拱手施禮三則，並且說道：『這正是下官今日登門拜訪，懇求聖僧之本意。有請唐三藏法師不吝聖駕，為夏王竇建德舉辦功德超度法事。承滄州萬民所求，尚請萬勿推辭。』唐三藏耿直爽快，毫不猶豫，隨即應允之。

豬八戒一旁問道：『邑宰如此衷心赤誠，難道和那竇建德有所淵源？抑或受恩圖報焉？』孫邑宰說道：『那夏王乃下官漳南縣同鄉，早期他對家父孫安祖更有救命之恩。加上他在世的時候，廣施善德、為民景仰愛戴。當知他遭到不幸為高祖李淵所殺，我們滄州的官民群眾痛心之餘，暗地裡，為夏王建蓋一所寺廟，稱「竇王廟」以茲悼念。倘有玄奘法師的登廟挹注加持，功德更稱圓滿。謹此！謹此！』沙僧插上一句說道：『令尊孫安祖？莫非就是號稱「摸羊公」的孫安祖？』孫邑宰微笑說道：『然也！然也！』

隔天一早，敲竹塵月落、金雞鳴曜昇。送經綱一行人淨身禮佛、用過早齋，玄奘法師遂整裝待發。他穿上錦襴彩織異寶袈裟、頭戴毘盧方帽、足下穿著達公鞋、右手持九環錫杖、左手拿著紫金砵盂。那滄州邑宰親臨州府館驛，迎接唐三藏師徒等人。搭乘六輛馬車與州府伴隨的扈衛兵馬；一行人驅車趕往縣城外，一處名為長樂山的峽谷裡，婉延迂迴於叢山峻巒之間。馳騁片刻，則來到一建築典雅的寺廟，名為「竇王廟」。見該竇王廟紅牆金瓦、雄偉堂皇。飛甍寶幡、軒昂壯闊。當時有詞這般描述之：

巍巍碧峰艷、騰騰雲霧間。山川壯麗、環繞聖賢。浩瀚波瀾隱現、彧潤蒼元。
風雲綿延、金陽普照玉殿閣院。宮廟斗拱翹飛椽、麗園粉蝶戀、柳亭雲煙。
竇王德政施齊燕、建德仁厚留此間。狼煙四起天下紛亂、惟我河朔社稷安。
兵燹牛口遭劫難、嗚呼天崩昃日殘。悲憤建廟顯哀怨、萬眾崇尚典範中原。
一介庶農憫蒼生、為王行善；眾懷念。廟宮輝煌功德展、鼎爐香火沖青天。
聖廟閎宮、飛舞幢旛。風光雄偉沁璀璨、鑪焚耀、敬香檀、盡顯竇王不平凡。

且說聖僧玄奘法師到達竇王廟，嚴肅肅、貌堂堂。那山門廟口早有萬千群眾等候；群起拜斗❾。唐三藏整理妥儀表服裝，焚香注爐、拜天叩地。逐帶上法事器皿和經文；由三百餘個滄州的和尚高僧隨側左右，登上大典道場高檯。金鐘響起聲迴盪、木魚輕敲唸經忙、自古聖賢眾仰望、英靈豈可棄一旁。唐三藏率領諸僧，正正規規、步罡踏斗。先來一段無上咒、接著再唸無量法、然後誦讀超度亡魂《往生淨土神咒》：

南無阿彌多婆夜、哆他伽多夜、哆地夜他、阿彌利都婆毗、阿彌利哆、悉耽婆毗、阿彌利哆、毗迦蘭帝、阿彌利哆、毗迦蘭哆、伽彌膩、伽伽那、枳多迦利、娑婆訶。

願生西方淨土中、九品蓮華為父母。華開見佛悟無生、不退菩薩為伴侶。

《般若波羅蜜多心經》：

觀自在菩薩、行深般若波羅蜜多時。照見五蘊皆空、度一切苦厄、舍利子、色不異空、空不異色、色即是空、空即是色。受想行識、亦復如是、舍利子、是諸法空相。不生不滅、不垢不淨、不增不減。是故空中無色、無受想行識、無眼耳鼻舌身意。無色聲香味觸法、無眼界、乃至無意識界。無無明、亦無無明盡、乃至無老死、亦無老死盡。無苦集滅道、無智亦無得、以無所得故。菩提薩埵、依般若波羅蜜多故、心無罣礙、無罣礙故、無有恐怖。遠離顛倒夢想、究竟涅槃、三世諸佛、依般若波羅蜜多故、得阿耨多羅三藐三菩提。故知般若波羅蜜多、是大神呪、是大明呪、是無上呪、是無等等呪。能除一切苦、真實不虛。故說般若波羅蜜多呪、即說呪曰、揭諦揭諦、波羅揭諦，波羅僧揭諦、菩提薩婆呵。

唐三藏尚且揮毫撰寫「哀悼夏王竇建德」一文，上面寫著：

『長安唐三藏法師頓首：

夏王竇建德殿下：微僧承長安唐太宗皇帝聖詔；東瀛送經。經河朔幽燕，方知往昔；雲燕夏王治世、日暉月明、德邈京室、仁厚葳蕤、如瓊似瑤。適前朝國祚盡歿，諸地戎馬起兵；烽火漫天、蒼生不保、嗚呼生靈塗炭。眾王比凶競狠、淫威肆虐、亂局紛擾、沸反盈天。該時竟有夏王拔萃出類、行俠仗義、慈善揚名、功德施政、萬民受惠。

何辜景命由天、歔欷其煢然薨殂、識者無不涕淚滂沱。然夏王積德祐善、長為河朔市黎崇仰。徽音所召、燕民自請建廟為悼，赫赫其德！哀哀其善！奉夏王竇建德為萬世典範。年年榮景！歲歲安泰！謹此伏拜。長安唐三藏法師頓首。』

唐三藏將全文唸完，焚文默禱，夏王竇建德超度法事就此結束。孫悟空領著幾個師弟，也一起上廟堂焚香叩拜。送經綱一行；多有放蕩不羈之時，面對賢君仁德亦顯示尊仰之意，並且默禱夏王竇建德護佑他們東瀛送經平安。玄奘法師且贈予竇王廟西天真經抄本一卷，作為禮敬；長伴賢良。

離開長樂山間的竇王廟，作為滄州州府的清池縣孫邑宰；感念唐三藏熱心助予超度竇王廟法事。回返滄州府縣城，即設宴擺席款待送經綱師徒一行。

卻說府城官邸，在金觥玉箸、茶酒菜膳、等一切上桌擺齊之後，滄州邑宰即斥退屋裡的所有隨扈僕役。然後小心翼翼關上房門窗牖，不讓閒雜進入；這一舉動甚為詭異。送經綱一行看得形勢，心中有數，肯定邑宰有不欲外人決撤[10]的宸祕[11]待言也。

賓主雙方互為敬酒；酒過三巡，則見滄州邑宰面顏漸轉沉重，欲言又止。

『今日竇王廟承蒙協助，法事之隆重；前所未見。辛苦諸位大德矣。』緩緩從桌岸邊站起身；孫邑宰慎重說道：『諸位且用膳！且用膳！本官心中有一重大之案件日積月累，確實不吐不快。藉此機會向諸位大德全盤和托而出，有勞諸位知情以後，集思廣益共同尋找解決之道。』唐三藏揚起頭說道：『阿彌陀佛！感謝邑宰對我們的信德厚望。如果事情不耽誤我等送經任務，倒是願聞其詳也。』

孫姓邑宰逐說出事情始末。他說道：『容敘！容敘！這是一則攸關國家財庫的重大案件。下官簡潔扼要說明：話說前朝大業初期，乃大隋最為鼎盛之時期。當時全國有一百九十個郡、一千二百五十五個縣，人口約四千六百餘萬，財務稅收溢滿庫府。孰不料，隋煬帝好大喜功，遣河燕百萬開鑿廣濟渠、同年又徵淮南十萬餘眾開拓邗溝；全長四千里。大業四年，繼徵百萬民眾開鑿永濟渠，引沁水通過涿郡疏入黃河。大業六年，開通江南河、從京口至余杭。為其奢華淫慾又大興土木，先後建蓋顯仁宮、江都宮、臨江宮、晉陽宮、西苑……諸多宮殿行館供其驕縱揮霍。他每每南遊江都；皆率宮中諸王百官，搭船由運河南下。船隊長達二百餘里，沿途州縣凡五百里之內，均需呈上大批銀兩，奉獻旅途開銷……。』

行者一旁聽得極為不耐煩，問道：『不知邑宰大人所說的，與我等送經綱何干哩？』滄州邑宰笑著說道：『這些當然無關，重要的情節；且在後頭哩。』

孫邑宰繼續說道：『隋煬帝後來三次遠征高句麗皆無功而返，又多次修建長城。這般勞師動眾、勞民傷財，終於在大業七年，開始有王薄在長白山⓬率先起義抗暴。接二連三、陸陸續續引起諸王造反，大業十三年有魏公李密率瓦崗軍攻陷東都洛陽。隔年，宇文化及發起江都兵變，逮捕隋煬帝及其子孫，盡殺之。並且將隋煬帝隨身帶到江都宮中的庫府，之前搜刮諸王與民間，共計二千萬兩金銀財寶，全部從金庫裡掠奪帶走。』豬八戒才聽到有如此鉅大的銀兩，甫地精神一振、豎起兩耳追問道：『渥靠！兩千萬兩金銀財寶耶！後來呢？後來呢？』

『後來，因為宇文化及弒君之罪，乃朝廷叛臣逆賊、人人得而誅之。更何況他又私自掠走前朝遺留的龐大儲金庫銀。正如周諺所云：「匹夫無罪、懷璧其罪」諸地稱王者紛紛藉故討伐他，逼得他四處東躲西藏。終於在聊城一役被夏王竇建德攻陷，並擄獲宇文化及。他後來被夏王屬下的瀛州刺史王琮所殺。』在座眾人好奇問道：『莫非那些前朝的儲金庫銀，全部落入夏王手中；帶回襄國郡⓭矣。』孫邑宰接著說道『非也！非也！聊城城破之時，全城搜遍均不見其下落。後來才知道；宇文化及早有準備、提前指派其內史令封德彝，以保護糧道為名，先行將金銀財寶偽裝糧食；全部裝進糧袋、逃逸無蹤。爾後，夏王想方設法、追討這筆前朝金庫的去向。』這時大家儼然都食之無味；紛紛放下碗筷，傾聽那一大筆庫銀的下落。

唐三藏有所憶及，他說道：『邑宰提及的封德彝，他後來投靠長安朝廷。高祖武德年間；被封為密國公與中書令。到了太宗貞觀，更封他為尚書右僕射，誠可謂權高位重。是否；跟他帶去前朝的金銀庫府投奔大唐有關？』

『正好相反！據知他是兩手空空，隻身奔赴長安大唐的。』孫邑宰搖搖手說道。他更語出驚人說道：『這就是本官剛才說的，找諸位高僧商討解決的情況。關鍵就是那封德彝投靠長安之前，在薊縣⓮遭到恐怖的紫塞⓯魔軍半路劫持。那些前朝遺留的儲金庫銀，全被那群魔軍洗劫一空矣！』哇噻！好神祕的紫塞魔軍！紫塞魔軍？那是啥樣的妖魔軍隊？既然滄州邑宰慎重託付；可以想像絕對不是一般的妖魔鬼怪爾爾。送經綱能否順利追回，這筆前朝遺留下來的龐大金庫？

敬請期待 下回分解：

『註解』：

❶節次：指成群結隊的團夥。
❷出谿：解決問題的方法。
❸天尊：尊稱級別較高的神仙。
❹漳南縣：今時的河北省故城縣東北方。
❺河朔幽燕：古代河北之幽州、燕州區域。今日河北省與河南省的西北方。
❻升斗黎庶：泛指平民百姓。
❼搗子：意指一窮二白的低下階層。
❽鳴鏑兵燹：鏑乃是箭頭，此句則指兵荒馬亂的局勢。
❾群起拜斗：拜斗乃是透過誦經禮懺，消災解厄、祈求福壽之儀典。
❿決撒：祕密遭到洩漏或被他人識破。
⓫宸祕：指重大的隱密事件。
⓬長白山：即今時的山東省章丘一帶。
⓭襄國郡：乃夏王竇建德之首府，今時的河北省邢台一帶。
⓮薊縣：即今北京市西南一帶。唐朝隸屬河北道；乃幽州十一個轄區之一。
⓯紫塞：即指萬里長城。晉．崔豹於「古今注都邑」一文：秦築長城、西起臨洮、東至朝鮮之下，土色皆紫、漢塞亦然，故稱紫塞焉」。唐．羅鄴之「邊將」詩中：「若無紫塞煙塵事、誰識青樓歌舞人」。

紫塞魔軍
肆惡長城
長城萬里
聚妖魔
羈絏烽火
抱幽州
沙場濺血
旋禍患
干戈鐵馬
鬼見愁
幽州城
紫塞
魔

第四十四回　紫塞魔軍劫送經　賈府迷霧困一行

話說那滄州郡府的孫邑宰，邀請唐三藏於長樂山竇王廟超渡夏王。完事之後，回景城郡府邸擺酒設宴，席間他竟然道出一則驚天動地的宸祕往事。

即前朝隋煬帝遭叛賊宇文化及所弒，朝廷崩潰於江都。隋朝庫府儲存的二千萬兩金銀財寶，盡為宇文化及掠奪而去。在各地起義的諸王，除了以弒君之罪討伐宇文逆賊，並且皆覬覦染指這筆鉅大財富。宇文化及最後困守聊城，明知難逃一死，在城破被俘之前，遂指派內史令封德彝，以保護糧道名義，將全部挾持的前朝庫府銀兩，裝入糧袋逃之夭夭。圖謀在涿郡❶另起灶爐。

滄州邑宰陳述這段祕辛，他繼續說道：『後來夏王竇建德曾經認真追查該筆庫銀的下落？確定封德彝在投靠長安高祖之前，這大筆前朝庫銀已經被半路劫持，旁落易主。大唐高祖李淵雖然一統天下，改朝換代，卻與該筆前朝鉅額庫銀無緣，擦身而過。據知這封德彝當初確實有意挾著前朝庫銀投靠長安朝廷，但是深怕上繳出去，反而因私自盜取前朝庫府官銀之罪名，搞得自己身敗名裂，性命不保。於是老謀深算的他，又將前朝庫銀託付於身邊的咨議參軍張元齡，自己先隻身前赴長安降唐。臨行囑咐要張帶著這些庫銀去涿州安置，靜候封德彝他的指令行事。孰不料，張元齡將軍率宇文化及殘剩之許軍萬餘，渡過滹沱水與滏水❷，卻在兩河之間的老石峽撞邪！遇到一支令人聞之喪膽，來去無蹤的陰界魔軍。即幽州一帶百姓眾所周知的「紫塞魔軍」。一夕之間，人財俱失，張將軍和前朝所遺留的大筆庫銀，全部從世間蒸發不見矣。僅僅逃走兩個士兵，去長安找封德彝透露該件不幸的悲劇。』

行者聽罷，歎息說道：『可惜！可惜！然而就事論事，這案子與我們送經綱壓根無瓜葛，紫塞魔軍並沒犯著我們東瀛送經。他們不招惹俺，俺便裝傻放他們一馬。歎兮！歎兮！送經的任務尚未完成，此事愛莫能助！』『所言甚是！本案確實與諸位大德無關，而且被洗劫的事，距今已有二十餘載。紫塞魔軍自從搶到這筆前朝之庫府錢財，招兵買馬，擴張勢力範圍，儼然在幽燕長城這方成立另一個國度。聲勢逐漸壯大，危害地方更顯兇殘。』滄州邑宰皺著雙眉，啜口清茶說道。

唐三藏無奈說道：『南無阿彌陀佛！河北道乃古之燕地。打從魏晉南北朝，匈奴、鮮卑、突厥、契丹、奚等異族經此間紛至沓來。胡漢融合，兵家險地，地理位置至為關鍵重要。倘若此間落入紫塞魔軍手中，未來狼煙殺戮不停歇，黎民哀鴻遍諸野，災禍嚴重誠可預料。唉！菩薩保佑！菩薩保佑！』

豬八戒倒是遺憾那一大筆前朝庫銀，哼哈說道：『真是烏龜吃大麥，糟蹋了！兩千萬兩的金銀財寶就這樣沒啦！說了半天等於白說。』

孫邑宰又扼腕說道：『這些年，幽州連續兩個刺史均以紫塞魔軍囂張氣焰，率軍前往靖平討伐，結果前後皆遭到魔軍殺害。數月之前，長安太宗皇帝派遣齊王李祐❸為幽州都督❹。以行軍總管之名，率領左，右武衛將軍，並且親駕督軍鎮守著幽州府北道。希望他能平亂魔軍，安撫扶正幽燕之地。』行者心頭一陣歡喜，立馬說道：『說到李祐，俺曾經跟他有數面之緣。他在齊州當刺史的時候，俺與他聯手鎮壓那五行太歲，是一個豪氣萬千的男子漢。他驍勇善戰，智勇雙全，朝廷派他來抗衡紫塞魔軍，應該綽綽有餘。』

『且盼！且盼！』孫邑宰語重心長說道：『事實上，紫塞魔軍裡面，並非全都是強盜匪類。許多是在前朝大業年間，強制徵丁百萬餘人，僅在榆林塞北修築東關長城，即役死泰半，傷殘無數。導致所謂之「天下死於役」。除了這些役丁陰魂不散，尚有千年以來，守護長城，戰死邊疆的眾多官兵英靈。另有前朝末期，這些諸王的起義，死於沙場鏖戰的將士。例如：夏王竇建德戰敗被殺，屬下的虎賁❺歐陽大鵬將軍、程思克將軍等名將，亦死不瞑目。據說他們的魂魄率領戰死的士卒鬼魂，已經投奔紫塞魔軍去矣。這支紫塞部隊，組織成員甚是複雜多元，雖說是孤魂野鬼，卻又目標一致，眾志成城。因此其戰力實不容小覷低估。』

唐三藏心有戚戚而道：『阿彌陀佛！每逢擂鼓鏖戰，號角嗚兮，總是如詩所云：「家家有殭屍之痛，室室有號泣之哀，或闔門而殪，或覆族而喪」。一切皆為大時代的動盪造成，古諺亦曰：「氣由心頭起，惡由膽邊生」。帝王將相之間爭權奪利，禍及天下，蒼生何辜？嗚呼傷哉！』

豬八戒打著哈欠，說道：『管他是啥魔？啥妖的？反正井水不犯河水，各忙各的則相安無事。俺只要吃得飽，睡得好，天塌下來都不關俺的事。對不？』沙僧只顧著自己飲酒，接上一句道：『世間百態，各有其造化。爭天下者，各有其所該付出的代價。讓魔軍他們放馬過來罷，招惹我們的代價可不一般哪！』

孫邑宰笑著道：『理解！理解！只因為勞駕諸位大德為夏王竇建德，做超度法事。本官感恩戴德，將近年來河朔幽燕等地，發生的一切說明告知。送經綱出幽州，越長城至遼北，途中極可能為紫塞魔軍困擾阻礙，實非危言聳聽也。』

唐三藏頻頻點頭，說道：『阿彌陀佛！好意心領矣。凡事隨緣！隨緣！』行者也不當回事，他隨口回道：『咱一行，上回西方取經，這回東瀛送經，啥子妖魔鬼怪沒見過哩？門檻越高，玩得越開心。區區紫塞魔軍罷，小菜一碟，何勞邑宰掛齒，識時務者就滾遠一點。俺的如意金箍棒可一直沒閒著。無慮！無慮！』送經綱一行人把滄州邑宰的警告，沒當回事，一笑置之。滄州孫邑宰僅此亦適可而止，終不再為此多言爾。賓主一場，繼續喝酒吃飯，填飽肚子。

第二天的大清早，送經綱一行人告別滄州清池邑宰和州府官員，離開滄州，馬不停蹄地朝幽州官府范陽郡的薊縣邁去，沒啥事比送經更重要。

噫！來到子牙河的河畔，過了河即為幽州。好個風光明媚的碧流穿拂柳，祥雲伴長空，子牙河此番美景令人沉迷，難以忘懷。有詩為憑：

春花似錦草如繡，峰巒連綿綠無休。河浪滔滔注海流，藍天無際更無憂。
兩岸垂柳清風瘦，婉曼韶華臨水樓。河帆點點煙波透，虹彩飄渺解千愁。
清水湍湍去塵垢，白雲悠悠何所求。嵯峨五岳屹恆久，江河無意越山丘。
繽紛大地抹色釉，曜光輝照撒金鎏。彌生佳景莫錯過，今歲浮虛卻從頭。

且說送經綱一行人，順利搭乘三帆客船橫渡子牙河，來到了幽州域境。惟見那河岸周邊，搶著離開幽州的人擁擁擠擠，渡河過來幽州的人竟零零落落。

有心地好的百姓，猶勸他們說道：『你們幾個外來的和尚，奉勸諸位還是快快離開這裡。幽州這兒可不平靜，兵荒馬亂的，誰都保不住誰哩。』

豬八戒洋洋得意，故意大聲嚷嚷說道：『咱們一夥就是來這兒探個究竟，幽州為何不平靜？俺過來抓幾個紫塞魔軍的小妖，吊起來打屁股，看誰還敢鬧事？』此話一出，嚇得路旁的人紛紛躲避，唯恐遭到禍及。唐三藏看不下去，教訓說道：『阿彌陀佛！悟能！你就少說幾句吧！何必搞得人心惶惶的？我們只是路過，盡量避開一些繁雜瑣碎的麻煩。懂不？』

八戒摸摸鼻子，點點頭。乖乖挑起擔子不再囉嗦。

卻說送經綱一行，跨過子牙河，他們沿著官道直走。沿途之石橋小溪，山水如畫，春光明媚，清風徐來，野花怒放，百鳥爭鳴，此情此景好不舒坦撩人耶！可惜路人寥寥無幾，即便景物壯麗，乏人賞心悅目，枉費徒然爾爾。

幸好行程沿途為春暖花開，柳暗花明之桐月時節❻，一行人除了夜間尋訪郊野寺廟寶方掛搭一宿，五天趕路下來，倒也算是順暢無阻，一帆風順。距幽州首府范陽郡的薊縣約十餘里，即見一隊巡城騎兵前來相迎。原來是滄州邑宰遣使快馬通報幽州的李祐都督，他自然派人迎接，不敢怠慢送經綱眾人。

近黃昏之時，終於來到幽州薊府城樓前。李祐都督親率左、右位將軍，眾文官武將們，在范陽郡薊城，固若金湯的城樓外迎來送經綱一行。尤其李祐都督見著大聖，如同見到鐵哥們一樣，互相攙挽入城。送經綱目睹守城將士紀律嚴明，軍容壯盛，大家頗感欣慰。李祐都督並且親自陪同一行人，至州府城內的府邸，妥善安排休憩夜宿之處。然後於府城內之元泰宮，擺酒設宴迎賓接風。

席間觥籌交錯，沏壺釃茶，賓主之間無話不聊。當提及紫塞魔軍時，卻見李祐都督先是一陣嘆息，接著說道：『這些妖魔甚是撒潑！之前，就聽聞他們劫殺朝廷尚書省兵部，派出送經綱的將士逾千人。在本都督去年年底至幽州上任之前，又發生兩任幽州刺史先後遭到襲擊遇害。目前，朝廷三公九卿，諸士大夫，都沒有人敢接任幽州刺史的官職，顯見其危害地方甚鉅。雖言我上任迄今，猶未見該紫塞魔軍有任何動靜，本都督乃時刻嚴陣以待，萬萬不敢大意也。』大聖回說道：『滄州邑宰曾經對我等一行人予以諍言，雖然紫塞魔軍來自不同環境和時空背景，卻也目標一致，逞兇鬥狠，並非不堪一擊的一群烏合之眾。何況他們又掠奪到前朝的鉅額庫銀，如虎添翼般稱霸一方。李都督奉旨鎮守幽州，確實責任重大。萬望安然無恙！』李祐都督即拱手致謝。

唐三藏婉然說道：『阿彌陀佛！送經綱這回路過幽州罷。時間有限，無能為力給予李都督支持，尚請見諒。善哉！善哉！』李祐都督十分通情達理，連忙說道：『你們送經綱也是奉長安朝廷的旨意行事，東瀛送經，路途遙遠艱辛，無須耽誤於此間也！即請自便。』雙方談吐豁然明朗，古諺有云：「酒逢知己千杯少，話不投機半句多」。他們喝酒聊著，直到三更半夜方休。

一行人於幽州府城停留兩天。離去之時，李祐都督率文武官員送客城郭外。彼此互祝平安之後，送經綱繼續朝朔北的滹陀水方向挺進。

接連又趕了四天的路，估計再翻越兩座山嶺，就能到達滹沱水河域。這些天的氣候宜人，風和日麗。走上荒山野嶺，唐三藏在馬路邊一處叢叢樹蔭下，遂吩咐一行人休憩乘涼片刻。八戒和辛甘見路旁的杜鵑花盛開，蝴蝶紛飛而至，即跑過去摘花舞蝶一番。

正在此時，有一馬車沿著道路，從後端飛奔過來。雖然經過時掀起陣陣黃沙，卻也不難看出那馬車精美別緻，雕工和材質皆屬上乘，該是權貴富賈階層所有。那車快馬加鞭，疾馳而過，留下滾滾黃塵，呼溜擦身走遠，瞬間消失於山林中。路旁歇息的送經綱一行，只當作是平常普通的過路車輛罷。待上一會兒，唐三藏師父又吩咐一行人繼續上路。

『咦！地上怎麼會有一個大包袱！』才過一段山路，走在前面的悟空，剗地看見有一綟緸❼布包袱擺在路邊。沙和尚前去撿拾起來，解開大包袱可把一行人當場驚呆了。那大包袱裡頭，居然放有數十錠黃澄澄的金元寶，閃閃發亮。八戒放下行李擔子，拿起那金元寶驚嘬❽嘖嘖說道：『沃草！咱們發財啦！這一堆金元寶，俺皻量❾一下，每錠至少有七八兩。雇幾十個挑夫來挑擔去東瀛送經，咱們可也享享清福……。』唐三藏變臉不悅，訓誡說道：『罪過！罪過！東瀛送經乃是推廣佛經妙法，其功德無量，豈可恁地藉故推托也。再者，苦人所苦乃是修行者之首善，應該將心比心，體會財物失主的憂慮。這種橫財千萬沾不得，我們且在此地待漏❿片刻，幫忙看管等失主過來取吧！』說得八戒面紅耳赤，搔著耳頻頻點頭稱是。於是一行人，將大包袱擺在路邊靜候失主。

逾過半晌，均不見有任何人過來領取，甚至路人也沒半個。悟空瞅著那包袱說道：『瞧這綟緸錦織方巾，上面還繡有「賈府」兩個紅字。肯定是一賈姓大戶人家遺失的。』沙僧突然想起剛才經過的馬車，他說道：『且慢！俺知道失主是誰！方才匆匆經過的大馬車，前頭馬傭⓫座位旁即掛著「賈府」的黃色旗子。俺可是看得清清楚楚！』

唐三藏說道：『阿彌陀佛！極可能他們有急事，驅馬車趕路的時候，這包財物不小心掉下車的。』悟空疑惑說道：『這包袱裡的金元寶，價值不菲啊！在這兒等不到人來，要送過去，又不知那賈府在哪？耗在這荒山，咋辦哩？』

一行人正猶豫著，巧不？有兩個背負一堆木材的樵夫剛好經過。悟空邁步過去問道：『兩位鄉親，請教這附近可有姓賈的大戶人家？』左邊那年輕壯漢回道：『姓賈的大戶人家？俺只知道，沿著這條馬路下山，見著分叉衢道再右轉，大約兩三里路過了橋，則有一賈姓的村莊。進入莊內之後，再問一下他們吧！』謝過樵夫，送經綱一行人懷著善意，把撿到的財物特地給送過去。

果然如那年輕的樵夫所言，過橋不久，就見到有一村鎮，門口的紅色牌坊上，寫有「賈家莊」三個大字。不消問，遠遠就看到一戶與眾不同的大宅院，氣勢壯闊，典雅非凡，顯然就是這戶人家。且看那樓宇建築，有詞為證：

紅牆碧瓦桃花艷，松柏熒郁，錦簇滿庭園。金椽翹，額枋盤龍，飛甍高懸。朱門階前石獅列，高樓殿堂齊參天。魚池畔，亭皐楊柳聚鶯燕，天地隨緣。莫笑春風徐徐，敢問金陽玉露，花草不厭。觀雲淡風清，吟詩作賦論悠閑。鳥鳴盡歡聲，蝶戲宸庭廊院。凝眸賞景，風情千萬千。品春暖臨斯且無言。

這般雄偉豪華之門第，引得送經綱一行注目，直接快步走去，無須再問他人。他人？大聖搔搔耳腮，納悶哼道：『怪哉？怪哉？這村莊看有千戶人家，怎地大白天，不見半個人影？』八戒無感回道：『不怪！不怪！適逢春分農忙季節，男女老少下田稼穡⓬也屬正常。是不？』走近那戶豪宅大門，錯不了！瞟見門旁正停著山嶺上經過的那輛大馬車。大紅門敲他撲首三响，即有一僕役過來開門。

『來得好！來得好！本府賈員外等著諸位上門哩。』彎腰駝背的老僕役乾咳兩聲，見著唐三藏法師攬著「賈府」大包袱上門，開心引領一行人進屋裡去。過長廊，穿儀門，四合三進，來到正堂大廳。一個「面如幽冥崔府君，形似巨靈開山神」之世故⓭男子，一臉墨黑大鬍，穿著丹紅錦蟒袍，黑皂靴，欣然走出廳堂相迎。

『諸位長安來的高僧，請上座！請上座！』賈府的員外邀請一行人入堂就座。唐三藏端坐於賈員外的身邊，悟空卻故意站在師父的後面當隨扈。茶水、瓜果很快送上大堂，賈員外說道：『上午辰巳之時，本莊主令幾個府邸的漢子，去鄰近城鎮討些債務。料不到他們竟在途中弄丟這筆銀兩，瞧！幸好遇到幾位善良厚德的雲遊高僧，幸甚！幸甚！』

唐三藏起身，呈遞那綟綞布包袱說道：『南無阿彌陀佛！不用多禮，東西只是物歸原主罷，無須客氣。還請清點一下，數目是否合宜也？』賈員外看都不看一眼，即讓堂上的僕役拿走。然後大聲說道：『幸好高僧送來本府弄丟的財物，俺開始還懷疑是那些漢子，於討債半路私吞竊取了呢！』

大聖大聲插上一句道：『哼！你懷疑別人，俺還懷疑你咧？』賈員外不解問道：『何出此言？』大聖說道：『俺仔細端看，那些金元寶的底下皆有「大隋庫府」微微的印記，前朝庫府的官金，你算哪顆蔥，敢去討債？另外，你又如何知道我們是來自長安的高僧？真是老狗玩不出新把戲，漏洞百出！』賈員外詫異站起來說道：『好犀利的猴頭菇，竟然看得如此細膩。莫非你就是那孫悟空？』大聖拍拍胸說道：『俺就是如假包換的齊天大聖孫悟空。你也不必扮演啥子真員外，假員外的。俺的火眼金睛一進此門，就看穿你們這些妖魔鬼怪在搞花樣。你們玩這套老梗，假裝遺失財物，騙我們來到這裡。盡是一些——邪雜碎！』

扮那賈員外的魔頭，惱羞成怒，一腳踢翻桌椅，抄起隱藏樑柱後頭的火龍大關刀，就朝著大聖劈了過去。剎時，大堂外衝進大群早已埋伏持有劍弩的兵卒，送經綱一行人也紛紛拿起獨們武器，圍過來保護著師父唐三藏。

魔頭舉起大關刀，抓狂嘶吼道：『俺可是紫塞魔軍的先鋒，渾稱迷霧神魔。警告你們，留下玄奘法師就放你們一條生路。要不，今天一個都別想活著離開這裡，懂不？』大聖縱聲大笑說道：『這些話，留著去嚇唬你家兒媳婦吧！哼！大蛇拉屎，你都還沒見識過哩。俺這回讓你這魔頭長長見識吧！』才說完，大堂中殺聲震天，血肉四濺，雙方隨即展開火烈的拼鬥。

迷霧神魔與他那火龍大關刀，從前在世的時候征戰沙場，曾經砍下數千的人頭，一直引以為傲。他哪知道大聖行者的如意金箍棒，打過無數西天的神仙和凡間的妖魔。正邪二者交鋒百回合之後，武功立見真章，武器高下立判。任你的火龍大關刀有多猖狂，又豈能與那定海神針化作的如意金箍棒可比較。還差一截！

紫塞魔軍的魔頭是瞎子吃湯圓——心中有數，明白再打下去，不死也殘廢。他立刻閃到一邊，合掌施法唸起魔咒。頓時，從四面八方朝這宅府位置，潮湧過來一股股濃煙神秘迷霧，很快將一整片山村籠罩著。看官得由詩裡，可見一般：

迷漫白煙視不見，天穹雲彧下凡間。雲海翻騰覆眼前，步履危如臨深淵。
霧濃滾滾掩大地，混濁不清沁幽玄。乾坤朦朧好一片，茫茫難行口難言。

濃煙迷霧迅速匯聚而至，把悟空看得牙都歪了。無論上天下地，跨五嶽入十八層地獄，都難不倒大聖行者。卻唯獨煙霧迷漫最是惱人！搞得他眼花撩亂，淚如雨飆。想當年他大鬧西天仙境時，寡不敵眾，不幸被俘，太上老君擺進八卦爐裡狠狠鍛燒。雖說仙爐裡無所適從，只因擺到巽位倒也因禍得福，造就了大聖一雙能看穿妖魔邪物的火眼金睛，只是缺憾無法適應煙燻霧漫之境界。

眼前，處在伸手不見五指的迷霧中，他一時手忙腳亂。想保護三藏師父和送經綱一行人，竟也弄到自身難保矣。

紫塞魔軍終於伸出魔爪，設下圈套意圖捕捉唐三藏。最麻煩的，偏偏那迷霧神魔所使出的招術，正沖著大聖行者的唯一缺失而來。處於這般困厄劣勢，行者如何在危急之中，化險為夷，轉危為安呢！

敬請期待 下回分解：

『註解』：

❶涿郡：今河北省，北京南端的涿州市。
❷潒水：古代簡稱小河川為水，潒水即現在的潒陽河。
❸李祐：為唐太宗第五個兒子。
❹都督：為唐代地區的軍事首長。其地位大過刺史。
❺虎賁將軍：虎賁乃指禁衛軍。相當今日的衛戍部隊或憲兵。
❻桐月時節：即農曆之三月份。
❼緄緸：緄乃指金黃色，緸是一種繡有花紋的絲綢布。
❽驚嘬：指驚訝萬分。
❾皻量：用手掌丈量東西大小。
❿待漏：意為安靜等候。
⓫馬傭：古代指馬車夫。
⓬稼穡：指田裡下種，收割之農忙。
⓭世故：古代稱五十歲為世故之年。

第四十五回　首戰紫塞起風浪　大聖硬闖子莊關

荒山野嶺拾元寶　善心歸還中圈套　紫塞惡魔張魔爪　計擒玄奘撈一票
引君入甕難預料　還君明珠卻見妖　且勿得意先別笑　大聖豈容你逍遙

話說送經綱一行，被紫塞魔軍的迷霧神魔，設圈套騙至賈家莊。行者很快警覺情況詭異，拆穿騙局之後，雙方逐在大宅府裡展開拼鬥殺戮，從正廳大堂打到花園庭院，又從大庭院殺到曲延廊道上。這場合之火爆，詩中有云：

槍來劍往追著跑，如意棒迎大關刀。血肉四濺震河嶽，肢體紛飛撼山搖。
魔頭技窮施迷霧，行者火眼無法瞧。濃濃大霧罩四野，茫茫雲煙往哪逃。

身陷濃霧之中，大聖唯恐亂揮棒打傷自己一行人。只得邊跑邊閃，前後左右喊道：『師父！你在哪？』『八戒、沙僧、辛甘，你們沒事吧？』開始一行人都還有回應道：『悟空，我在這兒。快來救我！』『師兄！我快不行啦！』孰不料他們的聲音竟是越來越弱，直到最後毫無回音。大聖驚覺叫道：『糟糕！大勢不妙，師父他們肯定被魔軍一夥給抓走了！』他馬上拈訣呼來觔斗雲，騰空而上，見機行事。最麻煩的是，在一片濃煙迷霧，白茫茫幽嵐之中，哪能分得清孰是雲？孰是霧哩？弄得孫行者一頭霧水，呼來的觔斗雲到底在哪？現場簡直連東南西北都分不清矣。

大聖不得已，見招拆招，直接一躍登天。跳到半空見觔斗雲跟上，立即搭乘雲頭來回飄盪。果然判斷正確，到了半天空，視野隨著回復正常。這時才發現這賈家村落原來竟是一個島渚，來時經過的木橋且遭到破壞斷掉。擺明就是讓你進得來，卻出不去。有夠毒！

他搭個手蓬四處放眼瞧看，很快即看見遠方雲端有一群魔軍，由迷霧神魔帶隊，疾疾捆押著師父和幾個師弟離去。大聖正想追上前救人，甫地，雲端上前仆後繼，源源不絕殺過來許多紫塞魔軍，戰馬槍兵團團將大聖圍住。搞得大聖左支右絀，分身乏術，眼睜睜看著一行人遭到魔軍擄掠，漸遠而去。望眼興歎之餘，無心戀戰。大聖無奈只好且戰且走，再藉機翻轉身一躍，跳脫現場，揚長而去。

大聖手拿金箍棒，依然不死心，設法繞圈折回去救人。卻聽到後方有人喊道：『師兄慢點！且等等我！』原來是白馬秦願在後頭搭雲追趕過來。二人相見，互相而泣。大聖訝異問道：『咦！他們全被抓走，你倒成了漏網之魚？咋回事？』秦願說道：『我在後院馬櫪裡面候著，聽見大堂傳來打鬥的聲音，突然又見到四面八方滾滾濃霧撲湧而至。我知情況不妙，當下變作雀鳥，飛到天空查勘，見機行事。後來就看到師父他們被紫塞魔軍擄走。還有師兄沖上天想救他們而發生的戰鬥場面。我也想幫忙師兄加入戰局，結果……。』大聖急忙說道：『那就好！那就好！現在時間有限，得趕緊救師父他們。咱們分頭去找那紫塞魔軍的狗窩在哪？待會兒在這裡碰頭。要快！要快！』二人分別朝東西震兌的方向，沿著萬里長城找尋紫塞魔軍的大本營。確定目標之後再來救人。

繞了老半天，大聖與秦願回到賈家莊原地見面。兩者都說啥也沒見著！於是他倆回到地面的賈家莊，先把真經抄本和行囊都找了出來。大聖毫不考慮，就念咒把當地的土地公、山神、河神都傳喚過來問話。

土地爺聽到大致情況，為難說道：『我說大聖哪，這萬里長塹❶，婉延漫長的塞垣❷豈是我們可以掌握的哩？我們土地管轄皆在方圓十里範圍內罷。心有餘而力不足，幫不上！幫不上！』大聖氣得揪著土地的衣領，說道：『俺已經急到火氣攻心啦。你們幾個一問三不知，沒個交代，叫俺如何是好？』幾個地界的仙家都垂頭喪氣，默默不語。一旁的山神怯怯說道：『大聖勿急！我估計有一個仙家，問他肯定知道。』大聖轉頭問他道：『真麻煩！吞吞吐吐地。有話快說！有屁快放！』山神回話道：『俺指的就是玄武大帝，執明神君是也！』大聖聽見恍然大悟，說道：『然也！然也！這震、兌、離、坎諸四象❸也只有他管得到北朔之地的萬里長塹。』說完謝過幾位土地山神，並且託付他們，暫時保管那些真經抄本和行囊。完事之後，大聖就拉著師弟秦願，往西天大羅境之無欲淨樂宮，尋找玄武執明神君去。

淨樂宮的門童指稱道：『我家主人不在，兩位不妨去地界的武當山道場謁見。他這會兒正在道場傳經說道呢！』

二者疾速再乘雲，奔走至武當山道場，玄武神君據報得知大聖來訪，即率眾出來相迎。觀那堂堂玄武，身長十尺，顏如盈月，壯碩似山，劍眉星目，髮鬍噴張。玉冠為頂，蟒袍加身的大帝神君，旁邊站有威武神勇的靈龜，神蛇二將，還有記載三界功過的金童玉女隨侍在側。見面相互拱手施禮，玄武大帝即領著大家一起進入道場的殿堂，分別依尊卑就座。

如此如此，這般這般，玄武神君聽完大聖敘述著賈家莊發生的事，案情直指長塹紫塞魔軍之逞兇鬥狠，惹事生非。神君仰天長嘆說道：『一提到這支魔軍，讓人相當頭痛。本尊老早就有意，鎮壓清除這些擾亂北坎幽朔的邪雜碎。話說千年以來，冤死在長城塞垣的強徵民工，和防守將士戰歿的人越來越多，誠若秦朝民謠所云：「生男慎勿舉❹，生女哺用脯❺，不見長城下，屍骨相支拄」。這些孤魂野鬼，陰魂不散。日積月累的哀怨悲痛，又凝聚來自各種不同的身份背景，鑄造了一支不容小覷的紫塞魔軍。爾今，這數萬個妖鬼魔怪羽翼已豐，儼然形成氣候，搞到本尊都束手無策，拿他們沒辦法矣。』

大聖悟空把話切入重點，直接問道：『擺平這支魔軍，不勞玄武神君操煩，有俺出面修理他們足夠了。只是俺方才在長城沿著塞垣一脈追尋，卻一無所獲。這才來到武當山找玄武神君，向您請教，敢問他們窩伏在哪？怎地都找不到？』

玄武執明神君莞薾一笑，他說道：『莫怪！莫怪！這萬里長城合計有四萬里❻之長，且有十三關要塞城樓。東起紫河，經朔方，由靈武至榆谷直通綏州。涵蓋有廣闊的隴西、河湟、河套等長塹區域❼。其中山巒荒野起起伏伏，城牆界壕彎彎曲曲。要找到他們，宛如大海撈針，可不是件容易的事。本尊根據多年來的情資追查考證，這支魔軍分布很廣，其主要活動範圍在桑干水與滹沱水之間。至於魔軍的總部大本營，則鎖定在子莊關❽一帶。玄奘法師和你師弟幾個，應該就是被擄去那裡的。大聖可直接前去子莊關察勘。』

左側的靈龜將軍一旁補充道：『該子莊關確為紫塞魔軍的大本營，乃畿南第一雄關，號稱為：「一夫當關，萬夫莫敵」。其險厄可不一般，東為萬仞山，南端有黃土嶺十八盤道危險阻，西有犀牛山和盤石口，北面有浮圖隘口為屏障，又有拒馬河相隔。依山傍水，城塹崎嶇，真格易守難攻也。』右邊的神蛇將軍也警告說道：『大聖且勿當這些魔軍為烏合之眾，幽州接連兩任刺史遇害，就是太輕敵，太低估他們。這群魔軍每回衝鋒陷陣，可是打死不退的哩。』

大聖接著又問道：『再請教一下，領導這支紫塞魔軍的魔頭，到底是何方神聖？又如何稱呼？』靈龜將軍回答道：『據我所知，紫塞魔軍是由三個魔頭集體領導的。大聖遇到的迷霧神魔是為其一，另外還有鬼火神魔和邪氣神魔，一共三個。這三個魔頭都非等閒之輩，皆有他們各自的招牌絕活。大聖可得小心謹慎。』大聖與師弟站起身，拱手說道：『受教！受教矣！我等必須得抓緊時間去搶救師父一行人。僅此不再打擾，告辭！告辭！』

玄武大帝送客出道場大門的時候，特別強調說道：『這樣吧，萬一情況緊急，需要本尊與屬下助予一臂，大聖盡管過來吩咐即可。斬妖除魔的事，義不容辭，無須客氣也！』雙方達成一致共識，即此暫且告別。

話說離開武當山，大聖領著師弟逕自搭雲殺到長城子莊關。從居庸關向兌乾方向飛去，瞧那長城沿途之關堡城樓，地勢險峻，塞垣以城、障、亭、標聚匯結合而成，固若金湯，堅實難破的防禦體系。由於大唐建祚立朝之後，對付北方異族強敵來犯，改變戰略以攻代守，主動出擊，不再修建長城和派兵駐守，故而整個萬里長城靜寂荒蕪，形同鬼域。也因此蘊育出這群紫塞魔軍窩伏此間，藉著形勢的優越與朝廷廢棄不用，了無人煙之際，形成一股邪惡的龐大勢力。

『師兄！咱們到啦！俺腳下就是子莊關矣。』秦願提醒行者說道。他順便問說道：『是否通知西天輪值的仙家，一塊過來幫忙？』大聖搖搖頭說道：『幾次都害他們被抓去關，這回算了。你跟緊俺就是！』

二人遂壓低雲頭，用手搭篷，眼觀四面，耳聽八方。在附近的山頭兜了好幾圈，卻也沒發現魔軍的蹤影。『會不會武當山玄武那一掛人，搞錯了地方？』大聖開始犯嘀咕起來。觔斗雲繞著子莊關上空打轉，到了第五圈的時候，大聖忍無可忍，既乾又脆，直接大聲叫陣來引蛇出洞。

他放聲喊道：『你們這群討打的紫塞魔軍，魔你娘個頭。縮頭縮腦，倒像是紫塞烏龜。再不快點給俺滾出來，俺就掀翻你們這些王八蛋的窩，然後……！』大聖才罵了幾句，果不其然，地界上之叢山峻嶺中，有所騷動矣。

頓時，從豁口❾烽堠❿下端衝上來一批魔軍士兵。大聖對著秦願嘻笑言道：『這些傢伙就是欠罵！』秦願這才發現蹊蹺，指地面說道：『原來紫塞魔軍的賊窩巢穴，就隱藏在犀牛山和磐石口之間的地塹峽谷裡。荒山野嶺，群巒縱谷，不是這幾個烏龜伸出頭來，一時還真找不到哩。師兄果然捉妖的經驗老到！』

十幾個拿刀拿槍的鬼卒，搭著雲霧趕了過來。為首的指著大聖罵道：『你是打哪冒出來的野猢猻？想放屁，就滾遠點放。想找死，爺們今個就成全你！』大聖戲謔說道：『想找屎是嗎？俺一肚子大便，分點給你們吃吧！一個一個來，不准插隊！』聽完，氣得那些魔兵鬼卒抄起刀槍，輪番朝二人衝殺過來。區區一些鬼卒，大聖怎可能放在眼裡，打趴幾個之後，活捉剩下來的三個。然後來到附近的地面，逼著他們帶路，去紫塞魔軍的大本營救師父一行人。

果不其然，如剛才白馬秦願所見，在犀牛山山腳的深塹幽峪裡，隱蔽詭譎的地形，一座座城樓屹立，一面面軍旗飄揚，紫塞魔軍大本營即呈現在眼前。

找到之後，幾個鬼卒跪地求饒道：『前面就是紫塞城垣。兩位仙家饒命，我等方才只是巡邏經過。迫不得已，最近才來投靠紫塞魔軍的。尚請高抬貴手，放我們一條生路。』大聖問道：『你們幾個起來說話，好端端地當鬼，不去六道輪迴投胎轉世，卻跑來這裡參加魔軍，圖的是啥？』幾個鬼卒回道：『我等原來是夏王竇建德的手下，隸屬歐陽大鵬將軍的虎賁部隊。惟參加虎牢關戰役時，不幸慘敗，全軍為大唐的秦王李世民所殺。我等雖做鬼，卻不忘為夏王鞠躬盡瘁。遂跟隨歐陽大鵬將軍投靠紫塞魔軍，伺機報仇雪恨！』

大聖好言相勸說道：『唉！冤冤相報，沒完沒了。夏王竇建德在世，曾經是一個德善兼備的君王。不久前，我們才在滄州常樂山的竇王廟為他做超度法事哩。』幾個鬼兵聽到，甫地又跪下磕頭答謝。大聖給個建議說道：『你們不要越陷越深，助紂為虐。這樣吧！最近幽州李祐都督奉命征討紫塞魔軍。汝等不妨聽俺一句，前去加入他們。增添功德，下輩子投胎，也好出世在好人家嘛！是不？』幾個鬼兵頻頻點頭同意。大聖即立馬修書立據，要他們持著文牒前往幽州郡府投靠齊王李祐。三個魔軍鬼卒謝過之後，領頭的拱手說道：『俺渾號稱癩包，日後用得到俺，請恩人盡管吩咐便是！』即快步離別，往幽州而去。

大聖和師弟秦願不多耗費時間，敞開大步，走到魔軍的塞垣城樓前。開始挑釁，當頭痛喝，怒吼道：『聽著！龜縮在裡面的猥瑣雛兒⓫，通通給俺滾出來。別以為顯蒙裝龜孫，就能躲得掉你爺爺的金箍棒。今天不打爛你們的屁股，打到你們滿地找牙齒，俺誓不為人！』

『哼！好個誓不為人，你這隻爛猴，爺們可從沒當你是人看哩！』迷霧神魔搖擺走出城門，冷嘲熱諷說道：『在賈家莊讓你夾著尾巴溜掉，算你狗屎運好。孰不料，你不懂得惜福，竟敢飽颺⓬又自己找上門來。也罷，俺幫你省下棺材本，將你殺了餵野狗。』這話引得一群魔軍哄然大笑。

旁邊站有兩個魔頭，左邊魁梧奇偉的大漢，渾稱鬼火神魔，長得虎眉蛇眼，虬髯飛鬍，穿著綻黑錦羅袍，腳蹬麂皮靴，手裡拿著一對千斤轟天錘。

右側那骨瘦如柴的，渾稱邪氣神魔，一副邪裡邪氣的模樣。瞧他冰眸冷峻，面無血色，酷到不行。他穿著雪白羅錦袍，烏喇鞋，手中握著一把青鋒閃亮的虎頭金剛劍。後面還跟隨有數十個彪形壯漢，頭戴金盔，身穿鎖麟甲，赤錦征袍，足蹬戰靴，手持各種刀劍槊戟武器之神武將軍。

『天啊！這般乾癟孱羸的，竟敢跑來紫塞來招惹是非。瞧你怎麼死都不知道呢！你向天借膽了，是不？』鬼火神魔歪個頭，側眼睥睨說道。斜氣神魔看著悟空，更顯不屑地說道：『唉！這般小咖，俺兩三下就搞定他。兩位大哥先回紫塞裡去休息，繼續研究那唐三藏如何個吃法？是清蒸？是白煮？還是油炸的！』

一聽說要吃師父，這話可真引爆大聖的火藥庫。哪來拿麼多廢話，他持著金箍棒衝上去就打。秦願揮舞斬馬戟倒也出神入化，隨著師兄大聖殺敵毫無畏懼。子莊關的紫塞城樓轅門前，剎時打殺一片。看官且看那詩中，怎的說法：

萬里紫塞長數萬，千載帝王築城關。漢軍駐守夷狄犯，民工斷魂將士殘。
哀怨孤魂無兮盼，悲悽野鬼無路轉。魔王聚魑無忌憚，紫塞成軍誰人管。
繚垣萬里魔軍蟠，紫塞雄騎掠江山。金戈鐵馬頻作亂，何人知曉不鼻酸。
迷霧神魔施雲霧，火龍關刀千人斬。曾是先秦朝中將，率軍征伐幾人還。
鬼火神魔火飛竄，兇惡如狼人難安。雙錘轟天魂魄散，下手狠毒誰阻攔。
邪氣神魔夠邪氣，冷眼冰心最難纏。削鐵如泥金剛劍，殺人無數不眨眼。
送經綱路經幽燕，艱辛困苦意志堅。惡劫難逃終相見，魔軍斗膽掠擄賢。
荒村設局搞詐騙，惹火大聖擂門前。鎮魔靖妖捷百戰，痛打紫塞令汝寒。

赫！別以為在魔軍的角頭，人多勢眾，將士如雲，大聖悟空就會怕你也。錯！他竟是越打越兇，越戰越勇。三個魔頭輪番上陣，卻絲毫佔不到丁點便宜，打了百回合尚且難分勝負。火龍大關刀劈過去，千斤錘掃過來，金剛劍又砍又刺的，三個魔頭都累趴了，可大聖依然氣宇軒昂，眉頭都沒皺一下。

真是人不可貌相，海水不可斗量！三個魔頭對悟空肅然起敬，不得不刮目相看。知道光憑手中的武器，根本壓制不了大聖，再這樣打下去，遲早會鬧笑話。鬼火神魔嘶吼道：『打鬥太費事啦。大家先閃開，俺來施法搞定他二人。』只見他瞇眼掐指唸咒，接著右手一揮，團團墨綠火球在空中飛舞打轉，瞬間飛向對面的二人，形成一道烈火高牆，將大聖和秦願包圍阻隔起來。火勢之兇猛，可比那烈焰火山一般，熊熊綠火燒了好一陣，即使沒燒成灰，也被烤成乳豬了。

他哪知道，大聖畏煙霧卻無懼大火，在太上老君的八卦爐裡待了七七四十九天，鍊出畏煙不畏火的功夫。只要大聖掐指唸上一段「避火訣」，不說赴湯蹈火，連火山都敢去，況乎這種小把戲。鬼火神魔神情傲慢地收起鬼火魔功，開開心心驗收成果。料不到，眼前的孫悟空和秦願扮著鬼臉說道：『綠火太小啦！拜託換紫色的火，再加大點。剛才的不過癮！不過癮！』鬼火神魔這輩子首次踢到鐵板，氣得他一卵子的灰頭土臉。白忙一場。

迷霧神魔實在看不下去，正準備再次施出迷霧大法，來對付悟空。

『老哥！還是讓俺來吧。俺看他能囂張到何時？』旁邊的邪氣神魔說道。斥退左右，趨步向前施展邪氣大法。只見他雙眼閉上，唸著幾句魔咒，深深吸了一口氣之後，張口吐出一股松青色的氣體，像洪流一般，直沖向大聖和秦願而來。這股邪氣沖眼即瞎，沖耳則聾，沖鼻輕者倒地痙攣不起，重者吸入邪氣則必死無疑。大聖的火眼無礙，塞住雙耳，再唸「闢邪訣」當可去邪化解。

惟秦願初次面對，帳目不清，須臾就倒地翻白眼抽搐，癲癇打擺子。糟糕！大聖一時疏忽，忘記提醒師弟，急忙過去想攙扶他。四周的魔軍見狀，立刻一擁而上，層層包圍過來。不得已，大聖頑強抵擋了片刻，眼看師弟已經完全不省人事，無法動彈。大聖只好忍痛割捨，暫且獨自逃離子莊關。他翻個筋斗，越過幾座山，數條河，才定下身來，擺脫那一幫子邪魔。

遙望子莊關，除了大聖一人逃脫，送經綱一行人全部被紫塞魔軍俘虜去矣。他踉踉蹌蹌轉了幾圈，心痛如絞，意亂如麻，思及故人，涕淚雙垂。這下咋辦才是？悟空無語問蒼天，整個人的腦裡一片空白。

好戲還在後頭，請靜待下回分解：

『註解』：

❶長塹：古代指萬里長城。

❷塞垣：古代萬里長稱的稱呼。

❸四象：中國古代以青龍、白虎、朱雀、玄武代表東南西北，通稱四象。

❹勿舉：不去申報戶籍，避免麻煩。

❺哺用脯：脯是肉乾。意思是指用最好的食物來餵食撫養長大。

❻長城四萬里：古代人對長城的算法。按今時中國文物局統計，長城正確總長度為兩萬一千一百九十六點一八公里。

❼長塹區域：明代之後，確定東起山海關（古稱榆關）、黃崖關、居庸關、紫荊關（古稱子莊關）、倒馬關、平型關、偏頭關、雁門關、娘子關、殺虎口關、嘉裕關、陽關、玉門關，共有十三關。

❽子莊關：秦漢稱為上谷關，蒲陰陘。隋唐稱子莊關，明朝以後則改稱紫荊關。

❾豁口：指山坳或是城牆的缺口處。

❿烽堠：即現今長城高處，負責眺望監視的烽火台。

⓫雛兒：指幼稚無知的小輩。

⓬飽颺：指安全逃脫，遠走高飛之意。

第四十六回　再戰紫塞陷窘境　行者矢志罄雷霆

話說大聖領著師弟秦願，為營救被擄走的師父唐三藏他們，直接前往萬里長城之子莊關，在紫塞魔軍的大本營前擂門叫陣。結果雙方拚殺之餘，三位魔頭其中的邪氣神魔，施咒噴吐出一股松青色澤的濃郁邪氣。秦願避之不及，全身痙攣倒地不起，伊時悟空孤軍難敵眾魔。不得已，只好獨自先行逃脫子莊關而去。

營救送經綱已經渾身解數，卻一無所獲，弄到自己落荒而逃，大聖懊惱至極。在原地轉他幾圈，悶氣歎他幾聲，響屁放他幾下！想想哀聲嘆氣，懷憂喪志，又有何用。冷靜片刻，此時的魔塞必定為捕獲唐三藏一行，且又打敗孫悟空而興高采烈，躊躇滿志。古有諺語：『天狂必有雨，人狂必有禍。』魔軍剛打完勝戰，一時鬆懈乃人之常情。何不趁此機會再轉回去摸摸底，瞧師父他們平安是否？

『站住！你們是何人？通關口令❶？』紫塞關口幾個持槍的鬼卒衛士，見著三個鬼兵模樣的人走近，厲聲過來盤查。由大聖變作的鬼卒癩包，加上兩根毫毛變作的另外兩個鬼卒，拿著酒葫蘆，一塊裝成醉醺醺的模樣說道：『緊張個啥！俺是癩包，俺倒想問問，你們是何人？』守城門的護衛隊長痛斥罵道：『癩包？紫塞裡有千千萬萬個士兵，你這癩包算哪顆蔥？大白天酗酒罔顧軍令，又說不出通關口令。來人！把他們三個通通抓起來！』大聖變作的癩包大叫：『且慢！且慢！我們是大鵬將軍的隨扈，不得無禮。』『管你是誰，先關起來再說！』一群衛兵逐圍過來，將大聖變作的鬼卒綑綁起來。

儼然紫塞魔軍與一般妖魔鬼怪不同，說真格地，軍紀嚴謹，法令如山。這也正合大聖之意，不入虎穴，焉得虎子。他就是希望被關進紫塞的監獄牢房，直接進去摸底，藉機「覽勝」，順藤摸瓜一番。

經過幾道甕城❷牆垣關卡，途經壼道❸衡門❹讓過目不忘的大聖記得可一清二楚。彎來繞去，最後來到警戒森嚴的紫塞牢獄。匿大寬敞的地牢獄中，雖然陰深幽黯，一進門即看見唐僧師父他們一行人，包括方才擄獲的秦願，通通關在第一間的大牢裡。按獄中的規矩，首間牢房關押的，全都是隨時被拖出去待宰的羔羊。化作癩包的大聖，裝瘋賣傻地說道：『那個肥頭大耳的夯貨獃子，一定要麻辣燙才會好吃！切記！切記！』這話驚醒失魂落魄的一行人，大家立刻精神抖擻，知道大師兄已經混進來啦！

三人被送到最後一間牢房關起來。趁七八個獄卒在聊天打屁，大聖再變成小飛蟲，飛去找送經綱的一行人。找到之後，大聖變回原身說道：『悄言❺！悄言！俺是孫悟空，師父你們都還好吧？』一行人立馬圍著大聖，八戒如迫不及待說道：『哇！師兄來得正好。聽他們講，明天就要殺掉我們。你得快快設法救救大家才是。』唐三藏也沮喪說道：『阿彌陀佛！他們還在爭吵，要拿我怎麼吃法哩？』大聖說道：『這些魔軍多是行伍出身❻。玩陰的，挑撥離間他們頗為不易。玩硬的，俺還得趕緊找那些西天的幫忙才有辦法。不知近期是哪幾位仙家輪值？俺上去查一下。且待！且待！』說著說著，牢裡忽然走進一個虎背熊腰，墨髯盤目，頭戴金盔，身穿龍麟戰甲的將軍，背後帶有十個隨從。大聖急忙變成飛蛾，趕了回去那牢房，再假裝熟睡中的癩包。

『歐陽將軍，大駕光臨，有事吩咐嗎？』獄卒對著為首的大漢客氣問道。原來他就是早有聽聞的歐陽大鵬將軍。『唉！你這癩包，值班巡邏不幹正事，竟然跑去喝酒。差勁！差勁！』大鵬將軍沒理會獄卒，逕自沖著假癩包責怪數落著。幾個獄卒考慮要不要放人？大鵬將軍不悅說道：『你們發什麼呆？還不快給本將軍放人。』獄卒支支吾吾道：『可是……。』大鵬將軍怒罵：『可是個屁！哪有軍人不喝酒的。俺的部下，由俺帶回自行處理。快放人！』獄卒乖乖放了假癩包三人。

大聖變作的癩包，隨著歐陽大鵬將軍回到駐防的軍區。『你這癩包也太不上道了，明知俺跟那三個頭頭合不來，你卻給俺惹這種麻煩。』才坐穩虎皮大位，大鵬將軍就嘀咕指責說道：『不是看你追隨俺三十年的份上，真要好好修理你才行。』

這麼幾句，聽在大聖的耳裡，竟綻露出一絲破綻！原來這紫塞魔軍的內部隱然存在著矛盾。假癩包馬上恭恭敬敬給大鵬將軍斟茶，藉機套取內情。即說道：『不論上刀山，下油鍋，俺癩包絕對追隨將軍到底。只是，大家都是為了紫塞大軍，大鵬將軍何苦跟那三個頭頭鬧意見哩？』大鵬將軍嘆一大口悶氣，埋怨說道：『你懂個屁！俺就是看不慣他們打家劫舍，盡是做些強盜土匪的勾當。早知紫塞大軍這般卑鄙齷齪，就不會帶你們過來加入他們矣。君不見，每次他們出城滋生事端，胡搞瞎搞，俺都按兵不動，寧願防守紫塞也不願隨波逐流。哼！夜路走多，遲早會見鬼。』『見鬼？紫塞魔軍不都是鬼！』大聖心中偷笑——『俺就是來抓鬼的哩』

『自古聖賢有道是：「明主可仰，昏君可鄙。豈有清風明月與烏煙瘴氣同流合汙之理也。」』大聖扮的假癩包心中暗爽，藉著給將軍斟上一杯茶，順便加油添醋說道：『將軍英明！咱們夏軍就是跟他們不一樣！想當初，夏王竇建德就是以仁義之師聞名天下。哪是他們這些偷雞摸狗，仗勢欺人之徒可比擬的。我們是非分明，一定誓死效忠大鵬將軍。』歐陽大鵬將軍欣然點頭稱善。

『報！程思克將軍求見。』門口的衛士進來傳報。須臾，走進來一個絡腮大鬍，驃悍梟勇的漢子。他也是隸屬夏軍，和歐陽大鵬將軍同時一起投奔紫賽魔軍的。他氣呼呼坐正位置說道：『那三個紫塞的頭頭越來越離譜了，聽說抓了幾個長安來的高僧。正在討論怎麼烹煮料理？唉！』歐陽大鵬也怨聲連連說道：『當年咱們是誤上賊船，現在騎虎難下矣。』程思克將軍搖搖頭回道：『盜亦有道，剛開始見他們在外，劫富濟貧，抑強扶弱，真拿他們當替天行道的仁君義士呢！料不到他們後來竟越走越偏，歪向旁門左道矣。看走眼！看走眼！』才說著，門衛又來傳報，說迷霧神魔在大殿召開臨時會議，邀請兩位將軍前往商議。兩位將軍得令，迫不得已，只好苦笑整理儀容服裝，去了大殿。

大聖無法攔阻那二人，一時又無計可施。惟有火速離開此地，找些西天仙家們過來幫忙營救送經綱他們。事不宜遲，他呼下雲頭，從子莊關直升天際找那輪值的仙家們，協商共同破敵，搶救一行人之道。

西天輪值的仙家，適值那十八位護教伽藍菩薩們當班。為首的美音伽藍見到悟空獨自前來，即問道：『大聖近來無恙？貴團送經綱順利否？』悟空臭著臉回道：『不說也罷，恙得一蹋糊塗。如果無恙，就不會前來打擾諸位伽藍矣。』大家圍過來關心道：『又咋地？快說！快說！』大聖逐將紫塞魔軍設圈套綁架師父一行，還有在子莊關打鬥失利的事，痛心疾首的重複述說一遍。

『這群紫塞妖魔著實太放肆！太猖狂！』仙家們聽了，紛紛表達憤怒之意。並且摩拳擦掌說道：『走！咱們陪你去紫塞那兒討回公道，端掉那窩狗賊。大聖快快帶路！』

『俺生怕師父他們，隨時將淪為魔軍刀俎上的魚肉。眾仙家快隨我來！』大聖不多思索，甫地領著輪值的護教伽藍，順著蜿蜒起伏的萬里長城，去子莊關撻伐魔軍。十八位正氣凜然的護教伽藍，騰雲駕霧飛快趕到子莊關的上空。

劈哩啪啦！衝在前頭的孫行者，拿棒子打爛子莊關的城樓大門。他懶得再去費神叫陣示威，攻其不備，直接就揮舞著如意金箍棒，殺進紫塞魔軍的賊窩。輪值的仙家們也各自抄著刀、槍、鉞、戟緊隨其後。

『俺就不信擺不平，端不掉你們這個子莊關。把俺老孫惹毛了，可沒一個有好下場的。信不？』孫悟空放聲叫喊，像是奔入無人之境。雷音伽藍驚訝說道：『不對啊！咱們闖進來至今，竟然如入無人之境，半個人影皆不見哩？』梵音伽藍疑慮說道：『搞什麼名堂？玩啥子花樣？難道魔軍一夥人在玩「空城計」乎？』闖進紫塞裡的眾人，看著空蕩蕩、靜悄悄的大殿堂，裡面卻不見有人進出。一股勁欲痛打妖兵魔將，居然撲個空，邪門！邪門！

『哼！這群魔耗子，可能知道爺們要來，事先逃命去了。』天鼓伽藍冷笑說道。大聖本想直奔紫塞裡的牢獄救人，在經過城垣金殿的時候，驚覺這一路進來不見有人抵擋也罷，甚至連老鼠也不見半隻，肯定其中藏有貓膩。他來回繞著，納悶嘀咕道：『不對！不對！明明離開之前，這魔塞裡面還人來人往，熙熙攘攘的。怎麼一會兒工夫，就跑得一個不剩？弔詭！弔詭！』於是，他威脅吼著：『聽著！有屁眼再鬼鬼祟祟躲著不出來，等俺救了師父他們，一把火將你們的城寨賊窩給燒得一乾二淨。等著瞧！』激將法也不起作用，大殿依然沉寂，紋風不動。

語音甫落，宮殿裡的正陽門❼和宰門❽，倏地，瞧見股股濃濃白霧沖湧而進，把大聖和護教伽藍包圍，全部罷罩在大殿中。剎時，煙雲瀰漫，迷霧遮掩，置身縹緲，寸步難行。十八位伽藍仙家頓然傻眼了，這雙眼一片茫茫雲霧，連自己手腳都看不見，還打什麼打？近在咫尺的一夥人，迷霧裡只聞其聲，不見其人，彼此瞎矇瞎撞。不久，聽到大聖在混濁渾沌的煙霧裡高喊道：『糟糕！咱們中計啦！那迷霧神魔在玩迷霧大法，把我們困住了。你們快快來到我身邊，俺帶大家先殺出魔塞去。』講歸講，說歸說，在這麼蒼茫惡劣的環境中，要把走散的仙家們湊在一塊，談何容易？

大聖曾經進入紫塞魔軍大本營，熟記裡面的地形路徑。尚且在賈家莊嘗過迷霧神魔的苦頭，因此深諳此地震、兌、離、坎四個方位，防範未然。可十八護教伽藍等人，就像進入到迷魂陣裡，懵懵懂懂，一無所知。須臾，待大聖突破迷霧，衝出魔塞的城樓大門，跟隨身邊的，只剩下梵音、天鼓、雷音、遍觀四個伽藍菩薩。其餘的伽藍們，仍然深陷於魔塞迷霧中出不來，恐怕是凶多吉少矣。

方才喘一口氣，卻見一團團綠色的火球，滾滾飄忽而至。飛躍的鬼火球團將他們密密圍住，動彈不得。大聖好不容易，左右兩手揮出辟邪厲風來開路，領著四個仙家跳出層層包圍的火圈，來到一處空地。

氣猶未定，正前方又迎來一道松青色的流風邪氣。大聖心裡忐忑驚悚，暗呼道：『慘了！這下慘了！這邪氣神魔已經在此守株待兔也。仙家們快躲避，且閃開那股邪氣！』真是迅雷不及掩耳。一瞬間，逃避不及的四個伽藍菩薩全部中招，先後倒在地上打滾。抽筋痙攣，縮成一團，痛苦呻吟著。

這時從兩側山塹峪谷，突然冒出潮湧般的紫塞魔軍。劍拔弩張，雄兵戰馬，紛擁而來，撼動整個㞦峰山域。此時的大聖搖頭跺腳，方寸大亂，搞到自身難保，唯有望眼興嘆，依依不捨垂淚而去，他快速翻個觔斗逃離子莊關。

接連兩次討伐魔軍失利，損失慘重。想想，這回甚至連魔頭皆未見及，雙方都還未曾交手過招，竟然輸得光了屁股走人。氣得大聖一肚子大便，嘔死人！

大聖獨自蹲坐在野嶺荒郊抹著淚，感傷那自古英雄多寂寞的滋味。左思右想，喃喃自語說道：『要救師父他們那一行人，當前唯有跑一趟南海找觀世音菩薩求助矣。雖然丟人現眼，唉！無論如何，還是救人要緊！速去！速去！』於是呼下雲頭，匆匆忙忙駕著雲趕往南海的落伽山普陀巖。

適巧觀音菩薩與二十四路護法諸天，去紫雲山之千花洞拜訪毘藍婆菩薩回來。大聖追過身，即跪伏那坐在金毛精座騎上的觀音菩薩。觀音菩薩從座騎走下，挽起大聖說道：『南無阿彌陀佛！你來得正好。才想著，不知你們東瀛送經的近況如何？且說來聽聽。』『唉！一言難盡啊！』大聖逐將在幽州賈家莊遇伏遭綁架，又與紫塞魔軍的三個魔頭，在子莊關拚殺纏鬥，前後兩次失敗的過程，一字不漏地向觀音菩薩說個清楚，講個明白。

『阿彌陀佛！這長城紫塞經歷了千餘載，遭暴政迫害而亡的各地民工，加上駐守北塞邊疆時，攻守雙方戰死的將士何其眾耶，那萬里紫塞確實孤魂眾多，野鬼遍地。久而久之，難免形成一股龐大的邪惡勢力。他們走火入魔，盤據萬里關塞山嶺，自成一方霸主矣。哀哉！哀哉！』大慈大悲的觀音菩薩聽了行者的陳述，忍不住輕嘆一聲。旁邊的二十四諸天神將們，聽到十八護教伽藍，也被紫塞的魔頭擄獲，義憤填膺，紛紛表達不滿。帝釋天和韋陀天更是搶著說道：『這紫塞魔軍簡直造反了，竟敢與我西天眾神仙為敵。讓我等去到下界教訓這些逆賊們！』

『諸位稍安勿躁！既然身經百戰的孫悟空都連續吃了悶虧，鎩羽而歸。爾等也未必能順利克敵得逞也。』觀音菩薩安撫躁動氣憤的仙家們，睿智地緩緩說道：『聽行者悟空的講法，對方行使的法術，即迷霧法、鬼火法、邪氣法等三樣邪術先後上陣施展。眾仙家暫且沉穩，仔細推敲琢磨一下，這霧、火、氣，它們最大的致命傷為何？』孫悟空和二十四個護法諸天用腦子想著，少刻即頓悟過來。異口同聲說道：『莫非是——狂風暴雨！』觀音菩薩微笑著回道：『然也！然也！只要颳風下雨，紫塞的三個魔頭就沒轍啦！乖乖等著束手就擒吧！是不？』觀音菩薩這一席話，讓大家撥雲見日，豁然開朗。

南海觀音菩薩解釋說道：『雖說風吹雨打，能有效制止紫塞魔軍那些邪術，可借風容易，借雨則難矣。無論是天界九天應元府，元始天尊管轄的雨部，或是東海龍王敖廣、南海龍王敖欽、西海龍王敖順、北海龍王敖閏等，凡司雨的皆須取得玉皇大帝的旨諭才可行事。更何況得經由三官舉筆，太乙移交，知會雷公、雷婆、風伯、雲童等人配合，在哪兒降雨？要降雨幾尺幾寸？開始降雨和結束的時辰？總而言之，過程喇渣繁瑣。倒不如……。』孫悟空立馬接上觀音菩薩的話，說道：『倒不如直接去北天門封聖宮，找大風神君幫忙，乾脆利索些。』

觀音菩薩會心笑著說道：『阿彌陀佛！若論調兵遣將，用兵如神，還是孫悟空久經江湖比較內行。其實西天尚有一神尊可倚重，就是兜率宮的太上老君。因為老君生火的八卦爐，均由那芭蕉扇搧風燃火的。倘若老君願意借調屬於至陽的芭蕉扇，用來壓制紫塞魔頭的邪術，不啻為對症下藥，迎刃而解矣。有神君的元羽蓮和老君的芭蕉扇，雙管齊下，當可一舉靖魔無虞也。』菩薩接著說道：『向太上老君借芭蕉扇的事，就由本尊出面拜訪，請他幫忙吧。』

『多謝觀音菩薩出面力挺。感恩不盡！』悟空又想到一事，他繼續說道：『另有，俺曾于子莊關進出過數次。該地形山川交錯，硉兀起伏❾，況且城、障、亭、標所相結合的防禦體系，是一處易守難攻的城池。其壕塹關堡固若鋼鐵金湯，欲破其防備，必須裡應外合才行。因此，俺仍需親自折返子莊關，一來設法引蛇出洞，讓魔頭率軍出城。再者，還需用計斡旋其內，來他個禍起蕭牆，變生肘腋❿，使他們同室操戈，才可順利救出師父一行人和十八伽藍，徹底殲滅紫塞魔軍！』大家都達成共識，觀音菩薩去找太上老君，護法諸天去找大風神君，大聖則隻身去子莊關魔窟裡面，做慫恿策反的工作。各自分別去完成任務。最後，約定好翌日午時，齊齊在幽州范陽郡的薊縣州府會和相聚。

卻說孫悟空告別南海的觀音菩薩和二十四位護法諸天。抓緊時間，獨個趕返那魔軍駐守的子莊關。他跳下觔斗雲，須臾變作一隻紅頭蒼蠅，朝子莊關裡面直飛而入。經甕城，穿壺道，過衡門，逕自去找那歐陽大鵬與程思克兩位將軍。

『兩位將軍！癩包向你們請安！』變作假癩包的大聖，拱手向面前的兩個大將請安。大鵬將軍不悅說道：『你這隨扈也太放肆了！俺才去大殿參加會議，轉眼回來就不見你人啦！跑哪鬼混去哩？』悟空嚴肅回話道：『回將軍的話，不瞞您說，俺想念老家，方才跑一趟滄州郡府清池縣。孰知就那麼巧，正好遇見那孫邑宰！他還要俺問候兩位將軍呢！』大鵬將軍從座位站起身問道：『孫邑宰？莫非是摸羊公孫安祖的嫡子？太好了，他近來可好。俺入行伍參軍，曾經被其父賞識拔擢為將軍，算起來，他們孫家是俺的大恩人哩。』大聖裝作的假癩包，深情款款說道：『有這回事嗎？他自從投靠長安大唐，太宗皇帝即盡釋前嫌，任命他為滄州邑宰至今。對了，他還親口告訴俺，有一件事，令他一直耿耿於懷，寢食難安……。』

大鵬將軍與程思克將軍聆聽之後，都走到假癩包的身邊，不禁好奇問道：『啥事令孫邑宰耿耿於懷？恩人的事就是我們的事。只要能解決問題，我等萬死不辭！』見假癩包欲言又止，扭扭捏捏。急得二人數落罵道：『你這傢伙，這節骨眼不要吞吞吐吐。快說！快說！』假癩包這才認真回話道：『唉！俺就算說了也是白說。好吧！事情經過是這樣：那孫邑宰雖然投降了大唐，心中卻思念著其父與竇建德一起建立的大夏王朝。逐私下和幽燕一帶的百姓們，在滄州的長樂山邊蓋一座竇王廟，他經常與民眾去祭拜。』大鵬與程思克聽了，忍不住嚎啕大哭，老淚縱橫說道：『嗚乎哀哉！我等皆受過夏王竇建德的大恩大德，卻不知有竇王廟這回事？罪過！真是罪過！』接下又問道：『然後呢？然後呢？』

大聖變作的假癩包見縫插針，藉故說道：『唉！不說也罷！說來卻跟兩位將軍攸關哩。』氣得那大鵬將軍差點要出手揍人了。他大聲喝斥道：『別把俺給惹毛啦！再不說，勿怪俺分顏⑪無情。』假癩包裝瘋賣傻說道：『好罷！好罷！俺說就是。話說在數天前，正好有長安來的高僧唐三藏法師一行人，經過滄州時，聽聞夏王仁德治世，愛民如子。遂停留滄州數日，特地與孫邑宰一起設壇，在竇王廟為竇建德和夏朝戰亂中，犧牲的孤魂亡靈，做盛大的超度法事。卻不料，這般慈善為懷的唐三藏，才離開滄州竟遭到劫持，落入咱們紫塞的牢獄，成了待宰的羔羊。這般恩將仇報，可讓孫邑宰撕肝裂肺，傷透了他的心，所以……。』

『慢！如果你說的屬實，俺絕對會還給唐僧他們一個公道，冒死也要放走他們一夥。但是，如果是你癩包玩花樣，唬弄我二人，肯定拿你碎屍萬段。且等！且等！』說完，大鵬將軍特遣兩名貼身隨扈，立馬趕去滄州府，找孫邑宰問個仔細。

曾經是夏王竇建德屬下的歐陽大鵬和程思克將軍，他們果真信守諾言，敢與三個魔頭抗衡，放走唐三藏師徒和十八位護教伽藍嗎？經過兩次戰敗經歷的孫悟空，這回能否一戰功成，毀掉紫塞魔軍呢？

敬請期待 下回分解：

『註解』：

❶通關口令：進出軍事單位，所問答的密碼或祕語。
❷甕城：外城樓與內城樓之間，有一片誘敵深入的空地，藉機困住敵軍。
❸壼道：宮殿中的道路。
❹衡門：皇宮內的牆門。
❺悄言：說話小聲，怕別人聽見。
❻行伍出身：泛指從軍當軍人。
❼正陽門：宮殿前的大門。
❽宰門：指宮殿後面的門。
❾硉兀起伏：泛指地勢高低坳突不平。
❿變生肘腋：指發生在內部的災禍，有人叛亂造反。
⓫分顏：意為鬧翻或是絕交。

第四十七回　三戰紫塞鎮魔軍　悟空妙計蕩寇群

話說大聖孫悟空兩次韃伐紫塞魔軍不成，深知硬攻強打不是辦法。於是開竅，聯絡好觀音菩薩和護法諸天，幫忙去兜率宮找老君借調芭蕉扇，又找封聖宮的大風神君一起出手相助。自己更折返子莊關魔軍大本營，執行斡旋策反的行動。試圖說服原本隸屬夏軍的歐陽大鵬和程思克兩位將軍。希望他們身在賊營中撥亂反正，伺機起義。

大鵬將軍聽了大聖變作的假癩包所說：「唐三藏為夏王竇建德作超度法事」，半信半疑？火速派人去滄州府城查證。兩個貼身隨扈約一柱香的時間即查問清楚，趕回紫塞。立刻向大鵬和程思克二將稟報說道：『報告！我倆去到滄州府，經過多番查證之後，一切均如癩包所說的，唐三藏法師確實為舊主竇建德設壇作法，半句不假。而且還是滄州的孫邑宰出面證實，親口告訴我們的。』

待事情弄明白，麻煩才真正開始。兩個將軍面露困窘，相對而視，一時不知該如何是好？雖說一言既出，駟馬難追。可放掉唐三藏那一大夥人，擺明就是要跟三個紫塞大魔頭敵對，分庭抗衡了！憑他二人之力，槓上整個紫塞魔軍無異以卵擊石，必敗無疑。大鵬將軍愁眉苦臉說道：『唉！真是叫人進退兩難。平日不平則鳴，發發嘮叨即罷。今時果真反目成仇，實在毫無勝算。難哪！難哪！』

其實一切都在大聖的預料中，他扮作的假癩包頓時哈哈大笑。這舉動，倒把兩個將軍搞迷糊了。這種尷尬的節骨眼，笑啥哩？假癩包笑著說道：『兩位將軍無須懷憂喪志，裹足不前。只不過是區區三個小魔頭，帶著一群烏合之眾罷，何足為懼？你們就大膽將唐三藏他們放掉吧！天塌下來有俺來扛。安啦！安啦！』

『有你來扛？你算哪棵葱哩？』大鵬將軍啼笑皆非回他道。

假癲包笑得更起勁，但見他轉個身，剎那變回孫悟空的真身原樣。對著兩個發楞的將軍拱手說道：『失禮！失禮！』程思克將軍喃喃說道：『請問你是？』大聖回答道：『俺就是齊天大聖孫悟空。你們那個癲包已經聽俺的話，去投靠幽州的都督李祐矣。俺乃藉其身，專程過來開導兩位的。』兩個將軍也立刻拱手回禮，並且說道：『久仰！久仰！久仰！不知是齊天大聖大駕光臨。尚請大聖指點迷津，我等該如何是好？』『無礙！無礙！無礙！俺剛剛從西天回來，眾仙家皆應允下凡相助除害。現在萬事皆備，只欠東風，就等著二位將軍臨門一腳，陣前起義，來個裡應外合，必然可以將紫塞魔軍一網打盡，片甲不留。』才說完，兩個將軍開懷說道：『所謂：「道不同，不相為謀」。我倆早有脫離紫塞之意，如今我等更有意加入打擊妖魔之行列。一來報答唐三藏法師為我夏王作法超渡之恩。二來也是將功贖罪，徹底去除危害社稷的魔軍。至於，我等該如何配合行動，尚請大聖明示，我二人願聞其詳！』大聖遂召他二人挨近身邊，如此如此，這般這般。大聖的錦囊妙計，全盤一字不漏托出。

『諸位大王，歐陽大鵬將軍有要事求見。』三個紫塞魔頭正在金殿飲酒，商量晚上殺掉獄中幾個來加菜。見門衛前來稟報求見，當下招他進來，問個緣由。見面施禮之後，各自坐下敬酒。迷霧神魔說道：『大鵬將軍來得正好，我們決定今晚拿那幾個僧人下廚加菜。你也一起過來吃吃喝喝，如何？』大鵬將軍正色說道：『不急！不急！到嘴的鴨子飛不走的。本將軍還有更重要的事，特別跑來跟諸位大王呈報，那可是一則天大的好消息。』邪氣神魔好奇問道：『哦！是什麼好消息，值得將軍如此開心哩？』大鵬將軍即下令衛士，帶著一個官兵模樣的人進來殿堂，令他跪著答話。

『事情是這樣的』大鵬將軍解釋說道：『本將軍一直在幽州郡府中，設局擺下好些個臥底人員。今天傳來消息，長安朝廷為加強幽燕北疆的防務，已經撥下五百萬兩白銀，另外又從京城倉廩❶中撥出十萬石的大米。預計明天的午時，當可送抵幽州薊縣州府。這般手到擒來的肥羊，咱們紫塞大軍豈能錯過。是不？』三個魔頭半信半疑問道：『有這等好事？為何之前都未曾聽說過呢？』大鵬將軍指著跪伏階下的官兵說道：『這廝就是俺安插在幽州裡的禁衛士兵，問他即清楚不過！』鬼火神魔對著階下的士兵問道：『汝老老實實交代，是否真有這回事？』那名官兵大聲回道：『稟報大王！將軍說得沒錯，是真有這回事。明個晌午，會準時送達幽州府來。』迷霧神魔樂不可支說道：『哈！哈！天降甘霖不容誤失，咱們明天就好好撈他一票。』邪氣神魔補上一句：『對了，晚上拿唐三藏來加菜的事，咋辦？』迷霧神魔以大佬的身分說道：『今晚大家好好休息，養精蓄銳。明天辦完正事，搞到那批白銀與官糧，再拿獄中那幾個來當下酒菜，一塊慶功一番也不遲。我看就這麼拍板定案吧！』

打從上回，在滹沱水老石峽截獲掠得前朝庫銀之後，魔頭們食髓知味，樂此不疲。這回又聽說長安朝廷有好康的，送白銀米糧過來，罩子❷頓時發亮。這般肥滋滋的油水，無異為錦上添花，好事成雙哩。想著真是幸福美滿。

三個魔頭過來拍拍大鵬將軍的肩背說道：『好樣的！好樣的！事情辦成，將軍可謂大功一件。咱們絕不虧待你，肯定重重有賞。』說罷，隨扈給大鵬將軍斟滿酒杯，互祝出師大捷，馬到成功，大夥一飲而盡。

誰都料不到，那大鵬將軍竟然是孫悟空變作的。而所謂的官兵，其實是悟空拔出來的一根豪毛所變成。諺語有曰：不入虎穴，焉得虎子。演戲更要講演技嘛！

隔天清晨，子莊關大門打開。城樓砲轟三響，五色幡幟飄揚，紫塞魔軍由三個魔頭率領，浩浩蕩蕩朝著幽州郡府出發。大軍的最前鋒，則是大聖扮作的歐陽大鵬將軍。他表情嚴謹，心裡倒是一陣竊笑，大魚終於上鉤啦！好戲準備上場啦！

魔軍的大隊人馬，跟隨大鵬將軍一路經過峷兀❸荒嶺，穿過廣闊草原，渡過川溪水流，快馬加鞭來到幽州郡府所在的薊縣城垣門樓前。紫塞的兵馬，軍容壯盛，列營佈陣展開攻城掠地的架式。現場有詞為證：

城樓外，官道邊，紫塞魔軍串連天。君不見，近眼前，神魔虎威賽神仙。
舞刀劍，升狼煙，殺遍萬里陷深淵。莫抱怨，勿喊冤，弱肉強食乃人間。
掀風浪，竄中原，兵荒馬亂搶最先。不要命，只要錢，萬惡皆幹不避嫌。
伏紫塞，造孽緣，燒殺擄掠一置兼。闖幽燕，禍萬千，命終有報皆雲煙。

噫！算算時辰還挺準，到達幽州府城目的地，正好是日正當中的午時。一分不多，一分不少。萬般備妥，現在只待那長安來的肥羊出現矣。

『不對勁！』邪氣神魔懷疑說道：『為何州郡的城樓上，城郭前，都不見半個人影哩？既然京城大老遠送白銀運米糧過來，該有州府文武百官列隊相迎才是。怎可能如此冷清？這場面怪怪地，總感覺哪裡不對勁？』鬼火神魔不在意應一句：『咱們先後已經幹掉兩個幽州的刺史，何況今個紫塞大軍全員來到，嚇都嚇死幽州城裡的上上下下。俺不信他們還敢作怪！』假大鵬將軍在一旁冷笑說道：『俺看來，不像是作怪，倒像是在捉鱉！』三個紫塞魔頭不解其意，遂問道：『捉鱉？這裡哪來的鱉？』悟空扮作的假大鵬將軍指著三個魔頭說道：『不就是甕中捉鱉，捉你們三隻大頭鱉！』三個大魔頭聽完，氣得牙都歪了。正想動手打人，即見到那假將軍從馬鞍翻騰上天，轉身變回大聖的模樣。搭乘雲頭哈哈大笑……。

三個魔頭這才清醒，原來是一場騙局，被孫悟空唬弄騙得團團轉。美夢易碎，好事難圓，迷霧神魔惱羞成怒罵道：『你這隻爛猴，瞧本大王不剝你的皮才怪。』

剎那間，在郡府的城樓上，接連傳來震天的雷鳴戰鼓和號角響聲。但見城牆旌旗高舉，戰幡升起，城牆上突然躍出眾多劍拔弩張的鐵甲將士。李祐都督氣宇軒昂拔出銳劍，指著城樓前方的魔軍斥喝道：『大膽妖魔！竟敢跑到俺的幽州府城來撒野。今天俺叫你們進得來，卻回不去。將士們，放箭！』甫地，有如大雨般的箭矢，從城垣上向魔軍陣營射去。冷不防的魔軍措手不及，紛紛中箭摔落馬下。

『靠夭！咱們中計啦。快撤！快撤！』驚得一群紫塞來的魔軍想撤走。迷霧神魔毫不猶豫，舉起火龍大關刀斬掉幾名欲溜走的兵士首級。嘶吼說道：『誰敢再退一步，俺就先殺掉他。馬上隨俺向前衝！』一馬當先的迷霧神魔，橫刀立馬率先衝向城樓前。隨後的魔軍，像潮水般撲殺而至。

這時候，城門忽地敞開，邁出幾個仙家。有觀音菩薩遣來的二十四位護法諸天，五方揭諦，四大金剛等神將。各自抄刀持斧，領著城裡的官兵出城應戰魔軍。一場驚天動地的血戰就此展開。看官且由詩中，見證戰場之火爆：

紫塞傾巢施禍患，魔軍洶湧犯幽州。神魔猖狂經百戰，干戈鐵馬鬼見愁。
沙場濺血家常飯，玩命何需問理由。長城萬里聚魔寇，所向披靡任躪蹂。
西天仙將豈無視，姑息養奸竟成仇。聯手除惡悉殺盡，斬草除根皆不留。
仙魔對抗氣血旺，生龍活虎戰城樓。刀來劍往拚個夠，殘枝敗葉落樹頭。

卻說迷霧神魔揮舞火龍大關刀，鬼火神魔耍弄一對千斤錘，邪氣神魔更是靈活使著虎頭金剛劍，三個魔頭對著眾仙家，殺得你死我活的，毫無懼色。幽州大都督率領城裡的官兵，也蜂擁而出，衝向城外的魔軍。雙方殺成一片，誰怕誰！

出乎意料，此次前來助陣的仙家們，各個身手不凡，乾淨俐落。幽州府的官兵且又同仇敵愾，越戰越勇。不到一個時辰，惟見形勢明顯翻轉，魔軍死傷泰半，戰況的變化勝敗立判。怒火沖天的迷霧神魔再也忍不住，大叫一聲：『紫塞大軍將士們：通通給俺退出三丈外，讓俺好好修理他們。』說罷！即掐指唸咒。颯然大地之間，逐漸升起滾滾濃霧，悄悄朝戰場上覆掩而來。對魔軍而言，這股濃霧早有解咒的方法，所以魔軍將士們等著渾水摸魚，趁機逆轉劣勢。

千算萬算，竟然算不到打哪冒出一波颶風！兇猛狂風沖襲此間。驟然將瀰漫的濃霧颳得乾乾淨淨，丁點不留。迷霧神魔不信邪，立即再度施起迷霧大法。霧起風吹，煙消霧散，屢試不爽。搞屁啊！

虎眉豹眼的鬼火神魔不耐其煩，猝嗟❹說道：『大哥閃開，讓我來！』他擺起手訣，口唸魔咒，很快燃起熊熊綠火烈焰，且朝幽州那方人馬飛了過去。孰不料，甫地烈火炙焰又被超強大風硬給吹颳回來。反而一團團的逆向綠火，燒得魔軍人仰馬翻，哀鴻遍野。邪氣神魔實在嚥不下這口氣，衝向前說道：『且慢！看我的！』他也吞氣唸咒，才剛張大嘴巴欲吐邪氣，又是一陣暴風吹向他。氣還沒吐出一絲，卻遭暴風吹得踉蹌摔倒，在地上滾了幾圈，搞得灰頭土臉，狼狽不堪。三個魔頭林摴樗❺，夢乍乍，搞不清楚咋回事？啜然今時這般蹭蹬❻不順也。

『真是活見鬼了！』鬼火神魔納悶說道：『這座幽州府城門，明明是座北朝南。所以剛才迎面刮來的暴風，應該就是朔北寒風。可這暖春季節，怎會吹起北風？』迷霧神魔跟著說道：『簡直是祝融❼肆虐，封姨❽逞威，太邪門了。』才說完，惹得大夥心裡毛毛的，忐忑不安。春天刮北風？簡直亂了譜！真格：

東風不予周郎便，銅雀春深鎖二喬。乾坤四時本有序，奈何諸葛計更高。
鏖戰赤壁事難料，曹營壯盛且哀號。命中註定猶生變，穩操勝算嫌太早。

一陣大笑，孫悟空從對方陣營走出來說道：『三國的孔明都能借東風，俺借個北風有何不可哩！哈！哈！哈！』跟著走出一位仙風道骨的老者，一臉慈眉善目，白鬍飄逸。左手拿著定風輪，右手執著元羽箑。老者說道：『本尊乃天界封聖宮的大風神君，方天君是也。奉勸一句：在本尊面前，你們玩的把戲實在太遜了，快點投降吧！免得自速其亡也。』三個魔頭不敢再觸霉頭，識趣地摸摸鼻子，垂頭喪氣走開。調轉馬轡之後，領著魔軍灰溜溜地離開幽州府城。打從紫塞聚眾成軍，未曾如此狼狽過。這天，一連踢了鐵板又撞牆的，果奚哀哉！

敗北而逃的紫塞魔軍，顏面盡失，倉惶垂喪奔回長城子莊關的大本營。誠所謂：「屋漏偏逢連夜雨」。人倒楣，喝杯水都會噎到！信不？

好不容易回到了子莊關，魔軍一夥這才鬆了一口氣。在城關的大門前叫開門，叫了老半天，卻不理不睬，沒人開門。當場把三個魔頭搞得暈頭轉向，以為走錯地方了呢。迷霧神魔瞪著雙眼說道：『怪哉！俺出門時，特別吩咐留守的程思克將軍，還有他的兩千名夏軍，看顧好紫塞大本營。現在他們人都跑哪去啦？一籠子的雞和鴨，全都跑出來溜搭。像話嗎？』

這才說完，卻見著歐陽大鵬和程思克兩位將軍，從城門走了出來。大鵬將軍說道：『古諺有云：多行不義必自斃！你們之前做的壞事，造的惡孽，今天秋後算帳，將做一次總結。你們心中有數，自己好自為之吧！』迷霧魔頭怒火沖冠，指著二人斥責道：『大膽叛逆！口出狂言。俺不拿你二人剝皮挫骨，誓不為人！』兩個將軍冷笑道：『好個誓不為人？紫塞魔軍上下，有哪一個是人哩？』

『吵死人啦！鬧了半天，你們到底是誰？』豬八戒伸個懶腰，裝瘋賣傻的問道。『我們是誰？』三個魔頭聽得傻了眼。迷霧神魔破口大罵：『你這豬頭，勿擋爺們的路！再不滾一邊去，小心大爺拿你當乳豬烤來吃。』豬八戒拿起九呎釘耙，板起臉孔說道：『少廢話！通關口令是啥？說不出來，誰也別想進此門！』通關口令？一窩子魔軍出門征戰，有誰去記得進出城關大門的口令？折煞人也。

『討打是不！俺成全你！』火冒三丈的鬼火神魔，跳下馬，舉起左右千斤鍾就朝豬八戒打下去。魔軍將士紛紛跳下馬，拿著刀槍硬闖自家大門。守門的送經綱與輪值仙家見狀，也掏出各自武器，上前迎戰魔軍。子莊關前，頓時仙家妖魔打得天昏地暗，日月無光。且看這方現場撰詞之描述：

疾疾撤軍殘殘退，塵土飄，頭低垂。紫塞大營已在目，心冷氣急把家歸。
喧賓奪主何來罪，今非昔比莫追悔。勁松折成敗竹柳，日耀星光儘成灰。
鏖戰從無錯與對，神魔兇殘手段黑，火龍關刀斬太歲，左右開弓千斤鍾。
護教伽藍豈為等閒輩，邪不勝正戰幾回。龍虎鬥不累，分出勝負競奪魁。

敵我兩方在樓關大門前打了好一陣。迷霧神魔操大關刀跳出戰場，他傲氣凌人說道：『本王才懶得陪你們這些手下敗將玩下去，你們準備束手就擒，滾回牢房吧。』鬼火神魔也說道：『哼！剛才在幽州惹得一卵子火。現在可好，咱們子莊關位置朝西，又無大風神君來攪局。這回他們死定啦！』邪氣神魔站在旁邊敲邊鼓說道：『少跟他們囉嗦沒完。咱們三個一起上吧！將他們直接殺掉，晚上拿他們來加菜，解解霉氣。』於是三個魔頭站成一排，開始施法唸咒。

須臾，四方匯聚迷霧，鬼火團團升起，邪氣蓄勢噴出，強把勁敵去除。魔軍們蠢蠢欲動，準備好繩索用來綑綁仙家們。不知咋地，莫名其妙平地卻掀起一陣狂風，那風大到可把兩旁的巨樹連根拔起。突倏之間，如詩中所言：

飛砂走石風煞煞，移山倒海浪滾滾。天搖地動峪震震，電光石火暈沉沉。
翻轉乾坤一陣陣，風暴吹襲亂紛紛。四面清空靜悠悠，八方縹緲意渾渾。
一干紫塞魔軍，像似秋風掃落葉般，剎時被暴風吹得東倒西歪，潰不成軍。

三個魔頭同樣被大風吹得連滾帶爬，眼花撩亂，過了許久才慢慢站起來。邪氣神魔兩眼發呆說道：『這……這到底是咋一回事？怎麼今天上哪都遇到怪風？邪門！』鬼火神魔哀聲嘆氣問道：『天哪！從哪搞來一堆的大風神君？實在玩不下去了。』

『繼續！繼續！俺還沒玩夠呢。』木叉使者拿著向老君借調來的芭蕉扇，走到他們跟前。迷霧神魔瞇著眼問道：『你這仙家，手上握的是啥東西？拿麼厲害！』木叉使者神氣說道：『讓你們見識見識！這乃太上老君八卦爐生火專用的芭蕉扇。只需用勁，即可將人搧到五萬里之外。方才俺只是牛刀小試，對著你們輕微搧搧溫柔的風罷。不服氣！我們再比劃比劃。要不！』三個魔頭自嘆弗如。一日之內，遭到狂風襲擊了幾回，打得他們落花流水，已經到了「聞風喪膽」地步矣。

一群魔軍們立刻轉身上馬，忙著溜之大吉，意圖逃離子莊關，找其他地方另起灶爐。料不到，此時長城關樓上的烽火台警報響起，緊鑼密鼓，翕然震天。地塹峽谷的路上，早已站滿了仙家。由大聖領頭，二十四護法諸天，五方揭諦，四大天王一夥神將等站在馬路中間，早就在此恭候多時。

悟空嘻皮笑臉說道：『你們急著上哪？哥哥今個都還沒機會表現，不如陪俺玩幾回，你們慢點再上茅廁，把一肚子大便解掉也不遲。』

『南無阿彌陀佛！聽貧僧一句，苦海無邊，不如投降吧！』唐僧過來勸說。

『罷了！罷了！天意如斯，已經由不得我等放肆也。』三個魔頭明白大勢已去，遂下馬領著紫塞魔軍跪伏在地，願意棄械投降，任由處置。

『善哉！善哉！』唐三藏左手托著紫金砵盂，右手拿著九環錫杖，大步走到群魔的前面說道：『汝等一行，本來皆是千年以來，歷朝無辜的枉死冤魂。有的是駐守紫塞，為保衛北疆而戰死的將士。有的則是遭到各朝暴君逼迫，前來修城築牆，不幸被折磨至死的民工。汝等處於荒山野嶺，日曬雨淋，陰陽調和而修鍊成精。因為帶著憂怨冤情，又無法投入六道輪迴，故而走火入魔，鋌而走險，越陷越深，終而變成世間的厄劫妖數之類。汝等魂飛魄散，不若歸去來兮，嗚呼慟慟！』紫塞魔軍上下一夥，聽完唐僧這一番話，無不痛哭流涕，泣不成聲。

『大慈大悲的仙佛！我等知錯矣。萬望高抬貴手，救救我們！』搗首如搗蒜的魔頭們，請求唐三藏幫忙，放他們一馬。

唐三藏悲天憫人地說道：『阿彌陀佛！知錯能改，善莫大焉。且有所謂：放下屠刀，立地成佛也。這樣吧！本法師倒是有一主意來成全汝等紫塞大軍諸位。』三個魔頭齊聲說道：『我等願聞其詳，尚請仙佛指點，說來聽聽。』

慈悲為懷的唐三藏法師，到底有何主意，得以解脫紫塞魔軍的厄業孽障？而眾多的魔軍將士是否能悉數接受之？

敬請期待 下回分解：

『註解』：

❶倉廩：為貯藏糧食的倉庫。
❷罩子：指人的雙眼。
❸崒兀：比喻高聳險峻。
❹猝嗟：因生氣而怒斥。
❺林檮檮：一時的痴呆無知。
❻蹭蹬：形容運氣不好，非常倒楣。
❼祝融：古代民間流傳指的火神。
❽封姨：古代民間流傳指的風神。

第四十八回　北疆塞外好山水　福兮禍伏藏綏野

且說那竄伏萬里長城的紫塞魔軍，風風光光離開子莊關，去到幽州府城劫銀搶糧。卻遭到大風神君的定風輪，元羽篁暴風襲擊，黔驢技窮之餘，惟有落荒而逃。灰頭土臉地打道回府，班師回朝，竟然在自家大門口，被那豬八戒和十八護教伽藍阻擋在關樓城門外，搞到無家可歸。接二連三的碰壁受挫，形勢好不窘迫。

魔軍本想力挽狂瀾，垂死一搏。不幸遇著手持老君芭蕉扇的木叉使者，迎頭勁風颳得大軍落花流水，一敗塗地。三個魔頭妄想轉移他方，東山再起。路上再遭孫悟空率領二十四位諸天，五方揭諦，四大金剛等仙家攔截封鎖，動彈不得。整個魔軍心灰意冷，走投無路。為唐三藏勸導之下，只好下馬投降，跪地求饒矣。

經過慈悲為懷的唐三藏諄諄勸導，並且給他們出主意走向正途，魔軍們，潸然淚下，不勝唏歔。逐發願，衷心聽從玄奘法師的諶訓行事。並且應允，於薊縣不法劫掠到手的夏王竇建德儲金庫銀，全數歸還給滄州邑宰。

唐三藏法師說道：『阿彌陀佛！苦海無邊，回頭是岸。汝等當為從前所犯下的業障，隨著護法諸天去陰曹地府森羅殿，由十殿閻羅依法審判定讞。本法師將在子莊關這裡，為萬里長城逾千年來，包括你們和所有的孤魂野鬼，隆重舉辦三天的水陸超渡法會。祈求上蒼垂憐護佑，設法減輕汝等罪惡，亦盼汝等早日覺悟漸修，回歸六道四生❶，重新做人。這樣可好？』三個神魔領著眾將士，磕頭謝恩。

迷霧神魔回顧往昔所為，深感悔悟說道：『嗚呼！悲嗟！念及既往，悔之晚矣。今後，千百業障願受那酆都獄、阿鼻獄、秤杆獄所苦。遭那車崩獄、油鍋獄、刀山獄所磨。挨那吊筋獄，剝皮獄、拔舌獄所痛。被那幽枉獄、火坑獄、磨捱獄所傷。為那寒冰獄、黑暗獄、血池獄所累。待那脫殼獄、抽腸獄、碓搗獄所挫。善惡終有報應，吾等償債，自是無怨無尤。而仙佛許願，將為魔軍的罪行，尚有萬里城塹千年的冤魂超渡祈福。這般大恩大德，我等沒齒不忘。但求來生再報矣！』

紫塞魔軍一夥，遂由觀音菩薩遣來的木叉使者與護法諸天仙將負責羈押送走。其餘那十八個伽藍菩薩，五方揭諦，四大金剛等仙家，也向唐三藏等東瀛送經綱一行逐一作揖拜別，隨後他們上天的上天，回府的回府，向東的向東，往西的往西……。紫塞靖魔除妖之事，大功告成。眾神仙鬆了一口氣，安下心各自歸去。

幽州的李祐都督，渥然得知幽燕朔北最頭痛的憂患，那紫塞魔軍全軍覆沒，殘餘均羈押送往閻羅地府。心頭大患徹底去除，大督軍豈不快哉！又聽聞唐三藏法師惻隱慈悲之心，承諾魔軍他們將在子莊關，為著千年來於萬里長城枉死的所有冤魂，設壇做水陸超渡法事。為善不落人後，李都督也樂於共襄盛舉，從幽州府管轄的十一個縣城❷中，徵派數千個軍民為法會的場地設壇建醮蓋工程，並且於此間各大寺廟裡，徵召方丈高僧千餘，參與法事曠典❸，一旁誦經助禱。

庚酉之日，但見長塹子莊關前的法會現場，佛殿醮壇屹立，法會普渡眾生。幽州諸官朝禮，萬民求佛拜神。高僧注爐香火，方丈執儀隨身。吉時一到：玄奘法師登上法會醮壇，正式為三天的法會開啟法事儀禮。木魚敲起，淨口業真言先唸上，又唸起淨身心咒言，渡亡經一卷。且看詩中法會記實：

法會連連梵音唱，佛幡飄飄風飛揚。醮壇宸宸瑞光降，紫塞巍巍萬里長。
紅燭耀耀殿堂上，雲煙裊裊悉呈祥。金佛藹藹現慈悲，緇衣群群拜佛堂。
唐僧臻臻妙法誦，首座齊齊列兩旁。鐘鼓嗚嗚漫迴盪，木魚聲聲伴經章。
一心意意為超渡，仙佛苦苦勸善良。祈福諄諄無不盡，孤魂縷縷一柱香。

超渡法會上，玄奘法師肅穆莊嚴，盡心鼎力為春秋戰國，先秦東西漢，魏晉南北朝，等長城歷年來之無數亡靈冤魂，祈天助禱，超渡福佑之。在木魚鐘鼓敲聲中，玄奘法師先唸著一段「楊枝淨水讚」：

楊枝淨水，遍灑三千。性空八德利人天，福壽廣增延。滅罪消愆，火焰化紅蓮。南無清涼地菩薩摩訶薩。
「淨身業真言」梵經：唵，修哆俐，修哆俐，修摩俐，修摩俐，薩婆訶。
「淨口業真言」梵經：唵，修例休俐，摩訶修俐，修修俐。薩婆呵。
「淨意業真言」梵經：唵，縛日囉怛訶賀斛。
「淨土地真言」梵經：南無三滿哆，沒馱喃，唵，度魯度魯。地尾薩婆呵。
「普供養真言」梵經：唵，哦哦囊，三婆縛，伐日囉斛。

又唸道：

魔軍一夢屬黃粱，嗟嘆人生不久長。生來死去皆有命，無貧無富亦無常。
魂飛魄散歸何處，萬里紫塞望故鄉。面對業障逞悔意，盼沾經咒往西方。

佛開示，「諸佛之偈言」：

我今歸命禮，十方一切佛，菩薩聲聞眾，大仙天眼者，亦禮菩提心，遠離諸惡道，能得升天上，乃至證涅槃，若我作小罪，隨心之所生，今對諸佛前，懺悔令除滅，我今身口意，所集諸功德，願作菩提因，當成無上道，十方國土中，供養如來者，及佛無上智，我今盡隨喜，有罪悉懺悔，是福皆隨喜，我今禮諸佛，願成無上智，十方大菩薩，證於十地者，我今稽首禮，願速證菩提，得證菩提已，催伏于魔軍，轉清淨法輪，饒益眾生類，常願住世間，無量俱胝劫，擊於大法鼓，度脫苦眾生，我沒於欲泥，貪繩之所繫，種種多纏縛，願佛垂觀察，眾生雖垢重，諸佛不願捨，願以大慈悲，度脫生死海，現在諸世尊，過去未來佛，所行菩薩道，我今願修學，具足波蘿蜜，成就六神通，度脫諸眾生，證於無上道，了知諸法空，無相無自性，無往無表示，不生亦不滅，又如大仙尊，善了於無我，無補特伽羅，乃至無壽者，於諸布施事，不執我我所，為安樂眾生，施與無慳吝，願我所施物，不假功用生，觀察了知空，具施波蘿蜜，持戒無缺減，得佛淨尸羅，以無所住故，具戒波蘿蜜，忍辱如四大，不生分別心，以無瞋恚故，具忍波蘿蜜，願以身心力，發起大精進，堅固無懈怠，具勤波蘿蜜，以如幻

如化，及勇猛精進，金剛等三昧，具禪波蘿蜜，願證三明智，入於三脫門，了三世平等，具慧波蘿蜜，諸佛妙色身，光明大威德，菩薩精進行，願我皆圓滿，彌勒名稱者，勤修如是行，具六波蘿蜜，安住於十地。金銀摩尼珠，乃至於象馬，所求皆當說，為汝除憂惱。

進行三晝夜的超渡法會，唐三藏玄奘法師躬親庶務，以身作法。超度法事的最後，則唸著拔除一切業障，根本得生淨土陀羅尼（梵經）：

南無阿彌多婆夜，哆他伽多夜，哆地夜他，阿彌利都婆毗，阿彌利哆，悉耽婆毗，阿彌利哆，毗迦蘭帝，阿彌利哆，毗迦蘭哆，伽彌膩，伽伽那，枳多迦利，娑婆訶。南無薩畫怛他耶哆 畫滷枳帝唵 三跋囉 三跋囉吽！

獻過香火，燒了薦亡文疏，眾神紙馬之後，虔誠之水陸超度法事結束。唐三藏逐向幽州李祐都督辭別，爾平那紫塞魔軍禍害，幽燕一帶升斗社稷，不啻除卻心頭大患，國泰民安。感恩之餘，那大都督親領百官萬民均拱手拜謝送經綱一行。並且親自陪伴，送到幽州的州界關口，雙方才依依不捨各自離去。不久孫悟空帶著豬八戒搭乘祥雲，趕往賈家莊呼喚該土地爺，將託付他保管的真經抄本和行囊取回。唐三藏師徒隨即繼續趕赴東瀛之路，希望早日完成送經任務。

東瀛送經綱一行人，遠離幽州朔北而行，出薊北黃崖關，穿過張垣，跨過平州與營州柳城縣，越過上谷。不知不覺，走出漢地之長城關外，行程漸漸步入河北道之北端。遼東之域，已遙遙在望。此情此景，頓顯塞外之風土民情與中原大異其趣，放眼天地諸方，視野開闊，耳目一新。少了峻嶺叢山，江河浪濤。眼簾卻是原野遼闊，長空無垠，有詞如此描繪之：

碧天浮雲翠中玉，鵰蕩蕩，雁徐徐。綠波草原遼彧彧，馬奔奔，羊群群。
塞外風光綻異域，人稀稀，物奇奇。視野曠闊望無際，蝶飛飛，鳥啼啼。
勁風撫草荒野過，草低低，風疾疾。連綿山坡接崖峪，天蒼蒼，地夷夷。
婉延川溪飄柳絮，白茫茫，水淒淒。浩渺寰宇何處去，路遙遙，心栩栩。

話說唐三藏師徒，經由一路之風和日麗，晴空萬里。觀山賞月，風光迤邐，又順利地渡水踏青，安然走過兩個月行程，來到積陽季節❹，時值三伏酷暑下旬。翻越一座硉兀❺陡峭的山丘，眼前展現出一片藍天白雲，綠草如茵的大平原。

『嘎！』的一聲，一隻大黑雁從天摔落下來，巧的是正好砸在唐三藏的身上。害得白馬瞬間受驚嚇，兩隻前腳突然躍起，卻讓坐在馬鞍上的唐三藏跌落馬下。旁邊的一行人即圍過來攙扶，八戒且彎腰撿拾起那隻已經中箭的黑雁，忿忿地說道：『是誰幹的？不饒他！絕不饒他！』

『你們不可拿走！這大雁是我射獵的哩。』遠方飛奔過來騎著一匹墨青色駿馬的女子，停在送經綱一行人的前面。馬背上跳下一個荳蔻❻年華的少女，身穿緋紅官祿絲緞袍，肩掛綵錦披風，腳穿繡花綦長靴。一顰一笑之間，盡顯飛鳳金釵，簪纓貴氣。她右手拿著龍鳳雕弓，邁著大步而至，欲取走那隻大雁。

『俺不管妳是誰？這隻雁差點砸傷俺的師父，妳得給個交代。』豬八戒緊緊握住大雁不放。杏眼桃腮，風韻若仙的女子，也不甘示弱地想搶奪那隻大雁鳥。二人拉拉扯扯，互不相讓。

『公主稍等！公主稍等』遠方又見黃沙滾滾，一大群將士騎馬直奔過來。靠近之後，紛紛跳下馬向那女子俯伏致意。他們問咋回事？以為豬八戒想霸佔公主射下來的大雁，即拔出身上的配劍，恚然斥罵道：『大膽刁民，再不將雁子歸還給公主，看我們不宰掉你才怪。』孫悟空站在一旁冷眼看著笑話，倒是沙和尚和辛甘抄出傢伙挺八戒師兄。雙方怒目相視，場面火爆，干戈對陣，一觸即發。

『阿彌陀佛！諸位大德請冷靜！』急得唐三藏拍拍袈裟上的灰塵，出面斡旋說道：『八戒快把那大雁交還給他們吧。我沒事！我沒事！』八戒聽了，摸摸鼻子，懞直白客❼把被翎箭射穿的大雁交給那女子。

『這位高僧打哪來的？如何稱呼？』那女子見唐三藏優雅靈秀，儀表脫俗，即落落大方問道。豬八戒插嘴說道：『我們是打長安來的，乃奉朝廷之命往東瀛送經，路過此地。這位就是我們的師父唐三藏法師。』那女子聽見，立馬拱手說道：『久仰！久仰！原來是唐三藏法師，剛才得罪了。勿怪！勿怪！』唐三藏也回問道：『不敢！不敢！請教諸位是？』一個方臉大鬍，將軍模樣的大漢，站出來回話道：『我等皆為松漠都督府，契丹王大賀酷哥屬下。而這位公主則是契丹王之女大賀耶莉亞公主。』雙方逐互相拱手施禮。耶莉亞公主隨口爽朗說道：『你們中原人所謂的：「有朋自遠方來，不亦樂乎！」既來者則安之，何不隨著本公主到松漠都督府小住幾天哩。來吧！來吧！』

松漠都督府？聽來頗熟悉的。呵！不就是被太宗予以羈縻政策❽，讓契丹王管轄治理的松漠都督府。也正是朝廷太史丞，欽天監的李淳風觀察天象時，驚覺有跡象起兵造反的契丹部族嗎？唐三藏師徒們從長安臨出發送經時，更受到朝廷特別交托囑付，路過遼東一定要過去把把帳目，懷柔安撫該部族，千萬不得有侵略中原之心。這會兒，送經綱一行如同「瞎子吃湯圓」——心中有數。唐三藏雙手合十說道：『善哉！善哉！千里結善緣，皆是佛安排。拜訪貴府也是此行的重點，我等原本就有意謁見契丹王。現在既是公主誠摯邀請，我等無上殊榮，僅此欣然接受，即請公主帶路吧！阿彌陀佛！』不入虎穴，焉得虎子。於是眾人開開心心跟隨那契丹的公主去松漠都督府城。

一路經過，皆是坦蕩蕩的大草原和高低起伏的黃土丘陵。一行來到老哈河與西拉沐倫河的交口處，遂見到契丹的部落群群聚集著。最終他們來到一雄偉牆垣，巍巍城樓的松漠都督府。耶莉亞公主領著送經綱一行，逕自直入宮廷大殿。

『父王！瞧我帶誰前來殿堂上？』滿臉稚氣笑顏的公主，跑到階上向一個頭戴金冠，身穿金絲蟒袍，年約不惑之長鬍瘦高男子，撒嬌說道。契丹王一幅不屑地說道：『妳不是說好，和宮裡的幾個翊衛出去打獵的？這回帶幾個沙彌遊僧來到宮殿裡幹啥？本王不沾這些僧人。出去！出去！』耶莉亞公主正色說道：『沙彌遊僧？父王未免太低估他們矣。眼前可是長安前來的唐三藏玄奘法師哩！』

聽罷，契丹王頓時兩眼發亮，精神抖擻地從大座站起身，走下台階親自挽著唐三藏的手，請他坐在自己的旁邊。接著說道：『失敬！失敬！玄奘法師的大名，如雷貫耳，遐邇皆知。此回是特地前來本都督府的呢？猶或路過而已？』唐三藏即把東瀛送經的事從頭述說一番。亦順道捎來朝廷太宗皇帝的誥文❾問候，另有西天真經抄本一份呈上給契丹王。他微微點頭，並未打開來閱讀真經與誥文信物。

契丹王釋出善意，說道：『高僧一行既是長途跋涉，遠道而來，必定疲憊勞累。不若先由公主領著諸位何妨先去府邸休憩。待本王吩咐屬下與御膳房備妥豐盛酒菜，晚上且於宮中設酒宴款待長安來的貴賓。請吧！』

於是唐三藏等人先行告退，跟隨耶莉亞公主走出大殿外。行者悟空前後打量著松漠都督府宮中，文武官員上下井然有序，周遭毫無煙硝戰火的氣息。莫非長安朝廷的官員判斷錯誤，看走眼了。

話說太宗皇帝為了懷柔安頓北方的夷狄，避免再燃起侵犯中原之禍端，建祚初期，即擬訂「羈縻政策」來實施各族自治。突厥、奚族即安頓於遼城州都護府❿，饒樂都督府，而契丹則安頓於松漠都督府。這般德善政策，使得北疆各族群一時和睦相處，水乳交融。

一行人在匿大的宮中迴廊走著，孫悟空依然不忘朝廷的託付。剛才在大殿，行者火眼觀察那契丹王大賀酷哥，見其神色確是正常，只是略有邪氣附身，說明有妖魔在他身邊作怪。於是悟空趁機，神秘兮兮問道：『敢問公主，大王近來無恙乎？俺略懂攸關命理卦相方面的事。方才大略觀察一下，大王近來似乎有小人鼠輩纏身，飽受威脅利誘所苦也。不得不慎！且須當心！』耶莉亞公主剎時驚訝的說道：『高僧果然神準，所言甚是。父王確實這幾年為了結盟的事，交友不慎，誤入歧途。目前遭人挾持卻騎虎難下，身心備受煎熬。苦啊！』

唐三藏握著錫杖，好奇問道：『南無阿彌陀佛，子曰：「損著三友：友便辟，友善柔，友便佞」。不知契丹王是交到哪一類的損友哩？』契丹公主邊走邊說道：『若說損友，那廝比起孔夫子那三種損友，更損人百倍不止。兇惡殘暴，殺人如麻，堪稱活閻王。雖然那人我也只見過一次，印象深刻。唉！不提也罷！不提也罷！』

孫悟空更進一步追問道：『其實化解此事並不難。再斗膽問一句：大王之五行是屬金的嗎？』公主鄭重否認道：『非也！非也！父王是屬木的。』這話讓唐三藏師徒一行大吃一驚，顯然欽天監官李淳風所指：掀起戰亂的並非契丹王，而是另有他人也。悟空本想再多打聽些關於都督府的底細，唯見著契丹公主低頭不語，必有不予外人知曉的祕密，只好知趣不再多問。納悶的是：這人會是誰？

這人會是誰？當前只確定他的五行是屬金，何人何氏？身分背景？一無所知。這人能策動契丹王起兵造反，意圖侵犯皇州中原，當然絕非池中之物，省油的燈！耶莉亞公主後來閉口不語，勢必有隱情矣。

看官且稍候，靜待下期分解：

『註解』：

❶六道四生：佛釋六道指：地獄、餓鬼、畜牲、阿修羅、人間、天上。四生則是：胎生、卵生、濕生、化生。

❷幽州十一縣城：唐代幽州管轄：薊縣、范陽、良鄉、安次、雍奴、昌平、潞、漁陽、歸義、無終、固安。

❸曠典：意為百年一遇的盛大儀典。

❹積陽季節：指農曆六月份。

❺硉兀：形容地型凹凸，崎嶇難行。

❻荳蔻：古代指十五歲左右的女子。

❼懞直白客：形容忠厚無辜的模樣。

❽羈縻政策：地方上的政權，表面歸屬朝廷，實際任由族群首長自行管轄治理。

❾誥文：朝廷頒予地方首長的文件。

❿都護府：唐代的邊陲地帶，擁有兵權的官府。

第四十九回　匈奴王橫世稱霸　送經綱草原撻伐

話說唐三藏師徒；隨著契丹公主來到松漠都督府，謁瞻契丹王大賀酷哥。之後；又隨著耶莉亞公主去都督府官邸休歇憩息。在宮中；孫悟空藉機打聽一些底細，知道欽天監官李淳風判斷有誤，因為契丹王的五行並非屬金。而陰謀掀動戰火者另有其人，聽公主言；是一個凶神惡煞模樣的傢伙。會是誰哩？

契丹於遼北關外；並非蕞爾小族。如果聯合突厥、奚族一起興兵謀反，給長安朝廷造成的禍害，不容小覷也。目前觀察；倘若不是契丹王大賀酷哥，涉嫌者豈不直指突厥的可汗❶？

一行送經綱穿過儀門金閣；來到都督府官邸的驛館，公主施禮即自行離去。悟空關起門說道：『這裡表面看來風平浪靜，暗地卻是波濤洶湧。經過俺一番勢頭把盤❷，這契丹王生性懦弱綏靖❸、怯氣槮顳❹、絕非棟樑之材，肯定成不了大事，極容易遭歹徒操控挾持。無疑這裡；很快即將成為是非之地。』豬八戒急急問道：『咋辦才好？咱們總不能見死不救啊。』悟空說道：『稍安勿躁！咱們靜觀其變、見招拆招。現在暫且守株待兔、切勿打草驚蛇；等到幕後主使人露出馬腳，咱們再一次搞定他。有俺悟空在此，安啦！』有師兄拍胸掛保證，一行人逐放下背笈行囊，安下心休息。

傍晚酉時一刻；契丹王遣宮中動衛前來客館，引領賓客入宮夜宴。遠遠見那宮中燈火輝煌、豐盛美酒佳餚擺滿桌案、丹盤玉箸備齊朱欄、現場有詞示之：

燉牛盅、烤全羊、佳釀美酒注金觥、鐘鳴鼎食龍飛鳳。大魚大肉頻頻筵上供。
胡琴彈、笙簫響、鑼鼓喧天九霄沖。綾羅漫舞揮紅袖、華宴珍饈道道香溢濃。
北疆情、塞外風、異域廚膳味不同。啜奶茶、啖大蔥、有葷有素樣樣綻輝宏。
蒸蟲草、炖鹿茸、燴炙驢脯大雁烹、奶酪酥、玉液送、賓主盡歡朝朝喜相逢。

好個喜相逢；熱情洋溢的晚宴環境，契丹王與官員們不斷向座上賓客敬酒。唐三藏師徒沉浸於熱鬧迎客氛圍裡；不亦樂乎！唯有大聖悟空滴酒不沾、保持冷靜。西天取經的經驗告訴他；無故施厚禮、禮多則必詐。

『咚！咚！咚！』宮中大鼓擂起三響。時機成熟；瞬間從宮外湧進數百名持刀拿劍的翊衛武士，兇狠地用刀劍架在送經綱一行人的脖子上。豬八戒和沙僧也操出武器想反抗，卻被悟空制止攔下。他悄悄說道：『隨他們！隨他們！俺想瞧瞧幕後那個屬金的傢伙，到底是誰？』這時候；擺那鴻門宴❺的契丹王和都督府的官員，趁著場面混亂之際；全都溜撒精光、各自落跑了。

把唐三藏師徒牢牢綑綁住之後，全部塞進馬車上的鐵柵牢籠裡。這些猝科衛士駕著馬車，前呼後擁；連夜奔出都督府城外。在一輪皎潔的明月、萬點閃耀的星空之下；往乾坎方向馳騁而去。

途中路過一片陰暗荒野山峪；悟空即捻訣吐咒，使出定身法：對著囚車馬隊猝喝一聲：『住！住！住！』定住現場。須臾；放出身陷囹圄鐵柵中的一行人，並且說道：『你們先護送師父回去吧！俺獨自跟著他們去看個明白，究竟是哪個白眼狼在背後操盤的？』一行人很快分開；悟空馬上拔出身上的毫毛，唸咒變出假的送經綱進入囚車。一經解咒；車隊若無其事地繼續趕路。

約莫三十里的路程，在群山曠野中的一片坦闊草原；稱為綏野大草原。隱隱出現一個寬敞的駐軍營寨。寨外由數丈高的木柵，連綿圍起一座城垣地塹。寨子裡面則有大小千餘個帳篷營幕。明月星光照耀下；營寨大門懸掛的旌旗幡幟，寫著「阿提拉❻單于❼大軍」七個黑色大字。軍旗在綏野大草原的洌風中搖擺飄盪著。

大聖仔細忖度：阿提拉單于？是哪個東東哩？但是可以肯定；這駐軍營區是屬於匈奴部族；這點則無須懷疑。莫非這個阿提拉就是這裡的匈奴單于？看那沿途的路旁，散落一地屍骸人骨；其凶殘血腥、不言而喻。

匈奴曾經頻頻侵犯神州華夏，後來被西漢名將衛青、霍去病殲滅五萬餘將士。逐將地盤遷移至西方發展；給西方諸國帶去空前的兵災戰禍。數百年過去；料不到他們又折返中原大地，覬覦圖謀這塊風水寶地。

松漠都督府押解囚車的隊伍，進到營區之後；直入運籌帷幄的中心大本營。明亮宸浩的帷幄總部；頓時邁出十幾個彪悍壯碩的虎賁大將和左、右參軍❽咨議元帥。他們的身後；緩緩走出一個大漢，體若巨熊惡如獅，長方臉蓄墨髯鬍、身穿麋鹿翻皮衣、雙腳蹬踏斑虎靴、翻毛帽上插有三隻翟羽❾。其年不惑的雄猛男子。有詩這般描繪他：

凌厲氣勢冷眼酷、劍眉星目絡腮鬍。形骸猙獰稱恐怖、蠻橫天性霸氣足。
綏野草原大單于、狂野虎豹率匈奴。驍勇好戰桀驁物、雄師征戰誰不服。
雞犬不留好殺戮、殺人如麻視若無。恣肆稱霸誰敢擋、逞勇好鬥闖前途。
惡貫滿盈人神怒、喜怒無常盡斬除。冷血無情泣天地、兇殘惡暴駭世俗。

『哼！難得契丹王做出一件令俺滿意的事矣。』他走近官府車隊，對著牢籠裡假唐三藏一行人；冷冷說道：『你們聽著；俺就是殺遍西方羅馬帝國、多瑙河、巴爾幹整整一大塊區域，未逢敵手的匈奴王阿提拉！』孫悟空立刻頂他一句：『阿提拉？沒聽說過耶。就是那個在多瑙河、巴爾幹一帶撿破爛的阿提拉嗎？』聽得一旁的人暗暗竊笑。匈奴王並不在意，繼續驕縱傲慢說道：『俺已經佈好局，匈奴帝國這回轉移目標，將征服東方的中國稱霸中原。俺在西方已經玩膩了，俺的英魂不散，前兩天；才帶著匈奴大軍，把饒樂水一帶的奚族⑩部落打得落花流水。傳聞吃那唐僧肉得以長生不老、再宰掉那沙和尚來借屍還魂；這會兒就等著你們入甕。俺吃掉有用的，其他幾個沒啥小路用，殺掉餵狗養豬。待俺恢復真身人體，不須多久；以往昔的征戰模式，天下即盡入俺的囊袋中矣。』

孫悟空又頂上一句：『別做大頭夢啦！天都快亮了，快去睡覺吧！』這話惹得旁邊的眾人哈哈大笑。匈奴王再也忍不下這口氣，恚然大聲怒斥道：『打哪來的潑猴？俺說一句、他頂一句。左右快將他拖出來殺了，抽筋剝皮、剁成肉泥、俺今晚就拿他當夜宵吃掉。』說完；匈奴王揮手氣呼呼轉身走回大營帳幕裡。向來他說的話；比天王老爺還霸道，眾人唯唯諾諾猶不及。眼前竟然冒出一個敢頂撞他的野猴。是可忍；孰不可忍！

隨扈侍衛們哪敢怠慢；一夥人先把囚車上毫毛扮作的假唐僧師徒關進地牢。又匆匆地將悟空，從囚籠中拖了出來，快快押送到御廚灶房。軍營中閃出一個魁梧的劊子手，不由分說；舉起大刀就斬下悟空的首級。料不到；背後卻有人拍打他的光頭，並且說道：『大王改口不吃猴肉啦！他想嚐嚐你的細皮嫩肉。開心點；乖乖跪下等俺拿下你的狗頭。』劊子手回頭一瞧，竟然是孫悟空。嚇得他瞠目結舌、屁滾尿流。風高星月夜；四周圍觀的士卒一時也莫名其妙，只見劊子手連滾帶爬跑掉了，地上悟空也消失不見。灶廚為了交差；只好去獸籠抓出兩隻猴子，草草下手、敷衍了事。想必匈奴王也不可能吃過真的猴肉罷。

藉著摸黑施法遁地；孫悟空離開匈奴王的駐軍營區，飛快回到松漠都督府的館驛。面晤送經綱一行人；詳細述說晚間經歷的種種。唐三藏娓娓說道：『阿彌陀佛！朝廷欽天監官李淳風所言；坎方代表平順的水星殞落，乍然升起代表戰火的金星。毫無疑問；這金星即是匈奴王阿提拉也。他不但自己興兵作亂；還要拖著契丹、突厥一起造反，真是罪大惡極。我們一定要設法制止他們，避免禍及天下蒼生。』豬八戒笑著說道：『師父且放心；袁天罡國師曾經明確指出，此五行運作當可以火剋金。咱們這裡有三把火，剋此匈奴王綽綽有餘矣。等著瞧！』豬八戒的一席話；讓大家甫地安心釋懷，閒聊幾句逐上床就寢。

第二天清早；行者悟空領著豬八戒和沙和尚，衝進契丹王大賀酷哥的大殿興師問罪。契丹王和眾臣們見到三人出現，駭然目瞪口呆、手足失措。怎麼可能；他們能從匈奴王血腥的手中逃脫哩？尷尬的契丹王只得步下台階；對著師兄弟三人頻頻折腰道歉。

『說聲抱歉就算了嗎？』豬八戒得理不饒人，呸一口濃痰說道：『你這酷哥出賣我們，現在我們玄奘師父還落在匈奴王手裡。你說該咋辦才好？』

契丹王哭喪著臉回到階台大座；垂頭委屈說道：『三位不知；本王有苦難言吶。唉！』階下一個大臣，細聲對著悟空說道：『契丹王的東宮太子大賀阿諾，去年仲呂⓫遭到匈奴單于擄走當人質，逼迫我方作為雙方結盟的條件。每個月必須奉上白銀一萬兩，大米一千石。徵調百姓五萬人；去他們駐紮之綏野大草原；為他們服勞役。真是苦不堪言！』另一個重臣也補充說道：『你們送經綱一夥人，在營州柳城的時候，就被他們盯上了。算準諸位會經過松漠都督府，就以契丹太子阿諾的事，威脅我們大王；一定要交出你們。我們大王也是出於無奈、事非得已的。那匈奴王空前的兇殘、眾所周知；得罪他的部落或城池，絕對屠城滅族、雞犬不留。這般毫無人性；沒人敢惹他啊！』

『這麼說來；契丹王也是冤枉無辜呢。』悟空師兄弟聽了一番陳述，心頭一軟；即不再為難他們。悟空想出一個辦法；他說道：『昨天晚上送去綏野草原的人；應該很快就會為匈奴王發現是假的。不消說；他這一兩天必定找上門來究責問罪。不如我們這般這般……。』悟空拉近契丹王和重臣；悄然輕聲細語說出應敵計謀。

首先；得有辛甘負責兩頭接應，大家必須先救出契丹太子阿諾。接著契丹王得火速八百里加急⓬，通知靈州的朔方節度使，從河套東營調兵遣將、率鎮邊大軍前來。另外；更找饒樂都督府之突厥可汗；組成同一反匈奴王之陣線，俟機而動，趕來鎮壓綏野草原上的匈奴大軍；活捉那匈奴王阿提拉單于。

果不其然；匈奴王當天下午即率著幾個龍軍虎將，駕雲直奔松漠都督府而來。怒氣沖天的匈奴王衝進宮殿，指著契丹王就吼道：『瞧你幹的好事，送來的人全是仿冒品。除了那隻愛頂嘴的潑猴；吃下肚沒事，其餘下了鍋都變成一堆毛髮。你得給本大王一個解釋，到底是怎麼一回事？』契丹王裝模作樣說道：『單于且息怒，本王怎敢造假。當晚送過去的；每個都是活生生、氣血足的人，而且當面如數移交給你們的哩。再說一句不得罪的話；我們契丹族比較文明；從來沒有吃人肉的惡習，所以沒有私藏保留的必要。是不！』契丹王光明磊落、義正嚴辭的辯解，讓匈奴王瞬間啞口無言；細想好像也有幾分道理。於是；他冷冷丟下一句：『待俺再回去好好查清楚。最好此事與你無關，否則勿怪本單于翻臉無情。』

『何必說否則；阿提拉單于如果依然懷疑本王……』契丹王坦蕩蕩說道：『這樣吧！本王為了表示清白和針對你我結盟的誠意；都督府這裡還有一位公主耶莉亞，單于不如一起帶走。您考慮考慮吧？』匈奴王一聽；自然求之不得，還考慮個屁哩！手上握有兩張肉票，往後何懼那契丹王懷有二心。

匈奴王順水推舟、假惺惺回道：『難得契丹酷哥如此情深意重，那就卻之不恭。本單于就只好勉強接受啦。』不多時；宮廷翊衛即領著耶莉亞公主步上殿堂。當公主聽說要被送去綏野草原；做匈奴王的人質，馬上趴到地上打滾、哭天喊地、抵死不從。

契丹王下階扶起一把眼淚、一把鼻涕的公主，輕聲安慰道：『累及汝！累及汝也！匈奴單于跑到這來火燒屁股、咄咄逼人。父王實不得已，為了顧全大局；且忍！且忍！』契丹王又轉身對阿提拉單于殷殷說道：『拜託您了，俺這公主自幼最受本王寵愛，若非為了證明與單于您誠摯結盟，本王打死也不會讓她離開身邊。往後；尚請單于多予關照呵護。千祈萬望；拜託矣！』匈奴王微微點頭說道：『既然你肯為結盟割愛，本單于向上天保證；自然不會虧待她的。弟兄們，把她帶走！』契丹王和耶莉亞公主；在殿上又是一陣生死離別的拉扯痛哭。殿內眾人看得皆心酸不忍，生離死別；奈何！

儘管哭哭鬧鬧；現場假扮契丹王的豬八戒和假扮公主的孫悟空，兩人皆為演技高超；暗爽偷笑。偶而演演哀怨悲情；自娛娛人嘛！何必當真。是不！

且說那匈奴王一幫人；滿意地從松漠都督府。帶走悟空扮作的假公主，眉飛色舞、趾高氣昂地折返綏野草原的大本營。只是為了唐僧憑空消逝；實在嚥不下這口氣，事情總得摸個清楚、查他個水落石出。可這問題發生在自己的營區，幅員遼闊的綏野草原軍寨；全境駐有十萬大軍、佔地萬頃，得從何處查起呢？

回到大本營的帷幄總部，下令把御廚灶房的大大小小百餘人，通通叫了過來。傳訊過來的御膳廚子；恭敬地伏跪在匈奴王座前。

『老老實實；給本單于回答問題。不得有假！』匈奴王微笑問道：『這裡有誰生肖屬雞的？』眾廚子回話道：『俺屬馬！』、『我屬豬！』、『俺屬狗！』……。匈奴王冷笑一聲；說道：『不管你們屬什麼；今天你們通通給俺屬雞。行不！』誰敢說句不哩！跪在地上的；紛紛說道：『是也！是也！我們都是雞。』大家以為單于在搞笑。冷不防見那匈奴王拍案；站起身子憤怒猝嗟道：『左右幕前衛士聽令！將這些雞；一隻不留、通通給俺拖出去斬了！俺要來個殺雞儆猴、維護軍紀。哼！竟然本營區有人膽敢在俺眼皮之下，偷天換日；把唐三藏調包偷走。一律殺無赦！』很快衝進一隊拿大刀的士兵，把那些驚嚇恐慌的御膳廚子拖出營帳外，於營區將士面前；當雞一樣斬決。任由他們哭叫喊冤，行刑者卻絲毫不手軟。接著；又把昨晚負責押送去土牢關監的那些士兵，殺得一乾二淨。

匈奴王更發出詔諭；如果找不出唐僧師徒幾個，每天都會再持續處決一批人。焉得不生氣！讓他垂涎已久，捏到嘴裡的鴨子竟然飛了。吃不到唐僧肉；這股子氣得找些倒楣鬼發洩。為了唐僧的事，他才不在乎；濫殺所有嫌疑者。此舉已經造成綏野草原的整個駐軍營區；風聲鶴唳、人人自危。

要說匈奴單于之心態情況，不難！且看那詞中說的：

野心長相伴、暴力倚身旁。殺人未眨眼、任惡名昭彰。勿怨勿歎！何憂何傷？
率軍如虎更似狼、橫霸西域闖東方。遼遼草原藏禍患、眈眈虎視、叫人難防。
由來垂涎唐三藏、既入囊中又跑光。孰不怒！孰不慌！千年一遇卻是擦身旁。
比毒辣！比兇殘！無人敢比匈奴王。今朝錯過君所欲、萬眾難安、命懸愁腸。

再說變作耶莉亞公主的孫悟空；可也沒閒著。她被安置於營寨的震巽方位；一處角落軟禁起來。稍打聽；原來契丹太子遭軟禁在隔壁的帳篷，相隔才十幾米。

『哇噻！皇姐何時過來的？』契丹太子阿諾見到耶莉亞公主，喜極而泣地緊緊擁抱著，他說道：『父王有一起過來嗎？我好想念你們。也好想離開這裡；快點帶我回宮去吧。』假公主望著舞勺之年的契丹太子，安慰說道：『安啦！安啦！俺就是特別過來陪伴太子的哩。不需幾天；俺保證帶你回都督府見契丹王，再忍忍！』契丹太子阿諾緊張兮兮說道：『這個匈奴單于喜怒無常、詭譎善變。開心時；捧你上天，轉眼變臉；卻又拿你開腸破肚。讓人不知該如何面對？』假公主煥然笑著說：『俺就怕他是個正常人，他的疑神疑鬼、人格扭曲、事情反而變得簡單容易。這樣吧；你先將行囊打包，就這一兩天；隨時準備跟俺離開這。好不！』聽到假公主的話；樂得契丹太子阿諾眉開眼笑、喜不自勝。

暫且離開契丹太子；在兩個匈奴的丫環扶持下；假耶莉亞公主裝著回到軟禁的帳幕內睡覺。丫環們一不留神；孫悟空吹一根毫毛扮成臥床的假公主。自己變作小飛蟲，飛去匈奴王的帷幄總部觀察，掌握情況。

『稟報單于；聽末將苦勸一句，勿再為那唐三藏的事；懷憂喪志！暫時將唐僧忘掉，應該放眼中原才稱得上雄才大略啊！』左參軍咨議元帥勸道。敢衝敢殺、助紂為虐的他；曾經伴隨匈奴王長年的征戰西方巴爾幹、高盧、君士坦丁堡……。

右參軍咨議元帥也順勢說道：『是啊！眼前正是秣馬厲兵、羈縻天下、討伐中原最好的時機。謫戍邊陲、駐防羈縻都護府的唐將朱耀廣督軍；雖然他勇猛善戰，但是該地守軍薄弱、且多為老弱殘兵。我軍按部就班；先攻克北疆；再從營州、幽州一路順沿河北道，勢如破竹、直搗長安朝廷；拿下大唐、指日可待。我匈奴此刻再不動手，更待何時？』

帷幄營帳內的幾個武衛將領；也贊同左、右參軍元帥的建議，說道：『單于英明！事情既然無法兩全其美，唐僧失蹤事小；征服中國事大。單于應該把唐僧的事擺擱一旁，積極策劃如何平定關外的遼北各族、河套諸邦。伺機進軍中原推翻長安朝廷，建立我匈奴皇朝國祚。懇請單于三思！』

匈奴王沉默片刻；然後說道：『眾卿的意見俺明白。這樣吧；估計那唐三藏仍然窩伏在咱們綏野草原的軍寨裡面，諒他插翅也飛不出本軍的營區。俺想再徹底清查一遍，三天之內沒個結果；俺就絕口不提。至時再好好跟諸卿商討研議攻打中原之事。本單于想一個人飲酒，你們先各自回營去吧！別再煩我。』他吩咐幕前衛士把酒缸搬上，他獨自飲酒排憂解悶。固執狂妄的他；真是不到黃河心不死。一群將領逐拱手離開帷幄大營。

三天？悟空才沒那個耐性陪你們玩三天，送經綱一行還趕時間去東瀛送經哩。在帷幄總部聽到一席對話；大聖急中生智、靈感油然而生。

『單于！單于！』幾個奔忙跑進大本營帳幕裡的士兵，對著一人喝悶酒的匈奴王匍匐跪地，上氣不接下氣說道：『出現了！他出現了！』匈奴王展現不悅說道：『誰出現？說話顛三倒四；小心俺拿你們當下酒菜。』一個獐頭鼠目的衛士，搶先說道：『稟報單于；正是那失蹤的唐三藏，他……』匈奴王聽到是唐僧；剎時站起身說道：『快快帶路！不能再讓他跑了。這回；俺要親自捉他下廚才行。』

唐三藏出現在虎豹豺狼群聚的匈奴軍營？不啻是羊入虎口、在劫難逃乎？滿腦子鬼靈精怪的孫悟空；這回又有什麼錦囊妙計；可有效對付暴虐成性的匈奴王？威名震驚西方羅馬帝國的匈奴單于阿提拉，欲殺唐僧師徒借屍還魂；死灰復燃、跑到中國橫行霸道。他能如願得逞乎？敬請期待下回分解：

『註解』：

❶可汗：古代在歐亞大草原上的游牧民族，對其部落酋長頭銜的尊稱。
❷勢頭把盤：對四周圍環境的留意、觀察。
❸綏靖：苟且姑息、無所作為。
❹梼顓：指性格平庸無知。
❺鴻門宴：典故出於秦朝末年。項羽欲在鴻門設宴款待劉邦；藉機殺害。後世則以不懷好意、設有圈套的宴席來比喻形容之。
❻阿提拉：西元五世紀；匈奴帝國的單于。他率軍入侵歐洲各地、跨越多瑙河、巴爾幹半島、多次攻打羅馬帝國。令歐洲各國談虎色變的匈奴王。
❼單于：乃匈奴部落之間，對其首長的尊稱。
❽參軍：古代為軍隊重要的軍職；是指揮官身邊的作戰參謀長。
❾翟羽：山雉的長尾花斑羽毛。
❿奚族：乃源自古代北方鮮卑的游牧民族。
⓫仲呂：指農曆的四月份。
⓬八百里加急：古代官方有緊急文件通報，即快馬加鞭；持文件以接力賽方式，以馬不停蹄方式，日行八百里負責送達對方。

第五十回　天地之鞭難抗禦　三英迎戰大單于

話說匈奴王；以為好不容易托契丹王弄到手的唐三藏，吃掉即可如願長生不老。孰不料；隔天宰殺唐僧時，突然發現御廚灶鍋只剩毛髮，啥都沒留下也。他氣極敗壞；逐而疑神疑鬼，認為營寨中有人偷天換日、私藏唐僧。進而逮捕濫殺身邊無辜屬下，搞得綏野草原上、人心惶惶、危機四伏。經過左、右咨議參軍和多位幕僚將軍之苦口婆心相勸，匈奴王才稍稍冷靜下來。

匈奴王阿提拉單于獨自在帷幄裡；坐在虎皮大座上面啜飲悶酒。甫地闖進幾個士兵；聲稱目睹那唐三藏在營區內現身。驚喜萬分的他，立馬跟隨那幾個發現唐僧行跡的士兵走出營帳，準備親自動手活捉那唐僧。

軍寨裡面的營帳多如牛毛、密密麻麻、緊靠相連、有如迷宮。幸好中午太陽曬；匈奴士兵們極少出外走動。跟著幾個衛士東拐西繞；阿提拉單于終於看到一個僧人的背影。身穿達摩衣、足下穿著達公鞋、披著錦襴五綵織的金袈裟、頭帶毘盧方帽、手持九環錫杖，一個如假包換的唐三藏就在眼前。才快步追過去，卻見那僧人拐個彎就不見人了。這說明什麼？

『好傢伙！這一區的人肯定都有問題。』匈奴王狠狠瞪一眼，吃了秤砣鐵了心；對扈從官說道：『傳令下去；將這一排營帳所有的人，一個不漏、通通給俺抓起來。不把唐三藏交出來，殺無赦！』正在營帳內睡午覺的士兵，糊里糊塗就被抓出去斬首了。霸氣十足的阿提拉單于，蠻橫凶狠；可是舉世聞名、殺人六親不認的。

事情跌宕起伏。才過沒多久；又有別營的士兵跑來舉報，說是那唐三藏出現在左參元帥的營帳外。匈奴王半信半疑；放下手裡的酒杯，帶著幾個護衛扈從快步過去瞧個仔細。果然遠遠看到唐僧正好走進一個營帳裡，營帳門前高掛著左參元帥專屬的大紅旌旗幡。這還了得！匈奴王火冒三丈，氣呼呼衝進那帳幕。

『哼！不是親眼目睹，俺還真不敢相信。吃裡扒外這種事；虧你也幹得出來！』阿提拉單于一腳把正熟睡的左參咨議踹下大床。左參軍緩緩從地下站起身；喳喳呼呼問道：『單于怎麼來了？有事嗎？』匈奴王豎起眉頭忿忿說道：『知人知面不知心；無怪乎汝極力勸俺忘掉唐三藏，原來是你將他窩藏起來的。俺數三！限你快把唐僧交出來！一！』一臉錯愕的左參元帥；喊冤辯稱道：『單于莫要聽信謠言，俺向來對單于忠心耿耿、一生陪伴你戎馬鏖戰、出生入死。之前攻打饒樂水的奚族；俺率先衝鋒陷陣、破垣屠城、不都是俺的功勞。現在莫名其妙扣我大帽、詈夷為跖，欲陷我於不義乎。末將不服！萬望單于還給我清白。』匈奴王冷酷無情說道：『清白？你也配稱清白。俺倒是想剖你的腹、掏你的心，看看有多清白？不交出唐僧就拿你的命來賠吧。強詞奪理、無濟於事。扈衛們快將他押走！』一群衛士聽令；一擁而上，準備捉拿左參軍元帥。有時功高蓋主，也會埋下隱憂呢！

俗諺說得好：狗急跳牆、人急造反。情急之下；為了保身，左參元帥即抽身取出開山斧；翻臉懟罵道：『哼！你這暴君既然這般無情、昏庸至此，勿怪俺下狠手；先殺你再說！此事絕非偶然，俺比誰都清楚你這阿提拉單于。為了獨攬大權、掠奪成果；與你一起並肩作戰、賣命打天下的兄弟布萊達❶你都敢殺害。你這昏君活該千刀萬剮！』自己被汙衊、藉故剷除也不算意料之外。伴君如伴虎嘛！

身經百戰的左參咨議可也不好惹，三兩下就殺掉八個單于的隨扈衛士，並追著逃出帳幕外的匈奴王。旁邊隸屬左參元帥的部屬，心知長官是清白的。避免事後遭到波及；秋後算帳，索性也紛紛舉兵跟著直屬長官左參元帥造反矣。

亂哄哄的軍寨營地，把正睡緊午覺的右參咨議元帥給吵醒。他倥侗顓蒙地；掀開帳幕探頭問著衛士說道：『外面咋回事？有敵人入侵嗎？』幕前衛士回說道：『不知為何；營區內好像有人起義？互相打殺起來啦！』右參元帥聽完心驚肉跳，回頭想換一下盔甲戰服出去調解危機，不意背後一記悶棒；竟將他打暈過去。

化身變作右參軍的孫悟空；跑出參軍的營幕外面，舉起軍旗大聲喊道：『草原上的弟兄們，大家隨我右參咨議元帥；一起殺掉這個阿提拉單于。為了他私自的利益，已經喪心病狂；濫殺我們許多無辜的弟兄。再不起來除掉這昏君，明天大禍臨身；悔之晚矣！殺！』一聲吶喊；萬眾響應、殺聲震天。隸屬右參元帥的將士，加上之前左參元帥的人馬，于草原的軍寨內；形成一股足以敵對的勢力。

阿提拉單于為了唐僧失蹤之事，因為猜忌疑心緣故；前後誤殺了不少人。俄頃；整個綏野大草原開始濺血。匈奴軍隊不同部族之間，於大寨裡有若引爆炸藥，展開一場大規模的同室操戈、骨肉相殘之慘劇。有詩說明草原當時情況：

草原霹靂一聲雷、兄弟鬩牆誰怕誰。單于痴妄活萬歲、到嘴天鵝逕自飛。
莫名其妙逐定罪、疑心找上替死鬼。恩將仇報心無愧、天降橫禍不後悔。

狼群虎黨皆同類、爾虞我詐聚一堆。一朝反目成雜碎、自相誅殺拚幾回。
匈奴兇殘乃天性、蛇鼠一窩亂燕北。血濺巢穴賊自潰、天理昭昭胡不歸。

疑他！氣他！恨他！匈奴之間廝殺肉搏、彼此攻伐絕不手軟。躲在旁邊偷笑的卻是孫悟空。老祖宗孫子兵法有所謂：上兵伐謀、其次伐交、其次伐兵、其下攻城也。在敵營中渾水摸魚、挑撥離間、向來是大聖一貫手法，不奇怪！不奇怪！

星火燎原、行者點燃的兵凶戮險；儼然成形。藉局勢混亂之際；孫悟空跑去大寨裡的震巽方位，救出契丹太子阿諾。把他交付營區外接應的師弟辛甘，送返松漠都督府給契丹王酷哥安置。並且囑咐交代，要契丹王急速通知屯戍在靈州的朔方節度使，立馬率兵前來草原殲敵。事情尚未解決，大聖很快掉頭轉身回大寨去。

『這幾個叛逆綹竊❷；終於露出真面目了！』冷酷的匈奴王，面對起兵造反的將士不以為忤。胸有成竹說道：『也罷！趁這機會；把這些三心二意的垃圾清理乾淨。』身邊的幾個武衛將軍慌忙說道：『報告單于！寨裡的叛軍；已經快要殺到大本營的帷幄來了。該如何是好？』『區區小賊罷，本單于哪會當回事。左右給我閃開！』匈奴王揮手叫眾人避到一邊。他不急不徐；拿出一條長鞭。就是那曾經令西方的羅馬帝國、波斯帝國、聞之色變的「天地之鞭」。說到這隻魔鞭；那可是大名鼎鼎，乃由千隻草原角鹿的筋、萬頭犛牛的皮、淬煉而成。觀詩云之：

天地之鞭戰天地、兵來將擋水土掩、生死相距僅一線、存亡渺茫一瞬間。
魔鞭抽出第一鞭、金曜失色狂風旋、天打雷劈復閃電、風雲夢幻變萬千。

連續揮出第二鞭、大地搖晃山河變、人仰馬翻滾一邊、移山倒海迫眼前。接著使出第三鞭、乾坤翻覆物難全、鬼哭神號且勿怨、四時不忒奈何天。遑論那第四鞭之後會如何矣。不敢想！不敢想！

『老虎不發威，還真當俺是病貓了。』手持長鞭的匈奴王，慢慢走向迎面似潮浪般而來的叛軍。他揚起天地之鞭抽打出去，果然雷電頻頻、電光閃爍，衝在前頭的叛軍剎時被雷電擊中，應聲倒地。第二波叛軍緊跟著衝殺過來，匈奴王又揮出第二鞭；突然大地劇烈震動、地動山搖、讓叛軍們摔倒一地。左參元帥氣得舉起開山斧，率先朝匈奴王劈下去。匈奴王一個閃身，隨後抽出第三鞭；瞬間天崩地裂、曜靈垂沉。滾滾黃沙；惟見兩個身影彼此廝殺著。

膽大包天的左參咨議元帥；面對匈奴王卻毫無懼色，揮舞著巨大的開山斧；勇往直前。他的開山斧；在征戰的沙場上也赫赫有名、過關斬將、殺敵無數、一斧可將人直接劈成兩半。一場逞凶鬥狠的虎豹對決，殺得天昏地暗、日月無光。

申時的曜陽正旺；炙熱的艷陽下，魔鞭巨斧之戰、你來我往、雙方不遑多讓。打到一百回合之後；年逾花甲的左參軍元帥逐顯力不從心、欲振乏力。渾噩眼花、一個不小心；開山斧撲個空，又地勢的硉兀不平，腳步不穩、一個傾斜踉蹌。匈奴王阿提拉趁機縱身一躍；用勁抽出一鞭，適值打中左參元帥的右肩。他一聲慘叫摔倒在地；遭到旁邊幾個單于的武衛將士一撲而上，頓時將他斬首示眾。

迷迷糊糊的右參咨議元帥；甦醒之後知道情況不妙。即使跳進黃河，一時有理也說不清矣。當下即帶著數千個剩餘的殘兵敗將；騎著馬從營寨的後門倉皇逃走。阿提拉單于怎肯如此輕易罷休哩！他旋即率著大隊人馬；隨後追了出去。

天有不測風雲；匈奴王方才翻越兩座山丘，眼看著快要追上叛軍。驟然背後有人大喊道：『單于！不好了！我們草原上的營區大寨失火啦！快點回去救火吧。』匈奴單于拉轡勒馬、回頭看見背後的營寨方向；熊熊大火、滿天通紅。心中暗罵道：『今天真是噩耗不斷、橫禍連連。怎麼會那麼倒楣；一堆麻煩事，全部擠到諸事不祥的今天來哩？』罷！罷！他衡量孰輕孰重，只得放棄追討叛軍；帶著大軍趕回草原大本營救火。那木椽氈布❸結構造成的營帳，頂得住風雨暴雪；卻怎堪火燭的焚燒哩。何況草原上；風勢強勁、一發不可收拾……。

匆匆趕返營寨的匈奴單于，二話不說；先命令將士們搶救大火。他隨著風向；暗自驚訝說道：『糟糕！按這草原季節風向；順著坤離方位吹來的火，根本難以搶救。這一定是有人故意縱火，而且是懂風向的內行人。』此時已然傍晚時刻；草原上的西南風刮得颯颯作響。落日餘暉西山盡；夜裡救火之難，難若登天。

指揮救火的匈奴王，心急如焚、上下東奔西跑。無意間一閃眼；指揮若定的他，在烈火濃煙中看到一個熟悉的背影，手裡還握著火把在放火。他是誰？就是那快把匈奴大單于逼瘋的唐三藏。

他吆喝一群翊衛士兵追了過去，轉眼又消失不見人了。這回阿提拉單于終於頓悟清醒，一天的扭打廝殺；全都是枉然白費。在大火忽明忽暗的閃爍搖曳照耀下；他臉變得慘白發紫、周身發抖打擺子。那左、右參咨議元帥和之前所殺掉的老戰友們，全都是背了黑鍋、遭到栽贓被冤枉的。開弓沒有回頭箭；發生之一切都無法挽回矣。匈奴王不禁仰天嗟嘆道：『糊塗啊！糊塗！明明就是反間計，俺卻意氣用事、自投羅網。吃不到唐三藏的肉，反而弄到俺灰頭土臉、眾叛親離，真是始料未及。』折磨一整晚；大家好不容易地才將整個營寨中的火撲滅。這場大火堪比赤壁之戰，損失慘重猶勝曹操的魏軍也。大寨密集的營帳被燒了一夜；滿目瘡痍、慘不忍睹。粗略估計營區裡的帳幕和糧食，毀之于祝融泰半矣。

翌日初曉；東方魚肚少白。阿提拉單于四處巡視破敗的營寨各區域，看到震巽方位的角落毫髮無傷，契丹太子與公主皆無恙，才放心離開。他回到大營帷幄；暗自神傷、無意久留此地。與幾個武衛將軍計畫；隨時拔營離開綏野大草原。重整陣容，準備除了攻城掠地之外，脅迫契丹和突厥二族招兵買馬、共襄盛舉、加入大軍行列；一起出師征服中原華夏。

與眾將軍再次視察尚存的廩倉存糧。不經意；眼角卻瞄到一個披著袈裟的僧人，在不遠處一閃而過。活見鬼！他猝悚❹瘋狂嚎叫道：『你到底是人還是鬼？魑魂❺幽冥般若隱若現、飄忽不定。這裡被你給害慘了！俺阿提拉不拿你碎屍萬段、實難消心中之恨也。』身邊的翊衛們；以為單于連續遭受打擊、神經失常罷。

不將唐僧活活吞下肚，這一肚子氣往哪擺。還未拔營征戰天下，整支部隊就搞到烏煙瘴氣、杯弓蛇影、誤殺一堆忠心耿耿的弟兄，且逼反往昔一起出生入死的兩個參軍元帥。甚至連綿數里、鋼鐵雄師所鑄造的營區；一夜之間、燒得面目全非。堂堂匈奴大單于；率領雄偉大軍在世間東征西討數百回；幾乎完勝。在這片自家的草原上；竟然敵不過唐三藏一個徒手和尚。說出去會笑死人！

阿提拉單于拔腿緊追那飄忽而過的唐僧，一上間；他抽出腰際的天地之鞭；捻訣唸咒。這魔鞭即刻變得伸縮自如、可長可短。長則鞭抽天邊海角、短即似刃近在眼前！正準備揮出天地之鞭……。其身後突然跑過來幾個衛士；喘著氣說道：『快報！大寨門口驟然來了許多唐軍，圍得水泄不通，正在大寨門前叫陣。單于！這下怎麼辦？』

匈奴王挺直腰桿說道：『怎麼辦？只有硬著頭皮上陣迎戰啦，雖然營寨中的將士們一整夜為了搶糧滅火，已經耗盡體能、精疲力竭。可總不能在草原上坐以待斃。大家隨我衝殺出去！』柵門打開；阿提拉單于一馬當先走出。

『我乃屯戍在靈州之朔方節度使、兼鎮邊總兵。奉大唐朝廷詔令，前來討伐靖伏你們這群逆賊。識時務者為俊傑；快快繳械投降，免得你們屍骨無存、死得難看。』鎮邊大軍奔出一個騎著戰馬的勇猛將軍。丟出一卷插上羽毛的敕牒，然後說道：『這是征討羽檄❻；單于自己看著辦！』

匈奴王一腳踢開朝廷檄文，回嗆說道：『征討個屁！回去叫那太宗皇帝在長安等著，俺很快就領著大軍找上門來啦！』話音甫落；朝廷鎮邊大軍陣營裡，有如傾盆大雨般的箭矢直飛而至；冷不防的匈奴士兵紛紛中箭倒地，草原上瞬間哀鴻遍野、死傷累累。靈州朔方節度使開始指揮大軍；破門攻寨。

『快撤！快撤！』匈奴王下令暫時撤回營寨內，緊關柵門。隨側的虎賁將軍們立馬建議說道：『稟報單于；我軍勞累一整晚，體力透支不說；尚且通宵熬夜未眠、滴水未沾。如此跟唐軍死拚硬幹，劣勢敗相顯而易見、勿庸置疑。不如；我們留在這裡死守營寨，單于您帶領其他弟兄；從後門脫離險境、保留實力。等找到結盟的契丹王和突厥王，調兵遣將前來支援我們匈奴這方。裡外夾攻；適時解除困厄。懇請單于；萬勿延宕，坐失良機！』

匈奴王深思片刻；只好點頭同意說道：『也罷！也罷！這營寨就勞駕諸位撐著。俺儘快找來援軍，擺脫困境。有勞！有勞矣！』於是他點將率兵、輕裝簡行、火速騎上馬匆忙從營寨的後門逃出去。

千算萬算；算不到軍營大寨的後門也被敵軍包圍矣。更算不到；來犯大軍頭踏❼的旌旗幡幟竟然寫著「松漠都督府」和「饒樂都督府」。匈奴王看得牙都歪了！一聲招呼都沒有，直接率領大軍、殺氣騰騰來到營寨後門口佈陣，分明就是契丹部族聯合突厥部族，一塊攜手造匈奴族的反、趁火打劫來的。

『你們向天借膽了嗎？俺是阿提拉單于；如果你們不是過來幫忙，就滾到一邊去。莫擋在俺這裡礙手礙腳的。』匈奴王狂妄依舊；根本不把來者放在眼裡。

契丹王酷哥身穿戰袍，騎著白馬，走向前頭說道：『單于誤會了！我是怕你今日落荒而逃；接下來則落草為寇哩！綏野草原不適合匈奴族矣。單于何不放輕鬆，跟隨我們回去。』這話說得夠譏諷挖苦，惹得匈奴王差些吐血。他恚然動怒、指著契丹王罵道：『俺真是虎落平陽被犬欺，這筆帳以後再找你們算。俺現在沒時間跟你們窮耗，再不滾一邊，俺可是翻臉無情。莫忘你家少主和千金還捏在俺手心哩！隨時能要他們的小命。』他哪知道；二人早被大聖救出，留下的是毫毛罷。

『又誤會了！我們過來；是專程給阿提拉單于您送禮物來的。』契丹王微笑說道。匈奴王半信半疑說著：『給俺送禮物？送啥禮物？』契丹王神秘說道：『單于自己看吧。這禮物可是您朝思暮想、萬金難求的呢！不信乎！』契丹王說完即揮揮手示意，慢慢從大軍裡面；走出豬八戒、沙和尚和為首的唐三藏等人。

匈奴王見了當場楞呆，他遲疑猶豫半晌；埋怨道：『俺已經被他們折磨夠了，折磨到他們是人是鬼、是真是假、都分不清了？』契丹王揶揄說道：『這回肯定是玩真的。單于別忘了；我契丹王的太子阿諾和公主耶莉亞，都還捏在匈奴單于您的手中哩。』匈奴王猶豫不決，旁邊的護衛將軍提醒道：『報告單于；咱們的大寨遭靈州來的鎮邊大軍圍困、動彈不得，隨時都有可能被攻陷。單于必須把握時間走人吧！』匈奴王考慮再三，情急之下大聲說道：『不管環境多險惡；畢竟他們是俺的長生不老藥。能與天同壽比啥都來得重要。無論如何都要把他們綁起來，順道一起帶走。』

『傻瓜！把我們帶在身邊，不說你累；我們也累。不是嘛！』唐三藏嘲笑匈奴單于笨，接著說道：『癩蛤蟆想吃天鵝肉就得趁熱。快點動手；要不！待會俺又要給你添麻煩囉。惡人自有惡人磨；興風作浪、借刀殺人、順手縱火、向來都是俺的看家本領。好笑的是；折磨你、而你還被蒙在鼓裡、猶然一無所知，平白無辜殺掉一堆匈奴弟兄。笑你是豬頭，倒也沒冤枉你』。

不說也罷；這話一出立即勾起匈奴王心中的痛楚。甚至伴隨一旁的虎賁將軍也恍然大悟，營寨裡被誤殺的弟兄、燒毀的營帳和糧食；均由於阿提拉單于的愚昧無知、一意孤行。整個匈奴部族開始騷動不安、軍心渙散起來。

匈奴王氣到全身顫抖、七竅生煙。他跳下馬抽出長鞭指著唐三藏喝叱道：『你這唐三藏，比惡魔還要惡毒百倍。今天俺啥都不要；就要你的命。殺了你吃掉都算便宜你了。』『哈！哈！瞧你想唐三藏想到瘋癲了。俺不是唐三藏；俺是你爺爺孫悟空。看清楚了！』只見眼前那唐三藏轉個身、調個頭，頃刻變成孫悟空真身。原來在匈奴營寨中；飄忽乍現的唐僧，皆是孫悟空玩的花樣。

孫悟空說道：『俺的肉；其實也不比俺師父唐三藏遜色到哪。要不試試？免費的喔！』匈奴王記憶猶新說道：『嘿！你不是那隻愛頂嘴的潑猴嗎？那天晚上；廚灶將你剁成肉泥，被俺吃下肚。怎地又冒出來？真格陰魂不散？』孫悟空笑得更開心，嚷嚷說道：『匈奴的弟兄們！你們旁觀者清，大夥一塊評評理。就憑阿提拉單于那張狗嘴，想吃俺的肉？我呸！噁心！真噁心！』

匈奴王接連被契丹王和孫悟空當眾羞辱；情何以堪。揚起天地之鞭；朝著孫悟空抽打過去。悟空知道這魔鞭威力驚人，剎時一躍登天，匈奴王也沖天追上去。豬八戒和沙和尚更加入雙方的混戰行列，大家逐在天際雲端展開廝殺。且看：

怒氣沖天顯凶煞、錯失江山恨無涯。梟雄騰天決一戰、浮雲滾滾跨山峽。
匈奴王蠻橫毒辣、天地之鞭鎮九霞。西侵波斯壓羅馬、東犯神州窺中華。
大聖神勇邪魔怕、八戒靖妖亦不差。沙僧本是捲簾將、三英齊力忿拚殺。
魔鞭祭出多變化、交鋒飛躍狂風沙。逞強鬥狠何曾怕、你來我往活捉他。

送經綱師兄弟三人與匈奴王，在天上殺得熱血沸騰、激昂高亢。草原上的契丹與突厥的軍隊；同時也向匈奴大軍衝鋒陷陣、擂鼓鏖戰。戰況的火爆；從地面打到天空，從營寨打至草原。天地間充斥著一片鬼哭神號、殺聲連天。

這場火辣辣的決戰，雙方都卯足了勁、拚個你死我活。一邊是東西征戰、沙場經驗豐富的匈奴大軍，一邊是專門打妖除魔的送經綱；加上積怨多年的契丹王和突厥部族。其結局會出現什麼變化嗎？敬請期待下回分解：

『註解』：

❶布萊達：西元五世紀，匈奴單于魯加，統一所有匈奴部族。他死後將政權交付予兩個侄子；阿提拉和布萊達。兩人後來在歐洲打天下，佔據廣闊的領土。不久之後；阿提拉即殺害布萊達，獨攬大權。

❷綹竊：指小偷竊賊。

❸木椽氈布：古代匈奴部落；以椽木為支架，外層搭上毛氈作為住宿營帳。

❹猝悚：為受到驚嚇狀。

❺魖魂：飄忽不定、虛實難測之鬼物。

❻羽檄：古代於情況危急之時，送出的公文詔令；皆插上羽毛為記號。

❼頭踏：指走在部隊前端的人馬。

第五十一回　天池逢妖太白姬　魔音穿腦忒離奇

話說綏野大草原上的匈奴大軍營寨，被人縱火燒了一整晚；雄壯威武的營區搞得面目全非。隔天破曉；好不辛苦才滅了火，命運多舛；又傳來噩耗；綏野草原上，遭到靈州朔方節度使率領朝廷屯戍的鎮邊大軍，前來包圍攻寨。

阿提拉單于帶著部分匈奴將士，從大寨後門逃脫。屋漏偏逢連夜雨；才出了營寨後門，竟然被松漠都督府的契丹王、饒樂都督府的突厥王，聯合大軍阻擋下來。隨之更冒出送經綱一行人；悟空藉機道出在大寨中故佈疑陣、搧風點火的真相。被挖苦揶揄；匈奴王悔恨交加、怒不可遏。瞬間雙方逐爆發戰火，打成一片。

在天空上；孫悟空的如意金箍棒、豬八戒的九齒釘耙、沙僧的彎月寶杖、對決匈奴王的天地之鞭。在草原上；大寨前門有朝廷的鎮邊大軍壓境攻寨，大寨後門有契丹部族和突厥部族的聯軍圍剿，兩方殺得天昏地暗、日月無光。

且說大聖師兄弟在雲端上和那匈奴王激戰。匈奴王兇猛揮出天地之鞭，悟空勇往橫掃金箍棒，你來我往、我攻你守。戰況慘烈空前，由詩中可見端倪：

天際雲滾紛飛亂、乾坤反轉撼山巒。金箍棒打狂風竄、天地之鞭抽五環。
電閃雷劈決一戰、斗轉星移不平凡。北塞征鴻馳浩瀚、龍虎爭霸勝負難。

正所謂：氣銳似陽旺、氣敗如病衰。處事疑慮乃非智、意氣用事更愚痴；這話形容那阿提拉單于，再恰當不過。匈奴王這些天的表現；傲慢失策、錯誤頻頻，搞得原本兇狠彪悍的匈奴大軍；人人惶恐不安、軍心潰散。尚且因為整夜救火搶糧；耗盡體力。種種負面緣故之匯聚於一時，造成開戰沒多久；草原上匈奴的將士們，逃的逃、降的降。全軍上下由於無心戀戰；況且酋長單于臨危登天而去，矍惑頹然、搞得大軍一下間群龍無首、不多時即潰不成軍。

在天上打得難捨難分的四人，戰到一百二十回合猶不分輸贏。須臾；匈奴王不經意瞟了地面一眼，冒出一身冷汗。他赫然驚見兵敗如山倒的匈奴部隊；在綏野草原和營寨裡的大軍呈現一盤散沙，逐漸呈現兵敗似山倒、土崩瓦解矣。

『唉！俺確實太低估這些中原來的和尚啦，花樣百出；弄得俺一錯再錯。導致全盤皆墨，誠乃非戰之罪也。』匈奴王心灰意冷、悵然若失。絕望之餘；一閃身就急速搭雲逃離現場。『赫！俺才剛打上癮，你卻腳底抹油想溜了。沒門！』大聖打得正夯；見匈奴王打出一記回馬鞭，即轉身飛奔脫逃，他立即尾隨追了上去。

匈奴王壓下雲頭；妄想混進草原中，再藉地遁遠走他鄉、重整舊河山。這招可瞞不倒孫悟空，大聖贅然抛出一條仙索，牢牢套住那壯碩魁梧、飛奔快閃的匈奴王。冷不防被身後突來的繩索套緊，害他狠狠摔倒在地上。豬八戒和沙和尚逐跑過來壓在他身上，一起將匈奴王五花大綁、無法動彈。搖頭嘆息的匈奴王說道：『恨哪！就為了聽信傳言，說什麼吃唐僧肉可以延年益壽，這話可害慘吾矣！』

大聖師兄弟將俘虜的匈奴王，和殘餘投降的匈奴將士們，均交給了靈州之朔方節度使和護軍總兵全部押走。遭俘虜的匈奴王；臨時被關押於大馬車上的牢籠。孫悟空渥然過去，對著匈奴王問一句：『如果我猜得沒錯，單于的五行是屬金。對吧？』匈奴王頓時驚呆了，悻悻說道：『唉！俺確實是屬金的。碰上你們幾個怪胎；有的長得似猴、有的長得像豬；算我倒了大楣。』送經綱的三個師兄弟聽了；放聲大笑。豬八戒嘻弄說道：『咱們三個都屬火，你這金大頭，遇到我們；不倒楣才怪哩！哈！哈！哈！』大聖跟著說道：『兵不厭詐、焚林而獵之。這道理都不懂，你還敢來侵犯中國？簡直是茅廁裡面打燈籠：找屎！』說歸說；打心裡不得不佩服，那朝廷欽天監官李淳風的預警，確有先見之明。

孫悟空師兄弟經過一番智謀與惡鬥；好不容易制伏草原霸主匈奴王。在遼水與弱落水❶一帶；大唐北疆之營州東夷都護府與羈縻都護府的廷尉侯、護軍長史、經常為夷狄藩邦侵擾禍患、征戰不休。這回剿平草原大敵匈奴王，豈止悠閒無憂已矣，自此遼闊草原轄區，甫一端地；諸部族變得風平浪靜、太平祥和起來。

噫！最是欣喜開懷；當屬松漠都督府的契丹王與饒樂都督府之突厥可汗。這兩個北疆草原上的部落；長年受到匈奴族族群的欺壓凌虐，敢怒卻不敢言、黎庶社稷飽受迫害。本次；東瀛送經綱唐三藏率隊路過；有孫悟空師兄弟的拔刀相助、鼎力靖惡，獲得關外夷狄各族間的一致讚揚敬佩。仰慕之餘；朔北塞外之各族群；更是對妙善佛法、綸音真經、展開推崇並有嚮往迎引之心也。

契丹王大賀酷哥誠摯邀請唐三藏一行人，至松漠都督府大殿為座上賓。感恩戴德、沒齒不忘、除了隆盛舉辦除魔凱旋酒宴；更是表明其迎佛向佛之意，懇求法師廣施善德、讓佛光妙釋照耀蠻荒北地。

唐三藏滿懷歡喜；忻然應允同意。他起手說道：『南無阿彌陀佛，善哉！善哉！為廣結佛緣、殷殷勸善，吾當盡心傾力而為之，不敢怠惰也。』唐僧啜飲玉杯香茗，思慮片刻說道：『有詩曰：「滿天風月流空界、漫山野林適所學。江月不隨波濤去、留得佛心除厄劫。」契丹王既有迎佛之心；自有功德福報。本法師願在貴都督府；設壇作祈安醮三天、傳授佛經講學五天、期間並予貴府轄區建寺作規畫事宜。契丹王意下如何？』契丹王眉飛色舞回道：『有法師廣施佛緣德馨，本王自應全力配合。玄奘法師恩情似山、德澤四海，本府無任銘感、謹謹萬謝不已！』

於是；送經綱一行即停留松漠都督府數日。由於趕著行程；無法分身再趕赴饒樂都督府宣揚佛法，突厥王逐派遣兩百名高僧前來松漠都督府受教聽經。一切按玄奘法師安排，這些日子無論講經授道、舉辦祈安法事；皆臻臻至至❷、鉅細靡遺。

藉如婆羅門子；名賢壽者，爾時於佛前以偈語讚曰：

佛於十方界、最尊無有上、超過諸世間、我今稽首禮、如來大光明、掩蔽於日月、超過諸世間、我今稽首禮、譬如獅子吼、諸獸咸怖畏、世尊大威德、摧伏諸外道、眉間白毫相、猶如玻璃光、普照於世間、超過於一切、世尊無與等、足蹈千輻輪、清淨化世間、能動於大地、成就出離道、超過煩惱海、以諸功德財、隨意皆施與、如來清淨戒、猶如於大地、出生諸功德、無有愛憎想、以智慧力故、了知諸法空、眾生及壽者、分別不可得、善了眾生性、心行及所趣、為世作明燈、饒益於一切、世間苦逼迫、漂溺於瀑流、常為諸眾生、起大精進力、世尊離煩腦、生老及病死、處世如虛空、一切無所染、智慧大威光、能破一切暗、永離貪瞋癡、我今稽首禮。

適值壬辰之吉日，法會上由玄奘法師偕同契丹王；一起步上法壇、淨手捻香、搯元注爐。會場頓時鐘磬齊鳴、笙簫翕如❸，但見玄奘法師在法會上，依次誦唸楞嚴經、孔雀經、金剛經……。接著誦禱佛偈：

吉星高照沐恩光、祈求如意保安康。佛光妙音乃眾望、消災除厄福運長。
西方如來藏真經、誓願宏深世莫量。顯令生善集福慶、密使滅惡消禍殃。
拔苦必期二死盡、與樂直教萬德彰。法界聖凡同歸命、信德深廣當自強。
世間疾苦皆業障、佛法德善度萬邦。五濁眾生希無恙、如來聖號常宣揚。

三天的祈安醮法會；莊嚴隆重、肅穆圓宏、萬眾齊聚、善信長龍、即此不多瑣言碎語描述之。法會結束之後；緊接著是法師講佛傳經，在松漠都督府的榮華宮中施教授課；善男信女、早已高朋滿座。其中包括契丹的阿諾太子、耶莉亞公主等部族中的皇親國戚，上下皆有向佛之心。今有大唐太宗皇帝的御弟；曾遠赴西天取經的玄奘法師親臨主持講座，可謂盛況空前、機會絕無僅有。

唐三藏於宮內之佛經講座上；授業解惑、悉心竭力、率爾扶道❹、識覺五心❺、如此競競業業傳播佛釋妙法，眾人焉得不心服口服；更加深眾人敬佛仰佛之意耶。

唐僧並且贈送松漠都督府轄區契丹部族五十八個部落、還有饒樂都督府管轄的三十四個突厥部落、鮮卑奚族的二十二個部落、北端靺鞨的三十一個部族等，諸方族群獲「西天大乘真經」抄本各一卷，由各部落之首長前來領受之。又協助這方建寺蓋廟大小百餘座、渡化緇流僧彌千餘人。佛釋桑門即於此間紮根穩固、待其日後逐漸滋長；得讓佛光普照朔北之地也。

於塞外北疆之逢凶化吉、因禍結緣，送經綱雖說不捨；仍然以東瀛送經為職責要務，離開一望無際的草原松漠都督府；一行繼續邁向延宕曲折的前方。

螢月積陽；自邇徂遠、送經綱一步一腳印地，朝未知的境界走去。道路兩旁；但見湖澤浩浩、山岳訏訏、人煙稀稀、清風徐徐。經歷個把月；翻過馬首山、穿過扶餘、跨越遼水、一路倒也平安，邈然來到遼東道北端；叢林起伏、蠻荒迤邐。

時也水也；一行人沿途攬勝賞景、高歌吟詩。不意渡遼水、過冷山、翻越諸岳峰巒，很快來到那單單大嶺之太白山❻。啊！瞧那好山好水、壯闊亮麗，辛甘化作的黃狗；一狗當先奔跑在一行人之前開路。坐在白馬背上的唐三藏；見此扣人心弦之美景，讚嘆之餘；即興賦詩一首，其詩曰：

「滾滾白雲掩峰岳、濛濛霧嵐隱翠微。山澗潺流垂飛瀑、岫岩雲煙走幾回。
巍巍嵯峨顯峻秀、冷冷泉溪化靈水。斷崖峭壁驚欲墜、風霜雨露不睽違。
飄飄松柏頻搖曳、叢叢藤蘿纏蒲葵。峽深谷險難跨越、奇景斑爛似彩幃。
蒼蒼雄鷹盤空蕩、群群雀鳥競低飛。梅鹿山羌林中會、詩般仙境世稀微。」

且說那太白山；長年千里冰封、遍地皚雪，也惟有這盛暑季節；方才見到盎然綠意。有所謂：山不在高；有仙則名。水不在深；有龍則靈。登入太白山；果然很快感受其與眾不同的靈氣，瀰漫於群山眾巒之間。只是在上山的路徑；見著路旁豎有一木牌，上面書寫的內容因為積年累月、風吹雨淋；字體已經模糊不清矣。是當地縣衙的警示官諭；隱約可見：「警告⋯⋯本山區域，鬧⋯⋯行旅遊客至此，不可閉雙眼⋯⋯慘！」。讓人看得霧煞煞、不知所云？

豬八戒嘀咕兩句道：『當過客是二百五嗎？有誰是閉眼摸黑；走到深山野林來的。更何況這太白山如此錦繡壯麗，誰捨得閉上雙眼；錯失美景哩！』送經綱一行人只當是無聊的笑話，一笑置之。

『辛甘過來一下！』唐三藏在途中休息的時候，把變作黃狗的辛甘叫過來。說道：『這匿大的山區；前不著村、後不著店，不知何時才走得出去？你且化作鵬鳥，飛去前方俯瞰巡視這山域間；可有掛搭過夜的山寺寶方？我等一行人會緩緩慢走，等你消息。去吧！』說著；辛甘即變做大鵬飛上天際觀察著。

雖說太白山山青水秀、靚景如畫，環繞於壯麗的風光山色中；總有一股說不出來的詭譎神祕。豬八戒眼尖；暮地驚覺不對，他嚷嚷道：『怪哉！怪哉！咋地越走進深山裡頭，周遭所見到的飛禽走獸、蟲子蛇蠍、怎都成了白色的哩？瞧！那天上的鷹、樹上的猴、草裡的蛇、甚至地下的烏龜……為何全部皆染白啦？』一行人也開始注意著這般奇情異況。那來往之禽獸；無論飛的爬的、跑的跳的、均一律為白色。這般荒山景物令人瞠目結舌、嘖嘖稱奇。

悟空納悶說道：『俺細看之下，這些動物倒也不像是妖類。說是本山野自然的特色，水質與氣候的差異；亦未免牽強些。搞不懂？搞不懂！』沙和尚解嘲說道：『哈！哈！此山嶽稱為太白山，卻也名符其實。若稱為太黑山，搞不好；所有的生物成了烏黑一片，那就糟啦。等咱們越過這些山嶺，也都變成雪白的模樣，肯定挺有趣的呢！』豬八戒揶揄說道：『俺才不幹！白晝看見都覺得詭異；到黑夜可會嚇死人，別人不當你是鬼才怪哩。』一時大夥漫步徜徉，笑聲不斷。

他們一行人說說笑笑、指指點點、輕輕鬆鬆、走走停停。到了午時；逐來到山區峰巒頂端之白頭峰。見路旁有一處八角碑亭；題有「渾然亭」三個字。角亭兩側大紅柱；右方題有「渾天濁世不比太白淨」、左側題有「然水山色無比天池清」。亭皋矗立的石碑，上端撰文寫著「雲峰天池」。任何人來到這太白山已經為勝景沉迷。群峰之間圍繞著一潭碧綠清澈的湖泊；上則藍天白雲、下即青山綠水、天地相互輝映、景色無比絕倫。說到峰頂上的天池；。曾經有一位大詩人，為天池仙境作首詩。其詩曰：

翠峰長相伴、崢嶸繞水旁、霧嵐拂池畔、山水聚合歡、天地競九環。
薰風飄綠意、碧水注池端、朔雪紛飛雁、楓紅知歲寒、星空倚夢闗。
千秋長漫漫、仙池故凜然、扶搖氾雲煙、包羅迤浩瀚、地支相天干。
無瑕似仙鏡、映四野風華、明水秀青山、孰不乍驚艷、孰不嘆為觀。

唐三藏下馬；領著大家進入「渾然亭」內稍作憩息。暫且觀峰賞景、浸淫山水、融合天地、渾然忘我一番。

徐徐山風輕輕吹，渺渺雲嵐飄四圍。在碑亭中；一行人好不愜意，唐三藏瞌目盤腿坐禪、沙僧解開腰際的酒葫蘆，瞇眼端坐啜飲著五加皮。八戒則倒臥欄椅呼呼大睡，悟空背倚亭柱；坐著微閉雙眼養神。不知不覺過了一炷香；頓失戒心之餘，突然傳來一陣琵琶彈奏聲，跟隨那優美絕世、陶醉人心的少女歌聲，迴盪圍繞在天地乾坤、山巒湖水之域。那歌聲唱得委婉淒厲又撼動人心；歌詞如下：

「上天不公兮；如地不平！曲折起伏又浪滔湍急！山高水深、吾命舛苦戚！
一王萬庶兮、其樂賤民！江山似錦卻征戰不停！朝不保夕、警世鑑殷殷！
高歌一曲兮、誰人知音！富貴榮華似眼過煙雲！幽幽心境、坦坦示神靈！
郎君遠去兮；生死隔離！風和日麗竟顛沛流離！長懷元炁、何故不見伊！」

這般撲朔迷離情境；看官何妨投身那場景，它是如此敘述的……

歌聲撩人撩魂魄，金嗓繞山繞幽田❼。論哀怨；悽美惆悵扣心弦。訴心願；
無情鐵漢亦投緣。乳燕呢喃峽谷現、黃鶯出谷山水間、時空伴歌緲緲輕煙。
妙曲隨風、飄盪青山池畔綠野。悠悠感人肺腑、句句百聽不厭、孰人以嫌？
藍天池水成一線、雲峰斯連綿。值此；仙境如畫恁迷戀、歌聲似蜜沁芳甜。

一行人的閉眼、一時間的鬆弛，在撩人心弦歌聲伴隨中；真格渾然忘我、遁入夢境去矣。即使身經百戰、精明刁鑽的大聖也大意失荊州，陷入迷茫痴呆的狀態。他們閉著雙眼緩緩站起身子，不約而同；像夢遊一般朝坎艮方向走去。

『這……這是咋一回事？』送經綱一行驚醒過來時，才發現大家都被牢牢綑綁起來，堆置在一個金碧輝煌、斗拱華麗的閎宮龍殿中央。唐三藏說道：『阿彌陀佛！我等乃負笈前往東瀛送經，從未招誰惹誰的。為何總是遇到這些奇奇怪怪的厄劫？菩薩保佑！』大聖放眼環境周遭；妖兵妖將、持斧拿鉞、張牙舞爪、林立兩旁緊盯著。大聖頓悟說道：『好傢伙！原來山腳下的警示牌寫的；真有這回事。只需雙眼閉上；魔音灌耳、剎時讓人失魂落魄、六神無主矣。連俺都中招！這妖精玩花樣；果然有一套。受教！受教！』語音甫落；殿內驟然鳴鑼擂鼓、搖旗吶喊起來。見著前呼後擁的一群扈衛、隨侍在一個簪纓貴氣的美女身邊；一起走進宮殿裡面。

她逕自坐上殿中大位；看似嫦娥粉黛、煙潤杏花，言行卻是霸氣十足。觀若仙姿麗質、盈眸沐瞳、舉止倒也不讓鬚眉。烏黑長髮垂胸；盤髻插上鬧娥飛鳳金釵。一身緂衣雪白飄紗長裙、腳穿艷紅繡花鞋。

坐定之後；她即說道：『朕乃是掌管太白山與天池的主宰，號稱太白仙姬。汝等階下囚聽著；天堂有路你不走、地獄無門偏來投。你們……』悟空瞪一眼，插嘴說道：『投妳個頭；明明就是被妳唬弄騙過來的。還好意思說哩！』站在階前的翊衛，恚然怒斥道：『大膽！我們仙姬主子說話，哪有你這痞子插嘴的份？小心俺打爛你的臭嘴。』悟空詼謝諧說道：『俺才不管這娘們是鮮雞還是鮮鴨的，再不鬆綁放我們離開，俺保證讓你們吃不完兜著走。信不！』左右五個翊衛人高馬大；凶巴巴衝到悟空面前；開始對悟空施以暴力、拳打腳踢。

送經綱一行在旁竊笑，憑你們幾個當著主子和眾人面前，就想仗勢欺人。這如意算盤碰著孫行者真是瞎了狗眼、自取其辱，打不到半晌；馬上東倒西歪、手斷腳殘、趕緊自認倒楣摸摸鼻子閃到一邊涼快。只因為方才下狠手打的大聖；竟然像鋼板鐵柱般硬梆梆地坐著不動，還嘻笑說道：『再用力些；你們沒吃飯嗎？這點力氣只能打老鼠。不過癮！不過癮！』

那太白仙姬見到悟空這般囂張；實在看不下去。板著臭臉說道：『哼！死到臨頭；虧你這猴頭菇還笑得出來。殿前的武威扈衛聽著；快將這潑猴拖出去斬首示眾。不來個殺猴儆雞；汝還當朕這裡是遊樂場乎？快拉走！』走出五個扈衛不由分說；隨即拿著大刀就把大聖給押了出去，準備砍掉大聖的頭。

神秘的太白山；與群峰之中的天池，到底這些妖物源自何方？悟空一行人會面臨何樣的困境？他們能平安脫險嗎？敬請期待下回分解：

『註解』：

❶弱落水：古代稱之；也稱饒樂水。即當今的西拉沐倫河。

❷臻臻至至：指工作競競業業，周詳劃一。

❸翕如：在典禮儀式中，一起同心協力。

❹率爾扶道：指專心一致，駕輕就熟傳道授業。

❺識覺五心：佛教的專有名詞。五心乃指率爾心、尋求心、決定心、染淨心、等流心。

❻太白山：即當今中朝邊界之長白山。古代山海經裡；稱為太咸山。唐朝時稱為太白山。到了遼、金建朝以後，則改稱長白山沿用至今。

❼幽田：古代中醫、田系神居；稱兩耳為之幽田。

第五十二回　妖姬顛覆山海經　披荊斬棘分輸贏

話說送經綱一行人來到太白山。在峰頂群巒間的天池畔；一處稱為渾然亭的地方休息。大家閉目養神之際；突然環山迴盪著淒淒優美的歌聲，不知不覺就茫然地被歌聲吸引而去。待驚醒過來；通通遭到五花大綁、成了階下囚。甚至大聖行者亦不例外，一時的疏失大意、悔之莫及。

坐在大殿高位；一個自稱太白仙姬的靚女，才說沒幾句話就被悟空頂嘴槓上。一氣之下；要殿中之左右威武扈衛，立刻將悟空拖出去斬首。這節骨眼；悟空倒也正中下懷、竊自暗爽。他回頭對師父唐三藏悄悄說道：『俺很快就回來！你們且忍忍。』經過八戒身邊；又小聲說道：『你這獃子；還愣在這幹嘛？』八戒有默契地點點頭。然後對著漢白玉台階上的太白仙姬痛罵：『你這妖姬；俺師兄有個三長兩短，小心俺拿妳去青樓❶賣給花娘❷。賣妳的銀子換作紙錢燒掉；算是給俺師兄當陰間的路費。不信妳試試！』太白仙姬怒不可遏；頓時站起身說道：『也罷；把這豬頭一起帶出去殺了。想死；朕成全你就是！』太白仙姬又補上一句：『宰殺這對豬猴兄弟；再丟給廚灶處理，油炸、烹煮都行。朕想吃吃看；他們的肉是否像他們的嘴皮那般硬！』

從深淵的水底；被五個扈衛妖精押到天池外的水堧，大聖才知道這群妖精窩藏於天池裡面。天池四面矗立垚峰，山崖險峻、要想攻打仙姬的巢窩，可不是一件容易的事。悟空和八戒正想著如何脫險？再趕回去救師父他們。

『你們倆個快快跪下；爺們各賞你倆一人一刀，痛痛快快上路去。』一個驃悍的壯漢，手握著大刀說道。悟空笑著說道：『上路？上什麼路？我二人愛上這方風景如畫之山水。該是你們五個妖類上路才是。不要理會我倆，快走吧！』五個妖精搞不清楚狀況，問道：『啥？死到臨頭還耍嘴皮。爺們想知道，憑啥該是我們上路哩！』大聖回言道：『這種事；還需要俺來說清楚嗎？張大眼睛；自己回頭瞧瞧吧。』五個妖精半信半疑，才一個轉身就嚇得屁滾尿流、手麻腳軟矣。原來一隻巨大的恐龍已經靜悄悄站在他們背後狠狠盯著看。從未見過如此巨大的恐龍，五個妖精扔下大刀就跳進池水各自逃命而去。原來那隻恐龍是辛甘變作的。

『唉！師父吩咐我去前方找掛搭的山寺寶方，哪知回頭就看不到你們了。到底發生什麼事？咋不見他們幾位呢？』辛甘變回原身；解開兩個人身上的繩索，急忙問道。豬八戒即述說一遍；一行人被天池裡的妖精呼弄擄走的過程。大聖且解釋說道：『俺在妖殿中仔細觀察；那太白仙姬是千年的窫窳❸精變身而來的。此妖自有其特殊的妖術，跟隨旁邊的妖兵魔將也都是山裡的妖精。不得不慎。』豬八戒想想，著急說道：『事不宜遲，咱們得火速趕回去救師父他們。快點走吧！』說完；三人即準備躍入天池那魔殿裡面救人。

『放肆！爾等竟敢跑到朕的地盤上來撒野、裝神弄鬼。通通給朕殺掉、一個不留！』太白仙姬聽到幾個逃回去的妖精彙報，氣急敗壞。才一會兒；領著一大群妖將妖兵沖出天池，重重圍堵三人。大聖悟空掏出如意金箍棒，指著太白仙姬罵道：『不長眼的妖孽；俺齊天大聖是妳惹得起的嗎？今天不給妳一點教訓，妳還真當自己是仙姬哩。我呸！』沒說完；大聖一棒朝她揮打過去。太白仙姬閃躲開來，倏地拔出降龍寶劍殺向悟空。山垚池畔的地方；瞬間爆發一場熱戰。三個師兄弟；迎戰太白山天池魔境的妖魔。太白仙姬乃千年之窫窳精，與大聖交手拚戰倒也不含糊。雙方你來我往，打了百回合；一時也難分軒輊、不分輸贏。有詩曰：

太白山地動山搖、天池平靜起浪濤。群妖阻攔送經路、大聖豈容汝逍遙。
壯闊山水陷魔域、刀光劍影論英豪。群嶺難掩火山爆、殺出輸贏本事高。
大聖殲魔有一套、妖姬稱霸有絕招。熊烽烈焰遇火藥、電光石火逢煙硝。
鏖戰百回猶太早、拚出人間至天朝。未見勝負且莫笑、詭譎變化恁徒勞。

說到底；太白仙姬畢竟是個雌妖。論功夫可與大聖爭個伯仲、不遑多讓。論及體力耐力；就比大聖差上一截矣。她打到精疲力盡，於是怒吼一聲：『你們全都給我退下，讓我好好修理他們！閃開！』眾妖聽到這話，紛紛掩起雙耳；躲得遠遠的。留下三個師兄弟毫無懼色，倒想看看這太白仙姬玩啥把戲來的？

不信邪的三人；儼然不把那天池的仙姬擺在眼裡，還談笑風生面對著。那妖女將寶劍收進刀鞘，定神掐指唸咒。不多時；她雙眼噴出濃烈的綠光，令人閉目不敢直視。接著傳出淒厲動人的歌聲，讓人神昏顛倒的歌聲。有詩這般描述之：

歌聲勾魂且攝魄、魔音穿腦去元神。迴盪山林天池畔、毒歌迷幻惑眾生。
虎嘯狼咆猶可遁、哀戚委婉駭人聞。渾然不覺陶醉意、牽腸縈心竟斷魂。

豬八戒和辛甘沉迷於歌聲中，聽沒幾句；冷不防倒臥在地、不省人事矣。大聖有所警覺；早一步封閉七竅，逃過一劫。歌聲才停頓；悟空瞇著眼要持棒打那太白仙姬，妖眼又是一陣刺目的綠光直射過來，一群妖兵隨之掩殺而至。大聖猶豫片刻；迫於形勢不妙、孤掌難鳴、情非得已；長嘆一聲即呼下觔斗雲，揚長而去。

卻說那大聖在毫無勝算之下；只得選擇走為上策，登雲上天；尋求值班的仙家們聯手靖妖。這回天上值班的；是真武大帝屬下之六丁六甲，共有十二位仙將。

『歡迎大聖大駕光臨，有事嗎？』甲午神將衛玉卿遠遠看到悟空直奔而至，先打聲招呼。大聖說道：『唉！無事不登三寶殿。不得已！不得已也！』，彼此拱手一番，跟著大聖逐把太白山天池所發生的事；詳細敘述說明。

丁酉神將臧文公眼利嘴快，他驚叫說道：『大聖！你中邪了嗎？為何全身毛髮變得這般雪白哩？』方才打鬥半天沒去留意，大聖這一聽說；頓時詫異傻眼，端睨變白的身軀，即若太白山見到的白色飛禽走獸一個模樣。他恍然大悟說道：『這妖姬的穿腦魔音妖術果然犀利！聽到其聲；即使不死也被它換掉一層皮。先前真是太低估她了！』丁卯神將司馬卿提醒說道：『據古書《淮南子》❹文中所載，此獸窫窳遠古稱為猰貐，曾經在堯帝時期，危害地方至鉅。雄窫窳雖然遭到后羿射殺，不料這雌窫窳竟然躲藏在這天池下元❺內，隱身修鍊成精；繼續為非作歹。咱們得趕快去壓制她，否則送經綱一行人性命難保耶。』甲戌神將展子江問道：『大聖可有對策？我等自當全力配合。』此事甚急！大聖思量琢磨；他說道：『如果正面與太白仙姬對決拼鬥，則必須封耳閉眼以躲過她的邪術。可看不見、聽不到、咱們又將如何打法呢？不如這樣；諸位仙家先前往天池水畔喧嘩叫陣，設法引蛇出洞、調虎離山。待俺趁機渾水摸魚、潛入她天池裡的賊窩救人。只要能救出師父他們，其他再逐步化解、見招拆招。』仙家們一致同意大聖的方案，大聖臨行特別吩咐說道：『諸位仙家一定要提高警覺，切勿認真與那妖精纏鬥不休，且戰且走。敵進我退、敵退我進、拖延時間即可。尤其在她唱歌的時候；迅速快快離開天池現場，避免為她的邪術所困。切記！切記！』

說完；大聖先獨自離開，先在太白山域的叢林裡；採摘一些山茄子❻和草藥。再來到天池水岸邊；悄悄變作一隻青蛙，噗通一聲跳進池水中。沿著不久之前被押解坤地的方向；很快找尋到那仙姬一夥子窩伏的宮殿。為了更方便進行活動，悟空又變成一個小妖兵，混進宮殿裡面。

『陛下！今個捉到這一幫子中原來的僧侶，該咋處理比較好？』幾個蝦兵蟹將圍著太白仙姬討論著。仙姬回道：『這還用問！殺了再說；省得夜長夢多。想到方才與朕交手過招的那隻潑猴，其武功和法術都有兩把刷子。朕預料他還會回頭找麻煩，殺掉他的同夥，讓他徹底死了這條心。』甫地；殿中跑進一堆小嘍囉。呈報外頭的池水邊，冒出十二個武將模樣的陌生人；正在叫陣罵人。太白仙姬納悶說道：『怎麼今天有那麼多怪事？想必是那隻野猴招夥伴一塊過來鬧事的。』她拿著降龍寶劍；回頭說道：『待朕去多抓幾個回來加菜。叫廚灶先殺了那些僧侶，記得要加紅蔘、杜仲、龍葵、丹砂、雪蠶、等藥材一起清燉。朕很快就會回來進補一番！走吧！』太白仙姬逐一點將；率領五百餘個天池的妖兵妖將，出去應戰。

那妖姬前腳才步出去，大聖後腳就踏進了大殿。主子不在；啥事都好辦，最重要的是先找到送經綱一行人。化作妖兵的悟空，詢問殿內的衛士：『仙姬主子臨行之前，吩咐俺去抓些藥材烹煮下菜。俺乃新來的；不知廚灶如何走法？請老哥指點！指點！』東問西問、南拐北繞、終於找到這群池妖們的廚膳灶房。

真可謂：千鈞一髮、危在眉睫。大聖才剛找著；正巧見到師父他們從牢獄中被押送到廚灶這邊來；有幾個廚灶的妖兵正準備操刀動手，殺掉下鍋呢。大聖變作的小妖兵阻止說道：『且慢！且慢！仙姬主子命令俺來這裡告訴大家。她說最近腸胃不好，吃這幾個沙彌僧侶容易拉肚子。』大聖說罷，猶特別指著豬八戒說道：『尤其是這肥頭大耳夯貨，看了就倒她的胃口哩！』送經綱一行甫地聽見；豁然開朗。本來嚇得一身冷汗的豬八戒；頓時哈哈大笑，弄得幾個押解的蝦兵蟹卒莫名其妙。他們說道：『不對啊！仙姬主子出門之前，不是講好先殺這些中原來的僧侶，她回頭要吃了進補的嗎？咋地又扯到腸胃不好？』大聖化作的妖兵回道：『少囉嗦！仙姬主子改變主意啦，她突然想吃蝦子和沙蟹。就像你們這般汁多肉嫩的蝦蟹，你們自認倒楣吧！』話才說完；金箍棒隨後奉上。打得現場那幾個妖卒皮開肉綻、腦袋開花，廚房和壓解的妖兵皆無一倖免。一行人這才鬆了一口氣，能化險為夷、逃過一劫；豈不快哉！

『俺找天上輪值的六丁六甲仙將前來幫忙，這會兒；他們正和妖姬死纏爛打、拖延時間。咱們藉機離開這吧！』大聖變回原身說道。一行人再次相逢，禁不住相視苦笑，原來是一行人的皮膚毛髮；全都變成白色了。沙和尚自我解嘲說道：『白點挺好，看起來；白白淨淨、都成了小白臉，溫文儒雅多矣。』

豬八戒見到悟空懷中塞幾包草藥，即問道：『師兄懷裡裝的一些藥材，是啥來的？』大聖說道：『對！不說俺差點忘啦。你們幫手一下；將這些個蝦兵蟹卒剁碎，扔進大鍋裡煮。俺放些加味草藥進去，不多時；咱們就等著看好戲吧。俺在東勝神洲花果山環境成長的，關於草藥的事；俺可熟到出神入化啦。』一行人忙完廚灶的事，留下變作妖兵的辛甘看守爐灶，添柴加火。悟空師兄弟則趕緊帶著師父唐三藏離開天池妖域。

在太白山找到一處隱蔽的地方，讓秦願陪伴並護衛唐三藏師父。然後；大聖領著豬八戒和沙和尚折返天池，潛入水中的大殿等著。遼闊池水的另一端；那西天的六丁六甲神將與太白妖姬打得正是火爆。妖姬一開唱；仙家們就躲開。反之；妖姬停頓不唱，仙家們又轉身回頭，繼續叫陣開火。來來回回幾次，好不容易，六丁六甲神將方才結束糾纏，結束戰鬥離去。

『什麼玩意！沒個本領；還敢跑到這兒挑釁鬧事。不過是一群窩囊廢、邪雜碎罷。徒然浪費朕的寶貴時間！』太白仙姬憤憤不平回到宮殿中，坐回台階上的大位喘口氣。她問道：『嗯！好香的味道。問一下御膳房；朕臨出門交代蒸煮的藥材燉肉湯，準備好了沒？』立馬有個小妖，端著大碗高湯跑了過來。他說道：『來啦！來啦！主子交代的事，哪敢怠慢哩。大廚正忙著；囑咐小的先送碗肉湯過來讓主子嚐嚐。可以的話；再整鍋端上來。主子，有請！』太白仙姬不疑有他；即端過碗來就咕嚕咕嚕；一飲而盡。這鍋湯頭不錯、香濃可口、藥勁十足、令人回味無窮。待大鍋端上；她又喫了好幾碗，左右威武將軍也分享一杯羹。吃肉的吃肉、喝湯的喝湯。整座宮殿瀰漫著十全大補的濃郁香味。

『好吃是好吃！不過；好像不完全是朕熟悉的紅蔘、杜仲、龍葵……那些藥材燉出來的味道？廚灶到底又加了啥特別的藥材？』很懂得補身子的妖姬，好奇問跟前那個端湯跑腿的小妖。小妖嘻哈說道：『真內行！還真讓妳猜到；肉湯裡是有加些別的藥材。例如加點鶴頂紅、山茄子、夾竹桃葉、醉心花、亡魂草……滋陰補陽、美容健身。保證讓主子青春永駐、活力十足。』薑還是老的辣；聽得太白仙姬臉都綠了。她氣得全身顫抖，一旁的隨扈們不懂咋回事，都看傻眼了。

『造反啦！膽敢在肉湯裡面下毒。』千年猰貐老妖變成的太白仙姬，恚然大怒說道：『來人！快將廚膳灶房的所有人，通通抓起來殺了。』『才說好吃；怎地不打賞，還翻臉無情了呢？』大聖變作的小妖；轉個身變回了孫悟空的原樣。太白仙姬氣得直跺腳，說道：『料不到竟然是你，這回絕不饒過你這隻瘦皮猴！納命來！』宮殿裡的妖將妖卒，全都操刀持斧圍了過來。

緊接著；豬八戒、沙和尚、辛甘等，從外面也衝進了宮殿中。剎那間；大殿內爆發一場混戰，雙方殺得天昏地暗、日月無光。大聖對著太白仙姬；宿仇相見、分外眼紅、金箍棒又對上了降龍劍，砍、劈、掃、刺、絕活怪招全都使上也。

『等等！說真格地，俺這回找妳，可不是找妳打架來的。』大聖暫時收起金箍棒說道。太白仙姬納悶問道：『哼！少在朕面前花言巧語、耍嘴皮。不討打；那你到底想幹啥？』大聖笑著說道：『俺可是專程回來聽妳唱歌的。妳的歌真讓人回味；聽了還想再聽。可否為俺來一段小調哩？』妖姬冷冷說道：『你不說；我也會唱。有屁眼的就不要逃走，乖乖等死吧！』豬八戒、沙和尚等才聽說妖姬又要開唱，匆忙想走人；生怕又迷惑中招被逮捕。大聖故意說道：『通通不要離開，咱們安靜一下；慢慢欣賞仙姬優美動人的歌聲。』現場倒是把天池殿裡的妖兵妖將；嚇得掩耳躲避一邊。眾所周知；仙姬唱的魔歌，可是不分敵我也，聽進耳裡一律遭殃。

太白仙姬唸完魔咒，開始展開絕活；唱起勾魂的魔歌來。悟空還特地閉上雙眼，輕輕搖著頭；裝成一副忠實歌迷的樣子。

噫？一連唱出幾句；不是走音就是沙啞！那些歌都是妖姬唱得滾瓜爛熟、倒背如流的陳年老調！咋地；甚至連一句都發音不準哩？急得太白仙姬直冒冷汗，一試再試；就是荒腔走板、五音不全，倒像是狗吠貓叫罷。大聖故意掏著雙耳，大聲說道：『怪哉！怪哉！俺的耳朵是否浸水啦！靚女之前美妙迷人的歌聲，怎麼變成餓鬼叫春哩。太扯了吧！加把勁！加把勁！』越說她越急；越唱歌聲越離譜。

嗚呼哀哉！一失足成千古恨、一不慎則終生悲。唱不出個所以然；當然魔法就施展不開。此時；即便雙眼也使不出丁點威嚇的綠焰來。太白仙姬心中有數；方才喝下去的幾碗藥湯，已經開始發揮藥效。藥入咽喉、度重樓、轉明堂、至丹田。皓華虛成❼、龍煙含明❽、整個太陰❾均遭到嚴重破壞，一時間；難以恢復矣。

太白仙姬心知肚明；這回遭到下毒而破功，肯定無法招架孫悟空這夥人。眼看大勢已去、江山不保。又目睹殿上幾個威武將軍，也開始為喝下的燉藥肉湯，倒地哀號打滾、痛苦難熬。此時再不蹺脫走人；更待何時！她瞬間揮撒出一股濃煙密霧作為遮掩。翻個身、飛躍奔出天池水面，準備直奔山巒叢林而去。暫且隱遁；找個地方臥薪嘗膽、適當機會圖謀東山再起。

屋漏偏逢連夜雨；人倒楣、晴天也打雷。妖姬躍出天池，回首看後面沒有追兵；正慶幸著真是好彩頭。她哪知道；適巧那六丁六甲仙家們轉身回到天池來，想了解情況如何？雙方碰巧遇個正著。好生冤家路窄、狹路相逢。甲寅神將明文章說道：『好傢伙！咱們的帳還沒算清楚，妳想溜到哪去？』仙家們抄起武器迎上天池的妖姬。兩方才打沒多久；大聖領著豬八戒和沙和尚也追蹤而來，在重重包圍下，太白仙姬頓時全然洩氣。發出一聲淒厲哀嘆之餘；只得棄械投降、束手就擒。

大聖率領眾仙家，押著太白仙姬回去天池下方的宮殿。大大小小的池中妖物見狀，唯有拋下武器，伏跪在地求饒。六丁六甲等十二位西天仙家，承當應允押解天池中的妖類，太白仙姬與妖將；送往真武大帝之處候審關押。其他小妖們通通送到閻王爺那裡報到。臨離開之前；放一把火燒掉那些宮殿，避免重起灶爐、杜絕後患。事情即此告一段落，太白山峰頂的天池；從此恢復平靜安然。

送經綱一行清查真經抄本和行囊。清點無誤；逐與六丁六甲仙家們互道珍重，雙方辭別之後，繼續趕著東瀛送經路程。剎那間；一行人驚覺，之前在太白山上所看到白色的飛禽走獸，竟然全部恢復原來正常的顏色。他們之間；也都變回上山前的模樣也。豬八戒消遣說道：『俺認為師兄還是白點好看。物以稀為貴嘛！白猴好看！』悟空頂回去：『還是白豬好看！』眾人笑著鬧著走下了太白山。

在越過太白山、渡過鴨綠江之前，邈然行程跨逾大唐國土的疆界，前方竟是另一方之無名小國。他們一行人在另一國度；又將會遇到什麼不尋常的艱險困厄呢？一行人且能處之泰然、化險為夷乎？敬請看官稍候，靜待下回分解：

『註解』：

❶青樓：古代之妓女院雅稱。

❷花娘：指妓女院的老鴇母。

❸窫窳：據古籍《山海經》記載：其蛇身龍首、人面、外形如貙。棲息在弱水之中，食人。《淮南子》稱之曰猰貐：人面馬足、其音如嬰兒，食人。

❹淮南子：為西漢淮南王劉安及其幕僚共同創著。原名「鴻烈」。被後人視為諸子百家之雜家代表作。是漢初各派學術思想的總匯。

❺下元：按釋道說法；天空為上元、陸地是中元、水裡則是下元。

❻山茄子：雙子葉茄科植物。又名三分三。有劇毒；量少可製中藥。

❼皓華虛成：古代中醫；指人的肺部位或呼吸聲道。

❽龍煙含明：古代中醫；指人的肝臟，主雙眼明目。

❾太陰：原意是月亮。中醫則是指人的肝、肺部份。

第五十三回　和氏璧惹大風波　無法無天無恥國

話說東瀛送經綱一行人；好不容易翻越太白山山脈、穿渡遼水。在橫跨慈悲嶺與鴨綠江之前；按圖示的走法，應該還得經過一個處於大唐、靺鞨、扶餘與高句麗國之間的蕞爾小國。該彈丸小國稱作「五尺國」，可謂夾縫中的一顆璀璨小明珠。

五尺國小到僅有一座城市與轄區內的一些零星鄉鎮罷。只因為地處三不管地帶；又是南來北往的交通樞紐要衝，據稱；其商機彧茂、城市繁華、商賈雲集、三教九流於此匯聚馳名。領頭的孫悟空；本來無意路過此地，他說道：『俺生怕車水馬龍、市集擁擠、人潮不斷、可能會影響到送經之行程。』豬八戒卻說道：『咱們乃雲遊四海的出家行僧，凡塵各種熙熙攘攘、清風淡月的場合見識多矣，又何必在乎此國的紛紛擾擾哩。走吧！既來者；則安之。頂多一兩天就穿過該鼻屎般的小國，何須再費神繞遠路也。』悟空拗不過；走就走吧！誰怕誰！

『怪哉！俺總感覺這地方，陰陽八卦、邪裡邪氣地。不知咋一回事？』已經來到五尺國的近郊一個小鎮，日落西山的黃昏時刻；走在一行人前端的孫悟空，搖頭不解地嘀咕著。他的火眼金睛；看到馬路上來來往往、人鬼雜處，就知道事情有蹊蹺？常理而言：鬼類見人避之唯恐不及，他們卻頻繁出入此地、無所畏懼、必然事出有因。再走下去；方才丈二金剛摸不著頭的事，頓時恍然大悟。

只見那街頭巷尾張貼著「無錢來做推磨鬼」、「鬼推磨一晚一吊錢」……。果然這裡陰魂不散、眾鬼聚集。瞧著巷衖許多半掩半閉的雜糧磨坊裡面，群群鬼物正在辛苦勞累地推轉石磨輾粉的工作。唉！有錢能使鬼推磨，這回還真開了眼界呢。看得唐三藏不忍；頻頻唸道：『南無阿彌陀佛！南無阿彌陀佛！菩薩保佑！』

這節骨眼；時值天色漸暗、星月逐一點亮。不多時；一行人走到五尺國的城樓關柵，八戒準備妥度牒關文，正要呈遞給城門柵刺子❶的守衛。一名軍官模樣的人說道：『誰要看你們這些擦屁股的東西？省省吧！』說得旁邊的士兵哄然大笑。一個缺門牙的小兵說道：『不懂規矩的土包子，進此門就得買門票。你們聽清楚：進城過夜每人收銀二十文、住一天再收五十文。團體優惠八折。聽懂了沒？』悟空等師兄弟聽了沒好氣。八戒指著他們背後的標語牌，嘲諷說道：『你們後面的牆壁；貼有「公正無私、廉潔守法」牌子，難道是寫給瞎子看的嗎？』一個門衛看都不看就回道：『你這豬頭；那是寫給鬼看的。你是鬼嗎？』又引起一陣訕笑。悟空正待發作，唐三藏即息事寧人說道：『諸位官爺；我等乃路過貴寶地的出家沙彌，平日僅靠化緣度日子罷。能否通融一下；少算點？』那軍官不耐煩揮手說道：『看你們一身窮酸氣，咋也榨不出半滴油水來。幸好今天收入不錯，不缺你們幾個窮和尚，算了！快點過去吧。囉哩巴嗦、廢話真多！』

打從西天取經開始；經過的國度和州縣之城樓無數，還真是頭一遭遇到把守城門關卡的官兵公然索賄敲竹槓的。一行人不禁驚嘆：天下之大；真是無奇不有。

進了五尺國的城樓裡面，且見衢肆馬路兩旁店家華燈初上、吃喝玩樂百業爭鳴、南北百貨交易通暢、萬頭攢動人流攏長。

這頭瓦肆❷的馬泊六❸正忙著為青樓酒坊搶客而吵架。馬仔甲吹噓說道：『俺這酒樓裡頭；美女如雲、物美價廉。陪酒的各個勝過七仙女、比美西施、豔若貂蟬！』馬仔乙大言不慚說道：

『那算啥？只要客人敢出價，俺可把皇后娘娘也請過來作陪。信不！』惹得圍觀的人哈哈大笑，卻也無人當回事。

那邊賣膏藥神丹的師傅；也在敲鑼表演絕技功夫。他大聲說道：『牛不是吹的，馬車不是推的。吃了俺的龍虎神丹，管你缺腿少胳臂、還是七老八十的糟老頭，馬上變成生龍活虎；保證讓他一夜八次郎。』一群人爭先恐後搶著買。衢肆中呈現五花八門、吸引各地方來的賓客，各種不同之口音爭相喧嘩。

『阿彌陀佛！這兒酒色財氣匯聚、七情六慾齊集，造孽！造孽啊！』唐三藏坐在馬上；看得這國度花天酒地的閻浮現象，頻頻嘖嘖搖頭。又見那豬八戒渾然忘我、目不轉睛盯著看熱鬧，於是提醒說道：『朱悟能！不要再林樗樗看這些無關緊要的事，快些找一個館穀粱園❹過夜吧！』已經被此地繁華的景象迷惑；村村勢勢❺的豬八戒不經意點頭稱是，卻依然走馬看花、裹足不前。氣得孫悟空轉頭揪著他的大耳拖拉離開。

幸好沒多遠處；即見到一客棧的旗望子，經櫃台椿主帶入客房，一行人坐在床榻休憩歇息。這會兒；大夥剎時驚覺不對勁，豬八戒一路挑的行囊遭到解開，已經少了什麼？清點之下；卻發現此行最重要的一萬零九百卷真經抄本；全部消失無蹤、不翼而飛矣。

噫！肯定是那綹子竊賊趁著燈紅酒綠、人群擁擠的時刻，見著夢乍乍的八戒挑著一堆大包袱；以為是貴重財物而下的手。這還了得！可是在這人生地不熟的國度、無親無故、人海茫茫的……要從何找起？急得唐僧眼淚都飆出來了。

一行人哪裡顧得飢餓疲憊；除了留下秦願陪伴撫慰師父唐三藏之外，大家立刻分頭出外尋找。悟空曾經天廷兜率宮；太上老君那八卦爐煉就的火眼金睛，隨時隨地能一眼洞穿妖魔鬼怪，捕妖捉魔自是得心應手、毫無制肘。但是捕盜捉賊即一籌莫展；尤其盜賊並不分男女老少、更何況臉上又沒寫著「我乃盜賊」，要如何捕捉呢？即便見多識廣的大聖孫悟空也無從著手。

在市集的馬路上；急得團團轉的豬八戒適逢遇見一隊巡邏的官兵。他衝向前求助；說出東西被竊走的經過，巡邏的官兵問道：『勿急！勿急！你得說清楚：被盜走啥東西？是金銀珠寶、或是什麼值錢的古董財物？數量有多少？』旁邊一個鼠眼歪鼻的士兵小聲補上一句：『還有；我們能分多少？』八戒摸不著頭緒，問道：『分多少？這是啥意思？你們不是維持治安的官兵嗎？』一旁的小兵睥睨著八戒，酸溜溜說道：『這胖子真不懂交際耶，人情世故都不知道？還敢出來混。你失去財物；總不能叫我們白忙一場吧！是不！』搞得八戒氣急敗壞，連忙說道：『你們吊杓❻都不分清對象的嗎？俺被盜走的；是西天的大乘佛經抄本，你們想分個啥？』巡邏的官兵聽見失去的東西是佛經，甫地甩頭就離去，丟下一句：『呸！倒楣遇著一個二百五；會有哪個瞎眼綹竊去偷佛經哩？無聊！』那鼠眼歪鼻的小卒說道：『不說偷吧；就算送給俺，俺都嫌累呢。』哄然冒出一陣訕笑聲。只當豬八戒在開玩笑、尋開心罷。

急得豬八戒欲哭無淚，千錯萬錯；怪自己貪戀世間的榮華奢靡，導致犯下疏失弄丟了真經抄本，罪過！罪過！他站在馬路邊埋怨說道：『俺從未見過如此荒繆的地方，官兵竟然敢公開地貪贓枉法！成何體統。』

一個路過的當地花甲老叟，走近八戒身邊嘲笑說道：『法？這兒哪有法？五尺國的法是由銀子決定的。這裡大至官爺，小至士卒、都是走後門花錢買官職的。能騙則騙、不能騙就搶。在這裡求他們辦事；哪有不花錢的？』八戒苦著臉說道：『俺哪懂這些？況且俺只是個出家緇流，哪有銀子供他們辦事哩。』花甲老叟又說道：『咱們五尺國這裡；沒有分好人和壞人，只有分那富人和窮人。即使巡城官兵抓到盜賊，偷偷塞些紅包就被放走了。罪犯搖身一變；又成了一條好漢。君不見；五尺國雖是彈丸之地，卻是鄰近諸國貪官污吏、走私逃稅者的樂園，他們搞到滿盆滿缽的銀子；就舉家逃到這裡隱姓埋名、躲避風險，安逸過著奢華的生活。自然地；老實規矩的人到此，沾到腥臭味，也全變了個樣。久而久之；這國度招惹一群蚊蠅蟲蟻到此覓食矣。所以這裡的盜賊十分猖狂，巨細靡遺、見啥都偷，各種案件層出不窮。來到這裡；自己要小心哪。』八戒想：好個變態的國家。

最後；花甲老叟同情地說道：『瞧你一個窮和尚的模樣，又是外地來此化緣的，自己的行囊得看緊點。給你一個方向；這裡的老越班❼都有區分角頭地盤的。你在哪弄丟就回哪裡找？像這樣傻傻地找到何時哩？』八戒謝過當地老叟的提醒，轉身回去找悟空他們。再一塊折返瓦肆青樓那一帶尋找可疑的賊貨。

悟空靈機一動；想出一個辦法來取回那些真經抄本。這回且由沙僧原身扮一個路旁化緣、衣衫襤褸、面容憔悴的苦行僧，悟空則變作一個錦衣闊氣、紅光滿面的富豪員外，八戒與辛甘即變作隨身僕役傭人。一起出現在瓦肆鬧區的街道上，悟空把一塊吃剩的芝麻大餅，變成一個大圓形的碧玉；交給了沙僧，準備上演一齣戲。唱一段黑白臉；引蛇出洞。

『阿彌陀佛！有哪個好心信善；做做功德吧！有誰捐助者？俺手中這塊和氏璧❽就送給他。這可是如假包換、祖輩傳下來的和氏璧呢！』一聽見聞名遐邇、婦孺皆知的「和氏璧」，瞬間路人遊客都圍過來觀看。路人好奇問道：『你一個出家和尚，怎麼會有這麼名貴的寶物？』沙僧回道：『是俺祖宗十八代留下來的傳家之寶，俺祖宗可是秦始皇身邊的權臣哩！是秦始皇托他保管的。』

才說著；一個大腹便便、富賈鬻商模樣的大款；帶著兩個僕役走了過來。那悟空扮作的富豪；拿過沙僧手裡的東西鑑賞，驚訝喊道：『是真貨耶！好個和氏璧，俺可找你好久囉！』一個僕役大聲喊道：『這位出家和尚，我們員外夠大方，出一百萬兩銀子；買你手中的和氏璧。得乎？』沙和尚扮作的和尚卻搖搖頭說道：『不得！不得！就算一千萬兩黃金俺也不賣。俺不缺錢；俺缺的是佛經，拿一萬卷大乘佛經來換和氏璧。其他免談！』此話一出；頓時引起全場圍觀者一陣爆笑，嘲笑天下居然有這樣傻的和尚。一百萬兩銀子放著不要；卻只要佛經。

『這樣吧！這裡誰有一萬卷佛經？本員外用這一百萬兩銀子跟他買。今天這份功德；本員外是下決心做定了！這兒誰有佛經？』悟空扮作的富豪誇下海口說道。看熱鬧的觀眾皆搖頭晃腦、嗟嘆可惜。用屁股想也知道；這裡有的是花天酒地、吃喝嫖賭……而說到佛經；這地方對吃齋唸佛的事；壓根就沾不到邊。再者；任誰一瞬間有辦法去湊一萬卷佛經哩？慢慢圍觀的路人逐漸散漫離去。惟見全場放空；倒是在一個角落哩，有兩個鬼鬼祟祟的小夥子徘迴流連、久久不去。

一個賊頭賊腦、獐頭鼠目的小夥子鼓起勇氣走過來問道：『這位貫伯大員外；您方才所言，可是當真？』左邊的僕役盯一眼說道：『在咱們員外的眼哩，這點小錢算啥？問題是；一下子上哪找那麼多佛經？可惜！可惜！想做點善事都沒門。』另一個狐臉猴腮、滿臉疙瘩的小夥子；搶著說道：『這位大爺想做好事；問題不大，我們成全您便是！巧不巧；我倆剛好手上有一批這類佛經。咱們一手交錢、一手交貨，行不？』於是磋商幾句；二人即向遠處揮揮手。須臾；那些佛經便被幾個痞子給搬抬了過來。八戒化作的僕役；連忙清點一下，果然就是被盜走的大乘真經抄本，數目查無短少。應該是這些老越班誤以為是錢財而下手，後來發現是佛經而非財物。他們還正想拿去焚燒丟掉呢！幸好搶救得快，及時逃過一場惡劫。

『真是阿彌陀佛！菩薩保佑！害咱們虛驚一場。』沙和尚拍拍胸口；吐了一口悶氣，他挑起佛經就走了。小賊追著問道：『慢點！慢點！說好的一百萬兩銀子呢？』沙僧轉個身說道：『俺是出家和尚，哪有銀子給你們？俺只要佛經，你們要銀子；該去找那員外老爺討才是啊！』幾個老越班想想也是；又轉頭追向悟空扮作的老員外索取銀子。悟空裝成的老員外，笑著戲弄說道：『那和尚又沒交給俺和氏璧，俺啥都沒得到，不是嗎？是你們做善事；願意捐出佛經給寺廟做功德，與我何干？』把事情推得一乾二淨。旁邊的路人也都點頭認同。

那幫子老越班哪肯罷休；圍著悟空裝扮的鬻子員外死纏不放。悟空兜圈戲耍一陣，然後指著辛甘變作的僕役；說道：『這樣吧！你們急著要這筆銀子是否？隨他去俺的府邸去取便是！一分錢也不會少你們的。大家且放心！』辛甘會意地眨眨眼；就領著一幫綹賊去取銀子，悟空和八戒逐順道回去客棧會合。

幾個綹竊小賊；沿路開心閒聊，搞到錢財先去大吃大喝、再去瓦舍的青樓嫖娼去。押著辛甘化作的僕役，才走到一處沒人的拐角樹林中，卻失去那僕役的蹤影！還在到處尋找；黑暗陰森的樹叢裡，驀然跳出幾具索命僵屍。月光下；恐怖的僵屍；伸手朝著他們彈跳過來。嚇得這些綹竊小賊們屁滾尿流、哭爹喊娘、溜得比野鼠狡兔還快。刷一聲！都消失得無蹤無影了。

翌日清晨；送經綱一行本以為即此草草落幕結束；正想打包欲離開五尺國。孰不料事情又節外生枝、越鬧越大矣。

在五尺國的衢肆市集出現和氏璧的事；沸沸揚揚的消息居然傳遍整個宮廷，國王聽進耳朵，這還了得。大名鼎鼎、無價之寶的和氏璧出現在這裡；貪婪無道的國王，豈能錯過將美玉占為己有的良機。於是；一大早就派人四處去找出送經綱他們，並且邀請到皇宮的金殿中茶敘。大家施禮寒暄之後就座。

『長話短說吧！本王聽說你們攜有稀世珍寶和氏璧在身。可否拿出來；讓本王開個眼界，一睹那名傳千古的璧玉哩？』雙方聊沒幾句；五尺國的國王即開門見山、迫不及待說道。一行人這會兒才明白昨回事，原來眼前國王的熱情邀請全是虛情假意；他只是垂涎覬覦那塊傳聞的珍寶罷。

『南無阿彌陀佛！我們都是雲遊四海的出家僧人，本著六根清淨、四大皆空、與凡塵的稀世珍寶向來毫無瓜葛。國王想太多了！』不知情的唐三藏據實回道。旁邊的諂議大臣，走到他們身邊警告說道：『周諺有云：「匹夫無罪，懷璧其罪」。國王已經夠賞臉了，不要敬酒不喝、喝罰酒。你們最好識相點；快將那塊璧玉呈上吧！』悟空聽了既好氣又好笑；暫且按耐拉住幾個蠢蠢動怒的師弟。接著從懷裡掏出早上來不及吃的蔥花燒餅，悄悄變成一塊環狀亮麗的璧瑜。大聲說道：『和氏璧是嗎？哎呀！俺一時糊塗；差點給忘了。在這！在這哪！』國王左右的扈衛，立刻走過來取走，又俯身遞給了國王鑒賞。

五尺國的國王拿在手裡把玩一陣。雖然他大權在握、身為一國之尊，卻也是一個附庸風雅、俗不可耐的草包，哪懂得修身養性、通古博今的文化精髓呢。他接下又傳遞給左右的大臣們逐一極目品鑑。又將皇后與后宮的嬪妃佳麗通通叫出來觀賞見識。大殿上均為這塊燒餅變成的和氏璧嘖嘖稱奇、頻頻叫好。

國王不管三七二十一；立即原形畢露、厚顏無恥說道：『甚好！甚好！這麼一塊價值連城的稀世珍寶，擺在你們身上也太糟蹋、太委屈矣。本王倒有個好主意，不如放在本王這兒妥善保管吧！本王不占你們便宜，賞你們十兩銀子，互不相欠。行不！』國王的霸王硬上弓，殿前的扈衛也虎視眈眈的盯著這幾個僧人；看誰敢說不！悟空馬上慷慨大方、迎合說道：『最好不過！最好不過！和氏璧擺在無恥國；由大王來保管，適得其所。再恰當不過也！』不過是一塊燒餅，有啥好爭的。

國王打心裡偷笑，當初戰國時代秦國的昭襄王；曾經想以十五座城池來與趙國交換這塊和氏璧，竟被趙國惠文王派遣的特使藺相如一口拒絕了。如今只花十兩銀子就拐騙到流傳千古、家喻戶曉的和氏璧。用它來延綿國祚、發揚國威，值啊！

悟空更是偷笑；一塊蔥花燒餅就省掉一堆麻煩，還拐到十兩銀。值啊！

心中各自有把尺盤算得宜；雙方歡愉之下，交易自然非常成功。銀貨兩訖之後，國王如獲至寶、緊握那燒餅變作的和氏璧不放。他為了杜絕後患、擺脫糾纏、避免這些大唐來的和尚後悔；隨即狠下心叫扈衛送客出宮，連一頓飯都不捨得招待。

罪慾橫流、上下皆然、該是五尺國最佳寫照吧。只是這回遇著孫悟空，被捉弄戲耍也活該其自取其辱。這國家的形形色色；有一首打油詩是這般描述：

無法無天五尺國、有錢能使鬼推磨。入城進關先賄賂、官衙求助須張羅。
貪官污吏奉上座、三教九流紅似火。不論善惡論貧富、壞事做盡不求佛。
笑貧笑苦不笑娼、酒色財氣討生活。旁門左道無對錯、紅包送上定風波。
王公貴族貪無厭、金山銀山不嫌多。思想正確能避禍、道德正義少囉嗦。

唐三藏本想藉著進宮覲見國王時候，呈送西天真經抄本一卷，以妙經善德來教化五尺國。見那國王荒誕不經、貪婪缺德，只怕真經落至其手中；又是仿冒盜印、又是四處賤賣，搞得一文不值的，明知所托非人、還是作罷也。

才離開城池；孫悟空猶不忘去作弄那五尺國朝廷上下。他捻著訣、唸一口「唵」字咒，把土地福德爺給召喚過來。土地見是大聖；客氣請問有何指教？悟空正經八百對著土地說道：『俺托你一事；這裡有十兩銀子，讓你去找幾個推磨的鬼。吩咐他們無須如此辛苦推磨，只要晚上去五尺國的宮殿走動走動，嚇嚇那國王和嬪妃、大小官員們，輕輕鬆鬆賺這十兩白銀。』該方土地笑著說道：『既是大聖交代的事，俺一定照辦。請放心！銀子不夠；俺再補上。保證讓那皇宮天天鬧鬼！』

東瀛送經綱像經過瘟地疫區一般，匆匆離開那瘴氣十足的五尺國。悟空作個總結，有感而發地說道：『金錢造出來的孽，有時還比妖魔鬼怪更可怕呢！』

搭船渡過鴨綠江；隔天步入高句麗的界分❾之後，大夥這才鬆了一口氣。八戒見師兄眉飛色舞、笑容滿面的樣子，不解地問道：『師兄何故這般開心？』悟空笑臉盈人說道：『算算時間；這會兒的稀世珍寶和氏璧，恐怕已經變回原來的蔥花燒餅矣。不知這塊走了味的燒餅，那國王如何嚥得下去哩？』想到這件事，一行人剎時爆起一陣大笑。連平日嚴謹、浩然正氣的唐三藏；坐在馬上也掩嘴笑了出來。

越過了前所未見、難以適從的五尺國。一行人這回踏入不同中原傳統習俗的高句麗國，送經綱又將遇到何種挑戰？遭到什麼困惑呢？敬請期待下回分解：

『註解』：

❶柵刺子：指城樓大門的柵欄。
❷瓦肆：古代指匯聚有酒樓、妓院等場所之鬧區。
❸馬泊六：泛指為妓院拉客的痞子。
❹梁園：古代指旅店客棧。
❺村村勢勢：比喻人的失神、呆滯。
❻吊杓：古代指揩油索賄、敲竹槓。
❼老越班：泛指竊賊、扒手的團夥。
❽和氏璧：中國古代一塊著名的璞玉石。為楚國人卞和雕琢而成，故稱和氏璧。其曲折離奇的過程，令人驚嘆。後有「完璧歸趙」、「價值連城」來形容之。
❾界分：指國與國、州與州之間的分界線。

第五十四回　通天窟吞噬萬物　乾坤洞鏖戰艱苦

話說唐僧師徒揮別大唐疆域，遙望故國九點煙❶、一江春水紛飛燕。經太白山脈、穿越五尺國、跨過鴨綠江步入高句麗國土。走了半個月；已有八百餘里。一行翻山越嶺、渡河過橋可也一時平安、一路無恙。途中見寺拜佛、遇塾禮教，此地雖是異國他鄉，景物習俗倒與天朝唐土別無二致、飲食略微差異其他毫無制肘不適。日出日落、習以為常。

數日來，行走新城道往卑沙城山區路途，荒山野地了無人煙。有道是：山深無犬吠；曠野少雞鳴。崎嶇徑道行走艱辛，頂著太陽老兒趕路，肥碩八戒早已全身都沒勁；唸起抱怨經。悟空說道：『獃子！嘀嘀咕咕煩不煩。瞧！路口大梧桐樹下有塊告示牌，待我前去看個明白。』

走在前端的悟空眼尖看到一塊木牌。近身端視牌榜上寫有幾行大字：「告示！百里之內勿入，行人牲畜止步。途經『通天谷』所有生靈必須繞路，否則一切後果自負。新城郡府立文官府符印」，該告示上蓋有官印二枚為憑。

『悟空！牌榜文示為何？』唐僧端坐馬背垂詢。孫悟空搖頭說道：『費解！費解！何故不讓路人進出前方？鳥獸生靈又不識字，能奈其何？』『師兄，大夥趕路要緊，走吧！要我們回頭繞路豈不則折煞人也。』豬八戒氣沖沖說道：『是呀！師父連日走山路夠嗆啦。我等送經東域路程仍遙遠漫長，不容繞道蹉跎耶。繼續往前罷。』路上沉默不語的沙僧此刻亦贊成接下去走。行者點頭同意說道：『然也！想吾等繞道讓路，沒門！俺老孫偏不信邪。不管他通天谷？或是通屁股的！師父！咱們走咱們的！』

這天，近巳時刻；一行人又穿越兩座岩崖野嶺。蠻荒景象異常；愈接下去走草木愈少，飛鳥走獸幾稀，甚至螻蟻亦僅僅三兩隻。再走下去……連塊遮蔭歇息之處俱無矣。

『奇也！竟是不毛之地。罕見！罕見！』悟空搔頭低吟。此間現象甚為詭異，行入此地見著；黑得出油的沃野土地卻是寸草不生，風和日麗的陽春天氣卻萬物不長。極目所及盡是荒涼寂寥，勿說不見人煙；鼠鳥也不見半隻矣。悟空說道：『師父！我看此地有邪，萬事需謹慎小心』。豬八戒東張西望一會，對悟空說道：『有鞋！哪有鞋？我得換雙穿穿。』大聖說道：『獃子，鞋你個大頭。不要顧左右而言他，汝和沙僧留意看緊師父和佛經，待我前去探個究竟！瞧個分明！』說完大聖辭別師父。捻訣唸咒，縱身騰上觔斗雲飛揚而去。

悟空於前地一處峻嶺峭崖；手搭涼蓬張望雲下。『好耶！這股妖氣真夠旺，此地果然有蹊蹺，我得好生摸摸底；興許是何等妖魔鬼怪坐大此間？』冒出邪氣並非等閒之地；迤邐光禿山地淨呈殘荒，百里山區但見一座高聳雲端之怪山坐鎮中央。光峰頂極。其萬丈仞削；深崖谿壑下端又有個大黑洞。齊天大聖仔細眺望察勘，果然奇嶽怪山。且看怎個奇嶽怪山法：

敗藤枯樹野山，無風斷水險嶺。野山亂石，險嶺寂靜。鳥獸散絕無人氣，草木不長滅生靈。山皺嶺禿，荒野悲歔。斷崖壁下現奇景，幽冥窟窿擺當中，猶似張嘴巨海鯨，無敵邪風吸力勁、蔓莖亂藤橫遮隱、無底黑洞誰不驚。

誰不驚！大聖倒吸一口氣驚呼；『怪怪隆地咚！打從傲來花果山蹦出石胎來到世間；俺老孫未曾見過如此醜陋的山也。這會爺兒興趣來啦！不下去遊逛豈止可惜。通天谷；俺來通牠一下也！』悟空按下雲頭行至那山麓下方，一處既大又扁的黑洞前面。這才發現山窯地洞四周白骨撒滿遍地。走走看看；見骨骸有人畜有鳥獸；堆積交錯其間。扁黑之窟窿近看還真像張不挑食的大嘴巴，吃剩餘吐出滿山遍谷的屍骨。

『這妖魔鬼怪胃口挺大，百里週遭走的、爬的、飛的、跳的什麼都吃哩！料此妖孽必然躲藏此深洞裡面，待爺爺進去揪你出來先毒打一頓，再剖心挖肺祭這些生靈們，順手也積些陰德。』悟空觀察片刻才挪動身子欲往洞裡去，怎知忽地一股強大無比怪風；將行者吞噬吸進漆黑如墨的大窟窿裡。萬丈深淵不見底，鯨吞萬物入地獄。悟空難拒有若漩渦般巨大吸力，何妨順勢鑽進這地洞下探個究竟也。

腳踩祥光飛縱去，瑞氣千道護真身。孫悟空被強風吸拉帶入漆黑不見五指深洞中，半晌跌至底層卻是一面大網等著，擁上數十個大小妖精緊捆猛綁行者。

『嘖！嘖！礙手礙腳半天僅捉到這支瘦皮猴，給大王塞牙縫還嫌細小呢。』一名尖嘴歪眼妖精哼著說。右側長著一張燒餅臉的妖精道：『小仔懂個屁！沒聽說大王已時初刻之前親自捉拿到三個大唐來的和尚。其中有個細皮白肉和尚據報乃為唐三藏。』悟空聽了心頭發麻起來，怎麼才離開師父他們就出事了，暫且聽下去。『唐三藏？即是烹食後可長生不老的那個唐三藏乎？』『廢屁！難道還會是唐五丈乎？』『那麼眼前這猴兒如何處理？』『大王這回肯定對這頭毛臉瘦猴沒興趣，乾脆咱們幾個分了也罷。雖然瘦了些；將就點連皮帶骨啃掉算了，省得大王嫌麻煩。』大夥正商議唐僧師徒怎個下鍋料理好喫呢？另個赤臉尖頭妖精滴垂口涎說道：猴腦生喫、剩餘就紅燒吧』。真個禍不單行，幸好妖精們尚在琢磨怎個喫法，一時尚未對師父下毒手大聖才安心些。

被縛綑在旁側既好氣又好笑的孫悟空忍著性子說；『諸位行好口下留情，我這身皮肉哪夠分食，不若讓我耍段猴戲討大家歡喜如何？』『少囉嗦！沒肉也好拿你磨磨牙，猴戲就到閻王殿前耍吧！』群妖訕笑著說。牠們開始磨刀的磨刀；挑水的挑水。

『少安勿躁！急啥！我都不急你們倒急了。這樣罷；俺表演一段美猴王打妖精給諸位助興可好？』『美猴王？大鬧天廷、橫掃西方妖魔的猴王孫悟空……。汝休要提這猴王，提到他大夥就會頭疼』妖精們開始騷動不安起來。『放心！齊天大聖金箍棒專治頭疼、屁股疼，包你棒到病除。』悟空當下擺脫繩索使出金箍棒，數十個小妖們還來不及反應；即遭大聖揮棒打破腦袋瓜。腦漿四溢、血肉橫飛的小妖屍首狼藉，現出原形有豺狼、鬣狗、山貓、野獐。悟空道：『這會你們誰還頭疼？奉勸一句勿亂拉客人入洞，會鬧出大事的。不長眼拉爺兒進來算你們倒楣』。悟空捻訣化為妖精，匆忙走入窯洞內尋找唐三藏和師弟他們。

咦！山窟窿裡百多條密密麻麻通道找人難也。洞洞皆是小天地，條條可有大名堂。走著巧遇一隊端拿鍋爐廚具之灶房妖怪，悟空滑溜機靈混入其中，金箍棒則變成剁骨刀矣。片刻功夫來到洞府大堂，寬廣堂上正中懸掛有幅橫匾，上鐫六個大字為「乾坤洞聚賢堂」。成群結隊小妖分列兩旁，堂前石階上獨放花崗石大王座椅，端坐位置乃是個頭戴金冠、胄甲掛身之彪形巨妖，闊嘴大腹更顯威武。盤龍躍虎繡滿戰袍，金戟銀槍擺設輝豪。行者仰頭睥睨打量，但見那妖王：

青面紅眼虬髯豎，血盆海口鋸齒長。殺氣騰騰無敵擋，橫掃千軍我稱王。
坐擁群山佔野地，膽大妄為夷四方。大嘴吞象吞萬物，鬼哭狼嚎世無雙。

勿說人間有正道，只論霸道便橫行。是何妖？火眼一時尚分不清。他既能吸吞此洞外的一切禽鳥人獸、那張大臉更能隨著情緒；變化顏色！怪哉！怪哉！

『小的們！將那唐僧師徒全押上來。本大王什麼都喫過，就差這味可長生不老的大補肉團未曾嚐試過。真是踏破鐵鞋無處覓；得來全不費功夫。料不到他倒自己送上門了。哈！哈！哈！』妖王躊躇滿志得意非常。一聲吆喝；立刻群妖前呼後擁把綑綁紮實的唐三藏、豬八戒、沙僧三人推到妖王階前。孫悟空置身小妖群中見機行事。強龍不壓地頭蛇，非到關鍵不出狠招。

『潑妖！且勿得意過早耶，我師兄正出外找你算帳哩！放了俺師父及吾等，再擺上豐齋一大桌賠不是，我等；則可既往不咎。惹毛我師兄必將你狗洞掀翻、殺個雞犬不留！』豬八戒沖著妖王厲聲喝斥。好大聖在旁聽得舒耳窩心，想著豬八戒偶爾也有討人喜歡之時候。『這廝好大口氣，汝倒說說看汝師兄是何等人物？讓本大王稱稱他斤兩有多重哩？』妖王歪頭斜眼盯著八戒懶懶說道。豬八戒正色訴說道：『我師兄乃齊天大聖孫悟空，潑妖坐穩聽好：

師兄父母乃天地，日精月華蘊仙胎。玄石懷身千萬載，靈性育成慧根栽。
值歲現身三陽泰，翻山過海菩提拜。坐擁仙山稱大聖，聚魔會神真天才。
東海龍王遭毒打，地府閻王成被害。天廷玉帝傳諭旨，請他上天任職來。
官封弼馬不安份，大鬧天宮正開懷。托塔天王加哪吒，聯手打殺氣勢衰。
天廷再承金星奏，復冊天籙把官派。齊天大聖玉帝封，從此威名定下來。
蟠桃會再起風波，又為酒丹惹禍災。太上老君陳情去，西池王母告御臺。
天宮通緝旨令下，神兵天將逾千百。交鋒天上到地下，招架二郎無勝敗。

太上施法金剛套，眾將擒送斬妖臺。降妖柱上刀斧砍，槍刺鎚打難傷害。
再押老君兜率院，煉丹八卦爐裡塞。巽位精煉四十九，煉出火眼金睛來。
翻身揮打金箍棒，鬧到天廷棟樑歪。玉帝靈官請如來，被佛壓在五行崖。
受命唐僧取經去，西方路途險惡在。伏妖降魔除鬼怪，圓滿功德真不賴。
鬥戰勝佛修正果，又傳佛祖託付來。日本天皇求佛經，高麗三國亦表白。
唐王封禪需圓功，賜經弘佛度東海。遣功德佛與我等，護送經文揚法哉。

奉勸爾等切勿執迷不悟。有道是：識時務者為俊傑。既知吾師兄是專打妖孽之孫悟空，尚不快快放人更待何時！』妖王聽完說道：『既知汝師兄是孫悟空更須快快殺了你們，省得留下後患哩』。妖王自非省油燈，隨口又說：『將你們宰殺喫下肚裡再來料理這個孫猴子。眾弟兄以為然否！』臺階下眾妖掌聲如雷，齊曰：『大王英明』。不把悟空當回事；氣得臺下悟空連呼：『是可忍孰不可忍！待吾大開殺戒矣』正欲發火持剁骨菜刀沖上前去。又聽到八戒大叫：『師兄不仁不義！丟下師父和我師弟等逕自而去，是何居心。再不快些現身；我老豬做鬼誓不放過你』。

『罷！罷！這獃子讓他受點折磨也好。』悟空聽到八戒抱怨，再度強忍了下來。

妖王說道：『來人將洞口看緊，萬勿讓那猴精混進來。另一方面；召來你們這些伙房也給大夥出個主意，眼前三頭肥羊；先宰哪隻較妥？又怎個喫法最好？是蒸、是煮、是煎、還是炸乎？』

『回稟大王；按黃庭❷三宮❸的養身密籍說法；先宰了那大耳拱嘴的肥豬頭準沒錯！』孫悟空化作的小妖，挺身向前建議。『哦！何故？倒是說來聽聽。』妖王不解問道。悟空嘻笑說著：『現在該是午時正刻；今日乃「甲卯」日，值此時局正沖『坎』方，亦即是正北面。三人方位惟有那肥頭大耳傢伙站於「坎」位。按八卦氣場四吉四凶而言：坎方居「六煞」乃主大凶位置。話多嘴賤又犯沖；自然先拿他開刀最合天意命理。』『頗合我意，就依汝建議先宰掉那掃把星，讓咱家先當開胃菜。』妖王說完，八戒嚇得屁滾尿流大聲喊冤：『屋漏偏逢連夜雨；倒霉總是俺最先！』

妖王又問：『小仔夠醒目。再給本王出好點子。這廝肥豬頭合該怎麼料理最好喫？』悟空偷笑著回答：『依小的看法；合該整隻燒烤最適宜。當他為乳豬塗抹香料；再烤他至八分熟。脆皮嫩肉、原汁原味且不油膩，保證大王吃完叫好。』該妖王點頭顯然十分滿意。『你這挨千刀的馬泊六、輓歌郎❹，俺豬八戒哪犯着你啦！何苦冲著我來哩。』八戒急得跳腳叫罵起來。

『獃子！說你嘴賤還真不冤枉你。皆云：鳥之將死其鳴也哀，人之將死其言也善。誰叫你滿嘴胡說、盡吐惡言。活該認命罷！』孫悟空大聲頂了回去。豬八戒被罵反倒歡笑起來。洞堂沒人發覺異狀。可是豬八戒和沙僧立即驚醒過來，除了悟空師兄之外無人叫豬八戒為「獃子」。倆人相顧而笑，大聖師兄果然在場。阿彌陀佛！八戒刻意叫囂道：『洞裡的大小妖畜聽著！爺們不消半刻即將端掉這狗窩，識相快逃命去！』此時此刻洞裡的大妖小怪悶想著燒烤全豬滋味，爽得直吞口水，無一理會八戒說三道四、胡謅什麼。當他瘋癲矣。

洞堂上群妖吊起唐僧師徒於柱旁。但見堂前：鍋碗瓢盆俱全、刀叉匙筷齊備、油鹽醬醋不缺、椒蒜薑蔥到位。妖子妖孫劈柴的劈柴、生火的生火可忙著哩。

『那罈千年紅蔘、百年鹿茸、十全藥材加有一支虎鞭所浸泡之美酒何在？汝等火速給本王傳上。』虎嘴龍身妖王心情好酒興開，呼喚跟班傳酒來。邊品酌佳釀邊燒烤佳餚；人生至此；夫復何求耶。

七、八名妖精喘噓噓擡過來一大缸藥材補酒。頓時酒氣四溢、滿堂生香。孫悟空快步搶先拿下；說是為大王嚐酒以防下毒。隨手掀開酒缸蓋取杓飲一口，『呸！啥子美酒，整罈酒壓根是馬屁加牛尿。不成！欲加害大王乎？倒掉！倒掉！』撇頭吐出酒來咄咄怪叫。說完舉足將酒缸踢到烤具柴火堆裡，閃間洞堂冒出轟然大火。群妖本乃烏合之眾，受到驚嚇：蛇爬鼠竄東躲西藏、雞飛狗跳場面緊張。悟空趁機渾水摸魚，混亂中給唐僧等三人鬆綁走人。沿循來時通道悟空找著洞口下方設法逃脫出去。

大聖馱負唐三藏與八戒、沙僧捏口訣，一塊騰躍出百丈高深淵，飛奔逃離崖洞黑窟窿。『爛猴子！剛才差點嚇死我。拿俺當烤乳豬，虧你這猴兒想得出來。』豬八戒氣呼呼怪罪悟空。『悟空！下次不許再這般胡鬧，方才著實過份些。』唐三藏也幫八戒說句公道話。悟空指責八戒說道：『再要下次我即真格放火烤死他。臨出巡前還特別交待留意看緊師父，才離開片刻就出事，惹人惱不！』沙僧走過來打圓場：『師兄錯怪二哥矣。非我倆疏忽大意；實在那妖魔厲害哩！我二人聯手狠拼也敵他不過。那妖魔不使兵器，嘴巴頗邪門。』話說一半；大事不妙。忽地強風迅起、風暴犀利。拗不過這股超強吸力；唐僧師徒一行才出洞口數十步間，又被那股拔樹飛石邪氣吸入大洞內。孫悟空左手攙扶唐僧右手抽出金箍棒躍落洞底。

『潑猴！本王久候大駕矣。才現身就想溜走未免損了汝齊天大聖威名。我給你留條生路，丟下你師父帶著汝師弟二人快滾。本王只想喫那長生不老肉蔘和尚，饒你等小命速去。』妖王說道。

『老妖！你娘沒教你乎；見著孫悟空且快逃命。再說；你這妖怪也太沒水平，想喫什麼得用錢來買，不能仗著強暴隨便搶東西喫，毛病要改改。我師父的肉好人不消吃；壞人吃不消。俺金箍棒倒可免費讓你喫個飽！不過汝作鬼前先報上名來，大聖打妖簿上多添一筆好作業績。』悟空說道。

妖王拍拍大腹不屑說道：

『好利的猴嘴，既然想死就讓你死得瞑目些。聽清楚：

宰相肚內能撐船，本王肚裡可容山。轟雷閃電不足奇，舌鞭捲天討爭戰。
從盤古、到大唐，古今政權皆渾蛋。舉旗旗，聚兵將，乾坤洞把天下反。
生來本是仙中物，獨霸一方山河轉。任他揮劍舞刀槍，惟我徒手將龍斬。
講武功，論法術，移山倒海我最酷。吸口氣、吐口痰，千軍萬馬盡殺完。

聽夠了乎？本王先宰你這隻白眼猴。你師弟二人于枉死城前排汝後面；等著陪死！』

『老妖嘴巴大、臭屁响。俺就不信羊上樹、烏龜會穿開襠褲。管你這妖有多怪，照打！』悟空又甘又脆，抄起金箍棒朝妖怪打去。妖洞裡眾妖也分持兵器一擁而上，八戒抓著九齒釘耙勇擋妖群。沙僧則使五千零四十八斤重之月鏟降魔杖保護唐三藏。剎那間洞裡殺聲震天、打成一片。嚇得唐僧自顧一旁唸著「金剛經」。

這邊西域伏魔封聖佛，那方叱吒風雲鬼見愁。冤家路窄，強霸碰頭。金箍棒乃鎮海針，妖王自信勝一籌。天昏地暗，人仰鬼翻。此仗開打難罷休！難罷休！

妖王戰甲披身、大臉瞬間變紅、徒手空拳毫無畏懼。閃過大聖幾棒才翻轉兩圈；血盆大口岔張吐出豔紅長舌，像血色閃電快速打向孫行者。行者料不到妖王會突然冒出這怪招；舌頭也能當武器？這算哪門子功夫？正傻眼發呆；被八戒猛地推開，而火舌鞭則落在八戒的屁股上；打得他皮開肉綻、血肉橫飛。幸好是傷到屁股；否則一命嗚呼。痛得八戒踉蹌倒地，又奮勇站起身抵擋妖王。沙僧也跑過來幫忙，圍著妖王拚搏。

『師兄！這兒有俺跟八戒殿後頂著。你快帶著師父。咱們先撤出去！』沙和尚說道；要悟空先將師父救出去。救師父要緊；他無意苦打纏鬥下去，倆個師弟殿後奮力抵擋妖王一夥，大聖拉著唐三藏轉身離洞逃之夭夭。怎知……。

『喝！想閃。由不得你們！』妖王冷笑說道。只見他指掐手印唸著魔咒、鼓起妖腹、大嘴盡張、虬髯豎直、馬步穩當。洞內小妖們紛紛躲避唯恐不及。滾滾強風迅即興起。天搖地動、乾坤倒轉。百丈之內雜物儘隨妖風吸引過來。原來這股邪風乃妖王施「玄天吐納大法」之「大崑崙吸納功」妖術，豈止了得。

此風比起西方取經遇之黃風嶺妖風強十倍有餘。跑在後面的沙悟淨與豬八戒踏登洞口還未站穩；即遭妖魔施展法術強拉硬拽；二人隨強風所吸、滾落回洞去。孫行者幸好機靈及時，將金箍棒變成大卯釘；狠狠釘入崖洞岩壁間。任它刮起排山拔嶺狂流；吹襲擒龍捲虎暴風，好大聖釘緊岩層緊趴不放，卻不意師父唐三藏的手一時鬆脫，也不幸遭強風吸走。

納氣妖術間歇停息之際，悟空不走更待何時。他握緊拳捻訣吐真言咒；身一抖翻起觔斗躍過洞口，遠離而去。

半晌于山腳下尋着秦願白龍馬和黃狗辛甘，三者嗒然相擁惋惜長嘆，所幸護送的佛經為白龍馬看顧絲毫無損，總算萬幸。

悟空坐下休憩。秦願問道：『師兄！如此犀利妖魔坐鎮此地，師父他們又落難妖魔手裡，如何是好？』悟空嘆口氣道：『唉！此通天谷的妖物甚邪；不明其由來為何？方才與他打鬥，料不到張嘴吐出閃電般的火舌鞭，搞到悟能竟為俺受了傷。妖王那張妖嘴能吸萬物、可吐火舌迎戰。甚邪！甚邪！』

好大聖：迎戰妖魔全無忌，聖僧遇險最心急，敢問營救有何計？且召土地先摸底。想著；悟空捻訣唸出：『唵藍淨法界・乾元亨利貞』咒，召喚土地山神前來。二者未待悟空唸完咒齊集報到，跪伏大聖面前備詢，畢竟邪山魔王夠厲害，需要他倆講清楚、說明白。此妖真相若何？看官敬請稍待且聽下回分解：

『註解』：

❶九點煙：古人以地分九州，以九點煙代稱九州故里。

❷黃庭：黃乃中央之色、庭為四方之中。意指天、地、人，合體之象徵。

❸三宮：指上宮、中宮、下宮。代表腦精、心氣、脾神之意思。

❹輓歌郎：古代在出殯隊伍前方唱輓歌的人。

變色龍妖
吞噬絕嶺
青面赤眼
虬髯豎
血盆巨口
善吞吐
吞盡山河
殘萬物
吐出長舌
覓狠毒

第五十五回　峰迴路逆轉頹勢　卑沙靖妖變色龍

話說送經的一行人於高句麗新城道的路途中，遭到通天谷陰陽洞的妖魔襲擊，數度逃脫；均為洞中妖王一股超強吸力給吸回洞裡去。大聖和妖王交手幾回合；二者實力相當。大聖獨自施技巧逃出洞外之後，送經綱一行；只剩下留守真經行囊的白龍馬秦願與黃狗辛甘，三人相擁歎息、不勝唏噓。

大聖實在嚥不下這口氣；鬧了大半晌，核計對方是啥妖物都還帳目不清？於是大聖立即捻訣唸咒，召喚此間的土地山神前來弄個清楚。

『唵藍靜法界、乾元亨利貞！』呼神喚仙咒訣唸一出；立馬當地之山神土地二位趕到跟前拱手哈腰報到。山神苦笑著問道：『原來是大聖大駕光臨。俺猜；您是否為通天谷的妖物而來乎？』悟空橫眉豎眼說道：『不說不氣；這方妖物果然夠邪。人說：狗嘴吐不出象牙！此妖的嘴不僅能吞吸萬物、又可吐出舌鞭利器；快若閃電、勁似刀劍！真是邪門！』土地連忙解釋道：『莫怪！莫怪！大聖有所不知；你所遭遇之妖怪，乃為吸取日月光華、大地精髓、逾越千年之變色龍❶是也！他佔據此山域前後有五百年，為其吞食之飛禽走獸與路過的商旅、不計其數。稱其為通天谷；即方圓十里之內，萬物盡入其口囊；為其強勁通天的吸力吞食，直接送到西天報到去。即使神仙都難逃妖術惡劫；何況一般。我等拿他亦無可奈何，平日唯有躲得遠遠地，根本不敢靠近那乾坤洞呢。唉！』

『好傢伙，原來這浪狂的痞子是個變色龍妖精。』大聖這下可清醒了悟過來，羞愧說道：『想不到；俺闖天界戰群仙、西天取經打眾魔，在此；竟然被一個變色龍妖的口舌給困住了。漏臉❷！漏臉！』謝過山神土地二人之後；即行拜別各自離去。千年變色龍變成妖精；果然厲害！知己知彼；方有勝算。

悟空抓耳弄腮、千思萬想；想著該如何去破解這通天谷的魔障妖術。

『師兄無須多慮，萬一師兄拿此妖沒轍；俺這就趕回上界天廷，請俺的爺爺挺身幫忙便是。』白龍馬秦願見到大聖垂頭歎息，好意建言說道：『俺爺爺乃巨靈神秦洪海，他曾經在王母娘娘與眾神仙之前，一會兒工夫；即手拖太華山、腳踢中條山。須臾；山崩地裂、移山倒海、把山海之水，傾倒至東南大海裡去。這區區的通天谷算啥！不夠看！不夠看！』

黃狗辛甘也附和說道：『殺雞何須動用牛刀，師兄不妨去找四海龍王、或是元始天尊，請他們遣雨部神仙，於此間降下大雨。只須三天就淹死這群妖怪也。』

『不濟！不濟！』大聖悟空搖頭揮手說道：『雖說好意；卻行不得也。咱們師父一行人還拿捏在他們手中。這般投鼠忌器、山崩水淹、萬一連累到師父他們，反而誤了大事。』大聖又說道：『再說吧；這一路過來；啥子大風大浪、都逐一克服擺平矣。連這點小雜碎都要請西天神仙出面相助，豈不壞了俺齊天大聖的威望名聲，俺這張老臉以後往哪擺哩？』辛甘和秦願聽了，無不點頭稱是。

辛甘這時頓覺肚子敲鼓鬧餓，又適巧方才在山裡逮到兩隻野兔。他只管生火準備烤來充飢，大聖獨自坐在樹下；絞盡腦汁想著如何從妖王那裡救出師父他們。野兔烘烤一陣；三人正要大快朵頤。驀然空中一聲巨響：『好傢伙！原來全躲在這吃燒烤呢。急啥！俺待會就拿你們烤來吃！』原來變色龍妖帶著妖卒嘍囉追出洞外，在山嶺間繞了幾圈；忽然發現這方有裊裊烟火升空，逐循著烟霧追趕而來。

『這妖王真格陰魂不散，上門討打來了！』悟空躍身跳起，從右耳掏出金箍棒；迎頭就打。變色龍妖可也不含糊，一張嘴就噴出火舌直飛向悟空。辛甘則拿起劈天刀、秦願手持斬馬戟、兩人也同時殺向來犯的妖兵們。山谷間；頓時殺聲震天。

『欠揍！先打掉你那三尺不爛之舌。』大聖再度迎戰妖王，小心翼翼對付著疾若閃電的火舌，打了百回合仍舊找不著火舌的破解方法。他嘗試貼身戰術衝向妖王，不慎一個閃失；右肩被變色龍妖的火舌掃到，大聖的如意棒同時也打到妖王龍麟青甲的腰部，把戰甲護心鏡也打碎了。變色龍妖自己沒站穩，摔倒在地被妖兵扶持著。

『強龍難壓地頭蛇，快撤！快撤！』悟空拉著兩個師弟；趁妖王受傷，拿著真經和行囊，駕上雲頭就逃離通天谷。他們跨越幾座山頭才落地停下來。

大聖喘息說道：『那妖王確實有一套，狗嘴卻能吐出火鞭。不過這回他的命門穴和龍關穴等督脈，被俺傷及；一時難癒。彼穴脈受損傷最忌食肉類，故而師父、八戒他們三兩天內尚能保命也。』辛甘則為師兄的右肩，認真敷藥裹傷。

他右肩掛彩；急著想破解之道卻口渴了，咕嚕咕嚕把葫蘆裡的山泉水喝得清潔溜溜；好個甘甜爽口的山泉、令人回味。正在抹著嘴邊淌下的水滴。大聖回憶當初在斜月三星洞習武藝，菩提祖師的一番話：『打蛇打七寸、做人留三分。世間任何事，把握敵人的缺點、抓到事情的重點，沒啥不能迎刃而解的。』驟然靈光一閃，放眼看那金箍棒；大聲叫道：『有解！有解了！』

身邊兩個師弟茫忽忽地看著大聖，問說解方為何？大聖吩咐道：『先別管解方！汝等二人且把佛經和行李照顧好，千萬不要靠近那通天谷。俺得馬上跑一趟天界的北天門，找那藥王神農大帝要一樣東西。俺會抓緊時間；快去快回！』他捻訣喚下觔斗雲；駕雲直奔西天仙界。

且說大聖悟空來到北天門的炎武殿。在殿前遇見守門的無上元大仙；雙方不免一陣問候寒暄，由大仙領著進入殿內謁見藥王神農大帝。二者施禮之後就座。

『聽大聖所言；這通天谷的變色龍妖確實可惡。可是本尊能幫得上什麼忙哩？』神農大帝聽完大聖的陳述，摸著雪白的長鬍關心問著。他又說道：『爾等上回隨唐三藏法師西天取經，這回且往那東瀛送經，宣揚佛法、功德無量。本尊敬仰佩服；如果有所助益，大聖儘管直說無妨也。』大聖說道：『先謝過神農大帝的理解與善意。依我倆交手實戰的經驗；該變色龍精之大崑崙吸納功，還有吐出的閃電舌鞭；皆十分難纏、不容小覷。玩硬的拚殺到底；俺自忖未必佔到便宜。因此；惟有與該妖鬥智取巧、以四兩撥千金方式擺平他。』

神農大帝聽得極為投入，問道：『所以……？』大聖接著說道：『所以；俺想以其人之道，還治其人之身。想方設法使他那三尺不爛之舌，自食惡果！即所謂：成也舌頭、敗也舌頭。』

大聖的一席話；引起神農大帝濃厚的興趣。他追問道：『讓妖精的舌鞭自食惡果？此話何解？』大聖解釋說出辦法：『俺將隨身的金箍棒變成惡果，塗抹上一層無藥可救之劇毒，待變色龍妖自己吐出閃電舌鞭攻擊之時，俺只需用金箍棒抵擋幾回合，讓他舔個三兩下；就能把中毒的妖精；輕鬆的制服矣。是不！』殿上的神農大帝與在座的神仙們聽了，掌聲如雷、齊聲說道：『果然好計！果然好計！』

神農大帝會意、明白大聖的佈局之後，他站起身說道：『這事簡單不過，說到草藥之使用；救人不易、害人最靈。既然對方這般傷天害理、殘殺生靈，且又阻礙你們東瀛送經的任務，實在罪不可赦！本尊自當酌情處理；請大聖隨本尊來吧！』嚐遍天下百草的神農大帝，大聖的用意；對他而言簡直是微不足道。

他們一起來到殿外的庭院，神農大帝遣一屬下；至百草藥房中取來一小瓶藥液。大聖遂掏出如意金箍棒來，讓神農大帝將瓶蓋打開；藥液均勻塗抹在金箍棒上面。

完成之後；神農大帝微笑說道：『本尊塗上去的藥液；稱為「閻王水」。顧名思義；即是嘴裡僅需沾到一滴這種毒液，陰間的牛頭馬面、黑白無常就應聲前來拉人矣。其特點就是香甜可口、由舌根順著入喉進到五臟六腑，不需少刻就得打包袱；去森羅殿那兒找閻王爺報到啦。但是皮膚觸碰卻可安然無恙，所以大聖放心擺在身上吧。』大聖樂得頻頻向神農大帝致謝。拿著抹有一層「蜜糖」的金箍棒，雖千年變色龍；吾往矣！心滿意足地拱手告別離開炎武殿，搭上雲頭，趕回高句麗境內的通天谷。

大聖胸有成竹，掌握情況之後；獨自跑去通天谷，單刀赴會變色龍妖。

『窩伏在乾坤洞搖籃裡的寶貝們；聽著！』大聖左手插腰、右手指著乾坤洞叫喊：『俺給你們送糖果來啦！機會難得、錯過不再。不出來拿，俺就……』話還沒說完；一股強大的吸力剎時將大聖吞進山谷的乾坤洞內。那妖洞萬丈深淵、深不見底，待大聖摔至洞底下；很快被持刀槍棍棒的妖卒層層包圍住。

『你這潑猴；真是壽星上吊、活得不耐煩啦！』變色龍妖王氣呼呼走過來，忿忿說道：『膽敢傷到本王；俺一時大意才讓你溜掉，正想親自去抓你，你倒自己送上門來了。夥計們！把他抓起來，俺非剝他幾層猴皮來洩恨。』

大聖嘻皮笑臉說道：『哎！急個什麼勁！俺這回找你這個笨色龍，可是懷著好意。俺特別給你捎上大禮物，讓您瞧瞧。』變色龍妖不解問道：『禮物？什麼禮物？』大聖掏出如意金箍棒，笑咪咪指著說道：『就是這根又香又甜的棒棒糖唄！該你有口福；快張開你的臭嘴巴，俺讓你嚐個夠！』當場差點把妖怪給氣暈，渾身顫抖不止。之前二人拚殺；他曾挨過一棒，終生難忘。

嚇！這變色龍妖那張臉色頓時由黃變成綠、又由綠變到紅；變色龍的本性展露無遺。氣到不行的妖王；二話不說就張開大嘴射出舌鞭、朝著大聖抽打過來。

大聖並不還手回擊；只是閃閃躲躲、一味地用棒抵擋著。妖王火舌越打越得意，連續直抽橫掃數十鞭；都打在金箍棒的上面。一會兒；棒子沾滿了妖王的口水。

火舌狠狠抽打；沒傷到大聖絲毫也就罷了；反倒變色龍妖王感覺身體怪怪的，他開始感覺頭昏眼花、手腳發麻起來。變色龍妖王停止出手，懷疑說道：『潑猴！你既然不是來這裡報仇雪恥、拚個你死我活，卻到底跑來這幹啥？只會玩躲貓貓；這算哪門子好漢？』想用激將法，沒門！

大聖依然笑著說道：『你這個笨色龍：俺今個不跟你玩硬的，俺是來跟你玩陰的！古諺有曰：「殘暴不仁、報應隨至。林中朽木、風必摧之」。過去你那張魔嘴妖舌；傷天理、犯三塗❸。這回可讓你玩火自焚、嚐嚐臭嘴爛舌活該得道的報應。』聽得變色龍妖王；一張紅臉驟然變成了雪白色。

『潑猴！你到底玩啥花樣？鬼鬼祟祟的；竟把俺害得那麼慘。』妖王嘴角流出來的血，真格讓他成了血盆大口了。大聖說道：『明人不作暗事。實話實說吧；你是自己得意忘形，自詡那張妖嘴天下無敵。我呸！俺不用動手打你，俺的金箍棒抹上一層閻王水，等你這隻笨色龍自己找上門、舔乾抹淨，活該自作自受吧！』

『唉！失算！失算！』全身染上劇毒開始發作，變色龍妖魂飛魄散、七竅噴血、他指著大聖微弱無力說道：『俺的火舌……打遍……刀劍槍斧……吞烈焰、含冰雪，都不曾怕過……大小軟硬通吃……不料竟然栽倒在……這金箍棒上。罷矣！罷矣！』才說完；變色龍妖摔倒在地、痛苦打滾、哀嚎慘叫。大聖走近說道：『告訴你一則好消息，閻王爺想邀請你吃個便飯，快去吧！別耽誤閻佬的好意哩。笑一個！』

笑？妖王哪還笑得出來！他連滾帶爬想逃出乾坤洞，卻無法挺起金剛之軀。旁邊一大堆旁觀的妖兵鬼卒，眼看著妖王恁地狼狽衰敗的模樣，知道勢頭不妙！跑路的跑路、鑽地的鑽地、哄然立作鳥獸散。竟然無一對妖王伸出援手的。乾坤洞裡的情況；將世態炎涼反映得一清二楚。看這詞中怎麼說的哩……。

通天谷乃斷魂塹、吸入妖洞魂歸天。經此間；無須埋怨、見牌示警繞天邊。
乾坤洞窟藏厄險、變色龍妖佔一綫。吞萬物、吐火舌鞭、百萬冤魂斷深淵。
妖王恣肆不長眼、猖狂欺壓行者冤。送經綱、豈容汝犯、處變不驚迎向前。
大聖神威一展現、樹倒猢猻皆躲遠。妖王慘、鳥獸潰散、各自紛飛命隨緣。

不怪洞窟裡的小妖們閃躲，因為此刻摫倒在地的妖王；已經回復原狀、一條身長數丈、重逾千斤之巨大變色龍。牠隨著體內苦痛；軀體的顏色不斷變換、五顏六色。驚嚇❹的小嘍囉深怕沾魘惹魅❺邪霉附身，沒半個人伸出援手相挺。

變色龍妖雖然氣數已盡，仍不甘心毫無尊嚴地就此毀之一旦。他猶做垂死前的掙扎，又把自己變回妖王的模樣；嘶吼狂叫：『這裡一個都別想逃出洞外，乖乖留下來陪本王！哼！』不說也罷；這話嚇得洞裡的大大小小皆抱頭鼠竄。

大聖發現大事不妙；無暇再陪妖王窮磨菇。甫地抓住一個小妖，令其馬上帶路救出牢獄中的唐三藏一行人。在乾坤洞的一個小道底層；打破獄柵終於救出大家。大聖告訴一行人；趁妖王拿病兒❻帳目不清之際，得抓緊時間火速逃離洞穴。

變色龍妖奮力坐回殿堂大位；開始掐指唸咒訣，使出「玄天吸納大法」、意圖憑藉強烈的犀利吸氣術；毀掉乾坤洞裡的一切，硬拉洞中所有的人一塊陪葬；活生生地同歸於盡。

千鈞一髮；當送經綱一行人才匆匆逃出妖窟魔洞，瞬間山搖地動、塵土飛揚、但見整座通天谷震盪搖晃不止。有詩全程描述通天谷淪此劫難情況：

樹叢野獸亂逃竄、山林眾鳥驚紛飛、巨崖崩塌岩石碎、洞窟覆蓋盡成灰。
佔山據地數百歲、殘害眾生千萬回、作惡多端不知悔、結局悽慘能怪誰。

一個曾經極為艱險邪惡的乾坤洞；被變色龍妖王在彌留❼臨終前，作為自己葬身之處。他行使妖術徹底摧毀掩埋，洞窟從此抹去、化為烏有。

『阿彌陀佛！如此惡毒之境；卻落到土崩瓦解、灰飛煙滅之下場。自作孽！自作孽！』唐三藏遠遠看著乾坤妖洞；隨著妖王施吸納妖術坍塌掩埋，卻無一個妖卒得以逃出，惻隱之心油然而生。他為這裡的所有亡魂冤靈，默默唸經超渡：

云云眾生來世幾度歲月、功名利祿俱為轉眼雲煙。
爾心爾願從此皆隨風逝、七情六慾俱往無須留戀。
無量無數歲空過無有佛、眾生隨惡道世間眼目滅。
三惡道增廣諸天路永絕、今日佛興世三惡道殄滅。
增長天人眾願開甘露門、令眾心無著疾疾得涅槃。
我等諸梵王聞佛出世間、今者得值佛無上大法王。
梵天宮殿盛身光亦明顯、普為十方眾勸請大導師。
唯願開甘露轉無上法輪、魂歸西天免除凡世塵緣。

唐三藏作禮；且合掌祝禱、誠摯慇懃三請唸道：『唯願世尊轉念甚深；微妙法輪為拔眾生業障，苦惱根本、遠離三毒、破四惡道、除去不善之業也。』

卻說；這時候的悟空面露愧色，親自為豬八戒的屁股塗抹金鎗藥膏，又連聲向他致歉。沒有八戒臨危挺身相救；大聖恐怕早已遭到閃電舌鞭傷害、後患莫測也。八戒反而笑道：『客氣啥？推開師兄；是俺故意的！難得有這般千年妖精來舔俺的屁股，何樂而不為。俺倒是甘之若飴呢！』八戒的風趣；引得一行人開懷大笑，忘卻之前妖洞裡的困厄與險情。

當唐三藏善心超渡完成之後；一行人繼續趕著東瀛沿途送經之任務。沙和尚自動請纓；在八戒師兄傷口復原之前，所有真經抄本和行囊均由他挑負重擔。八戒則有辛甘在旁攙扶行走。

來到前方山腳下；又見到有一警告路人的告示牌，提醒行旅路客；千萬繞道、不要冒險經過通天谷。走在前端的悟空；猛地一腳將告示牌踢飛而去，並且說道：『嚇唬誰！不管張三李四、王五趙六的，從此大家放心過山吧！』

太陽臨西而下；巧著見到不遠處的幽篁林內，有一山寺寶方。於是一行人經過山門；輕敲台階上的寺院大門。開門的和尚驚訝問道：『你們打哪來的？該不會是從通天谷那方過來的吧？』悟空回道：『然也！然也！要不還有別處嗎？』寺裡的和尚不解說道：『真是阿彌陀佛！菩薩保佑！從未聽說，有人經過那山峪；還能活著下山的哩！』八戒接著說道：『我們運氣好，適巧遇著山中的妖怪搬家！聽說；是搬去閻王爺的森羅殿去住下。往後大家儘管去那兒遊山玩水。安啦！』

寺裡的和尚們；半信半疑地領著一行人入寺掛搭。終於結束有驚無險的一天。

他們逐漸深入高句麗國的領域，那裡出現的妖精與中原大唐有何不同之處？送經綱一行人趕路，且能安然無恙乎？敬請期待下回分解：

『註解』：

❶變色龍：屬鬣蜥亞目種類，以瞬間吐出舌頭；捕食獵物。

❷漏臉：指丟人現眼。

❸犯三塗：佛門用語；指在世間作惡多端，將會受到三種報應：即地獄道、畜牲道與貧餓道。

❹驚嘬：指受到驚嚇。

❺沾魔惹魅：指撞邪；遭鬼物附身。

❻拿病兒：意為身體不適、病痛纏身。

❼彌留：指人處於病危垂死的狀態。

第五十六回　禮佛親善高句麗　千載紅白人蔘精

話說送經綱一行人，傾力靖伏乾坤洞的妖群、有驚無險越過通天谷之後；倒也一時旅途順暢。千江有水千江月、萬里無雲萬里天，沿路看不完的山水美景，讓人心曠神怡、祥和安逸。普世太平、天涯嫻靜、即若詩中所云：

春暖眾生花競艷、夏彧風和碧藍天、秋風明月滿庭院、冬雪紛飛漫雲煙。
東曦晨旭金朝現、南嶺巍峨伴蒼淵、西暮星榆映峽澗、北遼朔風戲草原。

唐三藏師徒按著圖示指標；由高句麗國的新城道，轉入平壤道、青邱道、黃海道。途經卑沙城、烏骨城、白巖城、安市城、石城、積利城等地區。

舉凡途中的大城市與小縣鎮；官民皆虔誠崇尚妙法佛釋。唐三藏法師也本著佛光普照、德善天下的胸懷宸志；傳揚佛法真經。據悉高句麗國統轄有五郡一百七十六座城，有緣至此；即協助建寺蓋廟、並且逐一贈予大乘真經抄本，開示權貴、渡化眾生也。

穿薩水、越浿水、再過了上元江和合掌江，續而來到大行城❶。高句麗國的莫離支❷遣特使前來接應，文官搭轎、武將騎馬；沿途但見歡聲夾道、熱鬧非凡。來到大同江畔；即是高句麗國的京畿長安城❸。

高句麗之大莫離支名為淵蓋蘇文；他親自率領袞袞槐卿❹文武百官於城樓前相迎之。送經綱上前覲謁參見，彼此經過一番傳科❺施禮，由隨直頭踏❻在前開道，大纛迎風❼、御輦金車、龍輿華蓋、車隊前呼後擁進入城內。經震坎方位之七星門穿長慶門、直達高句麗國之懿德寶殿。但見寶殿外蔚為壯觀；寶蟠絕頂、飛甍凌空、青瓦粉牆、檐椽丹紅。進到寶殿內；朱欄玉階、金碧輝煌、柱科❽盤龍、綵黛諸方。槐鼎權臣；按紫、緋、青、黃、等官服色澤區分官階，列位兩旁。

在宮廷裡面；淵蓋蘇文挽著唐三藏的手，邀他上殿坐於自己左側身邊的大位。送經綱一行人則站在玄奘法師的身後隨伺。懿德大殿內；文官持笏、武官著甲、列隊筆直於階下之兩旁；齊聲嵩呼萬歲。

淵蓋蘇文欣悅歡顏說道：『本尊適高句麗大莫離支以來；早晚綸貫佛課、研讀妙經。上尊佛道、下化萬民、仰德崇善、以身恭親、多為黎庶作功德與楷模。這回；大唐太宗皇帝可謂用心良苦、德被四方、特遣玄奘法師率領之送經綱前來高句麗，宣揚佛法、贈予真經。本尊豈止受之有愧，亦深感榮耀、自當不負大唐洪恩、並傾心致力；謹盼報效有時也。』唐三藏回道：『南無阿彌陀佛！本法師自幼即著緇衣入桑門，立誓此生為我佛釋之道，竭盡心力、鞠躬盡瘁。這回我等承蒙太宗皇上聖諭，前來東瀛傳佛送經；歷經十餘個州郡國度。於路途中；並非一帆風順，除了翻山越嶺、跨江渡河、日曬雨淋、風餐露宿……卻也遭遇諸多意料不到之厄劫艱險，半途屢屢出現邪魔妖怪、怪力亂神之異端……。』唐三藏說到這裡；階下的文武百官突然引起一陣喧嘩騷動，這般不一般的氛圍；立刻讓台階上的大聖有所警覺，其中必有內情蹊蹺？莫非這兒……！

龍座上的淵蓋蘇文站起身；揮揮手、打圓場說道：『眾卿肅靜！玄奘法師等一行人；跋山涉水、遠道而來、想必舟車勞頓、急需歇息。本莫離支早有吩咐屬下；于丹鶴宮備妥貴賓客坊，汝等暫且隨翊衛走壺道前往，好好養精蓄銳、靜待神氣充足。今晚；本莫離支將設酒宴；盛情接待諸位大唐來的佳賓也。』唐三藏即率眾人先行告退離席，赴丹鶴宮休憩去矣。

酉時三刻；莫離支遣宮中侍從官前來邀宴。一行人進入薰香飄逸、宏闊華麗的宮中；與淵蓋蘇文左右就座、達官權臣則並列兩旁入席。金觴玉液、珍餚盛讌、逐一擺滿桌案。這時鑼鼓響起、箏蕭齊鳴；那些頭戴鵔鸃紫羅冠❾、身穿黃衣羅帶、足踩赤皮靴的樂師們，彈奏著「歌芝栖」舞曲。四名舞者；二人著黃裙襦、赤黃袴，另二人穿赤裙襦袴、烏皮靴。她們以絳抹額、椎髻置於後勺、金環飾身、揮舞著長袖翩翩起舞。旁邊跟著一群拍打腰鼓的舞者；場面好不熱鬧。有詩對該酒宴，作如此記載：

錦宮華宴貴賓座、鼎食佳釀奉上桌。金觥玉箸頻交錯、異國珍饈盡張羅。
葷食人蔘雞藥膳、素餐紫米泡菜鍋。高歌漫舞蔚豐碩、賓主歡怡逌樂活。
莫離支王壯氣闊、朝中文武競相酌。鬧花戲曲八巡過、敬酒如流猶穿梭。
天朝上賓妙經送、萬山千水至高國。熱血揚佛受尊崇、功德無量眾生托。

高句麗朝廷的盛宴，樂舞侑食；可稱為異國風味十足、摯情誠意沁人肺腑。直至深夜子時；雙方才意猶未盡、賓主懷著滿腹醉意、施禮各自回宮休憩就寢。

按行程；唐三藏停留高句麗期間，將為該國國祚與庶黎百姓，作水陸祈福法會❿三天。前兩天於大同江畔的鴻雁樓開辦法會道場，第三天則於光祿山之陽的雲夢閣設壇舉行法會。一千兩百個來自高句麗各地的高僧、齊聚一堂、共襄盛舉、誦經禮佛。水陸法會之場合；可謂何其恭盛隆重也。

在鴻雁樓舉辦的兩場法會，進行至為順暢。朝廷百官由淵蓋蘇文親率臨場參與，穿著赤古里⓫的群眾洶湧而至、參與科斗⓬。法會之場面空前踴躍。唐三藏一行人除了為法事誦經祈福；藉機絳帳傳經；宣揚佛釋之道、為佛法妙經開示解惑。

第三天的法會；如期在光祿山南面的雲夢閣建壇召開，雖然已經勞累兩天；唐三藏法師依然精神抖擻、氣宇軒昂、為那高句麗祈福法會效力盡責。這回；淵蓋蘇文略感疲憊不適、留在宸居補眠，即遣東宮太子與眾皇族專責代理出席法會。

由於光祿山會場在城郊；又連續兩天的熱鬧氛圍，正所謂：一而振、再而衰、三而竭。明顯百姓參與這回法會的人數少了許多，朝廷的官員更是寥寥無幾。送經綱幾個師兄弟也鬆懈下來。

日正當中之午未時分；法會暫停休憩歇息。雲夢閣的法會現場，提供有各界布施之豐盛午膳齋食，讓善信賓客們人人吃得盡興、個個大飽口福、不亦樂乎。用完午膳，送經綱一行；除了留一人侍候師父，餘皆躲一旁陰涼打個盹。這兩天的法會；送往勞來、輒實累壞大家了。不一會；皆呼呼入睡矣。

「轟」地一聲巨響！猛然天崩地裂似的；雲夢閣前端的山坡地被撕開成兩半，地面裂縫深不見底、裂痕長不見盡頭。值班的行者悟空；驚覺情況不妙，抄起如意金箍棒就拉著唐三藏師父閃避，卻見師父已經昏迷不醒、不省人事。他趕去叫醒大家，豬八戒等幾個師弟都搖不動、踹不醒。惟見整個法會會場的群眾和僧人；不是東倒就是西歪、不是七橫就是八豎。

「糟糕！午間那些齋膳中；肯定遭到賊人放藥下毒矣。慘哉！慘哉！」幸好悟空自備帶著一些果子充飢，沒有沾到絲毫的齋食。他立刻打起精神；用火眼金睛掃描周遭的四面八方。

果不其然；方儀⓭在晃動一陣子過後，裂縫深處逐跳出成群結隊的小妖，有備而來的妖精：刀槍劍斧、無一不齊、啥都不缺、蜂擁而至。他們衝到雲夢閣的法會現場，見人就抓。更有多個小妖過來掠奪唐三藏，氣得行者大罵：『不長眼的小傻屁！有俺在此；哪輪得到你們囂張哩！』說罷；揮出金箍棒就橫掃過去。頓時打得一群小妖腦袋開花、無不遭殃、哀鴻遍野、哭爹喊娘。

「丟人現眼，全都給我閃一邊涼快去！」一聲喝叱；冒出一個全身赤紅的魁偉壯漢，他非但顏容毛髮赤紅色、甚至一身龍麟胄甲也是赤紅色的。相貌駭人的妖怪指著行者說道：『常人說：識時務者為俊傑。給你兩條路走；一是滾遠一點、好狗不擋路，本王可饒你不死。再不然；就是本王會讓你死得很難看。信不！』悟空冷笑回一句：『就憑你！滿嘴跑馬的；說穿了也不過是一個千年的紅蔘精罷。在俺大聖面前，擺什麼譜？跩什麼跩？』

紅蔘精被行者一眼看穿；詫異地倒退三步，說道：『好傢伙！莫非你就是去西天取經的臭皮猴孫悟空。躺一旁的就是吃了；能讓人長生不老的唐三藏囉。難怪高句麗的皇太子和皇親國戚爭相陪伴他。這回本王真是挖到寶、撿到好康啦！打死俺也不能放你們走了！』他立刻對著身邊的小嘍囉說道：『眾兄弟們聽好了；這隻臭皮猴有本王來頂著，汝等快快將那唐三藏給俺拿下。機會萬不可失！』孫行者不多廢話；揮舞那金箍棒守護著唐三藏。面對這些山野裡來的大小蔘妖族群；任誰靠近就當頭棒喝、絕不是跟你們鬧著玩。

噫！妖王手持電光戟；有恃無恐逕直刺向行者，只見那電光戟伸縮自如、可長可短、快若閃電、銳如箭簇、假使是一般天仙神將則肯定難以招架之。偏偏遇到的乃身經百戰、越戰越勇的孫悟空，牠可佔不到半點便宜也。雙方戰逾百回合；難分高下、功力伯仲之間。

甫地；高句麗朝廷據報，莫離支王率宮中虎賁御衛大軍匆忙趕來解圍。紅蔘妖王見狀；一聲喊退，剎那間一夥妖將妖兵們跳進地塹裂縫中，消失無蹤。悟空哪肯罷休；持棒追趕過去，竟然來回鑽地卻遍尋不著。

淵蓋蘇文直奔光祿山下雲夢閣的法會會場，見著躺倒一地的人群；知道大勢不妙。他和行者詳細清理肇事的會場，發現不見豬八戒和辛甘二人。再繼續清查；急得他全身發抖；原來東宮太子和貼身扈衛也全都不見了。顯然那紅蔘妖精遭行者阻擾捉不到唐三藏，臨時一夥子捉走高句麗的太子、豬八戒、辛甘等人；作為人質、挾持而去矣。

行者悟空悲嗟嘆息說道：『這光祿山真是光怪陸離！居然從地下冒出一大堆人蔘妖。看著他們地遁而去，俺的地遁功力也並不算差啊；卻在地下找不著他們？玄乎！真玄乎！』淵蓋蘇文長嗟短歎說道：『唉！如果找不到，本王不惜動用高句麗舉國之力，也要剷平這座光祿山找到他們。』旁側的翊衛對悟空悄悄說道：『你有所不知；這些妖精多年來一直困擾著我們。掠奪財庫、捕食百姓、甚至荒謬到提親；妄想跟高句麗的公主結為連理。唉！一堆麻煩、不勝枚舉呢。』

孫悟空拍著胸脯保證，他說道：『莫離支王莫心急，且勿懷憂喪志。妖物雖然邪門，只需給俺三天時間，俺絕對救出他們；將高句麗的皇太子，完好如初交到你手上。說不準；順利的話，明天就搞定了。行不！』淵蓋蘇文半信半疑，無可奈何說道：『三天？簡直是在天方夜譚。現在本王已經束手無策、萬念俱灰，只要能救回太子；隨便你幾天吧。』光祿山雲夢閣的法會橫生厄劫，於悲痛愁悵之情況下，只得草草收場。

翌日一早；唐三藏等師徒一行在宮裡清醒過來，聽到行者敘述昨日法會上發生的事，大家既驚愕又惋惜，歎聲連連。尤其唐三藏更是難掩悲痛之意，兩眼垂淚說道：『南無阿彌陀佛！一場水陸祈福法會；竟然演變成災禍的場所，殃及無辜。這回無異置高句麗皇太子和悟能他們於死地、命懸旦夕也。罪過！罪過！』悟空反而笑咪咪說道：『無妨！無妨！師父憂煩過早矣。那些人蔘精的目標不是他們；而是師父您啊！吃太子和八戒的肉只能填飽肚子，與吃普通人的肉別無二致。所謂項莊舞劍；志在沛公，而師父你才是沛公啊！』沙和尚問道：『所以說……？』悟空回說著：『所以說；在他們以物易物之前，絕對會把師弟二人和太子照顧好好地，當大爺般供奉著。安啦！』

且說朝廷莫離支王心急；一群山野的人蔘妖精們心更急。大清早；宮殿廷外的斗拱上，即飛來一隻帶信的鴿子，宮中翊衛立馬將信鴿呈上予莫離支。信中所言；均如行者所預料的，簡短幾句：「今日午時前，速將唐三藏押到大同江畔的鴻雁樓，綑綁在面臨江畔的樓柱上。五里之內不得有任何人，待他們前往驗明正身之後；自當釋放高句麗皇太子與兩個外僧。如有差錯、誤了大事、一切後果自負。」。

淵蓋蘇文想子心切，看信中寫得雖然簡易明白；卻也不好得罪大唐送經綱的人。正愁著不知該如何啟齒是好？搖擺不定、心亂如麻之際；廷衛呈報那唐三藏等一行，前來殿上求見莫離支。淵蓋蘇文立即從龍座站起身說道：『宣召！宣召！』

一行人才進殿；莫離支快步過來拉著唐三藏的手上座，並且把妖精傳來的信件交給唐三藏過目。行者瞄一眼；哈哈大笑說道：『照辦就是！照辦就是！』

淵蓋蘇文尷尬不解，吱唔說道：『可……可是把玄奘法師送過去，不啻為羊入虎口、必死無疑哩。難為！難為也！』行者慰藉回道：『無傷！無傷！請莫離支敞開心胸，丟給我們處理便是。您只管吩咐御膳房多準備些酒菜；給安全歸來的皇太子壓壓驚吧。』說完；一行人向莫離支暫行告別，離開宮中大殿。悟空要秦願照顧好師父，他帶著沙和尚直奔大同江的鴻雁樓。

不入虎穴、焉得虎子。悟空拔出一根毫毛；唸咒變作師父唐三藏的模樣，要沙和尚把他綁在鴻雁樓的大柱上，隨即快快離去。悟空自己則變做一隻飛蟲，停在卯榫上頭監視著。他自認單槍匹馬對付這群妖精，綽綽有餘了。

不多時；十幾個潛伏的小妖打從大同江中爬了上來，走近樓旁左顧右盼。甲妖說道：『大家看清楚，是否有其他人埋伏附近？』乙妖則說道：『有也不怕；只要那隻臭皮猴不在就得啦。』丙妖說道：『俺的眼力好，確實這附近看不到半個人影。要不；俺再出樓逛兩圈看看？』甲妖不耐煩說道：『算啦！他們已經把唐三藏這肉球給送來了。咱們抓緊時間；快將他押回去吧！省得那隻臭皮猴後悔，又來砸鍋鬧事。』說著就進入樓內解開唐三藏，幾個妖卒強押著假唐僧；快步朝江中走去。行者變做的小飛蟲即刻跟監，不敢輕舉妄動、打草驚蛇。

澎湃洶湧的江浪、翻來覆去、不斷起起伏伏。孰不料才一轉眼；就失去那些妖兵的蹤影。糟糕！行者打遍天地乾坤都難不倒他，唯一不擅的就是在水中攪和。他再變回原身，在水裡卯足全力、尋尋覓覓、啥都找不著。不諳水性；只得上岸，垂頭喪氣坐在江邊思考下一步，怎地找出這些人蔘妖精的老巢賊窩？

這時候；躲在附近的沙和尚，也跑過來摸清底細，二人皆苦無對策。

行者決定：快刀斬亂麻。祭出「唵」字咒，先把江龍王招喚至面前問話。大同江的龍王聽悟空表述的情況，急忙說道：『拜見大聖和沙僧，你說的這夥人蔘妖精可不好惹呢。他們在這一帶為非作歹、吃香喝辣、至少五、六百年了，妖術高深、根基穩固。勸你們還是省省，快點離開……』行者打斷他的話，說道：『你少廢話！俺只問你一句；要如何找到他們的狗窩？得不！』

江龍王碰一鼻子灰，唯唯諾諾回應道：『得！得！要真格找到他們，就必須去此江河的上游源頭，即是狼林山脈。我還是建議兩位多找些幫手……』悟空理都懶得理他，拉著沙僧掉頭呼下觔斗雲就走，先趕緊救人去。又干又脆、不多囉嗦！

二人溯江而上；半晌終於來到狼林山區。孫行者站在雲端高處用手搭遮蓬，放眼縱觀那片荒林山野。來回環繞幾圈之後；發現在一片峰頂之松林裡，有七八個小妖正在撿拾柴枝枯木。他倆隨身變成鵪鴿鳥⑭飛了過去。

『嗨！想不到咱們這幫子；也有這一天能修得善果，吃到那唐三藏的肉！想到這裡、都叫人流口水哩。』一個正在伸懶腰的妖精得意說道。旁邊一個眉飛色舞的小妖說道：『不是剛才親眼目睹歪哥他們那一票人；押解唐三藏回宮裡，還真不敢相信是事實呢！』另一個則說道：『這些個中國來的高僧，簡直是過來送大禮的，三拐兩騙就搞到手了。恰如天上掉下來的美味，能錯過嗎？』『你們話真多！快快撿柴火吧。灶廚生火正等著用哪！』後面走過來一個大漢，神氣說道：『這一餐；比過新年還豐盛。有好吃的大肥豬、有高貴的皇太子、更有最頂級的補品唐三藏。想想；這一切恍如夢中，做鬼也值得啦！』

『別作夢；就直接送你們去做鬼吧！』行者悟空變回原身，抄起金箍棒就是一陣亂打，三兩下就清潔溜溜、小妖們全部結伴做鬼去了。二人聽到方才妖精之間的閒聊，知道情況非常危急，師弟和皇太子他們隨時性命不保。他把如意金箍棒變大；大到像一根通天鐵柱。用這根重達一萬三千五百斤、原是鎮海神針的金箍棒，使勁猛捶著大山。剎時；地動山搖、飛沙走石、山中的鳥獸四處狂奔亂竄。

『大膽！何方妖怪！敢來這裡放肆。』突然跑過來一紅一白的兩個人，率領著數百個揮舞刀劍、搖旗吶喊的妖兵。前者是曾經和行者交手過的千年紅蔘男妖精、後者則是同樣千年的白蔘女妖精，手中緊握著一把長柄協刀⑮。

這兩個妖魔；氣呼呼向行者邁著大步走過來，紅蔘精一眼看到行者，冷笑說道：『你這隻臭皮猴；羸瘦骨且多、身上又沒有幾兩肉。不想吃你；卻自己端菜上門來。再不快滾；勿怪本王拿你倆來塞牙縫。』『哼！俺用金箍棒來塞你的屁眼吧！』氣得行者拿起棒子就打。妖怪？看誰才是真的妖怪？須臾一瞬；狼林山脈殺聲震天、血肉橫飛、雙方展開烈火拼鬥。

才剛殺紅了眼；悟空就感覺兩腳不可自拔、抽不開身。低頭一看；竟然地面冒出許多雪白的怪手來，搖擺魔爪般的手；緊緊抓住他的雙腳不放。旁邊又傳來沙和尚嘶喊救命的聲音，他已經被一大堆白色魔爪抓住；長褲險些被扯脫掉。死拖活拽深陷地下、只剩下半截身子在苦苦掙扎著。這下麻煩大啦！

送經綱等一行人，幾天之內遭到狼林山中的人蔘精作怪，只因為過於輕敵而遭到嚴重挫折。行者可有辦法解決困境、化險為夷哩！敬請期待下回分解：

『註解』：

❶大行城：古代高句麗國首府的外城。
❷莫離支：古代高句麗國的最高領導者稱謂。原來稱為大對盧，後改之。
❸長安城：古代高句麗國平原王設置為京城。即今北朝鮮之平壤首府。
❹袞袞槐卿：槐卿意為三公九卿。這裡則指權貴高官。
❺傳科：指傳統的禮儀。
❻隨直頭踏：隨直指國王身旁侍衛。頭踏是官府出巡前導之仗儀隊。
❼大纛迎風：前導的大旗迎風飄揚。
❽杜科：宮殿裡的樑柱。
❾鵔鸃紫羅冠：用禽鳥的羽毛作為裝飾品的紫色帽子。
❿水陸祈福法會：全稱為「法界聖凡水陸普度大齋盛會」。乃佛教規模最隆重、功德最高的法會儀式。目的是超度亡魂、救贖眾生、延年益壽。
⓫赤古里：是古代朝鮮族的傳統衣服。
⓬科斗：此儀典起源甚早，在永漢元年張道陵天師得太上老君傳授之「北斗延生祕訣」。後而有此科儀，斗為天樞；神人之主宰。
⓭方儀：大地的雅稱。
⓮鴝鳥：為八哥鳥科的其中一種。
⓯長柄協刀：一種古代朝鮮使用的兵器，類似日本的薙刀。

第五十七回　天衣無縫擒蔘精　新羅荒野入險境

話說孫悟空帶著沙和尚；為了拯救被紅、白、蔘妖們綁走的高句麗皇太子，還有豬八戒和辛甘等人，匆忙趕赴狼林山域；挑戰一群人蔘妖精。

除了曾經在雲夢閣與行者交過手的紅蔘妖王，現場又出現另一個千年白蔘女妖姬。她卻長得艷姿其媚、婉曼其嬌、秀麗其表、神韻其瑤。腳穿紅錦繡鳳鞋、身穿著雪白緋花袍。白淨肌膚不著粉黛；倒也美艷動人。

雙方拼鬥伊始；白蔘妖姬不動聲色在一旁觀戰，孫行者和沙悟淨也沒當她是一回事。孰不知；她卻暗地裡唸起咒訣，打了半晌之戰況、即刻逆轉；嚇得悟空和沙和尚手足失措、亂了方寸。原來他二人的雙腳；竟然被地面冒出來的一堆魔爪，牢牢抓緊著不放。沙和尚驟然間更是被魔手連拖帶拉，深陷地下；只剩下半截身子在奮力掙扎！有詩提到現場之情況、生動且寫實：

雲夢閣前遭橫禍、八戒辛甘遭活捉、太子失蹤撼高國、千年蔘妖惹風波。
紅蔘妖王逞霸氣、率眾橫掃焱山坡、揮舞長戟炫武藝、嗜血玩命過生活。
白蔘妖姬不示弱、亮麗其表心汙濁、物以類聚長相伴、助紂為虐成一夥。
狼林山中藏賊窩、蔘精佔地成妖魔、為非作歹不知錯、噬食唐僧搏一搏。
行者上門討公道、當頭棒喝不用說、妖魔鬼怪皆打過、再加幾個不嫌多。
兄弟二人展氣魄、掃蕩群妖腳被拖、寸步難行怎打鬥、牽制雙足難擺脫。

一眨眼之間；師弟沙和尚整個人被活生生拖下了地面，完全消失不見矣。急得行者直冒冷汗，身邊層層包圍有妖卒、兩腳又動彈不得，想去救他卻自身難保。只好祭出「唵」字訣；施咒吐出三昧真火，將地上那些魔爪燒得暫時龜縮地下，然後行者遁地趕著搶救師弟去。群妖跟在後面窮追不捨，行者在地下找不到沙僧，又不好施展身手，萬不得已；只能趁機跳出地面，呼來雲頭火速逃離矣。

搭雲東轉西繞；越想越嘔氣。唐三藏和淵蓋蘇文還在等他消息呢，眼前兩手空空；實在無顏回去見江東父佬。行者衡量再三；決定再度折返狼林山。見四下無人；雲頭即落在一處偏僻的峽谷裡。

召喚地界仙家咒訣唸出；土地和山神甫地現身報到。二人問說：『大聖大駕光臨，有何指教？』行者把發生的事說一遍。山神說道：『這些人蔘妖精在此山間已經多年矣。平時無惡不做的妖精們，想不到這回惹到你們送經綱的人。罪該萬死！』行者問道：『這些蔘妖其實都是一群烏合之眾，唯獨那千年的紅蔘妖王與那白蔘妖姬較為棘手，說來頗具邪門妖術的功力。他們是啥來頭哩？』

山神回答：『這還得從白岳宮的檀君❶始祖說起；多年之前的一次十月三日開天節，新羅的延烏郎❷前來朝貢。奉上一對紅白人蔘給檀君養生進補。檀君仁善不捨；見那紅白人蔘極像一對金童玉女，培植百年之後，又命隨扈帶到凡間山林中栽植，任其逍遙自在、繁衍子孫。孰不料；這一對紅白蔘吸取日月精華、又沾到天地飛禽走獸的血跡，積年累月下來、越長越邪、越大越惡。後來更匯聚一群野蔘精、狐朋狗黨、結幫結派，終於造成這狼林山中；令人聞之色變的一股惡勢力。真是：有心栽花花不開、無心植蔘蔘成精。哀哉！哀哉！』

悟空又有一事不解；他問道：『再者；前後有幾回，俺尾隨他們地遁。鑽下地半天；竟然找不到牠們的蹤影。這又何故也？』土地微笑說道：『容敘！容敘！大凡地遁；可分為淺遁、深遁和無量遁三種。大聖屬於淺遁，山神和土地爺則可深遁，這群蔘妖自幼即生長於山野土石之間，也能深遁。但是這對千年蔘精卻更勝一籌，擁有無量級的遁地功力，鑽入地下能深不見底。換句話說：地面之下才是牠們的天地和舞台。不說大聖，地面之下；誰拿他們都沒轍！』唉！原來如此。

『如果有辦法在地下找到他們，問題當可迎刃而解。』山神認真說道：『可問題就是沒人能有那般無量遁地的功力，更遑論根本無跡可尋啊！』悟空謝過此間土地、山神指點，他必須抓緊時間救人。三個師弟和高句麗的皇太子身陷囹圄，掌握在蔘妖手中；成了待宰羔羊，萬一假唐僧被揭穿，他們死得更快。十萬火急；行者走投無路之下，即呼觔斗雲直接往南海落伽山的普陀巖；飛奔而去。

『如此如此、這般這般！』行者隨著捧珠龍女進到潮音仙洞，伏跪觀音菩薩跟前訴說經過，觀音菩薩搖頭嘆息。站在一旁侍候的木叉使者見多識廣；他若有所思說道：『看情況似乎不樂觀。不過；蔘妖之無量遁地法雖然奇特，倒也不算唯一。就我所知；東岳大帝❸屬下有十二位部將，號稱「伏地星君」；各個皆可鑽地千丈、來去自如，擒拿捕捉這兩個蔘精妖王；自是綽綽有餘。』悟空聽了樂不可支。觀音菩薩斷然把握機會，遣木叉使者馬上走一趟東嶽泰山，將十二位伏地星君邀請前來幫忙。不過一柱香的時間；東岳十二星君就隨著木叉使者來到潮音仙洞內。

『糟！遁地靖妖的問題不大……』領頭的元神星君獲知情況，悻悻說道：『可是地下的世界萬分複雜，與地上或水中截然不同。地底下有細沙有汙泥、有泉水有岩石……視覺有限、障礙很多，追蹤這些人蔘妖精談何容易？一不慎就丟失了。難哪！難哪！』觀音菩薩心中早有謀略，隨之說道：『不難！不難！吾知道銀河之東；有一專織天衣的天孫織女，她織出來的雲錦天衣；堪稱為天衣無縫。』元神星君納悶問道：『天衣無縫？這……兩碼子事，有何相干？』觀音菩薩繼續說道：『關鍵就是；雲錦天衣使用的針線表象是無形的，不說出來即以為天衣無縫。事實針線均為仙物，一經唸咒就清清楚楚得以看到針線痕跡。一覽無遺！』

孫行者澈然頓悟；搶先說道：『俺只需在打鬥時，趁機在兩個千年蔘妖的身上扎上針頭紅線，諸位星君即可依循那紅線，遁地活捉牠們也。而牠倆卻一無所知。』一語道破；十二星君拍案叫絕，一起說道：『菩薩果然睿智英明，可行！可行！』

觀音菩薩交待大家說道：『現在我們即刻分頭進行；由惠岸領著諸位去銀河之東找天孫織女，商議借用天針與紅線。我還得前往阿斯達山白岳宮；拜訪朝鮮的檀君始祖，商議如何處置他這兩個蔘妖才是？待會兒；我們在狼林山再匯合。』大家施禮道別，各自離去完成該做的活。

『聽好！不論大妖小妖、不管紅的白的。通通給俺滾出來！』從天孫織女那裡借到天仙針線，行者回到狼林山故意大聲叫囂；引蛇出洞。音效挺好；瞬間就見到紅蔘妖王和白蔘妖姬，領著一大群野蔘妖兵；慢慢圍了過來。

『瘦皮猴來得正好；咱們廚灶正忙著磨刀生火、準備宰殺你們一夥人下鍋。你倒是時間抓得真準，是否想開啦！跟你那一夥作伴去陰間。也罷；加些猴頭菇做成大雜燴，好吃又補身子。』紅蔘妖王盛氣凌人指著行者說道。白蔘妖姬睥睨看著行者說道：『乖乖聽話！丟下你那根小棍棒；束手就擒吧。這回你插翅也難飛啦。』悟空罵道：『死到臨頭還敢拿翹、耍嘴皮。真是欠揍！』他抄起金箍棒衝向前就打。這兩個妖王魔姬自然不是省油燈；也率先迎身而戰，這頭紅蔘妖王的電光戟刺過來；那頭白蔘妖姬的長柄協刀殺過去。三人近身打成一片！

雙方來回打殺一陣之後；妖姬等不及地抽身跳出，冲著行者即合掌唸咒。地面上又開始伸出數十隻魔爪，狠狠揪著悟空的雙腳往地下拉。悟空冷冷一笑，心想：你這「白蔘遁土雞」又來玩這一套了，俺已經往你們身上飛出幾次無形針；好戲就要開始，你們麻煩大啦！

『伏地星君們！該你們上場囉！』悟空一吼；十二個神勇的星君早就磨拳擦掌、躍躍欲試、躲在一邊等得不耐煩。他們聞聲逐各自持武器，從四面八方火速衝殺而至。冷不防荒山野嶺會冒出一堆仙家神將，小妖們立作鳥獸散，鑽的鑽、爬的爬、很快地潰不成軍。兩個妖魔也慌了手腳；摸不清對方到底埋伏有多少人馬？小嘍囉又嚇跑一大半。還打個屁哩！紅蔘妖王只得趕緊叫聲：『撤！』

說時遲、那時快！「刷」地一聲逐失去它們的蹤影，全部遁入地下矣。以為神不知、鬼不覺的兩個千年蔘妖夫妻檔，回到距離地面百丈深的地宮。二人坐在豪華壯闊、美輪美奐的地宮王位上拍胸喘口氣。正準備啜一口鐵觀音茗茶、嗑點五香瓜子來壓壓驚；卻不料殿堂內殺聲四起。那十二個伏地星君、循著悟空扎在蔘妖衣物上的無形針線，口唸解咒；一路抓緊尾隨遺留下來的紅線，跟著跟著；逕自找到蔘妖的老窩來了。

『糗了！糗了！』內行的妖王；一眼就看出殺進地宮裡的仙家們，都是遁地抓妖的職業高手，不說小妖、自己也未必頂得住。

白蔘妖姬臨危不亂；又開始祭出魔咒，地下忽地伸出一群魔爪來抓十二個伏地星君。元神星君神色自若說道：『真格關公面前耍大刀哩，區區小把戲。瞧俺的！』星君們隨即閉目掐指唸起「避火訣」；地面驀然揚起熊熊大火、滾滾烈焰、燒得魔爪皆化為灰燼，成群蔘妖逃避不及、也隨後葬身地宮底下。

紅蔘妖王緊緊揪著白蔘妖姬，逃離地宮、沖上地面。十二星君達成殲妖任務，倒也不急著追那二妖魔。他們在旁邊的另一個地洞中，找到了送經綱的三人和高句麗的皇太子。幸好大夥全然無恙、徒經一場虛驚罷。星君們則領著被擄的一行人出去見陽光下的大自然。

『渥靠！今天的運氣真夠狽！』兩個灰頭土臉的千年蔘精，好不容易逃到地面，倒臥在樹下休憩、惶恐不安、心有餘悸。卻見悟空緩緩走了過來，並且說道：『狽？還有更狽的在後頭等著哩！信不！』妖王大怒罵道：『都是你這臭皮猴惹出來的禍，看俺不打死你，來消解肚子裡的窩囊氣。』焉能不氣！看看詞中怎麼說：

千年造化；且採日月精華、紅蔘白蔘、狼林稱霸、聚眾蔘精佔山度生涯。
打四野、吃八方、威名遠播誰不怕。紅蔘大王電光戟、白蔘妖姬也不差。
地伸魔爪、雙腳硬抓、插翅難飛將汝拿。桀驁不馴犯天下、無畏孰討伐。
掠劫雲夢大法會、順利擄太子、且將唐僧拉。竟逢善戰美猴王、拚打殺。
驚天動地才一時、天仙神將來一掛。自恃高、卻犯傻、惹禍上身戰深窪。
剋星至、江山垮；樹倒猢猻鳥獸散。苦惱多、壓力大、罪魁禍首全是他。

他正在恨得牙癢癢。這會兒；冤家路窄，卻見著悟空悠哉悠哉走了過來，紅蔘妖王瞬間火冒三丈，抓狂地跳起身就朝行者打了過去。

『妖孽放肆！還不快快住手。』天上傳來轟聲雷響，兩個蔘妖抬頭一望；嚇得二人膽顫心驚、魂魄出竅。原來天際雲端；站著檀君始祖、旁邊更有觀世音菩薩和其他仙家們。二人清楚大勢已去、劫數難逃；伏跪在地、頻頻求饒。

『唉！都怪本檀君一時大意；英玄不清，過於驕縱你們兩個。』檀君始祖神情嚴肅說道：『現在你們乖乖隨我回去，罰你們在阿斯達山開荒墾地、種植各種草藥一千年，拿草藥救助天下苦難蒼生。希望你倆將功折罪，修成正果；成為功德圓滿的人蔘精。行不？』紅白兩個蔘妖聽了；哪敢說不行！像搗蒜般不停磕頭致謝。檀君始祖隨即從衣袖中；取出一隻大瓷瓶，唸訣將二者吸入瓷瓶裡蓋好。逐向觀音菩薩和眾仙家們拱手辭別，帶著兩個蔘妖自行離去。

『方才在地下妖洞，撿了幾個麻袋的大小野蔘。嚴冬時節進補聖品。不用客氣、多多益善！快來拿呦！』元神星君拎著大麻袋；倒出一大堆的長年野蔘，都是野蔘妖族的原身，補得很呢。仙家們各抓一把，這趟路可沒白跑、收穫匪淺！

行者領著三個師弟；還有高句麗的皇太子，向觀音菩薩與星君仙家們躬身起手感謝。然後互相道別；搭雲一起趕回長安城交差是也。

高句麗的長安懿德寶殿上；淵蓋蘇文父子相見、恍如隔世，在宮廷裡相擁而泣。然後邀請唐三藏師徒一行人上座，接受莫離支父子與朝中所有大臣一拜。送經綱一行不僅完好如初救回皇太子，更為高句麗杜絕後患、剷除危害多年的狼林山千年人蔘妖精，其功勛偉厥、為民除害、造福社稷、自不待言。

在高句麗舉國歡騰、並誠摯邀請下；送經綱即於長安城多停留三天。又為了上回光祿山之水陸法會；受蔘妖們半途強行干擾未成。逐再於原地之雲夢閣；補辦消災超渡、福國安民的水陸法會，完成功德宏願。這回；可是淵蓋蘇文攜太子、率百官、領著黎民百姓，親赴法會現場恭臨盛會耶。大轟高牙❹、何其隆重。

紅紅火火、熱熱鬧鬧、就這樣過了三天。曲終人散、宴席總有結束的時候；唐三藏臨別高句麗，親手贈予莫離支王百卷真經抄本，讓佛釋妙法在此間弘揚廣傳、普渡眾生。淵蓋蘇文甚為歡欣；親自帶著皇親國戚、文武百官、遠送唐三藏師徒一行，直到十里外方才罷休。送經綱一行人繼續朝百濟國走去。

『好吃！真好吃！』豬八戒邊走邊啃著妖穴裡撿來的野蔘精，像蘿蔔一般大小的野蔘精，幾個師兄弟也吃得津津有味。八戒笑著說道：『這些野蔘精好大膽，竟敢吃人！差些；俺就被你們吃掉。哼！現在看是誰吃誰哩。』唐三藏本著惻隱之心告誡說道：『阿彌陀佛！水能載舟、亦能覆舟，更何況是草木。牠們也是長年被人們上山採食，一朝有機會獲取天地精華而成妖，難道還會喝水填肚子嗎？不但吃人；而且還要挑你這般肉肥油多的人來吃，那才叫養生進補呢。』這話說得八戒啞口無言，也逗得大家哄然大笑。平日一板一眼的師父、偶而也會搞笑的。

那一路；送經綱見山越山、見水渡水、倒也堪稱平安順暢。如詩所云：

日月交替星斗移、翻山越嶺逝如影、異國風情高句麗、如詩如畫如夢裡。
道不盡藍天綠地、看不完霞峪青溪、荒徑芒草頻搖曳、示喜示憂示秉彝。
一步一履臨百濟、又度千山行萬里、新堤垂柳映水碧、瓊田山村弦歌起。
遠方送經送善意、佛光普照新氣息、春暖花開皆心力、苦盡甘來方歡喜。

一行人過了開城；漸漸遠離高句麗國。再趕幾天的路，經京畿道和江原道不久，所見到的就是新羅國界碑。一群戍守邊界、駐防巡疆的新羅官兵前來檢查證照。查閱一行人的度牒和關文之後，和善的在前引導；進到了新羅國北端的江陵城。江陵城城主熱烈歡迎，且盡地主之誼、恭迎其盛；有詩據實描述之：

擺酒座席設餐宴、笙歌起舞彩虹間。大唐遠道送經至、豈能草率擱一邊。
自古兩國稱兄弟、兄友弟恭結佛緣。江陵縣城合歡慶、來者是客坐上筵。
豐饈玉液供金殿、山珍海味一連連。世間何物堪留戀、無憂無慮醉成仙。
天涯海角來相聚、風花雪月似雲煙。人生難逢這一刻、不歡不散盡笑顏。

熱情如火的新羅江陵城主，欲挽留唐三藏師徒多停留幾天，對大乘佛經充滿推崇與學習之意。可惜送經綱行程侷限之故，玄奘法師僅止開壇授法兩天。傳送西天真經抄本五卷和若干其他的佛經數卷；即整裝繼續出發。

離開之時；江陵城主率城裡的官員送客至城區之外，並且預祝旅途平安。突然城主提出慎重建言，他說道：『唐僧法師往新羅首善金城❺，若往江原道雪嶽山❻與九峰山的路上，有可能將經過虎頭山山區一帶，切記一定得繞道避開。即使路途遠些；卻可避免甚多麻煩也。慎之！慎之！』豬八戒好奇問道：『何故？莫非那兒鬧鬼乎？』江陵城主神秘說道：『不是鬧鬼；但是比鬧鬼還可怕。那虎頭山中有一片森林，當地的百姓俗稱那片山林為「古魔林」。經過那裡；險惡至極、萬物進去之後，就別癡想活著走出來！看諸位都是老老實實、規規矩矩的出家佛僧，既然出門送經；還是平平安安比較重要。犯不著冒那個險啊。』

說一行人老老實實、規規矩矩，差點笑掉幾個師兄弟的大牙。除了師父唐三藏之外；一路走來誰沒打妖打鬼的經驗，更不用提到齊天大聖孫悟空矣。眾人無暇多辯解；只當人家江陵城主也是一番好意，連聲諾諾稱是便罷。彼此辭別之後；即朝巽位的方向趕路而去。

送經綱等人根本不把江陵城城主的話當回事，這一路來；見妖打妖、遇鬼打鬼、何曾有畏懼之，才離開就把那城主的話忘得一乾二淨矣。再趕一個多月的路；穿越雪嶽山不知不覺；他們來到另一座山嶺，才走半晌就見到路旁一個路牌，上面寫著「虎頭山古魔林區、行旅止步、要命回頭」。頓時回憶起那城主的警告！一行人笑著直走下去；不過是普普通通的森林，看看到底誰怕誰哩！

虎頭山森林；為何被形容為古魔林？果真如此名符其實的恐怖嗎？又將出現何種妖魔制肘阻撓？他們且得順利化解危機乎？敬請期待 下回分解：

『註解』：

❶檀君：為朝鮮民間傳說中的開國始祖。高麗中期的一然禪師，在他著作的《三國遺事》、同期的李承休撰寫的「帝王韻記」；都有描述攸關檀君之事蹟。

❷延烏郎：傳說新羅的太陽神，而月神細烏女為其夫人。二人均生活於東海。

❸東岳大帝：即東嶽泰山之神，簡稱「仁聖大帝」。其乃中國五嶽之首。

❹大轟高牙：形容聲勢浩大。

❺金城：即當今韓國之慶州。一直是古代朝鮮新羅國之京城。

❻雪嶽山：為韓國江原道太白山脈的主峰。海拔一七〇八公尺。

第五十八回　古魔林草木皆妖　金妖獸祭轟天雷

卻說唐三藏領著東瀛送經綱；在離開新羅國邊城的時候，該城主特別好意警告，如果去新羅朝廷金城；經過虎頭山山巒則必須繞遠道避開，因為當地有一片俗稱「古魔林」之地方，乃是有進無出、死無葬身之處的鬼域。孫悟空等師兄弟只是當笑話聽聽罷；根本不當一回事。說著說著；走了一個半月之後，他們果然來到一路邊；有木牌寫著「虎頭山魔林區：行旅止步、要命回頭」。大家依然談笑風生、視若無睹地繼續往前走下去。魔？這魔到底長啥模樣哩。

走不多時；則見幾個樵夫，挑負幾擔枯柴追趕過來。他們好意相勸道：『你們幾位雲遊的和尚高僧，莫再繼續向前直行。這虎頭山峽谷的前面就是「古魔林」，這裡連鳥獸都不敢進去呢。如此生靈塗炭、死路一條的地方，你們快點離開吧。』唐三藏笑著說道：『阿彌陀佛！善哉！善哉！感謝施主的好意。我們自行處理、量力而為便是。』樵夫們見規勸無效，搖搖頭、嘆著氣、疾疾快步離開。

放眼望去；這座荒山野林；倒也算不上斷崖峭壁、絕巘❶險峻，有的只是極為平凡的樹林土坡、荒丘野草而已。走在一行人前端開路的孫悟空；甚至為眼前茂密的奇花異草、連綿的錦繡大地，沉醉其中、渾然忘我。跟隨在後面不遠的一行人，也同樣享受著大自然的美景，青山綠水、美不勝收。古詩中有道是：

百花嬌媚夾徑道、黑杉雄偉伴綠槐。山風徐徐拂紅檜、松柏搖曳迎客來。
金陽灑遍山林外、世間何處惹塵埃。雲遊諸野不見怪、天涯怎比雨花台。

誠所謂之：山高路遙、難得有賞心悅目之一刻，豈容錯過：

歲月如斯真經路、步履凡塵猶漫長、山清水秀逞一瞬、過眼雲煙俱渺茫。
異國他鄉且流浪、日照月映雲飛揚、皚雪長風肆飄盪、煢獨為伍赴前方。

『阿彌陀佛！怪哉！怪哉！』坐在白馬上面的唐三藏，邈然覺得此情此景頗為弔詭懸疑，他說道：『雖說這山中風光迤邐、景色宜人。但是一路過來；卻不曾聽聞蟲鳴鳥叫、也不見蛇爬蟻鑽；更不見那飛禽走獸出沒。這裡為何除了花草樹木、岩石澗水、蒼生歙然絕跡呢？按常理：荒山野嶺應該充滿生機、鳥獸更為蓬勃才是啊。不解？不解！』一行人也點頭同意，確實都沒看見有鳥獸出入林間。

八戒眼尖；他指著一顆大槐樹頂端說道：『師父愛說笑也。瞧那邊的槐樹上；不正停著一對飛來的赤鶇鳥！活蹦亂跳的。是不！』眾人朝八戒所指的槐樹上端注視著，這話可也一絲不假，兩隻赤鶇吱吱喳喳叫個不停。片刻間；猛然發生的事，讓眾人瞠目結舌、牙都歪了！原來活生生的兩隻鶇鳥；在眾目睽睽之下，剎時有一隻被大樹張口吞食。另一隻欲飛走逃脫；竟然也被槐樹的一叢濃密枝葉拍打下來，遭到魔樹緊咬不放。不多時也成了槐樹的可口食物。

經驗豐富的一行人；馬上靠攏圍成圓圈保護師父和真經。孫悟空驚訝說道：『好傢伙！這古魔林中的怪草妖木，確實夠邪門；居然能逃過俺的火眼金睛。咱們一路賞景；都沒留意生態環境詭譎之處，整座山域魔林危機四伏，難怪見不到蟲鳥野獸，都被吃個精光、無一倖免。恐怖！恐怖！』

大聖話才說完；地面開始震動起來。甫地天旋地轉、地動山搖，四周圍的參天大樹、叢叢野草、蠢蠢欲動。草木自行連根拔起，搖搖晃晃；逐漸向送經綱一行人移動過來。像似獵人圍捕野獸一般；將一行人團團圍住、層層包抄。

八戒抄起九齒釘耙、沙僧舉起降妖寶杖、辛甘也拿起劈天寶刀；把靠近的妖樹打得東歪西倒、枝幹分離。可是妖樹越聚越多、即便打得枝枝歪歪、樹倒葉散也無濟於事，妖樹還是爬了起來、繼續圍攻過來。那一叢叢的蒲葦芒草也飛撲而至，張牙舞爪就要吸血。急得行者悟空大聲喊道：『不要枉費功夫、消耗精力了。不說打不死牠們；滿山遍野、數萬畝的莽林叢草，咱們可得打到何年何月哩？就算十輩子也打不完哪。先搭上雲頭走人吧！保護師父和真經，快撤！快撤！』

這一吼；眾人方才警覺，邊打邊呼喚雲頭下來，準備閃脫。可惜為時已晚；一堆妖樹以枝葉遮掩地面，不讓雲頭滲透進來。僅有行者硬打硬闖、來不及帶走唐三藏師父他們，便抓著一絲絲空隙；單獨翻個筋斗躍出十里外去。

留下來的眾人，喊天天不應、呼地地不靈，惟有抓緊隨身武器；保護著唐三藏師父。四面壓迫而至的妖樹越聚越多，眼看到了打不勝打、面臨生死存亡之際矣。

『全部給我退下！』赫然一聲如雷般的吆喝從山谷傳來。那些迫在眼前；圍得水泄不通、密密麻麻的食人樹、吸血草、斷魂花、穿腸果……聞聲之後，驟然停止攻擊。牠們畢恭畢敬地退至一邊，讓出一條長長的徑道來。

噫！一陣迷霧滾滾而至，隨著煙霧；邁開八字步走過來一群彪悍武將。走在他們前頭的首領；身高數丈、龍眉虎眼、絡腮虬髯、雄壯如岳。他頭戴冲天冠、身穿龍鱗鎖子甲、足蹬獸皮靴、腰繫神龍觔。奇特的是他全身上下；長滿金毛翳髮。

豬八戒槑槑呼呼❷走過去拍肩哈腰，問道：『這位大哥，這裡不好玩。請問一下；我們要如何下山哩？』旁邊的護衛快步過來推開豬八戒，拿班兒❸凶巴巴說道：『放肆！誰是你這豬頭的大哥？胡鬧！他是虎頭山這裡的「神金斌王」。允文允武、文武雙全的神金斌王。知不！』豬八戒嬉皮笑臉，栽人❹說道：『啥？神經病王？他真敢取這種諢號……俺還真不敢叫哩。端的煞有其事、有模有樣呢。』

那神金斌王並沒有理會豬八戒。他冷冷對著兩棵大樹，聲若洪鐘說道：『哼！你們把本大王的話當放屁是嗎？自作孽不可活！賞你們「轟天雷」嚐嚐。』他說完；將右手掌一翻；掌心剎時閃出耀眼雷電。「轟！」的巨響；兩棵大樹瞬間被雷電劈成兩半，枝飛葉散、化成灰燼。原由只因為那兩棵大樹的樹枝還緊緊勾住唐三藏不放。嚇得旁邊那些邪花異草、妖樹怪木、紛紛遁回原位，避得遠遠的。神金斌王丟下一句：『這些大唐仙僧；哪輪得到你們這些野草朽木來享用哩。還不給本大王滾遠點！』再轉身；一聲令下：『眾將官；把他們全部押回去。』

且說孫悟空一個筋斗翻出了古魔林，站穩住腳步之後；思緒五味雜陳、心頭猶有餘悸。猜不透這片魔林中的叢樹荻草是啥妖物來的？牠們肯定是受某個妖魔指使，否則送經綱一行人踏進魔林的一刻，老早就會遭到邪草妖樹之攻擊了。若不是那兩隻赤鶇鳥當場遭撲殺捕食，送經綱一行都還被蒙在鼓裡。不過！得趕快找出個頭緒端倪。再拖遲延宕；一行人性命就難保矣。不囉嗦！

『唵、嚂、靜法界、乾元亨利貞』大聖把訣一捻、咒一唸；虎頭山的山神和土地立馬趕到面前拱手作揖。山神驚詫說道：『天啊！沒人警告你們嗎？這古魔林來不得也！不說一般人；即使是飛鳥走獸進入林子，也沒有哪個能活著出去的。進不得！進不得！』大聖行者急著問道：『現在講這些太慢啦！咱送經綱一行人都已經被困在叢林中。俺只想知道；這片魔林出了啥狀況？好端端的花草樹木咋變成兇禽猛獸、嗜血喫肉了哩！這背後；又有啥妖魔在作怪？快給個說法聽聽！』

這方土地搶著回話道：『唉！回大聖的話；此事說來話長。八百年前：有一西天神仙雲遊經過，見虎頭山間、山靈水秀、地熒氣旺、於是欣然在此；林深人不知、明月來相照的岩洞裡，開始閉關坐禪、修道煉丹。

這期間；經常會出現一金絲猿猴為他送來採摘之野果、捎來純淨之山泉、精明聰慧、頗通人性。該西天神仙和此猿猴不斷互動來往，二者日漸增長情誼。有時候；這位天界神仙閒著沒事，就傳授一些法術、講解道行，金絲猿也照單全收、有樣學樣。積年累月下來；這隻金絲猿倒也精通法術，成了活神仙。孰不料；三百年之後，該天界神仙修道有成，返回天界仙宮。這隻金絲猿逐無人牽制看守，獸性大發、恣意妄為。就在這虎頭山內佔山為王，聚妖結黨、興風作浪、無惡不作，並且自稱「神金斌王」，威懾此山。這數百年來；不知造了多少業障、殘害無數生靈，簡直就是罄竹難書矣。其「古魔林」之臭名、搞得百里之內，眾人望之卻步、避之不及耶。』

『神經病王？俺給牠取名金妖獸還更貼切些。』大聖譏笑嘲諷，過一會又問道：『且慢；那整片魔林中的邪草妖樹又打哪來的？跟那金絲猿變成的金妖獸；又有何淵源？』此間之山神回道：『該金妖獸曾經從降世的西天神仙處；習得一門神靈附身術。日後；這金妖獸竟然從各地找來一大堆孤魂野鬼，唸咒把鬼魂附身在叢林中的雜草大樹上，成了任他使喚的邪草妖樹、為所欲為。不僅是凡人經過；甚至飛禽走獸、蜂蛾蝶蟻、皆淪為妖魔糧食、難逃死劫。』大聖聽完；耳中掏出金箍棒，咬牙切齒說道：『這回可把俺惹毛啦。西天神仙俺都打過；何況只是神仙調教出來的小毛頭。快快告訴俺；這廝金妖獸現在藏身在哪？俺這就找他算帳去！』山神接著說道：『他在之前西天神仙師父修道的岩洞內，打造了一座地宮，取名為「金光殿」，作為這古魔林金光黨的大本營。你只要沿著虎頭山內的第六個峽谷走去，在一處溪澗飛瀑旁就可以找到。』

大聖謝過之後；正要轉身離開。虎頭山的土地和山神追趕過來，同時警告說道：『大聖勿急；這金妖獸非但能調動古魔林中的一草一木，他還有一鎮山法寶十分可怕；稱之「轟天雷」！顧名思義就是施訣翻掌，立刻發出致命的雷擊閃電。威力驚天撼地！你不可不防，千萬得找同伴戰友一起，否則一人孤軍奮鬥、難有勝算也！』大聖再次謝過，抄起金箍棒就走。

三思而後行；聽山神和土地言之有理，大聖不敢造次、單打獨鬥。他唯有搭著雲頭直奔天際，找輪值的仙家懇求助予一臂之力。這回；觀世音菩薩派遣輪值的乃五方揭諦、四值功曹、等眾天界仙家。

當輪值的九位仙家們，聽了大聖悟空講述經過；匪夷所思、嘖嘖稱奇。不得不嘆服這岩洞裡的金妖獸挺有創意，竟可利用整片山林中；數不盡的花草樹木、巧奪江山。唉！壯麗的大好河山、竟然搞到禍害無窮，真是天機難測！

值年功曹李丙建議：『這片魔林留牠禍害無窮；倒不如放把火燒掉算了。省得麻煩。』大聖搖頭說道：『放火燒山不難，可是俺送經綱一夥人還捏在他們手上。更何況那些邪草妖木，均能自行移動躲避，萬萬使不得。』

大家唯有按著山域山神所說的；沿著山裡的第六條峽谷，在溪澗飛瀑的正後方；果然找到岩洞中的「金光寶殿」。悟空吩咐仙家們暫時在雲端上等候他，暫且勿輕舉妄動。他變作一片枯葉，獨自隨風飄進妖洞裡面。進到了岩洞；沒了林中邪草妖樹；再變成小飛蛾開始摸底。赫！瞧這洞裡的金光寶殿；正在開慶功宴，顯然師父他們已經落網了。洋洋得意的妖怪們，好不恣肆猖狂：看官請觀之：

歌舞昇華華盛宴、鑼鼓齊鳴鳴喧天、燈火通明明耀眼、珍饈豐列列案前。
饕餮餘席席交錯、酒醇肉嫩嫩味鮮、鐘鳴鼎食食鴻筵、暢快聿活活神仙。
大蠹四佈佈金殿、戟長劍銳銳二沿、凶邪惡煞煞山嶽、滿堂妖孽孽人間。
金猿陰謀謀霸業、滋事肇禍禍連連、草木成妖妖肆虐、惡果皆墨墨無邊。

大聖趴在華卯丹榫上；靜觀其變、見機行事。火眼金睛一掃；殿中來往穿梭的，盡是一些一孔二角、三毛四蹄的妖精。例如伏狸精、狻猊妖、猱獅精……。

『神金斌王駕到；萬歲！萬歲！萬萬歲！』甫一嵩呼萬歲之聲四起、響徹整個金光寶殿。但見那金妖獸身穿黃錦龍袍，大搖大擺走到殿上的龍座就位。端的❺唐三藏師徒一行；即隨後怛突被押到殿前成了階下囚。

『衮衮槐卿❻聽著；你們可知本王為何舉辦這場酒宴？』金妖獸拍案哈哈大笑、樂不可支地說道：『因為老天果然無負咱們金光黨的朝廷，數百年來的辛勞終有今日的豐碩收獲也。眾卿可知眼前的肉球是何人乎？』古魔林的大小妖精平日足不離山、孤陋寡聞、全然不知眼前這些是何等人？

金妖獸沾沾自喜說道：『本王說出來；可會嚇到諸卿呢。他們就是中原大唐朝廷；之前遣往西天取經的唐三藏師徒也……。』殿中的牛頭精驚訝搶著說道：『神金斌王所言之唐三藏？莫非是江湖傳言：食他一口可延年益壽、多喫幾口則可長生不老的唐三藏乎！』金妖獸眉開眼笑說道：『然也！然也！算你聰明。』斑犀妖不解問道：『那唐三藏不是取經回長安去了嗎？怎地會跑來咱們老遠的新羅呢？』又有狻猊妖問道：『看起來像是真的唐三藏一夥人。可他們不是還有一個……長相似猴的孫悟空嗎？』金光殿內的眾妖精，對唐三藏取經的故事；都略知一二。

金妖獸不屑說道：『不提那猴頭菇也罷。本王本想找他較量一番，哪知道這瘦皮猴弱不禁風、浪得虛名。臨危自顧不暇、溜得比誰都快。簡直就是無情無義！』大聖颯然恚怒，正要抄起金箍棒跳下去打人。卻聽見豬八戒嗆聲吐槽說道：『你這神經病王瞎了狗眼。再胡說八道；小心俺師兄跑出來，打死你這神經病。』金妖獸被當眾斥罵羞辱、惱羞成怒猝嗟說道：『這白目的豬頭；敢跟本王大小聲頂撞。殿前武士、左右扈衛、一起將他拖下去。剝皮去骨、剁成肉泥、做成餃子餡。』旁邊的妖兵妖將很快一擁而上，硬是要把八戒給拖去膳廚宰殺。

『誰敢碰他！齊天大聖在此久候矣。俺今天不端掉你們這群妖孽、打爛這個狗窩，俺誓不為孫悟空！』怒吼一聲；殿樑楹柱跳出手持金箍棒的大聖。忍無可忍的悟空；揮舞著定海神針的金箍棒，三兩下就打死一堆妖兵。金妖獸千萬個意料不到；在眼裡壓根瞧不起的孫悟空，竟然殺到自己的宮殿裡了。酒宴盛會中半醉半醒的金光黨妖精們，也糊裡糊塗遭大聖亂棒打得頭破血流、死傷一地。

金妖獸須臾驚醒過來；亡羊補牢之計，先下令押走唐三藏一行人，瘋狂嘶吼著：『讓開！都讓開！讓本王來教訓這個手下敗將。』他跳下台階；面對著大聖念咒掐指，左右手掌心翻轉；一陣強烈的電光石火直接打向大聖。大聖東閃西閃、左跳右跳、雖然沒被妖王的轟天雷擊中，卻也無法靠近那金妖獸。

在金光寶殿上空的仙家們；聽到岩洞內傳出震耳雷鳴的聲音，倏地直奔向飛瀑岩殿。見妖殺妖、見鬼殺鬼、頓時金光寶殿裡血肉橫飛、哀號一地。歷經數百年；從未有誰敢闖進古魔林，更遑論金光寶殿這兒哩！金妖獸氣得叫陣說道：『你們到底是打哪來的妖魔？有本事；就隨本王到殿外打幾回，分個高下。敢不！』金妖獸說完；即跳出寶殿外的野林樹叢之間等候著。

九個西天的仙家；經不起妖王之挑釁、熱血沸騰跟隨殺出岩殿外，儼然忘了大聖方才的告誡；那些邪草妖樹不能靠近的告誡。金妖獸器宇軒昂說道：『搞不清楚狀況的傻屁！告訴你們；這裡整片古魔林之一草一木；堪稱本王屬下的百萬大軍。豈有你們囂張的餘地！』等大聖發現追了出去，一切都太慢了。仙家們已經在劫難逃、無法脫身、逐漸遭到打不死的妖樹圍困，陷入密不透氣的妖林樹海中。大聖心急如焚、無計可施，只能疾速跳上觔斗雲，在附近天空徘徊不去。

不一會；金妖獸又領著八個妖將搭雲追上天，他不抓到大聖悟空絕不罷休。他指著大聖痛罵：『大膽野猴；竟然敢聚眾帶人侵犯本王的宮殿。好個水淹龍王廟；本王殺你簡直是易如反掌，你等著被天打雷劈吧！』大聖豈是被嚇大的，也回嗆道：『易如反掌？俺殺你這妖獸卻易如吐痰哩！我呸！』剎時；雙方在古魔林的上空展開廝殺，那金妖獸的轟天雷一時難以應付；還得防著幾個妖將趁虛而入，大聖打了數十回合；佔不到半點便宜。火大；大聖拔出一把毫毛，施咒變作自己的替身，先頂著戰局。他再次翻個筋斗，跳出了虎頭山的山域之外。

唉！自古英雄皆寂寞。大聖孤單一人坐在一處小溪畔喘口氣，想著送經綱一行人、還有五方揭諦、四值功曹等仙家，全數遭到妖王捕捉。不禁淚流滿面、嗟噓輕歎。此時不遠處；見有一野兔前來小溪旁飲水，畏畏縮縮一直盯著大聖看。大聖善意說道：『不用怕！慢慢喝吧。等俺有時間；也來傳授你幾招法術，保證你比金妖獸還厲害。任誰都不敢欺負你。好不！』

說著說著；靈光乍現！他立馬跳起身來唸『唵』字訣，再度把虎頭山神和土地都呼喚過來問話。一見著面；他們急著問道：『大聖無恙！事情解決了沒？』大聖搖搖頭，說道：『不談這些；解鈴猶需繫鈴人。俺只想知道；當初那個至此修道的西天神仙是哪一個？拉一坨屎；屁股不擦乾淨就跑掉了。造出這般孽種，俺得找他算帳！快說！快說！』兩個人都搖著頭說不清楚。想了半天；山神若有所思說道：『大聖勿怪；西天的神仙成千上萬、多如天上夜空的繁星，不可能逐一記得他們。不過；那段日子，三不五時；有一新羅當地的神仙會過來這裡造訪、互相切磋、辯法論道。如果找到那新羅之神仙，一問；謎題當可破解無疑。』

『何人？是何人也？』大聖抓住一絲線索，急著追問到底。山神緩緩說道：『待我想想；對了！是新羅本地的一位神仙，叫做朴赫居世。可以在新羅的雪嶽山上，削崖巉巖的雲霧中找到他。』大聖拱手起禮致謝，轉身駕起觔斗雲；立即趕去雪嶽山找那位神仙。

唐三藏率領的送經綱；與西天輪值的仙家，除了孫悟空趁隙逃出魔域，眾人皆於虎頭山之古魔林；被金妖獸的邪草妖樹捕捉、遭到禁錮。大聖努力欲找出傳授法術予金妖獸的神仙，起他的底方得以破除萬難。特別是邪惡之古魔林，必須設法去除魔咒。而新羅的朴赫居世大神；是否幫得上忙？敬請期待下回分解：

『註解』：

❶絕巘：群山中的最高峰。
❷槑槑呼呼：指沒頭沒腦、傻乎乎地。
❸拿班兒：裝腔作勢、擺出架子。
❹栽人：作弄挖苦。
❺端的：意為果不其然。
❻袞袞槐卿：古代之槐卿；意思是文武百官。袞袞是指高層階級。

第五十九回　新羅大仙齊相助　妖獸魔林禍根除

話說東瀛送經綱的一行人，除了悟空之外；皆於虎頭山間的古魔林被邪草妖樹所俘。天上輪值的五方揭諦、四值功曹、獲報趕來協助相挺，也在金妖獸的魔殿前受挫；相繼遭到魔林中的草木捕捉而去。落得只剩下大聖一人躲過險厄，跑去找山神與土地問個仔細，到底是哪個西天的神仙；傳授法術給金妖獸的？

『這……西天的神仙多過夜空上的繁星、大海裡的魚群。唉！往者已矣、已經過去數百年，實在記不得當年；在無名山中修道的那位神仙是誰了？抱歉！抱歉！』山神和土地一時掏空心思，也記不起那位神仙是誰。悟空正值萬念俱灰之際；且想轉身離去。

山神甫的頓悟，他說道：『大聖且勿懷憂喪志，我倒是依稀記得；那位西天神仙在虎頭山中隱身修道，三不五時；會有一新羅的神仙前來探訪，二仙家相互切磋修行、辯法論道。大聖只須找著那位新羅的仙家；問題當可迎刃而解矣。』大聖雙目英玄一亮，追問道：『誰？是誰？快點說！請快點說！』山神回答道：『是一位新羅之神；稱為：朴赫居世大神。大聖可在江原道之雪嶽山上；削崖巉巖、神隱雲霧間的神興寺找著他。他……。』

『謝啦！謝啦！俺得抓緊時間救一行人。』悟空不等山神說完，拱手致謝、轉個身即搭雲離去。來到雪嶽山；手搭遮蓬、四處張望，見那雪嶽山：

碧綠山嶺顯俊秀、白縷雲霧繞山丘、堊岩峭壁環水秀、崖嶺垂松闕山頭。
翠微扶光天一色、仙凝煙波度千秋、嵯峨壯麗似錦繡、丹楓岳華勝仙洲。

『真是好山好水也！』大聖驚鴻一瞥、甚為此雪嶽山景色著迷。觔斗雲來回繞了兩三圈，在群岳峰巒之間；有一彌勒峰，楓紅松青、飛瀑藍澗、即隱隱見到一金鋒入雲、飛甍凌空、碧瓦紅牆的神興寺。大聖逐降下雲頭，逕奔山門投狀謁訪。有寺中兩位沙彌帶路引領；很快見著朴赫居世大神。二人施禮就座；大聖啜口清茶、即把握時間，述及經過、說明來意。

『善哉！善哉！此事問題不大。』朴赫居世聽了大唐送經綱至此遭到不幸、為古魔林的金光黨妖孽所困，隨即安慰悟空說道：『本尊對諸位西天取經的壯舉、早有所聞、萬般敬仰。貴國高僧東來送經；於魔林受害，本尊肯定會鼎力相助無疑。至於；大聖提到的這位於虎頭山修行的西天神仙，本尊相當熟悉。該神仙是北天門麒麟宮的廣元大仙。不久前；他還過來本尊的寺中造訪，相談甚歡。大聖且安心；飲了茶就隨本尊去西天仙界拜訪他。』不多瑣碎；大聖將玉杯中的茶水一飲而盡，二人整理衣裝之後；離開雪嶽山，乘雲趕赴西天的北天門麒麟宮。

『有這等事？失瞻矣！失瞻矣！』慈眉善目、白鬍飄揚的廣元大仙，詳細聽來訪的大聖；娓娓說出一行人在古魔林的遭遇。他長長嘆息一聲，說道：『那些年；本仙君在虎頭山山岳隱居修行，常懷慈悲之心善待叢林眾生物。惟見那金絲猿悟性頗高、善解人意、且又拜佛吃齋、深得我心、於是本仙君逐對此猿猴頓生教化之心、諄諄勸善之。恍眼數百年之間；該徒猻倒也表現正常，畢恭畢敬、未曾逾矩犯錯。料不到；真是料不到！本仙君修道有成，離開塵世折返西天；該徒猻竟然闖下滔天大禍、殃及天下蒼生。無心之過；卻招惹這般師徒孽緣，真是悔不當初；看走了眼。真是為污眼所累及，無狀！無狀！』朴赫居世大神一旁說道：『閣下且慢自責。廣施德善、受者未必盡如人意也。人面獸心、恩將仇報、此乃人世間之常情。事到如今；亡羊補牢之計，即為盡速救出唐三藏師徒與眾仙家，徹底將古魔林的魔咒去除，把金妖獸和金光黨之妖孽，一網打盡、恢復平靜祥和的哈里郎山域。愚意閣下以為如何？』廣元大仙點頭同意。

大聖也說道：『不為過！不為過！知人知面不知心嘛，更何況是隻會逢迎作戲、讒言獻媚的金絲猿哩！只是這幫妖孽在新羅虎頭山中佔地作惡數百年，早已得意忘形、肆無忌憚。廣元大仙該是時候收拾牠們了。』

廣元大仙閉目撫摸著冉冉韠胸❶長鬍，毅然決然說道：『唉！本仙一時好意，竟鑄成大錯！該業障緣由皆因余入山修道而起，由本仙君發心❷處理善後；亦責無旁貸、理所當然爾。既然能一佛出世、就讓牠二佛升天❸；這樣吧！大聖對實際情況的掌握；較為熟悉理解。尚請大聖予本仙君賜教；直情示意本仙君，當如何下手擺平這些問題？直言無妨！直言無妨！』麒麟宮廣元大仙的通情達理，事情即變得豁然開朗。於是；大聖悟空傾身向前、對著二位大仙匯報，心中殲妖靖魔之策略方案。如此如此、這般這般！

這天；整片古魔林裡張燈結綵、喜氣洋洋、鞭炮聲、鑼鼓聲、不絕於耳。神金斌王神采飛揚、在金光寶殿朝上，宣布說道：『連日來；接連捕獲唐三藏等送經綱一行、另外加上西天五方揭諦、四值功曹等多位仙家，大獲全勝、收穫豐碩。上回酒宴被孫悟空半途破壞糟蹋，幸好那瘦皮猴知難而退、半途落跑，量他不敢再造次，前來砸場子鬧事矣。今個；已無後顧之憂，本王論功行賞、欲與眾卿家同樂，盛大舉辦空前酒宴，犒賞咱金光黨的戰友們。來啊！美酒大肉快快擺上、歌舞笙蕭通通揚起，大夥盡情！盡情！』瞬間；寶殿內掌聲如雷、歡笑不絕於耳。整個宴席熱鬧非凡，桌案上酒香四溢、會場中翩翩起舞。

三杯黃湯下肚；神金斌王又從龍座站起身，說道：『聽著！留下這些仙家俘虜；只會添加麻煩。為了避免夜長夢多，本大王準備此刻就斬決作菜；將他們吃掉、一個不留。諸卿們給個意見，要如何吃法；最是美味爽口？』寶殿中眾說紛紜；徐狗子說：『用烤的；火碳燒烤！』張二麻子插一句：『當然是用慢火燉啦！再加些藥材更好。』李禿頭搶著說：『傻瓜！最好是用生抽❹慢慢滷。既好吃又不粘牙！』孫暴牙跳起來說道：『用麻辣火鍋或者用泡菜鍋燙著吃，沾點醬料；百吃不厭！』，大殿裡的妖怪說到吃；即各說各話、紛紛擾擾、亂成一片。

『你們懂個屁！如何吃法根本不重要；看是吃什麼東西比較重要！』一個穿紅摺布衣、頭戴紅沿帽的小妖，使勁用杓子敲著鍋盆跑到金殿的中央，大聲嚷嚷：『要說比肉質鮮美；那幾個仙家還差得遠。要說比滋補養身；送經綱的幾個也排不上檔次。依俺多年的研究；最好吃的、就是吃猿猴的肉，最補身的；就是飲猿猴的血。而且一定要金色的猿猴；那才叫頂級的補品、風味絕佳。』聽得龍座大位上的金妖獸，臉色一陣紅來一陣綠、氣到發抖。幸好這裡無人知道他底子，就是金絲猿猴。他只好摸摸鼻子，裝聾作啞一番。

『說老半天；盡是些廢話。就算金絲猿猴好吃；有啥屁用。咱們虎頭山裡面又不產金絲猿猴啊？』大殿中議論紛紛、笑成一團。『這話就說得太外行啦！』穿紅摺布衣的小妖，繼續侃侃說道：『這山裡面不但有，而且遠在天邊、近在眼前！信不！』金光寶殿階下響起一片譁然，眾妖東張西望、上看下瞧、吵吵鬧鬧說道：『在哪？在哪？快說！快說！』

穿紅摺布衣的小妖，輕輕用右手向階上的神金斌王一指，大笑說道：『注意看！就在那邊。全身長滿金色毛髮的傢伙，他就是金絲猿猴。牠的肉才真叫好吃哩！』他跳到台階大位前，拍著神金斌王的後腦勺說道：『大夥不信的話；俺割他一塊肉給大夥試試便知。來啊！免費試吃！』殿中的大妖小妖，頓時都傻眼了。

是可忍；孰不可忍。金妖獸像似火山爆發；跳起身就追著那紅衣小妖欲拳打腳踢，一面吼叫道：『反了！反了！不剝你的皮、抽你的筋、本王這股氣如何能消。先殺掉你這龜兒子，當開胃小菜來吃。』氣歸氣；他卻怎樣也追不上眼前的小妖，搞到火氣更大了。這般突發狀況；正在開懷飲酒作樂的山裡妖精，弄得丈二金剛摸不著頭，以為只是一場鬧劇。事情太唐突，沒人當回事；繼續喝酒唱山歌。

『你們這群傻屁！還愣在一邊幹嘛！快幫朕抓人呀！』金妖獸已經氣喘如牛，猶未碰到紅衣小妖絲毫，他指著左右隨扈和其他人痛罵。這下子；殿中的大妖小妖才發覺不對勁，均從座位起身；幫神金斌王去追捕紅衣小妖。

斗膽敢拿金妖獸開玩笑；當然不是省油燈。唯見他飄忽不定、穿梭在圍捕他的眾人之間、游刃有餘、來去自如。更何況一夥人都喝了酒，大手大腳、頭暈眼花、半天都還在殿內捉風捕影、打轉鬼混。

『俺可沒那份閒工夫陪你們玩下去哩！』那紅衣小妖；果然就是大聖變成的。他溜到一側宮壼道之角落；變回真身。再拔下一根毫毛念咒變成那紅衣小妖，直接就往岩洞金殿外面跑，把金妖獸和一群妖怪全騙了出去。一切過程；按原計劃進行著。大聖則化成小飛蛾，在岩洞內尋找師父、師弟、還有幾個仙家們。

且說金光寶殿的一大票大妖小妖；跟隨毫毛變作的紅衣小妖，追出岩洞外。紅衣小妖很快就遭到洞口的守衛逮住捕獲、大夥把他按倒在地、毒打一頓。

不意此刻；山林中有一仙風道骨的老者走了過來，他說道：『荒謬！荒謬！這麼一群沒出息的阿貓阿狗，居然動手動腳、欺負一根弱小的毫毛。笑死人！笑死人！』山裡金光黨的妖怪聽到，定神一看；打了個半天只是打一根猴毛罷。好生無地置容、顏面盡失。

『你這糟老頭少廢話！誰讓你跑到這找死的？』金妖獸一臉驚訝；這古魔林裡怎麼可能有人能活著找到這兒來？他故作鎮靜狀問道：『你這膽大包天、活得不耐煩的死老頭；打哪來的，沒聽過鼎鼎大名的古魔林、神金斌王乎？』老者正是朴赫居世大神；他唬弄說道：『聽一位西天的仙家推薦說；這片虎頭山域裡，景色如畫、地靈人傑、草木萋萋、禽鳥和諧。本尊想效仿他；來這兒閉關修道、習法煉丹、順便找一隻猿猴調教調教也！』別人不知；金妖獸聽老者一說，牙差點歪掉；那一字一句皆像針般刺進心窩去。事情會有那麼巧合？

『西天仙家？聽你在胡言亂語！』金妖獸勉強打起精神，壯著膽問說：『你倒是把話說清楚、講明白、是哪一個在胡說八道？本王將他斬首去肢、大卸八塊。』朴赫居世大笑一聲，說道：『講出來；只怕嚇死你這金毛猴。他便是西天麒麟宮的廣元大仙。知不！』才聽到廣元大仙四個字；金妖獸渾身立刻不自在。數百年來；自以為掌控一切、穩坐江山的「古魔林神金斌王」、怎地半途冒出一個煞風景的程咬金❺。可惱！可惱！金妖獸惱羞成怒說道：『哼！本想饒你一條狗命，你卻不上道；跑到俺地盤角頭來造謠生事。饒你不得！左右眾將士，快快將他拿下！』

新羅大神朴赫居世乃有備而來的。他揚起右手揮動；驀然四周跑出幾個仙家，是新羅的辰韓六位大神❻，他們手持刀劍槊戟衝殺而至，雙方逐火拼血戰起來。金妖獸無意纏鬥下去，他閃身跳到一旁；開始念咒施法，讓古魔林裡的邪草妖樹前來幫一把，把入侵者一網打盡。不知怎地；

魔咒唸了好幾回，那一片綠意盎然、豐草或木皆不為所動。好像回歸大自然的植物，成了隨風飄動搖曳的花草樹木。

最是煞風景的，就在這時候；金妖獸的沖天冠滴下異物。用手一摸；竟然是一沱鳥糞！這些鳥兒已經成群結隊，飛入古魔林來了。莫名其妙、成何體統！

糟糕的是飛禽走獸敢進入古魔林，也意味著被金妖獸四處佈羅；附身草木的孤魂野鬼不復存在了。少了這層百萬大軍的保護膜，虎頭山的帝國朝夕不保。金妖獸當機立斷、一聲令下：『撤！全部給我撤回金光寶殿內。』他意圖引君入甕；把朴赫居世等一幫新羅的仙家，引進岩洞裡面；再設法關起門來打狗。

噫！屋漏偏逢連夜雨。才說撤回岩洞寶殿；即刻就有一群人從岩洞內衝殺出來了。帶頭的是那孫悟空；救出了唐三藏的送經綱一行人、五方揭諦和四值功曹等仙家。金妖獸揉著雙眼、大聲疾呼道：『不可能！不可能！這隻瘦皮猴也太扯啦。神出鬼沒跑來岩洞兩次；搞到金光寶殿的豐盛酒宴，每次皆毀於一旦、草草收場。本王跟你不共戴天、今天不是你死、就是我活！』才說完；他率爾❼唸咒、伸手翻掌、朝著孫大聖推出轟天雷。跳到左一翻掌、閃往右再翻掌……一連幾次都失效，不見到電光雷劈、只有微風輕吹。孫悟空嘻嘻哈哈跑到金妖獸面前，說道：『你這是啥舞步？好看！好看！快點教俺怎個跳法。行不！』妖王差點給氣暈。

古魔林內之邪草妖樹；靜默沉寂、無動於衷就罷；竟然最拿手的絕招「轟天雷」，也施展不開來。此時的金妖獸心痛如絞，萬念具灰。憶往溯今；如詩所云：

呼風喚雨魔林內、叱咤風雲撼山水、崢嶸頭角千百歲、唯我獨尊勁奪魁。
莽林妖樹成千萬、草木圍堵把命追、一枝一葉皆凶器、飛禽猛獸魂亦沒。
驚天動地不嫌累、翻掌祭出轟天雷、天打雷劈何其罪、獨霸一方捨我誰。
禍福難料活見鬼、惹火大聖殺幾回、冒犯煞星哭無淚、山窮水盡何處歸。

多麼殘酷的現實；精通妖術的金妖獸，搞得一敗塗地、顏面盡失，他兩手空轉；茫然不知所措。周圍的大妖小妖見狀，紛紛棄械、跪地求饒。既然勝負已決、大勢已去，金妖獸不再留戀古魔林矣。他突的呼下雲頭；三十六計走為上策。

正想一走了之；天上傳來一聲巨響，說道：『大膽孽徒想走哪去？』嚇得金妖獸從雲端摔下地面來。天上徐徐降下廣元大仙；後面還跟著一群神將。這下真相大白，原來叢林的那些草木失控、轟天雷的施展不開，全部遭到西天祖師爺的咒訣破解制肘。金妖獸已經變得六神無主、失魂落魄，馬上跪倒在地、頻頻認錯。

『本仙君收徒不慎、教誨不當，導致玄奘法師等送經綱，和諸位輪值仙家受到一場虛驚，尚且耽誤諸位東瀛送經之行程。今個且將他押回去，藉此深表歉意；請受本仙君一拜！』廣元大仙拱手折腰、施禮致歉。大家安然無恙；無須追究，自然也不當成一回事。各自寒暄幾句，互相道聲珍重；即分別離去。

至於金妖獸則被廣元大仙制服，帶回去西天麒麟宮論罪處理。虎頭山古魔林一夥金光黨的妖精，全數交給朴赫居世和辰韓六位新羅的神仙押走了。虎頭山從此恢復安祥寧靜，鳥且語、花更香。蟲蟻禽獸再度於此世代繁衍下去無虞也。

雖說在古魔林化險為夷；倒是給送經綱的師徒，留下深刻的印象。整座荒山野林那些邪草妖樹；連根拔起、展開對人身的攻擊，過程之險惡；堪稱空前絕後。唐三藏法師心有不忍；念及數百年來，數不盡的眾靈蒼生命喪此間，佇足停留作起超渡亡魂、引領輪迴善道之法事。唸出往生咒：

拔一切業障、根本得生淨土陀羅尼：『南無阿彌多婆夜、哆他伽多夜、哆地夜他、阿彌唎、都婆毗、阿彌利哆、悉耽婆毗、阿彌唎哆、毗迦蘭帝、阿彌唎哆、毗迦蘭哆、伽彌膩、伽伽那、枳多伽利、娑婆訶！』（一回三遍）

阿彌陀佛身金色、相好光明無等倫、白毫宛轉五須彌、紺目澄清四大海。光中化佛無數億、化菩薩眾亦無邊、四十八願渡眾生、九品咸令登彼岸。南無西方極樂世界大慈大悲、南無阿彌陀佛、南無觀世音菩薩、南無大勢至菩薩、南無清淨大海眾菩薩……。

十方三世佛，阿彌陀第一；九品渡眾生，威德無窮極。我今大皈依，懺悔三業罪；凡有諸福善，至心用回向。願同唸佛人，感應隨時現；臨終西方境，分明在目前。見聞皆精進，同生極樂國；見佛了生死，如佛度一切。無邊煩惱斷，無量法門修，誓願渡眾生，總願成佛道。虛空有盡，我願無窮；情與無情同圓種智。十方三世一切佛；一切菩薩摩訶薩；摩訶般若波蘿蜜。

人有厚德福氣旺、心懷慈善渡遠方。約莫一個時辰過後；唐三藏於簡易之超渡法事辦妥，看著日薄西崦❽之際；即將橫空一月渡、映水百花然。即命辛甘化作黃鸝飛上天，鳥瞰虎頭山這附近；找個荒郊寶方掛搭一宿。

果真洪福長佑德善人；只須越過一座山，即有一山寺寶方可供膳宿掛搭。只是送經綱一行人打從古魔林的山域；蹣跚而來，可把這方寺廟裡的和尚方丈都嚇傻了。老方丈打量著唐三藏師徒一行人，說道：『阿彌陀佛！莫非太陽打從西邊出來了。幾百年來；不說百姓，即使鳥獸都未曾見過從此虎頭山中有活著出來的。眾人避那古魔林唯恐不及，你們卻是安然無恙穿林而過。怪哉！怪哉！』

孫悟空逗趣說道：『唉！方丈有所不知，有所謂：願賭服輸，不是嗎！俺跟這古魔林的妖怪；打了三天三夜的麻將，俺出個老千❾把這整座山林都騙過來了。俺敢對佛祖發誓，從今開始；這虎頭山中若還存在著妖怪，俺就橫遭天打雷劈。安啦！安啦！』寺裡的方丈與和尚們聽得懵懵懂懂、半信半疑。

隔天清晨拂曉；送經綱師徒一行離開山下的寺廟，接著趕路。往新羅朝廷的金城方向趕過去送經。他們得以平安順利到達嗎？敬請期待下回分解：

『註解』：

❶韡胸：韡即是下垂。韡胸則是下垂至胸部。
❷發心：指下定決心。
❸一佛出世、二佛升天：乃出自佛語，意思是：能造就其成果、也能清理掉一切。
❹生抽：乃醬油的一種，味道甘美、色澤紅亮。
❺程咬金：其為唐朝開國大將軍，本名程知節。因為作戰勇猛、經常意外衝出殺敵，故而作為形容出乎預料、打亂全局的代名詞。
❻辰韓六神：為韓國神話中的六個神仙。他們分別是：謁平、蘇伐都利、俱禮馬、智伯虎、祇沱、虎珍等六人。
❼率爾：不加思索、當機立斷。
❽西崦：崦乃太陽下山的地方。西崦則指夕陽西下。
❾出千：即指在賭博的過程中，耍詐騙、玩花樣。

第六十回　新羅國恭奉佛法　送經綱陷玄空寺

話說東瀛送經綱；這回除掉那古魔林中的金妖獸和金光團夥，再度踏上前往新羅國金城朝廷的路。度過魔林金妖獸這一關；大家如釋重負，心情輕鬆許多。

適逢白露高秋之時節；正是秋陽日照不覺熱、行程萬里又如何。心中無罣礙；走到天涯海角，不亦開懷。看途中阡陌農忙、河川揚帆、有詞這般描繪景物：

風捲千里浪、月盈露桂秋。不覺；寒蟬孤鳴、倦鳥獨遊、岳塹峽峪靜悠悠。
楓江泛輕舟、碧嶺見白頭。湖已瘦；飄萍盪波垂柳。溪水涓涓、河水奔流。
曜靈盡顯陽剛、何堪冷風問候、寒意幽幽。紅橋梨花落、秋水蕩漾映閣樓。
山菊黃、綠橘柚、白蘆葳蕤遍江洲。行旅來往無先後、盼得秋色一解千愁。

『瞧！灰灑的雲天上，已有往南飛去的雁群也。』孫悟空手指向天空，大家抬頭仰望著。八戒展露笑顏說道：『放心飛吧！飛累了就去古魔林歇歇。這回；古魔林已經變成渡假村啦！』是啊！眾生回歸大自然，恢復本來面貌；不也功德一樁。

一路經過太白、榮州城、安東城、義城……終於來到新羅國的首善金城。北有金剛山、東有明浩山、西有仙桃山、南有南山、等眾山屏障，金城不啻為銅牆鐵壁、固若金湯耶。那新羅國的真德女王金勝曼；早已率領朝中槐鼎百官，在金城之正陽門恭候多時。但見：珥貂衣衮之貴、四輔六教之華、手執鴻翮之扇、身服紫羽之帔。一夥浩浩蕩蕩進城；風風光光、且由京城朱雀大道直入金殿中。

卻說唐三藏領著送經綱一行人；為真德女王邀請上殿，並且坐在玉階上的貴賓席座。玉階前；賢達群聚、冠蓋雲集。真德女王頭戴金冠、穿著錦納繡緞龍袍，腰繫金飾碧玉垂繩。她津津樂道：『本王代表新羅國之朝廷；熱烈歡迎大唐太宗皇帝，特遣前來本國送經的釋佛代表團。說到尊佛仰佛之積極，在朝鮮半島三國之中；當以新羅國為最。本朝廷遣僧赴唐求佛歷史淵源最是長久、取經之量與建寺蓋廟之數，朝鮮三國亦無出本國之右者。』玄奘法師聽了，頻頻點頭稱善。

旁邊的內史太傅❶；接著簡介說道：『新羅國尊佛的歷史淵遠流長；當可追溯及訥祈王時代有阿度法師，迎經建得金泉直指寺供奉，其千佛殿置有採自新羅山間之玉石，打造而成的千尊子佛，之後；新羅的法興王於雲岳山建懸燈寺。新羅律宗開山始祖；慈藏法師帶領十個弟子，遠赴大唐長安，停留七年時間，且從中國帶回佛陀頭骨舍利與藏經，在雪嶽山建鳳頂庵、設寂滅寶宮予以供奉。新羅的華嚴宗創始人義相高僧亦赴大唐習佛，回國開創海東華嚴宗。其後又有義信祖師遠赴天竺取經，攜回新羅清州之九峰山；建法住寺供奉於大雄寶殿內。位於京城附近的佛國寺，乃法興王時代興建的；其佛殿之規模更是空前。另有遠曉法師於驪州郡興建之神勒寺、吉祥法師所建的燕谷寺、勝詮法師所建的葛項寺……。均可顯示新羅國朝廷上下，對佛釋的尊崇與重視；諸多事蹟、不勝枚舉也。』

唐三藏頗感欣慰回道：『南無阿彌陀佛！善哉！善哉！本回奉大唐太宗皇帝詔諭；率送經綱前來貴國謁訪送經、至感榮幸。說到所呈上之西天大乘真經抄本，確實得來不易、尊貴非常。其過程；歷經十四載之歲月、十餘個州郡與國度、八十一次生死之劫難、十萬八千里路途之迢迢。更不說途中跨山涉水、地形險阻重重、遭遇各種妖魔作祟、度過無數盛暑寒冬矣。再者；本次奉詔東瀛送經，迄今來至新羅國；這一路遭遇之妖魔鬼怪，更勝於西天取經之時數倍。隨著時空與地理之變化；逢遇之邪惡困阻亦大不相同，若非吾等一行，送經意志堅定、執行貫徹始終，實難想像如何完成送經任務。誠所謂：「精誠所至、金石為開。貞心不寐、死後重諧」。尚請理解之！』金殿朝廷內之文武眾卿；皆對著大唐送經綱拱手施禮致意。真德女王非常悅朗心喜，她打鐵趁熱說道：『果然是來自大國的高僧，豈止儀表不凡、修行更是高深。新羅國有幸迎來法師一行，機緣難再；有請諸位高僧於本國多作停留。萬望！萬望！』女王藉機邀請唐三藏法師多停留數天，並且為新羅國；隆重舉辦安國水陸祈福法會儀典。並與國內高僧交流、開壇說經講法。唐三藏法師也為其誠摯所感，忻然接受。

內史太傅接著說道：『本朝廷向來之水陸祈福法會；均會於金城的陽方近郊佛國寺舉行。該寺建於法興王時期；進山門則是紫霞門，過白雲橋和青雲橋，即是大雄寶殿。殿前右方是高三層之釋迦塔、左前方為高五層的多寶塔、後方是無說殿，皆是白花崗岩精心砌成。大殿樓閣之間又有迴廊環繞。寶殿左側有極樂殿和毘盧殿，其中有金銅鑄成；鎮殿之寶的彌勒菩薩半跏座像與毘盧舍那佛座像。極樂殿的進門處有蓮華橋和七寶橋。東側吐含山的石窟庵；建有純白花崗岩雕成的釋迦如來佛座像。下臣將會聚集新羅的高僧，擇日建醮參加佛國寺的法會。』

新羅國真德女王；金殿朝會結束之後，熱誠設宴接待送經綱師徒一行。宴席中；桌案擺滿各種新羅特色菜餚；蓮心燴、菇果湯、時菜釀……。新羅國的三竹[2]三弦[3]、拍板大鼓、齊齊揚聲於酒宴殿堂之上。兩個穿著雲山藍裙、白色官帽的舞者跳著僧舞，接著又有人跳著安東假面舞……舞樂侑食。賓主盡歡；自不在話下。

選定良辰吉時；廟堂大殿早已備妥五牲七齋、酒品瓜果。唐三藏於佛國寺登上法壇、雙掌合十、步斗踏罡。兩側聚集千餘個京城各寺裡的高僧，淨手點燃香火，木魚齊聲響起、佛法盛會開始。詞中有所云：

開壇法事；眾僧唱、萬般圓滿聚道場。納旗錦幡迎風盪、張燈結綵煙飛揚。
頌佛消災去業障、眾生有幸、黎庶悅朗。唸起華嚴水懺、秉燈燭、且供香。
金陽普照佛國寺、鳴笙笛響、鼓擂鑼張。高僧伴隨唐三藏、法會壯盛隆昌。
雄殿耀明亮、道場綻祥光。奉齋桌案、獻呈鮮果百花湯、佛國妙音樂高昂。

綸音佛曲、偈語禱誄、鴻寺宸醮之法會連續三天，新羅國的真德女王；躬逢其盛、親自率領朝廷文武、社稷賢達、臨場參與安國水陸祈福法會。玄奘法師忙完建醮法會之事宜，尚且於金城之萬佛寺開壇，予新羅國之高僧傳道授課、說經論佛。唐三藏在論述法壇；偈言說道：

一心善諦聽光明大三昧、無比功德人正爾當出世、彼人說妙法悉皆得充足、如渴飲甘露疾至解脫道、時四部眾平治道路灑掃、燒香悉皆來集持供如來。

他又合掌頌讚：

南無滿月具足十力、大精進將勇猛無畏、一切智人超出三有、成三達智降伏四魔、身為法器心如虛空、靜然不動於有非有、於無非無達解空法、世所讚嘆我等同心、一時歸依願轉法輪。摩訶般若如來明見、如觀掌中菴摩勒果。

佛說彌勒菩薩大成佛經，合掌讚嘆如來曰：

世間所歸大導師慧眼明淨見十方、智力功德勝諸天名義具足福眾生。願為我等群萌類將諸弟子詣彼山、供養無惱釋迦師頭陀第一大弟子。我等應得見過佛所著袈裟聞遺法、懺悔前身濁惡劫不善惡業得清淨。

時光似水、歲月如斯。唐三藏雖說停留新羅國期間；備受禮遇、待以上賓，然東瀛送經之責仍須完成；時間有限、依舊不得於新羅國長期停滯延宕。

真德女王亦深明大義，軒庭❹之上；她不捨說道：『本王有意挽留大唐諸位師僧，卻也不敢耽誤唐三藏法師一行送經之行程。爾今；在本朝廷大殿上；接受送經綱贈予之西天真經抄本二百部、共計全套大乘真經三千五百四十二卷，本朝廷如獲至寶、無比珍惜之。幸甚！幸甚！』千言萬語難以道盡，言有窮、而情不可終。惟有他日再續前緣矣。新羅國女王特遣宮廷御林翊衛，護送一行人出城；直到仙桃山繳亭❺之外方才停歇。

南扶餘國❻位於新羅國兌坎之方位，路途高山險阻、野嶺惡水、奈上祝下❼之地形眾多，沿途仍需小心謹慎。更何況已經到了楓辰霜降、殘秋無射的時節，寒風逼人、山徑路道霜雪漸累；泥濘不堪。舉步維艱不難想像、寸步難行當可預料。

這時節的山川景物，色淡物冷；正如詩中所云：

紅梅初開暖山色、雲碎青天瘦葉褐。霜冷風寒盡蕭瑟、幽林蜂蝶競伏蟄。
殘月稀照清水澈、西山溪澗注東河。蒲柳凋落傷元炁、亭皋橋畔靜樓閣。

卻說送經綱往南扶餘國趕路，經尚州、越清州、過了天安和溫陽、由平澤進京畿道，再走安城的方向；前後約莫半個多月即可來到百濟國的京都泗沘城。

世事變化；出乎預料亦不出意料，況乎身處異國他鄉。一行人走過六百里路；跋山渡水、跨界過橋、倒也平平安安、穩穩當當、沒啥異狀發生。

惟那天清晨；悟空付了些投宿之碎銀，一行人離開一處小縣城的客棧。才走出縣城外約十里路，即看到沿途許多善男信女裝扮的人群，老老少少、攜家帶眷、手上拿著雞鴨魚肉、酒水百果等供品，趕往路旁一條小山徑；朝一座山頭而去。

『你們幾個和尚，也是趕著要去日月山供奉陰陽道；祭拜無相祖師的嗎？』一個拄著拐杖的花甲耋佬走過來問道。唐三藏回道：『阿彌陀佛！路過而已！路過而已！』豬八戒反倒是好奇問道：『啥是陰陽道？那無相祖師又是何人哩？』耋佬慢慢回道：『瞧你們一定是外地來的，難怪鼎鼎大名的無相祖師都不知道。』旁邊一個婦人搶著說道：『無相祖師就是陰陽道創始宗教的祖師爺啊！他可是天上的神仙下凡、解救世人苦難的活菩薩呢！』又有一個牽著羊去祭拜的農夫，插嘴說道：『你們也跟著去日月山朝拜吧，要不；小心很快就會惹禍上身囉。』一堆準備妥供品上山的群眾；七嘴八舌、好言相勸送經綱的師徒，一塊跟著去上香祭拜。

送經綱的一行人顧著趕路，理都懶得理。向來好奇心重的豬八戒，卻追問道：『在哪？無相祖師的紫府蓋在哪？待俺瞧瞧』。路人都用手指著日月山；山巒中半山腰地方。注意看；皀絲麻線❽果然在那欃山密林裡面，隱約出現一座金碧輝煌、凌鋒飛甍的廟宇。讓人頓生感覺，就是神秘兮兮地！

氣得孫悟空說道：『有夠無聊；你管那祖師是有相或無相、死相或活相的。他們走他們的陰陽道、咱們走咱們的獨木橋、互不相干、毫無瓜葛。快走吧！別耽誤行程。』兩眼注視著日月山上看的豬八戒，被師兄強強揪著大耳拖離而去。

再走個幾里路；逐漸人煙俱稀、鳥獸全無矣。走過一個雲煙裊繞的小山莊；見著莊裡的農民們，正忙著鋪曬秋收之麥穗、孩童幼孺則在一旁歌舞嬉戲。村莊的老黃狗跑過來搖著尾巴；輕吠兩聲，好一幅豐饒農莊之景物。不久；又走過一座斗拱的石橋，婉延小溪沿岸盡是蘆荻秋菊、藤蔓垂柳。沿途山清水秀、壯闊宜人。無憂無慮觀賞徑道十里之天地，不亦樂乎！放眼情景；題首寫意詩：

藍染雲天湖水碧、綠綻松林雀鳥啼、農稼喜獲豐收季、莊園孺歌甘若飴。
白石月橋伴青溪、茫茫蘆花拂草荻、萬徑風霜沁寒意、一水秋色吟歸期。

大家看得正開心，卻聽行者悟空暗自嘀咕說道：『不對！不對！此情此景；不該這般。』雖說行者有雙火眼金睛，卻苦於說不出個所以然。辛甘善解人意；立即化作黃鶯飛上天，轉了兩圈；一時也看不出有何異狀？

日近黃昏；走下去則見路旁一塊木牌，寫著「白茫山」。步入一山嶺中的古松叢林內，前面即出現一座青燈佛寺，山門牌坊寫著「玄空寺」三個大紅字。坐在白馬上的唐三藏見了，忍不住埋怨道：『阿彌陀佛！這佛寺也著實太誇張啦！好端端地；怎麼會取名「玄空寺」哩？』悟空也回應道：『這一路；俺總覺得非常邪門，但是又說不出是何方妖魔在搞怪作祟？暫且不管他。惹到俺；就算他倒楣，怪他自己眼睛長到屁股下方去啦。是不！』

怪怪隆地咚；在那山寺大門，敲了半天不見回應。悟空逕自推門而入；整座古寺空蕩蕩、人影不見一個，真是名符其實的玄空寺。豬八戒詁言詁語說著：『連隻小貓都不見；乾脆改為空空寺算啦！』既來者則安之，一行人處於此荒山野嶺、寒風戾霜，只好將就暫住古寺一宿。明兒個起大早；再接著趕往百濟的路。

翌日的晨曦；像往常一樣綸貫早課唸經、匆匆簡餐進食、然後負笈真經、收拾行囊趕上路程。離開玄空寺；才走出古松叢林，向前方走著，就看到一個雲煙裊繞的小山莊。莊裡的農民們，正忙著鋪曬秋收的麥穗、孩童幼孺則在一旁歌舞嬉戲，一隻老黃狗搖著尾巴、輕吠兩聲。再走著；眼前是一座斗拱的石橋。婉延小溪沿岸盡是蘆荻茫茫、藤蔓垂柳。沿途山清水秀、壯闊宜人。接著走下去；又見著那白茫山。走入一山嶺中的古松叢林內。日近黃昏的時刻，濃密的松林裡再度出現一座古寺，古寺的山門竟然寫著「玄空寺」三個大紅字！整整走一天的冤枉路；這不又回到了邪門的玄空寺。思索究竟何故？一行人只好責怪走錯路，白白浪費時間。唯有於那玄空寺中；再多住一宿罷。

第三日的晨曦；還是一樣的出發，走出了古松叢林、經過同樣的曬麥穗的村莊、同樣一隻搖尾巴的大黃狗、依然路過石拱橋、白茫山……最後回到了「玄空寺」！

第四日的晨曦；大家商議不再走原來的路線，改走別的方位試試看。今兒個特別挑南方走，出了古松叢林，又經過那秋收的小山莊；同樣的幾張熟面孔、同樣嬉戲的孩童、同樣搖著尾巴的大黃狗、同樣的經過蘆荻藤蔓的石橋……。一行人苦笑地齊聲說道：『不消說了；今晚又得回到白茫山那邪門的玄空寺過夜啦！』

不信邪還真不行；幾天下來：震方、離方、兌方、坎方、四個方位都走遍了。到最後還是繞回到玄空寺！豬八戒哭笑不得，說道：『這也太扯了，這些天所遇見的；不但是同樣動作的村莊農民、歌舞嬉戲的孩童、一條搖尾巴的黃老狗……而且俺還注意到，每天早上都有同樣的三隻黃鸝鳥；停在十方客坊的戶牖上面鳴啼。連那小溪游著的魚兒大小都一樣、不多不少一共是十四條。無論上天下地、左走右走、就算閉著眼睛走，最後一定還是回到空空寺這裡來。搞屁啊！』

平日沉默寡言的沙和尚，也附和說道：『其實；俺在第二天就發現不對勁了！一到晚上亥時一刻；總會跑出五隻同樣大小的耗子❾，在客坊裡面東竄西竄、跳來跳去的，況且跑的路線跟之前一模一樣。俺就懷疑內中有問題矣！』

孫悟空也深知大事不妙，說道：『靠夭！我們壓根就是圍繞著這薨爾之地窮打轉、時空背景都遭到凍結矣。再不想方設法，恐怕這輩子逃不出這玄空寺矣。老是在這白茫山裡白忙一場。慘不！』嚇得唐三藏連聲說道：『南無阿彌陀佛！菩薩保佑；保佑我等一行人，得早日平安脫離這邪門之地，不再耽擱送經之行程。南無阿彌陀佛！』

辛甘警覺說道：『咱們這夥；好像步入諸葛孔明佈下的陰陽八卦陣，比進到迷魂宮更離奇。咋地搞到大家皆逃不出這時間、地點、景物的框框呢？』

行者恚然猝嗟說道：『古諺有云：易漲易退江河水、陰陽怪氣惡魔心。俺發誓；先把這個眼睛長到屁股的邪雜碎給找出來，痛打一頓。俺料準；這幾天遇到的邪門詭異、狗屁嘮叨的事；與跟那陰陽道的無相祖師攸關，他肯定擺脫不了嫌疑。』豬八戒點頭同意，借師兄的話；嘲諷說道：『管他是有相或無相、死相或活相，竟敢搞這種烏龍。這事只要跟他沾到邊，先抓起來毒打再說。』

到了該晚的亥時一刻；一行人躲在床上，睜大雙眼盯著看。果然如沙和尚說的：有五隻耗子溜進客坊裡面。東竄西竄、跳來跳去、路線一致不變。

第六天的黎明，送經綱等人痛下決心；逃出魔境、脫離惡劫。悟空等著大家清點好所有東西，離開那野寺。他破釜沉舟、手持一把火；把該寺燒得熊熊炙烈、火光照遍老松叢林。唐三藏下馬；俯首默默唸禱起佛偈：

『南無阿彌陀佛！
過去曾為智光仙、慈心三昧妙難宣、道承釋尊傳正法、補處上生兜率天。
心識窮證法界性、無量功德一時圓、接引多眾生內院、龍華三會授記先。
值此松林之無名古剎；既然淪為妖魔把持之物，盍不去也。勿怨！勿怨！』

不等荒山野寺燒盡，背對著煥然火焰；悟空走在前頭，手持如意金箍棒領著大家走出松林。這回不再向前趕路，卻是反方逆向；朝著來時之路，轉頭倒走回去。

『噫！好像又回到六天前的情景耶。』豬八戒挑著行囊擔子，又見著路前；漸漸走來群群善男信女、老老少少、攜家帶眷、手拿雞鴨魚肉、酒水百果等供品。

『你們幾個外地的遊僧沙彌，是否也是前去日月山朝拜無相祖師的？』一個戴斗笠的男子一旁問道。『然也！然也！我等乃崇尚慕名、遠道而至。煩請帶路！』孫悟空唯唯諾諾，裝蒜回他說道。

於是那男子向前引領一行人，隨著走到日月山半山腰；一座巍巍高聳的廟宇就在眼前。大廟前的牌坊；兩旁大紅楹柱上，寫著一幅鎏金楹聯。右聯：「無天無地萬象懸之一念」、左聯：「相乾相坤鴻宇無出其間」。橫幅則是：「陰陽道觀」。

唐三藏等送經綱師徒走入日月山；在千年銀杏樹叢裡的道觀大廟內，看著香火鼎盛、煙霧瀰漫的情景。這非佛非道的無相祖師；何德何能；得以吸引這般眾多的信眾哩？滄桑注歲月、十里不同天。此間真格別有洞天哩！

才納悶著，大殿中走出一個三清全真打扮的緇黃老者，搖著雪白的拂塵，邁步過來面前拱手招呼說道：『好一番折騰，終於等到諸位大駕光臨矣。有請！有請！』眾人愣住了，這道長算是未卜先知乎？冥冥之中，大家卻毫無察覺。

似乎造化弄人？原來這幾天來在白茫山一帶的原地打轉，以玄空寺為中心點，繞著圈子打轉，全盤都拿捏在無相祖師的手掌心中。他是仙抑或是魔？結果到底是福是禍？敬請期待下回分解：

『註解』：

❶內史太傅：古代官名，其職為宮廷秘書、記事等事務。
❷三竹：分為大笒、中笒、小笒等三種竹笛。
❸三弦：分為玄琴、加耶琴、琵琶琴等三種弦琴。
❹軒庭：指朝廷或皇宮。
❺徼亭：指邊界的駐防營區。
❻南扶餘國：古代百濟國之稱呼。
❼奈上祝下：指困難重重、礙手礙腳的。
❽皀絲麻線：指一丁點痕跡或線索。
❾耗子：中國北方對老鼠的叫法。

無相祖師
邪門歪道
陰陽道祖
創邪教
青龍白虎
長相隨
鬼哭神號
乾坤變
冰東天仙
戰幾回

第六十一回　無相祖師難破解　青白郎君助紂虐

話說送經綱一行人被困在白茫山一帶打轉。到了第六天；才破釜沉舟；燒掉松林中的玄空野寺，折返陰陽道設在日月山山腰的廟剎。這回；得認真探訪一下當地百姓崇拜的無相祖師，到底是何方神聖？竟然有那種本事折騰一行人；讓大家繞圈子、耗時間、白忙一場。

就在此時；陰陽道觀的正殿中，走出一個三清道長模樣的緇佬，搖著雪白的拂塵走過來，拱手施禮說道：『好一番折騰，終於等到諸位大駕光臨。有請！有請！』顯然這些天所遭遇的烏龍事，他全盤清楚不過矣。氣得豬八戒想過去打人了，孫悟空拉住他，說道：『勿躁！勿躁！待俺把個究竟，瞧瞧他主子；是啥東東來的？』八戒埋怨嘀咕：『這些傢伙；害俺平白挑了幾天的重擔。狗日的！』

隨著那個全真緇流，走過軒廊鐘閣、經樓師房、在廟觀的後方一間玄壇法堂門前停下。該道長打開法堂的門；請一行人進去之後，隨即關上了門。

『吾乃無相祖師，歡迎遠道而來的唐三藏法師與眾高僧們光臨。請上坐！』法堂裡面陰暗無光，根本讓人看不清；坐在堂階上的無相祖師長得什麼模樣？神秘又詭譎的氣氛十分濃厚。一行人才坐下，無相祖師手持羽扇；隨即揮扇對那全真吩咐道：『這兒沒你的事，你出去告訴所有的信眾們；先離開這裡，再關緊大門。本祖師今天有重要的事，去吧！』老道士關上法堂的門，轉身快步離去。

送經綱等人逐一坐妥之後；豬八戒憋了一肚子的氣，他心直口快、忍不住吐槽說道：『你這所謂之無相；到底是沒有臉或是不要臉！這幾天玩的小把戲，害我們在玄空寺繞路空轉。坦白說；是否都跟你有關？』唐三藏瞪了八戒一眼，輕聲說道：『阿彌陀佛！悟能不得無禮。』無相祖師反而落落大方，笑著說道：『無傷！無傷！如果不是這樣；與諸位大德擦身而過，錯失良機，豈不遺憾終身也。惟有委屈諸位幾天了！』八戒私下輕哼一句：『真是無聊！』

孫悟空也沒好氣地說道：『你這個陰陽道的創始者；與我等何干？再說；我們正趕著東瀛送妙佛真經，哪有那鬼時間陪你窮耗？你玩你的鳥、我們遛我們的狗，互不往來、無須搭嘎。你如果沒別的事，我們就後會有期、繼續趕路去啦！』

無相祖師正色說道：『容敘！容敘！本祖師就把話；跟你們說清楚吧。本尊在溫陽、平澤的地區創立陰陽道數十年，已經打下紮實的根基。再進一步拿下南扶餘；奪取百濟江山，本教立足朝鮮指日可待。此時此刻；你們過來送佛經、宣揚妙善佛法，簡直就是攪亂本尊的大局、破壞陰陽道的地盤，未免太不上道矣。』豬八戒嗆聲道：『省省吧！我們僅僅送經路過這裡。而且才六個人就可亂你的大局，笑死人！既然沒那份本事；你還創什麼鳥叫？』

唐三藏好言相勸說道：『南無阿彌陀佛！無相祖師言之差矣。碧波不改青山色、金殿不折棟樑腰。欲發揚教義、推廣宗教；並非攻城掠地、強行豪奪。大凡人世間的宗教；皆以慈悲為懷、德善濟世、因緣際會、普渡眾生。宗教雖有不同；可經由辯證交流、互補優缺，彼此無須勉強，搞到水火不容也。更何況我佛釋流傳在凡塵人世已經長達千載，要說攪亂大局、破壞地盤；恐怕是無相祖師自己該檢討省思的罷。善哉！善哉！』

無相祖師拍案，開始撂起狠話：『哼！天下無正道；有力便橫行。本尊才不管你佛釋流傳有多久時間？信眾範圍有多廣？俺陰陽道可不吃這一套。中國、天竺、遠在天邊，居然把佛釋的手伸到這裡來，欺人太甚。打從你們去新羅國傳播佛法，本教主即注意你們的一舉一動。本尊豈可視若無睹，奉勸你們；這方有我說了算，你們趁早回頭是岸。』豬八戒頂他道：『瞧你說的比唱的好聽；不過是狗掀門簾，就靠一張嘴罷了。真格惹毛我們；不讓你屁滾尿流、死得很難看才怪！』

無相祖師頓時惱羞成怒，斥責說道：『顯然你們好了瘡疤忘了痛，沒有記取本尊賞給你們的教訓。你們想要敬酒不喝、喝罰酒是嗎？現在本師祖給你們兩條路：一是給我滾回大唐長安去，不要再讓我見到。二是留在本祖師陰陽道這裡；當本尊的副座跟班，隨著本祖師推廣陰陽教。將來論功行賞……』行者悟空不等他把話說完；立馬站起身子，指著他痛罵：『賞？賞你個大頭！你算哪顆蔥？咱們前面白茫山的帳都還沒跟你結算清楚哩。膽敢威脅俺孫悟空，你眼睛長到屁股去了，是不！』一行人也紛紛站起來，準備掀桌翻椅打人了。玄壇法堂內；剎時山雨欲來；風滿樓！火藥味十足。悲天憫人的唐三藏；想勸阻也為時太晚。

無相祖師感覺話不投機、雙方言談一再齟齬。甫地惱羞成怒、怒不可遏地大吼：『青白二郎君聽令！青龍君在左、白虎君在右、立刻進來逮捕他們、一個都不能漏掉。省得這幾個智障白痴，礙到本祖師的好事！有反抗者；通通格殺勿論！』

說時遲、那時快。瞬間法堂內；湧進來兩隊人馬，一組青衣、一組白衣。持刀弄槍的五百多個黑白壯漢們，不由分說；見人就砍就殺。

兩個高頭大馬、滿臉橫肉的青白二郎君；青龍君是那全身碧髮綠鬍、青臉青手、兩手各持伏龍錘的龍將。而白虎君則是長得白髮白鬍、白臉白手、兩手握著虎頭環首大刀❶的虎將。雙方劍鏑交鋒❷於法堂內外，豬八戒和青龍君對著幹、沙和尚槓上白虎君、悟空與辛甘、秦願師弟倆；則保護唐三藏和真經，殺出一條血路。

送經綱的一行人；不說這回送經，光是去西天取經打的大小妖魔就有三十二個，自然不把眼前；陰陽道的青、白二郎君擺在眼裡。卻不料這群妖兵妖將；可也不是省油的燈，打得還算差強人意、難分伯仲。看官且評個道理：

八戒釘耙難得罪、青龍君舉伏龍錘、追趕跑跳不嫌累、耙尖錘硬誰怕誰。
沙僧寶杖專打鬼、白虎君持刀呈威、你來我往殺氣銳、杖兇鉞猛戰百回。
悟空靖魔不曾退、金箍棒揮死一堆、引火上身勿後悔、打妖專業稱星魁。
陰陽道橫空作祟、虎膽狼心妄爭輝、阻擋送經犯太歲、霸氣因果厄難違。

你道八戒不畏死，誰料沙僧更神勇，兄弟上陣齊打虎，連番出手鎮魔頭。我一耙、你一杵，妖將抗衡真棘手。風吁吁、氣疾疾，電光石火拚輸贏。

一聲不響的無相祖師；悠然穩穩坐在大位若無其事、在一旁靜觀這場惡鬥。當他看到青、白二郎君一幫人，論持久戰；儼然不是孫悟空師兄弟的對手。廝殺一陣、死傷一地，已經逐漸被衝出重圍。此時他再不出手伸援就晚矣。

他悄悄走下台階；兩指掐住唸咒。右手揮向最為靠近他的豬八戒，卻見八戒顫抖幾下即扔下九齒釘耙、全身停頓。一彈指之間；他已經從頭到腳，被冰封在一長方形的大冰塊裡，僵硬到無法動彈。接下來；輪到沙和尚和辛甘二人，一眨眼也遭到皚白冰塊；冰凍起來。三個活生生的人，剎那成了冰封的標本。

好嚇人的妖術！冰凍三尺；只在一唸之間。急得孫悟空對著師弟秦願說道：『你保護好師父，俺去修理那個大魔頭。』說完；抄起金箍棒打向無相祖師。無相祖師揮動羽扇，正面對著行者掐指、欲施魔咒。

兩者面對面；瞬間可把行者悟空驚呆了！剛剛坐在法堂陰暗深處；沒看得清楚。眼前這無相祖師還真是「無相」！穿著九龍赭黃繡龍袍，在金珠冠黑髮之下；赫然只見一張閃亮照人、五官❸空白、七竅❹俱無、平平白白得像張紙般的面孔！這……到底是人？還是……鬼？儀容之俊醜皆爹娘所生下，他卻連張臉都沒有！

『師兄救命！師兄救命！』不久在背後；卻傳來秦願喊叫求救聲，原來他和唐三藏遭到青龍、白虎等二郎君率眾俘虜了。悟空這下可慌了手腳，想衝過去救他們；無奈一行人中；有三個被冰封在大冰塊裡、剩下兩個被數百個兵將挾持著。跟前這沒有臉的無相魔頭也不知該如何應付？罷！罷！罷矣！

青龍君和白虎君二將，此時也趁勢追殺而至。伏龍錘揮過來、虎頭環刀劈過去，三個人又打成一團。看官且細觀；正邪之間的惡戰：

金箍乃神棒；龍錘虎刀似金剛。雷電相接拚天火、窄路冤家見死活。不論左右棒打汝、管他鬼神；俱剷除！任汝海口大誇、這方絕不違讓。汝囂張、金箍神棒迎頭上。吞雲吐霧、狂風飛沙、大聖揮舞多變化。刀錘聯手；穿梭若麻花。一時難以定輸贏，續打千回、再分高下。

行者打著打著，仍是擺脫不去心中的憂慮，即送經綱一行人的安危。他無心繼續戀戰、虛應幾招，跑出去呼叫天上觔斗雲唯恐慢了些。行者及時翻一個筋斗躍出日月山百里之外，暫時逃脫；先離開那邪門的鬼地方再說。

孤伶伶來到一處煙波瀰漫之荒野。他悻悻走著；回想這無相祖師究竟是什麼來頭？既不是魔又不像妖、更不可能是凡人！

方才用火眼金睛仔細打量掃瞄，真抓不準這廝的真實身份。連一張臉都白淨得像屁股，如何測啊！幸好他不屬於一般妖魔，以食師父的肉；來達到延年益壽為目的。因此；師父師弟他們，暫且還不會有生命的危險。可無相祖師也是喜怒無常、野心勃勃的危險人物，不趕快設法營救師父他們，真叫人坐立難安、芒刺在背。悟空繞著圈；想了又想。

古人有云：「三個臭皮匠、勝過一個諸葛亮」。悟空孤掌難鳴的窘狀，先到天上找輪值仙家們訴苦一番，將險情困境告知他們，好讓大夥一起出個主意，無論是好是餿都行。說走就走；這回搭雲趕著去到天上。

話表行者匆忙上天尋求幫手，卻見輪值仙家；依然還是之前血戰古魔林的那幾個：五方揭諦、四值功曹等仙家們。

行者驚訝說道：『不是輪值的嗎？為何你們還沒收工回家哩？』值月功曹說道：『唉！我們早該收工啦。誰知這回輪值的六丁六甲裡面；有的拉肚子、有的兒子娶媳婦。更扯的是丁酉神臧文公，打七天七夜的麻將；打到中風了，現在還躺在病床上吃藥休養呢。所以……』行者苦笑說道：『沒事！沒事！沒事！廟裡和尚趕道士。』於是行者逐把陰陽道無相祖師，幾番阻礙送經綱的過程；六天來在白茫山玄空寺的空轉、三個師弟後來遭到冰封……向輪值仙家們述說一遍。

『這還了得！咱們馬上隨你去找那沒臉見人的傢伙；討回個公道去。』脾氣耿直的值日功曹周登，一馬當先跳出來；率先罵道。接著摩訶揭諦也奮不顧身說道：『哼！俺專打那種不要臉的！走！』、值時功曹劉洪義憤填膺，搬出武器說道：『上回在古魔林內；咱們面對著山上百萬棵樹妖都不怕，區區一個妖道算啥？瞧俺打他個半死不活的；看他那張臉往哪擺！走不！』仙家們不甘示弱、說走就走。

行者悟空嚇得連忙制止，回話說道：『且慢！且慢！有諸位輪值的仙家們挺身相助，固然令人感恩戴德。可那無相祖師十分邪門，咱們這會兒去跟他硬拚；不外乎是肉包子打狗，只怕諸位去了又變成幾根冰棍雪條。咱們先得設法破解那魔咒；否則不說救人，恐怕自己都未必保得住哩。』波羅揭諦問道：『大聖的意思是……？』行者解釋說道：『俺的火眼；一時尚無法分辨這廝的底細。他居然擁有凍結天時、地理、萬物、三種空間實體之本事，法術不容小覷；豈可等閒視之。極有可能他是來自天界的謫仙之類也？難料！難料！難料！』頓一下；悟空又說道：『像這種空前絕後的怪咖；咱們得去請教南海觀音菩薩；方才可能排憂解難。』

『不如這樣吧！咱們兵分兩路。』五方揭諦的頭頭金頭揭諦，建議說道：『值年神李丙；有你伴隨大聖跑一趟南海落伽山普陀巖拜訪觀音菩薩。俺率領其餘七人；趕去日月山的陰陽道觀全盤監視情況。可否！』行者即時同意，說道：『這主意甚好！那就馬上分頭進行，俺回頭再找你們。千萬記得；切勿輕舉妄動。』

兩方分道揚鑣之後；且說金頭揭諦帶著七個仙家，須臾來到日月山的上空盤旋；很快找著陰陽道的金宮殿宇。在雲端上；緊盯著銀杏樹叢中，道觀裡的一舉一動。才停留約一柱香的時間，驟然就有緊急情況發生了。

負責監控的仙家們；清楚看見一個全身綦綠的大漢，對一群抬著佛經木箱的嘍囉；催促說道：『快點！快點！抬到後面大院的角落；一卷不留、全部燒掉。』眼尖的摩訶揭諦吃驚說道：『咦！那幾箱東西；不正是送經綱要往東瀛送的真經抄本嗎？』值日功曹也附和說道：『沒錯！沒錯！』金頭揭諦皺起眉頭說道：『這還得了！再等就來不及啦。咱們走！快下去搶救那些佛經。』說完就通通躍下雲去。

『大膽！快將你們手中的西天真經放下。』衝到陰陽道廟觀的仙家們；對那正要燒毀佛經的小嘍囉怒吼著。領頭的彪形大漢說道：『俺是青龍君；你們倒是賊膽不小，竟然敢跑到這裡撒野。快報上諢號來；俺好幫你們訂棺材！』金頭揭諦回道：『哼！說出來嚇死你。我們是五方揭諦、四值功曹。皆來自西天的神將也！』青龍君毫無懼色說道：『俺才懶得管你是芝麻醬、還是豆瓣醬。敢到俺跟前悖逆鬧事，就別想活著出去。』他說著即兩手亮出伏龍錘，朝仙家們揮打過去。雙方打殺一陣；倏地從道觀內又衝出數百個兵卒來，領頭則是手持虎頭環刀的白虎君。原本寧靜的日月山道觀內；驀然變成血肉戰場、刀光劍影、殺聲震天：

鬼在哭、神在號；地動且山搖。殺聲震日月、血肉濺乾坤。動起手；何患爭個勝負，殺起來；豈能輕易說罷休。刀光劍影、氣蓋山河、逞兇鬥狠樂無憂。

你彪我悍、肉綻血更流。拚戰到最後；方知孰該喜？孰該愁？

一上間；一個人影靜幽幽出現在大院的銀杏樹叢裡，雙手放在背後；冷眼觀戰。他自言自語說道：『這隻潑猴真厲害，這一點點時間；就找來八個西天的仙家當替死鬼。他自己卻躲一邊涼快去。不等他了！先出去解決這八個蠢東西再說。』青、白二郎君見到主子慢慢走近，即吩咐大家暫且停止打鬥；退到兩旁。

『哼！來者莫非就是無相祖師？』金頭揭諦對面前這個沒有臉孔的人說道。八個仙家同時目瞪口呆；這是人嗎？像白板一般的容顏、像冰雪一般的冷漠、如何察顏觀色？值時功曹譏諷說道：『你這麼不要臉，是見不得人嗎？』

『臉？臉有那麼重要嗎？想看是嘛！本祖師這回就讓你們看個夠！』無相祖師冷笑一聲。說完用手往臉上一抹；剎那冒出一個英俊挺拔的少年面孔。又一抹；即冒出一張滿臉皺紋的耄耋老人。再一抹；則是美豔如花的荳蔻女子。像似在變魔術的無相法師；將臉抹來抹去、變來變去；把一夥仙家都看傻眼了。

金頭揭諦實在看不下去，叫著：『夠了！夠了！瞧你一幅翻臉無情的樣子，還不如沒臉見人更好些。』值月神黃承乙拔出寶劍，渥然喝斥道：『我等至此；乃為營救唐三藏師徒一行人。哪有閒工夫看你改頭換面的玩雜耍！警告你們：再不快點放人，小心我們翻掉整個日月山、端掉你的狗窩。信不！』

老神在在的無相祖師，睥睨不屑、酸出一句：『脾氣挺暴躁的，是看門狗的好料子。要不；到本祖師的道觀裡管看大門，每天把你餵得飽飽的……』。仙家們氣得握緊刀劍，大聲罵道：『少廢話！不要臉的傢伙！』說完即準備衝殺過來。

無相祖師拂袖說道：『且慢！就憑你們幾隻小貓小狗？看家都未必管用哩。斗膽到這兒撒野，你們真是壽星上吊；活得不耐煩啦！』他轉身下令青龍君和白虎君一群人，暫且先退到後面去。無相祖師左手大拇指緊掐著中指；嘴裡喃喃唸咒。

『大家小心！這廝開始玩花樣了。』金頭揭諦示警；要大家靠近一點、圍成一圈。波羅揭諦不以為意，說道：『除了會變臉，俺不信他還能玩出什麼花樣來？』站在銀杏樹叢下方的仙家們；意興闌珊，遡然忘記悟空臨別時候說過的重話。

突然間；五方揭諦和三個功曹仙家，在一陣寒冷陰風刮過之後，他們發現居然身陷千軍萬馬、浴血拚殺的沙場中。四面八方正值屠戮熱戰、人仰馬翻。刀鋒劍鋭、血肉橫飛。戰場尚有斷手缺腳的士兵，爬過來向他們伸手求助。此情此景；叫人如何是好？驚惶失措的仙家們；左顧右盼、只想快點離開。

又是刮過一陣陰風；突然變成置身於一片荒野。不遠處有虎視眈眈的一群群獅子、花豹、野狼……猛獸越走越近，不停地對著他們咆嘯、衝過來躍身撲起……。

仙家們才要揮舞著刀劍抵擋猛獸！陰風再次刮起；這回卻身處在一艘破船上，面對著大江洶湧、浪水滔天、狂風疾疾。破船被激盪的湍流沖打，如同搖晃在急流中的樹葉。前端且是一處狹窄陡峭的峽谷，情況岌岌可危、命懸一絲之際。

再刮來一陣冰冷的陰風；一夥仙家轉眼來到冰天雪地、寒風刺骨的北極境界。白茫茫的大地、灰矇矇的天空。想搭雲頭離開；卻找不到一丁點的雲，惟獨見到一座鉅大的雪山從天而降，垂直壓到仙家們的頭上……。大夥嚇得抱成一團、相互呆滯絕望……這才發現，不知何時；大家已經遭到冰塊封住；全身動彈不得矣。

『你們還等什麼？快把這幾個大冰柱，全部搬去地窨窨藏起來。』無相祖師得意地對著身後的嘍囉說道。青龍君和白虎君逐立刻指揮嘍囉們執行搬運工作，無相祖師繼續說道：『慢點再來燒真經抄本不遲；估計孫悟空這潑猴，幾天之內還會過來搗蛋作怪。得留下一點餌；引他這條魚上鉤才行。』

慘哉！慘哉！一夥西天的仙家們；糊里糊塗就變成冰塊了。行者去到南海找觀音菩薩尋求支援，可有辦法破解無相祖師？後果如何？敬請期待 下回分解：

『註解』：

❶環首大刀：是古代朝鮮的一種武器，在刀柄尾端有一大環。
❷劍鏑交鋒：鏑是指箭頭。此句意為雙方熱烈激戰中。
❸五官：指一般人臉上的耳、鼻、眼、口、眉毛等感官。
❹七竅：指臉上的雙眼、雙耳、雙鼻孔、嘴巴。

第六十二回　日月山戰陰陽道　無相祖師江山倒

話說悟空與天上輪值的五方揭諦、四值功曹、約定好兵分二路；設法圍勦日月山陰陽道的無相祖師。他與值年神李丙；前往南海落伽山謁訪觀世音菩薩。金頭揭諦則領著幾個輪值仙家，去日月山陰陽道的殿宇；擔負監控邪道之任務。

孰不料；金頭揭諦領軍的仙家們才趕到日月山天上，見著陰陽道觀的殿宇後院，一群兵卒正待燒掉送經綱的全部真經抄本。這還得了！一夥人殺進道觀內搶救，結果不幸迎戰無相祖師；出師不利。遭其掐指念咒施法，幾經幻境之後；全都被冰塊封住，成了冰柱、無一倖免。

再說悟空搭著觔斗雲；一會兒功夫即來到南海落伽山的普陀巖。守衛潮音仙洞的金甲諸天通報完畢，在他們進仙洞之前；金甲諸天刻意提醒悟空：『今天寶洞裡適逢西天仙界、許多超級大咖前來造訪。待會言談之間；萬望大聖稍微文雅一點、收斂一些。俺可是好意喔！』悟空瞪他一眼，回他道：『廢話！俺孫悟空的舉止，何曾庸俗魯莽過哩。安啦！安啦！』二人隨著金甲諸天走進仙洞內。

才進到潮音仙洞；果然在洞裡的仙佛震撼人心、眾神光芒四射。端坐蓮花寶座的觀音菩薩兩側、乃居靈山大雷音寺的如來佛、五台山的文殊菩薩、須彌山的靈吉菩薩、紫雲山的毗藍婆菩薩、西天門的太白金星、東天門的太乙救苦天尊……。相見之下，悟空逐一拱手施禮；眼前皆是西天仙佛之頂級人物、不敢怠慢。

『你等東瀛送經路途遙遙，怎麼這會兒；大聖有閒暇跑到這裡？』如來佛展開笑顏、明知故問說道。觀音菩薩則內行諮詢問道：『佛祖見笑矣！東瀛送經不但路途遙遙，沿途的妖魔鬼怪、凶神惡煞、更是兇猛超越之前西天取經無數倍。這回大聖前來；恐怕又是凶多吉少。你且說出來聽聽！』孫悟空立即說道：『唉！無事不登三寶殿，不提也罷！』於是；悟空將經過南扶餘之日月山，遭遇陰陽道無相祖師的奇幻厄劫，詳細敘述一遍。讓在場的仙佛天尊聽聞情況之後、嘖嘖稱奇。

『有這等誇張的事？夠邪！確實夠邪！』太白金星聽罷；吹鬍子瞪眼反映道。如來佛雙眼微閉，說道：『阿彌陀佛！這般奇門邪術；絕非凡塵下界之妖物得以掌握。本尊初步研判；該是天廷的某個謫貶下界仙家所為？』文殊菩薩也同意，並且說道：『佛祖所言甚是，具有如此法力者絕非一般。只是；天界神佛仙家如過江之鯽、多如繁星，真不知該從何查緝也？』眾仙佛頻頻點頭稱是。

『惠岸近身；你可知道在西天仙界中，有哪個仙家具備那操控時、地、物。又能凍結萬物的法術者？』觀音菩薩把身旁的大弟子惠岸叫過來問話。法號惠岸的木叉使者；在天界之人緣廣闊、無所不知。他也一時摸不著頭緒，想了又想；回答說道：『回菩薩的話；我能確定西天仙界中，絕對沒有無相祖師這號的神仙。再說；這等操弄時空萬物的法力，應當歸類於旁門左道的邪術。恐怕得花些時間；讓弟子出去摸底打聽，仔細查個水落石出才行。』悟空急忙說道：『不得！不得！這時間得抓緊。那無相祖師性格善變、舉止詭異，不馬上找出他的底細、破解他的法術，師父他們隨時都可能遇害也！』

『且慢！且慢』一旁靜坐、默默不語的毗藍婆菩薩，若有所思地說道：『上回赴瑤池參加王母娘娘的蟠桃盛會。期間曾經聽北天門的北極仙翁私下對本尊發嘮叨，說到他有一表弟，暗自練就一門法術；可將北極之凍原冰雪移動、不受時空環境影響。他……』悟空和在座的諸仙佛，都追問道：『他人呢？他人呢？』毗藍婆菩薩回應道：『據稱；他那老表多次利用這般邪術，移山倒海、顛倒乾坤。竟然把北極冰雪移到大漠之北，竟然凍死一堆草原上的牛羊。又把天廷靈霄寶殿；前來傳玉帝懿旨的使者當成白老鼠，施法凍成冰塊封起來。氣得北極仙翁將他關押起來，禁閉思過，卻不料……』大家又追問道：『現在他人呢？』毗藍婆菩薩回應道：『後來；聽仙翁說……好像被他逃跑了！現在……不知去向？有可能……』

『是他準沒錯！俺得立馬去找北極仙翁尋求破解之道。』悟空從座位跳起，拱手辭行，說道：『礙於情況危急，俺這會兒就向諸位仙佛告辭！告辭矣！』

悟空拉著值年功曹；二人匆匆忙忙拜別眾仙佛，離開南海落伽山、潮音仙洞。又輾轉趕去北天門的極北仙宮，去謁瞻北極太一仙翁。

『哼！大聖說的那個叛逆老表；不提也罷。』腳踩龍龜的北極仙翁，沒好氣地踹著龍龜，嚇得龍龜縮頭縮尾的。他又問說：『這回；他又闖下什麼大禍？造了什麼孽？』悟空逐將送經綱在南扶餘日月山的事，鉅細靡遺地彙報給仙翁知情。

『好傢伙、就是他！冒出這般敗壞門風的孽畜，本仙翁難咎其責也。罪過！罪過！』氣得仙翁破口大大罵，接著說道：『本仙翁在家排第九，名叫太一。他是本尊大姨媽的二兒子，名叫無二。自幼青梅竹馬、玩在一塊。我們幼小就給他取個諢名；叫「無二不作」，聽起來就像：「無惡不作」。確實他也非常叛逆悖倫❶、不學無術、惹出很多麻煩。』悟空非常詫異問著：『除了他的法術詭譎奇幻，還有他那張臉；為何變成白紙一張哩？』北極仙翁解釋說道：『我忘了說清楚；在他落跑的一刻，被本仙翁發現，追出去的時候，無意中擊出一掌毀了其面孔！導致他顏面全毀矣。迄今躲藏在南扶餘的日月山，自創邪教；並以無相祖師自稱，應該是與本尊出手毀容攸關。』這一席話；終於真相大白。

悟空打鐵趁熱；直接問仙翁重點說道：『這回前來拜見！主要就是針對這傢伙的邪惡魔法，叫人難以招架對付。特來向仙翁討教；其中可有破解之道？』北極仙翁毫不猶豫說著：『我這個無二不作的老表，自幼即有放蕩不羈、離經叛道的恣縱性格，搞得左鄰右舍：怨聲載道、雞犬不寧。不過說到他當前所使用的奇門異術，該是與他天賦異稟的手指頭；擺脫不了關係。那是太極魔法，你注意看；他左手掌的大拇指與中指，指尖上皆有一顆硃砂痣。當他施法掐指唸訣、這兩顆硃砂痣觸碰一塊時，有若太極圖裡的黑白點融滙貫通。再同時魔咒唸起；瞬間即可隨心所欲、爆發出莫大威力。說實話；以他目前的功力，就算本尊出面亦對他莫可奈何也。大聖自己多加謹慎小心。』悟空頓時理解，說道：『所以說穿了；必須毀掉他其中一根手指頭、或是兩根手指頭上的痣，方有可能破解其法術。是不？』北極仙翁娓娓點頭稱：『正是！正是！』

從北極仙翁的口中；得到答案之後，悟空抓緊時間就要辭行救人。告別的時候；北極仙翁交代一聲：『拜託大聖；可能的情況下，留他一個活口押到這裡，交由本尊處理、我絕不縱容寬貸。』悟空回道：『盡量！盡量！』

有了破解的方案；二人直接駕雲飛奔南扶餘的日月山。在附近的雲空；東翻西找、南觀北望，怎都找不著五方揭諦和幾個功曹他們？行者悟空心中有數；糟糕！肯定是那些仙家們按耐不住、自行殺去道觀找無相祖師挑釁找碴。後果用屁股想也知道；陰陽道的道觀內，這下子；又多出了八個冰棍雪條來了。

『這回只剩下我倆，咋辦才好？』心急如焚的值年功曹問道。悟空也六神無主、怛突忐忑。明明分手的時候；千交代、萬叮嚀、切勿輕舉妄動的……。

孤軍奮戰也罷，只是要拔除無相祖師的手指頭；談何容易，甚至想靠近他身體都難哪。光就憑那張陰陽怪氣的白板臉，誰人不望之卻步呀！明著對打；勝算不大。暗地玩陰；這廝比任何人都還要陰險許多倍……。

『來吧！俺老孫這回陪你玩陰的。孰輸孰贏；賭他一把便知！』左思右想；悟空最後還是作出決定：玩陰的。陰到你無相祖師投降認錯，陰到叫俺一聲祖師爺。

琢磨再三；他再拖著值年功曹李丙，往地界土府那兒跑。想到專司關押魔頭妖王的地方，倒是有個魔王；或許能幫得上這個忙。

到了地界土府，經過黃門侍衛通報；幽都陰府的后土帝君親自出來相迎，且問道：『大聖光臨，有何指教？』悟空說道：『打擾！打擾！那疙瘩瘟魔還關在這嗎？俺有重要的事想請他幫一下忙。』后土帝君二話不說；甫地傳令下去，叫隨扈把疙瘩瘟魔給帶到大殿來。疙瘩瘟魔看到是大聖求見；二人高興地噓寒問暖一番。疙瘩瘟魔乾脆俐落說道：『你大聖的事；就是俺的事。不用客套，啥事直說吧！』悟空聽了；直接了當把案情重複敘述說出。再問說：『俺眼前這個沒有臉的魔頭，俺想老半天；只有你能治得了他。所以；麻煩你陪俺走一趟日月山。行不？』疙瘩瘟魔不加思索即點頭同意。陰府的后土帝君也很上道，他馬上批示核准放行；讓疙瘩瘟魔前往相挺，並且說：『事關重大；大聖一行東瀛送經，豈容這般邪魔放肆、攔路阻擋。你們一起攜手除妖；快去快回便是。』他們隨即結伴；離開地界土府，出征日月山的無相祖師及邪教團夥。

次日黎明；旭光照耀著日月山的陰陽道觀，無相祖師在金殿內；領著一幫全真道士打扮的部屬們敲鐘唸早課。庭院石獅甬道❷；則有幾個小道士正在打掃著，灑水的灑水、掃地的掃地、澆花的澆花……。不久；早課拜斗儀式結束，一幫人擁著無相祖師走出金殿，經過庭院中的石獅甬道，準備稅駕；前去玄壇法堂休憩。

這時；有一道士打扮的僕役，長得歪嘴暴牙的猴孫模樣。緩緩走近甬道旁邊，打掃銀杏大樹下的落葉。他輕輕從衣袖取出一隻圭筆狼毫❸，對著這夥人的背後；持筆輕輕畫符幾下、嘴裡喃喃唸幾句。然後再收起圭筆狼毫；靜悄悄地離開，無聲無息的舉動；任誰也不會注意他在幹啥？

這回事情可鬧大了！一幫人才走進玄壇法堂，像往常一樣；俟於各自坐下，喝口烏龍茶清清喉、潤潤嗓，不經意地聊聊。突然一幫人渾身發癢、抓來抓去，相視之下都瞠目結舌、不敢面對。多麼殘酷的現實！一幫人；包括青龍君、白虎君兩個猛將亦無可倖免，滿臉都是雞皮疙瘩。再看一眼台階大座上的無相祖師，牙都歪了！一張平白無瑕的面孔，變得跟大夥一樣。而且疙瘩逐漸蔓延到全身矣。

『沃靠！這……這是咋回事？』無相祖師驚恐地從座位跳起來，這法堂內的人全都成了麻花臉，像話嗎？青龍君抓著疙瘩臉，氣得大罵：『是誰？到底是誰在搞鬼？快點查清楚，俺要活剝他的皮。』白虎君哀聲嘆氣，冷冷說道：『查？查個屁！麻煩大啦！這是一種瘟疫。俺小的時候；村子裡面曾經鬧過這種疙瘩瘟疫，死了不少人。這回咱們這裡遭到傳染，得趕快找大夫開藥方根治；否則後果不堪設想。』無相祖師聽了，立刻大聲命令道：『那還等什麼？快去問清楚；這附近有哪個大夫專治瘟疫的，快快請他過來療病煮藥。下午本祖師在道場，還要主持三獻醮法會。拖不得！拖不得！』才說完；一個穿著褐衣赭帽的小嘍囉跑了進來，他說道：『稟報祖師爺；小的知道！小的知道！』

玄壇法堂內的人，驚聞有人知道專治瘟疫的大夫；全部目光都投射過來。青龍君急躁問著：『你知道啥？快說出來聽聽！』小嘍囉回說：『因為小的經常出去採購藥物；大凡痔瘡藥、壯陽丹、調經散……都買過。知道鄰近小鎮上，有一專治瘟情疫病的名醫；他可有來頭，曾經是……』無相祖師打斷他的話，揮袖傳下懿旨：『不要囉嗦；你快騎馬請那大夫過來一趟。陰陽道鬧瘟疫，以後誰還敢來這裡供奉祭拜！十萬火急，不得耽誤！』

約莫一柱香的時間；那穿褐衣的小嘍囉即帶來一彎腰駝背、羸弱古稀之白衣老者。白衣古稀的老者一進堂門；乾咳兩聲、詫異說道：『唉！這裡事情大條了！本醫望而知之；這可是百年一遇的癰疽癘疫呢。你們另請高明吧！本醫無能為力。抱歉！抱歉！』說罷轉身欲離去。青龍君趕忙過去門口阻擋，掏心掏肺懇求說道：『太醫勿走！這回事情緊急，一時之間；我等又能上哪去找大夫哩？你且拿出專業和醫德；無論如何，治好我們再走。拜託！拜託矣！』

白衣老者猶豫一下，認真說道：『這樣吧！本醫懸壺濟世以來，醫術堪稱再世華陀；自當盡力而為之。只是這回匆匆忙忙出門，草藥忘記隨身帶上。不過問題不大；俺隨身都帶著銀針，施鍼灸❹比吃草藥還快治癒。這裡由誰先治療？』不消爭議、勿庸置疑；當然首推無相祖師最先啦！無相祖師當仁不讓，坐在大位；怕嚇壞大夫，他很快抹出一張溫文儒雅的弱冠臉龐，安靜等著大夫過來治病。

『且慢！大夫既然對自己的醫術如此自信，何妨先找個人試試！』疑神疑鬼的無相祖師可沒那麼好拐騙。『那當然！那當然！』他轉身叫一個站在門口；歪嘴暴牙的小嘍囉，即是剛才在甬道打掃的傢伙過來。眾目睽睽之下；那長滿疙瘩的小嘍囉，怯怯讓大夫在屁股上扎上一針。片刻之間；全身的疙瘩瞬間消失，神哪！

無相祖師眼見為實；這才放心讓白衣老者幫他治瘟疫。白衣大夫仔細為台階上的無相祖師；捏腕把脈一番，然後說道：『怪哉！怪哉！這位公子的脈象真奇特。俺懸壺行醫已經五十載；還未曾見過這般脈象經絡？無論頂陽骨❺、湧泉穴❻、神門穴❼都與眾不同也，氤氳清朗❽。誠謂：火不上身而神自清、水不下腎而精自固。奇也！奇也！』白虎君一旁不解問道：『這又如何？』白衣大夫神色自若，說道：『你們還真找對人治病啦！這種怪咖；周身穴道走經異位、脈象雜亂。別人不行，可難不倒俺。華陀有云：五臟有毒、常拍八虛。只是這位……』青龍君不耐煩問道：『只是啥子哩？只要有效治好他的瘟疫，啥都依你的！』白衣老者解釋著：『若是一般人，用銀針在屁股上扎個一兩針就行。這位大爺可不得，他必須扎在左手的勞宮穴❾上，才可有效治好瘟疫。除此之外；別無辦法、只有等死吧！』

無相祖師長嘆一聲，無奈說道：『唉！那就扎吧。換右手的勞宮穴，行不？』白衣老者連連搖頭，說道：『扎哪都不行。只有扎在左手的勞宮穴與合谷穴，方才見效。不過你且放心；保證不痛不癢、很快就可去針入疫除，以後即氣灌五府、脈通三關。而且那針灸的創口；也能在一個時辰內完好如初。安啦！安啦！』沖著最後那一句，無相祖師唯有點頭同意。一個時辰很快就過去。暫且忍一忍囉！

白衣老耆輕輕握起無相祖師的左手，看清楚；果然如北極仙翁所言，大拇指與中指的指尖；各有一顆赤紅色的硃砂痣、邪門的硃砂痣。那還客氣啥哩；千載難逢的機會，再不動手更待何時。銀針使勁就往中指指尖的硃砂痣插了下去，再使勁挑走它，電光石火又挑走大拇指的痣。兩顆硃砂痣竟然眨眼間都給挖掉了！

『你！你這是在幹啥？你到底是誰？』無相祖師整張臉頓時泛綠了。速把左手縮回；端看留著鮮血的兩根手指，兩顆寶痣全沒了。恍然澈悟；明白中計、法力已經完全遭到破解也。他人皆不知，沒了這兩顆痣；自己將變得一無是處矣。

『無二公子無須緊張兮兮，這也是經過你同意，俺才下手的嘛。』白衣老者笑咪咪說道：『治不好你，俺不收費！行不？』旁邊一群人還搞不清楚狀況，傻乎乎站在原地看著。那一句「無二」可把無相祖師嚇傻了。自己的底子完全暴露無遺；多年經營的路子、建立的名望，赫然毀之一旦。他平白如紙的臉氣到火紅，猝嗟痛罵：『青白二郎君；你們還在發什麼呆？他根本不是大夫，是一個刺客。還不趕緊拿下他；給我碎屍萬段。』青龍君和白虎君等一幫人；這才從渾噩噩中清醒回神，趕緊抄搴出看家武器殺了過去。

那白衣大夫轉身變回原來的孫悟空、那歪嘴暴牙的小嘍囉變回疙瘩瘟魔、那穿戴褐衣赭帽的嘍囉變回值年功曹。雙方剎那間殺成一片，玄壇法堂的裡裡外外；血肉賁張、氣沖九寰。現場沒了無相祖師的邪術魔法，更何況一幫陰陽道的殺將都染上瘟疫，這一來；還有誰擋得住悟空等三人哩！簡直就是如入無人之境。

熱血沸騰不到一炷香時間，陰陽道的兵卒們死傷逾半、鬥志俱無。青龍君右手受傷、白虎君屁股被打爛，不得已逐一跪地求饒。剩下的嘍囉見大勢已去，也紛紛棄械投降。行者悟空領軍之三人，皆毫髮無傷、大獲全勝。

法堂上；剩下憔悴沮喪的無相祖師還端坐大位，他癡眼呆目、睁視現場全盤皆墨的慘況，不禁唏噓錯愕。他仰天悲嘆；喃喃說道：『俱往矣！俱往矣！本祖師乃自毀長城也。料不到這孫悟空如此詭計多端、陰狠毒辣，之前犯疏忽、太低估他了。看來日月山的陰陽道；儼然已經到了山窮水盡、走投無路的地步。』

無相祖師受不了兵敗如山倒的打擊，立即拔出隨身的劇毒匕首；就往頸部自刎，意圖自我了斷。行者早一步料準無相祖師會走這一步；飛奔過去拍掉那匕首。無相祖師憤憤說道：『你這潑猴；本尊的容顏已經沒了、這回得天獨厚的兩顆痣也被你毀了。我還有啥？不如一了百了，一走了之！』說完就用頭撞向旁邊大柱，企圖撞死自己。值年功曹也衝過來；緊緊抱住他。悟空走近他身邊，慰藉說道：『不值！不值！無二公子犯不著走到這一步。俗話說：好死不如歹活。再說：你雖然頑劣不羈、歪道邪門、卻不曾危害蒼生。雖說阻攔我等東瀛送經，卻無意傷害我送經綱等一行人。尚且有你北極仙翁這位表哥囑咐；要俺饒你不死。你要真格自戕；豈不陷俺於不義乎！』無相祖師聽說北極仙翁，當場呆若木雞、啞口無言。

『那個不要臉的東西在哪？俺要將他千刀萬剮。』外面跑進豬八戒、沙和尚和五方揭諦他們幾個仙家。無相祖師法術遭到悟空破解之後；咒訣幡然失效、冰溶雪化、活動恢復正常。關押在窨窖裡的眾人如釋重負，立馬掩殺而至。

『得啦！得啦！俺已經完全擺平事端、無憂無慮矣。要等你豬八戒來解決問題，天都黑啦！』悟空和值年功曹過去攔截勸阻。唐三藏也走進法堂，以德報怨、盡釋前嫌說道：『南無阿彌陀佛！往者已矣，何苦將厄劫纏身、遲遲不放。況且我佛慈悲、蒼生顯然。日後且記得：退一步為上、讓一步為高。菩薩保佑你們！』無相祖師領著陰陽道眾人誠心認罪；拜謝玄奘法師諄諄教誨、諶訓再三。

疙瘩瘟魔在唐三藏法師代為懇請之下，逐持圭筆解除陰陽道一幫人的瘟疫魔咒。無相祖師交由五方揭諦、四值功曹押送北天門，交付北極仙翁處理。青龍君和白虎君在豬八戒的執意堅持；必須一起前往東瀛之路。沿途幫忙挑擔負笈、負擔承受真經抄本和行囊的任務；成了挑夫，這樣八戒即輕鬆多了。其餘跪地發誓；不得再停留在日月山道觀，解散返鄉務農經商。日後且為人以德、常懷善心。

最後；悟空親自帶著立大功的疙瘩瘟魔回到地界土府，向后土帝君陳述表揚這回疙瘩瘟魔的功勳。后土帝君笑著；翕然說道：『大聖既然這般坦誠詮釋，本帝君在權職範圍內，正式宣佈：由於疙瘩瘟魔助東瀛送經脫離險境、功不可沒。今且將功折罪釋放你；你逕自去瘟癀昊天大帝⑩那裡報到去吧。』疙瘩瘟魔兩腳下跪；對著悟空和后土帝君磕頭致謝。瘟魔從此判若二人；改過自新、一心向善。

好一個日月山之劫難；層層險阻被悟空抑制之後，終於危機解除、化險為夷。送經綱一行繼續趕路；前往百濟的朝廷泗沘城。未來之路；還會發生什麼波折？敬請期待下回分解：

『註解』：

❶悖倫：違反倫常。
❷甬道：古代指庭院中；無屋瓦加蓋的鋪石走道。
❸圭筆狼毫：圭筆乃指小毛筆。狼毫是指黃鼬毛製成的筆。
❹鍼灸：古代中醫對針灸的叫法。
❺頂陽骨：即中醫對天靈蓋的叫法。
❻湧泉穴：中醫指腳心的位置。
❼神門穴：中醫指無名指和小指下端位置。
❽氤氳清朗：指陰陽交會之處，清晰明朗。
❾勞宮穴：中醫指手掌心。
❿昊天大帝：本名呂岳，主掌瘟部的六個瘟神。

第六十三回　百濟供佛泗沘城　風暴跨海渡八洲

話說送經綱與輪值仙家們；在南扶餘的日月山受挫，大聖悟空靈機一動、巧施佈局之下，去掉無相祖師手指上的兩顆邪惡硃砂痣，終於破解那祖師的魔法。令他之前所施的操控時空、冰凍萬物之邪術完全破功失效。剎時搞得整個日月山陰陽道土崩瓦解、一蹶不振，最後落到唯有乖乖投降的下場。

送經綱一行人又安然渡過厄劫。他們繼續往百濟國的首善泗沘城趕去，路途上；最是輕鬆愉快的，當屬豬八戒莫過。因為陰陽道的兩名猛將：青龍君和白虎君被制伏之後，成了他們的挑夫。背負著幾箱真經抄本與所有行囊，一起赴東瀛送經。細看這沿途節氣展露之視野，放眼諸方景物；提筆於詩中略陳一二：

花落山林沁涼意、朔寒霜草好個秋。鴻雁丹鶴高飛去、不捨河山卻難留。
漫徑荒嶺煙霞逅、峽溪渚水盪輕舟。斑爛大地成一色、枯枝殘葉滿山頭。
凝嬌含艷雨花露、歲末顏改愁更愁。玉樹金枝成敗柳、風花雪月歎逐流。
四時輪迴無從宥、何苦戀戀凡塵憂。前方冰雪為勵志、不到功成誓不休。

這一行人處在冷月殘秋；荒山野嶺之地，倒也甘之如飴。時而高歌撩起、時而嘻鬧一番，無論生態環境有多惡劣；不亦自得其樂也。

大凡一路上；見有香火住持之佛寺寶方；送經綱皆不忘以大唐朝廷的名義，贈予西天真經抄本一份，宣揚佛門大乘妙法。例如：穿越武珍郡的無等山有通明寺、跨越古龍郡有萬福寺、曹溪山之仙岩寺、內藏山的內藏寺與白岩山麓的白羊寺……。又到了北道湖南平原的佛明山；見到山中有一莊嚴肅穆的古寺，山門牌坊寫著「華嚴寺」。唐三藏領著送經綱的一行人進去謁訪奉香，寺內的住持方丈萬元法師；得知來訪者乃大唐玄奘法師送經一行，即率著寺裡的沙彌眾僧出來迎接。萬元法師為當今百濟國義慈王之親侄；敦厚純樸的他，引著唐三藏一行人入誦經堂就座。

聆聽唐三藏述說這一路的顛顛簸簸、波折不斷，來到此間；誠屬不易。萬元法師即起身說道：『阿彌陀佛！大唐法師等一行；不畏百般考驗、萬難澆身、益顯爾等之德行高深也。本方丈無比榮幸；得以接待遠從中原華夏，排除路途之艱辛困苦；前來的高僧法師們。開經偈有曰：「彌勒甚深微妙法、千生萬劫喜相逢、我今依教勤受持、性相圓融一貫通」。我等為大唐送經綱之揚佛送經功德、敬仰欽佩！拜服！拜服！』站著說完之後，彎腰起手致意。

唐三藏法師則回說道：『南無阿彌陀佛，萬元法師抬舉矣！貧僧不敢當！藉佛聖言：「我從久遠劫來，蒙佛接引；使或不可思議神力，具大智慧。我所分身；遍滿百千萬億恆河沙世界，每一世界化百千萬億身，每一身度百千萬億人。令歸敬三寶，永離生死；至涅槃樂。但於佛法中所為善事，一毛一渧、一沙一塵、或毫髮許，我漸度脫、使獲大利，唯願世尊；不以後世惡業眾生為慮也」。謹此！謹此！』兩位異國高僧相談甚歡，二者說經論法；直到深夜方才歇息。

次日凌晨；唐三藏在華嚴寺萬元法師堅持之下，陪伴著師徒一行人；直赴百濟國扶餘郡的泗沘京城。統治有三十七郡、兩百餘座城池的百濟義慈王；恭親領著三公九卿、銘鼎百官、立於泗沘城城門迎接長安朝廷遣來之送經綱等人。

義慈王攬著玄奘法師的手，一起搭乘御座金車進入城門。丹龍錄車、玄羽為蓋、大纛高牙、紅旗飄揚。到了百濟朝廷的金龍寶殿；但見持圭捧笏齊列兩旁、執旌挐扇維護中央。主客一擁而進寶殿內；分賓主之禮儀，玉階上就座。

義慈王對佛釋妙法研究深奧，與唐三藏法師談經說道、相談甚歡。並且邀約送經綱一行人；共遊扶蘇山城的百濟皇室庭園，那庭園如詞所描繪的：

迎日樓朝宏偉闕、奇石蒼松逸曉煙、修竹翠柳、冷霜時節、皎雲飄浮隱皚雪。
半月閣飛甍宇榭、黛紅軒亭、池皋不覺。儀門紫院迎楓葉、草淒淒憐花逝也。
水蓮塘畔芙蓉靨、枝頭鵲鳥、鳴啼歡悅。玉樹桂香盤四野、碧園芳草宿盟約。
映月橋曲流水潺、凌風颯颯、金曜斜斜。東嶺西谿天仙界、春華秋月竟道別。

皇庭御苑確是遍地奇花異草；雖值孟冬寒沍❶節氣，庭園景物倒也讓人目不暇視、美不勝收。飽覽那御花庭園，心情悅朗自不待言矣。

回到宮中；義慈王又設宴擺席，殷殷款待唐三藏師徒一行。宴席上；南扶餘的金漿玉液、山珍海味逐一奉上案桌。宮中笙簫齊鳴、琴瑟響起；先來一群人跳起鳳山假面舞、接著一群雙手拿著銅鈸，跳著避邪驅魔、淨化心靈的銅鈸舞❷。那出神入化、遊龍騰空的傳統舞蹈，令人心曠神怡、豁然樂朗。

酒宴結束；主客雙方又來到雲仙宮；啜茶品茗、提神解氣。唐三藏藉機略為陳述承大唐朝廷太宗聖諭，一路送經之過程。最終將渡海；送經去到東瀛大和國。

『聖僧言之東瀛八洲大和國；素來與我百濟國友善、經濟文化皆有密切交流、互輔共榮。話說百年之前；我百濟國從中原華夏學習來的周易卦象、天文曆法、儒釋道學……先王即遣王道良與王保孫二人，渡海傳授至大和國。並且從中國傳入的佛法經書，對八洲大和國之輸送；更可謂不計其數也。之前；我百濟國與其互訂軍事同盟，數次與鄰國交戰；雙方皆信守承諾、攜手禦敵、堅定不移。兩國友好、可見一般。』酒過三巡之後，義慈王非常熱切說道。

『阿彌陀佛！本僧途經貴國，一路走來；對南扶餘朝廷上下之尊佛仰佛，刻骨銘心、感受至深。』唐三藏頓頓，又說道：『貧僧願為貴國崇佛敬佛心意，作三天為祈福國祚、庇佑萬民之水陸法會。另外；再與此間佛寺高僧們互切互磋、如琢如磨。為其傳經授法三天，以表赤誠。』義慈王追問道：『然後呢？』唐三藏回話說：『無他！然後搭船過海，繼續趕路前往東瀛大和國送經。』

義慈王連忙阻止，他解釋說道：『行不得也！行不得也！法師有所不知；從彌鄒忽❸渡海至東瀛的對馬島、壹岐島、薩摩海域、或走西海道至大隅海峽的鹿兒島登岸。順風的情況；這行程至少也得要二、三十天。然而這歲末嚴月之際，風向由北朝南、海象浪潮甚為不穩定。這季節出海，實乃凶多吉少。』階下的侍臣太傅，前來補充說道：『恕下官呈稟；時值暮冬烈寒，朔北凜凜狂風兇猛、海潮波濤洶湧、這般季節除非官方艨艟❹執事勤務、運載出海。民間商船、漁船皆停泊港岸休憩或修補工作，不敢隨意出海。更何況……』

唐三藏訝異問道：『阿彌陀佛！更何況什麼呢？』那太傅說道：『回高僧的話，更何況近來百濟國沿海一帶，盛傳在大和國的對馬島南端、大隅海峽、薩摩半島附近，出現驚悚駭人之海妖惡魔，經過的船隻如果不扔下財物，或數十頭牛羊五牲祭拜，船隻肯定會被掀翻、吞食船上所有船員旅客。目前經過者；皆寧可繞遠道而行之，轉由山陰道的隱岐島至松江港登岸。不過路途；得多出半個月的時間。』出現海妖惡魔？這豈是阻擋送經綱一行的理由。不說還好；這一說可就引起悟空師兄弟的好奇心，啥妖啥怪沒見過？唯有海上的妖魔從未遇見過，好玩！好玩！

百濟國的義慈王微笑著，以為途經東瀛鬼海這事；應該是嚇壞眼前這些大唐僧侶，乖乖留下泗沘京城；不敢輕舉妄動矣。

卻意料不到；大聖悟空竟插嘴說道：『往東瀛的海上會有妖魔鬼怪出現？那還客氣啥！這回可得把握機會，開開眼界才行。』八戒和沙和尚也想湊合熱鬧，即順口附和說道：『師父無須徬徨猶豫；抓緊時間送經吧！管他什麼山妖海怪的，你在船上安穩打坐念經，其他有我們處理；穩穩當當如其跨海登上彼岸。安啦！』

義慈王拗不過，只好苦笑搖搖頭說道：『折服！折服！不愧是功德高深的大唐高僧，竟然為了完成送經之使命，命都可以豁出去矣。這樣吧；本王諭令侍臣，準備五十頭牛羊給你們帶上行程，倘若不幸遇著鬼海的妖怪；也好賠上這群牲畜，使你們一行安然度過難關險境。』悟空代表大家出面婉拒，莞爾一笑著說道：『大王好意；我等心領了。俺還怕牠閃避不及哩！果真遇著；俺會讓牠下跪、磕三個响頭，俺再考慮是否放牠一馬。信不！』義慈王不知悟空是何人物？只當這羸瘦體弱的猴僧胡言亂語罷。既然好言相勸，遭到謝絕；義慈王則不再堅持多說了。

於是接著三天；唐三藏在白馬江畔百年古寺之定林寺，齊聚百濟國的方丈法師，盛大舉辦水陸法會，素果擺滿、三牲烹鬺、掀香注爐、三匝奉拜。為眾生祈福、為往生超渡。儀典甚為隆重盛大。

後面三天；則於萬壽山南麓之極樂殿，與百濟國的高僧沙彌傳授大乘真經。說著阿彌陀經、又說著般若波羅蜜多心經：

觀自在菩薩，行深般若波羅蜜多時，照見五蘊皆空，度一切苦厄。舍利子、色不異空、空不異色，色即是空、空即是色，受想行識，亦復如是。舍利子，是諸法空相；不生不滅、不垢不淨、不增不減、是故空中無色，無受想行識。無眼耳鼻舌身意，無色聲香味觸法。無眼界；乃至無意識界。無無明，亦無無明盡；乃至無老死，亦無老死盡。無苦集滅道。無智亦無得。以無所得故，菩提薩埵，依般若波羅蜜多故，心無罣礙，無罣礙故，無有恐怖，遠離顛倒夢想，究竟涅槃。三世諸佛，依般若波羅蜜多故，得阿耨多羅三藐三菩提。故知般若波羅蜜多，是大神咒，是大明咒，是無上咒，是無等等咒，能除一切苦，真實不虛。故說般若波羅蜜多咒，即說咒曰：揭諦揭諦波羅揭諦，波羅僧揭諦。菩提薩婆訶。

三天盛大的建醮法會、三天的講經授道、在百濟國泗沘京城隆重舉辦。歲月如斯；很快則告一段落。唐三藏法師本性心懷仁善，一如既往；贈予百濟國西天真經抄本二百卷、經文一千四百二十篇，皆由義慈王代為收下，分傳到南扶餘諸地寺廟。義慈王為了送經綱得如期安穩渡海送經，特別派遣百濟國最是堅固牢靠的一艘大型艨艟，運送一行人至東瀛的大和國。

人有情、天或有意；送經綱等人方才收拾好真經背笈、衣物行囊，卻見戶牖門外；狂風暴雪、颯颯疾疾。如詩裡所描繪：

狂風亂舞四面起、天降大雪竟紛飛、颯颯寒霜逼人意、草木覆掩悲悽悽。
黯陽濁空佈天際、茫茫乾坤從何起、渾沌厚雪鋪大地、寸步難行道別離。

義慈王在大雪中；依然率著朝中重臣，趕到錦江流域下游的白馬江口港灣，為唐三藏師徒送行。義慈王語重心長說道：『這突來的狂風暴雪，正表明上天欲挽留諸位在泗沘皇城多停留些時日，待明年泰陽芳歲再走亦不遲也。何苦於如此惡劣氣候出海呢？』一旁的觀象監❺也勸說道：『依下官近期觀測天象；仰望天星、俯瞰地理。這段期間；確實皆是凶日煞時，非常不宜出海或遠行。何妨再過些時日；待水星晻落、隨之金星明耀升起，再擇取良日吉時前去東瀛大和國，豈不更好！』說得一行人稍有心動。

『南無阿彌陀佛！』唐三藏反而意志堅定，義正嚴辭說道：『唉！非貧僧不信邪，你會看相；相也會看你。仰賴天意；天意卻總是變幻無常。古來中國之朝代更迭不一、換來換去，難道當朝的皇帝；身邊會缺少算命占卦之奇人異士乎？真的神準當可高枕無憂、永垂不朽也。事實不然！』

那觀象監欲罷不能；還想尋求理由，力阻送經綱離去。唐三藏接著說道：『夫大人者；與天地合其德、與日月合其明、與四時合其序、與鬼神合其吉凶。先天而天弗違、後天而奉天時，天且弗違；而況於人乎、況於鬼神乎。仁德之君；當堅持該走的路，餘且置之，待歷史評鑑即可。言至於此；別矣！別矣！』義慈王和宮中的觀象監均默默無語、心中已有定數；不再勸阻送經綱的出海。只得互道珍重、一路平安。他隨即率眾折返泗沘城去。

唐三藏師徒於彌鄒忽港；登上百濟國的一艘艨艟大船，在寒風凜凜、皚皚大雪中，揚帆而去。離開了百濟國；朝東瀛的八洲大和國前進。

『玄奘法師等上師們，相信你們在泗沘京城應該有聽說過；走對馬島經過大隅群島、靠近薩摩半島附近海域，最近有恐怖的食人海怪出現。』領導的朴姓船長，走進船艙對大家說道：『安全起見；本船長建議繞過鬼海，走山陰道的隱岐島、轉向松江港登岸，時間較長些；相對也安全許多。是不！』悟空等不以為然；逐說道：『坦白說；我等送經綱真要怕妖怪，今天也不會出現在這裡了。你放心按原來的路綫走對馬島吧，不需要多耗費時間彎來繞去的。我們前前後後打過的妖怪數不清；反正一定多過你放的屁！信不！』朴船長聽了，摸摸鼻子不再囉嗦。

氣候的寒風凜厲；加上海上之驚滔駭浪、船身晃盪搖擺，搞得幾個曾經去西天取經的一行人；頭暈目眩、叫苦連天。這種折磨受的罪，絕對超過之前的爬山涉水、日曬雨淋數十倍。如果不是一心執意苦修功德、咬緊牙根硬撐著，早就搭上雲頭渡海矣。豬八戒忍不住說道：『相較之下；俺可懷念西天取經的日子。同樣為我佛真經在奔波，這回修的功德卻比西天取經勞累得多。苦啊！真苦啊！』

悟空頂他一句：『苦啥！你這獃子，再苦也好過你在天廷仙界打掃衛生罷。當初；也是你自己吵著要陪師父送經來著，瞧你現在叫苦連天的烏樣。真受不了苦；就滾回天廷去，這兒可沒人會攔你哩！』說得八戒窘然俯首；啞口無言。

這艘船出航的季節，該是一年裡面；最糟糕、最難熬的時刻。說來沒人會相信；竟然航行過了八天之後，整個海上的景象翻轉顛倒。天地間；竟變得如詩如畫：

藍天白雲金陽撒、扶搖輕吹伴韶華。海天一色呈祥瑞、仙凝飄忽逸閑暇。
蒼淵沉靜如人意、一帆風順映西霞。八方遼闊何其大、四面平穩樂無涯。

眼前這般風平浪靜、海闊天空的景象；即便航海已有數十載經驗的朴船長，也顯得難以置信、詭譎莫測。他不斷搖頭嘀咕道：『不可能！簡直不可能！』

講歸講、說歸說；如此、乘風破浪、暢行無阻的現象，不亦讓人開懷窩心。送經綱的一行人，愉悅歡欣地站在甲板上，遠眺遙望平靜的碧海滄溟❻。行者掐著豬八戒的大耳，說道：『夯貨！這些日子不都是叫苦連天嗎？瞧你現在笑得這般開心，是否苦盡甘來啦！』八戒嗆他一聲：『苦盡甘來？好戲還在後頭。誰曉得；明兒個是否又變天？又鬧鬼哩？』師兄弟二人相對而笑。孰不知：八戒只不過無心順口說說罷，竟然一語成讖、鬼話成真。

俗話說：『好話不準、壞話最靈。』那艨艟的朴船長走過來，指著藍藍的天空說道：『諸位高僧大仁大德，鴻福齊天。瞧那天空群群低飛的海鷗經過，說明我們離大隅海峽、薩摩半島等東瀛之海岸不遠矣。再過三五天吧！』聽朴船長一說，喜不自勝、雀躍萬分。上岸之後；大夥約好；得找個地方嚐嚐小吃、打打牙祭。

才隔一天；這片大海又換了個鳥樣，天地之間就像換另一幅畫卷。這回不是狂風巨浪、也不是風和日麗，卻變成死氣沉沉的海洋。看詩所云：

灰天黯海身何處、無風無浪亦無雲、茫然寂靜若鬼域、幻影重重駭人心。
船似枯葉泊異境、殘日碎曜了無情、不覺幽冷失神韻、魂縈飄渺沉落陰。

置身這般境界；可是朴船長前所未見。處於無風又無浪的海上，即便艨艟上的船桅全部揚帆，也不見絲毫動靜，全然停擺不動矣。靜悄悄、海茫茫，整條船上；僅有大聖悟空心中有數、這妖魔就在附近不遠的地方等候了。他立馬警告幾個師弟抄出傢伙；八戒拿九齒釘耙、沙僧持彎月寶杖、辛甘抽出劈天刀保護好師父、秦願有斬馬戟看守著西天真經，甚至青白二郎君也使出伏龍錘和虎頭環大刀。海上的狀況變幻弔詭、岌岌可危、可能隨時就……。

剎那間；乾坤翻轉、巨浪掀起、移山倒海、風暴襲擊。猛然地顛簸起伏；嚇得船上的士兵屁滾尿流、東躲西藏。整條船像鳥一樣飛上天際；又摔了下來。

整片海域動盪好一陣才慢慢恢復平靜。船上的一夥人才定下心；謹慎行船。

詎料放眼眺望，這才發現艨艟周遭，赫然從深海中；竟冒出幾座濃煙滾滾、烈焰沖天的火山群。按震、離、兌、坎四個方位排列著，而被幾座火山包圍的中間；正是送經綱一行人搭的船隻。夾在一群熊熊赤焰的火山之中；插翅都難飛、更別說要逃離此間啦！

『沃草！真過份。俺都還沒上東瀛的岸；就先見東瀛的鬼。太誇張！實在太誇張！』氣得大聖悟空口出穢言、破口大罵。八戒和沙僧挨近身子問道：『師兄！你那雙猴眼，倒是看出是啥妖怪來著？』悟空回說道：『來者不善！有本事把海底的火山搬動擺出陣仗，挺有一套。待他現身；俺可要好好瞧瞧，是啥來頭？』

才說著；天上烏雲中，傳來一聲暴雷似的喝斥：『我乃坐鎮這鬼海破火山的大魔神！』接著又說道：『百濟國的船長聽好；我不為難你們。只要乖乖將那幾個大唐來的和尚給我通通扔下海，填飽我們的肚子；本魔神將會讓你們平安離去。否則；船上一個也別想活著出去，保證船毀人亡，死得很難看。信不！』這如雷轟頂的警告；嚇得朴船長和船上的士兵們，一時拿捏不定，不知該如何是好也？

百濟國的義慈王提到之海妖；果然應驗現身於東瀛的海域。他到底真正的身分是什麼？送經綱一行可有辦法；順利渡過這片鬼海？敬請期待下回分解：

『註解』：

❶孟冬寒沍：古代指農曆的十月。
❷銅鈸舞：朝鮮的傳統舞蹈，常在佛教的儀典中出現。
❸彌鄒忽：古代百濟國對仁川港的稱謂。
❹艨艟：古代指戰船軍艦。
❺觀象監：古代朝廷中專司觀察天象、卦相、定吉凶的官員。
❻滄溟：古文中指汪洋大海。

大魔神
鬼海破火山
汪洋怒海
火山阻
高聳入雲
烈焰噴
深海殺將
現鬼域
橫行霸道
鎮崑崙
破火山

第六十四回　汪洋鬼海遇火山　大聖對決大魔神

話說唐三藏師徒一行；乘船離開百濟泗沘城，往東瀛西海道之大隅海峽方向航行。出航開始的幾天；均為狂風颯颯、海浪滔天的艱難海象。繼而忽然轉變成陽光燦爛、風平浪靜的好行程。最後；竟然靜止在詭譎沉悶、無風也無浪的汪洋中；進退兩難。一船人正茫然不知所措；悟空已經察覺大禍臨頭、海妖即將出現。

一陣突來的排山倒海、天翻地覆、劇烈翻騰之後；大夥驚見船的四周冒出四座濃煙滾滾、烈焰沖天的火山；高聳入雲的火山錐，牢牢圍堵著船隻。熊熊大火、炙熱逼人、比那西天取經之火燄山更甚也。

不久；天際飄忽而至的烏雲；傳來如雷貫耳的警告，一個自稱是：鬼海破火山大魔神的妖怪，表明要艨艟上面的士兵，拋大唐送經綱一行人下海。否則船毀人亡、絕不留活口。嚇得朴船長驚慌失措、不知該如何是好？

這話讓大聖聽得頗刺耳，他馬上嗆聲：『什麼鬼海破火山大魔神？我呸！不如叫你為鬼海大王八好些。這裡有俺在；還輪不到你囂張，看俺現在就過來修理你這大王八。』然後轉身對朴船長交代：『汝等勿驚！在俺的眼裡；他只算眾妖魔中的一根小指頭。你們泡壺熱茶；準備看熱鬧吧！』又對豬八戒和沙和尚指示著：『這個大王八由俺來對付，你們留下照顧師父。片刻等俺搞定他；很快就馬回啦！』才說完；大聖悟空一躍而上，沖上天去找妖魔算帳。暫且不提天上的事。

卻說大聖才沖上天；事情變得更複雜。四座佔據東、南、西、北的火山錐就在此刻大爆發；天雷地火、岩漿怒噴飛濺。船上的人毛骨悚然、驚恐萬分，不知藏身何處是好？慌亂無助之間，俄頃；又從四面八方海面上，戛然躍出持刀舞槍的妖兵鬼卒，火上加油、雪上加霜。群群妖怪跳到船上甲板；準備展開攻擊。

船頭站著一個怒目金剛、虎背熊腰的大漢，手持無常劍、狂妄跋扈說道：『俺是打前鋒的大白鯊將軍；後面還有虎頭鯊將軍、青鮫鯊將軍、巨齒鯊將軍。遇見咱們四殺將，汝等今天是死定啦！』但見他們的鬼樣子，簡直叫人破魂喪膽：

白皮赤眼為大白殺將、圜眼血牙張、殺人無數無常劍、縱橫鬼海氣焰高昂。
虎紋斑斑乃虎頭殺將、開口吃四方、掃遍千軍鋼鞭摯、嗜血兇殘如虎似狼。
綠顏紅鬚是青鮫殺將、冷血肆猖狂、一言不合狼牙棒、揮舞無情非死即傷。
血盆銳牙稱巨齒殺將、威名震海洋、橫劈直砍操巨斧、腦袋開花再開肚腸。

那前鋒殺將吼道：『我們「鬼海四殺將」是無所不殺、無處不殺、殺遍大海汪洋、殺到血流成海方才罷休。限你們……』豬八戒吐他一口痰，啐嗟怒罵：『你這個口水佬；口沫橫飛、廢話連篇。像你這種只會殺雞宰羊、滿嘴跑馬的貨色，俺可看得多啦！要比狠是嗎！俺老豬陪你玩玩。來不！』沙和尚揮起彎月寶杖、辛甘祭出劈天刀、秦願摯出斬馬戟、青郎君舞著伏龍錘、白郎君高舉虎頭刀；一起加入戰鬥的行列……百濟的兵士也紛紛拿著鄣刀陌劍，劍拔弩張、怒目睚眥。

大白鯊將軍火目一瞪、手一揮；大吼一聲：『哼！要找死也不看什麼地方。通通給我殺光！』雙方立刻大打出手，在甲板上殺成一片。火拼之間；渾然不覺那船其實正在快速移動，孰不知鬼海妖魔施展魔法；在海底下推著一股暗流；默默將船推向薩摩半島一處島嶼的峽灣中。

峽灣內；滿山遍野早有千軍萬馬等候著，劍拔弩張、擂鼓鳴角、全部沖著那艨艟的船隻而來。豬八戒這會也看傻眼了，當機立斷說道：『糟了！這般險境；師兄又不知跑哪去？留著青山在；不怕沒柴燒。為了保住師父和真經；咱們先投降吧！』他率先丟下武器，並且要所有人不要再繼續奮戰下去；好漢不吃眼前虧，作無謂的犧牲。他卻私下偷偷拉著師弟辛甘，小聲叮嚀：『你快點趁亂；變作海鷗飛走。這兒有我們守護師父和真經，你快去找師兄悟空，說明情況。速走！速走！』辛甘迅速念咒；化作一隻雪白的海鷗，遠走高飛、揚長而去。

再說大聖沖上雲天，遠遠見著一個身高五丈、魁梧似山、猙獰可怖、寅月甲帽鐵鎧甲、妖氣十足的壯漢，左手插腰、右手招大聖過去。悟空的火眼一掃；是妖魔沒錯，卻一時認不出啥妖來著？該是來自海底的妖精？

『瞧瞧你這隻瘦皮猴，長得這般尪羸病危、容顏醜陋的模樣，竟敢前來送死。想打你都嫌累呢！』鬼海大魔神站在濃厚的烏雲上端，面對著衝上前的大聖嘲笑著。大聖也對他吐槽說道：『半斤何必笑八兩，你自己也不照照鏡子；青面獠牙、赤髯虬髯、亂髮飄肆、面惡如狼。人不像人、鬼不像鬼的小樣；還真當自己是神。你省省吧！』講得鬼海大魔神七竅生煙，氣呼呼罵道：『真是猴嘴吐不出象牙，你私闖本魔神的地盤，還敢口出狂言。看本魔神不打斷你猴腿才怪。』大聖大笑說道：『地盤？俺打遍上界天廷、一路西天取經打妖打鬼，從未聽說有哪些地盤；俺不能去的哩？就你這點點鳥地盤；俺撒泡尿就能淹沒它。跩什麼跩！』鬼海大魔神開始抓狂，說道：『大膽瘦皮猴；放馬過來！』二人不多廢話；大聖掣出如意金箍棒、鬼海大魔神抄出長龍薙刀❶，你來我往、開始展開廝殺纏鬥。

這鬼海大魔神可有兩把刷子，跟大聖悟空火拚起來；絲毫不含糊。兩個人在烏雲密布的天上；單挑獨鬥半晌，誰也沒佔到便宜。如詩上所寫的：

薩摩海峽破火山、鬼海魔王佔地盤、烈焰火山團圍住、浪濤洶湧注汪洋。
船進船出命留下、雄霸蒼淵橫貪婪、移山倒海且隨意、來者愣愣後果慘。
大聖豈容汝彪悍、劈妖斬魔不膽寒、取經千里長征戰、迢迢送經度萬關。
長龍薙刀金箍棒、孰輸孰贏競高強、鏖戰百回尚難判、再戰千回見真章。

驀然那東瀛的鬼海大魔神跳閃一邊，持長龍薙刀揮向腳下的烏雲，甫地腳下的烏雲被切割成兩半。他踏著烏雲；詭譎神祕笑一笑，就逕自朝著海面飛去，很快竄入海裡去了。大聖搭著另一半烏雲追趕在後面，大海茫茫；一時找不到鬼海大魔神落海的蹤影。低頭再搭手蓬張眼眺望，更令他驚訝的是；那四座活生生的火山錐，也消失沉到海底去矣。

正想著安然回到艨艟船上。船呢？一行人和船咋地從海上蒸發掉了？這會兒可讓大聖傷透腦筋，自言自語說道：『這未免太扯啦！怎地一丁點痕跡都沒留下？好像那艘船從未來過大隅海峽這裡。怪哉！怪哉！』在雲頭上；高飛低掠、東張西望、海上啥都沒有！

定下心琢磨；糟糕！肯定是中了妖魔的調虎離山計。悟空碎碎唸著：『哇噻！那鬼海大王八在玩聲東擊西的把戲，耍得俺團團轉、白忙一場。俺這回失策！失策了。』急得大聖頻頻跺腳；懊惱不已。這下海底火山沒了、船隻沒了、連師父和船上所有人都沒了。只剩下潮來潮往的汪洋大海。

這方並無土地和山神可供諮詢。用屁股想也知道；此刻唯有找那東海龍王敖廣問個清楚、講個明白啦！大聖使出逼浪法、唸著隔水咒、逐遁入大海中直奔東海龍王殿。海裡的巡海夜叉驚見是大聖悟空駕臨，急急前去水晶宮通報龍王。東海龍王速速整理衣冠；領著：鯛元帥、鱸提都、鱟太尉、鯖中軍、鼉司馬、鱉丞相……等東海朝廷之龍子龍孫、文武將相、蝦兵蟹將無數、列隊兩旁，齊來迎接大聖的到來。大家施禮寒暄，賓主一起走進水晶宮內；按主客大位就座，熱茶奉上。

『俺就不跟龍王兜圈子客套啦，直話直說吧！』大聖拿捏時間；把離開百濟國這一路在海上發生的奇奇怪怪、神神祕祕、和盤托出；鉅細靡遺述說一遍。

『不提也罷！不提也罷！』東海龍王聽完；臉色大變。豎起眉、咬緊牙、埋怨說道：『大聖所說的；就是他！就是他！』大聖迷糊問道：『就是他？他是誰啊？』顯然龍王受過這鬼海大魔神的窩囊氣。

東海龍王忿忿不平說道：『大聖說的；東瀛薩摩海域的鬼海破火山大魔神，可把本龍王害慘啦！原來平靜安祥的東海，這些年；就是他不斷在亂搞拉拉雜雜、是是非非出來。又是橫空冒出一堆海底火山、攔海打劫。吃空東海海域的大魚小蝦，意猶未盡；開始吃那經過船隻的船員和商旅。前後向本王投訴遞狀的案件；堆積如山。真叫本王恨之入骨、有苦難言哪。』

『這麼放肆不羈的大王八，為何龍王不領軍討伐制止？又為何不向天界玉帝反映，尋求仙家神將們的支援哩？』大聖納悶問道。

龍王搖頭說道：『唉！那廝可難對付。非但武功高強、精通魔法邪術，更有一幫海裡的妖將鬼卒；搖旗吶喊、助紂為虐。最是難對付的；就是那魔頭有一邪門法術，沒事來個「乾坤大轉移」，能夠同時搬遷幾座海底的火山，將東海龍王宮給圍困封鎖。本王實在窮以招架匹敵，幾次向九重天的靈霄寶殿申訴案情。卻不料眾仙將；以不諳海中征戰、從無捉拿海妖的經驗為由，迄今還在推諉卸責。唉！一言難盡。惹不起！惹不起！』

大聖繼續追問道：『說了老半天；請教龍王；到底這妖怪是啥東西變成的呢？』這話才提醒龍王，他隨即回著：『說到這東瀛的鬼海大魔神，他可是一隻逾千年的殺人鯨變成。在海域奇特的海空環境之下；吸取日月精華、奧蘊成了另類之妖魔。其武力雄厚、實力不容小覷。』

這下悟空頓悟過來，說道：『難怪！難怪！俺和這痞子交手打老半天，俺的火眼金睛竟然看不出他是何妖來著？大凡天地間奇禽怪獸之猱獅、狻猊、狐狼、象犀……一角二孔、三毛四蹄之類，肯定避不過俺的火眼。這廝卻是大海裡的殺人鯨變化而成，怪不得！怪不得！』東海龍王說道：『天地皆有妖；海裡豈無怪。爾等也著實太大意也。』人和船都丟了，現在說這些，都嫌太慢點。

大聖抓著重點問說：『這鬼海大王八有眼不識泰山；俺可不是牠惹得起的。俺的如意金箍棒；乃是天河神珍鐵製成，為大禹治水的定海神針。拿來打這吃人鯨海妖恰到好處。快！快！告訴俺；這海妖的窩巢在哪？俺這就帶上金箍棒去拜訪牠。要是這大王八敢不快給俺放人還船，俺則用金箍棒侍候；打牠個半死不活。』東海龍王回覆說道：『找牠不難；在薩魔峽灣中的一處島嶼洲磯、乾坎的方位；有一紅堧❷島嶼。那裡就是鬼海大王神的大本營，峭岩絕壁、地形隱密、易守難攻、嚴陣佈局。大聖前往救人；可得步步為營、提高警覺才是。』大聖從座位諾諾起身，道一聲感恩不盡，逐匆匆忙忙告辭離去。

躍出海面；呼下觔斗雲，一再深思遠慮，如諸葛孔明說的：「小心駛得萬年船」。還是得多找些人手相互照應，勝過自己孤家寡人去進行單兵攻擊。於是轉身直飛上天，找觀世音菩薩派來的輪值仙家們；齊心協力、討伐這殺人鯨惡魔。

玄乎的是；到了天際所見到的輪值仙家，全是一些半生不熟之面孔。大聖施禮之後；詫異問道：『不對啊？那些個六丁六甲、護法諸天、五方揭諦、四值功曹、十八護教伽藍……咋地都不見人哩？而你們又是誰？』為首的說道：『大聖真是貴人多忘事也。我等乃是二十八宿斗牛宮的四木禽星。俺是角宿宮的角木蛟、另外是斗宿宮的斗木獬、奎宿宮的奎木狼、井宿宮的井木犴。大聖有啥事？請儘管吩咐便是。』悟空聽完才回神過來，便問道：『之前那幾位仙家呢？都跑到哪去啦？』角木蛟莞薾笑著說：『唉！說來話長；有的拉肚子、有的娶媳婦、丁酉神臧文公中風請病假。上回的五方揭諦、四值公曹，說在新羅、百濟、打妖打到手痛腳麻的。這回都去度假旅遊去啦！大聖如果需要幫忙，說一聲；我等全力以赴就是。』

大聖心知肚明；這四個仙家也是天界中靖妖殲魔的高手，即把送經綱一行；橫遭東瀛鬼海大王神，海上設圈套捉拿的事說出來。義憤填膺的四木禽星，蹙眉瞋目、磨拳擦掌；毫不遲疑伸手拉住大聖悟空，就往薩摩峽海灣直殺過去。

仙家們隨著大聖悟空到了島嶼峽灣上空；依東海龍王說的乾坎方位，在雲端上方盤旋打轉。果然就在島嶼峽灣的洲渚岸邊，找到那艘艨艟船隻。一夥人降下雲頭；登上船的甲板搜索查勘。整艘船上空空蕩蕩、人影不見半個。

『搞屁啊！是否我們來得太晚，他們都遇害了？』急性子的奎木狼心驚膽顫說道。大聖瞪他一眼，說道：『呸！呸！呸！真是烏鴉嘴，咋地盡說些掃興的話。再找找！再找找！』一夥人東翻西找、上看下瞧、船上還真是啥都沒有。

失望之餘；一隻海鷗向一夥人飛了過來，甫一變回師弟辛甘。他朝著大聖跪下；潸然淚流滿面說道：『師兄回來得太晚了，師父、兩位師兄和所有船上的人，都被這裡的海妖給抓走了。』大聖和圍過來的四木禽星仙家，將他扶起身子；異口同聲追問：『人呢？他們人呢？發生什麼事？他們又被押到哪兒去？你知道嗎？』辛甘點點頭，把方才發生事情的經過述說一遍。

他又回答道：『後來我化作海鷗；到天上卻四處找不到師兄。只好轉回地面繼續跟蹤監視；目睹他們被押解到前面一處峽谷。在一個隱蔽的大岩洞裡面，竟有一座斗拱飛甍之宮殿。他們就是被關押在那裡面。』這說法；倒也吻合東海龍王之前所指點的地方。

『好傢伙！騎到俺的頭上來啦。看俺這回怎麼修理你們這些小海盜、洋鬼子。』悟空抄出金箍棒，怒火沖天說道：『咱們這就過去那蟹巢蝦窩；把他們掛的帳給算清楚。他奶奶的！』一夥人隨即跟在辛甘身後，雷奔電掣、馳聘而去。

明知山有虎；偏向虎山行。在師弟辛甘的帶領下，很快即找到鬼海大王神窩藏的地方，悟空暗暗吃驚：『幸好有師弟跟蹤而至，否則一時還真不好找。』

『窩伏在狗洞裡的王八烏龜，全部給俺滾出來！』大聖站在岩洞前吼罵；並且用金箍棒捶跺地面，讓整個島嶼震搖擺動。搖晃一陣；很快從岩洞內跑出一群人來，為首的正是鬼海大魔神；緊隨其後的則是鬼海四殺將和無數的妖兵小卒，纛旗揮舞、劍戟亮光。

『打哪又找來一堆破銅爛鐵的？你這瘦皮猴想死；還要找幾個一起做伴是嗎！』鬼海大魔神睥睨譏諷說道。大聖哼氣說道：『真是狗眼看人低，俺身邊全是天界的神仙，專門抓你這種妖怪的神仙。知不！』鬼海大魔神裝瘋賣傻說道：『神仙？本大王的鐵柵籠子裡關滿了一堆神仙哩，不缺貨！下次早點來。快滾！』斗木獬火冒三丈罵道：『你這個破鹽醬口❸；俺可是真金不怕火煉。倒是你們這群小癟三，鬼鬼祟祟地躲在這個角落，撿破爛的嗎？』鬼海大魔神後面的鋸齒鯊將軍衝向前；怒目矗吼一聲：『大魔神不需跟這些雛兒❹廢話那麼多。俺未曾嘗過西天仙家的肉，這回可逮到機會嚐嚐看。』這狠話既然說出口；那就沒得商量，雙方瞬時引爆炸藥、兵凶戰險、烽火倥傯❺。看官仔細瞧瞧這場惡鬥：

鬼海諸妖善惡鬥、張牙舞爪血盆口、靠山佔海稱太歲、雄霸海洋鬼見愁。
大王神薙刀伺候、直劈橫砍無對手、蟹卒蝦兵隨左右、橫行薩摩無理由。
大白鯊精無常劍、虎頭鯊精鋼鞭抽、青鮫鯊精狼牙棒、巨齒鯊精大斧頭。
大聖靖妖打透透、天下無涯任其走、四木禽星嫉惡仇、蕩寇務盡不罷休。

薩摩峽灣的島上；廝殺火熱！熱到不行。大聖悟空對上鬼海大魔神、四木禽星槓上鬼界四殺將。殺氣沸沸、熱血騰騰、雙方拚個你死我活。岩洞泉湧而出的小兵小卒也湊熱鬧，圍在四周喊打喊殺。悟空嫌礙事，抓拔一把毫毛；唸咒變作一群悟空助陣殺敵。在鬼海岩洞前；刀光劍影、血肉橫飛。

『瞎了狗眼！竟然敢到俺的頭上撒野，看俺不剝了你這殺人鯨的皮才怪。』大聖越戰越勇。鬼界大魔神想不到身家底子已經敗露，況且打到精疲力盡、疲憊不堪，再看一旁的四殺將也逐漸呈現頹敗劣勢、岌岌可危。這決撤❻的關頭；勢必使出絕活才得以轉敗為勝矣。

『鬼海界內的都聽好！全部給我撤回岩殿裡面去。快點！快點！』大魔神一聲令下；鬼海的妖將鬼卒頓時拔腿就跑。須臾片刻；海岸邊的岩洞洞口前，鬼海的眾妖溜得精光、一個不剩。『哼！躲得了和尚；躲不了廟。咱們就直接殺進洞內救師父師弟他們；再掀翻這個賊窩。』大聖領著師弟辛甘、四木禽星等仙家，拿著武器衝進岩洞裡面。

進到岩洞裡，還真有模有樣；雕梁畫棟、金碧輝煌，玉階朱欄、層次分明。大聖一馬當先，手擎如意金箍棒直闖而入。在前鋒的辛甘說道：『師兄和諸位仙家；你們暫且在這兒頂住，讓我去找師父他們一行人。』令人納悶不解的是；進到洞內也只見到小貓兩三隻，一群妖賊咋地都躲哪去也？

孰不料；大夥站在宏殿中央放眼關注周圍角落，尋找那些妖賊蹤影的時候，倏地腳下狂烈搖晃起來。然後驟然整個大殿……不！是整個島嶼全部下沉，直接沉到海底去。四面八方的海水潮浪、波濤洶湧、猛然灌入岩洞內的宮殿，大夥始料未及、驚惶失措、想找岩洞出口，快點逃出去。泡在混濁的海水中；視線不佳，好一會兒才找到洞口。卻見洞口也遭到大鐵門封鎖住了，大夥雖然掐指唸著止息咒；暫時淹不死，但是霎然成了活生生之網中魚、甕中鱉。落得慘兮兮的！

大聖領著四木禽星的仙家，前往薩摩峽灣；鬼海妖魔的島嶼拯救送經綱一行人，反而被誘入妖魔的陷阱；沉入海底。逃生無門的一夥，偏偏遇到這些鬼海妖魔；都是大海汪洋裡生成的各種妖精，仙家們都不善海戰，能平安脫險嗎？被擄走的送經綱和船上的官兵，又遭到怎樣的下場？敬請期待下回分解：

『註解』：

❶薙刀：又稱日本掃刀，是一種長柄狀的刀具。
❷紅堧：指紅色的江海水岸地方。
❸鹽醬口：說話討人厭，亂造口業。
❹雛兒：指言行幼稚、不懂世故。
❺倥傯：局勢緊急危迫。
❻決撒：形勢敗露、難以挽回。

第六十五回　薩摩峽灣靖鬼海　龍王鼎力除禍害

話說大聖悟空帶著四木禽星，隨著師弟辛甘；趕到薩摩峽灣一處島嶼。那位置偏僻；岩石掩蔽的洞穴即為鬼海大魔神、鬼海四殺將等一夥妖魔的大本營。大聖見著鬼海大魔神，怒火上頭。說沒幾句話；雙方立馬拔劍抽刀、大打出手。

經過好一陣子的廝殺，鬼海的妖將小兵死傷一地、敗象明顯。大王神逐下令退回海岸邊的岩洞內，引君入甕。待大聖乘勝追擊；率眾仙家闖入岩洞裡面，竟然失去鬼海妖魔的蹤影、找來找去。突然腳下劇烈晃動；甫地整座島嶼沉陷落入海底。海水洶湧沖灌進岩洞中的大殿，大聖一夥人找出口逃出去，卻發現方才進來的洞口；已經遭到鐵門封鎖緊閉，這一夥人儼然成了甕中鱉矣。慘哉！

『好大的猴膽！竟敢大膽私闖本王神的瑤宮貝闕。』鬼海大魔神剎時率著鬼界裡的鯊將蝦兵，拿傢伙包抄圍聚過來。他怒責說道：『勿說本魔神言之不預，任何人進得來卻叫你出不去。來人！關起門來打狗，一個都不能溜掉。全部給本魔神殺光！』雙方再度於海底的岩洞中鏖殺鏖戰❶、持續打成一片。

卻說這群鬼海裡的上上下下；原本皆是來自海洋中的魚族妖類，因此在落至海裡面打鬥如魚得水；堪稱得心應手、游刃有餘。反觀大聖本身一向不擅水戰，四木禽星幾個斗牛宮的上仙；天地之間擒妖斬魔，毫無罣礙。爾今處在深海中則如臨絕境、難以適從。動起武來彆彆扭扭，施展不開。

噫！鬼海大魔神手揮動長龍薙刀，神氣活現說道：『哼！在陸地上；你們可占盡便宜、欺人太甚。現在換個時空沉淪到海底，這下該本魔神來痛打落水狗啦！』匿大寬廣的岩洞宮殿泡在海水；可讓鬼海的魚妖海怪大展身手、威風凜凜。打不到百回合；形勢逆轉，大聖這一方明顯趨於劣勢。再過半晌；先是師弟辛甘失手被抓、接著奎宿星的奎木狼受傷被捕……。

大聖眼看苗頭不對，他可不含糊；避開與大魔神的纏鬥，挑選看準那持無常劍的先鋒大白鯊將來打。十幾個回合就手到擒來；打掉他的無常劍活捉大白鯊精。可是高興太早些，才一轉身；卻見四個斗牛宮的木禽星和師弟辛甘，已經都成了鬼域中的階下囚、刀下俘。

『瘦皮猴聽著！快丟下那根打狗棒乖乖投降。要不；勿怪本魔神心狠手辣、將汝等通通殺盡、一個不留。』鬼海大魔神用薙刀指向大聖警告。大聖努嘴❷冷笑說道：『你這大王八瞎了狗眼是不！瞧俺的手裡；不也捉住一個鬼界的先鋒大將哩。要換俘不？』被大聖揪住的大白鯊將軍；浩然正氣大聲叫喊：『大魔神不要理他，末將死不足惜。殺了他們；不要讓寡將誤了大事也！』鬼海大魔神得意說道：『聽見沒；瘦皮猴！本魔神的手下；皆具備視死如歸的武士道精神。你還是死了換俘這條心吧！』語音甫落；長龍薙刀就揮了過來。閃亮鋒利的長刀沒劈到大聖，卻一刀斬斷閃躲不及的大白鯊先鋒將軍左手臂。薙刀再度橫掃而下；幸好大聖使勁推大白鯊將軍一把避開，否則肯定是身首異處、腦袋搬家矣。大白鯊將軍瞬間傻眼，料不到大魔神真格六親不認、無視多年的主從關係；下手這般凶狠毒辣。

靠夭！這個食人鯨魔頭居然凶狠超過之前那埃及的法老王，不願換俘就算了；竟然親自操刀殺掉被俘的虎賁將軍。既然換俘不成；大聖只好拖著大白鯊將軍就往洞口跑。想著；先把自己這條老命保住再說。

『不對！往洞口走是死路一條。隨我來！』那大白鯊將軍突然拽著大聖，朝左上方一個狹隘的壺道逃逸，邊打邊走。東鑽西拐、左轉右彎、終於從岩洞的一個旁門逃了出去。跳出薩摩峽灣的海洋，二人躲在一個海邊的岩崖下休息、喘口氣。

『咋地；你怎會幫起俺逃出魔穴哩？』大聖悟空用好奇又感激的眼神，看著大白鯊將軍問著。大白鯊將軍望著被斬斷的左手；悻悻然回話說道：『本殺將並不畏死；只是這食人鯨也做得太絕、太無情了，直接欲置我於死地也。本將心中有數；他其實是藉機殺人，除掉我這個眼中釘罷。唉！』細細道出緣由；原來這個大白鯊將軍素來勇猛善戰、功高蓋主。尚且人直話更直；經常愛吐槽頂撞，搞得鬼海大魔神疑神疑鬼，寢食難安。早就存在著殺一儆百；除之而後快的念頭。

這一番訴苦；讓古靈精怪的大聖悟空掌握到極其重要的情資，這回可得把握機會逆轉形勢。他倘佯在岸邊的崖頂上；苦心積慮、絞盡腦汁、必須抓緊時間想出個辦法破解大王神；盡快從鬼海妖魔的虎口中，救出師父和師弟他們一行人。現實是非常嚴峻悲觀，送經綱的人均敗陣被俘；天上的輪值仙家們也遭到不幸被囚。聽東海龍王說的：西天的神將天仙也不願下海找麻煩……他一個美猴王，又該如何面對勢力龐大、邪術高強的鬼界大魔神一夥人呢？難！難！難！

悟空坐著面對寬闊無際的大海；空蕩蕩、了茫茫。海岸附近還留有之前遇害船隻的遺骸，破碎擱淺、散佈於海岸礁石中。惟有那艘百濟國的艨艟，依然徘徊在海岸不遠處漂流著。黃昏夕陽；照著一艘無人的船，像似失去靈魂的軀殼；浮浮沉沉、上下搖擺。沒有生命的跡象；這條孤船活像汪洋中的幽靈。

注視片刻；大聖靈光乍現、刹時有了餿主意。他從岩石跳了起來，拍著大白鯊將軍的肩問道：『將軍是否願意助俺一臂之力，一起搶救俺的送經綱同伴們。如果你願意修這份功德，俺會感謝你。如果不願意；俺也不勉強，你馬上可以離開。』大白鯊將軍唉聲嘆氣說道：『別吃我豆腐了，我還能幫你啥呢？本將軍少了一個胳臂；形同廢物矣。心有餘而力不足，已無用武之地。又怎麼來幫你忙哩？』大聖笑著說道：『不用你動武，只須你動腦。反正你也閒著沒事，不如跟隨俺身邊，咱倆一起轟轟烈烈幹一番吧。如何？』大白鯊將軍忖度思量一會兒，點頭同意說道：『鬼海大魔神無情在先，莫怪本將軍不義在後。斷臂之痛；豈可一語蔽之。他斷了我手臂；我與他則斷了君臣之情，大家走著瞧。』

大聖悟空興高采烈；逐拉著大白鯊將軍折返大海。這回可不是去找鬼海大魔神，而是直奔東海龍王的宮殿，找那龍王敖廣商討；一次輾壓搞定鬼界的海底妖魔們。

『猴爺這把牌；放炮了是嗎？意料中！意料中！』龍王看著來訪的大聖；狼狽不堪的樣子。又見他身旁跟隨一個斷臂的大漢，八九不離十；肯定是討伐鬼界不成，鎩羽而歸也。即親自奉茶安慰說道：『大聖且勿懷憂喪志，何不在本王龍宮多住上個幾天；再慢慢從長計議、想出除妖的辦法唄。古諺有云：「君子報仇、三年不晚」。不急！不急！』大聖聽得啼笑皆非，駁斥回應道：『三年？三年還不晚？三年下來；俺師父和師弟都化成灰啦！還報個屁仇哩。不成！不說三年；三天都等不及。明天一早；俺就準備把帳做個總結，端掉這一鍋子發霉的爛貨。』

『明天一早？這……大聖您說這話算是大話；還是笑話。』龍王譏笑說道。悟空指著一旁的大白鯊將軍詮釋說著：『有他在；俺就穩操勝算、十拿九穩。信不！』大聖啜了一口烏龍茶，然後為龍王介紹身邊鬼海四殺將的先鋒，決心起義相挺。再將方才在海邊的靈感和盤托出，聽得幾個在座的；頻頻點頭稱是。按讚！

龍王聽了龍心大悅，率先表態說道：『大聖簡直是諸葛再世啊！果然是絕妙好計。可行！可行！』宮殿裡的鰲丞相、鯛元帥、鱸提督、鱟太尉、鯖中軍、鼉司馬……皆表態，願傾全力配合；按大聖的計畫進行。

於是；東海龍王施法海中暗流，先將那艘百濟國的戰船；摸黑移動到安全之處。再連夜動員龍宮屬下的嘍囉們；齊心協力、上下其手、將船身重新改頭換面、脫胎換骨，直到煥然一新為止。

『稟報大王神，剛剛發現有一來自中國的商船；闖進咱們鬼界的海域來啦。是否放牠一嗎？還是……』負責巡邏附近海域的巡海妖精們，匆忙跑去向大殿中的大魔神呈稟所見。大王神聽聞這等好消息；頓時英玄一亮、精神抖擻說道：『放牠一馬？送上門來的肥肉，焉能糟蹋錯過。本魔神這就下令；趕快召集人馬前往收割拿下。讓那商船溜掉；小心拿你們的小命來賠。動作要快！要快！』貪得無厭的大魔神；火速將安置大本營的島嶼，施法由海底上升到原來的薩摩峽灣中；傾巢而出、全員出動。一早就有這般好事送上門；真格人逢喜事精神爽也。

經過整晚裝修粉刷；那艘船還真像回事。加上大聖拔下一堆毫毛；口中嚼碎、咒語唸出，儼然船上甲板來往的；盡是一些腦滿腸肥之富賈豪商、擁著一箱箱的黃金珠寶。看得雲端上的鬼海大魔神不斷垂涎三尺、胃口大開。

迅速展開攔截航行船隻的模式：天空驟然滾滾烏雲密佈、再從海中升起四座噴著火焰的火山來圍堵、最後由鬼海殺將；率領兵卒躍出海面登船……輕輕鬆鬆、愉愉快快即控制住整艘嶄新的船身。可謂大豐收的季節，豈不叫人快意樂乎。

問題大條了；船確定是牢牢控制住。可船上空無一人；啥都沒有？翻箱又倒櫃、搜遍甲板船艙、差點整艘船都要翻過來看個清楚啦；就是屁也沒一個。

說歸說；這船依然被大魔神施法給潮流沖刷到薩摩峽灣中。而且大魔神親自帶隊相迎，在峽灣海岸邊；歡欣鼓舞等候著滿載而歸、肥美豐盛的中國商船過來。

眉開眼笑的大魔神等船靠近；迫不及待地登船驗收成果。一上船就納悶問道：『咦！怎麼不見那些肥羊肉球哩？還有那些黃金珠寶呢？都到手了；不是嗎？』領頭的虎頭鯊將軍直言不諱；諉實說道：『哪有肥羊和珠寶？我們上當被騙啦。這艘船根本就是昨天百濟國的廢船罷。』鬼海大魔神冷冷一笑，說道：『這種玩笑不要亂開。本魔神方才站在雲端；看得一清二楚，一群商賈富豪和金銀財寶歷歷在目、絲毫不假。百濟國的艨艟，短短一夜；怎麼可能改頭換面，變成這麼亮麗？你們唬爛❸耍詐都不用打草稿的嗎？』虎頭鯊將、巨齒鯊將、青鮫鯊將等早先搶船的將士們，皆雙手一攤、搖頭矢口否認詐騙。疑神疑鬼的大魔神；開始顯得不耐煩，嚴厲追問道：『警告你們；本魔神的忍耐是有限度的。最後再問一遍；到手的肥羊和財寶呢？老老實實地交出來！快點！』

巨齒鯊將軍性格暴躁，口不擇言頂撞一句：『有就說有、沒就說沒！有啥好騙的哩！再說；這麼點時間；我們私吞又能藏到哪去？大魔神的腦袋；是拿來裝豆腐的嗎？』惱羞成怒的大魔神說道：『打從捕捉這艘船；一直到進入這裡，至少也有半個時辰。這峽灣附近的小島不下數十個，鬼曉得你們這群偷兒藏到哪？跟本魔神玩這一套，你們還早得很咧！』站一邊的青鮫鯊將軍百口莫辯，委屈說道：『唉！這個誤會一時也說不清。不如這樣；本將軍願意對天發毒誓；如果我們有私藏任何船上的東西，出門則橫遭天打雷劈、出外則活該被車撞死。行不！』

這話正中大聖心懷。其實他老早即變作一隻小飛蟲，趴在巨齒鯊將軍的腿上，從頭到尾均在偷聽這些妖精們的內鬨爭執。等青鮫鯊將軍發完重誓；大聖確認時機成熟矣。他馬上又變成一根閃亮的金條。啪啦一聲！從巨齒鯊腰際掉落地面。眾目睽睽之下；此刻看他還能洗清「私吞暗藏」的罪名乎？

『哼！你們這幾個鯊魚精，跟昨天那大白鯊一個樣。皆是不知羞恥、土匪兼雜碎的叛逆。』鬼海大魔神撿起那金條看仔細，青筋暴裂、血脈賁張，舉起金條喝斥說道：『這回可是人贓俱獲、真相大白啦！左右聽令；將這些敗類抓回去嚴刑拷打。不把船上的人貨都交出來，就剁成肉醬；拿去餵鯊魚。』虎頭鯊將軍揚起鋼鞭罵道：『你這暴虐無道的傢伙，竟敢翻臉無情、栽贓冤枉我等。昨日親眼見你持刀欲謀害大白鯊將軍，今天又欲加之罪、栽贓到我們的頭上。現在沒得商量；咱們豁出去、跟你拚命了。』三個鬼海殺將，還有他們的嘍囉兵卒；紛紛抽刀拔劍，衝向大魔神的一方殺過去。該場薩摩鬼界之間的火拚、鯨魔鯊妖之互鬥；可是一點也不留情，可謂是驚天地而泣鬼神。這裡有詞為證：

同生死、共患難，鬼海威名壯如山。火山烈焰、汪洋狂浪、圍堵殺盡過路船。
今朝劫掠生事端、不見橫財找麻煩。大王神疑惑、既是情義斷；勿怪我造反。
鬼海殺將豈容汝糟蹋、虎頭鯊鋼鞭猛抽、青鮫鯊揮狼牙棒、巨齒鯊擊巨斧砍。
同舟操戈更兇殘、血肉橫飛不手軟。心一橫、臉一翻、拚個你死我活、敢不敢。
火山錐下爆熱戰、血淌薩摩海峽灣。鬼門關前起內亂、魔神操薙刀、瘋狂猛斬。
一泓清水竟注血、汙濁不堪。物以類聚、皆非德善。何須疑、不見生死絕不散。

『造反之罪；罪無可宥！將這群叛徒一個不留，通通殺光。』兇殘的大魔神千萬不滿、付之一戰；非要把門戶內的垃圾給清掃乾淨，方才心安。說來簡單；卻料不到拼鬥才打了半晌；泰半的嘍囉兵卒卻跟隨鯊將軍們倒戈，反殺回頭也。高高在上的大魔神；向來驕傲自負、疑神疑鬼、導致天怒人怨；此舉乃咎由自取。

『反了！反了！全都反了！』鬼海大魔神看著身邊剩下一小撮的兵士，靖亂難有定奪、成不了氣候。『撤！先撤回鬼界大本營去。晚點再來修理這群叛賊！』他轉身帶著數百個妖兵鬼卒，一腦子往岩洞方向撤退。好不容易；就差幾步即可跑進岩洞內。再將洞口的大鐵門關緊；沉入海底，逐高枕無憂矣。

卻見一大群莫名其妙的人；操著各種武器，迎面從岩洞內殺了出來。定神一看；有拿釘耙的豬八戒、持寶杖的沙和尚、使斬馬戟的秦願、耍劈天刀的辛甘、擎伏龍錘的青龍郎君、用虎頭環大刀的白虎郎君、後面還跟著西天的四木禽星和大白鯊將軍……。看得鬼海大魔神；牙都歪了！

卻說大聖悟空這一方；獨自滯留在粉刷過的百濟艨艟船上，等候傾巢而出、前來搶劫的鬼海妖魔，隨機應變。另一方的東海龍王；則派遣屬下鯛元帥統領大軍，跟隨鬼海叛將大白鯊精，在鬼界的島嶼上；有駕輕就熟的大白鯊將軍帶路，偷偷經由側門殺進岩洞中的大殿。殺盡留守的少許妖兵；救出被關押的送經綱一行和仙家等被囚禁的所有人。兵分二路；殺個鬼海之界上下措手不及。

情況危急；急到大魔神別無選擇，唯一的一條生路；就是趕快跳進大海裡，水遁逃離險境。才下決心鑽進海中，這時；整片峽灣海域，蜂湧冒出東海龍宮鯛元帥和黨太尉率領的水軍；浮出海面。這下鬼界大魔神，不但牙歪掉而已、臉都綠了一大半。再抬頭望一眼；大聖悟空早就站在雲端，恭候大駕光臨也。並且大聲喊道：『鬼海大王八，快上來陪俺玩兩把。聲東擊西這招向您佬學來的。謝啦！』

『汝別高興太早！你們也太小看本魔神哩！』既然走投無路，魔王即設法搬出壓箱絕活，開始掐指唸起訣咒來。赫然；天旋地轉、山搖海嘯，四座嗆著濃煙的火山從海洋中升起。那火山錐上的頂端、滾滾濃煙遮天、熊熊火焰蓋地，這些火山群緩緩移動，漸漸圍堵而至。而火山錐噴出的赤火烈焰、炙紅岩漿、隨時朝著眾人澆撒過去。任在場所有的人都無法逃避、難以抗拒。

好大聖見著形勢不妙，不疾不徐；在雲端上空也開始唸起移山倒海、扭轉乾坤的卯酉星法……。一瞬間；天上飛馳過來許多龐大如山的岩崖巨石，逕自往幾座火山錐的頂端輾壓墜下。轟隆隆的巨岩土石傾瀉而落，塵土鋪天蓋地、填滿火山錐的噴口處。不須多時；大魔神調動過來的幾座火山口遭到堵塞，煙消火滅、沉默寂靜，毫無生氣的火山；成了真正的破火山矣。

『哼！老虎不發威；還真當俺是病貓哩。』大聖悟空以土石掩蓋火山錐；猶不放心。再用他那隻天河定底神珍鐵、大禹治水定江海的鎮海神針；即是握在他手中的如意金箍棒，再唸起神咒。搭雲逐一敲打那些破火山，直到幾座火山沉入海底、消聲匿跡；這才罷休。

眼睜睜瞧著最後一道防線，被大聖完全攻破。鬼海大魔神仍然不死心，拿起薙刀瘋狂揮舞，尚作垂死前的最後掙扎。最靠近他身邊的青白二郎君，箭步衝向前對他一陣砍殺，四木禽星也前來圍剿。失魂落魄的鬼界大魔神一不留神；摔倒在地，遭白虎郎君搶先一步，用虎頭環刀斬下首級，一命嗚呼！往森羅殿報到去了。

鬼海的三個鯊魚精殺將；拋棄手中的武器，領著所有在場的鬼界兵卒跪倒在地，不斷磕頭求饒；願意痛改前非、將功贖罪。改邪歸正的大白鯊將軍也下跪；為往昔的老戰友們求情，懇請中原華夏的仙家神佛寬宏海量，饒大家一命。

拄著九環錫杖；蹣跚而至的唐三藏說道：『南無阿彌陀佛！天涯海角有盡處，唯有佛法無窮期。我佛慈悲；德善濟世，既然爾等知錯；則應放下屠刀、立地成佛才是。善哉！善哉！』大聖悟空順應師父的話，則說道：『死罪可免、活罪難逃。你們隨著斗牛宮的四位上仙；去到地界土府的后土帝君那裡，接受審理判決吧！希望諸位皆有光明的未來。』於是四木禽星辭別送經綱一行人之後，押著一群鬼海的兵將離開。東海龍王的水軍也隨後道別，不耽擱送經綱的行程；自行返回龍宮，向東海龍王述職、匯報戰果。

『這艘船……真是我們那艘艨艟嗎？』百濟國的朴船長和士兵；打死也不相信眼前這艘煥然如新的船，就是他們原來的船隻。他們開開心心登上粉刷裝修過的船上甲板。塞翁失馬、因禍得福；他們即準備揚帆返回百濟國。

唐三藏同時也親自送那陰陽道的青白二郎君上船，釋放他們回去。他好意相勸說道：『回到南扶餘；勿再走回頭路。改頭換面、重新做人。積德行善、多顯靈功、常懷佛心、為德不孤。一心向佛、功德無量也。萬望二位；好自為之！』聽得青白二郎君淚崩涕流、連連點頭承諾應允。互相道聲珍重之後，逐依依不捨、各奔東西而去。人生誠若老子所云：「禍兮福所倚，福兮禍所伏」無常！無常！

慈悲為懷的唐三藏法師，在離開薩摩峽灣之前；不怠忽為那曾經遭到鬼海妖魔殺害的諸多眾生，做一場超渡亡魂的法事。他面對大海；唸一唸梁皇水懺、讀一讀楞嚴經、誦一誦觀音經和阿彌陀經：

『拔一切業障、根本得生淨土陀羅尼：南無阿彌多婆夜，哆他伽多夜。哆地夜他阿彌利都婆毗。阿彌利哆，悉耽婆毗，阿彌利哆，毗迦蘭帝，阿彌利哆、毗迦蘭哆，伽彌膩、伽伽那、枳多迦利、婆婆呵。』

超渡法事完畢；送經綱一行步上薩摩半島的陸地，贇然正式踏上東瀛天皇大和國之疆土；繼續往送經之路邁進。話說回來，他們初次來到此地；人生地不熟、前途茫茫，又會遭遇何種厄劫？聽聞東瀛的妖魔鬼怪奇形怪狀、不好對付。東瀛這一路；他們又將遭遇多少災難和折騰？敬請期待 下回分解：

『註解』：

❶ 賡戰：指持續不斷地征戰打鬥。

❷ 躬嘴：指嘴巴撅嘟翹起。

❸ 唬爛：指吹牛騙人。

雪鬼莫伊多
雪山展狼煙
浪滄山峰頻災禍
寒酥傾瀉無處躲
雪鬼兇狠且冷漠
雪球紛飛命來奪

第六十六回　狂雪紛飛寸步難　寒山雪鬼莫伊多

話說送經綱等師徒；飄洋過海、遠渡重洋去東瀛大和國朝廷完成送經功德。由百濟至東瀛彼岸的過程中，在薩摩峽灣遭到鬼海大王神等妖魔，於海中設局擺陣狙擊，先是從深海移動火山群圍堵船隻、再強行登船劫財帛、殺人……。讓送經綱和支援的四木禽星仙家們一敗塗地，幾乎全軍覆沒。情況至為險哉！險哉！

幸好大聖急中生智、以其人之道；還治其人之身，方才得以逆轉形勢、轉危為安。經過大聖一番巧施詭計之後；讓鬼界陣營裡爆發內鬨、自相殘殺，終於一舉剷除海域裡窮兇惡極的鬼界眾妖邪魔，化險為夷。經過且有詩說明：

汪洋大海鬧凶險、鬼海眾妖霸無邊。劫財害命血花濺、惡名昭彰臨深淵。
火山屹立沖烈焰、濃煙蓋地又鋪天、攔截舟船斷四面、眾生至此命難全。
東瀛送經竟淪陷、擄獲艨艟捉神仙、悟空失落心漫漫、扶光餘暉薄西崦。
貽禍皆因貪不厭、分贓不均起疑點、王神無情終招怨、殺將反目棄軒冕。
大聖撥雲見曜日、見縫插針復離間、龍王適時襄盛舉、白鯊引領破城垣。
內憂未解又外患、孽障盡頭結厄緣、氣勢殆盡弦弓斷、死到臨頭莫喊冤。

靖伏那鬼海破火山之眾妖，唐三藏法師等送經綱；逐正式踏上東瀛疆土。準備沿著西海道之薩摩半島走往唱更國、經肥後國、至筑紫國再渡過瀨戶內海之穴戶海峽，登岸至山陽道的穴門國，再直赴大和國天皇京城的難波。

茲因從百濟國東渡海洋之時；尚未登東瀛之彼岸、即先遭遇東瀛之魔鬼。師父唐三藏戒慎恐懼，對一行人諶訓說道：『南無阿彌陀佛！東瀛這方妖氣甚重，各種妖魔鬼怪；肯定不會比中原和朝鮮三國來得少！大家一路要多小心留意才是。』

大聖悟空不以為然，信心滿滿、自詡說出：『安啦！安啦！這世間，白天是神、晚上是鬼的邪雜碎多的是，防不勝防。識相者就躲咱們遠一點，俺老孫可不是神鬼惹得起的。哪個皮癢的不信；試一試便知！』豬八戒也得意洋洋附和說道：『且不說俺師兄有多厲害。敢上門找碴；可得先通過俺豬八戒這關哩。是不！』辛甘化作的黃狗，聽完即搖著尾巴跑過來；蹺起左後腿在八戒腳跟撒泡尿。笑到一行人合不攏嘴。氣得豬八戒追著想踹牠，兩個人你追我跑，嬉鬧個沒完。

值此歲暮栗寒之時節；東瀛這方的天地乾坤比起中原華夏，不亦大同小異。星稀殘月落、雞鳴旭日升、寒風蟺雪降、荒野茫草登。有詩這般記載：

楓紅遍赤嶺、依稀幾蒼松、涓澗穿峪境、臘梅粉櫻濃、菊野綻山中。
雪花飄不盡、漫飛舞朔風、凝雲獨吟誦、孤雁寒映空、湖瘦顯瑤瓊。
元陽陰氣重、日若月色窮、幽壑隱萬徑、雪掩溪峽通、憶孟陬❶宸鴻。
煙霞沁寒林、枯竹盼夾鍾❷、嚴霜山河凍、冬至且藏嵩、春兮一條龍。

踏上東瀛之後，接連趕了十多天的路，那天於未申時刻；見著前方山邊；有些許炊煙裊繞升天。待走近；果然有一村落農莊，皇天不負苦心人。欣喜雀躍的一行人想著，這些天；不說寺廟不見，路上連個人煙都罕見，今個晚上可有地方寄宿掛搭矣。坐在白馬上的唐三藏綻放笑顏，說道：『菩薩保佑！夜晚可有個地方好好伸伸腿、歇歇啦。』

不等走進村家，大家突然看傻了眼；望著前面咋一回事哩？

但見那一群群農稼村民；像似逃難避災。男女老幼、攜家帶眷、家當隨身、驅牛趕羊、急匆匆地逃離家園。走在行伍前頭的悟空，立即上前追問：『這裡發生何事？天近黃昏了；為何還要出門哩？』擦身而過的成群村民，竟然自顧不暇、置之不理。只顧馱負行囊包袱忙著離開。總算有一慈悲善良；拄著拐杖的耆宿老者，諍言規勸說道：『你們幾個外地來的和尚，怎會挑這個時間經過這裡？快離開！趕快離開！』一邊說還一邊揮手推著悟空離去。

豬八戒聽到；湊身過來問道：『白雪飄飄、勁風迢迢、這時候還能上哪去哩？難道貴寶地鬧鬼不成？』幾個村民圍身過來說道：『鬼算什麼！他可是鬼中之王呢！』耆宿老者連忙解釋：『大名鼎鼎的雪鬼莫伊多；數百年來未曾間斷過，只要大地開始飄雪，將那座山頭染白。那時候他就會……』他右手指向坎艮方向的一座峰嶺說道。確實遠方那巍峨神武的山峰頂端，已經被白雪覆蓋成白色。

八戒顯得好奇問道：『他就會怎樣？難道會吃人不成？』村民們苦笑說道：『他會把浪滄山上積累的皚皚厚雪傾洩至山下，像似瀑布般的雪澇淹沒我們的村落。困住我們之後，逐出現大雪人，把村裡沒逃走的百姓抓走。那深深的厚雪，讓人寸步難行，一旦被他抓走，就永遠回不來了。』耆宿老者好意推著送經綱的人催趕著說：『不要遲疑，再晚點離開就來不及啦！走吧！走吧！』悟空笑著說道：『你們放心離開，我們這回來幫諸位村民看守村子。你們不要走太遠，記得過一兩天回來便是。去吧！去吧！』一夥村民們見勸說無效，仁至義盡；只得當這些路過的僧侶是白癡。搖搖頭快步離去、逃之夭夭。

唐三藏師父搞不清楚狀況，下馬走過來問個明白，為何村中百姓急著離去？八戒據實回說：『說是鬧鬼，鬼曉得是鬧什麼鬼哩？』悟空不當回事，簡單回上一句：『師父不用管他們，只是一群驚弓之鳥罷。咱們隨便找一戶人家住下，明個一早就走人，管他啥鬼不鬼的。』於是一行人走進一處人去屋空、空蕩蕩的村落。

找一間村裡稍大的房子，點起燈火、燃起爐灶、取暖燙酒、烹鬺煮食。像回到自己家一樣，自己動手生火灶廚。吃飽喝足就躺睡木榻❸上，明個起大早；還得趕路。鬧鬼的事聽多見多、誰還管他奶奶的嫁給誰哩。

天寒地凍、一行人趕路也累了好幾天，捲鋪蓋、窩伏在毛毯裡，睡得正香正濃。即使天塌下來也沒關係、不礙事。就在這時候，天還真塌下來了！

『轟隆！轟隆！』一陣喧天巨響；方儀震盪、地動山搖。搞得大家唏哩糊塗、帳目不清、到底發生咋一回事？好夢被吵醒；氣得大聖一卵子火，取出金箍棒就要出門打人。邊走邊罵：『何方潑物？不打你你卻上門來找挨打。皮癢了，是不！』待他拉開木門，剎時洪流般的大雪傾洩而進。堪比村屋還高的厚雪，把屋子完全掩埋住也。驚得悟空閃開身子，大聲示警喊道：『哇噻！哪來那麼多的雪？屋內的人小心，這大雪把咱們給困住矣。』豈止困住，眾人才揹扶師父唐三藏、挑拿真經行囊，欲要逃離。木造房屋遭到層層厚雪積壓，俄頃屋子轟然壓垮崩塌。

『圍過來！大家先圍過來！』大聖悟空站在屋頂吆喝著。此時此地，想聚集眾人在一起；談何容易。當時天地之間乃黑乎乎、雪茫茫、難分四象八卦之方位。惟見北風颼颼、天寒地凍！雪花片片、何去何從！

雪越下越大，皚皚白雪狂舞紛飛，視線模糊恍惚。密集的雪花；著實是令人伸手不見五指矣。一行人雖然聽到悟空不停呼喊，卻是只聞其聲、不見其人。一下八戒在右邊嘶喊道：『俺在這呢！真是蹭蹬；你們在哪？』一下辛甘在左方大叫：『我揹著師父，你們到底在哪？』處在這狂風暴雪裡，悟空的火眼金睛也發揮不了作用。他急中生智，施訣唸咒使出六韜三略、噴出三昧真火。在黑暗與亂雪的環境中，閃亮的火光，確實目標至為明顯。不多時，那沙和尚和秦願挨近悟空的身邊，其他人呢？任悟空怎地噴火、怎地叫喊，不說見個人影；四周竟是悄然無聲。變得一片靜悄悄！是陷入深厚的雪地裡？抑或被那狂風吹走？鬼曉得！

噫！三個師兄弟站在屋頂上；喊著叫著、瞧著望著、六隻眼睛是啥也看不到。好不容易俟待陽佬兒上工，天色漸亮；雪花依稀逐步停止。這下子四方八面、一目了然，剩下的悟空三人坐在屋頂上邈然嘆氣，這附近除了零散的屋頂和殘垣敗瓦、窳陋瓦礫、曝露雪地中，大地盡是白茫茫一片。

寒荒寂寂、杳無蹤影；大聖行者沉澱焦慮的心態，頓悟說道：『好傢伙！竟敢玩到俺的頭上來。不說西天取經；打過多少妖怪，這回東瀛送經；還真是一路沒停過打妖除魔哩！你倆且隨俺打妖救人去。走吧！』大聖拉著沙和尚和秦願就走。沙和尚搞不清楚狀況，摸著腦袋問悟空說：『這兒啥都不見，咱們上哪去打妖找人呢？』大聖指著坎艮方向的山巒峰嶺，回說道：『這還用問？用屁股想也知道，不就是那座浪滄山上的妖魔在作怪。快走吧！』

三人逐縱祥雲駕觔斗，很快趕到了不遠的浪滄山頭，來往在空中打轉，搭手蓬注視山嶺裡的動靜。整座浪滄山上的岩崖樹叢，早已鋪上皚皚白雪、冷冷清清地。

降下雲端；走在漫漫白雪的山上，喊叫幾聲不見回應。大聖二話不說；即唸訣吐出「唵藍淨法界、乾元亨利貞」真言，將土地和山神都召來跟前問話。此間山神和土地趕忙現身，拱手施禮之後，細聽悟空陳述事情的經過。

大聖才把話說完，山神搖搖頭說道：『唉！難怪昨晚不平靜，浪滄山頭上的積雪全都傾倒至山下的村莊去矣。老朽以為像往昔；該是山腳下的村民倒楣遭殃。料不到卻是你們遇害，遺憾！遺憾！』悟空說道：『不說這些廢話；你快告訴俺，到底是何方妖孽作的怪？』山神和土地齊聲說道：『不就是那雪鬼莫伊多！這大呂烈寒之季節；正是他瘋狂肆虐的時候，大聖可千萬不得掉以輕心哩！』悟空問道：『俺打妖怪，從來不分季節和地方。你二人快說清楚，俺上哪去找這雪鬼莫伊多？』土地回話：『找他不難；怕就怕他先過來找你呢！』這句話可真靈驗；雪地裡俄頃爬起十來個巨大雪人。拔地而起的雪人，有五丈多高、均舉起雙手、張牙舞爪；緩慢向他們包圍過來。

『不好了！快躲開。』山神和土地見狀，嚇得臉色大變；像見到鬼，立馬鑽進雪地逃遁而去。悟空睥睨瞪一眼，說道：『真是少見多怪！區區幾個小雪人，就嚇得屁滾尿流。怕牠啥哩？』師兄弟壓根就不把這些雪人當回事。

走在雪人前頭；有一飄著白色長髮、劍眉星目、俊顏英挺的美少年、身穿飄逸的雪白長袍、胸襟前插有一朵雪蓮花。他眥睚不悅、蹙眉瞋眼，朝大聖三人走了過來。大聖問道：『瞧你這小白臉，莫非就是那雪鬼莫伊多？』雪鬼莫伊多板著冰冷的臉，冷冷說道：『果然是中原大唐過來的傢伙，死到臨頭還敢耍嘴皮。』沙和尚一旁斥罵著：『你這娘娘腔的屁子，再不快些釋放俺的師父幾人，勿怪俺拆平這座山、毀掉你這張蛋白臉。信不！』雪鬼莫伊多乃孤傲狷介之士，豈容眼前這粗曠晦氣、魁梧形骸的大漢放肆。『找死！』剎時雪鬼雙手交叉，擺在胸前唸咒，然後揮出一團拳頭般大小的白雪球，猝不及防的沙和尚，被白雪球擊中胸部，痛得他滾在雪地呻吟。氣得大聖持棒衝上就打，雪鬼莫伊多可也不慌不亂，左右開弓、連續揮出一堆像鋼似鐵的白雪球。忙到大聖東躲西閃；二人頓時展開一場熱戰：

浪滄山嶺出白虎、呼風喚雪莫伊多、巒峰皚雪闖大禍、寒酥傾瀉無處躲。
雪鬼兇狠且冷漠、白雪球飛命來奪、雪妖大軍難招架、徒手拚殺無死活。

沙和尚拿起降妖寶杖、秦願手持斬馬戟，兩個人迎頭衝上跟著開打起來。雪人畢竟是雪人；無血無肉、不知疼痛、即便斷頭斷腳依然活動自如，撲打過來。有兩個雪妖衝上來，緊緊抱著秦願不放，大聖暫時避開雪鬼莫伊多，拏出金箍棒趕過去搶救師弟秦願。這時地面冒出來的雪妖越來越多，打散一個來兩個、打散一雙來一打。這場混戰，叫人如何打是好哩？

『撤！先撤再說！』見到苗頭不對，悟空連忙喊撤。可惜這話說得太遲；秦願眼巴巴被四五個雪人捉住拖走，直喊著：『師兄快來救我！』沙和尚緊追在後面，一個不小心；整個人深陷雪地中，只剩下一隻手在揮動著。幸好大聖眼明手快，飛奔過去使勁拉拔，才搶救沙和尚出來。在山頂上，二人無論跑到哪，浪滄山中每處角落，總有雪人爬起來捉拿他們，恐怖至極。悟空索性呼下雲頭；直飛上天才擺脫那險境。飛到不遠的另一座山腰處，先停下來歇息。

『哇噻！那浪滄山頭裡的雪鬼，還真不一般！』沙和尚解開褐布上衣；被雪鬼施出的白雪球，打得一塊皮開肉綻的傷口。大聖即為他塗抹龍涎精止痛。沙和尚說道：『無傷！無傷！待會咱們是否該去天上；找輪值的仙家們商量商量，一起去剷除雪鬼那一幫子？』悟空斷然阻止說道：『罷！罷！這麼一個娘們似的小白臉；俺大聖都搞不定，話傳出去，豈不是貽笑大方。不成！不成！』沙和尚也是這麼認為。悟空繼續說道：『依俺的火眼所見，他是一堆含有人獸血液的雪花滋養變成，這鬼物乃長年隱藏在山間某處，一種不知名的植物。經由日月之蘊育、山水吸取的精華；不久即將由鬼怪轉成妖魔矣。算算，他現今已有九百九十九年的道行，等過了這個年，其修行該是滿千年矣。魔功之威力，則更加出神入化、得心應手，隨時可以獨霸一方，不須再等到每年之歲末嚴冬，危害世間。此時若不快快除掉這雪鬼，後患必定無窮。』沙和尚嘲諷說道：『面對他這般粉白幼齒❹的帥哥，卡哇伊❺的臉蛋；要對他下重手，還真於心不忍哩。』悟空說道：『不難！不難！把他交給俺處理。俺就當他是條狗來打。』

師兄弟二人坐著聊到西天取經往事；那浪滄山雪鬼莫伊多和毛穎山的玉兔精，情況十分類似。談著說著，卻對怎麼營救師父唐三藏他們的事，一籌莫展、苦無對策。雪鬼和牠的雪妖，刀槍不傷、劍戟不怕，咋辦才好？

正當兩者千愁萬緒的時刻；大聖右耳傳來微弱的哭泣聲。耳聽目明的他站起身，眼觀四面、耳聽八方、自言自語說道：『這般荒涼的冰山雪嶺、了無人獸的地方，為何有哀悽哭泣聲？』關注片刻，即揪著沙和尚朝著那山腰不遠處奔了過去。見著一個古稀的老婆婆，拄著拐杖、拎著包袱、流著淚水孤單一人慢慢走著。

對突然現身的大聖和沙僧，嚇得老嫗語無倫次說道：『不……不要吃我……我……身上的東西……你們拿去便是。』大聖以和善的口氣安撫說道：『老婆婆不用怕，我們不是妖魔鬼怪。我們來這裡，只是想搶救自己的同伴……』遂將事情始末說出來。

又說道：『偏偏這方的土地和山神，皆膽小如鼠之輩，啥都沒講清楚就顧自己溜掉了。還得請教老婆婆；您是本地人，為何而哭？咱又該如何找我們的師父他們哩？』那老嫗聽完悟空的話，這才放下心；擦拭淚水回言說著：『原來如此，這個季節路經這裡的外地過客，十之八九都會遭到雪鬼毒手。事情既然發生，老朽的義子肯定知情。我這回正要前往找牠，牠還被封在冰川裡面、動彈不得。你等二人隨我來，順便問問牠吧！』悟空和沙和尚姑且信她，跟隨老婆婆去找她義子。

走到一峽谷之間的山澗小溪，那老嫗解開包袱；蹲在小溪旁，把包袱裡的一堆鮮嫩小胡瓜擺放整齊，嘴裡喃喃說著：『河童❻啊！河童，老奶奶帶上你愛吃的初生小胡瓜來看你啦。』一旁的大聖和沙僧，見狀偷笑著。因為溪澗儼然被厚厚的冰層給封上，對著冰澗說話，難道是說給鬼聽嘛？

『你們不要笑，我義子可不一般。牠雖然被雪鬼莫伊多給封在冰層下方，事情可是一清二楚、絕不含糊。』老婆婆又回身說道：『老朽每年這時候都會給牠捎上胡瓜，等到溪澗稍有裂縫或融解之處，牠就會爬上來享用。到時候；你們再問牠……』大聖是出了名的急性子，怎可能等到那冰澗融化再來問話哩！不等啦！他舉起如意金箍棒，就往溪澗一陣暴打。一瞬間；整條山澗溪水上面的結冰，都被大聖的棒子敲打粉碎，隨波逐流而去。

須臾，潺潺流水的溪澗中，有一長得怪模怪樣的東西；畏畏縮縮、鬼鬼祟祟爬上溪岸吃那些果子。您細細瞧瞧，這河童的長相：

青蛙四肢烏龜背、顱圓啄尖雀鳥嘴。毛猴體型手爪銳、英玄閃亮雙眼垂。
一身黏糊發異味、不似人來更像鬼、天靈散髮禿中位、耳目靈敏觀四圍。

牠才坐下、吃著吃著；見著草叢裡閃身而出的大聖和沙和尚，嚇得想轉身跳下水。幸好老婆婆拉住牠，並且安慰說道：『不怕！不怕！他們是婆婆的好朋友。有些事想過來問問你的。』經過老嫗的勸說，河童則怯怯坐下繼續啃著嫩胡瓜。

一邊吃一邊說道：『有事問我？我除了這幾座山的事；其他啥都不知道。有啥好問的？有夠無聊。』大聖走近河童身邊問說：『算你精明！俺這回就是要問你關於山裡面的事。說白了；就是攸關雪鬼莫伊多……。』不等大聖把話說完，河童血脈賁張、咬牙切齒說道：『不提牠！不提牠！提到這廝，就不由得俺一肚子窩囊氣。真恨不得將牠咬碎，一口吞下去。』河童將胡瓜當作雪鬼，一口吞下肚去。

怪哉！怪哉！為何那河童聽到雪鬼莫伊多，反應會那麼強烈！牠們之間又有什麼樣的深仇大恨？河童能幫上大聖的忙，找到師父唐三藏他們嗎？再次見面，大聖能順利壓制攻克雪鬼莫伊多嗎？敬請期待下回分解：

『註解』：

❶孟陬：為中國曆法的一月春元。
❷夾鍾：為中國曆法的二月盛春。
❸木榻：日式房屋；屋內為隔地木板，鋪上榻榻米，不另設床就寢。
❹幼齒：泛指年輕的少男少女。
❺卡哇伊：即日語所指的「可愛」一詞。
❻河童：為日本民間盛傳的一種妖物。傳說經常出現在河川裡的兩棲生物，喜歡吃初生的胡瓜。

第六十七回　河童仗義挫雪鬼　雪松林間殲魈魁

且說送經綱一行；適於嘉平窮冬之季節，踏上了東瀛的大和國。走約莫十來天的路程，即見鬼矣！在一個山村農稼過夜掛搭，卻於三更半夜大雪來襲；村屋遭到浪滄山上的滾滾傾雪掩埋、師父唐三藏和師弟豬八戒、辛甘皆於混亂中失去蹤影。大聖悟空拉著沙和尚、秦願、趕去浪滄山上頂峰找人，山神與土地還來不及說清楚、講明白，隨著山峰雪鬼莫伊多現身；即嚇得拔腿落跑了。

不久；大聖領著兩個師弟，去到浪滄山峰；和雪鬼莫伊多展開熱戰。那雪鬼呼朋引伴、雪地冒出成群結隊的大雪人，在打鬥中更施出白雪球；打傷沙和尚、逮捕了秦願。寡不敵眾，不得已的情況；大聖和沙僧唯有忍痛暫且離開浪滄山峰，來到不遠的另一座山山腳歇息。

悟空生怕丟人現眼；無意尋求天上的仙家協助，卻也一時想不出應對雪鬼的方法。苦思不解之際；聞見遠方有一老嫗低泣經過，拎著果子的包袱往山上走。原來她有一義子；喚作河童，每逢歲末寒冬之前；即被雪鬼莫伊多冰封於溪澗之中，失去自由。大聖和沙和尚逐跟隨老婆婆去找河童，並且用金箍棒；打碎封住山溪水面上的冰層，見到了長相怪異的河童，從溪流裡爬行而出。

互相聊不到幾句，當大聖一提到雪鬼莫伊多；河童頓時翻臉厭惡、咬牙切齒說道：『不提牠！不提牠！說道這廝；由不得俺一肚子窩囔氣！恨不得一口將牠吞到肚子裡。』說完就把手中的嫩胡瓜，當成雪鬼吞下去。

大聖驚訝怎麼河童如此憎恨雪鬼哩？河童說道：『這附近的所有山川河域；本來皆屬我河童的角頭地盤。孰不料；在那浪滄山山峰一個陰暗的山凹處，不知何時卻冒出一株雪蓮花？這株奇特的雪蓮花；食朝旭之英曜、吸玄黃之醇精、飲玉醴之金漿、吞靈芝之翠華、居岩瑤瑰穴、行逍瑤之太清。遇著某些人獸血液凍結過的冰雪滋養，近千年的長時間蘊育造化；演變成今時的雪鬼莫伊多。』大聖追問：『後來呢！後來呢！牠又怎地變成這般邪惡？又為何加害於你呢？』

河童用牠那張鳥嘴說道：『說到莫伊多；牠可是我一路見其成長的。開始的時候；彼此倒也相安無事。我想著於這荒涼山野有個人作伴，不亦好事一樁；於是悉心照料牠，為這雪蓮花施肥澆水。尤其是秋末嚴寒；我經常去到山腳下挑水為牠灌溉、可謂照顧得無微不至。後來這雪蓮成了氣候、變為妖精，動輒為非作歹；吃盡浪滄山間的各種蛇鼠鳥獸，進而變本加厲；吃那山腳下的村民和路過的外地人。只要是下雪的季節，就是牠猖獗作惡的季節。仗著牠高強的法術；越來越瘋狂、殘害生靈更是肆無忌憚。』沙和尚插嘴問道：『這些事；似乎與你河童無關，雪鬼又為何要加害於你哩？』

河童頓頓；委屈陳述說道：『這雪鬼所作所為皆是造孽，禍害蒼生、破壞這方的地理風水。我屢勸不聽，有一次；郡裡的官兵和獵戶數百人，一起去牠窩伏的地方圍捕牠，結果敵不過牠的妖術，反而被牠施咒的那些雪妖打敗而殺盡。事後；雪鬼莫伊多懷疑是我告的密，遂於每年之秋末，牠開始抓人補食之前；施法把我生存的山域溪澗，完全用冰雪封住，直到來年大地回春、浪滄山冰雪慢慢融化，我才恢復自由、出水覓食。幸好老婆婆慈悲，嚴冬期間會捎來一些果子充飢；否則飢寒交迫之下，根本渡不過整整一個冬季。這樣恩將仇報、無情無義、是可忍孰不可忍。這樣的行徑；焉能讓我河童不生氣憤慨。簡直是欺人太甚！』聽得大聖直說道：『罪過！罪過！』

『糟糕！我非常清楚這雪鬼的習性。牠都會在每天的午時用膳，每次會吃掉兩至三個人。』河童猛然想起情況危急，嚴重預警說道：『眼前午時將至；你們昨天夜裡被擄走的同伴，恐怕性命難保。你們得抓緊時間，趕快去救人。』嚇得大聖和沙僧轉頭就要離去。河童又過去拉住二人，連聲說道：『這會兒；雪鬼肯定已經返回窩伏的地方。兩位在廣闊的峰巒山域如何找到牠哩？就怕找到的時候；你們的同伴性命已經不保矣。』

老婆婆站在一旁敲邊鼓，推著河童說道：『這兩位大唐來的高僧；迺西天下凡的神仙，你瞧！他一棒就能打碎溪澗上面的冰塊也。你就快點帶他們去找雪鬼莫伊多，趁機消滅這個惡魔；解除這麼長久以來遭到的桎梏和苦難。去吧！去吧！』河童面露苦澀，猶豫說道：『怕就怕，他們這回又像那些官兵和獵戶般；落得慘敗，雪鬼不剝掉我幾層皮才怪。我又不傻！我不幹！』大聖淡定說道：『安啦！安啦！俺不等牠動手，會先剝掉牠的皮。你看著辦好了！』說完就揪著河童，一塊登上呼來的觔斗雲走人。

當雲頭在空中飄動的同時；河童猶忐忑不安，對悟空與沙和尚叮嚀道：『你們和雪鬼莫伊多交手過招，千萬小心牠的雪球武器……』大聖不屑說道：『不妨！不妨！俺試過那彈丸似的白雪球，打不死人；威力只是一般般罷。』河童慎重再補充一句：『不然！不然！牠施出的白雪球只是見面禮、小菜一碟而已。牠如果施出絕活的紅雪球；可得要小心啦。該紅雪球釋出；乃見石穿石、見鐵穿鐵，甚至山岩巨崖都抵擋不住呢！不可小覷、小心為是。』悟空和沙和尚謝過那河童的提示，謹記在心坎裡。紅雪球和白雪球，功力大異其趣、大意不得也。

很快來到了浪滄山的峰巔。才盤旋兩圈；河童就用右手指出雪鬼藏身之處，一個背陽之懸崖下；一片雪松林前，有一玄靈幽冥、暗不見光的黑洞。掩蔽得天衣無縫的覆雪岫洞；若不是有河童的指點迷津，大聖的火眼也難於一朝半日察覺該處。由不得大聖訝異說道：『好傢伙；躲藏在這神秘雪松林的角落，算你厲害！』

此刻正值午時；他們很快步下雲頭。悟空囑咐那河童躲在遠處觀戰、看熱鬧便是。師兄弟二人把握時間，各操出看家的傢伙，邁著八字步走向浪滄山區裡的雪松林雪鬼之巢穴。

『昨天深夜；竟然能遇到這幾個中國長安來的和尚。自己當成美食送上門；送得還真是時候。有白白胖胖的、有細皮嫩肉的，我莫伊多真是小確幸、口福不淺。好久沒嚐過這般高檔且開胃的美食矣！』雪鬼開心燙著酒水、準備炭火烤架，先拿豬八戒開膛破肚吃掉，接著再吃皮白肉嫩的唐三藏和辛甘、秦願。好好打打牙祭、享用肥美豐郁的餐點。被綑綁在岩柱上的豬八戒哀聲嘆氣說道：『俺的命好生坎坷；每回被不同的妖怪逮住，第一個想先吃掉的；不就是俺。唉！命真苦。』

雪鬼正操刀對著豬八戒欲下毒手，卻聽見洞外有叫喊聲。大聖放開嗓門罵道：『聽著！乳臭未乾的莫伊多；快滾出來見你老爹！』雪鬼不耐其煩說道：『靠夭！又是哪個白眼狼來打攪我用膳哩？想找死；也不看看時間。』一副待宰羔羊、嚇得半死、冷汗流個不停的豬八戒，聽到外面悟空的叫罵；隨即將壓著心頭的大石擱下。眉開眼笑、咧嘴噓了一口氣說道：『雖然慢了點；總算等到俺這猴子師兄過來了。活該俺八字生得好、爭些❶被宰掉。幸好命不該絕！讚啦！』

雪鬼甩一下雪白的長髮走出洞外。在洞前；見是逃走的悟空和沙和尚，牠劍眉揚起、瞇著雙眼冷言說道：『一隻瘦皮猴、一個醜八怪，怎麼找上門來著？都已經放過你們一馬；還不快滾！叫人看了倒胃口。』大聖說道：『俺是過來送外賣的，免費讓你嚐嚐如意金箍棒的味道。包你吃了養顏助消化、斷氣腦開花。意下如何？』雪鬼雙手叉腰，盛氣凌人說道：『滿嘴跑馬、秤不出幾兩肉的潑猴；還不滾遠一點。本少爺對你沒胃口，拿去餵野狗又嫌累、賣掉你也值不了幾文錢。再不滾，你還想怎樣？』悟空哼哈耍嘴皮說道：『今個老爹特地來給你送行，送你去陰曹地府陪閻王爺喝二鍋頭去。座位已經幫你訂好了。走不！』

『巴格押鹿❷！找死！』雪鬼莫伊多恚然厲斥。惱羞成怒的牠；從腰際抽出左右兩把十手❸出來，主動展開攻勢。揮打一陣；牠唸幾聲咒，接著右手一揮；浪滄山間的雪松林，剎時變得昏天暗地、大地掀起疾風暴雪、倏倏地向二人吹襲而至。大聖和沙僧並不閃躲；兩人圍上去就打起來。

雪鬼火力全開，同時又把雙手交叉唸訣，在山巒峰嶺的厚雪中傳喚雪人妖；甫地雪松林白茫茫的雪地裡，爬起許多大雪人，對師兄弟展開圍捕。悟空心裡早有算計；誰怕誰！他也拔扯出一把毫毛，咒語一唸、嘴上一噴、喊出一聲：『變！』，瞬間百來個猴子猴孫攏簇四周，糾纏著那些雪人不放，悟空趁機變成跟那些大雪人一個樣，溜進岩洞內。

雪鬼莫伊多則有沙和尚面對面盯緊不放，雪鬼接連揮出十來個白雪球。有前車之鑑；以彎月寶杖快速旋轉，防止白雪球近身。球來我就躲、球走我即轉身再打。對著把持十手利器的雪鬼莫伊多，廝殺血拚；一刻不得閒，打從西天取經迄今十八載；師兄弟上陣打妖的默契十足。眼前暫且先頂住那雪鬼，不居功、不求勝；能拖就拖、能賴就賴，目的好讓師兄抓緊時間，去搶救師父他們。

『哼！那隻野猴閃得真快，一下就不見其蹤影。剩下這個傻大個又不耐打；東躲西藏的。簡直是浪費我莫伊多的寶貴時間。』雪鬼開始不勝其煩，想盡快結束這場拖延無意義的打鬥。牠轉頭對後面的大雪人指令說道：『你們有誰進去洞裡面；將唐三藏給我拖出來。眼前這笨傢伙；再不給我乖乖投降，我即刻斬掉唐三藏的首級。一夥人一個一個斬絕；直到這笨蛋下跪求饒。快點！』

由於雪鬼的跋扈輕敵；大聖老早把自己變成大雪人，聽令即跑進洞中。趁著洞口一片混亂、渾水摸魚、鑽進岩洞裡面。很快就在洞窟中找到了之前被擄走的唐三藏他們。這回且由八戒變作大雪人，押著悟空變作的假唐三藏走了過來。

『見到沒？你師父唐三藏的死活；看你了。我數到三；再要不扔下你那隻破彎月拐杖投降，你師父唐三藏就死定啦。一！二！……』雪鬼大剌剌對著沙和尚恐嚇著。卻見唐三藏自己喊道：『三！』雪鬼楞住，那身邊的唐三藏；不但自己喊出了「三！」更大喊「斬首囉！」說完即摘下自己的頭，托放在雙手上笑咪咪。

『你……你到底是人？還是鬼哩？』見狀驚得雪鬼倒退三步說道。『廢話！俺當然是人。哪像你；一個不折不扣的鬼東西。』假唐三藏把頭放回脖子上，再轉個身變回了孫悟空。那押解出來的大雪人；也轉身變回豬八戒，辛甘和秦願陸續衝出洞外。送經綱等一行人；除了躲起來的唐三藏，全部將雪鬼給包圍住。

『你這莫名其妙的莫伊多；癩蛤蟆想吃天鵝肉，想吃我！你還不配。』豬八戒想到差些就被雪鬼吃掉，氣得大罵。見著獨孤一身被悟空等師兄弟圍困，搭檔的一堆大雪妖在雪松林，被悟空毫毛變成的猴群死纏爛打；一時無法過來解圍。雪鬼莫伊多冷笑說道：『是我太輕敵，以為潑猴落荒逃跑了，料不到這臭猴子在搞聲東擊西的招術。也罷！本來想抓活的來吃，現在退而求其次，打死你們；再逐一吃掉便是。』說完；牠立馬使出拿手絕招，雙手交叉放在胸前唸咒。不一會；雪鬼雙手射出一排紅雪球，朝著送經綱的一行人直飛過來。且看：

雪鬼占山復蹂躪、叱咤松嶺起風雲。左右十手橫無忌、雪妖助陣威凜凜。
白雪球飛索汝命、殘枝敗葉落紛紛。紅雪球貫穿萬物、鋼鐵難擋弒斷魂。
恃才傲物惹大聖、趕盡殺絕氣難忍。狂風暴雪攔不住、直搗巢穴破門登。
欺壓眾生實太甚、河童含冤藉此伸。群英伏鬼卻除恨、善惡對決驚鬼神。

險！險！險！但看那連串而至、像拳頭般大小的紅雪球，其殺傷力穿石透鐵、其速度電光石火。一行人各自彈跳閃躲；避之唯恐不及，雪松林中的大松樹幹被紅雪球打斷了十幾棵，岩崖巨石同時也被打得破裂粉碎。威力可謂驚天動地！

『俺火大了！丟幾個雪球來把俺當猴子耍。你們暫且把師父帶開；一起搭雲在天上看一場好戲吧。』大聖無意再躲避。他吩咐幾個師弟先離開雪松嶺現場；在天上瞧他怎麼來修理雪鬼莫伊多。

『想逃？門都沒有！』雪鬼又交叉雙手唸咒，很快面對著大聖；再度揮出兩顆紅雪球，直奔大聖而來。大聖心頭一定、腳步站穩、火眼一瞪、彎腰側身、雙手握緊金箍棒當成球棒，待那紅雪球快速飛至；用連環棒逐一敲打。『噹！噹！』兩聲；棒棒皆沒落空，準準地將那兩個紅雪球給打飛到遠方。這下子；搞得雪鬼反而傻眼、顏面盡失。

『天哪！這潑猴真有一套，居然可以持鐵棒；把我的紅雪球給打到天邊去了。』雪鬼搓揉兩眼，壓根不敢相信眼前發生的事。莫伊多玩這絕活逾五百年，一直是打遍天下無敵手，怎地今朝不靈光呢？悟空嗆聲說道：『鐵棒？你懂個屁！俺這如意金箍棒可不是一般鐵棒耶。這可是天河定底之神珍鐵、東海龍王的鎮海神鐵柱。能施法讓它重達一萬三千五百斤、長達一丈二尺哩！打你雪鬼的爛雪球，不就是跟打泥巴一樣。有啥值得大驚小怪的呢？』雪鬼孤注一擲說道：『哼！沒時間聽你瞎扯個沒完。我就是不信邪；這回跟你玩真的啦！看招！』

語音甫落，雪鬼馬上施法唸咒；穩健一連再投射十顆紅、白相間的雪球過來。心想；這次絕對能將中國長安來的瘦皮猴，給打得稀爛矣。大聖不敢大意；火眼金睛鎖定來襲的目標，那怕是一個閃電也不放過。金箍棒握緊在手，把飛過來的雪球；準確地揮打出去。『叮！叮！噹！噹！』十個被定海神棒擊中，折返的紅、白雪球，不偏不倚地朝雪鬼莫伊多迎頭直飛過去。

驕傲自負、以為穩操勝算的雪鬼，一直以來；只會彈射出致命的雪球，來奪取對手的命。牠絲毫沒有預料；如何去防患自己的雪球，有朝一日也會出現折殺自己的時候。眼看十顆雪球；竟然對準自己火速冲了過來，這回糗大了！

面對殺向自己的雪球；雪鬼莫伊多上跳下蹲、左閃右躲、好不容易避開了前面的九顆雪球，卻避不過最後一顆紅雪球，自食惡果；當場被那雪球打斷了右腳。『哎喲！』雪鬼大聲哀號；驟然倒地打滾兩圈。待大聖悟空快步跑過去把看情況，雪地僅僅留下一灘血水；牠已經消失無蹤，不知遁入冰天雪地的哪一個角落矣？

附近的那些大雪妖；也在同一時間裡融化至雪地中，留下靜寂荒渺的雪松林。似乎這浪滄山脈之間，從未發生過妖怪傷人的事，一片平安祥和。送經綱的一行人；搭雲降下、逐漸靠攏，師父唐三藏領頭帶隊；大家很快又聚集在一起。

『南無阿彌陀佛！善哉！善哉！大家都平安無事就好。菩薩保佑！』唐三藏見著孫悟空有驚無險、安然無恙，雙手合掌；默默念佛經祝禱著。

豬八戒眉飛色舞、器宇軒昂說道：『這雪鬼子；俺不剝牠幾層皮，難消心頭之恨也。大家快些找一找！不能讓牠逃掉。』沙和尚也附和說道：『斬草不除根，春風吹又生。不一次搞牠個乾淨俐落；將來肯定是變本加厲、禍害無窮。掀翻整座雪松林；也要抓到牠才能罷休！』他二人帶著兩個師弟；在四周圍東翻西找，又繞回雪鬼的岩洞裡面徹查清剿，洞內堆滿一地的人骸獸骨；就是看不到雪鬼的鬼影。大家都想找出雪鬼，可就是找不到。究竟躲藏到哪裡了？大聖也沒閒著；跳上雲頭、手遮搭蓬、火眼銳利、飄來飛去。在這白雪茫茫、高低起伏的幽邃壑峪、幅廣遼闊的雪域中；就是啥也看不到？不得不再回到雪松林原地，和眾人酌磨商議；怎麼分頭在這叢山峻嶺中找出雪鬼來？

『咳！你們不要犯傻了。這種找法；三輩子也找不到雪鬼的。』躲在遠方窺視整個過程的河童，慢慢移動走了過來。牠輕鬆自在地說道：『說起來；還是你們中國大唐來的和尚比較厲害，我河童終於等到那雪鬼莫伊多；被打敗的一刻。不過；還是被牠逃掉了。如果要找出雪鬼的來龍去脈，你們畢竟是外地來的，沒有我河童引領帶路；還真不行哩！』大聖和豬八戒、沙僧拿著傢伙；尾隨熟諳此地的河童抓鬼去。秦願和辛甘即留守原地，照顧著師父唐三藏的安全。

『遠在天邊；近在眼前。』河童指著前方不遠的岩洞說道。八戒搖頭晃腦，不解地說道：『不對！不對！俺剛才在那洞穴裡頭找了幾遍，並沒見著雪鬼牠人哪？』河童笑著回道：『這種事能開玩笑嗎？來吧！』一夥人進到陰暗幽深的岩洞，延宕曲折的穴道；經過有寬敞挑高的地方、通過狹隘緊迫的夾縫、踩過散落四處的殘骸白骨、越過起伏不平的地面，遠方出現一處岩層裂縫；強烈陽光從岩縫中照射進來。被那陽光照耀的一小塊地方，冰堆雪霰中見有幾株花草；也是整個山洞內唯一的植物。吸收日月光華精粹、為冰霜風雪的滋潤，得天獨厚的長久蘊育，遂造化一個養妖成精的地理環境。這雪鬼皆在寒冬飄著雪花的季節肆虐浪滄山；緣由其故也，難怪乎！

『好傢伙！原來躲在這角落。』大聖眼清目明，頓時覺悟過來。因為花草中隱蔽著一株雪蓮花、正在盛開的雪蓮花。大聖要求那河童先行離去，並且悄悄交代大家退後幾步、暫且躲藏。深怕又被狡猾的雪鬼逃掉，他把自己唸咒變成河童模樣，獨自一人走近那冰霰裡的雪蓮花。

雪蓮花突然一陣抖欷搖擺；一旁現身變出傷腳的雪鬼莫伊多。雪鬼憎憎罵道：『就是你！我早就知道是你在搞的鬼。看我不大卸你八塊；來洩心頭之恨才怪！』，牠死死勒住假河童的脖子不放。假河童回答：『誤會！誤會！哪裡是俺哩！俺對你莫伊多的忠誠；天地為憑、日月可鑑。聽見山中有打鬥聲；又見你受傷，特別趕過來關心你的。』雪鬼鬆開手，懷疑說道：『哼！諒你也沒那狗膽。不過；這偌大的山脈除了你，還有誰能找得到這裡呢？』假河童說道：『用屁股想也知道，不就是那山神囉！』雪鬼莫伊多氣得臉紅脖子粗，又開罵道：『對！一定是他，我非找他報仇不可。』假河童安撫說道：『瞧你被傷成這般狼狽樣，如何報仇哩？幸好俺在路上採了些草藥。你且快點坐下；俺給你包紮療傷，來吧！』窩心的幾句；聽得雪鬼慟然失去警戒之意，慢慢坐在一旁的大石；等著面前的河童為牠裹傷。

悟空變作的假河童，一個快速閃身；一手將那株岩縫下的雪蓮花連根拔起。雪鬼臉色大變，驚呼一聲：『你……你這是幹什麼？』假河童裝蒜扮矇說道：『哎！你這傻瓜；雪蓮花專治那些個中邪、痔瘡、智障、不長眼……最是有效。要不試一試！』雪鬼莫伊多差些吐血氣暈，結結巴巴說道：『你……不是河童。你……到底是誰？』

你到底是誰？惹毛大聖的雪鬼；會有什麼樣的下場呢？牠還會再次逃脫嗎？送經綱在東瀛；未來又會遭遇何種不同的妖魔惡鬼？敬請期待下回分解：

『註解』：

❶ 爭些：指差一點點。
❷ 巴格押鹿：罵人的日語，意思為笨蛋。
❸ 十手：日本古代兵器。中文為鐵尺；源自中國沿海、西南一帶。

第六十八回　花雨繽紛櫻花祭　龜谷神社爆懸疑

話說浪滄山雪松林裡的雪鬼莫伊多，與大聖悟空面對面對決的時候，使出拿手絕活；雙手交叉在胸前唸咒，再揮出一連串的紅雪球和白雪球。見樹折樹、遇岩穿岩的雪球，最後竟然被孫悟空雙手持金箍棒敲打回去。意料不到、猝不及防的雪鬼，卻被自己射出的雪球擊斷右腳，只得倉惶遁入雪地逃逸而去。一行人再怎樣努力追查，在天蒼蒼、地茫茫的浪滄山脈雪地中，找那雪鬼談何容易。

經過仗義的河童帶路，進入先前一隱密的岩洞內。在深幽延宕的洞穴裡，一處岩縫角落，終於找到雪鬼的雪蓮花真身。為防止雪鬼再次逃脫，大聖變作那河童；獨自過去會晤雪鬼。趁著假裝為雪鬼的腳傷治療裹傷，將那株雪蓮花連根拔起，遭識破起底；嚇得雪鬼結結巴巴說道：『你……你不是河童，你……你到底是誰？』

大聖扮作的假河童迴轉個身，變回悟空自己。抓緊那株花；嘻皮笑臉回道：『俺是誰並不重要，重要的是這株雪蓮花。牠在這浪滄山脈壞事做盡、惡事做絕、業障太深，留牠不得。咱們一起將牠給打爛吧，好不！』雪鬼哭喪著臉，匍匐趴倒在地、磕頭如搗蒜般，苦苦哀求道：『猴爺！饒了我吧！只要放我一馬！猴爺要我幹啥都行。無論是翻天覆地、殺人放火、在所不惜！』豬八戒和沙和尚，這時再也忍不住衝了過來。豬八戒狠狠踹牠一腳，猝嗟痛斥：『死到臨頭；還不忘殺人放火。這種孽鬼；留牠不得！留牠不得！』雪鬼這才覺醒；記起昨晚擄獲的皆為大唐前來的高僧，行李還有大乘佛經抄本。牠馬上自掌嘴巴、頻頻道歉說道：『哎喲！該死！該死！諸位高僧活佛；給我一條生路，好讓我「放下屠刀；立地成佛」。』八戒和沙和尚才不吃這套，搶著說道：『罪無可宥；你這鬼子現在說這些，都已經太晚啦！』過去就要拿牠千刀萬剮、殺之謝罪。

『南無阿彌陀佛！夠了！你們兩個住手吧。』唐三藏由辛甘和秦願陪同，走過來制止。猶說道：『佛說：「苦海無邊、回頭是岸」。既然牠痛改前非、決心向善，我等沙門浮屠則應該以德報怨、給予牠自新的機會。人生有若：「白駒過隙、即逝瞬間」往者已矣；倒是由牠日後苦修功德來將功贖罪，成全此間太平祥和，豈不是功德圓滿、好事一樁。』大聖聽了；猶不放心，他說道：『既然俺的師父為你求情，死罪可免、活罪難逃。你得把話說明白；你之前造成的種種業障，未來如何將功贖罪哩？』雪鬼長嘆一聲，站起身；右手抽出腰繫的太刀斬斷左手。然後跪下說道：『我這回自殘斷掉左臂，即代表再也無法交叉雙手唸咒施法矣。加上我右腳已斷；實際上成了殘障之廢人，無法再作怪。只有一心唸經向佛、向世間萬物認罪懺悔也。』唐三藏聽了牠的陳述，紆尊降貴地將牠扶起，說道：『阿彌陀佛！嗚呼傷哉，汝決心改邪歸正、諄諄向善、當然是善莫大焉；卻亦犯不著這般折磨自身骨肉。日後秉持德善；來為人處事便好。』說罷；且送牠一卷真經抄本和一些佛經。雪鬼莫伊多感動得熱淚盈眶、涕水漣漣、跪地朝著唐三藏拜謝再三。親口承諾說道：『再造之恩；永世不忘。往後每年的歲末嚴冬，雪蓮盛開之時；將帶領大雪人為浪滄山區一帶的村民；造橋開路、默默行善。一步一腳印；踏踏實實重新做人。從此雪松林不再有令人憎惡的雪鬼出現；換成助人為樂的雪蓮花公子。』

大聖見那莫伊多確有改過自新、一心向佛之意。即不再刁難；將手中握著的雪蓮花逐歸還予莫伊多，勸牠今後好自為之矣。莫伊多雖然行動不甚方便，仍然堅持跛著腳，親自送一行人到岩洞門口，牠跪倒在地；目送唐三藏師徒離去。

『莎喲娜娜❶！莎喲娜娜！』一行人邁著輕快的腳步下山，驀然聽到幾聲大喊。清楚見到遠方的山腰之間，那河童和老婆婆；正在興高采烈地揮手向他們道別。送經綱的師徒一行也欣喜開懷、回身搖手致意，直到漸漸走遠、消逝蹤影為止。

那些大唐長安遠來的送經綱，冒著疾風厲雪；經過東瀛西海道之唱更國❷與肥厚國❸之後，不停趕路前往筑紫國❹。路途氣候酷熱寒凜、地形更是變化萬千，遑論更有諸多妖魔之紛沓擾亂矣，誠所謂：「不到黃河心不死，功德未竟不回頭」君不見那一路來的艱困險阻，好個中原華夏來的送經綱；再度步上不平靜的路途。諸位看官們；當可印證這段不平凡的經歷呢：

震艮送經迺榮幸、鴻負功德且歌吟。熱血柔腸至異域、不辭冰霜與陰晴。
汪洋橫渡群峰映、穿山登崖入叢林。炎陽暴雪歷險境、寸步難行斷魂縈。
蠻荒崎嶇步野徑、曜韑水潺繞四屏。綿綿山脈疑無盡、翻越壑峰又一嶺。
晨曦競走夜暮宿、灼灼其華如日昇。馳風驟雨孰在意、矢志一心奔東瀛。
排山倒海除萬難；披星戴月不稍停。丹楓碧柳雖寫意、走馬觀花恣娉婷。
玉殿金宮恍隔世、肩負重任送佛經、山陬海隅魍魎靖、披荊斬棘赴遠行。

且說唐三藏師徒一行；跨越唱更國之浪滄山之後，繼續朝著筑紫國奔走而去。雖說東瀛地理未如華夏之壯闊雄偉；沿途歷歷在目的碧水藍天、湖光山色、倒也賞心悅目、景物撩人。其季節變化、風光旖旎，卻亦與我大唐之國土別無二致耶。

值此春暄夬月❺之際，行走於異國他鄉也別有一番全然新氣息哩！春風迎面輕吹、暖陽當頭傾撒，送經綱的師徒們；紓徐瀏覽四野山川之明媚勝景，而放慢行走著。滿山遍野的美景，且看那描繪現況的說詞：

風華似錦簇、金陽普照、萬徑迢迢。舉首遠眺；群山霧嵐飄渺、翠微葳蕤環繞。
張目遐望；春色璀璨盈周遭、山林彧豐迎雀鳥。雲端笑、迎花草、蕩漾隨風飄。
櫻花紛飛似雪落、粉白黛紅、花海搖曳似浪潮。春意濃、方儀含笑沖九霄。
走天涯、奔海角、險厄無阻送經道。跨蒼淵、翻峰嶽、且渡韶華何妨逍遙。

『哇噻！好個一望無際、景色撩人的櫻花樹海。』挑著行囊的豬八戒，忍不住擺下重擔；欣賞這方山林美景。一行人置身於滿山遍野的櫻花樹叢裡，夾雜著舞弄春風、飄盪在空中的繽紛落櫻，目不暇視。紅白相間的櫻花；如同雪花般飛舞不斷，任誰也會不知不覺地、沉迷陶醉其中。

此時此刻，正在東瀛途中；筑紫國的一處谿峽麓峪山野中。一時渾然忘我的送經綱師徒們，暫且停歇道路一旁；飲水憩息、陶醉在櫻花團簇的絕美景色裡。唐三藏拄著九環錫杖下馬觀賞遠山美景、孫悟空伸伸懶腰打個盹、八戒正與辛甘在櫻花樹下嬉戲、沙僧則藉機品櫻酌酒，旅途偷得半日閒；不亦樂乎！

倏地之間；俄頃聽聞打從遠方傳來之陣陣敲鑼打鼓；夾雜著群眾的喧鬧熙攘聲音。果然不久就見著山村人群，高聲吶喊、最前方的巫女❻手舞足蹈地走了過來。無數的百姓；前呼後擁、譁然而至。有詩述說此山野間節慶情景：

巫女嬌娥列隊前、躍起雀舞撒櫻花。御輿神轎眾人抬、金鳳輦車萬民拉。
蜂擁人群護神駕、吟歌唱詠走山涯。花叢穿梭景如畫、山櫻祭典展風華。

婦孺老少恐人後、爭先扶轎不落差。殷殷赤心莫驚訝、神明庇佑眾生誇。
春暖花開山櫻祭、晨曦巡遊至暮霞。求得平安人興旺、滿船豐裕魚和蝦。

哄抬那金黃與鮮紅的兩座御神轎來到跟前。村民們不分男女老少，圍繞在神轎左右打轉。經過唐三藏送經師徒的身邊，卻視若無睹、不當一回事的幾個村民；敞胸露肘、頭上綁著白毛巾，過來一把推開豬八戒；吆喝斥嗟說道：『外鄉人！我們村間正在舉辦櫻花祭。走遠一點，不要礙著神明的路。巴嘎！❼』

氣得八戒七竅生煙，抓起那九齒釘耙想討個公道，卻被唐三藏輕輕攔下，又說道：『阿彌陀佛！萬物有所依；眾生有所靠。悟能稍安勿躁，隨他吧！隨他吧！』

倒是孫悟空獵奇心重，又見一股妖氣隨之而至。於是轉身變成一個耄耋老者，混入人群中打聽；這山村裡的喜慶、是何道理？迎神隊伍興沖沖而過。須臾；蜂擁迎神的村民信眾；朝著一行人來時之方向，往山間走去。那些群眾們漸行漸遠，如同擦身而過的一陣風。摸清楚底細；悟空才甘休，轉身變回來。

瞠目結舌的一行人；恍然若夢般清醒過來。豬八戒抹一下眼角肥腮，說道：『怪怪！這般熱鬧；喜氣洋洋的，這些村野鄉民到底在慶祝啥的節日哩？』辛甘隨著也好奇說道：『不知道他們拜的是哪一尊神仙？村民們竟然如此痴迷。好生有趣！』不以為然的孫悟空冷笑說道：『神仙？俺的火眼瞧著；那抬坐鳳輦神轎裡面的，分明都是妖怪。此妖瞞得過村民，可瞞不倒我。』豬八戒大聲嚷著：『那還眼睜睜看著讓他走掉？師兄未免太便宜這些妖怪啦！』

『前轎抬的是隻八角龜精、後輦推的是隻毒蟾蜍精。』悟空哼一聲說道：『作威作福是他家的事。荒山野地；妖魔鬼怪多的是，俺哪管得完哩。他走他的陽關道，俺走俺的獨木橋，少來招惹咱們就算了。若是不長眼的妖怪；膽敢恣意放肆，俺保證會讓他們死得很難看。信不！』一行人哄然大笑，唐三藏也搖頭一笑置之。半晌之後；大家拿起行囊牽著馬，繼續趕著送經路程。

才走兩里路來到山丘，穿越一個名為「忘憂湖」之碧水綠波湖泊，不久；來到了山腳下，即見到山路右側叢櫻鎮守之森❽林中；有一高大的石柱鳥居❾上面的橫匾寫著「龜谷神社」❿四個大字。一行人駐足正猶豫著，是否要進去休憩歇歇。突然從神社內的石甬參道⓫，走出來幾個祭司，為首的宮司領著神職和幾個禰宜，笑瞇瞇地過來哈腰施禮、打招呼。

那宮司頭戴著烏纓高冠、身穿狩衣長袍、袴褲下方穿著淺沓的木鞋、手持笏板；微微躬身致意說道：『久候！久候！歡迎從中原華夏來的高僧們，光臨我龜谷神社。』隨後的禰宜們也恭敬地說道：『有請！有請！』孫大聖發覺情況有端倪異狀，此間妖氣甚重，急欲抽身阻止。無奈師父唐三藏置之泰然；已經快一步向他們走去，並且說道：『南無阿彌陀佛！貴神社之盛情難卻，既來者則安之，不如進去參訪觀賞一番。請諸位神主帶路吧！』

留著師弟辛甘在鳥居門外，守候著真經抄本和白馬秦願。神社裡的宮司和禰宜逐陪伴著一行人，漫步走入鳥居參道裡面。經過板垣外牆、跨過橋廊、步入殿前廣場，驀然見到雄偉莊嚴的「大社造」⓬龜谷神社。放眼這東瀛神道的神社，有詩為憑、看官且細看之：

宏偉鳥居護神域、參道入垣且徐徐。紅樑碧椽頂葛緒、石獸角燈列四隅。
神靈契合山村聚、神社巍巍壯觀兮。紋砂飛石鋪一地、花壇篁竹庭院區。
淨心潔身於蹲踞、參拜先行手水禮。大麻神符除穢氣、信眾御守爭相取。
千木交疊大社造、神主光耀似晨曦。祭祀祈神皆誠意、洪福齊天年有餘。

迎面的拜殿前廣場，鋪滿了許多丹波石。玉垣內粉櫻紛綻滿庭院、殿前左右各有一對狛犬石獸守護著。神社之破魔矢⓭和御守掛滿於欄杆上，迴廊前的兩排六角柱石燈籠點滿了光明火。這般與中原佛寺大異其趣的神社，倒也吸引唐三藏師徒一行人的目光。一位禰宜引領送經綱眾人；到一竹筧注水的手水缽淨手，再去祓室揮動大麻神符為他們修祓除穢。大家只當入境隨俗，尊重當地的習俗傳統；不多去計較這些神道儀式。

『四處看看也罷，只是這裡的妖氣太重。神堂內、大殿裡；進不得！進不得啊！』孫悟空眼觀四面、耳聽八方，確定該處頗不尋常；他再次提醒唐三藏。說時遲；那時快，八戒卻攙扶著唐三藏邁步進到拜殿正堂裡面。悟空雖知情況險厄，也惟有跟著進去；見機行事矣。

接著神社的宮司和禰宜，帶領著一行人經過拜殿與上供品的幣殿、來到最末端的主神本殿。御祭師從本殿愉悅地走出來迎接，他說道：『歡迎！熱烈歡迎！打從華夏中原前來的佛釋法師，果然是儀表出眾、氣勢不凡。請隨本祭司入殿內就座奉茶。』說著即緊緊挽著玄奘法師，走進神社的主神大殿。

一手拄著九環錫杖、一手擺在胸前祝禱的唐三藏，口中唸著：『南無阿彌陀佛！善哉！善哉！貴寶殿樑椽宏偉、莊嚴肅穆，敢問貴神社敬拜何方神聖是也？』年逾花甲的御祭師回話道：『本神社供奉的；正是造福地方、庇佑萬民的角龜大神。這回；適逢季春花月、山櫻盛開，此地村民慶祝一年一度的櫻花祭，今朝吉辰；特地恭請龜神大駕搭轎出遊巡視去了。按地方傳統習俗，少不得熱鬧個兩三天呢！』唐三藏點頭回著：『菩薩保佑！來此之前的路上，確實曾恭逢其盛哩。』

一旁的豬八戒故意插嘴說道：『奇怪？他遊他的；不關我們的事。可是你們竟然知道我們的來歷，又專程在神社的鳥居等候我們到來？這事真有蹊蹺耶？』那御祭師假裝沒聽見，卻顧左右而言他說道：『神靈保佑，本地的村民皆為年年五穀慶豐登、歲歲五畜衍長恆，大家對本神社的龜神凡事有求必應、銘感肺腑不已。爾等何妨藉此機緣，也一起來朝拜龜神；祈求護佑。靈啊！靈啊！』唐三藏和顏悅色、委婉搖手拒絕。孫悟空可毫不賞臉，立刻吐槽說道：『靈個屁哩！這王八烏龜到底給了你多少好處？要你這般神靈活現地吹噓。』權高位重的御祭師剎時愣住，瞪了悟空一眼說道：『你這野猴胡謅些啥子？御神體在神龕上；小心得罪龜神，讓你吃不完兜著走。真是對牛彈琴，一群有眼無珠的傻子。』

悟空可也不是省油燈，他猝然嗆聲說道：『哼！你少在這裡裝瘋賣傻；助紂為虐。俺早就向路過的一些村民打聽過啦；他們鄰近幾個村子合起來，每年都得乖乖獻上十個童男童女、牛羊各十頭、稻米小麥各百擔。全數送到山谷一處山櫻深處幽岫岩穴。數目短少或延遲時間；天災鬼禍、乾旱澇災隨即降臨之。搞到整片山區和地方上雞犬不寧、戒慎恐懼，無不敬畏。這樣的王八烏龜；俺老孫不打牠，都算便宜牠了。現在要咱們給牠上香火，你省省吧！』話一說白，直接打臉那個御祭師。他啞口無言；顯然露餡被悟空踩到了尾巴、抓到了把柄。

唐三藏眼看雙方氣氛不對，藉口還要趕著路去難波京都送經，站挺身子正待離去。正在此時；一個方臉亂鬍、壯碩若石的彪壯大漢、墨褐色的皮膚、頭頂彎月金冠、身披龍麟戰甲。他推開殿門；邁著大步走進殿內。

他聲若洪鐘說道：『且慢！難得有遠方的貴賓來到龜谷神社，招待不週；尚請海涵。請坐！請坐！』這個猙獰可怖的漢子，轉頭又命令御祭師和旁邊的宮司、禰宜等人先行離開本殿。嚇得神主和幾個禰宜像見到了鬼一樣；立馬快步離開，並且關上所有的殿門。

虎背熊腰的大漢端坐大椅上說道：『這神社有我說了算，這幾個祭師神主有得罪之處，你們不要當回事。稍待一會；俺吩咐御饌殿備上好酒，向諸位大唐來的高僧賠不是。』唐三藏則回說：『阿彌陀佛；不敢當！不敢當！』悟空不耐煩地說道：『賠不是倒也不必，大爺們還得趕著行程。你就乾脆些；有話快說、有屁快放。』

其貌不揚的大漢頓時哈哈大笑，然後說道：『就怕俺直說；會把你們嚇死。既然你這隻瘦皮猴趕著去陰間的行程，俺就不用客套了。江湖稱之「雷火角龜大帝」乃在下也。方才在山林道路，俺和師弟「九毒蟾蜍天王」掀開轎輦的窗牖賞櫻，竟然瞄到你們幾個肉球站在路邊。俺大約聽聞諸位的來歷，知道你們下山之後，肯定會經過這神社，俺立即抽身趕過來神社，交待神社的宮司和御祭師；無論如何要留住你們。』凶神惡煞的雷火角龜精垂涎欲滴地；用右手指著唐三藏說道：『咱師兄弟是很挑食的，這方百姓真格吃膩了，看見法師那張白淨的臉蛋，勿怪俺口水直流呢。不說廢話；我看你們就識趣一點，把這皮白肉嫩的唐僧給留下，其他不是太肥就是太瘦、見著倒胃口。就俺說法；除了唐僧之外，通通給俺滾出去。在櫻花祭的季節；一面吃人肉刺身；一面飲酒賞櫻，豈不快哉！』聽得唐三藏渾身顫抖，八戒和沙僧各自操起武器，衝過去保護師父。

孫悟空揮起金箍棒喝斥罵著：『看你這些個雜碎；烏龜精和那隻蟾蜍精在作白日夢。你們算哪棵蔥咧？癩蛤蟆想吃天鵝肉，俺還想吃你的烏龜肉哩！有俺孫悟空在這裡；叫你先吃金箍棒再說。』才說完；大聖即朝著面前的雷火角龜精，用金箍棒當頭棒喝打了過去。雷火角龜精不慌不忙閃躲著，他也亮出一支菊池千本槍舞弄著，不遑多讓。

『哼！在神社裡面跟你們交手，壞了俺的寶殿風水。』雷火角龜精忿忿說道：『不要命的；就隨俺去神社外頭鬥一回如何？』龜精說完轉身就走；孫悟空叫八戒看好師父，跟著緊追在後、奔出神社本殿來到廣場。二人一棒一槍，從神社內外打到天際，又從雲端打回神社大院。打得神社那一帶山搖地動、震撼乾坤。妖精祭出的絕活的雷火閃電；讓大聖也不敢掉以輕心，全力以赴。

且不說那二人出外纏鬥有多激烈。豬八戒和沙和尚也絲毫不敢大意，他們手中握緊釘耙和降魔杖，亦步亦趨地圍繞在師父唐三藏身邊保護。八戒說道：『咱們在這殿內等候師兄不是辦法。不如先出去；離開這個邪門的神社再說。咱們走吧！』唐三藏也點頭同意，正想移步退出神社本殿。又見一個形骸肥胖、滿臉橫肉的男子；挺著一個圓鼓鼓的大肚，緩緩走了進來。不消說；豁然是那個九毒蟾蜍天王啦。他逐一關掩殿門，皮笑肉不笑地走近大家。

『來客的屁股尚未坐熱哩，急著上哪去啊？』一張血盆大口的妖精，擋住殿門緩緩說道：『外面的世界很亂哪，你們還是乖乖留在神社裡面吧。』沙和尚怒目相視說道：『你這個癩蛤蟆；少在這裡假惺惺。膽敢作怪；就讓你死在師兄九齒釘耙，亦或俺的彎月寶杖之下；任你挑。勿謂俺言之不預！』那蟾蜍精卻是不動聲色，微閉雙眼、深深吸了一口大氣；整個肚子瞬間膨脹變大，再掐指唸咒。緊接著；就從他大嘴中吐出一股青綠色的煙霧，毒氣逕直沖向面前的三個師徒而來。一時間；神社的主神本殿綠煙瀰漫、混濁不清。九毒蟾蜍精收起小腹丹田，走去踢著已經不省人事、暈倒在地上的師徒三人。淡然一笑說道：『君子何須動手；只需動口就足夠擺平你們矣。俺慢慢收拾著；待角龜師兄回來，再來處理你們便是。』

龜谷神社的狂暴風波才剛開始掀起。悟空與雷火角龜精的對決；戰況勝負如何？那九毒蟾蜍妖劇毒的邪氣，未來送經綱將如何化解危機？敬請期待下回分解：

『註解』：

❶莎喲娜娜：稱再見的日語。
❷唱更國：為後來的薩摩國古稱。為防守邊境之意。
❸肥厚國：即今之熊本縣。共有十四郡、又稱肥州。
❹筑紫國：即今之福岡縣。共有十郡、又稱筑州。
❺央月：指農曆三月之陽春時節。
❻巫女：日本傳統祭典中，頭戴花飾、跳舞的女性。
❼巴嘎：乃日語罵人笨蛋之意。
❽鎮守之森：指神社旁邊的樹林。
❾鳥居：為日本神道教廟宇的前門牌坊。與佛教之山門相似。
❿神社：為日本傳統的神道教廟宇。日本各地皆有不同祭拜的主神，從日照大神到各種動物皆涵蓋之。西元七世紀之前；尚無統一的教規，各行其事。
⓫參道：從鳥居到神社內的人行通道。
⓬大社造：日本的傳統神社可分為兩種造型；神明造與大社造。差異為屋頂形狀和入口處不同。後者的屋頂；明顯有交叉的千木支撐著。
⓭破魔矢：在神社備有的一種象徵吉祥之護身符。

龜谷神社
鏖戰斐然
雷火大帝
閃電轟
九毒天王
毒霧濃
神社本為
神道居
無法無天
勢難容
神社

第六十九回　大聖智勇戰雙煞　神社除妖計鎮壓

話說孫悟空和那雷火角龜精；雙方在荒郊神社的裡裡外外打得正火熱。一下打上仙凝❶雲端、一下打到方儀❷大地。悟空的如意金箍棒和龜精的菊池千本槍交手逾百回合；已經打到太陽快下山啦，卻不見個勝負輸贏。

『不對！這痞子上上下下、打打跑跑，拖延時間罷。俺可沒閒功夫陪你玩下去。得走人了！』打鬥經驗豐富的孫悟空頓時清醒，心中有數、其中必有貓膩。他火速閃個身躲到雲霧後面；拔出一根毫毛唸咒，變出另一個孫悟空；暫且應付那個雷火角龜妖精再說。接著悟空飛快翻個筋斗，回到龜谷神社的主神本殿看個仔細。等他趕入主殿內，果然大事不妙、一切悔之晚矣！

『哇噻！怎地人去殿空了哩？師父他們人呢？』殿裡遍尋不著，焦急得行者又跳到本殿頂端的勝男木❸上；用手搭著手蓬忙著東張西望、南眺北瞧。

徒勞無功之餘，二話不說；他又跑進神社裡面，將躲在神社祓室的神龕下方、頻頻抖怯的御祭師、宮司和幾個禰宜，全部揪了出來。行者恚然問道：『好傢伙！你們幾個竟然勾搭山間的妖魔鬼怪、沆瀣一氣、為非作歹。今個俺師父師弟都在你們神社裡頭；一上間消失無蹤。如果你們不給俺一個交代，看俺不燒掉龜谷神社、打斷你們手腳才怪。快快把整個事情給說清楚、講明白！』

『不敢！不敢！』御祭師嚇得屁滾尿流，跪伏地面怯怯說道：『且聽吾等慢慢道來；言中如有虛假、萬死莫贖。且說這兩個長住山頭、修練千年的妖精，剛開始；倒也在此山村野林中循規蹈矩、四處行善，贏得山村庶民的衷心感懷、推崇備至。於是感恩戴德之餘，群眾遂於此間修建龜谷神社；以茲方便祭祀膜拜、祈福請安。孰不料，這些年鄉村農民生活改善、衣食無虞，這兩個妖精即翻臉無情、索求無度矣。原形畢露的角龜精和蟾蜍精，最先只是要求供奉他們五穀雜糧、蔬果酒水罷。後來得寸進尺、變本加厲；除了每年必須上貢童男童女、牛羊牲畜、錢財寶物，甚至看上某些路過的旅客，也不予放過，糟蹋無遺。我們如有不從，那妖精就施法殺人放火、率眾斷水毀路……無所不用其極。唉！懾於此二妖的魔法威淫，神社的我們；敢怒卻不敢言。為了求生存，表面不得不服從，且不敢向村民們透露真相。只好苟延殘喘迎合了。』說完，他們已經熱淚盈眶、涕流滿面。

原來故作擁戴、強顏歡笑的村民，卻有這般不為外人知的苦楚。心有戚戚焉的悟空；不再責難這些神社的神職司祭。他立刻追問：『有俺孫悟空在；問題不大。俺師父他們不會無緣無故失蹤，是否不幸被其他同夥的妖精抓走了？你們快點說。』旁邊的禰宜搶著說道：『確實沒錯；在你這位神仙追殺那雷火角龜精的時候，又冒出另一個同夥的九毒蟾蜍精。他在本神社主殿中噴吐毒物；然後將昏迷的三個高僧帶走。現在已經不知去向？』行者急促追問：『你們快些告訴我，這兩個妖精的巢穴在哪裡？事不宜遲，俺這就殺過去救人。』

『兩個妖精的窩巢非常隱密，具體位置我們也搞不清楚。』神社的宮司回話說道：『不過；他們經常會在本神社乾坎的方向、第二座山間出現。神仙不妨去那附近尋找看看！』行者不多囉嗦，呼下雲頭；拿起金箍棒轉身就乘雲朝乾坎方向追去。

才在神社宮司所說的第二座山頭上晃兩圈，行者悟空的火眼金睛；在雲端就掃瞄見到狀況。那九毒蟾蜍精領著十來個小妖卒，正在山林的櫻花樹叢裡；馱背著遭到五花大綁、昏迷的唐三藏和兩個師弟，飛快跑著。這還了得！行者連忙將雲頭降下，一路跑步追趕上去。

『大膽妖孽！還不快快將俺師父他們放下！』行者勃然大怒喝斥著：『看你們是活得不耐煩了，不見棺材不掉淚。是不！』好樣的，眼看著就差幾步就追上那群妖卒矣，行者正欲舉起大棒痛打他們。

且慢！卻在這關鍵時刻，山間中的櫻花樹叢，剎時掀起一陣狂風。滿山遍谷的櫻花落瓣，像雪花驟雨般迎面吹襲而來，林間紛飛亂舞的櫻花；有紅有白、傾盆而下。令人寸步難行，弄到實在叫人無法睜眼喘息也。

謐謐峪麓櫻花綻、簇簇錦繡染青山。綿綿蒼嶺花海掩、靄靄和風心境寬。
颯颯狂風猝流竄、簌簌落櫻橫貫穿。層層花葉紛飛散、茫茫諸野目視難。
濛濛山林景物亂、皚皚花雨覆八端。巍巍此山風華轉、疾疾扶搖灌險巉。
巍巍樹叢花飄落、滾滾花浪挾霧嵐。區區咫尺即救駕、萬萬不料陷迷關。

不多時；整個山域才逐漸恢復平靜。微風輕吹、櫻花稀疏飄零，大地一片祥和安寧。行者焦慮地再度揮起金箍棒奮起直追，追個啥哩？啥都沒啦！

悟空氣得咬牙跺腳、再次搭雲上天放眼四顧，這片山櫻野林裡；除了幾頭梅花鹿閒逛經過、幾隻麻雀飛掠枝頭，其他啥也沒有。似乎這裡啥事都沒發生過一樣。

『怪哉！怪哉！近在咫尺的九毒蟾蜍妖孽，竟然被他們逃脫掉了。這……叫俺咋辦才好？』焦慮難過的孫行者，走下雲頭；洩氣地蹲坐在櫻花樹的石塊下，懊惱著不知該如何才好。心裡不停嘀咕著：『這方詭譎難測的山櫻野林，俺過去和你有仇乎？眼看到嘴的鴨子，居然被牠飛走了。邪不！』

沒那份閒功夫去怨天尤人了，悟空準備捻訣唸咒；快找這地方的土地和山神過來問話。到底上哪去「拜訪」那群妖精的巢穴？眼前先救出唐三藏等眾人比較重要。置身山櫻的花叢樹蔭下；他正要掐指唸咒，卻察覺頭頂上有動靜。

「倏」的一聲！一個光影從樹叢上飛掠而過。仔細瞧；原來是那雷火角龜精搭乘雲頭、右手挾持著大聖毫毛變做的假悟空，馳騁飛過去。悟空見狀、機不可失，立馬把自己變成飛鷹，騰空跟上、緊隨其後。在兩座山之壑峪溪澗，雷火龜精緩緩而降，然後揪著假悟空；走向溪澗瀑布後方，一處隱蔽的岩岫洞穴中。

乖乖隆地咚！大聖化作的飛鷹；在空中盤旋緊盯著，終於察覺這些妖孽藏身之處，一個神秘的岩暫岫洞裡面。俗話說：「不入虎穴、焉得虎子。」他一彈指；又變作一隻小飛蛾，跟著鑽進洞內。

『雷火神龜大帝萬歲！萬歲！萬萬歲』岩岫洞穴內的眾妖群卒見到雷火角龜精走進來，都團團圍過來彎腰三匝、拱手致意。九毒蟾蜍精也過來招呼著；看著角龜精帶回躺平在地上、死翹翹的假孫悟空，訝異說道：『這不是那個孫悟空嗎？剛才在山上，好像聽到他在後面追趕我們。何時被大哥擺平的？還是師兄厲害哩！』角龜精眉飛色舞、神氣活現說道：『我曾經聽說，這中國的孫悟空在西天取經時，打遍西域一方無敵手、多麼有本事。結果在山下的神社一帶，俺三兩下就幹掉他了。這回碰到俺大帝本尊；任這猴子有多橫，實則不堪一擊！不堪一擊也！』聽得一旁變作飛蛾的悟空氣得牙癢癢的，真想過去賞他兩巴掌。九毒蟾蜍精也不甘示弱，指著綁成一堆的唐三藏師徒三人說道：『師弟我也不差呢！你瞧這一地的幾個；不也是俺的一口氣就手到擒來了。』旁邊的妖兵妖卒齊齊跪下，高聲呼喊道：『雷火大帝和九毒天王英明；二人驍勇善戰、法力高強、屬下佩服！佩服！』

被暫時弄昏迷的唐三藏、豬八戒、沙和尚等被呼聲驚醒。豬八戒看著躺平的假悟空，禁不住嚎啕大哭：『師兄怎地出神社殺妖；落得這般悽慘下場。今後師父和我們如何繼續去送經？慘！慘！慘！』聽得洞穴裡的眾妖哈哈大笑『慘！慘你這大豬頭。你這夯貨；能不能給俺閉嘴。』停靠八戒肩上的小飛蛾，須臾傳來微弱的罵聲，可把豬八戒罵得眉開眼笑、如釋重負。八戒又哭又笑；大岩洞裡的妖精看得都傻眼懵住了。

『真煩！把這三人先押下去，再將孫猴子剁碎，拿他去山上餵野狗。』雷火角龜精坐正大位，然後指揮若定、拍手說道：『今日有幸，遇到這般百年難得的好日子。如雷貫耳、鼎鼎大名的西天取經原班人馬，打死的打死、活捉的活捉。今個不擺酒設宴；更待何時！快！快！快！上酒端菜，大夥慶賀一番。』話說完；九毒蟾蜍精親率妖群趕忙張羅美酒佳餚，準備盛大舉辦慶功宴。

且說岩岫山洞裡頭；妖精們歡天喜地、杯觥交錯之際，甫地從洞外；吹入一陣香薰微風、豔紅粉白的櫻花隨之飄進。一位及笄之年❹的荳蔻美女剎時來到妖洞，那女子冰霜冷豔、風韻若仙。穿著粉荷輕紗長裙、手持金絲鑲嵌摺扇、長髮披肩、姍姍走近雷火角龜精身旁，毫無畏懼、赧然垂笑地問道：『今天是什麼好日子哩？為何神龜大帝和九毒天王如此開心？』侍衛小妖馬上為她拿張椅子就座。

『原來是山裡的山櫻仙子，來得好！來得好！』雷火角龜精得意洋洋、神采奕奕述說道：『告訴你一個天大的好消息；這山腳下的村民，今天去神社慶祝櫻花祭，用御神轎抬著我倆巡山。卻在路途中見到中國長安來的幾個高僧站在路邊，細細一瞧；居然是聞名遐邇、西天取經的唐三藏師徒一行。現在他們都被我們捕獲；除了被本大帝宰殺打死的孫悟空，剩下全部關在牢獄矣。本大帝正和九毒天王商榷；如何將他們下廚料理，好生補一補身體呢！妳也來出個主意，是清蒸？是油炸？或是直接切片刺身；蘸山葵味噌醬？料理之後，大夥齊來分享中原珍饈美味。見者有份！』

悟空變做的小飛蛾，停在棟卯樑榫上看著那杏眼桃腮的姑娘，原來之前山野間的狂風落花、搞得悟空眼花撩亂的，就是她，一個山櫻精靈。

『不對！神龜大帝先別高興太早。』剛來到的山櫻精靈；自稱櫻櫻甲桂子。詎料她竟潑出冷水說道：『他們之間，那個最厲害、最難纏的孫悟空還活著好好的。不久前；本仙子親眼見到他直奔這裡而來，我即掐指訣咒；用神扇搧起颶風、颳落大片山櫻花雨；才將他阻擋下來的。你們小心；他可能還在附近呢？』這番話，悟空聽得頗不是滋味，感覺這山櫻精靈未免太多管閒事、生怕被她誤了大局。

同樣的一番話；聽到寶座上雷火角龜精的耳中，至為掃興、甚為不悅，於是說道：『妳應該是看錯了！俺已經在神社那邊；親手用菊池千本槍殺死他耶。哪！不信的話；妳自己去廚灶看個仔細，省得疑神疑鬼的。』櫻櫻甲桂子斬釘截鐵，果斷回話說道：『哎！不可能的；你不可能殺得了孫悟空的。我清清楚楚見到他；就在不久前，追在九毒天王身後，才動手去幫忙施法，擾亂那孫悟空的意圖。要不，你大可問一下旁邊的九毒天王。是否屬實？』

這話當眾給神龜大帝吐槽，可嚴重傷到雷火角龜精的顏面矣。偏偏這時；旁邊的九毒蟾蜍精冷靜回憶，也若有其事說道：『想想是有這一回事耶！俺帶隊押走唐三藏師徒三個，在回來路途中，確實聽到有人在背後叫囂罵陣。俺略為瞅上一眼；好像就是孫悟空呢。幸好有山櫻的仙子拔刀相助，躲過一劫。』身後有幾個跟班的妖卒也點頭稱道：『沒錯！在我們後頭叫罵的；確實是孫悟空。』

尊嚴和謊言是無法並存的。惱羞成怒、顏面盡失的雷火角龜精，痛斥罵道：『這麼說來，莫非本大帝誇大作假不成。明明本大帝已經在神社的上空，解決掉那瘦猴子般的孫悟空，一槍斃命。怎麼還會冒出另一個孫悟空追趕你們？多說無益；快把那孫悟空的屍首再拖出來，讓大家看個清楚。叫你們心服口服！哼！』

半晌之後；三個跑去廚灶的妖卒，帶著伙伕頭回到大堂報告說道：『稟報雷火大帝、九毒天王，我們聽令奉詔，很快把他剁成了肉醬，已經扔掉。現在哪還有孫悟空的身影哩？』這節骨眼；啥都沒了。毀了證據，變成死無對證也。這一切；都看在小飛蛾的眼底，牠飛飛停停、伺機行事。

洞穴內的大堂；大夥酒一喝多；是非自然變多。俄頃；議論紛紛、各說各話。經驗豐富、詭計多端的孫大聖，把握良機；飛到櫻櫻甲桂子的肩背頸椎，仿冒她的聲音大聲嚷嚷：『什麼雷火大帝；笑死人！根本就是個縮頭烏龜。沒那本事；只會縮回洞裡吆喝吹牛，湮滅證據還敢振振有詞。有夠不要臉！』一番嘲諷譏笑，如雷震耳、語驚四座，洞中所有的目光都投向櫻櫻甲桂子身上。雖然她自己也搞不清楚、茫茫然左顧右盼，這些話打哪傳來的？如此像她的聲音。

是可忍；孰不可忍。當場面紅耳赤、翻臉不認人的雷火角龜精，似雷火般暴怒啐嗟道：『沃靠！妳這山櫻妖精，是吃飽閒著沒事幹，跑到這裡搧風點火、挑撥是非的嗎？本帝角頭；容不得妳放肆。看本大帝怎麼收拾妳個妖物！』撕破臉的雷火角龜精；跳起身、翻起左右手掌，劈出一陣閃電朝櫻花精靈打了過來。

發覺事情不對勁，早有警覺的甲桂子迅速翻跳閃躲。不料左手臂仍然遭到火雷擊中，傷得不輕；惟有負傷逃出洞外，落荒奔走而去。雷火角龜精操出菊池十本槍，不甘心遭到這白眼狼當眾羞辱，硬是跟出洞外、追殺到底。大聖當然也沒閒著；他沒有尾隨追出去，他趁四下無人；抓空檔在角龜妖精的酒杯裡下毒。

再說九毒蟾蜍精見大勢不妙，隨即動身追出去，攔住雷火角龜精。又說道：『容敘！容敘！神龜師兄稍安勿躁！這櫻櫻甲桂子口直心快、並無惡意。而且方才她還救過我一命，饒她一回吧！』在他千言萬語、費盡口舌安撫之下；雷火角龜精這才略為平息心頭怒火，緩緩收起菊池千本槍。一群妖精們折返身子，回洞裡就座；繼續喝酒、化解緊張不悅的氣氛。

悟空化作的小飛蛾，好不容易撂倒一個山櫻精靈，豈能就此作罷。他再次掀風作浪、重施故技。悄悄飛到一個樑柱後方，變回原來的真身，昂首闊步、落落大方走向九毒蟾蜍精的身旁，開玩笑說道：『咦！怎沒給俺倒上一杯好酒。天王你交代的事，俺都辦妥了！安啦！』悟空這一現身可把堂上的大大小小妖精嚇呆了。也把雷火角龜精，堅稱於神社殺死悟空的事；徹底變成一則笑話。

角龜精剎時站起身，結結巴巴說道：『你……你怎麼……沒死哩？這是……什麼一回事？還有，你倆個彼此認識嗎？』九毒蟾蜍精搖頭極力否認說道：『俺這輩子；第一次見到這臭猴子。

怎可能認識他！』悟空卻說道：『別鬧了！九毒天王剛剛不是交給俺一包毒藥，吩咐等那角龜妖精奔出洞外的時候；立刻在他的酒杯下毒。俺都照辦啦！是不！』

此話說完；雷火角龜精瞬間感到一陣暈眩，難怪喝了酒；全身不對勁。原來一群妖精追出洞外之時，大聖即使出「見洞灌水、見縫插針」的老招術，在角龜精的杯中下毒。但是大聖拿捏恰到好處，只下微量的毒藥；讓角龜精雖然頭暈目眩、卻依然神智清醒、無傷體力。這樣方便造成妖魔之間；互相猜疑、導致暴力相向。

『九毒天王可別怪俺；是雷火神龜大帝要俺配合他，演這齣戲的。』趁著角龜精頭暈腦脹、跌坐座椅上喘息的時候，悟空靠近蟾蜍精竊竊私語：『他早想除掉你，要俺裝死，混進來一起聯手殺你。你自己小心點！』然後跑到岩岫大堂，當眾宣布說道：『大家注意聽著；這件事非同小可。一山不容二虎；你們這兒的九毒癩蝦蟆名不虛傳、既毒又狠、狼心狗肺。他想獨佔鰲頭，不安好心眼。與俺約定；進來這裡策反栽贓的，現在俺的良心發現；又見到主持正義的櫻櫻甲桂子被他打傷，讓俺義憤填膺、不吐不快。你們……』話還沒說完，氣得九毒蟾蜍精差點吐血，吼叫大聖快閉嘴。大口吸氣；張開大嘴朝著大聖噴出血紅毒液。

歘然❺清醒過來的雷火角龜精，一躍而起，蹙眉瞋目大罵一聲：『大膽叛逆！勾結那山櫻妖女來汙衊本大帝。且又憑藉你專長的施毒本領；差些害死本帝君。活該受本帝天打雷劈，劈死你這隻爛蛤蟆精！看你玩毒厲害；還是本帝的雷火厲害！』緊接著唸咒；揮掌劈出一道閃電打向九毒蟾蜍精。後者翻身躲過一劫，也不再忍讓。操出拿手武器；即左右兩把脇差❻互相拚個死活。

那蟾蜍精雙手握著脇差，鄙夷不屑、睚眥回嗆說道：『你這老烏龜；自作孽、罪無可逭。先引狼入室，把詐死的孫悟空偷偷帶進來，又動手打傷我的恩人山櫻仙子。現在你竟然還敢惡人先告狀！無恥至極！』

一帝一王；兩個物以類聚的妖魔，鼎鼐失和、彼此動起干戈可不手軟。他們各自率領的小妖族群；也各別為自己效忠的頭頭拼戰鏖鬥，有詩如此敘述：

雷火角龜稱大帝、九毒天王無人比。狼狽為奸佔山地、魚肉鄉民天下欺。
妖兄魔弟相結義、豪情似山類聚集。一朝惱怒鬧脾氣、顓憎猜忌更懷疑。
鬩牆操戈非兒戲、你死我活斷情誼。爾虞我詐忘祖烝、樗櫟之材猥衰奚。
庶妖相安本無虞、神社侵犯誤天機。角龜蟾蜍兩惡鬥、惹禍上身悔莫及。

山崖岩岫寬廣的塹穴中，兩掛妖黨赫然鬧到水火不容，打得地動山搖、殺聲震天。酒精的勁道加上悖逆的怒火，有若火上添油一般，任誰也無法阻止矣。

大聖悟空眼見挑釁成功、時機成熟，該是時候脫離這池渾水，趕過去搶救唐三藏師父和兩個師弟矣。孰不料；岫穴雖大，脫身奔走的大聖；在整個岩洞裡面走透透，卻找不到關押師父他們的牢獄。逛過來、跑過去；好不容易找到主廚灶房，只瞄見灶房地面；躺臥已經奄奄一息、身受重傷的伙伕頭。

悟空蹲下；一把揪起他急問道：『快說；你們把俺師父他們三個，藏到哪去了？』伙伕頭雙眼微張、孱弱萎萎說道：『大堂開始混戰……雷火大帝見苗頭不對，私自下令……叫龍龜元帥……帶人把他們三個……通通押走了。』大聖又追問著：『押走了？押到哪去？』伙伕頭說聲：『押到……押到……。』話還沒說完就閉眼斷氣了！糟糕！

糟糕！這千鈞一髮之際，惟一能找到師父唐三藏他們的線索；驀然斷掉。翻遍整個岫洞不見，肯定那三人已經被移走他方矣。天下之大、荒山野嶺之間，尋找一行人談何容易哩！可把大聖急壞了。欲知後果如何？敬請期待下回分解：

『註解』：

❶仙凝：古詩詞中；天上白雲的雅稱。

❷方儀：古詩詞中；人間大地的雅稱。

❸勝男木：日本神社；大殿屋脊的橫樑。又稱葛緒木。

❹及笄之年：古代女子年滿十五歲而束髮加笄，表示成年。

❺歙然：指完全的意思。

❻脇差：日本古代兵器，即短腰刀。

第七十回　神社妖魔終伏靖　山櫻仙子點迷津

話說大聖為了搶救在龜谷神社中；被擄走的師父唐三藏等三人，冒險混進角龜精和蟾蜍精；深藏於山野瀑布後端的岩岫穴巢。他略施詭計；鬧得滿巢風雨、攪亂全局，除了來訪的山櫻甲桂子被角龜精雷火神掌打傷、更搞到一帝一王兩個魔頭互相猜忌，不久即大打出手。

趁著妖洞內部廝殺一片、纏鬥鏖戰正火紅的時候；大聖悟空連忙藉機尋找被關押的師父他們。找遍整個寬敞的岫穴窯洞；前後左右、裡裡外外、毫無他們的蹤跡。好不容易找到御廚灶房，從那奄奄一息的伙伕頭口中；得知師父他們已經被神龜大帝緊急下令，臨時押解、撤出洞外；不知去向矣。糟糕！

悟空變回小飛蛾；飛回巢穴的殿堂。目睹角龜精和蟾蜍精雙方人馬爭戰；此時已經打到血肉橫飛、死傷一地尚不罷休。認真觀戰，如詞所云：

角龜雷火陣陣轟、蟾蜍天王眼通紅；逕噴九毒功。千本槍猛、脇差刀兇、相殘互鬥、烈焰熊熊。血濺岫洞、拚殺火爆殿堂中；雙方直撞更橫衝、生死孰懼又孰勇。自古；妖魔聚義鬼才信、各行其道忞無窮。本是利益互輸送、浪水野火怎相容。一朝火苗隨風生、引爆矛盾一叢叢。不見真章不掉淚、鏖戰至最終。

且不論；角龜、蟾蜍妖魔二者之法術高低，單就體魄和資歷即呈現明顯的差距。軀體肥胖的蟾蜍精，比起年資較高、矍鑠健朗的角龜精，兩者皆不同等級。後者不耐持久戰；開始顯得力不從心、欲振乏力。為了盡早脫身，他收起左右兩把脇差。驟然翻身；跳上一隻停在身邊；足足有六丈高的巨大綠蟾蜍身上。九毒蟾蜍天王跨坐在元神大蟾蜍的背部，合掌唸咒；趴伏在地面的元神大蟾蜍，滾滾濃煙毒霧由大嘴中噴出，當場在岫殿裡毒死了對方一堆龜族小妖。

雷火角龜精早已看穿對手這招妖術，痛罵道：『不知好歹的傢伙，敢在這裡耍毒？待會讓你見識一下雷火神掌。』他剎時也召來一隻高有八丈的大角巨龜。一躍登上巨龜的背殼上方。蟾蜍精和角龜精都坐在元神身上施法對決，拚個高下。

角龜精先閉氣行止息法，接著掐指捻訣，伸出厚厚的右前掌；在龜背脊上方，狠狠揮出雷火神掌。不及猝防的九毒蟾蜍精；被電光雷火劈得人仰馬翻、嚴重傷到五臟六腑，從綠蟾蜍元神身上摔落墜下地面。

就在這一刻；悟空適時現身跳出來，對著蟾蜍精慰藉說道：『你先撐著點；留著青山在；不怕沒柴燒。這裡有俺幫你頂住，快走！』然後轉身指著角龜精，恚斥說道：『早知道就乾脆毒死你這大王八便罷，省得麻煩。有種；你就放馬過來！』說著；握緊金箍棒迎頭打向角龜精，絲毫不留情。怒不可遏的角龜精收回巨龜元神，也回嗆道：『打死你這猴頭菇。一切禍源都因為你才引起的，罪無可宥！』

兩權相害取其輕；蟾蜍精值此命懸一線的危急，悟空對他拔刀相助；無非是想向他打聽：師父他們被轉移押解何處？並且眼前大聖一人孤掌難鳴；何不一塊聯合起來；對付主要的勁敵雷火角龜精。

雷火神掌施打幾回均被大聖閃過，角龜精索性用菊池十本槍殺向大聖。放眼縱觀大局，顯然角龜精的兵將們已經掌控妖巢全盤、取得優勢，繼續打下去也無濟於事。大聖見著蟾蜍精回復原身；緩慢被下屬攙扶逃出洞外，即無意再戀戰下去。他拔出一把毫毛；唸咒變成一群假悟空，於洞穴內頂著場面。混戰中，再翻身躍出妖洞。

『且醒醒！且醒醒！』追上妖兵攙扶著的蟾蜍精，大聖搖著他匆忙問話：『俺師父被那混蛋烏龜精；派人偷偷移往別的地方監禁。你知道在哪嗎？』不省人事的蟾蜍精，勉強張開眼說出：『喔！可能……可能移送去……龍龜元帥的駐地……在……。』斷斷續續說沒幾句，蟾蜍精即嚥下最後一口氣，撒手人寰、飲恨而逝。

大聖悟空心懷唯一的希望又落空，只好快快婉惜、悻悻離去。翻身奔回山腳下的神社鳥居牌坊，找到辛甘和秦願兩個師弟。他們依然站在神社外；看顧著真經抄本與所有的行囊，沒有移動半步。

秦願不解地問道：『師父和師兄們進去龜谷神社有好一會兒了，那裡面有啥好看的哩？』大聖仰天一聲長嘆吁嗟，接下將進去神社之後所發生的事；一字不漏地重複述說一遍。聽得辛甘和秦願二人都驚呆了。

『走！師兄快點帶路，我們找那角龜精算帳去。』辛甘怒火噴張；撂出劈天大刀說道。秦願也抄出斬馬戟，正氣凜然說道：『救師父他們事不宜遲，我秦願豈可置身事外。走吧！』大聖搖搖頭說道：『唉！瞧你倆；光是著急又有啥用？現在師父他們被關押在哪都還不曉得？』兩個師弟齊聲問著：『那……咋辦才好？』

悟空二話不說；隨即掐指捻訣，唸著：『唵嚂靜法界、乾元亨利貞』很快地；本地的山神和土地跑到跟前。二者拱手彎腰、備詢答話。大聖說明情況；一提到雷火角龜精和九毒蟾蜍精，龜谷山神驚訝即說道：『天啊！你們只是路過這裡，何必去招惹這惡名昭彰、無惡不作的邪神魔頭哩？這群妖怪；我等避鬼神而遠之，根本不敢得罪他們。』大聖忿忿說道：『有沒搞錯？是這夥妖物前來招惹我們的，先不談這些颮風❶的事。俺現在要問你們；除了山上那隱藏在瀑布後方，岩洞中的賊窩。他們還有其他的駐地據點乎？』龜谷山神和土地想了想；同時相視苦笑、俱搖搖頭道聲不知情。

土地喟然說道：『唉！雖說狡兔三窟，我倆知道的卻亦不多。他們霸佔此間的山岳湖川已有數百年，根深蒂固、族群繁衍。不怕見笑；我們在這方；幾乎沒有立足之地也。幫不上忙，失瞻！失瞻！』問半天也是白問罷。

大聖心灰意冷，惟有說道：『奈何！既然如此；你們各自去吧。俺再花些時間埋伏潛藏，靜候這群山裡的鼠輩現身行蹤，再做打算。』山神和土地正要離去，雪鬍飄逸的土地爺突然止步，他回身說道：『且慢！且慢！本尊知道在這片遼闊的山域，有一個跟這群妖黨走得頗近的人，問她肯定知道。她就是山櫻仙子；名叫……』大聖馬上接著說道：『名叫櫻櫻甲桂子，是嗎？』

土地詫異說道：『正是！正是！本尊倒是清楚這個櫻櫻甲桂子身居何處。你只要前去此山間的絕巘❷峰巒，有一株九霄散玉、嫣紅千里的千載櫻花樹，一顆茂彧盛嫣、紅白櫻花兼具的山櫻，找她便是。』

千絲萬縷，大聖總算找到一個頭緒。開心謝過那土地與山神二人；大聖領著師弟辛甘出發。走之前吩咐秦願；拎著幾箱真經抄本和行囊進神社裡等候佳音。

二人搭上觔斗雲；飆風似地趕到群山之峰巔，在峰頂櫻花樹海上空盤旋。不到半晌；就像剛才土地所言，是有一株巨大的山櫻屹立於眾山峰頂之位置。二人逐降下雲頭，一聲不響地渥然走近其樹旁。但見那櫻櫻甲桂子和兩個侍女坐在樹下，兩個侍女正在為她敷藥療傷。一聽到風吹草動、有人靠近；三個大小樹精刹時遁進山櫻樹榦地下裡，躲藏起來。

『這顆山櫻看起來該有千年的歲數吧。將這棵大樹砍掉，拿來給角龜精作口棺材。實用！實用！』大聖走到樹下，搶過辛甘的劈天大刀；舉起刀假裝要砍伐山櫻大樹。嚇得渾身發抖的甲桂子三人，倏地現身、跪地求饒。並且說道：『仙家饒命！仙家饒命！恕我有眼不識泰山，阻擋您仙家去雷火神龜大帝那兒闖禍滋事。萬望高抬貴手、放我一馬。』大聖悟空心中好氣又好笑，回說道：『神龜大帝？我呸！不就是一隻縮頭縮腦的大王八精。再說；俺是過去討人的，俺的師父和師弟；好端端地被他們擄走了。這種事；能不去討回個公道嗎？』說罷；悟空走過去扶起她們三人，接著說道：『俺可以不計前嫌。倒是有些問題要請教；希望妳老老實實回答，不要隱瞞半句。』櫻櫻甲桂子頻頻致謝，且乾脆俐落說道：『中原來的仙家儘管問，我會知無不言、有問必答。活該是他們先對我痛下毒手、恩將仇報、無情無義，爾今；可不能怨我扯他們的後腿。請仙家問話吧！』

『這才叫上道嘛！俺就不囉嗦；抓緊時間、長話短說。』悟空匆促問道：『俺的師父和師弟，在一群妖精穴巢鬧矛盾、起內鬨的時候，角龜妖精暗中下令：明修棧道、暗渡陳倉，偷偷將牠們移到別的地方監禁了。就妳所知；俺師父他們會被移送到哪裡去？』甲桂子面露苦澀難堪，回一句：『仙家這問題可難倒我了。這角龜大帝下屬有四大元帥、八大將軍，各有各的轄區駐地。這範疇太過遼闊廣大，真不知唐三藏他們是被押到哪一方哩？難啊！難啊！』

悟空猛然頓悟醒腦，忙著說道：『俺想起來，據說我師父是被龍龜元帥押走的。找他就對了！』山櫻仙子面綻笑容回答：『這就好辦；那龍龜精一直駐守在忘憂湖。我知道地方；請倆位跟隨我去。』忘憂湖？大聖和辛甘恍惚記得；在抵達神社之前，曾經路過那個碧綠清澈的大湖。原來目標；遠在天邊、近在眼前。

且說改邪歸正的山櫻仙子；欣然引領著大聖行者和師弟辛甘，三者搭乘雲頭往「忘憂湖」逕行直奔而去。一上間❸即趕到該湖，降落於湖畔旁邊。大聖來到湖岸湄堧❹的地方，要大家且在湖邊等候。他獨自潛入湖水中，變做一隻小毛龜。張大火眼金睛去湖水下方摸底找人。經驗豐富的大聖；很快就在忘憂湖水面下震巽的方位，找到龍龜元帥那幫妖精的宮殿。

『唉！詎料這九毒天王心懷鬼胎、居心叵測。無端地和咱雷火大帝犯對❺悖逆，作孽！作孽！』龍龜元帥獨坐在水殿階上的寶座啜酒。想到長久以來；嘗相安無事、行儀不忒❻的山林王朝，竟然爆發殺戮浴血、毀之一旦。他不禁一聲長嘆，舉杯一飲而盡。再斟滿酒杯欲解千愁之際；殿門之守衛跑步前來稟報：『呈報元帥，神龜大帝聖駕光臨。速迎！速迎！』龍龜元帥即刻放下酒杯，略整儀容；快步走向大殿門口，躬身親迎雷火神龜大帝進殿。

『敢問大帝，九毒邪雜碎帶頭率領的一群叛徒，是否已經消滅平息矣？』龍龜元帥為坐定的角龜大帝斟酒；並且關心問道。角龜大帝瞪了他一眼；不屑一顧說道：『區區小事、不足掛齒。俺兩下就搞定這些個狐朋狗黨、宵小鼠輩。俺希望你是一個經得起考驗，忠心耿耿、不事二主的英雄好漢。俺以後會交棒予汝，將來繼承俺的這片美好江山。知不！』樂得那龍龜元帥，俯伏於地、磕三聲響頭說道：『老天有眼；末將對大帝一直忠貞不渝，肯定是不敢有二心。雖肝腦塗地、死而無憾！如有違背忤逆，願受天打雷劈、五雷轟頂。請神龜大帝明鑑勿疑！』神龜大帝滿意地點頭說道：『人在做、天在看，希望元帥你記得這句話，好好表現。汝且聽令；先把唐三藏那三人押出來，現在既然風波平息；俺這就帶他們回去大本營。』得到指示；龍龜元帥親自跑去牢房，將關押的唐三藏師徒押出來；面交予神龜大帝。神龜大帝離座；正預備下階把三人帶走。

『上稟元帥；門口又來一了個神龜大帝，賫帶❼十來個衛士；正闖進來呢！』殿門的守衛，又跑進來稟報。這會兒；可把龍龜元帥搞得帳目不清、莫鼇頭尻❽。怎麼同時冒出兩個雷火神龜大帝？到底孰真孰假哩？

邁著大步走進殿裡的神龜大帝，旁若無人、邊走邊殫力吼叫：『還不叫龍龜元帥滾出來拜見；迎接本帝王。大本營那方已經打得殘垣敗瓦、樑歪柱倒矣。本帝暫且委屈至此；成立臨時朝廷。待日後再……』他話才說一半；居然看見眼前有一個跟自己長得一模一樣的神龜大帝，也一時不覺地愣住了。站在台階上，先來的神龜大帝指著他罵道：『大膽賊人！竟敢假冒本大帝。龍龜元帥還發什麼呆，快傳令左右將士；將他們拿下！』一旁的龍龜元帥頓時茫然失措、束手無策。生怕站錯邊、抓錯人，搞得他裡外都不是人也。

站在台階上、先到的神龜大帝，冷冷面向龍龜元帥笑著；提醒說道：『元帥忘記剛才的誓言嗎？如有違背忤逆，願受天打雷劈、五雷轟頂嗎？瞧你！遇到這點小事；就搖擺不定、心志不堅啦！』又指著右邊；遭到綑綁的豬八戒，眨眨眼說道：『等事情落幕結束；這個肥胖多肉的夯貨，賞給你作為獎賞。如何？』龍龜元帥猶考慮再三、舉棋不定。

一句夯貨；倒是點醒了豬八戒。這幾個吵架的烏龜都是妖精，唯有那左邊的假神龜大帝才是孫悟空師兄。茅塞頓開，馬上有默契地；對著後到的神龜大帝，大聲求救嚷嚷道：『怎麼師兄到現在才趕過來？我們已經等你很久啦！救命啊！』

龍龜元帥見狀、忻然靈光乍現，心想著：『得啦！真相昭然若揭。本帥豁出去了；就抓這個後來的傢伙準沒錯！』毫不猶豫地指向後到、站在階下的神龜大帝。赫然對著大殿中數百個將士下令說道：『殿內所有虎賁翊衛聽令：快將階下幾個山寨版的冒牌貨都抓起來。宥其罪責；通通殺無赦！』龍龜元帥摔掉手中的酒杯；抽出木架上的龍首太刀，領著在場的數百名妖兵鬼卒，拿刀舉槍包抄過去。

階下的雷火角龜精，當場牙都歪了。破口大罵說道：『反了！反了！你們這些雛兒❾；是否忘憂湖待得太久，連你們的祖宗都忘了！泄泄沓沓；我才是雷火神龜大帝本尊哪。你們是瞎了狗眼；還是良心餧狗❿了。』氣急敗壞的雷火角龜精；殫精竭力猝嗟道：『搞半天，你這狗元帥與九毒蛤蟆精沆瀣一氣、狼狽為奸。是不？』說罷；逐唸咒捻起手掌欲劈出雷火神掌殺人，雷火祭出；卻礙於湖水中無法發揮效果，屢試不成，不得不揮出菊池千本槍來應戰。處在人多勢眾、層層包圍的龍龜元帥地盤，互相打鬥一陣。須臾；角龜精的幾個隨扈勳衛皆遭到殺害。剩下不可一世的神龜大帝；搞得灰頭土臉、持槍趁隙落荒而逃。

『想逃？門都沒有。咱們快追！』大聖變作的假神龜大帝；硬拽著龍龜元帥趕去追殺。慌亂中；又偷偷遞給豬八戒一把小匕首、讓他自己解開緪索⓫再救他人。

雷火角龜精跳出湖面；猥衰藘陋⓬、踉蹌驚嘬、回首且見到龍龜元帥帶著人馬緊隨在後、窮追不捨。溪澗瀑布後方的岩岫大本營；已經在內鬥火拼中全毀，角龜精一時不知何去何從？他轉身竄向山櫻野林、匝道的櫻花樹叢裡面暫時躲避。

自以為聰明、臨危不亂的神龜大帝角龜精；才踏進山櫻樹叢中，戛然整片山域林間；狂風硉兀、飛花亂舞、枝葉搖曳、落櫻潮撲。四面八方；均為突如其來、滿天飛舞的落櫻花瓣遮蔽，讓人陷入茫茫花海；揮之不去、尚且寸步難行。不啻是：屋漏偏逢連夜雨，對角龜精而言：今天真是大凶，犯冲撞邪、諸事不順。

原來；停留湖岸邊等候大聖的櫻櫻甲桂子，甫一見著匆匆跳出湖面的雷火角龜精，立馬隨後跟蹤。待他竄入櫻花林裡，正中下懷；即從身上取出金絲鑲嵌摺扇，捻訣揮扇。荒山野林瞬間強風颯颯吹襲、花葉頻頻飛舞，俄頃間；視野渺茫、方向迷失，搞得神龜大帝原地打轉，暈頭轉向的。

俗話說：「眼中有神神庇佑，心中有鬼鬼自來。」。其實雷火角龜精心裡有數；肯定是那山櫻妖精夾怨報復、趁火打劫。才想著；等捉到那山櫻妖精，絕對要抽她的筋、剝她的皮、活吞下肚方解鬱悶。巧不巧；花才落地、風才稍停，一眼就瞄到山櫻仙子從眼前飄過。角龜精手搭遮蓬、抄著千本槍加快腳步追上去。沒多久；追至龜谷神社前的鳥居牌坊，見到在鳥居下方的櫻櫻甲桂子正歇著。

『好久不見！原來是神龜大帝。』一面品茶、一面嗑瓜子的山櫻仙子，莞爾一笑、戲弄說道：『喲！今個是啥風把你吹來的。你是來這方賞櫻？抑是來龜谷神社上香朝拜哩？聽說神社裡的那隻老烏龜很靈喔！你可有捎來偷雞摸狗、搶金盜銀的贓物，前來朝奉啊！』雷火角龜精聽得一卵子火、差些吐血。回嗆一句道：『在大本營；本尊一掌沒劈死妳，卻留得妳一張嘴在這裡胡說八道。這回冤家路窄、活該妳倒霉遇到我；準備納命來吧！』語音甫落；操起菊池千本槍就要刺殺。

山櫻仙子不慌不忙說道：『咳！冤有頭、債有主。俺可沒欠你這老龜精啥的，倒是你欠這方蒼生萬民一屁股債呢！活該你倒霉遇到我；準備還債吧！』說罷；她轉身一變；竟然是大聖悟空真身化作的。

大聖哈哈大笑說道：『俺說老烏龜！這回你插翅也難逃啦，不如乖乖就縛、把債清一清再說。』角龜精不看也罷；一看到孫悟空，不由得火冒三丈、怒氣沖天。忿忿吼道：『又是你！怎麼又是你！真個陰魂不散、禍害無窮。不除掉你；本帝誓不為人。』大聖頂上一句：『人？你本來就不是人。別忘了；你只是一隻八角龜精。』沒得說；雷火角龜精揮舞千本槍殺向大聖。大聖則順手亮出如意金箍棒應戰。

真棒實槍對決一陣，角龜精終究不是身經百戰的孫悟空對手。轉手角龜精又使出雷火神掌，幾番下來；雷掌電光也劈不到活靈活現的大聖。角龜精心知肚明；繼續纏鬥下去，毫無勝算。這時候；忘憂湖的龍龜元帥也率兵紛沓而至，逐漸圍攻過來矣。角龜精丟下一句：『今個日子太凶，沒閒工夫陪你這猴子玩也。走人！』

角龜精一躍登天；欲搭上雲頭逃命而去。早在雲端等著的師弟辛甘；倏地奔馳靠近、趁著他尚未站穩腳步，狠狠踹上一腳。忽的將角龜精；從天際給踹回到地面；摔得他四腳朝天、現出原形。一個龐大壯碩的八角烏龜翻倒在地，正垂死掙扎、雷火亂劈。被大聖悟空持金箍棒衝上一陣暴打，鋼硬厚實的龜甲背殼；頓時被打得四分五裂、支離破碎。角龜精想縮頭都來不及；當場頭破血流、一命嗚呼！

『天哪！他才是真正的神龜大帝。慘哉！咱們打錯人啦。』龍龜元帥一幫人馬；清楚看見躺倒在地、現出原形的角龜精屍體，驚訝萬分、悔之莫及。這一來；失去神龜大帝，變得群龍無首矣。大聖走過去拍拍他，安撫說道：『沒打錯！沒打錯！他乃是惡有惡報、咎由自取也。汝等忘憂湖族群適時引以為戒、往後好自為之。』

悟空的話，嚇得龍龜元帥等一幫人馬，幡然跪伏於地，磕頭齊聲求饒說道：『請仙家饒命！今後我等不敢造次，必然痛改前非、改過向善。萬望高抬貴手！』

龜谷神社裡面的御祭師、宮司、禰宜、出仕等人，在神社大門內；目睹大聖打妖的整個過程。事態平息之後，才敢慢步走出來，看得大家瞠目結舌、不知所云。

就在這時；逃離忘憂湖的豬八戒和沙和尚，也攙扶師父唐三藏，蹣跚走近。

古諺有曰：「雷轟天邊；大雨連天。雷轟地角、雖雨亦小」靈驗也！

趨於風平浪靜、雨過天晴的龜谷神社事件，得以安然落幕。東瀛送經綱一行；在悟空奮戰不懈、巧思布局，終於殲滅此方山域中的二大妖魔，得以跨越險境門檻。接下來；又將面臨何種新的挑戰？敬請期待下回分解：

『註解』：

❶細風：意為空虛、無意義、微不足道的小事。
❷絕巘：即山脈中最艱險的頂峰。
❸一上間：指很短的時間之內。
❹湄堧：指江河湖水岸邊的空地。
❺犯對：指作對、槓上。
❻行儀不忒：指雙方相敬如賓、禮數週到。
❼賫帶：即隨身攜帶。
❽莫釐頭尻：尻乃指尾端。全句意為；事情頭尾搞不清楚。
❾雛兒：指不懂事的小孩子。
❿餧：與餵同音同意。
⓫緪索：指粗繩子。
⓬猥衰虆陋：指狼狽不堪、失魂落魄。

第七十一回　穴戶渡峽至秋津　鬼方租界西門町

話表送經綱一行；在東瀛筑紫國一處稱為「龜谷神社」的地方；遭到當地的角龜精和蟾蜍精劫持。憑藉大聖允智允勇；深入虎穴摸底，經過一番縱橫捭闔、巧思煽動、導致兩個妖精；率眾互相撻伐殺戮。又有山櫻仙子出煞辟邪、鼎力相助，大聖逐找到忘憂湖，再次挑起妖魔之間矛盾內鬥，終於贏得最後的勝利。除了平安救得被擄走的唐三藏師徒們，也徹底剷除當地的魔頭雷火角龜大帝。

『你們……中原華夏來的仙家，果真除掉：這隻危害地方數百年的角龜妖精？』神社的御祭師和幾個禰宜們，半信半疑、揉目拭眼，端睨看著陳屍在鳥居下的角龜妖精；一命嗚呼。豬八戒挺身而出、氣宇軒昂說道：『這方的老烏龜算啥東東哩！這世間有哪個妖魔鬼怪；膽敢撒潑、擋我等送經綱者，得逃過俺師兄弟的嚴厲制裁。簡直找死！找死！』聽得神社裡的神職人員；頻頻點頭稱讚。

『不對！可另外尚有一個身肥體胖、毒術高強的蟾蜍妖王呢？莫非他也……』神社宮司驟然想起，往常一起出雙入對的；另一個九毒蟾蜍精，於是忐忑不安問道。大聖笑一笑；回覆道：『你指的是那隻癩蛤蟆妖精乎？他已經早一步離開。聽說森羅殿的閻羅王找他去淨身消毒、將他提煉蟾酥❶用以濟世矣』又見一旁下跪有一群妖族，神社的御祭師不放心問道：『他們……他們又是誰？』龍龜元帥磕頭回答道：『我等乃忘憂湖中的各類龜族。上國前來的高僧仙家們；秉持大人不計小人過，已經以德報怨、盡釋前嫌也。我等會召集此麓壑山域中；殘餘的族群同夥們，一起改邪歸正、棄暗投明。藉此願向眾神仙家起誓；今後如果有做傷天害理、為非作歹的事，將遭天打雷劈、不得善終。』神社員工和圍觀的群眾皆拍手叫好。

『南無阿彌陀佛！此間得化干戈為玉帛；不亦功德無量。』唐三藏不忍；走過去扶起他們；然後雙手合十說道：『我佛慈悲！這方苦厄業障消除；上報郡國、下安庶黎。四時平安度日、眾生繁衍生息。世間逢凶化吉、雨過天晴；皆有菩薩保佑，從今以後事過境遷、德澤社稷、安和樂利矣。善哉！善哉！』長久以來；這山區中的邪惡勢力、妖魔大患，儼然今朝徹底清除矣。

神社的禰宜；不意抬頭望著鳥居上面的「龜谷神社」橫匾，認真說道：『幾百年來；受到角龜等妖魔威懾脅迫，這裡的升斗村民一直供奉祭拜他們，不敢怠惰忤逆。爾今，既然這些妖孽遭到殲滅祓除，這龜谷神社從此是否……應該改名換姓哩？』在場神社的神職與附近的村民百姓們，無一不點頭認同。問題要改成什麼名稱的神社？難喲！這方孰可取代之？

此刻適酉後時分，日薄崦嵫、百鳥歸巢。神社御祭師等人；誠摯邀請送經綱一行，進神社內奉茶休憩、安排於十里客坊掛搭夜宿。當晚；並且在御饌殿備妥酒菜，以上國貴賓之禮熱情招待之。

次日清晨；為了繼續趕著送經行程，唐三藏領著一行人向神社諸神職辭別。神社神主、御祭師親自率眾送中原來的賓客，一起來到神社的鳥居前。

『哇噻！這方神社當真改名稱啦！』豬八戒眼尖；一眼看見鳥居的橫匾。已經連夜改名為「櫻谷神社」。御祭師和宮司、禰宜等人皆曰：『應該的！應該的！甚至神社主殿內神龕的御神體❷也一併易主換神了呢。』至此；雙方互道珍重平安，櫻谷神社神職等人合掌，恭送唐三藏師徒一行人遠去。

途經那忘憂湖，唐三藏師父心懷慈悲，囑咐大家停歇少刻；待他為此地山林蒼生主持祈福法事。他面向青山綠水；整衣端儀。敲起紫金缽盂、唸起佛經：

大眾薰修希勝進、十地頓超無難事。三門清淨絕非虞、檀信歸依增福慧。
三塗八難俱離苦、四恩三有盡霑恩。國界安寧兵革銷、風調雨順民安樂。
上來現前清潔眾、諷誦如來諸品咒。回向三寶眾龍天、守護伽藍諸聖眾。
瓶中甘露常時撒、手內楊枝不計秋。千處祈求千處應、苦海常作度人舟。
觀音菩薩妙難酬、清淨莊嚴累劫修。三十二應徧塵剎、百千萬劫化閻浮。

再接著唸一段「消災吉祥神咒」：（梵文）

曩謨三滿哆、母馱喃、阿鉢囉底、賀多、舍娑曩喃、怛姪他唵、佉佉，佉呬、佉呬、吽吽、入嚩囉、入嚩囉、鉢囉入挖囉、鉢囉入挖囉、底瑟咤，底瑟咤、瑟致哩、瑟致哩、娑發咤、娑發咤、扇底迦，室哩曳、娑挖訶。

又誦讀「功德寶山神咒」：（梵文）

南無佛陀耶、南無達摩耶、南無僧伽耶、唵、悉帝護櫓櫓、悉都櫓、只利波、吉利婆、悉達哩、布櫓哩、娑挖訶。

唐三藏師父對著如詩如畫的山水；心誠意善誦唸幾遍佛經。忘憂湖中的龍龜元帥接獲下屬通報，備妥酒菜為送經綱一行人餞別。在短暫的勗勉勸善之後，唐三藏師徒逐離開忘憂湖；臨別亦不忘贈與龍龜元帥西天真經抄本一卷。唐三藏祝禱他們說道：『阿彌陀佛！見汝等確有洗心革面之意，雖屬異類陋境；然則惟吾德馨、期邈雲漢。日後不幸於天、凡事且維德持善之，他日必有福報也。菩薩保佑！』說罷；一行人步上送經之路程，順沿荒郊野外徑道而走去。潸然淚下的龍龜元帥，率眾俯跪叩拜；目送他們離去。

走著走著的，迎面林深之處卻傳來鑼鼓喧天、人群熙熙攘攘的聲音。豬八戒笑著對身邊的沙和尚說道：『該不是；又遇著昨日那些櫻花祭的村民吧？』沙和尚挖著鼻孔說道：『說不準！說不準！可他們難道還不知，神社那兩個裝神弄鬼的妖魔；已經被咱師兄幹掉了嗎？這回又是拱抬著哪方神聖的神輿御輦出巡哩？』孫悟空喃喃說道：『千拜託！萬拜託！不要再冒出什麼蛇精、狐狸精、白骨精一類的。俺已經累趴啦。』一行人笑著停下腳步；停歇路旁。深呼吸、伸伸懶腰；注視著打遠方走近的山村櫻花祭，迎神隊伍。

艷陽高照、藍天如洗，滿山遍谷的櫻花繽紛耀眼。這方村民的迎神出巡隊伍；與高采烈、歡欣鼓舞，高抬著金簷紅框的神轎；逐步挨近過來。隊伍前方；依然是排列著拋撒櫻花之巫女嬌娥，擁擠推拉的村民信眾，隨後浪湧而至。這回；櫻花祭參與神遊的群眾，顯然熱情開朗得多；紛紛向路旁觀賞的唐三藏師徒、路人旅客、遞送櫻花束籃。無論他鄉異地之客，來自何方？賓主皆大歡喜。

迎神隊伍抬舉的神輿御轎；經過送經綱一行人的身旁時，大夥都瞪大雙眼緊盯著。當神轎的窗牖；紅錦綉花布微微掀開；不正是那櫻粉垂露、杏靨含春的山櫻仙子！只見櫻櫻甲桂子；對著唐三藏師徒一行人揮揮手、微笑示意說道：『不要忘記；沙酷拉❸喲！』大家也開心地揮手、祝福這瑛瑤粲兮的山櫻仙子平安喜樂。

山村迎神祭典的隊伍；漸行漸遠、逐漸消失於山野中。待此間大地、一切恢復平靜之後，唐三藏師徒不再懸念罣礙；一心送經、繼續走完東瀛功德之路。

接下來之路；白晝皆萬里晴空、韶華熒煌，夜晚則星月爭輝、碧羅月明。一行人櫛風沐雨、啖曜飲月，日月交替之間；不覺又走了數千哩路程。不僅越過筑州豐前國❹，並且搭客船渡過穴戶海峽❺。

『這趟送經之路，雖說比起當年的西天取經；遇見的妖魔更兇悍、啥稀奇古怪的困礙險阻都有。』在船頭迎面吹著海風的豬八戒，眺望著汪洋大海，樂不思蜀地說道：『但是；翻山越嶺、遠渡重洋，這一路的奇峰麗水、山川壯闊，比起赴西天居靈山那方；可是精彩絕妙得多啦！』沙和尚也點頭同意，輕啜著米酒頭說道：『不說打遍東西方的妖魔鬼怪、就說走山跨海、眼界大開，這般不一般的經驗閱歷；倒也不枉此生啦！夫復何求哩！』孫悟空掏著右耳，嘲笑說道：『一個獃子和一個愣子；說啥來著？送經的路猶未走完，可別高興得太早。』

悟空接著掏左耳，又說道：『打從俺踏上這塊東瀛土地，就一直等著在長安慈恩寺盜經擺橫；那三頭六臂的鬼一刀出現。這趟；除了幫師父完成東瀛送經的功德，順道過來討債。俺看他究竟有多橫！』八戒順水推舟回應道：『不勞！不勞！殺雞何須用牛刀。俺天蓬元帥的九齒釘耙；用來殺此妖即綽綽有餘矣。』悟空斜眼瞄一下說道：『你那玩意，只怕給人家搔癢都嫌不夠呢！』聽得一行人哈哈大笑，這一刻的海上行船，朗朗乾坤一色、海景好不宜人。且看詩中之實景：

風起潮湧雲天掛、碧波萬頃注邇遐。白鷗飄然無愁意、津渡平順跨海峽。
歲月輪轉又春夏、晨曦明瀚竟晚霞。金光蕩漾映海域、一帆張揚去千華。
洶洶波濤海潮大、滾滾汪洋起浪花。萬里晴空藍天際、大海無邊且無涯。
海天一色相融洽、一覽無遺心紓壓。飄洋過海復趕路、處處無家處處家。

送經綱一行順利渡越穴戶海峽；好不愜意開朗。平安抵達海峽對岸秋津洲❻的穴門國❼，正式踏上東瀛往京都之道路。大聖走在前端引路、豬八戒挑著幾箱真經抄本、沙和尚負笈揹著行囊、辛甘化作黃犬巡弋四周、秦願則化作白馬；馱著師父唐三藏。原班人馬、無怨無尤、共體時艱、各司其職。

途經穴門國的時候；在道路一旁豎有一塊大石碑，上面寫著「中國之域」。豬八戒納悶說道：『怎地？咱們又轉回到大唐中原大地哩？』唐三藏笑著解釋道：『非也！非也！此方乃為大和國大化朝代❽的直隸領土；他們仿效大唐朝廷制度，將日本劃分為五畿七道六十八國。其中位於秋津洲西部之山陰道、山陽道所有區域；皆稱之為「中國」❾是也。』經唐僧這一說；原來這海的兩邊各有一個中國。

穴門國經國新城的中村城主；得知有大唐長安慈恩寺的送經團來到，宮廷特意派十個武士前往護駕引領，他們熱情招呼唐三藏師徒一行人。

『可尼即哇❿！歡迎上國的法師光臨。』宮廷武士晤面之後，欣然行禮說道：『中村城主特遣我等前來歡迎諸位。再行十里路；經過山子頂的啟明新村，即到經國新城。請隨我們過去。不遠！不遠！』走前面的孫悟空拱手說著：『勞駕！勞駕！那就麻煩你們前方帶路也。』翻越雄偉的山子頂，穿過美麗的啟明新村，遠遠見到了經國新城的西大轅門。

『前面的西大轅門不好走，我們得繞道；由東大轅門進城。』帶路的武士說道。悟空不解問說：『何謂不好走？俺看那西大轅門挺好的嘛？』旁邊另一個武士搶著說道：『不瞞你們說；進了西大轅門就是西門町⓫租界，那邊都是魔鬼掌控的租界。每人必須上繳十兩銀才可放行通過。而從東大轅門進去是東門町；一直到白川町皆為經國新城的管轄地帶。為了你們自身的安全，我們還是繞一下路吧！』

豬八戒怒氣沖天，說道：『魔鬼？這一路送經過來，只有鬼讓路；哪有我們讓路給鬼的道理。再說；俺挑著幾箱真經抄本，哪有閒工夫繞道而行、走遠路哩。你們怕鬼就自己繞去東門町，爺們見山過山、見水過水。怕過誰！』一行人點頭稱是。經國新城的武士，惟有摸摸鼻子；一起走進西大轅門。

進城到了西門町，馬路上有幾個金髮勾鼻、高䠷壯碩的鬼族；玩刀弄槍走了過來。伸出毛茸茸的大手說道：『老規矩；一人十兩銀。』孫悟空挖著鼻孔，說道：『你們在搶錢嗎？要銀子沒有。要鼻屎；俺可大方送你們一堆。新鮮的，要不！』路人聽了笑成一團。佔據西門町的租界鬼族，從來沒有遭到當街羞辱過，剎時都傻眼愣住了。眼前幾個；簡直是活得不耐煩哩！

一個龐然大物、虎背熊腰的鬼頭兒，邁開大步過來罵道：『在我們租界；哪有你說話的份？先殺掉你這隻毛猴，免得帶壞這城裡百姓，忘了乖乖聽話的規矩。左右給我抓起來，宰了！』一群鬼族圍擁過來揪住悟空，緊緊綑綁住；準備把他亂刀砍死。帶路的宮廷武士們嚇得苦苦求情，說道：『諸位大哥行行好，他們都是外地來的和尚，不懂這些租界的規矩。他們的過路費有我們中村城主代繳。請高抬貴手，放過他吧！』卻見路邊；那幾個送經綱的人嘻嘻哈哈、有說有笑，直稱讚這經國新城的民風純樸、仁厚善良……天氣又好、風和日麗的。

『閃開！都在一旁看著；敢得罪我們租界的白目傢伙，會有什麼悲慘的下場？』不等頭兒把話說完，一陣亂刀即朝向悟空直劈橫砍過去。坐在馬上、談笑風生的唐三藏，過了一會兒問道：『阿彌陀佛！你們這般動輒暴力相向，租界的問題解決了嗎？』說來奇怪，十幾個負責殺掉悟空的鬼兵妖卒；剁的剁、砍的砍、刺的刺、戳的戳……所有的刀劍都砍到缺口了，竟然還聽見悟空，搖頭晃腦、不滿意的說道：『加把勁！加把勁！你們都沒吃早餐嗎？俺的脖子和腰部還是酸酸的。重新再來一次；好好砍、不要鬼混！』

『丟人現眼，通通給我滾一邊去。讓我來！』無地置容的鬼族頭兒；實在看不下去了，他搶過一個鬼兵手中的大刀，用盡全身吃奶之力，準備將悟空一刀劈成兩半。他那有若樹幹般粗大的手臂、卯足全力，對著悟空天靈蓋上端直劈而下。「喀嚓！」一聲；大刀斷成兩截，細綁的孫悟空竟安然無恙！一群租界的鬼族驚悚大喊：『見鬼了！見鬼了！』悟空扮個鬼臉說聲：『胡謅！是俺見鬼才對！』

節約時間、不多廢話；豬八戒、沙僧、辛甘等三人，捉緊這些個妖鬼路霸；就將釘耙、寶杖、劈天刀一起奉上。不多時；租界的大大小小鬼族均被消除殆盡，只有一、兩個漏網之魚；在混亂中負傷逃離而去。

一行人沿途的鬼打多了；壓根不把租界的事當作一回事。隨後由宮廷武士引領；進到穴門國的經國新城，謁見了中村城主。

中村城主與唐三藏之送經綱；顯得一見如故、有說有笑地各就座位。可是當接待的武士向他稟報；敘述剛才在西門町租界所發生的事，城主臉色頓時變白；一則喜、一則憂地說道：『說到這些鬼族；侵占中國這塊地方，已經多年了。不但逼著我們割讓土地當租界；抽稅索取路費，也經常提出無理的要求，硬要賠款銀兩了事。我們郡城弱小，為了息事寧人、受盡屈辱。這回；上國的高僧法師修理他們、施予教訓，也算替天行道、大快人心矣。問題是……唉！一言難盡啊！』

唐三藏問道：『南無阿彌陀佛！請問中村城主，有何困難之處？請直言無妨！』中村城主悻悻回答：『諸位上國的貴客；至東瀛乃為送經而來；僅只是路過我穴門國之經國新城，兩三天即將離去。而霸佔我城西門町者，是為八鬼聯盟中，最為強大的正兒鬼方。接下不久；這些暴戾鬼族必然挾仇報復、捲土重來找麻煩。這可是……飛來橫禍啊！』宮中彌罩著一片憂慮哀愁的氣氛。

『阿彌陀佛！難怪中村城主如此未雨綢繆、忐忑不安。』唐三藏心懷慈悲、感同身受，說道：『我等前來送經；直來直往。不意會給貴方增添麻煩，歉甚！歉甚！』孫悟空且在旁邊安撫，連連自詡說道：『在貴城西門町打鬼的事，倘若正兒鬼族找上門，城主不用客氣；你們在宮中完全不知情！把責任通通推到俺的頭上便是。古人諺云：「冤有頭、債有主」，我們來自華夏中原的送經綱，坐不改名、立不改姓；俺就是齊天大聖孫悟空。』中村城主和宮廷的眾臣們；聽悟空願承當一切責任，這才沉穩踏實、高枕無憂。逐大方地邀請唐三藏師徒，在穴門國的經國新城多住幾天，並於城中設佛堂；請唐三藏講解佛法、傳授妙經。

停留三天皆安然無事，為了早日完成東瀛送經功德，唐三藏不得不帶領一行人離去。他們去宮廷向中村城主辭行；並且當面授予城主真經抄本五部八十二卷。臨別之時；孫悟空猶不忘提醒，說道：『禍是俺闖的；就叫兌方的鬼族找俺吧！我們徒步走向難波的京都，分分鐘等著他們。大把機會讓他們過來尋仇報復。安啦！』中村城主感激萬分，親自率領眾多臣民；為唐三藏師徒送行城轅門外。

由東門町走白川町；離開穴門國的經國新城。送經綱趕著送經的行程：

山隅水角相交匯、江風輕吹、松曳娓娓。往者已矣、來者猶可追、穿山過水不覺累。時而金陽高照、時而暴雨襲雷。碧草連綿延青翠、山嵐飄渺、白雲低垂。三伏之天炎不匱、群雀眾鳥競高飛。荒山野嶺狼成對、日落崦嵫、月滿翠微。蒼山斑斕、峭峰峻險岩崖隧。路遙艱危、堅持不退、前程雖遠、凡事在人為。

師徒一行；無懼長路漫漫、日曬雨淋，經過五天的翻山越水、長途跋涉，終於來到了穴門國與周芳國的邊境。一行人才鬆了一口氣……「哇噻！」

遠遠一瞅；卻見一群官府的將士，亮出長薙大刀、盤查每個經過的旅客身份。豬八戒哼聲說道：『在此窮鄉僻野的鳥地方；有啥好檢查的哩？這方的官兵也太無聊了。』悟空笑著說：『你這夯貨懂個屁！他們就是針對咱們而來的。應該就是在經國新城那些兌方鬼族派來的同夥，圖謀在這山隅峽谷攔截狙殺咱們。弟兄們；準備抄傢伙打鬼吧。』火眼金睛的悟空，一眼就看穿鬼族的偽裝伎倆，邀幾個師弟；欲上前大開殺界。

唐三藏坐在馬鞍上聽聞情況；有意息事寧人。立即阻止說道：『阿彌陀佛！不妥！不妥！冤冤相報；何時干休。我們不如折返回頭；繞一下荒山野路躲開他們便是。』悟空明白師父唐三藏的迴避血災、悲天憫人的心思。思索片刻；悟空即綻放笑顏說道：『不如這樣；在咱們轉身繞道之前，俺且拔一把毫毛；變成送經綱的每一個人，讓這群野鬼殺個過癮。一則消消他們的怨氣，二則他們回去也好有個交待。』大家都說：『好也！好也！此計甚妙！』

於是悟空將計就計；將拔下的毛髮唸咒；變作送經綱的原班人馬，讓他們走向查哨的鬼族去。一行人逐回頭走山道野徑，避開這場殺戮厄劫。遠方卻清楚傳過來妖兵鬼卒的嬉笑聲：『這些大唐和尚，真是徒有虛名罷、簡直不堪一擊。哈！哈！』聽到山隅那頭的鬼卒得意笑聲，送經綱的師徒一行；笑得更是痛快開心矣。

正兌方的鬼族；雖然暫時被欺瞞，但是前方；仍然還有一段遙遠的路程，均在八鬼聯盟的控制範圍內。唐三藏他們能順利通過嗎？波折不斷，欲知八方鬼族；未來對送經綱還有什麼糾纏不清的事？敬請期待下回分解：

『註解』：

❶蟾酥：由蟾蜍液提煉的藥材，有麻痺的作用。

❷御神體：於神社中供奉的主神神像。

❸沙酷拉：即日語的櫻花。

❹豐前國：古代日本的豐州八郡。即現在的福岡東部、大分縣北部。

❺穴戶海峽：為日本瀨戶內海之東部出口海峽，後稱馬關海峽。今稱之關門海峽。

❻秋津洲：日本古時候；稱當今領土最大的本州為「秋津洲」，或「秋津島」。

❼穴門國：又稱長州，即當今的本州山陽道；山口縣的西北方。

❽大化朝代：日本孝德天皇即位，在平定朝中政變之後，翌年公布改新之詔。效仿中國歷朝皇帝登基年號之制度，首稱大化元年。

❾中國：日本古代迄今；一直將當今本州的西部地區，即鳥取、島根、岡山、廣島、山口等五縣稱為中國。究其原因：乃按照離京畿的距離和人口；來劃分大國、上國、中國、下國等幾個區域。

❿可尼即哇：日語之「你好嗎？」。

⓫町：日文中的町；是指城區內的某一區域名稱，或是指較小的街道城鎮。

第七十二回　八鬼聯軍侵中國　橫空亂世禍蕭牆

話說唐三藏師徒；在穴門國的經國新城鬼方租界，闖禍打死正兌方的鬼卒。兌方鬼族便開始糾纏不清。果然辭別中村城主、離開穴門國之後；在一處山隅麓谷遇著兌方鬼族裝扮的官兵，在路上盤查路人，攔截圍堵、狙殺送經綱一行。孫悟空聽從唐三藏的話、息事寧人。於是他突發靈感；拔下一把毫毛，將之變作送經綱的一行人，讓鬼族們殺掉消氣。他們送經的一行則繞山道野徑遠行，避開浴血殺戮。平安離開了穴門國。

穿越穴門國之後，緊接著；幾天之後抵達周芳國❶。於長州和防州等六郡停留期間；見諸城主均有崇佛尚佛、廣結佛緣之意，玄奘法師逐忻忻然贈予他們；西天真經抄本全卷各一。盼周芳國諸郡城得一心一意、禮佛事佛也。

這其中，尤以佐波郡的松本郡主最是積極嚮往，除了郡主本尊吃齋念佛、佛法德蘊深厚。為遵循佛釋妙法，更在郡城境內；下令大興土木、積極建寺蓋廟之。

歲次庚子這年；佐波郡前後興建有三座佛寺。這回在城郊山麓才建好的「福祥寺」；趁著來自大唐長安的唐三藏法師到訪期間，逐盛情邀請送經綱一行參觀，並且予以建祈安醮；協助設壇進行安佛法事。

癸辰之良辰吉時；松本郡主帶領宮城裡的文武百官、貴族庶民等數千群眾，備轎乘輦前往「福祥寺」，上階寺前大殿內；三匝禮畢、淨身拈香。唐三藏法師則率郡城中的五百多個高僧，秉立丹衷，敬於三齋。於該寺設醮建壇、擺供焚香、敲起銅鐘木魚、頌經唸佛。但見詞中所云：

金身座佛蓮花臺、薰香裊繞、瑞氣沖天。牛鬼蛇神拒門外、佛門三界聚英才。
佛心自在、普渡眾生免禍災。妙法綸貫、從此脫穎無邊苦海、遠離喧囂塵埃。
世事變化、千奇百怪、惟我佛妙禪修虛白。佛寺莊嚴肅穆、回歸真經謁佛如來。
種善因、結善果、一生極樂享安泰、我佛慈悲釋汝懷。無無奈、佛緣早結哉。

正在舉辦祈福法會的郡城山寺，那裡裡外外，不旋踵之際；突然鬧得沸沸揚揚，但見群眾湧向寺門寶殿之外。送經綱一行人；不經意地隨著信眾們，抬頭仰望天上的雲端，乍然出現一條巨長黑龍；在福祥寺的上空盤旋、打轉迴盪。

『大膽！放肆！』一個墨臉赤鬍、金剛怒目的凶神惡煞，從黑龍身上一躍而下。他張開血盆大口、露出鋸齒虎牙的大嘴；用手指著松本郡主痛罵曰：『你等將我八方諸神大聯盟的話；當成了耳邊風嗎？老早就警告過你們；秋津洲之中國，乃我們的釜魚肉俎，只能祭祀供奉我們八方諸神。你們卻敢悖違逆叛，私自建寺拜佛、且邀請外來的和尚唸經作法。你們是否不見棺材不掉淚？活得不耐煩啦！』

悟空一旁聽到；怎可能忍得住這口氣。不等松本郡主回答；馬上跳出來大聲喝叱道：『你這從烏龍滾下來的厲鬼；張口閉口稱自己是神，神你個大頭鬼！你可以糊弄他人，俺的火眼金睛卻輪不到你裝神弄鬼。再不快滾；小心俺的金箍棒，打爛你的狗嘴。信不！』這話當場把佐波郡的臣民都嚇傻矣，這下如何是好？

『噫！這裡何時養了一隻看門狗哩？』那厲鬼斜眼睥睨，打量一下孫悟空說道：『養狗兒還好，這兒冒出來的；卻是隻拐子腿、凹頡腮、滿口胡言亂語的毛猴子。』悟空掏出金箍棒，說道：

『這兒是佛門聖地；你有屁眼就跟俺到山門外面較量；打他幾回。敢不？』那厲鬼瞅悟空手中細長的棒子，哪勘他抽出的大鬼頭掃刀可相比；厲鬼嘲笑說道：『大家都說：「殺雞儆猴」，這回我則是「殺猴儆雞」。這是最後警告；郡城再不快點驅趕這些華夏來的和尚、拆光這些佛寺，下場就跟這隻毛猴子一樣；死得悽慘無比。你們注意看好！』他先出手；一刀揮向大聖悟空。

福祥寺內外群眾；都為悟空捏把冷汗。不說羸瘦乾癟的悟空；眼前這厲鬼；有誰敢招惹他哩。倒是送經綱的一行人；看都懶得看。唐三藏繼續在佛殿唸經、豬八戒和辛甘趁機上個茅廁、行個方便。果不其然；撒泡尿回來，那厲鬼已經身首異處、皮開肉綻，化成一攤血水矣……。

天上的黑龍，倏地；識相的飛快溜掉。悟空輕敵之餘；並沒有尾隨追殺之意。僅輕描淡寫說道：『真不耐打，三兩下就擺平了。這條烏龍逃回去之後，最好把情況說清楚、講明白，看還有誰敢再來這裡找死？』

『慘哉！慘哉！這事可鬧大了。』臉色蒼白的松本郡主，見到厲鬼血濺寺外；斷魂此間。哀聲不斷說道：『唉！一直以來，深受八方惡鬼所侵襲掠奪、苦不堪言。這回你們動手打死這個鬼方之巡境鬼將，他們肯定不甘罷休的。不須多久；可以預料這些鬼族，會結盟聯合襲捲而來、變本加厲、血洗我中國城郡。這叫我們周芳國如何應付哩？』人心惶惶的民眾，開始躁鬱不安、頻頻發出噓嘆聲。

大聖悟空莞爾一笑，說道：『俺只怕這些妖魔鬼怪不敢來。真敢來；就一律當成老鼠來打。來一個打一個，來倆個打一雙。你們不用擔心受怕；俺一行人在此等著。』、『區區八方鬼族罷；有何畏懼之。』豬八戒拍拍肥厚的胸脯，無比自信說道：『這些鬼族想變成聻❷就放馬過來，俺八戒保證把他們打成微。有俺豬八戒在此；豈容這些鬼魅們囂張跋扈哩。大家快點回到佛寺大殿內，隨我師父唐三藏繼續誦經便是。安啦！』這會兒，松本郡主方才定下心，帶著臣民回到寺裡去。

這天，阿霸山峰巔上端的一座宮殿，聚集了震、巽、離、坤、兌、乾、坎、艮等八方之鬼王。他們有的來自蒜山、三瓶山……有的來自日野川、斐伊川、高津川或是太田川、吉井川。是山鬼則翻山、是水鬼即渡川。乃由於「八鬼聯盟」之盟主鬼靈王號召，下緊急諭詔；宣八方鬼王過來，一起商討危機處理對策。

在金殿上；身穿山伏❸頭戴綦色之彎月頭盔、身穿鐵馬鱗甲、腰繫麒麟崑崙火刀❹的鬼靈王，赤黃毛髮、虯髯獠牙，忿忿說道：『周芳國的佐波郡，其松本郡主竟然勾結中原大國過來的佛僧團，大肆建寺築廟，屢勸不聽。這回更動手打死巡境將軍，是可忍、孰不可忍！』正兌方的鬼王，半信半疑說道：『不對啊！鬼靈王說的佛僧團；莫非就是曾經去西天取經的唐三藏、孫悟空那幾個人？』鬼靈王大神瞪一眼，回道：『廢話！除了他們，還會有誰哩。』正兌方鬼王，眉飛色舞說道：『如果是他們；大約十天之前在穴門國邊境的山隅，全部遭到本王派遣的翊衛武士，像殺雞宰羊一般、全都殺光啦！區區螻蟻、何足掛齒！何來憂慮！』

殿階台下，突然冒出那黑龍化作的黑衣武士。他驚魂未定、鏗鏘大聲說道：『本黑龍從頭到尾都在現場；親眼目睹那巡境將軍，遭到孫悟空和豬八戒幾個人圍殺。他們對本聯盟的將軍；下手狠毒、毫不手軟。尚請鬼靈王作主；快快調兵遣將，為我八方鬼域伸張正義、討回一個公道。』正兌方鬼王，怒氣沖天說道：『這還了得！簡直爬到我們頭上撒尿啦！他們就是在穴門國的經國新城西門町，殺了我方租界的衛士，本王才派遣翊衛武士；在邊境狙殺他們報仇的。眼前如巡境黑龍所言不假；這幾個中原長安來的團隊，簡直目中無人、欺人太甚。本王願請纓作靖匪先鋒，殺他個雞犬不留、以儆效尤。懇請鬼靈王天狗大神恩准！』

語音甫定；旁側坎方鬼王挺身而出，他齜牙咧嘴說道：『這中原的夷和團跑來這裡挑戰撒野。豈可放過他們。殺！』另一個金毛紅髮的巽方鬼王，也吼出：『招惹我亂世八鬼聯盟的，一律殺無赦！』其他鬼王也不甘落人之後，紛紛表態有意出兵討伐。山峰殿堂上；八方鬼域議論紛紛，他們的忿憤不平、此起彼落。

亂世八鬼聯盟的盟主鬼靈王，拍板定案；隨即總結說道：『眾王息怒；這回中原長安來此送經的團夥，幡然侵犯了我們在中國這方的權益。本大神義不容辭；將會為大家斬草除根、殺奸鋤害。一旦我八鬼聯盟匯聚群英、組成聯軍，持矛擂鼓、磨劍伐之；則天下無人可抵擋也。想我八洲最強勢的魔界太祖朝廷；早想併吞我們這方，幸好我們八鬼聯盟團結一致，才沒讓他們得逞。現在就殺幾個替死鬼來昭示天下。因此；本大王這回頒布征討檄文，立刻召集八方鬼族組成「八鬼聯軍」。明天清晨卯時；諸方鬼王各自領軍，朝中國境內的周芳國佐波郡同時出兵進攻。除了剷除那幾個賊膽包天的夷和團，也徹底摧毀佐波郡。藉此教訓中國；往後乖乖聽話，倘若再滋生事端；下場就會像佐波郡一樣悽慘。』八方鬼族在鬼靈王號召之下；取得一致共識。由鬼靈王自任總指揮；很快成立了「八鬼聯軍」。

若說談妖論鬼之道；這世上孰得與大聖並肩左右、並駕齊驅也。因為如此；掃蕩妖魔經驗豐富的大聖，清楚那天在佐波郡福祥寺；雖然打死八鬼的巡境魔將，卻讓天上相伴的黑龍；趁隙逃之夭夭，從此埋下了禍根。

『失算！失算！』事後開始後悔饒過那條黑龍放生，不啻是縱虎歸山、後患必然無窮。至今搞不清所謂的八鬼聯盟是啥腳色？是否影響接下來難波京都送經的行程？此事馬虎不得；大聖立馬念咒；召喚中國這方的土地問話。土地才聽聞八鬼聯盟四個字，嚇得兩腿發軟、口齒不清地回話說道：『這……這禍……闖得……太大了！』大聖追著問道：『哼！你少來這套。快給個說法；到底他們八鬼是指何方妖怪？為何得以在中國這方作威作福、為所欲為？』

土地連忙解釋說道：『那八鬼指的；乃是按四極八卦位置排列，來自四面八方的鬼族。各方組成非常複雜多元；有的是在山林上吊的吊死鬼、有的是投水自盡的水鬼、也有的是意外身亡的冤死鬼……。他們在阿霸山組成聯盟，其中以正兌方的鬼族最為強大，都是戰死沙場的武將士兵孤魂野鬼。無論哪方；這些鬼族均甚為難纏，橫行霸道、報復心重。你們送西天佛經過來，已經犯了他們的大忌。且又活活打死他們的巡境將軍。唉！山雨欲來風滿樓；一場腥風血雨很快會降臨，燒殺擄掠、戰況悲慘，著實不難想像也。』大致瞭解情況，悟空即送走這方土地。心中有個底；立即找來師弟們著手佈局、應對八鬼聯軍來襲之策。

說到妖鬼之事；大聖悟空曾經於西天取經的途中；殲三十二妖魔、度八十一劫。之前且與七十二個洞妖結拜為兄弟，這回東瀛送經；一路困厄艱險、遭遇奇形怪狀、無奇不有的妖魔鬼怪，更勝過當年取經之時。經驗是打鬼容易；哄鬼難。

除了鬼王妖將，一般鬼族是沒本事登天駕雲的。趁著八方鬼族的兵馬前來突襲左波郡，路途需幾天的時間。送經綱一行各司其職；需抓緊時間辦事。大聖負責阻擋八鬼聯軍的進犯、豬八戒則趕去西天請求救兵、沙僧和辛甘留守保護唐三藏。

噫！佐波郡的松本郡主；接獲邊防署衛急報，得知八方鬼族已經調兵遣將、蠢蠢欲動。驚嚇何似；想必這回在劫難逃矣，即怨天尤人對著唐三藏說道：『上國聖僧聖明；且設法救救我們吧。我們中國多年來；皆和平相處，一直不曾得罪頂撞這些鬼族，若有事則以割地賠款來平息事端。那天不慎打死一名鬼將；他們又開始招兵買馬、成立聯軍，藉故興師問罪、前來進犯。我佐波郡首當其衝；這叫我們如何是好哩？』看那郡主；眉頭緊鎖、一幅苦瓜臉，悟空一旁竊自偷笑。

孫悟空拍拍郡主的肩，神色淡定說道：『勿憂也！事端因我而起，俺自有辦法化解危機。八鬼聯軍表面看似強大，其實破綻百出。今大勢已定，俺有十足把握破解他們，並且一舉徹底剷除這些歷史遺留下來的禍根。目前；俺只差一樣東西，仍需松本郡主幫忙搞定。』聽得松本郡主憂喜參半、心懷一絲希望，問道：『現在只能死馬當活馬醫囉。高僧需要本郡主提供啥哩？本郡主盡力而為之。』大聖說道：『不多！不多！只要郡主提供十個大木箱即可。』松本郡主以為聽錯，再問一次：『啥？只要十個大木箱？這……』大聖拍著胸脯，堅定說道：『對！十個淨空印上郡徽的大木箱。你們再回寺裡佛堂好好唸經吧！等待俺的好消息便是！』

且說八鬼聯軍成立之後；各路鬼軍打從八個不同方位，快速朝中國的佐波郡進軍而來。其中最是積極、野心最大、兵力最為強盛者，莫過於西方之正兌鬼軍。他們一馬當先，以最快速度想拔得頭籌、撈取最大好處。

『哼！咱們正兌方的部隊比誰都快，再兩天就兵臨佐波郡也。』身穿大禦❺、頭戴堂丸❻的正兌方鬼王；坐在柳營❼帷幄的大位。眉飛色舞、氣宇軒昂、對著五路將軍說道：『到時候；先下手為強。把佐波郡殺個人仰馬翻、雞犬不留。進到城裡；能搶的就搶、能姦的就姦、最後放一把火燒光該城郡。讓大家知道；西方的鬼族有多麼可怕。』兌方的五路將軍也配合說道：『大王果然英明睿智；所言甚是！跟往昔一樣，男的一律抓去活埋斬首、女的俘虜則當奴婢或是慰安婦。彰顯我軍皇恩浩蕩！』一群開心的鬼將；喝著酒提前慶功。勝利就在眼前，鬼族們好不樂乎。

『稟報大王；軍營外有佐波郡郡主派遣的特使求見。』一個鬼卒匆忙跑進大營匯報。兌方鬼王說道：『這回；死到臨頭，肯定是來求降討饒的。先傳進來，聽聽哀求悲鳴何妨！』隨後，一個垂垂老花甲走進來，委婉說道：『大王聖明；我郡的松本郡主，知道貴方是八鬼聯盟中實力最強大者，這次大禍將至、萬劫難逃矣。郡主願傾佐波郡之所有奉上，懇求貴方暫緩兩天攻城。好讓他們丟下全郡城池，領著族群離城避禍也。只需拖延貴方兩天時間即可。千祈萬望！拜託！拜託！』

『延遲兩天攻城？問題倒是不大，這還得看你們郡主；怎麼表現誠意才行？』兌方鬼王撫摸一臉絡腮大鬍，得意說道。花甲耆宿立刻吩咐僕役，抬著十箱沉重的大箱子進來。打開木箱；滿是金光閃閃的金磚，照亮整個營帳內。鬼王帶著將領們；圍繞大箱貪婪緊盯著不放，又問道：『這……這些金條……到底有多少？』花甲耆宿回道：『不多不少；整整兩百萬兩黃金。』接著細聲說道：『這些黃金；已經是傾國傾城、極盡搜刮所得矣。假如大王還嫌少；我們只好另外找其他各方的鬼王商量了。』

兌方鬼王拉著幾個部將竊竊私語；送到嘴的鴨子，大家怎肯讓牠飛掉。再說；破城之時也未必搶得到這麼多金銀財寶，八方鬼軍都是如狼似虎，分贓下來必然所剩無幾矣。於是鬼王亦擺出闊氣大方，拍案說道：『得了！得了！看你們挺有誠意，本王也體會松本郡主當家不易。這樣吧；我下令正兌方的大軍，暫緩三天停留原地不動。叫你們郡主和全城百姓們快點逃命去吧！』錢財能使鬼推磨，遑論是十箱裝得滿滿的黃金哩。你情我願；雙方很順利的達成了協議。

無庸置疑；這花甲耆佬當然是大聖悟空變作的。三天時間；就足夠讓他搞得翻天覆地、雞飛狗跳了。稍後等著瞧吧！

正西位置之兌方；對面即是正東的震方。震方大軍也是快馬加鞭、十萬火急，連趕三天的路；距佐波城兩天路程，才紮營休憩。其鬼王穩穩坐在營帳裡面；已經勾搭身邊的隨扈將軍打起如意算盤，要怎麼趁機攻城掠地、制訂條約來索取巨額賠款……。把已經擬好的賠償文稿放在大桌上。

『大王！正兌方的鬼王來造訪。正在大營外等著呢！』震方鬼王親自到營柵大門迎接。震方鬼王領著兌方鬼王進到大帷幄內就座，震方鬼王說道：『據悉；貴方進軍神速，再過兩天就逼近佐波城啦。兌方大王怎地今天突然來訪哩？』大聖變作的假兌方鬼王，看見桌案上擺著要中國割地賠款的文稿；笑著說道：『震方大王真有一套，看樣子；佐波城攻下之後，好處全歸你們震方享有。如此貪得無厭，像話嗎？』

震方鬼王虯髯豎起、不爽的抬槓一句：『你少客氣！八鬼聯軍全員出動，任誰都一樣；不就是想趁火打劫、豪取巧奪一番。你們兌方難道會心軟手軟嗎？半斤又何必笑八兩哩！』假兌方鬼王用手指著文稿說道：『你們過來瞧瞧；這第三條賠款金額弄錯啦！數目寫得太少啦！』話剛說完；震方鬼王和幾名部將，半信半疑圍聚大桌前，仔細端看審查文稿，一點虧也不能吃。

悟空扮作的假兌方鬼王，二話不說；耳中掏出金箍棒就是一陣爆打。當場把震方鬼王和三個部將打得稀巴爛，故意留著另外兩個部將逃出去。大聖收起棒子；從容不迫唸咒地遁離去。不消說；這大黑鍋全由正兌方的鬼王來揹了。

兩天之內；接著又有離方、坤方、坎方之鬼王，在同樣的模式下慘遭擊斃。他們存活下來的隨扈幕僚，火速趕去阿霸山區；找鬼靈王天狗大神告狀。請聯軍統帥主持公道，為他們的主子被殺而申冤。意外接二連三；天狗大神警覺事有蹊蹺。

『眼見為實；末將就站在坎方大王身邊，親眼看到整個謀殺過程。』一群跪匐的坎方將軍，哀求說道：『鬼靈王大統帥一定要為我們大王做主。這兌方大王下手狠毒、毫無人性。有這般聯軍的同僚，這場仗叫人如何去打哩？』鬼靈王一時。也六神無主了。正兌方是八鬼聯軍中的佼佼者，更是這回出師的主力，衝鋒陷陣、殘暴不仁是出了名的。按計畫；再過一兩天，八鬼聯軍將會陸續進入中國，先找周芳國之佐波郡開刀示警。完美的戰略，咋地莫名其妙、搞成這個樣？

鬼靈王聽完前後四方的申冤，正納悶著該怎麼處裡？甫地；門衛進殿呈遞一封匿名信函，看得他臉都綠了。馬上拉著七、八個聯軍翊衛大將離開阿霸山，匆匆搭乘雲頭，趕去正兌方的營區興師問罪；徹底搞清楚是啥一回事？

正兌方的鬼王不疑有他，笑哈哈地接待著八鬼聯軍統帥。進大營帳才坐定；鬼靈王就不客氣指責說道：『為何你們兌方在這裡按兵不動？以為來中國這裡渡假的嗎？這三天；你們都在幹些什麼見不得人的事哩？』兌方鬼王輕鬆回答道：『勿疑！勿疑！我方正在秣馬厲兵、補充輜重，作攻城之前的準備罷。何勞大駕光臨！』

『好個秣馬厲兵，竟然厲到自己人的頭上了！』鬼靈王統帥氣得大罵：『你今天要把事情交代清楚，到底你們私下收到佐波郡多少賄賂？』兌方鬼王裝蒜扮懵說道：『鬼靈王統帥可別聽信謠言；道聽塗說的話怎能相信。毀了本王的一世英名事小；毀了您天狗大神的聰穎睿智，那就不值啦！』鬼靈王氣得七竅生煙，說道：『你還敢狡辯；膽敢按兵不動、又謀殺震、離、坤、坎等四個鬼王。所有禍源；就是十箱黃金。是不！』說完，取出懷中的匿名信件，丟到兌方鬼王跟前。

正兌方鬼王睜大雙眼，拿起信件看著。剎時滿臉通紅、渾身不自在。既然醜事被揭發、真相大白，唯有順水推舟、自我澄清一番。他面紅耳赤說道：『誤會！都是誤會！這十箱金條確實有收到。但是本王把話說白；這些黃金是營區巡邏時，發現擺在門口的。我們正準備派人送過去亂世山聯軍總部上繳呢！詎料您鬼靈王會為此親自跑一趟。辛苦！辛苦了！』把話說完，逐下令下屬鬼卒，將那十箱黃金給抬過來。再努力解釋說道：『本王向來清清白白；可是一分髒錢都不碰的。這裡是兩百萬兩黃金，還請鬼靈王您當面點清楚。通通拿回聯軍總部去吧！』

聯軍統帥的天狗鬼靈王；還在為兌方鬼王的誠意所感動。認為剛才話講得太重，著實誤會這方鬼王的清白矣。大營帷幄理的將帥軍頭們；圍繞著慢慢打開印有佐波郡徽的大木箱，瞬間一夥人都傻了眼、變了臉。

『你……你這是……這些木箱裡面…裝著什麼鬼東西？』鬼靈王最先詫異驚呼道。接下來一旁的眾人也爆發怒吼：『兌方鬼王未免太扯了！拿出一堆石頭當金塊，要我們抬著十箱石頭回總部……簡直欺人太甚！』不相信這一切的兌方鬼王，親自打開每一箱的箱蓋，居然裡面裝的；都是滿滿的大石塊，其中還夾雜有狗屎雞糞……。這下真是百口莫辯、有理也說不清矣。

諸方惡魔組成的阿霸山八鬼聯軍；就在逼近中國佐波郡前的一刻，內部矛盾不斷、疑竇叢生。畢竟八方鬼族保有一定的實力和威脅，大聖與幾個送經綱的師弟；又將如何排憂解難、平安渡過危機？敬請期待 下回分解：

『註解』：

❶周芳國：又稱防州、即今日山口縣東南方。轄區有佐波郡、都濃郡、玖阿郡。
❷聻：道德經記載；人死為鬼、鬼死為聻、聻死為夷、夷死為希、希死為微。
❸山伏：一種日本古代服飾，常為修道行僧所穿。
❹火刀：古代日本武將的佩刀。
❺大禦：日本古代將軍的護身戰甲。
❻堂丸：日本古代將領的頭盔。
❼柳營：指駐紮在外的軍營。此句出自唐代詩人王維的「觀獵」一詩裡。

第七十三回　鬼靈王施天羅網　天狗佐助恣斷腸

話說由八個不同方位的鬼族；組成的八鬼聯軍，浩浩蕩蕩、氣勢凌人地侵略中國地區的周芳國佐波郡。諸方進軍神速；眼看再一兩天時間；即兵臨佐波郡城下矣。卻不料在此關鍵時刻；連續發生詭譎的內鬨矛盾，震、離、坤、坎等四方鬼王，相繼被大聖變作的兌方鬼王殺害。古人有曰：「處世無非人性、謀局無非人心」弄得八鬼聯軍：鬼心惶惶、不知所以然。

聯軍統帥之鬼靈王，接獲那四方被害鬼將的檢舉投訴；更由一封神秘的匿名信函爆料，獲悉兌方鬼王；收取佐波郡的十箱賄賂贓款，共計黃金二百萬兩。鬼靈王立馬帶人趕去兌方營區，追查真相。兌方鬼王見事跡敗露；只得推辭是巡邏時撿到的。並且老老實實，誠心交出那十箱價值兩百萬兩的黃金。孰不料，在交付十箱黃金的過程中，逐一打開的木箱裡面，裝的竟是石頭、渾雜一些狗屎雞糞在裡面。這一切由大聖主導佈局，橫生是非；搞得八鬼聯軍內部焦頭爛額、疑慮叢生。明明滿箱滿櫃的黃澄澄金條，咋地不聲不響、不翼而飛了？

『你擺這一道，叫我們搬一堆臭石頭回聯軍總部，丟人現眼是嗎？去你的！』本來鬼靈王暗爽著帶走全部受賄贓款的；結果卻是夢幻一場，通通化為泡影。

鬼靈王氣得掀桌翻椅、摔杯砸碗、弄到大營內一地狼藉。兌方鬼王不知該如何解釋？他只得打圓場來緩和一下緊張氣氛，猶自詡說道：『不可能！壓根不可能！肯定是本王這方鬧內鬼了。稍待片刻，讓本王查他個清楚，整個事情的來龍去脈。本王的坦蕩誠信，天地可鑒、日月可昭，不容汙衊也。』

於是傳令，要負責看守庫房的大將過來問話。不久；那歪鼻缺牙、其貌不揚的庫房大將快步趕了過來。不等兌方鬼王開口問話；庫房大將即說道：『大王昨天的吩咐，要把佐波郡送過來的所有黃金藏起來，不能讓聯軍總部的狗頭統帥發現，沒錯吧！如今皆按照大王旨意，十個木箱裡的東西，全換成石頭和狗屎，大王該滿意啦！』聽得兌方鬼王差些暈了過去。這個乃大聖變作的庫房大將，擺明火上添油、傷口撒鹽。事情玩成這樣，使得兌方鬼王啞口無言、暗自叫慘。

『你……你是本王最信任的手下耶，怎麼……講這種話。這節骨眼，你含血噴人，想要……害死本王乎？』正兌鬼王臉色蒼白，語音不清、急促說道。

鬼靈王越想越嘔；猝嗟斥責道：『瞧你！查個大頭，越查越糟糕。放著這私藏贓款的黃金不說，我都忘記查個仔細，你是為何偷偷殺害那四個鬼王的？原來就是幾箱金條在作祟。整個進軍中國的好事；均被汝破壞殆盡矣。左右聽令；快把這個鬼東西抓起來，推出去斬首示眾。再將屍體拖回阿霸山餵給山豬野狗吃！』

『哼！想殺我，門都沒有！』仗著自己的地盤上，兌方鬼王抽出千鈞掃刀。事情演變至此，再無掩飾的必要，惟有鋌而走險、殺人滅口罷。兌方鬼王冷酷說道：『本座才不管你是鬼靈王還是亡靈鬼！在本王的地頭上，輪不到你來施號發令。這場仗，我們兌方不打，先打你再說。』惱羞成怒、翻臉無情的正兌鬼王，手持千鈞掃刀，兇猛地向鬼靈王揮砍。事到如今，非但六親不認，扯什麼君臣倫理、同袍戰友……有的沒的。鬼就是鬼；說啥都是無聊的廢話。

先下手為強、後下手遭殃。千鈞掃刀連續劈死鬼靈王身邊的扈衛，營帳外的兌方將士鬼卒；為了效忠他們的正兌鬼王主子，也豁了出去、追殺而至。看著勢單力薄、敵眾我寡，強龍壓不過地頭蛇；鬼靈王唯有灰頭土臉、在幾個扈衛掩護之下，跳上雲頭，狼狽地獨自逃離而去。這仇；結得夠深夠嗆，雙方未來不殺到見肉見骨、豈能罷休。

『去！去把那庫房的大將給本王捉過來。』鬼靈王逃之夭夭；事情告一段落。兌方鬼王氣猶未盡，要把那搬弄是非、横生事端的傢伙給碎屍萬段。鬼王喃喃自語：『用屁股想也知道；那封交予鬼靈王的匿名檢舉信，肯定也是他寫的啦。前債加上後帳一起算；至少得大卸八塊，方才洩本王心頭之怨氣。』大聖變作的大將；早在他們互相狗咬狗的時候，趁機地遁溜走了。留下被他打暈的庫房大將，躺在床上昏睡不醒。等他被捉到兌方鬼王的面前，還來不及解釋；遂糊里糊塗當了冤死鬼矣。矍然動怒、逞一時之快的鬼王，斬掉忤逆；隨即悔恨交加。他竟然忘記先問清楚，那兩百萬兩黃金，藏到哪裡去了？眼前為了解氣殺掉庫房大將，十大箱的金條從此石沉大海，應了那句：「一失足成千古恨」到嘴的肥鴨，儸儸飛不見影囉。

那逃回阿霸山的鬼靈王，恨得蹙眉怒目、咬緊牙根；狂飲幾罐老酒消氣。那兩百萬兩黃金賄款，落得不僅撈不到分文；差點老命都丟了。諺語有云：「量小非君子，無毒不丈夫」剎時間，鬼靈王召集另外七方鬼族代表，闡述細數兌方鬼王的若干罪狀。他大義凜然說道：『這兌方鬼王；連我這個聯軍統帥都不放在眼裡，諸多事實證明他背叛大家，有理由懷疑；他已經被官府或魔界收買去矣。不知立動千里外、卻敗亡横財中，這種窮凶惡極、罪無可赦的叛徒，我下令：聯軍暫時停止討伐佐波郡；大家一致調轉矛頭，劍指兌方的營區攻打過去。藉此為震、離、坤、坎等四方鬼王報血海深仇。』

且說急著撤回長門山間的兌方鬼軍，路途中循行不忒、生怕被鬼靈王率眾追上。為安全起見，鬼軍沿著河岸川邊打道回府、班師回朝。突然間：

烏雲四聚密濃郁、傾盆暴雨驟來襲。電閃雷鳴更加劇、狂風橫掃浪掀起。
寸步難行無處覓、進退兩難豈無虞。洪濤翻湧逐嚴厲、滂沱雨勢落淋漓。

常言道：「天有不測風雲、人有旦夕禍福」在兌方鬼王催促之下，日以繼夜、疾疾行軍。已經趕了三天兩夜的路；再走十餘哩路就可以回到山砦鬼寨。孰不知；最後這短短的歸鄉路竟然成了斷魂路。強大的雨勢；導致河川暴漲、洪澇滾滾，可怕的是沖刷淹沒的河水中；居然潛伏著震方和坤方的水鬼大軍。他們雷奔電掣朝兌方的部隊攻擊，為主子報仇雪恨。而正兌方的鬼兵；多為山裡的野鬼和吊死鬼，泡在川邊的洪水；即使沒被大水淹死，也被大水中的水鬼殺死。才一炷香的時間；兌方鬼軍就折兵損將泰半、災情慘重、哀鴻遍野。

兌方鬼王在將士掩護簇擁之下，剛剛爬上一處高地憩息；苟延殘喘、長嘆唏噓。精神猶未振作過來，隨著大雷雨中夾帶著無數箭矢；一起降下。兌方鬼王發現太晚，還趕不及揮出千鈞掃刀抵擋，頓時被箭雨射成刺猬一般倒臥地上。一命嗚呼！

說時遲、那時快；一眨眼之間，天地之間即風消雲散、雨過天晴。但見鬼靈王收起—「雷雨劈身」和「萬箭穿心」魔咒，手持崑崙火刀；從天而降。他走近身中百餘箭的兌方鬼王屍首旁，拔出一根箭矢；讓血滴至大嘴舔著，又狠狠踹上一腳。狂笑說道：『汝不過只是一個莊屋❶的大名❷。竟然膽大包天，敢與俺鬼靈王敵對，瞧你現在的鬼樣子；死相真難看。活該！』忽然耳邊傳來一句：『半斤何必笑八兩；你死相也好不到哪裡去。是不！』

鬼靈王剎時被這句話驚嚇一大跳；天底下有誰敢跟他如此放肆的？轉身回頭；卻見到一個拿著棍棒的潑猴仔、一個握著釘耙的大豬頭、一個持彎月寶杖的土匪頭……鬼靈王啼笑皆非說道：

『你們是打哪冒出來的？人不像人？鬼不像鬼？倒像是三個叫花子。沒得施捨；還不快給俺滾遠一點！』

不等大聖回話，旁邊的黑龍武士，悄悄對著鬼靈王耳語：『鬼靈大王，這幾個就是西天取經，這回送經東瀛的孫悟空、豬八戒和沙和尚。在佐波郡殺死巡境將軍的，就是他們。萬慎！萬慎！』鬼靈王恍然大悟；右手一揮，團團簇簇、握緊刀槍的妖將鬼兵，群湧包圍過去。鬼靈王有恃無恐說道：『八鬼聯軍在此，你們三個再有天大本事，可也難逃出本大王的手掌心。中國這裡容不得你們囂張，今天就讓你們死無葬身之地。』說罷，正準備揮手展開攻擊。

『你這隻笨驢，難道沒聽過「螳螂捕蟬、黃雀在後」嗎？』大聖悟空扮張鬼臉說道：『讓你死得明白些；兌方鬼王收到的黃金、打死另外幾個鬼王，其實都是俺孫悟空搞出來的鬼。甚至那封匿名信也是俺寫的。為的就是讓你們禍起蕭牆；狗咬狗、鬼打鬼。懂不！』聽得鬼靈王天旋地轉的、牙都歪了一半。

鬼氣難消的鬼靈王；瞪著赤紅大眼、紅黃毛髮豎起，抄拽崑崙火刀就朝大聖打了過去。大聖閃突，金箍棒順勢回擊，二人打成一團。豬八戒和沙和尚也分別與乾、巽、艮，幾方鬼王打了起來。誰怕誰來著！一旦打紅了眼；誰都一樣。

仇敵之間殺到血脈賁張，一會從天上打到地面、一下由地面殺到天上。雙方拼鬥百回合，忽然聽到鬼靈王大喊一聲：『沒必要在此；跟他們窮耗時間。咱們撤！大夥跟我走吧！』說撤就撤；很快地鬼靈王一幫轉身搭乘雲頭離去，往阿霸山峰的聯軍大本營方向飛去。大聖才剛剛打得精神抖擻、興致高昂，怎會輕易放過他們哩。呸一口痰說道：『哼！一群阿飄❸想翹脫❹！鬥兒都沒有！』

鬼靈王一群匆匆跑在前，孫悟空師兄弟則緊緊追在後。大約追逐有半柱香的時間，一堆滾滾烏雲；瞬間在天上匯聚而至，等大聖他們突圍穿越出去，天地竟然變得完全不同色調。放眼所及盡是灰濛濛顏色，成了灰色世界。師兄弟剎時分不清方向，三人不敢亂闖；先降下雲頭到阿霸山的峽峪地面，再另外作打算。

三伏天的季節；大自然翠綠的山嶺、飛禽走獸、地上的一草一木……甚至碧落❺仙凝❻皆呈一片灰色地帶。豬八戒傻了眼，驚恐說道：『好生邪門，鬼靈王居然顛覆乾坤，咱們分明陷入灰色陷阱裡面；這下糗了。咋辦哩？』孫悟空沉穩鎮定，安撫說道：『不用怕！要處變不驚。慢慢摸索；很快就能找出一條路出去。』

鬼靈王冷峻走了過來，輕蔑說道：『找路出去？跑到本王的地盤角頭，還想活著出去；別做夢囉！乖乖等死吧！』『少廢話！』師兄弟三人抄起傢伙衝了過去。突地又出現怪事；本來環境全景是灰茫茫的，轉眼竟變成奝夜黑暗、四象五行如同黑墨潑撒一炁。視覺不說分不清方位；簡直糟糕到伸手不見五指。

『莫慌！莫慌！俺用火眼金睛找路出去，你倆緊跟著俺便是。』在緇黑暗夜籠罩的情況下，卻也難不倒孫悟空；他設法用火眼找尋出路。不料身後聽到八戒高喊：『師兄救命！快點過來！』漆黑的四周，悟空的火眼掃瞄兩個師弟；先後被圍過來的鬼卒逮捕。一群鬼將也朝落單的大聖漸漸圍堵，這場面由不得悟空多考慮，他馬上唸咒地遁逃逸。好一陣子鑽出地面，終於見到了明媚耀眼的陽光。

『活見鬼！同個阿霸山區、同個時間；這一方分明還是日正當中，咋地到那鬼地方就變成三更半夜？邪門！真是邪門！』孫悟空蹲坐草地上，搔頭抓耳；百思不得其解。這鬼靈王居然有本事「顛倒晝夜、扭轉時空」，這般本領可不一般！真叫人防不勝防、難以適從，這得就近找此地的土地和山神問個明白。

聽到「唵嚂靜法界、乾元亨利貞」的咒語，大聖的腳下地面；冒出一個白髮老耆的頭來，東張西望、神情緊張。大聖不爽地問說：『俺捻訣傳你過來問話，你鬼鬼祟祟、緊張兮兮幹啥？』只敢露出上半身的土地說道：『老朽怕被鬼靈王發現啊！君不知；阿霸山這方的山神，就是不久前被鬼靈王抓去殺害的。你有什麼吩咐，請快說吧？』大聖不為難他，僅僅問該土地；追殺那鬼靈王到這裡，咋地好端端的大白天，瞬間就變成大黑夜哩？這是什麼拖延？

『唉！我這老頭不懂這些魔幻法術的事。』土地愛莫能助，搖頭回曰：『鬼靈王的鬼名堂很多，又掌握八方鬼類；我躲他都來不及，哪敢摸他的底。歉甚！歉甚！』悟空無可奈何，委婉歎息正想離開。土老頭驟然靈光乍現，喚住大聖；給予善意說道：『不如這樣吧；你去無緣山巽位方向、森林岩岫裡，試著找天狗大神幫幫忙。他和鬼靈王一直水火不容、積怨頗深，對你也許會有助益。不妨去問他試試看！』大聖謝過這方土地，立馬翻個筋斗；直赴無緣山去。

頭戴布襟、身穿簑衣、右手持錫杖、左手拿羽扇，體型高大似山的天狗大神，從無緣山的一處岩岫走出來。他問明來者是齊天大聖孫悟空；二人即施禮起手問安。可是一聽大聖提起鬼靈王；天狗大神就沒好臉色，氣得紅臉泛紫、長鼻猛甩。他臭罵道：『什麼鬼靈王！也不過是一個千年的僵屍精。原來是一個戰死沙場的皇室貴族；因為其陰魂不散、練得異端邪術，動輒物以類聚、聯合四面八方之山魈鬼魅佔據阿霸山脈，稱霸一方。不就是一群大鬼加一堆小鬼；有啥了不起！』這下還真找對人了，攸關鬼靈王的種種；天狗大神無所不知、知無不言。尤其這天狗被鬼靈王驅趕到這深山裡面躲藏，積了一肚子苦水、哀怨何似。

大聖講出重點：『說到這僵屍精，挺有一套的，他竟然能把光天白晝一下變成黑暗貪夜……』不等悟空把話說完，天狗大神吐一口濃痰；不屑說道：『我呸！那算啥本事，他瞞得了別人卻瞞不了我。那法寶稱作「天羅網」，只需唸咒撒出天羅網；即能籠罩方圓五百里之內的大地。驀然將整個區域；由明亮轉成灰暗、再而陷入一片黑暗中。他則趁著黑夜；率領著鬼軍摸黑夜襲，這算哪門子本事哩。』大聖雙目一亮，再追問：『天羅網？有拿麼厲害的法寶。俺要破解這鬼靈王；豈不是難上加難、永無寧日囉？』

『非也！倒也不必為此懷憂喪志。』天狗冷笑一聲，解釋說道：『說到底，這天羅網並不是鬼靈王自己的，是他偷盜而來的。說到這僵屍精在修行時；曾經多次參謁天常立尊❼請教神道，循規蹈矩、畢恭畢敬。日子一久；本性難改、逐生異心，在一次天常立尊出遠門訪友的時候，這人模人樣的僵屍精即藉機盜取天常主人的曠世之寶—乾坤天羅網。可惜這僵屍妖精的道行，後來逐漸形成氣候，又招攬中國一群鬼族成立八鬼聯盟，自命為鬼靈王。甚至大和國八洲內；最強大壯盛的魔界帝國，都還讓他三分，遑論天常立尊；更是拿他沒輒矣。』天狗大神更傷感地說出：『最慘的是；俺天狗大神比他早出道江湖，卻被他逐出阿霸山，蟄伏窩藏在這無緣深山岩洞裡。捨盤❽真是捨盤！』

『當前時間緊迫、咱們精簡話題吧！』孫悟空直接問道：『俺得快些救出豬八戒、沙和尚兩個師弟，趕著完成送經的活。你快說；俺該從何處下手擺平那僵屍妖精才是？』天狗大神回曰：『然也！記得天常立尊親口告訴我，之前有個捷疾鬼；曾經使用一種時空轉移法，偷走釋迦摩尼佛的舍利子。結果西天的增長天王派出猛將韋馱菩薩，持梵林金剛杵、火龍破天槊，破解魔法而捕獲捷疾鬼。天地之間；唯有火龍破天槊得以制伏乾坤天羅網。可嘆；本天狗大神與這韋馱菩薩素不相識，無法請求他拔刀相助，所以……』孫悟空豁然開朗說道：『行了！行了！你快快隨俺走一趟西天須彌山琉璃埵。攸關韋馱菩薩這方，俺來搞定便是！』

二人離開東瀛無緣山；乘雲往南瞻部洲直飛而去。邁入金殿；見著四大天王說明來意。聽得增長天王拍案痛罵：『大膽的東瀛僵屍精，簡直是目中無人。這件事；本天王插手管定了！』四大天王均表態支持大聖；並且助予東瀛送經的功德。諸天王積極配合之下；傳喚韋馱菩薩前來，刻不容緩率領三十二天將，除了攥上火龍破天槊、梵林金剛杵之外，據守北俱盧洲的多聞天王；又將其臻慧寶傘交付予韋馱菩薩帶上。他們快步隨著齊天大聖和天狗大神，殺向東瀛的山陰亂世山。

雲天之上；轟然傳來一聲巨響：『世道不靖、鬼怪盡出。本尊韋馱菩薩率西天眾神將；至此降妖伏鬼來也！』三洲感應護僧伽佛法最力的韋馱菩薩，率領三十二神將，跟隨大聖和天狗；降臨東瀛之西的中國亂世山，行鎮妖打鬼任務。

貫一身兜鍪戰甲、金錦征袍、雙手合掌、手肘間托放金剛寶杵的韋馱菩薩；率領著天兵神將沖到八鬼聯軍阿霸總部陣營中；不猶豫、莫遲疑，馬上動武就開打。大聖則專心對付鬼靈王，單打獨鬥、絲毫不敢馬虎。

一場驚天地、泣鬼神的戰鬥立即展開；悲鳴哀號不絕於耳、殺聲響亮貫穿雲霄。論鬼靈王之實力與經驗，倒也有兩把刷子，和大聖打成一團；一時難分伯仲。諸鬼聯軍乃各方鬼族之混合，戰法亦不乏其特色，仗著地勢角頭；頑強拚搏。不妨一旁觀此神鬼之間的鬥爭，擂鼓鏖戰之慘烈戰況：

千年陰魅煞氣旺、皇族血脈鬼靈王。聯盟勢大逞凶妄、八方鬼族霸一方。
豪取巧奪惡似狼、殘暴不仁焰囂張。魔法詭異為仰仗、黎庶歲月盡滄桑。
韋馱菩薩展威望、伴隨大聖抑猖狂。金箍棒鬥崑崙刀、不見生死誓不還。
血濺肉飛戰山上、揮刀舞劍世無雙。正邪相斥若水火、汝死我活見真章。

這下可好，大聖有神勇善戰的韋駄菩薩等神將們助陣，直搗阿霸山的八鬼聯盟總部。表面看似如入無人之境；惟鬼靈王的高超邪術「萬箭穿心」與「佈天羅網」一旦施出，大聖他們是否經得起考驗哩？還有得瞧！請靜待下回分曉：

『註解』：

❶莊屋：古代日本西部稱呼莊園山地的領主。
❷大名：古代日本擁有自己產業和武力的一方地主。
❸阿飄：台灣人指鬼類，因為只有鬼是飄動的。
❹翹脫：指臨陣逃跑。
❺碧落：天空的代名詞，古代典雅的稱呼。
❻仙凝：白雲的代名詞，古代典雅的稱呼。
❼天常立尊：本名為天之常立神。在日本《古事記》中，他是五位別天津神之一。
❽捨盤：一種江湖術語，意指丟人現眼。

第七十四回　韋馱菩薩勗除禍　赤般若闖安藝國

話說西天三洲感應護法韋馱菩薩；應大聖邀請助陣抗衡鬼靈王，遂抄起梵林金剛杵、火龍破天槊等當家武器，又齎攜多聞天王授予之臻慧神傘。逐由孫悟空帶路；率領三十二神將趕赴東瀛中國地區，八鬼聯盟的阿霸山總部；發動猛烈攻擊。韋馱尊天菩薩領軍殺向諸方鬼族妖群，孫悟空則與天狗大神拚鬥鬼靈王。雙方卯足全力、拚個你死我活。

『簡直欺人太甚！竟然敢跑到俺的阿霸山來鬧事，玩到本王的頭上來啦。』向來傲氣凌人的鬼靈王氣得一卵子火，臭嗟罵道：『不見棺材不掉淚，今個非要讓你們死得難看；才真知道鬼靈王的厲害。』才說罷；即下令所有在場鬼王兵卒撤退一旁。他收起麒麟崑崙火刀，翻身跳躍至山巔頂端，開始啟訣唸咒。心想著；好戲連台、精采紛呈，熒或節目即將逐一上場。

但見頭頂上的萬里晴空；甫地四方烏雲群湧而至、接著雷鳴閃電頻頻不斷、接著豪雨傾盆而下、接著……。大聖悟空曾見識過，悖逆的兌方鬼王；遭到順著雷雨而來的「萬箭穿心」殺戮慘死。他立馬放大嗓門警告：『大家小心！這陣大雷雨裡面，混雜有數不盡的穿心利箭。千萬不得大意！』

果然；天空幾聲響雷、暴風雨向大地襲來，而且在豪雨中混有無數銳箭。淋雨事小；隨雨而下的箭鏑，防不勝防、才真要命！

韋馱菩薩不敢大意，祭出毘沙門之多聞天王臻慧寶傘，並且說道：『寶傘在此；百無禁忌、無論是雨還是箭，儘管一起來吧！』那寶傘一經撐開，迅速擴張成數十丈寬的龐然巨傘，即使傘下容納百人也綽綽有餘。任由阿霸山上再大的雷雨、再密集的鈚箭，落在寶傘上面即時彈跳到一邊，根本無濟於事、威脅頓失。

『哇噻！原來他們是有備而來的呢。』鬼靈王看得臉都綠了，這潑猴確實有本事。不知他打哪找來一幫神將？又打哪借來這般怪傘？居然可頂住他施出雷雨劈頭、萬箭穿心的絕活。暗地裡；不得不佩服孫悟空真有一套。

『也罷！算你們運氣好，僥倖躲過這一劫。先別得意太早；好戲還在後頭。』鬼靈王陰沉冷笑，收起沒有絲毫作用的法術，又說道：『反正你們都得死；只是死法不一樣而已。等著瞧！』他從一只魔袋中取出一件詭譎的綦網來，拈訣唸咒、向著藍天拋出那件綦網，筆直飛往天際。

才一眨眼功夫，光天化日之下；阿霸山這方漸行失去明亮。變成夜幕低垂、視野全然落得漆黑無垠、寂靜黯然。甚至連一般夜空；該有的丁點星光月色俱無。

『哼！跟我玩這種小把戲，嫌嫩了點！』韋馱菩薩不疾不徐；咒語唸著、右手拿出火龍破天槊來，揮手擲向夜空中。率爾一瞬；那隻破天槊變成一條既大又長的火龍。火龍疾速衝往黑茫茫的空域，火光照亮整片乾坤大地。

「轟隆！」數聲巨響之後，四面八方漸漸恢復原來時空的情景，這般明亮照人。風和日麗、艷陽高懸，阿霸山上無論天上飛的、還是地下爬的、一切依然作息無誤。唯見一只綦色布網，燃燒著火花從天空垂直墜落，輕飄搖盪而下。

不說現場眾妖諸鬼看得目瞪口呆；即便鬼靈王自己也瞠目結舌、不知所以然。原來躊躇滿志、氣宇軒昂的他；一下子魂飛魄散、殊感哀怨神傷。不斷喃喃自語：『這……這……這怎麼可能？天羅網竟然被那火龍穿破網；焚燒毀滅。這……簡直是太陽打從西邊出來了！』親自瞪大雙眼；看那幾乎燒成灰燼的天羅網，掉落跟前的事實，鬼靈王龍顏憔悴沮喪、欷歔嘆息。有詞如此記載著：

眾鬼結盟阿霸山、糟蹋中國頻作亂。起狼煙、無忌憚，恣意縱橫、烽火遍山川。
論不盡、話說穿；不亦鬼靈王多謀且好戰。邪術強、善變幻、春秋霸業逐歲翻。
八方幽靈齊聚彰鬼膽，天地唯他說了算。誰阻攔、誰冒犯，災禍浩劫亟令辛酸。

竟不料；卻有大聖破門盤，隨之神將一連串。劍鏑交鋒、殺伐不斷，青山綠野屍骨散、翠曉方儀碧血染。瀕危法術逐一頒；箭鈚伴雨落千萬；適巧遇神傘，萬箭穿心竟轉彎。繼而；再施天羅網，天地皆羅無處竄、白晝盡為夜幕掩、鬼族摸黑乃習慣、穩操勝算心境寬。世事惟艱、命運陡峭；火龍破天破羅網、魂飛驚夢、烈火焚網心膽寒；萬般復原局破散、大勢引頹殘、無戲可演鬼靈王。

當初風起雲湧若秦漢、今朝忒悽慘；顛簸迤邐遇鐵關。曲折吁歎、江山玩完。

雖然鬼靈王曩昔征戰；可謂戰無不克、所向披靡。這回瞎貓碰到死耗子；撞巧遇到剋星韋馱菩薩也。連續釋出的「雷雨劈身」、「萬箭穿心」甚至於最拿手之擺「天羅網」，無一倖免；遭到西天菩薩攜帶的神器顛覆破局，徒勞失效。

山上的諸方鬼類將士；看著鬼靈王的魔法一再受阻、施展不開。明著幹；又壓根不是大聖和韋馱菩薩一群神將的對手。八鬼聯盟一時內部軍心潰散、議論紛紛。巽方鬼王明快果決，搶先說道：『這鬼靈王已經不靈了！咱們還是快點離開這裡，趕回老巢去吧。犯不著留在這裡；陪他們送死。』他偕同一夥士兵攀鞍上馬，朝東南方向奔騰逃逸。

見苗頭不對；乾方鬼王也喊道：『識時務者為俊傑！再不走；更待何時？』他也率領屬下眾人，快馬加鞭朝山的西北方離去。阿霸山上；聯盟裡剩下的各部鬼族，亂紛紛、頭昏昏。還在徬徨觀望；是逃？是降？猶豫不決。

鬼靈王積累的怨氣，被四分五裂、各奔前程的二方鬼王激怒引爆。忿忿詛咒道：『狗東西！當本王是隻破鞋子棄之不顧嗎？想走！門兒都沒有！』他站在山巒峰頂，對著臨陣脫逃的巽、乾二方人馬，再次施展出雷雨劈身、萬箭穿心之法術。

沒有臻慧神傘的蔽護保佑；二方鬼軍很快的大禍臨頭。迎面傾盆大雨襲來、雨中交雜著紛沓而至的飛箭，二方鬼族全部喪身在箭雨中、魂歸西天、無一倖免。

『阿霸山有俺在，哪容得你作怪，納命來吧！』大聖翻身跑到鬼靈王身畔，揮起金箍棒就打。鬼靈王抽出腰間的麒麟崑崙火刀抵抗，互相再拚幾回。大聖是越戰越勇、鬼靈王則心灰意冷、無心戀戰。雙方打不到百回合，鬼靈王靈機一動；閃身拋出腰巾，經過咒訣一唸；紺青色的腰巾擴大數十丈，鋪天蓋地般覆蓋著孫悟空的周遭。趁著大聖拉扯帷幕之間；他躍入山頂的濃稠雲層霧嵐內，疾速遁走。

千算萬算、百密一疏；鬼靈王自以為熟悉這方地形，可以逃遁得逞。其實他的行蹤早被另一個仇家監控著。背後長有雙翅飛翼的天狗大神，『唰！』的一聲；從天沖下來，牢牢攫捉竄逃的鬼靈王。將他緊緊綁住之後；押送交給大聖和韋馱菩薩處理。鬼靈王見著天狗大神，一上間；所有方才發生的困頓挫折、昭然若揭。失魂落魄的鬼靈王，咬牙暴筋斥責：『本王白忙老半天；全都被你這顆老鼠屎給搞砸了。俺會栽在你這個癩皮狗冤家的手上，天意啊！』

天狗大神回道：『你有今天的下場，何必怨天尤人。要怪；怪你自己多行不義罷。』解決宿仇；天狗大神滿懷欣喜，向大聖和韋馱菩薩起手告別，逕自離去。

徹底解決八鬼禍害；危機全然解除。大聖委託韋馱菩薩等神將，押走鬼靈王和棄械投降的一群鬼族。有偈讚感應韋馱菩薩曰：

祝讚韋陀護法天、神勇護法遍三千。蒼生所作皆如願、皈依佛國自當先。
除盡天下眾妖孽、祥福善德增世間。尊天菩薩摩訶薩、摩訶般若慧神仙。

佐波郡的松本郡主與中國諸州郡，自從阿霸山的鬼靈王遭到殲滅，從此獲得安和樂利、太平祥瑞的新生活。崇佛偈佛之事；從此再也不受各界鬼物騷擾矣。

且說送經綱離開周芳國之佐波郡。緊接著趕路，來到了安藝國❶首府之廣島城。中島城主聽聞中國長安朝廷派遣的高僧光臨至此，不敢失禮怠慢；立即領著文武槐鼎、簪纓望族，親自來到城樓外迎接。沿途風風火火、熱熱烈烈、車馬轣轆、人群擁擁。看那送經綱；行進至城中之過程情景：

市曹聚黎庶、擁擠驛馬橋。笙鼓鳴、歡慶聲夾道。萬巷人已空、竟無幾寥寥。
千家喻、萬戶曉；長安高僧攜經且來到，童叟爭相瞧。祈求福報、心誠祝禱。
是普羅、是顯要；迎佛東瀛島。荏苒歲月隨風飄，今朝祥光照、此生樂逍遙。
眉眼喜、開懷笑、石城京畿掀高潮。佛光四耀、信善迢迢，憂患遠離厄盡消。

中原送經綱一行人；進入安藝國的廣島石城中，由朱雀大路直入，轉六條大路寄宿於鴻臚館❷，暫且安頓行囊、休歇憩息。

噫！骨瘦嶙峋、顏若冰清，時值不惑之年的中島城主，偕同鈿頭雲篦、金錦華服的夫人，在宮殿前恭候相迎唐三藏法師。一行人在中島城主和陰陽寮的陰陽師❸引領之下，步入宮中庭園賞景；箬竹花壇、礫石砂紋、甬道石燈、井然有序。看官不妨隨著一起賞景：

扶搖輕拂、錦簇爭艷、青楓長伴紅橋邊。棨欏迎倩、香纖其間、粉黛芳滿園。
玉龍草鋪牡丹院、馬醉木叢、枹橡樹前。蜂飛蝶舞、癡心戀戀；鴻熙自有緣。

中島城主帶著唐三藏師徒、經過庭園樓廊、足固貫道。孫悟空邊走邊放眼周遭環境；以防不測。小心駛得萬年船，入城迄今；堪稱平安祥和。甚善！甚善！

惟見那安藝國的陰陽師手持七曜曆，神情鬱鬱寡歡、面貌憂心忡忡。他故意挨近悟空問著：『本官曾經聽聞；諸位上國高僧前往西天取經時的神奇事蹟。不知是否真有那般神奇哩？』

八戒聽到；眉飛色舞回說道：『皮毛小事、何足掛齒；真要說出來會嚇死你。想聽咱們取經的事，就算三天三夜也說不完。』陰陽師急著追問：『爾等預計；將於安藝國停留多長時間？本官近日觀天星、占卦象，貴團一行未來難逃厄星災禍。恐怕再不久會發生……』。他話才說到一半，走在前端的中島城主正巧有事找他問話，他打住話題走向城主。大家也沒當回事。

群臣百官早在殿前玄關候駕。大家步上平衍❹地覆❺塌塌米墊的殿堂中，賓主按禮節，於榻榻米鋪陳的地面；盤腿就座。不多時；酒菜逐一上桌，皆為安藝國廣島一帶的特色菜餚。此時安藝國之群臣，紛紛陸續敬酒致意。

中島城主娓娓說道：『華夏上國前後授予我大和朝廷之漢典佛經，迄今已逾百年矣。最早王仁先師渡海送來論語十卷，後有百濟之聖明王；遣派使臣攜帶釋迦摩尼佛銅像一尊、佛經百卷、贈予我朝欽明大王，開啟我大和朝廷舉國上下；研習漢文化、一心向佛之善緣，自此獲益良多。例如奈良斑鳩宮之法隆寺，金殿中的三尊釋迦摩尼佛銅像與觀音菩薩像、寺內淨土壁畫、三重塔，都是模仿中國北魏時代的風格。中宮寺之彌勒佛木雕像，也是源自南梁的匠師！大和朝廷的州郡諸國；前往中原上國習佛妙法的緇衣僧人、沙門比丘，更是不計其數。』

坐在旁邊的一位緇衲方丈接著說道：『南無阿彌陀佛！當年大和朝廷攝政的聖德太子，一手暢導的飛鳥文化❻，即是積極地推展上國衍伸過來的佛釋文化，一切佛法經典皆依循大唐上國之體制規範施行，聖德太子仰佛尚佛勿庸置疑也。他攝政期間；鑒於之前奈良最早的向原寺香火鼎盛，於是在奈良生駒山離坤之方位大肆建築，後來該地成為飛鳥時代政治宗教中心的斑鳩宮。』

他接下說著：『聖德太子並且在生駒山脈附近；仿照上國六朝時期的佛寺建築，大興土木、興建有飛鳥寺、法隆寺寺、四大天王寺、法輪寺、中宮寺、法起寺。聖德太子更親自於宮廷上為百官傳授講解「法華經」、「勝鬘經」、「維摩經」等之「三經義疏」。我朝效仿推廣佛學與大漢各朝代文化制度；可謂不遺餘力也。爾今，更迎來大唐長安國僧，不辭辛勞、遠道至此送來寶貴的真經抄本，幸甚！幸甚！』唐三藏和送經綱一行，歡欣悅朗聽著。

宮中的陰陽師也說道：『東瀛大和朝廷，地理位於上國之震艮方向，按上國漢朝之前的甘德、石申、巫咸等三派占星體系，再由西晉的陳卓總結三派；繪製了星象圖與撰述各派的觀星占文和星象賦。其「玄象詩」中有所敘述；攸關紫微垣、太微垣、天市垣等三垣二十八宿，與後來丹元子之「步天歌」；逐成為我東瀛大和朝廷陰陽寮，觀星占卜之「天象記事」主要依據。近來本官嘗於夜裡子丑之時，觀測星象；西方婁宿天倉六顆星偏東而至，正代表諸位大唐高僧來到東瀛此間送經，絲毫無誤、應驗不假。』宮中的眾人聽完；皆點頭稱是。

『然而天倉星座偏南向移動，即朝難波京畿的方位走去，不可避免……南方鬼宿會出現天狗七煞星、群魔惡鬼，不可不防！』陰陽師好言相勸，建議說道：『依本官的觀測；諸位大唐高僧唯有繞道而行，從北方斗宿走天淵十星上方……』

孫悟空不等他說完，回覆說道：『好意心領了！這趟東瀛之行；啥的山妖水魔、即使亂世山的八鬼聯軍都逐一克服，哪在乎啥的天狗七煞星哩。真要遇著；倒楣的卻是他們。信不！』

安藝國的陰陽師正要接下去提醒幾句。宮內驀然走進一個明眸皓齒、婉曼秀麗，黃口之齡的稚氣女童。她逕自走到中島城主身邊躬腰施萬福禮。

『原來是本城主的愛女；小百合公主！』中島城主站了起來，微笑說道。聰穎慧質的小百合公主，走向前；對著唐三藏法師行跪拜禮。見著孫悟空幾個師兄弟；儀表均是奇形怪狀、粗鄙樗櫟的模樣，她則是睖睜驚悚；避之唯恐不及、敬鬼神而遠之。小公主的直覺反應；反倒惹得送經綱一行人，莞爾笑了起來。不怪！不怪！光是看臉；悟空尖嘴猴腮、八戒豬頭肥腦、沙僧紅髮綠顏……沒把那小姑娘嚇哭，都算她有勇氣矣。

『這位小百合公主，自幼熟讀經書；不僅通曉論語、中庸、尚書、周易等上國漢學，對佛法經文也熟悉精通、倒背如流。深得我們城主寵愛與歡心呢！』旁邊的中務大臣忙著解釋說道。城宮裡的緇門高僧也十分讚賞說道：『善哉！善哉！大凡金剛經、阿彌陀經、彌勒三經、楞嚴經……，小公主皆可朗朗上口哩！』

『咦！此刻妳不在柳齋書房裡學習四書五經、佛典妙法的。跑到宮裡有事嗎？』中島城主納悶問道。小百合公主笑靨如花；扭捏拉著城主自詡說道：『父王嘗言：允文允武、宜靜宜動，方為人中之龍。小女近來承宮裡之武臣教導，習得流鏑馬術❼、箭無虛發。今特來宮中；邀請父王前往評鑑一番。走吧！』中島城主搖頭回覆：『不濟！不濟！眼前宮裡；有上國長安來的高僧貴賓們在座，豈能失禮逕自離去？』

小公主綦切撒嬌說道：『我不管！我不管！』唐三藏一旁聽了，豁然開朗說道：『阿彌陀佛！公主有如此超然技藝、才華彧彧；貧僧倒想開開眼界。何妨也陪同城主前去觀賞、一起助興之！』

說走就走；中島城主挽著唐三藏，一行人伴隨安藝國城主；走到宮外馬術射箭場觀看。但見那小百合公主；從馬廄牽出一匹赭紅色的大馬，俐落地跨騎馬背，馳騁奔騰著。單憑她這般操轡駕馭、快慢自如；則為嘗鼎一臠、脫穎顯見矣。

當在場眾人頻頻為小公主的馬術表演；讚揚誇口之際，唯獨孫悟空竟冷汗直流。他的火眼已經發現，那匹精壯的千里馬根本就是妖怪來的。可是這節骨眼；說出來孰人會理睬。何況小百合公主騎在馬背，正在快馬加鞭、馬不停蹄，又如何上前阻攔呢？大聖眼睜睜看著，蠢蠢欲動；卻是進退兩難、下梢不好拿捏。

接下來；重頭壓軸戲即是馬背上的小公主，騎著快馬、揚起長弓、抽出翎箭，預備朝著遠方的圓形稻禾箭靶，瞄準射出鈚箭。沒有人去留意；這時一片烏雲，瞬間鋪掩而來，籠罩著整個上空。

就在這千鈞一髮、眾目睽睽之下；那悄然沉靜的烏雲，剎時劈下一陣紅光閃電，打向小百合公主。恍惚一團煙霧；讓那匹快馬躍起前蹄，小公主不慎摔了下馬。而那匹赭紅烈馬；竟然變成一個體型高大的妖魔，伸出妖爪抱緊年幼的公主。不看也罷；看見那妖魔恐怖的相貌，任誰都會毛骨悚然、怵目驚心：

赤顏獠牙血盆口、顱頂雙角彎如鉤。惡眼怒目蹙眉皺、不忍卒睹似鬼頭。
如狼似虎勝猛獸、嗜血凶殘遍八洲。危害世間還不夠、趕盡殺絕誓不休。

『哼！說出來會嚇死你們，本尊乃赤鬼般若。今天可沒白跑一趟，總算逮到一個高貴的鮮嫩貨色。值！真值！』火臉獠牙的妖怪，狂妄嘶吼著。中島城主和在場的眾百官一聽到這妖怪是「赤鬼般若」，頓時稽顙泣血、悲痛至極。城主夫人更是驚嚇得倒地昏死過去。中島城主立刻領著現場眾人，含淚跪下向赤鬼般若求情。

惡名昭彰的赤鬼般若，有魔界諸惡為靠山；背景夠硬。他一手挾持著不省人事的小百合公主，正待駕登烏雲離去。孫悟空抄出金箍棒，衝上前要制止赤鬼般若，卻被唐三藏擋下，深怕他倆打鬥之間，傷及無辜的小公主。唐三藏挺身向前說道：『阿彌陀佛！請尊駕放過這位小公主吧。她少不經事；不該深陷如此災難。如果可以；貧僧願意以身易身、可否與汝交換安藝國的少公主？萬望！萬望！』

麻煩大了！好端端地流鏑馬術盛會，卻演變成一場宮廷的悲劇。惡貫東瀛的赤鬼般若；會應允玄奘法師的請求，放過可愛的小百合公主嗎？孫悟空等師兄弟；將如何搶救人質來化解危機？敬請期待 下回分解：

『註解』：

❶安藝國：屬山陽道，也稱藝州。今之廣島以西；有佐伯郡、高田郡、山縣郡。

❷鴻臚館：古代日本專責接待從中國、朝鮮諸國之使節膳宿之處。

❸陰陽師：古代日本行律令制，隸屬中務省陰陽寮之官員。專司觀測天象；天星七曜與地理五行，進行占卜、勘輿工作。

❹平衍：日式建築之欄杆內側橫木條。

❺地覆：日式建築之走道底層橫木板。

❻飛鳥文化：即西元五九二年至七一〇年之間，日本推古朝至大化革新時期。期間推行效仿中國漢學與佛教之文化。

❼流鏑馬術：古代日本傳統之武術。即為騎著快馬、張弓射箭的技藝。

第七十五回　阿鼻山丘鬼一刀　人間地獄劫難逃

話說那東瀛安藝國；該中島城主愛女小百合公主，習得流鏑馬術之餘，擅闖宮廷；於父王之迎唐三藏送經綱酒宴上，力邀眾人參觀她的騎射技藝。中島城主拗不過一向嬌縱的小公主，即領著唐三藏師徒與眾百官；赴跑馬場點禮❶觀賞。

在場觀禮的大聖悟空；火眼看破事有蹊蹺，少公主駕馭的赭紅大馬根本是個妖怪。果不其然；騎射馬術進行一半，妖怪即現出原形，竟是那惡毒殘暴聞名的「赤鬼般若」。惡魔用手挾持嚇昏的小百合公主，得心應手；即欲搭著烏雲逃之夭夭。此時；大聖悟空抄出金箍棒，正準備衝向前痛打赤鬼般若，並且搶救人質。

『阿彌陀佛！』唐三藏怕悟空在打鬥中，傷及無辜的小公主，立即出手攔住。對著赤鬼說道：『請尊駕放過這位小公主吧！她少不經事；不該深陷如此災難。如果可以；貧僧願意以身易身，可否與汝交換安藝國的少公主？萬望！萬望！』任由悟空和八戒惶恐干預制止，唐三藏卻意志堅定說道：『我不入地獄，誰入地獄。你們繼續完成送經功德，此事；師父不能見死不救。菩薩保佑！』

赤鬼般若瞪大銅鈴般的大眼，見著挺身而出的唐三藏；長得眉清目秀、氣度不凡，不由得垂涎三尺、饑腸轆轆。這是茹毛嗜血的他；從未嘗試過的珍品呢。

仗著手中握著籌碼，他開始擺出主大欺客的態勢，拿翹說道：『俺的手裡抓的並不一般；她可是中島城主唯一的女兒，安藝國未來的主人哩！』赤鬼般若眼角掃到肥胖多肉的豬八戒，和壯碩魁梧的沙和尚。隨即哄抬價碼說道：『這樣吧！你身邊站的兩個人也算上，你們三個外地來的和尚，一起過來換回小公主。俺的窯口；還有一幫子弟兄得分享才行。此事就這樣敲定，沒得商量！』

聽得送經綱一行人火冒三丈、氣不過的孫悟空猝嗟斥責道：『瞧你這幅鬼樣子；真是狗嘴吐不出象牙，現在竟然得寸進尺、貪得無厭。不如乾脆連俺也一塊賠上，四個換她一個。要不！』赤鬼般若斜眼睥睨；打量著孫悟空。然後不屑說道：『這猴頭猴腦的傢伙，也不撒泡尿；照照自己長什麼鳥樣。一身毛皮包骨、鄙猥尪羸，吃你不僅僅嫌累；恐怕還得跑茅廁，拉三天的肚子哩。給俺滾遠點；別在這裡礙眼煩人。』說完掉頭轉身離去，留下一句：『俺一時帶不走這三個大肉球。限你們三天之內，到阿鼻山丘自己送上門來。否則；中島城主的寶貝女兒就只好裝進俺肚子，變成一堆屎囉。記得三天之內趕到；俺的耐性極為有限。勿謂言之不預！』

悲痛欲絕的中島城主伉儷和眾官員，還有義憤填膺的送經綱一行人，眼睜睜見那赤鬼般若挾持少公主；登上烏雲揚長而去。遺留在地上的；只是小百合公主的一只伽羅薰香錦囊。見物猶如見人，目睹這一幕；任誰皆不嗚呼傷哉！

中島城主甫地領著城裡的百官甍子❷、珥貂衣袞❸，對著唐三藏又跪又拜，哀怨懇求道：『周濟！周濟！請上國法師高僧們展示大慈大悲、高抬貴手；救救我們公主吧！小百合公主是死是活，全都仰仗諸位矣。千拜託！萬拜託！』唐三藏央央走了過去，扶起他們說道：『南無阿彌陀佛，我佛慈悲！我等皆為桑門九尊❹之軀，豈有見死不救之理。解魘❺救人之事，無須諸位苦苦相求；實乃我緇衲修行者自當所為。何須罣礙！』安藝國城裡的上下，聽了唐三藏這番深明大義、又甘又脆的話；大家才稍微轉憂為喜、釋然開懷。

卻見一邊的宮廷陰陽師哀聲嘆氣，鬱鬱說道：『唉！難得大唐上國的法師；心懷浩然正氣、挺身而出，為我安藝國朝廷排憂解難。然而諸位高僧有所不知；那赤鬼方才提到的阿鼻山丘……唉！是一個……』陰陽師吞吞吐吐、有苦難言。松本城主的隨扈一旁怯怯說道：『阿鼻山丘，在東瀛這一帶是出了名的人間地獄。一群極端變態、禽獸不如的惡鬼，有著魔界的背景；他們會把捕獲擄到的獵物，糟蹋羞辱、百般折磨，再予剝皮剉骨而食之。可怕至極啊！哀哉！哀哉！』

說天上、話地下；哪有孫悟空不敢去的哩。他從來沒怕過什麼水深火熱、驚悚恐怖的鬼地方。於是慰藉大家說道：『且安心！且安心！不說他啥子阿鼻山丘；大凡三界十方❻沒有俺齊天大聖去不得的地方。再者；那赤鬼還敢嫌俺的肉不好吃，俺這回；非要把自己塞進他那櫻桃小嘴，看他那張臭嘴如何消受哩。』豬八戒打鐵趁熱，站在旁邊敲邊鼓；明白說道：『咳！你們壓根還沒見過大蛇拉屎呢。就怕他不夠變態；我們即是專治變態的達人。管他是窩在大鼻還是小鼻的山丘，你們盡管說出那個地方在哪？其他的事就不用擔心，一切有我們來修理就得啦。』

詎料這幾位大唐朝廷差遣而來的送經綱一行；這般果敢神勇、毫無懼色。令在場的安藝國君臣黎庶；無不五體投地、心悅誠服。

於是；對這方天文地理至為熟悉的陰陽師說道：『本官實話實說吧，這阿鼻山丘；正是我不久前在宮廷宴席上，提到的鬼宿星象方位，一處大凶亟惡的地方。看樣子；諸位中原來的高僧，命中注定躲避不過矣。恐怕將面臨那天狗七星纏身之厄運。』陰陽師一絲不苟又說著：『數百年來；鄰近各國之官宦百姓，根本沒人敢靠近隸屬魔界的阿鼻山丘。傳說中；該處飛鳥逃離、百獸絕跡、眾生避諱猶不及。經過那裡如同陷身地獄，肯定屍骨無存也。』

悟空聽得頗不耐煩，快人快語說道：『真囉嗦！到底有完沒完，皇帝不急；卻急死太監。咱們這會兒救小公主要緊，請你直接了當；說明阿鼻山丘在哪吧？』陰陽師和幾個大臣面露愧色，這才一五一十地；詳細指出那人間地獄的具體位置。

『讓諸位法師前往阿鼻山丘白白送死，本城主心有愧疚。不如本城主遣派兩千名宮中武士伴隨前往，一起把小公主搶救回來。』中島城主義正嚴辭說道。

『阿彌陀佛！城主的好意；貧僧心領了。一則；人多會打草驚蛇。再則；妖魔鬼怪大大不同於土匪山賊，清剿他們非一般官兵武士可為，徒增無辜的死傷人數。惹惱他們；反而於事無補，對少公主更是加遽險情、惡化情況。』唐三藏面露慈善，婉拒中島城主說道。停頓一下，又說道：『請中島城主與諸位大德放心，我等一行人足夠應付阿鼻山丘的妖魔矣。貧僧保證；一定會很快的將小百合公主，完好無缺地帶回安藝國；交付到城主您的手中。阿彌陀佛！』

中島城主唯恐卻之不恭；只好回言道：『那只好委屈諸位上國的高僧了。本城主必然率宮中群臣早晚綸貫、常駐佛堂念經禱告，祝佑此行；圓滿成功。勞駕！勞駕！』據稱；阿鼻山丘距廣島城約有百七十餘里路，三天的期限還得抓緊才行。為了小公主的安危設想，唐三藏領著送經綱；很快辭別中島城主，離開安藝國；朝兌坎的方向，直奔目的地而去。

翻山越水、時光如流、披星載月、風塵無休，終於在第三天的清晨、初陽乍現；踏入所謂阿鼻山丘的鬼域，一個讓人望之卻步的魔界鬼域。

噫！此情此境；陰風戾戾、魅影幢幢，烏霧漫漫、草木欃欃。有詩為證：

煙波環山漫迷霧、莽原荒野染紅土。幽壑虛渺雲密佈、危巉高聳險四伏。
雜草叢生蘊怪樹、坤靈謐寂鳥獸無。碧羅蒼茫隱山麓、斑爛岩崖竟扶疏。
仙凝蔽曜晨若暮、渾渾噩噩難九如。曲折山徑掩直路、旁門左道蓋正途。
懸命此間如朝露、眾生塗炭方知苦。此丘阿鼻孰進入、置身地獄且痛哭。

『好生詭譎神祕的地方。』辛甘四顧山丘的周遭環境，感覺渾身不對勁。豬八戒呸一口濃痰，說道：『什麼鳥住什麼窩，什麼巡更[7]就敲什麼鑼。看這赤鬼般若；也只配躲藏在這種鳥不生蛋的鬼地方。』沙僧也說道：『隨時隨地；在這裡都有可能冒出邪魔惡鬼哩。』真是名不虛傳的人間地獄，令人不寒而慄的阿鼻山丘。

孫悟空輕聲說道：『噓！說話小聲一點，暫時不要輕舉妄動。這一帶邪門歪道、妖氣十足，你們在此保護好師父和看緊背笈裡的真經行囊。待俺先前往壑峪麓谿去摸摸底、探探路。切記！』他才說完；唸訣變化成小蒼蠅，獨自飛向山塹丘峪而去。留下幾個送經綱的師弟照顧師父唐三藏，以靜制動、以逸待勞。

且說那孫悟空變作小飛蠅；離開之後，留下一行人在山路旁；一株奇形怪狀的蒼松老樹下休憩養神。師父唐三藏即結跏趺坐、佛心入定；唸起梁皇水懺和孔雀真經。沙和尚則解開腰際的葫蘆；輕啜幾口老窖。辛甘自顧打磨著劈天刀；以備不久用來宰殺這方鬼子。唯有豬八戒躁鬱地走來走去、坐立不安。

『玄乎！真玄乎！咋的這鬼地方，竟然出現蟲鳴鳥叫聲哩？』八戒矍然聽到樹梢上；有聒噪的鳥叫聲，亂草中也冒出紡織娘❽的蟲鳴聲。八戒即好奇抬頭仰望；見松枝停有幾隻烏鴉正在吵嘴，互不相讓。八戒彎腰撿起石頭，朝烏鴉扔了過去，料不到一堆烏鴉飛到他頭上，拉出來的臭屎；適巧掉落在豬八戒的頭頂上。一肚子惱火的豬八戒拿著九齒釘耙追著就打，嚇得烏鴉趕忙飛走。

烏鴉飛到哪！八戒就追到哪！不甘罷休，鬧得一行人見狀；噗哧大笑。看著他窮追不捨，越追越遠；一上間就翻過山峪不見其蹤影了。大家並不當回事，喝酒的繼續喝酒、打坐的繼續打坐。

『救命啊！有誰快過來救我啊！』在山丘的另一頭，須臾遠處傳來豬八戒淒厲的呼救聲，震撼著環山峪谷。沙和尚驚覺大事不妙，說道：『糟啦！大師兄才離開不久；怎地二師兄就出狀況哩？不行！秦願守著師父和真經。辛甘跟俺走一趟，咱倆快去救二師兄。』他舉起彎月寶杖，拉著小師弟；向呼救的方向奔馳前去。

二人越過山坡之後；為眼前的一幕驚呆了。在荒阪廢畦、雜草叢生的阡陌田窪裡，駭然瞧見一群蜂湧而至的稻草人，持鐮刀、握斧頭、撲向豬八戒追殺。辛甘詫異說道：『不對啊！剛才路過的時候；這些稻草人不都是插在荒蕪廢棄的農田中，隨風飄蕩。咋地一轉眼；像惡魔附身、突兀的兇猛發狂起來啦？』沙和尚苦笑著說道：『還真邪門！俺過去打妖無數；卻頭一遭遇到這種詭異的敵人。今個居然與稻草人抗衡為敵了。』辛甘說道：『無暇想這些；咱倆先快點救二師兄再說。』為了給豬八戒解圍；他們衝進稻草人的陣營中奮勇廝殺。最麻煩的是；這些無血無肉、沒有生命的稻草人妖；即使砍斷他手、去掉其腳，卻絲毫不痛不癢，無所畏懼、越挫越勇。三個人逐漸力不從心、殺到精疲力盡；還是無法擺脫遭到圍困的苦戰態勢。終於……！

再說大聖變作小飛蠅；獨自在遼闊的山丘中，飛來飛去、不停打轉。阿鼻山丘的地表環境；在大聖火眼金睛掃描之下，雖然遍地充滿妖氣；卻也不見地面有絲毫動靜，這種沉寂森幽的情況更讓人心驚膽跳、惶恐不安。他穿過密密的叢林、越過嶙峋的巉岩，到頭來卻是一無所獲。到底要如何去尋找阿鼻山丘的妖魔鬼怪？

大聖為了抓緊時間；拯救命在旦夕的小百合公主，耗費精力在阿鼻山丘附近俯瞰查勘，終究白忙一場。靈光一閃；他迅速降落地面變回原形，掐指唸咒；呼喚此方的土地和山神出來問話。

收起金箍棒；唸了數十回的「唵嚂淨法界、乾元亨利貞」咒訣，卻不見那土地與山神現身回話。這是曩昔去西天取經、這次東瀛送經；前所未見的情況哩。何故？量他倆也不敢泄沓❾怠惰、避而不見。莫非這阿鼻山丘的土地和山神受到驚嚇；皆已逃之夭夭。甚至已經為妖魔所俘擄囚禁、淪入囹圄矣。

與其疑神疑鬼、天機難測，大聖整理直裰虎裙，橫豎想著：『罷！罷！人世間；不可思議的事多如牛毛。不如暫時作罷；先折返來處；所謂：三個臭皮匠、勝過一個諸葛亮。俺找著師父師弟等一行人商議；再做打算。馬回！馬回！』等到大聖悟空折回蒼松老樹下，竟然只見小師弟秦願單獨看守著師父和真經；另外三個師弟無影無蹤，大聖不覺頭皮發麻、膽顫心寒，心中涼了半截。再聽白馬秦願敘述半晌前所發生的事，心中有數；豬八戒等三人恐怕凶多吉少、一去不回也。

『唉！俺臨離開前；忘記告訴你們，就是這棵老松樹鄰近範圍；皆為俺施咒佈下隱身術。』大聖悟空唉聲嘆氣說道：『只要不逾越樹外三尺，神不知、鬼不覺，肯定沒事。只須用屁股想也知道；那幾隻烏鴉根本就是釣餌，藉故把豬八戒給哄騙出去的。這下麻煩可大了！』唐三藏和秦願二人聽完；頓時緊張起來，說道：『如何是好？如何是好？』

『事到如今；惟有投其所好、將計就計了。』大聖不落窠臼，毅然決然說道：『不須緊張；你們還是待在這裡、按兵不動。俺來個：姜太公釣魚，願者上鉤。等著！等著！』大聖唸咒轉個身，變成了師父唐三藏的模樣；頭上戴著毘盧方帽、身穿錦襴袈裟、腳下一雙達公鞋。左手拿著紫金缽盂、右手握著九環錫杖。儀表整備妥當，逐裝模作樣、大搖大擺；逕自邁開大步，沿著山路直走。

整座阿鼻山丘死氣沉沉、乾坤俱寂。驟然山間內；冒出個「金蟬長老臨凡塵、軒昂氣宇羅漢身、錦襴袈裟彩織成、光鮮耀眼映眾生。」一值此幽峪崒麓；走著一個招搖過市、色彩鮮艷的目標，擺明就是等著猛虎餓狼現身，撲過來也。

果不其然；悟空變作的假唐僧，越過山坡土丘；走在一處硉兀延宕的峪谷谿壑之間。剎時一陣激烈搖晃，方儀震盪、山崩地裂，整個路面塌陷坍方，大聖這才頓悟清醒；原來這地表下面是一座活生生的地底城。凹陷的路面片刻又回升上去，恢復原狀。而摔下去的假唐三藏，很快被那「守株待兔」的鬼卒活捉綑綁，押送到地下宮中的殿堂去。表面惶恐不安的假唐僧，私下則是喜悅探路摸底的大聖。

『太好了！踏破鐵鞋無處覓；得來全不費工夫。這條漏網的大魚；卻自己送上門來，』赤鬼般若從寶座站起身，走近假唐三藏的身邊，磨拳擦掌、口沫橫飛說道：『你可是讓俺朝思暮想、寢食難安；整整有三天啦。簡直是命中註定；你活該當我們盤中的美食啊！』

兩旁另有兩個鬼王；一個是面色慘白的白鬼般若、一個是黑乎乎的黑鬼般若。三個鬼般若長相和衣衫都一個樣，只是儀表的顏色不同。

白鬼般若忍不住嚥下口水，說道：『還是赤鬼大哥有眼光，果然如你所言；確實是肉中頂級的精品。比起剛才抓來的三個肉球，簡直是天壤之別。』

黑鬼般若也口水直流，說道：『且不說那三個肉球。像這般上等貨色；就算百萬人也未必得其一呢！』三個鬼般若見著皮白肉嫩的假唐僧，眉開眼笑、樂不可支。他們提及的三個肉球，顯然指的就是豬八戒、沙和尚和辛甘等三個師弟。

『你們到底有完沒完？廢話真多！』大聖變作的假唐僧，不悅地說道：『咱們可是如期遵守約定送上門來的。你這赤鬼是否應該遵守承諾，馬上釋放安藝國的少公主呢？』赤鬼般若嘻皮笑臉，推拖敷衍說道：『急啥！就她那幾兩肉；給我塞牙縫都嫌不夠。放心吧！稍晚俺兄弟再研究研究也不遲。』大聖扮作的假唐僧；氣得正要破口大罵這幾個鬼般若；食言忘信。形勢突然起了變化。

一上間；整片鬼域敲鑼打鼓、歡聲雷動。鬼卒們前呼後擁；擁躉著一個身高十丈、青面獠牙、頭大如斗、臂粗似牛。身穿金盔銀甲、腰繫太刀紮錦帶、腳穿鹿皮翻毛靴。那三頭六臂、赤髮綠髯的鬼樣子；大聖一眼就認出來，不正是當年在長安慈恩寺大雁塔，那劫經不成、口出狂言的「鬼一刀」乎！真是冤家路窄哩！若不是為了救小百合公主和豬八戒他們，悟空絕對和這鬼一刀沒完沒了。

『魔界太極：鬼一刀萬歲！萬歲！萬萬歲！』待那狂傲不羈的鬼一刀坐正大位，一群鬼卒們齊聲吶喊著。三個鬼般若也恭敬地陪坐他的左右，忙著為他倒酒斟茶。

『接到你們通報；俺立即從富記押馬的大本營趕了過來。』鬼一刀大口喝酒，一雙虎眼盯著假唐僧不放。忽地拍著大腿、神采飛揚說道：『請本王過來分享美食？你們說的就是他嗎？你們這回歪打正著；中頭彩的大獎啦！你們可知他是誰？』三個鬼般若茫然無知的回道：『他是誰？不就是一個華夏中原來的出家和尚。咱們嘴裡的一塊肥美上等肉罷。不是嗎？』

鬼一刀神氣活現說道：『你們真是狗眼看人低。說出來；嚇死你們！他就是大名鼎鼎、遐邇皆知的玄奘法師唐三藏啊！』三個鬼般若恍然大悟、嘖嘖稱奇說道：『唐三藏？那個去西天取佛經的唐三藏？就是吃他一口；能長生不老，再吃一口；可與天同壽的唐三藏？』鬼一刀與高采烈、笑著說道：『正是他！就是他！』

『醒醒吧！幾隻流浪狗在作白日夢。』假唐三藏譴嘲譏諷說道：『瞧你們這鬼樣子、雜碎的德性，也配吃俺的肉。想與天同壽；去吃大便還快些！』赤鬼般若跳起身，惱羞成怒；想過去踹假唐僧幾腳。教訓！教訓！

『且慢！且慢！』魔界太極鬼一刀猛然制止，有所疑慮說道：『西天取經那一掛裡面，有一個瘦皮猴叫孫悟空的。本太王當年去中國長安搶西天真經的時候，曾經與那孫猴子交過手，武功高強、不容小覷啊！你們這回可有抓到他哩？』

赤鬼般若恝置⑩竊笑、不當回事說道：『沒錯！俺三天前在安藝國劫持小公主的當下，確實見到有一個長得一幅猴頭猴腦的傢伙；跑出來咆哮嗆聲，說什麼……要把他自己送給本般若吃。噁心死了！』白鬼般若插嘴說道：『剛才；在阿鼻山丘看風巡視的稻草人；順手抓到三個他們一夥的，卻不見有你提到的瘦皮猴。莫非他有自知之明，不敢前來送死。』悟空扮作的假唐僧；站在羞辱他的鬼般若之前，強強忍著怒火，等著稍晚再一起作個總結；秋後算帳。

『不行！夜長夢多、瞬息萬變。留下這潑撒的野猴；只怕會橫生枝節。還是得快刀斬亂麻，趕盡殺絕、斬草除根。』世故老練的鬼一刀，非常不放心。他取出令牌，交付赤鬼般若說道：『魔界太極授令：令你赤般若再跑一趟安藝國。假裝交還他們的少公主，將那孫悟空引誘出來殺掉，取其猴頭回來上呈給本尊。知不！』

赤鬼般若雙手接過令牌，正經八百回道：『得令！本般若明天一大早，就動身前去安藝國；奉令取回孫悟空的首級上繳。區區小事一樁，勿慮！勿慮！』

商議完；如何處裡孫悟空的事，這下才和緩大殿上緊張的氣氛。接下來；吩咐殿前幾個鬼卒，押解假唐僧去牢獄關起來。酒菜很快擺上桌；大鬼小鬼開懷暢飲起來。想著此生有幸大啖唐僧肉；得以長生不老、與天同壽。直叫人遐思何似！

號稱「人間地獄」、聲名狼藉的阿鼻山丘，為何如此惡名昭彰？到底這群鬼物有何種令人驚悚畏懼的惡劣行徑？面對宿仇三頭六臂的鬼一刀，他與三個鬼般若結合；大聖未來又該如何來較勁，順利化解危機？敬請期待 下回分解：

『註解』：

❶點禮：古代指檢閱、觀摩之活動。
❷鬻子：指商賈生意人。
❸珥貂衣衮：古代指達官貴族。
❹桑門九尊：桑門乃指佛教修行，九尊則為五佛四菩薩的總稱。
❺解魘：驅邪除害、解除惡魔纏身。
❻三界十方：乃指所有的天地宇宙之間。
❼巡更：古代負責夜間巡邏、敲鑼報時辰的更夫。
❽紡織娘：一種螽斯科的昆蟲，主要分布於日本伊豆半島以南地區。
❾泄沓：指藉故推拖，精神渙散。
❿恝置：絲毫不在意，根本不當一回事。

第七十六回　魔界太祖率諸惡　群仙聚義動干戈

且說孫悟空在惡名昭彰的阿鼻山丘；獨自來回巡視摸底。飛遍整座幽靜無奇的山域，卻毫無所獲。折返送經綱一行人休憩之處，才得知師弟豬八戒等三人已經為荒畦野地中的稻草人妖擄走。他囑咐師弟秦願守護好唐僧師父和真經抄本，然後再變作假唐僧，將計就計；孤自邁步走向阿鼻山丘去。

「不入虎穴，焉得虎子」果然走不多時，路面自行塌陷崩落。讓他驚覺；原來阿鼻山丘的下方，竟然深藏一個地底城。不慎摔下地層的假唐僧，很快遭到鬼域裡的士兵逮捕。押解到大殿隨即真相大白，這座鬼域竟然是宿敵「魔界太極」鬼一刀掌管大權，指揮赤鬼般若、白鬼般若、黑鬼般若等；三個恐怖的鬼王。

三頭六臂的鬼一刀，確認孫悟空不在被俘虜之列，即心生暗鬼、坐立難安。為了斬草除根、去除隱患，遂命令赤鬼般若隔天趕去安藝國，假裝交還少公主來引誘孫悟空現身，再予以殺害。赤鬼般若打從心眼就瞧不起大聖孫悟空，他恝置訕笑說道：『區區小事一樁；俺明天一定會將孫悟空的首級奉上。勿慮！勿慮！』

幾個魔界鬼王商議完畢，如何處裡孫悟空的事之後，開始開懷暢飲。大夥一心想著吃唐僧肉；均可長生不老、與天同壽。豈止快哉！

話說那偽裝成師父唐三藏的孫悟空；被一堆鬼卒押往地城最末端的牢房。沿途中；他見識到名不虛傳、臭名遠播的阿鼻山丘，各種慘不忍睹的景象；各種厄狀盡收眼底。遭到妖魔劫持押過來的市井草民，如同身陷閻王森羅殿的十八層地獄。逐一遭到暴虐酷刑的無辜百姓、任宰任割，下場悽慘無比。詩中提到：

阿鼻鬼般若、山丘活閻羅。歷地獄苦劫、無論對與錯、煎熬又折磨。
拔舌拉扯斷、手指剪一坨。蒸籠蒸人胙、鐵樹萬仞割、孽鏡映心火。
銅柱綑綁燙、千刀將皮剝。上冰山挨凍、接著下油鍋、牛角頂難躲。
巨石輾壓過、臼樁搗肉窩。入血池沁泡、枉死牢切戳、磔刑竟蹉跎。
男的千刀剮、女的姦淫多。銼刀鋸汝身、十八般壓迫、不死也難活。

往牢房的途中；經過一片哀鴻遍野、鬼哭神號的地下人間地獄。其中更有一間「七三一」號房；專司人體實驗、鑽研毒氣、活體解剖……慘不忍睹。好不容易才押到監牢的地方。大聖喘了一口悶氣，進到牢獄內；這才看到豬八戒、沙和尚和辛甘三人正靠在牆邊打盹著。小百合公主則蜷縮身子；獨自在一處角落低泣。

『糟糕！師父您怎麼也被捉進來了？這節骨眼；師兄到底跑哪去哩？急煞人也。』豬八戒絕望地望著假唐僧，擦拭淚水說道。假唐僧拍一下他的豬頭，奚落說道：『你這夯貨！少說兩句；沒人當你是啞巴。樗櫟傻乎！』幾個師弟一聽；心中有數，很快展開笑顏、雀躍萬分。小百合公主向假唐三藏匍跪說道：『上國法師；請你慈悲、救救我吧！』假唐僧扶起少公主，安慰說道：『公主莫怕！妳且在此安心歇著。俺保證；明天妳就可以回到安藝國宮中，回到妳父王中島成主的身邊了。』滿臉憂愁的少公主聽到這番話，心中積壓的大石才得以拋開。另一頭的牆角，仰躺著兩個白髮蒼蒼、皚鬍垂胸的耋耄老者。

假唐僧又走近他倆身邊，關心問道：『二位可是這山丘的土地和山神？難怪俺在外頭唸咒，卻不見你二人現身？原來你們被妖魔關押在這裡。』土地哀怨回道：『可惡的妖魔！捉我倆進來，又施魔咒定住我二人；根本無法地遁逃離魔掌。請法師也一塊救救我們！』大聖變作的假唐僧，站起身揮揮手召集他們，大家全都圍了過來。大聖堅定說道：『大家稍安勿躁；頂多再忍耐個一天，明天俺肯定能讓諸位脫離苦海、重見天日。』他再轉身；詢問土地和山神道：『俺現在就得馬上離開這鬼地方。快告訴俺，如何以最快最省事地走出去？』於是這山丘的土地和山神詳細指點迷津；只需左拐右繞、往東轉西、逕直穿出去就是山隈❶的峽道矣。

大聖變回原形；和師弟們又多安撫慰藉幾句。然後他變成小飛蟲，忽地飛出牢獄。按土地和山神指示的路線，果然飛出地底；來到山丘一處狹窄又隱密的麓隈峽道。好傢伙！找出這條通往地底鬼域的峽道，啥事都好辦也。

「江湖一點訣；點破不值錢。」有這方的土地和山神點破訣竅；阿鼻山丘詭異神秘的謎團逐遭到破解矣。大聖吸了一口大氣；呼下觔斗雲、火速搭雲離去。他得將情況告知中島城主，一起演一齣好戲。

隔日的晨曦初曉；公雞都還未來得及啼叫，乍然一聲巨響；從安藝國的廣島城宮廷空中傳來一聲：『宮廷裡的城主和所有人，快點給我滾出來。俺是赤鬼般若；帶著你們少公主，在宮外的跑馬場等著。聽好；逾時不候！』不一會；逐見中島城主領著一群官員，服裝不整地；匆匆忙忙跑了出來。

『父王！救我！』小百合公主見到城主，大聲呼救。中島城主也憂心忡忡揮舞著雙手。赤鬼般若有恃無恐、得意洋洋說道：『急啥？俺這回前來交還公主，是有條件的。要不要隨便你；

城主自己決定吧。』中島城主緊張兮兮問道：『有條件？有什麼條件？請你直說；本城主啥都依你的。』赤鬼般若陰狠毒辣說道：『俺知道，那中國來的幾個和尚，其中還有一個長得猴頭猴腮的。快把他交出來！再來談交易。』這話剛剛說完；孫悟空即自行從人群中走了出來，說道：『搞屁啊！昨天俺自願送給你吃，是你不要的。今個一大早；卻跑來這裡鬼吼鬼叫，擾人清夢。你這蠢蛋；現在後悔了是嗎？』

『少跟我囉嗦！你今天是死定了。』惱羞成怒的赤鬼般若，大聲說道：『中島城主給俺聽清楚；只要你當眾斬下這傢伙的腦袋，交過來給我，我立刻釋放公主。意下如何？』急著想成交；接回小公主，中島城主唯有同意了。他從隨扈的手裡拿過一把長刀，並且抽了出來。當著大家面前；揮刀斬下押跪在地的悟空首級。

哇！一顆鮮血淋淋的頭顱；城主叫隨扈送到赤鬼般若的手中。赤鬼親眼目睹整個斬首的過程，沒有異議地放走了小百合公主。他拽著孫悟空的腦袋，輕而易舉地完成任務，準備搭乘雲頭打道回府。回阿鼻山丘；向太極鬼一刀交差去也。

『急著上哪？想帶俺去哪兒兜風啊？俺可不想去阿鼻山丘喔！』手中拎著悟空的頭；竟然笑著對赤鬼說道。像見到鬼一樣；嚇得赤鬼般若的臉由赤紅轉成墨綠色，趕忙將那頭顱扔得遠遠的。赤鬼見到被斬的悟空，不過是悟空的一根毫毛罷。

他七竅生煙、怒氣冲冲轉身對著中島城主痛罵道：『你們好大的膽子，膽敢騙到俺赤鬼的頭上來。看俺怎麼修理你們！』立即掏出一柄長鉾❷追殺中島城主。

『哼！憑你赤鬼想在這裡撒野？告訴你；沒門！』大聖跳出來，拿出金箍棒；挺身向前橫加阻攔。赤鬼般若指著大聖說道：『不管你們玩什麼花樣，反正你是死定了。這回；俺赤鬼親自摘下你的猴腦袋，再回去交差不遲。』二人不多廢話；率爾各持自家武器打了起來。高手交鋒、電光石火。一個武功蓋世、一個如狼似虎，二者打得昏天暗地、日月無光。從地上廝殺到天上；再從天上拼鬥到地上。

薑還是老的辣，打了一百回合之後；赤鬼般若開始後繼乏力、方寸大亂。一個措手不及；腰部被悟空的金箍棒掃到，當場吐了一口鮮血。他心中有數；難怪鬼一刀如此擔心，橫空冒出這個孫悟空會破壞好事。不愧有先見之明、真叫人頭痛。

招架不住的赤鬼般若，朝大聖張口；睒變❸吐出一團熊熊烈火。趁大聖閃躲的時候；他帶傷跳上雲頭，欲遠走高飛、脫逃而去。倏地；一支征矢利箭射穿他的胸膛，赤鬼般若從低空掉落下來，一箭穿心、當場斃命。四週的群眾；看著小百合公主騎在馬背上，用她的流鏑馬箭術；報得一箭之仇，無不熱烈歡呼叫好。

中島城主夫妻二人；緊緊擁抱著少公主痛哭流涕，並且一起向大聖跪著磕頭致謝說道：『承上國法師劬勞之恩、昊天罔極。本城主當盡力回報之，請不吝風月；進宮受我等盛宴筵席伺候。有請！』大聖快步扶起他們，解釋說道：『見到城主一家團聚，公主得化險為夷、至此功德圓滿矣。想到俺的幾個師弟，還落在阿鼻山丘妖鬼的魔掌中。俺必須快點設法解決才行。俺不多在貴地久留矣，失瞻！失瞻！』雙方互道珍重、後會有期。大聖即匆忙辭別安藝國城主，駕著雲頭離開。

大聖並非馬上折返阿鼻山丘。他心知肚明，單打獨鬥、孤掌難鳴，很難以一己之力來力挽狂瀾。唯有上西天討救兵；和眾仙家一起討伐東瀛的妖魔。

奔往天上，見到這回輪值的仙家，是隸屬北天門真武大帝的六丁、六甲神將。他們聽聞送經綱一行，被困在阿鼻山丘的經過，甲子神王文卿氣呼呼說道：『是可忍；孰不可忍。請大聖立刻帶路；我們一塊前去掀翻那個阿鼻山丘鬼窩。』丁丑神趙子玉更是大義凜然、斥責說道：『好好的人間世；給這群鬼子搞成人間地獄！咱們不去興師問罪，豈不是有失職守、愧對天廷。何需多慮、現在就直接殺過去也！』大聖考慮再三，說道：『這回阿鼻山丘；罪犯並不一般。憑著一路過來的經驗；俺確定其背後，有更兇惡的妖魔集團在撐腰著。咱們得多添加人手；俺再去南海觀音找……』話尚未道盡，旁邊幾個仙家早已劍拔弩張，說道：『嗨！我等難道還怕鬼不成。所謂之：兵來將擋、水來土掩。這會兒；咱們就去打牠個落花流水、措手不及！』瞧著六丁、六甲眾仙家信心十足、躊躇滿志的樣子，大聖不再猶豫不決。逐領著一幫仙家神將、拿刀持劍；火速趕赴阿鼻山丘。

騰雲駕霧、淩空奔馳，不多時；眾仙已經來到阿鼻山丘的上空。甲申神扈文長大驚小怪，嚷嚷說道：『果然是個羼雜不祥、邪氣沖天之地！』丁巳神崔巨卿附和說道：『如此環山嵂崒險兀、環境幽冥蕞陋。置身此地；即使不遇著山賊強盜，肯定就得見鬼撞邪。』大聖把仙家們聚集在山丘那隱密的峽道上空，說明裡應外合的策略之後，留下六丁、六甲眾神仙，逕自走向原來的峽道。他變成提著悟空首級的假赤鬼般若，快快走進阿鼻山丘的地宮裡面。

再說；留下來守護師父唐三藏的小師弟秦願，身為白馬；寸步不離陪伴著師父和看守真經行囊。唐僧則在蒼松老樹下；盤腿坐禪、手執佛珠、默默念經。秦願偶而度著方步；偶而伸伸馬腳養神。剎時；遠方傳來一聲吼叫：『快點！大夥再分頭找一找，一定就在這附近。』一個三頭六臂、狀似豺狼虎豹的大漢，手中握著鬼滅太刀；領著數百個持刀劍的鬼兵妖卒，循跡包圍過來。他又說道：『昨天被他從牢獄跑掉；幸好魔界太祖過來指點，希望唐僧還沒有走遠。』

『赫！魔界太祖說得沒錯，可找到唐僧了』幾個妖卒快步過來呼道：『把隱身咒破解；前面蒼松老樹下就是唐三藏啦！』秦願一陣驚嚇；還來不及反應過來，就眼巴巴見著唐三藏師父被鬼一刀抓走。一個妖將問道：『這匹白馬；夠肥夠大，咱們要不一起帶走？』鬼一刀瞄一眼；搖頭回道：『麻煩！地宮裡已經抓獲一堆中原來的上等肉干，夠吃了！魔界太祖和我們還得趕回富記押馬。將唐僧和他們的佛經抄本帶走即可。走吧！』一群魔將妖兵；興高采烈地帶走唐僧和真經抄本，丟下驚魂未定的白馬秦願。顯然師父和幾個師兄們都遭到不幸了。

話說這頭；大聖才走入地宮的大殿，隨即發現苗頭不對；大殿彰顯洋洋喜氣、熱鬧非凡。不見魔界太極鬼一刀，卻見有三個來者不善的大魔頭，在殿上坐正大位。睜眼看他個仔細：

最詭譎的、即坐正首席的魔界太祖魔一世。全身幾乎透明、形影恍惚：

形骸難測稱詭異、若隱若現若琉璃。無形無狀貫邪氣、弔詭堂奧難預期。
凡塵妖魔不稀奇、狂傲狷介惟一己。孤言寡語顯大炁、東瀛稱霸嘆無敵。

坐在右邊；活像隻龐然巨蟹的魔頭，稱魔界太君惡十宗：

赤臉盤顏像螃蟹、兩側十爪似鋼鐵。一臉殺氣鎮山岳、兇殘堪稱八方絕。
聲若洪鐘驚鬼界、舉手投足皆厄邪。世間蒼生孰不怯、避之不及遭禍劫。

坐在左邊；陰沉冷酷、像似一座冰山的魔頭，稱魔界太郎沙塵暴：

顏白冰清冷如霜、雙眼碧綠氣勢昂。玄鼻若鷹惡魔樣、眾生挨近心難安。
闐然體魄強精壯、冷血傲骨卻囂張。天下太平他惆悵、亂世動盪趾氣揚。

大聖變作的假赤鬼，旁若無人、大搖大擺走進阿鼻山丘地宮大殿，將假悟空的頭顱扔在大殿的地上。神氣活現說道：『大夥睜大眼瞅著，這會兒；俺可是不負使命，輕輕鬆鬆就把那孫悟空的腦袋給拎回來啦！小事一樁、微不足道。』白鬼般若走近身邊，扯一下假赤鬼的衣角，悄悄說道：『大哥！上頭在坐的；都是咱們的魔界祖師。你該按照禮儀；先向他們致意請安啊！』這下糟了！明知這些魔頭都是大咖來著，可怎麼稱呼哩？誰是誰都搞不清楚？大略看一下；應該都是魔界太極鬼一刀的同夥。反而鬼一刀不在現場，他人跑哪去呢？大聖的火眼金睛竟然看不透這些魔頭的真實來歷。顯然都是惡中之惡、魔中之魔！

『失敬！失敬！俺赤鬼般若不知諸位大哥光臨。有失遠迎也；無狀！無狀！』大聖扮的假赤鬼打混說道。黑鬼般若站起身，不悅地說道：『言之差矣！昨晚；明明就是你遣人去魔界邀請諸位祖師；今天前來享用唐僧肉的。爾今三位大駕在座，獄中的唐僧卻不見了？不過你至少該逐一向祖師請安才是。無禮！真是無禮！』

逐一請安；搞得大聖牙都歪了。初次見面；該咋稱呼才是？白鬼般若見假赤鬼吱吱唔唔地；好意提醒道：『唉呦！怎麼你才去一趟安藝國，就啥都忘了？坐右邊的是魔界太君惡十宗、坐左邊的是魔界太郎沙塵暴。中間當然就是魔界太祖魔一世啊！咋都忘啦？快上前請安呀！』

大聖如夢初醒；那安藝國朝中的陰陽師，按天象星卦；不斷提出警告的鬼宿天狗七煞星，分明指的就是這幾個魔界太字輩，還有另外三個鬼般若。準啊！問題是，這太祖、太君、太郎到底算廟號？謚號？或者是渾號？

『免了！這種小節；不拘！不拘！』魔界太祖魔一世；揮揮手道聲免禮。

然後對著悟空扮作的假赤鬼般若，冷冷說道：『拿一根猴毛；換走安藝國的少公主，你還真精打細算哪！大概昨天這裡捉到唐僧的事，也是你一手策劃操作的罷。現在又找來西天十二個草包；藏身外頭，前來當啦啦隊助興。真有你的一套！』大殿裡的眾人；都聽得一頭霧水、搞不清楚狀況。可這番話把大聖給驚愣了，這一字一句像針扎一樣、針針見血見肉。

右座的惡十宗，洋洋得意說道：『本太君前後砍掉的人頭，絕對不下數十萬。區區十二個西天來的草包，何足掛齒哩！』坐在左邊的沙塵暴；也傲氣凌人說道：『被本太郎抓去活埋的人；肯定也有幾十萬。安藝國就交給本太郎解決吧！』

惡十宗和沙塵暴；說到歷來殺人放火的惡行業障、互不相讓、好不得意。二者更是約定好；攻破安藝國之日，來個斬首競賽。看誰砍下的人頭數量比較多。

大聖懶得理會兩個魔界頭兒鬥嘴。自己心中有數；他身份已經露餡，被識破了。眼前這個魔界太祖才真叫辣手，竟然未卜先知、且又知往鑑來。好生犀利！

既然六丁、六甲的輪值仙家，都被這魔一世抓包掌握，難道停留在阿鼻山丘外緣；老蒼松樹下的師父唐三藏和師弟秦願也遭到……？。想到這兒；大聖心中涼了半截。打心底想著：『糟了！但願師父他們平安無事。』

『唐三藏當然平安無事，只是你把遠道而來的玄奘法師；孤零零丟包在叢林的蒼松樹下，汝未免做事太草率。不妥！不妥！』魔界太祖好像會讀心術；一語又直接秒殺大聖的疑慮。旁邊所有人；依然丈二金剛；摸不著魔界太祖胡謅些什麼？

『唐三藏是何等德高望重的貴賓，怎能擺在樹叢草堆餵蚊蟲。當然要請進這裡；奉茶請益才是。』說罷；魔界太祖將手一揮，逐見到鬼一刀帶著一群鬼卒，押著唐三藏、拎著幾箱真經抄本；走進了大殿。大聖變作的假赤鬼，大驚失色、心急如焚，這回事情鬧大了。送經綱一行人；全部都送到這鬼地方矣。大聖心裡嘀咕著：『這個白馬秦願……怎地守護師父的？這會兒；人跑哪去了哩？』

『哼！上回俺特地跑一趟長安慈恩寺，警告你們；不得將這些西天佛經，給帶到東瀛八洲來。看樣子；俺今天非得把你們裝進腸胃裡，省得你們作怪。』鬼一刀說道。魔界太祖阻止說道：『不得無禮！他是本太祖的上賓，快將他鬆綁。』右側坐的魔界太君惡十宗；皺眉不解說道：『一世太祖；我們何不吃掉這個唐僧？神不知、鬼不覺；讓咱們一起與天同壽，豈不快哉！』

『幼稚！那些以訛傳訛的江湖屁話，虧你們也會相信。』魔界太祖說道：『就算唐三藏自己；在世間都無法與天同壽，更何況你才吃他幾口肉；就癡心妄想與天同壽？你腦袋裡裝的是糞便嗎！』這句話；倒是讓大聖悟空心情寬鬆許多。

『唐三藏法師；甚至他那幾個徒弟，有本太祖控管暫且免死！但是；你這孫悟空殺掉赤鬼般若；則萬死不赦！』魔界太祖一轉身，冲著大聖扮作的假赤鬼；對左右說道：『你們還發什麼呆，他是孫悟空；赤鬼般若已經被他殺掉了。快快將他拿下，給兄弟報血海深仇。』這時；大殿內喧嘩哄然，目光都鎖定假赤鬼身上。

一瞬間，鬼一刀手持鬼滅太刀、惡十宗拿著鬼頭巨斧、沙塵暴緊握金剛刺股❹，白鬼般若抓住斬龍曲刃❺、黑鬼般若亮出長槊輪刀，一群惡魔鬼怪全部朝假赤鬼般若圍殺過去。大聖悟空既然被識穿；誰怕誰！搖身一變；變回悟空原來樣子。他馬上抄出如意金箍棒，面對著幾個妖魔；傾力應戰。且看這場神魔浴血之熱戰：

千里送經陷魔域、魔界太祖佈玄虛。掌全盤、控大局、邪氣漫漫竟無虞。阿鼻山丘眾妖聚、般若魔王率黨羽、全員俱到齊。掀狂浪施暴風雨；縱橫世間筑地獄。今朝一行落折曲、雲空堙鬱、寒山悲淒。西天取經豈容易；東瀛送經更離奇。大聖揮棒打鬼何曾懼、逕自鏖戰公道取。金剛刺股輪番刺、鬼滅太刀不留情；斬龍曲刃不容覷、長槊輪刀銳幾許。幾番纏鬥、以一擋百、驍勇金箍棒；萬夫莫敵。殺過來、打回去；殊死金殿鴻鬩區。撻伐群魔非兒戲，橫豎戰到底。

雙方拼鬥好一陣；大聖面對一波波妖魔圍剿廝殺，逐漸手忙腳亂、力不從心。再這樣單挑群魔，不說救不了一行人，搞得自身都難保矣。「留得青山在，不怕沒柴燒」他正準備且戰且走，伺機退出此地。

『大聖勿走！我們趕來啦！』才想著；就見到輪值的六丁、六甲仙家們從外面；持刀槍殺進山丘的地宮內來。大聖悟空頓時精神為之一振、血脈賁張，轉身兇猛撲殺回去。形勢頃刻逆轉；魔界太君惡十宗的左肩受傷、黑鬼般若右腿被砍、妖兵鬼卒則血肉橫飛、死傷一地。眼看著西方仙家勝利儼然在望，魔一世卻胸有成竹；他從大位站了起來，大聲說道：『你們退下！通通退下吧！』

『該來的都來了吧！本太祖早就等著你們進來送死了。』如琉璃般透明的魔界太祖冷冷說道。大聖揮舞著如意金箍棒，衝過去說道：『等你個頭！倒不如等著吃俺的金箍棒好些。先打死你再說！』赤手空拳、無憂無慮的魔一世；竟雙手擺在腰後、挺直站著，任由大聖悟空亂棒揮打，無動於衷。像揮打空氣、白忙一場。

『咦？還真邪門！』大聖停下金箍棒，用手觸摸魔一世；確實穿身透體、毫無感覺。魔界太極鬼一刀冷笑說道：『早就警告你這野猴，俺大哥可不是你們惹得起的。』甲寅神明文章不信邪，也跑過來踹上一腳。踹個空，害他差些摔倒在地。

『玩夠了！讓你們休息一下吧！』魔一世緩緩說道。這時他嘴裡微微唸幾句魔咒；就見六丁、六甲幾個同時扔下手裡的武器，隨即傻呼呼地坐在地面發呆。最後；竟連大聖也跟著丟下金箍棒，躺臥地面自言自語；渾然忘我矣。

哇！這魔界太祖果然不同凡響。不用動手；就擺平身經百戰的孫悟空。這場浩劫；送經綱和十二個仙家，落得全軍覆沒、慘敗空前也。只剩下一個漏網之魚的白馬秦願，他孤家寡人，又該如何是好？敬請期待下回分解：

『註解』：

❶山隈：山間有彎曲的地方。
❷長鉾：古代日式武器，為一種長柄、雙刃槍刀。
❸睒變：一瞬間的閃亮耀眼。
❹刺股：古代日式武器，為一種長柄、前端分叉利器。又稱為指叉或刺叉。
❺曲刀：古代日式武器，為一種大型的彎刀。

第七十七回　東瀛魔界蕩賊寇　金山巍峨亂心頭

話說在東瀛；令人聞之喪膽的「人間地獄」阿鼻山丘，般若鬼王請來了魔界的四個祖宗；魔界太祖魔一世、魔界太極鬼一刀、魔界太君惡十宗、魔界太郎沙塵暴。其中猶以至尊無上的魔界太祖，最是厲害。他不但具有未卜先知的功力；更有讓人頓失記憶、茫然無知的魔咒法術，其奧秘詭譎、根本防不勝防。

大聖為了拯救師父唐三藏和豬八戒幾個師弟，帶著天上輪值的六丁、六甲仙家神將；下到地宮討伐群魔。首先被魔一世當場識破身份，在進行打鬥中；大聖打遍西天仙境、人間妖魔的金箍棒，竟然打在毫不避諱、又不還手之魔界太祖身上，有如揮打雲霧一般，徒勞白忙一場罷。

最後反而遭到魔一世施法；讓大聖與六丁、六甲十二個仙家，瞬間扔下手中的武器，魂魄出竅、六神無主，大家安靜地蹲坐地上、忘了自己是誰？靜候吩咐。

被押在大殿上；全程觀看的唐三藏，甫地熱淚盈眶。且不說輪值的仙家們實力如何；他卻從未見過武功蓋世、頑劣不羈的齊天大聖孫悟空，居然面對魔界太祖時；顯得如此不堪一擊。他連忙向魔界太祖懇求，說道：『南無阿彌陀佛！有什麼事？你找貧僧商議即可。請尊駕千萬手下留情，不要傷害貧僧徒弟和仙家們。』

『本太祖真要殺掉孫悟空，簡直易如反掌。』魔界太祖不屑一顧說道。他又認真邀攬唐僧入夥，直白述說道：『對我來說；留下你們一起為魔界效力，價值更高。你們師徒一行無須再日曬雨淋、勞苦困頓，去給難波京城的天皇去送經也。在法師領導下的諸位，皆具無量功德和遐邇聞名的超然聲望。有這等深厚的底蘊；何妨跟隨本太祖左右；一起攜手在東瀛八洲建宗立教、組織朝廷、繼而平天下。我等彼此共謀大局、相得益彰。這般反轉乾坤、天下共榮，不知法師意下如何？』

唐三藏雙手合十，誠摯說道：『南無阿彌陀佛！貧僧自幼剃度修行、一心向佛、別無所求。這回東瀛送經，實乃推廣我佛性之慈悲、佛光普照世間；佛法傳送諸方之涯角。大德誠為明理之人，應知君子不強人所難。善哉！善哉！』

魔一世並不在乎唐僧所言。他調轉身說道：『此事恐怕由不得你，稍後再議不遲。你們去把之前關押的一行人，除了這方的土地和山神之外，將送經那幾個；全部都帶到大殿來。』很快地，豬八戒、沙和尚、辛甘等三人皆押送前來大殿。魔一世略為瞅上一眼。合著身邊的唐三藏與不省人事、躺臥地上的孫悟空，魔界太祖驚訝地說道：『不對！這一行人該是六個人，怎麼會少了一個？』

負責捕捉的鬼一刀，搔頭弄耳回道：『是嗎？不說這十二個後來的仙家。剛才俺帶人出去山間巡視，確實看見在蒼松樹下；獨有唐三藏一人。』旁邊跟去的鬼卒，也附和說道：『太極鬼一刀說得對，現場只有唐三藏和一頭白馬。其他啥都沒有！』魔界太祖聽了；急得直跺腳，嗟嘆說道：『糟了！糟了！那頭白馬被牠溜掉；恐怕前功盡棄、後患無窮啊！』亂了方寸的鬼一刀，立即說道：『看牠只是一隻普普通通的馬，並沒太在意。大哥若不放心；俺這就帶人去抓回來便是。』魔界太祖搖搖頭，苦笑說道：『遲矣！太遲矣！這回；牠已經跑去南海普陀巖，找觀世音菩薩告狀去啦！』

且說那白馬秦願，在蒼松樹下；目睹唐三藏遭到鬼一刀抓走，一時魂飛魄散、不知如何是好。又一直等不到孫悟空回來，音訊杳然。他唯有變回原身；快馬加鞭、搭乘雲頭奔赴西天，趕往南海落伽山的普陀巖；找觀世音菩薩求救去了。

秦願隨著金甲諸天進到潮音仙洞內。進去即甫跪在地；對著蓮花座台上的觀世音菩薩，難過地陳述；送經綱在阿鼻山丘發生的事。

『阿彌陀佛！東瀛送經之路，著實不那麼好走，險惡坎坷更甚於西天取經之時。你們的厄劫；不言可喻，本座完全理解。』觀音菩薩微微點頭表示遺憾。沉思片刻；接著說道：『按汝敘訴的情況；悟空和輪值的六丁、六甲仙家，應該也淪落到惡魔的手中矣。你說的阿鼻山丘；其惡名昭彰、殘暴狠毒，世間無以倫比。這回欲平定這片鬼域；還得多調遣些天仙神將過去清剿才行。此事形勢危急；汝即隨本座前去居靈山大雷音寺，謁訪西天如來佛；共同商議解決之道。走吧！』

觀音菩薩由木叉使者和輪值諸天陪同，領著秦願以最快的速度搭雲直奔西天居靈山。於大雷音寺殿堂上，謁見佛祖。

『事情如此如此……結果這般這般……！』秦願再度重複阿鼻山丘遭遇；送經綱一行人不幸落難的事。站在一旁的四大金剛、五百羅漢、三千揭諦……西天大雷音寺中的眾神仙家；聽得無不嘖嘖稱奇、且又憤憤不平。

品蓮臺座上的如來佛聽罷，走下了蓮臺；娓娓說道：『阿彌陀佛！不奇怪！不奇怪！命有福禍、運有起伏，凡事皆理所當然爾。論及東瀛八洲；雖說為我佛釋度引教化已逾百年，可謂普及畿庶萬民。然則不可諱言；廣闊幅遼之地，山高水深、難免依舊存在著旁門左道、妖魔邪惡之流，伺機蠢蠢欲動、試圖抗衡。此次劫難；比起往昔取經、這回送經，都艱困險阻、難以跨越。其實；這些厄劫都在預料中也。』觀音菩薩點頭示意認同，問說：『這回，大和國之禍害橫空盡釋、魔首鬼計盡出，造成玄奘法師率領東瀛送經的一行，全軍覆沒儼然成了事實。送經之路；半途而廢，豈不可惜。佛祖可有對策因應之？』殿內的群神眾仙，這時候，個個義憤填胸、紛紛挺身請纓，雪恥報仇。

『兵凶戰險、鋒鏑相對，本非我佛菩薩該有的因應之道。但是；對方之魔界群妖皆虎狼之輩，邈然無可教化矣。』如來佛嘆一口氣，接著說道：『當前；沒有什麼比一行人，繼續完成送經任務更重要的事。這樣吧……。』如來佛召觀音菩薩近身，交頭接耳、詳細託付授命一番。達成一致共識之後；觀音菩薩為爭取時間，遂辭別大雷音寺的佛祖與眾神仙家。親自授權予托塔天王領軍；再由秦願在前帶路領著西天一群武仙神將下凡，一路朝那惡貫滿盈的阿鼻山丘；直奔而去。

一群戰神雄師；有騎青獅獸持鋼鞭的、有搭輦輿❶拿七星劍的、有騰雲駕霧執長戟的、也有乘凌風使鉞斧的、更有坐龍帶雕花弓、御鳳抄雙月錘的由天而降：

氣勢威武聲浩大、全副戎裝披戰甲。魔界肆虐孰可忍、仗義行俠是仙家。
人間地獄橫天下、遏阻送經行徑差。不容邪惡再業障、專程下凡誓討伐。
大和阿鼻罪紛沓、殘暴不仁輒欺壓。積惡太甚難恕宥、西天神仙來追殺。
神將出動莫驚訝、直搗鬼窩顧不暇。靖妖斬魔伏羅剎、除惡務盡走天涯。

秦願很快帶領西天眾仙群神：有雲樓宮降魔大元帥之托塔天王、率領著北極真武大帝、顯聖二郎真君、九天蕩魔天尊、通天殿之四大天師、居斗牛宮之四木禽星與二十八星宿、先鋒官之巨靈神、四極護衛之金剛力士……。一起來到阿鼻山丘上空。大家暫且不動聲色；踅空❷打轉，緊盯著整片山丘峽峪的一舉一動。封鎖之後；再全面展開攻擊，不讓有漏網之魚、趁隙逃脫。

果然不久，在震、離、兌、坎，四方位部署嚴密監控之下，見到驚人的一幕。一群手持武器的稻草人，押解數十個無辜的外地路客，準備送到地底下的人間地獄去折磨。稍有蹭蹬不聽從者；即當場亂刀砍死，毫不留情。

『大膽妖孽！爺們在此；豈容汝等這般放肆！』四木禽星中的奎木郎，他的淨天眼見狀；有若眼中釘、肉中刺；忍無可忍地抄著電光劍衝殺過去。九天應元府的鄧、辛、張、陶四天將也不甘示弱，跟著殺除妖孽。數百個稻草人無心無肝、沒血沒肉，砍砍殺殺也不痛不癢。草妖們反而越拚越勇，何有懼之！

『且讓！且讓！這裡有我們來搞定！』不動明王之祝融真君❸和風伯方天君，齊聲喊道。但見祝融真君手捻爆竹石火；風伯方天君左手執定風輪、右手拿元羽箑，不疾不徐、神色自如地面對衝過來的稻草人。電光閃爍的一剎那；熊熊的烈火，隨著颳起的強風，鋪天蓋地朝向稻草人燒了過去。不消片刻；就將那些作惡多端的稻草人，全部燒成了灰燼。風伯方天君再搧一回箑扇；燒成灰的草妖，連灰的影子都沒了。被捕捉的無辜路人，嚇得趕快脫逃離開這方鬼域。此時的山丘又恢復寂靜一片，死氣沉沉、蟲鳥俱無。

托塔天王一手拿著鎮魔寶塔、另一手拿縛妖仙索，喃喃說道：『不妙！不妙！明知山有虎；卻不見虎穴在哪？這阿鼻山丘說大不大、說小也不小。沒人帶路，咱們上哪找妖孽哩？』昭惠靈王二郎神信心十足說道：『無礙！無礙！俺這就帶著巡天鷹和吠天犬，領著四太尉、中軍羅漢、還有一幫仙家分頭去找。不怕他多會隱蔽躲藏，即使一根毫毛細針；也別想逃過眾仙家的神眼。等著瞧！』大家睜大雙眼；翻來覆去、走東跑西。費盡心思苦勞；不說山域裡見不到有石窟穴岫，甚至連個蛇洞鼠窩都找不到。奇哉！怪哉！詎料那人間地獄還真是詭譎神秘。

『嗨！逃得了和尚；卻逃不了廟。連俺家的少爺秦願都敢欺負。俺這回饒不了，不掀翻你們的窩，俺就不是巨靈神！』秦願的父親，大名鼎鼎的巨靈神秦洪海；恚然跳了出來。他曾經當著太上老君、元始天尊、王母娘娘等眾神仙面前；一手托住太華山、一腳踹開中條山，讓千年封閉於兩山之間的池湖山水，由兩座山撕開來的裂縫；滾滾奔流向海洋。

二話不說；在眾神群仙目光注視之下，巨靈神施展那「山崩地裂」的拿手絕活。他掐指唸訣；身軀驀然間變高變大，不斷延長伸高；直到身高達六千丈方才頓止。兩隻足足有兩千餘丈長、石峰岳嶺般粗壯的手臂，以巨掌壓住山丘兩旁的嶽巘頂端；雙手掰開大山、右腳再使勁一蹬。劇烈的地動山搖；震撼整片阿鼻山丘幅域。剎時山崩岩塌、塵土飛揚、煙霧瀰漫、石滾樹倒。不消說；窨伏深藏於山丘下方的般若地宮，樑折柱斷、卯破榫裂、宮壁坍塌、壼道全毀……。飽受驚嚇的地宮妖魔；平日沆瀣一氣、作威作福。這時皆隨著白鬼般若、黑鬼般若；雞飛狗跳、連滾帶爬，從地底潮湧而出，亂成一團。

巨靈神甫地變回原來的模樣，笑著對二郎神說道：『俺只負責開山闢地，打地溝底下，掏出一堆狗屎爛泥。接下來的打打殺殺；就不關我巨靈神的事啦！』二郎神拱手致謝，說道：『巨靈神不愧是開山祖師，勞駕！勞駕矣！』

『你們是誰？也不打聽打聽；這裡是什麼地方？竟敢跑來撒野……』白鬼般若氣呼呼地指著二郎神等仙家；板著臭臉、興師問罪。二郎神猝嗟痛罵：『這裡是什麼地方？不就是狼狽為奸、蛇鼠一窩的地方。今個，咱們打西天過來，才沒那鳥時間陪你們撒野。爺們是來秋後算帳；要你們狗命的。』

突然天際；傳來一陣霹靂巨響。魔界惡十宗太君張牙舞爪，現身嘶吼道：『魔界太祖果然料事如神，算準你們會過來。我們鬼界早就等候多時矣，納命來吧！』才說完，即從巽方持鬼頭巨斧衝過來。而魔界沙塵暴太郎；則從坎方拿金剛刺股作兩面夾擊。兩邊俱領著千軍萬馬；準備給西天下凡的神仙們，來個措手不及。

噫！降魔大元帥的托塔天王；面對早已埋伏的魔界人馬，可也神色自如、處之泰然。正所謂：「兵來將擋、水來土掩。」他嘲笑著說道：『真是一群不知天高地厚的邪雜碎，這回得好好教訓你們一頓。讓汝等徹底明白；西天佛國的神仙，壓根不是你們惹得起的。』說罷；托塔天王左右手各執一面令旗，準備迎戰妖魔。

右手高舉紅色令旗一揮；逐見開天真武大帝率著護衛四極、身高三十丈的四大金剛、還有斗牛宮二十八宿、北斗星三十六天罡、七十二地剎等天將們迎向巽方的惡十宗太君；擂鼓鏖戰。接著托塔天王左手又揮出黑色令旗；則見二郎神舉起三叉戟，領著西天之五營神將、九執曜星、十二本命元辰與河漢群神。揮刀舞劍、持棒弄槍；朝坎方的魔界沙塵暴太郎迎面痛擊。托塔天王自己則揮舞黃旗，帶著中軍各路神仙；有九天應元府的四大王將、東天門光明宮的十五修天羅漢、普天星象諸神，一起往阿鼻山丘中的黑、白二鬼般若等眾妖；撲殺過去。這阿鼻山丘的地下與天上，瞬間爆發戰火、殺聲響徹雲霄。你瞧瞧：

真武大帝鎮邪惡、玉冠松羅踏龜蛇。執劍率神將妖剋、靖伏魔界擔重責。
二郎神戰征八郎、神魔交手百回合。阿鼻山丘殺火熱、不殲妖孽怎割捨。
托塔天王令無赦、斬妖除魔乃原則。人間地獄沁血淚、黑白般若難卸責。
鋒鏑纏鬥爭一刻、兵凶戰險又奈何。除惡不盡絕不撤、重現天日耀山河。

西天諸神與東瀛魔界雙方；展開殊死拚搏。這方峰巒板蕩、那頭氣沖九霄。

先說真武大帝那一路剿魔情況；封鎖標定魔界太君惡十宗之後，由四大金剛執行前鋒衝殺向前，三十六天罡從左翼側攻、七十二地剎打右翼掩殺、斗牛宮二十八宿負責斷其後路。惡十宗太君雖然身手矯捷、身經百戰，遭遇仙將們的四方包抄圍剿，不免心中方寸大亂。魔界太君身旁的二十五個妖將；更是人人自危、惶惶難安。惡十宗太君面對真武大帝；雖然奮戰不懈，回頭卻見部分妖將鬥志俱失、且戰且退，大勢已經不妙。惡十宗氣得大罵：『誰敢退卻半步，俺就讓他死得很難看。信不！』他持鬼頭巨斧，把一個想逃走的妖將劈成兩半；殺雞儆猴、以儆效尤。卻於陣營中開始引起一陣騷亂、眾妖顯然無心繼續戀戰也。一個閃失；惡十宗左肩遭到東極金剛的鋼鞭擊中，接著頭也保不住，被真武大帝一劍砍掉。

再說二郎神迎戰魔界沙塵暴太郎，身為前鋒主將；攥拿靖魔三叉戟一馬當先。沙塵暴太郎則舞弄金剛刺股迎戰；一群妖將跟隨其後廝殺而至。詎料他們的左側撲過來五營神將、右側擁過來九執曜星、殿後的是十二本命元辰與河漢眾神。雙方打得皮開肉綻、殺到日月無光，在西方眾神將威武震攝之下，妖魔們猶作困獸之鬥，卻時不我予，逐漸力不從心、頹勢盡顯矣。

殺到一半，魔界沙塵暴太郎使出招牌絕活，掐指唸咒，猛烈強風挾雜著沙塵；混濁迷霧般的狂風沙，像綠黃色的颶風，折樹掀草、摧枯拉朽、狂暴地向西天的神將們襲捲過來。風中的沙礫碎石，打得大家痛不欲生、苦不堪言。

西天神仙抵擋不住那瘋狂的沙塵暴襲擊，正想撤退離去；驟然一聲：『區區小風，何以為懼？』原來是風伯執蓮、封姨持扇，二仙及時趕到面前；開始搖蓮搧扇。專家達人出手；果然不凡，但見沙塵暴逆轉方向，逕直撲向魔界太郎本尊。從來不曾想過；自己一朝也會栽在沙塵暴的拿手戲活上，他戛然被強烈的狂風沙颳倒在地、兩眼難張。二郎神順勢放出吠天犬，將魔界太郎的右腳咬住不放。一個掙扎不留神，他胸部的戰甲被五營王神將的流星鍾擊碎，接著增長天王斬掉他的首級。剩餘的殘兵敗將；落得紛紛跪地求饒。

阿鼻山丘地面上的黑、白鬼般若，率領的三千鬼卒本來就是一堆烏合之眾。遇著從天而降的托塔天王一夥天仙神將，更是相形見絀、輸贏立判。不到一柱香的時間；即開始逃的逃、降的降，瞬間潰不成軍。不多時；黑鬼般若的腦袋被應元府的陶將軍砍下，而白鬼般若的鬼頭則被修天羅漢摘掉。戰局很快宣告結束。

西天的眾神仙；掃蕩完天上和地下的妖魔鬼怪，各路人馬清除結束。大家立馬沖進到斷垣殘壁、牖敗柱倒的地宮中；尋找被俘虜的送經綱一行人。三眼井、七里壺、十方廓、百門房、下地界、上斗拱……。翻來覆去、巡東探西，整個山丘地宮裡面；怎都找不到他們一行人哩？

『咋辦？找不到送經的一行人。問那些投降的鬼卒；他們啥都不知道！』二郎神急得滿頭大汗。托塔天王猶豫說道：『此事有蹊蹺？據悉；魔界另有兩個大咖，一個是形影模糊的魔界太祖魔一世，還有一個三頭六臂的魔界太極鬼一刀。剛才在外面打鬥中，皆不見他二人現身。莫非；唐三藏一行人早一步被他們押走了？』送經綱唯一的逃脫者；秦願若有所悟說道：『有了！有了！那三頭六臂的鬼一刀，在捉師父唐三藏的時候，曾經提到；要趕回「富記押馬」？搞不懂他說的地方在哪？』二郎神也忽然想起鬼一刀，說道：『沒錯！當年我奉命在長安慈恩寺攔阻那傢伙劫經，他也曾提到「富記押馬」呢！』富記押馬到底在哪裡？竟沒人知道。皇天有眼；這時正巧有三個被解放經過的百姓聽到，搶著回說道：『諸位神仙在說富記押馬是嗎？那是位於東海道駿河國❹與甲斐國❺之間的一座高山。』這謎題一經破解；托塔天王顯氣清英、斥喝說道：『眾將軍聽令！大家隨著本帥殺過去。』

『唉！估計此刻的阿鼻山丘，已經被西天趕來的天仙神將攻陷。再來；恐怕就會追殺而至矣。』魔界太祖屈指一算；長噓短嘆、顰眉促額說道。不當回事的鬼一刀，一邊灌酒、一邊打誑語說道：『強龍壓不住地頭蛇。他們遠道而來，咱們則以靜制動、以逸待勞。怕他們啥？』又接著說道：『更何況唐三藏那一夥子，現在全部捏在我們魔界的手掌心，何懼之有？不是俺揭挑❻，留著孫悟空那毛猴，遲早是個作耗❼禍患。倒不如；趁著眼前他失憶懵懂，讓俺快刀斬亂麻，宰掉他！』不等魔一世同意，鬼一刀即酕醄提著鬼滅太刀；離座摔門❽而出，往牢籠走去。

三頭六臂的鬼一刀帶著手下；走到牢獄取走大聖扔下的金箍棒。打開羈押的門房獄柵，對著躺在地上的孫悟空狠狠踹上一腳，猝然說道：『你這該死的潑猴；俺早在長安慈恩寺就警告過你，不許你帶佛經來到東瀛。現在的你；只是一隻魂飛魄散的傻猴子，俺要拿你那根打遍西天、殺過群妖的金箍棒，把你打成肉醬。讓孫悟空自己也嚐嚐金箍棒的味道。哼！』才說完，高高舉起金箍棒朝向悟空猛打下去。連續打了幾棒，絲毫不痛不癢的，怪哉！卻見大聖懶洋洋地站起身；伸個懶腰說道：『你來得正好；俺被你們這鳥地方的跳蚤蝨子給叮慘了。快過來給你爹搔搔癢！』鬼一刀這才發覺；孫悟空好像已經清醒了，結結巴巴問道：『不對啊……你……你不是……魂魄俱失……已經被太祖唸咒收去。怎麼會……？』大聖笑咪咪回答道：『你鬼一刀的三個腦袋瓜是裝糞的嗎？俺裝瘋賣傻可是一流的哩。看見那六丁、六甲仙家遭魔咒收魂，俺馬上拈訣；封住七竅、守住魂魄，裝扮成中招的白癡坐在地上。說穿了；俺就是想跟你們過來摸底的。懂不！』鬼一刀看著手裡的棒子，又追問道：『難道說；你這支金箍棒也是……也是假的嗎？』

『那只是俺八萬四千根毫毛中的一根而已。你還當真！』大聖慢慢從右耳掏出真正的如意金箍棒來，說道：『注意聽好！說起俺這金箍棒：長可達四十丈、得有個八丈粗。上抵三十三西天、下至十八層地獄。一擊天門開、再擊地戶裂、三擊定三界。不說打你這三頭六臂；就算千頭萬臂也照打不誤。信不！』咒語一唸；寒毛般微小的棒子瞬間變大變長。大聖揮舞著金箍棒說道：『說到底；是你自己過來送死的；俺就痛痛快快送你走吧。』帳目不清的鬼一刀，六隻手還趕不及拔出腰間的鬼滅太刀，當場三個頭殼；都被大聖逐一用金箍棒點名敲碎，腦漿四濺、轟然倒地身亡。旁邊的魔界鬼兵逃跑未及，也被豬八戒和沙和尚活活打死。

事實上；當他們被押解過來之後；大聖即恢復原狀，在獄中和大家商議好對策矣。事不宜遲；既然已經除掉鬼一刀，接下來就是去圍剿魔界太祖、找回西天的真經抄本了。大聖對著小師弟辛甘說道：『你且在這裡；守護好師父和六丁、六甲幾位仙家們，我們得抓緊時間處理事情。』悟空臨走猶不放心；拔出一堆毫毛變成假孫悟空，一起待在牢獄裡面保護唐三藏。

三個神勇的師兄弟；如同秋風掃落葉，從牢獄一直殺到殿堂。若隱若現、呈半透明狀的魔界太祖，對著殺到跟前的大聖三人；視若無睹、神態自如。他放下手裡的茶杯，揮揮手；慢條斯理說道：『都停手吧！硬打死拚都不是解決事情的辦法。你們想要什麼？本太祖再清楚不過。想討回幾箱子西天真經抄本，是不？那就隨我來吧！』話不多說；他站起身子，逕自向著宮殿臯門走了出去。

位於富士山頂的魔界宮殿，惟見魔一世大步邁出；跳上雲頭，然後獨自乘雲疾飛而去。孫悟空、豬八戒和沙和尚也搭雲尾隨其後、緊追不捨。三人站在飛馳的雲端；打起手蓬盯住魔界太祖，很快飛進一片濃密飄渺的茫茫雲海裡面。

在渾雲蔽空、仙凝無際的雲霧中；遽然失去了方向。好不容易；那三個才飛出了籠罩在煙波虛渺的雲層迷霧。衝出雲層外面；竟然失去魔界太祖的身影，真格急煞人也！此時；卻見天上彩雲紛飛，雲端迎面而來一群絕世美女：

傾城姿色盈春豔、一顰一笑乃天仙。嫣紅黛粉美嬌顏、風韻麗質冠世間。
纖纖柳腰白玉臉、婀娜娉婷逞秀娟。花容月貌玲瓏現、淑靈婉曼儀萬千。
荷粉垂露兮美眷、盼蒨其媚不覺遠。窈窕美女眾欽羨、姍姍而來至跟前。
櫻唇皓齒桃花眼、華鬘雲鬟披香肩。乳燕春鶯惹人戀、煙潤冰清來結緣。

看得豬八戒和沙悟淨二人，頓時兩眼發光、蠢蠢欲動。這些天際的嬌娥；主動投懷送抱、拉扯糾纏。弄得他二人情不自禁地左摟右抱、坐享齊人之福。

『啪！』的一聲，兩人同時大叫：『哎呦！』孫悟空各賞耳光一個，打醒他兩個說道：『色字頭上一把刀，沾不得也。這個大魔頭還沒捉到，你們咋地見色忘義、陷入花叢肉林；不可自拔哩！走！繼續追下去！』大聖揮棒趕走那些不知打哪冒出來的美女。揪著兩個依依不捨的師弟；朝雲層內接著尋找魔界太祖。

又在渾厚迷惘、皚皚白雲裡面轉來轉去。再次衝出雲層，三個人、六隻眼，八方瞧……。赫然聽見八戒一聲驚叫：『你們快過來看；在下方的山巒群峰裡面，怎麼會冒出金光閃閃、耀眼奪目的地方呢？到底是啥玩意！』孫悟空和沙僧轉身見著，都訝異說道：『好生刺眼的珠光寶氣。走！咱們下去瞧個清楚、看個明白。』三人懷著無比的好奇心，將雲頭驟降低飛而下。

『哇噻！這是真的嗎？』眼簾裡居然出現一座閃亮的金山；整座山鋪蓋一地的黃金。即使巨岩細砂、石壑峭壁，皆是貨真價實的純足黃金。這方名符其實的金山；即使山中的一草一木也身價不凡，都是翡翠珍珠、瑪瑙白銀，由諸多稀世寶物打造而成的，置身於金山銀樹之下，不瘋也變癲了。詩中是這般描繪之：

滿山遍野黃金造、置身金巒樂逍遙。金光奪目忒閃耀、取之不盡任汝掏。
心花怒放眼撩亂、金山屹聳比天高。嵯峨巍巍金鋒貌、砂石俱金知多少。
銀樹林森猶彧茂、翡翠白玉鑲花草。熒煌珊瑚加玳瑁、珍珠無數伴瑪瑙。
黃金大地開懷笑、不枉此行走一遭。紫醉金迷撩心竅、坐擁金山得趁早。
峰麓鉅細俱金質、滿目盈眶皆珠寶。世間際遇孰能料、把握良機在今朝。

面對遼闊的黃金山脈；還有那些數不盡的稀世珍寶，讓三個送經綱的欣喜若狂、一切恍如夢幻、遁入渾然忘我。即若金碧輝煌、金雕玉琢，拿全天下最宏偉豪華的宮殿樓闕，擺在這座金山面前相比；簡直微不足道、變得一無是處也。

方才躲過美人關，這一刻；來到金銀關前。管他魔界太祖是誰？幾箱西天的真經在哪？早就忘得一乾二淨、丟到九霄雲外去矣。難道東瀛送經之路；走到這裡就此打住了嗎？他們避過色劫，能逃過財劫乎？欲知後事；尚請下回分解：

『註解』：

❶輦輿：古代宮廷使用之車轎。
❷踅空：在天空盤旋打轉。
❸祝融真君：中國民間所稱的火神。
❹駿河國：位於本州；又稱遠江，即今日本的靜岡縣。
❺甲斐國：位於本州東海道，即今日本之山梨縣。
❻揭挑：挑剔找碴。
❼作耗：指搗蛋、作怪。
❽摒門：指推開門戶出去。

第七十八回　太元尊神示訣竅　無極魔殿難逍遙

話說大聖悟空帶領豬八戒、沙和尚等，三人為徹底殲滅魔界、追討西天真經抄本回來；從富士山頂的魔殿中殺出，搭乘觔斗雲上天；緊追那魔界太祖不放。

在追逐魔一世的時候；竟然衝進一處茫茫無際、視野迷濛的渾厚雲層裡。好不容易才脫離了雲海；卻也失去魔界太祖的蹤影。

茫然不知所以；卻在雲端上迎來一群絕色美女。天仙嬌娥、美不勝收，圍著三個師兄弟糾纏不放。豬八戒和沙悟淨立即陷入美色之中、不可自拔，幸得孫悟空依然保持清醒狀態。他迅速拍打兩個師弟腦袋，喚醒他們勿為情關迷惑、繼續追趕魔界太祖才是正途。

拉扯依依不捨的八戒和沙僧，打鐵趁熱、貫徹始終去殲滅太祖魔一世。他們在雲端；又再次穿入渾厚的雲層內，往返穿梭；時而入、時而出，飄渺渾濁的雲層讓人捉摸不定。三人急得站在雲端上，搭著手蓬四處遠眺、望眼欲穿。這時；豬八戒竟然被下界山域的強烈金光吸引住，一行人降下雲頭；瞧個仔細、看個明白。

詎料；一座巍峨壯闊的黃金高山，矗立於眼前。孫悟空他們三人見狀；全部都瞠目結舌、當場驚呆了。這回為送西天真經至東瀛，圓滿功德；不惜萬里長征、翻山跨海、日曬雨淋、一再地除妖斬魔……卻於最後的行程，在堆滿稀世珍寶的金山面前；跖金蹠銀❶、琳瑯滿目。

再搓揉英玄看個仔細。赫！且不說地面鋪金鑲玉；甚至天上飛的金鳳凰、金鸛鳥、即使那最是一般般的麻雀；也是金絲雀。上上下下、來來去去，到處都是金光閃閃、耀眼迷人。長久秉持的清貧樂道、浩然正氣，這回竟徹底崩潰。一時間；三人呆滯失神、心猿意馬起來。緊接著變得財迷心竅、慾念橫流矣。

甚至孫悟空也無法擺脫滿山遍野的金銀財寶誘惑。魂魄出竅、癡心妄想；如何將這座珍貴的寶山，施卯酉星法；遷移回東勝神洲的花果山去。好讓山裡的猴子猴孫們一起樂活共享；祖宗十八代都享受著錦衣玉食、富貴榮華。

豬八戒已經意亂情迷；笑到嘴巴都合不攏。他躺在金山上面；滾來滾去、好不愜意，喃喃說著：『點石成金算啥！俺這回是躺在金山上哩。往後不說討個三妻六妾、住進櫥比皇殿、穿著絲綢綾羅、吃盡人間的山珍海味……。坐擁這座金山；啥事不用幹，穩穩當當做個大國之君、稱王稱帝都綽綽有餘也。比起在天廷；任打掃衛生之淨壇使者，不啻天壤之別。』

沙和尚則坐在黃金鋪陳的大地、擁抱滿盆滿缽的金銀珠寶，更是心花怒放、好不得意。無限遐思的想著，有了這座金山；往後子孫萬代，無論他們怎麼花天酒地、一擲千金，也無所懼怕。拿下此座金山；可謂取之不盡、用之不竭哩。

『我說師兄；咱們三人把這座金山給分了吧。俺不貪；只要震巽那方的巇麓山域即可。其他的；全歸你二人。好不！』豬八戒用右手指向東南方，乃這金山中最高峰之處。悟空瞪他一眼，說道：『愛說笑！走開！別擋路。俺現在就要施法；將整座山給移走。』豬八戒急著問道：『移走？要移到哪裡去？』孫悟空回道：『廢話真多！當然是移到東勝傲來國；俺的老家花果山啊！這還用問。』

『那可不成！古人說：「見者有份」。更何況；還是俺最先發現的呢！』豬八戒聽師兄說要移去花果山，認定悟空是想將這座金山獨吞；占為己有，甫地提出抗議。甚至平日沉默寡言的沙僧，也義正嚴詞說道：『我跟二師兄想法一樣；不同意你把整座山移走。說白一點：咱們得「親兄弟、明算帳！」。三一三十一；現在就給分了吧！省得夜長夢多。』置身於環繞黃金打造的山中，三個人心裡各有一把如意算盤。祖宗十八代都不信；遑論是師兄弟。這時候；任誰也不相信誰了。

孫行者一聽兩個師弟反對，氣得惱羞成怒、固執己見喝斥道：『你倆閃一邊涼快去。這一路來；不是俺孫悟空多次捨身救你二人，你們哪有今日。再說；俺移走這座金山，你倆一塊跟著俺去花果山享樂便是，有啥罣礙哩？再囉嗦；小心俺翻臉了！』

豬八戒聽這番話；火氣更大，頂上一句：『不行！方才到手的天仙美女被你給攆走，這回踩在腳下的金山又被你獨吞。這真叫「王八好當、氣難受！」天下眾人皆知；花果山是你孫悟空的地盤，萬一哪天有言語齟齬、意見不合，你隨時可以攆走我二人；捲包袱滾蛋。你真當我倆是傻瓜乎？』沙僧也憤憤不平說道：『二師兄說得對！還是趁早；趕緊分一分，大家從此分道揚鑣、各奔前程。就這樣辦！就這樣辦！』

孫悟空恚然亮出如意金箍棒，狠狠說道：『哼！你倆敬酒不喝、喝罰酒，這事沒得商量。要談；找俺的金箍棒談吧！有種；放馬過來。』豬八戒和沙和尚也不甘雌伏，嚥不下這口氣。各自搬出看家的招牌武器出來，豬八戒握緊九齒釘耙說道：『誰怕誰？烏龜怕鐵鎚、蟑螂怕打雷。為這座遼闊的金山，先打他個輸贏再說。』沙和尚也操弄彎月寶杖，附和說道：『人心不足；蛇吞象。這麼大的一座金山，師兄不怕把自己給撐死嗎？真是茅廁裡面翻觔斗；過糞了！』

話才說完；師兄弟一行三人早把曾經在西天取經、東瀛送經，那段同甘共苦、生死相隨的革命情感；拋之九霄雲外。在金銀珠寶堆砌而成的金山銀嶺前面；因為分贓不均，鬧到情斷義絕。忽地三方豁出去；揮起武器、大打出手。為了搶奪空前絕後、獨一無二的財富寶物，不計一切的打成一片、奪財付諸武力可不手軟。

論單打獨鬥；悟能與悟淨二人自非師兄悟空的對手。可這兩人聯手抗衡起來；大聖行者則占不到絲毫便宜矣。曾經有詞記載；那場兄弟鬩牆的經過情況：

棒打天界封大聖、美猴王豈虛名聲。西天取經；掃蕩妖魔三十二、歷經苦劫復重生。那一路；金棒發威來取勝、武功蓋世堪稱神。朱悟能亦非省油燈、本是天蓬元帥貶凡塵。發宏願；齊往西天取經適歸正、操起釘耙揮自如、凜然義氣眾支撐。取經且有沙悟淨、雖落下界沙流精、原是捲簾大將來出身。西天求經鎮妖孽、彎月寶杖神鬼驚。此回再造功德林；推廣真經赴東瀛。翻山越嶺、渡海跨洋、波折延宕不平靜、遇妖見鬼、逾西行。道途災禍連綿不難怪、打妖斬魔本應該。卻不意；險厄竟非妖怪或鬼類、神魂顛倒、且為何翻臉無情？但見；珠寶堆積溢四境、山岳麓峰皆是金。帝王神仙淪小品、佔取金山方為真。無怪痴妄恁其盛、同室操戈慾念生。大聖金箍棒、槓上釘耙與月杖、互相殘、齊較勁。如猛龍鬥惡虎、似水火不相容。悟空揮棒狠、悟能釘耙鬨、彎月寶杖殺更兇。忿忿要汝命、步步往前衝、央央出手重、念念寶山中。你稱雄、我眼紅、惄置你創痛、俟其我搶功。紛沓拚殺、乾坤動、盼滿山珠寶；全歸我坐擁。

為了這方巍峨壯觀、沁人心肺的滿山遍谷純金山域；悟空、豬八戒和沙僧這三個情同手足之師兄弟，龍爭虎鬥、廝殺成一團。逾百回合下來，一時尚難分高下。

一個不留神；熊腰虎臂的沙悟淨，倏地踢到一個碩大的金石塊，絆落摔倒在地，豬八戒即轉身想去扶他一把。孫悟空則藉機高高舉起金箍棒；正要揮棒朝著二人打下去。一剎那；遠方射來一陣刺眼閃光，一閃即逝打進孫悟空的心窩裡去。一切變得豁然開朗。他將棒子緩緩放下，過去扶起沙和尚。輕聲嘆了一聲：「唉！俺真是造孽啊！差點鑄成終生遺憾的大禍。」

『哈！哈！爭財奪利、豪取巧奪，乃人世間之常情。更何況是為這座龐然無際的金山哪！』一直隱形在旁窺視，狂笑走過來的；正是魔界太祖和幾個魔界妖將。他那若隱若現、如幻似真的身軀走近孫悟空三人身邊的一塊高地，用洪量巨聲說道：『汝等師兄弟；何苦為這座金山的分贓而扯破臉、打個你死我活呢？』

魔界太祖胸有成竹說道：『不如；好好聽我一句，我會讓你們各自擁有一座屬於自己的金山，就像眼前的這座一模一樣。如何？』孫悟空搔搔頭，不解問道：『有這等好事？不知道；還以為你在分糖果餅乾哩！你倒是有屁快放，說出來聽聽。』豬八戒和沙和尚也圍過來湊熱鬧，聽個詳細。

『事情再簡單不過。只要……』魔界太祖說著，右手一揮；立即一群妖鬼押著唐三藏、另一群抬著幾箱真經謄本，走了過來。魔界太祖繼續說道：『只要你孫悟空；用如意金箍棒，一棒將唐三藏活活打死。這座金山和山裡所有的珠寶，全都歸你的。行不？』站在一旁的豬八戒和沙和尚，急急問道：『啥？此座金山歸師兄，那……我們啥都沒有啦？』

魔界太祖笑著說道：『稍安勿躁！你二人的金山早已準備妥當矣。你倆只要將這些西天的真經抄本，燒得一乾二淨、灰飛煙滅，事後都會擁有自己的一座金山；與眼前這座金山別無二致。』他說完，拍拍胸脯、慎重保證道：『有太祖在此、絕不食言。你們好自為之、不妨認真琢磨考慮吧！』

『為了這座金山，俺琢磨個鬼；考慮個屁哩！』孫悟空毫不猶豫；操起金箍棒走向唐三藏，說道：『俺說師父；咱為你歷盡千辛萬苦、萬里迢迢、又是日曬雨淋、又是打妖宰魔。一會兒去西天取經、一會兒又是往東瀛送經的……俺可沒半句怨言、辜負你片刻。這回；金山寶玉擺在俺的跟前，俺著實按耐不住貪念慾望也。爾今動手向師父使棒下毒手，懇請師父早點升西天享福。尚且勿怪！勿怪矣！』語音甫落；孫悟空揮棒把結跏趺坐地上，唸著佛經的唐三藏，給活活打死。

『好樣的！好樣的！夠乾脆、夠俐落。』魔界太祖擊掌叫好，對著目瞪口呆的兩個說道：『孫悟空表現得相當爽快，一棒就定金山。再來；該兩位師弟表現！希望你們更積極些。燒掉這些西天抄來的廢紙，堆滿珠寶的金山就等二位取得哩。』

橫生此舉，目睹師父唐三藏慘遭師兄孫悟空；打得身首異處、血肉橫飛之慘狀，驚得旁邊的豬八戒和沙悟淨；似如鞭笞、有若針刺。心痛如絞的情況下；頓時良心發現、德善突顯。逐開始忿懟不平、同聲斥責大罵：『你這潑猴！財迷心竅、膽大妄為的悖逆叛徒，竟然為了區區一座庸俗的山漥，對師父下狠手；打死咱們的師父。看我等如何饒得了你！』是可忍、孰不可忍，豬八戒和沙和尚再次攥緊武器，對著師兄孫悟空展開攻擊。師兄弟又一次；互相追逐、死纏爛打。

『在金山銀海、翠玉珠寶的面前；任這幾個西天取經的中原菩薩再厲害，也經不起如此的誘惑啊！大家對於他們以往的功德；家喻戶曉、讚譽稱頌，未免言過其實也。在鉅大財寶之前竟是原形畢露、醜態百出，不過爾爾罷！』

得意忘形的魔界太祖；興高采烈見著三個曾經遠赴西天取經、猶為東瀛諸佛國送經的師兄弟，為了贏得浩浩金山；彼此骨肉相殘、沸騰沖天。那魔一世太祖；不知不覺現出元身，十平八穩領著魔界一群妖族鬼類；笑意盈面地隔空觀火、等著看一場窩裡反的熱鬧好戲上演。

殊死拚搏的師兄弟三人，一會打到東、一下殺到西、一會兩人打一個、一下單槍拚一雙。看得魔界一群眼花撩亂，不亦樂乎。

不一會兒；豬八戒似乎拚到精疲力盡、他跑到魔一世的跟前；踉蹌喘氣。背對著魔界太祖，面朝孫悟空叫陣道：『哼！你過來啊！再過來打他一回。你敢嗎？』

被肥胖的豬八戒擋住視綫的魔一世；正迫切等著看豬八戒挨打的窘狀。待孫悟空持金箍棒使勁揮了過來，一瞬間；豬八戒即火速彎腰蹲下身去。那一棒打個正著；卻是狠狠打在魔界太祖的胸肩上。措手不及、渾然不知的他；無端端挨到孫行者的神棒，那一萬三千五百斤烏鐵打造的如意金箍棒，原是天河定底珍寶、大禹治水的鎮海神針。這一棒打得魔一世左邊上身血飛肉綻、傷得不輕。若不是他體型頎偉、壯碩矍鑠，換作一般妖物魔鬼；早赴閻王爺那森羅殿裡乾一杯矣。

『好傢伙！原來你……你們……從頭到尾，都在演戲？』猛然醒悟的魔界太祖，結結巴巴說道。他趕緊抱著破裂的傷口，試著止血。隨身兩側的鬼卒妖兵也嚇得魂不守舍，對突如其來的變化；一時都亂了方寸。魔幻金山也逐漸褪色變形，回復成一座普普通通、土裡土氣的山嶺麓峪。

『你這魔頭；搞一座假金山、又隱身在旁呼弄俺，真格混過俺的火眼哩！害咱們差些上你的大當。稍後；換咱們來戲弄你，一棒打醒你們這群魔界的笨驢。告訴你；這叫作送經綱之間的團隊默契。懂不？』孫悟空洋洋得意說道：『你以為經歷十四年的西天取經；加上這幾年的東瀛送經，都是玩假的嗎？咱們師兄弟蒲稗相依❷、唇齒為伴，不搞些花樣出來，如何騙得你現出真身哩。還有；你拉過來的唐三藏，俺火眼金睛一眼就認出是假的。乾脆將計就計；打死那假師父，騙你開心在先，接著要你的命才重要。』

豬八戒瞇眼笑著說道：『往往最笨的方法，卻是最好的方法。不是咱們裝瘋賣傻，豈能騙出你的真身來。坦白說；剛開始咱們師兄弟見著那整座巍巍的金山，還真是財迷心竅、意志動搖、魂飛九霄，亂了步套。直到冒出你這魔界太祖，大夥立馬驚醒、心中有數，擺明中了你的詭計。再說咱家師兄；有可能為這一座金山跟我們翻臉，但是絕不可能為此金山去傷害咱家的師父。既然師兄敢演棒打師父的戲，俺和悟淨演技也差不到哪去，不如就一塊瘋癲；演一齣好戲吧！』

沙和尚早已耐不住急性子，怒斥說道：『少跟這些惡棍囉哩八嗦的。這回戲演完了！曲終人散；你們也該是時候，魂飛魄散啦！』才說完；孫大聖持棒打向魔界太祖，豬八戒和沙和尚則揮舞隨身武器；衝向在場的妖魔鬼怪，大打出手、殺他個痛快。不多時；那群魔界妖兵，被憤怒的師兄弟打到死傷一地、哀鴻遍野。

雖說挨了大聖悟空那重重的一棒，魔界太祖仍然試圖隱身、變成幻影；繼續負隅頑抗。流了一地鮮血，令他怎地施隱身術；也難遮掩其動向。一舉一動；在滴下的血跡中都露了餡，顯然隱形無相、來去無蹤這招；受傷之餘已完全破功矣。

魔界太祖畢竟是魔界太祖；眼前他暫時隱藏不住身軀，但是等其沉澱半晌，所有旁人再也動不了他一絲半毫。他八方平穩、輕蔑地冷笑說道：『可別得意太早；方才本尊只是聰明一世、糊塗一時，太大意才為你這猴猻有機可乘。現在不要浪費時間，你們沖著本尊一起上吧，再過來試看看。』

孫悟空一馬當先衝過去，下棒之前說道：『欠揍！之前沒打死你；算你走運。今個補上，送你歸西！』豬八戒也不落人後，舉起九齒釘耙說道：『想討打是嗎？俺這就成全你！』沙和尚邁開大步跟上去，一面說道：『一起上？好大的口氣，看俺打死你這隻癩蛤蟆。』孫悟空領著兩個師弟，圍住魔界太祖；一陣猛劈暴打。看著魔一世站著穩如泰山，一行人朝向他軀體；費盡辛勞不斷打殺，赫然像似揮打著一團空氣形影而已。三人輪番打到汗水淋漓，卻是徒勞無功、白忙一場。

『你們玩夠了！滾吧！』魔界太祖罵一句。剎時轟然一聲；由他為中心點，震盪出超強劇烈的狂波。像平靜的湖面掀起激盪的波濤漣漪，更似火山爆發般的氣爆洪流；一波波朝向四面八方擴散而去。冷不防魔界太祖這一手，孫悟空三人遭氣爆襲擊，霎時震飛到百里之外的荒郊野地，摔得頭暈腦脹、目眩耳鳴。魔一世的魔界法術，堪稱絕世；大家真是拿他沒轍。

灰頭土臉、狼狽不堪的豬八戒，緩緩站起身；拍著一身渾厚的灰塵。對著孫悟空和沙僧說道：『哇塞！你倆沒事吧？好端端珠光寶氣的一座金山憑空消失了；卻換來俺一身髒兮兮的爛泥。現在咋辦才好？』

孫悟空輕輕抹去臉上沙土，過去重重擰著八戒的豬耳朵，沒好氣地說道：『瞧你這夯貨；還在夢想著金山哩！醒醒吧。給俺聽清楚；眼前咱們先趕回富記押馬看師父是否無恙？順便盡快找回那些真經抄本。知不！』豬八戒揉著耳朵，痛得他頻頻點頭。

沙和尚也忙著拍去衣物上的滾滾塵埃，追問說：『師兄；難道就這樣放過魔界太祖不成？』孫悟空回答道：『這魔王施的法術；不容低估小覷。就說那座金山；居然連俺的火眼金睛都能懵騙過去。俺的思維和伎倆；他也能準確掌握八九成，很難對他造成威脅。幸好俺臨時看穿假師父的把戲，急中生智；有你們配合著，適時揮出那一棒，讓那魔一世；五臟六腑❸與十二經脈❹傷得不輕、肯定功力也減弱許多。』悟空接著說道：『他是俺自出道以來；打從首次迎戰混世魔王至今，數百個妖精魔王，沒見過那麼難纏、那麼厲害的。簡直是聚靈異詭譎於一身、集邪門變態之大全。咱們著實奈何不了這個大魔頭，暫且先回去；聯合那些過來支援的西天神仙們，一起商議殲滅魔界太祖。需穩紮穩打、勝算才大些。走吧！』

孫悟空一行三人；趕緊搭上雲頭趕至駿河國與甲斐國交界的富記押馬山頂。魔界太祖果然預測神準，西天的托塔天王元帥帶著一群西天的神將仙家；已經攻剋魔界的宮廷殿宇，駐守防患魔一世折返；再造江山、死灰復燃。

唐三藏領著辛甘、秦願與六丁六甲輪值仙家，翻遍整座魔殿；終於在一藏經室內，找到失去的西天真經抄本。隨後唐三藏率先出來迎接孫悟空等三人。一行送經的師兄弟見面，圍著唐三藏師父；大家痛哭流涕、互相擁抱著。

一行人一邊聊著；一邊進到魔殿裡面。孫悟空向降魔大元帥托塔天王和諸菩薩仙家，詳細訴說追趕魔界太祖的經過情況。托塔天王元帥輕嘆說道：『禍兮福所倚、福兮禍所伏。此回被這魔一世逃脫；去向不明。然其終究是惡性不改、本性難移焉，不難預料，未來他將會變本加厲、行徑更絕。若不一舉剷除；遺留世間之禍害將會無窮盡也。哀哉！哀哉！』殿內的送經綱一行、西天眾神仙皆為魔界太祖的底細一無所知，尚且縱虎歸山、惡行難料；渾渾噩噩、唏噓嗟嘆。

正值送經綱一行與西天諸神束手無策、接下不知如何是好之際。大殿皋門外；驀然萬丈光芒照射、祥瑞仙樂飄揚，將宮殿中的眾人吸引而出；看個所以然。但見高空雲端上；出現一尊慈眉善目、綻放光芒的東瀛神仙。

『吾乃大和太元尊神❺，知悉整件事情之來龍去脈。特來此間；為諸位排憂解難。』來者解釋身分和來意，不啻是照亮漫漫黑夜之旭陽、解除烈烈乾旱之雨露。

『幸會太元尊神，敢問這魔界太祖身世背景為何？又該上哪去找他、鎮壓制伏他哩？有勞太元尊神指點迷津矣。』托塔天王元帥代表眾人，拱手致意問道。『為不耽誤諸位西天仙家寶貴時間；即讓本尊濃縮事由，長話短說吧！』太元尊神說道：『此事開端；伊始於這方之雲漢開天、混沌闢地、二儀均分、日月未明、玄黃不竟、溟涬鴻蒙。大凡世間自然界；萬物如蘆葦枝芽般萌發，有鋼鐵岩崖的山脈、亦有柔弱水流的江海、有陽光照亮之一面；自有烏雲遮掩之陰霾。創元宇期間；高天原之造化三神❻竟然忙中生錯，錯把烏鴉、猛虎、狐狸、蛇蠍等綜合混為一體，形成既陰險又凶狠，善高飛又能鑽地洞的怪物。該畜生被造化三神視為不祥，遭遺棄之後，逐躲藏在山陰道；一處不見人煙的地方。進出大量吸取日月精華、山川靈氣、陰陽調和、縱橫四季。經過數萬載之修鍊，法術儼然自成一格、功力登峰造極。時機成熟；他即自命為魔界太祖，四面招兵買馬、八方拉黨結派，聚集一幫妖魔鬼怪、無休止地為非作歹。見其羽翼漸豐、氣勢已成，八洲這方諸神命尊；確知再也壓制不住這魔一世，往後惟有繞路迴避、自顧不暇矣。』

齊天大聖孫悟空哪管這些，他甫一詢問道：『貴方神尊抱持明哲保身之道，情況當可理解。然則其斷我佛國送經之路、奪取我西天真經抄本、毀滅我師父唐三藏等送經綱一行，俺孫悟空可饒不得他也。謹盼太元尊神火速明示；該魔界太祖窩藏的無極巖巢穴，在山陰道之何方？俺這就過去收拾他。』

東瀛之魔界太祖走脫，終究是送經綱一行人的心頭大患。大和太元尊神是否能準確指點無極巖之位置？西方諸神仙圍剿魔祖之行動，又是否得順利成功？

這一切攸關善惡鏖戰，因果之總結；尚請期待下回分解：

『註解』：

❶跕金蹠銀：指兩腳踩踏著滿地的金銀珠寶。

❷蒲稗相依：蒲草和稗草均是荒野生長的小草。意為情境相同、彼此互相依靠。

❸五臟六腑：中醫五臟指肝、新、脾、肺、腎。六腑則是膽、胃、膀胱、大小腸、三焦。

❹十二經脈：中醫十二經脈是經絡系統的主體。指手的三陽經、手的三陰經、足的三陽經和足的三陰經。

❺太元尊神：為日本民間傳說之國常立尊大神。按《日本書紀》卷中六種不同說法：他是渾沌開天、宇宙根源之神。在《古事記》裡；稱神世七代之排名首位。接著才有高天原之造化三神出現。

❻造化三神：日本《古事記》稱：天之御中主神、高御產巢日神、神產巢日神為造化三神。《日本書紀》則指天御中主尊、高皇產靈尊、神皇產靈尊為造化三神。

第七十九回　赴湯蹈火成大善　伏魔送經功圓滿

話說那東瀛之魔界太祖樂極生悲、不慎中計。原以為孫悟空師兄弟為那座金山自相殘殺；卻遭大聖橫空一棒擊中元身。受傷之餘，再度臨危不亂，繼而魔法施啟；任由孫悟空師兄弟圍攻競打，雖說隱身不成，依然是毫髮無傷。他忿然掀起一陣轟然氣爆，超強氣波將三人震到百里之外、摔得鼻青臉腫的。

莫可奈何；三人趕回富記押馬大殿，與唐三藏和辛甘、秦願重逢面晤，一行人短暫分離；過程卻恍如隔世、大家緊緊擁抱一起。此時的魔殿；已經被降魔大元帥托塔天王等；西方上界的仙家神將們攻克鎮守。孫悟空對著諸神仙敘述追打魔一世的經過情形，大家聽得嘖嘖稱奇之外；徒然對魔界太祖的動向一無所知，不知該從何處著手才好？

值此茫然懵懂、一籌莫展之際；魔殿之外剎時耀眼光芒照射而至，原來是東瀛太元尊神到訪。他深知詳情；特地趕來相助，並希望藉著西天神仙們的強大力量，將長久禍害東瀛這方的極惡魔界勢力，一舉連根拔起。

太元尊神不疾不徐說道：『說到魔界太祖；這隻狡兔猶不只三窟，至少亦有百窟以上。按本尊長期觀察，他有一慣性；屢屢遇到挫折失意之時，必然會返回出身發跡之地的震天山無極殿；閉門靜修禪鍊。這震天山位於山陰道；楯縫郡❶和伯耆國❷交界，一處寸草不生、萬物不長之山間。這魔殿深藏山澗之內，外人不得其門而入，因此本尊神下詔；有八束水臣津野命❸負責引導諸位前去征伐！』

送經綱與西天眾仙家聽罷；抱拳施禮致謝、正待離去。適巧那太元尊神又想起一件重要的事，特別撥雲見天、誠摯啟示說道：『這魔界太祖閉門練功數千年、魔法深奧難予破解。以本尊神長年經驗；雖說諸位西天仙家們人多勢眾，恐怕一時也難以和他對峙抗衡。』孫悟空搔頭抓耳，喏然問道：『貴神尊所言不假；俺多次與這魔頭交手，曾領教過他的法術，確實難予匹敵。敢問；貴神尊可有制伏魔頭之良策？萬望指教！』

太元尊神慎重其事、一字一句囑咐道：『所謂「冰凍三尺、非一日之寒」，與這旁門左道、魔法底蘊厚實之魔界太祖，無論是玩硬的、來陰的，恁地怎樣都拿他沒辦法。更何況他有未卜先知、隔空感應的超能力，於我大和這方之命神仙尊，搞得夢魘一場、對其相當頭痛。』顯聖神君二郎神，追問道：『「智者千慮、必有一失」，難道這魔界太祖；千慮之中，皆無一失乎？』

太元尊神微微笑著說：『非也！非也！本尊神前來會見諸位，自有破解之道。這魔一世長久以來，習得之陰陽玄術、飛天遁地、隱身匿形、無影無蹤……均屬極端之歪門邪道。重點在於邪不勝正；據我積年累月觀察，他每回途經有佛寺之地，則千篇一律；或繞道而行、或轉身離去，不敢聽聞有佛經綸貫、梵曲妙音。此乃魔界太祖致命之處，嘆我方等神尊；皆不諳妙法佛經，惟有任他狂妄放肆矣。惟獨偈佛法會、誦唸佛經，方得以制服他。切記！切記！』

孫悟空和西天諸仙家們頓時徹悟，拜謝再三、感激何似。大家同聲說道：『有勞賜教！有勞賜教！』正欲轉身離去的太元尊神，回首露出燦爛的笑靨說道：『豈敢！豈敢！諸位應該謝的是觀世音菩薩。是她之前；離開南海普陀巖，專程到本尊神行宮參訪時；共商對策之下授意的之前，諸位用計傷及他的元神真身，一經流血則無法再隱遁透明，往後對付他即容易許多矣。謹此祝福諸位行事；平安暢順！』事情至此、豁然開朗，送經綱一行人與西天的神仙們，除了謝過太元尊神，對觀世音菩薩的慈善恩澤；銘記在心、傾全力殲魔予報答之。

噫！出雲祖神八束水臣津野命；奉詔率領著送經綱一行，還有西天雲樓宮托塔天王等諸神仙，很快來到山陰道之震天山。見這方何其詭譎異端，有道是：「砒霜硫磺鋪天地、牽機藥物濁方儀」，趕來的西天眾神諸仙至此，莫不感到毛骨悚然、不寒而慄。此情此景；且說來給君聽聽：

刀峰劍嶺鋼鐵鑄、滿山遍野皆紅土。斷崖峭壁疑無路、禽鳥絕跡吁荒蕪。
了無人煙孰眷顧、魔域幽遂曝屍骨。艱壑險岫現魑物、迷霧飄嵐呈虛無。
渾沌氤氳匯谿麓、陰陽交錯沁溪湖。微凝曉光照煙霧、烏雲掩月映稀疏。
寒山冷冷拂草木、陰風徐徐掠山谷。夢魂渺渺無歸處、幽靈淒淒苦訴苦。

「一生謹慎勝諸葛」的魔界太祖；何其犀利狡猾。他藏身窩伏的山陰道震天山，山嶽遼闊、地貌錯綜複雜、濃郁渾濁之霧嵐瀰漫……。眾仙家在峰頂雲端都傻眼愣住了。突然從托塔天王身後竄出二人，即盤臉墨綠、眼似金燈的千里眼，還有一硃紅方臉、頭頂雙角的順風耳。千里眼信心十足說道：『掉到海底的針俺都能找出來，區區震天山算啥？瞧俺的』順風耳也不遑多讓，說著：『就算狂風裡，那螞蟻放個屁都逃不過俺的雙耳，倒是這山中的邪魔敢憋著不放屁否？』盯著看、仔細聽；果然不須半晌一刻，欲尋找的目標，已經昭然若揭矣。倆人笑著拍拍悟空的肩說道：『之前；於劍陽山的運動會上，欠你大聖一個人情，現在算是扯平啦！』

卻說匆匆回到震天山無極殿中的魔界太祖，不意挨著孫悟空那一棒，身心逐感不適。隨即吩咐太宰去尚藥坊抓藥、灶房燉煮調理補身。自己暫且閉關修鍊；萬般俱寂、萬念俱空，猶通令魔界上下；限次任何人均不得打擾他。

魔一世獨自在無極殿禪房之蒲團上盤足趺坐；禪修剛剛入定，即感應不祥之兆歘歘降臨而至。兩隻眼皮顫抖不止；雙耳竟在此時傳入伴著木魚的佛經誦唸聲。

這還了得！居然有人跑到自家門口唸起了佛經。在捺搦大磬、鐘鼓齊鳴、木魚敲響之餘，明亮清晰的佛經，如雷貫耳般；令魔界太祖振聾發聵、頭皮發麻。

先是「金剛般若波羅蜜經」之「般若無盡藏真言」〈梵文〉：

納謨薄伽伐帝、缽唎若、波羅密多曳、怛姪他、唵、紇唎、地唎、室唎、戍嚕知、三密栗知、佛社曳、娑訶。

再唸一段「補闕真言」〈梵文〉：

南謨喝囉怛那、哆囉夜耶、佉囉佉囉、俱住俱住、謨囉謨囉、虎囉。吽、賀賀、蘇怛拏、吽、潑抹拏、娑婆訶。

接下來；又唸著「金剛讚」：

斷疑生信、絕相超宗、頓忘人法解真空。般若味重重、四句融通、福德歎無窮。
南無金剛會上佛菩薩！南無金剛會上佛菩薩！南無金剛會上佛菩薩！〈三遍〉

『狗矣！鬧狗矣！』氣呼呼、意忿忿的魔一世；率著翊衛衝出殿外。到底是哪個不長眼的臭緇僧、野和尚，竟敢跑到無極殿前偈佛；唸起他最忌諱的佛經哩？

『是你！怎麼會是你？』跑到皋門放眼一把，出乎意料；那正襟危坐、唸經頌佛的卻是玄奘法師唐三藏！一個溫文爾雅、德善兼備的活佛高僧。他納悶猜疑、走近問著：『勿再碎碎唸那些佛經。莫非玄奘法師開竅了，前來無極殿投奔本尊是否？』戴著毘盧方帽的唐三藏站起身；整理錦襴五彩織袈裟、左手持九環錫杖、右手掌擺胸前說道：『南無阿彌陀佛！貧僧前來貴方，乃是好言相勸；苦海無邊、懇請尊駕回頭是岸。往者已矣；勸君從此放下屠刀、立地成佛。善哉！善哉！』

『本尊可沒那份閒功夫，聽你在廢話連篇。』魔界太祖撂出狠話：『現在給你兩條路選擇；其一為脫下緇佛袈裟、拋棄佛經，立刻追隨本太祖建萬邦之國、征四方之域。反之；倘若汝仍然執迷不悟、則罪無可宥，勿怪本尊……』話才剛說一半；即見那孫悟空帶著豬八戒、沙和尚、辛甘和秦願一行人笑著走向前來。

『俺笑你這傻皮；找咱們師父唐三藏去落草為寇、同流合污，無異是拉著鳳凰娶大象、逼著月亮嫁太陽：不倫不類、白搭一場。倒不如找咱們幾個師兄弟加入更好些。瞧你有眼無珠，蠢得像頭豬！』看著青筋暴現的魔一世，行者繼續吐槽說道：『俺師父啥都不會；只會唸經。不像咱們早就習慣打妖殺怪、修理像你這種渾魔，技藝一流、絕對是專業達人。要不！』已經氣得咬牙切齒的魔一世，蹙眉瞋目說道：『你……你們這一群，害慘吾矣。見到你們；真是倒了八輩子的霉。你們怎麼老是陰魂不散、還不快滾到山陬海隅、天邊地角去！今個竟然找上震天山無極殿；本尊非要把這筆爛帳算清楚，這世間有你無我、水火難容。待本尊這回殺盡你們這些無窮後患、血洗我這震天山也。』勢不兩立的雙方；劍拔弩張。

千鈞一髮之間。俄頃震天山上空的雲端；閃閃光芒逕四射、滾滾雲濤、洶洶潮湧，熊熊浪奔。天仙神將掩殺而至，請看在上空中：

雷電交加、仙蹕冉冉耀靈降。托塔天王搭祥雲、真武大帝踏瑞霞。須彌山；四大天王掌器鎮魔煞。通天殿；四大元帥不懈怠、奉諭勤執法。蕩魔天尊來助陣、三清四帝五方將、顯聖真君二郎神。斗牛宮；二十八星宿；聚集拚殺。四木禽星抑魔剎、二十四護法諸天；齊赴共鎮壓。九曜星、十二元辰、天界眾仙伏魔天涯。騰雲霧、祥獸駕、龍幡旗幟插；緊鑼密鼓候令下、一舉成擒將魔抓。

降魔大元帥之托塔天王；左手拿著鎮魔寶塔、右手高舉九龍令旗，義正詞嚴說道：『大膽妖孽！竟敢禍害東瀛州郡諸方，早就該將汝繩之以法、斬首示眾。孰不知；我等西天仙界眾人至此卻遍尋不獲，竟然不知汝會藏身荒野旮旯之處❹；這種狗不拉屎、鳥不生蛋的地方。今天；我等眾神既然來到，豈能放過良機，勢必搗毀這座妖山無極殿、剷除魔界魔族鬼類，為天下蒼生討回一個公道。』

『真是神仙放屁；不同凡響！臭猴蠢豬來這兒找死；拖家帶眷又扯出一幫人過來當啦啦隊。』魔界太祖皮笑肉不笑；輕佻蔑視說道：『也罷；一群「野貓擺譜，嚇死老虎」；早得很咧！都給我滾下來，本尊一次搞定你們。省得拖拖拉拉！』

『放肆！死到臨頭還嘴硬。』托塔天王九龍令旗立馬揮下，怒聲吼道：『西天眾將聽令：直搗魔界、剷平無極巖，一律殺無赦！』一聲令下；神將仙家如同水壩洩洪一般；自雲天傾泄而下。眾神主帥托塔天王更是一馬當先、奮勇向前。

神勇的西天諸仙神將；攥緊十八般武器、各個威風八面、能攻善打。本以為勢不可擋、勝卷在握；更何況又有齊天大聖師兄弟一行人隨之加入戰鬥行列哩。

卻說討伐無極殿的神將們，甫一躍下坤儀大地，大家腳步方才踏穩。剎那間；一夥像似落入無底深淵、熊熊地獄火海中，頓時難脫困境。瞧瞧；惱人不！

乾坤顛覆陷黑暗、烈焰纏身灼雙眼。進退不得難寸步、孤軍無援竭慮殫。
無極無垠惡無限、萬象皆空恁喊冤。雄師茫然怎征戰、愣苦突圍避禍先。

旁邊目睹西天神仙從天降下之後；隨之被魔界假象困住、全都陷入意識不清；在原地打轉動彈不得、苦苦掙扎。大聖打妖魔；臨床經驗老到。他知大勢不妙；眾仙皆中邪僵住，自己又無法與魔頭匹敵。急中生智；趕緊拔出一堆毫毛……。

魔界太祖正為其魔法；牢牢困惑住西天來的神將，而自鳴得意說道：『眾將官聽著；把這群中原西天來的神仙全抓起來，拖下去殺掉。本尊好好給唐三藏洗洗腦，讓他死了侍佛的心；回心轉意、效忠魔界。』他轉身欲抓走唐三藏。

詎料；之前單獨結跏趺坐的唐三藏，突然又冒出成千上萬、一模一樣的玄奘法師，坐滿震天山整片峰麓塹、山崖峽谷。並且不約而同；他們同時敲起木魚、唸起佛經來。魔一世聽得魂不守舍、心亂如麻；連連拂袖揮掌擊倒周圍一堆唐三藏。搞不清孰真孰假？卻越弄越多、莊嚴的佛經也越逼越近。不得已；眼不見為淨、耳不聽為明，魔界太祖捂緊雙耳；和妖將們率爾❺向無極殿巢穴飛奔而去。

『急啥？趕著想上茅廁拉屎是嘛！』無極殿的殿門驟然跳出孫悟空、豬八戒、沙和尚和兩個師弟，不等魔一世和眾妖們反映過來；一行人拿起武器就打。辛甘舞著神氣劈天刀、秦願揮著金鋼鑄斬馬戟，對準妖將衝殺。大聖與豬八戒、沙僧則再次卯上魔一世。之前的創傷未癒、又被佛經不斷困擾，元氣大衰的魔界太祖；無法隱身亦無心戀戰。左躲右閃、縱身一跳；翻上了九霄蒼穹、逃之夭夭。

竟不意；在天際留守的九天應元雷神之普化天尊，喝斥一聲：『三界天打、五行雷劈。俺看你往哪逃？』五雷轟頂隨聲閃電打下。既然上天不得；惟有藉地遁逃離。屋漏偏逢連夜雨、倒楣倒到家的魔一世；緊追其後的孫悟空，窮追不捨。此時滿山遍野、響徹天地的佛經妙音；讓魔界太祖六神無主、幾乎瘋狂。一失足成千古恨、一不慎而終生悲。冷不防；元身頓現、腰間竟然被大聖的如意金箍棒掃到，踉蹌摔至震天山谷底。原來那些被魔界異域困住、思維錯亂的西天神將們，很快即被大聖唸咒施訣破解魔法。托塔天王大元帥適時拋出縛魔索，套住魔一世。

忽地；一條粗長的縛魔索飛到身邊捆住，魔一世立刻施法解開仙索神緪[6]。他仍試圖力挽狂瀾、猶作困獸之鬥。眼前四面八方圍過來的西天神將和送經綱一行；咄咄逼近。他清楚自己氣數已盡、大限將至，禁不住仰天長嘆、唏噓不已。

魔界太祖深知頑抗無效，悖逆枉然。悲從心底說道：『嗚呼傷哉！時也！運也！命也！遠走高飛不成，變成了階下囚。形勢的逆轉；震天山大本營難保矣，大和魔界至此萬劫不復、仄日西崦、江山再造斷然無望！本尊此生得來不易，來有來時之路；歸去自有歸去之道。懇請仙家賜予本太祖尊嚴，不勞諸位西天神仙動手。本尊自行歸去也！』說完；魔一世盤坐地上、脫衣露肚，接著抽出鋒利短刀；斷然切腹自盡。旁邊一名忠心耿耿的妖將，擔任監斬介錯[7]，他抽出長刀斬下魔一世之首級。然後再舉刀自刎；陪伴魔主共赴黃泉。

不等托塔天王元帥的鎮魔寶塔前來鎮壓，魔界太祖索性選擇自我了斷。惡貫滿盈的震天山魔界；終於走到山窮水盡、一敗塗地之境界。這魔界太祖這般殞落；稱得上乾淨俐索、倒也凸顯他尚有幾分魔祖之風骨。

相反地；一群魔界的殘兵敗將，眼見大勢已去，逐一丟刀棄劍。看著大聖神勇非凡、武藝高超，群起湧向孫悟空跪拜，不約而同說道：『請這位超級神仙收我們為徒弟吧！我等願意肝腦塗地、忠貞不渝地追隨您。拜託！拜託！』孫悟空聽了啼笑皆非，忙回道：『見鬼了！俺送經都忙不完，哪有閒工夫陪你們窮蘑菇哩！省省吧！』有幾個妖將七嘴八舌說道：『送經？無論天涯海角；咱們幫神仙送過去便是。』另一個央求說道：『咱魔界太祖一走，震天山頓時群龍無首矣。您孫悟空不妨改稱魔二世；帶領大家東山再起……』孫悟空斬釘截鐵、義憤填膺罵著：『你們這群敗類，一團爛泥巴；還想拖俺下水，俺的花果山好過這震天山百倍不止。古諺有曰：「真君不改一條龍、小人不過一條蟲」，真是狗改不了吃屎。』悟空轉身離去。對著托塔天王元帥說道：『這群魔界的殘渣、賊性難改，已經無藥可救。還是請托塔天王火速押解他們；送往地界土府后土帝君那兒論罪定刑、通通關進監獄吃牢飯吧。』魔界的殘餘妖將，跪地求饒。太晚了！

有曰：

財色癡慾伴其苦、清風明月心自如。世間爭功名利祿、四大皆空盡虛無。

魔界亂源平定，送經綱一行整理妥善幾箱西方真經謄本和行囊。在離去之前；唐三藏宅心仁厚、慈悲寬宏，特地為魔界這方作祈福法事，超渡云云眾生、安撫孤魂野鬼。那魔界太祖生前最是忌憚梵音、恐懼佛經，待其淪為陰間亡靈鬼魅；竟也安祥端坐、聆聽佛經誦讀；儼然接受偈佛超渡。不亦善哉！不亦善哉！

不久之後；唐三藏領著送經綱等人，繼續趕往大和京畿之難波京城❽。臨行先向降魔元帥托塔天王等；一干西天神將仙家們施禮致謝，並且分儀❾處理無極嚴魔界的善後問題。彼此拱手告別、互道珍重、後會有期，接著各奔東西而去。

噫！一行人發心促趲；努力趕著送經之路。才離開震天山十餘里，見不遠處；有一座峰高嶺峻、環山崢嶸的山域，驀然驚覺此山甚是眼熟。這一巒、那一峪，不正是曾經讓大家垂涎三尺、遐思無限的金山寶地嗎？孫悟空、豬八戒和沙僧；面對此情此景，只是一座普通不過的山巒罷。師兄弟一夥尷尬地相對苦笑著。

『醜話說在前；師兄很過份！若不是俺豬八戒和沙僧強強阻攔著，這座破山；早都被你搬移到花果山去啦！』豬八戒挑著真經和行囊冲著悟空戲謔說道。孫悟空怎堪挖苦；立馬頂上一句：『你這獃子；還敢笑俺！之前俺不攔著你，恐怕你已經跟一幫假仙女私奔矣。還有；吵著要分贓假金山的也是你，還好意思笑俺哩！』兩人不甘示弱，你一句、我一句、吵吵鬧鬧、喋喋不休。互揭瘡疤、緊咬不放。

『南無阿彌陀佛！汝等凡心仍重，卻之去之！既是皈依我佛；需常懷清貧樂道之心啊。』唐三藏坐在白馬背上，合掌給予加持、猶不忘教誨一番。說得孫悟空三個師兄弟面紅耳赤、頻頻點頭認錯，孫悟空敲一下腦袋說道：『這回俺可是瞎了眼、暈了頭，露臉鬧笑話矣。不敢！再也不敢！』

『說到這……』沉默寡言的沙和尚，頓時憶起一件事。他說道：『畢竟師兄寬宏大量，在俺不慎摔跤之時；並無趁虛佔便宜、手下留情。想到這事；悟淨至為感激！』這話倒是提醒孫悟空，當時那一陣打到他心窩裡的閃光；比周遭金山銀岳的金光閃閃更加耀眼。至今依然印象深刻，搞不清楚，這光芒到底來自何方？

才納悶著；半空中隨即閃來那股熟悉亮麗的光芒。隨後；天地之間傳來悅耳的仙樂妙音、檀香伴著五彩祥雲，飄然迴盪上空四方。悟空見狀；這才忻然開悟釋懷，心中讚頌著：「我佛聖明；當時若非觀音菩薩及時照出那聖靈之光，讓俺開竅驚醒、其後果肯定全盤皆墨、之前所有功德均毀之一旦矣。罪過！罪過！」送經綱一行人面對著祥雲瑞光臨近；立即伏跪地面，迎接觀世音菩薩的聖駕到來。

木叉使者、金甲諸天在前沿開道；散財童子、捧珠龍女隨伺兩旁。觀世音菩薩搭乘的祥雲，一上間；徐徐降至送經綱師徒一行人面前。

『諸位無須這般禮數；請起身吧！』掃三災救八難，大慈大悲的觀世音菩薩扶起唐三藏，慈顏煥然說道：『見諸位這回為東瀛佛國送經赴湯蹈火、歷經萬難，至此尚稱平安無恙，真是功德無量啊！有曰：「善緣結善果、厚德天助多」縱觀現今西天仙界；得有諸位如此勞苦功高者，屈指可數、得有幾人耶！』唐三藏和眾人回說道：『阿彌陀佛！弟子往東瀛送經這一路；有勞觀世音菩薩屢屢挺身出手、方才化險為夷。若非有觀世音聖駕之明查暗訪、鼎力相助，豈有今日今時之成果哩。有菩薩明亮佛光照耀渾沌險惡之前程，我等何其榮福。幸甚！幸甚！』

『這一切皆為諸位竭思積慮推廣佛國真經；齊心協力、共赴患難所得之成就，余著實不敢居功。』觀世音菩薩微笑說道：『言歸正傳；這回送經任務，萬事起頭難，然則精誠所至、金石為開。爾等度過種種萬苦千辛，東瀛送經至此；終將達成善果、離功德圓滿不遠矣。』送經綱眾人不解其意，聚精會神；繼續聽下去。

『菩薩言之過早，西天真經抄本還沒送到大和國的朝廷京畿呢？』豬八戒怛突忐忑問道：『前程漫漫；風瀟瀟、路迢迢，誰曉得還有什麼山妖水怪、牛鬼蛇神，在前頭等候著咱們哩？』

觀世音菩薩說著：『浩劫險厄俱往矣。梢待；請聽我慢慢道來！』

經常於災禍厄劫中；伸予送經綱援手的觀世音菩薩，這回專程親臨凡世接見唐三藏師徒之一行，宣佈東瀛送經即將到達尾聲。從長安慈恩寺出發之後，赴湯蹈火、冒險犯難之所有經歷，所修得的宏偉功德，其空前絕後不在話下。

大慈大悲的觀音菩薩對整個東瀛送經過程，自然比誰都清楚不過。且聽她於下個章回做個總結論述吧。請看官繼續看下去！

『註解』：

❶楯縫郡：為當今日本出雲縣北部地區。

❷伯耆國：又稱伯州；為當今日本鳥取縣中西部。

❸八束水臣津野命：為日本出雲地方的祖神。在日本《出雲國風土記》文中，是豐沛水源之巨人神。

❹旮旯：意為不受人注意的偏僻角落。

❺率爾：指不加思索，斷然決定。

❻神紼：為神仙專門用來擒妖抓鬼的粗繩。

❼介錯：古代日本崇尚武士道精神，在切腹自殺的時候；旁邊會有專司人員代為斬首，用來解除自盡者的痛苦。

❽難波京城：即今日本大阪市區內。在飛鳥時代於此地建立天皇京都。

❾分儀：委託代理、權責分配。

第八十回　大和天皇迎真經　東瀛尚佛享太平

話說送經綱的一行人；聯合西天雲樓宮托塔天王等眾神將，討伐魔界於震天山無極宮之本命大寨，面對惡魔強敵；備受煎熬困頓、整個過程波濤洶湧。

魔界太祖統領的魔界團夥；勢力龐大、妖將如雲。雄霸東瀛本州大地，牢牢掌控著大和山陰道、北路道、東海道等廣闊遼域，涵蓋範圍包括有安藝國、美作國、楯縫郡、伯耆國、備後國、備中國、備前國、播磨國……等地方。

千辛萬苦、好不容易；孫悟空和天界眾神將，縱橫捭闔、智勇兼備，終於靖剿鎮伏那無極殿魔界太祖一夥。誠可謂；打從出了大唐朝廷，沿途見妖遇鬼無數；其中不乏法術詭譎、凶狠無比的強硬對手。雖然強敵多到難以估計，卻屬這方魔界團夥的幾個妖魔最是擺譜善變；無一不心狠手辣、邪惡難纏。

完成無極殿的蕩寇任務，離開震天山魔域不多時；即有觀世音菩薩前來探訪。雙方互相問候一番、閒聊一陣。觀世音菩薩隨即把話切入到正題。

『阿彌陀佛！猶記得；我乃是甲申年孟夏朔望之日；於大唐長安城郊望月湖畔之角亭，為諸位功德送行的。迄今再見到諸位；已經是已亥年重九❶望十日矣。時也水也、歲月流逝如斯。送經綱這回往東瀛，同舟共濟；逐地分送各國西天真經，一路辛苦了！』觀世音菩薩斂容正顏、莊嚴肅穆說道：『且說上回；往那西天居靈山大雷音寺取經途中，合計行十萬八千里路、遇三十二個妖、遭八十一次劫。這回東瀛送經；遭遇更甚前者！何妨聽我娓娓清算、細細道來：

無名古剎匪為患、見識一行怯膽寒。斷魂橋迷離奇幻、計破一騙天神壇。
賽天窟外遭誣陷、水落石出終化險。霹靂山瘟魔肆虐、金字塔崩法老王。
生死岫擄人失算、蝸牛精盡輸全盤。擎天崗天尊玩命、石破天驚落悽慘。
五行太歲難冒犯、琅琊郡除惡竭殫。黃泉道龍捲萬象、聯手神君逆勢轉。
鬼大帝遣石翁仲、妙法破陣帝陵翻。天地郎君展浩瀚、虛擬世界適得反。
天霸王率黑天軍、潘朵拉盒厄夢殘。荒野妖魔運動會、神鬼較勁賺盤纏。
紫塞魔軍決三戰、神機妙算復山川。匈奴王綏野彪悍、三英抗衡固屏藩。
太白仙姬魔音犯、群雄靖妖顯不凡。無恥國百般刁難、和氏璧傳為怪談。
乾坤洞呑噬萬物、變色龍一招玩完。人蔘精貪得無厭、天衣無縫侫辛酸。
古魔林王金妖獸、山鬼林妖俱伏戡。無相祖師邪術旺、竭盡忖度計戳穿。
渡海汪洋遇鬼剎、扭轉乾坤鎮火山。寒山雪鬼頻作亂、技高一籌跨難關。
雷火角龜佔神社、櫻仙相挺勢若磐。八鬼聯軍侵中國、鬼靈王落敗神傷。
赤鬼般若逕闖禍、阿鼻山丘戰幾番。人間地獄惡滿貫、祓除魔界更凶蠻。
天仙美女尋汝伴、金山遼闊撩心坎。財迷色誘意志堅、不除妖孽誓不還。
魔界太祖霸東瀛、西天眾神豈顢頇。無極殿前佛經唱、一舉除魔天下歡。
云云生靈多塗炭、盼我真經廣流傳。普渡眾生不能慢、送經萬邦功德滿。

此回西天託付爾等東瀛送經，大凡路程歷經中原河南道、河北道、出長城、走塞北、再由高句麗、轉新羅、穿百濟等三國。最後跨洋渡海抵東瀛、越大和八洲九郡十餘國、直奔難波天皇京城。共計行程十二萬里路、六千一百二十天。前後跨越五十八座高巉險峰、四十二條河川。遭遇各種妖魔鬼怪六十三個、厄劫紛沓有百餘回。爾等送經綱終不負所托、完成眾望所歸之重任。善哉！善哉！』

唐三藏回話道：『我等有此機緣偈佛、歷經友邦諸國宣揚妙法真經，兼善天下。猷感榮幸之至、實乃義不容辭也。』

觀音菩薩取出淨瓶甘露水，以楊柳枝沾蘸之後；朝向唐三藏師徒揮灑幾回，再說道：『阿彌陀佛！爾等克服這一路之波折起伏、賡續跌宕，終於贏得苦盡甘來、光明坦蕩。未來的路程將會是晴空萬里、春風迎人。你們且放心去吧！』木叉使者和金甲諸天也上前致敬；予以祝福。示意這回修得空前絕後之功德；圓滿豐饒，不多久；大家必將在天界九重天之靈霄寶殿重逢，相聚言歡。

木叉使者慢步趨前；貼附著豬八戒左耳悄悄說道：『要多保重。在西天；俺留有幾座金山要送給你哪！』聽得豬八戒少刻踹他一腳，翻臉罵道：『你這小子；敢吃俺的豆腐，皮癢了欠揍。是不！』二人嘻哈打鬧追逐，惹得現場一陣爆笑。

有觀世音菩薩一番祝福之後；唐三藏領著全體送經綱一行跪拜辭別。觀音菩薩即回返落伽山普陀巖擬文撰述；玄奘法師一行送經佛國功德，準備上呈九天應元府之元始天尊，報請載入天籙仙冊，由玉皇大帝在靈霄寶殿上封神爵、授仙祿。

送經綱師徒們則貫徹始終；繼續往東瀛大和國難波京城前進，完成那最後一段之行程。一切果然如觀音菩薩所料；路上風光明媚、坦坦蕩蕩，讓人好不愜意。

大和八洲這方；說大不大、說小也不小。令制合計有五畿七道、六十八國。俗話說：「好事不出門、壞事傳千里。」孫悟空師兄弟打擊鬼怪、橫掃妖魔的「壞事」多過牛毛。甚至東瀛這方長年作惡、連本地神仙都惹不起的魔界太祖；竟然其魔界帝國，被長安送經綱的悟空師兄弟整鍋給端掉，遑論那些八鬼聯盟鬼靈王、龜谷神社角龜精……等邪鬼雜妖矣。

伏魔靖鬼事蹟；經過市井坊間之一傳十、十傳百，甫地聲名大噪、遐邇皆知。嚇得大和八洲這方的妖魔鬼怪；如見比他們更妖魔更鬼怪的巨擘，避之唯恐不及。能躲的快躲、能閃的快閃。

於這之後；逾越備後國之十四郡、穿過備中國之九郡、經由備州東端的備前國、播州播磨國等地方。唐三藏領著送經綱一行人；沿途雖說順暢無阻、蛇蠍鼠輩不再為難，然徒步荒山野嶺、四時變換，千艱萬苦換來之功德；實屬不易焉：

不畏太陰寒風狂、飽經殘臘迎風霜。頭頂日月行晝夜、步履蹣跚越山川。
菖辰曜靈炎正旺、縹緲雲嵐露風光。峰嶺峪麓一模樣、欉林花草飄異香。
斑爛嵯峨景色壯、人煙幾稀盡蒼涼。三伏天過仲秋至、雁飛鶴舞穿柳楊。
斷崖流瀑冲白浪、勞頓奔波世無雙。粗衣糲食又何妨、完成功德釋光芒。

終於在仲陽春殷之季節；花團錦簇佈四野、滿山遍谷染櫻紅，送經綱走完所有的送經路程，距離難波京都十里之外；卻見孝德天皇領著皇親國戚、朝中重臣與豪門商賈，聲勢浩大、前來相迎。

孝德天皇頭戴束巾烏冠、身穿黃櫨❷染長御袍、腰繫藍田碧玉帶、腳蹬納錦金絲靴。伴隨其後的皇后；則穿上十二單❸曠典禮服。伴皇從御的仙官羽儀、鼎世香爐等絳霄靈冠一行，均一起畢恭畢敬，眾德群賢拱手施禮、迎接唐三藏師徒與西天真經的到來。

接著龍輿華蓋、衛騎常侍……在前端導引送經綱一行進到難波京城裡面。團伍浩蕩、笙簫齊鳴、擂鼓吹號、仗儀分明。夾道歡迎的市曹黎庶；歡呼之聲響徹雲霄。

但見難波京畿；中軸線貫穿南北兩端，宮廷安置於玄武正北、官府與東西市集則置於朱雀大路兩旁。餘之街道商家；分別集中於左、右兩京的大路上。

中原送經綱在治部省安排之下，在朱雀大道；東市和西市之間的鴻臚館掛搭休憩。隔天旭晨；手水缽淨身，早課貫綸結束；準備上朝覲見大和國天皇陛下。

入宮途中、此情此景；難怪豬八戒見狀直呼：『好生熟悉；咱們好像又回到大唐長安城啦！』辛甘也說道：『師兄所言甚是；這難波京城的豐樂院像長安的掖庭宮，朝堂院像咱們的太極宮。還有大學寮也像國子監……。』

旁邊的京都太政官❹一位官員解釋說道：『然也！然也！大和國自大化改新❺實施，出任國博士的高向玄理❻和學問僧之南淵請安❼積極提出建議；對朝廷的改革決策，奉華夏中原的隋唐章典制度為圭臬，做出全方位的傚仿。豈止是難波京都的建築布局模仿大唐長安城，甚至我方朝廷律令制之二官八省制❽仿自大唐三省六部制。土地的分配也桉大唐均田制改為班田制。依照唐制之國子監；隸屬式部省之大學寮分成：明經道、文章道、明法道、明經道、算道、音道、書道等科目，提升拔擢朝中官員。稅賦廢除貢稅制；改為租、庸、調等制度。國學教育則以儒家之四書五經、九流十家學術思想為依歸。而且，大和國從孝德天皇開始，改革朝政；並且學習中原自漢武帝創「建元」以來的諸朝年號制度，首創「大化」為其年號。諸此！諸此！』

左邊一個治部省❾的官吏，接著高談闊論說道：『事實上；大和國有許多國、郡、里，之平民百姓，有許多是大秦時期；秦始皇遣琅琊郡方士徐福東渡求仙，童男童女三千過來的後代。本官的祖先也是漢朝末期；從吳越一帶逃避戰禍兵燹，渡海移居來到此地的。』

右側的彈正臺❿高官插嘴說道：『本官對中原華夏的歷史文化頗有鑽研；且不論說三皇五帝，打從秦朝兩位皇帝、漢朝三十一位、三國時期的十一位、晉朝十六位、南北朝五十九位、隋朝三位……這些帝王；本官皆瞭若指掌、倒背如流。只是；中原漢字多到八萬五千五百六十八個字，文載史冊萬餘部……中華文明底蘊深厚遼闊。爾今；法師又送來西天佛法真經謄本萬卷，本官真是望洋興嘆啊！』

說著說著；一個五衛府⓫的將軍騎著白馬過來說道：『諸位長安來的高僧；前面即是天皇接見外賓的宮廷。請進！請進！』於是唐三藏法師領著送經綱一行，隨之進入宮廷朝覲天皇。但見那宏宮金殿、園景建築，都挺眼熟哩：

箬竹花壇鋪龍草、庭院碧綠沙紋壕。流澗垂柳伴銀杏、金瓦樓閣見雀鳥。

角樑頂隅半天翹、雕樓畫棟脊桁高。飛椽幣軸紅柱靠、瓶束簷板置前包。

唐三藏和送經綱隨著太政長官，一起步入宮廷足固貫⓬，經高欄地覆入宮內。

『朕之崇佛尚佛；諸方皆曉、天人均知也。』孝德天皇坐正御座之上，緩緩說道：『自蘇我馬子丁未年殲滅物部氏，聯合厩戶王⓭掌權；於我大和朝廷執意模仿中原朝廷之中央集權制度，制定了冠位十二階和十七條律法。又聖德太子極力事佛，下詔興隆三寶；多次遣僧派使至上國長安；研習佛法妙經。在飛鳥時代；先後建蓋有法隆寺、四天王寺、中宮寺、蜂岳寺、池後寺、葛木寺、橘寺等共有七座佛寺，弘揚佛法不遺餘力。他曾向高句麗僧慧慈、百濟僧慧聰拜師學佛，並且為妙經製疏；撰作有《法華經疏》四卷、《維摩經疏》三卷、《勝鬘經疏》一卷，合稱《上宮御製疏》。偈佛謂曰：「無上甚深微妙法、百千萬劫難遭遇、我今見聞得受持、願解如來真實義。」聖德太子宣揚佛法、予以傳世，為朝廷社稷奠定萬年基業。朕身為大和國之天皇，何其榮幸；除了傳承上祖遺留豐厚佛學妙法，更有大唐聖僧玄奘法師，遠從中原長安；送來西天大乘⓮真經謄本。幸甚！幸甚！』

『南無阿彌陀佛！』唐三藏雙掌合十，向孝德天皇與宮殿內皇親百官施禮，然後說道：『天皇陛下聖安；貧僧得有機會來到景仰佛法、偈佛未央的大和國，與有榮焉。話說；這回特意奉呈貴國之西天大乘真經謄本，乃貧僧與諸弟子；跋山涉水、翻山越嶺，負笈徒步十萬八千里、耗時十四寒暑，方才取得西天大乘真經，可謂得之不易也。承我大唐太宗皇帝摯誠推廣佛法、傳授天下佛國之寬宏德善，諭旨下詔：逐令貧僧師徒再次負起東瀛送經任務。歷經十餘載、走十二萬里路，行荒漠、跨大海，一路上顛簸延宕、崎嶇起伏，終於修得正果，來到東瀛首善之大和國難波京城。曩昔兢兢業業、殫精竭慮，至此方才苦盡甘來；幸獲一切功德圓滿。菩薩保佑！菩薩保佑！』

宮內省之內侍長官，趨前宣讀牋奏：『臣上奏稟報天皇陛下：這回承上國長安玄奘大法師送來贈予本朝之西天大乘真經謄本，經過宮內省詳細盤點，由大唐翰林院授命長安謄黃寺中書科謄抄刻版之真經，奉有三藏寶經七十二部、共有四萬五千六百三十四卷，總結諸部佛經合計：

《佛國諸經》六部……一萬二千卷、
《俱舍論經》三部……六百零二卷、
《大光明經》三部……九百卷、
《首楞嚴經》三部……三百三十卷、
《正律文經》三部……六百卷、
《西天論經》三部……三百九十卷、
《菩薩經》六部……六千一百卷、
《佛本行經》三部……二千四百卷、
《寶藏經》三部……一百五十卷、
《未曾有經》一部……一千一百一十卷、
《寶威經》三部……三千八百四十卷、
《唯識論經》四部……四百卷、
《大孔雀經》四部……八百卷、
《大智度經》四部……七千二百卷、
《禮真如經》二部……一百八十卷、
《起信論經》二部……二千卷、
《三論別經》五部……一千三百六十卷、
《虛空藏經》三部……一千二百卷、
《菩薩戒經》五部……五百八十二卷、
《恩意經集》二部……一百卷、
《維摩真經》三部……五百一十卷、
《摩竭經》一部……一百零五卷、
《五龍經》二部……六十五卷、
《大般若經》三部……二千七百一十卷、

另有：《金剛經》、《大集經》、《華嚴經》、《法華經》、《本閣經》，等各五部；合計有八千四百卷。以上之西天大乘真經寶典，宮內省均已查收無誤。近日；天皇陛下將諭令治部省，開始於四天王寺藏經堂著手謄抄這些西天佛經。再分別頒贈予大和國諸方國郡之佛寺，讓佛光普照我東瀛八洲。藉此；本官代大和國朝廷敬謝諸位高僧，惠我東瀛大和真經之大善功德。阿彌陀佛！善哉！善哉！』

唐三藏且又命辛甘解開木箱，取出大唐貞觀唐太宗贈予孝德天皇禮品數件；有聞名於世之越窯青瓷碧瑩壺三尊、邢窯之白瓷冰釉五花碗盤五組、御窯唐三彩仕女像和西域寶馬等器物若干。樂得朝廷上的孝德天皇觀賞把玩、愛不釋手。

翌日辰巳之吉時；唐三藏法師隨即造訪由推古天皇開山、聖德太子時期開基之和宗總本山；金光明四天王大護國寺。在參謁禮拜救世觀音菩薩本尊暨持國、增長、廣目、多聞等四大天王祀尊之後，於寺裡伽藍之北殿講堂；開始為大和朝廷皇親國戚與難波京都眾僧講法釋經；有《三乘法典》與《五蘊楞嚴》真經。

原先盤算停留十天時間，即打道返回大唐長安述職。經東瀛之天皇；暨佛寺與社稷等諸界一再挽留、盛情難卻。唐三藏一行人拗不過；逐於難波京城多停留逾一個月時間。期間除了講堂開課；授經講佛，接著各種佛事法會不斷舉辦著。

這天；正是佛光明耀千山路、禪性清朗九重天。難波京城的四天王護國寺，同樣也是高僧滿座、座無虛席。唐三藏說道《金剛般若波羅蜜經》之持經功德：

須菩提；若有善男子善女人，初日分以恆河沙等身布施，中日分復以恆河沙等身布施，後日分亦以恆河沙等布施。如是無量百千萬億劫，以身布施，若復有人；聞此經典，信心不逆、其福勝彼、何況書寫受持讀誦。為人解說；須菩提，以要言之；是經有不可思議、不可稱量、無邊功德。如來為發大乘者說；為發最上乘者說，若有人能受持讀誦，廣為人說、如來悉知是人、悉見是人，皆得成就不可量、不可稱、無有邊、

不可思議功德。如是人等；即為荷擔如來阿耨多羅三藐三菩提。何以故？須菩提；若樂小法者，著我見人見眾生見壽者見。即於此經；不能聽受讀誦，為人解說。須菩提；在在處處，若有此經，一切世間天人阿修羅，所應供養。當知此處；即為是塔，皆應恭敬、作禮圍遶、以諸華香而散其處。

又，佛說阿彌陀經：

如是我聞一時，佛在舍衛國；祇樹給孤獨園，與大比丘僧千二百五十人俱，皆是大阿羅漢，眾所知識。長老舍利弗摩訶目犍連、摩訶迦葉、摩訶迦旃延、摩訶俱絺羅、離婆多、周利槃陀伽難陀、阿難陀、羅睺羅、憍梵波提、賓頭盧頗羅墮迦留陀夷、摩訶劫賓那薄拘羅、阿讒樓馱，如是等諸大弟子；並諸菩薩摩訶薩、文殊師利法王子、阿逸多菩薩、乾陀訶提菩薩、常精進菩薩、與如是等諸大菩薩，即釋提桓因等。無量諸天大眾俱。爾時佛告長老舍利弗從是西方，過十萬億佛土，有世界名曰極樂。其土有佛；號阿彌陀。南無阿彌陀佛！

戛然之間；天際祥光照耀萬里大地、五彩繽紛雲朵漫佈諸天、仙樂妙音飄然可聞、桂花檀木之沁鼻芳香並隨而來。護國四天王寺講經堂內的眾人；見到那虹彩光芒、聽到該愉悅仙樂，大家逐走出講堂瞧個究竟？

但見撫著青龍寶劍的南方增長天王、持碧玉琵琶之東方持國天王、執混元寶傘的北方多聞天王、握有寶珠青龍的西方廣目天王。四個代表著「風、調、雨、順」的護國四大天王，於四天王寺正殿大院前；降下雲頭，邁著大步走在前端。

隨著幢幡寶蓋、仙花飄香、翕如隆重、群擁而來的；則是大慈大悲的南無觀世音菩薩。旁側伴有二十四諸天神將、十八羅漢、九曜星、五方五老五方將……等西天神仙。

這回觀音菩薩親臨東瀛難波京城，所為何來？唐三藏與孫悟空一行等；終於不負使命，完成東瀛送經任務、成就無比功德。接下來；他們將何去何從？九重西天之玉皇大帝，又將如何封官賜爵、載神冊、登仙籙呢？敬請下回分解：

『註解』：

❶重九：指農曆的九月份。

❷黃櫨：一種野樹的漆液，呈黃褐色。乃日本傳統天皇御袍專用之色澤。

❸十二單：為日本皇后在盛典穿著服飾，即內外有十二層結構的和服。

❹太政官：掌管朝廷行政的部門。

❺大化改新：中國稱大化革新。自西元六四五年開始，隔年頒布四條改革詔書：地方土地與百姓收歸國有、中央集權制、制定戶籍與班田收受、實施新的統一稅制。

❻高向玄理：又名高向黑麻呂，在飛鳥時代和小野妹子至隋朝出使學習。西元六四〇年回到日本任國博士。他大力協助大化革新；倣仿中原朝政制度與儒釋文化。後來再次出使大唐，於西元六五四年因病客死長安。

❼南淵請安：又名南淵漢人。在推古天皇十六年；與小野妹子、僧旻、高向玄理等八人遠赴中原，學習各方面的制度與先進文化共計三十二年。返回日本之後；傾全力推動日本之大化革新。

❽二官八省制：二官為：神祇官與太政官，下屬八省為：中務省、式部省、治部省、民部省、大藏省、兵部省、刑部省、宮內省。

❾治部省：相當唐朝官制的禮部。

❿彈正臺：相當唐朝官制的御史大夫。

⓫五衛府：相當唐朝宮中的禁衛軍。

⓬足固貫：日式建築的上階橫木地板。

⓭廄戶王：指聖德泰子，據說他是在馬廄房內誕生的。

⓮大乘：大乘佛教意思是指「偌大的乘坐體」。其教義主要是普渡眾生，而非獨善其身、個別悟道。小乘則演變為當今的「上座部佛教」。

第八十一回　佛國光耀照大地　天界歡慶蔚傳奇

話表東瀛之大和國京城難波，迎來曾經千辛萬苦到西天取得的大乘真經。並且朝廷上下；極力挽留唐三藏師徒一行，為東瀛諸城郡傳授推廣佛釋之道。

孰不料；這天四天王護國寺講堂的場合，由唐三藏法師主講《金剛般若波羅蜜經》；朝廷之皇族重臣與三百多位高僧，在場聆聽佛經的時候，突然戶外祥光照耀、仙樂飄飄，主殿前之大庭院；從天降下西天之四大天王。大家正在驚呼：『四天王寺之四大天王主神顯靈也。善哉！善哉！』不久；天上白雲滾滾而至，更見西天諸多神仙與羅漢，擁躉著南無觀世音菩薩前來這方寺院。

塵世凡間之眾人；嘖嘖稱奇、不約而同地；紛紛伏地跪拜觀世音菩薩的降臨。

『阿彌陀佛；眾人請起！』觀音菩薩微笑說道。唐三藏起身趨前問道：『菩薩遠道而來，莫不是又有新的指示焉？』觀音菩薩笑得更開朗，啟口說道：『非也！今日前來；乃是奉玉皇大帝旨意，召東瀛送經綱諸位到上界西天，對你們的豐功偉業；論功行賞、敕登仙籙。爾等倘若無他；即準備隨我返回西天參觀盛典吧。』唐三藏靦腆看著孫悟空和幾個出生入死的徒弟，回答道：『此回東瀛送經；均為我等心甘情願、貫徹取經與送經之有始有終任務，實在談不上功、論不及德。因此攸關赴上界行獎賞之事；我等敬謝不敏、受之有愧。過程萬事已矣；往後別無所求。惟有勞駕觀音菩薩，代我等一行謝絕婉拒便罷。』

觀音菩薩認真說道：『不然！不然！東瀛送經之路；歷洶湧波濤橫加困阻、遇窮凶惡極妖魔厄劫、遭寒冬炙暑嚴厲考驗、且有說不盡之日曬雨淋、餐風露宿等身心折磨……一直熬到大和國之難波京城，交付西天真經方休。爾等為了佛國真經；送往勞來、師徒可真費盡苦心、卯足了全力：

西方取經東邊送、玄奘師徒奔波忙。東疆北域頻異象、草原大漠歸他鄉。
翻山跨海歷險況、峰高水湍路踉蹌。星夜方休昇扶光、日正當中又夕陽。
日更月迭志不迭、峰迴路轉長又長。貧富貴賤何有別、普渡眾生法弘揚。
狂風暴雨隨身上、盛暑嚴寒季無常。藩邦水土難適應、出生入死走四方。
地理環境不一樣、時空變換當景賞。精氣元神耐折磨、妖魔肆虐勝虎狼。
沿途妖怪一籮筐、惡鬼倍出肆豪強。大難小劫不間斷、普羅蒼生變羔羊。
山妖水怪競猖狂、草木皆兵厄未央。赴湯蹈火鬥志旺、上天下地義伸張。
亙古智勇功無量、斬妖除魔定扶桑。送經東瀛諸佛國、阿彌陀佛耀萬邦。

這種種、一切切；西天佛國心知肚明、都清楚看在眼裡。且不言送經之豐功偉業、圓滿功德。取經不易、送經更難，僅就徒步十二萬里路、疲憊身心勞筋骨、嘗盡風霜和雨露、饑餐渴水逾世俗。茫茫遼域、漫漫行程；諸位能人所不能、忍苦之難忍、毅堅更堅毅、仁厚且善仁。西天門之太白金星和九天應元府之元始天尊早有表功奏摺呈上，那靈霄寶殿玉皇大帝若不聞不問、等閒視之；豈不辜負眾望、何來分明賞罰？其何以為至尊？請吧！請吧！』

孫悟空、豬八戒、沙和尚等三人惺惺作態、扭扭揑揑，其時大家心中有數。當年西天取經回來；孫悟空敕封「鬥戰勝佛」，整天聽經唸佛、無所事事。豬八戒貴為「淨壇使者」，日常則是負責打掃環境、清理衛生的工作。再說沙悟淨也好不到哪去；授封「金身羅漢」，要不就是澆花淋草搞園藝，要不就是挑水劈柴跑灶房，生活無聊至極。西天世界雖好，無憂無慮；卻不是人人得以適應也。

『唉！說起去上界西天封佛；俺倒寧願留在世間陪妖精們玩玩。在西天過日子，難哪！難哪！』孫悟空搔耳弄腮、吱吱唔唔，進一步卻退兩步，不知該如何是好？一旁看得幾個師兄弟彆扭窮蘑菇的樣子，訝意不解的難波京城朝官，問道：『難？上西天的極樂世界；乃凡間世人夢寐以求的好事。為何還猶豫不決哩？莫非當神仙會比登天還難乎？』豬八戒回道：『登天有何難之，你打個噴嚏的功夫，俺就登上天啦！難的是；當上神仙以後的日子。一舉一動、言行舉止都難以隨心所欲、為所欲為。所謂鐘鼎山林；各有天性，唉！不說也罷。』送經這路上的顛沛流離全都克服、妖魔鬼怪也逐一清除。偏偏卸下重擔、大功告成之後；一行人反倒陷入進退兩難窘境。

噫！觀世音菩薩何等慧穎睿智；當然明白大致情況。正待好言勸解一番。

驟然天際一聲響雷；四十二道耀眼虹光佈滿天空，紫霧滾滾、祥雲騰騰；雲頭首先降下居靈山大雷音寺之阿儺和伽葉二尊者。隨後有四菩薩、八金剛、五百羅漢、三千諸佛，圍繞著西天如來佛祖來到這四天王寺大院。嚇得大和國京城裡的皇親國戚、緇僧臣民們眼花撩亂、目不暇給；壓根此間從未見過天上降下如此多的天仙神佛。群眾立馬五體投地，又是一陣皈身跪拜。

唐三藏領著送經綱一行人，對著步下品蓮台的如來佛；拱手施禮、折腰點頭。觀世音菩薩開心說著：『有如來佛祖的大駕光臨，凡事當即迎刃而解矣。』

如來佛說道：『善哉！善哉！不出我所料。風雖平浪卻不靜；諸位在到達東瀛難波京都；交付西天真經、完成使命、廣結佛國善緣之後。甫地又冒出新的靈異事件！看樣子；非得要我如來佛出面擺平才行。』唐三藏解釋說道：『阿彌陀佛！有勞西天如來佛和南海觀音兩位大駕前來解困。這件事；問題不大，即送經綱之孫悟空、朱悟能、沙悟淨等三人，對重上西天敕封仙籙的事；略有意見。希望職位有所異動調整，擇善固執、善莫大焉。莫怪！莫怪！』

聽得伽葉使者眉頭頓豎、雙目圓睜，哼聲說道：『爾等之前有封佛的、又有封羅漢的。這般高端的神佛仙尊，還存在意見？未免太不識抬舉也。』如來佛不爽地瞪他一眼，斥責道：『你少說兩句；沒人當汝是啞巴，快閃到一邊涼快去。』伽葉使者惟摸摸鼻子，退到一旁涼快的地方。

如來佛接著和顏悅色說著：『爾等這回往東瀛送經；確實勞苦功高、功在佛國。這般功德修行，有所善報乃理所當然。凡事皆有始末緣由，話說從頭：

花果山傲來屬東勝、石破胎生、天照地靈、日月精華天生神猴命。智慧高、人蠻橫、拜師菩提學有成。習得武藝鬧東海；取得龍王鎮海針。斗膽撤閻羅生死簿、如虎添翼；轉身西天上界衝。鬧得玉皇封大聖、頑性不改亂天宮。蟠桃會上盜蟠桃、酗酒闖禍禍更兇。天仙神將來擒拿、太上老君置於卦爐中；文武神火將汝烤、六丁六甲百般烘。一出爐；又鍊一身好武功；火眼金睛辨陰陽、金剛之軀一條龍。過猶不及太狂妄；遭吾施法五指山下壓、幸得觀音巧安排、大唐三藏西取經，玄奘收汝稱悟空。再說八戒生凡塵；拜得賢者一真人，頓悟修行升高等。忻然得道奔天廷、玉帝恩賜予遷昇；掌管天河、官授元帥為天蓬。竟在蟠桃會上失輕重、酒醉失態戲嫦娥、幸有太白金星代求情；千鎚責罰貶凡塵。投錯胎成豬剛鬣、拱嘴豬樣神色崩、躲藏福陵雲棧洞。取經路過那唐僧；方才收汝稱悟能。又說沙僧本凡夫；逢仙緣、脫俗庸，工三千且合四相、上元宇拜玄穹。敕封御殿捲簾將、護衛玉帝鎮天公。詎料蟠桃會上一不慎；玻璃盞摔變成粉、貶謫下界竟技窮；流沙河落魄成妖精，唐三藏果真英明；收汝為徒稱悟淨。眾志成城、齊心一同、不辭奔波受苦痛、行走十萬八千里崎嶇路、度十四春秋寒暑、遇三十二妖魔、逢八十一劫數、天竺西方求佛祖；取得大乘真經終圓夢。我佛真經長安奉、接旨回天宮；封佛登仙享光榮。佛國真經天下紅、諸國絡繹懇求予執鐘。西方取經功德滿、辛勞方休才一時、又下世間把經送。來颯颯！去匆匆！此行送經不輕鬆。中原華北出長城、茫茫塞外北移動；逐步跨越朝鮮走三國。渡大海、巨浪波濤逞洶湧、任重道遠登東瀛。幾經輾轉八洲地、歷盡萬苦與千辛，排除眾厄竟成功，真經終於交付天皇朝廷中，達成送經東瀛所託付。功在佛國、德被萬眾，此行可謂豐登且隆重、送經綱盡瘁又鞠躬。蒼天知、眾生曉；送經達標開懷笑、功成名就多逍遙。孰人料；此行危難更勝取經數倍高。任重道遠山峰峭、飄洋過海浪滔滔。遇邪魔、逢怪妖、斬妖伏魔命一條。異象横出亂心竅、化險為夷不折腰。旁門左道皆歪道、萬般磨鍊志不搖。送經僅是赤心意、何來爭名論功勞。佛國真經得顯耀、海闊天空貫九霄。

阿彌陀佛，東瀛送經這一路；說不完又道不盡。善哉！善哉！』

觀音菩薩緊接著微笑說道：『佛祖所言甚是。只是世間之事；難有盡善盡美也。君不見，禽分牝牡、獸有雌雄、人別男女、物各陰陽。乾坤運行；豈有日日春、月月明、年年順、樣樣行之道理。時至今日；爾等已經不負眾望，前後完成西方取經、東瀛送經之重任，逝者任其逝、來者莫須追。』菩薩又說：『佛有曰：不有中有、不無中無。不色中色、不空中空。非有為有、非無為無。非色為色、非空為空。空即是空、色即是色。色無定色、色即是空。空無定空、空即是色。知空不空、知色不色。名為照了，始達妙音。』

唐三藏與眾徒們聽了；開朗悟道、萬念具無。一行人均俯首彎腰說著：『受教矣！受教矣！上界西天授封之事，我等聽從佛祖菩薩二仙尊安排便是！』

當唐三藏、孫悟空、豬八戒、沙和尚、辛甘、秦願，等宋經綱一行，正要轉身隨著如來佛和觀世音菩薩升天離去。大和國朝廷的袞袞槐鼎、三公九卿、諸皇親群臣逐下跪；俯地叩首求道：『我等大和國上下崇尚佛釋、遵從佛法妙經。是否；請佛祖開示我等，應如何達到風調雨順、國泰民安之境界焉？』

釋迦摩尼佛聽罷；即掐指胸前、祝禱說道：『南無阿彌陀佛！依大乘真經；誠心向佛吧。修德行善、祥福自來，多與鄰國諸邦友善、和平相處。莫要縱恣淫靡、佞凶竊權。厄運始於彝倫攸斁、終則社稷沉淪。凡事避免付諸殘暴武力、招惹兵災戰險等愚劣行徑。大和八洲這方；本是吉祥之地，只需循規蹈矩、不行傷天害理之事；當可享有太平盛世、國祚萬代無虞耶。牢記！牢記！』難波臣民們；頻頻點頭稱是。

唐三藏回首望一眼無涯塵世，然後領著大家；隨如來佛和觀音菩薩直上天廷！

世事無掛慮、塵緣俱往矣。曾經歷風霜、迄今憾無遺。總總隨清風飄逝而去！
西天來歸去、仙佛眾相迎。功德兼瑞福、修得圓滿意。種種辛酸結成善果兮！

西天世界又如何？但見：

祥雲彩霧鋪瑞氣、丹鶴飛翔紫府居。金殿瓊宮輕風徐、碧樹朱亭兩相依。
龍飛鳳舞盡嬉戲、四方神仙來聚集。奇花異草繽紛艷、蟠桃百果樣樣齊。
諸天宮闕紅簾掛、霞光萬丈映晨曦。張燈結綵賀喜氣、瑤池澗水匯錦鯉。
仙樂飄飄正洋溢、笙簫鑼鼓吹銀笛。檀香裊裊遍仙域、喜慶盈空了無遺。
靈霄寶殿鑲翠玉、天王殿上揚旌旗。凌虛殿前方鼎祭、通明殿群仙聚集。
毘沙宮內珠寶砌、五明宮中鋪琉璃。花樂宮金光燦爛、太陽宮炫耀鴻霓。
三清四御五老道、六司七元又八極。九曜十都暨千真、萬聖眾仙樂無比。
四大天師予鼓勵、五斗星君惺相惜。蕩魔天尊諮演義、上帝祖師見傳奇。

高天上聖玉皇大天尊玄穹高上帝；御駕親自步下寶殿之台階熱烈相迎。這方九重天上之三十三界天宮、七十二座寶殿；匯聚萬丈仙光、雲湧八方寶氣。難得上界之天廷召開如此曠世盛典。來自乾坤各方之三界、十方、四生、六道的西天神仙；攢蹙擁擠的情況，其情可以理解。

相繼而來的三清、四帝、四菩薩、五方將、八大金剛、九曜星、四大天王、五方五老、十二元辰、二十八宿、普天星相、河漢諸神、五百羅漢、三千尊佛……出席之神眾不及備載。成群結隊；圍列兩旁迎接唐三藏他們。

這天，絳霄上界好生鬧哄哄、熱滾滾、神擠神、仙碰仙。如來佛和觀世音菩薩見狀，無意湊這種熱鬧。留下木叉使者相伴；一番祝福即各自回西方和南海去矣。

持笏捧圭上朝奉、玄羽執扇熙群擁。仙官神將列定位、靈冠紫服循入宮。
真經取捨蔚傳奇、靈光閃爍銳氣沖。表功之盛多隆重、金殿客滿赴銀宮。

吉時一到；金闕瑩曜之靈霄寶殿前、鑼鼓喧天、鳴奏樂章、萬歲之聲不絕耳中。須臾；玉帝登寶座揮手示意，寶殿內頓時一片沉寂、默然靜待。

德高望重的太白金星，向來是天廷諸神仙佛，表揚拔擢的文牘代表。他率先手持文牓箋奏；趨向御座的階前，向玉皇大帝起手施禮上奏道：『微臣啟奏玉帝天尊陛下：攸關這回宏儀慶典、璋韻深遠、謹敬慎之。本次為西天功德佛等一行東瀛送經，豐功偉業為天廷、厚德廣澤於世間。反顧曩昔；這等榮耀可謂前所未見，導致敕封的事，無論金籙、玉籙、黃籙，皆難予表功。史無前例得以遵循之。』

元始天尊也走向朱欄玉階前，持笏作揖上奏曰：『啟奏陛下，古之人臣；功有五品：以德立宗廟安社稷曰勳、以言曰勞、用力曰功、明其等曰伐、積日曰閱。使河如帶、泰山若厲、國以永寧、爰及苗裔。為臣鄙拙；這回對功德佛唐三藏等豪情壯舉、功勳彪炳，豈止上述五品可引以讚譽。對此予封籙載冊之事，何以稱為至善？著實難以著墨章薦。這可是難倒下臣也！』

玉皇大帝歡顏悅朗、騁心清懷。他從龍座緩緩站起，走到唐三藏等一行人面前，渥然說道：『功德佛等前往東瀛送經；這路程之經經歷歷、凡凡種種，朕也早有所聞、耳熟能詳矣。西方取經折返長安，僅算獨善大唐其身，今且將佛經妙法轉輪渡世、弘揚四海諸國、兼善天下。這般空前絕後之曠世功德；不說難倒太白賢卿，即使朕也難以論功行賞；拿捏個確切準則。不如這樣；尚請功德佛等一行，盍各道出心儀祈願，由朕再衡量核准便是。諸位請直言！請直言！』

曾為功德佛的唐三藏；低頭合掌作揖回道：『阿彌陀佛！得藉此機會為至善大德之大乘真經傳揚，廣結諸方善緣，已經深感莫大榮幸。何況這一路；多是悟空師兄弟排除萬難、肩負重任。又承觀世音菩薩與西天輪值眾仙家神將鼎力相助，余不敢論功德、說勞苦，更無意因此奢望功名利祿之事。不須麻煩；貧僧依然回鍋西天稱功德佛可也。謝玉皇大帝宏德厚恩！』

玉皇大帝撫著鬚髯、點頭微笑。再問孫悟空說道：『那麼，鬥戰勝佛對未來有何想法哩？倒是說說看！』孫悟空不多思慮，直陳回話：『承蒙玉皇大帝美意，俺孫悟空早有自知之明；著實是天性頑劣、悖逆不順。如果長期留在天廷；稱仙當佛，俺這般離經叛道的老毛病不知何時上來，又犯下滔天大罪，豈不是陰溝翻船、前功盡棄，且違玉帝厚德美意哉。』玉皇大帝笑著問：『言下之意呢？』悟空掏心掏肺說道：『玉帝勿怪；鄙直說就是。俺只希望落葉歸根，回歸東勝神洲敖來國之花果山故里，安居樂業、樸實從簡。盼得有朝一日；於花果山設置渡假村，歡迎乾坤各界光臨；無論男女老幼、神仙凡人、至此飽覽風光、育嬰養老，俺將帥領麾下猴子猴孫；盡地主之誼接待。若說上界再有俺能效勞之處，俺當下隨傳隨到，絕不食言。僅此；做個半仙半俗之輩、於願足矣，無他！無他！』

玉皇大帝與階下眾神諸仙，無不點頭、內心暗讚。豬八戒不等玉帝垂詢，馬上表態說道：『俺毛病肯定多過師兄。眾所週知；俺素來好吃懶做、舉止粗俗、行為不檢。不論早期之天蓬元帥，或是後來之淨壇使者；皆難勝任、怠惰其職、不敢造次。不如這樣，懇請玉帝賜俺一個非仙非佛的職位，只求該職既能遍遊名山好水、又能遍嚐盡各方美食，俺就滿意啦！無狀！無狀！』

太白金星思考片刻；甫地提出建議，說道：『啟稟陛下；這事好辦耶。天廷正好有一個職缺，稱巡境菩薩。專司領著三界六道、神佛天尊等巡視天界諸方、導覽名勝、啖嚐各地佳餚珍饈。該職逢巧懸缺、無人適任。既然朱悟能毛遂自薦，事情就這樣決定！巡境菩薩就是他！』聽得那豬八戒；目閃紫稜、樂不可支。

輪到那沉默寡言的沙悟淨，他即簡單陳述：『俺自嘆亦非神佛的材料，又喝老酒、又吃大肉的。唉！俺無才無能、胸無大志；俺聽由天廷安排差遣便是。』

太白金星隨即順手翻閱仙籙官冊。突然說道：『有了！有了！眼前的靈霄寶殿；御膳香積廚，急需一位監膳官宰。專司玉帝設宴擺席、日常用膳等督察御廚職務。自然少不得；為天廷金宮玉殿品嘗各種美酒佳餚、試吃進貢之山珍海味。行不！』沙悟淨聽得有酒有菜；那還推拖啥哩？頓時眉飛色舞、雙眼炯炯有神回道：『俺一定不負所託、夙夜匪懈、全力以赴之。感恩不盡！感恩不盡！』

太白金星又舉薦辛甘二人為殿前「左勳衛將軍」、秦願為「右勳衛將軍」。

玉皇大帝對唐三藏等諸人；敕封功德之事，當下逐一批示核准，諭令遊奕靈官與翊聖真君二者予擬文牘即日聖詔榜宣。

玉帝並且說道：『難得諸位居功不傲、利祿不沾。誠所謂：「樸實純良見風骨、厚德載物展英姿」諸位之守志丘壑、無視榮祿、其心可鑑、其性彌堅。這般典雅風範、淵懿淳厚，將可名垂西天、永世流傳也。』西天玉帝與眾神仙尊，均圍攏送經綱一行人；對他們逐一致敬祝賀。靈霄寶殿裡外充滿歡樂融洽氛圍，絳霄天界盈溢著祥瑞圓滿。

爾時；西天仙界皆大歡喜，諸神眾仙合掌恭敬、以偈讚曰：

佛於諸世界、捨己渡萬劫、一身顯曜靈、施於渡禁戒、善心護蒼楔。
佛貫天日月、興山川風雪、乾坤各有別、妙善路崎嶇、捨己不苟且。
佛以精神力、挹助貧困缺、猶渡厄緣孽、怨憎逐一解、排除萬般劫。
佛依禪定訣、能使諸惡滅、平安至彼岸、業障需除卻、惟天人自覺。
佛以智慧力、四時頻更迭、人性本良善、堅持侑喜悅、自然去心結。
佛伏諸魔怪、靖平眾妖邪、成就無上道、諄諄教誨嗹、精疲心力竭。
佛轉淨法輪、真經妙法牒、凡間夬勤學、德善如花艷、和睦招蜂蝶。
佛法似山嶽、容蒼生其間、慧心做功德、絕巘更超越、畀予眾生也。

佛國真經，自西方大雷音寺取得。緊接著；再攜經負笈離開長安、越中原出關外、經塞北轉高句麗、新羅、百濟。遠渡重洋至東瀛八洲，到達大和國難波京城。沿途送出大乘真經，德善於諸國、光耀人世間。大功告成；返回西天接受敕封儀典。至此；終於獲得無上榮耀，一切堪稱圓滿無遺矣。

謹此以佛光普照、國泰民安來完結記述《佛國傳—縱橫天下》一文之！

國家圖書館出版品預行編目 (CIP) 資料

佛國傳：縱橫天下/李家騏作. -- 第一版. --
新北市：商鼎數位出版有限公司, 2024.11
　面；　公分
ISBN 978-986-144-295-2(平裝)

863.57　　　　　　113015109

佛國傳—縱橫天下

作　　者　李家騏

發 行 人　王秋鴻
出 版 者　商鼎數位出版有限公司
地址：235 新北市中和區中山路三段136巷10弄17號
電話：(02)2228-9070　傳真：(02)2228-9076
客服信箱：scbkservice@gmail.com

編 輯 經 理　甯開遠
執 行 編 輯　尤家瑋
獨立出版總監　黃麗珍
編 排 設 計　翁以倢

商鼎官網

來出書吧！

2024年11月5日出版　第一版／第一刷